1001 BOOKS

죽기 전에 꼭 읽어야 할 책 1001

1001 BOOKS

죽기 전에 꼭 읽어야 할 책 1001

피터 박스올 책임편집

박누리 역

1001 BOOKS
YOU MUST READ BEFORE YOU DIE

죽기 전에 꼭 읽어야 할 책 1001

책임편집자 피터 박스올
옮긴이 박누리

1판 1쇄 2007년 1월 15일
1판 2쇄 2008년 5월 1일
2판 1쇄 2011년 8월 15일
2판 2쇄 2017년 1월 15일
2판 3쇄 2018년 9월 7일

펴낸이 이상만
펴낸곳 마로니에북스
등 록 2003년 4월 14일 제2003-71호
주 소 (03086) 서울특별시 종로구 대학로 12길 38
전 화 02-741-9191(대)
편집부 02-741-9191
팩 스 02-3673-0260
홈페이지 www.maroniebooks.com

* 책값은 뒤표지에 있습니다.

ISBN 978-89-6053-399-8
ISBN 978-89-91449-83-1(set)

Colour reproduction by Pica Digital Pte Ltd, Singapore.
Printed in China by Printplus Ltd.

목차

전 세계 독자를 위한 2판 발행에 부쳐

책임편집자 _ 피터 박스올

『죽기 전에 꼭 읽어야 할 책 1001』 초판에 대한 반응은 굉장했다. 2006년 3월 출판 이후 이 책은, 독서란 무엇을 의미하는가, 우리가 무엇 때문에 독서를 하는가, 어떤 책을 읽고 또 어떤 책을 읽지 말아야 하는가에 대한 뜨거운 토론과 논쟁을 불러일으켰다. 만약 소설이 아직 생명력을 잃지 않았으며, 지속적으로 성장하고 있고, 현대 문화의 필수적인 일부라는 증거를 내놓으라 한다면, 『죽기 전에 꼭 읽어야 할 책 1001』에 대한 반응에서 찾아볼 수 있을 것이다. 방송과 인터넷을 통한 책에 대한 토론에서부터, 세계 곳곳의 독자들로부터 날아온 이메일까지, 나는 이 책에 대한 반응이 증명해준 소설에 대한 강한 관심과 그 깊이에 크게 고무되었고 감동받았다.

물론 대중의 반응이 항상 일치했던 것만은 아니다. 1001권의 선정에 대해 열광하는 이메일을 많이 받았지만, 사실 가장 일반적인 반응은 그 목록을 비판하는 것이었다. 대체로 독자는 네 가지 반응을 보였다 — 자신이 신봉하는 작품들 중 일부가 목록에 올라간 것을 환영한다. 이전에 알지 못했지만 이 책에서 감화를 받아 읽게 된 책들에 대해 이야기한다. 목록에 있을 자격이 없다고 생각되는 책들이 존재하면 그 이유를 묻는다. 목록에 반드시 있어야만 한다고 생각하는 책이 없을 경우 그 이유를 알고 싶어 한다. 필연적으로 모든 독자는 조금씩 다르긴 하지만 이 네 가지 반응 중 어느 입장을 취하며, 모두 서로 다른 목록을 제시한다. 나는 어떤 한 작품을 목록에서 빠뜨리는 것이 그것을 포함시키는 것만큼이나 독자에게 그 작품을 읽어보도록 하는 자극제 역할을 한다는 것을 깨달았다. 왜냐하면 독자는 자신의 우선순위와 비평적 감각을 책에 제시된 그것과 견주어 보기 때문이다. 그리고 바로 이러한 참여와 그것의 결과물인 논쟁이 나에게 있어서는 이 책이 가져다 준 가장 흥미로운 결과물이며 가장 가치 있는 공헌일 것이다.

전 세계적으로 간행된 이번 2판으로 이 논쟁은 더욱 맹렬해질 것이다. 이 책의 재판은 초판 당시 제시된 의문점보다 더 까다롭고도 중요한 질문들을 야기시킨다. 아마도 그 가운데 가장 시급하게 답변을 촉구하는 질문으로는, 국적과 일반적 규범 사이의 관계에 대한 의문점을 들 수 있을 것이다. 이러한 책을 '국제적으로' 간행한다는 것은 무엇을 의미하는가? 이 책이 미국과 영국의 독자들에게 어떻게 서로 다른 의미를 가지며, 그에 비해 체코슬로바키아 독자와 스페인 독자, 혹은 독일의 독자에게 어떠한 면에서 다르게 비추어질까? 글의 본질적 구절을 이루는 규범 혹은 그 글 자체가 민족적 배경에서 비롯되는 것인가, 아니면 개별적인 배경을 넘어 민족성을 능가하는 것일까? 서로 다른 민족적 배경에서 동시에 반응한다는 것이 무엇을 의미하는 것일까? 터키와 그리스, 한국과 크로아티아에 있는 각각의 독자들에게 한꺼번에 다가갈 수 있는 목록을 만든다는 것이 과연 가능할까?

내가 만일 이 글을 2페이지가 아닌 1001 페이지 분량으로 쓴다고 해도 이러한 질문들에 충분히 답할 수 있을 것이라고 생각하지 않는다. 하지만 나의 바람은 이 새로운 간행본의 출판이 이러한 논쟁의 기간을 연장시키고 더욱 넓고 다양한 독자층을 확보하고 그들과 교류할 수 있게 하는 것이다. 무엇보다 나는 전 세계의 신세대 독자들을 위해 이 재판본이 그 모든 '질문'에 숨결을 불어넣어 주길 기원한다.

초판을 만들며 '죽기 전에 꼭 읽어야 하는 책'의 선정에 있어 문화적 차이를 초월하고 다국적 지지를 얻을 만한 독점적 목록을 만들겠다고 생각하지는 않았다. 국제적 간행본이 만들어지면서 초판에 실렸던 책들 일부가 아쉽게도 제외되었다. 물론 쿠체의 『엘리자베스 코스텔로』나 부냔의 『순례자의 순행』을 읽지 않았다고 하여 우리가 죽음으로부터 안전해지는 것은 아니다. 마찬가지로 이 목록에 새로이 포함된 비영어권 작품들이 '국제적' 시각에서 보았을 때, 그 이전 작품들의 중요성을 능가하기 때문에 선택된 것도 아니다. 반대로, 나는 이 책이 최종적 목록을 제공하기보다는 국제적 시각에 비춰 오히려 자극적인 논쟁을 불러일으킴으로써 초판이 이룬 성과를 딛고 한걸음 더 나아갈 것을 바란다. 무엇보다도 사람들이 이 책에 선정된 작품 목록에 열렬하게 소리 내어 반대할 것을 바라는 바이다. 그러한 반대가 바로 국제적 소설 작품의 계보를 이어갈 것이다. 우리를 만들었고, 또 만들어 가는 문학에 대한 끈질긴 비평적 토론이 있음으로 인해 소설의 미래가 떠오르는 것이다.

서문

죽음, 이야기, 그리고 1001이라는 숫자 사이에는 고대에서부터 내려오는 연관성이 있다. 『천일야화』 이래 이 숫자에는 어딘지 신화적이고 죽음을 암시하는 듯한 울림이 있다. 『천일야화』의 이야기꾼 셰헤라자데는 날이 밝으면 찾아올 죽음을 피하기 위해 천 하룻밤에 걸쳐 왕에게 이야기를 들려준다. 왕은 그녀를 죽이려 하나 그 이야기가 너무 흥미진진한 나머지, 뒷이야기를 듣고 싶은 욕심에 하루하루 처형을 미룬다. 끝없이 이어지는 셰헤라자데의 이야기는 1001이라는 숫자에 무수(無數)와 무한(無限)이라는 수학적 숭고함을 부여한다. 그러나 동시에 이 숫자에는 죽음을 눈앞에 둔 셰헤라자데의 다급함이 담겨 있다. 그것이 무한의 확장을 의미하는 만큼 이 숫자는 정확함과 다급한 간결함을 내포한다. 그럼에도 셰헤라자데의 이야기들은 여전히 천일(千一)야화로 일컬어지며, 그 안의 무한확장과 수축 사이에 존재하는 간단하지만은 않은 근접성을 강조한다. 천 일하고도 하룻밤이라는 방대한 시간이지만 셰헤라자데에게 허락된 것은 항상 하룻밤뿐인 것이다. 황혼이 서서히 비껴갈 때, 항상 그녀의 곁을 지키는 죽음은 밤마다 마지막 순간 특유의 생생함을 전하며 급속히 증식하는 살아 숨쉬는 이야기 전체에, 최후의 것만이 지닌 고유의 맛을 더한다.

『죽기 전에 꼭 읽어야 할 책 1001』을 편집하면서 나는 스스로 셰헤라자데가 당면했던 역설적 상황에 빠졌음을 알게 되었다. 소설에 대하여 이야기한다는 것은 길고 종잡을 수 없는 일의 연속이며, 예기치 못한 반전과 있음직하지 않은 부차적 각색으로 가득하다. 1001편이나 되는 문학 작품의 복잡한 이야기를 엮어낸다는 것은, 그 시작부터 엄청난 과제였을 뿐 아니라 끝도 보이지 않았다. 반드시 읽어야 할 모든 소설들을 포함시키면서도 읽지 않는 편이 오히려 안전한 작품들은 빠짐없이 걸러낸 '최종 목록'을 만들 수 없다는 것은 당연했다. 마치 셰헤라자데의 이야기가 끝나지 않았고, 영원히 끝나지 않을 것이라는 사실처럼. 그러나 동시에 숫자가 나에게 지워준 한계의 부담감은 비좁고도 잔인한 것이었다. 천 하고도 하나라는 숫자는 문학이라는 주체의 광범위함에 비추어 볼 때 결국은 매우 미미한 숫자이다. 여기에 수록된 각각의 작품은 얼마 되지 않는 한정된 공간 속에서 자기 자리를 확보하기 위하여 싸워야 했고, 마치 그 문학적 생명이 이 책에 수록되느냐 아니냐에 달린 양 발버둥치는 어떤 응집된 힘을 전해왔다. 각각의 소설은 죽기 전에 꼭 읽어야 할 작품들이며, 죽음이란 항상 먼 일인 듯하면서도 우리의 매 순간에 그림자를 드리우며 항상 가까이 있는 존재이기도 하다. '죽기 전에 해야 할 그 무엇'이란 게으른 포부처럼 느껴질지 모르겠지만, 사실은 지금 시작해도 결코 이른 것이 아닌, 서둘러야만 하는 일이다.

이 책을 읽는 내내 넓고 좁음 사이의 대비가 느껴질 지도 모른다. 이 책에서는 다양성, 독창성, 그리고 재치라는 측면을 두루, 또 작자 미상의 고대 문학부터 에이미스, 드릴로, 우엘벡에 이르는 현대 소설까지 다양한 시대의 작품들을 하나하나 보여준다. 하지만 동시에 각각의 소설은 완전한 독립체로서 완전히 분류되기를 거부한다. 안정적이고 한눈에 알아볼 수 있는 소설이란 사실 존재하지 않는다. 소설이 언제 태어났는지에 대해서는 독자도, 평론가들도 만장일치의 결론을 내리는 것이 불가능하다. 장편과 단편, 중편, 또 산문시와 자서전, 목격자 진술, 언론 잡문, 또는 우화나 신화, 전설을 구분 지을 수 있는 뚜렷한 경계가 결코 없기 때문이다. 그리고 삼류 소설과 명작의 구분에 있어서 일치된 기준이 존재하는 것도 아니다. 오히려 소설은 하나의 형식으로서, 그리고 하나의 작품으로서, 우리가 잠시 동안 그것도 부분적으로만 손에 넣을 수 있는 영감에 찬 사고와 정신일 뿐이다. 그것들이 장문의 창작을 가능케 하기도 하지만, 그 자체만으로도 하나의 창작물이기도 하다.

이 책이 제시하고 있는 목록은 새로운 규범으로 만들어진 것도 아니고, 장편 소설을 정의하거나 규명하는 것도 아니다. 오히려 포괄적 요소와 부분적 요소 사이에 존재하는 모순성에 의존하고 있다. 이 책은 소설의 영혼, 소설 자체와 그 목적에 대한 애정으로 인해 태어났지만, 그 무엇을 확보하거나 결론짓거나 잠재우려 하는 것은 아니다. 산문 문학은 서로 다른 형태와 언어로 국경과 시대를 넘나든다. 이러한 종류의 목록은, 항상 그래야만 하듯이, 목록에서 빠진 작품들에 의해 그 윤곽이 그려지고 형태를 갖추며 변형되기도 한다. 이 책은 제외된 작품들에 맞서 경계선을 지키려 방어태세를 취하기보다는, 여러 작품들 사이에서 독자가 그 내력을 알고 있을 만한 하나의 소설을 짧게 설명해준다. 이 책은 100명의 저자 집단이 작성한 글로 구성되었다. 다시 말해, 비평가, 학자, 소설가, 시인, 기자들을 포함한 세계의 독자 집단의 횡단면을 보여주기 위해 구성된 그룹이며, 1001권의 목록은 우리에게 오늘날 소설이란 어떤 모습인가를 설명해주고자 하는 관점에서 태어났지만, 현대의 독자라면 누구나 공감할 수 있는 인기작들을 포함했고, 그 소설의 배경에 대한 이해 및 독서에 대한 각별한 열정을 반영하고 있다. 그러나 이 책은 나쁜 것과 좋은 것을 구분하고 무능함과 유능함을 구분하기보다, 창작의 무한한 가능성과 다양성에 대한 애정을 표현하고 있다. 또한 1001권이나 되는 작품에 대해 이야기하고 있으면서도, 동시에 이밖에도 이야기해야 할 것들이 많은지, 얼마나 많은 책들이 존재하는지,

그리고 이야기의 무한함에 마주쳤을 때 가장 긴 이야기조차 얼마나 짧게 느껴질 수 있는지에 대한 깨달음이 주는 숨이 넘어갈 것만 같은 다급함도 포함되어 있다.

이 책의 각 꼭지만큼 길고 짧음의 조화, 전체과 부분의 공존이 확실하게 이루어지는 곳도 없을 것이다. 소설과 같이 여러 겹으로 다채롭게 짜인 것을 단 300글자—각 꼭지의 평균 분량—로 표현한다는 것은 분명 미친 짓이다. 단순한 산문 한 편, 예를 들면 샬럿 퍼킨스 길먼의 『노란 벽지』만 해도 300자로 축약하는 것은 불가능하다. 그렇다면 도로시 리처드슨의 『순례자』나 새뮤얼 리처드슨의 『클라리사』, 혹은 프루스트의 『잃어버린 시간을 찾아서』 같이 수천 페이지에 달하는 장편들은 과연 어떨 것인가? 이러한 의문은 작업을 시작할 때부터 나를 괴롭혔다. 하지만 책이 만들어지는 동안, 각 꼭지의 간결성이 사실 이 책의 강점이라는 것을 깨닫게 되었다. 이 책의 이러한 의도는 각 작품에 대해 확고한 비평을 하려는 것도 아니요, 우리에게 그 문장의 맛을 느끼게 하려는 것도 아니며, 전체적 줄거리를 압축해 담아내려는 것도 아니다. 각 꼭지는 임종의 마지막 유언처럼 다급한 성격을 띠고 있는, 이 소설이 왜 주목 받는지, 그리고 왜 반드시 읽어야 하는 책이 되었는지에 대한 대답이다. 나는 이러한 형식이, 이러한 종류의 호소력을 가장 효과적으로 그리고 스릴 있게 전달할 수 있다고 생각한다. 100명의 저자 가운데 하나가 이 책이 이루고자 하는 목표에 대하여 이야기하던 도중, 그 역할을 정의하는 말을 했다. 즉, 각각의 글은 "소사건(micro-event)"으로 간주될 수 있으며, 그 안에 소설의 무한함을 내포하고 있고, 비록 축소되었지만 완전한 독서 경험을 가져다 준다는 것이었다.

지난 몇 달간 도움을 주었던 많은 분들께 감사를 표하고 싶다. 내가 이 작업을 통해 큰 만족감을 얻을 수 있었던 것은 무엇보다도 함께 참여한 사람들이 보여준 열정과 호의 덕분이다. 첫 번째로 이 프로젝트에 참여한 모든 필자들에게 감사의 뜻을 전한다. 나는 이 책이 요구하는 바에 기꺼이 그리고 신속하게 반응해준 저자들에게 깊은 감동을 받았으며, 그들이 내놓은 결과물의 탁월한 우수성과 풍부한 상상력에 놀라 할 말을 잃었다. 이 책은 사랑과 우정과 노력의 결실이며, 그것을 선사해준 당신들 모두에게 감사한다. 저자들 이외에도 이 책이 만들어지기까지 너무나 많은 사람들의 공헌이 있었다. 비록 직접 기고하지는 못했지만 마리아 로렛이 준 도움의 손길에 감사를 표한다. 폴 로스 또한 사랑과 애도로 기억한다. 셀 수 없이 많은 난상 토론을 통해 어떠한 작품이 수록되어야 하는지 아이디어를 제공해준 모든 이에게도 감사한다. 특히 카디프와 런던, 미국, 그리고 터키에 있는 나의 가족들, 앨리스테어 데이비스, 노먼 밴스, 로즈 게이너에게 감사하며 조던 가족의 안녕에 감사한다. 명료한 지성과 차분한 유머로 어려운 순간마다 힘이 되어준 리즈 와이즈에게도 충심으로 고마움을 전한다. 제니 다웃은 이 책이 출간되는 그 순간까지 침착함과 프로근성, 천부적 창의성을 보여주었다. 출간 작업 막바지에 닥친 온갖 어려움을 다루는 그녀를 보며 나는 그 능력에 감탄하지 않을 수 없었다.

이 책의 작업에 임하며 나는 소설에 대해 많은 것을 배웠다. 책에 대한 애정이 얼마나 전염성이 크며, 얼마나 큰 쾌감과 우정, 만족감을 가져다주는지에 대해서도 알게 되었다. 이 모든 과정에서 내가 얻을 수 있었던 감정의 일부분만이라도 이 책을 읽는 독자들에게 전해질 수 있다면 더 바랄 것이 없겠다.

책임편집자 **피터 박스올**

필자 소개

Vance Adair(VA) 스털링 대학교 영문학부 조교이며 문학비평론과 초기 근대 희곡을 주제로 다양한 논문을 발표하였다.

Rhalou Allerhand(RA) 웨스트 오브 잉글랜드 대학교에서 영문학을 공부하였으며, 소설 작품을 발표하기도 했다.

Jordan Anderson(JA) 하버드 대학교를 졸업하였으며 런던의 킹스 컬리지에서 박사 후 과정을 밟고 있다. 토머스 하디에 관한 논문을 출간한 바 있다.

Carlos G. Aragón(CA) 버밍엄 대학교에서 문학박사 과정을 밟고 있다. 페드로 후안 구티에레즈의 『Cycle of Havana Centre』을 주제로 한 박사 학위 논문을 준비하고 있다.

Susanna Araujo(SA)

Derek Attridge(DA) 제임스 조이스의 작품에 관한 책을 다수 출간하였다. 현재 요크 대학교 영문과 교수로 재직 중이다.

Sally Bayley(SB)

Lorenzo Bellettini(LB) 캠브리지 대학교에서 아서 슈니츨러에 관한 논문으로 박사학위 과정을 밟고 있다. 현재 캠브리지 대학교 문예창작클럽 회장이다.

Alvin Birdi(ABi) 경제학자 출신으로 맨체스터 대학교와 미들섹스 대학교에 출강하였고, 현재 서섹스 대학교에서 새뮤얼 베케트와 J.M. 쿠체에 관한 논문으로 박사학위 과정을 밟고 있다.

Laura Birrell(LBi)

Andrew Blades(ABl) 에이즈 문학에 나타난 남성 정체성을 주제로 한 논문으로 박사학위 과정을 밟고 있으며, 예술 주간지 「The Stage」에 연극 평론을 기고하고 있다.

Maria-Dolores Albiac Blanco(M-DAB) 사라고사 대학교 스페인 문학 교수이며, 18세기 작품을 다룬 논문을 다수 출간하였다.

Vicki Blud(VB) 런던의 킹스 컬리지에서 영문학 석사 학위를 받았다. 중세 문학과 비평론을 전공할 예정이다.

Anna Bogen(AB) 서섹스 대학교에서 20세기 소설과 여성 교육을 전공하며 박사 학위를 취득 중이다. 아동문학과 19세기 성장소설, 그리고 버지니아 울프에 대한 논문을 다수 출간하였다.

Dr. Peter Boxall(PB) 서섹스 대학교 영문학과 교수이며 20세기 소설과 희곡에 대해 폭넓은 저술을 출간하였다.

Dr. Kate Briggs(KB) 더블린 트리니티 컬리지 현대 언어문학과 연구 조교이다.

Marko Cindric(MCi)

Monika Class(MC) 옥스퍼드 대학교 발리올 컬리지의 박사 과정 학생으로 19세기 영국 작가들에 대한 논문을 쓰고 있다.

Liam Connell(LC) 허트포드셔 대학교에서 문학을 강의하고 있다. 특히 식민주의 이후 문학, 모더니즘, 대중 문학에 깊은 관심을 보이고 있다.

Clare Connors(CC) 옥스퍼드 대학교 퀸즈 컬리지의 영문학 강사이다. 빅토리아 시대 및 근대 문학과 문학 이론을 강의하고 있다.

Philip Contos(PC) 컬럼비아대학교와 옥스퍼드대학교에서 영문학과 이탈리아 문학을 공부하였다. 현재 런던에서 편집자로 일하고 있다.

Jeniffer Cooke(JC) 기록 자료와 문화에 드러난 역병의 양상에 관한 논문을 쓰고 있다.

Ailsa Cox(ACo)

Vybarr Cregan-Reid(VC-R)

Abi Curtis(AC) 서섹스 대학교에서 박사 학위를 취득 중이다. 소설과 시를 발표하였으며, 2004년 시 부문 에릭 그레고리 문학상을 수상하였다.

Ulf Dantanus(UD) 서섹스 대학교 고텐부르크 프로그램 책임자이다. 더블린 트리니티 컬리지와 괴테부르크 대학교 대학원에서 학위를 취득하였다.

Jean Demerliac(JD) 작가이자 프리랜서 편집자로 활동하고 있으며 허먼 멜빌의 작품들을 번역하였다. 프랑스 국립 도서관의 출판 및 멀티미디어 프로젝트에 참여하고 있다.

Sarah Dillon(SJD)

Lucy Dixon(LD) 슈텔렌보쉬 대학교에서 영문학과 아프리칸스어를 전공하였다.

Margaret Anne Doody(MD) 노트르담 대학교 존 앤 바바라 글린 패밀리 프로그램의 교수이다. 6편의 장편 소설을 비롯한 다수의 평론집을 발표하였다.

Jenny Doubt(JSD) 서섹스 대학교에서 식민주의 이후 문학을 주제로 석사 논문을 집필 중이다. 20세기 종합 인문지 『Transgressions』의 창간 편집자이기도 하다.

Karen D'souza(KDS)

Lizzie Enfield(LE) Lizzie Enfield (LE)는 프리랜서가 되기 전 BBC 라디오에서 근무했고, 다양한 세계 신문사와 잡지에 글을 기고하고 있다. Headline사에서 그녀의 소설인 <what You Don't Know and Uncoupled>

Marlin Paul Eve(MPE)

Fabriano Fabbri(FF) 볼로냐대학교에서 현대미술기법을 강의한다. 항상 예술과 대중문화의 연관성에 관심을 갖고 있다.

Anna Foca(AF)

Seb Franklin(SF)

Daniel Mesa Gancedo(DMG) 사라고사 대학교에서 라틴아메리카 문학을 강의하고 있다. 『Similar Strangers; the Artificial Character and the Narrative Contrivance in Latin American literature』(2002) 등을 발표하였다.

Andrzej Gasiorek(AG) 버밍엄 대학교에서 12년째 20세기 영문학을 강의하고 있다. 저서로는 『Postwar British Fiction: Realism and After』(1995), 『Wyndham Lewis and Modernism』(2004), 『J. G. Ballard』(2005) 등이 있다.

Diana Gobel(DG) 옥스퍼드에서 러시아사로 박사 과정을 수료한 뒤 프리랜서 카피라이터, 리서치 전문가, 번역가 등으로 활동하고 있다.

Richard Godden(RG) 서섹스 대학교 미국문학부에서 미국 문학을 강의하고 있다. 『Fictions of Capital: The American Novel from James to Mailer』(1990), 『Fictions of Labor: William Faulkner and the South's Long Revolution』(1997) 등을 출간하였다.

Jordi Gracia(JGG) 바르셀로나 대학교의 스페인 문학 교수로 주로 20세기 스페인 문학을 강의하고 있다. 주요 저서로 『The Silent Resistance: Fascism and Culture in Spain』(아나그라마 수필문학상 수상작, 2004)이 있다.

Reg Grant(RegG) 근대 유럽 문학, 특히 전후 프랑스 소설에 조예가 깊다. 프리랜서 작가로 활동하고 있다.

Christopher C. Gregory-Guider(CG-G) 서섹스 대학교에서 20세기 문학과 문화를 강의하고 있다. W.G. 제발트, 이안 싱클레어, 사진학, 정신적 외상 및 기억 등에 대한 논문을 발표한 바 있다. 문학 및 영화 속의 정신질환, 도보(徒步) 문화에 대해서도 관심이 많다.

Agnieszka Gutthy(AGu) 사우스이스턴 루이지애나 대학교의 스페인어 부교수이다. 비교문학, 바스크, 카슈비아어 전문가이다. 폴란드어 및 스페인어 문학에 관해 저술하고 있다.

Andrew Hadfield(AH)-서섹스 대학교 영문학 교수로, 르네상스 문학과 현대 문학 및 문학 이론을 강의하고 있다. 가장 최근의 저술로는 『Shakespeare and Republicanism』(2005)이 있다. 솔 벨로, T.H. 와이트에 대한 에세이를 발표했으며, 『Times Literary Supplement』지의 평론가이기도 하다.

Esme Floyd Hall(EH) 브라이튼에 거주하며 집필 활동을 하고 있다. 칼튼 북스 출판사에서 세 권의 논픽션 작품을 출간했으며, 「Sunday Times Style」, 「Observer」, 「She」, 「Zest」 등 다양한 지면에 기고하고 있다.

Philip Hall(PH) 뉴질랜드에서 태어났고, 이곳에서 영문학 학사학위와 법학석사 학위를 취득하였다. 그는 현재 런던에 거주하며 다양한 주제에 관해 글을 쓰고 있다.

James Harrison(JHa) 작가이자 편집자로, 현재는 활자가 크고 자간이 넓게 인쇄된 양장본만 취급한다. 따라서(기꺼이) 세르반테스의 『돈키호테』와 고어 비달의 『팰림셋』을 읽는다.

Doug Haynes(DH) 서섹스 대학교에서 미국문학을 강의하고 있다. 특히 20세기 후반 미국문학이 전문 분야이다. 토머스 핀천과 윌리엄 버로스에 대한 논문을 출간했으며, 초현실주의 블랙유머에 대한 저술을 발표한 바 있다.

Thomas Healy(TH) 런던 대학교 버벡 컬리지 르네상스학 교수이다. 3편의 평론집의 저자이자 2편의 에세이집을 편집했으며 '아놀드 영국-아일랜드 문학 전집'을 공동 편찬하였다.

Jon Hughes(JH) 런던 대학교 로열 홀로웨이에서 독문학을 강의하고 있다. 요세프 로트의 작품에 대한 전공 논문을 집필하였으며, 20세기 독일/오스트리아 문학 및 영화에 대한 저서가 있다.

Jessica Hurley(JHu) 펜실베이니아 대학교 박사과정에 있다. 현대 영미소설, 퍼포먼스, 이론을 전공한다.

Haewon Hwang(HH) 그녀가 러시아 문학을 전공하자 혹자는 "배관공으로 인생이 끝날 것"이라고 경고했다. 현재 지하세계 공간에 관한 연구를 하며 기쁜 마음으로 배관을 탐험하고 있다.

Bianca Jackson(BJ) 옥스퍼드 대학교에서 영어로 쓰여진 인도 문학에 나타난 성적으로 수동적인 주체들에 대한 박사 논문을 집필하고 있다. 종합 인문예술지 『Transgressions』의 창립 편집자이기도 하다.

David James(DJ) 서섹스 대학교에서 1970년대부터 현재까지, 공간과 인식에 관한 시문학 진화를 주제로 박사 논문을 썼으며, 현재 같은 학교에서 영문학과 개별 지도 조교수로 재직하고 있다.

Dr. Meg Jensen(MJ) 킹스턴 대학교 문예창작과장으로 19세기 및 20세기 영미 문학을 강의하고 있다. 『The Open Book』(2002)을 비롯, 울프, 맨스필드, 하디에 대한 논문을 다수 발표하였다.

Iva Jevtic(IJ)

Carole Jones(CJ) 트리니티 컬리지 영문학 스쿨에서 강의하고 있다. 스코틀랜드 소설 및, 현대 문학 속에 나타나는 남성과 남성성에 대한 논문을 출간하였다.

Gwenyth Jones(GJ) 런던에 살고 있다. 최근 부다페스트 문학에 관한 박사 논문의 집필을 마쳤으며, 학부에서 헝가리 문학을 강의하고 있다.

Thomas Jones(TEJ) 「London Review of Books」의 편집자이다.

Michael Jones(MJO)

Hannah Jordan(HJ) 프리랜서 작가이자 평론가이다. 현재 아동소설 『A Bohemian Christmas』를 집필 중이다.

Jinan Joudeh(JLSJ) 듀크 대학교, 서섹스 대학교, 예일 대학교에서 영미문학을 공부하였다. 현재 우정, 결혼, 그리고 이론의 맥락에서 본 모더니즘 미국 문학에 관한 저술에 몰두하고 있다.

Lara Kavanagh(LK) 현재 런던 킹스 컬리지에서 20세기 문학을 주제로 석사 학위논문을 집필하고 있다.

Christine Kerr(CK) 런던에서 태어났으며 서섹스 대학교에서 박사 학위를 받았다. 유럽, 아프리카, 아시아에서 영문학을 강의해왔으며 현재는 몬트리얼 챔플린 컬리지에 재직하고 있다.

Kumiko Kiuchi(KK) 일본에서 학사 및 석사 학위를 취득하였으며 현재 서섹스 대학교에서 영문학 박사 과정을 밟고 있다. 번역 문제, 모더니즘, 언어철학, 그리고 사무엘 베케트의 작품에 관심이 많다.

Joanna Kosty(JK)

Andrea Kowalski(AK) BBC 월드 서비스에 재직 중인 언론인이다. 2000년, 런던의 라틴아메리카 학술원(ILAS)에서 석사 학위를 받았다.

Katya Krylova(KKr) 케임브리지대학교 독문학 박사과정에 있다. 전후 독일문학을 전공하는 그녀는 2차 세계대전이 남긴 유산과 지형학, 그리고 잉게보르크 바하만과 토마스 베른하르트의 작품에 드러난 정체성의 문제에 관해 논문을 쓰고 있다.

Karl Lampl(KL) 오스트리아 릴리엔펠트에서 태어났으며 빈 대학교에서 수학하였다. 캐나다로 이주하여 몬트리올에 정착, 콩코르디아 대학교를 졸업하였으며 어문학을 강의하고 있다.

Laura Lankester(LL) 유니버시티 컬리지 런던에서 영문학 석사 학위를 취득하였다. 현재 런던의 출판사에서 근무하며 서평을 쓰고 있다.

Anthony Leaker(AL) 20세기 영미 문학을 공부하고 있으며 파리 대학교에서 강의 중이다.

Vicky Lebeau(VL) 서섹스 대학교에서 영문학 강사로 재직 중이다. 『Lost Angels: psychoanalysis and cinema』(1995), 『Psychoanalysis and cinema: the play of shadows』(2001)를 집필하였다.

Hoyul Lee(Hoy)

Maria Lopes da Silva(ML) 포르투갈, 브라질, 포르투갈어권 아프리카 문학 전문가이다. 캠브리지 대학교에서 석사 학위를 취득하였으며 현재 「Florbela Espanca」를 주제로 박사 학위 논물을 집필 중이다.

Sophie Lucas(SL) 보르도대학교에서 철학을 공부하였다. 파리에 기반을 두고 있으며 현재 제2외국어로서 프랑스어를 가르친다.

Graeme Macdonald(GM) 영국 워윅 대학교의 영문학 및 비교문학 학부에서 19세기와 20세기 문학을 강의하고 있다.

Heidi Slettedahl Macpherson(HM) 센트럴 랭카셔 대학교에서 북미문학을 강의하고 있다. 『Women's Movement』(2000)의 작가이자 『Transatlantic Studies』(2000), 『Britain and the Americas』(2005)의 공동저자이다.

Martha Magor(MaM)

Muircann Maguire(MuM)

José-Carlos Mainer(JCM) 사라고사 대학교 스페인어 문학 교수이다. 『The Silver Age 1902-1939』(1975, 1987년 개정판 발행), 『Modernism and 98』(1979), 『History, Literature, Society』(1990), 『Uncontrolled Literature』(2000), 『Philology in Purgatory』(2003) 등을 출간하였다.

Peter Manson(PM)

Laura Marcus(LM) 서섹스 대학교 영문학 교수로 19세기 및 20세기 문학에 관한 저술을 다수 출간하였다. 『The Cambridge History of Twentieth-Century English Literature』의 공동 편찬자이다.

Victoria Margree(VM) 서섹스 대학교에서 영문학 박사 학위를 받았다. 현재 서섹스 대학교와 브라이튼 대학교에 출강하고 있다.

Nicky Marsh(NM) 사우샘프턴대학교 문화시학 센터의 소장이다. 그녀의 연구는 「New Formations」, 「Postmodern Culture」, 「Feminist Review, Wasafari」 등의 학술지에 게재되었다.

Rosalie Marshall(RMa) 프랑스 문학과 스칸디나비아 문학을 전공했으며, 프랑스 카리브 문학을 공부하기 위해 다시 학계로 돌아왔다.

Andrew Maunder(AM)

Maren Meinhardt(MM) 『Times Literary Supplement』지의 과학 및 심리학 담당 편집자이다. 현재 알렉산더 폰 훔볼트의 전기를 집필 중이다.

Dr. Ronan McDonald(RM) 사무엘 베케트 국제 기금 소장이자 리딩 대학교 영문학 강사이다. 『Tragedy and Irish Literature』(2002)와 『The Cambridge Introduction to Samuel Beckett』(2005) 외 다수의 저술이 있다.

Dr. Patricia McManus(PMcM) 서섹스 대학교에서 영문학과 문화사를 가르치고 있다. 1920~1940년대 영국 소설에 관한 책을 집필 중이다.

Lisa Mc Nally(LMCY)

Geoffrey Mills(GMi) 레딩대학교와 런던대학교에서 영문학을 공부하였고, 현재 우스터셔에서 영어교사로 재직 중이다. 시와 산문을 쓰며, 일부를 출판한 바 있다.

Drew Milne(DM) 캠브리지 대학교 영문학부에 재직 중이며 주디스 E. 윌슨 희곡 및 시문학 프로그램 강사이다. 『Marxist Literary Theory』 및 『Modern Critical Thought』를 편저하였으며, 소설 『The Prada Meinhof Gang』을 출간하였다.

Jacob Moerman(JaM)

Pauline Morgan(PM) 서섹스 대학교에서 엘리자베스 보엔을 주제로 박사 학위논문을 집필하였다. 정신분석, 유령, 음악의 문학적 연구를 하고 있다.

Domingo Ródenas de Moya(DRM) 바르셀로나의 폼페우 파브라 대학교 스페인 및 유럽 문학 교수이다. 『The Mirrors of the Novelist』를 출간하였고, 다수의 현대 고전 편저가 있다.

Alan Munton(AMu) 플리머스대학교 기록보관학자이자 영문학 강사이다. 그가 케임브리지대학교에서 작성한 윈덤 루이스에 관한 박사논문은 루이스의 『칠더마스』를 상세히 다룬 최초의 논문으로, 이 책에 그 요지가 실려 있다.

Robin Musumeci(RMu)

Salvatore Musumeci(SMu) 미국 코네티컷 주 하트포드의 트리니티 컬리지에서 역사학 석사 학위를 받았다. 현재 런던 대학교 퀸 메리 컬리지에서 박사 학위 논문을 집필 중이다.

Paul Myerscough(PMy) 「London Review of Books」지의 편집자로 일하고 있다.

Stratos C. Myrogiannis(SMy) 그리스 테살로니키 대학교에서 석사 학위를 받았으며 2005년 캠브리지 대학교에서 그리스 계몽주의를 주제로 박사 과정을 시작했다.

Stephanie Newell(SN) 서섹스 대학교에서 식민주의 이후 문학을 강의하고 있다. 서아프리카 문학 및 아프리카 대중문화가 전문 분야이며, 식민지 시대 가나의 문학에 대한 『How to Play the Game of Life』, 서아프리카 문학에 대한 『Ways of Reading』과 『The Forger's Tale: The Search for "Odeziaku."』를 출간하였다.

Caroline Nunneley(CN)

Andrew Pepper(AP) 벨파스트의 퀸즈 대학교에서 영미문학 강사로 재직하고 있다. 『The Contemporary American Crime Novel』(2000)의 저자이며, 『American History and Contemporary Hollywood Film』(2005)의 공동저자이다. 첫 번째 소설 『The Last Days of Newgate』를 출간하였다.

Irma Perttula(IP) 프랑스 문학에 나타난 그로테스크와 광란의 전통을 연구하고 있다. 헬싱키 대학교와 오픈 대학교에서 핀란드 문학을 강의한다.

Roberta Piazza(RPi) 서섹스 대학교에서 근대 언어 강사로 재직하면서 번역과 현대 이탈리아 및 유럽 문학을 강의하고 있다. 미국에서 석사와 박사 학위를 받은 뒤 현재는 이탈리아 영화에 나타난 대화에 관한 박사 학위 논문을 집필 중이다.

David Punter(DP) 브리스톨 대학교 영문학 교수 겸 예술학부 연구소장으로 재직 중이다. 고딕 및 로망스 문학, 현대 문학, 문학 이론, 식민주의 이후 문학에 대한 다수의 논문을 출간하였다. 4권의 시집을 낸 시인이기도 하다.

Robin Purves(RP) 센트럴 랭카셔 대학교 영문학 강사이다. 19세기 프랑스 문학 및 근대 시문학, 철학에 관한 논문을 출간하였으며, 『Edinburgh Review』 특집호를 공동 편집하기도 하였다. 피터 맨슨과 함께 오브젝트 퍼머넌스 출판사를 운영하고 있다.

Vincent Quinn(VQ)

Santiago del Rey(SR) 편집자이자 문화부 기자, 문학 평론가로 활동하고 있다.

Vera Rich(VR) 작가이자 번역가로 특히 우크라이나와 벨로루시 문학 전문가이다. 영-우크라이나 소사이어티의 전 사무총장이었으며 『The Ukrainian Review』의 부편집장을 맡고 있다.

Oscar Rickett(OR) 프리랜서 작가이자 아마추어 클라리넷 연주가이다. 20세기 미국문학, 19세기 영국문학, 그리고 현대 아르헨티나에 대한 저술이 다수 있다.

Dr. Ben Roberts(BR) 브래드포드 대학교에 출강하고 있으며 기술의 문화적 이론과 문학 속의 위조화폐에 관심을 가지고 있다.

Dr. Anne Rowe(AR) 킹스턴 대학교에 강사로 재직 중이다. 『Salvation by Art: The Visual Arts and the Novels of Iris Murdoch』의 저자이며, 킹스턴 대학교의 아이리스 머독 연구 센터 소장이다. 또한 아이리스 머독 소사이어티의 유럽 담당 책임자이자 『Iris Murdoch News Letter』의 유럽 담당 편집자이기도 하다.

Nicholas Royle(NWor) 서섹스 대학교 영문학 교수이다. 『E.M. Forster』(1999), 『The Uncanny』(2003) 등을 출간하였으며, 『Oxford Literary Review』의 공동 편집자이다.

David Rush(DR)

Martin Ryle(MR) 서섹스 대학교에서 영문학과 문화학을 가르치고 있으며 아일랜드 문학과 현대 소설에 특히 관심이 많다. 조지 기싱과 미셸 우엘벡에 관한 평론을 쓰기도 했다.

Darrow Schecter(DSch) 옥스퍼드 대학교에서 안토니오 그람시에 대한 논문으로 박사 학위를 받았다. 영국 학술원에서 박사후 과정 펠로십 중이며, 서섹스 대학교 인문학부에서 지성의 역사를 가르치고 있다. 유럽 지식의 역사와 정치 이론에 관한 책들을 썼다.

Lucy Scholes(LSC)

Tobias Selin(TSe) 스웨덴 출생으로, 기계공학과 과학철학을 공부하였다. 런던에서 몇 년간 에디터로 일하다가 스웨덴으로 돌아갔으며, 현재 공학 관련 일을 하고 있다.

Christina Sevdali(CSe) 캠브리지 대학교에서 언어학 박사 학위를 취득 중이다. 첫 번째 학위 논문은 고대 및 현대 그리스 문학이 주제였다. 영화에 대해 글 쓰는 것과 재즈 노래를 좋아한다.

Elaine Shatenstein(ES) 프리랜서 서평가이자 신문 칼럼니스트, 만화 작가, 각종 문학 단체 객원 대변인, 작문 교사, 편집자 등으로 다양한 활동을 하고 있다. 작가이자 프로듀서로 방송계 및 영화계에서 일해왔으며 사회풍자 전집을 출간하기도 했다.

John Shire(JS) 작가 겸 사진작가로, 그의 단편집은 영국과 미국 다수의 간행물에 발표되었다. 그는 이외에도 두 개의 웹사이트(www.libraryofthesphinx.co.uk와 Invocations Press)를 관리하고 있다. 애석하게도 영문학과 철학 학위는 그에게 큰 도움이 되지 못했다.

Tom Smith(TS) 푸르트방겐 응용과학대학교의 국제경영학부 강사이다. 다수의 잡지와 문학지에 단편을 발표했으며 이안 세인트제임스 문학상을 받기도 했다. 문예창작 석사 학위를 받았으며 현재 서섹스 대학교에서 박사 학위 논문을 집필 중이다.

Daniel Soar(DSoa) 「London Review of Books」의 편집자로 활동하고 있다.

Matthew Sperling(MS)

David Steuer(DS)

Simon Stevenson(SS) 대만 국립 동화대학교 영문학 조교수로 영문학과 문학이론을 강의하고 있다.

Esther MacCallum Stewart(EMcCS)
Luis Sundqvist(LS)

Céline Surprenant(CS) 서섹스 대학교에서 프랑스 문학을 가르치고 있다. 『Freud's Mass Psychology: Questions of Scale』(2003)을 출간했으며, 장-루크 낭시의 『The Speculative Remark』(2001)를 번역하기도 했다.

Theodora Sutcliffe(TSu) 언론인이자 카피라이터, 소설가로 활동하고 있다.

Julie Sutherland(JuS) 더햄 대학교에서 영국학과 17세기학으로 박사 학위를 받았다. 캐나다인인 그녀는 캐나다로 돌아가 현재는 애틀랜틱 뱁티스트 대학교에서 초기 근대 희곡 교수로 재직하고 있다.

Keston Sutherland(KS) 서섹스 대학교의 영문학 강사이다. 『Antifreeze』, 『The Rictus Flag』, 『Neutrality』 외 다수의 시집을 발표하였다. 좌파 오컬트 문학지인 『Quid』, 『Q? series of noise』의 편집자이며 『Barque Press』의 공동 편집자이다.

Bharat Tandon(BT) 캠브리지 지저스 컬리지의 영문학부 학장으로 영미문학을 강의하고 있다. 『Times Literary Supplement』와 『The Daily Telegraph』지에 정기적으로 현대 영미 소설 및 영화에 대해 기고하고 있다.

Jenny Bourne Taylor(JBT) 서섹스 대학교 영문학 강사이다. 19세기 문학과 문화에 대해 다수의 논문을 발표했다. 최근 『Martin Ryle, George Gissing: Voices of the Unclassed』(2005) 『The Cambridge Companion to Wilkie Collins』(2006) 등을 편집하였다.

Philip Terry(PT)

Samuel Thomas(SamT) 서섹스 대학교에서 영문학 박사 과정을 수료하였다. 토머스 핀천, 프랑크푸르트 스쿨 비평론, 동구문학 등에 관심이 많다.

Sophie Thomas(ST) 서섹스 대학교의 영문학 강사로 18세기 및 19세기 문학을 강의하고 있다. 비평론과 문학 및 비주얼 문화 분야에서 석사 과정을 밟고 있다.

Dale Townshend(DaleT) 스틸링 대학교 영문학부 테지아 슈티프퉁 연구 펠로이며, 총 4권의 시리즈 『Gothic: Critical Concepts in Literary and Cultural Studies』(2004)를 공동 편찬하였다. 그의 전공 논문 『The Orders of Gothic』가 AMS 프레스 출판사에서 간행되었다.

David Towsey(DT) 옥스퍼드 허트퍼드 컬리지 강사이며 옥스퍼드 대학교 평생교육원에서도 강의하고 있다. 문학 이론과 낭만주의 문학에 대한 저술서를 출간하였으며, 현재는 월터 드 라 마르의 단편 연구의 일환으로 빅토리아 후기와 에드워드 시대 문학을 공부하고 있다.

David Tucker(DTu)

Garth Twa(GT) 단편집 『Durable Beauty』의 저자이자, 영화 제작자이며, 현재 극지방의 에스키모 마을에서 보낸 어린 시절과 헐리우드 외곽에서 보낸 시기를 소재로 한 두 번째 작품 『My Ice Age』를 집필 중이다.

Miriam van der Valk(MvdV) 암스테르담 대학교에서 철학 석사 학위를 받았으며, 특히 정신분석 이론과 페미니즘 정치가 전문 분야이다.

Cedric Watts(CW) 서섹스 대학교 영문학부 연구 교수이며 셰익스피어, 키츠, 커닝햄 그레이엄, 콘래드, 그레이엄 그린에 대한 논문을 다수 출간하였다. 존 서덜랜드와 함께 『Henry V, War Criminal?』과 『Other Shakespeare Puzzles』를 공동집필하였다.

Claire Watts(ClW) 런던 대학교에서 프랑스문학으로 학위를 받았으며 작가이자 편집자로 활동 중이다. 지방 학교 도서관을 운영하는 것이 취미이다.

Manuela Wedgwood(MWd)

Andreea Weisl(AW)

Gabriel Wernstedt(GW)

Juliet Wightman(JW) 수년째 스틸링 대학교에서 영국학을 가르치고 있다. 르네상스 문학과 희곡에 나타난 언어와 폭력의 관계에 대해 연구하고 있다.

Ilana Wistinetzki(IW) 2000년 예일 대학교에서 중국 고전문학으로 석사 학위를 받았다. 예일 대학교와 베이징 대학교에서 현대 히브리어를 강의한 바 있다.

Tara Woolnough(TW) 런던에서 살고 있다. 고전문학 석사이며 현재 출판계에서 일하고 있다.

Marcus Wood(MW)

작품별 색인

Il faut vous fuir, Ma
e sens bien. J'aurois dû b
ttendre; ou plustôt, il f
voir jamais. Mais que j
n'y prendre aujourdui
romis de l'amitié: Soy
t conseillez-moi.

Vous savez que je n
ans vôtre maison que
e Madame vôtre mér
'avois cultivé quelques
lle a cru qu'ils ne ser

1800년대 이전

▲ 장 자크 루소, 『신 엘로이즈』, 1760

천일야화 The Thousand and One Nights

작자 미상

원제 | Alflaylah wa laylah
언어 | 아라비아어
초판 발행 | 850경
원전 | Hazar Afsanah(천 가지 이야기)

▲ 1908판 『아라비안 나이트』의 표지. 동방의 에로티시즘에 매료된 서양인들의 흥미를 자극하는 삽화이다.

▶ 발레뤼스*가 1910년 파리에서 공연한 림스키 코르자코프의 발레 〈세헤라자데〉를 위해 레온 박스트(1866~1924, 러시아의 화가 겸 무대 미술가)가 디자인한 무대 의상.

『천일야화』 또는 『아라비안 나이트』로 알려진 이 이야기 모음은 설화 문학 사상 가장 강렬하고 반향이 큰 작품이다. 천일 하고도 하룻밤 동안 셰헤라자데가 샤리아 왕에게 들려준 이야기 가운데에는 『신밧드의 모험』, 『알라딘』, 『알리바바와 40인의 도적』 같은 친숙한 제목이 종종 보인다. 엄청난 분량임에도 앉은 자리에서 그대로 빠져들어 순식간에 읽어버리게 되는 매력이 있는 작품이다. 그러나 『천일야화』가 중요한 이유는 그 친근함이나 시내 상황의 생생한 전달에 있는 것이 아니다. 자칫하면 맥이 끊길 뻔했던 설화 문학을 후세까지 이어나갔다는 점이 『천일야화』의 진정한 가치이다.

『천일야화』의 밑바탕에는 설화, 섹스, 죽음 등이 서로 얽혀 끊임없이 새로운 이야기를 만들어나가는데, 이러한 전통은 후세의 산문, 특히 소설 장르에서 지금까지도 이어져내려오고 있다. 영리한 처녀 셰헤라자데가 샤리아 왕에게 시집을 가게 되면서 이야기는 시작된다. 왕은 왕비의 부정에 충격을 받아 매일 밤 처녀와 잠자리를 하고 날이 밝으면 그 처녀를 죽였는데, 셰헤라자데는 그러한 죽음에서 벗어나기 위해 왕에게 밤마다 이야기를 들려주기 시작했다. 매일 밤 이어지는 그녀의 이야기는 너무나도 흥미진진하고, 에로틱하고, 달콤하고, 자극적이어서 왕은 그녀를 죽일 수가 없게 된다. 특히 셰헤라자데는 밤마다 이야기를 끝맺지 않고 멈췄기 때문에 나머지를 듣기 위해 왕은 하루하루 처형을 미룰 수밖에 없었다. 사실 셰헤라자데가 지어내는 이야기들은 끝이 날 수가 없는 이야기이며 따라서 절정이라는 것도 존재하지 않는다. 샤리아 왕도, 독자도, 이야기를 더 듣고 싶은 욕망과 결말을 알고 싶다는 궁금증에 사로잡혀 더더욱 이야기에 빠져들 뿐이다. 이야기의 에로티시즘과 이국적이고도 열정적인 짜임새 역시 이러한 절정과 죽음 사이를 넘나드는 욕망에서 비롯되었다고 볼 수 있을 것이다. **PB**

* Ballet Russes. 1909년 세르게이 디아길레프가 조직한 프랑스 발레단. 러시아 상트 페테르부르그의 마린스키 극장 출신 무용수와 안무가들이 대거 참여하여 파리에서 대성공을 거두었다.

타케토리 이야기

The Tale of the Bamboo Cutter

작자미상

언어 | 일본어
초판 발행 | 10세기경
다른 제목 | 輝夜姫物語(카구야 공주 이야기)
원제 | 竹取物語(타케토리 이야기)

『겐지 이야기』에서 "모든 로맨스의 시조"라고 칭한 『타케토리 이야기』는 일본에서 가장 오래된 이야기이다. 정확한 집필시기에 대해서는 의견이 분분하지만, 9세기 후반에서 10세기 초라는 설이 지배적이다. 일본 최초의 근대 문학가인 가와바타 야스나리의 현대 일본어 번역본은 1998년 출간되었다.

산에서 대나무를 베어다 바구니와 소쿠리를 만들어 파는 노인('타케토리(竹取)'는 일본어로 죽세공인을 뜻한다)이 살고 있었는데, 어느 날 대나무 안에서 예쁜 여자아이를 발견하여 데려다 키운다. 아름답게 자라난 카구야히메의 미모에 대한 소문이 전 일본에서 자자해져 수많은 구혼자가 몰려들고, 양부모는 그 중에서 가장 출중한 다섯 명을 가려내지만 결혼할 마음이 없는 카구야히메는 그들에게 불가능한 과제를 낸다. 출신과 배경이 다른 다섯 구혼자는 각자의 돈과 지위를 이용하여 과제를 해결하려고 한다. 어떤 왕자는 밤낮으로 아랫사람을 부려 황금 가지를 만들게 하고, 또 어떤 왕자는 중국에 사람을 보내 불에 타지 않는 옷감을 사오게 한다.

다섯 구혼자의 일화는 각각 일말의 교훈을 담고 있다. 예를 들면 그중 하나인 대납언(일본 헤이안 시대 관직의 하나로 정3품에 해당)은 여의주를 가져오는 데 실패하자, 결국 여의주와 비슷한 자색의 구슬 한 쌍을 자신의 두 눈과 바꾸는 어리석음을 보여준다. 가와바타 야스나리의 현대어 역본에서는 미야타 마사유키*의 환상적인 삽화도 감상할 수 있다. **OR**

* 宮田雅之(1926-1997), 일본의 화가로 종이를 여러 모양으로 오려붙이는 키리에 기법을 사용한 작품으로 유명하다.

겐지 이야기

The Tale of Genji

무라사키 시키부(紫式部) Murasaki Shikibu

작가 생몰연도 | 973경(일본)-1014경
초판 발행 | 11세기
언어 | 일본어
원제 | 原氏物語(겐지 이야기)

『겐지 이야기』는 오늘날까지 널리 즐겨 읽히고 있는 최초의 산문 소설이다. 헤이안 시대 교토의 궁정 여인이었던 무라사키 시키부의 작품으로, 수려한 용모와 세련된 재기의 소유자인 천황의 아들 겐지가 일생에 걸쳐 벌이는 애정 행각을 느슨한 구조로 서술하였다. 겐지는 자신의 어머니나 다름없는 후지츠보와, 훗날 자신의 양녀가 되는 무라사키를 비롯하여 수많은 여인들과 각양각색의 파란만장한 연애를 하게 된다. 정치적으로 무분별하고 경솔했던 그의 애정 행각 때문에 결국 귀양을 떠난 겐지는 다시 궁으로 돌아와 부와 권력을 얻지만, 진정으로 사랑했던 무라사키가 죽자 속세를 떠나 불교에 귀의한다.

겐지가 사라진 '겐지 이야기'는 후손들의 암울한 묘사가 이어지다가 느닷없이 끝나는데, 『겐지 이야기』가 미완성이냐, 혹은 교묘하게 결말을 내지 않은 채로 완결되었느냐에 대해서는 아직도 의견이 분분하다. 『겐지 이야기』는 머나먼 이국적인 세계, 즉 중세 일본의 세련되고 탐미적인 궁정을 들여다 보게 해주는 창이며, 바로 이 점이 시대를 초월한 이 작품의 매력이기도 하다. 무라사키가 살았던 세상과 현재 우리가 살고 있는 세상 사이의 역사적, 문화적, 언어적 심연은 그 허구적 상상력으로 훌륭히 메워진다. 물론 번역본을 통해 원전의 묘미를 완전히 음미하기란 불가능하지만, 시간을 뛰어넘는 인간 감정의 보편성과 주인공의 예측 불가능한 행동 덕에 현대 독자들도 그 감동과 재미를 느끼기에 부족함이 없는 작품이다. **RegG**

삼국지

Romance of the Three Kingdoms

나관중(羅貫中) Luó Guànzhong

작가 생몰연도 | 1330경(중국)-1400

초판 발행 | 14세기

언어 | 중국어

원제 | 三國演義(삼국연의)

『삼국지』는 중국 문학의 초석이 되는 네 편의 작품 중 하나이다. 한나라 말기부터 약 100년간(184-280)을 배경으로 중국 전통 이야기꾼이 들려주던 역사와 전설이 뒤섞인 대서사시이다. 서로 다른 기원과 줄거리를 가진 이 이야기들을 14세기 학자였던 나관중이 한데 모아 한 편의 서사시로 재탄생시켰다.

이야기는 스스로를 도사라 칭하는 장각이 이끄는 반도들이 한나라 영제에 대항해 반란을 일으키면서 시작하여, 한 왕조의 멸망(220)과 진나라의 건립으로 끝난다. 대부분의 주요 사건들은 위, 촉, 오나라 삼국의 괴물과, 도인, 막강한 군벌, 전설적인 불사의 영웅들이 중국의 패권을 놓고 겨루는 과정에서 일어난다. 읽는 이를 사로잡는 구성, 고전적인 영웅과 악당들, 얽히고 설킨 음모, 스펙터클한 전쟁 장면들은 가히 중국판『일리아드』라 불릴 만한 불후의 명작을 만들어냈다.

『삼국지』는 영어, 불어, 스페인어, 러시아어를 비롯한 각국의 언어로 번역되었으며, 그 속에 담겨있는 전통적 지혜, 동화적 환상, 역사적 디테일, 그리고 병법(兵法)에 대한 통찰 덕분에 아직도 동아시아에서 가장 널리 읽히고 있는 책 중의 하나이다. 심지어 한국에서는 "삼국지를 읽지 않고는 인생을 논하지 말라"는 말이 있을 정도이다. **FG**

수호지

The Water Margin

시내암(施耐庵) Shi Nai'an & 나관중(羅貫中) Luó Guànzhong

작가 생몰연도 | 1296경(중국)-1370경

초판 발행 | 1370

다른 제목 | 호숫가의 무법자들

원제 | 水滸傳(수호전)

이 작품은 12세기 초 산적 송강과 그를 따르는 유협들의 이야기에 바탕을 두고 있다. 다소 느슨한 구성의 이 이야기는 수 세기 동안 이야기꾼들의 입을 거쳐 내려오면서 새로운 요소들이 덧붙고 더해져 16세기에야 비로소 다양한 버전의 소설로 형태를 갖추게 되었다. 그 중 가장 오래된 것은 120개의 장으로 이루어져 있으며 편찬 시기는 16세기 초로 추정된다. 때문에 텍스트에는 전반적인 일관성이 결여되어 있을 뿐 아니라, 정확한 작자를 밝혀내는 것도 거의 불가능하다.

『수호지』의 전반부에서 108명의 유협은 양산박에 모여 간신배들의 농간으로 길을 잃은 황제에 대한 충성을 다지며, 부자의 재물을 강탈하여 가난한 이들에게 나눠주고, 동지에게는 의리를 다한다. 후반부에서 이들은 황제의 사면을 받아 반란을 진압하는 임무를 맡게 되고, 그 과정에서 하나하나 스러져간다.

현대 독자의 기준으로 보면 지나치게 폭력적이고 여성혐오적인 묘사가 없는 것은 아니지만, 『수호지』는 다차원적인 인물 묘사와 생생하고 다채로운 언어로 독자의 상상력을 사로잡는다. 농민 반란을 찬미하는 소재 때문에 1949년 이후 시대(중화인민공화국 건국 이후)에는 권장 도서가 되기도 했으며, 특히 마오쩌둥이 가장 좋아하는 책 중의 하나였다고 한다. **FG**

황금 당나귀 The Golden Ass

루키우스 아풀레이우스 Lucius Apuleius

작가 생몰연도 | 123경(마다우로스;현재의 알제리)–170
초판 발행 | 1469
초판 발행인(처) | C. Sweynheim & A. Pannartz
원제 | Metamorphoses(변신)

『황금 당나귀』는 오늘날까지 그 원본이 완전하게 보전된 유일한 라틴어 소설이다. 스타일은 당시의 이야기꾼들이 그렇듯이 다소 선정적이고, 수선스럽고, 불경스럽기까지 하지만, 사실 그 내용 자체는 매우 도덕적이다.

마법에 푹 빠진 로마의 젊은 귀족 루키우스는 연인의 실수로 그만 당나귀가 되고 만다. 이로 인해 루키우스는 여러 가지 모험을 겪게 되고, 그 과정에서 부유한 지주들에게 고통받는 노예와 소작농들의 비참한 상황을 목격한다. 『황금 당나귀』는 고대 그리스 로마 문학 중에서는 유일하게 하층 계급의 삶에 관심을 가진 작품이다. 다소 심각한 주제임에도 루키우스가 음란한 세계에 발을 들여놓게 되면서 문체 역시 노골적이고 외설스러워진다.

이 작품은 또한 당시의 종교에 대해서도 묘사하고 있다. 예를 들면 결말 부분에서 루키우스는 이시스 여신의 도움으로 다시 인간으로 돌아오는데, 필연적으로 이시스 여신을 신봉하는 비교(秘教)에 입문해 이시스 여신을 섬기는 데 일생을 바친다. 이쯤에서는 문체 역시 앞부분의 다소 떠들썩하고 유머러스한 톤에서 강력하면서도 아름답게 바뀐다.

『황금 당나귀』는 피카레스크 소설*의 선봉이라고 할 수 있다. 마법, 풍자극, 신화 등이 쾌활하게 뒤섞인 이 작품은 세월을 뛰어넘어 현대의 독자들에게도 재미와 감동을 선사하고 있다. **LE**

▲ 아풀레이우스는 특히 성(性)에 있어 유대교나 기독교식의 죄의식이나 로맨틱한 감성과는 거리가 먼, 솔직하고 떠들썩한 태도를 보여준다.

◀ 난봉꾼에게 괴롭힘을 당하는 여인의 모습을 그린 삽화, 장 드 보세르, 1923년판.

* 16세기 중반 에스파냐에서 나타나 17세기까지 크게 유행하였던 문학 양식. 악한소설 또는 건달소설이라고도 하며, 유럽 여러 나라에 파급되어 많은 독자층을 형성하였다.

백기사 Tirant lo Blanc

호아노트 마르토렐 Joanot Martorell

작가 생몰연도 | 1413(스페인)–1468
초판 발행 | 1490
초판 발행인(처) | Nocolou Spindeler(발렌시아)
언어 | 카탈루냐어

『백기사』를 가리켜 세르반테스는 "유쾌함의 보물이자 즐거움의 보고"라고 불렀다. 그 자신이 한때 기사였던 호아노트 마르토렐은 자신의 경험과 다른 거장들(라몬 율, 보카치오, 단테 등)의 문학을 엮어 풍부한 상상력과 삶의 진실이 조화롭게 어울어진 작품을 창조해냈다. 『백기사』는 중세 기사도를 옹호하고 찬양하는 동시에 기사도를 거의 환상에 가깝게 묘사한 종래의 허구를 바로잡는다. 또한 전쟁과 사랑에 관한 사실적인 사건들이 허구적인 이야기들(예를 들면, 용으로 변한 아가씨의 이야기)보다 더 많다.

주인공 티랑트는 전설적인 기사들을 모델로 창조되었지만, 그의 승리는 초자연적인 능력이 아닌 지혜와 전략, 그리고 용기의 결과이다. 당연히 말에서 떨어지기도 하고, 지치기도 하고, 부상을 입기도 한다. 그의 여정은 잉글랜드, 프랑스, 로도스, 콘스탄티노플 등 실제로 존재하는 지역들을 거치며, 그가 출정하는 전투 역시 1444년의 로도스 섬 공방전과 콘스탄티노플 수복 기도 등 실제로 역사 속에서 일어났던 것들이다.

가령 젊은 처녀 플라에르데마비다가 티랑트를 그가 사랑하는 카르메시나 공주의 침대로 보낸 뒤 두 사람 사이에 비집고 들어가, 공주가 그녀를 애무하는 손이 시녀의 것이라고 믿는 장면과 같이 여러 에피소드에 등장하는 유머 감각과 짓궂게 야한 표현들 덕분에 이 소설은 오늘날까지도 그 신선함을 간직하고 있다. **DRM**

라 셀레스티나 La Celestina

페르난도 로하스 Fernando de Rojas

작가 생몰연도 | 1465경(스페인)–1541
초판 발행 | 1499
초판 발행인(처) | Fadrique de Basilea(부르고스)
언어 | 스페인어

이 책의 원래 제목은 두 주인공의 이름을 따 '칼리스토와 멜레베아의 희극과 희비극'이었으나, 곧 알 수 없는 이유로 멜리베아에게 사랑의 묘약을 주어 칼리스토와 사랑에 빠지게 하는 늙은 마녀의 이름을 따 '라 셀레스티나'로 바뀌었다. 수수께끼는 여기에서 끝나지 않는다. 유대계 혈지인 작가 페르난도 로하스는 자신은 단지 미완성으로 끝난 작자 미상의 작품을 이어서 쓰고 있을 뿐이라고 말하는데, 진실 여부는 밝혀지지 않았지만 실제로 그 말이 맞는 것 같다. 사실 이러한 미스테리들 덕분에 이 작품이 강한 인상을 갖게 되었다고 보아야 할 것이다.

이 작품은 공적, 사적인 장소를 막론하고 낭독의 목적에 맞게 연극적인 구성을 갖고 있지만, 실제로 연극 무대에 올리기 위한 희곡은 아니고 '인간 희극'이라 불리는 장르이다. 이 작품에 등장하는 솔직하고 자유분방한 대화, 캐릭터의 심리적인 통찰, 분위기의 다양함(학식 높고 세련된 분위기부터 매우 거친 분위기까지) 등으로 보아 희곡보다는 소설 장르에 더 큰 영향을 미쳤다는 사실을 알 수 있다. 도덕적인 교훈을 내포하는 내용으로서 금지된 사랑과 그 대가, 요술과 야심의 악덕 등에 대해 이야기하는 한편 인간 본성에 대한 신랄한 통찰 및 깊은 허무주의를 내보이고 있기도 하다. 이 작품을 매우 깊게 연구했던 세르반테스는 『라 셀레스티나』를 이렇게 요약했다. "성스러운 진리가 담긴 책. 그러나 인간에 대해 더 많은 것을 숨기고 있는 책." **JCM**

갈리아의 아마디스 Amadis of Gaul

가르시 로드리게스 데 몬탈보 Garci Rodríguez de Montalvo

작가 생몰연도 | 1450경(스페인)–1505
초판 발행 | 1508
초판 발행인(처) | Jorge Coci(사라고사)
언어 | 스페인어

『갈리아의 아마디스』는 원시적인 소설이자 로망스, 기사도 문학이며, 또한 아서왕 전설 류의 기사 모험담의 스페인판 원류이다. 이 이야기는 14세기 중반부터 이미 높은 인기를 누렸음이 확실하다. 이 작품에 등장하는 모험담들은 1470년에서 1492년 사이에 로드리게스 데 몬탈보가 압축하여 재편집한 세 권의 책에 나왔던 것들로, 여기에 아마디스의 아들과 오리아나를 중심으로 한 새로운 서사시를 덧붙여『에스플란디안의 위업』이 탄생하게 되었다.

기사의 임관, 예언과 마법 등『갈리아의 아마디스』가 아서왕의 전설의 영향을 받았다는 사실은 곳곳에서 확인된다. 예를 들어 미지(未知)의 우르간다와 마법사 아르칼라우스는 카스티야 판 멀린과 모건이다. 기사도 소설이라는 장르에 걸맞게 이야기를 이끌어가는 원동력은 물론 사랑과 결혼이다.

그러나『갈리아의 아마디스』는, 유부녀와의 금단의 사랑—레오니스의 트리스탄과 호수의 랜슬럿이 대표적인 예이다—을 노래하는 기사도 문학 특유의 음유시인다운 분위기에서는 한 발짝 떨어져 있다. 아마디스가 사랑에 빠지는 오리아나는 브리타니 왕의 부인이 아니라 딸이다. 『에스플란디안의 위업』에서 이어지는 아마디스의 이야기에는 도덕적인 요소가 혼합되어 마치 이론적 논문인「군주들의 학교」를 연상시킨다. 몬탈보의 작품은 기사도를 기독교화하여, 낡아빠진 아서 왕의 모델을 스페인의 가톨릭 군주들에게 납득시켰다. **MAN**

EL RAMO
QVE DE LOS QVA
TRO LIBROS DE AMADIS
DE GAVLA SALE.
LLAMADO LAS SERGAS DEL MVY
Esforçado Cauallero, Eſplandian hijo del excelente Rey
Amadis Gaula.
A ORA NVEVAMENTE ENMENDADAS
en eſta impreſsion, de muchos errores que en las
impreſsiones paſſadas auia.
CON LICENCIA.
Impreſſo en Alcala de Henares, por los herederos de Iuan Graciã
que ſea en gloria, Año M. D. LXXXVIII.
A coſta de Iuan de Sarria mercader de libros.

"… 그리고 그는 가슴 앞에는 방패를, 손에는 긴 칼을 들고 사자를 향해 앞으로 걸어나갔다. 가린테르 왕의 외침도 그를 되돌릴 수 없었다."

▲ 1588년판『갈리아의 아마디스』의 표지. 사랑에 불타는 기사가 모험을 떠나고 있다.

라사리요 데 토르메스의 생애

The Life of Lazarillo de Tormes

작자미상

초판 발행 | 1554

초판 발행인(처) | Alcalá de Henares(스페인)

원제 | La vida de Lazarillo de Tormes y de sus fortunas y adversidades

『라사리요 데 토르메스의 생애』의 작가는 아마 영영 밝혀지지 않을 가능성이 높다. 오랜 세월 동안 이 작품의 작자는 디에고 우르타도 데 멘도자라는 귀족으로 알려져 왔다. 그러나 최근에는 고등교육을 받은 에라스무스적 성향의 궁정 관리였던 알폰소 데 발데스라는 주장도 제기되고 있다. 이 작품에 등장하는 누군가가 직접 썼을 거라는 설도 있지만 설득력이 없다.

주인공 라사리요는 장님의 인도자를 시작으로 각양각색의 주인을 섬기는 시동 노릇을 하다가 자기 어머니의 애인인 수석 사제의 입김으로 톨레도의 하급 관리를 섬기게 된다. 이 작품은 라사리요가 여러 주인 밑을 전전하며 겪게되는 상황들을 서술한 자전체의 짧은 글로, 아직까지도 독자들에게 묘사의 대상이 되는 익명의 남녀(라사리요의 "주인님"들)에 대한 호기심을 불러일으킨다.

이 책에서 작가가 쓴 모든 것들은 이미 반성직자 경향의 문학이나 전승에서 이미 등장했던 것들이지만, 문학적 제약에서 자유로운 문체를 썼다는 점과 다양한 소재들을 단 한 사람의 경험으로 집약시킨 것은 근본적으로 새로운 요소이다. 이 작품은 피카레스크 소설의 시초로 알려져 있지만, 그보다 더 중요한 의의는 바로 한 개인의 눈으로 바라본 세상을 그린 진정한 근대 소설이라는 것이다. **JCM**

◀ 피카레스크 소설의 효시인『라사리요 데 토르메스의 생애』에서 영감을 받아 고야가 그린 그림. 그로테스크한 용모의 장님이 라사리요의 치아를 확인해보고 있다.

가르강튀아와 팡타그뤼엘

Gargantua and Pantagruel

프랑수아 라블레 François Rabelais

작가 생몰연도 | 1494경(프랑스)–1553

초판 발행 | 1532–1564, F. Juste(리옹)

원제 | Grands annales tresueritables des gestes merveilleux du grand Gargantua et Pantagruel

소설 문학의 아버지를 들라면 주저 없이 라블레를 꼽아도 좋다. 물론 그 이전에도 몇몇 "소설 비슷한" 시도가 있었지만, 라블레의『가르강튀아와 팡타그뤼엘』이야말로 수사학적 에너지와 해박한 지식을 바탕으로 한 재치, 언어 유희, 유머 등이 모두 어우러져 있으며, '소설'이라는 새로운 장르의 주춧돌을 놓은 작품이라 해도 과언이 아니다. 라블레는 지나칠 정도로 감각적이고, 때로는 외설스럽고 음탕하기까지 한 다양한 표현들을 사용하여, 훗날『돈키호테』에서『율리시즈』에 이르는 희극의 포문을 열었다. 아마도 라블레의 가장 위대한 점은 분수를 모르고 흥청대는 천박한 물질주의를 가장 인간적인 재치로 비꼬아 보여줄 수 있었던 그의 자유로운 정신일 것이다.

작품의 주인공은 거인 가르강튀아와 그의 아들 팡타그뤼엘이다. 제1권에서는 어린 시절 팡타그뤼엘과 그의 익살꾼 친구 파뉴르지가 겪는 환상적인 사건들이 그려진다. 제2권에서는 가르강튀아의 가계를 거슬러 올라간다. 특히 구시대적인 교육 방식과 케케묵은 학풍을 풍자의 대상으로 삼은 점이 눈에 띈다. 제3권 역시 팡타그뤼엘의 영웅적인 무훈과 말을 빌려 학문 위주의 교육에 회의를 표한다. 제4권에서 팡타그뤼엘과 파뉴르지는 성스러운 병(甁)의 신탁을 얻기 위해 중국으로 여행을 떠나는데, 이들의 여정을 통해 지나치게 종교 중심적인 사회를 풍자한다. 제5권에서 그들은 마침내 성스러운 병을 모신 신전을 찾게 되고, "마셔라!"라는 신탁을 받게 된다. 다소 앞뒤가 들어맞지 않는 구성으로 피카레스크 소설의 수준까지는 도달하지 못했지만, 서술 자체의 발랄함은 매력 그 자체다. **DM**

오스 루시아다스 The Lusiad

루이스 바즈 데 카몽이스 Luís Vaz de Camões

작가 생몰연도 | 1524경(포르투갈)-1580
초판 발행 | 1572
초판 발행인(처) | Antonio Gõçaluez(리스본)
원제 | Os Lusiadas

카몽이스가 쓴 포르투갈의 국가적 서사시 『오스 루시아다스』는 1498년 포르투갈에서 인도까지 항해한 바스코 다 가마의 여행 이야기이다. 고대 그리스와 라틴 고전에 심취한 전형적인 르네상스인이었던 카몽이스는 이 스토리를 풍부한 역사와 전설, 거인과 님프, 그리고 올림푸스 산에 사는 신들의 싸움 이야기로 수놓았다. 사실 『오스 루시아다스』는 저자가 악전고투하여 얻어낸 세상의 지혜가 그 바탕을 이루고 있는 작품이다. 카몽이스는 젊은 시절 모로코에서 무어인들과 싸우다 한쪽 눈을 잃었고, 인도와 동아시아의 포르투갈 식민지를 17년 동안 전전하기도 했다.

『오스 루시아다스』가 읽기 쉬운 작품이라는 데에는 의심할 여지가 없지만, 그 장황한 문체를 통해 단순한 역사적 사실이 때로는 낭만적인 영웅들보다 훨씬 드라마틱할 수 있다는 소설적 상상력을 보게된다. 다 가마는 교활하고 분별은 있지만, 실수를 잘하고 행운의 힘을 자주 빌려야 했던 음울한 영웅으로 나타난다. 카몽이스도 어쩔 수 없이 그 시대의 사람이었다. 가령 그는 인도로의 항해를 야만인에게 문명을 맛보여주는 정도로 생각했으며, 회교도들을 박멸하기 위해 십자군을 일으킬 것을 왕에게 건의하기도 했다. 그렇지만 결코 어리석은 사람은 아니었다. 그는 기독교의 전파라는 허울 아래 자행되는 끔찍한 만행, 제국이 낳은 부패와 영웅주의의 환상을 꿰뚫어보았다. 영국의 평론가 모리스 보라는 『오스 루시아다스』를 두고 "그 웅장함과 보편성에서 있어 처음으로 근대 세계의 목소리를 낸 최초의 서사시"로 평했다. **RegG**

서유기 Monkey: A Journey to the West

오승은(吳承恩) Wú Chéng'en

작가 생몰연도 | 1500경(중국)-1582
초판 발행 | 1592, 익명으로 출간
다른 제목 | 원숭이
원제 | 西遊記(서유기)

소설 『서유기』는 중국의 인기있는 대중 소설인 『서유기』를 명나라 때의 학자이자 시인인 오승은이 번역 및 축약한 것이다. 중국의 민간 종교, 신화, 철학, 특히 도교, 유교, 불교 등의 영향이 그대로 드러나 있는 민간 설화를 바탕으로 하는 『서유기』는 중국 문학의 4대 고전 중 하나로 꼽히고 있다.

당나라의 유명한 고승인 삼장법사가 불경(수트라)을 얻기 위해 인도로 순례를 떠나는 이야기가 이 소설의 줄거리이다. 삼장에게는 세 제자 손오공, 저팔계, 사오정이 있는데, 이들은 갖가지 괴물과 요괴를 물리치고 삼장을 무사히 인도까지 수행하여 결국 원하던 불경을 얻어 중국의 도읍으로 돌아온다. 손오공 역시 불멸, 지혜, 속죄, 그리고 영적 환생 등 자신이 구하고자 했던 의문에 대해 깊이 성찰하게 된다.

『서유기』는 모험, 희극, 시, 그리고 영적 통찰 등이 한데 결합되어 있다는 점에서 매우 독특한 작품이며, 이 때문에 깨달음을 향한 영적 여정의 우의이자 무능하고 부조리한 관료사회에 대한 풍자로 평가되기도 한다. **JK**

▶ 영악하고 장난끼 가득한 손오공은 신들 사이에선 골치 아픈 존재이지만 인도에 이르는 삼장법사의 여정에는 가장 중요한 역할을 한 동반자이다.

불운한 나그네 Unfortunate Traveller

토머스 내쉬 Thomas Nashe

작가 생몰연도 | 1567(영국)–1601

초판 인쇄 | 1594, T. Scarlet

원제 | The Unfortunate Traveller(불운한 나그네) 또는 The Life of Jacke Wilton(잭 윌튼의 생애)

『불운한 나그네』는 엘리자베스 시대 최고의 재기발랄한 소품으로, 프랑스에 주둔 중인 헨리 8세의 군대의 신참병 잭 윌튼의 이야기이다. 군대의 사과술 장수인 미스룰의 꼬임에 빠지면서 윌튼이 겪게 되는 일련의 모험들이 이야기의 줄거리를 이루고 있다. 미스룰은 왕이 자신을 적국의 스파이로 생각하고 있어 얼마든지 술을 공짜로 먹을 수 있다며 윌튼을 속인다. 결국 사실이 발각되고 왕이 이를 알게 되면서 윌튼은 태형을 받게 된다.

군대에서 쫓겨난 윌튼은 전유럽을 떠돌며 인간 세상의 부패와 타락을 목도한다. 뮌스터에서는 낙원을 건설하려는 재세례파 교도들에게서 파괴성을, 이탈리아에서는 자도크와 컷울프라는 두 죄인의 처형을 통해 그보다 더한 잔인함과 악을 목격하게 된다. 그 와중에 그는 추방당한 잉글랜드의 공작을 만난다. 공작은 윌튼에게 여행이란 최대한 피해야 하는 저주받은 행위라고 말하며, 고요한 정착 속에서 깨닫지 못한 것은 여행을 통해서도 배울 수 없다고 가르침을 준다. 결국 여행을 하면서 자신이 본 것들에 질려버린 윌튼은 다시 잉글랜드로 돌아와 죽을 때까지 고향에 머무르기로 맹세한다.

『불운한 나그네』는 노골적인 묘사의 불편함을 반감시키는 아이러니 덕분에 불안과 재미가 시시각각 교차하므로, 독자들은 마지막 장을 덮을 때까지도 윌튼의 여행이 계몽적인 것이었는지, 아무 쓸모없는 시간 낭비였는지 결론을 내릴 수가 없다. 특히 폭력을 다루는 내쉬의 장면 묘사에는 평범과 비범을 아우르는 재기가 번뜩인다. "마치 휴일에 반쯤 열린 양복장이의 가게 문처럼… 죽어가는 자도크의 손톱이 반쯤 들어올려졌다가 다시 내려앉았다." **AH**

리딩의 토머스 Thomas of Reading

토머스 들로니 Thomas Deloney

작가 생몰연도 | 1543경(영국)–1600경

초판 발행 | 1600경

원제 | Pleasant Historic of Thomas of Reading; or, The Sixe Worthie Yeomen of the West

다양성에 있어 『리딩의 토머스』는 초서의 『캔터베리 이야기』와 쌍벽을 이룬다. 온갖 취향을 충족시키는 요소들, 즉 우스꽝스러운 일화, 민간의 지혜, 환락, 간통, 살인, 여행, 운명의 사랑, 왕위 계승자 간의 세력 싸움, 교묘하게 처벌을 피해 달아나는 도둑 등이 빠짐없이 등장하는 것이다. 들로니는 잉글랜드 서부 지방에서 온 여섯 명의 직조공의 운명을 따라가며, 그들의 코믹한 모험과 귀족 여인 마가렛의 비극적인 이야기를 함께 짜넣는다. 마가렛은 몰락한 귀족의 딸로 여섯 직조공 중 한 사람의 아내와 함께 일하다가 마침내 왕의 동생과 사랑에 빠지게 된다.

겉보기에는 악의 없는 일화들의 모음이지만, 실상 『리딩의 토머스』는 매우 예리한 사회 비판을 담고 있다. 직조공들을 찬양하면서 그들보다 높은 사회적 지위를 가진 이들을 경멸한다. 자비와 덕성을 겸비한 직조공들은 그들만의 긴밀한 사회를 구성하고 있지만, 귀족들은 이러한 이상과는 동떨어진 삶을 영위한다. 상류계급 친구들이 그녀를 멀리하자 마가렛은 하층 계급이 가장 본받을 만하다는 것을 깨닫는다. 그녀는 직조공들 틈에서 행복한 삶을 살다가 왕의 동생을 만나 함께 도주하면서 다시 귀족 사회로 돌아가게 되지만, 결국 파멸을 맞을 뿐이다.

보통 소설로 분류되기는 하지만, 사실 『리딩의 토머스』는 그 범주를 딱히 정의하기가 애매한 작품이다. 보편적인 통일성이 결여되어 있을 뿐 아니라, 어떤 중심 사건이나 주인공에 초점을 맞추고 있는 것도 아니기 때문이다. 하지만 일반적인 문학 형식에서 벗어나 있다는 점이야말로 오히려 현대의 독자들에게 신선하게 다가가는 이유라고 볼 수도 있다. 비록 쓰인 것은 4세기 전이지만, 그 사고방식만큼은 현대적이기 때문이다. **FH**

돈키호테 Don Quixote

미구엘 데 세르반테스 사베드라 Miguel de Cervantes Saavedra

작가 생몰연도 | 1547(스페인) – 1616
초판 발행 | 1605–1615, Juan de la Cuesta
원제 | El ingenioso hidalgo Don Quixote de la Mancha(재기 넘치는 기사, 라 만차의 돈키호테)

『돈키호테』는 허구성이 그 작품 자체가 되는 소설들 중에서도 최고봉이라 해도 과언이 아니다. 시골 신사 돈키호테는 기사도 소설을 너무 많이 읽은 나머지 그만 머리가 돌아버린다. 그는(판지로 만든) 갑옷을 입고(늙다리에 병든) 준마를 타고 기사의 명명(命名)을 받아 모험을 찾아 떠난다. 그는 동네 주막의 창녀들을 성에 사는 고귀한 귀부인들로, 도둑놈이나 다름없는 주막 주인을 영주라고 생각하고는, 알아들을 수도 없는 온갖 고어와 미사여구를 사용하여 일장 연설을 늘어놓은 뒤, 완전한 기사 작위를 수여받기 위해 밤새 우물가에서 자신의 갑옷을 지키는 임무를 행한다. 기사도 로맨스의 유쾌한 풍자도 그렇거니와, 그때껏 신성시되어 왔던 각종 종교 의식들과 봉건 사회의 계급 구조를 웃음거리로 삼은 것은 당시 유럽에 불기 시작한 세속화의 바람을 대변한다.

사실 돈키호테가 내뱉는 장광설의 청중은 소설 속 특정 인물이 아닌 책 밖의 독자이다. 실제로 세르반테스는『돈키호테』에서 "독자를 창조"해냄으로써 새로운 소설의 형식을 창조하였다고 볼 수 있다. 이 책은 "한가하고 할 일 없는" 독자들을 위해 쓴 서문으로 시작하여 마지막에서 친구들이 돈키호테가 제정신으로 돌아오도록 기사도 책을 불사르는 데까지 계속된다. 이 과정에서 우리는 수많은 "독자들"을 만나게 되는 것이다.

1615년 세르반테스는 돈키호테의 속편을 발표하는데, 여기서 돈키호테는 그 자신이 더 이상 책을 읽지 않는 대신, 이미 전편을 읽어 그와 그의 종 산초 판자에 대해 모든 것을 알고 있는 독자들에게 '읽히는' 존재가 된다. 이렇듯 이미 다 알고 있는 내용과 그 안에서 끊임없이 '읽을거리'를 재창조해낸 작가의 힘이야말로 이 책의 진정한 매력이라 할 수 있겠다. **JP**

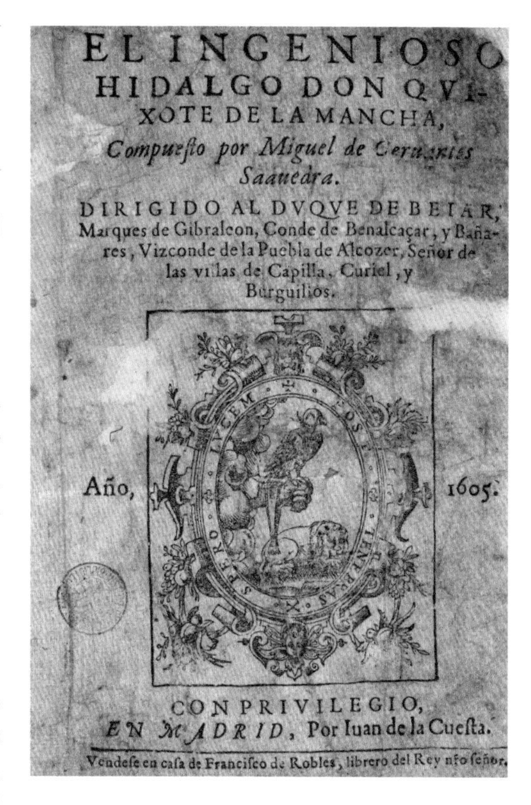
EL INGENIOSO
HIDALGO DON QVI-
XOTE DE LA MANCHA,
Compuesto por Miguel de Ceruantes Saauedra.
DIRIGIDO AL DVQVE DE BEIAR,
Marques de Gibraleon, Conde de Benalcaçar, y Bañares, Vizconde de la Puebla de Alcozer, Señor de las villas de Capilla, Curiel, y Burguillos.
Año, 1605.
CON PRIVILEGIO,
EN MADRID, Por Iuan de la Cuesta.
Vendese en casa de Francisco de Robles, librero del Rey nro señor.

"미인이라고 해서 모두 사랑을 불러일으키는 것은 아니다. 눈은 즐겁지만 마음은 사로잡지 못하는 미인도 있다."

▲ 1605년 마드리드에서 출간된 『돈키호테』 전편의 초판본은 채 20권도 전해 내려오지 않는다.

페르실레스와 시히스문다의 여행

The Travels of Persiles and Sigismunda

미겔 데 세르반테스 사베드라 Miguel de Cervantes Saavedra

"우리 삶의 욕망은 셀 수가 없고 끝없는 고리로 이어져 있어, 그 고리가 때로는 천국에 닿고 때로는 지옥으로 떨어진다."

▲ 하우레기 이 아길라르(스페인의 화가이자 시인)가 1600년에 그린 초상화에서 세르반테스는 신체 장애와 노예 생활까지 경험해야 했던, 구구절절한 삶의 주인공으로 그려졌다.

작가 생몰연도 | 1647(스페인)–1616

초판 발행 | 1617

원제 | Los trabajos de Persiles y Sigismunda, historia septentrional

세르반테스는 죽음의 침상에서 이 작품의 마지막 문장을 쓴 뒤, 종부성사를 받고 세상을 떠났다. 당연히 이 소설이 출판되는 것은 보지 못했다. 이 작품은 비잔틴 소설로 분류되는데, 비잔틴 소설이란 16세기 후반에 유행했던, 부자연스럽고 도덕적인 내용의 소설 장르이다. 세르반테스는 이 작품으로써 『돈키호테』와 같은 풍자물이 가져다주지 못했던 문학계의 영예를 얻을 수 있을 것이라고 믿었다.

툴레(그린란드 북서부의 지명이지만 근대 이전에는 셰틀랜드 제도, 아이슬란드, 노르웨이 등 극북 지방을 총칭하는 이름으로 널리 쓰였음)의 왕자 페르실레스와 그의 연인인 핀란드 공주 시히스문다는 파란만장한 여정을 거쳐 겨우 로마에 도착, 교황의 축복을 받고 혼인으로 맺어진다. 두 사람은 페리안데르와 아우리스텔라라는 가명의 남매 행세를 하며 이별, 납치, 난파 등 온갖 역경 속에서 스칸디나비아의 얼음 덮인 황야를 건너, 포르투갈, 스페인, 프랑스 그리고 마침내 이탈리아에 이르기까지 고난의 여행을 계속하여, 지고의 교회와 결합을 상징하는 로마에 다다르게 된다. 이 과정에서 두 주인공은 명예, 덕성, 용기, 순결과 같은 완벽한 도덕적 자질을 보여준다.

이 "북구의 이야기"에서 세르반테스는 불의와 도덕적 모범, 모험과 교훈을 한데 결합함으로써 지금까지와는 완전히 다른 종류의 소설을 썼다. 또한 그는 구원을 향한 인간의 여정에 등장하는 선과 악, 우연과 의지를 뒤섞음으로써 인생의 우의를 시도하였다. **DRM**

뉴 스페인 정복
The Conquest of New Spain

베르날 디아즈 델 카스티요 Bernal Díaz del Castillo

작가 생몰연도 | 1495(스페인)–1582(과테말라)
초판 발행 | 1632
원제 | Verdadera historia de la conauista de Nueva Espana(누에바 에스파냐 정복 실록)

16세기에 쓰인 역사서들은 신대륙의 발견과 정복을 다루고 있는 경우가 적지 않으며, 이런 일들은 한결같이 "일반적이고", "당연하며", "도덕적인" 것으로 간주되었다. 베르날 디아즈의 역사서는 제목에 나타난 바와 같이 "진짜 역사"라는 점에서 주목할 만하다. 즉, 이 책에 등장하는 사건들은 "직접 경험하거나 눈으로 본" 것들이라는 사실이다. 저자는 군인 경력 때문에 고상한 문체와 숙련된 언어를 구상하는 학식 높은 역사가들로부터 비난을 받았지만, 이에 아랑곳하지 않고 저술의 첫머리부터 자신의 개인적 경험의 기준을 밝혔고, 이는 훗날 큰 존경을 받게 된다. 대신 베르날 디아즈는 공적인 역사 서술의 제국주의적 이상을 과감히 생략하였다.

이 작품은 스페인계 아메리카 문학의 첫 번째 소설로 평가받기도 한다. 이 책은 아즈텍 제국을 발견하고 멕시코를 정복한 지 30년이 지나서야 그 강렬한 기억들을 되새기는 형태로 쓰였다. 저자는 놀랄만한 화술뿐만 아니라 세심한 기억력과 종종 등장하는 아이러니로 스스로의 회상에 생명력을 불어넣는다. 또한 디아즈의 문장은 강력한 이의제기를 담고 있기도 하다. 그는 같은 사건을 기술한 다른 역사가들의 부정확함에 의문을 던지며, 다른 이들이 "영웅" 코르테스에 대한 기름진 찬양으로 일관할 때, 그와 동행했던 헌신적인 병사들의 자기 희생에 초점을 맞췄다. **DMG**

모험가 짐플리치시무스
The Adventurous Simplicissimus

한스 폰 그림멜스하우젠 Hans von Grimmelshausen

작가 생몰연도 | 1622(독일)–1676
초판 발행 | 1668
원제 | Der abenteurerliche Simplicissimus
필명 | German Schleifheim von Sulsfort

『모험가 짐플리치시무스』는 피카레스크 소설 가운데 진흙 속의 진주로 남아있다. 솔직히 말하면, 약 400년 전 전화로 갈가리 찢긴 유럽의 자화상이 왜 할리우드 영화나 브로드웨이 뮤지컬로 제작되지 않았는지도 의문이다.

엄밀히 말해 최초의 독일 소설이라 불릴 만한 이 작품은 30년 전쟁(1618~48)의 소용돌이에 휘말린 한 농촌 소년의 자전적 이야기를 담고 있다. 군대의 탈을 쓴 무법자들이 독일의 전원을 황무지로 만들고, 사람들은 전쟁과 학살, 기아와 화재로 죽어나간다. 그 자신이 헤센과 크로아티아 군대 사이의 전투에 갇히고 말았을 때, 그림멜하우젠은 아직 어린 아이였다. 화자인 소년의 목소리를 빌려 저자는 용병 부대들의 약탈로 고통받는 가족들과 농민들의 삶을 가감없이 그려냈다. 소년은 자신의 주변에서 일어나는 극단적인 폭력, 강간, 약탈과 같은 암울한 정경을 완전히 이해하지는 못하지만, 상스럽고도 매력적인 감각으로 자신이 목격하는 모든 것을 빠짐없이 기술한다.

각 장은 에피소드의 성격으로 다양한 이야기가 펼쳐지는 가운데, 짐플리쿠스가 겪는 여러 불운은 독자의 마음을 사로잡는다. 특히 전쟁터에 급파된 종군 기자의 것과도 같은 전장의 생생한 묘사는 책을 손에서 놓을 수 없게 만든다. 또 마법, 예언, 점쟁이 등 종종 등장하는 환상과 철학의 맛보기 역시 역사적 흥미를 돋우는 데 모자람이 없다. **JHa**

클레브 공작부인 The Princess of Clèves

마리-마들렌 피오쉬 드 베르뉴, 라파예트 백작 부인 Marie-Madelaine Pioche de Lavergne, Comtesse de La Fayette

작가 생몰연도 | 1634(프랑스)–1693
초판 발행 | 1678
초판 발행인(처) | C. Barbin(파리)
원제 | La Princesse de Clèves

"느무르 대공은 자연이 창조한 최고의 걸작이에요."

▲ 라파예트 백작부인은 프랑스 문학의 전통이라고 할 수 있는 정교한 감성 분석의 근간을 확립했다고 해도 과언이 아니다.

『클레브 공작부인』은 앙리 2세 치세 말기(1558년경)의 프랑스 궁정을 무대로 불꽃처럼 타올랐다가 갑자기 종말을 맞게 된 금지된 사랑을 다룬 연애 소설이다. 여주인공은 권력과 미인이 통정하는 상류사회에 진출하게 되고, 그런 딸을 보호하려는 어머니는 나이 어린 딸에게 클레브 공작과의 결혼을 강권한다. 공작부인은 남편을 존경하기는 하지만, 마음은 궁정 최고의 인기남인 느무르 대공에게 빼앗기고 만다. 클레브 공작부인과 느무르 대공의 열렬한 밀애는 식을 줄 모르지만 기약없는 미래는 불확실하기만 하다.

애정과 배신을 적나라하게 묘사한 이 작품은 출간 후 저자가 속해 있는 상류 사회에 큰 반향을 불러일으켰다. 그것은 소설 속 주인공들의 행위가 현실적으로 불가능하다는 이유도 있었지만, 그 행위의 목적이 너무나 노골적이라는 것이 더 큰 원인이 되었다.

예를 들면 느무르 대공은 클레브 공작부인이 보고 있는 가운데 클레브 공작의 소유인 그녀의 초상화를 훔쳐내고는, 그녀의 반응을 지켜본다. 또 다른 장면에서 클레브 공작부인은 남편에게 자신의 부정을 고백하는 동안 그 상대인 느무르 대공이 눈에 띄지 않는 곳에서 이를 모두 듣고 있다. 또 느무르 대공이 클레브 공작이 붙인 미행을 단 채로 클레브 공작부인을 뒤쫓아 그녀의 시골 별장으로 향하는데, 여기에서 공작부인은 대공의 초상화를 들여다 보고 있다.

이러한 장면들에서 공작부인은 심한 마음의 갈등과 혼란을 겪게 되지만, 현대의 독자들은 거부하기 힘든 내러티브와 감정의 변화를 맛볼 수 있다. **JP**

오루노코 Oroonoko

에이프러 벤 Aphra Behn

작가 생몰연도 | 1640(영국)-1689
초판 발행 | 1688
초판 발행인(처) | W. Canning(런던)
원제 | Oroonoko; or, The Royal Slave

원제를 보면 이 작품의 줄거리가 보인다. 소설은 코라망티엔이라는 서아프리카의 가상 국가에서 로맨틱하게 시작하지만, 주인공이 노예로 포획되면서 수리남에서 일어나는 사건들을 그리고 있다. 작가인 벤 자신이 1660년대에 수리남에 머물러서 작품의 무대를 잘 알고 있었고, 이 시대에 실제로 일어났던 사건들을 연대기 형식으로 기록했기 때문에 이 소설이 역사적으로 상당히 중요한 영향력을 지녔음을 알 수 있다.

오루노코는 뛰어난 무예를 지닌 왕자로 국왕의 손자이지만, 오루노코의 연인인 아름다운 이모인다를 탐내는 왕과 대립하게 된다. 결국 두 사람에 대한 복수로 왕은 이모인다를 노예로 팔아버리고, 오루노코 역시 계략에 빠트려 노예의 신분이 되게 만든다. 두 사람은 클레망과 세자르라는 이름으로 수리남에서 재회하고, 자유의 몸이 되기를 원하는 세자르(오루노코)는 노예들을 모아 주인에게 반란을 일으키도록 설득한다. 하지만 결국 반란은 진압되고 세자르는 채찍질을 당해 거의 죽음에까지 이른다. 한편 임신한 클레망(이모인다)은 곧 태어날 자신들의 아이마저 노예의 신분이 될 것을 비관하여 세자르와 함께 동반 자살을 기도한다.

이 소설에서 저자는 마치 실제로 일어난 역사를 서술하듯 단순한 "목격자"에 그치지 않고 화자로서 이야기에 놀라울 정도로 적극 개입한다. 그러나 여인의 몸인 화자는 오루노코를 암울한 세계에서 건져 올리지는 못한다.

이야기의 결말은 묘하게 뒤틀린 채 미지의 상태로 남지만, 그 것이 또 깊은 감동을 준다. 놀라우리만치 정확하게 묘사한 노예 매매의 참상과 이국적인 로맨스라는 양극단의 조화, 거기에 카리브해 인디언과 영국인 대농장주, 네덜란드인들이라는 수리남의 복잡한 인종 역학이 가미된 『오루노코』는 역사의, 독자의, 그리고 저자의 양심이 어우러진 명작이다. **JP**

"그의 성품에서 야만성이라고는 찾아볼 수 없었다…."

▲ 영국 최초의 여성 직업 작가인 에이프러 벤은 상인의 아내로, 빚쟁이들에 의해 감옥에 갇힌 적도 있었다.

ROBINSON
CRUSOE
HASSALL

로빈슨 크루소 Robinson Crusoe

다니엘 디포 Daniel Defoe

『로빈슨 크루소』는 영어로 쓰인 최초의 소설로 여겨지고 있다. 처음 출간된 이래 『스위스의 로빈슨 가족』, 로버트 제멕키스 감독의 영화 〈캐스트 어웨이〉, J.M.쿠체의 소설 『포(Foe)』 등 끊임없는 재창조를 통해 문학계와 평론계를 지배해온 작품이다.

『로빈슨 크루소』는 일단 탄탄한 구성을 자랑한다. 무인도에 난파 당한 로빈슨은 지금껏 자신이 살면서 없어서는 안 된다고 여겨졌던 물건들을 모두 버리고 생존을 위한 싸움을 시작한다. 심지어 말하는 법조차 잊어버릴 정도의 지독한 고독, 그 속에서 로빈슨은 문명인이었던 과거의 자신을 잃지 않기 위해 일기를 쓰기 시작한다. 하지만 난파선에서 간신히 건진 잉크가 이미 바닷물에 묽어진 탓에, 일기장에 쓴 글씨들은 하나하나 희미하게 바래가고 결국 모두 사라지고 만다.

그러나 이러한 절대 고독에도 불구하고 로빈슨은 미치거나 절망하지 않는다. 대신 그는 고독을 새로운 형태의 문자, 새로운 형태의 자각(自覺)으로 받아들인다. 살아가기 위해 새로운 도구와 물건들을 발명했듯, 그는 자신의 삶과 세상에 대한 이야기를 남기기 위해 새로운 수단을 고안한다.

이 이야기는 바로 막 계몽의 시대를 맞이하기 시작하고 있던 세계에 로빈슨이 남긴 유물이다. 즉, 우리가 우리 자신에 대해 쓰는 이야기 말이다. **PB**

작가 생몰연도 | 1660(영국)–1731

초판 발행 | 1719, W. Taylor(런던)

원제 | The Life and Strange Surprizing Adventures of Robinson Crusoe of York, Mariner, Written by Himself

THE

LIFE

AND

STRANGE SURPRIZING

ADVENTURES

OF

ROBINSON CRUSOE,

Of *YORK*, MARINER:

Who lived Eight and Twenty Years, all alone in an un-inhabited Iſland on the Coaſt of AMERICA, near the Mouth of the Great River of OROONOQUE;

Having been caſt on Shore by Shipwreck, wherein all the Men periſhed but himſelf.

WITH

An Account how he was at laſt as ſtrangely deliver'd by PYRATES.

Written by Himſelf.

LONDON:

Printed for W. TAYLOR at the *Ship* in *Pater-Noſter-Row*. MDCCXIX.

▲ 소설 초판은 실제 저자의 이름이 언급되지 않은 채 어느 뱃사람의 회고록 식으로 출판되었다.

◀ 존 햇셀이 그린 1908년판 표지 삽화. 어린이들이 보다 친근하게 느낄 수 있도록 디자인하였다.

무절제한 사랑 Love in Excess

일라이자 헤이우드 Eliza Haywood

작가 생몰연도 | 1693(영국)–1756
초판 발행 | 1719
초판 발행인(처) | W. Chetwood(런던)
원제 | Love in Excess; or, The Fatal Enquiry

엘라이자 헤이우드의『무절제한 사랑』은 델몬트 백작이 성과 낭만의 극치를 좇아 떠나는 위태로운 여정에서 겪는 사건들을 세 권에 걸쳐 기록해 놓은 소설이다. 한편으로는 무모한 영웅, 한편으로는 방탕한 악당인 델몬트 백작은 몇몇 불명예스러운 관계로 인해 곤란한 상황에 빠져든다.

사랑스러운 멜리오라에 대한 델몬트의 헌신은 야심많은 알로비사의 위협을 받게 되는데, 이것만으로는 모자라 델몬트 자신도 끊임없는 삼각관계에 끼어들어 두 사람의 관계를 위험에 빠뜨린다. 연인 간에 은밀히 전해져야 할 서간이 계속해서 중간에 다른 사람의 손에 들어가고, 연인들은 희극과 비극 사이를 오가게 된다.

그러나 델몬트와 그 주변 인물들은 도를 넘는 정열이 넘치는 세상에서 절제와 온건의 중요성을 배우게 되고, 금전적인 야심이 아닌 애정과 포용이 결혼의 우선 조건임을 깨닫게 되면서 정절과 겸양의 미덕을 갖춘 배우자를 선택한다.

『무절제한 사랑』은『로빈슨 크루소』와 함께 18세기 초 가장 인기있는 소설 중 하나로 꼽혔다. 이 작품에서 보여준 성적 욕망에 대한 솔직한 묘사 덕분에 헤이우드는 에이프러 벤과 들러리비에 맨리가 그 시조라 할 수 있는 연애 소설의 페미니스트 전통에서 없어서는 안 될 지위를 차지하게 된다. **DT**

몰 플랜더즈 Moll Flanders

다니엘 디포 Daniel Defoe

작가 생몰연도 | 1660(영국)–1731
초판 발행 | 1722, W. Chetwood(런던)
원제 | The Fortunes and Misfortunes of the Famous Moll Flanders & c.(명망 있는 몰 플랜더즈와 그 친구들의 성공과 불행)

소박한 문체, 독자를 매료시키는 서술, 사실적인 세부 묘사의 거장인 다니엘 디포는 진정한 의미에서 최초의 소설가로 손꼽힌다. 저 유명한『로빈슨 크루소』가 발표되고 3년 후에 태어난『몰 플랜더즈』는 현대 소설 문학의 선봉에 서 있다고 해도 과언이 아니다. 1인칭으로 쓰여진 이 소설은 몰 플랜더즈가 쓴 자서전의 형태를 취하고 있다. 몰 플랜더즈는 집시 여행, 5번의 결혼, 근친상간, 매춘, 그리고 12년간 런던 최고의 악명을 자랑하는 도둑 등 파란만장한 인생을 산다. 마침내 체포되어 사형당할 위기에 처하지만 한 목사의 도움으로 도망쳐 회개한 후, 전 남편 중 한 사람과 미국으로 이주한다. 자유의 몸이 된 그녀는 버지니아에 자리를 잡고 대농장을 경영하며 부를 쌓는다. 먼 훗날 노인이 된 몰은 영국으로 돌아와 젊은 날의 방탕함을 회개하며 말년을 보낸다.

디포는 영국 하층 사회의 혐오스러운 모습을 그려냈다. 남자를 후리고 계략을 꾸미는 데에는 타고난 데다, 죽을 고비도 언제나 재주 좋게 빠져나가는 몰은 자신의 재능을 십분 활용해 빈곤을 벗어나려 한다. 이 소설의 힘은 독자의 상상력과 공감을 이끌어내는 몰의 매력에 있다고 해도 과언이 아니다. 그러나 일반적인 도덕 관념을 교묘하게 뒤집어엎는, 즉 악이 언제나 그 대가를 치르는 것은 아니며 때때로 무조건 악을 피하는 것보다는 그 악에 편승하여 부유한 삶을 사는 것도 얼마든지 가능함을 시사하는 작가의 기술 역시 무시할 수는 없을 것이다. **JSD**

▶ 디포는 소설뿐 아니라 범죄, 경제, 정치, 초자연적 현상에 이르기까지 다양한 주제의 글을 500편 이상 발표한 언론인이었다.

걸리버 여행기 Gulliver's Travels

조나단 스위프트 Jonathan Swift

작가 생몰연도 | 1667(아일랜드)–1745
초판 발행 | 1726, B. Motte(런던)
원제 | Travels Into Several Remote Nations of the World, by Lemuel Gulliver

이 책을 읽어보지 않은 사람이라도 『걸리버 여행기』에 대해 한 번쯤은 들어보았을 것이다. 동화, 정치 풍자극, 여행기, 만화 영화, BBC의 TV 시리즈에 이르기까지 수없이 재편집된 이 불후의 명작은 마구 삭제되기도 하고, 임의대로 덧붙여지기도 하고, 늘 논란의 대상이 되면서도 영문학의 대표적인 걸작으로 손꼽히는 데에는 변함이 없다.

방탕한 젊은 시절을 보낸 레무엘 걸리버는 우연히 릴리풋(소인국)과 브롭딩내그(거인국)의 왜곡된 거울을 거쳐 라퓨타, 발니바비, 글럽덥립, 러그내그, 그리고 일본에 이르는 섬나라들을 여행하고 마침내 후이넘(인간의 이성을 갖춘 말)과 야후(인간의 모습을 한 짐승)들이 사는 나라에 당도한다. 스위프트는 이러한 가상의 공간들을 교묘하게 18세기 유럽의 지도에 끼워 넣어(이 지도는 초판본에 포함되어 있었다) 현실과 가상을 적절하게 섞은 당시의 여행기의 특징을 정확하게 보여준다.

독자의 유일한 길잡이인 걸리버는 처음에는 영국인과 영국 문화에 대한 흔들림 없는 자신감을 보여주지만, 그의 이러한 자신감은 여행 중에 조우하게 되는 다양한 캐릭터들에 의해 천천히, 그러나 확실하게 무너지게 된다. 이들은 하나같이 걸리버에게 자신의 관점에서 조언을 해주며, 독자들은 이를 통해 같은 질문을 스스로에게 던져보게 된다.

스위프트가 소설의 클라이맥스를 어디까지나 대영제국의 국경선 안으로 한정하는 바람에 정치 풍자 소설로서의 『걸리버 여행기』는 비록 얼마 못 가 그 힘을 잃었지만 현대의 독자들이라고 해서 그 신랄한 맛을 전혀 느낄 수 없는 것은 아니다. 말을 차지하기 위해 온갖 수를 써서 동료들을 피하는 걸리버의 모습은 그래서 특히 인상적인데, 이 장면에서 독자들은 비로소 풍자의 대상이 걸리버가 아닌 우리 자신임을 깨닫게 되는 것이다. **MD**

90

I told him, that in the Kingdom of Tribnia by the Natives call'd Langden where I had sojourned some time in my Travels, the Bulk of the People consist in a manner wholly of Discoverers, Witnesses, Informers, Accusers, Prosecutors, Evidences, Swearers, together with their several subservient and subaltern Instruments all under the Colours and Conduct of Ministers of State and their Deputys. The Plots in that Kingdom are usually the Workmanship of those Persons who desire to raise their own Characters of profound Politicians, to restore new Vigor to a crazy Administration, to stifle or divert general Discontents, to fill their Pockets with Forfeitures, and raise or sink the Opinion of publick Credit, as either shall best answer their private Advantage. It is first agreed and settled among them what suspected persons shall be accused of a Plot then effectual Care is taken to secure all their Letters and Papers, and put the Criminals in Chains. These Papers are delivered to a Set of Artists very dexterous in finding out the mysterious Meanings of Words, Syllables, and Letters. For Instance, they can discover a Close-stool to signify a Privy Council, a Flock of Geese a Senate, a lame Dog an Invader, a Cods head a — the Plague a standing Army, a Buzzard a prime Minister, the Gout a

▲ 스위프트의 『걸리버 여행기』 초판 원고는 명료한 두뇌와 유려하면서도 절제된 필체를 보여준다.

◀ 스스로 릴리풋의 소인들보다 우월하다고 믿으며 그들을 겁주는 걸리버의 모습은 유럽의 군사대국들을 비꼬는 것이다.

겸손한 제안 A Modest Proposal

조나단 스위프트 Jonathan Swift

작가 생몰연도 | 1667(영국)–1745

초판 발행 | 1729

초판 발행인(처) | S. Harding(더블린)

필명 | Isaac Bickerstaff

이 책의 원제는 '빈민의 자녀가 부모와 국가의 짐이 되는 대신 공공의 이익에 공헌할 수 있도록 하기 위한 겸손한 제안'이다. 스위프트가 공공 홍보를 목적으로 쓴 이 팸플릿은 기나긴 제목과는 달리 간결하면서도 신랄한 풍자를 담고 있다. 스위프트는 세인트 패트릭 성당의 사제장으로 임명되어 더블린으로 귀향한 후에 이 책을 써서, 영국의 대 아일랜드 정책과 이 정책을 비판 없이 수용하는 아일랜드인들을 동시에 비판하였다. 다작한 작가이자 정치 논객, 당대의 현인이었던 스위프트는 자신의 분노를 얼음장처럼 차가운 아이러니로 탈바꿈하는 데 타고난 재주가 있었다.

이 책에서 스위프트가 내놓은 "제안"은 말 그대로 "겸손"하다. 부자들이 아일랜드 어린이들의 기아를 해결한다면 그들의 부모와 국가에 덜 부담이 될 수 있다고 주장한다. 어린이들은 가난한 농부들을 위한 좋은 노동력으로 자랄 수 있을 것이며, 상류층의 자식들이 우수한 "종마"로 길러질 동안, 실속 있는 가축의 역할을 수행할 수 있을 것이라는 논리이다. 이렇게 하면 가톨릭 교도의 수를 줄이고, 농부들에게 꼭 필요한 자본을 제공하며, 국가의 수입을 올리고, 요식 산업을 부흥시키는 등 수많은 이점이 있다는 것이다. 스위프트는 또 노동력보다 중상주의를 우선시하는 영국인 신교도 지주들의 무신경한 경제 감각도 날카롭게 비꼰다.

스위프트의 작품 대부분은 난해함으로 악명 높은데, 이 작품은 가히 그 최고봉이라 해도 과언이 아니다. **DH**

조지프 앤드류스 Joseph Andrews

헨리 필딩 Henry Fielding

작가 생몰연도 | 1707(영국)–1754

초판 발행 | 1742, A. Miller(런던)

원제 | The History of the Adventures of Joseph Andrews, and of His Friend Mr. Abraham Adams

필딩은 당시 센세이션을 불러일으킨 리처드슨(1689~1761, 영국의 소설가)의 인기작 『파멜라』를 희화화한 단편 『샤멜라』를 발표하였다. 『조지프 앤드류스』는 『샤멜라』의 속편으로 시작하지만, 전편을 뛰어넘어 창조적인 문장의 기술은 물론 인간의 "선한 본성"에 대한 윤리적 탐구를 보여준다.

전형적인 성 역할을 코믹하게 뒤집어 조지프(파멜라의 오빠이자 부비 가문의 하인)는 부비 부인의 음란한 접근을 정숙하게 물리치는데, 이것은 그가 남성적인 정력이 없기 때문이 아니라(필딩의 주인공들에게는 그런 일은 있을 수 없다), 그가 아름다운 패니 굿윌만을 한결같이 사랑하기 때문이다. 성난 여주인으로부터 쫓겨난 조지프는 파슨 에이브러햄 애덤스와 함께 일련의 피카레스크적 모험을 겪는다.

이 소설 전체에서 가장 열정적인 인물인 파슨은 주인공인 조지프의 존재마저 무색하게 한다. 애덤스의 선함과 순진함은 자신과 동료들을 끊임없이 궁지에 몰아넣어 스스로의 덕성을 시험에 빠뜨린다면, 나보코프는 이 작품에서 대표적인 악인이라 할 수 있다.

필딩은 선한 주인공들을 타협할 수밖에 없는 상황에 빠뜨리기를 즐긴 듯하다. 그러나 파슨과 조지프의 어리석음과 괴팍함은 그들의 육체적 도덕적 용기, 충성, 자비심 덕분에 용서를 받는다. 『돈키호테』의 코믹한 도덕이 이 작품의 모델이 되었음을 쉽게 짐작할 수 있다. 필딩은 로맨스의 관습을 빌려 해피엔딩을 이끌어내면서도 독자들에게 그 부자연스러움에 대해 살짝 알려주고 있다. **RH**

마르티누스 스크리블레루스의 회고록 Memoirs of Martinus Scriblerus

스크리블레루스 클럽 J. Swift, J. Arbuthnot, J. Gay, T. Parnell, A. Pope

구성원 | J.스위프트, J.애버스넛, J.게이, T.파넬, A.포프

출신지 | 아일랜드, 스코틀랜드, 영국

원제 | Memoirs of the Extraordinary Life, Works, and Discoveries of Martin Scriblerus

『마르티누스 스크리블레루스의 회고록』은 모두 17개의 짧은 장으로 이루어져 있으며, 알렉산더 포프가 그 마무리를 지었다. 1713년 시작된 이 프로젝트는 세인트 제임스 팰러스에 있는 애버스넛 박사의 거처에서 '스크리블레루스 클럽'이라는 이름 아래 비공식적으로 진행되었다. 클럽 자체는 스위프트가 런던을 떠나면서 서서히 갈라지기 시작해, 1714년 앤 여왕이 세상을 떠난 후 완전히 사라지게 되었지만, 프로젝트는 마침 당시 막 자리를 잡은 우편 제도 덕분에 서신으로 계속되었다.

『마르티누스 스크리블레루스의 회고록』은 호라티우스와 루키우스 같은 고전부터 라블레, 에라스무스, 세르반테스와 같은 후세 작가들까지를 아우르는 유럽 풍자 문학의 보고이다. "박식한 유령" 마르티누스 스크리블레루스는 장르를 불문하고 모든 예술과 과학을 분별없이 탐식한다. 스크리블레루스 클럽의 회원들은 스크리블레루스의 입을 빌어 근대를 잘못된 취향과 부패로 얼룩진, 믿음 없고 부패한 시대로 규정하였다. 또한 인쇄술이 빠르게 발전한 이 시기의 근대 문학을 비판하면서 고대의 위엄과 열정, 품위와 논리, 보편적인 상식을 근대의 무절제와 부패에 비교하였다.

이 책에서는 직접 화법, 코믹한 분석, 설명과 같은 다양한 기법이 사용되었다. 또한 몇몇 저자들은 자신들의 다른 작품, 예를 들면 포프의 『우인열전』, 스위프트의 『걸리버 여행기』, 게이의 『거지 오페라』 등을 인용하기도 하였다. 한편 J.K. 툴의 『바보 동맹』은 이 작품의 후손이라 보아도 좋을 것이다. **AR**

"너희 신들아! 시공을 제외한 만물을 없애버려 두 연인을 행복하게 해주어라."

▲ 1729년의 익명 판본은 포프를 교황의 삼중관을 쓴 원숭이로 그리고, 포프 자신의 풍자 문구로 그를 비난하였다.

파멜라 Pamela

새뮤얼 리처드슨 Samuel Richardson

작가 생몰연도 | 1689(영국)–1761
초판 발행 | 1742
초판 발행인(처) | C. Rivington(런던)
원제 | Pamela; or, Virtue Rewarded

『파멜라』는 전례 없는 사회적 논란을 불러일으킨 작품이다. 부유한 B씨의 하녀인 열다섯 살 처녀 파멜라 앤드류스의 편지들로 이루어진 서간체 소설로, 처음에는 반강제적으로 파멜라를 유혹하려던 B씨가 그녀의 정숙함에 감화되어 마침내 정식으로 결혼하게 되는 이야기이다. 그러나 소설은 파멜라의 결혼에서 끝나지 않고, 상류층 안주인이라는 새로운 역할에 적응하기 위한 파멜라의 노력이 마침내 인정받기까지의 과정을 속편을 통해 계속해서 보여준다.

『파멜라』는 권력의 남용과 그에 대응하는 올바른 방법을 고민한 작품이다. 파멜라의 입장에서 볼 때 그녀의 유일한 방어는 정결한 덕뿐이지만, 대신 언어라는 무기를 활용하여 자신보다 사회적으로 우위에 있는 상대에 대한 저항을 도덕적, 정치적 행위로 탈바꿈한다. 리처드슨은 일개 시골뜨기 하녀를 주인공으로 내세우며서도 상류 계급에 대한 노골적인 비판을 자제하였다. 어차피 파멜라에게 주어지는 보상 역시 상류 계급으로의 "신분상승"에 불과하기 때문이다. 파멜라 자신도 B씨의 진짜 죄는 성적 문란이 아니라 그녀의 "주인"으로서의 역할을 충실히 하지 못한 점이라고 지적한다.

『파멜라』를 정숙한 몸가짐의 교본이라고 칭찬을 아끼지 않는 이가 있는가 하면, 교묘하게 위장한 포르노그라피일 뿐이라고 격하하는 이도 있다. 『파멜라』 이후 등장한 다수의 패러디물들은(특히 필딩의 『샤멜라』) 파멜라가 신분 상승을 위해 자신의 성을 이용한 것뿐이며, 리처드슨의 도덕적 의도는 자극적인 소재로 인해 빛이 바랬다고 주장한다. 하지만 이렇게 불분명한 요소들이야말로 그 시대뿐 아니라 현대의 독자들에게도 『파멜라』가 매력적인 이유일 것이다. **RH**

클라리사 Clarissa

새뮤얼 리처드슨 Samuel Richardson

작가 생몰연도 | 1689(영국)–1761
초판 발행 | 1749
초판 발행인(처) | Samuel Richardson(런던)
원제 | Clarissa; or, The History of a Young Lady

『클라리사』의 비극적인 줄거리는 클라리사 할로와 그녀의 친구인 안나 호웨, 잔인하고 불성실한 호색한 러블레이스, 그리고 클라리사의 가족 및 다른 지인이 주고받은 수백 통의 편지로 이루어져 있다. 독자들은 이 편지들을 읽어나가면서 서서히 각각의 등장인물에 빠져들게 된다.

뒤로 갈수록 그 의미가 쌓여나가는 구조이지만, 한편으로는 편지 하나하나가 갖는 드라마틱한 구성과 긴장 관계 또한 소설이 끝날 때까지 팽팽하게 남아있다. 편지를 통해 우리는 러블레이스의 끔찍한 흉계뿐 아니라 그의 은근한 유혹까지도 만날 수 있다. 마찬가지로 클라리사는 죽을 때까지 정숙함을 잃지 않는 자신의 존재를 자신만만하게 주장하지만, 주위 사람들에게서 볼 수 있는 생각과 행동의 차이를 평가하는 내용을 쓸 때는 아무래도 자기기만의 힘이 발휘된다. 훗날 헨리 제임스는 『클라리사』에서 의심 가득한 문장의 모델을 빌려온 듯하다.

마르셀 프루스트의 『잃어버린 시간을 찾아서』처럼 『클라리사』 역시 직접 읽히기보다는 사람들의 입에 오르내리는 경우가 더 많은 책이다. 하지만 마음만 먹는다면 읽기에 만족스러운 작품임에는 틀림이 없다. **DT**

▶ 악의 승리: 점잖은 척하는 로블레이스가 정숙한 클라리사를 꾀어내고 있다. 프랑스 낭만주의 화가 에두아르 뒤뷔프의 그림이다.

톰 존스 Tom Jones

헨리 필딩 Henry Fielding

작가 생몰연도 | 1707(영국)–1754
초판 발행 | 1749
초판 발행인(처) | A. Millar(런던)
원제 | Tom Jones; or, the History of a Foundling

THE
HISTORY
OF
TOM JONES,
A
FOUNDLING.

In SIX VOLUMES.

By HENRY FIELDING, Esq;

—*Mores hominum multorum vidit.*—

LONDON:
Printed for A. MILLAR, over-against
Catharine-street in the *Strand.*
MDCCXLIX.

▲ 1749년 간행된 『톰 존스』의 초판본 표지에는 라틴어로 "그는 많은 인간의 습성을 보았다."라고 적혀 있다.

▶ 마이클 안젤로 루커의 1780년 삽화는 필딩의 풍자적 활기를 매우 완곡하게 담아냈다.

『톰 존스』는 사생아로 태어난 매력적인 주인공의 파란만장한 방랑 생활을 그린 코믹한 피카레스크 소설이다. 주인공 톰 존스는 사랑에 빠지고, 부당하게 양부의 집에서 쫓겨나고, 온 잉글랜드를 떠돌아다닌다. 따뜻한 마음씨를 지녔지만 성미 또한 급해서 쉴새없이 싸움과 오해와 음탕한 모험에 휘말린다. 그러나 결국 마지막 순간 교수대에 오르기 직전에 탈출해 진정한 사랑인 소피아와 결합하고, 그의 적들은 각기 굴욕을 당하게 된다.

길고 복잡한 소설이긴 하지만 명작임에는 틀림이 없다. 훗날의 디킨스를 예견하듯(디킨스 자신도 "나는 톰 존스였다"라고 말하곤 했다) 필딩은 예술적 품격, 환희, 영웅풍의 재치, 그리고 때로는 풍자적인 조소로 가난한 시골 농부들부터 부유한 귀족들에게 이르는 다양한 18세기 잉글랜드의 인간 군상을 묘사한다. 친구였던 윌리엄 호가스(잉글랜드의 화가)의 그림들처럼 필딩은 도덕주의자로서의 날카로운 관찰력으로 마땅히 사회를 지배해야 하는 기독교적 가치와 개인의 이기심, 어리석음, 악덕과의 투쟁을 묘사했다. 필딩이 그려낸 사회에는 선한 사마리아인들은 거의 찾아보기 어렵고, 곳곳에는 악의 올가미가 죄 없는 사람들을 기다리고 있다. 그럼에도 불구하고, 마치 아이러니하면서도 자애로운 신의 은총처럼, 필딩은 주인공 연인들을 세상사의 죄악으로부터 행복을 향해 옮겨가게 한다.

필딩은 초서의 정신을 이어가면서도 익살스러운 혼란과 성적 희극을 마음껏 발산한다(예를 들면 여주인공은 처녀가 아니다). 그는 영리한 실험주의자로 『톰 존스』에서도 포스트모더니즘의 흔적을 찾아볼 수 있으며, 훗날 로렌스 스턴(1713~1768, 아일랜드의 문인)에게 영향을 미쳤다. 화자는 끊임없이 행위 중간중간에 농담을 섞어가며 독자와 앞으로의 일을 토론하려 들며, 비평가들에게는 "자기 일에나 신경쓰라"는 조언도 아끼지 않는다. **CW**

패니 힐 Fanny Hill

존 클리랜드 John Cleland

작가 생몰연도 | 1709(영국)–1789
초판 발행 | 1749
초판 발행인(처) | G. Fenton(런던)
원제 | Memoirs of a Woman of Pleasure

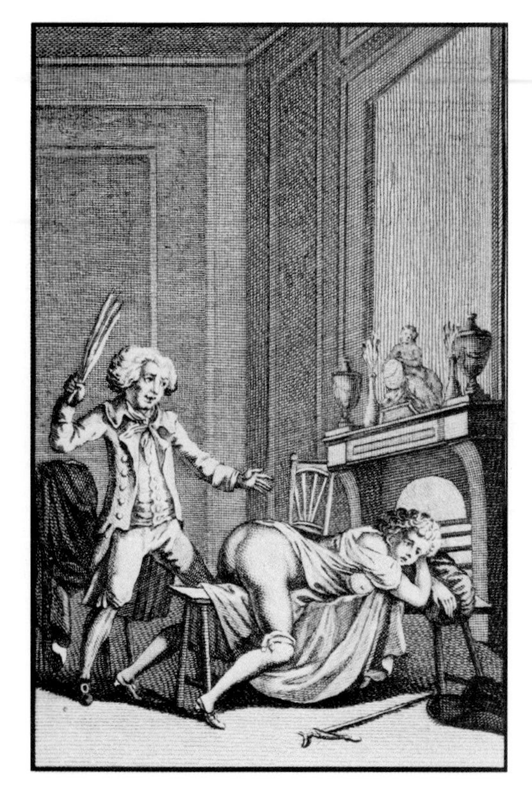

"진실! 적나라하게 까발려진 진실…"

▲『패니 힐』의 삽화가는 작가인 클리랜드와 마찬가지로 성행위 장면을 자극적이면서 동시에 재밌게 표현하려고 의도했다.

영문학사상 가장 에로틱한 소설로 꼽히는 작품이다. 1749년 출간된(실제로 이 작품이 쓰인 것은 몇 년 전인 것으로 추정된다) 이 작품은 매우 사실적으로 묘사한 18세기 런던을 배경으로 하고 있으며, 클리랜드와 동시대에 활약했던 다른 작가들인 리처드슨, 필딩, 스몰렛 등의 작품들과 밀접한 관계가 있다.

소설의 시작 부분에서 패니는 아름다운 열다섯 살 소녀이다. "순결"을 잃은 후 패니는 자신의 성을 이용해 생존과 더 나아가 신분 상승을 꿈꾼다. 클리랜드가 프랑스풍의 유행과 기존의 "창녀의 자서전"(창녀의 삶을 통해 성적 문란이 가져올 수 있는 비참한 결과에 대한 경고) 장르를 빌려온 이 작품은 뜨거운 논란과 높은 대중적 인기를 동시에 누렸다. 놀랍게도 클리랜드는 패니의 음탕함을 응징하는 대신 행복한 결혼 생활로 소설을 끝맺었던 것이다.

대부분의 포르노그래피가 반복의 지루함을 넘어서지 못한다는 것을 알고 있었던 클리랜드는 성행위나 성기에 대한 상스러운 표현과 비속어를 피하고, 끊임없이 기발한 비유를 창조해냈다. 클리랜드는 성애의 정신적인 쾌락을 주로 묘사했지만, 패니의 성적 취향은 놀라우리만치 보수적이다. 다양한 이성 간의 성애를 마음껏 즐기는 한편으로는 자신 안의 레즈비언적 요소와 싸우는 것이다. 실제로 소설 속에서 패니는 되풀이하여 남자들의 동성애에 대한 혐오를 언급한다.

자그마치 두 세기에 걸친 도덕적 비난을 감수한 후에야 클리랜드의 이 걸작은 소설이라는 장르의 발달에 있어 그 역할을 인정받기 시작하고 있다. 그러나 아직도 이 책의 독자들은 두 부류, 즉 작품 속에 등장하는 성애의 생생한 묘사를 해방이라고 간주하는 이들과 단지 남성을 만족시키기 위한 가장 원시적인 수단이라고 치부하는 사람들로 나뉘고 있다. **RH**

페레그린 피클 Peregrine Pickle

토비아스 조지 스몰렛 Tobias George Smollett

작가 생몰연도 | 1721(스코틀랜드)-1771
초판 발행 | 1751(재판 1758)
초판 발행인(처) | T. Smollett(런던)
원제 | The Adventures of Peregrine Pickle

『페레그린 피클』은 스몰렛의 두 번째 소설로, 자기중심적인 페레그린 피클의 위업을 이야기하고 있다. 에피소드 위주의 구성과 중간중간에 작가의 의견을 삽입한 화법이 전작『로더릭 랜덤』을 연상시키지만,『페레그린 피클』은 단순히 전작과 같은 선상에 놓인 작품은 아니다.

주인공 페레그린은 실수를 연발하고, 3인칭 전지적 시점의 화자는 비판적인 어조로 종종 이 사실을 강조한다. 비교적 성공했으나 역사는 별로 오래지 않은 상인 가문의 아들 페레그린은 친어머니에게 멸시를 받고 괴짜 숙부의 양자가 되는데, 이 숙부의 이야기가 소설 전반부의 유머러스한 분위기에 일조를 한다. 페레그린은 수준 높은 교육을 받지만, 이로 인해 자만심만 커져 유럽을 순회하는 호화 여행을 떠난다. 유럽을 여행하며 그는 무절제한 사치와 성적 쾌락, 방탕한 행동거지를 일삼다가 런던으로 돌아와서는 상류 계급의 정치계로 발을 들여놓는다. 그는 부유한 상속녀와의 결혼을 통해 귀족 신분을 얻기를 노리지만, 경제적 지위와 어울리지 않는 부도덕과 퇴폐적인 생활로 그 꿈은 결국 좌절되고 만다. 플리트 감옥의 죄수 신분이 되어서야 피클은 지난날을 회개하고 에밀리아와 결혼하여 상류 사회의 악덕에서 멀리 떨어진 시골 신사의 삶을 선택한다.

원시적인 유머 감각과는 달리 스몰렛의 풍자는 당대의 상업화가 가져온 새로운 사회 질서로 인한 위협과 프랑스식 사법관의 독단성을 심각하게 고민하고 있다. 페레그린은 자신의 사회적 지위가 요구하는 책임감을 뼈저리게 배운 후에야 결국 최종적인 보상, 즉 사랑하는 에밀리아와의 평화로운 삶을 누리게 되는 것이다. **LMar**

"… 건방진 놈 같으니라고!"

▲ 페레그린이 불타는 여관에서 반라의 에밀리아를 구출하는 장면은 전형적인 피카레스크 에피소드이다.

여성 돈키호테 The Female Quixote

샬럿 레녹스 Charlotte Lennox

작가 생몰연도 | 1727(미국)-1804
초판 발행 | 1752
초판 발행인(처) | A. Millar(런던)
다른 제목 | The Adventures of Arabella

샬럿 레녹스의 두 번째 소설 『여성 돈키호테』는 제인 오스틴의 『노팅거 사원』의 선조라 할 수 있다. 여주인공 아라벨라는 특별한 교육을 받지는 않았지만 그녀의 인생관은 17세기 프랑스 로망스의 그것과 흡사하다. 레녹스는 끊임없이 현실과 허구를 구분하지 못하는 아라벨라의 함정을 코믹하게 그려냈다. 아라벨라는 연인들이 그녀의 발치에 무릎을 꿇기를 기대하고, 평범한 상황에서 뭔가 위험하고 수상쩍은 일이 벌어질 것이라 믿으며, 여성에게 기대되는 몸가짐과 사회적 구속을 허물어뜨리려 한다. 세상이 로망스 소설에 나오는 대로라고 믿는 아라벨라의 환상은 처음에는 그녀에게 자신감을 가져다 주지만, 결국은 현실과 맞닥뜨리는 순간이 온다. 레녹스는 아라벨라의 환상이 얼마나 우스꽝스러운지 보여주면서 은근히 18세기 여성들이 실제로 얼마나 무력했는지를 노출시킨다. 소설에서는 논리가 환상을 이기고, 아라벨라는 사회 안에서 자신의 진정한 위치를 깨닫게 된다.

이 소설은 현대의 독자들에게는 똑같은 이야기를 되풀이하는 것으로 보일지도 모르겠으나, 적어도 주요 등장인물들은 거부할 수 없는 매력을 선사한다. 아라벨라가 마침내 사회적 관습에 무릎을 꿇는 순간, 독자들은 자기 일처럼 실망할 것이며, 그녀가 자신을 위해 만들어내는 순수하게 유쾌한 상황들에서는 감동하게 된다. 독자들은 아라벨라의 세상 물정 모르는 순진함을 비웃을지 모르겠지만, 고삐 풀린 상상력이 가져올 수 있는 위험에 대해 경고한 레녹스의 의도는 여성에게 매우 제한된 교육 기회만을 제공했던 18세기 사회상에 의문을 던지는 것이다. **EG-G**

캉디드 Candide

볼테르 Voltaire

작가 생몰연도 | 1694(프랑스)-1778
초판 발행 | 1759, G.&P.Cramer(제네바)
원제 | Candide, ou l'Optimisme
본명 | François-Marie Arouet

볼테르의 『캉디드』는 리스본의 지진, 독일의 제후들 사이에서 일어난 7년 전쟁, 부당하게 처형당한 영국 해군 제독 존 빙의 죽음 등 18세기 중반에 일어난 수많은 참극의 영향을 받은 작품이다.

이 철학적인 소설은 계몽주의 문장의 모범으로 찬사를 받는 한편, 계몽주의 사상가들의 낙관론에 대한 아이러니한 비판이기도 하다. 볼테르의 비판은 주로 라이프니츠(1646~1716, 독일의 철학자)가 주장한 '근거율'에 집중되었는데, 근거율이란 하나의 사물이 존재하기 위해서는 그 존재를 뒷받침할 충분한 근거가 있어야만 한다는 논리이다.

소설의 도입부에서 주인공 캉디드는 숙부이자 스승인 팡그로스로부터 낙관주의 철학을 배우지만, 곧 그 슬하에서 쫓겨나고 만다. 그 후 캉디드와 그의 길동무들이 체험하는 온갖 역경과 고난이 소설의 나머지 지면을 채운다. 그중에는 전쟁, 겁탈, 절도, 교수형, 난파, 지진, 식인, 그리고 노예 생활까지 포함되어 있다. 이러한 경험들이 캉디드의 낙관적 사고방식을 서서히 갉아먹는 동안, 작가는 과학, 철학, 종교, 정치, 그리고 문학 등을 가리지 않고 무차별적으로 풍자한다. 당대의 사회 부조리를 신랄하면서도 코믹하게 비꼰 캉디드의 시각은 오늘날까지도 변함없이 유효하다. **SD**

▶ 1809년판 『캉디드』의 로맨틱한 삽화. "나의 대장은 그의 분노가 닿는 모든 이들을 죽였다네…."

Mon capitaine.... tuait tout ce qui s'opposait à sa rage.

Candide, Ch.XI.

J. Moreau le J^e. del. Villerey Sculp^t.

라셀라스

Rasselas

새뮤얼 존슨 Samuel Johnson

"인생에는 즐길 수 있는 것보다 견뎌야 할 것들이 더 많다."

▲ 인생 경험을 쌓기 위해 길을 떠난 주인공이 육체 노동의 도구를 보며 난처해하고 있다.

작가 생몰연도 | 1709(영국)–1784
초판 발행 | 1759
초판 발행인(처) | R.&J. Dodsley(런던)
원제 | The Full History of Rasselas, Prince of Abissina

문학계보다는 사학계에서 먼저 그 명성을 쌓은 새뮤얼 존슨은 특히 『영어사전』으로 세간에 이름을 알렸다. 그의 처녀작이자 유일한 소설인 『라셀라스』는 쓰여진 지 4년 후에야 출간되었다.

라셀라스는 형제자매들과 함께 행복의 골짜기에서 변덕스런 인간사와는 동떨어진 삶을 살고 있다. 왕위에 오를 때까지 부족한 것 없이 살아온 라셀라스이지만, 스물여섯 살이 되자 원하는 것은 무엇이든 이루어지는 삶에 싫증을 느낀다. 높은 학식의 소유자인 이믈라크를 길잡이로, 라셀라스는 누이인 나카야와 함께 골짜기를 빠져나와 진정한 행복의 원천을 찾아 여행을 떠난다.

버니언의 『천로역정』과 같은 우화의 형식을 띤 라셀라스의 모험과 긴 대화에서 존슨의 윤리관을 엿볼 수 있다. 그 대상은 시, 교양, 고독, 논리와 열정, 젊음과 노화, 부모와 자식, 결혼, 권력, 비탄, 광기, 욕망 등 다양하다.

비록 이 책에서 소설가로서 새뮤얼 존슨의 역량은 도덕주의자로서의 존슨에 묻혔지만, 『라셀라스』는 오늘날까지도 계몽사상의 주요 주제로서, 또 이러한 주제들에 대한 존슨의 유머와 보편성의 증거로서 사뭇 흥미로운 작품이라 할 수 있겠다. **SD**

줄리 또는 신 엘로이즈

Julie; or, The New Eloise

장자크 루소 Jean-Jacques Rousseau

작가 생몰연도 | 1712(스위스)–1778(프랑스)

초판 발행 | 1760

초판 발행인(처) | Duchesne(파리)

원제 | Julie; ou, la nouvelle Héloïse

루소의 처녀작이기도 한 『신 엘로이즈』는 중세의 소설 『엘로이즈』를 모델로 한 작품이다. 『엘로이즈』는 엘로이즈와 그녀의 스승이었던 아벨라르 사이의 금단의 사랑을 다루고 있지만, 『신 엘로이즈』에서 루소는 스승보다는 제자인 줄리 쪽에 초점을 맞추어 은밀함과 죄악을 금욕과 구원으로 탈바꿈한다. 줄리와 가정교사 생프뢰의 관계는 먼 훗날 20세기에는 육체적 욕망과 종교적 목적 간의 투쟁으로 해석될 갈등을 18세기식의 올바른 처신을 위한 고민으로 재조명한다. 이 교훈적인 소설에서 루소는 전통적인 의미의 시민으로서의 의무와 계몽주의의 영향을 받은 가정 내의 질서, 그리고 다시 불붙게 된 개인의 감성을 연결시켜 마침내 낭만주의 운동의 정점을 찍게 된다.

이러한 외부의 역설적인 전환에 잘 들어맞긴 하지만, 『신 엘로이즈』의 주제 구조는 엄격하고도 특이하다. 전반부에서 줄리는 생프뢰의 열정에 거부와 체념을 반복해서 보여준다. 결국 생프뢰는 줄리의 아버지의 집에서 쫓겨나지만 후반부에 줄리와 그녀의 남편 볼마르가 사는 곳으로 돌아와 마침내 세 사람이 모두 정신적 행복을 누리게 된다. 이러한 이상향에서 전반부에 나타난 위험한 욕망이 윤리적으로 재현되는 것이다. 독자들에게 있어, 덕성과 욕망의 이러한 우의적인 고찰은 줄리의 승리를 상당히 의심쩍게 만든다. 그러나 이와 같이 풀리지 않는 문제가 있기 때문에 현대의 독자들이 여전히 이 작품을 읽는 건지도 모른다. **DT**

에밀 또는 교육에 관하여

Émile; or, On Education

장자크 루소 Jean-Jacques Rousseau

작가 생몰연도 | 1712(스위스)–1778(프랑스)

초판 발행 | 1762

초판 발행인(처) | Duchesne(파리)

원제 | Émile; ou, De l'éducation

가상으로 설정한 학생 에밀을 주인공으로 해서 유년기부터 성인이 될 때까지, 이상적인 교육이란 무엇인가를 탐구한 철학적인 소설이다. 에밀은 스스로 지식을 갈구하게 될 때까지 글자를 배우지 않고, 따라서 문학적인 경험은 매우 제한된다. 루소에 의하면 『로빈슨 크루소』는 자연을 따른, 교육에 관한 가장 훌륭한 논문이다. 또한 에밀이 가장 먼저 읽게 되는 책이기도 하다.

종교에 관한 루소의 교육 철학 또한 상당히 급진적이다. 루소는 종교적 세뇌나 신에 대한 잘못된 사고를 예방하기 위해 어린이의 종교 교육은 최대한 미루어야 한다고 주장한다. 따라서 에밀은 다양한 종교에 대해 배우고, 자신의 지닌 지식과 논리의 무기로 자신에게 가장 합당하다고 여겨지는 종교를 선택하게 된다. 사춘기는 학문보다는 경험으로 배워야 하는 시기로, 에밀은 직접 자연을 관찰하고 탐구함으로써 스스로의 질문에 대답한다. 사춘기와 성년기 사이에는 에밀의 사회화와 성 정체성에 초점을 맞춘다.

마지막 장인 "소피; 또는 여자"에서 루소는 소녀들과 젊은 여성들의 교육으로 주의를 돌린다. 남자와 여자는 서로 다른 기준을 가지고 있다는 이유로 루소는 소녀들이 진지한 교육을 받는 것에 반대한다. 남자는 진리를 연구하지만, 여자는 아첨과 술수를 목적으로 공부를 한다는 것이다. 소설은 에밀과 소피가 결혼하여 전원에서 유익한 은둔 생활을 하는 것으로 끝맺는다. **LMar**

오트란토 성

The Castle of Otranto

호레이스 월폴 Horace Walpole

작가 생몰연도 | 1717(영국)-1797

초판 발행 | 1765, W. Barthoe & T. Lowndes(런던)

원제 | The Castle of Otranto

필명 | Onuphrio Muralto

월폴의 유일한 소설인 『오트란토 성』은 고딕 장르의 계승자라는 영예를 누리고 있다. 소설은 오트란토의 영주(폭군 만프레드)와 그의 가족이 겪는 수수께끼의 사건으로부터 시작된다. 만프레드의 아들이자 후계자인 콘라드가 거대한 깃털 장식 투구에 깔려 죽는다. 이 초자연적인 사건은 또다른 일련의 사건들을 불러오고, 결국 정당한 후계자가 오트란토 영주의 칭호를 물려받는 것으로 끝을 맺는다.

이 모든 사건들은 궁륭과 비밀 통로가 즐비한 가족 영지의 성에서 일어난다. 성은 원인불명의 죽음과 유령의 등장에는 더할 나위 없이 좋은 무대이자 암시 그 자체이다. 중세 기사 시대를 배경으로 하고 있지만, 『오트란토 성』에는 난폭한 감정들이 아낌없이 등장하고 주인공들은 극도의 심리적 갈등을 겪는다. 잔혹, 폭정, 에로티시즘, 왕위 찬탈 등은 공간적 배경과 더불어 고딕 소설에서 흔히 찾아볼 수 있는 모티브들이다.

월폴은 꿈을 꾸다가 소설의 줄거리가 떠올랐다고 말했다. 게다가 소설을 구상하던 중 환영과 열정에 질식할 뻔했다는 것이다. 이 작품이 발표되었을 때 세간의 반응을 염려한 월폴은 초판을 필명으로 출간한 것은 물론 16세기 이탈리아 작품을 번역한 것이라고 둘러대기까지 했다. 문학적 실험을 거친 월폴의 취향은 훗날 그의 고딕풍 저택 '스트로베리 힐'을 지을 때도 유용하게 응용되었는데, 이 저택은 오늘날에는 외부에 개방되어 있다. **ST**

웨이크필드의 목사

The Vicar of Wakefield

올리버 골드스미스 Oliver Goldsmith

작가 생몰연도 | 1730(영국)-1774

초판 발행 | 1766, B. Collins, F. Newbury(런던)

원제 | The Vicar of Wakefield

집필 시기 | 1761-1762

『웨이크필드의 목사』는 제목이 말해주듯 프림로즈 목사와 그의 대가족 이야기를 다루고 있다. 프림로즈 목사는 시골의 교구에서 전원적인 삶을 살고 있는데, 이러한 평화는 어느 날 닥친 재앙으로 산산조각이 나고 만다. 그 뒤에는, 비록 플롯이 다소 빈약하기는 하지만, 이루어지지 못한 결혼과 경솔한 행동거지, 잃어버린 아이들, 화재, 투옥, 갖가지 속임수와 가짜 정체 등 다양한 에피소드가 이어진다. 모든 등장인물들은 한두 가지씩 약점을 가지고 있는데, 예를 들면 주인공인 목사 자신은 선하기는 하지만 어리석고 세상 물정을 몰라 온갖 우스꽝스러운 아이러니를 연출한다. 이야기의 간격을 메우기 위해 저자는 여러 "이야기 속의 이야기"를 삽입하였다. 이 작품은 감상적인 구성을 따르고 있긴 하지만 전체적으로는 매우 코믹하다. 등장인물들을 불운에 빠뜨리는 재난이나 드라마틱한 행운마저도 우습다.

이 작품의 가장 두드러진 특징은 다양성이다. 플롯은 매우 산만하고 옆길로 새기 일쑤지만 텍스트 자체는 시나 설교, 정치 평론 같은 논픽션적인 요소들을 포함하고 있다. 이것은 모두 작가의 다재다능함을 보여주는 데 부족함이 없다. 골드스미스는 시인이고 극작가였으며 소설가였다. 하지만, 생계를 이어나가기에도 빠듯한 생활을 해야만 했다고 한다. **ST**

▶ 당대의 삽화가 중 한 사람이었던 토머스 롤랜드슨의 24컷짜리 삽화.

TRISTRAM SHANDY, VOL. II. Ch. 6. P. 12
Corporal Trim reading the Sermon to
Shandy's Father, Dr. Slop & Uncle Toby.
W. Hogarth delin.
Printed for C. Cooke Paternoster Row May 25. 1793.
C. Grignion sculp.

트리스트럼 섄디 Tristram Shandy

로렌스 스턴 Laurence Sterne

작가 생몰연도 | 1713(아일랜드)–1768(영국)
초판 발행 | 1759–1767, J. Dodsley(런던)
원제 | The Life and Opinions of Tristram Shandy, Gentleman
시리즈 | 총 9권

이 책의 원제인 『신사, 트리스트럼 섄디의 생애와 의견』은 마치 전기 같은 느낌을 주지만, 트리스트럼 섄디 자신이 화자로서 서술하는 것은 기껏해야 세 살 때까지이고, 나머지는 모두 그의 "의견"을 조심스레 펼쳐놓은 것에 지나지 않는다. 트리스트럼의 생애에 대해서는 별로 밝힌 것이 없지만, 이 작품은 글쓰기와 읽기 사이의 친근한 관계를 조성한다. 쉴새없이 옆길로 새고 딴죽에 걸려 넘어지고, 독자가 기대하는 바는 여지없이 무너지는 등 이 자유분방하고 발랄한 작품에는 플롯이라는 개념 자체가 존재하지 않는 것이다. 구어적인 표현과 은근한 문어적 표현 사이의 독창적인 대화는 얄미울 정도로 친근하고, 지금까지 쓰여진 그 어떤 책보다도 음란하다.

이 작품은 "실험적인" 소설의 전형으로, 근대와 현대 소설의 선구자로 보기에 모자람이 없다. 라블레로부터는 코믹 판타지, 외설스런 그로테스크, 그리고 수준높은 위트를 이어받아 훌륭하게 발전시켰고, 세르반테스에게서 따온 화법의 피카레스크적 격동을 조금 더 비현실적으로 변화시키면서 인간의 어리석음을 사실주의적으로 파헤쳤다. 트리스트럼의 부모와 토비 숙부, 그 밖의 다른 인물들은 애매하면서도 친숙한 가정 생활을 대표한다. 문장 표면의 코믹한 발랄함 때문에 독자는 스턴의 심오한 심리적 현실주의는 눈치채지 못하고 넘어가기 쉽다. 트리스트럼의 아버지가 보여주는 악의 없는, 그러나 웃음거리밖에 되지 못하는 박학다식에 잘 나타나는 프루스트적 감성 분석도 마찬가지다. 토비의 관심사가 전쟁에서 연애로 바뀌면서부터는 대사와 성격, 그리고 허벅지 안쪽의 관계 또한 섬세해진다.

이 모든 친밀한 수다에도 불구하고, 스턴은 많은 부분을 독자의 상상력에 맡긴다. 이 작품의 능수능란한 아이러니는 당시 영국 신사들의 모든 것, 즉 사회적 지위와 성적 취향부터 재산과 교양에 이르기까지 은근히 비판하고 있다. **DM**

▲ 로렌스 스턴의 난해한 상상력은 위트와 음담패설, 감성과 장광설의 형태를 빌렸다.

◀ 1760년대 윌리엄 호가스가 『트리스트럼 섄디』의 장면을 옮긴 판화들은 이후 줄곧 이 작품의 시각화를 정의했다.

풍류 여정기 A Sentimental Journey

로렌스 스턴 Laurence Sterne

작가 생몰연도 | 1713(아일랜드)–1768(영국)
초판 발행 | 1768, G. Faulkner(더블린)
원제 | A Sentimental Journey Through France and Italy by Mr. Yorick

『트리스트럼 섄디』의 명성에 가려지긴 했지만 스턴의 이 단편 역시 주옥같은 명작이다. 자전적인 일화에 간간이 허구와 파스티셰* 여행기를 섞어, 요릭과 그의 하인 라 플뢰르의 프랑스 여행을 연대기 형식으로 묘사하였다. 대여행(grand tour)이라고 불리는 유럽 대륙 주유는 당시 영국 신사들에게는 흔한 경험으로, 이 작품에서는 은근한 풍자의 대상이 된다. 사실 이 여행에는 그다지 대단한 점은 없고 오히려 분별을 얕잡아보는 미시적 탐구가 있을 뿐이다.

단순히 이야기가 주는 재미를 넘어 이 작품이 주는 가장 큰 즐거움은 구어체의 친숙함이다. 작가인 화자는 감상적 해석과 리얼리즘 사이에 다양한 사건들을 내버려두고 있기는 하지만, 대부분의 경우 이야기를 풀어놓는 형식을 취하고 있다. 대표적인 예는 죽은 당나귀를 애도하는 주인의 이야기일 것이다. 이 우의는 동물에 대한 감정이 인간의 동료애에 얼마나 교훈적인 영향을 미치는지 보여주기 위한 의도였다고는 하지만, 주인이 당나귀를 혹사시키고 굶겨 죽였다는 점에서는 다를 바가 없다.

이러한 감상과 실제적인 상황 사이의 간격, 그리고 화자의 관점이 늘 표면에 가까운 반면, 재정적인 이유나 속세의 욕정, 그리고 끊임없는 에로티시즘의 암시는 언제나 예의 바르게 한발 비껴 서 있다. **DM**

감정의 인간 The Man of Feeling

헨리 매켄지 Henry Mackenzie

작가 생몰연도 | 1745(스코틀랜드)–1831
초판 발행 | 1771, T. Cadell(런던)
원제 | The Man of Feeling
◆ 초판은 익명으로 출간함

익명으로 출간된 『감정의 인간』 초판은 6주 남짓 만에 매진되어 약 10년 전 발간된 루소의 『신 엘로이즈』 못지않은 사회적 파장을 불러왔다. 문학사에서 중대한 문화적 순간을 만들어 낸 『감정의 인간』의 "편집자"인 저자는 주인공인 "감정의 인간" 존 할리가 경험한 역사적 사건들을 펼쳐서 보여준다. 각가의 허구적 에피소드는 특정한 감정적 반응을 탐구하기 위해서 고안한 것으로, 놀라울 정도로 에로틱하지 않은 한 런던 창녀의 정체라든가, 서로 떨어져 있는 아버지와 자식들 사이의 애정 등을 다룬 것들이다. 동정, 공감, 열정부터 자선과 자비에 이르기까지 다양한 감정들을 소개하고 있다.

플롯의 전환은 감정적 반응이 조심스레 숙련된 이후에나 나온다. 각각의 타블로는 별다른 화술의 서스펜스 없이 그 다음 타블로와 연결되고, 다른 부분들은 아예 생략되거나 미완성으로 남겨두었다고 "편집자"는 말한다. 그렇다 할지라도 등장인물과 독자 모두의 감정적 반응을 불러일으키기 위한 강조는 수많은 18세기 작가들에게 매우 중대한 요소였을 뿐 아니라 후세의 소설가들이 당연한 것으로 여기기 쉬운 미적 바탕을 제공해주는 역할도 했다. 디킨스가 공감한 대로, 소설을 읽는 독자들은 일단 감동부터 받아야 하기 때문이다. **DT**

* 타인의 스타일을 모방한 것처럼 쓰거나 혹은 타인의 문체와 섞어서 쓰는 기법.

험프리 클링커 Humphry Clinker

토비아스 조지 스몰렛 Tobias George Smollett

작가 생몰연도 | 1721(스코틀랜드)–1771
초판 발행 | 1771
초판 발행인(처) | W. Johnston & B. Collins(런던)
원제 | The Expedition of Humphry Clinker

▲ 자기 몸이라면 벌벌 떠는 맷 브램블이 젊은 과부와 밀회를 나누는 모습을 캐리커처로 표현한 삽화.

스몰렛의 마지막 소설인 이 작품은 맷 브램블과 그의 하인인 가난한 험프리 클링커의 영국 일주를 서간체로 묘사하였다. 각각의 편지를 쓴 주인공들은 서로 완전히 다른 성격을 편지를 통해 그대로 보여준다. 맷 브램블은 건강에 벌벌 떠는 인간 혐오자이고, 그의 누이인 태비타는 남편감 사냥에 나선 노처녀다. 그들의 조카 제리 멜포드는 원기 왕성한 옥스퍼드 대학생이며, 멜포드의 여동생인 리디아는 세상 물정 모르는 순진하고 감상적인 낭만주의자이다. 한편 태비타의 하녀인 와인 젠킨스는 교양이라고는 손톱만큼도 없으면서 신분 상승만을 위해 안간힘을 쓰는 여자이다. 이러한 다양한 관점과 생생하고 광범위한 화법은 독자로 하여금 이들의 모험과 여행뿐만 아니라 스몰렛이 풍자하려고 했던 대상까지도 이해할 수 있게 해준다. 잇따라 펼쳐지는 사건들을 제각각의 관점으로 해석할 수 있기 때문에 정해진 정답이 없는 것이다. 그러나 클링커의 도덕적 결백과 종교적 열정은 작품 전체를 통해 일관적으로 유지된다.

클링커 일행은 끊임없이 재난을 만나는데, 그때마다 클링커는 항상 사건의 중심에 있다. 이러한 재난에는 결투, 낭만적인 유혹, 질투로 들끓는 맞대면, 가짜 감옥행, 그리고 크고 작은 수없는 말다툼이 포함되어 있다. 마침내 연인들이 맺어지고, 이야기는 마무리된다. 이름뿐인 다른 주인공들과 달리 클링커는 자신이 받아 마땅한 보상을 받게 된다. 세속에 대한 그의 순진함과 도덕성은, 특히 그의 일행들과 그들이 속한 계급 사회의 오점들과 대비되어 더욱 빛난다. **LMar**

"도시는 지나치게 큰 괴물이 되어버렸어. 마치 종기 난 머리 같아. 조만간 몸통과 팔다리가 떨어져 나가 고 말거야."

젊은 베르테르의 슬픔 The Sorrows of Young Werther

요한 볼프강 폰 괴테 Johann Wolfgang von Goethe

작가 생몰연도 | 1749(독일)–1832
초판 발행 | 1774
초판 발행인(처) | Weygandsche Buchhandlung
원제 | Die Leiden des jungen Werthers

"나는 저 환영의 달콤함 속에서 고통을 받는구나!"

▲ 괴테의 친구였던 독일 화가 요한 티쉬바인이 1786년에 그린 초상화. 이탈리아의 캄파냐 지방 여행 중이던 모습이다.

▶ 프랑스 작곡가 쥘 마스네의 19세기 오페라 버전『젊은 베르테르의 슬픔』은 원작보다 훨씬 달콤하고 로맨틱하다.

『젊은 베르테르의 슬픔』은 괴테에게 국제적인 명성을 가져다준 첫 번째 작품으로, 감수성이 다소 지나치게 풍부했던 젊은 청년의 이야기이다. 베르테르는 감정, 상상, 그리고 면밀한 자기 관찰에 지나치게 의존한 케이스 스터디라고 보아도 무방하다. 주인공 베르테르는 가상의 마을인 발하임에 왔다가 그곳에서 만난 로테와 사랑에 빠지지만, 로테는 이미 이성적이고 다소 둔감한 마음 공무원 알베르트와 약혼한 사이였다. 이러한 삼각관계는 베르테르를 막다른 골목으로 몰아넣고, 행복한 결말을 기대할 수 없게 된 그는 결국 자살을 택했다.

이 작품은 부분적으로 실제로 일어난 사건과의 관계에 있다. 괴테는 절친한 친구였던 케스트너의 약혼녀 샬로테 부프와 사랑에 빠진 적이 있었고, 괴테의 다른 친구 카를 예루잘렘은 사랑에 좌절한 나머지 자살하였다. 이 작품이 성공한 또다른 요인은 서간체 형식의 적절한 활용이다. 이야기는 한 사람의 수신인에게 보내는 베르테르의 편지로 시작한다. 베르테르의 내면 심리가 악화되면서 가상의 화자가 끼어들고, 작품의 끝부분은 베르테르가 죽기 직전에 남긴 쪽지와 글줄들로 이루어진다.

이 소설은 당시 유럽 사회를 폭풍처럼 강타해 베르테르 매니아까지 생길 정도였다. 베르테르를 우상으로 여긴 젊은이들은 그의 트레이드마크인 푸른 웃옷과 노란 조끼를 입고 다녔으며, 심지어 베르테르 향수와 소설 속 장면을 무늬로 그린 도자기까지 나왔다고 한다. 또한 베르테르를 따라한 자살 사건이 잇따라, 그렇지 않아도 베르테르의 자살을 비판적으로 생각했던 괴테를 당혹스럽게 하였다. 현대의 독자들이 읽는 작품은 원작을 대폭 수정해 1787년 발행한 재판본을 바탕으로 한 것이다. **ST**

THEÂTRE NATIONAL DE L'OPERA COMIQUE
Drame lyrique
d'après
GOETHE
par M.M.
Edouard Blau
Paul Milliet
et Georges Hartmann
WERTHER
Musique
de
J. MASSENET
En vente au MENESTREL 2bis Rue Vivienne
HEUGEL & Cie Editeurs pour tous Pays. PARIS

에블리나 Evelina

패니 버니 Fanny Burney

작가 생몰연도 | 1752(영국)–1840
초판 발행 | 1778, 익명
원제 | Evelina; or The History of Young Lady's Entrance into the World

▲ 패니 버니는 소설가인 동시에 조지 3세 때 궁정의 중요한 일들을 기록하는 일기 작가이기도 했다.

새뮤얼 존슨은 당시 26세였던 패니 버니의 데뷔작인 『에블리나』를 두고 "오랜 경험과 세상에 대한 친근하고도 심오한 경험을 바탕으로 쓰여진 작품"이라고 평했다. 『에블리나』는 인물 심리와 다루기 힘든 사회 희극에 대한 버니의 감각이 십분 발휘된 작품이다. 새뮤얼 리처드슨 같은 선배들의 서간체 소설의 형식을 빌린 버니는 젊은 여주인공 에블리나가 시골을 떠나 처음으로 런던의 사교계에 진출하는 과정을 따라간다. 런던에서 에블리나는 여러 구혼자들은 물론 오랫동안 연락이 끊겼던 친척들도 만나게 되지만, 교양이라고는 찾아볼 수 없는 이들의 행동거지에서 거의 쓰러질 지경에 이른다. 그러던 중 그녀는 결국 그때껏 얼굴도 몰랐던 아버지의 친딸로 인정받게 된다.

이 소설의 큰 장점은 런던 사교계의 야단법석을 에블리나의 수줍은 눈을 통해 걸러낸다는 점이다. 또한 정직하고 반듯한 오빌 경에 대해 커져가는 감정을 매우 은근하고 반어적으로 표현하였다. 사랑에 빠진 십대들은 종종 그들이 사랑하는 상대의 이름을 써내려가곤 하는데, 에블리나 역시 오빌 경을 미미하게나마 필요 이상으로 언급하는 귀여운 모습을 보여준다.

『에블리나』의 희극적 구성은 당시의 시각으로는 훨씬 구성에서 자유로운 형식인데, 버니가 직접적으로 가장 많은 영향을 준 다음 세대의 작가, 제인 오스틴에 이르면 이러한 특징은 더욱 두드러진다. 도회지의 생활상을 거의 보여주지 않은 버니 역시 오스틴처럼 사회상을 표현하는 데에는 한계가 있다는 비판을 자주 받았다. 그러나 완전히 허구적인 사회를 배경으로 훌륭한 심리 묘사를 이끌어낸 『에블리나』는 18세기 후반 소설에서 중요한 자리를 차지할 자격이 충분히 있으며, 이러한 종류의 위트가 1811년에 발간된 오스틴의 『이성과 감성』에서 처음 시작된 것이 아님을 증명해준다. **BT**

고독한 산책가의 몽상 Reveries of a Solitary Walker

장자크 루소 Jean-Jacques Rousseau

작가 생몰연도 | 1712(스위스)-1778(프랑스)
초판 발행 | 1782
초판 발행인(처) | Oeuvres Completes, Poincot
원제 | Les Rêveries du Promeneur solitaire

철학자이자 사회 정치 사상가, 소설가, 초기 낭만파였던 루소는 18세기 지식인들의 선두였다. 『고독한 산책가의 몽상』은 그의 최후의 작품이며, 놀랄만큼 서정적이고 감성적이면서, 젊은 날에 대한 다소간의 강박이 엿보이기도 한다. 루소는 일생 동안 대중적이면서도 매우 중요한 작품들로 악명을 떨쳤다. 국교와 당대의 사회를 도덕적으로 타락했다고 비판한 그는 기득권층은 물론이고 당시 파리의 살롱을 뒤덮고 있던 계몽주의 사상에의 도전도 서슴지 않았다. 당연히 만인의 경멸과 비난의 대상이 되었고, 결국에는 망명을 떠나게 된다.

『고독한 산책가의 몽상』은 고독을 사랑하는 자아와 벗을 원하는 갈망 사이에서 찢긴, "외롭고 버려진" 루소가 자기 불신을 달래고 그의 비판자들에게 목소리를 높이는 모습을 보여준다. 이 소설의 시대를 초월하는 매력은 루소의 진지하고 명상적인 사색과 사회의 적들에 대한 분개 사이의 억누를 수 없는 긴장 관계에서 비롯된다. 루소는 사회를 떠나 행복하게 평화를 누리는 스스로를 보여주면서도, 끊임없는 불의의 인식과 자긍심에 배반 당한다. 그가 처한 환경과 그의 내면의 투쟁은 그를 최초의, 그리고 가장 매혹적인 문학적 아웃사이더로 만들었다.

따라서 『고독한 산책가의 몽상』은 훗날 나오게 되는 도스토예프스키, 베켓, 샐린저 등의 고립과 절망을 표현한 위대한 소설의 선구자이며, 이러한 작품들에 지대한 영향을 미쳤다고 말할 수 있다. **AL**

▲ 풀랭 초콜렛이 만든 "프랑스의 문호" 카드 시리즈에서 루소는 "고독한 산책가"로 그려졌다.

위험한 관계 Dangerous Liaisons

피에르 쇼데를로 드 라클로 Pierre Choderlos de Laclos

작가 생몰연도 | 1741(프랑스)–1803(이탈리아)
초판 발행 | 1782
초판 발행인(처) | Durand(파리)
원제 | Les Liaisons dangereuses

이 소설을 원작으로 제작되어 성공한 여러 영화나 연극, 발레 등을 통해 사랑과 배신, 그리고 유혹의 기술을 다룬 이 매혹적인 소설이 우리의 상상력을 강력하게 사로잡는지를 알 수 있다.

한 프랑스 육군 장교가 쓴『위험한 관계』는 즐거움과 충격을 동시에 선사했다. 혁명 전 프랑스의 귀족 사회를 무대로, 무자비하고 매력적인 난봉꾼 발몽과 그의 라이벌이자 한때의 연인, 그리고 공범이기도 한 메르퇴유 후작 부인이 그 주인공이다. 부유하고, 지적이고, 재치있는 발몽은 순진한 상류사회 여인들을 유혹하는 것을 유일한 낙으로 삼고 빈둥빈둥 살아가고 있다. 메르퇴유 후작 부인은 성적으로 방종한 젊은 미망인이지만 발몽과는 달리 사회가 요구하는 역할을 충실히 이행하고 있다. 두 사람은 배신, 거짓말, 간통을 동원해 복잡한 관계의 거미줄을 짠다. 그러나 다른 이들을 함정에 빠뜨리려던 이들의 시도는, 질투와 자만으로 인해 그들 자신을 갉아먹으면서 재앙을 불러오게 된다.

라클로는 당시에 유행하던 서간체 형식을 모범적으로 활용하였다. 편지 속에서 자신들의 경험을 맛깔스럽게 재현하는 것이야말로 두 주인공이 쾌락을 이끌어내는 방법이기 때문이다. 또한 이 매력적인 걸작의 유려한 문장과 정교한 잔혹함을 읽는 독자 역시도 그 쾌락을 공유하는 셈이 된다. **AL**

◀ 라클로의 소설은 거칠고 잔인한 관계를 유려한 문장으로 형상화한다. 왼쪽은 조 바르비에 조루주의 삽화.

고백록 Confessions

장 자크 루소 Jean-Jacques Rousseau

작가 생몰연도 | 1712(스위스)–1778(프랑스)
초판 발행 | 1782, Oeuvres Completes
초판 발행인(처) | Poincot(파리)
2권 발행 | 1788, P. Du Peyrou

루소의 사후에 출판된『고백록』은 유럽 문학의 이정표이자 역사상 가장 영향력 있는 자서전으로 꼽히기에 부족함이 없다. 소설뿐만 아니라 자서전을 하나의 독립된 문학 장르로 정의하는 데에 가장 큰 공을 세운 작품이기 때문이다. 루소는 후세의 그 누구도 이 작품을 모방하지는 않을 것이라고 예견했지만, 그 예상은 크게 빗나갔다. 괴테, 톨스토이, 그리고 프루스트가 모두 자신의 삶을 진실하게 고백한 이 작품에 영향을 받았다고 인정한 것이다.

루소는 유명한 성선론자로 인간이 타고난 선한 성품이 사회에 의해 타락한다고 주장하였다. 그러나『고백록』을 통해 자신 역시 한때 소름끼치는 행동을 했음을 시인했다. 그 중에서도 특히 눈에 띄는 것은 그가 부유한 제네바 귀족의 집에서 하인으로 일하던 시절의 사건이다. 루소는 자신이 어떻게 값비싼 리본을 훔친 뒤 마리온이라는 이름의 하녀에게 뒤집어씌웠는지를 설명한 뒤, "악의의 찬 음모의 희생자가 자신을 평생 괴롭혔다"고 씀으로써 자신의 죄를 시인함과 동시에 부정하였다.

루소는 자신의 이중적인 성격을 아무렇지 않게 인정하며, 이는 환경에 의한 것으로 자신으로서는 어떤 조치도 취할 수 없었다고 주장한다. 사실 이 작품에서 루소는 독자들을 오도하지 않기 위해 일부러 자신의 죄와 잘못을 과장하지만, 이것은 이 명작이 갖는 또 하나의 역설에 불과하다. **AH**

소돔에서의 120일

The 120 Days of Sodom

사드 후작 Marquis de Sade

작가 생몰연도 | 1740(프랑스)–1814

집필 시작 | 1785

원제 | Les 120 Journees de Sodome, or l'ecole du libertinage

『소돔에서의 120일』은 사드 후작이 바스티유에 갇혀 있을 때 쓴 작품으로, 1789년 7월 14일 혁명 폭도들이 바스티유를 습격했을 때 영원히 그의 손을 떠나고 말았다. 그가 알지도 못하는 사이에 한 프랑스 귀족 집안이 이 소설을 손에 넣었고, 1904년 조악한 독일어판 초판이 나왔다. 여러 권으로 나뉘어, 보다 정확한 판본으로 출간된 것은 1931년에서 1935년 사이이다.

이 책의 표면적인 의도는 교양과 도덕, 법의 간담을 서늘하게 하겠다는 것이었다. 루이 16세 치세 말기, 무기 상인들이 은밀히 어마어마한 부를 쌓아올리고 있던 때를 배경으로 한 무리의 부유한 호색한들이 자기 집안의 여자들을 꾀어내 육체적으로 모두 함께 즐기려는 거창한 계략을 꾸민다.

각각의 특정한 성적 악덕에 바치는 저녁 식사가 시작되고 난공불락의 호화로운 외딴 성에 모인 참가자들은 자신들의 변태적 성욕을 충족시키기 위해 완벽한 준비를 한다. 강간과 살인이 난무하는 가운데 질서를 지키기 위한 규율들이 정해지고, 산술적이고 심지어 순차적이기까지 한 성적 폭력이 이 소설을 이해하는 열쇠가 된다.

사드 후작이 독방에 갇힌 상태에서 써낸 이 작품은 상세하고 순수한 상상력의 산물이자 점증적인 만족을 위한 자위 행위이다. 여기에 등장한 타락과 잔혹함의 영상들은 임상의학자뿐만 아니라 극단적 취향의 미식가들에게도 오랜 연구 대상이다. **RP**

안톤 라이저

Anton Reiser

카를 필립 모리츠 Karl Philipp Moritz

작가 생몰연도 | 1756(독일)–1793

초판 발행 | 1785

초판 발행인(처) | Friedrich Maurer(베를린)

완결판 발행 | 1790

『안톤 라이저』의 자전적 주인공은 여러 면에서 빌헬름 마이스터(괴테의 1796년작, 『빌헬름 마이스터의 도제 수업』의 주인공)의 불운한 "아우" 정도로 보아도 무방하다. 둘 다 연극광이고, 배우로서 자신의 성공에 비현실적으로 높은 희망을 갖고 있는 점도 비슷하다. 그러나 부유한 귀족의 아들인 빌헬름이 손쉽게 연극계의 동지들을 얻는 데 성공하는 반면, 안톤 라이저는 자신감을 갉아먹는 굴욕과 빈곤을 상대로 끊임없이 고투해야만 한다.

모리츠 자신이 칭한 대로 이 "심리 소설"의 전반부인 두 부분은 안톤의 불행한 어린 시절을 다루고 있다. 안톤은 경건한 척하면서 무자비하게 도제를 착취하는 모자장이 밑에서 일하도록 보내지고, 중등학교에서 좋은 성적을 받았는데도 공공의 자선에 기대야 한다는 사실과 다른 학생들의 놀림에 모멸감을 느낀다. 후반부의 두 부분은 안톤이 홀로 독서에 빠져 느끼는 위안과 배우로서 명성을 얻고자 하는 열망을 그리고 있다. 유명한 배우가 되기 위해 안톤은 대학에 갈 수 있는 기회도 과감히 포기한다.

『안톤 라이저』는 수공업자와 도제들, 즉 그때껏 문학의 관심을 받지 못했던 사회에 눈길을 돌리고 그들의 삶과 작업 환경에 주의를 기울였다. 또한 자신을 둘러싼 환경은 물론 스스로의 내면을 상대로 치열하게 싸우는 한 개인의 투쟁도 매우 감동적이다. **LS**

바테크

Vathek

월리엄 벡퍼드 William Beckford

작가 생몰연도 | 1760(영국)–1844
초판 발행 | 1786, J. Johnson(런던)
언어 | 프랑스어
원제 | Vathek, Conte Arabe

월리엄 벡퍼드는 1781년 폰트힐에 있는 그의 전원 별장에서 열린 호화로운 성년식에서 영감을 얻어 스물한 살의 나이에 이 작품을 썼다.

『바테크』는 코믹한 풍자극이면서 동시에 비극적인 우화로, 방대한 지식을 총동원해 『아라비안 나이트』 이후 영국에서 유행했던 '동방의 이야기'를 패러디하였다. 줄거리는 사치와 타락에 물든 것으로도 모자라 직접 지옥을 찾아 나선 칼리프 바테크와 그로테스크한 신하들의 여행 이야기이다. 벡퍼드는 일부러 환상적인 '동방'을 작품의 배경으로 선택함으로써 자기 자신의 편견과 대비되는 개인의 자유를 그리고자 하였다.(벡퍼드는 젊은 귀족과의 스캔들 때문에 이 책이 출간된 지 얼마 되지 않아 유럽으로 망명하였고, 이후 성적으로 지극히 무절제한 생활을 했다.)

이 책은 영국에서 "심각하고 괴기스러운 단테"와 "위대하고 환상적인 밀튼"의 결합물이라는 평을 들었고, 나다니엘 호돈, 에드거 앨런 포, 앨거논 스윈번, 바이런 경과 같은 수많은 문인들에게 영향을 끼쳤다. 그리고 무엇보다 '동방'을 다룬 초기 오리엔탈 환상물에 대한 훌륭한 통찰이야말로 이 작품이 오랜 세월이 흐른 후에도 여전히 매력적일 수 있는 이유일 것이다. 성과 관능의 강력한 결합과 순수한 경이는 현대 독자들이 느끼는 여러 가지 편견들과도 좋은 교훈적 대비를 이룰 것이다. **MD**

"여자와 진수성찬에 중독된 그는 상냥하고 매력적인 말동무가 되기로 마음먹었다…"

▲ 1798년에 그려진 벡퍼드의 초상화에는 강렬한 열정과 날카로운 독립심이 드러난다.

쥐스틴 Justine

사드 후작 Marquis de Sade

작가 생몰연도 | 1740(프랑스)–1814
초판 발행 | 1791
초판 발행인(처) | Nicolas Masse(파리)
원제 | Justine, or les malheurs de la vertu

▲ 19세기 우의화 속 사드 후작의 초상. 감옥의 테이블에 앉아서 글을 쓰고 있는 모습이다.

▶ 정숙하지만 불행한 쥐스틴이 또다시 폭행과 성적 타락에 직면해 있다.

'쥐스틴, 혹은 미덕의 불행'이라는 원제에서 우리는 또다시 작가가 지닌 충격과 흡인력을 감지할 수 있다. 이 작품의 여주인공은 착하고, 착하기 때문에 구원받지 못하는 인물이다. 마치 로체스터의 초기 작품처럼 사드 후작의 소설들에서 인간의 육체는 성교를 위한 기계 그 이상도 그 이하도 아니며, 『쥐스틴』의 경우에는 선을 고통으로 바꾸는 수학적 도구일 뿐이다. 쥐스틴은 그녀의 양심을 천명하고, 유혹을 피하며, 타인의 삶을 위해 탄원하고, 신앙을 꿋꿋이 지키지만, 그 대가로 돌아오는 것은 채찍질과 구타, 변태적인 성적 학대일 뿐이다.

이와 같이 사드 후작은 18세기 감성 소설 『클라리사』에서 리처드슨이 암시했던 것, 루소가 『쥘리』에서 암시했던 것을 노골적으로 드러낸다. 즉, 여성 스스로 순수하고 열정적으로 느낄 수 있는 능력은 결국 그녀 자신을 유혹과 타락의 늪으로 이끈다는 것이다. 이러한 독자와 주인공 사이의 난폭한 에로티시즘은 이후 "사디즘"이라고 불리어졌다. Ronald Barthes가 관찰했듯 메타포를 통해 암시하거나 의미를 생산하는 것을 사드는 명백히 주장하고 결합시키며 수면 위로 노출시킨다. 이로써 그는 독자를 저자 자신, 그리고 쥐스틴의 학대자들과 함께 욕망의 공범으로 끌어들인다. 우리는 심지어 그녀가 하지 않은 것과 그녀의 몸에 일어나는 강박적 변화를 느낄 수 있다. 정신적 생활, 종교, 도덕성과 자아 통제의 징후는 가차 없이 팔다리와 입술, 가슴과 엉덩이까지 육체의 변화를 가져온다. 비록 사드 후작은 정신병원에 갇혔고 그의 작품들은 불태워졌지만 『쥐스틴』이 권력자들에게 가져다주는 불편함은 여전히 사그라지지 않은 듯하다. **DT**

홍루몽

A Dream of Red Mansions

조설근(曹雪芹) Cao Xueqin

작가 생몰연도 | 1715경(중국)–1764

초판 발행 | 1791

원제 | 紅樓夢(홍루몽)

본명 | 조점(曹霑, Cao Zhan)

중국 전통 소설 중 최고의 명작으로 꼽히는 『홍루몽』은 방대한 자전적 형식의 일대기로 18세기 귀족 가문의 몰락을 상세하게 그리고 있다. 『석두기(石頭記)』라고 하기도 하는 이 작품은 빌둥스로만*이자 감성 소설이며, 도교, 불교, 유교를 망라한 전승의 보고이다. 또 400명이 넘는 인물이 등장하는 청 왕조 전성기의 사회상을 보여주는 모자이크화이기도 하다. 저자는 첫 80장까지만 집필한 뒤 죽었기 때문에 대부분의 복잡한 플롯은 미해결로 남게 되었지만, 미완성 원고만으로도 큰 인기를 얻기 시작했다.

소설은 하늘에서 버려진 돌이 스님과 도사에 의해 주인공 가보옥(賈寶玉)이라는 인간으로 환생하면서 시작된다. 세도가인 가씨 가문의 대를 이을 장자인 보옥과, 몸이 약한 사촌 누이 대옥과의 사랑은 돌과 꽃의 운명적인 관계를 반영하고 있다. 보옥이 또다른 사촌 누이와 원치 않는 결혼을 하는 날, 대옥은 쓸쓸하게 세상을 떠난다.

이 작품과 열두 여자 주인공은 중국 시화에 널리 등장하는데, 최근에는 테마 파크, 영화, 텔레비전 드라마, 컴퓨터 게임으로까지 만들어져 시대를 초월하는 인기와 그 문화적 중요성을 새삼 재확인시켜주고 있다. **FG**

*Bildungsroman. 주인공의 정신적, 감성적 성장을 다룬 소설로 성장소설이라고도 한다.

칼렙 윌리엄스의 모험

The Adventures of Caleb Williams

윌리엄 고드윈 William Godwin

작가 생몰연도 | 1756(영국)–1836

초판 발행 | 1794, B. Crosby(런던)

다른 제목 | Things as They Are, or The Adventures of Caleb Williams

고드윈의 『칼렙 윌리엄스의 모험』은 격동의 1790년대에 가장 널리 읽힌, 당대의 가장 중요한 소설 중 하나로, 정치적 견해와 개인사를 강력하게 결합시킨 작품이다. 고아로 자라 독학으로 공부한 젊은 칼렙은 겉으로는 고귀한 귀족이지만 수수께끼 같은 구석이 있는 지방 귀족 포클랜드 밑에서 일하게 된다. 칼렙의 호기심은 결국 포클랜드가 이웃의 포악한 귀족을 살해했고, 그 때문에 마을의 무고한 농민 두 사람이 살인죄로 사형 선고를 받고 처형되었다는 사실을 알아낸다.

이 소설을 통해 우리는 마음대로 하층민을 탄압하고 법을 조롱하는 경직된 계급사회의 악덜을 보게 된다. 칼렙이 자신의 비밀을 발견했다는 사실을 알게 된 포클랜드는 칼렙을 몰래 뒤쫓아 궁지에 몰아넣고 학대한다. 이것은 당시 잉글랜드가 프랑스 혁명 정부에 선전 포고를 하면서 일반 시민들은 물론 혁명 사상에 동조한다는 의심을 받았던 문인들이 특히 자유의 침해를 받았음을 비유한 것이다.

이 작품을 읽으면서 독자들은 고드윈이 자신의 정치 철학서인 『정치적 정의, 그리고 그것이 보편적인 덕과 행복에 미치는 영향에 관한 고찰』(1793)을 소설 형식으로 옮겨놓은 것일 뿐이라고 느낄지도 모른다. 그러나 이야기의 플롯 중심에 있는 심리 드라마에서는 고딕 소설의 특징도 찾아볼 수 있으며, 현대의 독자들에게 칼렙이 받는 탄압의 극단성은 카프카적인 뉘앙스를 띠기도 한다. **ST**

재미있는 이야기

The Interesting Narrative

올라우다 에퀴아노 Olaudah Equiano

작가 생몰연도 | 1745(나이지리아)–1797(영국)

초판 발행 | 1794, T. Wilkins(런던)

원제 | The Interesting Narrative of the Life of Olaudah Equiano, or Gustavus Vassa, the African

올라우다 에퀴아노의 『재미있는 이야기』는 영국의 복잡한 인종 문제와 영국 내 흑인 작가들의 역사에 관심이 있는 독자에게는 이정표와도 같은 작품이다. 이 작품은 실제로 노예 무역의 대상이었던 저자의 체험이 그대로 녹아있는 최초의 저술로, 노예 해방의 논리를 정당화하기 위해 노예제의 참혹함을 가감없이 묘사하고 있다.

아프리카에서 납치 당한 에퀴아노는 영국 해군에 의해 노예가 되어 노예 무역선에서 일하고, 돈을 모아 몸값을 치르고 자유인이 된 뒤에는 대농장에서 일하다 마침내 영국으로 되돌아온다.

스스로를 아프리카인인 동시에 영국인이라고 믿는 저자는 명백한 종교적 명상을 통해 정체성을 확립하는데, 이는 그가 직접 지은 이름에도 나타나 있다. 비록 그 자신은 두 가지 정체성을 확고히 느끼고 있었지만, 노예 해방 운동을 위해 순회 여행을 다닐 때나 저술을 할 때에는 구스타버스 바사라는 이름을 씀으로써 아프리카인임을 내세웠다. 바사, 혹은 에퀴아노가 미국의 사우스 캐롤라이나에서 태어났으며, 따라서 순수 아프리카인이라는 사실도 조작되었다는 최근의 주장은 오히려 저자가 이러한 체험에 얼마나 놀라운 통찰력을 발휘했는지를 역설적으로 뒷받침해준다. 그가 어디에서 태어나서 어떤 경험을 했든, 결과적으로 이 책은 여전히 설득력을 지니는 것이다. **MD**

"나는 성인이나 영웅, 혹은 폭군의 이야기를 쓰고자 하는 것이 아니다."

▲ 한때 노예였던 저자는 이 책의 초판본에 실린 초상화에서는 완벽한 18세기 신사의 모습을 하고 있다.

우돌포의 비밀
The Mysteries of Udolpho

앤 래드클리프 Ann Radcliffe

작가 생몰연도 | 1764(영국)-1823
초판 발행 | 1794
초판 발행 | P. Wogan(더블린)
언어 | 영어

고딕 소설에서 매우 중요한 위치를 차지하는 『우돌포의 비밀』는 오늘날까지도 고전으로서 그 가치를 인정받고 있다. 주인공인 에밀리 세인트오버트는 못된 후견인인 몬토니에 의해 우돌포 성에 갇힌다. 우돌포에서의 삶은 공포와 긴장의 연속으로, 그녀는 몬토니의 사악한 음모에 대항하는 한편 정신적으로 무너지지 않도록 스스로와도 끊임없이 싸워야만 한다. 화자의 몽환적인 화법은 그녀 자신의 혼돈과 공포, 그리고 이 악몽에서 살아남기 위한 심리적인 투쟁을 적절히 반영하고 있다. 래드클리프의 스펙터클한 풍경 묘사 역시 이 소설 전체를 지배하는 감정, 즉 우울과 공포는 물론 평온함과 행복함까지도 잘 드러내고 있다. 래드클리프가 창조해낸 다양한 등장인물들 모두 훌륭하지만, 역시 강렬하면서도 매력적인 여주인공 에밀리가 가장 돋보인다.

래드클리프 자신은 페미니스트가 아니었지만, 이 소설 전반에 걸쳐 여성의 독립이 얼마나 중요한지 암시하고 있다. 에밀리는 겉으로 보기에는 연약하고 언제나 공포에 질려있지만 자신의 의지와 도덕적 결백으로 결국 몬토니를 무너뜨린다. 『우돌포의 비밀』은 상상에 의한 초자연적인 공포만을 이야기하고 있는 것이 아니다. 에밀리가 맞서야 하는 진정한 공포는 어두운 인간 본성으로, 인간의 공상으로 만들어낼 수 있는 그 어떤 것보다 강력한 적인 것이다. **EG-G**

빌헬름 마이스터의 도제 수업
Wilhelm Meister's Apprenticeship

요한 볼프강 폰 괴테 Johann Wolfgang von Goethe

작가 생몰연도 | 1749(독일)-1832
초판 발행 | 1795-1796
초판 발행인(처) | Unger(베를린)
원제 | Wilhelm Meisters Lehrjahre

괴테라는 다소 유쾌하지 못한 저자에도 불구하고 『빌헬름 마이스터의 도제 수업』은 매우 유쾌한 소설이다. 지적 성장과 교육 과정을 따스한 시선으로 써내려간 이 소설은 빌둥스로만이라는 고전 장르의 모범이 되었으며, 저자인 세속적이고 심술궂은 괴테 역시 훨씬 매력적이다.

응답 없는 사랑에 실망하여 여행을 떠난 빌헬름 마이스터는 온갖 모험을 겪는다. 유랑극단에 들어가 인생의 도제 수업을 쌓기 시작한 그는 셰익스피어에 심취한 연극배우들의 삶을 통해 이 작품은 연극계의 명암을 모두 보게 된다. 소설 초반부의 인간적인 사실주의는, 연극적인 부자연스러움과 사회적인 퍼포먼스의 표면을 걷어내면서부터 보다 깊고 독특한 무엇으로 파고들어간다. 괴테는 인간 자아의 성장을 풍부한 아이러니와 의도적으로 얇은 플롯 구조를 통해 묘사하는데, 이는 필딩의 『톰 존스』에서 볼 수 있는 아이러니컬한 유머를 보다 철학적으로 결합한 것이다. 『빌헬름 마이스터의 편력 시대』와는 별개의 작품으로, 이 소설은 특히 망상에 빠진 비극 배우들과 예비 미학자들에게 추천하고 싶다. **DM**

▶ 괴테의 『빌헬름 마이스터의 도제 수업』의 여주인공인 미뇽. 20세기 전반에 활동한 체코 화가 프란츠 두벡의 그림이다.

수도사 The Monk

M. G. 루이스 M. G. Lewis

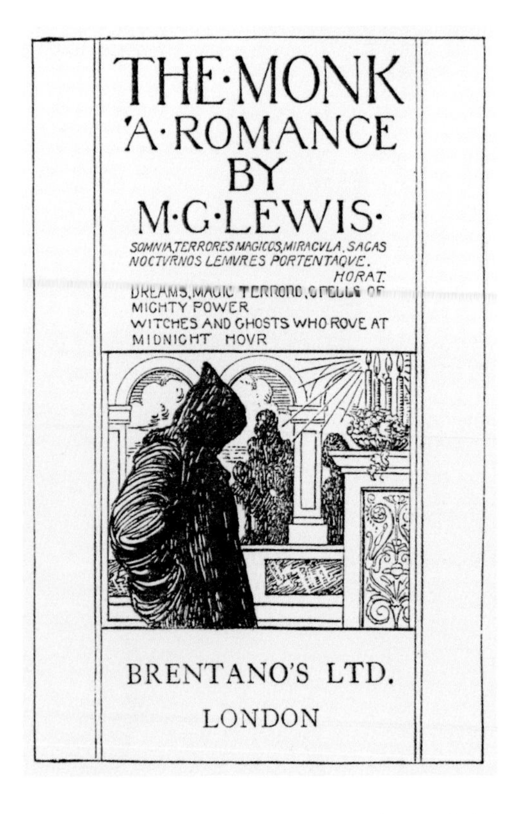

"나 이외에 그 누가 젊음의 심판을 통과하고도 양심에 얼룩 한 점 없는가. 나는 그러한 인간을 찾을 수가 없다."

▲ 1913년에 개정 출간된 루이스의 18세기 호러물 『수도사』는 20세기 전반의 데카당트에게는 매우 매력적인 작품이었을 것이다.

작가 생몰연도 | 1775(영국)–1818(해상)
초판 발행 | 1796
초판 발행인(처) | J. Bell(런던)
원제 | The Monk; A Romance

M.G.루이스의 『수도사』는 매우, 어찌 보면 불필요할 정도로 암울한 고딕 소설이다. 이 소설은 처음 출간되었을 때 논란을 불러일으켰음은 물론이고, 오늘날까지도 충격적인 작품으로 남아있다. 같은 고딕 소설이라도 앤 래드클리프가 논리적인 설명으로 결말을 이끌어내는 반면, 루이스는 초자연적인 요소들과 잔인하고 타락한 인간 본성이 저지르는 섬뜩한 행위들에 초점을 맞춘다.

제목이 가리키는 "수도사"는 높은 신앙심으로 칭송을 받는 암브로시오이다. 그러나 암브로시오는 사실 가톨릭 교회 사상 가장 위선적이고 사악한 인물로서, 처음에는 하찮은 죄부터 시작하지만 점점 그 정도가 심해져 인간이 저지를 수 있는 최악의 신성모독을 저지르는 데까지 이른다. 문제는 이러한 악한이 암브로시오 혼자만이 아니라는 것이다. 인근 수녀원의 수녀원장 역시 암브로시오 못지 않은 끔찍한 악행을 행할 수 있음이 드러난다. 이 소설은 권력, 특히 인간의 영혼을 다루는 종교계의 권력이 얼마만큼 타락할 수 있는지를 보여준 극단적인 예이다.

복잡한 플롯에도 불구하고 전개가 빠르고 이야기도 이해하기 쉬운 편이다. 루이스가 자연 풍광에 대한 자세한 묘사를 생략했음에도 『수도사』는 매우 시각적인 소설로, 특히 공포와 파괴에 관한 생생한 묘사가 인상적이다. 공포를 달래기 위한 어떠한 위안도 없이, 순수함을 무참히 짓밟는 『수도사』는 오늘날 읽어도 그 충격에 있어 변함이 없다. 이 작품에서 루이스가 보여준 그로테스크의 정수를 흉내낼 수 있는 현대 작가 역시 그리 많지 않을 것이다. **EG-G**

카밀라 Camilla

패니 버니 Fanny Burney

작가 생몰연도 | 1752(영국)–1840
초판 발행 | 1796
초판 발행인(처) | T. Payne과 T. Cadell(런던)
언어 | 영어

이 소설의 원제인 '카밀라, 혹은 젊음의 초상'을 통해 독자들은 저자인 버니가 그녀의 세 번째 작품에서 무엇을 이야기하고자 했는지를 정확히 알 수 있을 것이다. 『카밀라』는 생기 발랄한 젊은 처녀가 세상 살이를 경험하면서 철이 드는 과정을 그리고 있다. 카밀라와 그녀의 두 자매, 아름다운 래비니아와 흉측한 겉모습과는 달리 천사 같은 마음씨를 지닌 유지니아의 이야기는 소녀에서 어른이 되는 과정에서 겪어야 하는 이상과 유혹, 사랑, 의심, 질투 등을 보여준다. 버니의 캐릭터, 특히 여성들은 매우 사실적이어서 독자로 하여금 쉽게 그들의 기쁨, 슬픔, 고민거리까지 함께 느끼게 한다.

『카밀라』는 또한 18세기 말 영국에서 유행한 공공 오락은 물론 당시 영국 사교계를 정의하는 예의범절이나 유행, 특히 젊은 여성들이 직면하기 쉬운 사회적 규제나 위험까지도 생생하게 묘사하고 있다. 버니는 통속적인 고딕 소설의 극적인 감성을 적절히 사용하여 위험은 평화로운 가정 가까이에서도 일어날 수 있다는 것을 보여주었다.

『노팅검 사원』에서 제인 오스틴의 화자는 버니의 소설 『카밀라』와 『세실리아』를 두고 "정신의 놀라운 힘을 보여준, 그리고 인간 본성의 탐구를 통해 다양한 행복의 묘사와 생생한 재치 및 유머를 가장 적절한 단어를 이용해 전달한" 작품이라고 극찬한다. 오스틴의 이러한 찬사는 결코 과장이 아니며, 오히려 이 작품을 읽어야 하는 이유를 가장 강력하게 설명해주고 있다. **EG-G**

운명론자 자크 Jacques the Fatalist

드니스 디드로 Denis Diderot

작가 생몰연도 | 1713(프랑스)–1784
초판 발행 | 1796(1773년 집필)
초판 발행인(처) | Buisson(파리)
원제 | Jacques le fataliste et son maître

디드로의 『운명론자 자크』는 150년이라는 시간을 뛰어넘어 그 작품이 속한 장르의 먼 미래를 예측한 몇 안 되는 작품 중 하나이다. 『운명론자 자크』는 훗날 새뮤얼 베켓이 주장한 반허구적 기법과 맥락을 같이 하고 있다. 이 작품은 놀랄 만큼 재미없는 플롯에도 불구하고 놀랄 만큼 재미있는 소설이다. 20세기에 등장하는 메타픽션처럼 끊임없이 작품 자체의 구성 과정에 대해 언급하고, 왜 이런 결말이 나올 수밖에 없는지 그 당위성을 추측함으로써, 로맨틱한 이야기나 있음직하지도 않은 모험을 기대하는 독자들을 비꼰다. 디드로는 자크가 산책 중에 그의 평범하기 그지없는 스승에게 하는 이야기를 통해서 약간의 스릴을 허용하기는 하는데, 그나마도 언제 나올 것인지를 확실하게 미리 밝혀 두었다.

디드로는 팔방미인이었다. 철학자이자 비평가였고, 정치평론가이기도 했다. 소설이라는 형식에 대한 불신과 조롱은 아마도 이런 배경에서 비롯된 것이 아닌가 싶다. 그의 저서 중에서 가장 유명한 작품이자, 완성하는 데 25년이나 걸린 『백과전서』는 프랑스 계몽주의적 합리성의 가장 위대한 표현으로, 함께 작업한 공동 저자 중에는 수학자 달랑베르(1717~1783)도 있었다고 한다.

『운명론자 자크』는 1770년경에 쓰여졌지만, 디드로의 살아생전에는 출판되지 않았다. 이 작품은 소위 "존재의 문제"가 자아 표현과 이야기라는 희극 무대에 올려지는, 철학적 사고로의 흥미로운 출발이다. **KS**

J'étais à terre et l'on me traînait

수녀 The Nun

드니스 디드로 Denis Diderot

작가 생몰연도 | 1713(프랑스)–1784
초판 발행 | 1796(1760년 집필)
초판 발행인(처) | Buisson(파리)
원제 | La Religieuse

디드로 사후에 발간된 서간체 소설로 이것을 쓰게 된 장난스러운 동기가 흥미롭다. 1760년, 디드로와 그의 친구들은 쉬잔 시모닌이라는 여인을 발신인으로 해서 크로스마르 후작에게 일련의 편지를 써 보냈다. 쉬잔은 사생아로 태어나 어머니의 죄를 속죄하기 위해 억지로 수녀가 되었고, 후에 수녀원에서 도망친다. 자신이 한 서원을 무효화할 수 있도록 후작이 도와달라는 요청이 편지의 내용이다. 또한 그녀는 강요된 수도 생활이 자신의 신앙에 어떤 부작용을 미쳤는지에 대해서도 설명했다. 이 작품에 찍힌 "문제작"이라는 낙인은 대부분 수도원 안에서 벌어지는 폭력에 대한 노골적이고 상세한 묘사와 에로티시즘과 영성(靈性)에의 눈뜸 때문이었다.

『수녀』는 가톨릭 교회에 대한 모독으로 간주됨과 동시에 프랑스 계몽주의 종교관을 그대로 보여주고 있다. 이 작품은 1966년 자크 리베트가 영화로 제작한 뒤 2년 동안 상영 금지 처분을 받으면서 또 한번 논란에 불을 지폈으며, 최근에는 이 작품의 동성애와 성행위에 대한 묘사가 주된 논의 주제이다.

종교 기관의 탄압적이고 비자연적인 구조를 폭로하는 것이 목적이었던 만큼, 이러한 종교 기관 고위직의 손에 놓인 쉬잔의 운명은 인생의 반전에 대한 충격적인 모델이 될 만하다. **CS**

◀ 디드로의 소설『수녀』의 삽화. "그들은 나를 바닥에 질질 끌고 갔다."라는 설명이 붙어 있다.

휘페리온 Hyperion

프리드리히 횔덜린 Friedrich Hölderlin

작가 생몰연도 | 1779(독일)–1843
초판 발행 | 1797(1권), 1799(2권)
초판 발행인(처) | J. Cotta(튀빙겐)
원제 | Hyperion, oder der Eremit in Griechland

프리드리히 횔덜린의 자전적 소설『휘페리온』은 주인공 휘페리온이 친구 벨라민과 디오티마에게 보낸 편지들로 구성된 서간체 소설로, 1797년에서 1799년 사이에 두 권에 걸쳐 출간되었다. 출간된 지 200년이 넘는데도 불구하고, 고대 그리스를 배경으로 한 이 작품의 보이지 않는 힘, 갈등, 아름다움, 그리고 희망을 묘사하는 문장들은 여전히 흡인력을 갖는다.

이 소설의 텍스트가 먼 곳에서 가까움을 끌어내는 힘, 혹은 그 반대의 힘을 갖는 데에는 여러 가지 이유가 있다. 우선 쉽게 설명할 수 있는 이유로는 이 소설이 프랑스 혁명과 계몽주의 사상의 철학적 고찰이라는 점이 있다. 철학적인 관점에서 볼 때 이 소설은 주체와 객체(개인과 개인, 인간과 자연 등)의 분리를 결합의 한 단계로 본 탐구이다. 정치적인 관점에서 볼 때 이 소설은 이성과 혁명 정신 사이의 모호한 경계를 앞으로 일어날 사회적, 역사적 발전의 도구로 간주하는데, 이러한 요소들은 20세기 이후의 작품에도 여전히 등장한다.

횔덜린이 비판적으로 묘사한 당대 독일 사회는 20세기 이후 서유럽의 부르주아 사회와 맞아떨어진다. 자연과 신과의 합일을 꿈꾼 휘페리온의 이상적인 열망을 한 번도 느껴본 적 없고, 고독으로부터 자유로운 이들이라면 저승의 금전출납원에게 환불을 요구해야 할 것이다.

한편 쉽게 설명할 수 없는 이유들은 사랑, 언어, 그리고 디오티마와 연관되어 있다. 더 많은 것을 알고 싶은 독자라면 이 작품을 직접 읽어보는 수밖에. **DS**

1) [illegible]

2) [illegible], "от отговорок 1/2

[illegible] объявить

[illegible] вдовы,

[illegible]

[illegible] Весна —

[illegible] Что, что [illegible]. Ко

[illegible] было [illegible] с [illegible]

[illegible] 9 ча

[illegible] с генералом, Через [illegible]

[illegible] властелин

[illegible] ему

Странникъ, (~~[illegible]~~,

Сестра – Эксцентр

ея, камергер А

вдова [illegible] 300 тыс.

[illegible]

1800년대

▲ 표도르 도스토예프스키, 『죄와 벌』, 1866

래크렌트 성

Castle Rackrent

마리아 에지워스 Maria Edgeworth

작가 생몰연도 | 1767(영국)–1849(아일랜드)

초판 발행 | 1800

초판 발행처 | J. Johnson(런던)

원제 | Castle Rackrent; an Hibernian Tale

거의 알려지지는 않았지만 마리아 에지워스의 처녀작인 『래크렌트 성』은 숨겨진 보석과도 같은 책이다. 아니, "보석들"이라고 해야 할지도 모르겠다. 이 소설은 4대에 걸친 래크렌트 가문과 그들의 영지에 대한 네 편의 이야기로 구성되어 있으며, 이들을 연결시켜주는 것은 2대부터 4대 래크렌트 가문에서 집사로 일해온 충성스런 태디 쿼크이다. '사실에 기반을 둔, 1782년 이전의 아일랜드 시골 귀족들의 풍습에 대한 아일랜드 이야기'라는 부제는 이 작품 전반에 흐르고 있는 유머를 잘 보여준다. 패트릭 경은 오직 즐기며 사는 것이 삶의 목표지만, 빚더미에 올라앉은 멀타 경은 법을 위해 산다. 킷 경은 타고난 도박꾼이고, 맨 마지막인 콘디 래크렌트 경은 돈을 물쓰듯 쓰는 정치가에 호색한이다. 정도와 방법의 차이는 있지만 이들의 방종과 낭비 때문에 결국 래크렌트 성을 비롯한 모든 재산은 남의 손에 넘어가게 되는데, 여기서 "남"이란 다름아닌 늙은 태디의 아들인 변호사 제이슨 쿼크이다.

일단 태디 쿼트의 구어체에 익숙해지기만 하면(설정상 태디 쿼크는 문맹이기 때문에 이 소설은 그의 구술을 받아쓴 형식을 취하고 있다) 늙은 집사가 들려주는 아이러니하고도 우스꽝스러운 이야기가 얼마만한 가치를 지니고 있는지 금방 알아챌 수 있지만, 그래도(영국의) 독자들을 위해서 에지워스는 어휘록을 추가했다.

『래크렌트 성』은 저자가 자신의 체험을 바탕으로 18세기 후반의 영국–아일랜드 관계를 조명한 최초의 지역 소설인 동시에 최초의 역사 소설로 평가 받고 있다. **ST**

하인리히 폰 오프터딩겐

Henry of Ofterdingen

노발리스 Novalis

작가 생몰연도 | 1772(독일)–1801

초판 발행 | 1802, G. Reimer(베를린)

본명 | Friedrich Leopold von Hardenberg

원제 | Heinrich von Ofterdingen

『하인리히 폰 오프터딩겐』은 초기 독일 낭만파의 가장 대표적인 작품으로서, 경쾌하면서도 심도있는 소설과 동화, 시의 혼합물이라 할 수 있다. 젊은 하인리히는 꿈에서 본, 미지의 마틸다의 미모를 가진 신비의 "푸른 꽃"을 찾아 여행하는 중세의 시인으로, 시와 철학을 배우기 위해 길을 떠난다. 이 소설은 부분적으로 저자 자신이 겪었던 사건들을 다루고 있으며, 미완성인 상태로 저자의 사후에 출간되었다. 그러나 이 작품이 독일, 아니 장기적인 관점에서 볼 때는 유럽 전체의 문학사에 끼친 영향은 지대하다.

노발리스는 본디 이 소설을 괴테의 『빌헬름 마이스터의 도제 수업』에 대한 응답으로 집필하였다. 노발리스는 처음에는 상당한 열정을 가지고 『빌헬름 마이스터의 도제 수업』을 읽었으나, 나중에는 매우 시적이지 못한 작품이라는 평을 내렸다. 특히 괴테가 노골적으로 시적 가치에 대해 경제적 가치를 찬미하는 듯한 태도를 혐오했다. 괴테와는 달리 노발리스의 명료한 화법과 서정적인 이야기들, 정교하고 다듬어진 노래들은 요한 고틀립 피히테의 신비주의를 재치있게 보여준다. 피히테의 신비주의는 낭만주의에 큰 영향을 미쳤으며, 피히테 자신도 시로써 우주의 조화를 이루어내려는 낭만파의 생각에 동조하였다. 하인리히가 그토록 찾아 헤매는 "푸른 꽃"은 훗날 독일 낭만주의의 표징으로, 애타게 원함에도 손에 넣을 수 없는 것의 상징이 되었다. **LB**

라모의 조카

Rameau's Nephew

드니스 디드로 Denis Diderot

작가 생몰연도 | 1713(프랑스)–1784

초판 발행 | 1805(1761–1784년 집필)

초판 발행처 | Goeschen(라이프치히)

원제 | Le Neveu de Rameau

디드로는 프랑스 계몽주의를 이끈 가장 중요한 인물 중 한 사람으로서, 그가 차지하는 위치는 루소나 볼테르의 그것과 비견될 만하다. 세계 최초의 백과사전 편찬을 주도한 것은 물론, 소설, 철학 담론, 과학 논문, 예술, 연극 비평에 이르기까지 방대한 양의 저술을 남겼다. 열정과 창의를 동시에 갖춘 만능재주꾼 디드로의 진면목이 가장 잘 나타난 작품이 바로『라모의 조카』이다. 소설, 에세이, 소크라테스식 담론의 형식을 동시에 취하고 있는 이 작품은 소설이라는 장르의 경계가 어디까지 확장될 수 있는지를 보여주었다.

줄거리 자체는 간단명료하다. 팔레 루아얄의 정원에서 산책을 하고 있던 화자는 위대한 작곡가인 라모의 조카와 마주친다. 철학자인 화자와 라모의 조카는 대화를 나누면서 도덕과 행복 추구를 각기 정반대의 관점에서 접근하는 서로를 발견한다. 점잔빼는 철학자는 고대 그리스 식의 이상적인 덕을 행복과 동일시하지만, 기지 넘치는 회의주의자이자 매력적인 난봉꾼인 조카는 전통적인 도덕 관념은 허영심에 불과하며, 부의 추구야말로 이 사회의 현명한 원칙이고, 진정 중요한 것은 내가 무엇이냐가 아니라 다른 사람들의 눈에 내가 어떻게 비치느냐라고 주장한다. 그러나 이 작품은 단순히 도덕을 다룬 책이 아니다. 희비극적인 주인공과 마찬가지로 모든 종류의 혁명적 사고와 행위에 대한 도전이다. 18세기 파리 사회의 도덕적 위선, 지적 허영, 영적 공허 등에 대한 가차없는 비판은 왜 이 책이 디드로의 살아생전에 출간될 수 없었는지를 넌지시 알려준다. **AL**

친화력

Elective Affinities

요한 볼프강 폰 괴테 Johann Wolfgang von Goethe

작가 생몰연도 | 1749(독일)–1832

초판 발행 | 1809

초판 발행처 | J.F. Cotta(튀빙겐)

원제 | Die Wahlverwandtschaften

정확한 동시에 애매모호한 이 작품의 제목『친화력』은 감수성과 낭만으로 가득한 분위기를 불러 일으킨다. 그러나 사실 괴테가 "친화력"을 제목으로 선택했을 당시, 이 단어는 화학에서만 쓰이는 전문 용어였다. 이 단어가 오늘날 널리 쓰이는 두 번째 의미를 가지게 된 것은 거의 전적으로 우아하고도 엄격한 이 소설의 힘이다.

욕망의 과학적 설정과 자연의 상징주의를 모두 사용한 이 소설은 사랑에 대한 복잡하면서도 절제된, 매끄럽고 비인격적인 탐구이다. 샬로테와 에두아르의 결혼은 사랑 속에 각인되어 있는 도덕, 정절, 자아 성장을 성찰하기 위한 도구이다. 대령과 오틸리에의 등장으로 이들의 관계에 긴장감이 감돌기 시작하면서 결혼은 전원적 색채를 띤, 목가적이고 비현실적인 상황으로 변한다. 샬로테와 대령 사이의 말없는 애정과, 에두아르와 오틸리에의 격정적인 열애를 통해, 이들은 피할 수 없는 욕망의 카오스로 빠져들게 된다.

이 소설은 처음 출간되었을 때 사랑이 화학적 기원에 기초한다는 부도덕한 전제 때문에 많은 비난을 받았다. 그러나 이 작품은 오히려 인간 관계에서 생겨나는 여러 가지 복잡한 상황들에 대한 절제된 관찰로, 다른 사람의 체험이 우리 자신의 사랑과 욕망의 체험을 신뢰할 수 없게 만든다는 점을 증명하고 있다. 사랑은 잡을 수 없고, 결혼이 불멸의 결말이 아니듯이, 욕망 역시 한 사람에게만 머물러 있지 않는 것이다. **PMcM**

미하엘 콜하스 Michael Kohlhaas

하인리히 폰 클라이스트 Heinrich von Kleist

작가 생몰연도 | 1777(독일)-1811
부분 수록 | 1808, 『Phöbus』誌
초판 발행 | 1810, in Erzählungen(1권)
본명 | Bernd Heinrich Wilhelm von Kleist

실화를 바탕으로 한 클라이스트의 『미하엘 콜하스』는 한 정직한 사람이 부당한 누명을 쓴 뒤 범죄자와 살인자가 되어가는 과정을 그린 단편이다. 근면한 말장수인 미하엘 콜하스는 어느 날 거만한 지방 성주의 횡포를 겪게 된다. 콜하스는 법원에 탄원함으로써 이를 바로잡으려 하지만, 세도가인 성주의 입김이 어디에나 미치고 있다는 것을 곧 깨닫게 된다. 절망한 그는 자신이 직접 군주에게 탄원해보겠다는 아내의 제안에 동의하지만, 아내는 근위병들의 거친 대응에 다친 뒤 결국 죽고 만다.

처음에는 사소한 불의에 불과했던 사건이 이제는 복수의 원인이 된 것이다. 콜하스는 법이 자신을 지켜주지 못한다면 스스로 법을 집행하는 수밖에 없다고 결심한다. 콜하스는 성주의 성을 무너뜨리고 하인들을 죽이는 것만으로도 모자라 스스로 군대를 모집하고, 도망치는 성주를 뒤쫓아 그 지방을 가로지르며 불을 지르고 활개를 친다. 마르틴 루터의 중재로 사면을 받은 콜하스는 마침내 자신이 원하던 사법적 정의를 구할 수 있게 된다. 그러나 만연한 부패와 족벌 주의 때문에 이야기는 더욱 꼬이고 반전을 거듭한다.

정의와 정의를 획득하기 위한 권리, 그리고 부패에 저항할 권리는 오늘날에도 여전히 해결되지 않은 주제이며, 이 때문에 『미하엘 콜하스』는 현대 독자들이 읽어도 전혀 부족함이 없다. 이 작품은 공적인 행정당국과 무력한 개인이라는 두 가지 관점에서 정의와 복수 사이의 미묘한 경계를 선회한다. 결국 형장의 이슬로 사라지는 콜하스의 운명은 불합리한 동시에 합리적이며, 적절하면서도 매우 불만족스러운 결말이다. **JC**

이성과 감성 Sense and Sensibility

제인 오스틴 Jane Austen

작가 생몰연도 | 1775(영국)-1817
초판 발행 | 1811, 익명
초판 발행처 | T. Eggerton(런던)
원제 | Sense and Sensibility

제인 오스틴의 다른 작품들과 마찬가지로 이 소설 역시 결혼이 플롯이고, 주인공들은 결과적으로 모두 자신들과 어울리는 배우자를 만난다. 그러나 이러한 결말만큼 중요한 것은 오스틴의 이야기의 매력이 결코 해피 엔딩에 있지 않다는 점이다. 주인공 자매 엘리너와 마리앤은 이 소설의 제목인 "이성과 감성"에 딱 맞아떨어지지만, 분별과 열정이라는 단순한 정의가 끝까지 가리라고 믿는 것은 어리석기 그지없는 판단이다.

관점의 창조와 명백한 양극단 사이의 전환은 언어의 활용, 더 구체적으로 말하면 캐릭터를 창조해내는 구와 절과 문장의 정확한 재단과 배치를 통해 이루어진다. 그 결과 오스틴의 문장은 열정의 왜곡과 맹목성, 그리고 열정을 이기는 합리적인 분별 사이의 움직임을 보여준다. 『이성과 감성』은 그보다 먼저 쓰여진 서간체 소설 『엘리너와 마리앤』을 고쳐쓴 것으로, 오스틴은 18세기 서간체 소설이라는 형식을 버림으로써 보다 정확한 분석력을 얻을 수 있었다. 바뀐 제목 또한 의미심장하다. 더 이상 한 인물의 관점에서 다른 인물의 관점으로 옮겨가는 것이 아니라, 사고의 패턴에 의해 생겨나는 암시를 전달하는 하나의 보편적인 문장에 머무르게 된다. 저자는 이제 한 사람의 화자만으로도 충분히 다른 모든 이들의 관점을 아우를 수 있게 된 것이다. **DT**

▶ 찰스 브록이 그린 『이성과 감성』의 삽화. 오스틴 스스로 만들어낸 "부드러운 제인"의 이미지를 감성적으로 강조하고 있다.

"The enjoyment of Elinor's company"

Chapter XLIX

오만과 편견 Pride and Prejudice

제인 오스틴 Jane Austen

작가 생몰연도 | 1775(영국)–1817
초판 발행 | 1813
초판 발행처 | T. Eggerton(런던)
언어 | 영어

▲ 동생인 카산드라가 그린 이 꾸밈없는 스케치는 제인 오스틴이 살아있을 때 그려진 그림 중 유일하게 남아 있는 것이다.

▶ 1940년에 제작된 영화 〈오만과 편견〉에서는 로렌스 올리비에가 다시 역을, 그리어 가슨이 엘리자베스 역을 맡았다.

『오만과 편견』은 제인 오스틴이 생전에 출간한 네 편의 소설 중 두 번째 작품으로, 오늘날까지도 독자들의 사랑을 받는 영문학의 고전이다. 날카로운 위트와 훌륭한 인물 묘사가 돋보이는 이 작품의 중심은 무신경한 어머니와 무관심한 아버지, 그리고 어머니가 기를 쓰고 시집 보내려 하는 서로 다른 성격의 다섯 딸로 구성된 베넷 집안이다. 19세기 초반 잉글랜드 전원 지방을 무대로, 주인공인 둘째 딸 엘리자베스와, 잘생기고 재산도 많지만 지극히 오만한 다시와의 좌충우돌 관계를 다루고 있다. 첫만남에서 다시로부터 그다지 예쁘지 않다는 말을 들은 엘리자베스는 즉각적으로 다시를 혐오하지만, 다시는 자신의 판단과는 달리 엘리자베스를 사랑하게 된다. 다시의 청혼은 엘리자베스의 거절로 엉망진창으로 끝나고, 결국 두 사람은 우여곡절을 거친 후 스스로의 오만과 편견을 극복한다.

소설에 역사적 배경이 전혀 없다는 비난도 있었지만, 사실 이 작품에서 볼 수 있는 조용하고 아무 일도 일어나지 않는 시골 사교계는 오스틴이 속해 있던 폐쇄적인 사회를 그대로 반영하고 있다. 오스틴은 그 나름의 편협한 오만과 편견을 지닌 이러한 사회를 흔들림 없는 정확함과 풍자로 그려내고 있다. 동시에 엘리자베스라는 너무나 공감 가는 인물을 주인공이자 예리한 평론가로 내세움으로써, 독자는 그녀의 이야기에 빠져들고 해피엔딩을 바라지 않을 수가 없게 된다. 엘리자베스라는 인물과, 남녀 모두에게 공감을 이끌어내는 해피엔딩 러브 스토리야말로, 이 작품이 오늘날까지도 사랑을 받는 진짜 이유일 것이다. **SD**

맨스필드 파크 Mansfield Park

제인 오스틴 Jane Austen

작가 생몰연도 | 1775(영국)–1817
초판 발행 | 1814
초판 발행처 | T. Eggerton(런던)
언어 | 영어

『맨스필드 파크』는 제인 오스틴의 소설 중에서 비교적 심각한 작품으로, 역시 그녀의 트레이드마크라 할 수 있는 주제들—결혼, 돈, 행실—에 대해 두루 다루고 있다. 젊은 여인 패니 프라이스가 남편감을 찾는 이야기가 주요 줄거리로, 패니는 빈곤한 집안 출신으로 부유한 숙모의 "구원"을 받아 토머스 버트램 경의 서택 맨스필드 파크에서 살게 된 전형적인 "가난뱅이 친척"이다. 고아이자 아웃사이더라는 이유로 그녀를 눈감아주기도 하고, 이용하기도 하는 또다른 숙모 노리스 부인은 끊임없이 패니의 자존심에 상처를 준다. 따스한 성품의 소유자인 에드문드를 제외하면 패니의 사촌들은 피상적인 존재로, 마을을 방문하는 시골 귀족(예를 들면 멋쟁이 크로포드)의 관심이나 끌려고 하는 것이 전부이다. 반대로 패니의 미덕은 소설 전반에 걸쳐 끊임없이 강조되는데, 이러한 전통적인 여성성은 현대의 독자들에게는 지나치게 소극적으로 느껴지기도 한다.

오스틴은 할일없이 빈둥대는 부자들을 조롱한다. 그들의 이중적 잣대와 오만, 그리고 도덕적인 위선은 오스틴에게 전형적인 비판 대상이다. 또한 오스틴은 몇몇 교묘한 세부 묘사를 통해 전원적인 맨스필드 파크의 어두운 면을 암시한다. 버트램 집안의 부는 노예 노동으로 유지되는 안티구아의 대농장에서 비롯된 것이다. 이러한 디테일에 오스틴이 특별히 주의를 기울였다는 사실에 대해 우리가 주의를 기울여야 하느냐 마느냐 하는 문제는 최근 비평가들 사이에서 논쟁거리이기도 하다. **ST**

엠마 Emma

제인 오스틴 Jane Austen

작가 생몰연도 | 1775(영국)–1817
초판 발행 | 1816
초판 발행처 | T. Eggerton(런던)
언어 | 영어

오스틴은 자신의 네 번째 소설의 여주인공 엠마를 두고, 작가인 자신 외에는 아무도 그녀를 좋아하지 않을 것이라고 말했다. 그러나 작은 마을 하이베리의 사교계를 지배하는 이 아가씨가, 비록 사소한 결점은 있지만, 수 세대에 걸친 독자들로부터 따뜻한 사랑을 받아왔다는 사실은 오스틴이 틀렸음을 밝혀주고도 남는다. 이 작품의 희극적, 심리적으로 흥미로운 부분은 엠마가 기대하고 손을 쓴 대로 다른 사람들이 움직여주지 않을 때이다. 엠마는 자신이 보살피고 있는 해리엇 스미스를 어울리지 않는 두 구혼자와 맺어주려고 하지만, 남자들이 진짜 좋아한 사람이 누구인지 완전히 오해하고 있다. 또한 아슬아슬한 순간까지 맥나이틀리를 향한 그녀 자신의 감정도 눈치 채지 못한다. 현대의 독자들은 이 소설이 위험할 정도로 도덕적 교훈 위주라고 평가하기도 하지만, 사실 이 소설은 교훈을 주기보다는 교훈을 얻는 것이 얼마나 힘든 과정인지를 탐구하고 있다고 보는 쪽이 옳다.

오스틴의 트레이드마크라 할 수 있는 아이러니한 3인칭 전지적 작가 시점과 보다 간접적인 문체의 결합은 각각 개인의 관점에서 들여다볼 수 있게 해준다. 개인적이고 자기중심적인 욕망과 솔직함과 상호 이해의 중요함에 대한 도덕적 천착에 모두 어울리는 형식으로서, 훗날 19세기 사실주의 소설로 향하는 이정표라 할 수 있는 작품이다. **CC**

롭 로이 Rob Roy

월터 스콧 경 Sir Walter Scott

작가 생몰연도 | 1771(스코틀랜드)–1832
초판 발행 | 1817
초판 발행처 | A. Constable & Co.(에딘버러)
언어 | 영어

제목과는 달리 이 소설은 "스코틀랜드의 로빈 훗"이라고 알려진 전설적인 무법자 롭 로이보다는, 프랭크 오스발디스톤이라는 인물의 경험을 더 많이 이야기하고 있다. 그러나 이 독특한 스코틀랜드 로망스는 롭 로이 맥그리거의 삶에 대한 다양한 설들을 집대성한 것은 물론, 스코틀랜드의 산악 지방을 신화화함으로서 잉글랜드 관광객들의 야만적인 관심을 끌어들였다는 점에서도 그 영향력을 인정받을 만하다.

이 소설은 1715년 스튜어트 왕가를 지지하는 왕당파들이 일으킨 반란을 배경으로 하고 있다. 프랭크는 런던의 집을 떠나 숙부가 사는 노섬브리아로, 다시 글래스고와 스코틀랜드 고지대로 여행을 떠난다. 그가 북부로 걸음을 옮기면서 다채로운 인물들이 등장하는데, 그 중의 하나가 롭 로이다. 그는 바로 프랭크가 스코틀랜드로 온 목적인, 아버지의 재산을 되찾는 일을 도와주게 된다.

이 소설의 숨은 원동력은 당시 영국에서 수많은 갈등과 분열을 낳았던 1707년의 잉글랜드–스코틀랜드 통합법이다. 그러나 『롭 로이』에서 스콧이 궁극적으로 내놓는 예상은 상업과 시, 잉글랜드와 스코틀랜드, 스튜어트 당파와 하노버 당파, 스코틀랜드 고지 사람들과 저지 사람들, 그리고 가톨릭과 프로테스탄트의 성공적인 화합이다. **DaleT**

"나의 상황이 설리처럼 우스꽝스러운 것은 아니지만, 그렇다 할지라도 프랭크 오스발디스톤이 윌 트레샘에게 자신의 출생과 교육과 인맥에 관해 모두 밝히고 있는 것은 이상하다…"

▲ 에드윈 랜시어 경(1802~1873, 영국의 화가)이 그린 월터 스콧의 초상화는 19세기 영국 신사의 외형 뒤에 숨겨진 낭만적 혈기를 암시하고 있다.

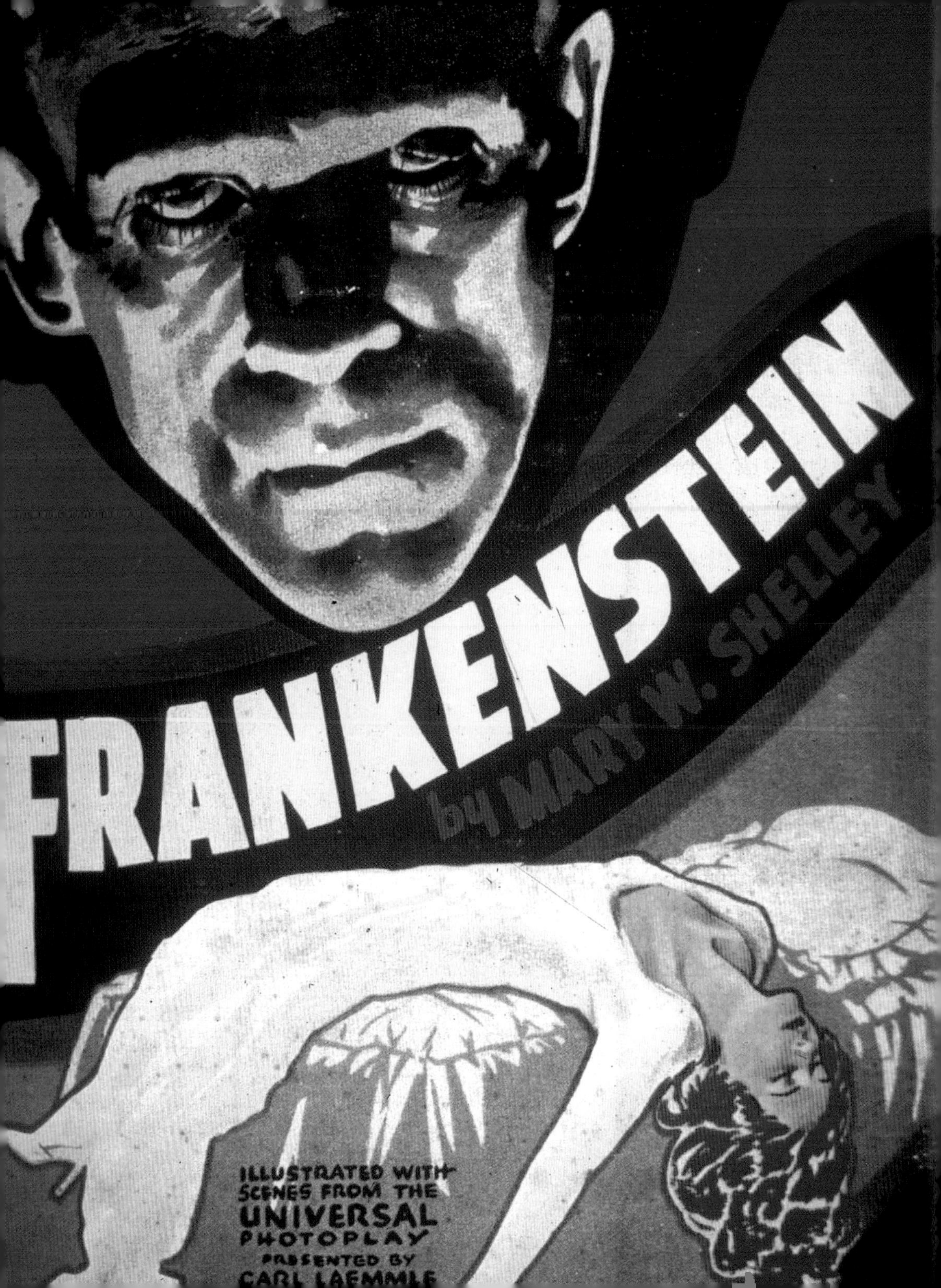
FRANKENSTEIN
by MARY W. SHELLEY
ILLUSTRATED WITH
SCENES FROM THE
UNIVERSAL
PHOTOPLAY
PRESENTED BY
CARL LAEMMLE

프랑켄슈타인 Frankenstein

메리 울스턴크래프트 셸리 Mary Wollstonecraft Shelley

작가 생몰연도 | 1797(영국)–1851
초판 발행 | 1818
초판 발행처 | Lackington et al.(런던)
원제 | Frankenstein; or, the Modern Prometheus

『프랑켄슈타인』와 가장 유사한 후기 고딕소설은 아마도 『드라큘라』일 것이다. 이 두 작품은 호러 장르의 대표격으로 자주 꼽히며, 유니버설 사의 영화를 통해 그 본질이 완전히 왜곡된 주인공을 탄생시켰다는 점도 비슷하다. 또한 호러 장르의 고전이라기보다는 초현대적인 SF 테크노호러물 쪽에 가깝다는 공통점도 있다. 이 이야기의 중심에는 인간이 자연의 파괴를 저지할 수 있을 때까지 과학을 발전시키고 통제할 수 있다는 믿음이 자리한다. 이러한 불가능한 욕망이 바로 "공포(호러)"를 낳는 것이다.

이 작품의 부제인 '근대의 프로메테우스'는 그리스 신화와의 연관성을 분명히 보여주고 있지만, 『프랑켄슈타인』은 과거보다는 다분히 미래지향적인 소설이다. 스위스의 과학자이자 철학자인 프랑켄슈타인은 초자연적 철학의 영감을 받아 인조인간을 만들어내기에 이른다.

죽은 자의 부활은 현대 호러물의 가장 중점적인 테마인데, 자연의 질서를 깨고 노쇠와 죽음을 되도록 뒤로 미루려는 이러한 행위가 현대 사회에서는 이제 너무나 당연한 것으로 여겨지고 있기 때문이다. 『프랑켄슈타인』은 이러한 과학의 발전이 아직 상상에 불과했던 시점에 쓰여졌지만, 이 책이 탐구하고 예견하는 문화는 피할 수 없는 부분으로 남아있으며, 바로 이러한 이유 때문에 오늘날까지도 널리 읽혀지는 것이다. 유창한 문장과 그로테스크한 심상, 그리고 초현실적인 상상력 역시 앞으로도 이 작품의 매력이 결코 줄어들지 않을 것임을 보여준다. **SF**

"타락한 천사가 사악한 악마가 되었다."

▲ 급진적인 여권운동가 메리 울스턴크래프트의 딸로 태어난 저자는 1816년, 시인인 퍼시 바이쉬 셸리와 결혼하였다.

◀ 일반인들이 흔히 떠올리는 프랑켄슈타인의 이미지는 제임스 웨일의 1931년 영화에 힘입은 바가 크다.

아이반호 Ivanhoe

월터 스콧 경 Sir Walter Scott

작가 생몰연도 | 1771(스코틀랜드)–1832
초판 발행 | 1820
초판 발행처 | A. Constable & Co.(에딘버러)
원제 | Ivanhoe; or, the Jew and his Daughter

『아이반호』는 12세기 리처드 사자왕의 통치 기간을 지배했던, 피정복자 색슨 족과 정복자 노르만 족 사이의 정치적, 문화적 반목을 그리고 있다. 용감한 색슨 족 기사인 아이반호의 윌프레드는, 동생인 존에게 왕위를 찬탈당한 리처드 사자왕의 복위를 돕기 위해 십자군 원정에서 돌아온다. 이를 위해서는 실존했던, 그리고 저자가 창조해낸 여러 인물들의 협조가 절대적이다. 줄거리는 크게 세 부분—애쉬비 드 라 주셰의 마상 시합, 터퀼스톤 공방전, 그리고 템플 기사단 본거지로부터의 여주인공 레베카의 구출—으로 나눌 수 있다. 각각의 사건마다 무력 충돌과 피비린내 나는 전쟁이 뒤따르지만, 고딕 로망스 소설 특유의 요소들이 주를 이루는 장면들도 있다. 그러나 스콧은 기사도의 중요성을 생생하게 전달하면서도, 전쟁을 암시적으로 비난하였다.

『아이반호』는 중세 영국에 초점을 맞추면서 『웨이벌리』류의 소설과 변화를 꾀한다. 정치, 기사도, 낭만에 대한 절제된 고찰 덕분에 『아이반호』는 후세의 작가들로 하여금 중세에 흥미를 가지게 만들었을 뿐 아니라, 이 작품의 제목 앞에 흔히 붙게 되는 "역사 소설"이라는 장르의 선구가 되었다. **DaleT**

방랑자 멜모스 Melmoth the Wanderer

찰스 로버트 매튜린 Charles Robert Maturin

작가 생몰연도 | 1782(아일랜드)–1824
초판 발행 | 1820
초판 발행처 | A. Constable & Co.(런던)
언어 | 영어

『방랑자 멜모스』는 문학사에서 흥미로운 변환기를 대표하는 작품이다. 최후의 고딕 소설이라 할 수 있는 이 소설은 고딕 장르의 주요 특징을 모두 보여주고 있다. 외딴 곳의 황량하고 이국적인 배경, 괴사건의 연속, 미로와도 같은 함정, 신교도를 홀리는 가톨릭 유럽의 위험한 유혹 등.

주인공인 존 멜모스의 등장에서부터 정체성의 문제는 전면에 등장한다. 멜모스는 젊은 학생으로 숙부의 재산을 물려받는데, 그 중에는 존 멜모스라는 동명의 조상에 관한 필사본도 포함되어 있다. 조상 존 멜모스는 줄거리를 이끌어가는 핵심으로, 자신의 영혼을 판 대가로 악마적인 불사의 생명을 얻었지만, 자기 대신 누군가를 희생양으로 삼아 이 불멸의 운명에서 벗어나고자 하는 인물이다.

현대의 독자들에게 있어 『방랑자 멜모스』의 매력은 끊임없이 긴장의 끈을 놓지 못하게 하는 반전이라기보다는, 오히려 고뇌와 유혹의 본성을 고찰했다는 점이다. 인간의 마음을 정복자인 동시에 피정복자로 묘사한 점이, 동시대에는 금방 잊혀져버린 매튜린이 에드거 앨런 포, 오스카 와일드, 보들레르 등과 함께 여명기 작가로 꼽히는 이유이다. 이 점을 깨닫는 것이야말로 문학사에 있어 매튜린의 진정한 기여를 이해한 것이라고 볼 수 있다. **DT**

수코양이 무르의 인생관 The Life and Opinions of the Tomcat Murr

E.T.A. 호프만 E.T.A. Hoffmann

작가 생몰연도 | 1776(독일)–1822
초판 발행 | 1820–22
본명 | Ernest Theodor Amadeus Hoffmann
원제 | Lebensansichten des Katers Murr

독학한 고양이의 "인생관"과 간간히 끼워넣은 "휴지 조각에 끄적거린 성가대 지휘자 요하네스 크리즐러의 부분적 전기"로 구성된 이 독특한 소설을 통해, 독자들은 19세기 초반 독일 사람들의 일상으로 환상적인 여행을 떠난다.

사교적이고 활달한 수코양이 무르는 소심한 작곡가 크리즐러와는 극적인 대조를 이룬다. 호프만 자신의 귀여워 마지않았던 고양이를 모델로 한 무르는 매사에 자신만만하고 만능재주꾼인 데 비해, 호프만 자신을 본딴 크리즐러는 늘 낭만주의적인 감수성에 잠겨있고, 자신이 겪은 극적인 감정적 경험에 갈갈이 찢겨져 있다.

이 괴상한 작품은 광란과 온전한 정신 사이의 경계를 넘나드는 주인공들의 불안정을 그대로 반영한 문체로 이야기에 초자연적이고, 가극적이고, 음악적이며, 정신의학적인 요소를 모두 불러일으켜, 이 작품이야말로 환상적 사실주의의 머릿돌이라는 평가까지 받았다. 라블레, 세르반테스, 그리고 스턴의 전통을 따른 이 소설은 고골리, 도스토예프스키, 카프카, 키에르케고르, 융에 이르는 후세에 영향을 주었으며, 이 소설의 문체는 초자연적 현상에 관한 프로이트의 논리를 예견하고 있다. 한순간에는 독자들을 흥분시키고, 다음 순간에는 혼란에 빠뜨리는, 독창적이고도 흔치않은 작품이다. **JW**

"수줍게, 떨리는 가슴으로, 나는 세상 앞에 내 삶의 몇 장면—시적 환희와 여가의 달콤한 시간에 나의 가장 깊숙한 내면에서 흘러나오는 슬픔, 희망, 열망—을 내놓는다."

▲ 작가이면서 작곡가이기도 했던 호프만은 자신의 낭만주의적 이미지를 모델로 이 소설의(인간) 주인공인 크리즐러를 창조했다.

무죄로 판명된 범죄자의 은밀한 비망록과 고백

The Private Memoirs and Confessions of a Justified Sinner

제임스 호그 James Hogg

작가 생몰연도 | 1770(스코틀랜드)–1835
초판 발행 | 1824
초판 발행 | Longman et al.(런던)
언어 | 영어

▲ 가난한 목동이었던 제임스 호그는 독학을 통해 스스로 시인과 수필가의 명성을 얻었다.

호그는 이 형이상학적인 스릴러를 실화로 여겨지게끔 꾸몄다. 이 책의 "편집자"인 화자가 역사적으로 재구성한 두 형제, 조지와 로버트의 삶에 로버트의 고백록이 곁들여진 이 소설은 이중성의 연속이다. 사건이 실제로 일어난 지 몇 백 년 후라는 화자의 이야기는 범죄자가 고백하는 종교적 경건함과는 사뭇 대조적이다.

이렇듯 관점의 서로 다른 스타일 덕분에 이 소설은 이중 초점의 구조를 지니며, 스스로를 무죄라고 여기는 정신병자 살인자의 외면과 내면을 모두 드러낸다. 또한 호그는 칼뱅식 예정설을 아전인수격으로 해석한(신의 선택을 받아 태어난 자는 그 어떤 잘못도 하지 않는다는) 광신적 범죄자의 뒤죽박죽 고백을 통해 종교적 광신을 격렬하게 비판한다.

이러한 극단주의는 보다 건강하고 보다 고귀한 인간의 이성과 대비되는데, 특히 지배계층에 대한 하층계급의 저항이 그 좋은 예이다. 로버트는 끊임없이 모습이 바뀌는 이방인에게 홀려있는데, 이 이방인은 악마의 화신일 수도 있고, 심리적 트라우마의 증세일 수도 있다. 고딕 코미디이자, 종교적 호러이며, 미스테리 스릴러인 동시에 심리 소설인 『무죄로 판명된 범죄자의 은밀한 비망록과 고백』은 끔찍하면서도 환상적이다. **DM**

어느 건달의 일생

The Life of a Good-for-Nothing

요제프 폰 아이헨도르프 Joseph von Eichendorff

작가 생몰연도 | 1788(폴란드)-1857
초판 발행 | 1826, Vereinsbuchhandlung
첫 장 발행 | 1823
원제 | Aus dem Leben eines Taugenichts

한 청년이 풀밭에 누워 이런저런 생각에 잠겨있다. 고된 일을 하다가 잠시 쉬는 와중에 아들의 꼴을 보고 화가 난 아버지는 "아무짝에도 쓸모없는" 아들에게 일어나서 무엇이라도 하라고 말한다. 그러자 우리의 주인공은 일어나 바이올린을 들고 노래를 부르면서 넓은 세상을 향해 길을 떠난다.

19세기 독일 낭만주의 작가 요제프 폰 아이헨도르프의 유쾌한 피카레스크 소설『어느 건달의 일생』은 이렇게 시작된다. 서정시로 더 잘 알려져 있는 후기 낭만파의 거두 아이헨도르프는 이 짧지만 활기 넘치는 소설로서 독일 문학사에서 확고한 위치를 차지하게 되었다.

우연히 길에서 만난 두 귀부인은 주인공을 그들의 성으로 데려가고, 그 곳에서 그는 처음에는 정원사로 일하다가 기상천외한 행동거지로 주변 사람들의 호감을 산 뒤에는 장부출납인으로 일하게 된다. 또 두 귀부인 중 한 사람과 사랑에 빠지지만, 그녀가 다른 남자와 있는 것을 본 뒤에는 또다시 바이올린을 집어 들고 요행의 안내를 받아 모험을 꿈꾸며 길을 떠난다. 우연히 이탈리아와 프라하로 간 주인공은 그 곳에서 우여곡절을 거친 끝에 다시 귀부인들의 성으로, 진정한 사랑의 품으로 돌아온다.

아이헨도르프의 시는 슈만, 멘델스존 등 기라성 같은 작곡가들의 음악에 붙여 가곡으로 재탄생했는데, 이 소설에서 아이헨도르프는 그의 시 중에서도 최고의 작품에서만 볼 수 있는 서정적인 문체를 보여준다. 그의 영웅이자 이상적인 "낭만주의 인간"은 이 소설 자체만큼이나 매력적이다. **OR**

▲ 아이헨도르프는 프러시아 궁정의 관리인 동시에 낭만주의 시인이기도 했다.

모히칸 족의 최후 Last of the Mohicans

제임스 페니모어 쿠퍼 James Fenimore Cooper

작가 생몰연도 | 1789(미국)-1851
초판 발행 | 1826
초판 발행처 | J. Miller(런던)
원제 | last of the Mohicans, a Narrative of 1757

『모히칸 족의 최후』의 배경은 프랑스-인디언 전쟁(1754~1763년 아메리카 대륙에서 영국과 프랑스가 싸운 전쟁) 중에 일어난 포트 윌리엄 헨리에서의 학살*이다. 최초로 국제적 명성을 얻은 미국 작가라 할 수 있는 쿠퍼는 이 실제 사건을 토대로 놀랄만한 황야의 모험 이야기를 만들어냈다. 인디언 포로인 화자를 통해 미국 대중 소설, 특히 서부물의 토대를 구축했다는 평가를 받는다.

개척자 내티 봄포는 『개척자』(1823)에서 이미 소개된 바 있는데, 『개척자』에서는 노인이었지만 이 작품에서는 아직 중년으로 등장한다. 그는 델라웨어 인디언인 칭가크국과 그의 아들 앙카스와 함께 영국인들의 정찰꾼으로 일하고 있다. 영국군 대령의 딸인 코라와 앨리스 먼로를 알게 된 뒤, 포로로 잡힌 그들을 구출하여 돌려보내려는 노력이 줄거리를 차지한다.

쿠퍼의 인종 관념은 매우 보수적이다. 앙카스와 코라(그녀의 어머니는 흑인이다) 사이에서 인종을 뛰어넘은 로맨스가 암시되기도 하지만, 결국은 비극으로 끝나고 만다. 쿠퍼는 야생의 대자연의 파괴와 그 곳에서 살던 인디언들의 최후를 애도하지만, 결국은 개발 논리에 고개를 숙인다는 점에서 전형적인 19세기 미국의 이상을 표현했다 해도 과언이 아니다. **RH**

* 포트 윌리엄 헨리는 뉴욕 주 조지 호반에 있는 요새로, 1757년 프랑스군에게 함락된 뒤 프랑스군의 묵인을 받은 인디언들에 의해 수차례에 걸친 영국인 학살이 자행된 곳이다.

◀ 미국의 풍경화가 토머스 콜이 그린 『모히칸 족의 최후』의 한 장면. 코라가 타메눈드의 발치에 무릎을 꿇고 있다.

약혼자들 The Betrothed

알레산드로 만초니 Alessandro Manzoni

작가 생몰연도 | 1785(이탈리아)-1873
초판 발행 | 1827
초판 발행처 | Pomba; Trameter; Manini
원제 | I Promessi Sposi

피렌체 방언으로 쓰여진 『약혼자들』은 이탈리아 반도의 정치적, 문화적 통일을 위한 조건으로 표준 이탈리아어를 확립시키려는 만초니의 노력이 낳은 산물이다. 17세기 스페인 점령 치하의 이탈리아를 무대로, 기존의 필사본으로 존재하던 이야기를 만초니가 완벽한 바로크 스타일로 재구성했다. 자신이 살고 있는 오스트리아 지배 아래의 이탈리아와 꼭 들어맞는 시대를 역사 속에서 찾아낸 것이다.

롬바르디아의 평화로운 작은 마을에서 두 농부가 결혼식을 준비하는 가운데 이 결혼을 지지하거나 방해하려는 여러 인물들이 차례로 등장한다. 그 면면도 힘있는 자와 힘없는 자, 겸손한 자와 거만한 자, 경건한 자와 속세에 닳고 닳은 자 등 제각각이다. 새로운 낭만주의 문화의 영향을 받은 『약혼자들』은 모든 종류의 권력의 횡포를 고찰한다. 신부들은 유일하게 라틴어를 할 줄 안다는 이점을 악용해 교구 신자들을 속이고, 아버지들은 가부장적인 권력을 휘둘러 딸들을 강제로 수녀원에 집어넣는가 하면, 사기꾼들은 수도원으로 도망친 순진한 처녀를 납치한다. 그리고 무엇보다도 완고한 외국 식민 정부는 지역 주민에 대한 이해 없이 이들을 속이고 탄압한다.

그럼에도 불구하고 소설이 전하고자 하는 메시지는 긍정적이다. 역경을 극복하려는 믿음과 목표를 달성하려는 의지 덕분에 소설은 약혼자들의 결합이라는 이상적인 결말로 끝맺기 때문이다. **RPi**

적과 흑 The Red and the Black

스탕달 Stendhal

작가 생몰연도 | 1783(프랑스)–1842
초판 발행 | 1831
초판 발행처 | Hilsum(파리)
원제 | Le Rouge et le Noir

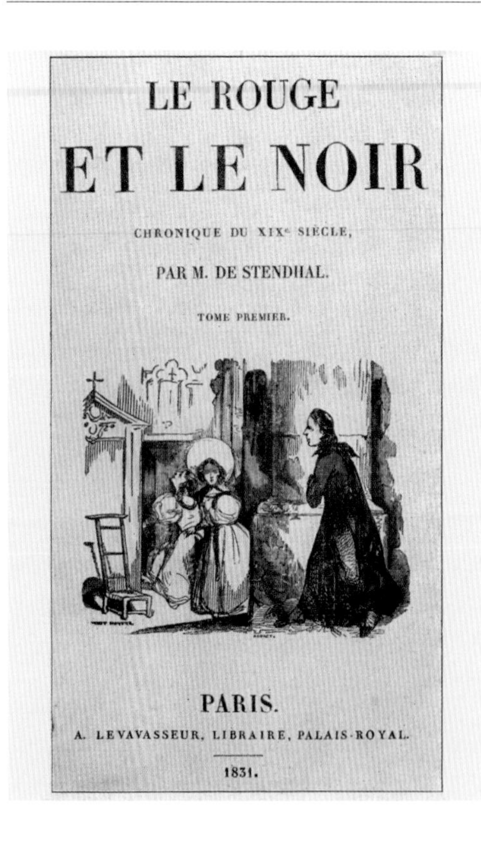
LE ROUGE
ET LE NOIR
CHRONIQUE DU XIXe SIÈCLE,
PAR M. DE STENDHAL.
TOME PREMIER.
PARIS.
A. LEVAVASSEUR, LIBRAIRE, PALAIS-ROYAL.
1831.

▲ 스탕달의 『적과 흑』 초판본은 "19세기의 연대기"라는 부제가 붙어 있다.

▶ 동료 문인인 알프레드 드 모세가 그린 퐁생프리의 여관에서 춤추는 스탕달.

1830년대 프랑스를 배경으로 한 『적과 흑』은 줄리앙 소렐의 출세와 몰락을 그린 작품이다. 목수의 아들로 태어난 줄리앙은 성직에 입문함으로써 그의 나폴레옹적 야심을 이루고자 한다. 수련 기간 중에 일어난 몇몇 뜨거운 관계에도 불구하고 줄리앙은 사제가 되어 라 몰 후작의 개인 비서직을 수락하게 된다. 후작의 딸 마틸드와의 염문도 그녀와 결혼함으로써 귀족에 반열에 올라가기 위한 수단일 뿐이다. 그러나 줄리앙이 줄곧 꿈꿔왔던 귀족의 삶을 채 즐기기도 전에, 그가 수련기에 정복했던 여자 중의 하나인 레날 부인이 후작 앞으로 보내는 편지가 도착한다. 비로소 줄리앙의 정체를 알게 된 후작은 줄리앙과 마틸드의 결혼을 금지하고, 앙심을 품은 줄리앙은 복수의 칼날을 간다.

『적과 흑』은 현대의 독자들의 취향에는 너무 멜로드라마 같다는 평가를 받기도 하지만, 하나의 문학 장르로서의 소설의 발전에 있어서는 매우 중요한 역할을 한 작품이다. 한편으로는 낭만주의 전통을 이어받은 작품이기도 하다. 소렐은 자신의 야망만을 좇는 파렴치한 악당일 수 있지만, 편협하고 강압적인 프랑스 부르조아 사회에 비했을 때 그의 정열과 진취성은 마지못한 찬사나마 불러일으킬 수 있다.

그러나 이 소설이 갖는 가장 큰 영향력은 바로 스탕달의 문체이다. 각각의 주인공이 우세한 심리 상태를 반영하는 화법을 사용하여, 에밀 졸라로부터 이 소설이 최초의 "근대적" 소설이라는 찬사를 들으며 심리적 사실주의를 완성해냈다. 이러한 이유 때문에 그 명랑함에도 불구하고 『적과 흑』은 가장 심각한 작가에게도 여전히 그 가치를 갖는 책이다. **VA**

노틀담의 꼽추 The Hunchback of Notre Dame

빅토르 위고 Victor Hugo

작가 생몰연도 | 1802(프랑스)–1885
초판 발행 | 1831
초판 발행처 | Flammarion(파리)
원제 | Notre Dame de Paris

"올빼미는 종달새의 둥지에 들지 않는다."

▲ 빅토르 위고는 프랑스 낭만주의 문인들 중에서 가장 다재다능한, 또한 가장 다작한 작가로, 시와 산문 모두에서 발군의 기량을 발휘했다.

▶ 흉측한 꼽추 콰지모도에게 먹을 것을 주는 에스메랄다의 모습을 그린 니콜라 모랭(1799~1850, 프랑스의 화가)의 삽화.

빅토르 위고의『노틀담의 꼽추』는 월터 스콧 경의『아이반호』의 명맥을 잇는 역사 소설로서, 15세기 파리의 생생한 정경을 그린 작품이다. 당시의 파리는 노트르담 대성당 주변에서 하루가 멀다하고 끊이지 않았던 귀족들의 축제와 그로테스크한 환락, 폭도들의 반란, 공개 처형 등으로 북적였다. 위고는 두 장에 걸쳐 이 고딕 양식의 교회건물을 묘사함으로써, 독자들을 노트르담이 정신 그 자체로 초대한다. 어지러울 정도로 높은 석조 건물 위에 서서, 독자들은 상상 속의 파리 전경을 볼 수 있다. 그 벽에 새겨져 있는 단어 "운명"은 이 고딕 소설의 원동력이 어디에 있는지를 알려준다.

태어나자마자 어머니에 의해 노트르담 대성당의 돌계단에 버려진 콰지모도는 부주교인 클로드 프로로에게 입양된 후, 호기심 많은 파리 사람들의 눈을 피해 종탑의 종지기로 살면서 꼽추인 자신의 흉측한 모습을 숨긴다. 한편 프로로는 성당 아래 광장에서 춤추는 아름다운 집시 처녀 에스메랄다에 대한 금지된 욕정을 품고, 콰지모도에게 그녀를 납치해 오라고 시킨다. 그러나 에스메랄다를 연모하는 왕궁의 경비대장 페뷔스에 의해 이 계획은 좌절되고, 콰지모도는 감옥에 갇혀 온갖 폭행과 조롱을 당하는 신세가 된다. 그러던 어느 날 심한 채찍질을 당한 콰지모도를 에스메랄다가 돌보아 주고, 이후 콰지모도는 에스메랄다에게 온힘을 다해 헌신한다. 프로로, 페뷔스, 콰지모도 세 사람 모두 에스메랄다의 마법에 빠지면서 사랑과 기만의 드라마틱한 이야기가 펼쳐진다. 사랑에 눈이 먼 프로로는 페뷔스와 에스메랄다를 염탐하다가 질투에 사로잡혀 그를 찌른다. 에스메랄다는 페뷔스의 살해죄를 뒤집어쓰고 체포되어 교수형을 선고받고, 그녀를 구하려는 콰지모도의 용감한 노력에도 불구하고 결국 처형되고 만다. 교수대의 시체로 매달린 에스메랄다를 본 콰지모도는 "내가 유일하게 사랑한 사람"이라고 울부짖는다. 사랑을 통한 구원이라는 주제로 세계 공통의 마음을 울린 작품이다. **KL**

예브게니 오네긴 Eugene Onegin

알렉산드르 푸쉬킨 Alexander Pushkin

작가 생몰연도 | 1799(러시아)–1837
초판 발행 | 1833
집필 기간 | 1823–31
원제 | Yevgeny Onegin

고리키가 "최초의 최초"라 평했고, 고골리가 "러시아 영혼의 가장 비범한 발현"이라고 찬사를 아끼지 않은 이 시 형식의 소설은 러시아 문학에서 결정적인 위치를 차지한다. 도시의 사교 생활에 권태를 느낀 예브게니 오네긴은 친구에게 결투를 걸어 그를 죽이고 만다. 순진한 시골 처녀 타티아나가 오네긴을 사랑하나, 그가 타티아나에 대한 사랑을 깨달았을 때 그녀는 이미 다른 사람의 아내가 된 후였다.

이 소설이 성공한 이유에 대해서는 의견이 분분한데, 블라디미르 나보코프(1899~1977, 러시아 태생의 미국 작가)는 이전까지 러시아에서는 찾아 볼 수 없었던, 시적 멜로디를 가진 언어가 가장 큰 원인이라고 분석하였다. 나보코프의 주장이 맞다면, (원어로 읽을 수 없는 이들은 이 작품의 독창성에 대한 직감적인 평가를 내릴 수 없겠지만) 독자에게 러시아 문학의 전통에 대한 이해가 전혀 없다면 그 핵심을 놓치는 셈이 된다. 그러나 번역본으로 읽는다 해도 아이러니와 발랄함을 통해 푸쉬킨이 이룩한 진지한 감각은 충분히 충격적이다. 화법의 전통을 뒤엎고, 줄거리의 몸통도 몇몇 유쾌한 곁가지 덕분에 굴절되었다. 이러한 풍부함 덕분에 이 이야기는 오히려 좌절된 사랑과 우정의 희생이라는 단순한 플롯으로는 설명할 수 없는 깊은 의미를 지니게 되었다.

이 작품의 세련되고 엄격하게 정형화된 시 형식("오네긴 운율"이라는 별명이 붙은 14절) 안에서 푸쉬킨의 가벼운 터치—지극히 우습고 심오하게 진지한—는 마치 줄타는 곡예사와도 같은 자유로운 언어와 결합하였다. 이 소설은 비록 러시아어 원전이 아닐지라도(물론 그 편을 추천하고 싶기는 하지만) 읽어볼 만한 가치가 있는 작품이다. 수많은 번역본이 나와 있지만, 나보코프의 상세한 주석을 즐기는 묘미도 무시할 수 없다. **DG**

"우리를 흥분시키는 환상이 만 가지 진실보다 더 달콤하다."

▲ 바실리 트로피닌(1776~1857, 러시아의 화가)이 그린 푸쉬킨의 초상. 푸쉬킨은 천재적인 문학적 재능의 소유자였으나 37세의 나이로 결투에서 죽는 운명을 맞는다.

◀ 푸쉬킨의 소설을 바탕으로 한 차이코프스키의 오페라 〈예브게니 오네긴〉(1879)의 일러스트레이션. 타티아나가 그녀의 사랑을 고백하는 편지를 쓰고 있다.

외제니 그랑데 Eugénie Grandet

오노레 드 발자크 Honoré de Balzac

"좁은 마음은 자비뿐 아니라 핍박을 통해서도 생겨날 수 있다. 잔인하게든, 자비롭게든, 다른 사람을 휘두르면서 그 힘은 더욱 커지게 된다."

작가 생몰연도 | 1799(프랑스)–1850
초판 발행 | 1834
초판 발행처 | Charles-Bechet(파리)
언어 | 프랑스어

월터 스콧처럼 발자크도 빚과 빚쟁이들의 시달림에서 벗어나기 위해 소설을 썼다. 부의 축적과 그에 따르는 도덕적 타락이라는 주제가 『외제니 그랑데』를 꿰뚫고 있는 것도 무리가 아니다.

이 작품은 훗날 발자크가 『인간 희극』이라 이름붙인 자신의 소설 전집 중 하나로, 시골의 가난과 탐욕을 도덕적으로 맹렬하게 비난함과 동시에 당시 프랑스 사회의 깊은 사회적 변혁을 겪고 있던 인물들의 성격을 설득력 있게 묘사하고 있다. 그는 인색한 폭군인 주인공 외제니의 아버지를 통해 탐욕을 단지 개인의 "죄"가 아니라 19세기 자본주의 속에서 대중이 느낀, 부의 순환에 대한 세속적 허무주의의 반영으로 보았다.

인과에 바탕을 둔, 고전적으로 단순한 플롯이지만 아트레우스보다도 더 끔찍한 중산층의 비극을 보여주고 있다. 돈만 밝히는 아버지 때문에 세상 경험도 별로 없고, 가족도 파멸된 여주인공 외제니는 자비와 자선이라는 덕행을 통해 도덕적 권위를 주장한다. 훗날의 프루스트를 예견하듯 발자크는 개개인의 행위와 세대의 변환을 드라마틱하게 엮어내고 있으며, 코믹한 베이소스*는 신랄한 사회적 사실주의를 부드럽게 해준다. 전지적 화자의 판단에서 짜낸 발자크의 유쾌함은 놀랄 만하다. 사실주의 문학을 읽어보려 한다면 추천하고픈 작품이다. **DM**

▲ 1911년판에 실린 쥘 르루의 삽화. 술통을 나르는 나농과 하인의 모습을 그리고 있다.

* 돈강법, 점차로 끌어 올린 장중한 어조를 갑자기 익살스럽게 떨어뜨리는 수사학적 기법.

고리오 영감 Le Père Goriot

오노레 드 발자크 Honoré de Balzac

작가 생몰연도 | 1799(프랑스)–1850
초판 발행 | 1834–1835
초판 발행처 | Werdet(파리)
언어 | 프랑스어

『고리오 영감』은 감사할 줄 모르는 두 딸에게 큰 재산을 물려준 부유한 상인의 이야기이다. 허름한 하숙집에서 홀로 살면서 탐욕스러운 딸들에게 자신이 가진 얼마의 재산을 남겨주려는 주인공은 라스티냐크라는 야심찬 젊은이와 친구가 되는데, 라스티냐크는 그들의 관계를 자신의 야망을 위해 이용하려고 한다. 매력, 배신, 심지어 살인까지 모든 수단을 동원하여 상류사회로 진입하려는 딸들과 여러 악당들의 모습에서 센세이셔널한 플롯의 반전으로 이야기가 더욱 흥미진진해짐을 확인할 수 있지만, 발자크가 넓은 의미에서의 사회악을 빗대 묘사한, 고리오 영감의 일방적인 자식 사랑이 여전히 그 중심에 있다.

발자크 전집이라 할 수 있는『인간 희극』중 한 권인『고리오 영감』은 원래는 셰익스피어의『리어 왕』을 1820년대 파리로 옮겨온 것이다. 자식에 대한 고리오의 헌신적인 희생에 대해, 발자크는 어떻게 부모 자식 간의 연이나 사회의 이상이 아닌, 억척스러운 개인주의와 탐욕에서 태어난 부패한 가짜 귀족주의가 사회 체계를 떠받치게 되었는지 보여준다.

심하게 늘어지는 플롯 구조 때문에 지루해 할 독자들도 있겠지만, 발자크의 섬세한 디테일과 심리적 사실주의는 아낌없는 찬사를 받을 만하다. 그의 드넓은 예술적 비전만으로도 그를 19세기 위대한 예술가의 반열에 올리기에 부족함이 없지만, 이 작품에서 보여준 화법상의 테크닉과 인물에 대한 세심한 주의는 발자크가 근대 소설에서 얼마나 중요한 위치를 차지하는지 다시 한번 확인해준다. **VA**

코 The Nose

니콜라이 고골리 Nikolay Gogol

작가 생몰연도 | 1809(우크라이나)–1852
초판 발행 | 1836(러시아)
원제 | Nos
언어 | 러시아어

『코』는 고골리의 작품 중에서 가장 널리 알려진 작품 중의 하나이자, 가장 괴상한 작품 중의 하나이며, 한 세기 후에나 그것도 러시아뿐 아니라 전 유럽에서 뚜렷해지게 되는 문학적 전통의 선구자라 할 수 있다. 또한 이 소설은 쇼스타코비치가 작곡한, 환상처럼 독창적이고 우스꽝스러운 동명 오페라의 원작이기도 하다.

코발레프는 자신을 대단하게 여기면서도 자신의 보잘것없는 직위에 대해서도 잘 알고 있는 말단 공무원이다. 그러던 어느날, 아침에 눈뜬 그는 자신의 코가 사라졌음을 알게 된다. 이 사건을 신고하기 위해 서둘러 가는 길에, 그는 자신보다 몇 직급 위의 공무원 제복을 입고 있는 자신의 코를 만난다. 그는 자신의 돌아다니는 코에게 말을 걸려고 하지만, 자기보다 직위가 높은 코에게 질책을 받을 뿐이다. 코발레프는 신문에 광고를 내서 어떻게 하면 자신의 코를 되찾을 수 있을지 도움을 청하지만 아무런 답을 얻지 못한다. 며칠 뒤, 경찰이 코를 돌려주러 오지만, 의사는 코를 원래대로 있던 자리에 되돌릴 수 없다고 말한다. 얼마 후, 아침에 일어난 코발레프는, 코가 마치 사라졌던 것처럼 별안간 원래대로 붙어있음을 발견한다.

매우 자세하게 쓰여진 이 황당한 이야기는 도저히 있을 법하지 않은 결말로 끝나는데, 고골리는 심지어 "작가는 어떻게 이런 황당한 이야기를 쓸 생각을 했는지 모르겠다"며 분개하기까지 한다. 독자들 역시 고골리가 어떻게 이런 황당한 이야기를 쓸 생각을 했는지 모르는 건 마찬가지지만, 이 황당한 이야기를 읽고 나서 후회할 일은 없을 것이다. **DG**

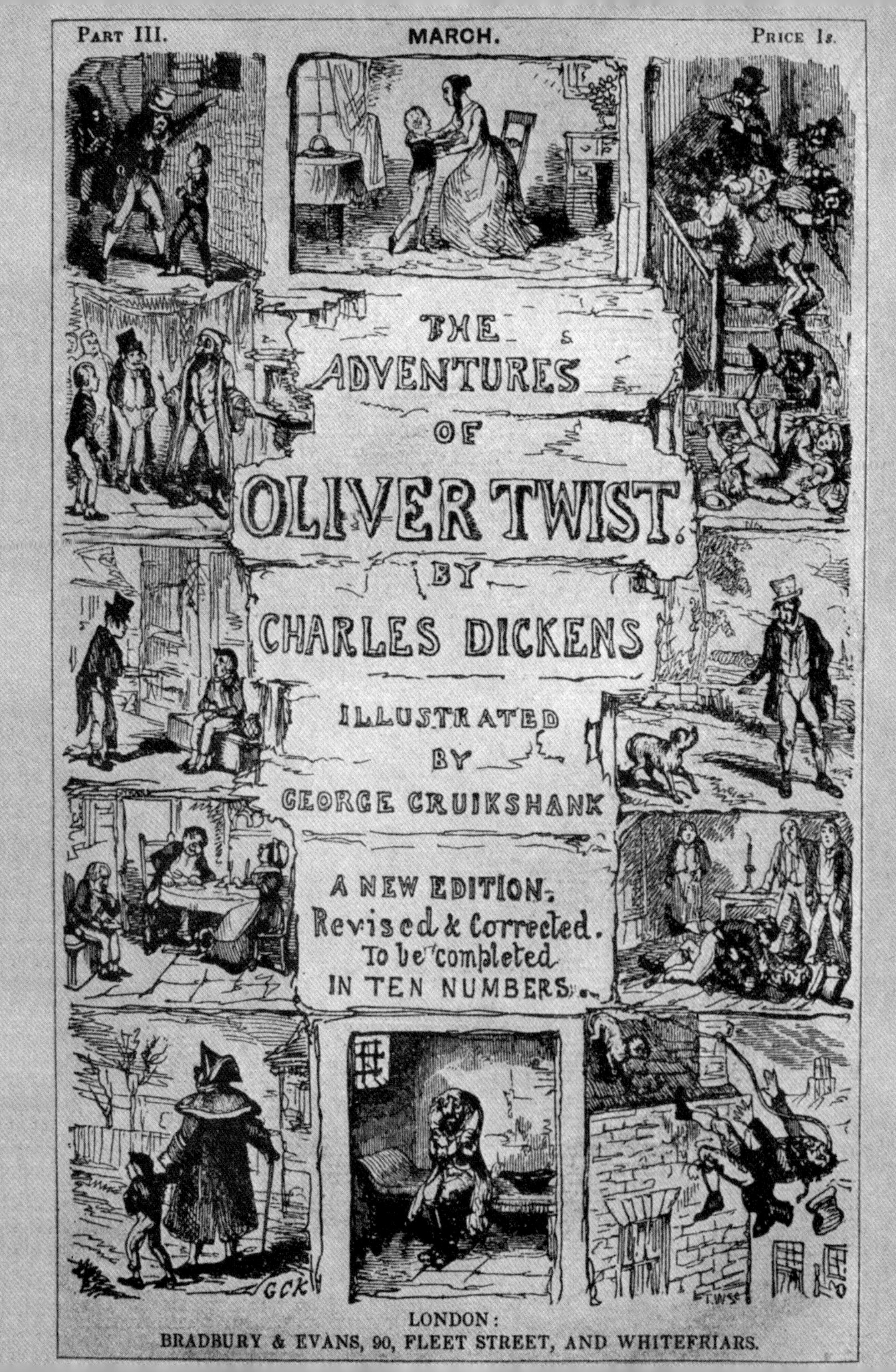
PART III.
MARCH.
PRICE 1s.
THE ADVENTURES OF
OLIVER TWIST.
BY
CHARLES DICKENS
ILLUSTRATED BY
GEORGE CRUIKSHANK
A NEW EDITION.
Revised & Corrected.
To be completed
IN TEN NUMBERS.
GCK
LONDON:
BRADBURY & EVANS, 90, FLEET STREET, AND WHITEFRIARS.

올리버 트위스트 Oliver Twist

찰스 디킨스 Charles Dickens

작가 생몰연도 | 1812(영국)–1870
초판 발행 | 1838, R. Bentley(런던)
원제 | The Adventures of Oliver Twist; or, the Parish Boy's Progress

『올리버 트위스트』는 디킨스가 편집인이었던 잡지, 『벤틀리 미셀러니(Bentley's Miscellany)』의 초기에 실린 "흙탕 안개" 시리즈의 하나이다. 올리버의 출생과 구빈원에서의 성장을 다룬 첫 두 회 분량은 1834년에 제정된 신 빈민구제법을 매우 드라마틱하게 비판한 것이다. 『올리버 트위스트』는 피카레스크 소설인 동시에 멜로드라마이며, 거리의 고아가 사실은 상류 사회의 자제임이 밝혀진다는 점에서 동화다운 로망스이다. 또한 이 작품은 어린이를 주인공으로 한 최초의 소설 중 하나이기도 하다.

디킨스의 후기작에 등장하는 어린이들과는 대조적으로 올리버는 작품이 끝날 때까지 유년기에 머무르며, 그가 경험한 많은 트라우마에 큰 영향을 받지 않는 것으로 묘사되었다. 흥미롭기까지 한 올리버의 이런 무감각함에는 디킨스가 의도한 여러 가지 목적이 있었다. 우선 올리버는 구빈원의 제도화된 폭력에 노출된 소극적인 희생자가 되어야 했다. 올리버가 죽을 좀 더 달라고 말하는 저 유명한 장면에서도 올리버는 제비뽑기에서 대표로 뽑혔을 뿐, 특별히 주제넘거나 자아가 강한 것이 아니다. 이러한 순진함 덕분에 올리버는 페이긴의 범죄 집단에 들어가서도(선배 격인 "꾀돌이 도저"와는 대조적으로) 그들의 악에 물들지 않을 수 있었고, 뒤에 나타나는 구원자 브라운로 씨에 의해 새로운 삶을 얻을 수 있었다.

어린 소매치기들의 두목인 사악한 페이긴과 올리버의 의붓형 몽크스의 올리버를 범죄자로 만들려는 음모는, 감옥행과 탈출 사이의 긴장을 만들어내고, 결국은 이러한 긴장이 소설을 결말로 이끄는 원동력이다. 올리버는 구빈원과 페이긴의 소굴에서 두 번 다 탈출하여 마침내 이모인 로즈 메일리와 해후하고, 브라운로 씨에게 입양된다. 이렇게 암울한 고리를 끊어주는 것이 바로 창녀인 낸시지만, 빛과 어둠의 세계를 이어주는 대가로 결국 애인인 빌 사이크스에게 처참하게 살해당하는 대목은 디킨스가 묘사한 가장 잔인한 장면 중의 하나이다. **JBT**

▲ 『올리버 트위스트』의 삽화가였던 조지 크룩생크는 페이긴과 꾀돌이 도저 같은 등장 인물들의 잊을 수 없는 이미지를 창조해냈다.

◀ 1846년판 『올리버 트위스트』의 표지. 이 무렵 『올리버 트위스트』는 빅토리아 시대 영국 문화에서 확고한 위치를 차지하고 있었다.

플랑드르의 사자

The Lion of Flanders

헨드릭 컨션스 Hendrik Conscience

작가 생몰연도 | 1812(벨기에)–1883

초판 발행 | 1838

초판발행처 | L.J. de Cort(앤트워프)

원제 | De leeuw van Vlaanderen

헨드릭 컨션스는 지금의 벨기에에 속하는, 플라망어를 사용하는 플랑드르 지방 현대사에서 매우 중요한 인물이다. 그가 1830년대 왕성한 저작 활동을 시작했을 때까지만 해도, 플라망어 문학 자체가 존재하지 않았다. 컨션스는 그때껏 하층계급의 방언에 불과했던 플라망어를 세련된 문어로 재탄생시켰다.(당시 플랑드르는 프랑스어를 사용하는 왈론인들의 지배하에 있었다.)

『플랑드르의 사자』는 컨션스가 쓴 백여 개의 소설 중에서 가장 뛰어난 작품으로, 오늘날까지 읽히는 몇 안 되는 작품 중 하나이기도 하다. 월터 스콧이 확립한 역사 로맨스의 전통을 따르면서, 플랑드르 역사에서 매우 중요한 시대라 할 수 있는 프랑스인들에 저항하던 14세기 초를 다루고 있다. 플랑드르의 상인과 수공업자 길드(중세 유럽의 동업자 조합)들은 프랑스 왕과 플랑드르를 통치하는 그 수하들에 대항하여 봉기하였다. 이를 진압하기 위해 플랑드르로 들어온 프랑스 기사들을 코르트레이크의 전투에서 크게 무찌르는 것이 이 소설의 절정 부분에 해당된다.

이 소설은 낭만적인 중세 소설의 필수 요소—신사적인 혹은 성미 급한 기사들, 억세고 퉁명스러운 사람들, 도덕적인 감정들, 위험에 빠진 아름다운 아가씨 등—는 모두 지니고 있다. 은근한 스타일이나 놀랄 만한 독창성은 없지만, 작가의 감칠맛 나는 이야기 솜씨 때문에 유럽 역사와 민족주의에 약간의 관심을 가지고 있는 독자라면 누구나 빠져들 만한 작품이다. **RegG**

파르마의 수도원

The Charterhouse of Parma

스탕달 Stendhal

작가 생몰연도 | 1783(프랑스)–1842

초판 발행 | 1839

초판발행처 | Ambroise Dupont(파리)

원제 | La Chartreuse de Parme

이 소설의 가장 큰 특징은 시공을 순식간에 뛰어넘는 역동성이다. 정신없을 정도로 빠른 전개 덕분에 이야기 자체는 매우 흥미진진하지만, 줄거리 전체를 놓고 볼 때에는 다소 혼란스러운 것도 사실이다.

이러한 역동성을 가능하게 한 것은 진행 속도가 아니라 인물, 주제, 판단 등의 끊임없는 생략이다. 첫머리에서 이 소설은 산세베리나 공작부인의 이야기라고 했지만, 사실 적어도 시작 부분에서의 주인공은 산세베리나 공작부인의 완전무결한 조카인 파브리스이다. 그러나 그의 용기는 오래 버티지 못한다. 워털루에 당도한 그의 말을 동료가 훔쳐간 것이다. 중간중간 수년 동안 일어난 일들이 요약되어 불과 몇 시간 동안 일어난 일들과 함께 엮이는 부분에서는 시간상의 명쾌함이 시점의 상승—파브리스의 어린 시절 교회 종탑에서 그가 투옥된 파르네제 탑으로—과 일치한다.

파브리스의 투옥이 중심 주제인 만큼, 스탕달의 자유로운 화술은 다소 어울리지 않는 듯하기도 한다. 주제가 주제를 누르고, 하나의 화법적 테크닉이 다른 테크닉의 한계르 드러내는 등, 이 소설은 나름의 유쾌한 논리에 의해 구성되어 있다. **DT**

어셔 가의 몰락

The Fall of the House of Usher

에드거 앨런 포 Edgar Allan Poe

작가 생몰연도 | 1809(미국)–1849

초판 발행 | 1839 by W. Burton(필라델피아)

연재 | 『Burton's Gentleman's Magazine』誌

언어 | 영어

『어셔 가의 몰락』을 "소설"로 부르려면, 그 의미를 최대한 확장해야 할 듯하다. 그러나 화자 특유의 간결한 화술에도 불구하고, 이 작품이 "소설"이라는 장르에 포함됨에는 의심할 여지가 없다. 포의 명문장과 그 독창적인 내용을 생각할 때 이 소설이 빠진 현대 소설이란 생각할 수도 없다. 불길한 예감과 공포로 가득한 이 소설을 밑받침해주는 것은 인간 심리의 강렬한 탐구이다.

로더릭과 매들린 어셔는 유서 깊은 어셔 가의 마지막 자손으로, 음침한 어셔 저택에서 살고 있다. 소설의 화자는 로더릭의 어린 시절 친구로, 도움을 요청하는 로더릭의 편지를 받고 이 쇠퇴한 시골 저택으로 온다. 로더릭은 근심에 잠겨 있고, 그의 눈에서는 괴상하고 끔찍한 사건을 읽을 수 있다.

독자는 "미쳐버린" 화자와 같은 위치에 놓여, 현실과 환상의 경계가 모호해지며 일어나는 믿기지 않는 사건들을 경험하게 된다. 작품의 일관된 어조와 유려하고 매력적인 문장은 주제는 물론 독자도 사로잡는다. 문학사에 길이 남는 걸작을 남긴 포는 젊은 나이에 아깝게 세상을 떠났는데, 그의 요절은 이 작품의 내용에 묘한 여운을 준다. **DR**

"낮은 구름이 답답하게 하늘에 걸려 있고, 나는 홀로 말을 타고 황량한 시골 들판을 달리고 있었다."

▲ 아일랜드 태생의 삽화가 해리 클라크가 포의 호러 소설 『어셔 가의 몰락』을 시각적으로 해석한 그림.

[illegible] | 1er vol.

[illegible] | 2me

[illegible] | 3me

[illegible] | 4me vol.

Il n'ay — 1102

refaire le caractère de David.

David et Ève perdent tout [illegible] Lucien sur la [illegible]

Madame de Bargeton

idem — Lucien sur

[illegible] Mme de Bargeton

[illegible] pour [illegible]

[illegible] Séchard [illegible]

[illegible]

xxxxx

Lucien qui [illegible] pour la première fois [illegible]

Dans le grand [illegible] jusqu'à [illegible]

[illegible] été fait

qu'y être [illegible]

Illusions perdues

hans

I [illegible] de Lucien chez [illegible]

p. David.

Ève et David [illegible] David par l'amour et Lucien comme

[illegible] grand [illegible]

[illegible]

Amour

Am

Amour

[illegible]

[illegible]

M. David [illegible]

갱과 추 The Pit and the Pendulum

에드거 앨런 포 Edgar Allan Poe

작가 생몰연도 | 1809(미국)–1849
초판 발행 | 1843
연재 | 1843, 『The Gift』誌
언어 | 영어

공포와 서스펜스와 폐소공포가 한데 어우러진 소설로 포가 낭만주의 전통의 선두에 내세운 작품이다. 미국 최초의 문학 평론가로서 포는 세속적인 주제에 사로잡힌 예술과 문학을 경멸하였으며, 그 자체로 새롭고도 불가해한, 특히 초자연적인 주제를 즐겨 다루었다.

포는 시와 산문 두 분야에서 모두 높은 명성을 자랑하지만, 그의 일생은 질병과 재정적 문제, 알콜 중독, 우울증 등의 정신 질환으로 얼룩져 있었다. 마흔 살의 나이로 아내가 먼저 세상을 떠난 뒤 포는 혼수 상태에 빠질 때까지 술을 마셨다고 한다.

이런 그의 작품들이 대부분 공포로 인해 미치기 일보 직전까지 몰린 절망적 상태의 주인공들의 역경을 그리고 있는 것도 무리는 아니다. 그러나 포와 그의 작품들에 대한(그리고 이들을 정신분석학적으로 해석하려는) 비판은 작가의 고뇌와 주인공의 시련을 뒤섞어버리고 말았다.

『갱과 추』의 분위기는 강력한 공포가 지배하고 있다. 부패와 죽음이 흘러나오는 어두운 방, 광포한 쥐들, 내려오는 추의 날카로운 날을 보면서 공포로 그 자리에 못이 박힌 희생자. 이 모든 것들은 저자의 정신 상태에 대한 논란을 낳았다. 그러나 공포물 작가들이 만들어낸 수많은 반복적 모티브를 이끌어낸 이 작품은 뛰어난 상상력이 만들어낸 정교하고도 훌륭한 걸작이다. **TS**

"판결, 공포스러운 죽음의 선고가 내 귀에 들어온 마지막 소리였다."

▲ 19세기 말 시가 상자에 그려진 포의 초상화는 그의 호러 소설이 얼마나 높은 인기를 누렸는지 보여준다.

◀ 희생자의 환상과 그의 끔찍한 시련을 보여주는 『갱과 추』의 삽화.

La Cape et l'Épée

LES TROIS MOUSQUETAIRES

Par Alex. Dumas

LES TROIS MOUSQUETAIRES. — *Un mousquetaire, placé sur le degré supérieur, l'épée nue à la main, empêchait, ou, du moins, s'efforçait d'empêcher les trois autres de monter. Ces trois autres s'escrimaient contre lui de leurs épées fort agiles.* (Page 34.)

삼총사 The Three Musketeers

알렉상드르 뒤마 Alexandre Dumas

작가 생몰연도 | 1802(프랑스)–1870

초판 발행 | 1844

초판 발행처 | Baudry(파리)

원제 | Les Trois Mousquetaires

뒤마와 일흔다섯 명의 그의 문하생들의 펜 끝에서 탄생한 250여 편의 작품들 중에서도『삼총사』는 단연 가장 유명한 작품이다. 뒤마는 역사 교수 오귀스트 마케와 함께 이 작품을 집필했다. 뒤마 특유의 빠르고 느슨한 텍스트와 역사적인 주제에도 불구하고, 마케가 이 작품을 구상하여 초고까지 썼을 것이라는 추측도 있다.

가스코뉴 출신의 주인공 달타냥은 성미 급하기로 이름난 이 지방 사람의 온갖 특징을 모두 갖춘 전형으로, 루이 14세의 총사대장인 트레빌 대령 앞으로 쓰여진 추천장 한 장과 자신의 총검 실력만을 믿고 출세를 꿈꾸며 17세기 파리로 온다. 세월을 뛰어넘은 뒤마의 매력은 그가 각각의 인물들에 불어넣은 생생한 활기와 마지막까지 그 결말을 알 수 없는 스릴이다.『삼총사』는 훌륭한 로맨스로, 작가는 조였다 풀었다를 반복하며 독자를 어지러운 여행으로 초대한다. 주인공인 삼총사는 물론 리셸리외 추기경과 사악한 밀라디에 이르기까지, 이 소설에 등장하는 인물들은 서양 문화에서 너무나 쉽게 찾아볼 수 있는 전형이기에, 굳이 강조할 필요조차 없다. 뒤마가 창조한 이 거들먹거리는 가스코뉴 젊은이 역시 끝까지 찬란하다. **DR**

◀ 20세기에 간행된『삼총사』의 삽화. 총사들이 자신의 검술을 뽐내고 있다.

파쿤도 Facundo

도밍고 파우스티노 사르미엔토
Domingo Faustino Sarmiento

작가 생몰연도 | 1811(아르헨티나)–1888(파라과이)

초판 발행 | 1845,『El Progreso』誌에 연재

원제 | Civilizacion y Barbarie; Vidaa de Juan Facundo Quironga

『파쿤도, 아르헨티나 팜파스의 문명과 야만』(저자의 살아생전에 출간된 마지막 판본의 제목)은 소설이 아니다. 그러나 전기, 역사, 지리, 회고, 이상향의 논리, 신랄한 비평, 정치 프로그램의 집중이라 할 수 있는 이 작품은 당대의 그 어떤 스페인어권 아메리카 소설보다도 큰 영향력을 지니고 있다.

사르미엔토는 아르헨티나 독립 후 내전 당시 카우디요의 가우초* 후안 파쿤도 퀴로가(1794~1835)를 통해 국가를 정의한다. 상상의 아르헨티나가 주인공이 되어, 동양적이고 중세적이며 아프리카답지만(버려야 할 이미지), 로마와 프랑스를 닮은 모습(이룩해야 할 이미지)도 보여준다.

두 거인이 아르헨티나라는 여주인공을 가운데 두고 싸우고 있다. 하나는 문명(도시, 미래, 유럽)이고, 다른 하나는 야만(팜파스, 현재, 아메리카)이다. 후자를 상징하는 파쿤도는 당시의 군사 독재자였던 로사스를 간접적으로 지칭하고 있다(사르미엔토는 로사스의 탄압을 피해 칠레로 망명해야만 했다). 이 작품의 가장 큰 문학적 가치는 파쿤도라는 인물 자체로, 매력적이고 극악무도하다. 본문에 더해진 복잡한 요소들, 즉 제목, 제사(題詞), 주석 등과 문장의 상징적이고 우의적인 심오함, 독자의 공감을 불러일으키는 강인하고 자각적인 문체는 현대의 아르헨티나 최고 작가들에서 찾아볼 수 있는 현대적 특징들을 이미 보여준다. **DMG**

* 가우초(Gaucho)는 아르헨티나와 우루과이의 대초원지대에 살며 유목생활을 하던 목동이나 마부를 일컫는다. 카우디요(Caudillo)는 아르헨티나의 지방 군사 지도자들을 지칭하며, 스페인 식민정권을 몰아낸 뒤 수십 년에 걸쳐 격렬한 내전을 치렀다.

마의 늪 The Devil's Pool

조르주 상드 George Sand

작가 생몰연도 | 1804(프랑스)–1876
초판 발행 | 1845, Desessart(파리)
본명 | Amandine-Aurore-Lucile Dupin
원제 | La mare au diable

"진실을 말하자면, 이 주문은 그저 마음대로 따와서 가져다붙인 암송일 뿐이에요."

▲ 사회와 결혼의 관습에 대항했던 조르주 상드의 의지는 남자 이름인 그녀의 필명에서도 잘 드러난다.

생전의 조르주 상드는 문학뿐 아니라 자유분방한 생활 방식으로도 널리 알려졌던 유명 인사였다. 젊은 나이에 첫 결혼에 실패한 후, 그녀는 소수의 선택된 남자들—예를 들면 쇼팽(1810~1849, 폴란드 작곡가)과 뮈세(1810~1857, 프랑스의 낭만파 시인이자 극작가)—과 연애를 즐겼다. 그녀의 초기작 중 가장 유명한『앵디아나』는 남편은 물론 애인들에게서까지 핍박을 받는 여인의 운명을 그린 소설로, 초창기 페미니스트의 생생한 묘사다.

그러나 1840년대 들어 어린시절을 보냈던 베리 근교의 노앙에 정착한 상드는 전원 생활을 그린 일련의 소설들을 발표하기 시작한다.『마의 늪』의 주인공은 홀아비 농부 제르맹이다. 아내가 죽자 세 명의 어린 자식들과 함께 홀로 남겨진 제르맹은 어쩔 수 없이 이웃의 부유한 과부인 카트린 레오나르에게 구혼을 하기로 한다. 젊은 목동 소녀 마리와 함께 레오나르를 만나러 가는 길에 "마의 늪" 근처에서 하룻밤을 묵게 되고 늪의 마술에 빠지게 된다. 목적지에 당도한 제르맹과 마리는 둘 다 실망하게 된다. 레오나르는 오만하고 허영심만 많은 여자였고, 마리의 고용주는 그녀를 욕보이려 한 것이다. 결국 우여곡절 끝에 두 사람은 서로를 사랑하고 있다는 사실을 깨닫게 된다.

이 소설의 어조나 의도는 전원적이다. 상드는 복잡하고 부패한 도시에서 벗어나고 싶어하는 세련된 독자층을 위해 시골을 배경으로 택했다. 또한 농촌의 힘겨운 현실(만연한 가난과 짧은 수명)을 꼬집는 대신 어쩔 수 없는 자연의 섭리로 받아들였다. 상드의 전원 소설은 낭만주의 특유의 매력과 신선함을 지니고 있어 당대의 독자들에게 높은 인기를 누렸다.

RegG

몽테 크리스토 백작 The Count of Monte-Cristo

알렉상드르 뒤마 Alexandre Dumas

작가 생몰연도 | 1802(프랑스)-1870
초판 발행 | 1845-1846
초판 발행처 | Petion(파리)
원제 | Le Compte de Monte-Cristo

알렉상드르 뒤마의 유명한 장편 소설 『몽테 크리스토 백작』은 나폴레옹이 엘바에서 돌아오기 직전인 1815년, 주인공 에드몽 당테스가 나폴레옹과 연계되어 있다는 누명을 쓰고 마르세유 앞바다 사토 디프의 감옥에 갇히면서 시작된다. 14년간의 감옥살이 동안 당테스는 우연히 만난 늙은 죄수 아베 파리아로부터 몽테 크리스토 섬에 숨겨진 엄청난 보물에 대해 듣게 된다. 아베가 죽자 그의 시신 대신 자루 속에 들어가 바다에 던져진 당테스는 드라마틱한 탈출에 성공하고, 이로서 에드몽 당테스는 몽테 크리스토 백작으로 화려하게 변신한다.

이제 서내안 무블 손에 넣은 몽테 크리스토 백작은 자신에게 누명을 씌웠던 악당들에게 복수할 수 있게 되었다. 소설의 무대가 로마와 지중해 세계에서 파리와 그 근교로 옮겨오면서, 이들은 가공할 형벌의 대상이 된다.

이 소설에는 비밀과 폭로, 수화, 독초, 그 밖의 온갖 독창적인 소재들이 등장한다. 그러나 정작 저자는 흥미진진한 스토리보다는, 왕정복고 시대 프랑스의 부패한 금융계, 정계, 법조계의 실상과 여기에 스며든 변두리 인간들에 초점을 맞추고 있다.

마침내 몽테 크리스토 백작은 자신의 복수 계획이, 정의가 실현되는 것을 보고자 하는 욕망에 사로잡혀 신의 영역을 넘본 것은 아닌가 반성하게 된다. 이 환상적이고 열정적인 복수극은 월터 스콧 스타일의 역사물이기도 하다. 즉, 역사적으로 완전히 정확하지는 않다는 뜻이다. 『몽테 크리스토 백작』은 행복, 정의, 전능, 그리고 때때로 과거의 치명적인 회귀에 대한 독특한 고찰을 전해주는 작품이다. **CS**

"궁극의 절망을 맛본 자만이 절정의 행복을 느낄 수 있다."

▲ 알렉상드르 뒤마는 소설로 막대한 재산을 얻었으나, 방탕한 생활 때문에 결국은 빈곤 속에서 세상을 떠났다.

제인 에어 Jane Eyre

샬롯 브론테 Charlotte Brontë

작가 생몰연도 | 1816(영국)-1855
초판 발행 | 1847
초판 발행처 | Smith, Elder & Co.(런던)
필명 | Currer Bell

"독자여, 나는 그와 결혼했다."

샬롯 브론테의 소설들 중에서 처음으로 출판된 『제인 에어』는(훗날 『빌레트』에서도 등장하는) 돈, 가문, 사회적 지위의 힘을 빌리지 않고 홀로서기에 성공하는 젊은 여인의 투쟁을 다루고 있다. 고아인 제인은 양극단의 충동으로 괴로워하고 있다. 한편으로 그녀는 극기와 겸손, 자기 희생의 표본이지만, 다른 한편으로는 불의를 보면 참지 못하고, 자기 의견을 내세우는 데 주저하지 않는, 정열과 독립심의 소유자이다.

어린 시절 제인 에어는 부유한 후견인인 숙모 리드 부인과 못된 사촌들 때문에, 후에는 로우드 학교의 혹독한 환경으로 인해 고통을 겪는다. 돈필드 저택의 젊은 가정교사가 되어 주인인 로체스터의 사생아의 훈육을 맡으면서 그와 깊은 관계를 가지게 된 뒤에는 신분의 격차가 그녀의 사랑을 괴롭힌다.

그러나 결국 그들의 결합에 장애가 되는 것은 신분의 차이가 아니라(처음부터 제인과 로체스터 누 사님 니 이 부분에 대해서는 그다지 신경을 쓰지 않았다) 로체스터에게 이미 부인이 있다는 사실이다. 그 부인 버사 메이슨은 다락방에 갇혀 있는 악명 높은 미친 여자(자마이카의 스페인촌에서 온 크레올*로, 그녀의 이야기는 진 라이스가 『넓은 사르가소해』에서 상상을 토대로 재창조한 바 있다)이다. 버사의 비극은 제인의 그것과 정확히 반대 지점에 놓임과 동시에, 19세기 소설 속 여성상에 대해 의문을 제기한다. 강한 양심과 꿈을 현실로 이루려는 노력 덕분에 로맨스는 좋은 결말을 맺지만, 지성과 야망을 지닌 여인이 빅토리아 시대 영국의 숨막히는 가부장적 사회에서 겪어야 했던 고난을 잘 말해주고 있다. **ST**

▲ 조지 리치먼드(1809~1896, 영국의 화가)가 분필로 스케치한 샬롯 브론테의 초상. 지성과 불굴의 덕성이 그대로 드러나 있다.

▶ 『제인 에어』 원고의 첫 페이지. 커러 벨이라는 필명으로 출판하였다.

* 신대륙 발견 후 아메리카 대륙에서 태어난 에스파냐인과 프랑스인의 자손들.

Jane Eyre

~~by Currer Bell~~

~~Vol. 1st~~

Chap. 1st

ere was no possibility of taking a walk that day.
had been wandering indeed in the leafless shrubbe
hour in the morning, but since dinner (Mrs R
hen there was no company, dined early) the cold wi
ind had brought with it clouds so sombre, a rain s
ating that further out-door exercise was now out o
uestion.

I was glad of it; I never liked long walks - espe
chilly afternoons; dreadful to me was the coming
the raw twilight with nipped fingers and toes and
ddened by the chidings of Bessie, the nurse, and hum
the consciousness of my physical inferiority to Eliza, J
nd Georgiana Reed.

허영의 장터 Vanity Fair

월리엄 메이크피스 사커리 William Makepeace Thackeray

작가 생몰연도 | 1811(인도)–1863(영국)
초판 발행 | 1847
초판 발행처 | Bradbury & Evans
원제 | Vanity Fair, a novel without a hero

많은 독자들이 『허영의 장터』를 정의하는 순간은 그 첫 번째 장에 등장한다고 주장한다. 미스 핑커톤 학교를 졸업한 뒤 가정교사가 되려는 베키 샤프가 사뮤엘 존슨의 『영어사전』을 학교 문 안으로 집어던지는 장면이다. 이 "영웅적인 행위"는 전통과 환경에 맞서 자신의 운명을 스스로 창조하고자 하는 베키의 힘을 보여주는 최초의 사건이다. 18세기 영국의 유물이라 할 수 있는 통제아 계급사회를 탈피하고자 하는 이러한 시도를 통해 사커리는 적어도 상징적으로나마 빅토리아 시대 문학의 문을 열었다고 할 수 있다.

이 소설은 역사 소설이다. 섭정 시대*를 배경으로, 당대 세계의 한계와 그 구조적인 환경을 탐구한 작품이다. 베키는 이 시대적 과도기의 양면적인 가능성을 보여주는 인물이다. 모든 감상은 배제한 채 끊임없이 머리를 굴리는 모험가인 그녀는 모든 것을 돈으로 살 수 있고, 그 어떤 것도 영원한 가치를 지니지 못하는 시대의 완벽한 여주인상이다. 그러나 그녀가 목적을 이루는 방식은 당대의 다른 소설에 등장하는 풍자적인 여주인공과는 사뭇 다르다. 베키가 매력적인 이유는 언제라도 독자를 깜짝 놀라게 할 수 있는 그녀의 능력 때문이다. 베키는 야망, 탐욕, 이기심과 침착, 온후, 찬미, 이타심 같은 정반대되는 감정들의 싸움 속에서도 탄탄한 균형을 유지한다. 워털루 전투를 그 정점으로 하는 허무한 시대 속에서 자신이 이용하는 위선을 드러내고, 그녀 자신을 포함한 몇몇 자비의 순간을 비춤으로써 인생을 헤쳐 나간다. 이러한 베키에서 훗날 톨스토이의 안나 카레니나나 엘리엇의 그웬돌렌 할리스, 하디의 수 브라이드헤드가 탄생한다. 『허영의 장터』의 심장부에서 그녀는 찬란하게 숨막히고, 불편하게 친근한 우주를 만들어낸다. **DT**

▲ 『허영의 장터』의 원 삽화가인 프레데릭 바너드가 묘사한 베키 샤프. 당대에 유행하던 옷차림을 하고 있다.

◀ 어니스트 에드워즈가 1860년대에 촬영한 사진. 사커리는 빅토리아 시대 사회의 위선을 조롱하고 풍자하였다.

* 조지 3세의 정신이상 증세 악화로 1811년부터 1820년 조지 3세의 사망 때까지 10년간 황태자(훗날 조지 4세)의 섭정이 계속되었다. 이 시기에 영국은 밖으로 나폴레옹전쟁, 빈회의 등으로 어려움을 겪었고, 안으로는 경제공황과 노동문제 등 문제가 많았으나, 황태자는 사생활 문란 등으로 의회와 국민의 신뢰를 잃어 개혁은 이룩하지 못하였다.

폭풍의 언덕
Wuthering Heights

에밀리 브론테 Emily Brontë

작가 생몰연도 | 1818(영국)–1848
초판 발행 | 1847
초판 발행처 | T.C. Newby(런던)
필명 | Ellis Bell

현대 문학은 "고독"이라는 주제에 대해 거의 강박관념과도 같은 집착을 보이고 있지만, 에밀리 브론테의 『폭풍의 언덕』이야말로 극단적인 금욕과 고립이 가장 난폭하게 표출된 작품이다. 다른 브론테 자매들의 작품이나 윌리엄 와일러가 1939년 제작한 영화에서는 상상도 할 수 없는 완전히 정신이상적인 러브 스토리가 펼쳐진다.

에밀리 브론테는 아일랜드인 목사였던 아버지와 자매들에게만 둘러싸인 극도로 간소한 어린 시절을 보냈다. 요크셔의 외딴 황야에서 살았던 브론테 자매는 각자가 쓴 이야기를 서로 돌려 보며 시간을 보냈다고 한다. 이런 상황에서 진정한 사랑을 경험하기란 불가능했을 텐데, 어떻게 이토록 순수한 아름다움과 미쳐 타오르는 분노의 열정을 표현할 수 있었는지는 아직도 불가사의다. 캐서린과 히스클리프의 이야기에서는 놀랄 만큼 현대적인 요소가 엿보인다. 즉 어린 시절의 가장 기초적이고 순진한 자유를 계산된 이성이라는 미명 하에 짜내 버리는 것이다. 그리고 두 연인을 재앙으로 몰고 가는 것 역시 바로 이러한 과정이다. 캐서린은 성인 사회의 자리를 위해 젊음의 자유를 거부했으며, 히스클리프는 그 어떤 것도 멈출 수 없는 복수심으로 치닫는다. 『폭풍의 언덕』은 순수한 절망을 표현할 수 있는 순진한 여성이 상상해낸 재앙의 표본이다. 바로 이 점이 조르주 바타유(1897~1962, 프랑스의 작가이자 사상가)가 이 소설을 두고 "역사상 가장 위대한 책 중의 하나"라고 말한 이유임에 틀림이 없다. **SF**

와일드펠 홀의 소작인
The Tenant of Wildfell Hall

앤 브론테 Anne Brontë

작가 생몰연도 | 1820(영국)–1849
초판 발행 | 1848
초판 발행처 | T.C. Newby(런던)
필명 | Acton Bell

알콜중독과 가정폭력이라는 센세이셔널한 주제를 다룬 『와일드펠 홀의 소작인』은 출간되자마자 엄청난 스캔들을 불러일으켰다. 『아메리칸 리뷰』의 표현을 빌리면 이 작품은 "벌거벗은 악에 가장 가까이 접근하였으며, 영원히 영어로 활자화되기를 원하지 않은 대화를 포함하고 있다." 어쨌든 이 소설은 매우 잘 팔렸으며, 재판의 서문에 앤 브론테는(액튼 벨이라는 남성 필명을 사용해서) 이러한 비판에 대한 변론을 실었다. 즉 "악과 악인을 있는 그대로 표현하는 것"은 작가의 도덕적 의무라는 것이었다.

페미니즘을 바탕으로 쓰여진 『와일드펠 홀의 소작인』은 방탕한 남자와 결혼한 젊은 여인이 그를 개심시키기 위해 노력하다가 결국은 아버지의 타락에서 아들을 구하기 위해 도망치는 내용으로, 서간과 일기를 통해 대부분 여주인공 헬렌 헌팅던의 시점에서 기혼 여성이 법적 권리를 거의 가질 수 없었던 시대를 이야기하고 있다. 메이 싱클레어(1862~1946, 영국의 작가)는 1913년 이렇게 말했다. "남편의 면전에서 헬렌이 침실 문을 쾅 닫은 소리는 빅토리아 영국 전역에 울려퍼졌다." 그 소리는 지금까지도 현대의 독자들에게 울려퍼지고 있다. **VL**

▶ 앤과 에밀리 브론테의 초상. 남동생 브런웰이 그린 브론테 세 자매의 초상화를 확대한 것이다.

카메라 옵스쿠라 Camera Obscura

힐데브란트 Hildebrand

작가 생몰연도 | 1814(네덜란드)–1903
초판 발행 | 1839
초판 발행처 | Erven F. Bohn(하를렘)
본명 | Nicolaas Beets

라이덴 대학에서 신학을 전공하던 청년 니콜라스 베츠는 힐데브란트라는 필명을 써『카메라 옵스쿠라』라는 제목으로 자신의 글과 그림들을 모아 출간하였다. 베츠의 사실적인 문체의 산문은 풍자가 목적이었다. 유머러스하면서도 아이러니한 네덜란드 부르주아 사회의 묘사는 자신들을 비꼰 글도 웃어넘길 수 있었던 당시에 즉각적인 성공을 거두었다.

동시대에 영국에서 활동했던 찰스 디킨스처럼 베츠 역시 감상주의에서 자유로울 수는 없었다. 등장인물에 대해 비판적이었던 베츠도 그들에 전혀 공감하지 않았던 것은 아니다. 겉만 번지르르한 벼락부자 케게나 뽐내는 대학생 피터 스타스토크는 조롱의 대상이지만, 그 조롱에는 악의가 없다. 스타스토크의 가족 이야기에 나오는 반 데르 호겐 같은 진짜 악당들도 물론 등장하기는 하지만, 언제나 응분의 대가를 치른다. 베츠의 도덕 세계는 비교적 편안해서 보상 없는 선이나 대가를 치르지 않는 악을 요구하지는 않았기 때문이다.

그 날카롭고 예리한 인간 행위의 관찰뿐 아니라, 온갖 격식을 벗어버린 일상적인 네덜란드어를 추구했던 베츠의 문장 덕분에『카메라 옵스쿠라』는 네덜란드 문학사에서 고전으로 자리잡았다. 베츠의 풍부한 등장인물 묘사는 오늘날에도 유쾌함과 성찰을 제공하기에는 부족함이 없다. **RegG**

◀ 1950년대에 출간된 판본의 표지에 실린 '카메라 옵스쿠라'. 보다 정확한 표현을 위해 화가들이 사용하던 광학 장치이다.

우리 시대의 영웅 A Hero of Our Times

미하일 유레비치 레르몬토프 Mikhail Yurevich Lermontov

작가 생몰연도 | 1814(러시아)–1841
초판 발행 | 1840
첫 장 발행 | 1839
원제 | Geroy nashego vremeni

복잡한 구조로 연결된 다섯 개의 이야기 모음인 이 작품은 19세기 러시아 문학에서 정기적으로 등장하는 두 개의 주제를 다루고 있다. 즉 코카서스식 모험 이야기와 주인공답지 않은 주인공이 그것이다.

주인공 페코린은 젊은 러시아 관리로, 인생과 인간에 회의를 느껴 자신의 절반은 이미 죽었고 행복은 다른 사람들에게나 해당하는 이야기라고 믿고 있다. 푸쉬킨의 오네긴(『예브게니 오네긴』의 주인공)이 정신적 인생의 의미를 찾을 수 없음을 괴로워했다면 페코린은 자신의 높은 이상에 따라 세상을 살 수 없음에 실망한 것이다. 결과적으로 그는 자기중심주의로 인해 보다 적극적이고 보다 복수에 대한 집념이 강할 수밖에 없다. 페코린은 어린 코카서스 소녀를 납치한 뒤 싫증을 느끼는가 하면 친구를 약올리기 위해 러시아 귀공녀로 하여금 그와 사랑에 빠지게 한다. 그것으로도 모자라 그 친구를 결투에서 죽이기에 이른다.

러시아의 변방을 배경으로, 밀수꾼과 거친 산악 민족과 훌륭한 말과 술취한 코사크인들이 빈번히 등장하는 페코린의 모험 이야기는 레르몬토프가 강렬하게 묘사해낸 스펙터클한 코카서스 풍경을 무대로 펼쳐진다. 이러한 풍경과 그 풍경이 인물과 독자들에게 미치는 영향은, 페코린이 주위 사람들에게서 느끼는 염증과 좋은 대비를 이룬다. 이것이 이 작품 속 중대한 긴장 관계를 만들어내는 하나의 요인이라면, 다른 하나는 페코린의 정신적, 형이상학적 욕망과 그의 무감각하고 때때로 사악하기까지 한 행위의 대조일 것이다. **DG**

죽은 넋 Dead Souls

니콜라이 고골리 Nikolay Gogol

작가 생몰연도 | 1809(우크라이나)–1852
초판 발행 | 1842(러시아)
원제 | Myertvye dushi
언어 | 러시아어

『죽은 넋』은 고골리를 미치게 했다. 시작은 단순히 유머러스한 아이디어에 불과했다. 교활한 기회주의자인 치치코프는 러시아 전역을 여행하면서 사망 후 아직 인구대장에서 소멸되지 않은 농노들의 등기를 사 모아 이것을 저당잡혀 거액의 돈을 빌린다.

소설이 진행되면서 고골리의 야망도 커진다. 그의 목표는 아직 잠들어있는 러시아 민중의 고결한 영혼에 다시 불을 붙여 사회적, 경제적으로 혼미한 러시아를 운명이 정해준 대로 빛나는 대제국으로 일으키는 것이었다. 그는 더 이상 러시아에 대해서 쓰는 것을 원하지 않았다. 그는 러시아를 구원하기를 원했다. 자신이 거의 구세주라도 된 듯한 강박관념에 시달리며 10년에 걸쳐 쓴 이 소설의 2권을 두 번이나 불태워버리는가 하면, 단식 끝에 아사라는 극단적인 방법으로 자살했다.

트로이카를 타고 러시아 전역을 여행하는 치치코프의 여행은 고골리로 하여금 풍자적인 초상화가이자 러시아식 성장(盛粧)의 캐리커처 화가로서 빛나는 기회를 제공했다. 그는 러시아 문학을 재미있게, 비극적으로 재미있게 만들었다. 그는 치치코프에게서 시간을 초월한 인물, 오직 돈에만 혈안이 되어있는 어리석고 탐욕스러운 지주들의 등을 치는, 즉 현대의 닷컴 억만장자들에게서는 찾아볼 수 없는 약장수다운 면모를 만들어냈다. 비록 고골리 자신이 그토록 원하던 러시아의 구원은 이룰 수 없었지만, 그의 "대서사시"로써 마침내 "존재의 수수께끼"를 풀 수 있었다. **GT**

잃어버린 환상 Lost Illusions

오노레 드 발자크 Honoré de Balzac

작가 생몰연도 | 1799(프랑스)–1850
초판 발행 | 1843
초판 발행처 | G. Charpentier(파리)
원제 | Illusions Perdues

서양판 『아라비안 나이트』라 할 수 있는 『잃어버린 환상』은 모두 17권으로 이루어진 발자크의 『인간 희극』(1842~46) 중에서도 중심이 되는 작품 중 하나이다.

스스로를 자신이 사는 시대의 기록가로 칭했던 발자크는 "사회의 모든 면"에 흥미를 느꼈지만, 특히 돈과 관련된 격변에 관심이 많았다. 발자크의 소설들은 서로 다른 문화적 영역—왕당파와 자유주의자들, 귀족계급과 부르주아, 모으는 사람들과 써버리는 사람들, 선한 사람들과 악한 사람들, 파리와 시골—으로 우리의 주의를 이끈다.

세 부분으로 나뉘어져 있는 『잃어버린 환상』은 시골 마을 앙굴렘에서 빈둥대는 시인 루시앙 드 뤼방프르와 그의 둘도 없는 친구 다비드 세샤르의 이야기이다. 루시앙은 파리의 문학계, 언론계, 그리고 정치계까지 발을 들여놓지만 어디에서나 환멸만을 맛볼 뿐이다. 마르셀 프루스트는 발자크의 "설명하려는" 문체와 그 순진하면서도 상스러움에 대해 찬사를 아끼지 않은 반면, 다른 비평가들은 발자크의 통찰력은 높이 평가하면서도 "서툴고 품위없는" 문체는 혹평을 퍼부었다. 첫 페이지부터 마지막 페이지까지, 『잃어버린 환상』은 프루스트와 공감할 수 있는 풍부한 기회를 허락할 것이다. **CS**

▶ 『잃어버린 환상』의 표지에서 작가가 잉크로 휘갈겨 쓴 주석과 설명을 볼 수 있다.

CAMERA OBSCURA
HILDEBRAND

모비 딕 Moby-Dick

허먼 멜빌 Herman Melville

작가 생몰연도 | 1819(미국)–1891
초판 발행 | 1851
초판 발행처 | Harper(뉴욕)
원제 | Moby-Dyck; or, The Whale

"포경선은 나의 예일이요, 하버드이다."

『모비 딕』은 19세기 상상력에 정점을 찍은 "위대한 미국 소설"로 불린다. 거대하고 흉포하지만, 섬세하고 정교한 이 작품의 매력은 수세대의 걸친 세계의 독자들을 사로잡고 혼란에 빠뜨리고, 심지어 좌절시키기까지 했다. 화자인 매사추세츠의 학교 선생 이슈멜은 광활한 바다의 로맨스를 위해 이전의 삶을 접고 악마적인 선장 에이헙이 이끄는 포경선 피쿼드호에 오른다. 에이헙의 목표는 몇 년 전 자신의 두 다리를 앗아간 거대한 흰 고래이다. 그의 편집광적인 목표 앞에서는 다른 어떤 것(선원들의 안전을 포함해서)도 중요치 않다.

그러나 이 소설의 복잡한 짜임새나 규모는 어떤 방법으로도 완벽하게 요약할 수 없다. 심지어 이 소설은 자기 자신과 거대한 투쟁을 하고 있다고 느껴지기까지 한다. 이야기를 앞으로 밀어내고, 탐험하고, 사색하려는 힘 사이에서 균형을 맞추면서 말이다.

『모비 딕』은 사상의 광포한 바다라 할 수 있다. 민주주의, 리더십, 권력, 산업주의, 노동, 확장, 그리고 자연 등 미국의 모든 형상과 지위에 대한 위대한 고찰이다. 피쿼드 호와 거기에 타고 있는 각양각색의 선원들은 미국 사회의 축소판이다. 이 혁명적인 소설은 수많은 문학 작품과 전통에서 그 바탕을 빌려왔으며, 다양한 분야의 지식들을 놀랄 만큼 자유롭게 오간다.

『모비 딕』 이전까지는 미국 문학사상 그 어느 누구도 이렇듯 강렬하고 야심만만한 작품을 시도한 적이 없었다. 『모비 딕』에서 독자는 난해한 형이상학과 고래의 거죽을 벗기는 기술, 소금물에 젖은 타는 듯한 드라마를 모두 맛볼 수 있다. 『모비 딕』은 비가(悲歌)이자 정치 비평이요, 백과사전이요, 모험담이다. 이 작품을 읽는 순간, 독자는 주인공들이 겪는 놀랍고도 힘겨운 사건들을 낱낱이 경험하게 될 것이다. **SamT**

▲ 에이서 W. 트위첼(1820~1904, 미국의 화가)이 그린 예리한 모습의 허먼 멜빌. 31세 때의 초상이다.

▶ 록웰 켄트(1882~1971, 미국의 화가이자 판화가)가 그린 1937년판 삽화. 거대한 흰 고래가 배를 뒤엎어 고래잡이꾼들을 바다에 빠뜨리고 있다.

데이비드 코퍼필드 David Copperfield

찰스 디킨스 Charles Dickens

작가 생몰연도 | 1812(영국)–1870

초판 발행 | 1850, Collins(런던)

원제 | The Personal History, Experience, and Observation of David Copperfield

디킨스의 작품 중에서 가장 자전적 성격이 강하다고 평가되는 이 소설에서, 데이비드가 어린 시절 양아버지의 상점에서 일하는 부분이나 언론인과 국회 기자의 수습 기간을 보내는 장면은 확실히 찰스 디킨스 자신의 경험이 크게 작용한 것 같다. 심리적 성장의 복잡한 탐구인 『데이비드 코퍼필드』—프로이트가 가장 좋아한 소설이라고 한다—는 성장 소설의 미완결 형식을 띤 동화적 요소들을 결합하는 데 성공하였다. 유복자로 태어난 주인공의 전원적인 어린 시절은 양아버지 머드스톤의 가부장적 "안정"으로 인해 갑자기 산산조각 난다. 데이비드의 시련은 "어린 신부"였던 도라와의 결혼과 "길들여지지 않은 내면"을 길들이는 법을 배우면서 성숙한 중산층의 정체성을 취하는 과정을 거친다.

이 이야기는 기억의 본성을 탐구하는 동시에 회상을 불러일으킨다. 데이비드의 성장은 다른 아버지 없는 아이들의 그것과 맥락을 같이 하며, 엄격한 머드스톤은 흥청망청하는 미코버와 대조를 이룬다. 디킨스는 또한 계급과 성(性)의 차이에서 오는 관계의 불안정도 깊이 연구했는데, 이는 노동자 계급인 에밀리를 유혹하는 스티어포스, 성녀같은 애그니스에게 흑심을 품은 우리아, 그리고 어린 아이에 머물러 있는 관능적인 도라에서 정숙한 이성 애그니스로 관심이 옮겨가는 데이비드에게서 찾아볼 수 있다. **JBT**

◀ 『데이비드 코퍼필드』를 집필할 당시의 디킨스. 허버트 왓킨스가 촬영한 사진.

주홍글씨 The Scarlet Letter

나다니엘 호손 Nathaniel Hawthorne

작가 생몰연도 | 1804(미국)–1864

초판 발행 | 1850

초판 발행처 | Ticknor, Reed & Fields(보스턴)

언어 | 영어

17세기 보스턴의 청교도 사회는 간음(Adultery)한 여자 헤스터 프린에게 금실로 가장자리를 수놓은 "A"자를 가슴에 달고 다니도록 했는데 이것이 바로 "주홍글씨"다. 이 주홍글씨는 수치의 상징이자, 인간의 솜씨가 아름답게 발휘된 명품이기도 하다.

청교도적인 주제와는 대조적으로 풍부한 상징들을 포함하는 이 소설은 표징과 그 의미를 영원히 고정시키려는 사회의 실패를 증명한다. 이러한 불안정은 질서와 범법, 문명과 야만, 마을과 그를 둘러싸고 있는 숲, 어른과 어린 시절이라는 상반된 가치들의 중심에 놓여있다. 사회가 금지된 열정을 배격하면 할수록, 그 열정은 표면과 현실 사이의 괴리를 부추긴다. 이 사회의 구성원들은 세간의 존경을 받는 이들이 가장 타락한 반면, 죄인이라고 여겨지는 이들이 가장 높은 덕성을 지녔다. 소설은 사회적 압제와 심리적 억압, 그리고 인간 불안의 육체적, 정신적 표출 사이의 매력적인 균형을 이끌어내면서 소위 죄인들을 격리시키고 희생양을 필요로 하는 한 사회의 병리적 현상을 탐구하였다. 결국 개인의 덕과 고결함은 사회의 통제를 깨뜨리는 데 성공한다. 『주홍글씨』는 개인주의의 출현 및 미국의 청교도와 영국 국교의 독립을 그 어떤 책보다도 훌륭하게 요약하여 보여주고 있다. **RM**

일곱 박공의 집

The House of the Seven Gables

나다니엘 호손 Nathaniel Hawthorne

작가 생몰연도 | 1804(미국)–1864

초판 발행 | 1851

초판 발행처 | Ticknor, Reed & Fields(보스턴)

언어 | 영어

호손은 이 소설에서 뉴잉글랜드인인 자신의 뿌리에 깊이 의지하였다. 수 대에 걸쳐 내려오는 가족의 죄의식이 가져온 결과가 보여주는 극단적인 예정설이 그 좋은 예이다. 두 세기 전, 핀치언 대령은 몰이라는 사람을 마녀재판으로 죽이고 가로챈 땅 위에 "일곱 박공의 집"을 지었다. 그 뒤 이 집은 무시무시한 저주를 받은 흉가가 되었다. 이 땅의 가치는 본래 땅 한 구석에 있는 샘에 있었는데, 이 샘이 말라버리고 이 집에 산 그의 자손들은 그 누구 하나 행복하지 못했다. 19세기 중반, 대령의 후손인 제프리 핀치언 판사는 대령의 권력과 탐욕, 위선을 그대로 물려받은 인물이다. 그의 하숙인인 은판 사진가 홀그레이브는 이 소설의 갈등을 봉합하는 중요한 존재이다. 그의 정체가 밝혀지면서 과거의 죄가 언제까지나 미래를 더럽힐 수는 없다는 희망이 떠오른다.

놀랄 만큼 감상적인 결말은 대를 이어 내려오는 죄악의 음침한 분위기를 다소 누그러뜨려주기는 하지만 완전히 없애주지는 못한다. 호손의 날카로운 역사적 자각은 다음과 같다. 즉, 적어도 그에게, 과거는 언제나 바로 가까이에서 물리적, 도덕적, 영적으로 현재의 세세한 결을 짜내고 있는 것이다. 호손은 19세기 미국의 "발전"—주로 경제적인 의미의—에 대한 미래지향적인 믿음에서 발을 뺐다. 『일곱 박공의 집』은 이러한 긴장을 인정하면서 과거의 짐으로부터의 탈출 가능성을 탐구하고 있다. **RH**

톰 아저씨의 오두막

Uncle Tom's Cabin

해리엇 비처 스토우 Harriet Beecher Stowe

작가 생몰연도 | 1811(미국)–1896

초판 발행 | 1852, J.P.Jewett(보스턴)

다른 제목 | Life Among the Lowly(겸손한 사람들의 삶)

언어 | 영어

미국 소설로는 처음으로 밀리언셀러가 된 『톰 아저씨의 오두막』은 문학사상 크나큰 영향력을 가진 작품이다. 스토우는 1850년 도망노예법(도망노예의 재판을 금지하고 그를 도와준 이까지 처벌받게 한 법률)이 의회에서 통과되자 깊은 분노를 느껴 이 소설을 쓰기 시작하였다. 시인 랭스턴 휴즈는 이 소설을 두고 "미국 최초의 저항 소설"이라고 불렀다.

선한 노예 엉클 톰은 친절한 주인 밑에서 평생을 살았으나, 주인의 경제적 사정 때문에 팔려가게 된다. 엉클 톰은 도망을 거부하고, 참혹한 죽음을 맞을 때까지 기독교의 자비와 용서에 대한 믿음을 잃지 않는다. 비록 "엉클 톰"은 백인의 압제에 순응하는 흑인을 뜻하는 속어가 되었지만, 스토우에게 있어서 톰은 기독교적 덕목을 상징한다. 마치 그리스도처럼 죽어간 그의 최후를 통해 작가는 그를 이 소설의 가장 위대한 도덕적 모범으로 삼았다. 이 책은 노예들의 육체적, 정신적 고통을 생생하게 묘사한 것 외에도, 노예제도가 백인 노예주들의 인간성과 도덕성을 얼마나 망가뜨리는지 강조하였다. 인종을 막론하고 강인한 여성상을 보여준 것은, 여성들 역시 노예제도폐지에 중요한 역할을 할 수 있다는 점을 각인시키기 위함이었다.

이 소설이 기록한 경이적인 성공 덕분에 스토우는 그녀의 정치적인 목적을 달성할 수 있었다. 이 소설은 노예제에 대한 깊은 반감과 반노예제 행동주의를 불러일으킴으로써 뒤이어 일어난 남북전쟁에서 결정적인 역할을 하게 되었다. **RH**

▶ 모든 베스트셀러와 같이 『톰 아저씨의 오두막』 역시 성공이 더 큰 성공을 불렀다. 책의 판매부수에 놀란 새로운 독자들이 또다시 책을 샀기 때문이다.

135,000 SETS, 270,000 VOLUMES SOLD.

UNCLE TOM'S CABIN

FOR SALE HERE.

AN EDITION FOR THE MILLION, COMPLETE IN 1 Vol., PRICE 37 1-2 CENTS.

" " IN GERMAN, IN 1 Vol., PRICE 50 CENTS.

" " IN 2 Vols., CLOTH, 6 PLATES, PRICE $1.50.

SUPERB ILLUSTRATED EDITION, IN 1 Vol., WITH 153 ENGRAVINGS,

PRICES FROM $2.50 TO $5.00.

The Greatest Book of the Age.

CRANFORD
by
Mrs
Gaskell
George G. Harrap & Co. Ltd. London.

크랜퍼드 Cranford

엘리자베스 개스켈 Elizabeth Gaskell

작가 생몰연도 | 1810(영국)–1865
초판 발행 | 1853
초판 발행처 | Chapmman & Hall(런던)
언어 | 영어

일견 『크랜퍼드』는 공허한 문체로 쓰인 듯 보이지만 엘리자베스 개스켈은 놀랄만한 통찰력으로 19세기 초반 영국이 겪었던 사회의 변화 뒤에 숨은 주인공들의 생각과 행동을 묘사한다. 개스켈은 제인 오스틴에 필적할만한 섬세한 필치로 각 캐릭터를 묘사한다. 『크랜퍼드』는 독자를 등장인물의 일상적인 삶으로 끌어들인다.

크랜퍼드는 대부분 노처녀 혹은 과부인 여성들이 지배하는 마을이다. 화자인 메리는 더 이상 크랜퍼드에서 살지 않기 때문에 외부인의 관점에서 이를 바라보면서, 때때로 새로 이사 오는 사람이나 이사가는 사람, 혹은 세상을 떠나는 사람들이 이 여성들에게 어떤 영향을 미치는지를 서술한다. 독자들은 크랜퍼드의 삶이 서서히 기울고 있음을 알 수 있는데, 크랜퍼드에 마땅히 있어야 할 남자들이 모두 공업지대인 이웃 마을 드럼블로 떠나간 것이다.

이 책의 가장 주목할 만한 특징은, 하찮기 이를 데 없는 사건들임에도 불구하고, 생계를 꾸려나가거나 자신들의 열악한 환경을 감추기 위한 주인공들의 끊임없는 노력에 독자들이 깊은 공감과 동정을 느끼게 한다는 점이다. 사실 집안의 여자들 사이에서만 일어나는 사건들 속에는 놀랄 만한 용기가 숨어 있다. 독자들은 이러한 생활 방식이 사라져감과 동시에 눈에 보이는 사회의 겉모습보다 더 소중한 무엇인가를 잃게 되었다는 점을 깨달을 수 있을 것이다. **DP**

"크랜퍼드의 여자들은 아주 가끔 사소한 싸움을 벌였는데, 몇 마디의 신랄한 말을 던지는 것과 화가 나서 고개를 홱 돌리는 것이 전부였다."

▲ 아일랜드 출신 삽화가 휴 톰슨(1860~1920)이 크랜퍼드 부인네들의 우아한 가난을 풍자한 그림.

◀ 1940년판『크랜퍼드』는 개스켈의 초상화를 화려한 표지의 중앙에 배치했다.

황폐한 집 Bleak House

찰스 디킨스 Charles Dickens

작가 생몰연도 | 1812(영국)–1870
초판 발행 | 1853
초판 발행처 | Bradbury & Evans(런던)
언어 | 영어

"나비들은 자유롭다. 인간들은 해럴드 스킴폴이 나비만도 못했다는 것을 부정하지 못할 것이다."

『황폐한 집』은 안개와 함께 시작한다. "어디에나 안개다. 강 상류의 섬과 풀밭에도, 줄지어 선 배들을 괴롭히는 강 하류에도, 그리고 거대한(그리고 더러운) 도시의 오염된 물가에도."

그 안개 한가운데에, 안개보다도 더 혼탁한 대법원이 있다. 법조계의 타락은 이 소설을 전염병처럼 꿰뚫고 있는데, 특히 미궁의 잔다이스 대 잔다이스 사건은 그 좋은 예이다. 이 소설에 등장하는 모든 인물과 어떤 형태로든지 관계가 있는 이 사건은, 화자에 의하면 너무나 복잡해져서 "살아있는 사람은 도저히 무슨 뜻인지 모를" 지경이다. 이 사건에는 수많은 원고들이 등장하고 또 죽는다. 대법원 공문서 보관소를 둘러싼 이 이야기는 디킨스의 다른 작품들보다는 덜 피카레스크적이지만, 그럼에도 역시 디킨스 특유의 재치 있는 필력으로 빅토리아 시대 영국 사회를 층층이 해부하고 있다. 링컨셔 데들록의 찬란한 귀족 사회건 런던의 흑인 빈민가이건, 잔다이스 사건에는 언제나 누군가의 이해관계가 얽혀있다.

사실『황폐한 집』이 비꼬고 있는 것은 공적인 분위기 그 자체이다. 모든 것이 공문서 보관소를 닮아 있다. 국회도, 지방 귀족도, 심지어 기독교의 박애정신조차 이기적이고 죽어가는 모습으로 그려졌다. 모든 공적인 삶은 계급, 권력, 돈, 그리고 법의 복잡함으로 얼룩져 있다. 사적인 내면의 삶 역시 영향을 받는다. 3인칭 작가와 여주인공 에스터 서머슨이 번갈아 맡는 화자는 사회의 비판뿐 아니라 도덕적 성향에도 깊은 관심을 기울인다. 등장인물들은—다소 지루하게 정직한 사람부터 총명하게 경박한 사람까지, 어리석고 멋부리는 사람부터 위험한 흡혈귀까지—모두 이 음침하고도 도시적인 작품에서 찬란하게 빛나고 있다. **DH**

▲ H.K. 브라운이 그린 『황폐한 집』의 표지 삽화. 디킨스가 묘사한 안개 짙은 런던의 어두운 모습에 걸맞게 음울한 분위기를 풍기고 있다.

월든 Walden

헨리 데이비드 소로우 Henry David Thoreau

작가 생몰연도 | 1817(미국)–1862
초판 발행 | 1854
초판 발행처 | Ticknor & Fields(보스턴)
원제 | Walden; or, Life in the Woods

『월든』은 정확히 말하면 소설은 아니지만, 미국 문학사의 초석임에는 틀림이 없다. 1845년 7월부터 1847년 9월까지 소로우는 매사추세츠 주 콩코드 근교의 월든 호숫가에 지은 작은 통나무집에서 검소한 자급자족의 독거 생활을 하였다. 이 기간 동안 그는 자신의 개인적, 정치적 철학을 구상하고 또 실천하였다. 방대한 양의 일기를 바탕으로 한 열여덟 편의 연작 에세이인『월든』은 이 시기의 소로우의 사상과 경험을 기록하고 있다.

"군중은 조용한 절망의 삶을 영위한다"고 확신한 소로우는 자신의 삶을 모든 면에서 "단순화"시키고자 하였다. 그는 숲에서 얻거나 자신이 직접 경작한 것만을 먹었다. 산책이나 낚시, 수영과 같은 운동을 하는 시간을 제외한 모든 시간을 그는 자신을 둘러싸고 있는 자연을 관찰하고, 글을 쓰고, 책을 읽고, 사색하면서 보냈다. 그의 가장 큰 호사는 이러한 일들을 할 수 있는 여가였다. 그는 "인간은 자신이 그대로 내버려둘 수 있는 것들의 수와 비례한 만큼 부자이다"라고 말하기도 했다. 에머슨의 선험주의 철학에 깊은 영감을 받은 소로우는 기존의 종교를 거부하고 자연을 통한 신과의 개인적인 유대를 추구했다. 그러나 소로우에게 있어 자연은 영적인 존재만은 아니었다. 그는 원시적인 야만성 역시 똑같은 존경심을 가지고 묘사하였다. 또한 전통의 편협한 굴레에 얽매이는 것을 거부하고 젊음의 미개발된 잠재력을 강조하였다. 이러한 정신 덕분에 자본주의에 대한 과격한 비판에도 불구하고 수세대에 걸친 미국인들이『월든』에 매력을 느낄 수 있었다. 소로우의 실험은 혁명적이거나 인간혐오적인 것이 아니었다. 실용적이고, 정직하고, 아름다운 이 작품은 한 인간이 "단순하고 독립적인 존업과 신뢰"의 삶을 살기 위한 노력의 보고서이다. **RH**

WALDEN.

BY HENRY D THOREAU,

AUTHOR OF "A WEEK ON THE CONCORD AND MERRIMACK RIVERS."

I do not propose to write an ode to dejection, but to brag as lustily as chanticleer in the morning, standing on his roost, if only to wake my neighbors up. — Page 92.

BOSTON:
JAMES R. OSGOOD AND COMPANY,
LATE TICKNOR & FIELDS, AND FIELDS, OSGOOD, & CO.
1875.

"나는 삶의 가장 깊은 본질만을 만나고 싶었기에 숲으로 들어갔다."

▲ 소로우의『월든』초판본 속표지는 단순한 삶으로 돌아갈 것을 강조한다.

녹색의 하인리히 Green Henry

고트프리트 켈러 Gottfried Keller

작가 생몰연도 | 1819(스위스)–1890
초판 발행 | 1854
초판 발행처 | Friedrich Vieweg und Sohn
원제 | Der Grune Heinrich

성장소설의 독창적인 예인 『녹색의 하인리히』는 괴테의 『빌헬름 마이스터의 도제 수업』의 전통에 따라 예민하고 사색적인 유년기, 사춘기, 그리고 성숙기의 초상을 보여주는 형식으로 쓰여졌다. 그가 늘 입는 옷의 색깔을 따서 "녹색의 하인리히"라 불리는 하인리히 리는 스위스의 작은 마을에서 사랑하는 어머니와 함께 살고 있다. 켈러는 하인리히가 어린 시절에 겪는 기쁨과 슬픔을 상세하게 묘사하면서, 그와 어머니의 끈끈한 유대는 물론, 시골 마을의 일상과 자연의 세계를 대하는 하인리히의 신선하고 순수한 반응을 그려냈다.

하인리히가 나이를 먹고, 도시에 가서 학교에 다니기 시작하면서 작가는 하인리히의 도덕적, 철학적 성장에 초점을 맞춘다. 하인리히는 화가가 되고 싶어함과 동시에 두 여인에게 끌리게 되는데, 순수하고 정숙한 안나와 세속적이고 노련한 유디트이다. 이 두 가지 야망에 이끌린 하인리히는 사랑과 상실, 그리고 예술가로서의 패배를 맛보고 나서야 비로소 시골에서의 소박하지만 쓸모있는 삶을 위해 예술가로서의 야망을 버리면서 성숙해진다. 성장 과정에서 겪는 하인리히의 인생 수업은 고통스럽지만 결코 무의미한 것은 아니다. 작가는 『녹색의 하인리히』를 통해 더 큰 사회적 문제와 개인의 행위를 융합하였다. 종종 토머스 하디의 『주드』와 비견되는 이 소설에서 인간에 대한 켈러의 연민은 생생하고 사실적인 인물들을 한층 고귀하게 묘사하였다. **AB**

남과 북 North and South

엘리자베스 개스켈 Elizabeth Gaskell

작가 생몰연도 | 1810(영국)–1865
초판 발행 | 1855, Harper(뉴욕)
영국판 초판 발행 | Chapman & Hall
연재 | 1854-55, 『Household Words』誌

『남과 북』은 그 제목이 암시하듯이 양극단에 대한 연구이다. 종교에 대한 회의 때문에 스스로 성직에서 사임한 목사의 딸로 태어난 여주인공은 남부의 작은 마을 헬스턴(전원적이고, 그림처럼 아름다운, 전통적인 이상향)에서 작가가 허구적으로 창조해낸 맨체스터의 공업 도시 밀튼 노던으로 이주한다. 밀튼 노던은 산업화의 새로운 활기, 떠오르는 자본가 계급, 그리고 그에 딸려오는 모든 것들—오염, 착취, 노동 불안, 질병, 무신론, 그밖의 악덕들—로 충만하다. 이러한 환경에서 시골 귀족다운 가치와 그들의 관습을 지키는 헤일 가족은 이방인이나 다름없다. 이 작품은 공장 노동자들의 고통과 노동자-"주인" 간의 관계를 움츠리지 않고 꿰뚫어보았다는 점에서 "영국의 상황" 소설이라 할 수 있다.

이런 측면에서 우리의 여주인공 마가렛 헤일은 살기 위해 힘겹게 몸부림치는 히긴스 가족 등과 친구가 되고, 방적 공장의 노동자들과 공장주 사이의 화해를 주도한다. 또 한편으로 나이를 먹고 어른이 되면서 그녀와 사상적으로는 정반대인, 자수성가한 공장주 손튼과 사랑에 빠지게 된다. 마가렛은 그녀의 부모와 어린 시절 자신이 배워온 전원적 가치들을 잃게 되지만, 정치적, 개인적 변화와 그 가능성에 대해 보다 미묘한 이해를 얻게 된다. **ST**

▶ 개스켈은 빅토리아 시대 영국의 사회 문제들에 대해 깊은 관심을 가지고 있었는데, 방적 공장의 아동 노동 착취도 그러한 문제들 중의 하나였다.

보바리 부인 Madame Bovary

구스타프 플로베르 Gustave Flaubert

작가 생몰연도 | 1821(프랑스)–1880
초판 발행 | 1857
초판 발행처 | Charpentier(파리)
언어 | 프랑스어

『보바리 부인』은 묵시록이라 할 수 있는 소설이다. 출간된 지 150년이라는 세월이 흐른 후에도 이 소설은 마치 미래의 작품처럼 신선하게 느껴진다. 19세기 소설은 종잡을 수 없고 산만하며, 플롯 위주의 이야기라고 생각하는 독자들조차 이 소설을 읽으면서 충격을 받을 것이다. 이 소설은 산만하고 플롯 위주이지만, 너무나도 섬세한 문체로 씌어 있어 연약하면서도 견고하게 느껴진다.

플로베르는 간통을 주제로 하면서도 이를 흔해빠진, 자신이 속해있는 시골 프티 부르주아 사회의 뻔뻔스런 사건으로 묘사했다. 그러나 동시에 진부한 문장으로는 표현할 수도, 감출 수도 없는 아름답고, 더럽고, 우울하고, 환희에 찬 감정의 소용돌이를 그려냈다.

엠마 보바리는 따분한 결혼 생활에 갇혀있는 아름다우 여인으로, 자신이 즐겨읽는 로맨스 소설에 나오는 것처럼 거대하고 화려한 열정을 꿈꾸고 있다. 삶과 남편, 그리고 상상만으로는 부족함을 느낀 그녀는 잇따라 애인을 만들지만 어느 누구도 그녀를 만족시켜주지 못한다. 그녀는 사치에 빠져들고, 결국 빚과 절망에 짓눌려 자살한다.

플로베르는 엠마 보바리를 조롱하지 않았다. 감상적, 혹은 도덕적 잣대로 그리지도 않았고 그녀의 쾌락이나 절망을 영웅적으로 묘사하지도 않았다. 객관적이고 담담한 화자로서, 소름끼칠 만큼 정확하고 냉정하게, 그러나 한편으로는 애정과 매력으로 모든 것을 조롱하면서, 화려하고도 꼼꼼하게, 상세한 디테일까지 포용하였다. 그 결과 엠마 보바리는 물론 소설 그 자체, 아니 글쓰는 행위까지 풍부해졌다. 어떤 것이라도 이러한 세심한 주의를 기울인다면 귀중해질 수밖에 없다. 플로베르는 이 소설을 귀중하게 만들었다. **PMcM**

▲ 『보바리 부인』은 플로베르를 풍기문란 죄로 기소되게까지 한 악명 높은 작품이다.

◀ 여주인공의 어리석음을 무자비하게 묘사하였음에도, 독자는 그녀에게 연민을 느낄 수밖에 없다.

늦여름 Indian Summer

아달베르트 슈티프터 Adalbert Stifter

작가 생몰연도 | 1805(오스트리아)–1868
초판 발행 | 1857
초판 발행처 | Gustav Heckenast(부다페스트)
원제 | Der Nachsommer

▲ 페터 요한 가이거(1805~1880, 오스트리아의 판화가)의 차분한 에칭 삽화로 장식된 『늦여름』의 초판본 표지.

슈티프터의 『늦여름』은 소설이라는 장르에 따라오는 기대를 배신하는 작품이다. 그 길이에도 불구하고, 플롯은 그다지 흥미롭다고는 말할 수 없고, 문체도 매우 담담하다. 슈티프터의 다른 작품에 자주 등장하며 수세대에 걸쳐 중앙 유럽의 초등학생들에게 유명해진 '보헤미아 산지와 숲의 웅장한 정경 묘사'도 거의 없다.

젊은 화자인 하인리히는 이야기가 꽤 진행되어 주인공인 프라이헤르 폰 리자흐의 시골 별장에 여러 번 방문할 때까지 주인공의 정체를 밝히지 않는다. 또 친절한 집주인의 이름을 결코 알려고도 하지 않는다. 하인리히처럼 독자들 역시 리자흐의 젊은 시절—이 고요한 이야기에 등장하는 유일한 비극적 사건—에 대해서는 소설이 거의 결말에 이르러, 하인리히와 나탈리의 사랑이 그의 양친과 나탈리의 어머니, 그리고 리자흐가 지켜보는 가운데 결혼으로 열매를 맺을 때까지 알지 못한다.

이 소설의 묘미는 지금껏 알지 못했던 사실의 갑작스런 폭로나 극적인 충돌이 아니라 근면한 노고의 결실에 있다. 평생 장미를 가꾸고 고가구를 고치며 살아온 리자흐의 일생처럼 말이다. 따라서 리자흐의 온실에 핀 섬세한 선인장 꽃은 소설이 끝날 무렵에야 나타나는, 이 지리한 소설을 끝까지 읽은 독자들에게 주어지는 진정한 보상 중의 하나이다. 똑같은 방식으로 리자흐는 하인리히의 예술적 감각이 천천히 무르익도록 지켜본다. 덕분에 하인리히는 소설 끝부분의 또 하나의 "꽃피는 장면"에서 이전에는 그냥 지나쳤던 조각상의 아름다움을 깨닫게 된다.

이 소설은 모든 독자들에게 즐거움을 줄 수 있는 작품은 아니다. 처음 출간되었을 때에는 많은 비판이 쏟아졌지만, 니체는 파란 많은 시대 분위기를 거부하는 그 고요함을 높이 사 이 소설을 독일어로 쓰여진 산문 가운데 몇 안 되는 보석이라고 평가하였다. **LS**

애덤 비드 Adam Bede

조지 엘리엇 George Eliot

작가 생몰연도 | 1819(영국)–1880
초판 발행 | 1859
초판 발행처 | W. Blackwood & Sons(런던)
본명 | Mary Ann Evans

19세기 초 잉글랜드 중부를 배경으로, 목수인 애덤 비드는 경박하고 변덕스럽고 허영심 많은 헤티 소렐을 사랑하고 있다. 그러나 헤티는 매력적이지만 무책임한 마을 지주 아더 도니손과 사랑에 빠지고, 그녀가 임신한 직후 도니손은 마을을 떠난다.

이 소설의 주요 사건은 떠나버린 애인을 찾기 위한 헤티의 외로운 여행과 좌절, 영아 살해, 그리고 사촌인 다이나 모리스에게 털어놓는 그녀의 고백이다. 인간과 인간 사이의 소통과 공감의 감동적인 순간에 이루어지는 마음을 울리는 고백은 이 소설의 상징적, 도덕적 클라이맥스라 할 수 있다. 엘리엇의 불가지론적 휴머니즘은 어떠한 신앙 없이도 그녀로 하여금 고백과 용서, 구원이라는 기독교의 윤리적 삼단논법을 가능하게 했다. 이 순간 엘리엇은 기록적인 충실함에서 미지와 숭고함을 불러일으키는 보다 고양된 문체로 옮겨간다.

작가의 애정이 어린 전원적 등장인물에도 불구하고, 이 소설은 때때로 이렇듯 매우 강제적이다. 사실적인 언어가 갑자기 매우 낯선 무언가로 탈바꿈하는 것이다. 인간의 일상 너머 "어딘가"를 암시하고 있기는 하지만, 이 소설의 "사실적인" 충동은 독자로 하여금 욕망을 버리고 의무와 현재의 현실을 받아들이라고 이야기한다. 당대의 독자들은 이러한 결말을 받아들이는 데에는 주저했지만, 생생한 화술과 감동적인 줄거리는 많은 사랑을 받았다. CC

▲ 고결한 마음씨를 지닌 마을 목수 애덤 비드는 세련된 여자 주인공들보다는 그 영향력이 다소 부족하다.

'There's Adam Bede a-carrying the little un.'

오블로모프 Oblomov

이반 곤차로프 Ivan Goncharov

작가 생몰연도 | 1812(러시아)–1891

초판 발행 | 1859

언어 | 러시아어

• 1981년 영화화

세계 문학사상 가장 위대한 명작 중 하나인 『오블로모프』는 무기력하고 근시안적인 19세기 러시아 귀족들을 날카롭게 묘사하고 있다. 이 소설의 주요 목표물은 농노제였다. 대다수의 다른 러시아 지성인들처럼 곤차로프 역시 농노제와 그로 인한 사회적 족쇄의 폐지 없이는 러시아의 근대화와 경쟁력 강화는 요원하다고 보았다.

그러나 『오블로모프』가 중대한 사회 문제를 비평했기 때문에 위대한 것은 아니다. 달콤씁싸름한 희비극인 이 작품은 문학사상 가장 매력적이지만 무력하기 짝이 없는 주인공을 내세우고 있다. 오블로모프는 마음씨는 착하지만, 자신의 생각을 실천으로 옮기기에는 의지가 부족하다. 그는 자신의 무의미한 존재를 유지하기 위해 유능한 하인인 자카르에게 전적으로 의지하는 수밖에 없다. 오블로모프와 자카르의 관계는 돈키호테와 산초 판자의 현대화 버전이라고 볼 수 있다. 아름다운 올가와 사랑에 빠졌으면서도 그는 그녀의 애정을 얻기 위해 마땅한 행동을 취하지 못하고, 결국 친구 스톨츠에게 그녀를 빼앗기고 만다. 이미 예견되어있던 이러한 실패 끝에 오블로모프는 더욱 극심한 무기력으로 빠져들고, 거의 침실을 떠나지 않는 지경까지 이르게 된다. 아무것도 하지 않는 바람에 사랑을 쟁취하지 못하는 주인공이 도대체 문학사상 몇이나 되겠는가? 그러면서도 독자들이 여전히 "좋은 사람"이라고 평해줄 수 있는 주인공은 또 몇이나 되겠는가? **AH**

흰 옷 입은 여인 The Woman in White

윌키 콜린스 Wilkie Collins

작가 생몰연도 | 1824(영국)–1889

초판 발행 | 1860

초판 발행처 | S. Low, Son & Co.(런던)

언어 | 영어

주인공 월터 하트라이트가 한밤중에 정신병원에서 도망친 신비한 여인과 만나는 첫 장면으로 시작된 『흰 옷 입은 여인』은 연재 첫 회부터 대히트를 예고했다.

법정의 증인처럼 여러 명의 화자가 그들의 관점에서 사건을 서술한다. 이 작품의 플롯은 어떻게 "합법적인" 정체성이 확립되며, 또한 그것이 어떻게 이중성과 대조로 인해 무너져내리는지를 연구하고 있다. 부유하고 생기없는 상속녀인 로라는 남편인 악당 퍼시발 글라이드와 살고 있는데, 초자연적인 "흰 옷 입은 여인" 앤 캐더릭이 그녀의 대역이다. 로라가 마약에 중독되어 정신 병원에 갇힌 동안 로라의 대역을 하던 앤이 심장병으로 죽어 로라의 묘자리에 묻힌다. 매력적인 사기꾼 포스코 백작이 고안해낸 이러한 플롯을 이야기하는 화자는 로라의 활기찬 의붓동생 마리안으로, 조지 엘리엇의 인물을 모델로 만들어낸 듯하다. 월터 하트라이트가 사랑하는 로라가 그녀 자신의 무덤가에 서있는 것을 본 센세이셔널한 순간부터 이야기는 그녀를 재현하기 위한 시도로 들어간다. 로라의 정체를 밝히려는 월터의 강박관념이 점점 심해지면서, 결국 두 사람의 불법적 정체가 밝혀지게 된다.

이 책은 1860년대 센세이션 소설을 정의하고 있다. 고딕 소설의 거칠고 초자연적인 요소들을 중상류층의 일상 생활로 옮겨온 센세이션 소설은 불안정한 정체성에 불안을 느끼는 현대의 독자들에게 큰 매력으로 다가왔다. **JBT**

▶ 프레데릭 워디가 그린 저자 윌키 콜린스의 캐리커처. 1872년 연극으로 제작된 <흰 옷 입은 여인> 포스터를 몰래 붙이고 있는 모습이다.

WOMAN
OLYMPIC

플로스 강변의 물방앗간

The Mill on the Floss

조지 엘리엇 George Eliot

작가 생몰연도 | 1819(영국)–1880

초판 발행 | 1860

초판 발행처 | W. Blackwood & Sons(런던)

본명 | Mary Ann Evans

『플로스 강변의 물방앗간』은 작가의 자전적 요소를 이용해 한 여성의 유년과 정체성이 환경에 의해 어떻게 형성되고 억눌릴 수 있는지를 탐구한 작품이다. 도브코트 물방앗간의 아이들인 매기와 톰 툴리버의 성장을 통해 가족 유전의 예측불가능성을 강조하고 있다. 둔하고 무신경한 톰은 어머니를 따르지만, 충동적이고 상상력이 풍부한 매기는 아버지를 더 좋아한다. 톰과는 달리 매기는 명민한 두뇌의 소유자이자 말괄량이로 그녀의 사촌인 루시 딘과 좋은 대조를 이룬다.

이야기의 배경은 1840년대 세인트 오그스의 시골 중산층 사회로, 지속과 변화라는 두 가지 힘의 투쟁을 탐험하고 있다. 근대적인 변호사 웨이컴에 의해 툴리버 가는 재정적으로 몰락하고, 톰은 노동을 통해 빼앗긴 재산을 되찾으려 하지만 매기는 웨이컴의 불구자 아들인 필립과의 우정을 통해 과거의 반목을 극복하려 한다. 그러나 이 소설을 이끌어가는 것은 톰과 매기의 남매애와 가족들 간의 충돌이다. 한 순간의 충동으로 매기는 루시의 약혼자인 스테판을 향한 자신의 욕망에 무릎을 꿇고, 그와 함께 떠났다가 결국 불명예스럽게 가족에게로 돌아온다. 비극적인 대단원에서 매기는 결국 톰과 화해하지만 화자는 홍수의 결과에 대해 이렇게 적는다. "자연은 황폐해진 그녀를 치유해주었지만, 모든 것을 치유할 수 있었던 것은 아니다." **JBT**

◀ 『플로스 강변의 물방앗간』의 클라이맥스를 그린 빅토리아 후기 삽화. 홍수가 톰과 매기 툴리버를 덮치고 있다.

막스 하벨라르

Max Havelaar

물타툴리 Multatuli

작가 생몰연도 | 1820(네덜란드)–1887

초판 발행 | 1860

초판 발행처 | De Ruyter(암스테르담)

언어 | 네덜란드어

『막스 하벨라르』는 처음 출간되자마자 상당한 논란을 낳았다. 저자가 드러내놓고 네덜란드 정부의 식민지 정책을 비방한 내용이었기 때문이다. 당시 자바 섬의 식민지 정책은 가혹한 폭정과 착취의 연속으로, 개중에서도 가장 심한 탄압은 인도네시아 원주민들에게 주식인 쌀 대신 시장 작물인 커피와 차를 생산을 강요한 것이었다. 그러나 이 책이 출판되고 상당한 시일이 지날 때까지는 아무도 이 사실을 믿으려 하지 않았다.

이 작품은 『톰 아저씨의 오두막』이 노예제 폐지에 끼친 영향에 비견될 만큼 식민지 정책에 긍정적인 변화를 불러왔다. 하지만 그런 이유나 유명세 때문에 이 작품이 위대한 것은 아니다. 그 정치적 목적을 차치하고라도, 그 풍자적인 유머 때문이라도 읽고 즐길 만한 가치가 있는 소설이다. 정부와 갈등을 일으킨 식민지 관리의 모험을 그린 이 작품은 부르주아 사업가들과 식민지 관리들을 모두 웃음거리로 만든다.

"나는 크나큰 고통을 겪었다"는 뜻을 지닌 저자의 필명 '물타툴리'는 이제 네덜란드의 유명 문학상과 박물관의 이름이며, 막스 하벨라르 기금은 공정 무역 품목에 표징을 수여한다. 이러한 명예는 물론 합당한 것이지만, 이 복잡한 소설의 오직 몇몇 단면만을 보여줄 뿐이다. **ES**

위대한 유산 Great Expectations

찰스 디킨스 Charles Dickens

"그녀와 함께 있을 때 나는 단 한 시간도 행복할 수 없었으나, 한편으로 나의 마음은 죽을 때까지 그녀를 내 곁에 둘 수 있다는 행복을 24시간 내내 노래 부르고 있었다."

▲ 마커스 스톤(1840~1921, 영국의 화가)이 그린 『위대한 유산』의 삽화. 웨딩드레스 차림의 미스 해비샴을 보고 핍이 겁에 질린 장면이다.

작가 생몰연도 | 1812(영국)–1870
초판 발행 | 1861
초판 발행처 | Chapman & Hall(런던)
언어 | 영어

『위대한 유산』은 "부정한 돈"에 대한 정치 동화이자, 기억과 글쓰기에 대한 탐험인 동시에 불안정한 정체성에 대한 불안한 묘사이다.

구체적으로 밝혀지지 않은 미래에 핍은 템즈 강의 늪지대에서 사나운 누이와 온순한 대장장이 자형과 함께 살았던 어린 시절, 그리고 양친의 무덤가에서 탈옥수 매그위치와 만났던 것이 그에게 미친 운명적인 영향을 회고한다. 후에 핍은 정체불명의 막대한 재산을 물려받는데, 자신에게 이러한 부를 준 사람이 미스 해비샴일 것이라고 착각한다. 미스 해비샴은 결혼식 직전에 약혼자에게 버림받아, 아직도 그 순간에 못박혀 사는 괴상한 노처녀이다. 그러나 디킨스는 천지를 뒤집어놓는다. 마치 에셔(1898~1972, 네덜란드의 화가)의 그림처럼.

디킨스의 1850년대 사회적인 작품들과는 달리 단시간 내에 짧은 분량으로 쓰여진 『위대한 유산』은 빠른 전개로 인한 이점을 많이 보았다. 빅토리아 시대 작가들은 "허구적 자서전"을 선호했는데, 이 작품은 동요하는 아이러니의 다른 한 겹으로, 자기 자신을 허구적 캐릭터로 창조하는 주인공에 대해 이야기하고 있다. 핍은 회한에 사로잡혀 자신의 과거를 종이 위에 털어놓으면서, 글을 쓰는 행위만이 오직 그의 부서진 정체성을 유지하는 것처럼 보이기도 한다. 어쩌면 이상적인 자서전이란 재발견인지도 모른다. 그러나 『위대한 유산』은 일관적인 삶을 살아가는 것도, 과거의 대가를 치르는 것도 핍으로서는 불가능하다는 사실을 극적으로 부각시키고 있다. **BT**

사일러스 마너 Silas Marner

조지 엘리엇 George Eliot

작가 생몰연도 | 1819(영국)-1880
초판 발행 | 1861
초판 발행처 | W. Blackwood & Sons(런던)
원제 | Silas marner; the Weaver of Raveloe

『사일러스 마너』는 동화와 전통 민요의 요소들로 소속의 본성과 가족의 의미의 탐구를 직조해냈다. "미신이 모든 사람과 평범하지 않은 모든 것들에 자유롭게 흘러다니던 먼 옛날"을 배경으로, 직조공인 사일러스의 도덕적, 심리적, 사회적 변화를 그리고 있다.

사일러스는 북부의 원시적인 감리교 사회에서 추방당하여, 잉글랜드 중부의 시골마을인 라블로에 정착한다. 사람들이 꺼리고 무서워하는 사일러스는 돈과 기계적인 반복 작업에만 집착하지만, 아편 중독자의 버려진 아이인 에피를 입양하면서 그의 부서진 자아도 서서히 되살아난다. 사일러스가 사회에 융화되어 가는 과정과 에피를 양육하는 장면은 엘리엇의 가장 강력한 문체를 함유하고 있다. 구원을 모티브로 한 결말 부분에서는 에피가 사실은 비극적인 비밀 결혼에서 태어난 아이라는 사실이 밝혀진다. 마침내 그 지방 지주의 아들인 고프리 카스가 그녀를 자신의 아이로 인정하지만, 에피가 자신의 양아버지와 함께 노동자 사회에 머무르는 쪽을 선택하면서, 보통 어린이가 자신의 귀족적 태생과 '진짜 정체'를 발견하는 다른 영국 소설들과는 다른 "가족 로맨스"를 탄생시킨다.

이 소설에서 가족은 유전적인 결합보다는 감정적, 사회적 유대이며, 공동체가 개인의 야망을 대신한다. 정적이고 전원적인 가치를 지닌 『사일러스 마너』는 사회적 자아가 어떻게 형성되는지를 감동적으로 보여주는 소설이다. **JBT**

아버지와 아들 Fathers and Sons

이반 투르게네프 Ivan Turgenev

작가 생몰연도 | 1818(러시아)-1883(프랑스)
초판 발행 | 1862
원제 | Otti I deti
언어 | 러시아어

러시아의 농노제가 폐지된 후 1년, 러시아의 젊은 지성인들이 혁명을 선동하고 있던 시절에 출간된 『아버지와 아들』은 완전히 다른 정치적, 사회적 가치를 추구하는 두 세대를 다뤘다는 점에서 "당대의 소설"이라 불릴 만하다.

가장 인상적인 인물은 자칭 허무주의자인 바자로프로, 그는 어떤 형태의 국가 권력도 부정하고 과학적 물질주의로 증명될 수 있는 개념들에만 관심이 있다. 바자로프와 그의 종자인 아르카디가 아버지의 집을 방문하는 것으로 이야기는 이어진다. 결과는 전통적인 가치를 옹호하는 아버지의 옛 질서와 이에 도전하는 이상주의자 아들의 대립이다. 이러한 충돌은 당대의 정치적 상황뿐만 아니라 신세대와 구세대 사이의 끊임없는 싸움을 반영하고 있다. 위압적인 카리스마의 소유자인 바자로프와 그를 숭배하는 종자가 같은 여자에게 사랑에 빠지면서 둘의 여러 차이가 표면 위로 드러나면서 생기는 긴장도 볼 만하다.

투르게네프의 재능은 등장인물의 성격 묘사에 있다. 주인공들 사이의 소통(혹은 오해)은 설사 그들의 언행이 길을 잘못 들었다 할지라도 궁극적으로는 이해할 수 있고, 또 매우 인간적이라는 사실을 알려준다. 『아버지와 아들』은 젊은 시절의 이상주의의 힘과 필요성, 그리고 그 함정까지 아름답게 묘사한 고전으로 남아있다. **JC**

레미제라블 Les Misérables

빅토르 위고 Victor Hugo

작가 생몰연도 | 1802(프랑스)–1885
초판 발행 | 1862
초판 발행처 | A. Lacroix & Verboeckhoven
언어 | 프랑스어

▲ 위고의 삽화가였던 에밀 바야르(1837~1891, 프랑스의 삽화가)가 창조한 코제트의 이미지는 원작을 바탕으로 한 뮤지컬의 심벌로 사용돼 세계적으로 유명해졌다.

▶1878년 프랑스 극장판 〈레미제라블〉을 위한 의상 디자인.

『레미제라블』은 첫 출간 이후 오랜 세월 동안 그 인기를 잃지 않은 몇 안 되는 작품 중 하나이다.(엉망진창인) 축약판, 개정판, 영화, 그리고 세계적으로 유명한 뮤지컬까지 나와 있지만, 역시 빅토르 위고의 진정한 역량을 이해하려면 아무래도 원전을 읽어야만 한다.

톨스토이의 『전쟁과 평화』처럼 이 소설 역시 시대를 정의하는 역사적 사건 속에서 개인의 삶이 어떻게 뒤바뀌는지에 초점을 맞추고 있다. "역사"란 무엇인가? 하고 위고는 독자에게 묻는다. 누가 "역사"를 만드는가? "역사"는 누구에게 일어나는가? 그 "역사" 속에서 개인은 어떤 역할을 하는가? 따라서 『레미제라블』의 주인공은 장발장이 될 수밖에 없다.

장발장은 탈옥한 죄수로 양녀인 코제트를 통해 필사적으로 자신의 과거를 속죄하려는 인물이다. 유능한 경감 자베르는 가혹하게 법을 집행하겠다는 의지로 장발장을 뒤쫓지만, 불가피하게 장발장의 운명에 휘말리게 된다. 이러한 사냥꾼과 사냥감의 인간 드라마가 혁명기 파리의 혼란 속으로 던져지고, 코제트가 과격한 이상주의자 마리우스와 사랑에 빠지면서 장발장은 자신이 유일하게 사랑하는 딸을 잃을까 전전긍긍한다. 이 소설은 필적할 데 없는 생생한 묘사로 파리의 정치와 지리, 그리고 위고 특유의 세계관, 워털루 전투, 마침내 놀라운 대단원까지 독자를 이끈다. 국가적 고전이라 불릴 수 있는 작품은 많지 않지만, 『레미제라블』은 확실히 그 중의 하나로, 디킨스와 톨스토이의 대작과 같은 반열에 오를 역사 소설의 기념비이다. 한번 읽기 시작하면 손에서 놓을 수 없을 것이다. **MD**

ACTE I. Jean Valjean.
Jacquin.
Une Femme.
(2 T) Mme Magloire.
Melle Baptistine.
Un Brigadier.
Mr Miriel
(5e T) _ Javert.
Fantine.
(4e T) _ La Tenardier.
Fantine.
Tenardier.
(3e T) _ Petit Gervais.
(5e T) Fauchelevent.
Un Ouvrier.
(6e T) Jean Valjean.
(8e T) Sœur Simplice.
Fantine.
(9e T) _ Cosette.
(10e T) Claquesous.
Tenardier.
Montparnasse
Eponine.
(11e T) _ Cosette.
(12e T) Fauchelevent.

물의 아이들 The Water-Babies

찰스 킹즐리 Charles Kingsley

작가 생몰연도 | 1819(영국)–1875
초판 발행 | 1863
초판 발행처 | Macmillan & Co.(캠브리지)
원제 | The Water-Babies; A Fairy Tale for a Land-Baby

▲ 찰스 킹즐리는 빈민들의 운명에 대한 관심을 자신의 작품에 자주 반영하였다(그는 기독교 사회주의자였다).

▶ W. 스미스의 1920년대 삽화에서 수중 생물들이 호기심 어린 눈으로 굴뚝청소부 톰을 들여다보고 있다.

흔히 어린이들을 위한 동화라고 잘못 알려져 있는 찰스 킹즐리의 걸작 『물의 아이들』은 다윈의 『종의 기원』이 발간된 지 4년이 채 지나지 않았을 때 출간되었다. 고용주인 그라임즈에게 착취 당하는 열 살짜리 굴뚝청소부 톰은 어느 날 존 하트오버 경의 시골 별장 굴뚝을 청소하다가 잘못하여 작은 엘리의 침실로 떨어지게 된다. 어마어마한 고함소리와 비명이 오고간 후, 강도로 오인 받은 톰은 밖으로 도망치고 연못에 빠지지만 죽지는 않는다. 뭍에서 살았던 기억을 잃어버린 톰은 물속 인간으로 변하여, 이 새로운 세계에서 육체적, 심리적 탐험이 여행을 떠나게 된다. 이 와중에서 톰은 다양한 물속 생물들과 교류하고, 또 그들에게서 배우면서 자신의 정체성을 재발견한다. 이 물속 왕국에서 톰은 두애즈유우드비단바이(네가 원하는 대로 남에게 해주어라) 부인의 가르침을 받고 더러운 굴뚝청소부에서 깔끔한 빅토리아 시대 신사로 다시 태어난다.

『물의 아이들』은 킹즐리가 가장 좋아했던 주제들, 즉 가난, 교육, 위생, 오염, 진화 등을 다루고 있다. 톰의 영적인 갱생에서 킹즐리는 자연을 신성한 현실의 도구로 그려냈다. 그가 다윈의 진화론을 우화 연작물로 보았다는 점 정도가 킹즐리가 받은 가장 높은 평가일 것이다. 그러나 킹즐리는 사반세기가 지나서야 사회적 이슈가 되는 '종의 퇴화'에 대해서도 확실한 지식을 가지고 있었다. 1887년에는 킹즐리를 추모하기 위한 특별판이 출간되었다. 린리 샘본의 환상적인 삽화는 킹즐리의 글만큼이나 난폭하고, 충격적이고, 완전히 예측불가능하다. **VC-R**

죽음의 집의 기록 Notes from the Underground

표도르 도스토예프스키 | Fyodor Dostoevsky

작가 생몰연도 | 1821(러시아)–1881
초판 발행 | 1864
초판 발행처 | 『Epokha』誌
원제 | Zapiski iz mertvogo doma

"선에 대해 깨달을수록, 나는 더욱 그 안으로 침잠할 준비가 되어 있었다."

▲ 강한 인상을 주는 도스토예프스키의 사진. 내면의 악에 사로잡힌 심각한 개인의 모습이다.

제목이 암시하듯, 이 작품의 화자는 환한 세상의 아래에서 들려오는 익명의 목소리이다. 즉, 러시아 사회라는 마룻바닥에 생긴 틈 사이로 새어나온 고뇌에 빠진 양심인 것이다. 이 소설은 상트페테르부르크에 홀로 사는 한 관리의 사죄이자 고백으로, 두 부분으로 나뉘어 19세기 러시아 지성인이 겪어야 했던 두 가지 단계—1860년대 논리적 공리주의와 1840년대의 감상적, 문학적 낭만주의—를 묘사한다. 이 두 부분 너머로 화자는 자신이 산 시대의 미적, 종교적, 철학적, 정치적 질서를 망라한 사회 변화에 대해 일련의 눈부시고 자극적인 공격을 가한다. 그는 높은 학식과 환멸에 빠진 영혼의 소유자로 젊은 시절의 "아름답고 드높은" 낭만주의와 중년기에 떠오른 새로운 사회주의 사상을 모두 유린한다. 그 어떤 것도 경멸의 대상이 되지 않을 수 없다.

한편 이 음침하고 괴이한 작품은 "사례 연구"라고 볼 수도 있다. 즉, 고립과 자기혐오를 분석함으로써 이 소설은 사회와 개인 사이의 단층선 위에 위치하는 것이다. 다른 한편으로는 계몽적 이상주의와 공상적 사회주의를 강력하게 비판하는, 사상의 희비극이기도 하다. 니체에 따르면, 그것은 "피의 목소리"를 표현한 작업이라고 일컬어진다. 『죽음의 집의 기록』은 그늘지고, 어렵고, 불편한 소설이지만, 도스토예프스키의 더 유명한 후기작들에 대한 비판적 서문보다는 훨씬 더 가치가 있는 작품이다. **SamT**

사일러스 아저씨 Uncle Silas

셰리단 레파뉴 Sheridan Le Fanu

작가 생몰연도 | 1814(아일랜드)-1873
초판 발행 | 1864
초판 발행처 | R. Bentley(런던)
원제 | Uncle Silas; A Tale of Bartram-Haugh

『사일러스 아저씨』는 윌키 콜린스의 작품들처럼 빅토리아 시대의 선정주의에서 유래한 소설로, 미스테리의 흥미와 단호한 수사 의지를 하나로 엮고 있다. 더비셔의 시골집의 유산을 두고 일어나는 이 이야기는 당시 잉글랜드-아일랜드 사회의 붕괴에 대한 정치적 우의화이며, 에마누엘 스웨덴보리(1688~1772, 스웨덴의 자연과학자, 철학자, 신학자)의 죽음과 사후 세계에 관한 추론을 형이상학적으로 나타낸 책이기도 하다.

매력적인 여주인공 모드 러딘은 희생자인 동시에 탐정으로, 아버지의 비밀을 파고 들어가다가 아저씨의 집에서 그 대가를 치르게 된다. 사일러스 아저씨의 영지인 바트램-호는 프로테스탄트 문화의 치명적인 마비를 보여주는 동시에 환상과 그로테스크로 가득한 "낭만의 꿈"이기도 하다. 『사일러스 아저씨』에는 초자연적인 현상은 나타나지 않는다. 모든 사건은 오직 인간의 악에 의해서 일어난 것들이다. 독자는 과도한 식욕이나 "기름진" 얼굴, 둔하고 교활한 언행 등을 통해 등장인물들을 의심하게 된다. 이러한 육체의 사전은 단순히 관습에 어긋나거나 악의에 찬 사람들로부터 사일러스 자신처럼 "빼빼 마르고" 창백한 얼굴을 가진, 사후 세계에서 온 방문객들에게로 주의를 유도한다. 이러한 창조는 에드워드 시대(1901~1910, 빅토리아 여왕의 장남인 에드워드 7세 재임 기간)에 유행한 유령 소설에 뿌리를 두고 있다. 잉글랜드-아일랜드 전통을 진단한 르파뉴의 글은 예이츠와 조이스의 그것과도 많이 닮아있어, 『사일러스 아저씨』는 20세기 모더니즘의 덜 알려진 시조라고 불릴 만하다. **DT**

"훗날 그는 결혼했고, 그의 아름다운 어린 신부는 죽었다."

▲ 1850년경에 찍은 레파뉴의 사진. 아일랜드 태생의 성공회 신자였던 그는 잉글랜드와 아일랜드에 모두 속한 사람이었다.

이상한 나라의 앨리스 Alice's Adventures in Wonderland

루이스 캐롤 Lewis Carroll

작가 생몰연도 | 1832(영국)–1898
초판 발행 | 1865
초판 발행처 | Macmillan & Co. (런던)
본명 | Charles Lutwidge Dodgson

▲ 존 테니엘 경이 그린 『이상한 나라의 앨리스』의 오리지널 삽화는 이 책에 나오는 상상의 세계를 여행하는 데 빠트릴 수 없는 즐거움이다.

▶ 흰 토끼를 뒤쫓던 앨리스가 지하 세계로 떨어지는 모습. W.H.워커의 1907년판 삽화이다.

서양 문화를 이해하는 데 있어 필수불가결한 이 동화는 괴상한 풍자와 언어유희, 희극적인 요소를 모두 갖추고 있어 성인 독자들에게도 큰 즐거움을 주는 작품이다. 초현실주의자인 앙드레 브레통은 『이상한 나라의 앨리스』를 두고 "어린이들의 신비한 왕국으로 어른들을 다시 한 번 초대하는 작품"이라고 말했다. 사실 이 작품은 어린이들보다는 세상살이에 닳고 닳아버린 어른들을 위한 교육적인 책이다. 로트레아몽(1846~1870, 프랑스의 시인)의 악마적인 『말도로르의 노래』와 랭보의 『지옥의 계절』과 같은 해인 1865년에 출간된 이 작품은 과격하리만치 영국적이고, 우아한 꿈속 여행이지만, 어두운 면이 아주 없는 것도 아니다.

아이시스 강의 강둑에서 졸고 있던 일곱 살 난 앨리스는 조끼를 입은 흰 토끼가 회중 시계를 보며 안절부절못하는 것을 보고 그를 따라 땅 속으로 내려간다. 이 까다로운 토끼를 뒤쫓으면서 앨리스는 온갖 이상한 경험들을 하게 된다. 물약을 마시고 버섯을 뜯어먹으면 몸이 작은 생쥐만큼 작아졌다가 집채만큼 커지기도 하고 뱀처럼 목이 늘어나기도 한다. 또한 눈물의 호수에서 헤엄치는 생쥐(이 이야기는 생쥐의 꼬리 모양으로 인쇄되었다), 수연통을 피우는 쐐기, 파이를 지키는 무시무시한 공작부인과 체셔 고양이의 사라지는 웃음, 차 마시는 미친 모자장이와 겨울잠쥐를 찻주전자에 빠뜨리는 3월의 토끼, 홍학으로 크로켓 경기를 하는 붉은 하트의 여왕, 앨리스에게 바닷가재의 춤을 가르쳐주는 가짜 거북 등 우리도 익히 알고 있는 인물들도 만나게 된다. 순진한 새침떼기 소녀 앨리스는 이런 광란에 나름대로 분별있게 대응하려 하지만, 이야기는 빅토리아 시대 부르주아 계층의 무감각한 아동 교육을 비꼬고 있다. 반드시 테니엘(1820~1914, 영국의 삽화가)의 오리지널 삽화와 함께 읽어야 함은 두말할 필요도 없다. **DH**

지저여행 Journey to the Center of the Earth

쥘 베른 Jules Verne

작가 생몰연도 | 1828(프랑스)–1905
초판 발행 | 1866
초판 발행처 | P-J. Hetzel(파리)
원서명 | Le Voyage au centre de la terre

▲ E. 리우가 그린 『지저여행』 삽화에는 "우리는 나선계단 비슷한 것을 따라 내려갔다"라는 설명이 붙어 있다.

▶ 쥘 베른은 이 밖에도 여러 공상 소설을 썼는데, 이들을 모아 한 권의 정교한 양장본으로 출간하기도 했다.

『지저여행(地底旅行)』은 지옥여행이라는 문학의 전통적 소재를 공상과학(SF)이라는 새로운 장르로 부활시킨 것이다. 19세기 중반 유럽 과학계의 가장 큰 화두는 지구의 핵의 온도는 얼마나 되며, 지구의 표면 아래는 뜨거울 것인가, 차가울 것인가 하는 문제였다. 작가 자신의 분신이라 할 수 있는 주인공 악셀은 지구 한가운데에서 불이 타오르고 있다고 믿지만, 악셀의 숙부인 린덴브록 교수는 험프리 데이비(1778~1829, 영국의 화학자)의 설을 받아들여 지구의 한가운데는 차가울 것이라고 주장한다. 놀랄 만한 상상력을 바탕으로 이 소설은 후자의 주장을 받아들여 화산과 바다가 운하로 연결되어있는 거대한 그뤼에르 치즈와도 같은 차가운 지구를 그려낸다.

아이슬란드의 사화산 "스네펠스"를 통해 지구 밑으로 내려가는 데 성공한 주인공들은 지하세계의 지중해가 있는 거대한 공동(空洞)에 다다르게 된다. 이들은 이 곳을 탐험하다가 마그마가 그들을 스트롬볼리 섬의 분화구로 밀어올려 땅 위로 돌아오게 된다.* 그들의 여행은 두 부분으로 나눌 수 있는데 첫 번째에서 주인공들은 연이은 지질학적 단층을 거쳐 "원시 화강암"층에 다다른다. 두 번째에서는 지하 바다를 발견하는데, 이 것은 시대를 막론하고 온갖 생물들이 뒤섞인 "살아있는 화석"으로 가득한 고생물의 공간이다.

1864년 애비빌에서 인간의 턱뼈가 발굴된 사건이 작가로 하여금 "태고의 목자"를 자처하며 인류의 조상인 (적어도 그 당시 진화론을 주장하던 다윈 지지자들에게는) 위대한 유인원을 소생시켰다. **JD**

* 스트롬볼리 섬은 지중해 티레니아 해 리파리 제도 북단에 있는 작은 화산섬으로 짧은 간격으로 작은 폭발을 주기적으로 일으키는 것이 특징이며 피해는 적다. 이러한 분화를 '스트롬볼리식 분화'라고 한다.

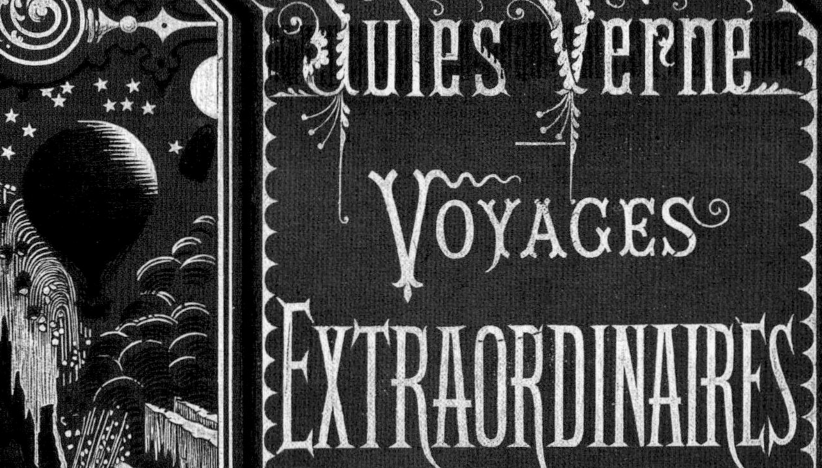

LES

INDES-NOIRES

LE CHANCELLOR

MARTIN PAZ

Collection J. Hetzel

A. SOUZE

LENÈGRE. REL.

PETER LORRE
EDWARD
ARNOLD
DOSTOJEVSKIJS
RASKOLNIKOV
REGI: JOSEPH V. STERNBERG

죄와 벌
Crime and Punishment

표도르 도스토예프스키 Fyodor Dostoevsky

작가 생몰연도 | 1821(러시아)–1881
초판 발행 | 1866
초판 발행처 | 『Russkii Vestnik』誌
원제 | Prestupleniye I nakazaniye

『죄와 벌』은 러시아 문학, 그리고 세계 문학의 걸작이며 매력적인 만큼 신비한 작품이다. 소설의 첫머리에서 주인공 라스콜리니코프는 그 자신과 독자도 잘 이해할 수 없는 이유로 두 번의 살인을 저지르고는 남은 부분 내내 상트페테르부르크의 거리를 정처없이 비틀거리며 걸어다닌다. 그는 자신의 (죄라고 생각하지도 않는) 죄가 발각될까 두렵고, 그때까지 견고했던 세계는 몽롱하게 녹아내린다.

『죄와 벌』은 흔히 죄의식을 탐구한 소설이라고 알려져 있지만, 엄밀히 말하면 이것은 잘못된 생각이다. 라스콜리니코프는 죄의식을 느끼지 않는다. 그는 다만 공포와 다른 인간들로부터의 끔찍한 격리를 느낄 뿐이다. 친구들이 그를 돕고자 하지만, 그는 그들의 도움을 받아들일 수 없다. 아니, 심지어 그들의 사랑과 동정을 이해할 수조차 없는데, 이는 그가 자신을 이방인으로 느끼기 때문이다. 사람을 죽일 수 있다는 사실은 고립의 체현이지 어떤 원인이나 결과가 아니다.

독자인 우리는, 우리 역시 주위의 다른 인간들을 면밀히 관찰하기만 한다면 쉽게 빠져들 수 있는, 주인공의 착란에 함께 빠져들게 된다. 이 작품은 1866년에 쓰여졌지만, 카뮈와 베케트로 이어지는, 20세기 "고독의 문학"의 위대한 선조로 평가받고 있다. **DP**

◀ 1935년 요세프 폰 슈테른베르크가 제작한 영화 〈죄와 벌〉의 포스터. 페터 로레가 라스콜리니코프 역을 맡았다.

바셋의 마지막 연대기
Last Chronicle of Barset

앤터니 트롤럽 Anthony Trollope

작가 생몰연도 | 1815(영국)–1882
초판 발행 | 1867
초판 발행처 | Smith, Elder & Co. (런던)
언어 | 영어

『바셋 주 이야기(The Barsetshire Chronicle)』는 1855년에서 1867년 사이에 쓰여진 여섯 편의 소설로 이루어져 있으며 교회, 결혼, 정치, 빅토리아 시대 중엽의 잉글랜드 전원 생활을 파노라마처럼 엮은, 트롤럽의 일상을 반영한 작품이다. 『바셋의 마지막 연대기』는 트롤럽의 소설들 중에서도 항상 특별한 지위를 차지해왔다. 규모나 영역, 그리고 이 신비한 고장을 눈앞에 그리듯 보여주는 트롤럽의 재주로 보아도, 이 작품은 빅토리아 시대의 가장 야심찬 소설 중 하나로 여겨져 왔다. 이 작품에는 『바셋 주 이야기』 시리즈의 앞쪽 권들에서 등장했던 캐릭터 중, 트롤럽이 가장 아꼈던 인물들도 몇몇 다시 나온다. 수표(가짜였다는 것이 밝혀지지만)를 훔치면서 엄청난 사건을 일으켰던 가난뱅이 목사 조사이어 크롤리가 대표적인 예다. 오만하고 어찌해볼 수 없을 정도로 붙임성 없는 크롤리는 스스로를 희생자이자 순교자로 생각하고 있다.

크롤리와 반대편에는 몇 년 전 그녀를 버린 남자의 추억에 아직도 매달려 있는 여주인공 릴리가 있다. 미스 해비샴(디킨스의 『위대한 유산』에 나오는 노처녀)의 젊고 어여쁜 버전이라 볼 수 있는 릴리는 다른 그 누구와도 결혼하기를 거부하고 겨우 스물 넷의 나이로 "노처녀"로 늙겠다고 선언한다. 릴리의 고집은 당대의 독자들을 실망시켰지만, 현대의 비평가들은 릴리를 초기 여권운동가의 모델로 보기도 한다. 릴리의 강한 자의식이야말로 그녀로 하여금 단지 시대의 기대에 부응하기 위해 결혼하는 것을 거부하게 하였기 때문이다. **AM**

POSTERITE

테레즈 라캥 Thérèse Raquin

에밀 졸라 Émile Zola

작가 생몰연도 | 1840(프랑스)-1902
초판 발행 | 1867
초판 발행처 | A.Lacroix(파리)
연재 당시 제목 | Un Mariage d'Amour(1867)

『테레즈 라캥』은 에밀 졸라가 쓴 최고의 명작은 아니다. 이 작품에는 머뭇거림과 방어의 교조주의가 나타나며, 후기의 걸작 『제르미날』(1885)에서 보여준 확신에 찬 시선은 찾아볼 수 없다. 그러나 이 작품은 바로 그렇기 때문에 불확실과 무절제라는 중요한 가치를 지니고 있다.

자연주의 신조를 지키면서 성적 욕망과 후회에 관한 그의 논리를 입증하기 위해 졸라는 두 가지 "표본"을 들었다. 그러나 라캥과 그녀의 애인 로랑은 졸라의 기계적인 예정론을 체현하는 데 너무 충실한 나머지 이상하게 왜곡된 생물이 되어버렸다. 결과적으로 소설은 그 자체가 반으로 쪼개졌고, 거친 에로티시즘과 세심한 초연함의 환상적인 합금이 되어버렸다. 3인칭 화자의 냉담한 화술이 격한 분통으로 바뀌고, "과학적"이려 하는 화자는 두 애인의 행실을 보다 상세하게 기술하기 바쁘다. 테레즈 라캥 자신은 위대한 창조물이다. 그녀는 침묵하는 욕망과 공포의 문장 속에 자유 의지가 없는 "인간 짐승"처럼 등장하여 생체학의 용서할 수 없는 법칙에 굴복한다. 그러나 서서히, 그리고 폭발적으로, 그녀의 이야기는 그녀로 하여금 목소리를 내고 행동하게 하며, 여성으로서의 위대한 자각과 육체적 환희에 눈뜨게 한다. **PMcM**

◀『테레즈 라캥』의 한 장면을 풍자한 르부르주아의 캐리커처. 졸라가 드레퓌스 사건을 놓고 프랑스 장교와 맞서고 있다.

월장석 The Moonstone

윌키 콜린스 Wilkie Collins

작가 생몰연도 | 1824(영국)-1889
초판 발행 | 1868
초판 발행처 | Tinsley Brothers(런던)
언어 | 영어

『월장석』은 최초의—그리고 어떤 의미에서는 최고의—영국 추리소설로 손꼽힌다. 값비싼 다이아몬드의 절도 사건을 다루고 있지만, 소설의 첫머리부터 힌두교의 신을 장식하고 있었다는 유래부터 시작해 19세기 결혼 선물로 나타나자마자 도둑맞은, 보석의 역사 전체를 이야기해준다. 바로 이때 커프 경사가 등장하여 고군분투 끝에 미스테리를 풀어낸다.

이 소설의 주목할 만한 특징 중의 하나는, 다양한 등장인물이 1인칭 화자가 되어 각자의 관점에서 이야기를 끌어나간다는 점이다. 이 때문에 독자는 누구의 말이 사실인지 믿을 수가 없게 되어 사건은 점점 꼬이기만 한다. 이 소설은 대부분이 등장 인물들 간의 대화로 이루어져 있는데, 콜린스의 문장은 독자로 하여금 난해한 플롯을 놀랄 만큼 빠르게 헤쳐나가도록 해준다. 이 긴 소설에서 콜린스는 인간의 심리를 드러내는 놀라운 능력을 보여준다. 19세기 남성 작가가 여성의 심리까지 들여다보았다는 점은 괄목할 만하다. 풍경 묘사와 행위의 강력함 역시 너무나 생생해서 독자로서는 시작부터 끝까지 마법에 걸린 듯 책을 손에서 놓을 수가 없다. 『월장석』은 결말을 밝혀내야 하는 미스테리물이면서도 가벼운 터치와 그 대화와 캐릭터의 사실주의로 19세기 사회의 핵심을 드러낸 작품이다. **DP**

"Louise Alcott"
The Children's Friend.

작은 아씨들 Little Women

루이자 메이 올콧 Louisa May Alcott

작가 생몰연도 | 1832(미국)–1888
초판 발행 | 1868
초판 발행처 | Roberts Bros.(보스턴)
원제 | Little Women, or, Meg, Jo, Beth, and Amy

이상적인 가족의 영원한 상징인『작은 아씨들』은 출간되자마자 큰 성공을 거둔 것은 물론 미국의 가장 사랑받는 고전으로 자리매김하였다. 원래는 '소녀들'을 위한 소설로 쓰여졌으나 시간과 나이의 경계를 뛰어넘게 된 작품이다.

『작은 아씨들』은 미국 남북 전쟁을 배경으로 뉴잉글랜드에서 성장하는 마치 가 네 자매의 삶을 다루고 있다. 이들이 가난과 역경, 도덕적 유혹과 좌절 등과 싸우는 내용이 주요 줄거리이다. 북군에 입대해 참전한 아버지가 집을 비운 동안, 어머니와 네 자매 메그, 조, 베스, 에이미는 부유한 이웃들이 지켜보는 가운데 스스로의 힘으로 삶을 꾸려나간다. 그들의 일상은 이따금 날아드는 편지와 연극, 친절과 심술, 꿈과 야망으로 지루할 새가 없다. 메그가 결혼하여 떠나고, 조가 글 쓰는 공부에 여념이 없고, 베스가 갑작스레 세상을 떠나고, 에이미가 예기치 못한 사랑에 빠지면서, 네 자매는 소녀 시절을 마감하고 여인으로 한 걸음씩 나아가게 된다.

작가의 자전적 요소가 가미된『작은 아씨들』은 올콧과 그녀의 친자매들을 모델로 하고 있다. 아마도 이러한 직접성이 소설 속 19세기 가정 생활에 영원한 생기를 불어넣으며, 수세대에 걸친 독자들은 물론 시몬 드 보부아르나 조이스 캐롤 오츠, 신시아 오지크 같은 후세의 여류 작가들에게까지 영감을 준 듯하다. **LE**

◀『작은 아씨들』은 루이자 메이 올콧에게 명성을 안겨주었으나, 한편으로는 그녀를 동화 작가로 못 박아 버렸다.

백치 The Idiot

표도르 도스토예프스키 Fyodor Dostoevsky

작가 생몰연도 | 1821(러시아)–1881
초판 발행 | 1868–1869
초판 발행처 |『Russkii Vestnik periodical』誌에 게재
원제 | Idiot

도스토예프스키의 두 번째 장편소설은 "신성한 바보"의 모티브를 재창조한 것이다. 겉으로 보기에는 지극히 순진하고 세상 물정 모르는 사람이 남몰래 현명할 수도 있다는 것이다. 이 소설에 등장하는 "백치"는 선량한 미슈킨 공이다. (작가 자신처럼) 간질병 환자인 그는 먼 친척이자 부유한 장군의 아내인 예판친 부인과 지내기 위해 스위스의 요양소에서 러시아로 막 돌아온 참이다. 빠른 속도로 발전하고 있던 1860년대 상트페테르부르크를 배경으로 작가는 미슈킨이 예판친 가족에게 미치는 영향과 그들이 속해 있는 사회적 환경을 그려낸다. 미슈킨 공은 사회적 위선과 그 위선이 쓰고 있는 가면—돈, 지위, 성, 결혼 등—사이의 촉매와도 같다. 다른 러시아 걸작 소설들처럼『백치』 역시 기나긴 등장인물(그들의 이름 역시 길다) 리스트를 포함하고 있으며, 당시 일어나고 있던 부르주아의 현대 정신을 바탕으로 매력과 열정이 들끓고 있다.

소설 첫머리에서 미슈킨은 부유하고 고집센 젊은이 로고진과 친구가 된다. 로고진은 모든 면에서 미슈킨과 정반대로, 결국 두 사람은 나스타샤 필리포브나의 애정을 얻기 위한 라이벌이 되고 만다. 나스타샤는 토츠키 장군의 양녀인데, 소설에서는 그녀가 사춘기 때 양부에게 겁탈 당했음을 암시하고 있다. 따라서 나스타샤는 수상하고 타락한 여인으로 그려지지만, 불가사의하게 인간의 내면을 파악하는 미슈킨은 그녀가 단지 고통 받는 영혼에 불과하다는 것을 간파한다. 두 사람 사이에 싹트는 깊은 정신적 유대는 그녀에 대한 로고진의 거친 욕망과 대조를 이룬다. 도스토예프스키는 어떻게 천상의 그것과도 같은 미슈킨의 고결한 영혼이 로고진의 원시적인 욕망과 관계가 있을 수 있는지를 묻는다. **DH**

말도로르의 노래 Maldoror

로트레아몽 백작 Comte de Lautréamont

작가 생몰연도 | 1846(우루과이)–1870(프랑스)

초판 발행 | 1868–1869

초판 발행처 | Albert Lacroix(파리)

원제 | Les Chants de Maldoror

저자 생전에는 그리 잘 알려지지 않았던 로트레아몽의 산문시 『말도로르의 노래』는 최초의 초현실주의 소설이자 가장 심란한 작품으로 평가 받고 있다. 『말도로르의 노래』 1부는 작가가 스물넷의 나이로 요절한 지 3년 후에 익명으로 출간되었으나, 유럽의 아방가르드 독자들 사이에서 그의 이름이 알려지게 된 것은 1885년 한 벨기에의 문예지가 그의 작품들을 모두 재출간하기로 결정하면서부터였다.

『말도로르의 노래』는 "영웅" 말도로르가 놀랄 만큼 사악하고 부도덕한 짓들을 잇달아 저지르면서 신에게 반항하는 내용을 담고 있다. 이 작품은 거칠고, 최면적이고, 시적이며, 불편하다. (초현실주의자들이 찬사를 아끼지 않은) 혁신적인 문체뿐 아니라 신성모독적인 내용 역시도 과격한 것이었다. 이 소설은 살인, 사도마조히즘, 부패, 폭력을 모두 망라하고 있으며, 예수 그리스도를 강간범으로 묘사하는가 하면, 바다 생물과의 성교를 꿈꾸는, 악에 대한 찬미 그 자체이다. 각각의 새로운 패륜적인 행위도 말도로르에게 휴식이나 만족을 주지 못하고, 분노는 갈수록 끓어오른다. 『말도로르의 노래』는 충격과 혼란을 일으키는 힘을 가진 작품이지만, 정작 가장 흥미로운 요소는 로트레아몽의 산문에서 나타나는 아름다운 시적 매력이다. 전통적인 도덕과 언어에 대한 독자의 추측을 모두 무너뜨리는, 다소 혼돈스러운 효과이다. **SamT**

피니어스 핀 Phineas Finn

앤터니 트롤럽 Anthony Trollope

작가 생몰연도 | 1815(영국)–1882

초판 발행 | 1869

초판 발행처 | Virtue & Co. (런던)

원제 | Phineas Finn, the Irish Member

이 소설의 주인공처럼 앤터니 트롤럽 역시 정치적 야망을 지닌 인물이었다. 트롤럽은 자유당 후보로 하원의원 선거에 나갔다가 낙선하자 상심하여 의회의원들의 실제 생활을 배경으로 내각 각료와 그들의 가족의 인생과 사랑 이야기를 다룬 여섯 권의 연작 소설(팰리저 시리즈)을 써냈다.

의회의원인 피니어스 핀은 트롤럽 특유의 주인공이다. 잘생기고, 매너 좋고, 예민한 감수성의 소유자이지만 유약하고 귀가 얇은 것이 흠이다. 탐욕스런 정치계의 사다리를 올라가면서 피니어스는 정부의 권력자들의 눈길을 끌고, 그의 사생활은 더욱 복잡해진다. 이미 약혼녀가 있음에도 불구하고 피니어스는 세 명의 서로 다른 매력적인 여인들과 관계를 맺는다. 총명한 레이디 로라 스탠디쉬, 상속녀 바이올렛 에핑검, 그리고 신비한 마담 막스 괴즐러가 그들로, 모두 야심찬 정치가에게는 어울리는 배필이다. 곧잘 당황하는 피니어스의 버릇은 트롤럽의 다른 젊은 주인공들에게서 흔히 볼 수 있는 특징으로, 이 소설은 피니어스가 야심과 양심의 화해를 이루어내는 과정을 다루고 있다. 위대하고 자신만만한 대영제국의 수도 런던은 원칙에 입각한 행위가 정치적 목적에 의해 위협을 받고, 연줄이 능력보다 중요한 곳이다. 트롤럽은 정치 철학보다는 정치 심리학에 더 관심이 많았다. 그의 예리한 통찰이 잘 드러나 있는 작품이다. **AM**

감상 교육 Sentimental Education

구스타프 플로베르 Gustave Flaubert

작가 생몰연도 | 1821(프랑스)–1880
초판 발행 | 1869, M. Levy Freres(파리)
원제 | L'Education sentimentale - Histoire d'un jeune homme

『감상 교육』은 문학사상 가장 위대한 소설 중 하나로, 특히 문학적 사실주의에서는 최고의 작품이라 말할 수 있다. 이 작품은 소설가의 소설이다. 1869년 출간된 직후에는 파리의 비평가들로부터 "부도덕하다"는 비판을 들었지만, 젊은 세대의 야심찬 소설가들은 극찬을 아끼지 않았다. 20세기 초반에 이르러서는 제임스 조이스와 에즈라 파운드와 필적하는 작품이라는 평가를 받았다. 플로베르는 문체는 물론 자신이 관찰한 사회의 모든 디테일까지 거의 강박관념에 가까운 정확성으로 어마어마한 노력을 기울여 집필하는 작가였다. 그는 일반인들의 이해를 넘어선 신화적인 문장가였다.(출판사의 원고 마감에 맞춰 글을 쓰는 현대의 작가들은 그 정반대라고 할 수 있다.)

『감상 교육』의 주인공은 막대한 유산을 물려받은 뒤 빈둥거리며 세월을 보내는 젊은이 프레데릭 모로이다. 사치품과 호화로운 생활방식을 어디에서나 볼 수 있었던 19세기 중반 파리의 부유한 소비자들의 정신을 풍자한 이 신나는 풍자 소설에서 주인공의 야망과 원칙은 그대로 사라져버리고 말았다. 그러나 그 파리는 1848년 혁명의 파리이기도 하다. 다른 남자의 아내를 향한 진정한 사랑을 잊게 해준 코르티잔(사교와 예술에 능했던 고급 창녀)과의 관계와 혁명의 실패로 불꽃이 튄 프레데릭은 격동의 시대에 휘말려 떠내려간다. 거대한 역사 인식과 동시에 한 사람의 감정적, 정치적 이상이 서서히 질식하는 과정을 놀랄 만큼 세심하게 보여주는 작품이다. **KS**

"눈에 보이지 않는 전능한 신이 이 세상을 창조한 것처럼 예술가도 그렇게 해야 한다. 예술가의 존재는 어디에서나 느껴져야 하지만, 결코 눈에 보여서는 안 된다."

플로베르, 1857

▲ 으젠 지로가 그린 플로베르의 캐리커처. 플로베르 특유의 인간혐오 세계관이 잘 나타나 있다.

전쟁과 평화 War and Peace

레오 톨스토이 | Leo Tolstoy

작가 생몰연도 | 1828(러시아)–1910
연재 | 1865–1869, 『Russkii Vestnik』 誌
초판 발행 | 1869, M.N. Katkov(모스크바)
원제 | Voyna I Mir

"우리의 몸은 삶의 기계이다. 우리의 몸은 살기 위해 고안되었고, 삶은 그 본성이다. 그 안에서 인생이 계속되도록, 그리고 몸이 스스로를 지키도록 내버려 두어라. 치료라는 이름으로 거추장스럽게 하면서 몸을 마비시키느니, 자기 스스로에게 맡겨두는 편이 훨씬 나을 것이다."

▲ 톨스토이는 러시아 민중들 사이에서 영적 지도자이자 빈민의 친구로 추앙받았다.

▶ 말년에 톨스토이는 재산을 모두 나누어주고 농부의 삶을 살면서 자신의 소설들이 아무런 가치도 없다고 말하곤 했다.

레오 톨스토이의 『전쟁과 평화』는 인내심을 시험하거나 성인이 되기 위한 통과의례로서 펼쳤다가도 반쯤 읽고 던져버리거나, 아니면 책장에 장식용으로 꽂아 놓고 절대 손대지 않는 책들 중의 하나이다.(이런 책의 다른 예로는 제임스 조이스의 『율리시즈』가 있다.) 이 책이 긴 것은 사실이지만, 일단 읽는다면 그 보상은 충분하고도 남는 작품이다. 톨스토이로부터 큰 영향을 받은 안드레이 타르코프스키가 감독한 영화처럼, 러시아에 한번 발을 들여놓으면 떠나고 싶지 않게 된다. 이런 면에서, 이 작품의 어마어마한 분량은 단점이라기보다는 미덕이다. 읽어도 읽어도 끝나지 않는 것이다.

두 명문가, 볼콘스키 가와 로스토프 가의 구성원들을 중심으로 『전쟁과 평화』는 개개인의 이야기를 빌려 나폴레옹 보나파르트가 이끄는 프랑스와 숙명의 일전을 앞둔 러시아를 묘사하고 있다. 주인공들이 피할 수 없는 운명을 맞으면서 줄거리는 순조롭게 앞으로 나아간다. 서사적 규모로만 본다면 그 어떤 작가도 톨스토이를 능가할 수 없다. 톨스토이의 그것은 도시 전체의 분위기나 군대의 이동, 사회 전반에서 느껴지는 전조까지도 빠뜨리지 않고 그려낸다. 개인의 관점에서 연결한 접전과 전투 장면 역시 바로 눈앞에서 벌어지는 것처럼 느껴진다. 개인과 정치, 친밀함과 서사의 얽히고 설킨 본성의 탐구는 거장의 솜씨를 느끼게 한다. 톨스토이는 숨가쁘게 바뀌는 환경 속에서 등장인물들이 어떻게 감성적으로 반응하는지 관찰하는 동시에 그들로 하여금 전쟁과 평화의 수요에 러시아 사회가 어떻게 반응하는지를 대변하게끔 한다.

마지막으로 꼭 한 마디만 하자면, 만약 『전쟁과 평화』를 읽을 계획이라면 축약판은 읽지 말 것. 톨스토이는 옆길로 잘 새기로 악명이 높다. 완전판의 통일성과 타협하려 하다가는 아예 읽는 경험을 망칠 수가 있다. **MD**

초원의 리어 왕

King Lear of the Steppes

이반 투르게네프 Ivan Turgenev

작가 생몰연도 | 1818(러시아)–1883(프랑스)

초판 발행 | 1870(러시아)

원제 | Stepnoy Korol Lir

언어 | 러시아어

『초원의 리어 왕』은 비교적 덜 알려진 소품으로, 셰익스피어의 동명 소설을 차용한 작품이다. 이야기는 몇몇 오랜 친구들이 모여 서로 아는 사람들에 대해 이야기하는 것으로 시작하는 액자형 구성으로 시작된다. 모든 사람이 햄릿에 대해 알고 있고, 몇몇은 권력자 맥베스에 대해 들어본 적이 있다. 그러나 한 사람이 자신은 리어 왕과 만난 적이 있다고 하자 모든 이의 관심이 그에게 집중된다. 마치 말도 안 되는 이야기로 도전장을 던지기라도 한 것처럼.

투르게네프의 리어 왕은 마르틴 페트로비치 하를로프이다. 하를로프는 솔직하고 귀족적인 시골 지주로, 그의 소작농들은 그를 두려워하는 동시에 존경하고 있다. "뼛속까지 러시아인"이고 "등이 두 자나 되는" 신화적인 인물이기도 하다. 미신적인 우울함과 격투를 한다거나, 몇 시간 동안 서재에 틀어박혀 언젠가 찾아올 죽음에 대해 생각에 잠긴다거나 하는 것이 그의 러시아적 성질의 증세이다. 죽음이 임박했다는 믿음 때문에 그는 영지를 두 딸에게 나누어주며, 대신 자신을 보살펴주어야 한다는 것을 조건으로 내건다. 물론 그는 딸들과 교활한 사위들에게 배신을 당한다. 처음에는 조종과 위협을 당하다가 결국 한밤중에 거리로 내몰린다.

이 작품은 투르게네프의 시각적 상상을 전달하기 위한, 꼭 알맞은 신화적 수단이다. 이 소설은 투르게네프로 하여금 무대 뒤에서 일어나는 러시아 역사와 함께 무대 위의 세트와 화술을 한데 결합하는 실험을 가능하게 해주었다. **DSoa**

거울 나라의 앨리스

Alice Through the Looking Glass

루이스 캐롤 Lewis Carroll

작가 생몰연도 | 1832(영국)–1898

초판 발행 | 1871

초판 발행처 | Macmillan & Co. (런던)

본명 | Charles Lutwidge Dodgson

『이상한 나라의 앨리스』를 출간한 지 6년 후인 1871년, 루이스 캐롤은 새로운 아이디어를 가지고 앨리스에게로 돌아왔다. 거울 뒤의 나라로 여행을 떠난다는 설정이다. 실존인물인 앨리스(리델)에게 체스 두는 법을 가르쳐주었던 참이었던 캐롤은 체스 게임을 이야기의 도구로 삼았다. 거울 나라는 체스판처럼 생겼다. 졸로 시작한 앨리스는 여왕이 될 것이고, 이야기의 각 장은 이러한 졸의 움직임을 따라가게 되어 있다.* 사건이 진행되면서 책의 첫머리에 그 도안이 실린 체스 문제는 정답을 찾게 된다.

이 작품은『이상한 나라의 앨리스』보다는 좀더 체계적이지만 『이상한 나라의 앨리스』만큼이나 잊을 수 없는 캐릭터들로 가득하다. 이들은 대부분 대비나 역(逆)의 개념과 관련되어 있다. 이 뒤죽박죽 나라에서 어디든지 가기 위해서는 가려는 방향과 반대 방향으로 움직여야 한다. 회상은 항상 "뒤돌아" 보지만은 않는다. 하얀 여왕은 "다다음 주에 일어날 일"을 기억한다. "반대 쌍둥이" 트위들덤과 트위들디도 만나게 된다. 이 작품에 사용한 언어 역시 애매모호한 것은 마찬가지로, 그 의미는 도무지 종잡을 수가 없다. 그중 가장 유명한 것은 권두시인 「재버워키(Jabberwocky)」인데, "frumious", "mimsy", "slithy", "brillig" 같은, 저자가 만들어낸 단어들이 튀어나온다. **DH**

* 체스에서 졸(pawn)은 다른 말을 잡을 때 이외에는 오직 앞으로 한 칸만 움직일 수 있다. 졸이 반대편 맨 끝줄에 도달하면 원하는 아무 말로나 바꿀 수 있는데, 가장 강력한 여왕으로 바꾸는 것이 보통이다.

▶ 캐롤(본명은 도지슨)은 거울의 상을 이용하여 이 유쾌한 사진을 찍었다. 사진 속의 두 소녀는 아마도 앨리스 리델과 그녀의 언니 중 하나인 듯하다.

미들마치 Middlemarch

조지 엘리엇 George Eliot

작가 생몰연도 | 1819(영국)–1880
초판 발행 | 1871–1872, Blackwood & Sons
원제 | Middlemarch, a Study of Provincial Life
본명 | Mary Ann Evans

"사람들은 온갖 종류의 용감한 행위를 찬양하면서, 정작 그들이 가장 가까운 이웃을 위해 보이는 용기에 대해서는 인색하다."

▲ 젊은 시절 찍은 사진 속의 조지 엘리엇. 심각하기로 유명한 글과는 어울리지 않게 서툰 포즈를 취하고 있다.

『미들마치』에서 조지 엘리엇은 영국 시골 마을의 자잘한 일상에 초점을 맞춘다. 마치 과학자가 현미경의 렌즈 아래 나뭇잎의 작은 잎맥을 관찰하듯, 등장 인물들의 섬세한 내면 세계를 그려냈다. 이러한 통찰과 정확성 덕분에 『미들마치』는 그 절제된 사실주의로 큰 명성을 얻게 되었고, 당대는 물론이고 지금까지도 가장 위대한 잉글랜드 소설 중 하나로 꼽히고 있다.

『미들마치』의 정열적인 여주인공 도로테아는, 여러 가지로 그녀와 결정적으로 관계가 얽히는 젊은 의사 리드게이트와 마찬가지로 몽상가이다. 가장 보잘것없는 몸짓에도 영웅적인 용기가 깃들어 있을 수 있다고 믿는 그녀는 색에만 매달리는 첫 번째 남편도 같은 맥락에서 이해하려고 한다. 그러나 그의 치명적인 계획은 이 소설의 생명력이라고 할 수 있는 진화론적 다양성을 하나의 단순한 원리로 환원시키고자 했다.

『미들마치』는 여성들이 사회에서 요구되는 역할에 어떻게 적응해나가느냐 하는 문제에 대해 깊은 관심을 보인다. 피아노만 딩동거리며 만족해하는 여동생과는 달리, 교육도 받지 못하고 경제적으로도 누군가에게 의존해야만 하는 상황에서도 용감하게 길을 헤쳐나가는 도로테아에게 독자들은 공감과 동정을 느낄 수밖에 없다.

"잘 살고 잘 사랑하기 위하여" 실패와 판단 착오를 거치는 도로테아와 리드게이트, 그리고 다른 등장인물들의 이야기는 감동적이면서 예리하고도 사실적이다. 엘리엇은 밀도 있게 짠 서스펜스를 능란하게 조작하여 주인공들의 숨은 의도를 그대로 드러낸다. 그러나 그 아래에는 동정과 이해가 깔려 있기 때문에 독자들은 금새 그녀의 이야기에 빨려들어가, 우리 자신의 삶을 그들의 삶과 동일시하게 된다. **KB**

봄의 급류 Spring Torrents

이반 투르게네프 Ivan Turgenev

작가 생몰연도 | 1818(러시아)–1883(프랑스)
초판 발행 | 1872(러시아)
원제 | Veshniye vody
언어 | 러시아어

『봄의 급류』는 잃어버린 젊은 시절을 향한 열정과 그 열정의 환각적 속성에 대한 아이러니한 자각 사이에서 완벽한 균형을 이루고 있다. 늙어가는 것과 자신의 목적 없는 삶이 끝나가는 것에 두려움을 느끼는 디미트리 사닌은 어느 날 책상 서랍에서 작은 석류석 십자가를 찾아낸다. 이 십자가는 사닌에게 환상적이고도 수치스러운 30년 전의 이중 연애를 회고하게 한다. 당시 그는 유럽 여행을 마치고 돌아오는 길에 프랑크푸르트에 머물고 있었다.

그의 기억은 일련의 생생한 장면들로 이어진다. 그는 이탈리아인 제빵사의 딸 젬마와 사랑에 빠졌었는데, 젬마에게는 헌신적인 오빠와 과부가 된 어머니, 절대적인 충성을 바치는 하인 판탈레오네, 그리고 우둔한 독일인 약혼자가 있다. 사닌은 젬마를 모욕한 한 장교와 우스꽝스러운 결투를 하고, 약혼자를 꺾은 후 젬마의 어머니의 우려까지 잠재우고 젬마와 결혼에 골인하는 것처럼 보인다. 그러나 결혼식을 위해 러시아에 있는 영지를 팔려고 내놓으면서 교활한 러시아인들의 꾐에 빠진다. 옛 학교 친구인 폴로조프와 그를 지배하는 마술적인 아내 마리아 니콜로예브나가 바로 그들이다. 마리아는 사닌을 앞질러가 그를 깊은 숲속으로 유인한다. "그녀는 위압적으로 앞으로 나아갔고, 그는 그저 온순하게 그녀를 뒤쫓을 수밖에 없었다. 그 어떤 의지나 감정도 표출할 수 없었다."

사닌은 어디에서나 볼 수 있는 평범한 남자이다. 순수한 처녀와 능란한 팜므파탈과의 사랑도 흔히 들을 수 있는 이야기이다. 투르게네프의 연극적인 재주는 이 뻔하고 어색한 이야기를 앞으로 끌어냈다. 그러나 그의 정확하고, 분명하며, 공감에 찬 통찰은 우리로 하여금 젊은 사닌에게는 이 모든 것이 견딜 수 없는 현실이라는 것과, 앞으로 그의 삶에서 일어나는 어떤 일도 이러한 경험에 미치지는 못할 것이라는 사실을 깨닫게 해준다. **MR**

"자신을 위해서밖에는 아무것도 갈망하고, 기대하지 않는 것이야말로 진정한 신성함이다."

투르게네프, 1862

▲ 투르게네프는 그의 고향인 러시아에서뿐 아니라 유럽에서도 높은 평가를 받았다. 플로베르나 졸라 같은 당대의 문인들이 그의 친구였다.

에레혼 Erewhon

새뮤얼 버틀러 Samuel Butler

"내가 죽을 때에는 부활이 존재하지 않고, 죽음만이 나에게 완벽한 평화를 줄 수 있다는 완전한 희망 안에서 죽고 싶다."

버틀러, 『잡기』, 1912

▲ 1898년에 찍은 새뮤얼 버틀러의 사진. 버틀러는 유능한 작가이자 화가, 번역가, 풍자 소설가였다.

작가 생몰연도 | 1835(영국)–1902
초판 발행 | 1872
초판 발행처 | Trubner & Co. (런던)
원제 | Ererwhon; or, Over the Range

다른 SF 걸작들, 특히 유토피아를 다루고 있는 작품들에 비해 『에레혼』은 완전한 미래보다는 현재에서 미래로의 예언적 성찰에 보다 집중한 작품이다. 토마스 모어의 『유토피아』에 나오는 이상향(No Place)처럼, 『에레혼』의 이상향(Nowhere) 역시 빅토리아 시대의 사회 불안과 정치 변화, 그리고 그때나 지금이나 극단적으로 상반된 효과를 불러일으키는 사회 제도(예를 들면 통화 등)에 대한 고찰이다. 우의로서의 『에레혼』은, 이 작품을 지배하고 있는 공포가 현대 사회의 불안 한가운데에도 내재한다는 점에서 깊은 통찰력을 보여주는 동시에 꺼림칙하기도 하다.

주인공 힉스는 모든 사람이 머리로 서 있는 에레혼의 세계로 들어가게 된다. 기계가 세상을 지배할 수도 있다는 공포(SF 소설에서 흔히 볼 수 있는 주제이다) 때문에 에레혼에서는 그 어떤 기계도 허용되지 않는다. 범죄인들은 병원으로 보내져 그들의 잘못을 치료받아야 하고, 교육은 무엇이든 아무 의미가 없을 때까지 무조건 공부하는 것이며, 병자는 감옥에 갇힌다.

『에레혼』은 다윈주의가 암시하는 바를 직접적으로 쏟아내어 『종의 기원』(1859)이 몰고온 충격을 독자들에게 또 한번 확실히 각인시켰다. 『에레혼』은 진화론적 사상을 사회적인 현상으로 전환하여, 공포와 불신을 불러일으킨다. 버틀러 역시 다윈의 책에서 깊은 영감을 받았으나, 대부분의 다른 SF 작가들처럼 이러한 주제가 지닌 무궁한 잠재력을 읽는 이에게 동요를 불러일으키는 시선으로 다루었다. **EMcCS**

악령 The Devils

표도르 도스토예프스키 Fyodor Dostoevsky

작가 생몰연도 | 1821(러시아)–1881
초판 발행 | 1872(러시아)
원제 | Besy
언어 | 러시아어

『악령』은 도스토예프스키의 소설 중에서는 가장 거친 작품이라 할 수 있지만, 또 한편으로는 익살과 예리한 사회풍자로 가득한 작품인 것도 사실이다. 1860년대 후반을 배경으로 고삐 풀린 무정부주의자들의 재산에 얽힌 이야기를 다루고 있다. 일련의 배신으로 이들이 서로 소원해지게 되면서, 난해한 정치적 이론화가 불러온 재앙의 결과가 나타난다.

결말 부분에 난무하는 파괴 장면을 예로 들며 작가가 선정주의로 기울었다고 주장하는 이들도 있으나, 이 소설의 주제는 제목이 암시하듯, 정화(淨化)이다. 또한 도스토예프스키의 세계에서 사회의 회복은 언제나 큰 대가를 치르는 경우가 많다. 예를 들면 이 소설에 등장하는 인물 중에서 가장 위험한 베르호벤스키(러시아에서 재판에 회부된 무정부주의 지도자 네차예프를 모델로 하고 있다)는 목숨을 건지게 된다. 사회가 새로이 태어나기 위해서는 때때로 무죄한 사람들의 희생이 필요하다는 사실은 이 소설이 제시하는 다소 자극적인 도덕 관념 중의 하나에 불과하다.

행위를 제어하는 횡설수설한 광란은 선과 악 사이의 관계를 이해하는 데 방해물이 될 뿐이고, 교회의 도덕적 확신을 저버린 사회가 얼마나 부서지기 쉬운가를 보여준다. 한 세대가 채 지나기도 전에 결국 러시아는 발작적인 사회 변화를 겪게 된다. 영혼을 잃어버린 사회의 끔찍한 미래를 예시하는 소설이다. **VA**

유리잔 속에서 어둡게 In a Glass Darkly

셰리단 레파뉴 Sheridan Le Fanu

작가 생몰연도 | 1814(아일랜드)–1873
초판 발행 | 1872
초판 발행처 | R. Bentley(런던)
언어 | 영어

이 작품은 사악한 초자연적 능력에 대한 다섯 개의 단편으로 이루어졌다. 처음에는 잡지에 연재 형식으로 실렸다가, 후에 한 권의 책으로 묶어 간행되었다. 각각의 이야기는 화자인 독일인 외과 의사 마르틴 헤셀리우스의 환자 사례에서 발췌한 것이다. 이야기들을 묶어 통일된 화자의 역할을 하는 헤셀리우스는 자신이 목격한 어둠에 일관성과 명확성—분석과 진단과 묘사—을 불어넣는다.

하지만 이것이 레파뉴의 의도였다면 이 책은 실패작으로 보아야 한다. 어느 누구도 완전히 치유되지 못하고, 어떤 이론도 확립되지 못하며, 어떤 의미도 발견되지 못한다. 대신 이야기들은 작가의 상상에서 나온 끈질기고 오싹한 창조물들에 의해 결합된다. 이들은 잔인한 판사에게 복수를 다짐하는 희생자부터 목사의 머리를 통해 미친 듯이 노래를 부르는 "상상할 수 없는 악의에 찬" 검은 원숭이까지 다양하다. 그들은 어디에서 왔건 간에, 흔들리지 않는 의지에 차서 자신의 목표물을 좇는다. 그러나 남자를 홀리는 흡혈귀 레즈비언 카밀라(이 소설의 등장인물 중 가장 잊을 수 없는)의 예에서 보듯, 이들은 거부할 수 없는 매력도 지니고 있다. 카밀라는 영혼이 아닌 육체의 망령으로, 후에는 쾌락과 증오, 육체적 흥분과 혐오를 동일선상에 놓는 "흡족한 눈동자"로 화자를 빨아들인다. 레파뉴는 이제껏 보지 못한 공포와 욕망으로 우리 자신의 망령들을 가장 현대적이고 사라지지 않는 유령의 모습으로 탈바꿈하여 보여준다. **DT**

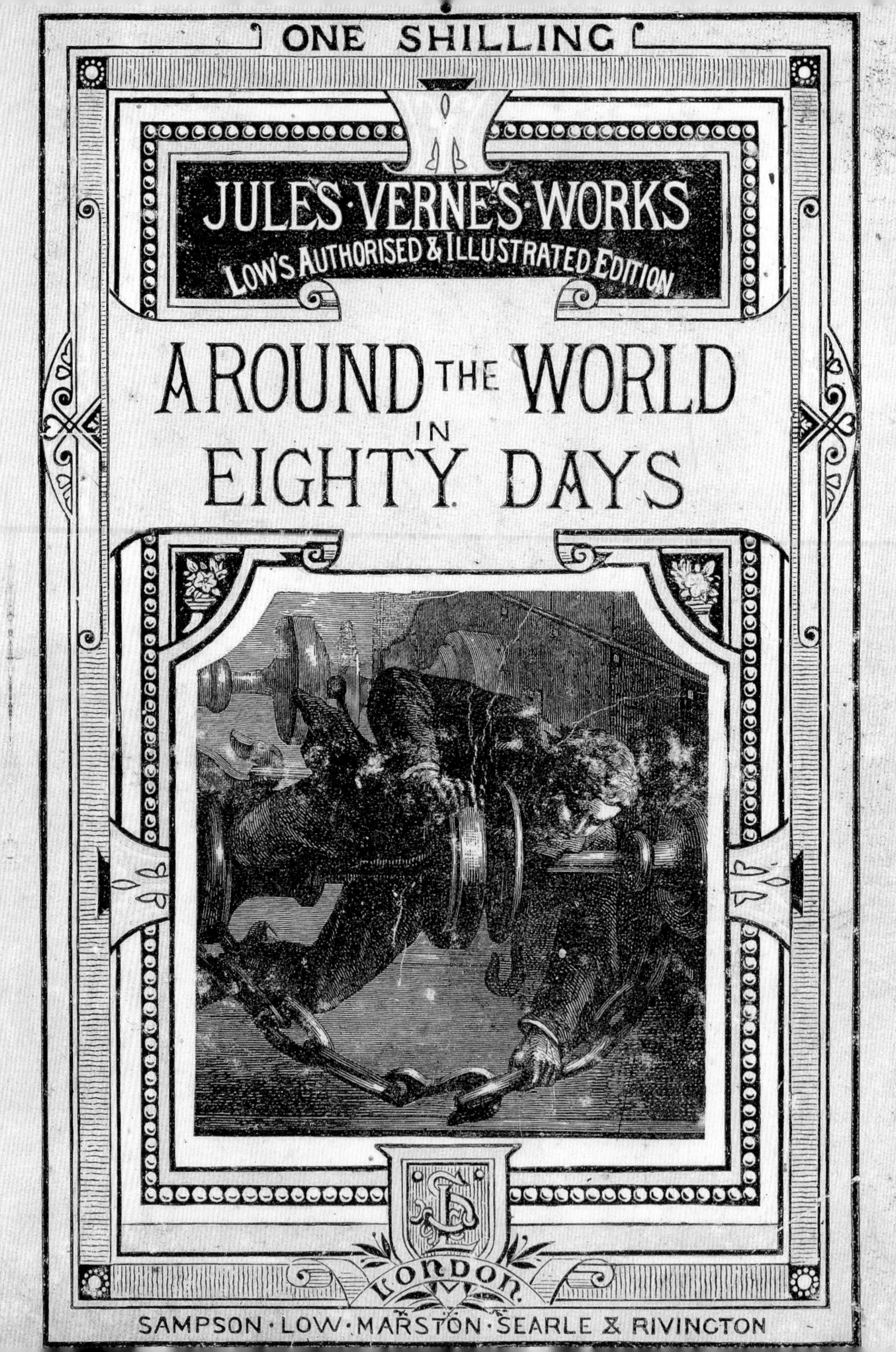
ONE SHILLING
JULES·VERNE'S·WORKS
LOW'S AUTHORISED & ILLUSTRATED EDITION
AROUND THE WORLD
IN
EIGHTY DAYS
LONDON
SAMPSON·LOW·MARSTON·SEARLE & RIVINGTON

80일간의 세계일주
Around the World in Eighty Days

쥘 베른 Jules Verne

작가 생몰연도 | 1828(프랑스)–1905
초판 발행 | 1873
초판 발행처 | P.J. Hetzel(파리)
원제 | Le Tour du monde en quatre-vingt jours

『80일간의 세계일주』는 쥘 베른에게 세계적인 명성을 안겨 준 작품이자, 18만 부라는 엄청난 판매부수를 기록한 뒤 영어, 러시아어, 이탈리아어, 스페인어 등으로 번역된 성공작이기도 하다. 이 책의 주제 역시 센세이션을 불러일으키고도 남는 것이었다. 은퇴하여 홀로 사는 부유한 괴짜 신사 필리어스 포그는 혁신 클럽 회원들과 80일 내에 세계일주를 할 수 있느냐 없느냐를 놓고 전 재산을 건 내기를 하게 된다.

하인 파스파르투와 함께 여행에 나선 그는 수에즈 운하를 시작으로 잔인한 힌두교도와 일본인 곡예사, 수(Sioux)족 인디언 등 수많은 사람들을 만나게 된다. 이 소설의 풍부함과 시적인 특성은 주인공인 포그와 파스파르투 사이의 대비에 있다고 해도 과언이 아니다. 매사에 기하학적이고 감정을 드러내지 않는 포그는 모든 일을 시계처럼 정확한 시간에 해야만 직성이 풀리는 영국 신사이다. 그에게 있어 세계는 24개의 표준 시간대에 불가하다. 한편 감정적이고 생기발랄한 파스파르투는 어디에 가든지 그곳에서 만나는 사람들에게 공감을 느낀다. 그러나 여행에서 일어나는 수많은 예측불가능한 사건은 결국 이 괴짜 신사를 조금은 변화시키게 된다. **JD**

◀ 삽화가 루이 듀몽이 그린 1876년 영국 초판본 표지.

매혹당한 나그네
The Enchanted Wanderer

니콜라이 레스코프 Nicolai Leskov

작가 생몰연도 | 1831(러시아)–1895
초판 발행 | 1873(러시아)
원제 | Ocharovanny strannik
언어 | 러시아어

레스코프는 러시아 소설문학의 거장 중에서 가장 알려지지 않은 문호라 할 수 있다. 서구의 사실주의나 심리학적 유행과는 거리가 먼 순수한 러시아어 소설만을 썼기 때문에 특히 영어권 국가에서는 톨스토이나 고골리 등에 묻혀버린 작가이기도 하다. 레스코프 소설의 영어 번역본들은 고정관념적인 우화의 패러디나 베케트의 그것과 비슷한 코미디로 보이기도 하는데, 바로 이것이 레스코프의 매력이다. 레스코프를 읽는다는 것은 "진짜" 주인공들에 대한 독자다운 공감이나 플롯에 대한 기대를 모두 버려야 한다는 것을 의미하는 것이다. 우리는 무엇을 이야기하고 싶은지 가슴으로는 알고 있어도 머리로는 모르는 화자의 논리에 굴복하는 수밖에 없다.

『매혹당한 나그네』는 주인공이 배 위에서 만난 청중에게 들려주는 믿겨지지 않는 불운과 모험의 거대한 실타래이다. 나그네는 인생의 한걸음 한걸음마다 뭔가 새로운 모험—이국적인 것부터 흔해빠진 것까지—과 맞닥뜨리면서 매혹에 빠진다. 독일의 위대한 문학 비평가 발터 벤야민은 (지금은 멸종되다시피 한) 이야기꾼의 재주는 언제나 인물의 행위에 대한 심리학적 설명이 배제시킴으로써 가능했다고 말한 적이 있다. 설명하지 않으면 상상은 자유로워진다. 레스코프는 이 환상적이고도 매력적인 재주에 통달했던 작가였다. **KS**

광란의 무리를 떠나서 Far from the Madding Crowd

토마스 하디 Thomas Hardy

작가 생몰연도 | 1840(영국)–1928
초판 발행 | 1874
초판 발행처 | Smith, Elder & Co.(런던)
원제 | Far from the Madding Crowd

▲ 사진사 프레데릭 홀리어가 1884년에 찍은 토머스 하디의 사진. 소설가로서 최정점의 시기에 달했을 때이다.

▶ 디츠의 삽화 속에서 조지프 푸어그라스가 손수레에 사과를 담아 바세바에게 가져가고 있다.

하디의 후기작들에서 매우 예리하게 느껴지는 빅토리아 시대 후기의 근대적 압박은『광란의 무리를 떠나서』에서만은 그 흔적을 거의 느끼기 어렵다. 하디의 위대한 소설들의 배경이 된 가상의 공간인 "웨섹스"도 이 작품에서 처음 등장하며, 등장인물들은 시대를 거슬러 올라간 듯한 시골 사람들이다.

그러나 하디의 시야는 이미 불의와 비극을 아우르고 있다. 남편에게서 도망친 바세바 에버딘은 안개 낀 늪지에서 하룻밤을 보내고, 일출과 함께 "썩어가는 나무 둥치"와 거기에서 자라는 버섯의 "흘러나오는 균습(菌褶)"을 보고는 몸을 떤다. 인간이 악을 품고 있듯 자연도 독을 품고 있다. 다섯 명의 주인공 중 두 사람은 생리적으로 파괴를 일삼는다. 트로이 하사는 당당한 위세를 자랑하지만 이기적이고 냉혹하며, 농부인 볼드우드는 그의 강박적인 욕망만을 사랑한다. 패니 로빈은 배신당한 순진한 소녀로 훗날『테스』에서 보여주는 무죄한 "탕녀"의 전신이다. 그러나 테스가 운명에 저항한다면 패니는 운명을 수동적으로 받아들인다. 독립적이고 상냥하며 충동적인 바세바조차 기쁨보다는 슬픔을 불러일으킨다. 가브레일 오크만이 완벽하게 "좋은 사람"이라 할 수 있는데, 그조차도 보상을 받기 위해서는 마지막 장까지 기다려야만 한다. 플롯과 주인공들은 은근하기보다는 매우 강렬하게 그려졌고, 자연적, 문화적 배경은 놀랄 만큼 생생하다. **MR**

페피타 히메네스

Pepita Jimenéz

후안 발레라 Juan Valera

작가 생몰연도 | 1824(스페인)–1905

초판 발행 | 1874, J.Noguera for M.Martinez

연재 시작 | 1874,『Revista de Espana』誌

언어 | 스페인어

1868년 일어난 스페인 혁명은 종교적인 관습과 물질주의적인 도덕관념 및 활력론 사이의 철학적 대립을 불러왔고, 외교가이자 소설가였던 후안 발레라는 후자의 확고부동한 시시사였다.

『페피타 히메네스』의 주제는 19세기 중반부터 후반까지 존재했던 스페인 중상류층의 종교적 기후 묘사이다. 훗날 신비주의자가 되는 견습사제 돈 루이스 데 바르가스는 지주들의 사회에서 아름다운 페피타를 만나게 된다. 80대의 남편을 여읜 지 얼마 안 된 과부 페피타의 구혼자는 다름아닌 바르가스의 아버지인 돈 페드로 데 바르가스이다. 두 사람은 사랑과 "죄"에 동시에 빠져들면서 신학계와 도덕적 투쟁을 시작한다. 교회는 두 사람이 참회하고 원래의 위치로 돌아가서 욕망에 찬 세속적 사랑을 버릴 것을 요구한다. 페피타는 자신의 미덕의 회복을 주장하며 루이스와 결혼한다. 또다시 심리적 고뇌에 빠진 루이스는 자기 아버지의 죄를 씻기를 바라는 마음에서 사제의 길을 택한다.

이야기의 구조는 자유롭고 공상적이다. 뜻하지 않은 서류의 발견이나 주고받는 편지, 그리고 편지에서 전하지 못한 이야기들을 보충해주는 화자와 같은 장치들은 페피타라는 인물을 보다 완전하게 보여준다. **M-DAB**

아마로 신부의 죄악

The Crime of Father Amado

호세 마리아 에사 데 케이로스 José Maria Eça de Queirós

작가 생몰연도 | 1845(포르투갈)–1900(프랑스)

초판 발행 | 1876, Tipografia Castro Irmao

연재 시작 | 1875,『Revista Ocidental』誌

원제 | O crime do Padre Amaro

19세기 포르투갈의 가장 위대한 작가 에사 데 케이로스의 처녀작이자 가장 유명한 작품이기도 한 『아마로 신부의 죄악』은 시골 사회의 편협함과 종교적 위선에 대한 매서운 비판을 담고 있다.

아마로 신부는 신앙도 사명감도 없이 반강제적으로 사제가 된 유약한 젊은이로, 악의에 찬 가십으로 가득한 작은 시골 마을 레이리아에 도착한다. 독신 생활로 따분해진 아마로는 젊고 매력적인 처녀에 대해 욕망을 품게 된다. 독자들은 이 한 쌍의 애인에 공감할지 모르겠으나, 작가는 격정적이지만 이 정제되지 않은, 착취적인 사랑에 대해 어떤 환상도 궁극적으로는 허용하지 않는다. 아마로는 고상한 체 하는 범인으로 오직 개인적 출세에만 관심이 있다. 그는 타락의 요령들을 배워나가게 되지만, 결국 그 대가를 치르는 것은 아마로가 아닌 그의 애인이다.

냉혹하고 감상적이지 못한 결말로 나아가면서, 작가는 이 구제불능의 주인공들에게 약간의 동정심을 보여주지만, 이들을 이렇게 만든 사회나 교회에 대해서는 일말의 용서도 없다. 이 소설은 가톨릭 국가들에서 특히 충격적인 반향을 이끌어냈는데, 2002년 스페인어 영화로 만들어지면서 또다시 멕시코에서 굉장한 스캔들을 일으키기도 했다. **RegG**

▶ 에사 데 케이로스는 사실주의적 문장뿐 아니라 옷차림에서도 파리의 유행을 따른 작가였다.

THEATRE DE L'AMBIGU

L'ASSOMMOIR

DRAME EN 9 TABLEAUX TIRÉ DU ROMAN

DE Mr E. ZOLA

PAR Mrs W. BUSNACH & O. GASTINE

목로주점 Drunkard

에밀 졸라 Émile Zola

작가 생몰연도 | 1840(프랑스)–1902
초판 발행 | 1877
초판 발행처 | A.Lacroix (파리)
원제 | L'Assommoir

졸라 자신의 표현에 따르면 이 작품은 "거짓말을 할 줄 모르는, 평범함의 냄새가 나지 않는 평범한 사람들에 대한 첫 번째 소설이자 진실을 이야기한 작품"으로, 여주인공인 파리의 세탁부 제르베즈의 격동적인 일생을 다루고 있다. 근면함으로 빈민가를 벗어나려 하는 제르베즈의 의지는 결국 환경에 의해 꺾이고 만다. 제르베즈의 남편인 함석장이는 일하다가 지붕에서 떨어져 실업자가 되고 알콜 중독에 빠진다. 결국 가진 돈이 모두 떨어지자 제르베즈는 목로주점(술집)으로 향하고, 도덕적, 육체적 타락의 길을 걷게 된다. 도시의 변화는 도덕심의 결여와, 개인의 불행은 환경적 붕괴와 연결되어 있다. 알콜중독이 부정, 무력, 불결, 고립, 그리고 매춘으로 이어지면서 제르베즈의 비극적인 몰락은 피할 수 없는 것이 된다.

졸라의 소설에 꾸준히 나타나는 민족성은 노동자 계급을 풍자했다는 비난을 비껴갈 수 있었다. 하지만 거리의 속어를 그대로 사용한 점, 성적 솔직함, 반 성직주의, 반 관료주의, 그리고 전반적인 불결함과 가난, 불량한 행동거지 등은 부도덕하고 불쾌하며 잠재적으로는 선동적이라는 보수적인 비평가들의 비난은 피할 수 없었다.

『목로주점』은 노동자 계급의 삶과 대중문화를 예술가에게 있어 가치 있고, 도전적인 그 무엇으로 제시했다. 그리고 예술적 전통을 뒤집어 엎음과 동시에 근대 예술에 걸맞는 형식과 소재에 대한 논쟁을 시작함으로써 최초의 진정한 근대 소설이라는 영예를 얻을 수 있었다. **GM**

"열두 살도 되기 전에 그녀는 군인들이 원하기만 하면 그 위에 눕는 매트리스나 매한가지였다."

▲ 앙드레 길이 그린 캐리커처는 사실주의의 노장 발자크와 자연주의의 신성 졸라가 서로에게 가진 존경심을 표하는 모습을 나타낸 것이다.

◀ 졸라는 1879년 파리의 앙비그 극장에서의 무대 각색은 큰 성공을 거두었다고 생각했다.

METRO-GOLDWYN-MAYER PRÆSENTERER:

NY KOPI

GRETA

GARBO

FREDRIC

MARCH

ANNA KARENINA

안나 카레니나 Anna Karenina

레오 톨스토이 Leo Tolstoy

작가 생몰연도 | 1828(러시아)–1910
연재 시작 | 1873–1877, 『Russkii Vestnik』誌
초판 발행 | 1877, M.N. Katkov(모스크바)
언어 | 러시아어

많은 사람들이 『안나 카레니나』를 세계 최고의 명작으로 꼽는데, 이것이 사실인지 아닌지는 차치하더라도, 19세기 심리 문학의 가장 훌륭한 모범인 것은 사실이다. 톨스토이는 각 등장인물의 행위 뒤에 숨겨진 의도를 분석하고, 때로는 도덕적 심판도 아끼지 않는다. 또한 전지적 화자 외에 내면 독백이라는 혁신적인 장치를 사용하였는데, 덕분에 인물들의 생각이나 느낌을 아주 상세하게 묘사하는 것이 가능했다.

반골 기질의 여주인공 안나 카레니나는 젊은 장교 브론스키의 매력에 굴복, 사랑없는 결혼 생활을 버리고 격렬한 사랑에 빠진다. 그 때문에 그녀는 아이를 포기하고, 러시아 상류 사회의 비난을 한몸에 받는다. 안나의 비극적인 이야기는 콘스탄틴 레빈과 키티 쉬체르바츠카야의 사랑과 결혼 이야기와 좋은 대조를 이루는데, 후자는 사실 톨스토이와 그의 아내의 이야기를 모델로 한 것이다. 진실을 추구하는 레빈이 밝히는 당대의 사회, 정치, 종교에 대한 견해는 작가 자신의 목소리이기도 하다.

이 소설은 심리적 효과 외에 그 역사성으로도 매우 가치가 높다. 상당히 길기는 하지만 『안나 카레니나』는 독자들을 숨막히는 사실주의의 세계로 끌어들일 것이다. **SJD**

◀ 1935년 개봉한 영화 〈안나 카레니나〉의 성공으로 그레타 가르보는 전 세계에 얼굴을 알렸다.

마르틴 피에로 Martín Fierro

호세 에르난데스 José Hernández

작가 생몰연도 | 1834(아르헨티나)–1889
초판 발행 | 1872–1879, Imprenta La Pampa(부에노스 아이레스)
언어 | 스페인어

이 작품은 아르헨티나의 정체성과 문학에 대한 서사시의 경지에 올라선 산문시이다. 주인공의 이름은 첫 두 부분, '가우초 마르틴 피에로'와 '마르틴 피에로의 귀환'의 제목에 포함되기도 한다. 첫 번째 부분에서는 7천 행이 넘게 팜파스에 사는 가우초들의 삶을 묘사하고 있다. 행복하고 자유로운 인생을 즐기던 마르틴 피에로는 변경 지대의 인디언들과 싸우기 위해 징병된 후 너무나 비참해진 나머지 탈영한다. 그의 집이 철거된 것을 알게 된 그는 여기저기 떠돌아다니다 범죄까지 저지른다. 크루즈라는 인물의 도움으로 경찰로부터 도망친 그는 자기가 발붙일 곳이 없는 세상을 등지고 크루즈와 함께 인디언들 사이에서 살게 된다.

두 번째 부분은 인디언 사회 속의 크루즈와 피에로의 삶을 보여준다. 그러나 크루즈가 죽자 이전에 인디언을 죽인 적이 있는 피에로는 또다시 도주하게 된다. 우연히 그의 아이들과 크루즈의 아들을 만나게 되면서 이야기는 피카레스크적 방향의 평형 구조로 흘러가고 피에로와 피에로가 죽인 인디언의 아들이 노래를 부르면서 대단원의 막을 내리게 된다.

끊임없이 일어나는 예기치 않은 사건들과, 숙련된 화술(그 복잡한 미로는 결말 부분에서야 풀리게 되지만)의 독창성을 통해 작가는 아르헨티나 건국 초기 가우초들이 어떻게 취급되었는지에 대한 이상적인 비평을 한 편의 시로 바꾸어 놓았다. **DMG**

빨간 방 The Red Room

아우구스트 스트린드베리 August Strindberg

작가 생몰연도 | 1849(스웨덴)–1912
초판 발행 | 1880
초판 발행처 | A. Bonniers Förlag
원제 | Röda rummet

『빨간 방』은 스웨덴 최초의 근대 소설로 불리는 작품으로, 스트린드베리는 졸라의 자연주의와 디킨스의 사회 비판을 이용하여 진부한 관습적 전통에 생기를 불어넣었다. 다소 심하다 싶은 사회적, 정치적 풍자 때문에, 처음 출간되었을 때에는 상당한 논란을 낳았지만, 현재는 스웨덴 문학의 분수령으로 여겨지는 작품이기도 하다. 소설의 첫머리에 등장하는 유명한 스톡홀름의 조감을 통해, 스트린드베리의 생생한 문장이 에너지와 창작성으로 빛난다.

주인공인 젊은 몽상가 아르비드 팔크는 어디에서나 눈에 들어오는 부패에 질려버린 나머지 공직에서 사임하고 작가가 되기 위해 보헤미안 예술가들의 무리에 가담하지만, 스스로의 점잔빼는 청교도적 경향에서 탈피하기 위해 애를 쓰게 된다. 팔크의 과격한 개혁 성향은 점차 온건해지고, 심지어 보수적인 언론인 스트루브가 주장하는 이기적인 인생관의 유혹을 느끼기도 한다. 스트린드베리의 작품에서 흔히 찾아볼 수 있는, 화해가 불가능한 두 극단 사이의 갈등이 이번에도 이야기에 활력을 더한다.

부제인 '문학적, 예술적 인생의 정경'은 예술계, 종교계, 정부, 금융계에 대한 풍자적 탈선을 말한다. 사회 속 한 인간의 성격 묘사에 초점을 맞추고 있기는 하지만, 다른 부수 인물들—예를 들면, 그에게 자선을 베푸는 부유한 중산층 여인들로부터 노동자들의 잃어버린 침대를 찾아오겠다고 협박하는 목수—역시 잊을 수 없는 괴짜들이다. **UD**

벤허 Ben-Hur

류 월러스 Lew Wallace

작가 생몰연도 | 1827(미국)–1905
초판 발행 | 1880
초판 발행처 | Harper & Bros. (뉴욕)
언어 | 영어

예수의 삶에 대한 가벼운 토론이 류 월러스로 하여금 복수와 종교적 모험을 주제로 한 서사적 작품을 쓰게 하였고, 『벤허』가 바로 그 결과물이다. 예루살렘 출신의 유태인인 유다 벤허와 동시대를 살았던 예수 그리스도의 삶을 그린 소설이다.

실수로 떨어뜨린 지붕의 기왓장이 로마 병사의 머리에 떨어지면서, 벤허는 억울하게 살인죄를 뒤집어쓰고 친구였던 로마 귀족 메살라에 의해 갤리선의 노예로 보내진다. 투쟁과 구원의 씨는 한 낯선 이가 벤허에게 물 한 잔을 주면서 우연히 뿌려지고, 바로 이때부터 로마 시민권을 얻기 위한 그의 투쟁과 예수 그리스도의 사명이 뿌리깊게 얽히게 된다. 1959년에 제작된 헐리우드 영화 버전(특히 스펙터클한 전차 경주 장면)의 인기는 연극 무대에서는 훌륭하게 옮겨진 종교적 우화와 모험을 다소 무시한 경향이 없지 않다.(이 작품은 1899년 연극 무대에 올려져 높은 인기를 누렸다.) 그러나 이 영화는 보기 드물게도 그 종교적 강렬함을 잃지 않고도 원작의 주요 모티브들을 그대로 살려냈다.

『벤허』는 원문의 극히 일부분에 불과한 요소들로, 즉 이야기보다는 사건으로, 한 편의 서사시보다는 하나의 세트로 기억되는 작품이다. 그럼에도 불구하고 원문의 강력한 메시지는 조금도 줄어들지 않는다. 평범하기 그지없는 한 인간을 통해 기독교 신앙의 교의를 찬양하고자 하는 작가의 열망 역시 빛을 잃지 않는다. **EMcCS**

나나 Nana

에밀 졸라 Émile Zola

작가 생몰연도 | 1840(프랑스)–1902

초판 발행 | 1880

초판 발행처 | A. Lacroix(파리)

언어 | 프랑스어

『나나』는 매춘과 난잡한 성관계로 대표되는 방탕한 파리의 성 산업을 고발한 작품이다. 근엄한 상류 계급 사람들이 술과 동성애, 사도마조히즘, 관음증 등의 바다에 빠져 허우적대고, 권위 있는 귀족인 무파 백작은 이러한 타락과 응징의 축도라 할 수 있다. 그의 가문이나 정치적, 종교적 지위도 창녀 나나에 대한 그의 욕망 앞에서는 속절없이 무너진다. 나나는 겉으로 보기에는 찬란하게 빛나지만, 타고날 때부터 얼룩진 여인이다. 빚과 여성혐오, 문제 가정, 사회 계급, 그리고 치명적인 성병 등이 그녀의 성공을 방해한다. 마침내 육체적으로도 몰락해가는 그녀의 모습은 국가와 사회의 완전한 부패를 상징하듯 끔찍하다. 나나가 보불 전쟁으로 인해 야기된 폭도들의 비명을 배경으로 죽음을 맞는 것도 결코 우연이 아니다. 프랑스 역사 속 한 시대의 폭력과 몰락, 그리고 정화가 완결되는 순간이기 때문이다.

현대의 독자들은 『나나』에 등장하는 성과 명예, 권력에 탐닉하는 사회를 보고 느끼는 바가 클 것이다. 착취와 불명예스러운 폭로에 대한 의식적인 강조는 스트립쇼로 시작하는 이 소설의 정점이라 할 수 있다. 단호하게 사실적이고 교묘하게 정교한 이 작품은 오늘날까지도 결코 수그러들지 않고 있는 관음증과 선정주의에 대한 대중의 욕구를 고발하는 명작이다. **GM**

귀부인의 초상 The Portrait of a Lady

헨리 제임스 Henry James

작가 생몰연도 | 1843(미국)–1916(영국)

초판 발행 | 1881

초판 발행처 | Macmillan & Co. (런던)

언어 | 영어

『귀부인의 초상』은 제임스가 즐겼던 "국제적인" 테마의 전형이다. 순진한 아메리카와 세련된 유럽의 관계, 그리고 그들의 도덕적, 미적 가치 사이의 대립을 다루고 있다.

이사벨 아처는 아름답고 발랄한 미국 여인으로 유럽으로 건너간다. 그녀는 부유하지는 않지만 자신의 상상력과 지적 자유가 꺾일 것을 염려해 경제적으로 유리한 청혼도 거절한다. 그러나 아이러니하게도 막대한 유산을 물려받은 뒤, 그녀는 이 재산으로 자신이 하고 싶은 일이 없다는 것을 깨닫는다, 뿐만 아니라 카리스마 넘치는 도시의 탐미주의자 길버트 오스몬드가 그녀에게 마수의 손길을 뻗친다. 그와 결혼한 뒤에야 이사벨은 그가 자신의 돈을 노리고 결혼했다는 것을 깨닫는다. 가정과 관습이라는 굴레에서 뛰쳐나온 그녀는 그녀 자신도 이해할 수 없는 복잡한 성적, 도덕적 감정의 소용돌이에 휘말린다. 그녀는 결국 비록 자신이 그토록 소중히 여겼던 자유를 포기할 지라도 스스로 선택한 결혼의 책임을 지기로 결정한다. 허영심과 착각에도 불구하고 이사벨은 고결한 삶을 살기 위해 끊임없이 노력하는 인물이다. 이 작품의 멜로드라마적인 플롯 아래에는 잃어버린 순수함과 날개가 꺾인 꿈에 대한 보다 은근한 비극이 숨어 있다. 이 소설의 말미에서 굿워드는 이렇게 말한다. "세상은 우리 앞에 펼쳐있다. 그리고 세상은 아주 크다." 이사벨은 이렇게 대답한다. "세상은 아주 작아요." **DP**

말라볼리아 가의 사람들 The House by the Medlar Tree

조반니 베르가 Giovanni Verga

작가 생몰연도 | 1840(시칠리아)-1922
초판 발행 | 1881
초판 발행처 | Treves(밀라노)
원제 | I Malavoglia

"너의 아버지가 했던 일에 만족해라. 그러면 악당도 당나귀도 되지 않을 것이다."

▲ 조반니 베르가는 시칠리아에서 태어나 시칠리아 사람들과 그들이 겪는 고통을 경험에서 우러난 염세주의적 글로 써냈다.

이 소설은, 무산계급에서 권력자까지, 계급을 막론하고 사회 현실 속에서 살아남기 위해 벌이는 투쟁을 묘사한 대작업의 첫 번째 산물이다. 베르가는 현실을 그대로 묘사하는 프랑스 자연주의를 넘어서 등장인물들에게 그들의 감정과 내면심리를 직접 이야기하도록 하고 작가는 사라져버리는 방식을 택했다.

시칠리아의 작은 어촌에 사는 한 가족의 이야기로, 끈끈한 유대로 뭉친 이들은 오랜 전통과 가부장주의에 순응하며 살아간다. 토스카노 가족은 바다 바위에 딱 붙어 삶의 가혹한 파도에 저항하지만, 결국은 파도에 휩쓸려 가고 만다는 점에서 게와 비슷한 패배자들이다. 고깃배의 주인인 파드론 토니와 그의 가족은 아주 가난한 것은 아니다. 그들이 조금이라도 나아지기 위해 사업을 하려고 하자 무자비하게 재앙이 닥친다. 작가의 메시지가 눈에 보인다. 시칠리아에서는 어떤 종류의 변화나 발전도 상상조차 할 수 없다는 것이다.

특히 중산층을 위한 베르가의 소설은 1861년 양시칠리아 왕국을 통일하면서 생겨난 내재된 환멸을 보여주고 있다. 당시 통일은 이탈리아 남부지방의 문제들을 해결해줄 것이라 기대했지만 19세기 중반의 현실은 그보다 훨씬 복잡했다. 북부가 번창했던 반면, 새로운 관세규칙과 부담스러운 의무군복무 조건에 억압된 남부의 빈곤층은 그 어느 때보다도 궁핍했었다. 『모과나무 옆의 집』은 이탈리아 남부지방 사람들이 견뎌내야 했던 조잡하고 열정 없는 삶을 재현한 놀라운 작품이며, 사실주의적 서술에도 귀중한 기여를 했다. **RPi**

브라스 쿠바스의 회상 The Posthumous Memoirs of Brás Cubas

요아킴 마리아 마차도 데 아시스 Joaquim Maria Machado de Assis

작가 생몰연도 | 1839(브라질)–1908
초판 발행 | 1881
연재 | 1880, 『Revista Brasileira』誌
원제 | Obra póstuma de Bras Cubas

미국의 비평가 수잔 손탁이 "라틴 아메리카가 낳은 가장 위대한 작가"라 칭한 마차도 데 아시스는 이 과격한 작품이 그를 당대 최고의 소설가 자리에 올려놓기 전에는 낭만주의 작가였었다. 로렌스 스턴의 무정부주의 희극 『트리스트램 섄디』의 영향을 받은 그는 19세기 사실주의 소설로 방향을 돌려 당대 사회를 냉혹할 정도로 정직하게 묘사하는 데 성공하였다.

빌리 와일더의 영화 『선셋 대로』에서처럼, 이 작품에서도 화자는 이미 죽은 인물이다. 무덤 너머에서 들려오는 목소리는 헛된 인생을 비춘다. 브라스 쿠바스는 리우 데 자네이루의 특권 계층으로 물려받은 유산으로 살고 있다. 그는 아무 감각도, 목적도 없이 살아가다가 한 정치가의 부인과 기나긴 불륜의 관계를 맺게 되는데, 이 불륜조차 결혼만큼 따분하기 그지없다. 마차도의 신랄한 무덤가 유머는 이런 지루한 소재를 통렬한 코미디로 창조해냈다. 이야기는 자꾸 옆길로 새고, 조각조각 나고, 빙빙 돌아가면서 환상과 고찰을 위한 여지를 남겨둔다. 인류의 발전은 퀸차스 보르바라는 인물을 통해 무자비한 풍자의 대상이 된다. 보르바는 아마추어 철학자로, 그 낙관주의에 떠내려가다가 결국 미쳐버린다.

브라질 사회의 불평등을 가볍게 묘사한 이 소설은 마치 따귀를 때린 것처럼 굉장한 반향을 불러일으켰다. 마차도는 그의 생애 마지막 몇 년간 리우 데 자네이루의 지식인 사회에서 원로로 활동했고, 브라질의 국민적 영웅이 되었다. 그의 후기 작품 중에는 『브라스 쿠바스의 회상』의 부분적인 속편이라 할 수 있는 『퀸차스 보르바』도 포함되어 있다. 마차도의 음침한 유머 감각과 인간 본성에 대한 염세적인 관점, 그리고 전통을 탈피한 화술이 그를 19세기에 활약한 가장 현대적인 작가로 비치게 한다. **RegG**

"투쟁이 없는 삶은 우주의 유기체 한가운데에 있는 죽은 바다와 같다."

▲ 페인트공과 하녀의 아들로 태어난 마차도 데 아시스는 브라질 사회를 하나에서 열까지 모두 꿰뚫고 있었다.

부바르와 페키셰 Bouvard and Pécuchet

구스타프 플로베르 Gustave Flaubert

작가 생몰연도 | 1821(프랑스)–1880

초판 발행 | 1881

초판 발행처 | A. Lemerre(파리)

원제 | Bourvard et Pecuchet

어느 뜨거운 여름날, 부바르와 페키셰라는 두 점원이 파리의 부르동 대로에서 만난다. 이들은 모자의 똑같은 위치에 이름을 박아넣었을 뿐만 아니라, 똑같은 자유주의적 정치 성향을 갖고 있었고, 가장 결정적으로 똑같이 지식에 대한 갈망을 품고 있었다. 마침 유산을 물려받은 그들은 시골로 은퇴하여 모든 분야의 지식과 현존하는 모든 이론을 시험해보기로 마음먹는다. 그 과정에서 이들은 자신들이 생각했던 것과는 완전히 다른 세상의 모순들을 깨닫기 시작한다. 부바르와 페키셰는 연속되는 사건 속으로 휘말려 들어간다. 수많은 백과사전과 논문들을 참조하고 자신들의 지식을 응용하지만, 결국 실험이 처절한 실패로 끝나면 분야를 잘못 선택했다고 둘러대며 또다른 새로운 분야로 넘어가는 것이다. 그들은 고고학부터 신학까지 모든 학문에 손을 대다가 결국에는 포기하고 모방자로 돌아가기로 결심한다.

이 "그로테스크한 서사시"는 저자의 사후에 미완성으로 출간된 후 소설의 역사에서 한 자리를 차지한다. 이 작품은 어떤 문제에든 정력적으로 달려드는 주인공들을 통해 지식을 향한 드라마틱한 열정을 강조하고 있다. 플로베르 특유의 간결한 문장으로 그려낸 부바르와 페키셰의 열정과 진지한 노력, 그리고 반복되는 환멸은 혐오스러운 동시에 우스꽝스럽다. **CS**

보물섬 Treasure Island

로버트 루이스 스티븐슨 Robert Louis Stevenson

작가 생몰연도 | 1850(스코틀랜드)–1894(사모아)

초판 발행 | 1883, Cassell & Co.(런던)

원제 | Treasure Island

언어 | 영어

『보물섬』을 출간하면서 스티븐슨은 이렇게 호언장담했다. "이 책이 아이들을 사로잡지 못한다면, 그것은 내 어린 시절 이래로 아이들이 썩었다는 뜻이다." 저절로 흥미를 불러일으키는 분위기는 물론 환상적인 캐릭터와 배경을 지닌 등장인물들로 무장한 『보물섬』은 수많은 모방작들을 낳았고, 〈캐리비안의 해적〉과 같은 영화는 아직도 해적에 대한 낭만을 부채질하고 있다. 스티븐슨의 대중성에 대해 딴죽을 거는 무수한 시도에도 불구하고, 이 소설은 여전히 고전 걸작으로 인정받고 있다.

그러나 스티븐슨의 문장에는 『보물섬』이라는 제목을 들었을 때 사람들이 흔히 떠올리는 요소가 없다. 떠들썩한 해적과 앵무새들의 이야기는 있지만, 거기에서 풍기는 낭만은 명목상의 주인공인 잭 호킨스가 만들어낸 것이 아니다. 사실 그는 너무 성실하게 법과 질서를 지키는 인물이다. 이 작품의 진짜 영웅은 변절자인 항해 요리사 존 실버이다. 실버는 정말 멋진 악당이다. 실수투성이에 허풍쟁이에 살려둘 수 없는 악한이긴 하지만, 호킨스와의 관계와 그의 영리함은 예측할 수 없기에 더욱 독자를 사로잡는다. 이 소설에는 고전 모험 소설의 모든 요소—숨겨진 보물, 저주, 괴이한 만남, 폭풍우, 선상 반란, 그리고 협잡—들이 과장되어 등장한다. 그러나 의문과 포위, 귀환으로 이어지는 이 이야기의 진짜 묘미는 미완의 분위기를 풍기는 결말이다. 비록 악당은 도망치고, 주인공은 부자가 되어 돌아왔지만, 독자들은 아무래도 이것이 시작에 불과하다는 느낌을 받을 수밖에 없는 것이다. **EMcCS**

▶ 로버트 루이스 스티븐슨이 직접 그린 "보물섬"의 지도. 허구임에도 불구하고 흠잡을 데 없이 사실적이다.

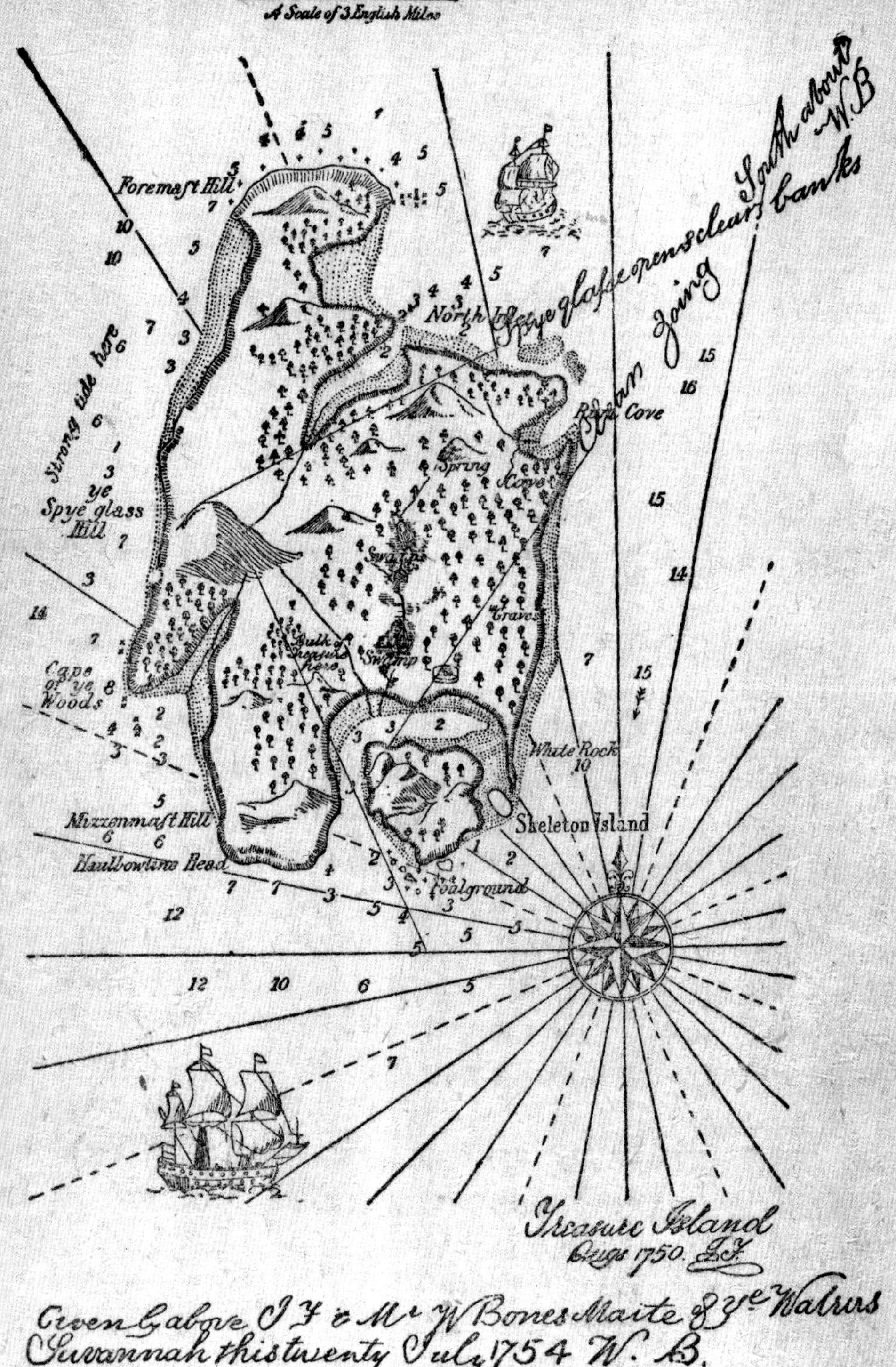

Facsimile of Chart; latitude and longitude struck out by J. Hawkins

여자의 일생 A Woman's Life

기 드 모파상 Guy de Maupassant

작가 생몰연도 | 1850(프랑스)–1893
초판 발행 | 1883
초판 발행처 | Corbeil(파리)
원제 | Une Vie; l'humble verite

ŒUVRES COMPLÈTES ILLUSTRÉES
DE
GUY DE MAUPASSANT

UNE VIE

ILLUSTRATIONS DE A. LEROUX
Gravures sur bois par G. LEMOINE

PARIS
Société d'Éditions Littéraires et Artistiques
LIBRAIRIE OLLENDORFF
50, CHAUSSÉE D'ANTIN, 50

Tous droits réservés

▲ 모파상의 소설 『여자의 일생』의 서술은 염세적이지만, 자연의 서정적인 표현 역시 잘 살아 있다.

기 드 모파상은 6년에 걸쳐 『여자의 일생』을 집필했다. 이 소설의 배경은 프랑스 왕정 복고부터 1848년 혁명에 걸친 기간이지만, 그 정치적 상황과는 전혀 관계없이 한 시골 귀족 여인, 잔 르 페르튀 드 보가 수도원을 떠나 콕스에서 죽음을 맞을 때까지의 일생에 초점을 맞췄다. 플로베르는 이러한 주제를 "훌륭하다"며 칭찬했는데, 사실 이 소설은 플로베르의 『보바리 부인』을 역으로 구성한 것이다.

깊은 신앙심을 가진 경건한 주인공은 인색하고 무자비하게 야심만 많은 남편부터 시작하여 일련의 환멸을 겪게 된다. 잔은 결국 체념에 빠져들고 마는데 여기에는 그녀에게 닥치는 온갖 시련—유산과 조산, 자식의 타락, 부모의 죽음, 고독, 가난 등등—에 대한 피학적 만족마저 느껴질 정도이며, 플로베르의 『순진한 마음』을 연상시킨다.

자연주의의 시초라 할 수 있는 『여자의 일생』은 인생의 덫과 함정, 자연과 동물적 "힘"의 무심한 영속을 잔인하게 그린 소설이다. 감성적인 여성으로부터 자연의 성적 본능을 억누르는 결혼에 대한 모파상의 회의와 비관적인 견해는 자연주의 작가들에게 미친 쇼펜하우어의 직접적인 영향을 보여준다. 출판업자 하셰트가 "포르노그래피에 가깝다"는 이유로 배포를 거부했음에도 불구하고, 이 소설은 비평가들로부터 높은 평가를 받았다. 심지어 자연주의에 반대하던 평론가들조차 이 소설 특유의 감성과 서정성에 깊은 감동을 받았다고 한다. **JD**

이반 일리치의 죽음 The Death of Ivan Ilyich

레오 톨스토이 | Leo Tolstoy

작가 생몰연도 | 1828(러시아)–1910
초판 발행 | 1884(러시아)
원제 | Smert Ivana Ilyitsha
언어 | 러시아어

『이반 일리치의 죽음』은 단편이지만, 결코 무시할 수 없는 걸작이다. 『안나 카레니나』에서 톨스토이의 자화상이라 할 수 있는 주인공 레빈은 그의 영적 위기를 완전히 극복하지 못한 채 끝났지만, 이 소설에서 가치의 충돌로 인한 고통은 궁극적인 해결책을 찾는다. 비록 이 소설의 주인공은 레빈보다 훨씬 단순하고 따라서 자아의 이해라는 위기에 봉착할 가능성도 훨씬 낮지만 말이다.

이반 일리치는 제정 시대 부패한 러시아 관료사회에서 계급의 사다리를 올라가는 데 여념이 없는 야심찬 관리이다. 어떤 관직에 임명되든, 그는 그 자리의 조건에 자신을 완벽하게 맞추고 그 대가로 화려한 상류 사회와 그 사치의 위안을 받는다. 특히 그는 카드 놀이를 좋아하는데, 톨스토이는 쇼펜하우어 못지않게 카드 노름을 경멸했다고 한다.(쇼펜하우어는 카드 노름이 인간이 상상해낼 수 있는 가장 타락하고 무감각하며 "기계적인" 행위라고 비판하곤 했다.) 그러나 돌이킬 수 없는 부상을 입은 뒤 이반은 점점 무기력해지고, 결국은 응접실의 소파에서 일어날 수조차 없는 신세가 되고 만다. 톨스토이는 지독한 열정으로 이반이 겪는 신체적 고통을 묘사했는데, 그 고통이 얼마나 극심한지 결국 이반은 제대로 말을 하는 대신 뜻없는 비명만을 질러대 가족들을 경악시킨다. 죽음이 이반의 무신경했던 영적 여행의 끝을 위로해주지는 못한다. 삶과, 재산, 그리고 현실이 그의 일상에 스며들기 시작하면서 누릴 수 있었던 인간 관계의 친밀함마저 모두 버린 그에게 죽음은 아무런 위안이 되지 못한다. 혁명 전 러시아의 부패한 사회에 대한 톨스토이의 가장 강력한 비판이 담긴 작품이다. **KS**

▲ 톨스토이가 직접 서명한 초상화. 전통 사회의 경박함을 비판한 엄격한 도덕주의자의 모습이다.

역로

Against the Grain

요리스-카를 위스망스 Joris-Karl Huysmans

작가 생몰연도 | 1848(프랑스)-1907

초판 발행 | 1884

초판 발행처 | Charpentier(파리)

원제 | A rebours

요리스-카를 위스망스의 『역로』는 그 관능적인 즐거움이 대단한 소설이다. 위스망스는 19세기 후반 상류층 부르주아의 미적, 영적, 육체적 욕망의 정수만을 뽑아냈다. 자기혐오와 자기애에 탐닉하는 『역로』는 "네카낭스의 성무일도*" 로 불렸는데, 당시의 야만적인 물질주의 대신 19세기 말 퇴폐주의 작가들이 꿈꾸던 우아한 사회를 반영한 작품이다.

정치적으로 '데카당스'는 성적 불일치를 구체화하고, 관능적 행렬로서의 육체의 신성함을 강조하면서도, 부르주아 물질주의의 만성적 반감에 갇혀 있다. 위스망스, 와일드, 발레리 같은 작가들은 부르주아를 경멸하면서도 그들을 필요로 했다. "존경받는 사회"의 감상이나 공리론적 물질주의 없이는, 그들의 타락과 방종과의 불륜이 아무 의미가 없었기 때문이다.

『역로』는 이러한 정치적 애매함을 체현하고 있을 뿐 아니라 이용하고 있다. 장 드 에셍뜨 공은 유약한 탐미주의자로 고귀함과 타락의 환희를 둘 다 사랑하는 인간이다. 중세의 전사들과 가부장들이 세운 엄격한 남성적 가문의 유일한 후손인 그는 "타락한 인간"으로, 귀족 계급의 몰락은 그의 고독한 악덕을 부추겼다. 그러나 화자는 그의 실험과 욕망을 섬세하게 풀어냈고, 그 결과 그윽하고 스타일이 살아있는 탐구이자, 작가 스스로 저버린 한 시대에 대한 매력적인 초상이 탄생했다. **PMcM**

* 성무일과라고도 한다. 성직 수도자의 의무로, 매일 정해진 시간에 바치는 교회의 공통적이며 공적인 기도.

섭정공의 아내

The Regent's Wife

클라린 레오폴도 알라스 Clarín Leopoldo Alas

작가 생몰연도 | 1852(스페인)-1901

초판 발행 | 1884-1885

초판 발행처 | Daniel Cortezo(바르셀로나)

원제 | La Regentina

레오폴도 알라스는 베투스타(오비에도)의 율법적인 사회를 배경으로 사실주의 구조를 지닌 낭만주의 작품을 써냈다. 수많은 19세기 소설들처럼 주제는 간통이지만, 플로베르가 『보바리 부인』에서 타락한 낭만적 감수성에 대한 반낭만주의적인 작품을 탄생시켰다면 『섭정공의 아내』는 그 정반대 위치에 서 있다.

아나 오조레스는 어머니를 여의고 신앙심이 없는 아버지로부터 떨어져 엄격한 숙모들 슬하에서 자란다. 그녀는 어린 시절 멋모르고 한 소년과 하룻밤을 지내면서 순결을 잃고, 그 결과 우울한 과민증에 걸리게 된다. 실증주의자인 프리길리스는 "과학적으로" 그녀보다 훨씬 나이가 많은 오디엔시아 섭정공 퀸타나르와의 결혼을 주선하고, 섭정공은 그녀에게 안정과 원조를 조다. 실증주의 이론은 그러나 아나의 채워지지 못한 욕구 앞에서 무너져 내린다. 아나는 아버지 같은 남편에게서 만족을 느끼지 못했던 것이다.

아나는 그녀의 고해신부인 페르민 드 파스와 호색한 알바로 메시아의 유혹을 받는다. 페르민 드 파스는 도시에서 상당한 영향력을 지녔지만, 가정에서는 탐욕스러운 모친에게 꼼짝도 못하는 인물이다. 위선적인 베투스타 사회는 결국 정절과 영적 불안정의 세월 끝에 아나가 메시아의 품안으로 몰락하는 것을 보게 된다. 메시아는 결투에서 섭정공을 죽이고 아나를 버리며, 아나는 프리길리스를 비롯한 베투스타의 모든 이로부터 거부당하는 것으로 이야기는 끝난다. **M-DAB**

벨아미

Bel-Ami

기 드 모파상 Guy de Maupassant

작가 생몰연도 | 1850(프랑스)–1893

초판 발행 | 1885

초판 발행처 | V. Harvard(파리)

언어 | 프랑스어

가장 널리 알려진 단편 작가라 할 수 있는 모파상은 장편을 구성하기 위한 도구로 단편을 집필했다. 『벨아미』의 주인공인 조르주 뒤로이는 막 시골에서 올라온 순진한 청년이지만, 점점 거대해지는 언론의 권력을 목격하고는 재빨리 (그리고 유쾌하게) 그 무도덕과 부패에 올라탄다. 모파상은 이러한 조르주의 발전을 시 및 인상주의적으로 묘사하여, 우리는 파리의 대로와 카페들, 신문사 풍경 같은 잊지 못할 장면들을 경험하게 된다. 그러나 모든 것에는 한계와 대가가 따르는 법, 무한한 가치와 신뢰성을 부여하려는 이러한 노력은 오직 그 가치가 없을 때에만 등장하거나, 그 가치를 무너뜨리고 만다.

『벨아미』는 유혹당하는 여자와 그들의 육체에 대한 경이로울 정도로 상세한 묘사로 이루어져 있다. 그러나 모든 여인은 각자의 계산을 숨기고 있고, 성적 욕망은 실리를 취하기 위한 수단일 뿐이다. 클로틸드 드 마렐르의 "눈부신 비단 기모노"는 따라서 "야만적"이고 "노골적"인 요구의 다른 말이며, 금방 버릴 여자를 지칭한다. 그러나 그녀의 뒤를 잇는 "느슨한 하얀 가운"은 그의 세속적인 욕망을 더 긴 리듬으로 표현한 것이다. 그녀 역시 똑같이 버림받는 운명이 되지만, 그것은 그녀의 성적 가치뿐 아니라 정치적 가치까지 모두 이용한 후이다.

사랑, 혹은 진실한 감정은 야망의 희의적인 힘과는 반비례한다. 모파상은 후자를 있는 그대로 즐기면서 그의 작품이 보여주는 교훈의 유혹에 빠지지 말라고 말하고 있다. **DT**

쾌락주의자 마리우스

Marius the Epicurean

월터 페이터 Walter Pater

작가 생몰연도 | 1839(영국)–1894

초판 발행 | 1885

초판 발행처 | Macmillan & Co.(런던)

원제 | Marius the Epicurian; His Sensations and Ideas

월터 페이터는 『르네상스』(1873)의 작가로 잘 알려진 작가이다. 『르네상스』는 르네상스 시기의 예술과 문화의 개략인 동시에 퇴폐주의 사조의 예술적 기질에도 깊은 영향을 끼친 미학의 존재 선언이기도 하다. 그와 동시대에 활약한 오스카 와일드는 예술은 그 자신 외에는 아무것도 의미하지 않는다며 "예술 그대로를 향한 사랑"을 열정적으로 주장하였다. 페이터는 이러한 식의 이해로는 불충분하다는 것을 증명하고 일상 속의 예술의 존재에 대한 일반적인 모델을 제시하기 위해 『쾌락주의자 마리우스』를 썼다.

『쾌락주의자 마리우스』의 소재는 그 주제에 비하면 대수롭지 않다. 마리우스라는 이름의 로마 젊은이가 다양한 이교도의 철학을 공부한 끝에 기독교 신앙을 받아들이고 순교한다는 내용이다. 마리우스는 그러나 그의 인생을 통해서가 아니라 독자로서 이 소설이 재생하고자 하는 독자의 경험을 전달한다. 이 경우 독서란 과거, 현재, 미래를 이어주며 그 스스로 도덕적 성장의 구원 과정이 되는 행위이다. 저자는 세심한 주의를 기울여 독자가 페이터와 같은 시대를 살고 있다고 믿게끔 하는 한편 주인공에서 그 효과를 목격할 수 있도록 한다.

『쾌락주의자 마리우스』가 거의 잊혔다는 사실은 더 이상 이 작품의 재판이 출간되지 않는다는 점을 보아도 알 수 있다. 그러나 우리가 페이터의 방정식처럼 문학을 관능적 형성만이 아닌 영적 형성의 과정으로 본다면, 이 작품은 반드시 읽어야 하는 책이다. **DT**

Adventures of

HUCKLEBERRY

(Tom Sawyer's Comrade.)

BY

MARK TWAIN.

ILLUSTRATED.

허클베리 핀의 모험 The Adventures of Huckleberry Finn

마크 트웨인 Mark Twain

작가 생몰연도 | 1835(미국)–1910
초판 발행 | 1885
초판 발행처 | Dawson(몬트리올)
본명 | Samuel Langhorne Clemens

서점의 "아동 명작 고전" 코너에는 절대로 빠지는 법이 없는 작품이지만, 사실 『허클베리 핀의 모험』은 우리가 생각하는 것처럼 어린이를 대상으로 쓴 작품이 아니며, 따라서 아동용 『허클베리 핀의 모험』이 상당한 수정을 거쳤다는 것도 놀랄 일은 아니다. 『톰 소여의 모험』(1876)과 함께 미시시피 강가 작은 마을을 생생하게 묘사하는 이 소설은 다채로운 인물과 미신, 속어, 강의 전승으로 가득 차 있어, 지금까지 나온 모험소설과는 종류가 사뭇 다르다. 아이들의 잔인한 "산적 놀이"와 술주정뱅이 아버지에게서 도망친 헉을 놓고 톰이 몸값을 받아내는 장면에서부터 벌써 그 차이를 느낄 수가 있다. 아버지가 뒤쫓아올 것을 두려워한 헉은 자신이 살해된 것처럼 꾸민 뒤, 도망 노예인 짐과 함께 미시시피 강을 따라 내려간다. 도망길에서 두 사람은 때로는 선하고 때로는 악한 다양한 마을 주민들과 뱃사람들을 만나게 되고, 사기꾼들과 한 패가 된다. 이들의 모험은 대체로 우스꽝스럽고, 이를 묘사하는 헉의 순진함 역시 유머러스하다. 그러나 자신의 경험을 이야기하는 헉의 솔직한 화술은, 그와 같은 또래의 소년이 무의미한 가족 간의 반목으로 인해 죽음을 맞는 장면에서처럼, 단지 웃기기만 한 표면에서 보다 어두운 이면으로 독자의 시선을 움직인다.

이러한 갑작스런 움직임과 그로 인한 대조는 이 소설이 단순한 모험소설이 아님을 증명한다. 헉은 성자는 아니지만, 적어도 이야기를 풀어놓는 동안에는 관습적 도덕과 사회적 관계를 있는 그대로 받아들이려 애쓴다. 그렇게 함으로써 직접적인 풍자보다 더 은근하고 더 엄격한, 위선과 불의, 사기와 무자비에 대한 폭로가 가능해진 것이다. **DG**

▲ 마크 트웨인은 순진한 아이의 눈을 통해 위선과 불의를 아이러니하게 비판하였다.

◀ 『허클베리 핀의 모험』 초판의 삽화를 그린 에드워드 켐블은 우리의 어린 영웅을 잊을 수 없는 모습으로 창조해냈다.

제르미날

Germinal

에밀 졸라Émile Zola

"그는 집도, 일자리도 없었다. 해가 뜨면 좀 덜 추울지도 모른다는 희망만이 그가 가진 전부였다."

▲ 에밀 레비가 그린 연극 〈제르미날〉의 포스터. 계급 투쟁의 전조를 신파조로 나타냈다.

작가 생몰연도 | 1840(프랑스)–1902

초판 발행 | 1885

초판 발행처 | Charpentier(파리)

언어 | 프랑스어

문학과 정치 사이의 유기성에 관심이 있는 독자라면 1860년대 프랑스 북부의 광산 지대를 배경으로 계급 투쟁과 산업화 시대의 불온을 그린 이 폭발적인 소설을 알고 있을 것이다. 졸라는 가난하고, 아무런 보호를 받지 못하는 광부들의 삶과 호화로운 부르주아의 사치와 여가, 그리고 안정을 타협 없이 대조함으로써 논란을 불러일으켰다.

제목인 "제르미날"이란 프랑스 혁명력(曆)의 일곱 번째 달을 뜻하며, 대중 봉기, 폭동, 폭력, 가난, 기아 등을 내포하고 있다. 『제르미날』의 줄거리는 파업의 시작과 실패, 그리고 그로 인한 전반적으로 부정적인 결과를 다루고 있다. 에티엔 랑티에가 광부들에게 느끼는 감정적, 정치적 동일화는 아무런 권리도 갖지 못한 이 암울한 세계에 빛을 던져준다. 랑티에는 중립적인 외부인에서 열성적인 파업 지도자로 변신하며 개인의 신념과 야망의 타협으로 얼룩진 단체 투쟁을 결집시킨다. 이야기 전반에는 무시 못할 반대가 흐르지만, 결국 모든 주인공들은 자본주의 앞에 무릎을 꿇는다.

논란이 된 『제르미날』의 결말은 사회 변화의 진정한 잠재력은 무엇인가라는 도전적인 질문을 던진다. 파괴와 재생의 마지막 이미지는 다가올지도 모르는 개인으로서의, 또 무리로서의 노동자 계급의 배태를 통한 정치적 진화를 암시한다. 이러한 미완적 결말 때문에 더욱 중대한 의미를 갖는 작품이다. **GM**

솔로몬 왕의 금광

King Solomon's Mines

H. 라이더 해거드 H. Rider Haggard

작가 생몰연도 | 1856(영국)–1925

초판 발행 | 1885

초판 발행처 | Cassell & Co.(런던)

언어 | 영어

『솔로몬 왕의 금광』은 『보물섬』을 겨냥해서 쓰여진 당대의 베스트셀러로, 그 주인공인 앨런 쿼터메인은 대중 문학에서 오랜 기간 동안 독자들의 사랑을 받은 것은 물론, 앨런 무어의 『젠틀맨 리그』에 나오는 아편쟁이의 모델이 되기도 했다. 줄거리는 고전적인 환상물이다. 쿼터메인과 그의 동료들은 전설의 보물이 묻혀있다는 악명높은 솔로몬 왕의 금광을 찾아 지도도 없는 중앙 아프리카로 모험을 떠난다. 당연히 여행은 위험과 흥분으로 가득 차 있다. 쿼터메인은 트왈라 왕과 마녀 가굴이 이끄는 쿠쿠아나 족과 마주치는데, 다이아몬드 광산을 훔치려는 이들과 쿠쿠아나 족 사이의 긴장이 높아지면서, 이들은 점점 난폭해진다.

해거드의 문장은 저자가 아프리카, 특히 줄루 족의 문화에 해박하다는 사실을 알려준다. 쿼터메인은 제국주의자이지만, 당대의 다른 유럽인들에 비하면 훨씬 더 포용적이고 변화에도 개방적이다. 쿼터메인의 몇몇 모험이 멸종 위기의 민족들을 구하기 위한 것이라는 점도 흥미롭다. 아마도 이것이 이 소설이 살아남은 이유일지도 모른다. 한 인종의 완전한 멸종을 통해 인류에 닥치는 더 포괄적인 위협을 보여주고 있기 때문이다. 해거드의 주인공들은 뻔뻔스런 허풍쟁이들이지만, 저자는 독자들에게 그들의 정체를 미리 폭로한다. 결국 쿼터메인은 무신경한 전형적인 전쟁광인 동료들을 제치고 어떤 문화든 끌어안을 수 있는 영웅으로 떠오른다. **EMcCS**

작은 요한네스

The Quest

프레데릭 반 에덴 Frederik van Eeden

작가 생몰연도 | 1860(네덜란드)–1932

초판 발행 | 1885

초판 발행처 | De Nieuwe Gids(암스테르담)

원제 | De kleine Johannes

프레데릭 빌렘 반 에덴은 암스테르담에 최초로 심리치료 클리닉을 개원한 의사이다. 작가인 동시에 의사로서 그는 사회악에 관심이 많았다. 『작은 요한네스』는 "1880년대 사람들(Tachtigers)"이 펴낸 『De Nieuwe Gids(새로운 지도자)』라는 제목의 혁신적이고 획기적인 정기 동인지에 연재되었던 소설이다. 그러나 반 에덴의 사상은 "예술을 위한 예술"을 주장했던 "1880년대 사람들"의 노선과는 일치하지 않았다. 반 에덴은 종교–윤리적 공감으로 형식보다는 내용에 초점을 맞췄는데, 이러한 성향 때문에 결국 "1880년대 사람들"과는 갈라선다.

이 작품은 여러 면에서 저자와 닮은 주인공 요한네스의 경험을 그리고 있다. 어린 요한네스는 무한한 상상력의 나래를 펼 수 있었고 자연과 동물에 근원적인 관심을 가지고 있었지만, 시간이 지나면서 병마와 죽음이라는 인생의 쓴맛도 보게 된다. 요한네스는 영적 여행에서 대부분의 사람들이 자신의 전원적인 어린 시절과는 정반대의 삶을 산다는 것을 깨닫는다.

반 에덴은 『작은 요한네스』를 상상이 이성과 물질에 무릎을 꿇고 마는 상징적인 동화로 구성하였다. 종교와 윤리의 목소리는 요한네스에게 어른으로서의 임무가 주어지는 결말 부분으로 갈수록 점점 사그라든다. 탐미주의 시대의 배경을 특히 염두에 두고 읽는다면 『작은 요한네스』는 매우 특별하고 자극적인 작품이다. **JaM**

지킬 박사와 하이드

The Strange Case of Dr. Jekyll and Mr. Hyde

로버트 루이스 스티븐슨 Robert Louis Stevenson

작가 생몰연도 | 1850(스코틀랜드)–1894(사모아)

초판 발행 | 1886

초판 발행처 | Longmans, Green & Co.(런던)

언어 | 영어

이 소설은 매우 고요하게, 변호사 어터슨과 그의 친구인 엔필드의 세련된 대화로 시작된다. 아침 일찍 집으로 돌아가면서 엔필드는 그가 어떻게 "끔찍한 사건"을 목격했는지를 이야기한다. 한 남자가 거리를 건너가던 작은 소녀를 짓밟은 뒤 울부짖는 소녀를 버려둔 채 가버렸다는 것이다. "별일 아닌 일로 들릴지는 모르겠지만," 하고 엔필드는 이야기를 덧붙인다. "정말 지옥과도 같은 광경이었다."

이러한 과묵함은 스티븐슨의 고딕 소설 『지킬 박사와 하이드』의 특징이다. 자신의 진정한 자아 안에 내재하는 제2의 자아에게 쫓기는 한 인간의 이중성을 다룬 작품으로, 스티븐슨은 존경받는 지킬 박사의 문 뒤로 사라져버린 "저주받은 괴물" 하이드의 정체를 폭로한다. 그러나 하이드의 정체를 밝힌다는 것은 "내면의 악"을 분리해낸 지킬 박사의 실험으로 생겨난 이중의 존재와 그 투쟁을 어떻게 읽어야 하는지 아는 것과는 별개의 문제이다. 한 예로 이 소설에서 탐구한 심리 현상은, 1888년 리퍼 살인 사건*을 둘러싼 타블로이드 선정주의 속에서 나타난 성적 야만성을 설명하기 위해 인용되기도 했다. 이 작품이 공적으로 어떤 변치 않는 역할을 수행해왔는지 보여주는 예이자, 현대 문화 생활의 수많은 불만에 대한 비판적 의견이기도 하다. **VL**

* 빅토리아 시대 최대의 센세이션을 불러일으킨 연쇄 살인 사건으로, 자칭 잭 더 리퍼라는 살인마가 최소 5명의 창녀를 죽였다고 알려져 있다. 범인은 끝내 잡히지 않았다.

◀ 초판본에 수록된 삽화. 지킬 박사가 하이드로 변하는 모습을 본 래년 박사가 공포에 질리는 장면이다.

우요아 장원

The Manors of Ulloa

에밀리아 파르도 바산 Emilia Pardo Bazán

작가 생몰연도 | 1852(스페인)–1921

초판 발행 | 1886

초판 발행처 | Daniel Cortezo(바르셀로나)

원제 | Los pazos de Ulloa

1년 뒤 속편 격인 『모성』으로 이어지는 이 까다로운 소설로 파르도 바산 백작부인은 그녀 최고의 작품을 탄생시킴과 동시에 에스파냐 자연주의의 정점을 찍었다. 이 소설에서 작가는 갈리시아(에스파냐 북서부의 지방 이름) 시골의 야만성과 원시성을 문명 생활을 규정짓는 기준과 비교하였다. 젊은 사제 훌리안 알바레스는 가짜 우요아 후작이자 전형적인 봉건 영주인 돈 페드로 모스코소의 유서 깊은 집에 도착한다. 돈 페드로는 영지를 효율적으로 관리하기 위해 난폭한 프리미티보의 힘을 빌려왔고, 그의 딸인 하녀 사벨에게서 페루초라는 아이까지 얻었다.

오래지 않아 영지를 재편성하려는 훌리안과 난폭한 프리미티보 사이에 충돌이 일어나고, 훌리안은 돈 페드로의 집에 남아 돈 페드로를 결혼시킴으로써 구원해주려고 한다. 이를 위해 그들은 돈 페드로의 신부감이 될 만한 네 명의 사촌 누이가 사는 산티아고로 여행을 떠난다. 돈 페드로는 훌리안이 가장 마음에 들어한 누차를 아내로 맞는다. 몇 달간의 신혼 생활은 행복하게 지나가지만, 누차가 딸을 낳자 아들을 원했던 돈 페드로는 즉각 사벨에게 돌아가버린다. 누차와 계집아이를 도망치게 하려던 계획이 발각되는 바람에 훌리안은 쫓겨나게 되고, 10년 후 돌아온 훌리안은 누차의 무덤과 놀고 있는 두 아이를 발견하게 된다. 남자아이인 페루초는 우아한 옷차림이었으나 여자 아이는 더러운 누더기를 입고 있었다. **DRM**

헴쇠의 사람들 The People of Hemsö

아우구스트 스트린드베리 August Strindberg

작가 생몰연도 | 1849(스웨덴)-1912
초판 발행 | 1887
초판 발행처 | A. Bonniers Förlag(스톡홀름)
원제 | Hemsöborna

▲ 휴가를 보내고 있는 스트린드베리와 두 딸. 『헴쇠의 사람들』은 심각했던 그의 성격에도 때때로 밝은 부분이 있었음을 보여준다.

▶ 스트린드베리의 1899년 초상화. 스트린드베리는 세 번의 불행한 결혼 생활과 오랜 정신 불안으로 고통을 받았다.

노골적인 서민풍의 이야기를 풀어놓는 재주가 돋보이는 『헴쇠의 사람들』은 스트린드베리가 사랑해 마지 않았던 스톡홀름의 바위섬들을 무대로 하고 있다. 스웨덴을 떠나 방랑중이었던 힘겨운 시기에 쓴 작품인데, 역설적으로 공간에 대한 강한 감각이 느껴진다. 심리적 경향이 강한 작가의 다른 작품들에 비해, 이 소설은 마치 햇살 좋은 경쾌한 여름철 휴일을 연상시킨다.

어떤 연유로 과부가 된 플로드 부인은 카를손을 고용해 섬의 농장을 관리하도록 한다. 섬의 주민인 선원들과 어부들은 이방인인데다 풋내기 육지인에 불과한 카를손을 불신한다. 카를손과 그의 라이벌이라 할 수 있는 구스텐(플로드 부인의 아들)은 농장의 경영권을 놓고 경쟁하게 된다. 이들의 충돌에서는 니체 식의 권력 투쟁이 약간 느껴지기도 하지만, 짓눌린 철학적 무게를 감당하기에 이 소설은 너무 발랄하고 행복하다. 그럼에도 불구하고 이들의 경쟁은 영리하고, 독자들을 사로잡는 도구이다. 카를손이 외로운 과부에게 빌붙은 교활하고 유들유들한 사기꾼인지, 아니면 정말로 방치된 농장을 되살리기 위해서 열심히 일하는 정직하고 근면한 사람인지 알 수 없다. 소설 속의 수많은 인물들이 입방아를 찧은 이 문제는 오늘날의 독자들까지도 헷갈리게 만든다. 이 의문은 바다와 섬을 묘사한 위대한 문장들, 광활한 전원적 희극, 그리고 드라마틱한 결말 부분과 플롯의 반전들과 함께, 왜 『헴쇠의 사람들』이 지금까지도 가장 사랑받는 스웨덴 소설 중의 하나인지를 설명해준다. **UD**

AVG · STRINDBERG
FVRVSVND · JVLI · 1899 · RITADT AF HAN
GAMLE VÄN
O.L

피에르와 쟝 Pierre and Jean

기 드 모파상 Guy de Maupassant

"쟝은 피에르의 검은 피부만큼 흰 피부를 가지고 있었고, 피에르가 거친 만큼 섬세했으며, 피에르가 무자비한 만큼 부드러웠다…"

작가 생몰연도 | 1850(프랑스)–1893
초판 발행 | 1888
초판 발행처 | V. Harvard(파리)
원제 | Pierre et Jean

1880년대 르 하브르(프랑스 북서부의 항구 도시)를 배경으로 한 『피에르와 쟝』은 가족의 붕괴를 다룬 강렬하고 매력적인 작품이다. 제목에 등장하는 피에르와 쟝은 과거에 보석상이었던 존경받는 중산층 부모를 둔 두 형제의 이름인데, 이들은 예기치 않게 받은 큰 유산을 두고 서로에게 등을 돌린다. 동생인 쟝은 야심 많은 변호사로, 자신이 가족의 오랜 친구가 남긴 영지의 유일한 상속인임을 발견한다. 피에르를 제외한 모든 가족들은 이 횡재에 기뻐한다. 피에르는 처음에는 단순히 동생의 행운을 질투하지만, 곧 쟝이 어머니와 그 친구 사이에서 태어난 사생아가 아닌가 하는 의심을 품고 괴로워한다. 질투는 두려움으로, 죄책감으로, 마침내 분노로 바뀐다. 깊은 혼란에 빠진 그는 자신의 내면으로 침잠해 가족들과 세상으로부터 스스로를 고립시킨다. 르 하브르의 항구와 노르망디 해안의 아름다운 풍경은 피에르의 두려움, 고통, 그리고 마지막으로는 달아나려는 욕망을 결합시키는 배경이다.

단편 소설의 거장으로 불리는 기 드 모파상은 수많은 작품을 쓴, 성공한 작가였다. 그의 네 번째 장편인 『피에르와 쟝』은 발자크와 졸라 등이 성립한 사회적 사실주의를 탈피해 인간 심리의 내적 작용에 더 깊은 관심을 보이게 된다는 점에서, 모파상 자신의 작품 세계와 프랑스 문학에 있어서 전환점이라 할 수 있는 작품이다. **AL**

▲ 플로베르의 수제자였던 모파상은 스승이 지니지 않은 따스함과 공감으로 인생의 아이러니를 연마하였다.

멍에 Under the Yoke

이반 바조프 Ivan Vazov

작가 생몰연도 | 1850(불가리아)–1921
초판발행 | 1889(오데사)
언어 | 불가리아어
원제 | Pod Igoto

『멍에: 불가리아 자유의 로망스』는 롱펠로, 심지어 톨스토이와 비견되는 애국적 열정과 날카로운 정열로 쓰여진 19세기 역사 드라마이다. 이야기의 배경은 1875~76년, 터키의 "멍에"를 벗어버리려 몸부림치는 불가리아의 시골 마을 벨라 체르크바(바조프의 고향인 소포트를 지칭)이다. 그러나 러시아로부터의 원조가 불발에 그치면서 봉기는 실패로 끝나고, 봉기를 주도했던 애국자들은 순교의 운명을 맞게 된다.(불가리아가 실제로 터키로부터 독립한 것은 1886년에나 되어서이다.)

그러나 이 이야기가 무겁고 우울한 것만은 아니다. 소콜로프 박사와 고아 소녀 라다, 그리고 라다를 영웅적으로 사랑하는 보이초 오그니아노프 등 주인공들은 반란의 흥분에 사로잡혀 있다. 바조프는 그들의 이야기를 발칸 골짜기의 초원, 시내와 물방앗간, 호두나무와 배나무가 자라는 언덕, 카페와 수도원, 농장들을 배경으로 들려준다. 이는 반란자들이 죽음을 맞는 마지막 장면과 더불어 잊을 수 없는 풍경들이다.

바조프는 불가리아가 해방되기 전에 태어나 제1차 세계대전이 끝난 후에 세상을 떠났으므로 그의 삶은 불가리아의 현대사 그 자체라 해도 과언이 아니다. 그는 굽힐 줄 모르는 애국자이자 불가리아의 국민 시인이었다. 그의 시와 산문은 독립을 가능하게 했던 영웅들을 예찬하고 있다. 그러나 이러한 점들이 그를 세계의 독자들의 눈에 너무 "지역적"으로 비치게 하지는 않는다. 불가리아 예술의 잠재력을 서방 세계에 보여준 이 소설은 즐기기에도 충분한 작품이다. **JHa**

기쁨의 자녀 The Child of Pleasure

가브리엘 단눈치오 Gabriele D'Annunzio

작가 생몰연도 | 1863(이탈리아)–1938
초판 발행 | 1898
초판 발행처 | Treves(밀라노)
원제 | Il piacere

이탈리아 작가 단눈치오는 낭만주의 시인의 관점에서 자신의 첫 장편 소설을 쓴 듯하다.(단눈치오의 정치적 성향은 특히 무솔리니의 파시즘의 선구적 역할을 했다는 의심을 받곤 한다.) 작가의 화려하고 밀도있는 산문과 시에 이야기의 주인공들을 통해 결합한, 매우 신선한 작품이다. 로마를 묘사한 장면만으로도 이 소설은 읽어볼 만한 가치가 있다.

『기쁨의 자녀』는 부유한 이탈리아 상류층과 그 무상함을 고찰하고, 또 비판한다. 주인공인 안드레아는 명문 귀족가문의 자손이자 젊은 시인으로, 두 여인과 사랑에 빠진다. 그러나 결투에서 거의 죽을 뻔한 후, 그는 두 여인에 대한 열망으로 찢겨짐과 동시에 영적인 갱생을 경험한다. 두 여인 중 하나의 남편이 큰 스캔들에 휘말리고, 그녀가 하루 아침에 모든 것—안드레아에 대한 열정까지도—을 잃을 위기에 처한다.

이 작품의 강점은 (그것 없이는 로마의 즐거운 삶이 거의 불가능하다시피 한) 사회적 평판이 주인공들에게는 목숨과도 같다는 주장에서 비롯된다. 평판을 유지하고 스캔들을 피하려는 그들의 노력은 때때로 그들을 육체적, 감정적으로 파괴하기까지 한다. 이들은 사회의 규율에 견고하게 갇혀 있으며, 그들의 욕망은 끊임없는 좌절을 겪고, 이룰 수 없는 열망이 가져다주는 고통만이 남는다. **JA**

엘리네 페레 Eline Vere

루이스 쿠페루스 Louis Couperus

작가 생몰연도 | 1863(네덜란드)–1923
초판 발행 | 1889
초판 발행처 | Van Kampen & Zoon
원제 | Eline Vere. Een Haagsche Roman

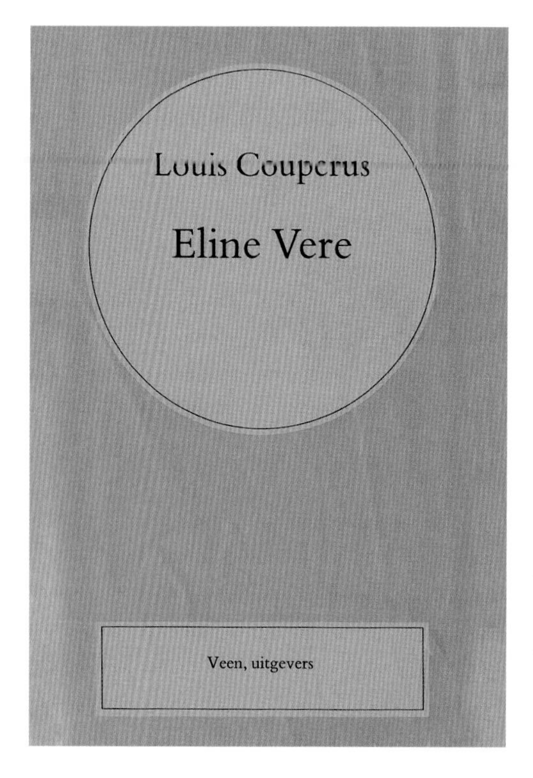

"엘리네, 당연히 그건 나요."

▲『엘리네 페레』의 1990년판 표지. 쿠페루스의 첫 번째 소설인 이 작품은 1889년 출간되자마자 엄청난 성공을 불러왔다.

문예지『Het Vaderland』에 연재되었던『엘리네 페레』는 젊고 재기 넘치는 엘리네 페레가, 세상이 책에서 읽은 대로가 아니라는 사실을 깨달아가는 과정을 그리고 있다. 엘리네는 오페라 가수와 사랑에 빠지지만 사랑은 찾아온 만큼이나 빠르게 식어버리고, 그 빈 자리에는 환멸만이 남는다. 그리 오래지 않아 엘리네는 또다른 남자의 청혼을 받아들이고, 한동안 두 사람은 정직한 애정을 나눈다. 그러나 그녀의 약혼자인 사촌 빈센트는 납득하지 않는다. 예정론자인 그에게 있어 사랑이란 유치한 이상이자, 세상에는 어떤 자유의지도 존재하지 않으며 모든 사람은 특정한 시간과 공간이 만들어낸 산물 이상도 이하도 아니라는 진실에서 감상적으로 도피하는 행위일 뿐이다. 엘리네는 결국 파혼하고 만다.

플로베르와 톨스토이, 와일드의 정신을 이어받은 쿠페루스는 심리적 사실주의를 이용하여 그 주체를 소모시켜 버리는 끊임없는 욕망을 탐구한다. 우리가 언제나 만족하지 못하고 원하는 것은 과연 무엇인가. 그리고 만약 거기에 아무것도 존재하지 않는다면 어떻게 되는가. 회의주의자와 낭만주의자 중 누가 더 신뢰할 수 없는가. 현실에 대한 전투에서 패배한다면 그 다음엔 어떻게 할 것인가. 이러한 질문을 던지기 시작하면서 그녀의 건강은 악화되고, 결국 우울증에 걸리고 만다. 그녀는 자살을 생각하지만, 스스로 목숨을 끊을 용기가 없다. 엘리네가 모르핀 과용으로 예기치 않게 죽음을 맞으면서 이러한 질문들은 모두 그대로 남았지만, 우리는 상실의 공포를 대체할 수 있는 결말이 있는지, 그리고 진실은 과연 가능한 것인지를 스스로에게 묻게 된다.

젊은 시절 이미 국제적 명성을 얻은 쿠페루스지만 고국인 네덜란드에서는 죽을 때까지 완전히 신뢰할 수 없는 댄디 취급을 받았다. 20세기가 되어서야 그의 작품에 대한 대중적, 학술적 관심이 되살아났고,『엘리네 페레』는 1990년대에 영화로 만들어졌다. **MvdV**

굶주림 Hunger

크누트 함순 Knut Hamsun

작가 생몰연도 | 1859(노르웨이)–1952
초판 발행 | 1890, Philipsen(코펜하겐)
원제 | Sult
노벨 문학상 수상 | 1920

나치에 동조했다는 과거는 함순의 명성에 흠집을 냈지만, 배고픈 젊은 작가로서의 자신의 반자전적 초상을 그린 이 작품은 독창적인 모더니즘의 고전이다. 도스토예프스키로부터 영감을 받은 함순은 이 작품에서 일종의 니체식 개인주의를 발전시켜, 자연주의 작가들은 물론 입센과 교류하였던 진보적인 문학 비평가들과도 대립하였다. 『굶주림』에 등장하는 도시의 불안정은 카프카의 격리된 도시 풍경을 예시하지만, 매일매일의 생계와 일상적인 백일몽 사이의 지속적인 긴장은 훗날의 제임스 켈먼을 떠올리게 한다.

굶주리는 현재형 시제의 긴박감으로 쓰여진 이 소설은 글을 써서 먹고 살아가려는 화자가 겪어야 했던 여러 번의 몰락을 그리고 있다. 먹을 것이 없어 열에 들뜨기도 하고, 다른 때에는 단순히 인간성에 경멸을 던지기도 하면서 화자는 개인의 가치에 대한 관념을 지나치게 발전시킨 듯하다. 뒤따르는 만남과 오해들은 암울하게 실존적인 동시에 유쾌하다. 굶주림은 필요와 위엄 사이의 관계를 점점 벌리고, 환각 효과마저 가져오는 광란을 불어넣는다. 환상과 경범죄를 결코 가볍지 않은 복수의 책략과 존경의 꿈으로 늘어놓으면서, 이 소설은 화자가 훌륭한 작가인 동시에 원한과 어리석음에 무릎을 꿇은, 환각에 빠진 영혼임을 드러내며 균형을 잡는다. 여러 가지 면에서 베케트의 작품에 등장하는 지식인의 몰락을 예시하는 『굶주림』은 배고픈 작가를 꿈꾸는 모든 이에게 좋은 해독제이다. **DM**

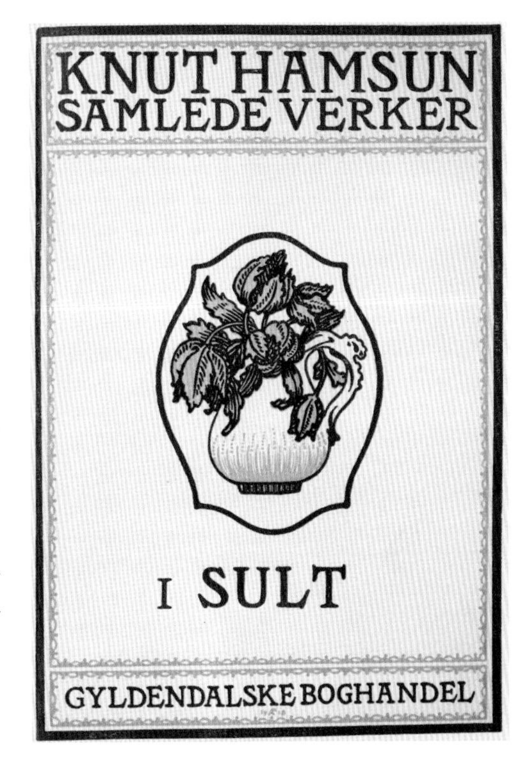

"이것은 내가 굶주려 돌아다니고 있을 때에 일어났다…"

▲ 크누트 함순 전집의 제1권으로 출간된 『굶주림』의 표지.

바닷가에서 By the Open Sea

아우구스트 스트린드베리 August Strindberg

작가 생몰연도 | 1849(스웨덴)–1912
초판 발행 | 1890
초판 발행처 | A. Bonniers Förlag(스톡홀름)
원제 | I havsbandet

『바닷가에서』를 썼을 때 스트린드베리는 니체의 "수퍼맨" 이론에 심취해 있었다. 그는 과학적 방법을 충족시키고 증명하기 위해, 그리고 강인하고 지적인 과학 인간을 정확하게 묘사하기 위해, 생물학, 지질학, 지리학 등 관련된 분야의 학문을 모두 탐구하였다.

이 소설에는 두 주인공이 등장한다. 하나는 청어의 공급량이 줄어드는 원인을 조사하기 위해 파견된 양식장 감독 악셀 보르그이고, 다른 하나는 바다와 섬의 자연 풍광이다. 작가에게 있어 후자는 마르지 않는 열정의 원천이었다. 오만한 속물인 보르그는 단순하고 현실적인 어부들을 멀리하고 약자를 억압하는 강자의 권리를 남용한다. 여성성을 억제하라는 아버지의 가르침을 받은 그는 젊은 여성 마리아를 지배하고 정복하지만, 무의식 속에서 마리아는 그의 어두운 내면을 드러내는 아니마(남성의 여성적 특성)이기도 하다. 지역 주민들과 관습의 압력 속에서 보르그의 자아에는 금이 가기 시작하고 그의 자신감은 이제 불안정해 보이기 시작한다. 그는 점점 더 거창한 아이디어를 내놓기 시작하고, 자연을 제어하고 정복하기 위해 스스로를 그 실험 대상으로 삼는다.

평범한 대중에 의해 끌어내려진 예민하고 외로운 천재 보르그는 확실히 스트린드베리의 또다른 자아이다. 1890년대 『지옥』의 출간 이후 그가 겪어야 했던 위기를 예감하는 듯, 오만하고 지적인 인간이 좌절로 굴러 떨어지는 과정을 그린 이 심리소설은 당시 스트린드베리 자신의 정신 상태에 대한 흥미로운 통찰을 제시한다. **UD**

수인 La Bête Humaine

에밀 졸라 Émile Zola

작가 생몰연도 | 1840(프랑스)–1902
초판 발행 | 1890
초판 발행처 | Charpentier(파리)
언어 | 프랑스어

『수인(獸人)』은 모두 20권으로 이루어진 졸라의 『루공 마카르 총서』의 열일곱 번째 소설로, 이 작품에서 졸라는 유전적, 환경적 요소가 한 가족에 미치는 영향을 탐구하였다. 이를 위해 졸라는 19세기 후반의 자연주의 및 당대에 유행한 퇴화와 "유전적 손상" 이론에 필수불가결한 "과학적" 언어를 사용하였다. 또한 『수인』을 통해 범죄와 철도에 대한 쌍둥이와도 같은 관심을 한데 모아 철도의 영향력과 권력을 파헤쳤다. 이 소설에서 기차의 비인간적인 힘은 인간의 폭력과 파괴성과 밀접한 관계를 맺고 있다. 특히 주인공인 기관사 자크 랑티에는 여자를 죽이고 싶어하는 병리적 욕망으로 시달리는데, 졸라는 바로 이것이 후세에 연쇄 살인이라고 불리는 현상이라고 설명한다. 살인은 기계 문명에서 떼어놓을래야 떼어놓을 수 없는 것이 되었고, 사고와 정신병리학 역시 불가분의 관계가 되었다. 랑티에의 난폭한 욕망은 철도회사의 국장인 그랑모랭이 성적 질투로 인해 살해당하는 것을 목격한 후 더욱 자극을 받는다. "마치 가엾은 육체를 보고 정욕이 솟는 것처럼 살인이 하고 싶어 몸이 근질거렸다." 이러한 살인에 대한 열망은 이 소설 전체를 지배하게 된다.

물리적 세계에 대한 졸라의 상세한 관찰은 철도의 묘사에서도 잘 드러난다. 졸라는 언어로써 빛과 어둠, 불과 연기를 그려냈고, 이는 당대의 인상파 화가들에게 자성처럼 작용하였다. **LM**

타이스 Thaïs

아나톨 프랑스 Anatole France

작가 생몰연도 | 1844(프랑스)–1924
초판 발행 | 1890
초판 발행처 | Calmann-Lévy(파리)
노벨문학상 수상 | 1921

『타이스』는 4세기 이집트를 배경으로 펼쳐지는 역사 로망이다. 작가는 두 사람의 완전히 다른 기독교도의 이야기를 들려줌과 동시에 초대 교회와 새로운, 도발적인 빛 안에서 받아들여지는 신앙의 전통을 탐구하였다. 이 소설은 경건하고 금욕적인 수도원장 파프누체와 미모의 배우이자 고급 창녀인 타이스 사이의 관계를 다루고 있다. 신의 환시라고 믿는 그 무엇으로부터 영감을 받은 파프누체는 세례는 받았으나 신앙 생활을 하지 않는 타이스를 개종시키기 위해 알렉산드리아로 여행을 떠난다. 4세기 알렉산드리아의 어지러운 분위기 속에서 파프누체는 기독교의 입장에서 논쟁을 벌인다. 파프누체의 여행 목적은 순조롭게 달성되어, 타이스는 정결과 절제의 삶을 살기 위해 수도원으로 들어가지만, 임무를 완수했다고 생각한 파프누체는 새로운 유혹과 맞닥뜨리게 된다. 신성해지고픈 욕망 속에서 그의 의도는 점점 더 수상해지고, 드라마틱한 결말 부분에서 타이스와 재회하여 그때껏 흔들리지 않는다고 믿어왔던 자신의 신앙에 의문을 던진다.

도덕과 인간 의지의 미묘한 탐구에서 『타이스』는 "순결"이라는 개념 속에 내재하는 필연적인 모순을 폭로하였으며, 성자와 죄인에 대한 독자의 기대에 과감히 도전한다. 몽환적이고 환기적인 문체로 쓰여진 이 소설은 이국적인 분위기와 역사 로망의 활기를, 영적 구원을 위해 욕망을 포기하려는 시도의 철학적 분석과 결합시키고 있다. **AB**

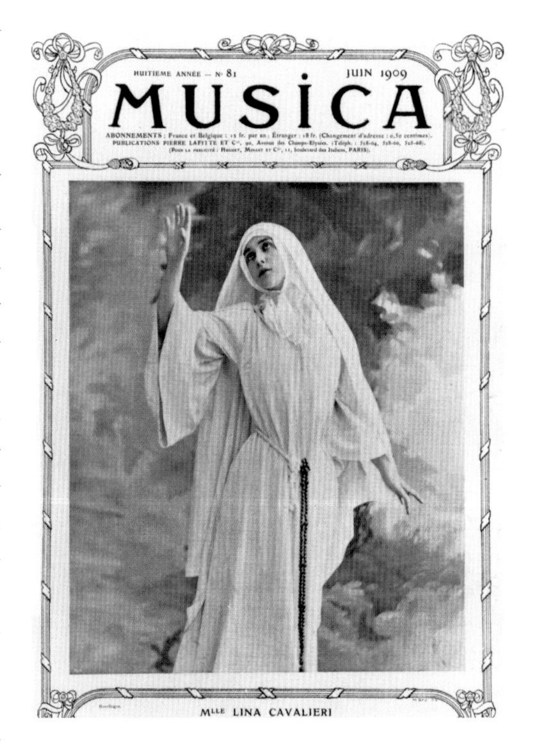

"이 성스러운 이들이 얼마나 신성했던지, 야수조차 그들의 힘을 느낄 수 있었다. 은수자가 숨을 거두려 하자 사자가 다가와 발톱으로 무덤을 팠다."

▲ 프랑스의 소설 『타이스』를 원작으로 한 마스네의 오페라. 1894년 초연에서는 이탈리아 출신의 소프라노 리나 카발리에리가 주연을 맡았다.

크로이처 소나타 The Kreutzer Sonata

레오 톨스토이 Leo Tolstoy

작가 생몰연도 | 1828(러시아)–1910
초판 발행 | 1890(러시아)
원제 | Kreitserova sonata
언어 | 러시아어

"우리 시대에 결혼이란 오직 폭력과 거짓에 지나지 않는다."

▲ 톨스토이의 소설에 영감을 받은 르네 프리네(1861~1946, 프랑스의 화가)는 베토벤의 크로이처 소나타를 연주하던 도중 욕망에 사로잡힌 두 연인의 모습을 그렸다.

『크로이처 소나타』는 "성애에 부여된 잘못된 중요성"에 대한 통렬한 공격을 퍼붓고 있다. 이 작품은 (심지어 결혼한 부부 사이에도) 성적 금욕을 역설하고, 피임을 반대하며, 낭만적 접촉에 대한 감상적인 견해를 부정한다. 이러한 모랄은 현대 서구 사회에서는 여러 면에서 외계인의 주장처럼 들리겠지만, 그렇다고 이 소설을 단지 과격한 반동적 노호로만 치부해서는 곤란하다. 여성이 성적 대상으로 여겨지는 한, 여성은 절대로 남성과 같은 위치에서 진정한 평등을 누릴 수 없다는 톨스토이의 주장은 현재도 계속되고 있는 페미니즘과 맥락을 함께 한다.

말년의 톨스토이는 저 유명한 기독교로의 "귀의" 이후 지극히 청교도적이었다. 고뇌에 찬 주인공 포즈도누이셰프와 톨스토이가 같은 관점을 지니고 있다는 사실에 의심이 간다면 이듬해에 쓴 유명한 '에필로그'를 읽어야 한다. 여기에서 톨스토이는 금욕과 성적 절제는 인간의 존엄성과 어울린다는 변명을 유려한 문장으로 늘어놓았다. 아무튼 이 소설은 출간되자마자 엄청난 스캔들을 일으켰고, 러시아에서는 이 소설을 출간 금지하려는 시도도 몇 번 있었음에도 광범위하게 팔리고, 읽혔다. 미국에서는 이 작품의 발췌문조차 금지당했는데, 시어도어 루즈벨트는 "톨스토이는 성도덕 도착자"라고까지 비난하였다.

기차 여행 도중에 화자를 만난 포즈도누이셰프는 왜 자기가 아내를 죽이게 되었는지를 이야기하면서, 자신의 죄가 당대의 성 관념에서 비롯된 것임을 주장한다. 『안나 카레니나』를 읽은 독자라면 톨스토이가 기차를 타락한 현대의 상징으로 즐겨 사용한다는 것을 눈치챘을 것이다. 이 소설의 가장 주목할 만한 점은 강박관념에 가까운 남성의 질투에 대한 예리한 심리적 묘사이다. 셰익스피어의 『오델로』처럼 아내가 음악 파트너와 간통하고 있다는 포즈도누이셰프의 확신은 아주 하찮은 증거를 토대로 한 것이다. 그의 내면의 고통과 세련되고, 정중한 사회적 외면 사이의, 그리고 개인적 열정과 공적인 예절 사이의 장벽은 그의 최후의 살인으로 무너져 내리고 만다. **RM**

도리언 그레이의 초상 The Picture of Dorian Gray

오스카 와일드 Oscar Wilde

"세상에는 도덕적인 책도, 비도덕적인 책도 없다. 잘 쓴 책과 그렇지 못한 책이 있을 뿐이다. 그게 전부다."

와일드의 유일한 소설인『도리언 그레이의 초상』은『리핀코츠 먼슬리 매거진』에 처음 연재된 후 부도덕하고 불건전하다는 이유로 비평가들의 비판을 받았다. 서문에 실린 일련의 격언은 이러한 비난에 대한 와일드의 응답이라고 할 수 있다. 그러나 도를 넘는 쾌락의 묘사에도 불구하고『도리언 그레이의 초상』은 실상 악의 위험에 대해 경고하고 있는, 매우 도덕적인 작품이다. 도리언의 도덕적 타락은 약혼녀인 여배우 시빌 베인의 단호한 거부가 증명하듯, 칭찬은 커녕 부러워할 만한 대상도 못 된다. 사실 이 아름다운 청년은 주인공이면서도 이 작품에 등장하는 가장 매력없는 인물이다.

화가인 배질 홀워드가 도리언의 초상화를 그린 뒤, 도리언은 경박한 환락에 빠져든다. 초상은 늙고 부패해가지만, 도리언 자신은 난잡한 사생활에도 불구하고 몇 십 년 동안 젊고 싱싱한 모습으로 남아있는다. 헨리 워튼 경의 풍자적 위트의 부추김을 받은 도리언은 관능과 선정으로 빠져든다. 그러나 이러한 도리언의 가치는 와일드식 윤리를 피상적으로만 닮아 있어 오히려 왜곡하고 있다. 오스카 와일드의 에세이들이 개인주의와 자아 성찰을 보다 풍부한 삶과 더 평등한 사회를 위한 방법으로 여기는 반면, 도리언은 향락주의와 방종의 길을 걷는다. 그럼에도 불구하고 이 이야기는 와일드 자신의 이중적인 삶을 신랄하게 반영하며, 그 자신이 불명예와 수치로 빠질 수 있음을 예언하고 있다. 그 바탕이 되는 다락방의 그림이라는 착상은 허구로부터 신화로 돌연변이를 일으켰다. **RM**

작가 생몰연도 | 1854(아일랜드)–1900

초판 발행 | 1891

초판 발행처 | Ward, Lock & Co. (런던)

본명 | Fingal O'Flahertie Wills

"얼마나 슬픈 일인가! 나는 늙어가고, 무시무시해지고 있다네!"

▲ 도리언 그레이가 초상화 앞에 앉아 빈둥대며 생각에 잠겨 있다. 초상화의 주인공이 영원한 젊음을 즐기는 동안, 초상화 속 그림은 늙어간다.

저 아래에 Down There

요리스-카를 호이스만 Joris-Karl Huysmans

작가 생몰연도 | 1848(프랑스)–1907
초판 발행 | 1891, Tresse & Stock(파리)
영문판 제목 | The Damned(저주받은 사람들)
원제 | Là Bas

19세기 후반 '데카당스'의 냉소적인 탐미주의자였던 호이스만은 부르주아 물질주의에서 영적 생활과 오컬트에 대한 관심으로 돌아섰다. 『저 아래에』는 호이스만의 소설 중에서 가장 상업적으로 성공한 작품으로, 악마숭배라는 다소 센세이셔널한 주제를 가볍고 현학적인 터치로 다뤄, (굳이 그 끔찍함이나 지독함은 눈뜨고 보지 않아도 된다) 여러 겹의 상상력과 유머, 난해한 지식, 그리고 명쾌한 디테일로 풍부한 작품이 되었다. 저자의 분신이라고도 할 수 있는 두르탈은 악마적인 범죄자이자 성녀 잔다르크의 동료이기도 했던 15세기의 "푸른 수염*" 질 드 레에 관한 책을 연구하던 중, 당대에 파리에서 유행하고 있던 악마숭배에 흥미를 가지게 된다. 영적 능력을 향한 질의 왜곡된 집념은 흑마술 예배의 야만성과 좋은 대비를 이룬다. 이 예배에서 수많은 상류층 숙녀들이 사악한 도크레 신부의 손에 떨어진다.

음침한 소재와는 달리 이 작품에는 (특히 두르탈이 독신이라는 이유로 날마다 모욕을 받는 부분에서) 풍부한 유머가 돋보인다. 그러나 결국은 브르타뉴 지방에 있는 그의 샤토에서 두르탈을 사로잡는 공포가 이 작품을 압도한다. 작가가 브르타뉴의 전원을 질의 성도착적인 시선으로 음란하고 에로틱하게 묘사한 문장은 달리와 초현실주의의 도래를 예견하는 듯하다. 호이스만에게 악마숭배는 신앙으로 가는 길의 한 단계에 불과했다. 『저 아래에』는 두르탈이 가톨릭으로 개종하는 데 실패하는 것으로 막을 내리지만, 호이스만은 1907년 세상을 떠나기 전 수도원에 귀의하였다. **RegG**

* C.페로의 동화집에 나오는 인물로, 아내를 연달아 죽이는 살인광의 별명이다.

테스 Tess of the D'Urbervilles

토머스 하디 Thomas Hardy

작가 생몰연도 | 1840(영국)–1928
초판 발행 | 1891, Osgood, McIlvaine & Co.
원제 | Tess of the D'Urbervilles: A Pure Woman Faithfully Presented by Thomas Hardy

『테스』는 주인공만큼이나 그 비극적인 플롯으로도 유명하다. 1891년 처음 출간되었을 때 "부도덕하다"는 이유로 비난을 받았던 이 소설은 한 남자의 희생양이 된 뒤 그로 인해 끔찍한 몰락을 겪게 되는 테스 더비필드의 생을 묘사하고 있다. 『테스』는 영국 농촌의 쓰라림 대신 하디가 낭만적으로 만들어낸 웨섹스의 아름다운 풍광을 배경으로 채택하여 사회적 불의의 사실적인 묘사라는 주제와는 대비를 이룬다.

테스의 아버지는 자신의 집안인 더비필드 가가 지역의 유지인 더버빌 가와 이어져 있다는 사실을 알게 된 후, 더버빌 가의 후계자인 알렉 더버빌을 만나보도록 딸 테스를 종용한다. 테스를 유혹한 알렉은 그러나, 그녀가 사생아를 낳기가 무섭게 그녀를 버린다. 테스는 올곧은 남자인 에인젤 클레어에게서 짧은 위안을 받지만, 그녀의 과거를 알게 된 클레어는 그녀를 떠난다. 어쩔 수 없이 알렉의 품으로 돌아간 테스는 생존을 위해 행복을 포기하고, 한순간 도저히 더 이상의 불의를 참을 수 없게 되었을 때, 비극적인 사건이 일어나고 만다.

『테스』에서 하디는 인간의 영혼이 운명이 아닌 계급사회에 의해 부서지는 세상을 묘사하였다. 문학사상 가장 유명한 죽음 중의 하나인 테스의 죽음은 인간의 잔인함의 직접적인 결과이자, 모든 문학에 등장하는 19세기 영국 여성에게 내려진 심판 중 가장 심금을 울리는 것이다. **AB**

예스타 베를링 이야기 Gösta Berling's Saga

셀마 라게를뢰프 Selma Lagerlöf

작가 생몰연도 | 1858(스웨덴)–1940
초판 발행 | 1891, Hellberg(스톡홀름)
원제 | Ur Gösta Berlings Saga: Berättelse från det gamla Värmland

1909년 셀마 라게를뢰프는 여성으로서는 최초로 노벨 문학상을 받았다. 『예스타 베를링 이야기』는 근대가 밝아오는 시기에 쓴 작품임에도 스웨덴 중서부의 사람이 거의 살지 않는 산악지대인 베름란드의 지역 전승과 전설에 깊이 젖어 있다. 또한 영예로운 장원과 아름다운 여인들, 용감한 사내들, 그리고 특별하고 낭만적인 모험을 다뤘다는 점에서 '이야기꾼'의 전통으로 회귀한 작품이기도 하다.

에케비 장원에는 너그러운 영주 부부의 호의로 열두 명의 집없는 "기사"들이 머물고 있다. 예스타 베를링은 그 우두머리로, 한때는 돈 후안이라 불리던 사제였으나 지금은 성직을 박탈당한 잘생기고 로맨틱한 젊은이이다. 이들은 기사도와 낭만이라는 구식 전통 가치를 대변하며, 보헤미안 생활 방식과 무모한 환락에 위험하게 빠져든다. 사악한 지역 의원 신트람은 계약을 위반했다는 이유로 영주 부인을 에케비에서 내쫓고, 열두 기사는 장원을 무너뜨리겠다고 협박하며 1년 동안 에케비를 점거한다. 환상적인 사건들이 연달아 일어나고, 특히 에케비의 대무도회에서는 고전적인 파란의 드라마가 펼쳐진다.

황금시대로 되돌아가고픈 작가의 소망은 추억과 현실의 본성에 대한 흥미로 상쇄된다. 이 소설의 문체는 구식이고, 우의적이고, 다소 틀에 박혀 있기는 하지만 술에 의존하는 주인공의 심리 상태를 묘사한 시작 부분은 인간 심리에 초점을 맞춘 근대 소설의 도래를 예고하고 있다. **UD**

"정열이 아니고서야 남자의 영혼이 무엇을 위해 존재하겠는가? 불꽃이 마른 장작 주위를 넘실대며 타오르듯, 남자의 몸 안팎에서 정열이 불꽃처럼 타오른다."

셀마 라게를뢰프

▲ 스웨덴 출신의 소설가 셀마 라게를뢰프는 가부장적 사회에서의 전원적 삶을 현실적으로 묘사해 동화와 전설 사이에 짜넣었다.

신 삼류문인의 거리

New Grub Street

조지 기싱 George Gissing

작가 생몰연도 | 1857(영국)–1903(프랑스)

초판 발행 | 1891

초판 발행처 | Smith, Elder & Co. (런던)

언어 | 영어

작가라는 직업에 대한 최초로 쓰여진, 그리고 가장 훌륭한 작품 중의 하나인 『신 삼류문인의 거리』는 빅토리아 시대 후반 출판 산업을 묘사하고 있다. 기싱은 당시 새로 창간된 잡지 『Tit–bits』에서 나타났듯 문학적 글쓰기와 대중적 저널리즘 간의 분열에 초점을 맞췄는데, 이는 향후 100년간 이어지게 될 예술과 대중 문화에 관한 논쟁의 시초였다. 기싱은 시장에 대해 현실적인 평가를 내림과 동시에 소설 역시 그 나름의 진리를 표현하고 있다는 사실을 확인한다.

가장 완전하게 묘사된 에드윈 리어든은 심리적으로 설득력 있는 인물로, 기싱은 소설 『마가렛 홈』을 완성하려는 그의 투쟁을 상세하게 그리고 있다. 필사적인 노력 끝에 소설은 완성되지만 너무 쓸데없는 내용만 많은 부족한 작품이라 리어든은 비평 받기를 두려워한다. 반대로 예리하고 확신에 찬 재스퍼 밀베인은 양심의 가책을 전혀 받지 않는 직업 문인으로 승승장구한다. 해롤드 비펜은 다락방에서 내려오는 법이 없는 찢어지게 가난한 완벽주의자이다. 그의 소설 『식료품 장수 베일리』는 "비열하게 점잖은" 매일매일에 대한 초현실주의적 탐구로, 20세기 아방가르드 소설은 어떤 것일지에 대한 기싱의 흥미로운 예상을 구체화한 것이다. 그 밖의 등장인물로는 성급한 알프레드 율과 그의 딸 마리안이 있다.

기싱은 리어든이나 비펜보다 훨씬 영리하고 밀베인보다는 더 진지한 작가이다. 『신 삼류문인의 거리』는 상업적으로나 예술적으로나 기싱 최고의 작품이라는 평가를 받고 있으며, 때때로 훌륭한 소설은 시장통에서도 태어날 수 있다는 것을 증명하는 좋은 예이다. **MR**

유토피아에서 온 소식

News from Nowhere

윌리엄 모리스 William Morris

작가 생몰연도 | 1834(영국)–1896

초판 발행 | 1891, Reeves & Turner(런던)

원제 | News from Nowhere, or, an Epoch of Rest, being some chapters from a Utopian Romance

윌리엄 모리스가 꿈꾼 유토피아 미래에는 사유 재산도, 정부도, 사법 제도도, 공교육도 없다. 우스꽝스러울 정도로 도저히 있을 법하지 않다. 모리스는 다시 숲으로 되돌아간 미래의 런던과 자신이 직접 디자인한 옷과 도자기, 건물, 다리를 그렸다. 모리스가 상상한 이상향은 과거의 농경 사회에 심취해 있던 19세기만큼이나 그 미래와는 거리가 멀었지만, 적어도 이러한 꿈의 가치는 그 상상 속 미래에서보다는 당대의 정치적 공상의 한계에서 더 잘 드러나 있다. 압제적인 국가 권력에 의해 지배당하지 않았던 모리스의 인생관은 당대는 물론 오늘날의 정치 상황에서도 흔히 볼 수 있는 모순과 비이성에 날카로운 풍자를 던진다. 모리스는 독자들에게 부의 불공정한 분배로 만들어진 불평등한 계급을 신선하고 명쾌하게 보여준다.

밝고 재치있는 문장은 이 소설을 단순한 사회주의 헌장이 아닌 유쾌한 이야기로 만들어주었다. 또 이 소설은 놀라우리만치 관능적이다. 이 소설에서 사회 정의의 이미지는 인간의 미가 가지는 가능성의 에로틱한 즐거움과 한데 얽혀 있다. **PB**

▶ 윌리엄 모리스에게 헌정된 『아트 저널』의 아르누보 스타일 표지는 그의 광범위한 예술적 관심을 반영하고 있다.

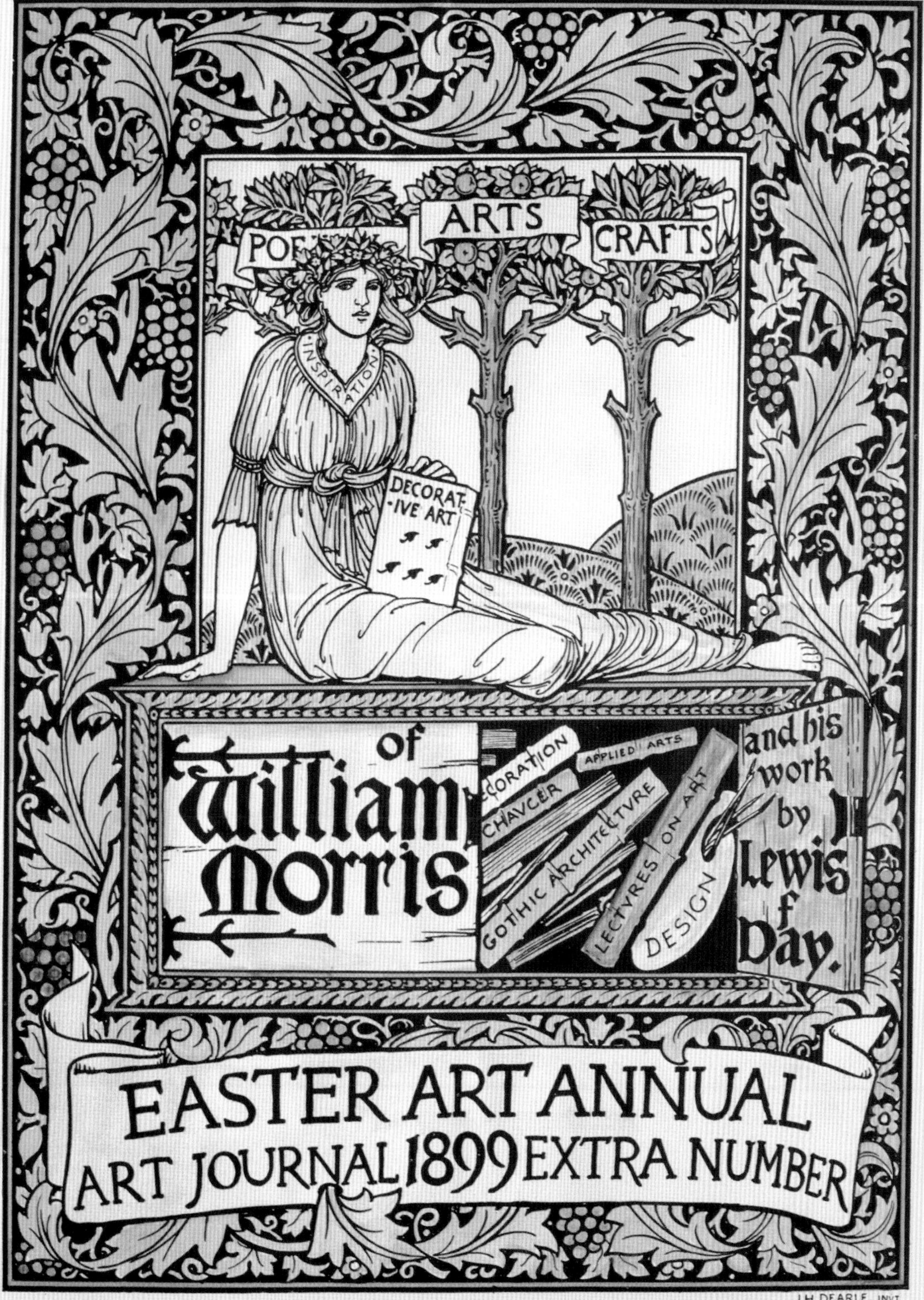

J.H. DEARLE. INVT

LONDON: H VIRTUE AND Co LIMITED

Collier's

Household Number for November

Sherlock Holmes
In this Number Solves
The Mystery of
The
Norwood Builder

OCTOBER 31 1903 PRICE 10 CENTS

셜록 홈즈의 모험 The Adventures of Sherlock Holmes

아더 코난 도일 경 Sir Arthur Conan Doyle

작가 생몰연도 | 1859(스코틀랜드)–1930(영국)
초판 발행 | 1892
초판 발행처 | G. Newnes(런던)
언어 | 영어

1891년에서 1893년 사이, 스물네 살의 아더 코난 도일은 『스트랜드』지에 셜록 홈즈라는 사설 탐정을 주인공으로 하는 이야기들을 연재하였고, 이 중 첫 열두 편을 『셜록 홈즈의 모험』으로 엮어 출판하였다.

"셜록 홈즈에게 그녀는 언제나 '그 여자'이다"로 시작하는 『보헤미아 왕국의 스캔들』이 그 첫 번째이다. 아이린 애들러가 "그 여자"인 이유는 그녀가 홈즈와의 두뇌대결에서 승리한 유일한 사람이기 때문이다. 보헤미아 국왕은 그의 옛 연인이었던 애들러가 과거의 사진과 연애편지를 들먹여 그를 협박하지 않을까 두려워하지만, 그녀는 자기 자신의 안전을 위해 사진을 보관하겠다며 한 방 먹인다. 그 밖의 또 유명한 작품으로는 괴이한 『빨간 머리 연맹』이 있는데, 여기에서는 범죄자들이 빨간 머리 남자에게 일감을 주겠다고 속인 뒤 은행 옆에 있는 그의 집 지하실에 터널을 뚫는다. 『비틀린 입술의 사나이』에서 홈즈는 네빌 세인트클레어라는 남자의 실종 사건을 맡게 되는데, 그의 아내가 수상한 거리의 창문에서 그를 보았음에도 경찰은 거지 한 사람 외에는 아무도 발견하지 못한다. 마침내 홈즈가 사건을 해결하기까지 몇몇 수수께끼 같은 일들이 더 일어난다.

1887년 셜록 홈즈의 등장은 역사적인 맥락에서 볼 때 상당히 흥미로운 사건이다. 도시의 급속한 팽창으로 주민들 중 누가 누구인지 거의 파악할 수가 없게 되었다. 그러나 셜록 홈즈의 이야기 속에 나오는 런던은 도시가 고상하고, 일개 개인이 이해하기에는 너무 웅장하다는 관념을 깨뜨린다. 홈즈와 왓슨은 끔찍할 정도로 끝이 보이지 않는 19세기 도시화와 산업화에 대한 코난 도일의 부르주아적 치료법인 셈이다. **VC-R**

"HOLMES GAVE ME A SKETCH OF THE EVENTS."

▲ 삽화가 시드니 파젯은 셜록 홈즈와 왓슨 박사의 이미지를 창조해냈다.

◀ 프레데릭 도어 스틸이 그린 1903년 『콜리어 위클리』지의 표지. 코난 도일이 창조해 낸 위대한 탐정 셜록 홈즈를 모델로 하고 있다.

어느 무명 인사의 일기 Diary of a Nobody

조지 & 위든 그로스미스 George & Weedon Grossmith

"그가 문을 쾅 닫고 집을 나섰는데, 어찌나 세게 닫았는지 채광창이 다 흔들렸지. 그리곤 그가 신발 먼지떨이에 걸려 넘어지는 소리가 들려왔소. 그걸 치우지 않았던 건 정말 다행이라고 생각했지."

▲ 위든 그로스미스가 직접 그린 삽화 가운데 하나. 푸터가 즉흥적으로 폴카를 추다가 갑자기 들어온 하녀 때문에 깜짝 놀라는 장면이다.

조지의 생몰연도 | 1847(영국)–1912
위든의 생몰연도 | 1852(영국)–1919
연재 시작 | 1892, 『Punch』誌(런던)
초판 발행 | 1892, J. W. Arrowsmith(브리스톨)

영국 코믹소설 중 가장 위대한 작품 가운데 하나인 『어느 무명 인사의 일기』는 디킨스의 세계와 E. 워(1903~1966, 영국의 소설가 겸 평론가)와 우드하우스(1881~1975, 영국의 유머 작가)의 세계 사이에 다리를 놓은 작품이다. 엄격한 서기관 찰스 푸터는 사무실과 홀로웨이 교외에 있는 집에서 일어나는 매일매일의 일상—무례한 하급 직원들이나 오랫동안 병을 앓고 있는 아내 캐리, 그리고 아들 루핀의 여성 편력 등—을 기록하고 있다. 이 소설에서 보여준 작가의 가장 멋진 솜씨는 자기 자신과 세상을 바라보는 푸터의 시각과, 사실은 그렇지 않을 것이라고 믿는 어렴풋한 깨달음 사이의 아이러니한 거리이다. 독자들은 우아한 영국 신사로 남아있고자 하는 푸터의 의도가 어떻게 좌절되는지 즐겁게 감상할 수 있다.

그로스미스 형제들은 연극계와 밀접한 관계를 맺고 있었으며, 희극 무대는 이 작품의 배경에 무시 못할 영향을 미쳤다. 가정의 사소한 문제들로 인해 푸터가 신경질적이 되면 될수록, 인생은 더더욱 그의 앞길에 바나나 껍질을 던져놓는 듯하다. 예를 들면 푸터는 무도회에서 신으려고 산 새 신발을 신고, 무도회장 마룻바닥에서 미끄러지고 만다. 디킨스의 미코버처럼 푸터는 이 작품의 초현실적으로 우스꽝스러운 문체를 통해 당면한 문제들을 넘나든다. 독자들은 빨간 에나멜 물감에 집착하다 못해 대대로 내려오는 셰익스피어 전집까지 빨갛게 칠해버리는 푸터를 이해하기 위해 1890년대에 대해 해박한 지식을 필요로 하지는 않는다. 동시에 푸터는 걱정많은 영국인의 전형이기도 하다. 푸터가 없었다면 헬렌 필딩의 브리짓 존스나 존 클리즈의 배질 폴티는 태어나지 못했을 것이다. **BT**

총독들 The Viceroys

페데리코 데 로베르토 Federico De Roberto

작가 생몰연도 | 1861(이탈리아)–1927
초판 발행 | 1894
초판 발행처 | Galli (밀라노)
원제 | I viceré

"총독들"이란 과거 스페인 점령기 시칠리아에서 총독들을 배출한 귀족 가문 우체다 가의 별명이다. 이해 관계와 가족의 긍지 사이의 충돌로 점철된 우체다 가의 역사는 곧 부르봉 왕정 시대부터 이탈리아 통일까지 약 30년 동안의 시칠리아 역사라 할 수 있다.

이 소설은 처음 출간되었을 당시에는 그다지 반응이 신통치 않았다. 여기에는 여러 가지 이유가 있는데, 우선 베리스모*의 쇠퇴가 가장 큰 원인이었다. 데 로베르토는 이야기의 리듬을 느리게 하기 위해 비인칭적 화자를 사용하고 행위가 미치는 궁극적인 결과까지 사실 위주로 엄격하게 진술하는 등 베리스모의 원칙에 충실했던 작가였다. 또한, 이 작품의 염세주의와 교묘하게 조야한 언어는 탐미주의가 지배했던 당시 인기를 끌지 못하였다.

이러한 악조건에도 불구하고 『총독들』은 심리적으로 교묘한 인물의 특징과 광대한 배경, 그리고 생생한 묘사 등에서 일류임을 자랑하는 작품이다. 시칠리아 사회의 명료하고 예리한 비판은 이 작품이 당대의 다른 시칠리아 소설과 다르다는 점을 알 수 있게 해준다. 데 로베르토의 이야기에서는 전원 생활에 대한 감상이나 서글픈 찬양 따위는 존재할 여지가 없다. 이 작품의 궁극적인 메시지는 시칠리아 사람들의 피에는 비극적 숙명론이 흐르고 있어 어떤 것도 바꿀 수 없다는 것으로, 훗날 토마시 디 람페두사의 명작 『들고양이』를 연상케 한다. **LB**

* '진실주의'라는 뜻으로, 1880년경부터 20세기 초에 걸쳐 이탈리아에서 일어난 광범위하고 복잡한 문학현상.

비운의 주드 Jude the Obscure

토머스 하디 Thomas Hardy

작가 생몰연도 | 1840(영국)–1928
초판 발행 | 1895
초판 발행처 | Osgood, McIlvaine & Co.(런던)
언어 | 영어

욕망과 버려짐이라는 주제에 몰두한 『비운의 주드』는 하디의 작품 중에서 가장 실험적이고 또한 분노에 차 있는 작품이라 말할 수 있다. 주드 폴리는 전원적인 메리그린과 앨프리드스턴을 등지고 대학도시인 크리스트민스터 시티의 첨탑으로 향한다. 4마일이나 되는 거리를 그는 걸어서 가기로 하는데, 한 걸음 한 걸음씩 걸음짐작으로 거리를 재면서 나아가는 이 4마일은 야심과 희망, 혹은 자신의 앞길에 무엇이 놓여있는지 알지 못하는 특유의 아름다운 열정만으로 잴 수 있는 거리이다.

석공 주드가 도시에 들어갔을 때 그는 자신의 계급과 그 역사도 함께 가지고 들어간 셈이 된다. 처음에 그것은 그를 풍부하게 해주었다. 대학 건물들의 기념비적인 건축물의 페이지들을 읽을 때 그의 눈은 장인의 눈이다. 그러나 그의 계급은 점점 그의 야망을 제한하는 장애물이 된다. "비블리올 대학"의 학장이 보낸 편지는 주드에게 "분수를 지키라"고 경고함으로써 잔인한 현실에 눈을 뜨게 만든다. 주드의 불행했던 첫 번째 결혼과 자유로운 사고를 지닌 사촌 누이와의 관습을 뛰어넘은 관계는 끔찍한 비극으로 끝나고, 여기에 대한 주드의 반응은 명백하다.

절망, 분노, 긍지가 섞인 낙오감은 오히려 노골적으로 표현되지 않았기에 더더욱 고통스럽다. "배움의 세계"의 존재를 알면서도 들어가는 것이 금지된 주드는 두 번 추방당한 것이나 다름없다. 한 번은 사회적 근원으로부터 생긴 그의 욕망이 그를 버렸고, 또 한 번은 욕망을 성취하고자 하는 과정에서 그 사회적 근원이 그의 발목을 잡았다. **PMcM**

에피 브리스트 Effi Briest

테오도르 폰타네 Theodor Fontane

작가 생몰연도 | 1819(독일)–1898
초판 발행 | 1895
초판 발행처 | F. Fontane & Co.(베를린)
언어 | 독일어

토마스 만은 『에피 브리스트』를 역사상 가장 중요한 여섯 편의 소설 중 하나로 꼽았다. 베케트의 희곡 『크랍의 마지막 테이프』의 주인공 크랍은 이보다 더 강력하게 이 작품의 중요성을 역설했다. "『에피 브리스트』를 하루에 한 페이지씩 다시 읽으면서 끓어오르는 눈물로 또 한 번 눈동자를 데었다." 이 말은 절대로 과장이 아니므로, 혹시 다음 날 토끼눈이 되는 것이 염려스러운 독자라면 미리 대비를 하는 편이 좋을 것이다.

도덕적인 심판에서 자유로운 이 소설은 실화에 바탕을 두고 있으며, 여주인공 에피의 시련에 그 동정의 시선을 고정하고 있다. 에피는 어린 나이에 자신보다 훨씬 나이가 많은 남자와 결혼한다. 이런 설정에서는 진부한 사랑과 불륜 이야기가 되기 쉽지만 폰타네는 개인적, 사회적 희비극의 아름답고 암시적인 감각으로 이야기를 짜나간다. 자연과 문명 모두에 대비되는 에피의 순진함은 그녀가 살고 있는 괴로운 세계 속에서 더욱 빛난다. 외제니 그랑데, 엠마 보바리, 안나 카레니나 등과 비견될 만한 에피의 캐릭터는 한 사회의 역사적, 사회적 구조를 탐구하기 위한 수단이다. 에피의 연약한 인간성이 성적, 정치적 암류를 만나 붕괴되는 장면은 유난히 은근하게 표현되었다. 멜로드라마에 가까워지는 위험에 매우 민감한 이 소설은 상징적으로 밀도있게, 매우 직설적으로 쓰여졌는데도 불구하고, 모호한 암시와 신랄한 간접 언급, 그리고 드라마틱한 아이러니로 가득한 작품이다. **DM**

타임머신 The Time Machine

H.G. 웰스 H. G. Wells

작가 생몰연도 | 1866(영국)–1946
초판 발행 | 1895
초판 발행처 | W. Heinemann(런던)
원제 | The Time Machine: An Invention

웰스의 첫 번째 소설인 『타임머신』은 진화론에 대한 19세기의 믿음을 발전으로 뒤바꿔놓은 '과학 로맨스'이다. 빅토리아 시대 한 과학자가 자신이 시간을 거슬러 여행할 수 있는 장치를 발명했으며 미래(802701년)의 런던으로 여행을 다녀왔다고 주장한다. 거기에서 그는 미래의 종족, 더 정확하게 말하자면 종족들(인간이 두 종류로 발전했기 때문에)을 발견했다는 것이다. 땅 위에는 온순하고, 어린이처럼 순수한 요정 같은 종족 엘로이들이 아무런 분쟁 없이 평화롭게 살고 있다. 그러나 땅 아래에는 한때는 엘로이들의 아래에 있었으나 지금은 연약하고 무방비 상태인 엘로이들을 먹고 사는 몰록들이 살고 있다. 배경을 약 백만 년 후의 미래로 설정하고 종(種)과 물리적 세계 그리고 태양계의 느린 변화를 꿰뚫는 "빠른 이동"을 통해, 웰스는 진화론의 자연 선택 이론을 설명하고 있다.

이 소설은 과학 우화인 동시에 계급의 우화이기도 하다. 웰스는 이 작품에서 자신이 살았던 시대에 존재한 두 개의 사회(상류층과 하층민들)를 똑같이, 그러나 서로 다른 퇴보로 그렸다. "퇴보"는 진화의 반대로, 『타임머신』에서 보여준 웰스의 반유토피아적 전망은 19세기 후반에 유행했던 유토피아 소설들, 특히 윌리엄 모리스의 『유토피아에서 온 소식』의 허점을 폭로하고 있다. 모리스가 전원적인 사회주의 유토피아를 묘사했다면, 웰스는 인간의 투쟁이 결국은 실패로 끝나는 세계를 보여준다. **LM**

모로 박사의 섬 The Island of Dr. Moreau

H.G. 웰스 H. G. Wells

작가 생몰연도 | 1866(영국)–1946
초판 발행 | 1896
초판 발행처 | W. Heinemann(런던)
본명 | Herbert George Wells

『모로 박사의 섬』은 예언적인 SF소설로, 복제 인간과 유전자 실험, 그리고 생체 실험 등에 관한 당대의 논쟁에 보다 암울한 빛을 던져준 작품이다.

『타임머신』과 『우주 전쟁』처럼 『모로 박사의 섬』 역시 『종의 기원』(1859)이 출간된 후 제기된 수많은 문제를 망라하는, 다윈의 이론에 대한 음침한 입증으로 독자와 맞선다. 또한 이 작품은 과학과 인간의 책임에 대한 보다 근본적인 염려를 대변하는 작품이기도 하다. 자신의 업적이 어떤 결과를 가져올 것인지는 신경조차 쓰지 않을 뿐더러 적절한 안전조치에도 관심이 없는 전형적인 미친 과학자는 그가 조종하는 괴물만큼이나 끔찍하다. 흉칙대는 반인반수의 사회와 그들의 앞뒤를 잘라버린 명령들("술을 들이키지 마. 그게 법이야. 우리는 인간 아니야?") 은 굳이 통렬한 결말을 기라릴 것도 없이 당대 사회를 너무나 명확하게 반영하고 있다. 모로의 방법의 야만성은 그 아래 숨어있는 이슈만큼이나 끔찍하다. 과학의 발달은 한 편의 글이 출간 즉시 충격적인 권력을 갖는다는 것을 의미한다. 마치 그의 짐승들을 산 채로 껍질을 벗겨 서서히 인간으로 빚어내는 모로처럼. 유전자 조작의 무한한 약점으로부터의 머나먼 비명일는지는 모르겠지만, 어쨌건 이 작품은 "알려지지 않은" 과학적 방법에 대한 고전적인 공포를 일으키는 데에는 완전히 성공했다. **EMcCS**

쿠오 바디스 Quo Vadis

헨리크 시엔키에비치 Henryk Sienkiewicz

작가 생몰연도 | 1846(폴란드)–1916(스위스)
초판 발행 | 1896, Gebethner & Wolff
원제 | Quo vadis: Powie z czasów Nerona
노벨 문학상 수상 | 1905

『쿠오 바디스』는 고대 로마의 부패와 잔인함을 묘사한 서사시로, 출간된 지 10년 만에 세계적인 베스트셀러가 되었다. 네로 궁정의 퇴폐적인 향연이나 초기 기독교도들이 겪는 박해 등의 생생한 묘사는 영화화하기에 매우 적합했다.

중심 플롯은 폴란드 출신의 기독교인 처녀 리기아, 사도 베드로, 바울로를 만난 뒤 기독교에 귀의한 로마 장교 마르쿠스 비니키우스의 불운한 사랑이다. 다소 진부한 줄거리에 활력을 불어넣어 주는 인물은 비니키우스의 백부이자 로마의 문인인 페트로니우스이다. 페트로니우스는 냉소적인 탐미주의자로, 내부인의 관점에서 네로의 궁정 생활에 대한 재기 넘치는 견해를 피력한다. 복잡한 내면을 지닌 악당 네로는 그의 건축학적 야망을 실험하기 위해 로마에 불을 지르고 그 죄를 기독교도들에게 뒤집어씌워 대대적인 박해를 시작한다. 초기 기독교도들의 사랑과 영성이 로마의 권력과 물질주의와 대립하면서 시엔키에비치의 독실한 가톨릭 신앙이 빛을 발한다. 또한 여기에는 폴란드 민족주의라는 숨은 의미도 담겨있다. 시엔키에비치가 이 작품을 집필할 당시 폴란드는 주변 강대국들의 압제 아래 있었던 것이다.

또다른 폴란드 출신의 노벨 문학상 수상자 체슬라프 밀로즈는 이 작품에서 시엔키에비치가 "보기 드믄 서술적 재능"을 보여주었으며 이런 장르의 소설은 이미 오래 전에 유행이 지났는데도 불구하고, 작가의 놀라운 재능 덕분에 이 작품이 아직도 그 인기를 유지하고 있다고 평한 바 있다. **RegG**

드라큘라 Dracula

브람 스토커 Bram Stoker

작가 생몰연도 | 1847(아일랜드)–1912(영국)
초판 발행 | 1897
초판 발행처 | A.Constable & Co.(런던)
언어 | 영어

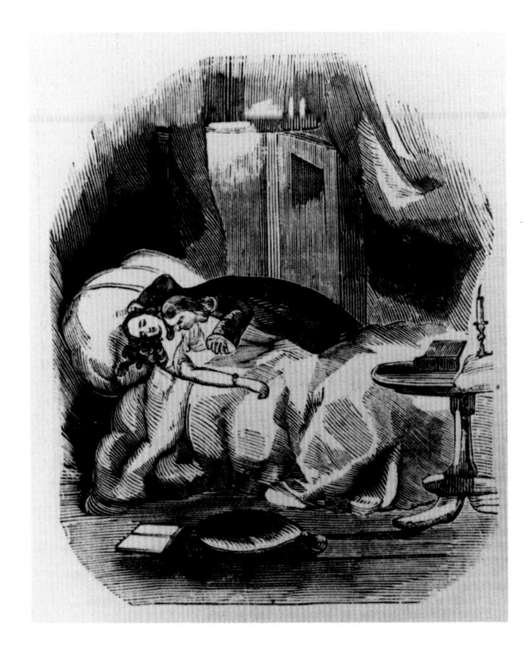

"나의 이 아름다운 영지에서 당신이 즐거운 시간을 보낼 것이라 확신하오."

▲ "피의 향연"을 그린 1847년의 삽화. 하지만 『드라큘라』는 최초의 흡혈귀 호러물은 아니다.

▶ 1958년작 〈드라큘라의 공포〉의 프랑스판 포스터. 관객을 전율하게 하는 드라큘라의 잠재력을 비교적 충실하게 영화화한 작품이다.

『드라큘라』는 진정한 호러소설이다. 이 작품은 사건이 일어나는 현실과 그 사건들을 엄습하는 초자연적인 힘에 그 뿌리를 내리고 있다. 현실과 초자연의 경계는 스토리가 전개되는 동안 더 모호해지고, 그 지점에서 당대의 가장 최첨단 소통 방식은 오류를 일으키며 고대의 악마를 호출한다.

영국인 변호사 조나단 하커는 드라큘라 백작의 부동산 관련 의뢰를 맡아 트란실바니아의 외딴 성으로 향한다. 피에 굶주린 백작이 새로운 희생양을 찾아 영국으로 향하는 배를 타면서 반 헬싱 박사는 흡혈귀를 죽이기 위한 복잡한 계획을 짜기 시작한다. 이야기는 목격자들의 진술, 일기, 그리고 의사와 과학자들의 수기 형태로 이어진다. 이러한 화술은 이야기의 정확도를 높이는 기능을 하지만, 사실 사람들의 눈에 드러나지 않으면서도 계속 그 자리에 있는 드라큘라의 존재 자체가 물리 법칙의 위반이다. 『드라큘라』의 매력과 그 지배적인 공포는, 가장 완벽한 이성과 진리를 탐구하는 과학 기술의 발달에도 불구하고 비이성적인 힘을 완전히 제거할 수는 없다는 가정 속에 내재하고 있다.

흡혈 백작은 유니버설 스튜디오와 함머가 영화로 제작하면서 20세기의 대중 아이콘으로 떠올랐다. 평론가들은 이 소설을 정신분석학적, 탈식민주의적 관점에서 광범위하게 연구하였다. 그 결과 호러소설로서 이 소설의 힘(혁명소설로서는 둘째치고)은 한 세기 사이에 거의 사라지다시피 하고 말았다. 이 소설이 지금까지 창조해낸 거대하고도 반복적인 효과를 생각한다면 매우 아까운 일이 아닐 수 없다. **SF**

Universal Film, Inc. présente:
LE CAUCHEMAR
DE
DRACULA
Universal International
(HORROR OF DRACULA)
AVEC PETER CUSHING · MICHAEL GOUGH ET MELISSA STRIBLING
ET CHRISTOPHER LEE DANS LE RÔLE DE DRACULA
PRODUCTION HAMMER FILM EN COULEURS · MISE EN SCÈNE TERENCE FISHER

메이지가 알고 있었던 일

What Maisie Knew

헨리 제임스 Henry James

작가 생몰연도 | 1843(미국)–1916(영국)

초판 발행 | 1897, W. Heinemann(런던)

원제 | What Maisie Knew

언어 | 영어

빌과 아이다 퍼레인지가 이혼하자, 그들은 딸 메이지를 "솔로몬의 판결에 버금가는 방식"으로 키우기로 결정했다. 즉 번갈아가면서 여섯 달씩 돌보는 것이었다. 그러나 이 방식은 실행에 옮기려고 하자 생각했던 것보다 훨씬 뒤죽박죽이 되고 만다. 메이지는 부모와, 그들의 새 배우자와 애인들 사이를 오가게 된다. 괴물 같은 어른들이 그녀의 시각을 끊임없이 축소했다 확대했다 하는 와중에 메이지의 의식 속에서는 모든 것이 굴절된다. 그럼에도 그녀는 여전히 작품의 중심 인물이다.

"어린이들은 그들이 말로 표현할 수 있는 것보다 훨씬 더 예리하게 사물을 인식한다." 제임스는 『메이지가 알고 있었던 일』의 뉴욕판(1909) 서문에서 이렇게 말했다. 메이지는 그녀가 이해할 수 있는 만큼보다 훨씬 더 많은 것들을 본다. 그러나 한편으로는 자신이 아는 것보다 훨씬 더 많은 것을 알고 있기도 하다. 메이지의 부모를 둘러싼 복잡하고 비교훈적인 관계 한복판에는 언제나 돈과 섹스가 자리잡고 있지만, 메이지는 이 두 가지에 대해서는 아무것도 모른다. 그러나 메이지는 주위 어른들의 행위 속에서 돈과 섹스의 효과를 목격하고 이 두 가지가 무엇을 의미하는지에 대해서 많은 것을 알게 된다.

어른들의 편견에 흐려지지 않은 메이지의 명료한 인식과, 그녀가 목격한 것에 대한 제임스의 풍부한 설명은 불행한 결혼의 부산물인 아이의 생각을 전해준다. 또한 메이지의 위엄은 어른들의 행위를 극도로 한심하게 만든다. 그러나 메이지는 그녀의 경험으로 인해 상처받지 않는다. 메이지가 아는 만큼만 알고 있는 사람이라면 그 누구도 메이지를 천진한 어린 아이로는 보지 않으리라. **TEJ**

자비

Compassion

베니토 페레스 갈도스 Benito Pérez Galdós

작가 생몰연도 | 1843(스페인)–1920

초판 발행 | 1897

초판 발행처 | Viuda e Hijos de Tello(마드리드)

원제 | Misericordia

『자비』는 페레스 갈도스의 소설 중에서 가장 인기 있는 작품 가운데 하나로, 갈도스의 생애에서 사회적 의문에 대해, 또 자선과 자비라는 도덕으로 귀한할 수 있을지에 대해 염증해 있던 무렵 쓴 작품이다. 이 소설의 사회적 배경은 마드리드의 중산층 가족(훗날 빈곤층으로 전락하는 자파타 가)과, 돈의 지배와 변덕의 희생양이 되어 교회 문간에서 구걸을 하거나 돈과 음식을 얻기 위해 떠돌아다니는 비참한 사람들이다.

이러한 불행한 사람들 중에서 잊을 수 없는 두 인물이 떠오른다. 모로코인 장님 거지인 알무데나와 몰락한 여주인을 부양하기 위해 구걸을 다니는 늙은 하녀 베니냐(니나) 데 카시아가 바로 그들이다. 그들은 모두 또 하나의 예측 가능한 현실로 떠미는 백일몽 속에서 살아남는다. 알무데나는 베니냐에 대한 사랑에 무릎을 꿇는다.(베니냐에 대한 알무데나의 감정은 돈키호테가 둘시네아에게 품은 열정과 매우 비슷하다.) 베니냐는 사람들이 서로에게 해야 하는 거짓말을 한데 모은다. 몰락한 부르주아는 과거의 행복했던 시절의 기억에 의지해 살아간다. 마침내 자파타 가가 예상치 못했던 유산을 물려받으면서 베니냐와 그녀의 애인은 버림받고, 이들의 존엄성은 거의 기적적인 신성에 가깝게 추앙받게 되는데, 이는 19세기 말 유럽의 전형적인 과격한 공상이다. **JCM**

파라오
Pharaoh

볼레슬라프 프루스 Bolesław Prus

작가 생몰연도 | 1847(러시아)–1912(폴란드)
초판발행 | 1897, Gebethner i Wolff (바르샤바)
본명 | Alexander Glowacki
원제 | Faraon

『파라오』의 무대는 약 3천 년 전, 이집트의 신왕국시대가 저물어갈 무렵이다. 서쪽으로는 사막에 가로막히고, 동쪽으로는 아시리아의 군사적 위협에 시달리며 나라는 기울어간다. 젊은 왕자 람세스는 죽음을 눈앞에 둔 아버지의 공식 후계자이다. 왕좌에 오른 람세스는 파라오의 권력을 되찾고 군대를 재건하여 다시 한번 이집트를 번영하게 하리라 마음먹는다. 그러나 그가 물려받은 것은 텅 빈 국고, 그리고 탐욕스런 신관들과 세리들에게 착취당한 국민들뿐. 대사제들은 사실상 이집트를 좌지우지하면서 이 건방진 젊은 군주의 도전을 용인할 용의가 전혀 없다. 람세스는 개혁을 추진하기 위해 군과 충성스런 귀족들에게 의지한다. 그러나 람세스가 테베의 신성한 미로 속에 숨겨진 보물을 압수하려 들자 신관들은 더없이 위험한 적으로 탈바꿈한다.

폴란드어로 쓰여진 가장 위대한 소설로 꼽히는『파라오』는 기원전 11세기의 성장소설이나 다름없다. 람세스가 스스로에게 던지는, 어떻게 자신의 나라를 다스릴 것일까 하는 의문은 그를 야심찬 젊은이에서 현명하고 고결한 군주로 성숙시킨다. 그의 매우 인간적인 실패들—예를 들면 마땅치 않은 시점에 마땅치 않은 여자에게 빠지는 등—은 사회와 농업 개혁과 관련된 그의 순수한 관심과 상호작용한다. 풍부한 상징으로 가득한『파라오』는 또한 폴란드, 혹은 이웃의 강대국들에게 위협받는 모든 나라들을 위한 우의이며 역사적 필연성에 대한 고찰이기도 하다. **MuM**

"행복에 대해서 생각하지 마라. 그러면 행복이 찾아오지 않는다 해도 실망하지 않을 것이다. 만약 행복이 정말로 찾아온다면, 그때는 즐거운 놀라움이리라."

▲ 프루스의 소설 『파라오』는 고대 이집트가 무대이지만 그 권력 암투는 현대에도 똑같이 적용될 수 있을 것이다.

지상의 양식 Fruits of the Earth

앙드레 지드 André Gide

작가 생몰연도 | 1869(프랑스)–1951
초판 발행 | 1897, Mecure de France(파리)
원제 | Les Nourriture Terrestres
노벨 문학상 수상 | 1947

▲『지상의 양식』에서 앙드레 지드가 보여준 쾌락주의는 작가 자신이 동성애자임을 자유롭게 표현하고자 하는 욕망과 연결되어 있다.

▶ 1920년판『지상의 양식』의 표지는 루이 주가 제작한 작가의 목판 초상화로 장식되었다.

앙드레 지드는 결핵으로 투병 중인 동안『지상의 양식』을 썼다. 가상의 수신인, 지드의 수제자이자 이상적인 말벗인 나다니엘에게 보내는 긴 서간, 혹은 강연 형식으로 쓰여진 이 작품은, 숨쉬는 것이 기적으로 느껴질 만큼 죽음이 가까워진 사람만이 이해할 수 있는 격렬한 쾌락에 대한 찬사이다.

교훈적인 동시에 환희로 가득하고, 산문과 노래가 결합된 이 작품의 형식은 제2의 복음처럼 읽혀왔으며, 특히 동성애에 대해 파격적인 태도를 취했다는 점에서 오랫동안 지드의 작품 중에서 가장 인기있는 작품이었다. 새로운 신들은 센세이션이요, 욕망이고, 본능이다. 목표는 모험과 과도함이다. 그러나 이 책의 교리 중 가장 핵심은 금욕이다. 소유에는 기쁨이 없으며 욕망은 완성으로 인해 무뎌진다. 관습은 강제적일 뿐 아니라 잘못된 인식을 부르기 때문에 해롭다.

이러한 메시지는 사르트르와 카뮈에 의해 이어졌으며, 지드 자신도『배덕자』에서 더욱 상세하게 탐구하였다.『지상의 양식』이 소설이 아니라고 주장할 수 있겠지만, 지드는 이 작품에서 소설 쓰기의 가장 근본적인 원칙들을 있는 그대로 발견하였을 뿐만 아니라 화자와 그의 이상적인 독자—"나는 지금까지 자네에게 이야기한 그 누구보다도 더한 친밀감을 가지고 이야기하고 싶네"—와의 사이에서 다른 어떤 작가도 이루어내지 못한 긴박감으로 이 작품을 채우는 데 성공하였다.

DSoa

A·GIDE
LES·NOURRITURES·TERRESTRES

Gravures sur bois de LOUIS JOU.
(Claude Aveline, éditeur.)

CBS
CBS
CBS

우주 전쟁 The War of the Worlds

H.G. 웰스 H.G. Wells

작가 생몰연도 | 1866(영국)–1946
초판 발행 | 1898
초판 발행처 | W. Heinemann(런던)
언어 | 영어

웰스의 수많은 선구적인 SF소설들처럼, 『우주 전쟁』 역시 그 주제를 본딴 수없이 많은 모방작들을 낳았다. 『우주 전쟁』은 영화, 만화, 심지어 프로그레시브 록음악으로까지 제작되었는데, 그중에서도 가장 유명한 시도는 1938년 오손 웰스의 악명 높은 라디오 방송으로 '라몬 라켈로 오케스트라'의 배경 음악과 함께 화성인들의 전면 침공을 보도하였다. 이러한 첫 방송은 미국을 거의 패닉에 빠뜨리다시피 했고, 물론 언론에 의해 과장된 바가 없지는 않으나, 웰스 소설의 위대성을 증명한 셈이 되었다.

플롯은 간단하다. 영국 서리 주의 호셀 커먼에 기이한 원형 물체가 착륙하고, 그 안에 타고 있던 생물들이 내린다. 악의에 찬 외계인들은 "열 광선"과 맹렬한 공포로 모든 것을 파괴한 뒤 무시무시한 승리의 함성을 지른다. 인간들은 무력하고, 화성인들은 손쉽게 지구를 손아귀에 넣는다.

웰스의 웅장한 시각은 단순한 동시에 심오하게 복잡하여, 인간이 얼마나 쉽게 오류를 범하고 스스로의 제어에 실패하는지를 암시하고 있다. 화성인들의 장관은 경이와 공포를 함께 불러일으키는데, 외계인들의 정체에 대해서는 책이 처음 출간된 이후 줄곧 새로운 해석이 나오고 있다. **EMcCS**

◀ 미국을 패닉 상태에 빠트린 『우주 전쟁』의 라디오 방송 이후 촬영한 오손 웰스(1915~1985, 미국 배우)의 사진.

노년 As a Man Grows Older

이탈로 스베보 Italo Svevo

작가 생몰연도 | 1861(오스트리아–헝가리)–1928(이탈리아)
초판 발행 | 1898, Libreria Ettore Vram
본명 | Aron Ettore Schmitz
원제 | Senilitá

스베보가 사랑해 마지않았던 그의 고향 트리에스테에 에밀리오 브렌타니라는 사람이 살고 있다. 남몰래 문학적 야망을 품고 있는 그는 평범하지만 아름다운 아가씨 "작은 천사" 안지올리나와 사랑에 빠져 있다. 감상적인 방해에서 자유로운, 상호간의 이해를 의도했던 두 사람의 관계는 그러나 빠른 속도로 그 정열을 더해가게 된다. 그 바람에 두 사람 사이에는 끊임없이 우스꽝스러운 감정의 오해가 일어나고, 에밀리오의 어리석음은 그로 하여금 점점 더 큰 타협을 양보하게 한 끝에 결국 그의 이기적인 친구 조각가 발리와 불공평한 시합을 하기에 이른다. 결국 누이인 아말리아의 삶을 망치게 되면서 비극은 절정에 달하고, 에밀리오는 자신이 진정으로 사랑했던 사람이 아말리아임을 뒤늦게 깨닫게 된다.

비록 오늘날의 비평가들은 이 작품을 스베보 최고의 작품이자 『제노의 고백』보다 훨씬 완성도가 높다고 평가하지만, 이 책이 처음 출간되었을 때에는 그다지 성공적이지 못했다. 단순하고, 때로는 구식 단어와 방언을 섞은 서투른 표현(이탈리아어는 스베보의 모국어가 아니었다) 때문에 수십년이 지나 "재발견"될 때까지, 이 작품은 완전히 묻혀 있었다. 깊은 인간성과 유머, 심리적 통찰로 특징지어지는 『노년』(영국에서는 스베보의 친구이자 숭배자였던 제임스 조이스의 제안대로 '사람이 늙어갈 때'로 번역되었다)은 희망 없는 사랑과 불운한 우유부단의 재기넘치는 탐구이다. **LB**

돔 카스무로 Dom Casmurro

요아킴 마리아 마차도 데 아시스
Joaquim Maria Machado de Assis

작가 생몰연도 | 1839(브라질)–1908
초판 발행 | 1899
초판 발행처 | H. Garnier(리우 데 자네이루)
◆브라질 문학 아카데미 창립자

마차도 데 아시스가 『돔 카스무로』를 썼을 당시 이미 브라질 문학의 거장으로 인정받고 있었던 그는 은근한 악의로 30년 넘게 대중의 악덕과 위선을 묘사하며 독자들을 놀리고 있었다. 이 우스꽝스럽고, 혁신적이며 다소 불편한 소설은 그의 기이한 예술의 결정판이다.

작품의 주인공이자 화자인 돔 카스무로는 이미 노인으로, 자신의 지나온 삶을 이야기하고 있다. 그는 자신이 어린 시절 자랐던 것과 같은 집을 짓고 있고, 그의 이야기 역시 비슷한 목적—만족스럽게 인생의 시작과 끝을 이으려는—을 지니고 있다. 그러나 독자들은 곧 그가 빠뜨린 "중간"이 몇 가지 심각한 문제를 제기한다는 것을 깨닫게 된다. 돔 카스무로의 이야기의 중심은 어린 시절의 연인이었던 카피투에 대한 그의 사랑인데, 훗날 그는 카피투와 결혼하고 그 사이에서 아들도 낳는다. 그러나 카피투는 점차 부정의 괴물이 되어가는 듯하고, 돔 카스무로는 질투로 어쩔 줄을 모른다.

돈 카스무로는 도무지 신뢰할 수 없는 화자이다. 교묘하게 에둘러서 말하면서 독자들에게 틈이 날 때마다 자신의 이야기를 그대로 믿어달라고 하면서 다음 순간에는 금방 기억을 해내지 못하곤 한다. 때때로 돔 카스무로는 독자들이 책이 지겹거나 역겹다고 던져버리는 모습을 상상하는 듯하다. 그러나 마차도는 자기가 만들어낸 화자가 얼마나 지루한지 잘 알고 있다. 교활하고 손에 잘 잡히지 않는 목소리에 걸려든 독자들은 책을 집어던질지는 모르겠으나, 금방 도로 주워올 것임에는 틀림이 없다. **RegG**

각성 The Awakening

케이트 쇼팽 Kate Chopin

작가 생몰연도 | 1851(미국)–1904
초판 발행 | 1899
초판 발행처 | H. S. Stone & Co. (시카고)
본명 | Katherine O'Flaherty

『각성』은 출간되자마자 온갖 비난과 경멸의 대상이 되는 바람에 저자인 쇼팽은 재정난은 물론 문인으로서의 미래까지 의심을 받아야 했다. 말 그대로 태어나자마자 묻혀버릴 뻔한 이 첫 번째 경험에서 회복된 후, 이 소설은 뿌리깊고 끈질기게 살아남았다. 오늘날 널리 읽히고 있는 『각성』은, 그러나 『보바리 부인』의 미국판이라는 비판도 받고 있다.

뉴올리언즈에서 살고 있는 에드나 폰텔리에는 젊은 아내이자 어머니로서의 자신의 의무에 숨이 막힐 것만 같다. 법과 사회의 굴레에 대한 거부는 그녀의 투쟁을 크레올 사회의 결혼과 모성에 대한 자극적이고 진보적인 비판으로 이끌어간다.

쇼팽은 『각성』을 통해 개인의 사회적 위치에 대한 "각성"이 어떤 의미를 가지는지 보여준다. 이 소설은 우리로 하여금 그저 "잠들어 있는" 편이 나은지를 생각해 보게 함과 동시에 서로 다양한 "창조"와 "파괴"가 서로 얽히는 복잡한 방식들을 다룬다. 독자를 사로잡는 쇼팽의 문장과 소재는 여러 면에서 시대를 앞서간 것이었다. 그러나 『각성』에서 가장 주목할 만한 점은 독자로 하여금 시간이라는 관념, 즉 이 작품을 읽고 있는 그 순간의 시간이라든지 독자 자신의 시대를 벗어난 시간에 대해 생각해보게 한다는 것이다. 독서는 마치 각성처럼 현재에 대한 독특한 느낌을 제공한다. 독자는 과연 각성이 시작되었는지, 아니면 아직 시작되지 않았는지 알지 못한 채 남겨지게 된다. **JLSJ**

슈테힐린 The Stechlin

테오도르 폰타네 Theodor Fontane

작가 생몰연도 | 1819(독일)–1898
초판 발행 | 1899
초판 발행처 | F. Fontane & Co.(베를린)
원제 | Der Stechlin

"결국 노인은 죽고, 두 젊은이는 결혼한다. 장장 500페이지에 걸쳐 일어난 일은 이게 전부다."

노년기에 쓴 작품, 『슈테힐린』에 대해 폰타네 자신이 정리한 간결한 감상이다. 『에피 브리스트』의 섬세한 심리적 동기와는 대조적으로 이 소설에는 방대한 대화의 기술을 통해 어마어마한 변화를 눈앞에 둔 사회의 특징을 그린 새로운 형태의 리얼리즘이 보인다.

폰타네가 말한 노인은 "슈테힐린"이라는 별명을 가진 두브슬라프 소령으로, 슈테힐린 호수와 성의 소유주이다. 이 세상 어딘가에 재앙이 일어나면 슈테힐린 호수가 끓어오른다는 전설이 있다. 두 젊은이는 슈테힐린의 아들인 볼데마르, 그리고 총명하고 생기 발랄한 멜루지네의 다소 특색없는 여동생 아름가르트이다. 따스하고, 인간적이고, 모든 과격한 사상에 회의적인 시선을 보내는 슈테힐린은 제국 의회의 보수당 후보로 출마하라는 권유에 넘어가지만, 정치에 대한 그의 현실적인 접근 덕분에 사회민주당 후보에게 패배하고 만다. 구 엘리트들이 힘없이 무너지는 가운데, 민주주의의 도래가 계급의 특권을 무너뜨리면서 개인과 사회간의 관계의 재정의가 절실히 필요해진다. 멜루지네(전설 속에서 슈테힐린 호수에 사는 매혹적인 요정의 이름)는 변화하는 사회에 발을 맞추어야 하는 중요성과, 그 밖의 세계와 신비하게 연결되어 있는 호수의 관계를 짚어낸다. **MM**

"책은 명예와도 같다. 한번 빌려주면 다시 되돌아오지 않는다."

테오도르 폰타네, 1895

▲ 테오도르 폰타네는 쉰여섯의 나이로 소설을 쓰기 시작하였고, 70대에 『에피 브리스트』를 집필하였다.

에게르의 별

Eclipse of the Crescent Moon

게자 가르도니 Géza Gárdonyi

작가 생몰연도 | 1863(헝가리)-1922

초판 발행 | 1899

초판 발행처 | Légrády(부다페스트)

원제 | Egri csillagok

오늘날까지 헝가리의 고등학교에서 의무적으로 배우는 작품인『에게르의 별』은 2005년 설문 조사 결과 헝가리 사람들이 가장 좋아하는 책으로 뽑히기도 했다. 헝가리가 모하치 전투(1526년 도나우 강가의 모하치에서 벌어진 전투)에서 오스만투르크에게 대패한 직후를 무대로 하고 있는 이 소설은, 꼼꼼한 자료 조사를 바탕으로 상세한 역사적 디테일과 로맨스, 모험, 익살, 거기에 허구화한 작가의 자전적 요소까지 곁들여 애국 문학의 걸작을 탄생시켰다.

때는 1533년, 우리의 주인공 고아 소년 게르게리 보르네미스자와 부유한 상류층의 딸 에바 체체이가 물가에서 놀고 있는 장면으로 시작된다. 애꾸눈 투르크인 유무르자크에게 납치된 이들은 도망쳐서 마을을 지키기 위해 돌아온다. 게르게리는 그의 전략과 폭약 다루는 재주를 높이 산 귀족 발린트 퇴뢰크의 수하로 들어가지만 그 때문에 퇴뢰크는 술탄의 감옥에 갇히게 된다. 게르게리와 에바는 퇴뢰크를 구하기 위해 변장을 하고 콘스탄티노플로 숨어든다. 수적으로 훨씬 우세한 투르크군을 성공적으로 막아낸 1552년의 에게르 공방전이 끝난 후, 게르게이와 에바는 그들의 아들과 재회하게 된다.

가르도니는 이 작품을 쓰기 위해 빈에서 콘스탄티노플까지 답사했으며, 세상을 떠난 후에는 독립을 향한 헝가리의 투쟁을 기념하여 에게르 성채 안에 안장되었다. **GJ**

아일랜드인 R.M.의 경험들

Some Experiences of an Irish R. M.

서머빌 & 로스 Somerville & Ross

서머빌의 생몰연도 | 1858(그리스)-1949(아일랜드)

로스의 생몰연도 | 1862(아일랜드)-1915

초판 발행 | 1899

초판 발행처 | Longmans & Co.(런던)

19세기 영국계 아일랜드 사람들의 삶(사냥, 사격, 승마 등)을 다룬 이 코믹한 단편집은 언뜻 보기에 현대의 독자들에게는 아무런 매력이 없을 것 같기도 하다. 가난한 사람들은 그저 부수 인물에 불과하고, 상류층과 그들에게 빌붙어 사는 이들을 전면에 내세웠다. 서머빌과 로스는 지배계층인 지주 계급에 속해 있었고, 이 소설에 등장하는 관습이나 기교는 이들의 관점에서 본 시각과 그 한계를 보여준다. 가상의 화자인 싱클레어 예이츠 소령은 스키본에 상주하는 치안판사이다. "아일랜드 혈통"의 예이츠는 완전한 잉글랜드인도, 그렇다고 완전한 아일랜드인도 아니다. 독자는 아일랜드 시골에서 울려퍼지는 잉글랜드식 재치와 음악을 즐길 수 있고, 강과 해안, 습지, 들판의 묘사에서는 웨스트 코크(아일랜드 남서부 먼스터 주에 있는 도시)의 정경이 유쾌하게 펼쳐진다.

이 예리하고 기지 넘치는 단편들 중 가장 뛰어난 이야기는 『리셴의 경마, 중고』로, 예이츠의 대학 친구인 리 켈웨이가 스키본을 방문하면서 일어나는 해프닝을 그리고 있다. 마음씨는 좋지만 따분한 영국 신사인 켈웨이는 예이츠에게 이끌려 "전형적인 시골 경마"를 구경하러 갔다가 온갖 유쾌한 모욕과 재난을 당하게 되고 급기야는 우편마차에 들이받히기까지 한다. 코크에서 예이츠는 언제나 외부인으로 남아있지만, (켈웨이는 절대로 이해하지 못할) 외부인의 방식으로 이 고장을 이해하고 사랑한다. **MR**

▶ 에디스 서머빌은 사촌이자 친구였던 바이올렛 마틴(필명: 마틴 로스)과 함께 이 작품을 썼다.

It was a cold, ~~blowy~~ day in ~~early~~ Apr

his ch

~~were striking thirteen.~~ Winston Smith pushed

in an effort to escape the vile wind, slipped

~~Victory Mansions, turned to the right down t~~

doors of Victory Mansions, though not quickly e

~~ed the button of the lift. Nothing happened.~~

gritty dust from entering al

~~second time when a door at the end of the pa~~

The hallway smelt of b

~~a smell of boiled greens and old rag mats, a~~

mats. At one end of it

~~acted as porter and caretaker thrust out a g~~

large for indoor display, had been tacked

~~for a moment sucking his teeth and watching~~

just the enormous face, of a man wid

~~"Lift ain't working," he announced at~~

about forty-five, with

~~"Why isn't it working?"~~

heavy moustache, & ruggedly handsome featur

~~"No lifts ain't working. The currents~~

Winston made for the stairs. It was

~~The 'eat ain't working neither. All currents~~

at the best of times it was seldom working, & at

~~daylight hours. Orders!" he barked in milita~~

was cut off during the daylight hours. It was

~~door again, leaving it uncertain whether the~~

preparation for Hate Week. The flat was seven f

~~felt was against Winston, or against the au~~

was thirty-nine & had a varicose ulcer above his

~~the current.~~

resting several times on the way. On each landi

~~Winston remembered now. It was part of~~

the poster with the enormous face gazed from the

~~preparation for Hate Week. The flat was seve~~

1900년대

▲조지 오웰, 『1984』, 1949

and a million radios
pen the glass door of
passage-way and press-
e had just pressed a
age opened, letting out
the aged prole who
r, seamed face and stood
nston malignantly.
st.
cut orf at the main.
o be cut orf during
style, and slammed the
revance he evidently
rities who had cut-off
he economy drive in
lights up, and Winston

산도칸: 몸프라쳄의 호랑이들 Sandokan: The Tigers of Mompracem

에밀리오 살가리 Emilio Salgari

"1849년 12월 20일 밤, 거친 허리케인이, 말레이시아 해협에서 가장 위협적인 해적들의 근거지인 몸프라쳄을 휩쓸었다."

작가 생몰연도 | 1862(이탈리아)–1911
초판 발행 | 1900
초판 발행처 | A. Donath(제노바)
원제 | Le Tigri di Mompracem

에밀리오 살가리의 소설 중 가장 유명한 작품이자 당대 이탈리아 최고의 베스트셀러였던 『몸프라쳄의 호랑이들』은 살가리가 창조해낸 불후의 영웅 산도칸의 데뷔작이다.(산도칸은 이 작품의 뒤를 잇는 수많은 속편에도 주인공으로 등장한다.) "몸프라쳄의 호랑이"란 네덜란드와 영국의 제국주의에 항거하는 해적단의 이름으로, "불굴의 말레이시아 호랑이"라는 별명을 지닌 산도칸과 그의 충성스런 친구, 포르투갈 방랑자 야네즈 데 고메라(그의 이름이 스페인어인 것은 작가의 실수임)가 그 두목이다. 12년에 걸쳐 말레이시아를 피와 공포로 뒤덮은 끝에 산도칸은 권력의 절정에 달하지만, 해적들이 라부안의 진주의 존재를 알게 된 후 그의 운명에도 변화가 찾아온다.

십수 권의 산도칸 시리즈에서 작가는 피에 굶주린 해적에게 이상과 열정, 충성심을 불어넣어 고결한 전사이자 말레이시아판 로빈 후드로 탈바꿈시켰다. 살가리의 작품들은 상업적으로 성공했으나, 20세기가 끝날 무렵까지 그 가치를 인정받지 못했다. 살가리가 재조명을 받게 된 것은 몇몇 작품들이 재출간되고, 특히 이탈리아, 스페인, 그리고 라틴 아메리카에서 큰 인기를 끌게 된 1990년대 후반이나 되어서이다. 수많은 작가들이 이 작품의 모험적 성향에 영감을 받았다. 움베르토 에코는 "세계 탐험"을 위해 살가리를 읽는다고 했고, 가브리엘 가르시아 마르케스는 젊은 시절 이 책을 탐독했다고 밝힌 바 있다. **LB**

▲ 1970년대 이탈리아에서 살가리의 소설을 원작으로 제작한 미니시리즈에서 산도칸 역을 맡은 인도 출신 배우 카비르 베디.

시스터 캐리 Sister Carrie

시어도어 드레이저 Theodore Dreiser

작가 생몰연도 | 1871(미국)–1945
초판 발행 | 1900
초판 발행처 | Doubleday, Page & Co.
언어 | 영어

『시스터 캐리』는 19세기를 배경으로 운명을 헤쳐나가는 세 주인공의 이야기를 다룬 음울하고 매력적인 작품이다. 미국 중서부의 시골 처녀 캐리 미버는 친척과 살기 위해 시카고로 올라온다. 처음에는 잡역부로 일하다가 저속한 행상인 찰스 드루엣의 정부가 되지만 금방 그에게 싫증을 느끼고 사회적으로 성공한 조지 허스트우드에게로 간다. 허스트우드는 그녀 때문에 아내와 가족을 버리고 거액의 돈을 횡령하여 함께 뉴욕으로 도망친다. 뉴욕에 도착하자마자 캐리는 허스트우드를 버리고 배우로서 성공하지만 허스트우드는 빈민으로 추락하고 만다.

이 소설은 미국 소설의 정체성을 확립하는 데 중요한 역할을 한, 미국 문학사상 기념비적인 작품이다. 드레이저의 간결하고 기자다운 문체는 도시의 일상을 있는 그대로 그려내, 독자는 그의 문장에 등장하는 주인공들이 정말로 그랬을 것이라고 믿게 된다. 또 이 소설은 우화가 아니다. 작가는 주인공들의 행위에 대해 어떤 심판도 하지 않는다. 캐리는 자신이 가진 것을 최대한 이용하고, 어떤 기회도 놓치지 않는 "나쁜 여자"의 전형이다. 상스럽지만 매력적인 찰스는 쾌락을 탐닉한다. 불행한 사내인 조지는 소박하지만 손에 넣을 수 없는 한 여자를 원하다가 자신이 가진 모든 것을 잃고 만다. **AH**

구스틀 소위 None but the Brave

아더 슈니츨러 Arthur Schnitzler

작가 생몰연도 | 1862(오스트리아)–1931
초판 발행 | 1901
초판 발행처 | S. Fischer Verlag(베를린)
원제 | Lieutenant Gustl

자기중심적인 젊은 장교 구스틀은 오페라에 싫증을 느끼고 주변에 예쁜 여자가 없나 기웃거린다. 그는 (당대에 만연했던 반유대주의에 걸맞게) 군대에 유태인이 너무 많다고 불평하고, 군대를 비하하는 발언을 한 어떤 의사와의 예정된 결투를 곱씹는다.

쇼가 끝난 뒤 외투 보관소에서 그가 새치기를 하려 하자, 한 빵집주인이 그의 군도를 붙잡고 꺾어버리겠다고 위협한다. 구스틀은 모욕을 당했다고 생각해 분개하지만, 빵집주인의 낮은 신분 때문에 결투를 신청할 수도 없다. 자살해야겠다고 결심한 그는 밤새 빈의 거리를 돌아다니며 빵집주인이 죽어버리기만을 바란다. 하지만 아침이 되어 마지막 아침식사를 하기 위해 카페에 들어가 앉았을 때, 빵집주인이 정말로 간밤에 심장마비로 죽었다는 사실을 알게 되어, 다행히 자살하지 않아도 되게 되었다.

그 줄거리의 단순함에도 불구하고 이 작품은 결투가 과연 이성적인 행동인지 의문을 제기함으로써 굉장한 스캔들을 일으켜 단숨에 유명해졌다. 그러나 이 작품이 불멸의 명성을 얻게 된 것은 혁신적인 구성과 언어의 사용 때문이다. 전적으로 내적 독백의 형태를 취하고 있는 문장은 프로이트의 초기 정신분석학 연구에서 그 테크닉을 빌려온 것이다. 이러한 슈니츨러의 접근은 제임스 조이스의『율리시즈』와 같은 후세의 작품들에 큰 영향을 미쳤다. **LB**

킴 Kim

러드야드 키플링 Rudyard Kipling

작가 생몰연도 | 1865(인도)–1936(영국)
초판 발행 | 1901
초판 발행처 | Macmillan(런던)
노벨 문학상 수상 | 1907

▲ 러드야드 키플링의 1890년 사진. 키플링은 봄베이에서 태어나 라호르에서 언론인으로서의 소양을 쌓았다.

▶ 조판화가 윌리엄 니콜슨이 제작한 키플링의 초상. 키플링은 30대에 이미 대영제국의 인정받는 문호였다.

이 제국주의적 성장소설의 주인공인 아일랜드 태생의 고아 킴은 라호르(파키스탄 북동부의 도시) 거리의 부랑아에서 영국 비밀 첩보국의 없어서는 안 될 요원으로 성장한다. 키플링은 한 명의 남자로 성숙하는 킴의 여정을 순진한 어린아이에서 유럽 문명의 성인으로 성숙하는 여정과 동일시함으로써, 킴의 개인적 성숙을 더 넓은 의미에서의 문화적 성숙으로 보았다. 이 두 가지 개념은 킴이 거리에서 배우는 세상을 포기하고 군사 기숙학교에 들어가는 장면이나, 그가 모국어로 여기는 인도의 여러 언어에 잘 나타나 있다. 키플링 자신의 문장도 이러한 계급주의를 철저하게 뒷받침하여, 미개하다고 여겨지는 아시아의 문화는 교묘한 구시대적 표현으로 그려냈다.

키플링은 제국주의를 옹호한 대표적인 작가이다. 『킴』에서도 인도는 영국이 식민통치하는 것이 가장 좋다는 의견을 의심 없이 피력한다. 게다가 변장의 대가인 사히브가 힌두교도, 회교도, 그로도 모자라 불교의 탁발승으로까지 나타나는 장면에서 킴은 아시아 문화에 대한 서방의 지배를 보여준다.

그럼에도 불구하고 키플링의 이러한 문학적 관점은 그가 인도를 바라본 복잡한 시각을 설명해주지는 못한다. 키플링은 종종 인도와 인도에 있는 유럽인들이 가지고 있는 문화의 공통점을 지적하곤 했다. 예를 들면 킴을 발견하는 아일랜드인 병사들은 그랜드 트렁크 로드* 의 인도인 상인들만큼이나 미신을 신봉하고, 영국인 측량기사이자 첩보 교관인 크레이튼과 함께 킴의 교육을 담당한 불교 승려는 인도에 대해 크레이튼과 놀랄 만큼 비슷한 견해를 말한다. 이 소설의 묘미 중 하나는 이 소설을 읽음으로써 인도를 답사할 수 있다는 점이다. 비록 "동양인들"을 싸잡아 한 덩어리로 획일화하고 있기는 하지만, 이 소설에서 볼 수 있는 인도인 개개인에 대한 묘사는 인도 사회의 다양성과 명민함을 강조하고 있다. **LC**

*16세기 인도의 무굴 왕조가 건설. 중앙아시아 고원에서 인더스 평야를 가로질러 인도로 향하는 간선 도로로, 아프가니스탄의 수도 카불과 델리, 캘커타를 연결한다.

lliam Nicholson .

부덴브로크 가의 사람들 Buddenbrooks

토마스 만 Thomas Mann

작가 생몰연도 | 1875(독일)-1955
초판 발행 | 1901, S. Fischer Verlag(베를린)
원제 | Buddenbrooks: Verfall einer Familie
노벨 문학상 수상 | 1929

▲ 20세기 초반에 나온 『부덴브로크 가의 사람들』 독일판의 표지는 책의 내용에 비해 아늑한 느낌을 준다.

『부덴브로크 가의 사람들: 어느 가족의 몰락』은 유럽 사실주의 최후의 가장 위대한 작품 중 하나로, 19세기 중반 40년에 걸친 기간을 배경으로 하고 있다.

한자 도시 뤼벡을 무대로, 지배 계급인 상인 계층 중에서도 매우 유력한 가문의 세 남매의 어린 시절부터 중년에 이르는 성장에 초점을 맞추고 있다. 크리스티안 부덴브로크는 상인이자 존경받는 시민이 되어야 한다는 부담을 갖고 있지만, 인정받지 못하는 바보로 자멸하고 만다. 그의 형인 토머스는 엄청난 육체적, 정신적 대가를 치르고 나서야 회사 지배인이자 영사, 의회의원이라는 지위에 적응하게 된다. 이들의 여동생 토니는 가족의 명예를 지키려 열의를 다하지만, 불행한 사랑과 결혼은 그녀가 순종하는 딸과 아내의 역할에 적합하지 않음을 증명한다. 마지막 장의 주인공은 토마스의 아들 한노인데, 그는 네덜란드인인 어머니로부터 뛰어난 음악적 재능을 물려받은 대신, 한자 도시의 남성적, 공적 역할과는 완전히 동떨어져 있다. 우리는 한노의 모습에서 부덴브로크 가가 앞으로 완전히 다른 방향으로 나아가게 되거나, 아니면 대가 끊기리라는 것을 예측할 수 있다.

이 소설은 가족의 연회와 다툼, 죽음, 출생, 결혼, 바닷가에서의 휴양, 학교, 그리고 출항 등 상세하게 묘사한 장면들로 짜낸 융단과도 같다. 공적 자아와 사적 자아, 시민윤리와 상도라는 저물어가는 전통적 윤리와 새로이 떠오르는 개인의 미적 세련 사이의 상호 작용을 면밀하게 분석한 『부덴브로크 가의 사람들』은 그 은근함과 객관성으로도 유명하지만, 주인공들과 그들의 운명이 불러일으킨 역사적 공명이라는 가치 때문에 더욱 훌륭한 작품이다. **MR**

바스커빌의 개 The Hound of the Baskervilles

아더 코난 도일 경 Sir Arthur Conan Doyle

셜록 홈즈가 등장하는 작품 중 최고의 걸작이자 불멸의 고전 추리 소설이라는 영예에 빛나는 이 작품은 서스펜스와 공포로 가득하며, 심지어 요사스런 분위기까지 느껴지지만, 주인공 셜록 홈즈는 여전히 천재적인 두뇌를 보여준다. 찰스 바스커빌 경이 심장마비로 급사하자, 그의 가문에 대대로 내려오는 저주인 거대한 개를 본 충격 때문이라는 소문이 퍼진다. 상속인이자 후계자인 헨리 바스커빌 경이 캐나다에서 돌아오자, 왓슨은 바스커빌 저택까지 동행하고 홈즈는 수사에 나선다. 다트무어의 가장자리에 위치한 바스커빌 영지는 거대하고 음침한, 안개 낀 황야와 이웃하고 있는데 여기에는 그림펜 늪이라는, 한번 빠지면 나올 수 없는 위험한 습지까지 있다. 황야와 바스커빌 저택의 묘사에서 비롯된 소름끼치는 분위기에, 흐느끼는 여인의 목소리와 비밀스런 집사, 도주한 살인자, 거기에 불을 뿜어내는 괴물 같은 개까지 더해진다.

『바스커빌의 개』는 독자들을 안개 낀 황야와 괴사건들과 함께 코난 도일의 작품세계로 초대한다. 서스펜스와 반전으로 가득한 이 소설에서 작가는 셜록 홈즈의 예리한 과학적 관찰과는 상반되는 오컬트에 관심을 보인다. 독자들은 이 소설의 마지막 장을 읽을 때까지는 공포에 떨면서 범인을 추측하고, 다 읽고 나면 더 많은 것을 원하게 된다. 셜록 홈즈 시리즈 중 가장 인기있는 작품인 『바스커빌의 개』는 1901~1909년 잡지에 연재된 이래 1914년 독일에서 무성영화로 제작된 것을 시작으로 18번이나 영화화되는 영광을 누렸다. **LE**

작가 생몰연도 | 1859(스코틀랜드)–1930
초판 발행 | 1902, G. Newnes (런던)
원제 | The Hound of the Baskervilles: Another Adventure of Sherlock Holmes

▲ 『스트랜드』지에 연재 당시 시드니 파젯이 창조해낸 괴물 개의 모습.

어둠의 심장 Heart of Darkness

조셉 콘래드 Joseph Conrad

조셉 콘래드 자신의 1890년 아프리카 여행 경험을 토대로 쓴『어둠의 심장』은 콘래드의 단편 중 단연 최고이자, 모든 작품을 통틀어도 가장 훌륭한 작품이다. 유려하고, 대담하고, 실험적이고, 퇴행적이며, 풍자적이고, 그러면서도 매우 인간적인 이 작품은 1899년 첫 연재부터 끊임없는 논란과 분석의 대상이었다. "작품을 넘나드는" 주인공 찰스 말로우는 (말로우는『청춘』과『로드 짐』,『기회』에도 등장한다) 그의 영국인 친구들에게 중앙 아프리카 여행 이야기를 들려주는데, 그가 다녀온 "콩고 자유국"은 벨기에 국왕 레오폴드 2세의 사유지였다. 말로우는 아프리카 대륙을 포격하는 프랑스 군함, 흑인 노예들에 대한 잔인한 처우, 상아로 한몫 잡으려는 백인 식민주의자들의 무자비한 탐욕 등 그곳에서 목격한 부조리와 참상을 회상한다. 말로우는 명민하고 이상주의적인 유럽인 쿠르츠를 만나기를 고대하지만, 죽어가는 쿠르츠를 찾았을 때, 이미 그는 타락하여 미쳐있었다. 야만의 화신이 된 쿠르츠는 아프리카인들을 가리키며 "저 야만인들을 모조리 쓸어버려라!"라고 고함을 지른다. 여기에서 우리는 "어둠의 심장"이 단순히 "검은 대륙"의 중심부를 가리키는 말이 아니라는 것을 알게 된다. "어둠의 심장"은 쿠르츠의 타락한 심장이자, 유럽 제국주의의 심장이다. "유럽의 모든 것이 쿠르츠를 만들어냈으며," 런던은 그 음침한 암울함의 심장이다.

제국주의가 "정치적으로 올바른" 시대에 쓰여진 이 뛰어난 반제국주의적, 반인종주의적 소설은 사상과 기술의 도전적인 혁신가였던 콘래드의 정점을 보여준다.『어둠의 심장』은 매우 큰 반향을 불러일으켰으며 영화『지옥의 묵시록』등을 비롯한 수많은 작품에 영감을 주었다. **CIW**

작가 생몰연도 | 1857(우크라이나)–1924(영국)
초판 발행 | 1902
초판 발행처 | W. Blackwood & Sons(런던)
언어 | 영어

▲ 콘래드는 엄격한 염세주의 세계관의 소유자로 제국주의의 악 앞에는 어떤 대안도 없다고 생각하였다.

◀ 말론 브랜도가 연기한 쿠르츠 대령은 무대를 베트남 전쟁으로 옮긴 영화『지옥의 묵시록』에서 진정한 "어둠"을 보여주었다.

비둘기의 날개 The Wings of the Dove

헨리 제임스 Henry James

작가 생몰연도 | 1843(미국)–1916(영국)
초판 발행 | 1902
초판 발행처 | A. Constable & Co. (런던)
언어 | 영어

『비둘기의 날개』는 아마도 제임스의 작품 중에서 가장 암울한 모랄 드라마일 것이다. 신비로운 여인 케이트 크로이와 그녀의 약혼자 머튼 덴셔, 그리고 불치병에 걸린 젊은 미국인 상속녀 밀리 틸의 열정적인 삼각 관계가 런던의 물질문명과 베니스풍의 아름다움과 타락이라는 상징적인 무대를 배경으로 펼쳐진다. 케이트는 "자신이 이 세상에 살았음"을 확인하고자 하는 밀리의 필사적인 욕구를 이용해 음모를 꾸미기 시작한다. 덴셔를 시켜 밀리에게 구애하여 그녀의 마지막 나날들을 행복하게 해주고, 밀리가 죽은 후 그녀가 덴셔에게 남겨줄 재산으로 덴셔와 결혼하려는 것이다. 제임스는 이러한 복잡한 도덕적 상황을 다루는 데에는 명수로, 멜로드라마의 플롯과 가치의 암시를 결합하였다. 화술은 정교하면서 자의식이 강하게 드러나지만, 리얼리즘이나 격렬함의 색채는 없다. 작가는 케이트와 덴셔 사이의 성적 유혹, 밀리에 대해 커져가는 덴셔의 감정, 자신의 운명을 거부하는 밀리의 의지, 케이트의 질투를 생생하면서도 강렬하게 묘사하고 있다.

마침내 밀리는 두 사람의 계략을 눈치채지만, 그래도 두 사람에게 전 재산을 남긴다. 이러한 밀리의 행위를 통해 그녀의 도덕적 승리는 명백해진다. 타락의 전리품인 밀리의 유산을 눈앞에 놓고 덴셔는 케이트와 결별하고, 케이트는 자신이 덴셔의 마음 속에 자리잡은 밀리의 상대가 되지 않는다는 것을 알게 된다. 마침내 그녀의 계략이 성공한 바로 그 순간, 케이트는 자신의 몰락을 깨닫게 된다. 그녀는 말하다. "우리는 절대로 예전으로 되돌아가지 못해." **DP**

배덕자 The Immoralist

앙드레 지드 André Gide

작가 생몰연도 | 1869(프랑스)–1951
초판 발행 | 1902
초판 발행처 | Mercure de France(파리)
원제 | L'Immoraliste

사회적, 성적 합치를 극복하려는 파리의 한 젊은이를 그린 『배덕자』는 오늘날까지도 근거 없는 문화적 교만과 자기만족에 대한 깊은 성찰을 요구한다.

미셸은 청교도적인 성품의 젊은 학자로, 살 날이 얼마 남지 않은 아버지의 희망이라는 이유만으로 결혼하였다. 북아프리카로 떠난 신혼 여행에서 그는 병에 걸려 거의 죽을 뻔한다. 죽음의 문턱까지 간 그는 갑자기 살고자 하는 강한 욕망에 사로잡히고, 그의 회복은 거의 종교적 각성에 다름 아니다. 갑자기 고양된 인식으로 주변의 모든 것을 경험하면서 그는 주변의 아랍인 젊은이들에게 성적으로 끌리게 된다. 관능에 빠진 그는 사회적 도덕과 부르주아 사회의 겉치레, 즉 교육, 교회, 문화 등이 자신을 진정한 자아로부터 격리시켰음을 깨닫는다. 그러나 진정한 자아와 쾌락만을 좇는 그의 이기심은 현실은 물론 아내까지 방치한다. 아내가 병으로 쓰러지자 그는 오직 자신의 거부할 수 없는 욕망만을 채우기 위해 그녀에게 남부로 가라고 한다. 과격한 자유는 그를 원시적인 노예로 만들고 만다. 자신이 속해있는 사회의 문화와 예절, 도덕관념을 거부함으로써 심오한 진리를 찾으려는 미셸의 행위는 결국 혼란과 상실로 끝난다. 자기 자신에게 충실하기 위해 그는 타인에게 고통을 준 것이다. 그러나 작가는 미셸의 탈선만큼이나 위선적인 사회의 압제적 굴레에 대해서도 똑같은 비판을 제기하고 있다. **AL**

사자들 The Ambassadors

헨리 제임스 Henry James

작가 생몰연도 | 1843(미국)–1916(영국)
초판 발행 | 1903, Methuen & Co. (런던)
원제 | The Ambassadors
언어 | 영어

『사자(使者)들』은 헨리 제임스가 스스로 자신의 작품 중에서 최고라고 꼽은 소설이며, 실제로도 예술가로서의 최고의 역량을 발휘한 작품이다. 매혹적인 파리의 사회적, 미적 매력에 대항하는 중년의 뉴잉글랜드 신사 램버트 스트리더의 인물 묘사에서 제임스는 1인칭 화술을 완벽의 경지에 올려놓았다.

스트리더가 유럽에 온 것은 유럽의 도덕적 타락에 빠져 있는 아들 차드를 데려오려는, 그의 약혼녀 뉴섬 부인의 요청 때문이다. 그러나 스트리더는 그로 하여금 미국과 유럽의 문화를 재평가하게 하는, 보다 복잡한 상황에 얽혀들고 만다. 비록 "사자"로서의 임무에는 실패하지만, 스트리더는 유럽과 미국의 장단점을 이해하게 되고, 차드와 아름다운 아가씨 마리 드 비오네의 관계가 "고결한 교제"라고 인정한다.

전반적으로 『사자들』의 시각은 비극적이다. 그 섬세한 등장인물들은 대체로 빠져나올 수 없는 사회적 규제의 희생양들이다. 『사자들』에서 제임스는 청춘의 상실을 자각하는 이들과 이 세상의 보조(步調)에서 발을 빼는 이들을 뛰어난 솜씨로 묘사하였다. 스트리더는 작가가 만들어낸, 자신 자신의 운명—비록 그것이 결코 승리는 아닐지라도—을 스스로 선택할 수 있는 한 인간이다. **DP, TH**

"있는 힘껏 삶을 살아라. 그렇게 하지 않는 것은 실수이다. 일단 네가 살아있기만 하다면, 무엇을 하느냐는 그다지 중요하지 않다. 만약 너에게 삶이 없다면, 도대체 뭘 가지고 있단 말이냐?"

▲ 헨리 제임스의 이 소설은 강렬한 감정 상태의 은근한 심리 묘사를 바탕으로 하였다.

사막의 수수께끼 The Riddle of the Sands

얼스킨 칠더스 Erskine Childers

작가 생몰연도 | 1870(아일랜드)–1922

초판 발행 | 1903, Smith, Elder & Co. (런던)

원제 | The Riddle of the Sands: a record of secret service...

얼스킨 칠더스는 영국 육군 소속으로 참전했던 보어 전쟁* 에서 돌아온 직후『사막의 수수께끼』를 썼다. 영국 외무성에서 일하는 하가 캐러더스는 옛 친구 데이비스로부터 발트해에 요트를 타러 가지 않겠느냐는 느닷없는 초대를 받는다. 그러나 막상 도착해보니 "둘치넬라"에는 선원도 없고, (캐러더스가 직접 선원의 임무를 맡았다) 데이비스도 단순히 여흥을 즐기기 위해 요트를 타러 온 것이 아니었다. 독일령 북해 연안의 여울목을 측량하는 것이 그의 진짜 목적이었다. 데이비스는 겉으로 보기에는 항해가 불가능한 수로를 통해 독일군이 수송선을 띄워 영국에 대한 대규모 기습을 해올 수도 있다는 사실을 깨달았던 것이다.

캐러더스와 데이비스가 독일 군 당국의 주의를 끌면서, 이들은 곧 위태로운 항해보다 더 큰 위협에 맞닥뜨리게 된다. 게다가 데이비스가 독일 처녀와 사랑에 빠지면서 상황은 더 복잡하게 꼬여만 간다. 칠더스는 아마도 아일랜드와 영국에 대한 그의 애증 때문에 (훗날 칠더스는 아일랜드 반군(IRA)에 가담했다가 영국 정부군에 체포되어 총살당한다) 데이비스의 고뇌를 더 생생하게 묘사할 수 있었을 것이라 추측된다. 칠더스는 영국 국가 안보에 닥칠 수 있는 가상의 위협을 지적하기 위해 이 작품을 썼다. 그러나 데이비스와 캐러더스가 단지 국가의 안위만이 아닌, 자신들 개인의 목적을 위해서도 모험에 뛰어들었다는 점에서,『사막의 수수께끼』는 단순한 선전 소설의 한계를 뛰어넘는다. **TEJ**

* 1899~1902년 영국과 트란스발공화국이 벌인 전쟁. 남아(南阿)전쟁 혹은 남아프리카전쟁이라고도 한다.

황야의 부름 The Call of the Wild

잭 런던 Jack London

작가 생몰연도 | 1876(미국)–1916

초판 발행 | 1903

초판 발행처 | Macmillan(뉴욕)

연재 시작 | 1903,『Saturday Evening Post』誌

1890년대 클론다이크 골드 러시 시대의 캐나다 북서부를 배경으로 한『황야의 부름』은 한낱 애완견에 불과했던 한 마리의 개가 늑대 무리의 우두머리가 된 이야기를 담고 있다.

이 개의 이름은 벅으로, 한 가족의 구성원이나 다름없이 자랐지만, 도둑이 그를 훔쳐다 썰매 끄는 개로 팔아버린 후에는 인간의 하인이 되고 만다. 벅의 이야기는 오직 상황에 적응하는 종만이 살아남을 수 있다는 다윈의 이론을 바탕으로 하고 있다. 런던은 개들 사이의 싸움과 구타, 그리고 점점 피에 굶주리기 시작하는 벅의 변화를, 황야와 야생의 낭만적인 매력을 강조하는 서정적 문체로 그려냈다. 벅을 썰매에 묶고 있던 굴레가 끊어지자, 자신을 구해준 존 손튼과 대등한 존재가 되고 그에게 애정으로 충성을 다한다. 손튼이 죽고, 벅 자신도 몇몇 예하트 족 인디언을 죽인 후에야 더이상 자신이 인간과 아무 유대가 없음을 알게 되고, 인간 세계를 등진 채 야생의 자연으로 들어간다.

벅의 적응은 단순히 새로운 환경을 학습하기 위한 투쟁이 아니라, 오랫동안 그의 내면에 숨어있으면서 겉으로 드러나지 않았던 야생 본능에의 재점화이다. 이 소설 중 가장 의인화된 장면은, 벅이 짐승 가죽을 둘러쓴 인간이 어둠 속 불가에 웅크리고 있는 환영을 보는 장면이다. 이러한 환영은 벅의 변화가 단순히 본능에 의한 것이 아니라는 것을 알려준다. "황야의 부름"에는 신비한 영적인 힘이 있는 것이다. **CW**

▶ 런던은 많은 베스트셀러로 부를 쌓아올린 후에도 노동자였던 과거의 사고와 생활방식을 고수하였다.

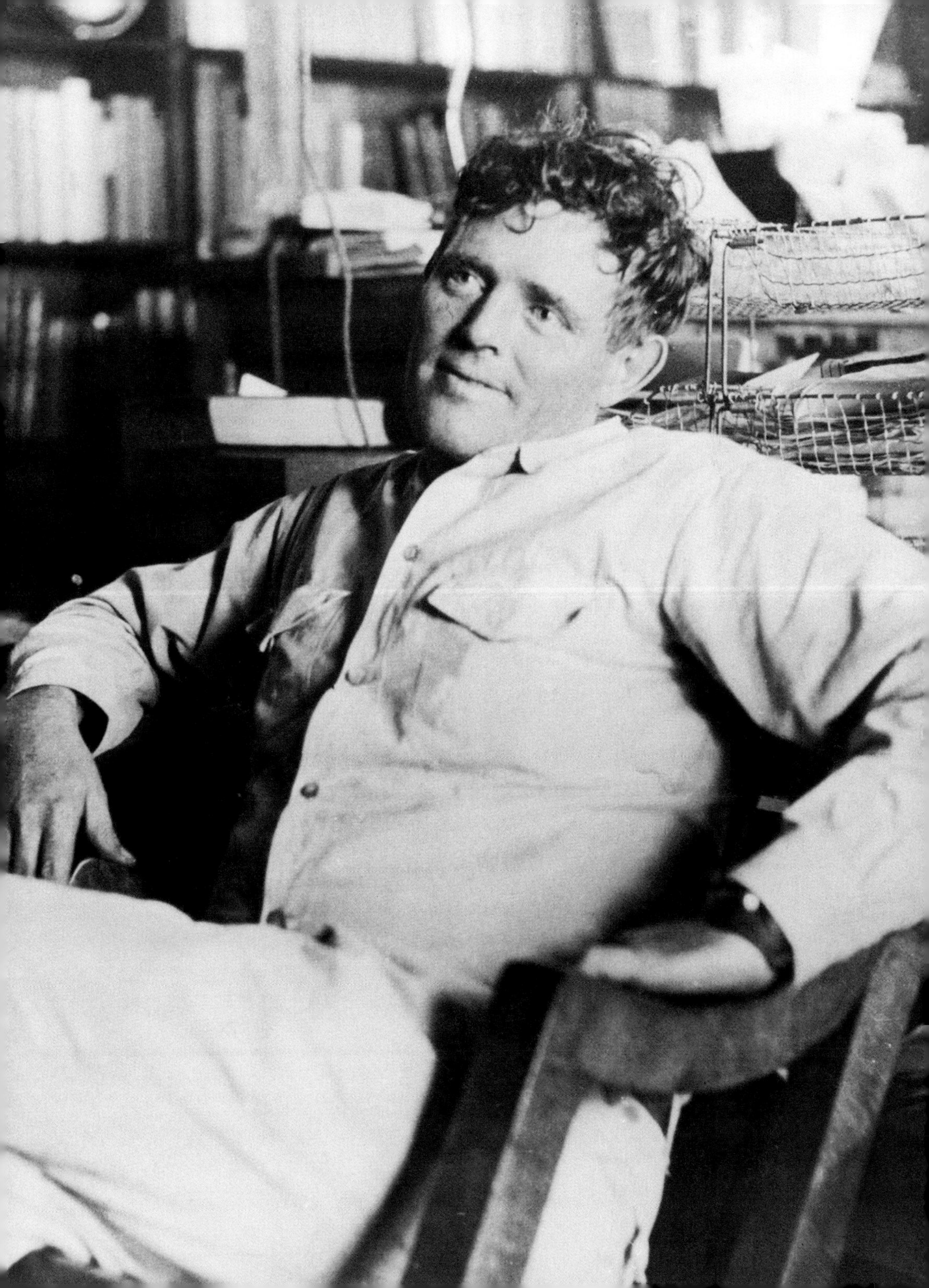

내 신경병의 회상 Memoirs of my Nervous Illness

다니엘 P. 슈레버 Daniel P. Schreber

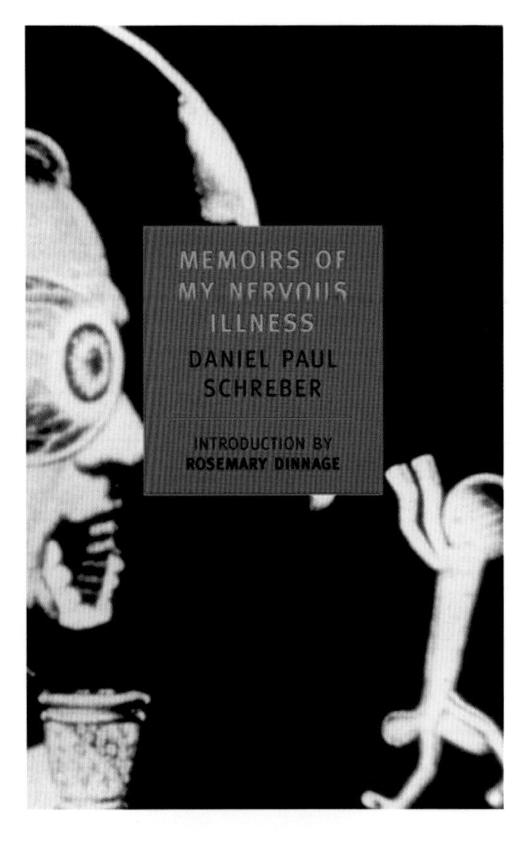

"태양은 4년 동안 인간의 언어로 나와 대화하였다. 그녀는 자신을 훨씬 위대한 그 무엇의 장기라고 말했다."

▲ 세상에 대한 슈레버의 묘사는 지그문트 프로이트가 정신분석학 이론을 수립하는 데 큰 영향을 주었다.

작가 생몰연도 | 1842(독일)–1911(이탈리아)
초판 발행 | 1903
초판 발행처 | Oswald Mutze(라이프치히)
원제 | Denkwürdigkeiten eines Nervenkranken

1884년 의회 의장이자 명망있는 판사였던 다니엘 슈레버는 그의 생을 특징짓게 되는 첫 번째 정신질환 발작을 일으키고, 그로 인해 정신병에 대해 깊은 관심을 가지게 되어 여생의 대부분을 정신병원에서 보냈다. 그는 병이 다소 호전되면 그 기간 동안 쓴 일기를 회상록의 형태로 출간하였다.

슈레버는 사물의 기적적인 구성에 균열이 생겼고, 인간을 "시체"라고 여기는 신은 살아있는 인간 중에서 오직 자신에게만 유일한 관심을 쏟고 있다고 말한다. 이 야만적인 신은 슈레버를 인간의 형상에서 끌어내 그의 자궁에서 인류를 재생시키려 한다는 것이었다. 슈레버의 저술은 평범한 세계를 감싸고 있는 섬유질을 한 겹 한 겹 벗겨내는 창조적인 정신의 소유자이자 정신분열의 경계선에 서 있는 한 인간을 보여준다. 세상과 인간의 소통을 주장하는 이러한 시적인 시각 속에서, 저자는 기적을 불러일으키는 마법사인 동시에 희생양이기도 하다.

마지막으로 이 작품은 근대에 대한 역사적 기록이기도 하다. 저자의 독재적인 아버지 모리츠 슈레버는 교육학 전문가로, 아이들이 울면 무시하고, 아기들을 찬물에 목욕시키며, 되도록 아이들과 신체 접촉을 하지 말 것을 주장한 사람이다. 따라서 이 작품은 소통의 부재 속에서 자란 세대의 비극적인 증언이다. 저자에게 있어 정신병은 시와 소통에의 유일한 의지였던 것이다. **IJ**

만인의 길 The Way of All Flesh

새뮤얼 버틀러 Samuel Butler

작가 생몰연도 | 1835(영국)–1902
초판 발행 | 1903
초판 발행처 | Grant Richards(런던)
언어 | 영어

『만인의 길』을 비판하는 이들은 대부분 그 신랄한 풍자의 야만성을 지적하곤 한다. 하지만 어찌되었건 이 작품은 강압적인 아버지와의 관계에 바탕을 둔, 소설을 흉내만 낸 버틀러의 자서전이다. 이 작품이 쓰여진 것은 1873년부터 1883년 사이로, 계급주의와 예의범절로 대표되는 빅토리아 시대의 가치가 절정에 달해 있을 때였다. 자연히 독자는 어느 정도 절제된 문체를 기대하겠지만 그 기대는 여지없이 박살이 나고 만다. 버틀러는 전통적인 가치를 사랑한다고 목소리를 높이는 이들의 독선적인 위선을 까발리는 것을 무엇보다 좋아했던 것이다. 그러니 버틀러가 이 작품은 자신의 사후에 출간할 것을 고집한 것도 놀랄 일이 아니다. 실제로 『만인의 길』은 1903년까지 세상 빛을 보지 못했다. 프릿쳇(V. S. Pritchett, 영국의 문인, 1900~1997)이 이 책을 "시한폭탄"이라 부른 일화는 유명하다. "이 책은 새뮤얼 버틀러의 책상 서랍 속에 30년 동안 먼지를 뒤집어 쓰고서, 빅토리아 시대 가족상과 빅토리아 시대 소설의 위대하고도 장엄한 체계를 한 방에 날려버릴 기회가 주어지기만을 기다리고 있었다." 『만인의 길』은 폰티펙스 가(家)의 3대를 조명하는데 특히 손자인 어니스트에 초점을 맞추고 있다. 어니스트의 부친과 조부는 모두 명망 높은 성직자였으며, 어니스트 역시 같은 길을 가리라 기대하고 있다. 그러나 신앙의 위기가 찾아오면서 어니스트는 안정된 진로를 버리고 불확실한 미래를 선택한다. 거만한 설교 외에는 할 줄 아는 것이 별로 없는 그의 아버지가 특히 충격을 받는다. 새로운 삶을 쌓아올리려는 어니스트의 노력은 연달아 좌초한다. 알코올중독자인 아내, 이혼, 사업 실패로 거의 파멸 직전까지 가지만, 어니스트는 끈질기게 재기하여 마침내 과거의 악함에서 벗어나 새롭고 그리고 근대적인 인간으로 다시 태어난다. **PH**

하드리아누스 7세 Hadrian the Seventh

프레데릭 롤프 Frederick Rolfe

작가 생몰연도 | 1860(영국)–1913(이탈리아)
초판 발행 | 1904
초판 발행처 | Chatto & Windus(런던)
원제 | Hadrian The Seventh: A Romance

프레데릭 롤프는 종종 자신의 이름을 "Fr"로 축약하여 쓰곤 했는데, 그것은 사람들이 이름만 보고 그를 신부로 착각하기를 원했기 때문이었다.("Fr"은 영어에서 가톨릭 신부의 존칭을 뜻하는 "Father"의 약자이다.) 하드리아누스는 하드리아누스 4세 이후 최초의 영국인 교황이자 인색한 개종자였다. 교황으로서 하드리아누스는 비뚤어진 선견지명으로 종교 권력과 정치적 재능을 결합하여 유럽을 우경화로 내몬다. 반독일 감정이 지배했던 시대에 친독일적인 시각으로 쓰여진 이 소설은 독일의 헤게모니 아래 통일된 유럽을 상상하고 있다. 하드리아누스를 따르던 자유노동파 제리 샌트는, 교황이 사회주의를 지지할 것이라는 희망이 깨지자 그를 쏘고 만다. "온 세계가 눈물을 흘리고, 한숨을 짓고, 입을 닦았고, 극적인 안도감을 느꼈다. 만약 그에게 권력이 없었다면, 그는 이상적인 지배자가 되었을 것이다."
이 아이러니한 결말은 이 작품이 독특하지만 현혹된 허구는 아니라는 것을 증명한다. 유쾌하고 순수하지만 지극히 남성적인 관능이, 가톨릭 교회를 정화하려는 청교도적인 충동을 중화시킨다. 하드리아누스가 그의 나긋나긋한 젊은 근위병에게 (당시에는 아직 알려져 있지도 않았던) 컬러사진의 원리를 가르쳐주는 부분은 예기치 못한 매력이다. 이러한 장면은 작가가 마르코니의 전신 기술 등 신기술에 관심이 많았음을 알려준다. 무엇보다 하드리아누스는 새로운 언론에 집착한다. 그는 37종의 신문을 참고하고, 그들을 만족시키기 위해 정치적인 행위를 계획한다. 그 모든 구식 소재에도 불구하고 중대한 근대적 특징들을 지닌 작품이다. **AMu**

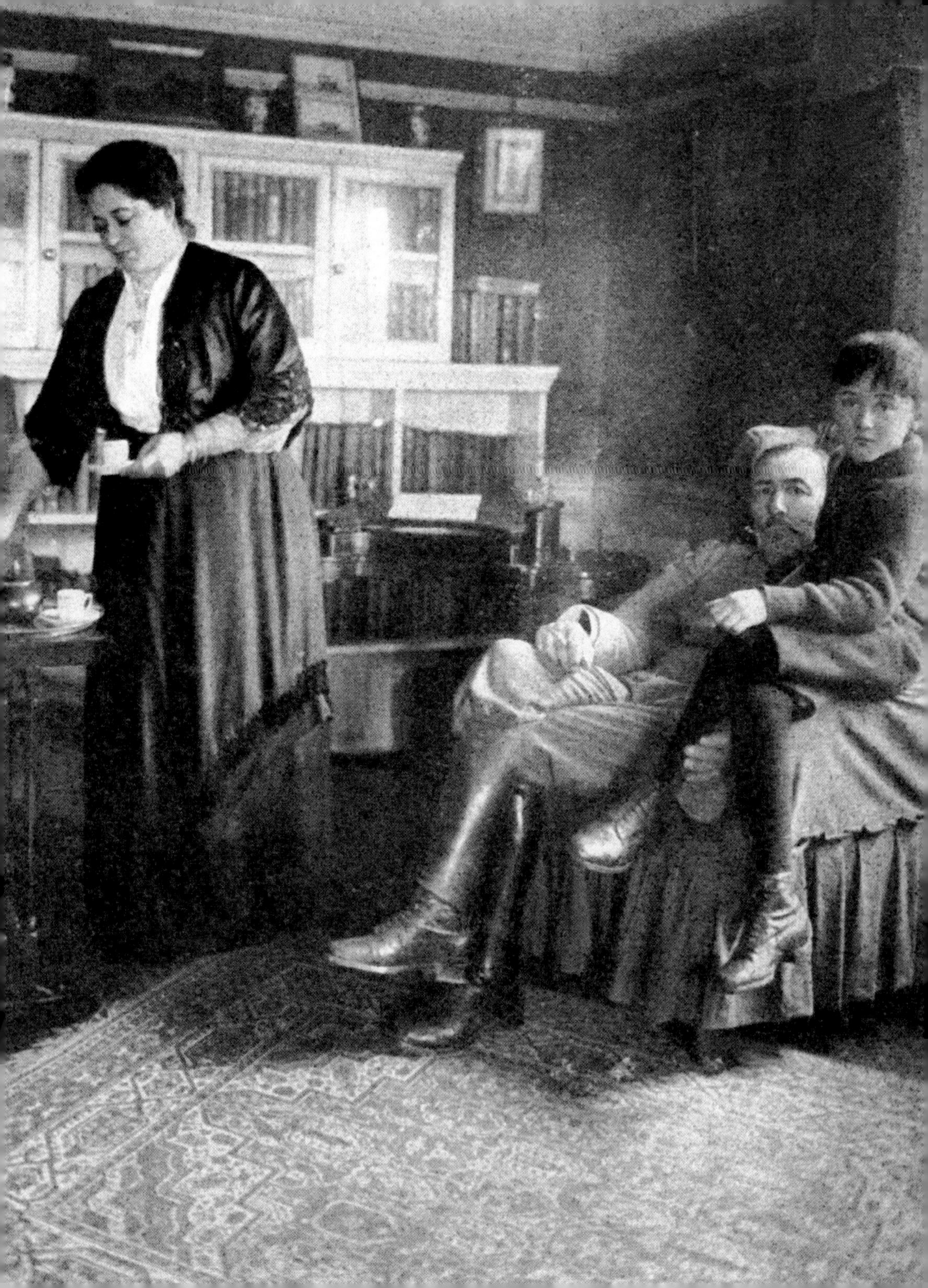

노스트로모 Nostromo

조셉 콘래드 Joseph Conrad

작가 생몰연도 | 1857(우크라이나)–1924(영국)

연재 | 1904,『T. P.'s Weekly』誌

초판 발행 | 1904, Harper & Bros.(런던 및 뉴욕)

원제 | Nostromo: a Tale of the Seaboard

관점의 전환을 실험한 작품인『노스트로모』는 불안정한 군사독재의 폭정에서 민주화와 자본주의가 넘치는 근대로 옮겨가는 남아메리카 한 지역의 파란 많은 역사를 다룬 소설이다. 가상의 국가인 술라코는 코스타구아나에서 독립하기 위한 투쟁을 벌이고 있다. 어떻게 해서 미국으로 대표되는 경제 제국주의가 술라코에 양날의 축복이 되는지를 묘사했다는 점에서 이 소설은 놀랄 만한 예언이다.

콘래드 자신은 남아메리카에 딱 한 번, 그것도 이 책을 쓰기 20년 전에 가본 경험밖에 없었지만, 남아메리카를 두루 여행한 친구 R.B. 커닝햄의 도움과 이 지역에 대한 방대한 조사 덕분에 허구의 국가 술라코를 놀라울 정도의 생생한 사실주의로 묘사해냈다. 콘래드는 사소한 정치적 투쟁과 가족 내의 긴장, 세계와 그 본질을 씨실과 날실 삼아 이야기로 짜냈다. 부두 노동자의 십장인 교활한 노스트로모와 그의 주변 인물들의 경험을 따라가면서, 우리는 역사적 진화가 개인들에게 어떠한 비용을 떠넘겼는지를 목격하게 된다. 술라코의 대부분을 차지하고 있는 눈덮인 히게로타 산처럼, 이 소설은 "그늘진 표현과 거대한 장엄함이 빚어낸 섬세함의 절정"이다. **CW**

◀ 1900년대 초 폴란드의 소설가이자 항해사인 조셉 콘래드가 자택에서 부인 제시, 아들 책과 함께 찍은 사진.

환희의 집 The House of Mirth

에디스 와튼 Edith Wharton

작가 생몰연도 | 1862(미국)–1937(프랑스)

초판 발행 | 1905

초판 발행처 | Macmillan & Co.(런던)

언어 | 영어

부분적으로는 러브 스토리, 부분적으로는 사회 비판적 소설인『환희의 집』은 남녀 간의 연애라는 희망적인 장면으로 시작한다. 여주인공 릴리 바트는, 비록 결혼은 사회적으로 더 좋은 조건의 남자와 하려고 마음먹고 있지만, 어찌되었든 보잘것 없는 고상한 지식인인 로렌스 셀든과 사랑에 빠진다. 오스틴을 연상시키는 가벼운 터치와 고전적인 재치로, 와튼은 성적 매력의 절정을 자랑하는 아름답고 세련된, 가문 좋은 여주인공을 만들어냈다.

전통적인 로맨스의 외적 요소들은 다 갖추고 있으면서도 이야기는 마냥 편하게만 흘러가지 않는다. 릴리의 여성적 매력은 지적 자유에의 장애로 간주되고, 욕망의 대상으로서 완벽한 릴리는 여성적 독창성의 낭비이자 상품화된 여성의 상징이 되었다.

이 소설의 진정한 강점은, 스스로의 인생을 설계해나가는 독립적인 여성으로서의 릴리와, 자본과 권력, 성적 불평등에 의해 지배되는 사회의 무기력한 인질로서의 릴리의 시각을 번갈아가며 능숙하게 표현한 와튼의 재능이다. 표면적인 물질과 사치를 사랑하는 릴리는, 지배자인 동시에 피지배자이며, 평온하면서도 상처받기 쉬운, 문학사상 가장 매력적인 여주인공 중 하나다. **HJ**

운라트 교수 Professor Unrat

하인리히 만 Heinrich Mann

작가 생몰연도 | 1871(독일)-1955(스위스)
초판 발행 | 1905, A. Langen(뮌헨)
원제 | Professor Unrat, oder das Ende eines Tyrannen

▲ 하인리히 만은 문학의 정치적 역할을 강조한 사회주의자이며 토마스 만의 친형이다.

▶ 『운라트 교수』를 원작으로 한 폰 슈테른베르크의 1930년작 영화 〈푸른 천사〉는 치명적인 요부 역을 연기한 마를렌 디트리히를 하룻밤에 스타로 만들어놓았다.

독일의 문호 토마스 만의 형인 하인리히 만은 동생 못지 않게 수많은 작품을 쓴 소설가이자 수필가로, 동생과는 미적인 이슈보다는 정치적인 이슈에서의 견해 차이를 보여준 작가이다. 군국주의 비판으로 나치 정권에 의해 추방당한 그는 부르주아 제국자본주의를 신랄하게 비판하였으며, 민주주의와 다양한 갈래의 사회주의의 골수 지지자였다. 『운라트 교수』는 그의 소설 중에서 가장 널리 알려진 작품으로 수차례 영화화되었으며, 특히 요제프 폰 슈테른베르크가 〈푸른 천사〉라는 제목으로 제작한 영화는 주연 배우 마를렌 디트리히를 일약 세계적인 스타의 반열에 올려놓았다.

근엄하고 짓눌린, 사회적으로 요령 없는 학교 교사인 주인공은 로자 프롤리히라는 젊은 무희와 사랑에 빠진다. 우연히 그녀와 한 번 만난 운라트 교수는 금새 그녀의 강렬한 매력에 빠져들고, 그녀를 소유해야겠다고 결심한다. 운라트 교수와 로자의 관계는 이 작은 마을의 사회에서 큰 스캔들이 되고, 교수는 학교에서 해고당하고 만다. 그러나 그는 좌절하지 않고 로자의 도움으로 사교계에서 새로운 직업을 찾기로 한다. 두 사람의 살롱이 성공하면서, 운라트 교수는 자신의 적들과 예전 제자들이 도박으로 재산을 날리거나 여자와의 적절치 않은 관계로 몰락해가는 것을 만족스럽게 지켜본다. 그러나 결국 로자의 의심스러운 행동을 눈치채고 분노로 자제력을 잃으면서, 운라트 교수 자신도 나락으로 떨어지고 만다.

『운라트 교수』는 제국주의 독일의 사회적 가치과 가장 의지가 강한 인간마저 개조하고 제어하려는 권력의 욕망에 대한 매력적인 고찰이다. 문학사상 최고의 팜므파탈의 손에서 서서히 몰락해가는 운라트의 최후는 독자를 사로잡는 경고이다. **AL**

EMIL JANNINGS
IN
Der
blaue Engel
UFA
MIT MARLENE DIETRICH
EIN UFATON-FILM DER ERICH POMMER-PRODUKTION
VON CARL ZUCKMAYER·KARL VOLLMOELLER U. ROBERT LIEBMANN NACH DEM ROMAN: PROF. UNRATH VON HEINRICH MANN MUSIK: FRIEDRICH HOLLÄNDER
REGIE: JOSEF VON STERNBERG
UFA-FILMVERLEIH G.M.B.H.

고독

Solitude

빅토르 카탈라 Víctor Català

작가 생몰연도 | 1869(스페인)–1966
초판 발행 | 1905, Publicació Joventut
본명 | Caterina Albert i Paradís
원제 | Solitut

카테리나 알베르트 이 파라디스의 경우 필명은 대담한 은폐였다. 뿐만 아니라 남성식 필명은 작가의 목소리를 남성화할 수 있는 기회도 주었다. 그녀의 생전에 시골 풍경은 마냥 낭만적이고 전원적으로 표현하는 것이 유행이었으나, 이는 현실과는 완전히 동떨어져 있었다. 빅토르 카탈라는 1902년에 발표한 『전원 드라마』나 1905년에 발표한 걸작 소품 『고독』 등을 통해 중산층의 달콤한 입맛과는 정반대의 작품들을 잇따라 내놓았다. 자연은 인간을 동정하는 대신 용서나 자비 없이 끝없이 인간에게 요구한다. 자연은 마치 모든 인간이 무감각하고, 더 위대한 힘에 굴복하듯, 인간의 운명을 욕망의 한계로 규정짓는다.

작가 자신도 지주였으나, 우수한 교육을 받은 그녀는 졸라의 문학적 자연주의로 자신을 내몰았다. 그녀는 화자의 직접적인 현실성을 선호했으며, 전원 생활을 왜곡함으로써 그 가혹함을 누그러뜨리는 데에 반대했다. 반대로 등장인물들의 고독이나 운명 앞에서의 무력감은 자연이 지배하는 공간에서 마치 짐승처럼 하나로 결합된 거의 원시적인 존재로 묘사하였다. 빅토르 카탈라는 정제되지 않은 관점으로 전원 풍경과 그 속에 숨겨진 고통을 관찰하였다. 그녀의 작품은 자연의 절대적인 법칙에 무조건적으로 순종하는 동떨어진 시골의 도덕을 반영한, 풍부한 표현의 원천이다. **JGG**

사관생도 퇴를레스의 혼란

Young Törless

로베르트 무질 Robert Musil

작가 생몰연도 | 1880(오스트리아)–1942(스위스)
초판 발행 | 1906, Wiener Verlag(빈)
원제 | Die Verwirrungen des Zöglings Törless (The Confusions of Young Törless)

내적 성찰과 실험의 무거운 소용돌이에 휩쓸린 퇴를레스와 그의 세 동료 생도들은 추상적 사고와 유희에서 그 추상을 열광적인 인생으로 밀어넣은 상황의 창조로 옮겨가게 된다. 권력에의 감각은 이미 태어났지만, 아직은 사관학교의 구조와 자신이 지배자가 될 거라는 생도들의 의심 없는 믿음 때문에 시끄럽게 떠들지는 않는다. 젊은이들의 신중한 가학성은 권력을 거꾸로 뒤집어 야만적이고 신랄하고 중독적인 그 무엇으로 만든다. 동료에게 수치를 줌으로써 권력을 탐구하는 그들의 행위는 동정, 명예, 우월감, 정의, 의지, 그리고 욕망이라는 개념을 펼쳐놓게 되고, 주인공들은 아직 형태가 없는 자신들의 정체성을 확립하기 위해 서로를 이용한다. 그 차갑고도 투명한 잔혹성은 그들의 자아 형성의 수단이자 원재료가 된다.

무질의 문장의 아름다움은 이 소설에 이중성—적나라한 야만성과, 동시에 퇴를리스의 마음속에 존재하는 불안, 가능성, 욕망, 그리고 "혼란"—을 불어넣는다. 이것이 바로 『사관생도 퇴를레스의 혼란』과 이 작품이 묘사하고 있는 세계의 힘이다. 독자들은 인간이 이런 끔찍한 짓을 할 수 있다는 상투적인 결말이 아니라, 무엇이 인간적인지 아는 것이 얼마나 어려운지에 대한 풍부한 사고에 사로잡히게 된다. **PMcM**

포사이트 가 이야기

The Forsyte Saga

존 골즈워디 John Galsworthy

작가 생몰연도 | 1867(영국)–1933

- 1906년 제1권 『자산가(The Man of Property)』 출간
- 1929년 『현대 희극(A Modern Comedy)』 이라는 제목으로 묶음 출간

이 작품은 예리한 아이러니와 1880년대에서 1920년대에 이르는 "영국 상황"에 대한 심오한 천착이다.(물론 제1차 세계대전 기간은 확실히 빠졌지만.) 또한 "아름다움이 인간의 삶에 어떤 교란을 불러일으키는지"에 대한 골즈워디의 탐구이기도 하다. 아름다움은 포사이트 가의 핏줄에 흐르는 소유와 재산에 대한 역이요, 자극이요, 충동이다. 솜스 포사이트의 내면에는 미에 대한 탐색과 소유하고자 하는 열망(이 열망은 그가 아내를 강간함으로써 절정에 이른다)이 일치하여, 그 자신이 그 긴장을 구체화하고 있다.

3세대에 걸친 포사이트 가의 연대기라 할 수 있는 이 작품은 에드워드 시대의 기념비이자 뼛속까지 영국적인 소설이다. 이 작품에 나타난 "야만인들의 무리"에 대한 "종족적 본능"의 시각은 존경받는 중산층 가족의 매일매일의 일상에 깊이 뿌리박고 있으며, 골즈워디의 서술에 나타나는 긴장과 드라마틱한 충돌을 뒷받침해준다. 포사이트 가족은 "거의 역겨운 부"의 장관으로 "한 사회를 미니어처로 제작"했다는 평을 듣는다. 바로 그 이유 때문에 포사이트 가족은 또한 가정생활의 창조적인 폭력—가족애의 심장부에 있는 "현실의 착취와 살해", 그들이 공유하는 역사의 공유물, 그리고 무자비하게 집합적인 사업가 정신—을 따라가는 골즈워디의 수단이다. **VL**

"하지만 아직 한 사람의 포사이트도 죽지 않았다. 죽음은 그들의 원칙에 위반되며, 그들은 언제나 죽음에 대한 예방책을 준비해두고 있다."

▲ 1912년에 찍은 사진 속의 존 골즈워디. 자신이 속해있던 부유층에 대한 비판적인 아이러니가 엿보인다.

정글 The Jungle

업튼 싱클레어 Upton Sinclair

작가 생몰연도 | 1878(미국)–1968
초판 발행 | 1906
초판 발행처 | Doubleday, Page(뉴욕)
언어 | 영어

『정글』은 최초의 머크레이커* 소설은 아니지만 가장 강한 영향력을 미친 20세기 작품 중 하나임은 틀림없다. 시어도어 루즈벨트 대통령은 이 소설로 인해 막다른 골목에 몰린 식품의약법 및 육가공감독법의 의회 통과를 밀어붙일 수 있었다.

이 소설은 1904년 시카고에서 일어난 도살장 노동자 파업을 바탕으로 한 노골적이고 역겨운 연대기이다. 사회 개혁의 필요성을 제기한 마니페스토라 할 수 있는 이 작품은 썩어버린 아메리칸 드림을 가차없이 파헤친다. 싱클레어는 축복처럼 여겨져왔던 미국의 신화를 갈가리 찢어냄으로써 자유를 숨쉬고자 하는 웅크린 대중의 지치고 가난한 모습을 보여주었다. 대신 부패와 탐욕이라는 기름을 친 자본주의의 톱니바퀴가 무력한 이민자들을 삼켜버리고, 저임금 노동자들은 생계를 위해 노예 생활을 하는 동안, "명백한 사명(미국이 북미 전체를 지배할 운명을 갖고 있다는 주장)"을 지닌 황금의 땅은 악몽이 되었다.

이 소설은 흥미롭고도 비참하다. 리투아니아에서 갓 이민온 유르기스 루드쿠스는 이 약속의 땅에서 가정을 세우겠다는 희망에 부풀어 있다. 그러나 그의 삶은 원시적인 육가공 공장의 쓰레기와 악취, 입에 풀칠하기 위한 투쟁으로 점철된다. 당연히 루드쿠스와 그 가족의 꿈은 구조적으로 붕괴되고, 가족에게 가해진 잔혹한 범죄에 절망한 그도 서서히 범죄자로 전락하고 만다. 그러나 소설은 사회주의라는 희망의 횃불로 끝난다. 이 소설의 마지막 문장은 "시카고는 우리의 것이 될 것이다!"라는 외침이다. 이보다 더 사회적으로 중대한 소설은 상상하기 힘들다. **GT**

* 제1차 세계대전 이전 개혁·폭로문학의 성격을 띠는 미국작가 그룹. 시어도어 루스벨트가 1906년 한 연설에서 『천로역정』 중 "아래밖에는 볼 줄 모르는 머크레이크(퇴비용 갈퀴) 같은 사람"이라는 구절을 인용한 데에서 비롯되었다.

비밀 요원 The Secret Agent

조셉 콘래드 Joseph Conrad

작가 생몰연도 | 1857(우크라이나)–1924(영국)
초판 발행 | 1907, Methuen & Co.(런던)
연재 시작 | 1906, 『Ridgway's: A Militant Weekly for God and Country』誌

『비밀 요원』은 파괴 정치, 범죄, 그리고 검거로 이어지는 이야기를 들려준다. 무대는 빅토리아 시대 후기, 습기차고 어두침침한 대도시 런던이다. 소호에 있는 아돌프 벨록의 초라한 가게에 그로테스크한 외모의 혁명분자들이 모여 쓸데없는 정치 담론을 벌인다. 보기에 구역질이 날 정도로 살찐 마이클리스, 늙다리 절름발이 칼 윤트, (그의 조언자인 체사레 롬브로소에 의하면 범죄자의 혈통을 증명하는) 고수머리와 몽고계의 눈을 가진 오시폰 등이다. 하나같이 게으른 사회의 적이라고 굼뜬 벨록은 생각한다. 뿐만 아니라 벨록을 포함한 모두가 여자를 등쳐서 먹고살고 있는 것이다.

러시아 대사관으로 보이는 어느 외교관저에서 우아한 외교관 블라디미르는 벨록에게 그리니치 천문대를 폭파하라고 충동질한다. 블라디미르는, 만약 성공한다면 영국 내의 외국인들에게 비난의 화살이 집중될 것이고, 그렇게 되면 영국 정부는 지금까지처럼 외국 난민들—특히 제정 러시아의 적들—을 너그럽게 받아들이지 않을 것이라고 계산하고 있다. 벨록은 작달막한 "교수"(허무적 무정부주의자)에게서 폭탄을 받아와 정신박약자 처남인 스티비에게 그리니치 천문대에 장착하고 오라고 시킨다. 그러나 이 무신경한 실수로 인해 결말로 치달을수록 점점 더 비극적인 사건들이 잇따라 일어나게 된다.

이 무자비한 아이러니의 명작은 위로는 비슷한 분위기를 풍기는 디킨스의 『황폐한 집』까지 거슬러 올라가고, 아래로는 그린의 『여기는 전쟁터이다』까지 뻗어나간다. 특히 요즘의 자살폭탄테러를 예고하고 있다는 점에서 오늘날과도 깊은 연관성이 있는 작품이다. **CW**

어머니 Mother

막심 고리키 | Maxim Gorky

작가 생몰연도 | 1868(러시아)–1936
초판발행 | 1907
원제 | Mat
언어 | 러시아어

19세기 러시아 시골의 노동자 계급 여성의 삶을 추적하고 있는 『어머니』는 제정 러시아의 날로 더해가는 압제 아래에서 겪어야했던 인생의 잔인함과 쓰라림, 부조리를 묘사하고 있다. 무명의 공업 도시, 학대를 일삼던 남편이 갑작스럽게 죽자 중년의 "어머니" 펠라게야 닐로브나는 사랑 없는 고역의 나날들만이 남았다고 생각한다. 그러나 소박하고 수수한 생활 속에서 그녀의 아들 파벨이 매일 저녁 철학과 경제학 책들을 읽어준다. 그녀는 서서히 아들의 존재에 눈을 뜨게 되고, 파벨은 어머니와 가까워지면서 어머니를 자신의 비밀스런 세계로 초대한다. 이 세계에서는 겉으로 보기에 무해한 책들이 과격한 신 사상을 대변하고, 이 사상의 전파는 파벨을 끊임없이 죽음의 위험으로 내몬다. 펠라게야는 점점 사회주의 혁명가 모임에 발을 들여놓게 되고, 파벨과 그의 친구들이 그녀를 과격한 투사로 변화시키는 동안 그녀 역시 그들에게 친절과 자비, 사랑 같은 가치가 강조되는 인간적인 시각을 불어넣는다.

이 작품은 보통 사회주의 리얼리즘이라고 일컬어지지만, 이러한 명칭만으로는 이념적 소설이면서도 선전문학이 되기를 거부했던 고리키의 재능을 충분히 표현하지 못한다. 정치적 목표가 서정적인 아름다움과 종종 튀어나오는 유머, 잊을 수 없는 생생한 등장 인물들과 함께 어우러져, 감동적이고 때로는 가슴 아프게 당대 러시아에 존재했던 정치적, 문화적 양극단을 조명하는 중요한 작품으로 남아있다. **AB**

"수년에 걸친 착취가 그들의 식욕을 앗아가, 음식을 먹기 위해서는 먼저 불타는 보드카가 연약한 위장을 쓸고 지나가야만 했다."

▲ 1907년 제정 러시아에 반역했다는 이유로 추방당한 고리키는 런던의 러시아 혁명가들로부터 따뜻한 환영을 받았다.

경계지의 집
The House on the Borderland

윌리엄 호프 호지슨 William Hope Hodgson

작가 생몰연도 | 1877(영국)–1918
초판 발행 | 1908
초판 발행처 | Chapman & Hall(런던)
언어 | 영어

이 난해한 소설은 한 은둔자와 그 누이의 이야기가 적혀 있는 필사본이 발견되면서 시작된다. 이들은 외딴 곳에서 단 둘이 살고 있는데, 불타오르는 듯한 괴물들이 끊임없이 이들을 위협한다. 은둔자는 이해할 수 없는 광활한 풍경의 환영을 보고, 여기에는 움직이지 않는 고대의 신들이 불분명하고 위협적인 모습으로 등장하곤 한다. 그는 자신의 집과 누이동생을 보호하려고 하지만, 누이의 눈에는 이러한 괴물들이 보이지 않는 듯, 오히려 그를 두려워하기 시작한다. 은둔자는 공격을 받을 것을 대비해 집에 방책을 친다. 이야기는 여기서 잠깐 끊긴다. 몇몇 페이지의 글씨를 잘 알아볼 수 없기 때문에 이 부분의 이야기는 독자의 상상에 맡기는 수밖에 없다. 마침내 사랑과 상실과 관련된 부분적인 정보들이 등장하고, 어쩔 수 없이 앞서 말한 환각의 영상들과 우주의 죽음이라는 미래로 여행을 떠나게 된다.

"내면의 이야기는 독자들이 각자 개인적으로 찾아내야만 한다"고 호지슨은 제안한다. 이 작품은 논리나 플롯, 혹은 전통적인 "결말"의 전혀 제약을 받지 않은, 방대한 상상력의 산물이다. 그 의미의 중대성에도 불구하고 집의 위치나 은둔자의 정체, 심지어 필사본의 발견조차 전혀 설명이 없다. 은둔자의 미래의 환영은 의식의 바로 아래에 숨어들어 있는 풍부한 공명으로 가득하다. 우리는 그가 우리에게 말해준 것, 아니 스스로 인정하는 것 이상을 알고 있다고 느낀다. 이 책 속에서 무슨 일이 일어나고 있건 간에, 우리는 그저 상상하여 추측하는 수밖에 없다. 환상적인 단서들은 많지만, 확실한 것은 아무 것도 없는 작품이다. **JS**

늙은 아내들의 이야기
The Old Wives' Tale

아놀드 베넷 Arnold Bennett

작가 생몰연도 | 1867(영국)–1931
초판 발행 | 1908
초판 발행처 | Chapman & Hall(런던)
언어 | 영어

『늙은 아내들의 이야기』는 베넷의 다른 작품들과 마찬가지로 스태포드셔 도업 지대의 고요한 "다섯 마을"을 무대로 하고 있다. 동시에 이 소설은 정치적 격동기였던 19세기, 파리에서의 망명자의 삶도 생생하게 묘사한다. 이렇게 서로 다른 배경은 "두 늙은 아내들"의 이야기라는 소설의 주제와 잘 맞아떨어진다. 두 늙은 아내들이란 콘스탄스와 소피아 베인즈로, 두 사람은 평범한 상인의 딸들로 자란다. 그러나 결혼이라는 이름의 운명은 두 사람을 완전히 다른 방향으로 이끈다. 얌전하고 예의 바른 콘스탄스는 아버지의 조수와 결혼하여 전형적인 빅토리아 시대 어머니이자 아내로서 전통적인 삶을 살아간다. 이와는 대조적으로 소피아는 행상인과 함께 사랑의 도주를 감행하지만, 애인이 그녀를 버리고 떠나버리자 동전 한 푼 없이 파리에 홀로 남겨지게 된다. 둘 중 어느 쪽의 삶도 전적으로 옳거나 그르지는 않다. 파리의 흥분은 이 낯선 땅에서 살아남기 위한 소피아의 투쟁과 균형을 이루고, 콘스탄스의 화목한 가정 생활은 질식할 듯한 무료함으로 괴롭다.

『늙은 아내들의 이야기』에서는 전반적으로 작가의 연민이 느껴진다. 두 자매의 감동적인 재회는 시들어버린 두 인생에서 가족에 대한 사랑과 충성이 얼마나 소중한지를 일깨워준다. **AB**

▶ 영국 작가 아놀드 베넷. E.O.호페의 목판화, 1900년.

지옥 The Inferno

앙리 바르뷔스 Henri Barbusse

"나는 서른 살이었고, 각각 18년, 20년 전에 양친을 잃었다. 그것은 너무나 오래된 옛날 일이라 지금은 그리 대수롭게 여겨지지 않는다."

▲『지옥』은 크게 인정받지 못했으나, 바르뷔스는 반전 소설인『포화』를 통해 작가로서의 명성을 얻게 된다.

작가 생몰연도 | 1873(프랑스)–1935(러시아)
초판 발행 | 1908, Mondiale(파리)
영어 제목 | Hell
원제 | L'Enfer

앙리 바르뷔스는 사실상『지옥』으로 작가 활동을 시작했다. 독자를 사로잡으면서도 어딘지 불편한 이 소설은 고독하고 불만스러운 인간을 그린 문학의 전형이다. 콜린 윌슨은 후에 자신의 소설『아웃사이더』의 서문에서『지옥』이 실존주의 작가들에게 미친 영향에 대해 쓴 바 있다.

한 이름 없는 남자가 파리의 호텔에 들어간다. 그는 서른 살이고 아무 연고도 없다. 이 외에 우리가 그에 대해 알고 있는 것이라곤, 그가 삶에 질렸고, 지치고, 무관심하고, 환멸을 느낀다는 점뿐이다. 그는 말한다. "나는 내가 누구인지, 어디로 가는지, 무엇을 하는지 모르겠다… 나는 아무 것도 없고, 아무 가치도 없다." 그러나 그는 손에 넣을 수 없는 것에 대한 강박적인, 거의 종교적인 욕망을 품고 있다. 호텔에서의 첫날밤에 그는 옆방에서 흘러나오는 소리에 흥미를 품는다. 옆방이 들여다보이는 작은 구멍을 발견한 그는 계속해서 투숙객이 바뀌는 옆방 풍경을 엿보느라 며칠 동안 나오지 않는다. 그의 관음증은 눈앞에 펼쳐진 타인의 사생활의 다양한 단면—간통, 홀로 옷을 벗는 여인, 동성애, 출산, 죽음 등—을 엿봄으로써 전능함과 성심리적 열망을 이끌어낸다는 점에서 점점 강박적이 된다. 그러나 이러한 행위도 그에게 현실적인 만족을 주지는 못하고, 결국 강박관념은 그를 파괴하고 만다.

출간 당시 큰 스캔들을 불러일으켰던 이 작품은 오늘날까지도 그 충격을 고스란히 간직하고 있다. 솔직하고, 상세하고, 철학적 고찰로 가득한『지옥』은 한 인간의 내적 투쟁에 대한 매력적인 통찰이다. **AL**

전망 좋은 방 A Room with a View

E. M. 포스터 E. M. Forster

작가 생몰연도 | 1879(영국)-1970
초판 발행 | 1908
초판 발행처 | E. Arnold (런던)
언어 | 영어

『전방 좋은 방』은 통과의례 소설의 고전이다. 주인공인 루시 하니처치는 그녀의 근심 많고 과보호 경향의 후견인 샬럿 바틀렛과 함께 이탈리아를 여행하면서 처음으로 어린 시절을 보낸 영국의 전원을 떠나 너른 세상을 경함하게 된다. 루시는 피아노에 타고난 재능을 가지고 있는데, 그녀가 베토벤을 연주하는 장면은 독자들에게 그녀가 지닌 진정한 감정의 깊이를 엿볼 수 있게 해준다. 이 소설이 던지는 가장 큰 질문은 루시가 전망 좋은 방과 전통 사회의 닫힌 벽 중 어느 쪽을 선택할 것인가 하는 것이다. 이 질문은 그녀에게 구애하는 두 젊은이에 의해 구체화된다. 사려깊고 열정적인 조지 에머슨은 그 대상이 이탈리아인들이건 루시이건 간에, 자기 눈앞에 놓인 인간의 가치를 완전하게 이해한다. 세련되고 오만한 세실 바이스는 루시를 살아 숨쉬고 생각하는 인격체보다는 오히려 하나의 예술 작품 쯤으로 생각한다. 이 소설은 성장의 갈림길과 고통—자기 기만의 유혹, 자기 자신의 욕망과 가족의 욕망 간의 갈등—을 다룬 작품이다.

이 작품은 20세기 초반 영국 중산층과 그들의 딱딱한 관습에 대한 멋진 풍자이면서, 놀랄 만큼 관능적이기도 하다. 작가는 배경인 이탈리아와 영국의 풍경을 세심한 시각적 디테일까지 완벽하게 그렸으며, 루시가 피아노를 치거나 날씨가 험악해지는 장면에서 독자는 음의 크레센도나 천둥 소리까지 들을 수 있다. 한마디로 즐겁게 읽을 수 있는 작품이다. **EG-G**

좁은 문 Strait is the Gate

앙드레 지드 André Gide

작가 생몰연도 | 1869(프랑스)-1951
초판 발행 | 1909, Mercure de France(파리)
원제 | La Porte Étroite
노벨 문학상 수상 | 1947

『좁은 문』은 뭔가 저항할 수 없는, 심지어 유혹적으로까지 완벽한 그 무엇이 있다. 테크닉으로만 보면 이 소설은 사랑에 관한 작품이다. 가족으로부터의 안식이 사라지자 두 사촌은 서로에게서 미와 덕을 구한다. 제롬은 열두 살 때 아버지를 여읜 후 외아들로서 슬픔에만 잠겨 사는 어머니를 보고 자라면서 타고난 감수성이 더욱 조숙해졌다. 그의 사촌누이 알리사는 바람 피우는 어머니의 조롱을 받으면서도 아버지의 헌신적인 말벗이 된다. 그러나 이러한 설명은 단순한 시작을 불필요하게 강조할 뿐이다. 제롬과 알리사의 존재적 요소—일년 내내 꽃이 피는 여름만을 끝없이 누리면서도 그 물질적 변화의 원시성은 경멸하는 프랑스의 상류 부르주아—는 그저 골격에 지나치 않는다.

제롬과 알리사를 설명하는 그들의 섬세하고, 강렬하고, 험난한 사랑만이 유일한 현실이다. 결혼은커녕 어떠한 육체적인 관계도 배제된 이들의 사랑은 그래서 서로를 향한 공개적이면서 고독한 열망이다. 젊음의 불확실에서 계산된 연기, 그리고 거부로 이어지는 길고 목적 없는 궤도야말로 이 소설의 매력이다. 지드는 정교한 절제를 통해 욕망의 절대적이면서도 결말이 없는 본성을 잡아냄으로써 사랑이라는 감정을 탐구하였다. **PMcM**

말테의 수기 The Notebooks of Malte Laurids Brigge

라이너 마리아 릴케 Rainer Maria Rilke

작가 생몰연도 | 1875(체코공화국)-1926(스위스)
초판 발행 | 1910, Insel Verlag(라이프치히)
원제 | Die Aufzeichnungen des Malte Laurids Brigge
언어 | 독일어

"나의 모든 비상(飛上)은 내 피에서 시작되었다."

라이너 마리아 릴케

▲ 헬무트 베스트호프가 1901년에 그린 릴케의 초상화. 사랑, 성, 고통, 죽음에 대한 몽롱한 본능에 영감을 받은 젊은 시인의 모습이다.

▶ 『말테의 수기』를 쓸 무렵, 비록 끔찍한 고독의 시선이기는 했지만 릴케는 근대 사회를 보는 법을 이미 배웠다.

릴케의 유일한 소설인 『말테의 수기』를 옹호하는 이들은 대개 이 작품이 부분적으로만 위대하다는 사실을 인정하지 않는다. 가끔 등장하는 충격이 워낙 강력해서 독자들은 이 작품이 전체로 보면 소설, 일기, 그리고 일반적인 "책"을 뒤섞어놓은 퍽 어색한 혼합물이라는 것을 잊어버리는 것이다. 명목상 덴마크 귀족 계급 출신으로 돈 한 푼 없이 파리에서 식객 생활을 하는 젊은 탐미주의자의 수기이니만큼 빈둥대는 묘사나 연극적 요소들을 예상 못할 바는 아니지만 말이다. 거리에서의 희한한 만남들(예를 들면, 핏발선 눈꺼풀 아래로 녹색 가래를 뱉어놓은 듯한 눈을 가진 참견쟁이 여자)은 강렬하게 되살아나는 말테의 어린 시절과 사춘기의 기억들과 어깨를 겨룬다. 또한 이 소설은 신앙, 질병, 예술, 그리고 말테가 심취해 있는 불분명한 역사적 인물의 내면 세계에 대한 릴케 자신의 성찰로까지 이어진다.

릴케의 시에서 볼 수 있는 은근한 맛이 이 소설에는 거의 느껴지지 않지만, 때때로 누군가 같은 장소에서 엿보고 있는 기분이 들기도 한다. 릴케의 시가 그 자신이 아니면 대답할 수 없는 수사적 질문들로 차 있다면, 말테의 기교적 의문들은 세상과 거기에 살고 있는 모든 인간들에 대한 무관심을 살짝 내비칠 뿐이다. 이 작품은 충족시킬 수 없는 호기심을 교묘하게 키우면서도, 이를 만족시키기 위한 다급함은 의도적으로 잘라버림으로써, 릴케의 예술과 말테의 생각을 모두 부채질한다. 이러한 인식의 결여에도 불구하고, 아니 오히려 그 때문에 이 소설—특히 각 장의 마지막 문장 또는 문단—은 숨막힐 정도로 아름답고 다른 그 어떤 작품에도 비길 수 없는 독특함이 있다. 당신도 인생을 변화시켜라. **RP**

하워즈 엔드 Howards End

E. M. 포스터 E. M. Forster

작가 생몰연도 | 1879(영국)–1970
초판 발행 | 1910
초판 발행처 | E. Arnold(런던)
언어 | 영어

에드워드 시대를 특징짓는 사회 변화를 반영한『하워즈 엔드』는 완전히 다른 두 집안, 슐레겔 가와 윌콕스 가의 이야기이다. 슐레겔 가 사람들이 지성인이자 이상주의자라면 윌콕스 가 사람들은 물질만능의 현실주의자들이다. 작가는 이 두 집안 사이의 관계와, 대조적인 인생관의 충돌을 그리고 있다.

슐레겔 가의 두 자매 마가렛과 헬렌은 윌콕스 가에 정반대의 태도를 보인다. 헬렌이 자신의 이상을 지키면서 그들의 물질주의와 현실주의에 강렬한 반감을 표시한다면, 마가렛은 이 두 가지 관점이 서로 조화를 이룰 수 있다고 믿으며 공정한 평가를 시도한다. 마가렛은 자신의 문장과 열정을 고양시키기 위해 단지 "연결"하고 싶을 뿐이라고 적는다.『하워즈 엔드』는 이렇듯 "연결"하고자 하는 마가렛의 시도를 그 성공과 실패와 함께 상세히 묘사하고 있다.

진실로 명작이라 말할 수 있는 이 소설은 진정한 미와 낙관주의를 보여준다. 포스터의 모든 작품들이 그러하듯, 탁월한 인물 묘사와 실제적이고 감동적인 대화가 압권이다. 비록 이 작품이 극적인 감정과 행위를 다루고 있지만, 결코 어색하거나 신파적이지는 않다. 대신 인간의 감정과, 오만, 분노, 오해, 위선이 낳을 수 있는 재앙을 너무나 사실적으로 그려내고 있다. **EG-G**

◀ 포스터와 같이 블룸스베리 그룹의 일원이었던 작가 버지니아 울프의 언니 바네사 벨이 1940년에 그린 포스터의 초상화.

아프리카의 추억 Impressions of Africa

레이몽 루셀 Raymond Roussel

작가 생몰연도 | 1877(프랑스)–1933(시칠리아)
초판 발행 | 1910
초판 발행처 | Librairie Alphonse Lemerre
원제 | Impressions d'Afrique

『아프리카의 추억』의 첫 아홉 장은 아프리카의 가상 도시를 배경으로 하는 몇 가지 불가사의한 사건들을 묘사하고 있다. 저격수가 한 발의 탄환으로 반숙한 계란에서 흰자와 노른자를 분리해내고, 코르셋으로 만든 동상이 까치에 의해 앞뒤로 흔들린다. 후반부에서는 배의 난파로 표류하던 사람들이 한 아프리카 왕에게 잡혀간다. 이들은 왕을 즐겁게 하고, 자유의 몸으로 풀려나기 위해 교묘한 연극을 꾸미거나 전반부에 등장한 환상적인 장치들을 만들어낸다.

1935년 작가가 자살한 뒤 발간된 에세이에서 루셀은 이 소설을 쓰게 된 계기는 아프리카의 추억과는 전혀 관계 없고, 하나의 단어가 두 개 이상의 의미를 가질 수 있는 언어학적 특징 때문이었다고 밝힌 바 있다. 루셀은 하나의 동음이의어로 시작하여 결국 한 편의 완전한 이야기 혹은 시나리오를 만들어내게 된다.(예를 들면 불어로 baleines는 코르셋이란 뜻도 있지만 고래라는 뜻도 있다.) 언어는 더 이상 소설을 쓰기 위한 도구가 아니다. 오히려 소설이 언어에 좌지우지될 수도 있다. 결국 소설이란 단어와 그 반복 사이의 어두운 공간에서 태어나기 때문이다. **KB**

유령 Fantômas

마르셀 알랭 & 피에르 수베스트르
Marcel Allain & Pierre Souvestre

알랭의 생몰연도 | 1885(프랑스)–1970
수베스트르의 생몰연도 | 1874(프랑스)–1914
초판 발행 | 1911, A. Fayard (파리)
언어 | 프랑스어

『유령』은 1911년 처음 출간된 후 프랑스 서점가의 화제가 되었고, 비록 영미 문학권에서는 거의 알려지지 않았음에도 불구하고 오늘날까지도 유럽과 그 밖의 세계에서는 여전히 확고한 지위를 차지하고 있는 작품이다. 원작『유령』은 서른한 편이라는 경이적인 숫자의 속편과 영화는 물론 멕시코에서는 만화로까지 출간되면서 여전히 높은 인기를 자랑하고 있다.

이 소설의 주인공이라 할 수 있는 "유령"은 가면을 쓴 악당으로, 부르주아 사회에 전쟁을 선포한, 도덕관념 자체가 없는 천재이다. 유령에 대해서는 그가 어디서 태어나서 어떻게 살아왔는지, 왜 이런 짓을 하는지 아무 것도 알려진 것이 없다. 그는 다만 육체를 가진 악몽이요, 그가 지나갈 때마다, 혹은 열려 있는 창문으로 그의 망토가 휘날릴 때마다 뒤에 남는 시체로만 확인할 수 있는 수수께끼이다. 이런 그를 쫓는 이가 바로 총명한 주브 경감이지만, 한번도 성공한 적이 없다. 유령이 파리의 밤을 무대로 강간과 살인을 일삼으면서, 그의 이름은 신을 두려워하는 모든 이들의 공포가 된다.

이렇게 난폭하고 야만적인 이야기가 다다이즘과 초현실주의에 영향을 준 것은 물론 이토록 오랫동안 인기를 누린다는 사실도 흥미롭다. 도시의 편집증과 혼란, 그리고 전율을 반영하는 이 초자연적인 작품은 위협 받는 구세계의 도덕과 소통하는 동시에 당대의 관심사를 이용하고 있다. 『유령』은 원시적인 상상력과 지적인 상상력 모두를 사로잡는 긴 그림자를 드리운다. **SamT**

에단 프롬 Ethan Frome

에디스 와튼 Edith Wharton

작가 생몰연도 | 1862(미국)–1937(프랑스)
초판 발행 | 1911
초판 발행처 | Macmillan & Co.(런던)
언어 | 영어

『에단 프롬』은 세기말의 뉴잉글랜드 농경 사회의 정신적 고립과 성적 좌절, 그리고 도덕적 절망을 투명하게 관찰한 작품이다. 이 작품은 아내 지나의 가난한 친척인 변덕스런 매티 실버에 대한 프롬의 욕망이 커져가는 과정과 이들이 스스로를 파멸시키는 논리, 그리고 예상치 못한 비참한 결말을 그리고 있다.

이 작품의 중심에 서 있는 인물은 프롬이다. 프롬의 유약한 성격은 가혹한 환경과 내향적인 사회의 씁쓸한 산물이다. 그는 무미건조한 생활의 표면 아래 존재하는 풍부한 현실을 감지할 수 있는 심오한 인간이며, 사교적인 성격임에도 이 고립된 사회에서 그 분출구를 찾지 못하는 인간이기도 하다. 여기에서는 외적 환경과 내면 사이의 상호작용이 극화된다. 화자의 문장에 의해 형성되는 인물의 불분명함은 이 소설에서 매우 중요한 요소로, 그가 이야기하는 역사적 지식은 사실 믿을 것이 못된다. 독자에게는 행위를 결정하는 데에 있어 도덕적 선택과 수단, 환경의 역할, 그리고 사회적 관습과 개인의 열정 사이의 투쟁이라는 어려운 질문만 남겨진다.

『에단 프롬』은 주인공의 고뇌에 초점을 맞추고 있지만, 지나처럼 교묘한 인물을 만들어낸 사회 상황도 묘사하고 있다. **AG**

▶ 이 사진은 에디스 와튼이 소설가가 되기 전에 찍은 것이지만, 이미 개성있는 성격이 드러나고 있다.

가정부의 딸
The Charwoman's Daughter

제임스 스티븐스 James Stephens

작가 생몰연도 | 1880(아일랜드)–1950 (영국)
초판 발행 | 1912, Macmillan(런던)
원제 | The Charwoman's Daughter
언어 | 영어

시인이자 소설가인 제임스 스티븐스는 더블린의 빈민가에서 나고 자랐으며 변호사 사무실의 사회 생활을 시작했다. 그의 작품에는 하나같이 폐소공포증의 경계선에 서 있는 듯한 고독과 과밀의 감각이 감돌고 있다. 그러나 스티븐스는 상상력과 사랑에 빠져 있었고, 그의 작품에 등장하는 더블린은 작은 방과 열려진 거리, 생존의 무게와 쇼윈도의 실크 드레스가 공존하는 제한과 해방의 공간이다.

『가정부의 딸』은 열여섯 살 난 메리의 기괴하고 서글픈 이야기이다. 메리의 어머니는 외동딸인 그녀를 예민하리만치 과보호한다. 또한 이 소설은 더블린과 이 도시를 보는 우리의 관점에 대한 이야기이기도 하다. 아일랜드 문학에서 흔히 인간의 도시로 묘사되는 더블린은 우연찮은 만남과 크고 바쁜 대화들의 고향이자, 역사의 덫에 걸린 공간이다. 한마디로 더블린은 도시적인 동시에 가정적이다.

메리와 그녀의 어머니는 쓰디쓴 애정의 공간인 단칸 셋방에서 산다. 어머니는 매일 더블린의 부유한 저택에서 청소부 일을 하고, 메리는 거리를 싸돌아다니면서 도시를 관찰한다. 그녀의 통찰 속 풍부한 상상으로 이 도시는 낯설고 환상적인, 멀고도 친근한 공간으로 다시 태어난다. 이러한 발견과 달콤쌉싸름하고 풍부한 감성이야말로 이 특이한 소설의 매력이다. **PMcM**

베네치아의 죽음
Death in Venice

토마스 만 Thomas Mann

작가 생몰연도 | 1875(독일)–1955 (스위스)
초판 발행 | 1912, Hyperionverlag(뮌헨)
원제 | Der Tod in Venedig
노벨 문학상 수상 | 1929

특색 없는 자연스러움으로 유명한 작가 구스타프 폰 아셴바흐가 베네치아로 여행을 떠난다. 그곳에서 그는 금발의 고수머리와 그리스풍의 이상적인 미모를 지닌 어린 소년에게 빠져든다. 타지오를 관찰하는 것이 아셴바흐의 일상, 더 나아가 존재의 목적이 된다. 베네치아로 향하는 배 안에서 아셴바흐는 얼굴에 그림을 그린 한 노인이 바보처럼 웃으며 젊은이들 사이에 섞이는 모습을 공포에 사로잡혀 바라보았다. 그러나 이제는 아셴바흐 자신이 그런 노인이 되고 만 것이다. 넋이 나간 아셴바흐는 타지오를 따라 흑사병이 창궐한 도시의 골목길과 운하를 누빈다. 『베네치아의 죽음』은 만이 주장했듯 위엄을 잃은 예술가의 초상이지만, 동시에 예술과 인생 사이의 관계를 탐구하는 작품이기도 하다. 아셴바흐는 노동과 원칙만으로도 인생을 영위할 수 있고, 심지어 예술도 창조해낼 수 있다고 믿는다. 그러나 타지오의 디오니소스적인 향락은 형체 없는 감정과 제어할 수 없는 열정을 불러일으키고, 그로 하여금 이러한 믿음이 틀렸음을 인정하지 않을 수 없게 만든다. 이 소설의 신화적인 요소들은 동성애의 배경을 드러내고 있다. 은근하고 심오한 심리학적 통찰을 바탕으로 쓰여진 『베네치아의 죽음』은 사랑에 빠진다는 것이 무엇인지를 생생하게 보여준다.

이 단편 소설(이 작품은 겨우 70여 페이지밖에 안 된다)은 만의 이상적인 예술 형식이었다. 최초의 전조부터 최후의 감동적인 클라이맥스에 이르기까지 걸작이 무엇인지를 샅샅이 보여준다. **KB**

아들과 연인

Sons and Lovers

D.H. 로렌스 D. H. Lawrence

작가 생몰연도 | 1885(영국)–1930

초판 발행 | 1913, Duckworth & Co.(런던)

원제 | Sons and Lovers

언어 | 영어

『아들과 연인』에서 로렌스는 그와 유대가 깊은 노팅엄셔의 전원과 광산촌을 매력적으로 그려냈으며, 노골적인 솔직함으로 가족, 가정 분쟁, 계급 투쟁, 남녀간의 충돌, 성적 관능, 산업화, 가난 같은 문제들을 하나하나 건드린다. 『아들과 연인』은 또한 신화에 가까운 강렬함으로 자연을 묘사한 작품이다.

이 작품의 주제는 폴 모렐과 재능 있는 아들에게 어마어마한 기대를 걸고 있는 어머니의 관계이다. 이들의 강한 유대로 인해 변변한 교육조차 받지 못한 광부인 아버지는 언제나 따돌림을 받는다. 어머니는 언제나 아버지를 경멸하며, 아들도 나이를 먹어가면서 이런 어머니를 닮아간다. 긴박한 계급 갈등이 들끓는 성 심리학적 의문들에 겹친다.

폴은 교육과 예술을 향한 어머니의 좌절된 야망을 살아간다. 그러나 거의 근친상간에 가까운 이들 모자의 관계는 폴이 독립적인 성인으로서 정체성을 확립하여 다른 여성과 성숙한 성적 관계를 맺는 것을 방해한다.

광산촌과 상심한 남편이라는 사회의 제약에 갇혀버린 거트루드 모렐과 같은 지적인 여성들의 사회적 지위를 민감하게 파헤친 이 작품은 사춘기의 사랑의 좌절과 다양한 성적 관계의 혼란스런 유혹, 그리고 남성 간 경쟁의 폭력을 그리고 있다. **AG**

떨어진 바지를 입은 자선가

The Ragged Trousered Philanthropists

로버트 트레셀 Robert Tressell

작가 생몰연도 | 1870(아일랜드)–1911

초판 발행 | 1914, G. Richards(런던)

원제 | The Ragged Trousered Philanthropists

언어 | 영어

이 작품은 영국 노동자 계급 문학의 걸출한 고전이지만, 이 책을 읽는 독자는 그 어조에 먼저 놀라게 될 것이다. 그 심장부에는 자본주의에 대한 지적이고, 정열적이고, 절제된 공격이 자리하지만, 사회주의의 필요성을 느끼지 못함으로써 자신의 자녀를 똑같이 착취로 몰아넣는 노동자들 역시 신랄하게 비판하고 있기 때문이다.

이 소설은 어떤 서스펜스나 화술이 아니라 최소한의 소득도 보장받지 못하는 인생에 대한 사소한 탐구로 독자의 주의를 고정시킨다는 점에서 확실히 특이한 작품이다. 전체적인 이야기는 고용주에게 속아 넘어가는 이들에 대한 분노로 들끓고 있다. 심지어 고용주들은 그렇게 할 수밖에 없다는 암시로 들리기도 한다. 그러나 이 소설은 전통적인 개념의 노동자 계급뿐만 아니라 노동의 본질, 그리고 노동에 대한 긍지가 어떻게 "효율성"의 요구에 의해 파괴와 조롱의 대상이 되는지를 고찰하고 있다. 필연적으로 노동자들에게는 신속한 작업이 요구되며 그로 인해 노동을 통해 느끼는 순수한 만족은 온데간데없이 사라지고 만다. 이 작품의 주인공 역시 그의 "재능"을 발휘하고자 애쓰지만 "시스템"에 의해 끊임없이 거부당한다. 『떨어진 바지를 입은 자선가』는 에드워드 시대 영국의 폭넓은 사회주의 운동과 맥을 같이 하며, 러스킨이나 모리스 같은 작가들로 이어지게 된다. **DP**

플라테로와 나 Platero and I

후안 라몬 히메네스 Juan Ramón Jiménez

작가 생몰연도 | 1881(스페인)–1958(푸에르토리코)
초판 발행 | 1914, La Lectura(마드리드)
완결판 | 1917, Editorial Calleja
원제 | Platero y yo

이 책의 부제인 『안달루시아 비가』와 저자가 이 책을 위대한 스승인 프란치스코 히네르 데 로스 리오스(1839~1915, 스페인의 진보적 철학자 겸 교육자)에게 헌정했다는 사실은 이 작품의 해석에 두 가지 결정적인 단서를 제공한다. 첫 번째로 『플라테로와 나』는 스페인 지역주의를 풍부하게 묘사한, 안달루시아 지방의 회상이다. 두 번째로 이 소설은 어린이와 어른 모두에게 분별을 가르치기 위한 의도를 분명히 밝히고 있다.

이 작품은 두 가지 목적 모두 달성했다. 겉으로 보기에는 단순히 휴가 중인 시인("상복을 입고, 예수처럼 수염을 기른")과 그의 "작고, 폭신폭신하고, 부드러운" 당나귀인 플라테로의 이야기이다. 산문시로 보일 정도로 짧은 형식으로 쓰여진 문장은 어린이들의 즐거운 세계와 들판의 동물들의 시끌시끌한 삶, 재미있기도 하고 심술궂기도 한 농부들의 일상, 야수파의 색채를 닮은 어휘로 묘사한 잊을 수 없는 풍경들을 만들어냈다. 그러나 모든 것이 이렇게 행복하기만 한 것은 아니다. "플라테로"와 그의 주인은 불필요한 시련과 오해, 슬픔 등을 목격한다. 그리고 소설이 끝날 무렵 이 작은 당나귀 역시 죽게 된다. 스페인어로 쓰여진 그 어떤 작품도 이토록 미적인 즐거움과 윤리적 의무를 명료하게 보여주지 못했다. **JCM**

◀ 장년의 히메네스를 그린 호아킨 바케로 투르시오스의 초상화.

타잔 Tarzan of the Apes

에드거 라이스 버로스 Edgar Rice Burroughs

작가 생몰연도 | 1875(미국)–1950
초판 발행 | 1914
초판 발행처 | L. Burt Co.(뉴욕)
언어 | 영어

이념적으로 볼 때 『타잔』 시리즈는 칭찬 받을 만한 구석이 하나도 없기 때문에, 이 책이 아직까지 한번도 심각한 비판의 대상이 된 적이 없다는 사실이 오히려 놀라울 지경이다. 더욱 아이러니한 점은, 최근까지도 비슷한 류의 소설들은 출간이 금지되거나 심지어 불태워지기까지 하는데 『타잔』은 여전히 행복한 인기를 누리며 디즈니 만화 영화로 제작되는가 하면 만화 시리즈로까지 출간되고 있다는 것이다. 물론 이야기만 놓고 보자면 신나고, 다이내믹하고, 놀라울 정도로 잘 쓰여진, 훌륭한 통속 소설이 갖춰야 할 요소—역경 속에서 살아남기, 낯선 땅, 사나운 적, 드라마틱한 싸움, 그리고 아름다운 여자에 이르기까지—는 모두 갖췄지만, 그 아래에는 인종차별, 성차별, 제국주의가 고개를 드는, 전형적인 백인 남성 우월주의적 작품이다. 『타잔』의 주인공은 (순서대로) 원숭이, 사자, 코끼리, 흑인 미개 부족들을 정복한 뒤 선원들과 신학 교수와 여자와 영국인들을 타락시키고, 미개인 신분으로 되돌아간다.

오늘날 『타잔』은 W. E. 존의 『비글스』 시리즈처럼 거의 읽히지 않게 되면서 그 영향력—생태학에 대한 초기의 논쟁이나 버로스의 영웅적인 문장의 중요성, 그리고 때때로 격한 사회적 논평—도 많이 사라졌다. 타잔과 제인 포터의 대화에는 "나 타잔, 너 제인"이라는 식의 성적 원시성이 드러난다. 처음에는 필담으로 후에는 프랑스어로 소통하는 『타잔』의 신화는 문장 자체를 이미 뛰어넘은 셈이다. **EMcCS**

로쿠스 솔루스 Locus Solus

레이몽 루셀 Raymond Roussel

작가 생몰연도 | 1877(프랑스)–1933(시칠리아)
초판 발행 | 1914
초판 발행처 | Librairie Alphonse Lemerre
언어 | 프랑스어

자비를 들여 출판한 루셀의 시와 소설들은 이상하고 타협의 여지가 없을 만큼 난해하다는 이유로 그의 생전에는 비웃음을 사기 일쑤였지만, 오늘날에 언어를 향한 그의 고독한 모험으로 명성을 누리고 있다. 뿐만 아니라 미셸 푸코에서 존 애쉬베리에 이르는 수많은 20세기의 위대한 작가들에게 영감을 주기까지 했다.

소름끼치는 연극성이 그 특징인 『로쿠스 솔루스』는 일련의 환상적인 장면들을 보여준다. 고양이, 이빨, 다이아몬드, 무희들이 복잡한 메카니즘 속에서 진열된다. 우리의 가이드는 천재적인 과학자이자 발명가인 마셜 캔터렐로, 한 무리의 동료들을 "로쿠스 솔루스"라는 이름을 붙인 자신의 영지로 초대한다. 독자가 보기에 죽은 척하고 있는 듯한 배우들만이 실제로 죽었다. 캔터렐은 자신이 직접 발명한 약을 주사해 시체들을 기계 인간으로 만든 것이다. "부활의 약"으로 되살아난 이들은 자신의 인생에서 가장 멋진 순간을 재연해서 보여준다. 물론 기회가 한 번뿐이기 때문에 더욱 의미있는 장면들이다. 루셀이 이 작품과 다른 소설들을 쓰기 위해 고안해낸 언어의 기계들은 한 단어가 두 가지 다른 사물을 가리킬 때마다 작동한다. 『로쿠스 솔루스』는 괴상하기 짝이 없는 루셀 문학에서 그나마 장관이라 할 수 있는 이런 무의미한 쇼를 위험할 정도로 비슷하게 모방하고 있다. **KB**

마음 Kokoro

나쓰메 소세키(夏目漱石) Natsume Soseki

작가 생몰연도 | 1867(일본)–1916
초판 발행 | 1914
초판 발행처 | 岩波書店(이와나미 쇼텐, 도쿄)
언어 | 일본어

『마음』은 19세기 말 급속한 근대화를 겪고 있던 일본의 인식 변화를 다룬 작품이다. 1910년 전후 도쿄를 배경으로 화자인 젊은 청년과 그가 선생님이라고 부르는 노인의 관계를 그리고 있으며, 아직도 선생님에게 그림자를 드리우고 있는 과거의 낙인이 이 소설 전체를 지배하고 있다.

모두 세 장으로 구성된 이 소설에서 첫 번째 장과 두 번째 장은 선생님의 친구이기도 한 화자의 아버지의 죽음과, 아버지의 무덤을 종종 찾아오는 선생님을 중심으로 이야기가 전개된다. 선생님의 비밀에 점점 신경이 쓰이는 화자는 불안해진다. 그러던 어느 날 선생님으로부터 편지가 도착한다. 이 편지에서 선생님은 비극적인 사랑의 삼각관계와 자기모순에 대해 고백한다. 그는 도덕과 소유욕, 이성과 감성, 삶과 죽음 사이에서 찢기고, 자신과 다른 사람의 "마음"을 이해하지 못해 괴로워한다.

이 책에서 묘사하고 있는 선생님의 불안정은 일본의 급속한 근대화에 대한 증언일 뿐만 아니라 책임감과 실패로 인한 고뇌의 탐구이기도 하다. 일본 문학에서 1인칭 화법을 확립한 나쓰메 소세키는 가장 위대한 일본 근대 문학가 중 한 명이다. **KK**

▶ 도쿄에서 요코하마로 이어지는 철도 건설은 나츠메가 관찰한 메이지 시대 근대화의 전형이었다.

東海名所 改正道中記 二
汐留鉄道館
新橋 品川迄 一リ二十丁
浅草並木山清板

Handcuffed TO THE GIRL WHO DOUBLE-CROSSED HIM

The "Monte Cristo" hero...
The MAN who put
the MAN in roMANce...

ROBERT
DONAT

MADELEINE
CARROLL

IN

THE 39 STEPS

Directed by ALFRED HITCHCOCK

Director of "The Man Who Knew Too Much"

A  PRODUCTION

A HUNDRED STEPS AHEAD OF ANY PICTURE THIS YEAR

39계단 The Thirty-Nine Steps

존 버컨 John Buchan

작가 생몰연도 | 1875(스코틀랜드)–1940(캐나다)
초판 발행 | 1915
초판 발행처 | W. Blackwood & Sons(런던)
언어 | 영어

근대 스파이 스릴러물의 원조 격인 『39계단』은 비밀 침투를 통해 영국에 예기치 않은 전쟁을 선포하려는 독일의 음모를 다룬 작품이다. 비록 줄거리는 세계대전이라는 주제에 전적으로 의존하고 있지만, 또 한편으로는 독일 문화에 대한 버컨의 깊은 혐오를 보여준 작품이기도 하다. 초인적인 능력의 소유자에다 말도 안 되게 운이 좋은 남아프리카 출신의 기술자 리처드 헤네이는 쫓기는 영국 스파이를 구해주고, 그 직후 자신 또한 독일 정보 당국의 인간 사냥의 목표물이 되었음을 깨닫는다. 런던에서는 너무 눈에 잘 띈다고 생각한 그는 스코틀랜드 고지대로 달아나, 인적이 드문 황야에 몸을 감추기로 작정한다. 그러나 헤네이가 꿈에서 깨는 것은 그리 오래지 않아서이다. "외딴" 고지대는 마치 영국 사회의 기둥처럼 행세하고 있는 독일 스파이들과 자동차로 붐비고 있었다.

이 소설은 스파이 스릴러라는 장르를 확립했다는 점에서 중요한 작품이다. 자동차 경주, 정교한 변장, 재앙을 막기 위한 다급한 요청 등, 스파이 스릴러의 전형이라 할 수 있는 요소들이 모두 충족되어 있다. 이 소설의 드라마틱한 반전은 모든 아군이 곧 적일 수 있다는 편집증에 기반한다. 버컨 자신도 당시 막 창설된 영국 정보국에서 일하고 있었다. 특히 그의 임무는 전쟁 지지를 위한 선전물을 만드는 것이었는데, 그의 소설들은 이 임무를 완벽히 이행하였다. **LC**

◀ 알프레드 히치콕이 감독한 영화 〈39계단〉은 버컨의 원작보다 훨씬 유명하다.

무지개 The Rainbow

D. H. 로렌스 D. H. Lawrence

작가 생몰연도 | 1885(영국)–1930
초판 발행 | 1915
초판 발행처 | Methuen & Co.(런던)
언어 | 영어

기존의 소설 형식을 깨는 이 작품에는 인간의 주체성은 더 이상 소위 "오랜 안정된 자아"로 표현될 수 없고, 등장인물을 묘사하는 데에는 여러 가지 방법을 사용해야 한다는 로렌스의 신념이 밑바탕에 깔려 있었다. 로렌스는 지금까지의 리얼리즘 소설 속 등장인물들이 언제나 상투적이라는 사실이야말로 "비사실적"이라고 꼬집는다. 그는 대신 『무지개』에서 각각의 등장인물과 그들의 말썽 많은 관계를 무의식적인 충동으로 표현하였다.

제1차 세계대전의 암운이 아직 채 가시지 않은 시기에 쓰여졌지만, 소설 속 주인공 가족은 당시 일어나고 있던 과격한 변화(특히 불가피한 옛 사회의 와해)와는 달리, 땅에 매여서 땅에 뿌리를 내리고 살아간다. 미성년의 성이나 결혼 관계, 세대간의 갈등, 망명, 식민주의, 국가 정체성, 교육, 그리고 계급의 상향 이동, 신여성, 여성 동성애, 그리고 심리적 붕괴(물론 부활과 재생의 전조이기는 하지만) 같은 이슈들도 등장한다. 상세한 성애 묘사와 노골적인 솔직함으로 이 소설은 기존의 사회 질서의 몰락을 묘사하며, 부모–자식 관계와 남녀 관계에서의 권력 이동에 초점을 맞췄다. 동시에 시대의 변화를 그려냈다. 문장에서 거의 신화적 분위기가 느껴지는 것은 작가가 연출해낸 성서의 운율과 다신교적 전통에서 유래한다. **AG**

인간의 굴레 Of Human Bondage

윌리엄 서머셋 몸 William Somerset Maugham

작가 생몰연도 | 1874(프랑스)-1965
초판 발행 | 1915
초판 발행처 | W. Heinemann(런던)
언어 | 영어

"자신이 보잘것없다는 사실을 너무 늦어서야 발견하는 것이야말로 가혹하다."

▲ 1927년 클로드 해리스가 찍은 사진. 몸은 말더듬이라는 이유로 괴롭힘을 당한 경험을 평생 잊지 못했다.

작가 자신의 경험을 토대로 한 이 소설은 몸의 작품들 중에서도 가장 유명한 작품이다. 3인칭 화법을 활용하였지만, 모든 것은 중심 인물인 필립 캐리의 인식을 한 번씩 거쳐가게끔 되어있다.

느긋한 전개와 에피소드 중심의 구성이 특징인 이 작품은 캐리의 어린 시절부터 청년기까지를 추적하며, 그의 힘겨웠던 유년기와 학창 시절(그는 안짱다리라는 이유로 친구들에게 놀림을 받았다), 신앙을 잃게 된 과정, 그리고 자기만의 힘으로 세상에 나아가려는 한 젊은이로서의 역경을 그리고 있다.

이 소설은 무엇보다도 인간 존재의 의미를 찾는 데에 몰두하고 있다. 캐리는 다른 인간들의 삶을 관찰하며 그들이 모두 고통 속에서 인색하고 부질없는 생을 살고 있다는 결론을 내린다. 그 자신의 경험 역시 그의 이런 냉소적인 진단을 뒷받침한다. 그러나 그는 아직 인생의 파란을 대면하고픈 욕망과 철학에의 추구를 잃지 않는다.

그의 관점은 선과 악이라는 단순한 분류를 거부하고 대신 다윈식의 인생관을 선호한다. 사실 "선"과 "악"이라는 단어는 사회가 개인을 그 틀에 끼워맞추기 위해 만들어낸 말이지, 인간 존재 자체로선 그런 구분이 아무 의미도 없지 않던가. 느슨하게 이어지는 이 소설의 에피소드들을 통해 얻어낸 캐리의 스토아적인 결론은, 생각하는 인간만이 인생의 불규칙한 사건들의 미학 속에서 자유를 찾아낼 수 있다는 것이다. **AG**

훌륭한 병사 The Good Soldier

포드 매덕스 포드 Ford Madox Ford

『훌륭한 병사』에 대한 비판적 견해는 두 가지로 나뉜다. 어떤 이들은 이 작품이 문체를 위해 내용을 희생시킨 말도 안 되는 소설이라고 평가하고, 다른 이들은 20세기 최고로 섬세한 기교를 보여준 걸작이라고 말한다. 후자에 의하면 포드는 이 작품에서 미적 실험주의를 통하여 근대 사회를 문학적으로 창조해내는 것이 가능한지 알아보려는 시도를 했다는 것이다. 아무튼 이 소설은 포드가 그 선두에 섰던 인상주의 문학의 대표적인 작품이다.

『훌륭한 병사』에서 포드는 우리의 현실 경험이 전적으로 우리의 지식으로 인해 제한된다는 것을 증명하였다. 부유하고 게으른 미국인 존 도웰의 관점으로 본 『훌륭한 병사』는 도웰이 새로운 지식을 습득하고, 과거의 사건들이 지니는 의미를 이해하게 되면서 그의 현실 인식이 어떻게 바뀌는지를 보여준다.

우리는 책 속의 여러 가지 정황들을 통해 도웰의 아내인 플로렌스가 "훌륭한 병사" 에드워드 애쉬버넘과 불륜 관계를 가져왔다는 사실을 알게 된다. 하지만 도웰은 자기 아내의 본성과 그녀의 불륜에 대해서조차 알지 못한다는 점에서 도무지 신뢰할 수 없는 화자인 것이다. 그는 애쉬버넘과의 이상적인 우정을 묘사하지만, 아내가 그와 바람을 피웠다는 사실을 알게 되고나서부터는 그 우정에 대해서 처음부터 다시 이야기하고자 한다.

도웰은 자기기만적 순수와 고통스러운 자각이라는 두 가지 대조적인 관점을 모두 충실하게 반영할 수 있는 화법을 찾으려고 시도하지만 결국 실패하고 만다. **LC**

작가 생몰연도 | 1873(영국)–1939(프랑스)
초판 발행 | 1915
초판 발행처 | The Bodley Head(런던)
본명 | Ford Hermann Hueffer

"나는 한번도 영국인의 영혼의 깊이를 보여준 적 없다."

▲ 매덕스 포드는 이 작품이 출간될 당시 제1차 세계대전에 참전하고 있었다. 군복을 입고 있는 당시의 사진.

新形三十六怪撰
老婆鬼腕を持去る図
芳年

라쇼몽 Rashomon

아쿠타가와 류노스케(芥川龍之介)
Akutagawa Ryunosuke

작가 생몰연도 | 1892(일본)–1927
발표 | 1915, 『데이코쿠 분가쿠(帝國文學)』誌
영어 제목 | The Rasho Gate
본명 | 조코도 슈진(澄江堂主人)

『라쇼몽 및 그 밖의 이야기』는 아쿠타가와의 활동 초기인 1915년부터 1921년 사이에 쓰여진 여섯 개의 단편 모음집이다. 아쿠타가와의 작품에서 "리메이크" 혹은 모방은 매우 중요한 요소인데, 이 단편들 역시 역사적 우화에서 따온 이야기들이다. 아쿠타가와는 창조의 이념에 맞서 모방을 옹호하였으며, 모방은 단순히 베끼는 것이 아니라 소화와 변형의 은근한 과정이라고 주장하였다.

이 단편들을 쓰면서 아쿠타가와는 우화의 형식과 어조를 빌려왔는데, 이는 예상을 깨는 결말과 대비되며 흥미로운 감정적 효과를 만들어낸다. 어떤 이야기들은 단순히 즐겁고, 다른 이야기들은 우리의 지나치게 단순한 도덕적 판단을 유보하고 인간의 충동적인 본성에 대해 한 번 더 생각하도록 유도한다. 아쿠타가와는 또 구성의 거장이었다. 『용』과 『고구마죽』에서는 보고서의 형식을 취하면서 등장인물에 대한 좁은 관점과 세상 전체에 대한 넓은 관점을 대비시켜 흥미로운 분위기를 만들어냈다. 『케사와 모리토』, 『언덕에서』 등에서는 여러 편의 도스토예프스키 류의 독백을 어떤 설명도 없이 죽 늘어놓음으로써 현실 감각을 어지럽힌다. 아쿠타가와는 일본에서 가장 널리 읽히는 근대 작가 중 한 명으로, 시대를 뛰어넘는 그의 작품들은 문학의 본성 그 자체에 대한 예민하고 재치있는 탐구이다. **KK**

◀ 라쇼몽의 마귀할멈이 주인공 와타나베 노 츠나의 팔을 잘라 도망치고 있다.

포화 Under Fire

앙리 바르뷔스 Henri Barbusse

작가 생몰연도 | 1873(프랑스)–1935(러시아)
초판 발행 | 1916
초판 발행처 | Flammarion(파리)
원제 | Le Feu

제1차 세계대전 초기, 전방에서의 전투를 그린 이 작품에서 바르뷔스는 'poilus' 혹은 '털북숭이들'라고 불린 부대원들을 그리고 있다. 이들 중에서는 자유주의자도, 지식인도 없지만, 작가인 바르뷔스 자신은 목적의식이 강한 종군 기자였다. 그가 자원해 전선의 참호 안에서 보낸 2년은 그를 평화주의와 공산주의로 이끌었고, 『포화』는 그 자취를 보여주는 초기 작품이다.

전쟁의 경험은 곧 해체의 경험이다. 따라서 평화주의 논객에게 요구되는 목적 있는 이야기를 구성한다는 것 자체가 쉽지 않았고, 바르뷔스도 이를 시도한 것은 아니다. 대신 그는 전방과 후방의 삶, 그리고 안락한 후방에서 피튀기는 전방의 살육을 피하는 군 고위층에 대한 '털북숭이'들의 분노를 묘사하였다. 이야기 속에 등장하는 이야기에는 우연히 방위선을 넘어갔다가 독일 병사의 시신에서 한 갑의 성냥을 발견해 돌아오는 일화도 있다. 무엇보다도 이 소설은 사람들이 온갖 끔찍한 방법으로 죽어가는 전쟁터를 보여준다. 화자는 이러한 투쟁의 위에서 독자들을 지휘하며 자신이 직접 참여하여 이야기를 이끌어낸다. 마지막 장에서 그 수가 크게 줄어든 부대는 민족주의를 경멸하고 군인들의 정치적 권력을 찬양하며 평등과 정의를 인식한다. "어설픈 사고의 꿈"은 이 평범한 노동자들의 배움의 시작이며, 이는 잊을 수 없는 전방의 현실에 의해 입증된다. **AMu**

젊은 예술가의 초상 A Portrait of the Artist as a Young Man

제임스 조이스 James Joyce

A PORTRAIT *of the* ARTIST
as a YOUNG MAN

By JAMES JOYCE

THIS account of the childhood, adolescence and young manhood of a gifted Irishman of middle-class family enables us to understand the forces,—social, political, religious,—that animate Ireland to-day. The home life, the boy's school, the university, the effect of political disunion, of Catholic influence and of economic pressure, are all shown directly or by implication. Such a story as this reveals the under currents of Irish character. Psychological insight, masterly simplicity of style and extraordinary naturalism make this book a promise of great things. Joyce stands pre-eminent among the young Irish writers to-day.

PUBLISHED BY B. W. HUEBSCH, NEW YORK

BY THE SAME AUTHOR: DUBLINERS, $1.50

▲『젊은 예술가의 초상』의 초판 표지는 소설의 주요 주제를 완벽하게 요약했다.

예술가는 마치 창조주처럼 자기가 만드는 작품의 안팎 또는 그 너머, 초월적인 곳에서 남의 눈에 띄지 않은 채 스스로를 순화하여 사라지게 한 뒤 초연히 손톱이나 깎고 있는 것이다.

작가 생몰연도 | 1882(아일랜드)–1941
초판 발행 | 1916
초판 발행처 | B. W. Huebsch(뉴욕)
연재 시작 | 1914–1915,『The Egoist』誌

1914년에서 1915년에 걸쳐 간행된『젊은 예술가의 초상』은 조이스를 20세기 최고의 혁신적 재능을 가진 작가로 확립시켜 준 작품이다.

『젊은 예술가의 초상』은 스티븐 디달러스의 유년기, 사춘기, 그리고 청년기에 이르는 성장을 추적하고 있다. 시간이 흐르면서 그는 자신의 독실한 가톨릭 배경에 반항하고, 가족, 교회, 역사, 그리고 조국의 가치에 대해 의문을 던지기 시작한다. 동시에 예술과 문학에 대한 스티븐의 관심은 그가 성인이 될수록 더 강렬해진다. 그러나 이 작품은 전형적인 성년식 소설은 아니다. 각각의 단계에서 사용된 언어는 스티븐의 나이와 지적 성숙을 반영하기 위해 매우 교묘하게 처리하였다. 이 작품은 "암소는 음매"로 시작하여 "내 영혼의 대장간에서 내 종족의 아직 존재하지 않는 양심을 만들어내고픈" 스티븐의 열망의 표현으로 끝난다.

『젊은 예술가의 초상』은 풍부한 상상력과 놀라운 발명이 만들어낸 작품이다. 조이스는 이 작품에서 그의 혁명적인 "의식의 흐름" 기법을 선보이며 조이스 문학의 특징—성적 유머, 신성모독적인 환상, 박식한 언어유희, 아일랜드와 아일랜드인다움의 한없이 복잡한 밀고 당기는 관계, 동시에 저자의 성격을 폭로하고 삭제시키기 등—을 각인시켰다.『젊은 예술가의 초상』에서 조이스는 그 자신과 근대적 글쓰기의 한계를 재정의하였다. **SamT**

천민들 The Underdogs

마리아노 아수엘라 Mariano Azuela

작가 생몰연도 | 1873(멕시코)–1952
초판 발행 | 1916, El Paso del Norte(텍사스)
연재 시작 | 『Cuadros de la Revolución Mexicana』 誌
원제 | Los de abajo

멕시코 혁명을 다룬 이 작품은 오늘날까지도 널리 읽히는 소설 장르의 원조이다. 역사적 사건이 일어난 후 짧은 기간 내에 쓰여진 연대기이며, 소외된 이들의 서사시이다. 허구의 주인공인 데메트리오 마시아스는 권력에 희생당한 이상주의자로 가족을 버리고 반란에 가담하지만 결국 죽음을 맞는다. 2년이라는 세월 동안 그는 반란군의 지도자로 정부군을 괴롭힌다. 무질서한 폭동에 불과했던 반란은 언론인인 루이스 세르반테스 박사의 (냉소적이고 자기본위적인) 연설에 의해 이념적으로 정당화되고 보호 받기에 이른다. 마시아스는 세르반테스를 스승삼아 전설적인 혁명 지도자가 되지만, 오래지 않아 두 사람 사이에 질투와 탐욕이 끼어든다. 후원자였던 세르반테스와 갈라서고, 농부들의 지지와 투쟁의 의미도 잃어버린 마시아스는 가족에게로 돌아오지만, 죽음만이 그를 기다리고 있을 뿐이다.

이 작품의 직선적인 사실주의 접근 안에서 화자는 19세기의 몇몇 이슈에 직접 끼어든다. 그러나 인물이 처한 상황마다 달라지는 대화의 민첩함과 각각의 장면에 적절한 리듬을 주는 속도의 변화, 그리고 자연과 인물의 인상주의적인 묘사는 이 소설을 근대 멕시코 문학의 최고봉에 올려놓았다. **DMG**

팔리에테르 Pallieter

펠릭스 티메르망 Felix Timmermans

작가 생몰연도 | 1886(벨기에)–1947
초판 발행 | 1916
초판 발행처 | Van Kampen(암스테르담)
언어 | 플라망어

펠릭스 티메르망은 두 번의 세계대전 사이에 플랑드르에서 활동한 가장 성공적인 작가 중 하나이다. 티메르망은 1910년, 비밀스럽고 음칙한 단편 모음, 『반짝이는 죽음』으로 데뷔했다. 그러나 중병을 앓고 일어난 후 집필한 『팔리에테르』에서 그는 놀라운 변화를 보여준다. 『팔리에테르』는 삶에 대한 찬가이다. 이 작품에서 그는 당대의 사회적, 종교적 제도 역시 다루었는데, 그 성과는 곧 나타났다. 가톨릭 교회가 성적 암시가 포함된 부분을 문제 삼고 나선 것이다. 이 작품의 무삭제판이 출간된 것은 1966년이 되어서이다.

『팔리에테르』는 주인공인 팔리에테르가 젊은 여인과 사랑에 빠진 후, 다양한 환멸과 실망을 경험하면서 겪게 되는 정신적 성장을 그리고 있다. 팔리에테르는 자기자신을 자연에 온전히 바치기 위해 도시와 사회에서 등을 돌린다. 그는 점차 인생을 즐기는 법을 배우고, 하루하루를 신이 내린 선물로 기쁘게 받아들인다. 이것이 『팔리에테르』를 세상에 존재하는 모든 좋은 것들의 찬가로 만든 것이다.

티메르망 자신도 자신의 소설을 현실의 연출로 해석하는 것을 경고하였다. 오히려 욕망의 표현으로 보는 편이 옳다. 『팔리에테르』는 은유의 강조, 상상력, 왜곡된 현실, 그리고 서정적인 인생관이 담긴 작품이자 인상주의의 선구라 할 수 있다. 첫눈에 보기에 이 소설은 단순함으로 빛나지만, 그 이미지 뒤에는 매력적인 세계의 전형이 깊게 깔려 있다. **JaM**

가정과 세계 Home and the World

라빈드라 나트 타고르 Rabindra Nath Tagore

작가 생몰연도 | 1861(인도)–1941
초판 발행 | 1916
연재 시작 | 1915
원제 | Ghare Baire

스와데쉬 운동*을 배경으로 『가정과 세계』는 사랑, 국가, 그리고 혁명의 관계를 조명하고 있다. 여성과 민족주의에 대해 진보적인 시각을 지닌 계몽 지주 니킬은 미모의 소녀인 비말라와 결혼한다. 그러나 니킬의 어린 시절 친구인 산디프가 스와데쉬 운동의 과격한 열기를 몰고 오면서 이들의 행복도 깨지게 된다. 산디프와 그의 열정적인 신념에 홀린 비말라는 산디프와 스와데쉬 운동에 헌신하기 위해 니킬을 떠나려 결심한다. 니킬은 아내와 친구 사이의 관계를 눈치채지만, 자유로운 사고의 소유자인 그는 아내가 스스로 자신의 길을 선택하도록 놔두기로 한다.

벵갈어로 쓰여졌으며, 세 사람의 1인칭 화자가 번갈아 등장하는 이 작품은 상이한 정치적 이상과 강요된 결혼을 객관적인 시각으로 관찰한다. 『가정과 세계』는 제목이 암시하듯 공적이고 정치적인 세계에 의한 사적 영역의 침범에 대한 고찰이며, 또한 여성과 국가의 관계라는 화두도 던지고 있다. 1919년 노벨 문학상 수상 기념 연설에서 타고르는 국가와 국가 사이에 담을 쌓는 독선적인 민족주의를 비판하였다. 타고르는 『가정과 세계』에서 이러한 신념을 찬란하게 묘사함으로써 스와데쉬 운동의 허상과 인도 민족주의의 한계를 역설하였다. 니킬의 평온함이 정치적 평화와 통일에 더 현명한 길이 될 수 있다는 것이다. **LL**

* 식민지 인도에서 영국 상품을 불매하고 국산품 애용을 장려하여 자족 국가를 건설하고자 했던 독립 운동.

대지의 성장 Growth of the Soil

크누트 함순 Knut Hamsun

작가 생몰연도 | 1859(노르웨이)–1952
초판 발행 | 1917, Gyldendal(오슬로)
본명 | Knut Pederson
원제 | Markens grøde

『대지의 성장』은 농경 사회의 단순한 생활양식과 잘 어울리는, 그 수수하고 단아한 문장으로 함순에게 1920년 노벨 문학상을 안겨준 작품이다. 노르웨이의 대자연에 한 남자가 홀로 도착한다. 그는 땅을 일구고, 농장을 세우고, 결혼을 하고, 아이들을 낳아 가정을 꾸린다. 이렇듯 외로운 영웅이 인생을 만들어나가는 과정은, 땅에서 사는 이들이 마주치는 역경과 작은 전원 세계에서 필연적으로 느낄 수밖에 없는 고독을 다룬 이 소설에 서사적인 궤도를 더해준다. 이 작품은 전원적 이상에 바치는 찬가는 아니다. 그러나 함순은 자연의 섭리에 따라 살아가는 사람들의 근면한 노동과 단순한 사고를 부드럽게 찬미하고 있다. 반복은 작가가 이 소설에서 응용한 주요한 기법이다.

그러나 이 작품은 이기심의 어두운 급소는 물론 심지어 영아 살해까지 다루고 있다. 두 세대를 내려오면서 인간은 땅에 변화를 가져오고, 피할 수 없는 기술의 발달은 농경 방식의 전환을 불러온다. 또한 가족 서사시인 만큼 아이들이 자라고 부모가 늙어가면서 생기는 문제와 긴장과 가족애도 나타난다. 『대지의 성장』은 문화와 도시 생활의 찬란함이 그러한 사회를 구식으로 보이게 하던 바로 그 시대에, 변화의 속도가 느린 야생의 전원에서의 삶을 거의 낭만에 가까운 향수로 그려낸다. 오히려 그 때문에 이상하리만치 슬프다. 이 소설에서 함순은 더이상 볼 수 없는 생활 방식을 묘사해낸 것이다. **JC**

병사의 귀환 The Return of the Soldier

레베카 웨스트 Rebecca West

작가 생몰연도 | 1892(영국)–1983
초판 발행 | 1918
초판 발행처 | Nisbet & Co.(런던)
본명 | Cicily Isabel Fairfield

웨스트가 스물네 살 때 쓴 이 단편은 제1차 세계대전의 악몽에 대응한 가장 주목할 만한 작품이다. 전장이 아닌 후방에 남겨진 이들의 관점에서 쓰여진 이 소설의 첫머리에서 화자인 제니와, 그녀의 사촌 크리스의 예쁘지만 머리는 텅 빈 아내 키티는 아름다운 영국식 저택 볼드리 코트에 함께 살면서 크리스가 전쟁에서 돌아오기만을 기다리고 있다. 그는 폭탄으로 인한 정신적 충격으로 기억상실증에 걸려 귀향한다. 키티와의 결혼과 어린 아들의 죽음을 포함한 지난 15년간 일어난 모든 일이 그의 기억 속에서 사라졌으며, 볼드리 코트와 그곳에 살고 있는 모든 사람들도 그에게는 아무런 의미 없는 존재가 되어버렸다. 그는 어린 시절 알고 지냈던 하층계급 처녀 마가렛과 사랑에 빠지고, 마가렛은 그에게 연인으로서, 모성적 존재로서 유일한 위안을 주게 된다. 결말에서 크리스는 모든 사회가 각자 아들을 (전쟁에서) 잃고 비탄에 빠진 모습에서 그 역시 죽은 아이에 대한 기억을 떠올림으로써 잔인한 치유를 받는다. "되돌아온" 기억은 그를 다시 전장으로 내몰고, "총탄이 죽은 이들의 썩어가는 얼굴 위로 빗발처럼 떨어지는" 참호 안으로 돌아가게 된다.

이 소설은 비통하리만치 아이러니하면서도 동시에 서정적이다. 특히 탄환 충격으로 인한 기억상실증이 크리스에게 안식을 제공하는 잃어버린 세계의 묘사는 압권이다. 서방 세계가 일어난 전쟁으로 인해 가장 복잡하고 어려운 문제에 직면하게 된 특이한 러브 스토리이다. **LM**

"양배추의 냄새와 아이들의 울음소리가 열린 문으로 흘러나오는 끔찍한 집과 같은, 음침한 가난의 암시만이 그녀가 인간임을 느끼게 했다."

▲ 웨스트는 소설가가 되기 전 여성참정권 운동을 지지하는 언론인의 항의 표시로 필명을 지었다.

타르 Tarr

윈덤 루이스 Wyndham Lewis

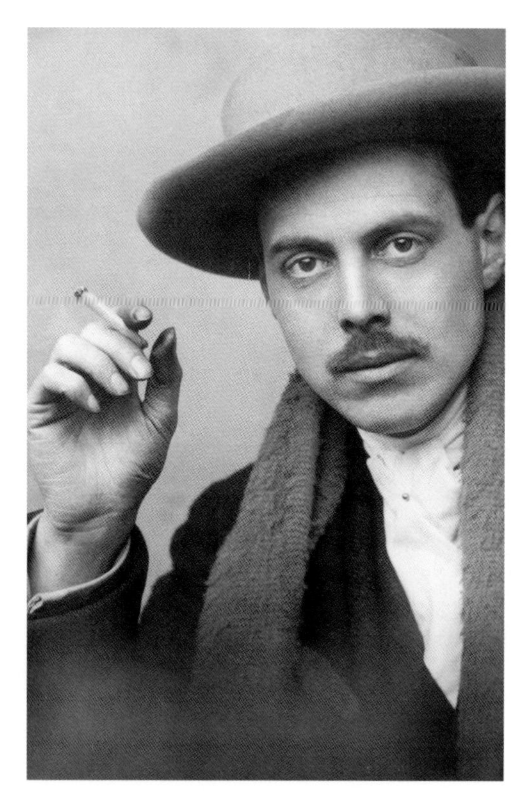

"늘 그래왔듯 그는 그녀에게 키스했고 행복감에 젖었다. 그녀는 불길했다. 그녀는 분명히 말해 '악마'였다."

▲ 윈덤 루이스는 작가이자 화가로, 이탈리아 미래주의의 영국식 버전이라 할 수 있는 소용돌이파를 일으켰다.

작가 생몰연도 | 1882(캐나다)–1957(영국)
초판발행 | 1918
초판발행처 | Alfred A. Knopf(뉴욕)
연재 | 1916–1917, 『The Egoist』誌(런던)

조이스의 『젊은 예술가의 초상』처럼 『타르』도 완결판으로 간행되어 나오기 전에 잡지에 연재되었던 작품이다. 이 작품은 『젊은 예술가의 초상』과 함께 영문학의 새로운 지평을 열었지만, 그 저자인 루이스는 보다 "알려진" 작가들의 모더니즘에서 멀찍이 비켜서 있다. 그럼에도 불구하고 『타르』는 스타일리쉬한 과격함과 상상의 여지라는 측면에서는 그 시대의 다른 걸작들과 어깨를 나란히 한다.(혹자는 뛰어넘는다고도 한다.) 1928년에 작가가 다시 손을 대기는 했지만, 1918년판 역시 훌륭하기는 마찬가지이다. 특히 문장에 독특한 외양을 허용하는 실험적인 구두법이 그대로 살아있다. 1903년에서 1908년 사이 몽파르나스에서 보낸 루이스 자신의 경험에 바탕을 둔 이 소설은 제1차 세계대전이 일어나기 직전, 조국을 떠난 보헤미안의 파리에서의 삶을 다루고 있다. 『타르』는 중심인물인 오토 크라이슬러의 몰락을 통해 유럽 예술의 이상을 뒤흔드는데, 크라이슬러의 잘난척하는 제스처, 좌절, 그리고 비열한 성적 정복들은 근대 지성인 세계의 우상 파괴 비판의 바탕이 된다.

『타르』가 충격적인 이유는 언어의 이미지와 관점에 있어서 외견의 강조이다.(조이스와 울프는 인간의 내면 세계를 강조하였다.) 이 작품은 "시각적 글쓰기"의 습작이자 "소용돌이파" 예술의 원론이나 다름없다. 루이스의 인물들은 모두 기이하고, 난해한 형태—굳이 말하자면 인간의 육체에서 조각해낸 괴물 가고일—로 그려진다. 『타르』는 낯익은 모더니즘 소설은 아니지만, 어렵고, 자극적이고, 작가의 놀라운 솜씨가 그대로 드러난 작품이다. **SamT**

철의 폭풍 속에서 The Storm of Steel

에른스트 융거 Ernst Jünger

작가 생몰연도 | 1895(독일)–1998
초판 발행 | 1920
초판 발행처 | Verlag Robert Meier(라이스니히)
원제 | In Stahlgewittern

"나는 철조망으로 둘러싸인 물찬 갱도 구덩이로 뛰어들어가야 했다. 총알이 마치 거대한 벌떼처럼 나를 스치고 지나가는 소리를 들었고, 쇠 파편들이 구덩이의 가장자리에 와서 박히는 것을 보았다." 이 대목을 읽은 독자라면 참호 안의 전투를 있는 그대로 묘사한 팻 바커나 세바스찬 포크스, 또는 나이얼 퍼거슨의 현대 소설을 떠올릴 것이다. 그러나 그 추측은 틀렸다. 이 소설의 저자는 제1차 세계대전이 일어나던 첫날, 아직 십대임에도 불구하고 입영하여 4년이라는 세월 동안 열여섯 권의 공책으로 그 기록을 남긴 에른스트 융어이다. 융어는 한 독일 군인(그러나 융어는 이 군인의 이름이나 직책은 말하지 않는다)이 들려주는 서부전선의 처절했던 전투를 회고록 형식으로 썼다. 동료애, 애국심, 그리고 "영국놈들"을 향한 용기와 무모함의 피비린내 나는 시험은 국가의 문제인 만큼, 결국 한 개인의 문제인 것이다. 이 소설은 열정과 민첩함, 그리고 지금 겪는 (독일의) 이 고난이 부활과 승리를 가져올 것이라는 믿음으로 참호 속의 삶과 탄공(彈孔) 속의 죽음을 파헤친, 잔인하리만치 솔직한 취재이다. 의심할 나위도 없이 전쟁이 인간을 만들었으며 인간은 이 작품을 만들었다. 『철의 폭풍 속에서』는 현대 전쟁의 기계적인 폭력의 "보편성"을 다루는 강인한 솜씨로 비슷한 장르의 수많은 소설들을 물리치고 오늘날까지 널리 읽히고 있다. **JHa**

사랑하는 여인들 Women in Love

D. H. 로렌스 D. H. Lawrence

작가 생몰연도 | 1885(영국)–1930(프랑스)
초판 발행 | 1920(개인적으로 주문된 예약분만)
초판 발행처 | 1921, M. Secker(런던)
본명 | David Herbert Lawrence

『사랑하는 여인들』은 가장 위대한 20세기 영국 소설 중 하나로 날이 갈수록 부패하고 무감각해지는 문명에 대한 분노와 절망을 표현한 작품이다. 이 작품은 모든 것을 깨끗이 쓸어버릴 지각 변동을 기대하고 있던 당시 영국 사회를 묵시록처럼 읽어냈다. 전쟁 자체가 주제라고는 할 수 없지만, 전쟁 소설이라고 불려도 무방할 정도이다. 소멸에의 소망이 염세주의로 가득한 문장들에 생기를 불어넣고 있다.

심각한 동요를 불러일으키는 내용 때문에 『사랑하는 여인들』은 완성된 뒤 4년 동안 여러 출판사에서 거절 당했다. 솔직한 성 담론과 관계마다 편재하는 폭력, 그리고 정체성의 불안(무의식적인 의도와 원동력의 먹이로 묘사된), 그리고 몇몇 등장인물의 냉소성이 그 이유였다. 이 소설에서 로렌스는 그의 모더니즘을 끊임없이 발전시켰다. 지울 수 없는 인간의 주체성을 불러일으키는 사상적 언어의 진화는 물론 당대의 사회적 존재의 카오스를 묘사하기 위한 단편적 형식이 그 좋은 예이다. 이 작품은 더 이상 쓸모없어진 문화적 전통의 차갑게 식은 손과 (로렌스가 "창조적인 영혼이자 우리 안에 있는 신의 신비"라고 묘사한 개방성을 지닌) 근대적 이성의 쇠창살을 모두 거부하는 존재의 새로운 방식을 향한 투쟁의 감동적인 탐구이다. 『사랑하는 여인들』은 비록 미완의 문장이기는 하나, "깊고 열정적인 영혼에서 비롯되는 것은 그 어떤 것도 나쁘지 않고 나쁠 수도 없다"는 작가의 신념을 뚜렷이 뒷받침하고 있다. **AG**

메인 스트리트 Main Street

싱클레어 루이스 Sinclair Lewis

작가 생몰연도 | 1885(미국)-1951(이탈리아)
초판 발행 | 1920
초판 발행처 | Harcourt, Brace & Howe(뉴욕)
원제 | Main Street: the Story of Carol Kennicott

싱클레어 루이스의 『메인 스트리트』는 작은 마을 아메리카의 음울한 초상화이다. 당대 최고의 풍자가였던 루이스는 신랄한 사회 논평을 제시하면서, 동시에 주인공 캐롤 케니컷을 통해 미국식 생활방식의 변화를 촉구하는 긴박한 휴머니즘 성명을 내고 있다.

신혼의 새댁인 캐롤은 미네소타 주 고퍼 프레이리의 답답한 세상과 새로운 인간 관계에 갇혀버린다. 캐롤은 자신에게 쏟아지는 의심과 적의에 맞서 마을에 변화를 꾀한다. 그녀가 추진한 여러 가지 "개선책"은 초토콰(1874년에 시작된 하절기 성인 문화 학교) 등 그 시대의 전형이다. 캐롤의 투쟁과는 별개로, 마을도 근대 교외 문화의 확대와 제1차 세계대전 등의 여파로 변하기 시작한다. 『메인 스트리트』는 과장된 사회의 위선과 노골적인 잔인함의 예로 넘쳐난다. 그러나 루이스의 비꼬는 어조에도 불구하고 『메인 스트리트』에 등장하는 세계 속의 인간관계들은 존엄과 애수를 잃지 않고 있어 강한 감동을 준다. 편협한 관습 때문에 끝내 실패하는 캐롤의 모습은 독자로 하여금 고립주의 사상이 얼마나 위험한 것인지 다시 한 번 생각해보도록 촉구하는 한편 그녀를 고퍼 프레이리에 묶어놓고 있는 흠집난 인간관계의 힘을 인정할 수밖에 없게 만든다.

때로 신랄하고 격한 감정이 묻어나는 루이스의 문장은 이 소설을 한 순간은 매우 우습고 다음 순간에는 지극히 심각하게 만든다. 『메인 스트리트』는 20세기 초 미국 사회의 기록인으로서의 루이스의 힘을 증명하는 작품이다. **AB**

순수의 시대 The Age of Innocence

에디스 와튼 Edith Wharton

작가 생몰연도 | 1862(미국)-1937(프랑스)
초판 발행 | 1920
초판 발행처 | D. Appleton & Co. (뉴욕)
퓰리처상 수상 | 1921

1921년 퓰리처상 소설 부문 수상작인 『순수의 시대』는 에디스 와튼이 파리에서 직접 경험한 제1차 세계대전 전후의 파편 속에서 쓰여졌다. 우유부단한 주인공 뉴랜드 아처는 최고의 명문가 태생을 상징한다. 그는 남북 전쟁 이후의 뉴욕 사회에 속해있는 최후의 인간으로, 그와 사교계의 꽃인 메이 웰런드의 결혼은 뉴욕의 가장 오래된 두 가문을 결합시켜 줄 것이다. 그러나 소설의 첫머리에서부터 메이의 사촌인 엘렌 올렌스카 백작부인이 등장하여 강렬한 열정과 이국적인 유럽풍의 신비감을 불어넣으면서 격식을 중시하는 뉴욕의 전통 사회에 동요가 일기 시작한다. 그러나 관습에 따르든지, 추방당하든지 양자택일을 해야 하는 순간이 닥치고, 과거에서 자유로워지고자 하는 엘렌의 희망은 산산조각나고 만다. 한편 웰런드 가가 뉴랜드를 엘렌의 법률 고문으로 임명하면서 뉴랜드는 지금까지 상상조차 하지 못했던 감정의 소요돌이에 휘말리게 된다.

인류학과 당시 막 꽃피기 시작하던 자연 과학 특유의 관찰로 와튼은 1870년대 '올드 뉴욕'의 비극적인 로맨스를 그려내고 있다. 와튼은 비판적인 시각으로, 더 큰 자유와 금지된 행복이라는 방정식의 물음을 던진다. 주인공들의 가슴을 가득 메운 고통은, 강압적이고 상상력이 결여된 사회적 관습의 압제로 인한 것이기 때문이다. **AF**

▶ 1929년 연극 〈순수의 시대〉에서 주연을 맡은 여배우 캐서린 코넬. 『순수의 시대』는 1993년 영화로도 제작되었다.

크롬 옐로 Crome Yellow

앨더스 헉슬리 Aldous Huxley

작가 생몰연도 | 1894(영국)–1963(미국)
초판 발행 | 1921
초판 발행처 | Chatto & Windus(런던)
언어 | 영어

"인간에 대한 가장 좋은 연구는 책이다."

▲ 앨더스 헉슬리의 아버지와 형은 모두 생물학자였으나, 헉슬리만은 시력이 너무 나빠 과학의 길을 계속 갈 수 없었다고 한다.

『크롬 옐로』는 헉슬리의 처녀작이자 큰 성공을 거둔 소설로, 그의 반유토피아적인 대표작 『위대한 신세계』가 아니었다면 훨씬 더 많은 사랑을 받았을 것이다. 『크롬 옐로』는 토머스 러브 피콕의 『악몽의 수도원』이 개척한 시골집 풍자 문학을 본받아, 더 가볍고, 더 재치 있고, 더 즐겁게 발전한 책이다. 얕은 표면 아래 감추어진 동시대인들의 풍자적 초상은 D.H. 로렌스의 로맨스가 지닌 진정성과 윈덤 루이스의 보다 가혹한 신랄함 사이 어딘가에 위치하고 있다.

재미있게도 이 작품의 플롯 역시 느슨하기 짝이 없지만 제 구실은 다하고 있다. 수줍음을 많이 타고, 예민하고, 야심 많은 시인 데니스 스톤과 그가 서투르게 사랑하는 앤 윔버쉬의 가망없는 사랑의 뒤죽박죽 속에서 말이다. 앤의 숙부가 그의 시골 영지 "크롬 옐로"에서 여는 파티는 헉슬리로 하여금 덜 우스꽝스러운 등장인물들도 보여줄 수 있는 기회를 제공한다. 개중에는 극단적이고 오컬트에 빠져있는 여주인 프리실라 윔버쉬, 텅 빈 캔버스와 다를 바 없는 그림을 그리는 화가 곰보와 추플리츠키, 그리고 자기 수양의 권위자인 바베큐-스미스 등도 있다. 헉슬리의 초기 풍자작인 이 작품은 에블린 워의 초기작의 모델이기도 하다. 이 작품의 눈에 띄는 특징은 동시대인들의 겉치레에 대한 느긋하면서도 날카로운 조롱과, 그들의 서투른 감정적 혼란, 그리고 "근대적인" 분별력이다. 보통 풍자는 반발적인 경멸을 불러일으키게 마련이지만, 헉슬리의 스타일리쉬한 조롱은 사회적 재치와 실존적 탐구, 그리고 언어유희를 허용한다. 바로 이 작품은 높은 기지가 가볍게 김이 빠진 소설이다. 『크롬 옐로』는 훗날 쓰여진 비슷한 소설 『어릿광대 춤』보다 우수한데, 그것은 아마 『크롬 옐로』쪽이 더 희극적이기 때문일 것이다. 그러나 두 작품 모두 매우 재미있다는 것은 확실하다. **DM**

그리스도 전기 Life of Christ

조반니 파피니 Giovanni Papini

작가 생몰연도 | 1881(이탈리아)–1956
초판 발행 | 1921
초판 발행처 | Vallecchi Editore(피렌체)
원제 | Storia di Cristo

앙리 베르그송이 위대한 거장이라고 찬사를 아끼지 않았고, 윌리엄 제임스가 그의 벗이자 제자로서 칭찬하였던 조반니 파피니는 언론인이자 논객, 시인, 그리고 소설가이다. 그 아방가르드 논평 덕분에 그는 20세기 전반의 이탈리아 문인들 중에서도 가장 큰 논란의 대상이 되었다. 수년 동안 종교적 방황과 무신론에 빠져 지냈던, 피렌체 아방가르드의 "앙팡 테리블" 파피니는 기독교의 단순한 교리로 돌아선다. 1921년 파피니가 공개적으로 가톨릭 신앙을 선언하면서 펴낸 책은 1920년대 이탈리아의 베스트셀러가 되었으며, 곧바로 30여 개 국의 언어로 번역되어 세계적인 베스트셀러가 되었다.

파피니의 『그리스도 전기』는 부분적으로 종교 소설인 동시에 역사 에세이요, 희곡 문학의 섬세한 예이다. 인류가 사랑의 종교로 돌아올 것을 간구한 그 시적 문장 덕분에 파피니는 국제적인 명성을 얻었다. 또 파피니는 문학계와 신학계, 그리고 회의적인 비평가들이 그리스도의 인생을 불분명하게 한다고 지적한 미사여구들을 원작에서 과감히 삭제하기도 했다. 그는 누구나 명료하게 이해할 수 있는 단순함과 누구나 가슴에 느낄 수 있는 정열로 이 책을 썼다. 이 소설이 성공한 또 하나의 이유는 그 풍부한 언어일 것이다. 힘차고 활발하며 다채로운 어조와 심상에 대한 애정, 역설과 자극을 즐긴 문장은, 파피니를 당대 그 어떤 학술 작가와도 비교할 수 없는 위치에 올려놓았다. **LB**

"사랑하고픈 열망은 있지만 사랑할 능력이 없는 사람들도 있다."

▲ 파피니는 당대의 문화적 논쟁에 있어 손꼽히는 지성인이었다. 그의 기독교 개종도 논란이 될 수밖에 없었다.

율리시즈 Ulysses

제임스 조이스 James Joyce

『율리시즈』는 영문학 사상 가장 독특한 작품 중 하나이다. 문자 그대로만 해석하자면 이 소설은 스티븐 디달러스와 레오폴드 블룸이라는 두 주인공이 더블린에서 하루 동안 겪는 모험을 다루고 있다. 그러나 이 위에 삶, 죽음, 섹스 같은 보편적인 주제부터 아일랜드의 시대 상황과 아일랜드 민족주의에 이르는 온갖 주제에 대한 "관념의 흐름"을 올려놓으면 이야기는 사뭇 달라진다. 또한 이 책은 율리시즈의 방황을 다룬 원조격인 호머의『오딧세이』를 수차례 인용하기까지 한다. 이런 인용은 때로는 도움이 되지만 때로는 스티븐과 블룸의 시간을 마냥 잡아먹으면서 그들의 야망과 목적을 계속 흐트러뜨리는 사소하고 지저분한 화제들을 상쇄하기 위해 일부러 집어넣은 것이 아닌가 싶기도 하다.

이 책은 더블린을 세밀하게 현실화하고 있지만, 사실 그 풍부한 디테일은 틀렸거나 적어도 의심의 여지가 있는 것들이다. 그러나 이들은 단순히 마음의 내면 활동을 탐구하기 위한 배경으로 쓰일 뿐이며, 마음이란 것 역시 고전 철학처럼 단정하고 확실하기를 거부하고 있다. 조이스는 생각 자체가 매우 드문 길을 재현하려 하고, 인생에는 곧고 확실한 길 따위는 존재하지 않는다.

『율리시즈』는 소설 쓰기의 완전히 새로운 방식을 시도한 작품이다. 여기에서 우리는 우리의 삶을 지배하고 있다고 생각하는 도덕 규범들이 사실 완전히 사고나 우연, 그리고 마음의 샛길에 달려있다는 것을 알게 된다. 이것이 특별히 아일랜드만의 상황인지, 아니면 전 세계의 보편적인 역경인지는 확언할 수 없는 섬세한 균형을 이루고 있는데, 그것은 블룸이 유태인이고 그가 고향이라고 여기는 도시와 나라에서 이방인처럼 느끼고 있기 때문인지도 모른다. **DP**

작가 생몰연도 | 1882(아일랜드)-1941(스위스)
초판 발행 | 1922
초판 발행처 | Shakespeare & Co.(파리)
연재 | 1918–21『The Little Review』誌(뉴욕)

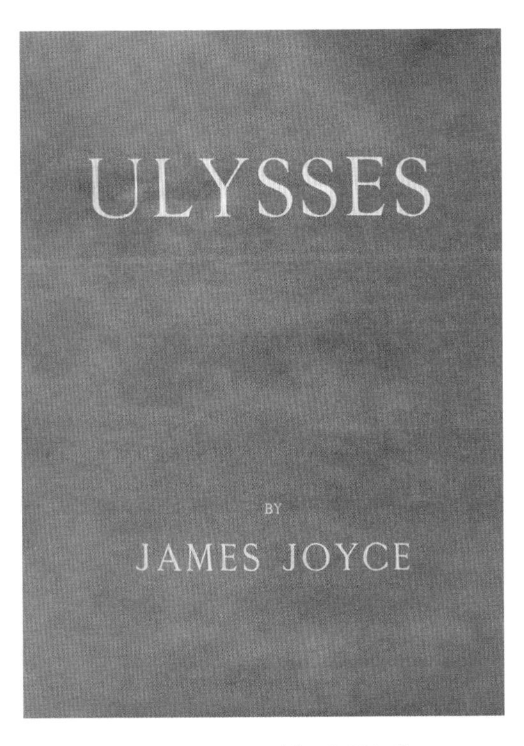

"사랑은 사랑을 사랑하는 것을 사랑한다."

▲ 실비아 비치의 셰익스피어 앤드 컴퍼니에 의해 파리에서 출간된 책으로, 초판은 출판사에 큰 손실을 초래했다.

◀『율리시즈』의『키르케』부분의 초판 원고. 작가가 초고에 얼마나 방대한 양의 수정을 가했는지를 보여준다.

배빗 Babbitt

싱클레어 루이스 Sinclair Lewis

작가 생몰연도 | 1885(미국)–1951(이탈리아)
초판 발행 | 1922
초판 발행처 | Harcourt, Brace & Co.(뉴욕)
언어 | 영어

『메인 스트리트』가 대성공을 거둔 후 루이스는 미국의 또 다른 아이콘으로 시선을 돌린다. 다름 아닌 전형적인 중산층 비즈니스맨이다. 이 소설의 주인공 조지 F. 배빗은 부동산 중개업자로 중서부에 있는 허구의 도시 제니스에서 살고 있다. 그는 "성채도, 교회도 없고, 다만 정직하고 아름다운 오피스 빌딩으로만 가득한" 도시의 교외에서의 삶을 이야기한다. 루이스는 풍자적으로, 그러나 또한 애정을 담아 배빗의 일상과 의식—출퇴근과 사교, 골프, 클럽, 지역 정치 참여 등—을 기록한다. 만족스럽고 부유한 삶을 영위하고 있는 배빗에게 어느 날 그의 세계를 거꾸로 뒤집고, 그로 하여금 자신의 편안한 생활을 재고해보도록 강요하는 사건이 일어난다. 하나의 불확실성에서 또 다른 불확실성으로 흔들리는 배빗을 보면서 독자는 제니스의 번쩍이는 사무실 빌딩 너머 더 용감하고, 더 진지하고, 더 인간적인 미국인의 삶을 찾게 된다.

아무도 좋아할 수 없는, 거드름 피우고, 줏대없고, 지독한 고집불통인 주인공을 통해 껄끄러운 유머는 물론 생생한 인간의 감정까지 불러일으킨 것이 루이스의 성공 요인이다. 『배빗』에는 두 세계대전 사이에 미국 자본주의가 쓰고 있었던 점잖은 베일을 그대로 뚫어본 정치적 비판이 담겨 있다. 하지만 이 작품은 단순히 재미있는 풍자 이상의 의미를 갖는다. 독자인 우리에게 이념을 넘어 그 아래에 숨어있는 인간관계가 갖는 구원의 힘을 일깨워주기 때문이다. **AB**

클로딘의 집 Claudine's House

콜레트 Colette

작가 생몰연도 | 1873(이탈리아)–1954
초판 발행 | 1922, Ferenczi(파리)
다른 제목 | My Mother's House
원제 | La Maison de Claudine

프랑스의 가장 사랑받는 여류 작가 콜레트는 이 반자전적 소설에서, 대자연과 현명하고 불가사의한 어머니와 함께 보낸 자신의 전원적 어린 시절을 회고하고 있다. 마법과도 같은 숲의 정경을 배경으로 순수와 앎의 경계선에 선 한 소녀를 아름답게 그려내고 있다. 콜레트는 자연에서 일어나는 수수께끼 같은 일들을 매우 선명하게 보여준다. "머나먼 공장의 소음"처럼 그르릉대는 고양이, 그녀의 머리카락 위에 내려앉은 온순한 참새들, 어머니의 침대 머리맡에 놓인 그릇에서 초콜릿을 마시러 올라갔다 내려갔다를 반복하는 거미 등. 그러나 마을 사람들이건, 도시에서 온 방문객이건, 어른들의 세계는 결코 멀지 않다. 그녀의 과거를 채우고 있는 소리와 냄새, 맛, 촉감, 그리고 색깔들을 떠올리며 두 개의 세계를 그녀의 특징이라 할 수 있는 관능으로 묘사하였다.

아이러니하게도 이 전원적인 어린 시절은 콜레트가 글을 쓸 당시의 현실과는 거리가 멀었다. 순수했던 소녀는 파리 화류계의 탕녀, 뮤직홀에서 여장 남자의 춤을 추는 무희가 되었고, 가십과 육욕, 그리고 스캔들의 여인이었다. 첫 남편이 그녀에게 자신의 필명인 "윌리"라는 이름으로 『클로딘』 시리즈(1900~1904)를 대필하게 하면서, 그녀의 작가로서의 경력은 다소 엉뚱하게 시작되었다. 그러나 제목과는 달리 『클로딘의 집』은 『클로딘』 시리즈에 속하지는 않는다. **JH**

▶ 콜레트는 1905년 남편과 결별한 뒤 관능적인 무대 댄서가 되었다. 그녀의 소설에서는 종종 관능이 순수를 조롱하곤 한다.

해리엇 프린의 삶과 죽음

Life and Death of Harriett Frean

메이 싱클레어 May Sinclair

작가 생몰연도 | 1862(영국)–1946

초판 발행 | 1922, W.Collins & Sons (런던)

원제 | Life and Death of Harriett Frean

본명 | Mary Amelia St.Clair

간결하고, 꾸밈없고, 무자비할 정도로 아이러니한 이 소설은, 싱클레어가 당시 심취해 있던 무의식의 심리 분석 및 성과 사회적 정체성 간의 충돌을 반영하고 있다는 점에서 싱클레어 문학의 터닝포인트라 할 만하다. 일단 이 소설은 독자를 해리엇 프린이라는 여자의 의식을, 그것도 말그대로 요람부터 무덤까지 공유하게끔 한다. 작품의 도입부에서 해리엇은 아기 침대에 누워있고, 그녀의 부모는 자장가를 불러주며 아기가 웃을 때마다 놀라워한다. "그들이 번갈아 아기에게 입을 맞추자 아기는 갑자기 웃음을 멈췄다." 이 장면은 부모의 사랑 속에 숨겨진 파괴성, 즉 어린 딸에게 "예쁜 짓"을 바라는 그들의 심리에는 자기 희생의 요구가 숨겨져 있다는 사실을 상기시키며 반복된다.

양친의 얼굴에 나타나 있는 자신의 모습에 빠져든 패리엇은 절제의 삶을 시작한다. 빅토리아 시대 중산층에서 흔히 볼 수 있는 욕망 혹은 인생 그 자체에 대한 덕성의 근원적인 공격이 지니는 파괴성이 싱클레어의 주요 테마이다. 싱클레어와 근대, 그리고 문학적 모더니즘과의 복잡한 관계가 바로 이 소설의 핵심이다. 싱클레어는 이 소설을 통해 한 여성의 "삶"을 사는 것이 부모의 기대를 무너뜨리는 것은 아니라는 사실을 역설하고 있다. **VI**

◀ 싱클레어는 제1차 세계대전 동안 구급차 운전수로 일했고, 이 경험은 그녀의 인생을 결정짓게 된다. 전쟁이 끝난 뒤 그녀는 소설가가 되었다.

목매달린 이들의 숲

The Forest of the Hanged

리비우 레브레아누 Liviu Rebreanu

작가 생몰연도 | 1885(루마니아)–1944

초판 발행 | 1922

초판 발행처 | Cartea românească(부쿠레슈티)

원제 | Padurea spânzuratilor

『목매달린 이들의 숲』은 루마니아 문학 최초의 심리 소설이다. 이 작품은 제1차 세계대전 중 루마니아의 트란실바니아 지방 병사들이 처했던 고통스러운 상황을 탐구하고 있다. 정치적으로는 오스트리아–헝가리 제국에 속해 있었던 이들은 그들의 동족과 싸우도록 강요받았다. 이 소설은 오스트리아–헝가리 제국에 변절했다는 이유로 교수형을 당한 작가의 형 에밀 레브레아누의 실제 경험을 토대로 하고 있다. 오스트리아–헝가리 제국 군대의 중위인 주인공 아포스톨 볼로가 역시 에밀 레브레아누와 같은 운명을 맞는다. 저자는 주인공의 경험을 바탕으로 의무와 충성 사이의 갈등을 그렸다.

교수형은 탈영자나 변절자에게 내려지는, 전쟁에서는 가장 비열하고 수치스러운 형벌이었다. 종종 주위의 나무에 임시로 만들어지던 교수대의 이미지는 레브레아누의 작품에 자주 등장하여 그 음산한 그림자를 던진다. 볼로가는 이 소설에서 극적인 변화를 겪는다. 처음에는 군인으로서의 의무에 완벽하게 헌신하던 그는 탈영병에게 사형선고를 내린 재판에서 배심원으로 참여하게 된다. 교수형 당한 시체를 보고 지울 수 없는 죄책감에 시달리던 그의 가슴 속에서 루마니아 민족의 양심이 눈을 뜨고, 그의 군사적 이상은 사라지고 만다. 트란실바니아 전선에 배치된 볼로가는 동족에게 총을 겨누는 대신, 그가 한때 경멸했던 교수형을 택한다.

『목매달린 이들의 숲』은 현대의 독자들에게도 강한 인상을 남길 보편타당한 전쟁의 증언이다. **AW**

싯다르타 Siddhartha

헤르만 헤세 Hermann Hesse

작가 생몰연도 | 1877(독일)–1962(스위스)
초판 발행 | 1922, S. Fischer Verlag(베를린)
원제 | Siddhartha
노벨 문학상 수상 | 1946

브라만의 아들인 싯다르타는 자신의 고향 마을에서 그에게 주어진 안락과 명예를 누리며 살고 있다. 그러나 나이를 먹으면서 그의 가슴은 지혜와 새로운 경험을 얻고자 하는 열망으로 불타오른다. 아버지에게 자신의 바람을 밝힌 싯다르타는 어린 시절 친구인 고빈다와 함께 집을 떠나 방랑하는 고행자 무리인 사마나들을 따라나선다. 헤세의 소설에서 우리는 슬픔과 고통으로 가득한 세계에서 의미와 진리를 찾고자 하는 싯다르타의 족적을 따라가게 된다.

힌두교과 불교의 교리에 바탕을 둔 『싯다르타』는 정형화된 종교의 교의와 영혼의 내적 고취 사이의 갈등을 노련하게 탐구한다. 나이가 들어감에 따라 싯다르타에게도, 독자들에게도 근원적인 진리가 보이기 시작한다. 자아 성장에는 한 가지 길만 있는 것이 아니며, 인생을 사는 데에도 하나의 방식만 있는 것이 아니다. 헤세는 철학이나 종교, 그밖의 모든 신념에 맹목적으로 의지하여 의미있는 자아를 성취하고자 하는 고정관념에 도전하였다. 우리는 순간 순간의 현실을 새롭고, 살아있고, 언제나 바뀌는 그 무엇으로 받아들여야 한다. 헤세는 강의 강력한 상징을 통해 이러한 약동과 끊임없는 변화를 보여준다.

이 소설의 가장 훌륭한 점은, 그 심오한 메시지를 담은 문장이 너무나 자연스럽게 흘러간다는 점이다. 마치 싯다르타가 말년을 보낸 강의 반짝이는 강물처럼. **CG-G**

거대한 방 The Enormous Room

E. E. 커밍스 E. E. Cummings

작가 생몰연도 | 1894(미국)–1962
초판 발행 | 1922, Boni & Liveright(뉴욕)
원제 | The Enormous Room
본명 | Edward Estlin Cummings

1917년, 프랑스에 있었던 커밍스와 그의 친구 B(윌리엄 슬레이터 브라운)는 동료인 미국 병사들보다 프랑스 병사들과 함께 어울리는 것을 더 좋아했는데, 그 덕분에 이 작품이 탄생하게 되었다. 커밍스와 B는 미국 적십자사의 자원봉사자로 일하다가 노르망디에서 체포되어 억류된 참이었다. B가 매사추세츠에 있는 가족에게 보내는 편지에서 경솔하게도 프랑스군의 반란에 대한 루머를 언급했고, 이 편지가 군 당국의 검열에 걸리면서 커밍스까지 연루되고 만 것이다. 제목의 "거대한 방"은 임시 죄수들이 먹고 자던 공간이었다.

커밍스는 괴짜를 좋아해서 그의 동료 죄수들의 기벽을 기꺼워했으며, 그들에게 특별한 이름을 지어주기도 했다. 커밍스는 "방랑자"와 "멕시코인", "줄루", 그리고 누구보다도 장 르 네그레를 좋아하였다. 그는 "속임수 비웃의 쉬니"나 "네덜란드인 빌"은 별로 좋아하지 않았다. 좋아하건 아니건 간에 이들은 모두 프랑스 정부의 "불변의 정의"를 위반했다는 죄목을 안고 있었다. 이 고전적인 무정부주의 구조는 개인으로 하여금 어떤 형태의 국가 권력도 부정하게 만든다. 커밍스는 새로운 모더니즘 예술의 가치는 "약간, 아주 약간의 순수한 개인적 감정으로 귀결될 무사고(無思考)의 방대하고 고통스러운 과정을 요구할 것"이라고 주장한다. 남은 생애 동안 커밍스는 그의 예술에서 본능적인 무정부주의자로 남아있는다. **AM**

▶ 커밍스는 모더니즘 기법을 사용하기는 했지만 미국 대중주의 전통에 속해 있었다. 그는 사랑과, 개인주의와, 소외계층을 찬양하였다.

크리스틴 라브란스다테르 Kristin Lavransdatter

지그리트 운세트 Sigrid Undset

작가 생몰연도 | 1882(덴마크)–1949(노르웨이)
초판 발행 | 1920–1922
초판 발행처 | H. Aschehoug & Co(오슬로)
노벨 문학상 수상 | 1928

"라브란스와 랑프리드는 보통 사람들 이상으로 신앙심이 깊고 신을 두려워하였다."

▲ 지그리트 운세트는 1928년 노벨 문학상을 수상하였다.

강한 긍지와 독립심의 소유자인 크리스틴 라브란스다테르(라브란스다테르는 로렌스의 딸이라는 뜻이다. 14세기 노르웨이에서는 성이 널리 쓰이지 않았다)는 궁정 언어와 왕가의 권력 투쟁, 고대 설화로 가득 찬 이 대하 소설의 주인공이다. 그녀의 아버지인 라브란스는 부유한 농부이자 독실한 기독교 신자로 크리스틴을 몹시 사랑한다. 그녀는 이웃 영지의 상속인인 시몬 다레와 결혼할 예정이지만, 후사비라는 큰 장원의 소유자인 잘생겼지만 무책임한 에를렌드 니쿨라우수과 사랑에 빠져버리다. 전형적인 텔레비전 드라마 줄거리처럼 니쿨라우손에게도 연인 엘리네가 있다. 엘리네와 크리스틴은 니쿨라우손을 사이에 두고 연적이 된다. 크리스틴은 이런 말을 하기까지 한다. "우리 주사위를 던져서 누가 그이를 가질지 정할까요?" 살인, 결혼, 군주제를 향한 반란 음모, 재판, 시련이 연이어 닥치지만, 사랑과 충성으로 일관하는 강하고 자기 희생적인 여인 크리스틴은 모든 것을 이겨낸다.

원래 3권(『화환』, 『후사비의 여주인』, 『십자가』)으로 나누어서 출간된 이 작품은 강렬한 중세적 분위기를 자아낸다.(운세트의 아버지는 고고학자였고, 운세트 가 전체가 민간전승과 전설에 빠져 있었다.) 저자 자신은 1924년에 가톨릭에 귀의하였고, 종교는 운세트 문학의 일관적인 주제였다. 아름다운 스칸디나비아의 풍경 묘사도 훌륭하지만, 시대를 뛰어넘는 여성상의 창조에서 운세트의 진정한 재능이 발휘되었다. 크리스틴 라브란스다테르는 안나 카레니나, 테스, 엠마 보바리 등과 함께 여성 문학의 위대한 인물로 꼽힌다. 크리스틴은 시공을 초월한 매력을 가진 여성이며 이 작품은 운세트의 불후의 명작이다. **JHa**

아모크 Amok

슈테판 츠바이크 Stefan Zweig

작가 생몰연도 | 1881(오스트리아)–1942(브라질)
초판발행 | 1922
초판발행처 | S. Fischer Verlag(베를린)
언어 | 독일어

슈테판 츠바이크는 수많은 작품을 남긴 소설가이자 전기 작가, 번역가, 여행가이다. 유명한 평화주의자이기도 한 그는 1934년 고향인 오스트리아를 떠나 런던으로 망명했다가 또다시 브라질로 이주했는데, 그곳에서 파시즘의 발생에 환멸을 느낀 나머지 아내와 함께 자살하였다.

『아모크』는 열대 지방에서 미쳐버린 한 가엾은 의사를 다룬 짧지만 강렬한 이야기이다. 세계를 돌아다니는 여행객인 화자는 캘커타에서 유럽으로 돌아가는 배 안에서 신비한 의사를 만난다. 이 의사는 끔찍한 비밀을 털어놓기 위해 인간과의 접촉을 절실하게 필요로 하고 있었다. 마치 조셉 콘래드를 연상시키는 이 소설은 정열과 도덕적 의무, 제어할 수 없는 무의식의 힘을 다루고 있다.

그 의사는 독일의 병원에서 의료 과실로 인한 사고를 낸 뒤 아시아로 여행을 떠난다. 그곳에서 그는 아름답지만 다소 고압적인 한 여인의 매력에 빠져들게 된다. 원시인들에게 문명을 전파한다는 낭만적인 이상에 사로잡힌 그는 외딴 지역의 의료소에 고립되고, 열대 기후와 고독이 견딜 수 없는 지경에 이르면서 상황은 더욱 악화되어가기만 한다. 그는 유럽인으로서의 자신의 자아에서 분리되어 점점 넋을 잃게 된다. 그 때 한 영국인 숙녀가 그가 있는 의료소를 찾아와 낙태를 원한다고 말한다. 그는 그녀의 오만하고 고압적인 태도에 자극을 받아 자신이 의식하는 의지를 잃는다. 처음에 그는 이 사도마조히즘적인 관계에서 우위를 점하려고 하지만, 그녀가 그를 면전에서 비웃은 후에는 필사적으로 자신의 열정을 누그러뜨리려 노력하며 그녀의 의지를 따르게 된다.

무의식과 잠재적 성에 대한 프로이트식 탐구인 『아모크』는 심리적 통찰로 가득한 걸작이다. 슈테판 츠바이크를 읽기 시작하려 한다면 이상적인 선택이 될 것이다. **AL**

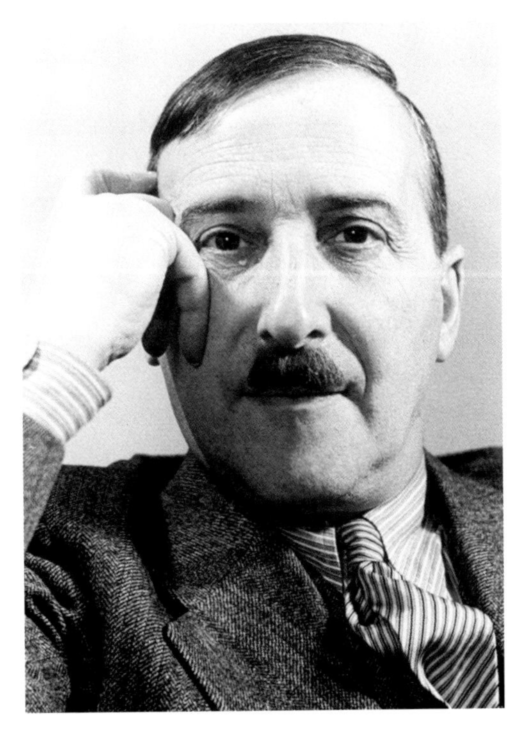

"만약 침묵을 지킨다면 우리 모두 범죄자이다."

슈테판 츠바이크, 1918

▲ 츠바이크는 스탕달과 톨스토이 등의 전기를 쓰면서 보여준 심리학적 통찰로 유명하다.

Modigliani

육체의 악마 The Devil in the Flesh

레이몽 라디게 Raymond Radiguet

작가 생몰연도 | 1903(프랑스)–1923
초판 발행 | 1923
초판 발행처 | Grasset(파리)
원제 | Le Diable au Corps

제1차 세계대전이 끝난 지 불과 5년 후에 쓰여진 이 작품은 열여섯 살 소년과 전방에 나가 있는 군인의 아내의 연애를 주제로 했다는 점에서 대중을 충격에 빠뜨렸다. 라디게 자신도 이 소설이 출간된 지 며칠 되지 않아 해명성 논평을 발표하고, 자신의 "거짓 자서전"은 그 비현실성 때문에 더욱 현실적으로 들리는 것이라 덧붙였다. 작가의 젊은 나이와 작품의 놀라운 내용 덕분에 『육체의 악마』는 단번에 대성공을 거두었다.

요절로 끝난 파란만장한 삶 때문에 라디게는 종종 랭보와 비교된다. 라디게는 특유의 간결한 문체로 자신에게 "어린 천재"라는 딱지가 붙는 것을 거부했지만, 예술적으로 랭보와 보들레르와 유사하다는 점은 인정하였다. 익명의 주인공과 그의 애인은 두 사람 다 보들레르의 『악의 꽃』을 좋아한다는 공통점에서 끌린다. 초현실주의파와 어울리고 장 콕토와의 관계를 사랑했지만 라디게 문학은 훨씬 더 오래전으로 거슬러 올라가 프랑스 고전주의의 영향을 받았다. 따라서 『육체의 악마』는 우아하고 함축적이며, 짧은 격언의 형식을 취한 비극적 러브 스토리임에도 그 심리적 통찰을 찾아볼 수 있다. 이 소설은 또한 젊은 세대의 남녀들을 사랑과 전쟁이라는 논리에 전혀 준비되지 않은 채 내버려둔 프티 부르주아 모랄에 대한 비판이기도 하다. **IJ**

◀ 모딜리아니가 그린 십대의 라디게. 4년 후 스무 살의 나이로 요절하면서 그의 문학적 재능도 땅에 묻혔다.

제노의 의식 Zeno's Conscience

이탈로 스베보 Italo Svevo

작가 생몰연도 | 1861(이탈리아)–1928
초판 발행 | 1923, Cappelli(볼로냐)
본명 | Ettore Schmitz
원제 | La Coscienza di Zeno

에토레 슈미츠, 필명 이탈로 스베보는 삶을 통틀어 글쓰기를 단 한 번도 직업으로 삼지 않았다. 그에게 있어 글쓰기는 일을 하거나 바이올린을 켜는 이외의 남는 시간을 위한 비밀스런 작업이었다. 그의 인생을 결정지은 것은 두 가지인데, 제임스 조이스와의 우정, 그리고 정신분석학자 프로이트와의 만남이었다. 스베보는 프로이트의 책 『꿈에 대하여』를 번역하기도 했다.

이 작품은 S박사의 자극을 받은 제노가 스스로의 심리를 분석한 자서전이다. 제노가 털어놓는 인생은 프로이트에의 헌정이라고는 보기 어렵다. 오히려 인간 욕망의 무상함과 덧없음을 묘사하고 있다. 전형적인 반동인물인 제노는 의지라고는 찾아볼 수 없고, 자신의 존재를 제어하지 못하는 무능을 비웃는 인물이다. 결혼이 그의 불안정을 치유해줄 수 있다고 생각한 제노는 아름다운 아다에게 청혼하지만 실수로 그의 못생긴 여동생 아우구스타와 결혼하고 만다. 수차례의 금연 시도가 번번이 실패하면서 제노의 노이로제는 점점 더 뚜렷해지고, 제노는 담배를 끊어야겠다는 결심만 되풀이하면서 하루를 보낸다. 그의 인생에서 중요한 날짜는 금연 이후에 찾아올 새로운 인생을 마법처럼 상기시키는 날들뿐이다. "1899년 아홉번째 달 아흐렛날," "1912년 여섯번째 달 사흗날 12시" 등. 제노는 자신에게 어떤 제제를 가하고자 하지만, 스스로 매번 어길 뿐이다. 그의 변덕과 우유부단은 언제나 "마지막" 담배를 "마지막에서 두번째"로 만들어 버리고, 스스로의 실패에 만족하며 또다시 "인생의 마지막 담배"를 피워문다. **RPi**

인도로 가는 길 A Passage to India

E. M. 포스터 E. M. Forster

작가 생몰연도 | 1879 (영국)–1970
초판 발행 | 1924
초판 발행처 | E. Arnold & Co. (런던)
본명 | Edward Morgan Forster

포스터의 마지막 소설인 『인도로 가는 길』에는 그의 초기작들에서는 볼 수 없었던 심각함이 느껴진다. 이 작품에서 포스터는 인도에 거주하는 영국인들을 오만한 거드름쟁이로 풍자하고 있지만, 『하워즈 엔드』나 『전망 좋은 방』에서 그랬던 것처럼 한결같은 패러디로 일관하지는 않는다. 영국과 인도 사이의 관계를 자유주의적으로 탐구한 이 작품의 핵심은, 포스터가 모호함과 불안정의 공간으로 설정한 마라바르 동굴들의 거대한 공허함이다. 이 동굴들을 방문하는 사람들은 그들이 눈으로 본 것이 무엇인지, 아니 무언가를 보기는 했는지 결코 확신하지 못한다. 결혼하자마자 인도로 온 영국 여인 아델 퀘스테드는 인도인 아지즈 박사와 함께 동굴로 들어가고, 그 안에서 두 사람 사이에 무슨 일이 있었는지 아무도 명확하게 해명하지 못한다. 영국인들은 아지즈가 그녀를 겁탈했다고 생각하지만 아델은 그렇다고 딱 부러지게 말하지 않는다. 오히려 법정에서 극적으로 고소를 철회함으로써 같은 영국인들로부터 비난을 듣는다. 그러나 고소 취하도 이 사건을 완전히 해소하지는 못한다. 그리고 이러한 우유부단이야말로 포스터의 근대적 미적 감각을 특징짓는 것이다.

만약 강간 사건 재판이 이 소설의 플롯에서 중심적인 역할을 한다면 아지즈와 영국인 휴머니스트 무어 부인과 시릴 필딩 사이의 우정은 국적을 뛰어넘는 유대와 이해(포스터 문학의 주요 주제이기도 하다)를 암시한다. 혹자는 이 소설을 인도의 초기 민족주의 운동에 대한 호의적인 묘사라고 평가한다. 그러나 항간에서는 포스터가 인도인들을 묘사할 때 그들에 대해 품고 있는 이국적인 환상을 떨칠 수 없었다고 지적한다. **LC**

우리들 We

예브게니 자미아틴 Yevgeny Zamyatin

작가 생몰연도 | 1884(러시아)–1937(프랑스)
초판 발행 | 1924
초판 발행처 | E. P. Dutton(뉴욕)
원제 | My

1921년 소련 당국에 의해 출간이 금지된 최초의 소설인 『우리들』은 반이상향 소설의 원조 격으로, 훗날 나타나는 다른 반이상향 소설과 많은 공통점을 보여준다. 이 소설은 D–503이라는 수학자의 일기로 구성되어 있는데, D–503은 그가 속해 있는 권위적이고 선진적인 국가에 뼛속까지 충성하는 시민이다. 그가 찬양하는 국가의 대의는, 행복과 질서와 아름다움은 오직 자유의 제한과 수학적 논리 및 절대 권력의 철칙으로만 가능하다고 못박는다. 그러나 일기가 진행될수록, D–503은 I–330이라는 미모의 반동분자의 영향을 받게 된다. I–330에 대한 거친 욕망에 사로잡힌 D–503은 그가 고수해왔던 순수한 수학적 논리와 모든 인간의 필요를 채워줄 수 있는 완벽한 질서 집단에 대한 믿음을 저버린다. 또 그는 여기서 그치지 않고 점점 $\sqrt{-1}$의 시적인 불합리는 물론 사적인 애정의 무정부주의에 물들어 간다. 그가 더 이상 "우리"가 아닌 자기 자신 위주로 생각한다는 사실은, 게릴라인 그의 애인의 이름이 "I(나)"라는 아이러니와 일맥상통한다.

『우리들』이 위대한 이유는 자미아틴이 전제주의의 지적으로 미묘한 이해를 보여주었기 때문이다. 이 소설은 공산주의를 직접적으로 비판하고 있지는 않다. 그러나 저자는 사회주의의 귀결을 드러내 보이는, 자유와 행복 사이의 모순을 감동적이면서도 암울하고 우스꽝스럽게 진단하고 있다. **PB**

▶ 볼셰비키 집권 초기 러시아의 포스터. 훗날 『우리들』은 소련 전체주의에 대한 공격으로 해석된다.

Российская Социалистическая Федеративная Советская Республика
ПРОЛЕТАРИИ ВСЕХ СТРАН СОЕДИНЯЙТЕСЬ
ВСЕМИРНАЯ РЕВОЛЮЦИЯ
ДА ЗДРАВСТВУЕТ
D. MOOR
№ 80
1ое МАЯ ПРАЗДНИК ТРУДА
ДА ЗДРАВСТВУЕТ МЕЖДУНАРОДНОЕ
ЕДИНЕНИЕ ПРОЛЕТАРИАТА!

마의 산

The Magic Mountain

토마스 만 Thomas Mann

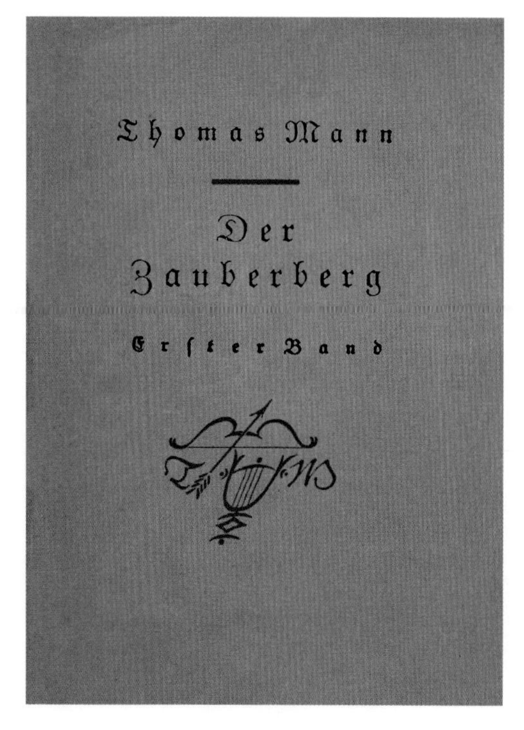

"기다림은 길다고 우리는 말한다. 그러나 보다 정확하게 말하자면 오히려 짧다고 말해야 한다. 왜냐하면 기다리는 동안엔 시간을 이용하거나 적극적으로 살지 않아도 기다림이 시간의 모든 공간을 소모해버리기 때문이다."

▲ 토마스 만은 1913년 아내인 카티아가 결핵 요양소에 머무는 동안 『마의 산』의 소재들을 얻었다.

작가 생몰연도 | 1875(독일)–1967(스위스)
초판 발행 | 1924
초판 발행처 | S. Fischer Verlag(베를린)
원제 | Der Zauberberg

『마의 산』은 주인공 한스 카스토르프가 스위스 산간의 결핵 요양원으로 떠나면서 시작된다. 그저 일시적인 체재라고 생각했던 첫 3주는 고통스러우리만치 더디게 지나가지만, 카스토르프는 곧 엇비슷하면서도 이상하리만치 매혹적인 이곳 환자들의 존재에 끌리게 되고, 그의 상상력 또한 이들에게 사로잡힌다. 작가는 이 산 속에서 회복하거나, 혹은 죽음을 맞거나 둘 중의 하나인 이들을 생생하게 묘사하였다.

비록 카스토르프가 눈뜨는 세계는 사건이나 행위가 아닌, 사상으로 가득한 세계이지만(임박한 세계대전의 아우성은 요양소의 고요 속 어딘가에 파묻혀 버린다), 이 작품은 성장소설의 전통에 속한다. 만은 환자들 사이의 논쟁을 통해 당대의 철학적, 정치적 화두—휴머니즘 대 현실로 다가오는 전제주의—를 탐구하였다. 카스토르프는 또한 질병과 죽음으로 점철된 공간에서 사랑에 빠지는 것이 어떤 의미를 갖는지에 대해서도 이해하려고 애쓴다. 그가 사랑한 클라우디아 쇼샤트가 그에게 남긴, 당황스러울 정도로 친근한 유물은 바로 결핵으로 뿌옇게 되어버린 그녀의 폐를 찍은 X레이 사진인 것이다.

평지로 돌아오려던 계획을 점점 뒤로 미루면서 몇 주에 불과했던 체재는 몇 달이 되고 몇 년이 된다. 마의 산의 요양원에서는 시간이 정지한 것만 같다. 독자는 한스 카스토르프와 함께 그가 마의 산의 요양원에서 보낸 7년 동안의 강렬한 순간들—비극적이고, 에로틱하고, 세속적이고, 어색한—을 경험한다. **KB**

녹색 모자
The Green Hat

마이클 알렌 Michael Arlen

작가 생몰연도 | 1895(불가리아)-1956 (미국)
초판 발행 | 1924
초판 발행처 | W. Collins & Sons (런던)
본명 | Dikran Kouyoumdjian

『녹색 모자』는 아이리스 스톰이라는 매혹적인 여자의 이야기이다.(영국의 작가이자 정치 운동가였던 낸시 큐너드를 모델로 했다는 설도 있다.) 어린 시절 연인인 내피어 하펜든에 대한 그녀의 금지된 사랑은 수차례의 비극적인 결혼과 비참한 연애 사건들, 그리고 결국은 드라마틱한 자살로 이어진다. 이 소설로 알렌은 일약 명사가 되었으나, 사실 그는 D. H. 로렌스나 오스버트 시트웰(1892~1969, 영국의 시인이자 소설가) 같은 영국 모더니즘의 거장들과 밀접한 관계를 가지고 있었다. 비록 『녹색 모자』는 인기있는 로맨스 소설로 위치를 다졌지만, 그 속에 담긴 모더니즘은 명백하다. 시트웰의 잡지 『신시대』의 애정어린 패러디 장면은 그 좋은 예이다. 또한 주인공 아이리스가 "굉장한 로맨스"라고 평가한 포드의 『훌륭한 병사』를 대중적으로 재구성한 작품이라고 볼 수도 있다. 알렌의 문체와 모호하고 생략적인 표현은 모더니즘의 영향을 받았지만, 그 심상은 이미지즘* 에 가까운 노골적이고 혼란스러운 묘사를 보여준다.

이 작품에서는, 특히 유행의 변화와 근대에 대해 언급한 부분에서는, 모더니즘의 요소들이 로맨스 소설의 전통적인 특징들과 결합하고 있다. 예를 들면 아아리스는 차를 몰아 그녀와 내피어가 사랑을 맹세했던 나무에 뛰어들어 자살한다. 이렇듯 웅장한 낭만적 제스처는 이 장르의 상투적인 표현들 중 하나지만, 급변하는 근대를 대변하는 상징과 거대한 벌레라는 이미지를 통해 미래지향적으로 전환했다고 볼 수도 있다. **LC**

* 1910년대 영국과 미국에서 전개된 반 낭만주의 시운동. 일상어 사용, 새로운 리듬 창조, 제재의 자유로운 선택, 명확한 이미지, 집중적 표현을 중요시했다.

신사는 금발을 좋아해
Gentlemen Prefer Blondes

아니타 루스 Anita Loos

작가 생몰연도 | 1889(미국)-1981
초판발행 | 1925
초판발행처 | Boni & Liveright
초판 연재 | 1924, Harpers' Bazaar(뉴욕)

1925년, 보니&리버라이트(Boni & Liveright) 출판사가 『신사는 금발을 좋아해』를 출간했을 당시 판매에 대한 기대는 적었다. 그 전 해 하퍼스 바자(Harper's Bazaar)에 연재됐던 소설이라 1쇄에 1,500부만 찍어도 충분하다고 여겼던 것이다. 이 첫 인쇄분은 하룻밤만에 동이 났고 1925년 한 해에만 3차례의 증쇄가 필요했다.

루스의 책은 그녀의 친구인 H. L. 멕켄(H. L. Mencken)의 조롱으로 시작됐는데, 그의 멍청한 금발 여성들과의 로맨스가 루스의 흥미를 당겼던 것이다. 소설은 아칸소(Arkansas)주의 리틀록(Little Rock) 출신의 로렐라이 리(Lorelei Lee)의 일기로 구성되어 있다. 이 남자를 유혹하는 여성은 부유한 남성들과의 우정과 그들이 바친 선물들에 관한 이야기를 늘어놓는다. 하지만 루스의 금발 여주인공은 바보가 아니다. 비록 교육도 부족하고 속물적이지만, 영악한 조종가이기도 해서 독자들은 그녀가 자신을 둘러싼 위선들을 얼마나 알고 있는지 결코 명확히 알지 못한다. 로렐라이는 사람들의 겉모습을 받아들이고 그들의 말을 착각한 듯한 행동을 보이면서 그들이 말하는대로 기록한다. 멍청해 보이지만, 사실은 로렐라이가 그들을 상대로 일종의 게임을 펼치고 있는 것이다.

그리고 로렐라이는 자신의 상대들보다 이 게임을 더 잘 해낸다. 그녀가 원하는대로 행하고 원하는 걸 얻지만 한편으론 주위의 모두를 즐겁게 하는 방식으로. 소설은 로렐라이의 결혼식에서 그녀의 성혼을 선언-물론 구혼자 중 가장 부유한 남자와-함과 동시에 상류층 하객들의 엉망진창인 품행을 비꼬는 장면으로 결론을 맺는다. **HB**

교수의 집 The Professor's House

월라 캐더 Willa Cather

작가 생몰연도 | 1873(미국)–1947
초판 발행 | 1925, A. Knopf(뉴욕)
원제 | The Professor's House
본명 | Willa Siebert Cather

"그는 즐거움 없이 사는 법을 한번도 배우지 못했다."

▲ 1931년 『타임』지의 표지를 장식한 캐더. 캐더는 미국 서부 개척자들의 삶을 그린 작품들로 명성을 얻었다.

『교수의 집』의 첫부분과 결말은 역사 교수인 갓프리 세인트피터스 교수의 사적, 공적 생애를 시간 순서대로 보여줌과 동시에 수년 전 그의 학생 탐 아웃랜드가 교수에게 털어놓은 고백을 다루고 있다. 아웃랜드는 뉴멕시코주의 블루 메사에서 고대 문명 유적을 발견한 사실을 거의 종교적으로 강렬하게 이야기하면서 그의 남서부 뿌리의 건조하고 총명한 명쾌함을 보여준다. 톰 아웃랜드의 무한한 과학적, 영적 잠재력과 세인트피터스가 그에게 느끼는 아버지다운 애정은 그를 시적으로 완벽한 존재로 만들지만, 그는 제1차 세계대전에 나가 죽고 만다.

교수의 집은 사실 두 개의 집이나 다름없다. 보잘것없고, 오랫동안 신경을 쓰지 않은 데다 이제는 텅 비어있는 한 집에서 세인트피터스는 가족을 길렀고, 경력을 쌓았다. 그가 은퇴 후 여생을 보내기 위해 명망있는 학술상의 상금을 들여 원하는 대로 지은 또 하나의 집은, 그가 지금까지 거부해왔던 편안한 미래를 상징한다. 처음 아웃랜드를 만났을 때, 세인트피터스는 인습을 거부하는 젊은 학자로 재정적, 학문적 고민을 안고 있었지만, 지금은 수년 전까지만 해도 출간을 거부당했던 여러 저술들 덕분에 부와 명예를 모두 누리고 있다. 아웃랜드가 전사했을 때 그의 약혼녀였던 세인트피터스의 딸은 이제는 남편과 함께 아웃랜드의 비극적인 이야기와 돈이 될 만한 발명들을 이용해 큰 돈을 벌었다. 아웃랜드는 고난은 겪었어도 적어도 존엄은 상처받지 않을 수 있었지만, 세인트피터스는 그의 손을 떠난 제도적인 권력에 의해 자아가 천천히 침해당하는 것을 견뎌야만 하는 것이다. **AF**

아르타모노프 일가의 사업 The Artamonov Business

막심 고리키 | Maxim Gorky

상인 집안인 아르타모노프 가의 3대에 걸친 이야기를 다룬 『아르타모노프 일가의 사업』은 고리키의 작품 중에서 가장 길고, 또 가장 야심찬 소설이다. 일리야 아르타모노프는 해방 농노로 자신의 공장을 세우고 근면과 겸손이라는 부르주아적 가치를 아들인 표트르와 조카 알렉세이에게 물려주려 한다. 그러나 표트르의 유약함과 알렉세이의 냉혹한 사업 감각에는 일리야의 세대를 특징짓는 따스함과 인간미를 찾아볼 수 없고, 결국 중산층으로의 계급 상승은 아르타모노프 가에 재앙만을 안겨준다. 10월 혁명이 일어나고 공장이 몰수되면서 3대째의 아르타모노프가는 말 그대로 재앙을 겪게 된다. 그러나 고리키가 지적하듯, 아르타모노프 가를 부르주아 계급으로 올려준 타락은 필연적으로 그들의 몰락을 불러올 수밖에 없으며, 이는 더 나은 세상을 위한 가능성의 길을 닦는 과정일 뿐이다.

『아르타모노프 일가의 사업』에서 고리키는 『전쟁과 평화』에 맞먹는 광범위한 가족 대하 소설의 진수를 보여준다. 그러나 그 역사적 배경은 톨스토이에 비해 훨씬 긴박한 동시대의 그것이다. 번갈아가면서 나타나는 패배한 아르타모노프가 사람들과 그들과 공존하는 공장 노동자들의 묘사는 살아 숨쉬듯 생생하다. 고리키의 다른 모든 작품들과 마찬가지로 『아르타모노프 일가의 사업』에서도 정치적 선전은 등장하지 않는다. 고리키는 자본가와 노동자를 막론하고 모든 등장인물을 다소 현학적이긴 하지만 궁극적으로는 공감의 눈길로 바라보았다. 독자들은 이 소설에서 고리키를 비롯한 수많은 이들을 사회 변화에 대한 새로운 희망의 파도로 휩쓸어버린 러시아 혁명의 광기를 목격할 수 있다. 『아르타모노프 일가의 사업』은 고리키의 문학적 재능을 확인할 수 있음은 물론, 러시아 역사의 쓰라린 순간의 산물로서 여전히 귀중한 가치를 지닌 작품이다. **AB**

작가 생몰연도 | 1868(러시아)–1936
초판 발행 | 1925, Russkaia Kniga(베를린)
본명 | Aleksey Maksimovich Peshkov
원제 | Delo Artamonovic

"모든 일이 쉽게 풀리면 인간은 순식간에 바보가 된다."

막심 고리키, 1926

▲ 고리키는 러시아의 볼셰비키 정부와 잦은 충돌을 겪었다. 『아르타모노프 일가의 사업』은 그가 이탈리아 망명 시절 쓴 작품이다.

심판 The Trial

프란츠 카프카 Franz Kafka

작가 생몰연도 | 1883(체코슬로바키아)–1924(오스트리아)
초판 발행 | 1925
초판 발행처 | Die Schmiede(베를린)
원제 | Der Prozeß

"누군가 요제프 K.에게 누명을 씌운 것이 틀림없다. 아무 잘못도 하지 않았는데 어느 날 아침 체포 당했기 때문이다."

"어느 날 아침 이상한 꿈에서 깨어난 그레고르 삼사는 그가 거대한 벌레로 변했다는 것을 깨달았다."라는 문장으로 시작하는 『변신』처럼 『심판』 역시 모든 것이 이 최초의 문장에서 비롯되었다. 요제프 K.는 누구에게서도 자기가 왜 고발 당했는지 정확한 이유를 듣지 못하며, 자신을 덫에 빠뜨린 사법 제도를 지배하는 원리도 이해하지 못한다. 대신 그는 유죄 판결을 받으면 어떻게 되는지, 아니 자신의 죄가 애시당초 무엇인지 아는 바도 없이 자신의 결백을 주장하고 항의하는 고단한 길을 택한다. 무죄를 입증하기 위한 요제프 K.의 투쟁은 전혀 이해할 수 없는 제도 안에서 무기라고는 오직 결백에 대한 확신밖에 없이 발가벗겨지는 것이 어떤 것인가를 감동적으로 보여준다.

이 소설의 친밀함은 독특한 효과를 낳는다. 당국과 싸우는 K.에 대한 최초의 반응은 인식과 친근감이다. 그런 후 곧 이상한 반전이 뒤따른다. 우리가 살고 있는 세계가 카프카의 그것과 닮아있고, 우리의 투쟁 역시 K.의 고난 속에서 볼 수 있는 본질적인 투쟁과 꽤 닮아있다는 사실이다. 이러한 이유로 『심판』은 그 미완성, 그 불가능성, 그 고난과 함께 매우 즐거운 책임에 틀림이 없다. 이 책은 극단으로 내몰린 매일매일의 심판의 세계에 살고 있음의 공허한 심장부로 우리를 초대한다.

PB

▲ "탁자에 앉은 남자" 스케치 시리즈는 1905년 빈의 키를링 요양원에서의 강연록에서 발췌한 것이다.

◀ 1962년 오손 웰스가 감독하고 안소니 퍼킨스가 주연을 맡은 표현주의 영화 『심판』의 한 장면.

사전꾼들 The Counterfeiters

앙드레 지드 André Gide

작가 생몰연도 | 1869(프랑스)-1951
초판 발행 | 1925
초판 발행처 | Gallimard(파리)
원제 | Les Faux-Monnayeurs

『사전꾼들』은 소설이라는 이름값을 하는 지드의 유일한 소설이자 소설의 가능성에 관한 탐구이다. 이 작품의 여러 화자 중 하나인 에두아르 역시 소설가이다. 지드처럼 에두아르 역시 일기에 소설 쓰는 과정을 기록하며, 『사전꾼들』이라는 소설을 쓰고 있는 중이다. 즉 우리는 소설가에 대한 소설을 쓰는 소설가에 대한 소설을 쓰는 소설가에 대한… 소설을 읽고 있는 것이다. 현기증이 나는 이러한 격자구조는 지드가 독자로 하여금 균형을 잃도록 하기 위해 고안한 여러 장치 중의 하나이다. 또 다른 하나는 제목의 속임수이다. 지드가 잘 알려진 장르인 로맨스 소설이나 성장 소설을 운운하고 있는 사이, 금화를 위조하는 불량 소년들을 다룬 추리 소설의 가능성은, 암시는 되지만 그 이상 진행되지 않은 채 그대로 흘러가버린다. 위조 금화는 국가, 가정, 교회, 그리고 문학적 제도에 의해 유통되는 더 일반적인 가짜들을 상징하는 은유이다.

『사전꾼들』은 결코 우리를 편하게 해주지 않는다. 안정감을 주는 객관적인 화자도 없고, 등장인물들은 "등장"한 목적이 없고, 서로 다른 수많은 플롯의 가닥들은 그대로 풀려서 공중에 매달려 있다. 그러나 이것이 바로 이 소설이 중요한 이유이다. 『사전꾼들』은 우리가 알고 있는 19세기 소설의 정의에 의문을 던진다. 덕분에 우리는 작가인 지드에 대해서도 확신을 잃게 된다. 도대체 『사전꾼들』의 가치는 무엇인가? **KB**

위대한 개츠비 The Great Gatsby

F. 스콧 피츠제럴드 F. Scott Fitzgerald

작가 생몰연도 | 1896(미국)-1940
초판 발행 | 1925
초판 발행처 | C. Scribner's Sons(뉴욕)
본명 | Francis Scott Key Fitzgerald

『위대한 개츠비』는 미국 문학의 고전이다. 한 여름 동안 알고지낸 카리스마 넘치는 이웃의 흥망을 그린 닉 캐러웨이의 황홀한 이야기는 1920년대 전반에 걸친 유쾌한 방종과 거짓된 희망을 불러일으켰다. 이 소설의 특별한 시각적 모티브—광고게시판의 음침한 눈동자나 거대도시 뉴욕과 쾌락의 롱아일랜드 사이에 있는 잿빛 황무지, 개츠비의 야간 연회의 금빛과 푸른빛 등—는 "재즈 시대"의 초상과, 미국 모더니즘의 특징이라 할 수 있는 사회질서의 변화에 대한 불안을 결합하고 있다. 악명 높은 "스스로에 대한 플라토닉한 관념"에서 태어난 개츠비는 아메리칸 드림의 동의어가 되었다.

개츠비의 호화롭고 향락적인 생활은 지금은 백만장자 톰 뷰캐넌의 아내가 되어있는 옛 연인 데이지를 겨냥한 것이다. 피츠제럴드는 개츠비의 반짝이는 환상과, 어둡고 싸우기 좋아하는 현실을 똑같이 손쉽게 묘사했다. 이 소설에서 개츠비의 부(富) 뒤에는 부패가 숨어있고, 톰은 거칠고 불륜을 저지르는 남편이라는 사실이 암시된다. 『위대한 개츠비』의 극단적인 클라이맥스는 특권계층의 부절제한 방종에 대한 저주의 징벌이지만, 결말은 다소 애매모호하다. **NM**

▶ 1925년 크리스마스에 찍은 피츠제럴드와 아내 젤다의 사진. 이로부터 얼마 후 두 사람은 파경을 맞게 되지만 이 사진에서 아직 그러한 긴장은 보이지 않는다.

~~Lay by my side a bunch of purple heather,~~

(Jan 3rd 1924)

There was an age when the pavement was grass; another when it was swamp; an age of tusk & mammoth; an age of silent sunrise; & through them all the battered woman — for she wore a skirt — with her right hand exposed, her left clutching at her knees stood singing of love; ~~which~~ love ~~unconquerable in battle~~ fight; which ~~she sang, after lasting for millions of years~~ after a lifetime had lasted a million years. ~~yes, a million years~~

100
80
180

~~so she sang, her lover, &~~ & which she sang was immortal ~~though her lover,~~ & millions of years ago ~~her lover~~ in May, her lover, who had been dead these centuries, had walked, she crooned, with her in May; but in the course of ages, ~~when~~ long as summer days, & ~~being~~ flaming, so she remembered with nothing but red ~~flowers~~ aster, he had gone; death's enormous sickle had swept over those tremendous hills; & ~~when~~, when, ~~she laid her hoary & immensely~~ she laid her hoary & immensely aged head on the earth now become a mere cinder of ice, it would have

at last

outlived everything — her memory of happiness even — she implored ~~that~~ "Lay by my side a bunch of purple heather"; there ~~where~~ on that high burial place which the last rays of the last sun caressed, a bunch of purple heather; for then ~~the pageant of the universe~~ would be over.

댈러웨이 부인 Mrs. Dalloway

버지니아 울프 Virginia Woolf

작가 생몰연도 | 1882(영국)–1941
초판 발행 | 1925, Hogarth Press(런던)
원제 | Mrs. Dalloway
미국판 발행 | Harcourt, Brace & Co.(뉴욕)

단 하루 동안에 일어나는 일들을 묘사하고 있는 『댈러웨이 부인』은 모더니즘 런던을 정의하는 작품이다. 이 작품은 리젠트 파크를 중심으로 두 주인공의 연동을 좇는다. 클라리사 댈러웨이는 보수당 국회의원인 리처드 댈러웨이의 아내로 사교계의 명사이다. 셉티머스 워렌 스미스는 제1차 세계대전 때의 총탄 충격에서 벗어나지 못한 퇴역 군인이다. 이 소설 속 시간의 흐름은 빅벤의 주기적인 타종 소리에 의해 표시되며, 결과적으로 독자를 이중의 클라이맥스—댈러웨이 부인의 화려한 파티와, 전후 사회에서 도저히 더이상 살아갈 수 없다고 생각한 셉티머스 워렌 스미스의 자살—로 몰고 간다.

두 주인공은 양립할 수 없는 존재들이다. 그리고 도시라는 공간 자체가 이러한 사실을 반영하고 있다. 수많은 타인들이 각자 다른 삶을 살아간다. 어떤 이는 자살을 준비하고, 어떤 이는 저녁 식사를 준비한다. 이들 사이를 연결할 수 있는 다리는 없음을 이 소설은 암시한다. 셉티머스와 클라리사는 계급으로 보나, 성으로 보나, 지역으로 보나 완전히 별개의 사람들이지만, 이 소설은 하나의 의식에서 다른 의식으로 이동함으로써 둘 사이에 숨겨진, 친밀한 연결고리가 있음을 보여준다. 그것은 바로 셉티무스의 자살 소식을 들었을 때의 클라리사의 반응이다. 빅벤의 종소리에 의해 정의되는 시계의 시간과는 어울리지 않는 시적(詩的) 공간이 도시의 밑바닥에 숨어 존재하면서, 남자와 여자, 한 인간과 다른 인간 사이의 관계를 생각하는 다른 방법을 암시한다. 『댈러웨이 부인』은 모순의 소설이다. 남자와 여자, 부자와 빈자, 자신과 타인, 그리고 삶과 죽음 사이의 모순의 소설이다. 그러나 이러한 모순에도 불구하고, 셉티머스와 클라리사의 시적 결합의 미미한 가능성으로부터 이 소설은 둘의 양립을 암시한다. 비록 현실이 되기에는 오랜 시간을 기다려야 할지라도. **PB**

▲ 우울증 발작에 시달렸던 울프는 30대 초반에 이미 한 번 자살을 시도했고, 결국 1941년 강물에 투신 자살했다.

◀ 울프의 『댈러웨이 부인』 초고. "매우 이상하고 매우 신뢰할 수 없는" 현실의 경험을 탐구하였다.

차카

Chaka the Zulu

토마스 모폴로 Thomas Mofolo

작가 생몰연도 | 1875(레소토)–1948
초판 발행 | 1925
초판 발행처 | Morija Sesuto Book Depot
원제 | Chaka

남아프리카 바수톨란드 태생인 토마스 모폴로는 1910년 소토어 문학의 걸작 『차카』를 집필하였다. 이 소설은 남아프리카 군소 부족 족장의 사생아로 태어나 19세기 초, 10년에 걸친 전쟁 끝에 줄루 족의 국가를 세운 차카에 대한 이야기이다.

어머니와 함께 아버지로부터 내몰린 차카는 어린 시절부터 괴롭힘을 당한다. 아버지와 친지들로부터 거부당한 경험은 차카로 하여금 인생은 권력 다툼에 불과하다는 것을 깨닫게 한다. 부족을 떠난 차카는 사막에서 주술사인 이사누시를 만나고, 그의 도움으로 돌아와서 부족의 족장이 되는 데 성공하며 아름다운 여인의 사랑도 얻는다. 그러나 명예욕과 야심을 이기지 못한 차카는 이사누시와의 악마적 계약에 따라 역사상 가장 위대한 족장이 되기 위해 사랑하는 여인을 죽인다.

기독교 신자였던 모폴로는 죄에 대한 예리한 인식의 소유자로, 주인공의 영혼이 타락하는 과정을 체계적으로 기록하였다. 마침내 차카는 전쟁과 살육을 구별할 수 없게 되고, 독재자가 되기 위해 양심을 버린다. 그러나 차카의 비극이 어린 시절의 암울한 경험에서 비롯되었다는 것을 알고 있는 독자는 차카가 야만적인 폭군이기 이전에 총명하고 고독한 젊은이였다는 것을 기억한다. 모폴로는 역사적 사실과 로맨스를 섞어 식민지 이전의 아프리카에 빛을 비추는 매력적인 작품을 창조해냈다. **OR**

미국인의 형성

The Making of Americans

거트루드 스타인 Gertrude Stein

작가 생몰연도 | 1874(미국)–1946(프랑스)
초판 발행 | 1925
초판 발행처 | Contact Editions(파리)
언어 | 영어

스타인의 혁신적인 문장은 그 어조와 리듬에서 즐길 수 있는 절제된 미를 지니고 있다. 이 서사 소설은 전통적인 가족 대하소설의 형식에 도전하는 동시에 재창조를 시도한다. 네 가족을 수세대에 걸쳐 추적하지만 이러한 방식의 압축은 그 정당한 대가를 받지 못했다. 스타인은 시간의 앞과 뒤를 막힘없이 오가면서 주인공들이 성숙하고, 배우자와 사회를 만나고, 마침내 미국인이 되는 과정의 내적, 감정적 발달을 여러 각도에서, 모든 측면을 보고자 하는 입체파에 가까운 열망으로 좇아간다. 『미국인의 형성』은 상당한 시간 후에야 그 구성에 대해 언급하며, 글쓰기와 자신의 독특한 문체에 대한 스타인의 포괄적인 설명을 포함하고 있다. 모더니즘 고전으로서는 다소 저평가된 바가 없지 않은 이 소설은 언어의 새롭고 독특한 이용과 빅토리아 시대 리얼리즘에의 도전이라는 측면에서 기념비적이다. 또한 미국의 시조가 된 가문들로부터 지금의 번영하는 후손들에 이르기까지 미국인의 심리적 발달을 서사적으로 해석하였다. 도전적이고, 아름다우며, 명작이라 불리기에 손색이 없는, 모더니즘 소설의 선두 반열에 오를 자격이 충분한 작품이다. **JC**

애크로이드 살인 사건
The Murder of Roger Ackroyd

애거서 크리스티 Agatha Christie

작가 생몰연도 | 1890(영국)–1976
초판 발행 | 1926
초판 발행처 | W. Collins & Sons(런던)
본명 | Agatha Mary Clarissa Christie

모든 추리 소설에는 반전이 있지만, 애거서 크리스티의 작품들은 하나같이 기존의 반전을 뛰어넘는다. 크리스티의 방대한 저작 중에서도 최고의 걸작으로 꼽히는『애크로이드 살인 사건』은 그 놀라운 대단원으로 추리소설이라는 장르 자체의 근본 원칙을 뒤집어 엎은 작품이다.

이 작품은 크리스티를 유명하게 만든 수많은 요소들을 갖추고 있다. 몇 구의 시체, 시골 저택의 배경, 많지 않은 용의자, 그리고 멋진 콧수염의 벨기에인 탐정, 에르퀼 포와로이다. 화자인 동네 의사 셰퍼드는 누가 로저 애크로이드를 죽였는지, 수많은 가능성을 늘어놓는다. 하녀, 퇴역 장군, 애크로이드의 양자, 영지를 기웃거리는 낯선 사람 등등. 이러한 (부분적인) 용의자 리스트는 1920년대 영국 시골의 사회 구조와 계급 구조를 알 수 있는, 크리스티 소설이 주는 부수적인 즐거움이다.

포와로의 말대로 누구나 비밀이 있기 마련이다. 이 소설은 사생아, 비밀 결혼, 협박, 약물 중독 등등 가능한 모든 살인 동기를 유쾌하게 파헤친다. 관심을 다른 곳으로 돌리기 위한 가짜 단서와 의심스러운 알리바이가 넘쳐나고, 실제로 살인이 일어난 시각도 교묘하게 위장되었음이 밝혀진다. 무덤 너머로 들려오는 죽은 애크로이드의 목소리가 담긴 녹음기가 사라지면서 포와로는 결정적인 단서를 얻는다.

독자 입장에서 진짜 범인을 찾아내기란 불가능에 가깝다. 이 작품은 얼마나 천재적인 방법으로 작가가 범인의 흔적을 지워버렸는지를 보기 위해서라도, 처음부터 다시 한 번 읽어야만 하는 몇 안 되는 추리소설 중의 하나이다. **CC**

하나, 아무도 없음, 그리고 10만
One, None and a Hundred Thousand

루이기 피란델로 Luigi Pirandello

작가 생몰연도 | 1867(이탈리아)–1936
초판 발행 | 1926, R. Bemporad(피렌체)
원제 | Uno, nessuno e centomila
노벨 문학상 수상 | 1934

이따금 친구나 친척이 나를 세심하게 관찰하고 있다는 사실을 알고 놀랄 때가 있다. 특히 상대가 우리의 사소한 신체적 결함을 강조하는 데에 있어 잔인할 정도로 정확하다면 말이다. 자신의 코가 살짝 오른쪽으로 구부러져 있다는 아내의 예기치 않은 발언은 주인공 모스카르다의 인생에 센세이셔널한 변화를 불러온다. 아내는 모스카르다를 그가 지금까지 생각해왔던 자신의 이미지와는 전혀 다르게 보아온 것이다. 모스카르다는 갑자기 자신이 완전히 낯선 사람과 살고 있으며, 다른 사람들—아내, 친구들, 지인들—에게 자신은 지금까지 스스로 자신이라고 생각해왔던 사람이 아니라는 사실을 깨닫는다. 모스카르다는 천 명의 낯선 사람과 살고 있고, 그들은 천 명의 다른 모스카르다를 보는 것이다. 그들이 보는 모스카르다는 모스카르다 자신은 절대로 알 수 없는 그 누구이다.

인식의 상대성과 현실의 분열은 피란델로가 즐겨 다룬 주제로 피란델로 철학의 핵심이다. 여기에 언어에 대한 고찰과, 말하는 이들 사이의 객관적이고 만족스러운 소통은 불가능하다는 사실이 더해진다. 우리가 사용하는 언어에 우리 나름의 의미를 부여하기 때문이다. 모스카르다가 자신은 타인이 인식하는 모스카르다에 불과하다는 고통스러운 깨달음에 매달리면서, 자신을 새롭고 다른 모스카르다로 재창조함으로써 타인의 현실을 뒤집어엎고자 한다. 그러나 자신의 자아를 소유하고자 하는 그의 시도는 실패로 끝난다. 결국 남아있는 길은 자아 부정밖에 없다. 그 가장 쉬운 방법은 거울을 보지 않는 것이다. **RPi**

사탄의 태양 아래서

Under Satan's Sun

조르주 베르나노스 Georges Bernanos

작가 생몰연도 | 1888(프랑스)–1948

초판 발행 | 1926

초판 발행처 | Plon(파리)

원제 | Sous le soleil de Satan

프랑스 가톨릭 작가 베르나노스의 처녀작 『사탄의 태양 아래서』는 허구의 틀에 가둘 수가 없을 만큼 강렬한 신앙 고백이다. 이야기는 프랑스 시골 소녀 무셰트가 자신이 속한 사회의 위선과 어리석음에 반감을 품으면서 시작된다. 그녀가 저지른 끔찍한 죄악 가운데는 방탕한 애인의 살인도 포함되어 있다. 이때 베르나노스의 영웅, 도니상 신부가 등장한다. 스스로에게 채찍질도 서슴지 않는 서투르고 촌스러운 젊은 신부인 그는 마을 사람들에게 이상한 영감을 준다. 그의 극단주의는 자연히 가톨릭 교계의 비난을 받는다. 어느 날 밤, 도니상은 말장수로 변신한 사탄과 마주치고, 소녀 무셰트도 사탄에 의해 악령이 들렸다는 것을 알게 된다. 무셰트를 구하기 위한 도니상의 극단적 행동에 교회와 당국은 그가 미쳤다고 결론을 내린다. 결국 도니상이 조용히 순교자의 월계관을 쓰는 것으로 소설은 끝난다.

베르나노스는 초자연적인 사건을 견고한 상상의 현실로 그려내는 데 성공했다. "부르주아" 세계에 대한 그의 공격적인 거부를 보고 수많은 비신도들이 베르나노스를 동료라고 여겼다. 그러나 비록 베르나노스의 정치적 성향은 극우로 흘러갔지만, 그의 작품은 거의 중세적이라 말할 수 있을 정도로 가톨릭 신앙과 기존의 사회 질서와의 어떠한 결부도 허용하지 않는다. **RegG**

용감한 병사 슈베이크

The Good Soldier Švejk

야로슬라프 하셰크 Jaroslav Hašek

작가 생몰연도 | 1883(체코슬로바키아)–1923

초판 발행 | 1926, A. Synek(프라하)

1921–1923년까지 4권에 걸쳐 간행

원제 | Osudy dobrého vojáka Švejka

『용감한 병사 슈베이크』는 미완결의 코믹 모험 서사소설로(하셰크는 모두 6권으로 계획했던 이 작품의 4권만을 완성한 후 죽었다) 이 장르의 기념비적인 작품이다. 제1차 세계대전 때 우연히 오스트리아–헝가리 제국 군대에 들어가게 된 병사의 이야기로, 악의 없는 주인공 슈베이크가 중심이 되어, 역사적 사실의 가장자리를 걷고 있지만 그 결과는 완전히 뒤바꾸어버리는 재기 넘치는 사건들이 전개된다. 슈베이크는 자신에게 주어진 임무를 고집스럽게 문자 그대로 '완수함'으로써 제도의 기대를 저버리고 언제나 자기만의 존재로 남아있는다.

자기 자신도 군인, 개장수, 술주정꾼, 카바레 악사의 경험이 있었던 하셰크는 슈베이크라는 완벽한 허구적 인물을 만들어냈다. 포레스트 검프의 원조격인 슈베이크는 순진하게 권력자들의 거짓말을 폭로함으로써 체코슬로바키아의 국민적 영웅이 된다. 체코 군대의 배트맨으로서 술집에서 페르디난드 대공 암살에 대해 지나가듯 내뱉은 한 마디 덕분에 기병대에 선발되기도 한다. 그 다중성 때문에, 독자는 슈베이크의 행위가 교묘한 계산의 결과인지 아니면 정말 눈만 크게 뜬 천진난만함인지 도저히 알 수가 없다. 슈베이크의 모험을 통해 작가는 정치 선전과 자신들의 이익만을 도모하는 관료주의, 그리고 전반적인 비밀주의 국가를 비판하였다. **DSoa**

▶ 삽화가 요제프 라다가 그린 『용감한 병사 슈베이크』의 초판 삽화.

알베르타와 야콥 Alberta and Jacob

코라 산델 Cora Sandel

작가 생몰연도 | 1880(노르웨이)–1974(스웨덴)
초판 발행 | 1926, Gyldendal(오슬로)
본명 | Sara Fabricius
원제 | Alberte og Jakob

『알베르타』 3부작 중 첫 번째 권인 『알베르타와 야콥』은 여성해방운동가들로부터 극찬을 받았던 작품이다. 노르웨이 북부의 작은 시골 마을을 무대로, 재정적 어려움에 빠진 중산층 가정의 소녀 알베르타를 주인공으로 하고 있다. 학교에도 갈 수 없고, 남부로 가서 대도시 크리스티아나의 즐거운 생활도 누릴 수 없는 알베르타에게 허락된 것은 청소와 바느질, 그리고 따분한 마을 생활뿐이다. 이 작품은 알베르타의 일상, 희망, 공포, 그리고 비밀스런 욕망에서 느껴지는 숨막힐 듯한 공허함을 면밀하게 파헤친다.

이 소설의 문장들은 알베르타의 인생이 집안에 갇혀버리는 초겨울의 희미한 빛으로 시작하여, 노르웨이의 뚜렷한 사계절을 눈앞에 그려낸다. 날이 길어지면 부유한 젊은이들이 마을에 나타나고, 그녀의 삶도 외출과 파티로 채워진다. 그러나 자신이 가난하고 매력도 없다고 생각하는 알베르타는 언제나 구경꾼이 되어 주위에서만 맴돌 뿐이다. 다시 날이 짧아지기 시작하면, 알베르타는 또다시 갇혀버린다.

반대로 알베르타의 활달하고 반항적인 오빠 야콥은 바다로 나가 배를 타겠다고 주장하고, 결국 어느 날 집을 나가버린다. 마침내 솔직한 친구인 베다 버크마저 관습에 순응하지 않을 수 없게 되자 알베르타는 자살하기로 마음먹는다. 그러나 마지막 순간, 알베르타는 자신의 내면에서 생명이 내는 목소리를 듣는다. "어찌됐건 살아야겠다고, 할 수 있는 한 살아가야겠다고" 다짐하면서 알베르타는 집으로 돌아온다. **CIW**

성 The Castle

프란츠 카프카 Franz Kafka

작가 생몰연도 | 1883(체코 공화국)–1924(오스트리아)
초판 발행 | 1926
초판 발행처 | K. Wolff(뮌헨)
원제 | Das Schloss

『성』은 비록 미완성으로 남아있지만 이 사실은 이 소설의 위대함이나 카프카의 업적에는 결코 결함이 되지 못한다. 이 작품은 『심판』이나 『변신』처럼 이야기하고자 하는 모든 것을 그 첫 문장에 집약하지는 않았다. 완결된 작품이 아니기 때문에 잘라서 말할 수는 없지만, 『성』은 이 두 작품들보다 훨씬 독설적이고 얼른 손에 잡히지 않는 작품이다. 이런 면에서 보면 오히려 결말이 없는 편이 더 어울린다는 생각마저 든다. 등장하는 사건들은 작은 부분이 자기 위치를 찾아가는 끝없는 연속에서 비롯된 것들이기 때문이다.

측량 기사 K가 성을 둘러싼 마을에 도착해, 아무도 자신을 부르지 않았고 따라서 계속 머무를 수 없다는 사실을 알게 된다는 것이 이 소설의 줄거리이다. 그러나 비교적 단순한 이 요점들을 알아가는 과정이 전형적인 악몽이다. 카프카는 이 작품에서 불합리와 리얼리즘을 가장 미묘하게 결합시켰다. 사건들은 눈에 보이는 그대로일 뿐이지만 어딘가 완벽하게 이질적이다. 각각의 등장인물들은 페이지에 고정되어 있는 것처럼 보이지만 각자 자기 생각대로 움직인다는 사실도 피할 수 없다. 『성』은 이야기에 앞서 끊임없이 불안정한 분위기를 불러일으키고 있다. 관료사회의 끊임없는 장애물에 의해 흐릿해지기는 했지만 공포가 서서히 스며나오고 있는 것이다. 이 작품이 이야기하고자 하는 것은 마치 꿈 속에서 말을 하려고 하는데 목소리를 전달해줄 공기가 없고, 시간은 한없이 느려지는 최후의 순간과도 같다. **SF**

실명 Blindness

헨리 그린 Henry Green

작가 생몰연도 | 1905(영국)–1973
초판 발행 | 1926, J. M. Dent & Sons(런던)
원제 | Blindness
본명 | Henry Vincent Yorke

그린은 "작가의 작가"로서 상당한 명성을 얻는데, 그의 소설들은 하나같이 "실험적"이다. 그의 독특한 산문체는 관습적인 어순을 뒤집고, 흥미로운 삽입 구조를 유용하게 써먹으며, 불필요한 지시어는 마구 집어넣으면서도, 어절을 연결하는 데 쓰이는 단어는 몽땅 생략하기도 한다. 처녀작인 『실명』에서부터 벌써 의사소통의 수단으로서의 언어에 대한 그의 열정과 그것을 완전히 새롭게 재창조하려는 염망이 느껴진다.

이 소설은 사고로 시력을 잃어, 앞으로 보이지 않는 삶을 살아야 하는 젊은이 존 헤이의 이야기이다. 헤이는 사물을 지각하고, 인생을 경험하고, 현실을 묘사하는 다른 방법이 있다는 것을 조금씩 깨달아나간다. 헤이는 언어의 성질과 독특한 문장가라고 알려진 작가들에게 흥미를 갖게 된다. 표현의 문제에 대한 그의 관심은 그를 사교 생활의 표면에 만족하지 못하는 인간으로 만들어버린다. 외부에서 관찰하여 "현실"이라고 받아들여지는 현상들은 주인공이 겪은 것보다 더 심한 실명의 소산이다. 『실명』은 '의식의 흐름' 기법을 빌려 서로 다른 관점들을 제시한다. 그린은 이 작품에서 마음의 내면 세계를 탐구함과 동시에 눈의 죽음이 더 깊은 경험과 지식의 탄생이 될 수도 있음을 암시한다. **AG**

"격식을 차리지 않고 쓰는 일기는 재미있을 것 같은데."

▲ 헨리 그린의 소설은 영국 현대 문학의 가장 중요한 작품으로 간주된다.

COMPANY

해는 또다시 떠오른다

The Sun Also Rises

어니스트 헤밍웨이 Ernest Hemingway

작가 생몰연도 | 1899(미국)–1961

초판 발행 | 1926, C. Scribner's Sons(뉴욕)

다른 제목 | Fiesta(낮잠)

노벨 문학상 수상 | 1954

이 작품의 제목이 풍기는 냉소적인 아이러니(화자인 제이크가 제1차 세계대전에서 부상을 입고, 결국 그 때문에 성불구가 되었다는 사실을 완곡하게 암시한다*)는 잃어버린 세대**의 특징이다. 냉소적이고, 거친 국외추방자들의 무리가 비교적 평온한 제이크의 시선을 회오리바람처럼 에워싼다. 두 번의 세계 대전 사이(1919~1939)의 파리에서 7월의 "낮잠"을 위해 에스파냐의 팜플로나로 옮겨가는 이들의 여행은, 술과 연극에 빠져 때때로 의미있는 경험의 편안한 환상을 제외하면 모든 것을 기피하는 와중에, 전쟁으로 파괴된 문화를 포착한다. 기이할 정도로 화를 잘 내는 로버트 콘은 낭만적인 영웅이 부조리에 부딪혀 최후를 맞는 장면을 각색한다. 콘은 제이크의 전 애인인 브렛과 사랑에 빠지지만, 브렛은 콘의 강렬한 애정이나 중대함으로 가득한 시각을 공유하려 하지 않는다.(물론 침대는 공유하지만.)

헤밍웨이의 첫번째 소설인 이 작품은 스타일의 약진이라 할 수 있다.『해는 또다시 떠오른다』의 문장과 당대에 이미 인정받은 대가들(예를 들면 F. M. 포드나 시어도어 드라이저 등)의 문장을 비교해본다면 헤밍웨이가 얼마나 혁명적이었는지를 알 수 있다. 이 작품의 간결명료한 문장은 수사여구가 없는 언어를 창조함으로써 지금까지도 넘볼 수 없을 정도의 깔끔함과 명확함으로 인물과 사건을 보여주고 있다. **AF**

* 영어 문장에서 "(해가) 떠오르다"와 "(남성이) 발기하다"는 같은 동사(rise)를 쓴다.

** 로스트제너레이션(Lost Generation) : 제1차 세계대전 후 전쟁에 환멸을 느낀 미국의 지식계급 및 예술파 청년들을 일컫는 말.

◀ 실비아 비치의 서점 Shakespeare & Co. 앞에 비치와 함께 서 있는 헤밍웨이. 이 서점은 파리의 국외추방자들이 모이던 명소였다.

아메리카

Amerika

프란츠 카프카 Franz Kafka

작가 생몰연도 | 1883(체코 공화국)–1924(오스트리아)

초판 발행 | 1927, K. Wolff(뮌헨)

집필 | 1912–1914

언어 | 독일어

열여섯 살의 칼 로스만은 하녀를 임신시켜서 가족의 명예를 더럽힌 후 미국으로 추방당한다. 외롭고 상처입기 쉬운 타향 생활이지만, 젊은이 특유의 낙천주의와 억누를 수 없는 유머 감각을 재산으로 자수성가하겠다고 마음먹은 칼은 호텔의 엘리베이터 보이로 취직한다. 곧 해고 당한 뒤 또다시 떠돌면서 수많은 괴짜들을 만나게 되고, 마지막에는 수수께끼의 유랑 극단을 따라나선다.

이 소설은 불안정하고 갈피를 잡지 못하는 아메리카의 모습을 그리고 있다. 미국에 막 도착한 칼이 자유의 여신상이 한 손에 커다란 칼을 높이 치켜들고 있는 것을 발견하는 등의 이상한 묘사들—뉴욕과 보스턴을 연결해주는 허드슨 강의 다리 등(허드슨 강은 뉴욕 시와 뉴저지 주 사이에 흐르고 있으며, 보스턴은 뉴욕에서 북쪽으로 약 400km 떨어져 있다)—은 카프카가 한 번도 미국을 가본 적이 없기 때문에 생긴 실수라고 볼 수도 있지만, 매력적인 동시에 사악하고, 드넓게 열려있지만 음침하게 폐쇄적인 패러독스의 세계를 만들어내고 있기도 하다. 이곳은 성공이 막대한 부와 멋진 저택을 가져다 주기도 하지만, 실패가 비참함과 불안정으로 이끌 수도 있는 땅인 것이다.

이름없는 권력의 위협과 고립의 공포, 그리고 사라져가는 정체성 같은 카프카 특유의 테마가 이미 고개를 들고 있다.『아메리카』는 미완성으로 남겨졌지만, 그 결말을 추측해보는 것도 매우 흥미로울 것이다. 칼이 기차를 타고 광활한 자연을 가로질러 서부로 향하는 마지막 장면은 아메리칸 드림에 대한 찬가이다. 이 작품이 처음으로 해피엔딩을 시도한 카프카 소설인지 아닌지는 아쉽게도 독자의 상상에 맡길 수밖에 없다. **TS**

그리샤 중사를 둘러싼 싸움 The Case of Sergeant Grischa

아놀트 츠바이크 Arnold Zweig

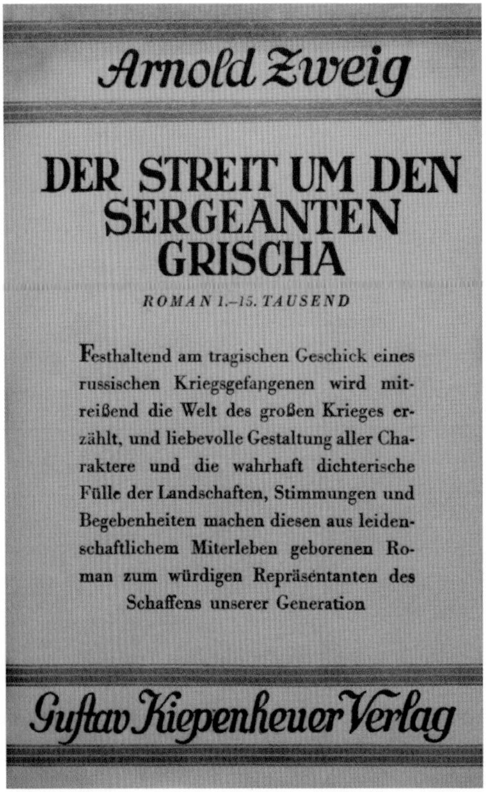

작가 생몰연도 | 1887(폴란드)–1968(독일)
초판 발행 | 1927
초판 발행처 | Kiepenheuer(포츠담)
원제 | Der Streit um den Sergeanten Grischa

『그리샤 중사를 둘러싼 싸움』은 전쟁을 영속시키는 사회 권력을 다각도에서 연구한 작품이다. 주인공인 러시아 병사 그리샤는 제1차 세계대전이 끝나기 직전 독일군에 잡혀 감옥에 갇힌다. 아내와 한 번도 얼굴을 보지 못한 아이에게 돌아가기 위해 그리샤는 탈옥을 감행, 러시아로 향하는 도중 자신의 정체를 감추기 위해 숲에서 발견한 버려진 독일군 군복을 입는다. 그러나 그는 또다시 붙잡혀 이번에는 자신이 입고 있는 군복의 소유자로 오인을 받는다. 그 군복의 소유자는 탈영병으로, 그리샤는 탈영죄를 뒤집어쓰고 사형 당할 위기에 처한다.

그리샤는 자신의 정체를 밝히고 무죄를 주장하지만, 그의 상황을 이해한 다른 병사들은 명령 불복종을 두려워한 나머지 사실 여부와 상관없이 그를 처형하려고 한다. 그리샤의 무의미한 유죄 판결은, 전쟁 중에, 그곳이 전쟁터건 아니건, 다만 명령에 따를 뿐인 병사들에 의해 목숨을 잃어야만 했던 수많은 무고한 사람들을 대변하고 있다. 그리샤는 이들 병사들 역시 선한 것도, 악한 것도 아니고 다만 각자 다른 생각을 품고 있는 층층의 상관들의 권력 아래에 있을 뿐이라고 말한다. 이러한 복잡한 제도를 거의 과학적으로 분석하고, 이러한 관찰에서 도덕과 인간 본성의 비극적인 시각을 이끌어낸 것이 바로 작가로서 츠바이크가 거둔 업적이다. **JA**

▲ 책의 초판 표지는 개인적 경험에서 비롯된 "마음을 사로잡는 이야기"라는 점을 강조한다.

수달 타카 Tarka the Otter

헨리 윌리엄슨 Henry Williamson

작가 생몰연도 | 1895(영국)–1977
초판발행 | 1927
초판발행처 | G. P. Putnam's Sons(런던)
언어 | 영어

수달 한 마리가 태어나 데본의 개울에서 자라고, 인간과 사냥개는 물론 인간이 만들어낸 온갖 위험과 마주치고, 결국은 그들의 손에서 죽게 된다. 이것이 바로 『수달 타카』의 핵심이지만, 이것이 전부는 아니다. 『수달 타카』는 동물인 주인공을 인격화시키지 않았다는 점과 야생동물의 눈으로 본 자연의 꼼꼼하고 때로는 현학적이기까지 한 묘사로 주목할 만하다.

이 작품은 의인화된 동물의 아늑한 이야기가 아니다. 자연의 전원적 이상을 피하면서 이를 교묘하게 이용하고 있다. 윌리엄슨의 강점은 타카가 끝까지 야생동물로 남는다는 사실이다. 의인화에 굴복하는 대신 제1차 세계대전 직후의 내향성을 강하게 반영했다는 점에서 『수달 타카』는 동물을 주인공으로 한 후세의 소설들과 비교된다.

『수달 타카』는 인간과 기계적 발명품에 대한 경멸을 종종 표시한다. 금속과 총기는 평화로운 데본의 개울가 생태계에 대한 무례한 침입자이다. 야생의 삶은 쉽거나 단순한 생활은 아니다. 윌리엄슨은 위대한 전원주의의 중립적인 공간을 보여주지만, 이 공간은 끊임없이 인간과 그 피조물인 덫, 철조망, 그리고 타카를 쫓는 사냥개 "막다른길" 등에 의해 침범당한다. 쇠붙이와 인가에 대한 이러한 경멸은 윌리엄슨이 다시 주제를 인간 세계로 돌린 작품들, 즉 제2차 세계대전 때 쓰여진 『애국자의 전진』이나 『고대 햇빛의 연대기』에서 나타나는 전후의 인간혐오나 환멸과 연결된다. **EMcCS**

등대로 To the Lighthouse

버지니아 울프 Virginia Woolf

작가 생몰연도 | 1882(영국)–1941
초판발행 | 1927
초판발행처 | Hogarth Press(런던)
본명 | Virginia Adeline Woolf

『등대로』는 버지니아 울프의 소설 가운데 자전적인 요소가 가장 강한 작품이다. 이 작품에 등장하는 램지 부처는 다름아닌 울프의 부모, 줄리아와 레슬리 스티븐을 모델로 하고 있다. 작품의 구조는 10년이라는 세월을 사이에 두고 있는 이틀 동안 벌어지는 일들이다. 제1부 '창문'은 헤브리디스 제도(스코틀랜드 서쪽의 열도)의 여름 별장에 모인 램지 가족과 그들의 손님들을 그리고 있다. 작품의 중심부인 제2부 '시간은 흐르고'는 모더니즘 화법의 실험으로, 울프는 당시에 막 나타난 영화에서 영감을 얻은 표현 기법들을 보여준다. 램지 부인은 죽고 역사와 경험에는 세계대전이라는 금이 간다. 마지막 제3부 '등대'에서 예술가 릴리 브리스코는 이미 세상을 떠나고 없는 램지 부인의 초상화를 완성한다. 램지 씨와 가장 막내 제임스와 캠은 소설의 첫 부분에서 계획했던 여행 끝에 등대로 찾아온다.

이 작품은 어떻게 보면 유령 소설이라 할 수 있다. 울프는 이 소설에서 죽음의 영향을 탐구하였고, 이를 이야기 전반에 걸쳐 간접적으로 흐르게 한 것이다. 그녀는 소설의 우선순위를 뒤집어 죽음과 결혼을 중심부에서 배제시킨 채 시간이 만들어낸 변화에 초점을 맞추고 있다. 시간과 기억, 남성성과 여성성에 대한 빅토리아 시대의 관습, 그리고 예술과 예술이 기록하려 하는 대상에 대한 깊은 관찰이다. **LM**

Cahier XX
(Vingt) et dernier

잃어버린 시간을 찾아서 Remembrance of Things Past

마르셀 프루스트 Marcel Proust

작가 생몰연도 | 1871(프랑스)–1922
초판 발행 | 1913-27 전7권
초판 발행처 | Nouvelle Revue Française(파리)
원제 | À la recherche du temps perdu

흔히 『잃어버린 시간을 찾아서』가 중요한 이유는 20세기 작가들에게 폭넓은 영향—그것이 모방이든, 그 몇몇 결점에 대한 깎아내림이든—을 미쳤기 때문이라고 한다. 그러나 이 소설이 펼쳐놓는 그 문학적 선조들과의 대화를 독자들이 폭넓게 즐겨왔다는 점도 못지않게 중요하다.

『잃어버린 시간을 찾아서(혹은 "지나간 것들의 기억")』는 3천 페이지에 걸친 세련되고도 위압적인 "문학적 사명"의 이야기이다. 프루스트는 이 작품을 14년이라는 세월에 걸쳐 완성하였다. 이 작품에서 프루스트는 시간, 공간, 기억과 같은 주제들을 탐구하지만 사실은 수많은 표현, 구조, 형식, 그리고 주제의 가능성의 압축이라 할 수 있다. 가장 두드러지는 것은 종종 일탈의 유혹에 빠지는 야심만만한 작가 마르셀의 사라져가는 기억을 통해 1870년대 중반부터 1920년대 중반까지 부르주아와 귀족 계급의 요동치는 운명을 묘사해낸 구조적 장치이다. 이러한 기억력의 쇠퇴는 온갖 종류의 오해를 불러온다. 때로는 이런 오해들이 정정되기도 하고, 때로는 "무의식적인" 기억이 되살아나는 기쁨의 순간을 맛보기도 한다. 이러한 과거와 연결되는 순간들은 오랫동안 잃어버린 감각과 지각과 회상을 다시 깨우는 현재의 우발적인 만남이 만들어낸 것들이다. 이러한 순간들이 이 소설의 독특한 구조를 가능하게 했고, 덕분에 이 책을 읽는 독자들은 그 어떤 책보다도 특별한 주의를 기울여 읽어야 한다.

학계에서도 여전히 그 주해나 스케치를 연구하고 있기 때문에, 이 소설은 오늘날까지도 출간될 때마다 진화를 거듭하고 있다. 또한 1922년에서 1930년 사이에 처음으로 영어로 번안된 이래, 여전히 새로운 번역가들의 관심을 끌고 있다. 프루스트의 이 "글 뭉치"는 계속해서 확장되고 있다. **CS**

▲ 극도로 예민하고, 신경과민에 천식까지 앓았던 프루스트는 『잃어버린 시간을 찾아서』의 주인공과 여러 면에서 공통점을 가지고 있었다.

◀ 프루스트는 학생용 연습장에 손으로, 수없이 줄을 그어 지우고 다시 써가면서 이 작품을 집필했다.

황야의 늑대 Steppenwolf

헤르만 헤세 Hermann Hesse

작가 생몰연도 | 1877(독일)–1962(스위스)
초판 발행 | 1927, S. Fischer Verlag(베를린)
원제 | Der Steppenwolf
노벨 문학상 수상 | 1946

『황야의 늑대』의 주인공인 하리 할러는 자신이 정반대의 두 인간으로 고통스럽게 분리되었음을 느낀다. 하나가 그의 지성과 고귀한 이상에 관한 것이라면 다른 하나는 육체의 저열한 본능과 욕망을 포함하고 있다. 『황야의 늑대』는 할러의 내면 세계를 지배하는 긴장을 세 가지 서로 다른 관점—그의 부르주아 집주인의 조카, 정신분석 논문, 그리고 할러 자신의 자전적 진술—에서 기록한다. 소설의 다른 등장인물들의 도움으로 할러는 점차 "모든 자아는 일치와는 동떨어져 있으며 더 정확하게는 가지각색의 세계, 별들이 무리를 짓는 하늘, 형상의 카오스…"라는 것을 깨닫게 된다. 그는 자기 존재의 다양한 측면들을 탐구하기로 마음먹고, 스스로의 성(性)을 실험해보는가 하면, 재즈 클럽에 가서 폭스트롯을 배우고 이전에는 경멸이나 우월감으로 대했던 사람들과 어울린다. 이로써 그는 이러한 삶의 방식들이 지적 발견의 스릴만큼이나 가치있다는 것을 알게 된다. 매우 혼란스럽고 실험적인 결말의 성격 때문에 『황야의 늑대』는 헤세의 작품 중에서도 가장 많은 오해를 받는 작품이다.

자아 발견의 폭풍과도 같은 과정에 대한 재기 넘치고, 시사하는 바가 많은 관찰에 덧붙여 『황야의 늑대』는 독일 히틀러의 집권을 가능하게 한 군국주의의 고조 가운데 느껴지는 독일 중산층의 자기 만족에 대한 혹독한 비판이다. **CG-G**

나자 Nadja

앙드레 브르통 André Breton

작가 생몰연도 | 1896(프랑스)–1966
초판 발행 | 1928
초판 발행처 | Gallimard(파리)
언어 | 프랑스어

브르통의 『나자(Nadja)』는 초현실주의 소설 가운데 가장 널리 알려져 있고, 오늘날까지도 그 영향력을 잃지 않은 작품이다. 반자전적인 이 작품은 브르통이 파리에서 만난, 인습에서 자유로운 한 이상한 여자와의 관계를 다루고 있다. 나자는 마치 수수께끼처럼 마음을 떠나지 않는 존재이다. 그녀는 실체가 있는 동시에 없기도 하고, 근대적인 동시에 전근대적이기도 하고, 인공적인 동시에 인간적이며, 제정신인 동시에 미쳐 있는 여자이다. 그는 "연옥의 영혼"의 은유라 할 수 있는, 일상의 현실 구조를 흐트러뜨리는 정신 상태이다. 나자라는 인물을 통해 브르통은 다소 논란의 여지는 있지만 초현실주의 사상의 핵심 요소들을 주입하고 있다. 이야기는 도시 곳곳에서의 우연한 만남으로 구성되어 있는데, 무의식적인 논리에 의해 어떤 지점에서 다른 지점으로 도약한다. 개념만으로 따지면 『나자』는 "로맨스 소설"에 들어가야 하지만, 사실은 인생을 사는 한 가지 방법으로서의 초현실주의에 대한 성찰로, 예술과 세계, 꿈과 현실 사이의 구별을 뒤엎고 있다.

문학적 콜라쥬(여러 가지 소재를 찢어 붙이는 미술 기법의 하나)라 할 수 있는 이 작품은 나자 자신의 스케치를 포함한 수많은 초현실주의 삽화와 사진들로 보완된다. 『나자』는 사상을 풍성하게 짜낸 표면이자 월터 벤자민 같은 평론가들이 부른 대로 "속세의 계몽"의 보고이다. 주조에서 아방가르드까지, 문학에서 광고까지, 『나자』의 영향력은 아직도 느낄 수 있다. **SamT**

▶ 가시관을 쓴 브르통. 여기서는 보이지 않지만 원래 이 사진 위에는 '자기 예시'라는 제목이 붙은 그의 『초현실주의 선언』 중 일부분이 덧붙어 있었다.

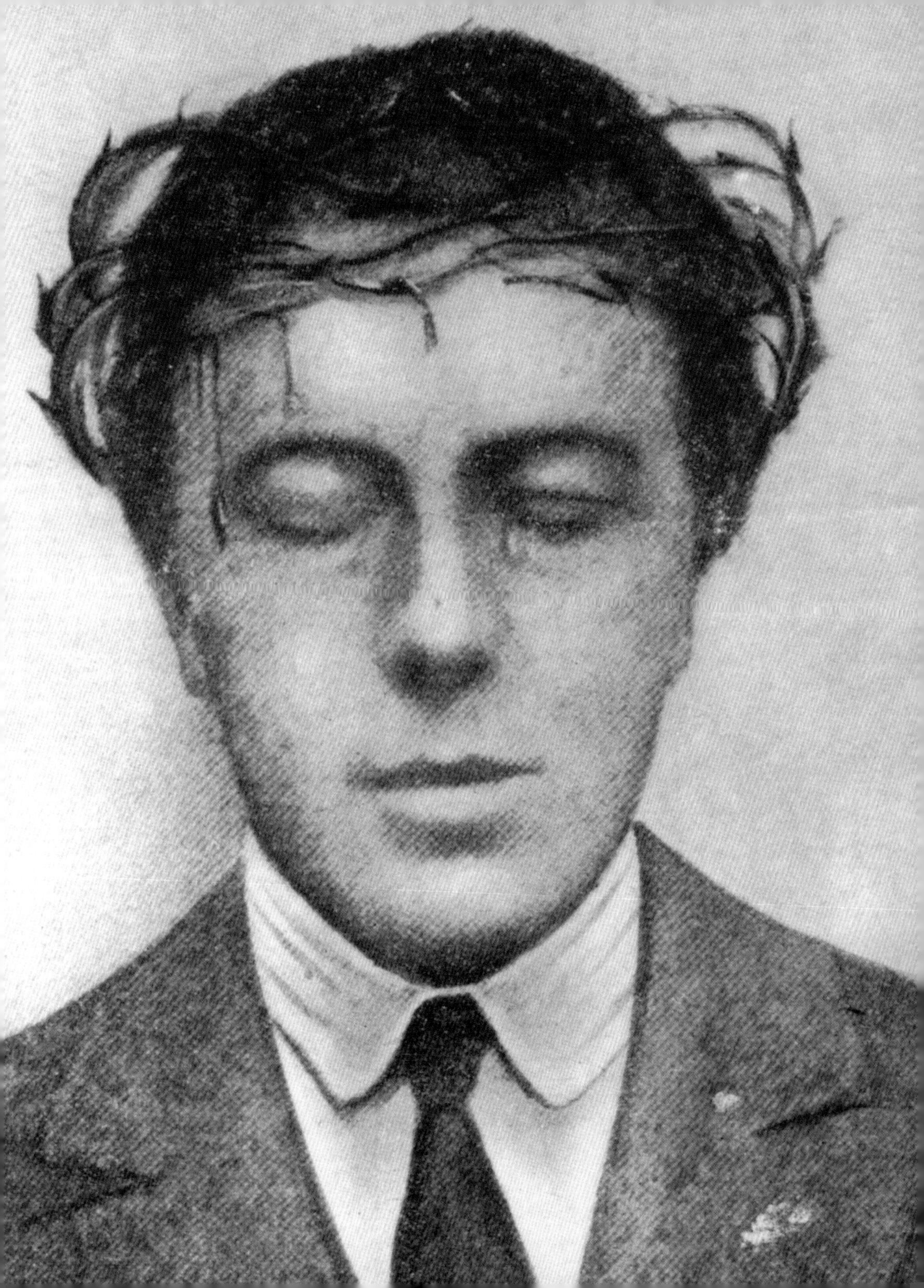

퀵샌드 Quicksand

넬라 라슨 Nella Larsen

작가 생몰연도 | 1891(미국)–1964

초판발행 | 1928

초판발행처 | A. Knopf(뉴욕)

언어 | 영어

『퀵샌드』는 저자인 넬라 라슨의 자전적 요소가 가미되어 있는 강렬한 소설이다. 덴마크계 백인 어머니와 서인도 제도 원주민인 아버지 사이에서 태어난 주인공 헬가 크레인은 성적으로, 사회적으로 받아들여지기를 희구하는 불안정하고 뿌리 없는 인물이다. 남부의 흑인 대학인 "낙소스"의 폐쇄적인 분위기에서 시작한 이 소설은 북부로 이동하여 우선 시카고로, 이어서 할렘으로 무대를 옮긴다. 할렘에서 헬가는 처음에는 당시 떠오르던 지식인 계층의 환영을 받는다. 그 후 그녀는 덴마크로 떠난다. 그곳에서는 그녀의 묘하게 이국적이고 에로틱한 피부색으로 찬사를 받는다. 어디에서도 헬가는 어울리지 않는 애인들의 구혼과 자기 자신의 커져가는 욕망을 거부할 수밖에 없다. 마침내 그녀는 목사와 결혼해 미국 남부로 돌아와 가혹한 출산과 가사 노동의 늪으로 빠져든다.

이 소설은 20세기 미국이 여성에게 내민 두 개의 상반된 약속에 대한 정직한 고찰이다. 헬가 크레인은 사회적으로는 연약하지만, 자신의 쾌락과 자아 성취을 향한 욕망을 머뭇거리면서 소리내어 말할 수 있다. 또한 이 소설은 어떤 사회에도 속하지 못하는 물라토(라틴 아메리카에 사는 백인과 흑인의 혼혈) 여성들이 처한 고난에 특별한 관심을 보이고 있다. 성과 욕망 사이의 관계 및 도시의 익명성이 담보하는 쾌락의 묘사는 미래의 희망을 얘기한다. 그러나 그 희망을 현실로 만드는 데 실패한 미래와 헬가의 맹목적인 희생은 이 소설의 결말을 파멸로 이끌고 만다. **NM**

"작가는 작가의 상상력을 독자들에게 제공하는 것이 아니라, 독자로 하여금 자신들의 상상력을 이용하도록 요구한다."

넬라 라슨, 1926

▲ 1929년 하먼 기금상 시상식에서의 라슨(오른쪽). 『퀵샌드』의 주인공처럼 라슨도 인종차별로 가득한 세상에서 살아야 했던 혼혈 여성이었다.

쇠퇴와 타락 Decline and Fall

에블린 워 Evelyn Waugh

작가 생몰연도 | 1903(영국)–1966

초판발행 | 1928

초판 발행처 | Chapman & Hall(런던)

본명 | Evelyn Arthur St. John Waugh

데뷔작인 『쇠퇴와 타락』에서 보여준 신랄하면서도 유쾌한 문체로 워는 일약 유명 인사가 되었다. 평범한 젊은 중산층 폴 페니웨더의 "수수께끼 같은 실종"을 다룬 이야기로 그 "특이한 모험들"은 그들이 체포하는 용의자들만큼이나 괴상하다. 그러나 사실 이 책의 매력은 줄거리가 아니라 영국 사회에 대한 그 무자비하고 통렬한 위트와 날카로운 풍자에 있다.

폴의 "실종"을 더더욱 미궁에 빠지게 하는 요소들 가운데에는 옥스퍼드에서의 우스꽝스러운 퇴학, 웨일즈 북부의 기숙학교 교장 임명, 부유한 사교계 미인과의 약혼, 그리고 잠깐의 징역살이 등이 포함되어 있다. 다채로운 불합리에 젖어있는 인물들이 이 불운한 주인공의 롤러코스터식 홍망을 둘러싸고 있다. 나무 의족을 단 소아성애병자부터 광적인 종교적 환시로 인해 목이 달아난 "근대적 목사"까지, 『쇠퇴와 타락』은 잊을 수 없는 등장인물들로 넘쳐난다.

이 믿겨지지 않는 사실들 아래에는 다양한 목표를 향한 굳이 감추지 않는 공격이 숨어있다. 근대 건축의 변천부터 상류계급의 도덕적 타락에 이르기까지 워는 풍자의 돌팔매를 무자비할 정도로 정확하게 마구 던져댄다. 비록 이러한 비판 아래에는 가망이 없다는 체념이 깔려 있기는 하지만, 이 소설의 도덕적 나침반의 방향을 비판하기란 불가능할 듯하다. 또, 그 코믹함의 강도에 있어서는 최고라고 해도 좋을 작품이다. **DR**

여뀌 먹는 벌레 Some Prefer Nettles

다니자키 준이치로(谷崎潤一郎) Junichiro Tanizaki

작가 생몰연도 | 1886(일본)–1965

초판발행 | 1928

원제 | 蓼喰ふ虫

• 1949년 제8회 일본 문화훈장 추서

『여뀌 먹는 벌레』는 종종 다니자키 자신의 실패한 결혼생활 및 1923년 관동 대지진 이후 보다 전통적인 오사카–교토 지역으로 은거한 사실에 비교되곤 한다. 주인공 카나메의 가정불화는 유럽인 창녀로 체현되는, 서양적인 것에 대한 그의 관능적 욕망에서 비롯된 것이다. 한편 카나메의 아내 미사코는 그녀의 전통적인 역할을 저버리고 자신의 감정을 충족시키기 위해 바깥 세상으로 시선을 돌린다. 그녀는 애인을 만들고, 서양식 미적 기준을 따르며, 재즈를 듣는다. 두 사람 사이의 도저히 건널 수 없는 골짜기는 근대의 위기를 상징한다. 전통주의자인 미사코의 아버지는 두 사람을 내면세계, 즉 더 큰 내적, 역사적 의미로 연결되는 고전 예술이나 일본의 미(美)로 밀어 넣어 상황을 타개해보려고 한다.

다니자키는 일본의 전통 인형극인 분라쿠(文樂)와 아버지의 게이샤인 오히스를 통해 근대 일본의 풍경을 묘사하고, 현재를 재창조하기 위한 선택으로서 과거로의 회귀를 제안한다. 극장, 산책, 그리고 자연 풍광을 통해 다니자키는 두 사람과 두 문화의 화해의 가능성을 암시한다. 『여뀌 먹는 벌레』는 다니자키 특유의 간결한 문체, 미에 관한 식견, 그리고 일본 문화 재평가의 전형을 보여주는 작품이라 할 수 있다. 무엇보다도 관계가 얼마나 깨지기 쉬운지, 그리고 그 관계를 놓아버리는 것이 얼마나 어려운지에 대한 고찰이기도 하다. **HH**

행렬의 끝 Parade's End

포드 매덕스 포드 Ford Madox Ford

작가 생몰연도 | 1873(영국)–1939(프랑스)
초판 발행처 | Duckworth & Co. (런던)
◆ 1928년 4부작의 마지막 권 완결
◆ 1950년 4부작을 한 권으로 발간

제1차 세계대전을 다룬 고전 중 하나인 『행렬의 끝』은 종종 전쟁 문학의 최고봉으로 꼽히는데, 이것은 아마도 포드 특유의 모더니즘을 사용해 속임수로 빠져드는 세상을 그린, 가장 포괄적인(그러면서 가장 저평가된) 작품이기 때문일 것이다. 포드는 민간인의 문제들과 활동을 은근하게 탐구하면서 주인공 크리스토퍼 티첸의 군복무와 비열한 약혼녀 실비아와의 파경을 그려냈다.

수많은 전쟁 문학처럼 이 작품도 작가와 주인공을 분리하기가 어려울 때가 많다. 포드 자신도 참호에서 면도를 하다가 폭탄이 터지면서 부분적으로 청각을 상실했다. 『행렬의 끝』의 마지막 권은 전쟁에 대한 보다 적극적인 비난 여론이 형성되기 직전에 발간됐다. 그에 비하면 포드의 비난은 훨씬 점잖았던 축이다. 충격을 받아 자신이 처한 상황을 이해하지 못하는 티첸의 모습은 퇴역군인들이 보이는 혼란 증세의 전형적인 증상이며, 이 작품의 인상파적인 분위기는 한 개인에게 미치는 전쟁의 영향을 완전히 이해하는 것이 불가능하다는 사실을 뒷받침한다. 그러나 『행렬의 끝』은 오늘날 보다 밀도있는 탐구로 평가 받고 있으며, 전쟁에 대한 그의 간접적인 메시지는 진흙, 도랑, 양귀비 같은 전형적인 이미지에 익숙해져 있는 현대의 독자들에게는 다소 덜 명확할 것이다. "국가를 위한, 세계를 위한 희망이나 영광은 더이상 존재하지 않는다. 그리고 더이상의 행렬도 없다." **EMcCS**

고독의 우물 The Well of Loneliness

래드클리프 홀 Radclyffe Hall

작가 생몰연도 | 1880(영국)–1943
초판 발행 | 1928
초판 발행처 | Jonathan Cape (런던)
본명 | Marguerite Radclyffe-Hall

1928년 출간된 『고독의 우물』은 영국 사법사상 가장 유명한 음란죄 사건의 주인공이 되었고, 결국 20년 동안 출판이 금지되는 운명을 맞았다. 그와 동시에 전례 없는 방식으로 레즈비언들의 존재를 세간의 관심으로 끌어냈다.

『고독의 우물』은 "뒤바뀐" 스티븐(아버지가 너무나 아들을 바랐기 때문에 딸에게 남자 이름을 지어주었다)의 이야기이다. 스티븐은 어린 나이에 자신이 "다르다"는 사실을 고통스럽게 자각한다. 첫 번째 연애로 인해 그녀는 잉글랜드 중부에 있는 부유하고 안정된 가족의 집에서 쫓겨나고, 런던과 파리를 전전하며 유명한 작가가 된다. 제1차 세계대전 때 전방에서 구급차 운전을 하면서 스티븐은 젊은 처녀 메리와 사랑에 빠진다. 이 소설의 후반부는 두 사람의 관계를 그리고 있다.

현대의 독자들 중에는 거의 고딕 멜로드라마에 가까운 줄거리나 19세기식 성 정체성 이론, 그리고 동성연애자들의 운명에 대한 깊은 비관론을 들어 이 소설이 구식이라고 느끼는 이들도 있을 것이다. 그러나 이 소설은 오늘날까지도 비통한 화음을 울리고 있다. 이 책의 영향력은 양성(兩性) 사회의 흔들리지 않는 인식과, 그 편견과 표준의 파괴적인 효과에서 나온다. **SJD**

▶ 래드클리프 홀은 『고독의 우물』로 인해 급작스러운 악명을 얻기까지 두 편의 소설과 시를 썼다.

LADY CHATTERLEY'S LOVER
LADY CHATTERLEY'S LOVER
LADY CHATTERLEY'S LOVER
D.H. LAWRENCE

채털리 부인의 사랑 Lady Chatterley's Lover

D. H. 로렌스 D. H. Lawrence

『채털리 부인의 사랑』의 출판의 역사는 소설 자체만큼이나 한번쯤 들여다 볼 가치가 있다. 1928년 저자가 개인적으로 출간한 이후 외국에서는 줄곧 유통되었으나, 1960년에 펭귄 사가 최초로 이 작품을 출판하는 모험을 감행할 때까지 영국에서는 무삭제판을 사볼 수가 없었다. 펭귄 사는 1959년에 발효된 음란저작물 금지법에 따라 고발 당했고, 수많은 유명 작가들이 피고 쪽 증인으로 출두한 재판 끝에 간신히 무죄 판결을 받았다.

이 악명 높은 역사 때문에『채털리 부인의 사랑』은 그 생생한 성애 묘사로 가장 잘 알려져 있다. 주인공인 레이디 콘스탄스 채털리는 잉글랜드 중부의 부유한 지주이자 작가, 지성인인 클리포드 경과 결혼하지만 그녀의 결혼 생활은 만족스럽지 않다. 콘스탄스는 남편의 사냥터지기인 올리버 멜로스와 정열적인 사랑에 빠져든다. 멜로스의 아이를 임신한 콘스탄스는 남편을 떠나고, 멜로스와 콘스탄스가 잠시 떨어져 이혼 후 둘이 새로운 삶을 시작할 것을 꿈꾸면서 이야기는 끝은 맺는다.

『채털리 부인의 사랑』이 그토록 강렬하고 독특한 작품으로 남아있는 것은 남녀 사이의 성적 관계를 솔직하게 묘사했기 때문이 아니다. 21세기 초인 오늘날까지 여성의 성적 욕망을 표현한 작품은 영미 문학사에서 흔치 않다. 이 작품은 한 여성이 만족스런 성애 후 경험하는 섬세한 쾌락과 그렇지 못한 경우의 실망, 그리고 진정한 성관계의 성취감을 그려내고 있다. 이것만으로도『채털리 부인의 사랑』은 진정한 영문학 명작으로 인정받을 만한 충분한 이유가 되지만, 만약 부족하다면 이 소설이 문화와 인간성에 대한 산업화와 자본주의의 끊임없는 위협과 근대 사회에 대한 깊은 성찰을 보여주고 있다는 점 역시 주목해야 할 것이다. **SJD**

작가 생몰연도 | 1885(영국)–1930(프랑스)
초판 발행 | 1928, 개인적으로 출간(피렌체)
영문판 발행 | 1932
영어판 발행처 | M. Secker(런던)

▲ 펭귄 사가 간행한 1960년 초판본 표지. 로렌스의 산문집『불사조』를 상징하는 불사조의 문양이 보인다.

◀ 1960년 영국 법정이 무삭제판의 출판을 허용하자 수많은 독자들이 이 작품의 대담한 성애 묘사를 확인하기 위해 서점으로 달려갔다.

올랜도 Orlando

버지니아 울프 Virginia Woolf

"유성처럼 빛나고 먼지조차 남기지 않는 것보다 무명인 채로 뒤에 아치 문 하나를 남기는 것이 더 나았다."

▲ 귀족적인 양성애자였던 소설가 비타 색빌-웨스트는 양성인 주인공 올랜도의 모델이 되었다.

작가 생몰연도 | 1882(영국)-1941
초판 발행 | 1928
초판 발행처 | Hogarth Press(런던)
언어 | 영어

울프 문학의 투명한 생명력의 전형인 『올랜도』는 성과 역사에 대한 자극적인 탐구이자 본질적인 전기(傳記) 그 자체이다. 이 작품은 예상을 뒤엎고 출간되자마자 높은 인기를 누렸다.

『올랜도』는 주인공 올랜도의 모험, 사랑, 성전환을 아우르는 400년에 걸친 삶을 좇고 있다. 주인공 올랜도는 울프의 애인이었던 비타 색빌-웨스트(영국의 여류 시인이자 소설가)를 모델로 하였다는 것이 정설이다. 엘리자베스 1세의 활기 넘치는 궁정에서 올랜도는 눈부시게 잘생긴 열여섯 살의 젊은 귀족이다. 그는 템즈 강의 서리 축제(12월에 얼어붙은 템즈 강변에서 열리는 행사)에서 러시아 공주와 사랑에 빠지지만, 가슴 아픈 좌절로 끝난다. 훗날 그는 찰스 2세의 대사로 콘스탄티노플의 오스만 제국 궁정으로 보내진다. 여기서 여자가 된 그는 잉글랜드로 돌아와 알렉산더 포프와 존 드라이든 등과 어울린다. 19세기에 결혼하여 아들을 얻고 작가가 된 후, 울프가 이 책을 출간한 1928년에서 이야기는 끝난다.

일련의 문학적인 미사여구로 장식된 이 독특한 소설은 역사, 성, 그리고 전기적 "진실"에 대한 우리의 인식에 물음표를 던진다. 만약 이것이 누군가의 조작이라면, 누가 조작했는가? 사람에게 있어 자신의 삶을 살고 그것에 대해 이야기한다는 것은 어떤 의미를 가지는가? 울프는 여러 장치를 사용하여 이러한 탐색을 북돋는다(예를 들면 옷은 성에 대한 인식을 형성한다는 점에서 매우 중요하다). 화자의 목소리 역시 작가 자신과 독자인 우리들에 대해 눈부실 정도로 정확하게 인식하고 있다. 한마디로 굉장한 작품이다. **MD**

눈 이야기 Story of the Eye

조르주 바타유 Georges Bataille

작가 생몰연도 | 1897(프랑스)–1962
초판 발행 | 1928
원제 | Histoire de l'oeil
필명 | Lord Auch

『눈 이야기』는 포르노그래피 문학의 고전인 동시에 초현실주의 문학에서 매우 중요한 위치를 차지한다. 사서이자 한때는 마르크시즘의 신봉자였고 문학비평가였던 바타유는 에로티시즘에 대한 논픽션 연구의 고전도 집필한 바 있다. 『눈 이야기』는 프랑스 포르노그래피 문학의 전통을 포괄적으로 다루면서, 복잡하고 자유분방한 구성이나 사드 후작의 작품에서 흔히 볼 수 있는 인체 부위와 특히 성기 묘사는 배제하였다. 그 대신 더 빠르고 연상하기 쉬운 포르노그래피 꿈을 선택했다. 물론 성관계와 다양한 성적 행위에 대한 묘사도 있기는 하지만, 이 작품은 그 행위보다는 죽음, 언어, 그리고 문학적 해석에 더 심혈을 기울이고 있다. 한마디로 이 작품은 포르노그래피이지만, 지성인을 위한 포르노그래피이다.

일인칭 화자가 이야기해주는 이 짧은 소설은 환상 및 다양한 에로틱한 강박관념에서 비롯된 행위들과 그 대상(예를 들면 고양이의 물그릇에서부터 골동품 옷장까지)을 보여준다. 사실 이 작품은 인물보다는 대상에 더 많은 의미를 부여하며, 화자의 위치는 일련의 은유적 전치나 문학적 초현실주의의 특징 속에서 그 대상과 문맥을 연결시키는 수사학적 속임수에 지나지 않는다. 바타유의 산문시체 문장은 그러나 다른 초현실주의자들의 특징인 억압적인 백일몽과는 완전히 다른 설득력과 명료함을 지니고 있다. 전반적으로 이 소설은 기억과 음란한 심상 사이의 우연에 관한 고백을 훌륭하게 분석한 바타유에 의해 완전해졌다. **DM**

노래 없는 퇴각 Retreat Without Song

샤한 샤누르 Shahan Shahnoor

작가 생몰연도 | 1903(터키)–1974(프랑스)
초판 발행 | 1929
초판 발행처 | Tparan Masis(파리)
원제 | Nahanje arhants ergi

『노래 없는 퇴각』은 원래 파리의 일간지 『Haratch』에 연재되었으나, 대부분 미국인인 독자들로부터 굉장한 항의를 받았다. 샤한 샤누르를 비판한 사람들은 소설의 포르노그래피적인 특징과 미국적 가치의 왜곡, 그리고 아르메니아인들의 집단 이주 장면 묘사에서의 패배주의적 시각에 반감을 표시했다. 당시 겨우 스물여섯 살이었던 작가는 동포들과의 몸싸움에서 한 쪽 눈을 잃을 뻔했다.

오늘날 『노래 없는 퇴각』을 읽는 독자는 도대체 이 소설의 어디가 그 같은 반감을 샀는지 이해하기가 힘들 것이다. 주인공인 베드로스는 파리에서 패션 사진가 일을 해서 먹고 사는 아르메니아인이다. 예술가 세계에서는 흔한 일이지만, 베드로스도 눈깜짝할 사이에 애인을 갈아치우곤 한다. 그런데 두 여인이 그의 인생에 등장하면서 베드로스의 여성 편력이 깨지고 만다. 그가 사랑하게 된 나네트(잔 부인)와 그를 사랑하는 작은 리제이다. 나네트의 완벽한 파리풍 매력에 빠진 동시에 리제의 순수함을 지키려고 조심하는 베드로스는 자신의 순진한 자아, 그 안의 보다 동양적인 열정으로 되돌아가게 된다.

베드로스의 연애담이 줄거리의 대부분을 차지하고 있기는 하지만, 사실 이 러브스토리는 자신의 예전 자아와 가족을 떠난 이들의 운명을 그리기 위한 부수 배경일 뿐이다. 조금씩 그들의 비(非)유럽적인 자아와 민족정체성은 유럽의 세련된 동화력에 굴복하고, 결국에 남는 것이라고는 카페 애국주의뿐이다. **MWd**

GAUMONT DISTRIBUTION présente un Film de **MELVILLE-PRODUCTIONS**

Une Réalisation de **JEAN-PIERRE MELVILLE**

Les Enfants Terribles

d'après ie Roman célèbre de

JEAN COCTEAU

avec **NICOLE STEPHANE, EDOUARD DERMITHE**

RENÉE COSIMA, JACQUES BERNARD

MEL MARTIN, MARIA CYLIAKUS, JEAN-MARIE ROBAIN, MAURICE REVEL. ADELINE AUCOC, RACHEL DEVYRIS

et

ROGER GAILLARD

무서운 아이들 Les Enfants Terribles

장 콕토 Jean Cocteau

작가 생몰연도 | 1889(프랑스)–1963
초판 발행 | 1929, Grasset(파리)
다른 제목 | Children of the Game
미국판 제목 | The Holy Terrors(신성한 테러)

『무서운 아이들』은 사랑과 유혹이 질투와 악의로 변해가는 폐소공포증과도 같은 소설로, 인간 관계의 불안하고 파괴적인 본성을 다룬 작품이다. 당시 프로이트 등에 의한 무의식의 발견과 맥락을 함께 한다. 이 작품은 또한 어린이의 악몽이라고 볼 수도 있다. 예민한 젊은이 폴은 성적 카리스마가 넘치는 깡패, 다르글로스를 남몰래 사랑하고 있는데 다르글로스가 던진 눈덩이에 맞아 다치면서 소설은 시작된다. 폴은 누나인 엘리자베트와 비좁고 숨막히는 방의 침대에서 함께 지내게 되고, 이후 모든 사건은 이 하나의 방에서만 일어난다. 여기서부터 그들은 싸움과 화해가 반복되는 게임을 하게 된다. 엘리자베트가 그녀의 친구인 아가테를 집으로 데려오자, 폴은 다르글로스와 닮은 아가테에게 반해버리고, 이는 엘리자베트의 질투에 불을 붙인다.

많은 이들이 이 작품에 나타나는 강박적이고 망가진 사춘기의 초상이 제2차 세계대전이 끝난 뒤 유럽과 미국의 젊은이들이 보여준 모습의 예시라고 평가한다. 폴과 엘리자베트는 외부 세계에서 거의 단절된 채 환상의 세계에서 과열된 감정과 절제를 모르는 욕구로 서로를 탐하며 지낸다. 이들은 인간성과 우스꽝스러운 행동을 일삼는 미성숙한 젊음의 운명을 대변하는 비극적인 인물들이다. 이 작품은 1950년 쟝-피에르 멜빌에 의해 영화로 만들어져 큰 성공을 거두었는데, 콕토가 직접 각색을 맡았다. **AH**

"부는 가난처럼 타고나는 거야. 넝마를 모은 거지는 자기의 전리품을 과시할 수는 있지만, 그걸 그럴듯하게 입을 수는 없지."

▲ 피카소가 그린 콕토의 초상. 콕토는 당시 예술계의 수퍼스타였던 피카소와 깊은 유대를 나누었다.

◀ 1950년 멜빌이 제작한 영화 〈무서운 아이들〉에서는 니콜 스테파니와 에두아르 더미트가 주연을 맡았다.

베를린 알렉산더 광장 Berlin Alexanderplatz

알프레드 되블린 Alfred Döblin

작가 생몰연도 | 1878(폴란드)–1957(독일)
초판 발행 | 1929, S.Fischer Verlag(베를린)
원제 | Berlin Alexanderplatz
언어 | 독일어

"한때 그의 삶이었던 이 끔찍한 것은 의미를 지니게 된다."

▲ 필 유치가 감독한 1932년 영화 〈베를린 알렉산더 광장〉은 대성공을 거두었다.

『베를린 알렉산더 광장』은 조이스와 도스 파소스의 작품들과 어깨를 나란히 하는, 1920년대를 무대로 하는 위대한 도시의 서사시이자, 혁신적인 시도의 소설이다. 영화에서 빌려온 몽타주 기법을 이용한 이 소설은 "이야기"만큼이나 "공간"에 관한 작품이다.

이 작품은 어느 정도까지는 도덕적인 이야기라 보아도 무방하다. 줄거리는 교도소에서 막 나온 프란츠 비버코프와 "점잖은" 시민이 되려는 그의 헛된 노력에 초점을 맞추고 있다. 그는 순진한 "보통 사람"의 전형으로, 짓궂은 화자는 그를 중심으로 범죄, 유혹, 그리고 배신의 복잡한 이야기를 늘어놓는다. 프란츠는 여러 직업을 전전하고, 서투른 강도질을 하다가 한쪽 팔을 잃고, 포주가 되고, 사랑에 빠지고, 결국은 그의 오랜 원수인 라인홀트에게 배신 당해 살인죄를 뒤집어쓴다. 되블린은 노동자 계층이 모여 사는 베를린 동부와 어두운 지하세계 인물들을 잊을 수 없는 모습으로 그려내며, 그들의 말의 리듬과 삶의 패턴을 예리하게 관찰했다.

그러나 이 소설은 그 문체 때문에 기억되는 작품이다. 화자는 도시의 감각을 불러일으켜 구체화시키고, 도시를 정의하는 속도, 대비, 그리고 혼란스러운 우연을 제시한다. 소설의 전통적인 관념을 거부한 다중 화법은 대도시의 담화에 고삐를 풀어준다. 이 작품에서 독자들은 신문 기사와 무작위적인 인물들, 광고 게시판들, 거리 표지판들(말 그대로 일종의 삽화이다), 그리고 대중 가요 가사들까지 만나게 된다. 덧붙이면 성서와 고전에서 따온 인용문들은 현대적 서사시를 창조하고자 했던 되블린의 욕망을 넌지시 보여준다. 결과는 매우 유쾌하다. 단지 배경이라고 생각했던 것들(베를린 시가)이 쇼의 스타가 되는 것이다. **JH**

서부전선 이상없다 All Quiet on the Western Front

에리히 마리아 레마르크 Erich Maria Remarque

작가 생몰연도 | 1898(독일)–1970(스위스)
초판 발행 | 1929, Propyläen(베를린)
원제 | Im Westen nichts Neues
본명 | Erich Paul Remark

『서부전선 이상없다』는 머리글에서 이 책의 의도는 비난도, 고백도 아닌, 생존자를 포함한 "전쟁에 의해 파괴당한" 세대의 이야기일 뿐이라고 밝혔다. 그러나 이 간단명료한 머리글은 경고나 자기변호라기보다는 "이제부터 파괴의 이야기를 할 것"이라는 한 문장짜리 선언이다.

바이마르 공화국의 양극화된 정치 상황에서 제1차 세계대전은 이야깃거리가 아니라 다른 모든 것의 척도이자 기준이다. 전쟁을, 그 기원과 진행과정, 항복, 패배를 어떻게 이해하느냐 하는 것이야말로 과거를 이해하기 위한, 혹은 미래가 얼마나 살 만할 것이냐, 혹은 그렇지 못하느냐를 이해하기 위한 지표이기 때문이다. 이러한 문맥 해석으로 볼 때, 이 소설의 평화주의는 양대 대전 사이 독일 좌파와 우파 모두 만족시키지 못했다. 그러나 레마르크는 평화주의가 옳다고 주장하는 것은 아니다. 다만, 조직화된 학살의 일상적 효율성에 경악한 반응을 보이는 것뿐이다. 전쟁의 끔찍한 비인간성에 대한 고요한 탐구야말로 반전 소설로서의『서부전선 이상없다』의 위대함이다.

특히 열아홉 살 난 화자 파울 보이머는 레마르크의 재능을 그대로 보여준다. 파울은 최전방의 부대에 속해 있는 군인으로, 전쟁의 경험은 그에게서 영웅주의의 신화를 발가벗긴 채 지겨움과 땅을 흔드는 공포, 고독, 그리고 보호받지도, 군복의 영예도 허락받지 못하는 인간들의 분노만을 남겼다. 이 소설은 보이머의 목소리가 사라지면서 끝난다. 그의 전사를 알리는 정중한 보고가 그를 대신한 날, 서부전선은 아무 이상 없었다. **PMcM**

"영원히라도 이렇게 앉아 있을 수 있을 것 같아…"

▲ 류 아이레스가 주인공 파울 보이머 역을 맡아 열연한 1930년 영화 〈서부전선 이상없다〉는 역사상 가장 훌륭한 반전 영화 중 하나로 꼽힌다.

무관심한 사람들

The Time of Indifference

알베르토 모라비아 Alberto Moravia

"도덕적 균형에 대한 운명론적 취향 때문에 거의 가족적이라고밖에 말할 수 없는 이런 관계만이 그녀의 인생에 주어진 유일한 에필로그라고 여겨졌다."

▲ 1929년 어린 나이에 데뷔한 뒤 알베르토 모라비아는 반세기 동안 이탈리아 문화에서 빼놓을 수 없는 인물이었다.

작가 생몰연도 | 1907(이탈리아)–1990
초판발행 | 1929, Alpes(밀라노)
원제 | Gli indifferenti
본명 | Alberto Pincherle

『무관심한 사람들』은 모라비아가 열여덟 살 때 쓴 걸작이다. 모라비아는 파시스트 정부의 인기가 하늘을 찌를 때 의회에서 공개적으로 무솔리니를 비난한 마테오티가 암살당한 후 이 작품을 집필하였다. 비록 작품 속에서 당시의 이탈리아 정국을 명료하게 언급하고 있지는 않지만, 한 중산층 가족을 부패한 사회의 아무 힘없는 희생자로 묘사한 이 작품을 통해 작가는 분명한 정치적 메시지를 던지고 있다. 이 작품의 중심 모티브는 현실을 다루는 인물들의 무능력과 부족함, 그리고 도저히 어떻게 해볼 수 없는 타고난 약점을 강조한다. 마리아그라치아와 그녀의 아들 미켈레와 딸 카를라는 심각한 재정난을 겪고 있으면서도 겉으로는 허풍스런 부르주아 생활을 계속한다. 서서히, 그러나 피할 수 없이 그들은 비참한 결말을 향해 나아간다. 주인공인 미켈레는 주변에서 일어나는 드라마를 알지도 못하고, 눈앞에서 벌어지는 현실에도 무관심하다. 그는 자신의 계급에 따른 사회적 규범을 따를 수도 없고, 그렇다고 그에 반항하거나 반기를 들 도덕적 기력도 없다. 그는 자기 어머니의—그리고 훗날에는 자기 누이의— 혐오스런 애인을 제거하려고 하지만 (우스꽝스럽게도) 그는 권총에 장전하는 것을 잊어버렸다. 이 소설로 모라비아는 그의 실존적 인간 상황에 대한 장기적인 탐구에 들어갔다. 그는 바꾸거나 변신할 수도 없이 사회적 계급의 가장자리에 선 사람들을 묘사함으로써 일치와 경멸, 싫증 같은 단어들을 추구하고 있다. **RPi**

삶
Living

헨리 그린 Henry Green

작가 생몰연도 | 1905(영국)–1973
초판 발행 | 1929, J.M.Dent & Sons(런던)
원제 | Living
본명 | Henry Vincent Yorke

그린은 조숙한 천재였다. 그는 아직 대학생이었을 때 『실명』을 쓰기 시작해 졸업하기 전에 완성했다. 그의 두 번째 소설인 『삶』은 1929년, 그가 스물다섯 번째 생일을 맞기 전에 출간되었다. 이 작품은 버밍엄의 노동자 사회, 아니 더 큰 의미에서 그 사회의 자기 표현에 대한 이야기이다. 여기서 "표현"이란 일상 생활과 일터에서 쓰이는 언어의 독창성과 노동자들의 낙천적인 사회적, 혹은 반사회적 습성들을 가리킨다.

단순히 사람들의 삶이 아닌 표현에 관한 이야기이기 때문에 그린은 표현의 어려움을 표현할 수 있는 산문체를 찾는 데에 주력하였다. 그 결과 이 작품은 그린의 소설 중 언어학적으로 가장 모험적인 소설이 되었다. 독자들은 처음에는 생략된 정관사와 묘하게 사라진 명사에 혼란을 느낄 것이다. 마치 어휘의 제한에 걸리고, 문법이라는 예의범절을 모조리 무시하도록 강요받은 것처럼 문장은 변덕스럽게 이어져나간다. 그러나 그린은 노동자들의 삶을 모방하려고는 하지 않았다. 오히려 그는 노동자 사회의 특징이라 할 수 있는 욕망과 기대의 경제와, 자아 표현의 단순함을 불러일으키려고 했다. 그린은 절제된 언어로써 이 목적을 효과적으로, 그리고 감동적으로 달성했다. **KS**

나는 데이지를 생각했다
I Thought of Daisy

에드먼드 윌슨 Edmund Wilson

작가 생몰연도 | 1895(미국)–1972
초판 발행 | 1929
초판 발행처 | Scribner(뉴욕)
언어 | 영어

블라디미르 나보코프나 어니스트 헤밍웨이 같은 떠오르는 신예들을 최초로 알아본, 영향력 있는 문학 평론가이자 편집자(〈배니티 페어 Vanity Fair〉와 〈뉴요커 The New Yorker〉誌에서 근무)인 에드먼드 윌슨은 사실 대부분의 평론가와 편집자들이 그렇듯 그 역시 언제나 작가로 인정받는 것을 꿈꾸었다. 『나는 데이지를 생각했다』는 얇디얇은 픽션의 껍질을 쓰고 있을 뿐, 사실 실화에 가까운 소설이다. 이야기는 1920년대에 파리에서 오랫동안 머물렀던 익명의 화자가 뉴욕으로 돌아오는 것으로 시작한다. 그는 그리니치 빌리지의 문인들, 그 중에서도 특히 가장 빼어난 재능의 소유자인 시인 리타와 사랑에 빠진다. 리타라는 캐릭터는 사실 1923년 여성으로는 최초로 퓰리처 상을 수상한 시인 에드나 세인트빈센트 밀레이를 모델로 하고 있으며, 윌슨과 밀레이는 짧은 기간 연인이기도 했다. 『나는 데이지를 생각했다』에서 두 사람은 화자가 좌파 모더니즘 가치에 환멸을 느끼면서 소원해지는 것으로 그려진다. 자신의 삶에 도덕적 중심이 결여되어 있다고 판단한 그는, 오랜 스승이자 대학 시절 은사인 그로스비크 교수에게 돌아간다. 머리를 덜 굴리며 인생을 대하도록 이끌 화자는 제목에 등장하는 데이지(전형적인 미국인 코러스걸인)와 사랑에 빠진다. 이 작품은 프루스트적인 감수성을 미국의 문학계로 옮겨놓은 점을 높게 평가 받고 있다. 문학 평론가로서의 윌슨의 위치를 감안할 때, 이러한 시도는 오래도록 영향력을 발휘할 수밖에 없다. **PH**

A FAREWELL TO ARMS
PB35-458

무기여 잘있거라 A Farewell to Arms

어니스트 헤밍웨이 | Ernest Hemingway

작가 생몰연도 | 1899(미국)-1961
초판 발행 | 1929, C.Scribner's Sons(뉴욕)
원제 | A Farewell to Arms
노벨문학상수상 | 1954

『무기여 잘있거라』의 무대는 제1차 세계대전 당시의 이탈리아와 스위스이다. 화 프레데릭 헨리의 간결하고 꾸밈없는 문체는 이탈리아 전선에서 벌어지는 전쟁을 어떠한 낭만화 없이 현실적으로 전달하며, 헤밍웨이 후기작들의 특징이라 할 수 있는 문체의 전형을 보여준다. 헨리의 전쟁 묘사는 그가 토리노의 병원에서 만난 간호사 애인 캐서린과의 관계를 묘사할 때 사용하는 감상적인 언어와 날카로운 대조를 이룬다.

이 소설은 전쟁의 사실적인 묘사로 특별히 찬사를 받았던 작품이다. 이것은 아마도 작가의 개인적 경험에서 비롯되었으리라는 것이 일반적인 추측이다. 그러나 비록 이 소설에서 자전적 요소가 강하게 느껴진다 해도, 작가의 전투 경험은 주인공이 겪는 그것만큼이나 제한적이다. 헤밍웨이는 1918년 이탈리아 전선에서 구급차 운전수로 일했지만, 어디까지나 적십자 소속이었고, 그 기간도 몇 주에 불과했다. 헤밍웨이 역시 간호사인 아그네스 폰 쿠로프스키를 사랑하게 되지만, 프레데릭 헨리와는 달리 거절당하고 말았다.

『무기여 잘있거라』는 헤밍웨이를 성공적인 작가의 반열에 올려놓은 동시에 '잃어버린 세대'의 대변인으로 임명했다. '잃어버린 세대'란 1920년대와 30년대에 파리에서 활동했던 미국 지성인들로, 제1차 세계대전의 경험에서 비롯된 그들의 사고는 냉소적이고 염세주의에 가까웠다. **BR**

◀ 1932년판 영화 〈무기여 잘있거라〉에서 주역을 맡은 개리 쿠퍼가 촬영 도중 원작을 읽으며 휴식을 즐기고 있다.

패싱 Passing

넬라 라슨 Nella Larsen

작가 생몰연도 | 1891(미국)-1964
초판 발행 | 1929, A.Knopf(런던 & 뉴욕)
원제 | Passing
언어 | 영어

넬라 라슨의 『패싱』은 20세기 초 뉴욕의 복잡한 인종 정체성을 탐구하는 소설이다. 흑인 부르주아 출신인 주인공 아이린 레드필드는 1920년대 할렘 르네상스* 시대의 뉴욕에서 유명 인사가 된다. 아이린은 의사와 결혼하여 여생을 자선 사업과 사회 활동에 헌신한다. 그러나 어린 시절 친구이자 백인으로 살기 위해 자신의 혼혈 혈통을 숨긴 클레어 켄드리와 조우하면서 겉으로 보기에는 편안하고 만족스러웠던 그녀의 삶 아래에 숨어있는 불안과 불안정이 은밀히 고개를 내밀기 시작한다.

이 소설은 사회적 관습, 겉치레, 그리고 할렘 르네상스의 야망을 노골적으로 풍자하고 있다. 이 소설의 주된 관심은 클레어 켄드리가 20세기 초 미국에서 강요된 인종적 순수성을 전복한 결과를 탐구하는 데 집중되어 있다. 클레어는 부유한 백인 인종차별주의자와 결혼하였고, 그녀의 행위들은—예를 들면 그녀의 아들을 아이린에게 소개시키는 등—언제나 그녀의 "진짜" 정체를 폭로할지도 모른다는 위험을 안고 있다. 라슨은 진실, 순수성, 그리고 앎에 대한 허위와 속임수라는 어려운 영역과 말로 표현할 수 없는 것들을 실루엣으로 보여줌으로써 능숙하게 탐구한다. 결국 클레어에 대한 아이린 자신의 깊은 혼란이야말로 가장 위험하고 불안정한 힘인 것이다. **NM**

* 1920년대 뉴욕의 할렘 지역을 중심으로 전개된 미국 흑인 문학 부흥.

천사여, 고향을 보라 Look Homeward, Angel

토마스 울프 Thomas Wolfe

작가 생몰연도 | 1900(미국)–1938

초판 발행 | 1929, Grosset & Dunlap(뉴욕)

원제 | Look Homeward, Angel: A Story of the Buried Life

어떤 면에서 『천사여, 고향을 보라』는 무대를 노스캐롤라이나의 작지만 부유한 마을로 옮긴 작가의 젊은 시절 초상이나 다름없다. 하지만 울프는 근대주의자는 아니었다. 그에게는 제임스 조이스의 은근하고 아이러니한 터치도, 플로베르식의 소재를 장악하는 능력도 없었다. 울프는 대신 순수하게 넘치는 표현들을 보여줌으로써 이런 단점들 안에서 그만의 독특한 강점을 확립했다. 울프는 휘트먼과 멜빌의 전통을 잇는 구세대 작가였다. 윌리엄 포크너는 울프가 "가장 많은 것을 전달하기 위해 온 힘을 다한" 작가라고 말한 바 있다. 포크너는 울프가 동시대의 가장 위대한 작가인 동시에 가장 실패한 작가라고 평했다.

화자는 막 떠오르는 예술가이자 활발한 상상력과 초월에 대한 열망을 지닌 젊은 이상주의자 유진 건트이다. 그러나 그는 신에 대한 전통적인 관념을 믿지 못하고, 그렇다고 당시 견고하게 신봉되던 예정론을 떨쳐버리지도 못한다. 유년기로부터 청년기까지 유진의 성장은 자아 인식에 대한 그의 간구와 그 결과인 고독과 좌절로 특징지어지는 여행이다. 그러나 이 소설의 진짜 강점은 이 세상에서 자신의 자리를 찾기 위해 몸부림치는 유진의 노력이 아니라, 그를 둘러싼 삶의 생생한 묘사에 있다. 이 가족 대하소설의 심장부에는 유진의 양친 사이의 강한 긴장이 숨어있다. 아버지는 술주정뱅이에 바람둥이지만 미워할 수 없는 인간인 반면, 어머니는 끊임없는 남편의 말썽에도 불구하고 열 명이나 되는 가족들을 먹여 살리기 위해 열심히 일하는 현실적인 여자이다. **AL**

"사람들은 흔히 말하기를 '나 자신을 찾았다'고 하지만 실제로는 환경의 난폭하고 강제적인 힘에 지쳐버린 것뿐이다."

▲ 토마스 울프는 20세기 초 미국인의 삶을 서정적으로 그려냄으로써 존경을 받게 된 작가이다.

말타의 매 The Maltese Falcon

더셸 해미트 Dashiell Hammett

작가 생몰연도 | 1894(미국)-1961
초판 발행 | 1930, A. Knopf(런던&뉴욕)
연재 시작 | 1929, 『Black Mask』 誌
원제 | The Maltese Falcon

더셸 해미트는 레이몬드 챈들러와 함께 추리소설을 천재적인 탐정 대 완벽한 범죄자의 대결이라는 형식에서 보다 "일상적인" 주제로 전환시키는 데 공헌한 작가이다. 이러한 변화는 도시와 대기업, 그리고 부패의 급속한 증가 같은 요소들의 영향을 받았는데, 사실 이 요소들은 제1차 세계대전 이후 미국에선 어디서나 찾아볼 수 있는 것들이었다.

해미트는 다양한 주인공과 가상과 실제의 공간들, 그리고 허구이면서도 해석이 매우 자유로운 묘사들을 도입하였다. 해미트의 문체는 범죄의 구성에서는 매우 복잡해서, 끊임없는 꼬임과 반전을 선호했다는 점에서 챈들러 식의 "모든 것을 다 전염시키는 부패의 독기"와는 대조적이다.

샘 스페이드는 해미트의 작품 중에서 유일하게 시리즈로 등장하는 주인공이다. 스페이드는 이기적이고 부정직한 배신자들로 가득한 난폭하고 더러운 세상을 휘젓고 다닌다. 그는 통찰력과 권위적인 성격에서 셜록 홈즈의 계보를 잇는가 하면, 진정한 선정주의의 전형마냥 시끄럽고 툭하면 악담을 퍼붓는 점에서는 뒤팽의 후계자이다. 그러나 『말타의 매』의 진정한 가치는 무엇보다도 추리소설이라는 장르의 영광스러운 과거의 요소와, 영광이라고 해봤자 도둑맞거나 살해당할 구실밖에 되지 않는 세계에서의 액션과 모험이 만나는 퓨전 추리물이라는 성격에 있다. **SF**

우리는 그녀의 졸병들 Her Privates We

프레데릭 매닝 Frederic Manning

작가 생몰연도 | 1882(영국)-1935
초판 발행 | 1930, P. Davies(런던)
원제 | The Middle Parts of Fortune
필명 | Private 19022

'운명의 중간(The Middle Parts of Fortune)'이라는 제목이 붙은 이 소설의 무삭제판(그리고 원판)이 나오게 된 데에는 한 가지 루머가 있다. 출판업자인 피터 데이비스가 고집쟁이에 술주정뱅이인 저자를 방에다 가두고 전쟁 소설 한 권을 다 쓸 때까지 밖으로 나오지 못하게 했다는 것이다. "전쟁 소설 논란"이 일어나면서 많은 소설들이 돌이킬 수 없을 정도의 수정을 거쳐 지금 출판되었다. 그러나 이 소설은 전쟁을 가장 생생하고 타협 없이 묘사한 악명 높은 작품이다.

『우리는 그녀의 졸병들』은 "일병 19022"라는 저자의 군번을 필명으로 두 권으로 나누어 출판되었다. (매닝은 1943년까지 자신의 본명을 밝히지 않았다.) 그레이브스, 서순,블런든 같은 작가들이 자신들의 장교 복무 경험을 소재로 하여 큰 인기를 누렸다면, 매닝의 반자전적인 소설인 이 작품은 일병인 번의 삶을 좇고 있다. 번은 술꾼에 입심 좋은 무임승차자이다. 주인공의 낮은 계급과 그에 따른 참호 생활의 무료함과 불편함에 초점을 맞추면서 이 작품은 큰 인기를 누렸다. 다른 전쟁 소설의 보다 역동적인 구성에 비해 이 작품에서는 거의 이렇다 할 사건이 일어나지 않고, 전투의 뒤처리나 다음 공격의 대비가 주를 이루고 있다.(그러나 번의 전우들은 대부분이 "다음 공격"에서 목숨을 잃는다.) 이 작품은 전장에서의 삶을 그 어떤 작품보다 훨씬 더 정확하게 그려냈으며, 전쟁의 경험을 뒤집을 만한 힘을 아직도 지니고 있다. **EMcCS**

신의 원숭이들 The Apes of God

원덤 루이스 Wyndham Lewis

작가 생몰연도 | 1882(캐나다)–1957(런던)
초판 발행 | 1930, Arthur Press(런던)
원제 | The Apes of God
언어 | 영어

『신의 원숭이들』은 영국 모더니즘이 낳은 괴기스럽고 철저하며 때때로 소모적이기까지 한 작품으로, 과도하다 싶을 만큼 에너지가 넘쳐흐르는 소설이다. 런던 상류사회의 겉치레를 절제된 풍자로 그려낸 그룹 초상화인 이 작품은 "예술 세계"의 환상과 자신들이 그 안에서 살고 있다고 생각하는 이들을 비판하고 있다.

알렉산더 포프와 조나단 스위프트에게서 힌트를 얻은 루이스는 18세기 풍자소설을 개작하였다. 이 과정에서 그는 물리적으로 과장하고, 영웅들을 조롱하며, 부조리를 파괴한다. 루이스는 작가 자신의 예술적 소양의 증거로서 기존의 것을 소극적으로 응용하는 대신 소설의 입체파적 재창조라고 불릴 만한 독특한 산문체를 고안해냈다.

젊고 순진한, 인상적인 주인공 댄은 스승인 호레이스 자그레우스를 떠나 런던의 그로테스크 화랑들을 순회한다. 독자가 루이스의 스타일에 슬슬 지겨워질 때쯤, 전개가 빨라지면서 오스문드 경의 사순절 파티에 다양한 인물들이 모인다.

루이스는 묵과하기 어려운 열정으로 육체적, 사상적 편견들은 물론 인종차별주의자와 반유대주의자, 거기에 성차별적 고정관념까지 모조리 풍자한다. 우리 스스로를 사상의 원숭이로부터 구별하기 어려울 정도로 몰아넣는 루이스의 혹독함을 좋아하기란 쉽지 않지만, 그의 문체와 풍자적인 자극은 충분히 즐길 만하다. **DM**

▲ 초판의 표지는 그의 소설에서 풍자적으로 표현한 예술적인 "원숭이들" 중 하나를 뛰어난 묘사로 특징짓는다.

▶ 1920년대 초반에 루이스가 그린 자화상. 그의 글에서 볼 수 있는 풍자적 공격이 여기서도 나타난다.

모니카 Monica

손더스 루이스 Saunders Lewis

작가 생몰연도 | 1893(웨일즈)–1985
초판 발행 | 1930, Gwasg Aberystwyth
본명 | John Saunders Lewis
언어 | 웨일즈어

손더스 루이스의 소설 『모니카』는 성적 강박과 육체적 정열에 바탕을 둔 관계의 약점의 솔직하고 신랄한 묘사이다. 주인공인 모니카는 성적 좌절감을 느끼는 젊은 여인으로, 병든 어머니를 보살피느라 집에서 거의 나오지 못한다. 어느 날 모니카의 여동생 한나가 약혼자인 밥을 집으로 데려오고, 모니카는 질투와 욕정에 사로잡힌다. 밥과 모니카는 키스하고 있는 장면을 한나에게 들키고, 결국 결혼하기 위해 마을을 떠나게 된다.

밤에 마을 거리를 쏘다니는 것은 남자를 잡기 위해서가 아니라는 모니카의 주장부터 자신이 한나와 밥을 갈라놓은 것이 아니라는 만족감에 이르기까지, 독자들은 모니카의 위선을 명확하게 볼 수 있다. 마침내 임신하면서 더이상 밥이 자신에게서 성적 매력을 느낄 수 없게 되자 모니카는 자신의 행위를 다른 각도에서 바라보게 된다.

이 작품은 최초의 실존주의 소설 중 하나로 꼽힌다. 모니카의 자기 성찰은 그녀로 하여금 "그녀의 허무한 환상은 그녀와 존재의 아무 것도 아님 사이의 베일에 불과했다"는 사실을 깨닫게 한다. 이 소설은 성과 창녀, 성병 등에 대한 개방적인 묘사와 작가의 객관성으로 인해 부도덕하다는 비판을 받았다. 그러나 현대의 독자들에게 『모니카』는 지극히 도덕적인 작품이다. 모니카는 절망하여 죽음을 맞고, 밥은 단 하룻밤의 외도로 자신이 성병에 걸렸다는 사실을 알게 된다. **CIW**

채워질 수 없는 것 Insatiability

스타니슬라프 이그나치 비트키에비치
Stanislaw Ignacy Witkiewicz

작가 생몰연도 | 1885(폴란드)–1939(우크라이나)
초판 발행 | 1930, Dom Ksiazki Polskiej
필명 | Witkacy
원제 | Nienasycenie

체슬라프 밀로스가 "부패의 연구, 광란과 불협화음으로 이루어진 음악, 에로틱한 성도착"이라고 표현한 『채워질 수 없는 것』은 비트키에비치의 두 번째 소설이자 제2차 세계대전 직전의 폴란드의 상황을 진단한 작품이다. 폴란드는 당시 군사 독재 치하에서, 냉소적이고 탐미적인 귀족들의 지배를 받고 있었다. 한마디로 도덕의 부재와 지성의 타락, 그리고 파멸의 운명뿐이었다. 그러나 폴란드는 또한 중국 공산주의에 대항하는 유럽의 마지막 방어선이기도 했다. 이미 유럽을 향해 뻗어오는 그 만족할 줄 모르는 마수에 러시아가 넘어갔던 것이다. 중국인들은 신비주의 비교인 무르티-빙교의 비호를 받아 아무도 중국을 정복할 수 없다고 주장하였다. 그 신봉자들은 만족, 수동성, 복종을 불어넣는 알약을 복용한다고도 했다.

이 소설의 주인공인 게네지프 카펜 남작은 경험과 모험을 원하는 젊고 생기 넘치는 젊은 장교이다. 그러나 그는 인생의 세속적인 현실과 스스로의 화합점을 찾지 못한다. 나이가 들면서 여성 편력을 시작하지만 그를 매료시킨 매력적인 디 티콘데로가 공주는 그를 성적으로 거부한다. 낭만적, 정치적 환상에서 깨어난 게네지프는 마구잡이로 연애를 하고 때로는 여성들을 학대하기도 하는데, 결국에는 자신의 신부(무르티-빙교의 독실한 신자인 귀족 처녀)를 신혼 첫날밤 살해하고 만다. 미쳐가는 게네지프의 몰락은 중국과 신비의 약 무르티 빙에 굴복한 폴란드를 상징한다.

게네지프의 순진한 욕정과 현실 혐오의 결합은 실존주의의 위기를 예고한다. 비트키에비치의 다른 작품들과 마찬가지로 『채워질 수 없는 것』 역시 부조리극에 깊은 영향을 끼쳤다. **MuM**

파도 The Waves

버지니아 울프 Virginia Woolf

작가 생몰연도 | 1882(영국)-1941
초판 발행 | 1931
초판 발행처 | Hogarth Press(런던)
본명 | Adeline Virginia Stephen

『파도』는 울프의 작품 가운데 가장 실험적이기는 하지만 절대적으로 읽을 만한 가치가 있는 작품이다. 이 작품은 울프의 다른 소설들의 특징, 예를 들면 시간과 화법의 실험, 자서전 형식의 인생 묘사, 그리고 고정되지 않은 정체성 등을 공유하고 있다. 또한 '의식의 흐름' 기법을 새로운 방향에서 접근하고 있다. 화법상의 테크닉 대신 물과 파도의 "비인격적인" 요소와 내면 세계 간의 관계를 탐구하고 있는 것이다.

울프는 인생의 덧없음을 좇기 위해 하루라는 시간을 이용한다. 하루는 파도의 움직임이 새벽과 황혼을 구분하는 시간으로 이 소설의 구조를 제공한다. 이 작품은 "산문이면서도 운문"이다. 소설 속에 등장하는 여섯 인물들은 "연극적 독백"으로 표현되고, 중간 중간에 "시적 간주"가 끼어들어 하늘을 가로지르는 해의 움직임과 파도의 리듬을 전해준다.

『파도』는 여섯 사람의 어린 시절부터 중년까지를 추적하지만, 이는 어떤 과정보다는 삶의 지속을 보여주기 위함이다. "우리는 혼자가 아니다."라고 버나드(소설의 중심 화자)가 말하듯이 말이다. 여섯 명의 인물들은 자신의 생각을 각각의 실체로서 말한다. 대화는 거의 사용하지 않지만, 삶의 같은 시점에서 동시에 여섯 명의 이야기를 듣고 서로 다른 단계에서 그들을 마나게 함으로써 이들을 한데 묶는다. 『파도』는 말이라고도, 생각이라고도 이름붙일 수 없는 매력적인 그 무엇을 통해 경험과 정체성의 표출을 다루고 있다. **LM**

"살면서 어떤 욕망들은 잃어버렸지. 친구들을 잃었고, 퍼시발을 잃었고, 단지 길을 건널 용기가 없어서 다른 것들도 잃어버렸어."

▲ 울프의 시적 소설 『파도』의 초판본 표지. 울프의 언니인 화가 바네사 벨이 디자인을 맡았다.

북으로 To the North

엘리자베스 보엔 Elizabeth Bowen

작가 생몰연도 | 1899(아일랜드)–1973(영국)
초판 발행 | 1932, Constable & Co.(런던)
원제 | To the North
언어 | 영어

『북으로』는 엘리자베스 보엔이 작가로서 원숙기에 들어섰을 때 쓴 소설로, 이동의 새로운 시대에 소모당하는 광적인 등장인물들과, 자동차, 버스, 비행기에 의해 떠밀려가는 플롯을 통해, 일상의 직물 위에 기술적 가속의 불편한 효과를 펼쳐놓은 작품이다. 시작 배경부터(자동차와 버스들의 굴뚝 앞인 애비 거리의 집) 이야기의 계시적인 절정까지, 에멜린 서머스는 여행의 가장 파괴적인 기능에 점점 매달리며, 익명성의 편안함을 파고든다. 위험에 자발적으로 뛰어드는 그녀는 결국 폐쇄적인 가정을 뛰쳐나와 냉혹하고 잔인한 관계로 탈출한 사디스트, 마크 링크워터에게 굴복하게 된다. 그녀의 시누이인 세실리아 역시 비슷한 불가피한 상황으로 질식해 가지만, 이는 어디까지나 "그녀의 고독이 얼마나 소중한 것이었나"를 강조하기 위함이다.

보엔은 독자를 변질된 영역으로 초대해 서로로부터 서서히 단절되어가는 주인공들에게 친근한 기계화의 결과가 무엇을 초래했는지를 보여준다. 『북으로』는 기계와 사랑에 빠진 근대의 부작용을 경고하며 긍정적인 권력으로서의 이동을 끔찍하게 구체화시킨다. 또한 소설의 엄격하고 꾸밈없는 음색은 이러한 침범의 패턴을 스타일리쉬하게 보완한다. 이 책의 비인격 화자는 인간 의지의 근원에 대한 기계적 네트워크의 해로운 압력을 인격화하고 있다. **DJ**

그림자 없는 사나이 The Thin Man

더셸 해미트 Dashiell Hammett

작가 생몰연도 | 1894(미국)–1961
초판 발행 | 1932, A. Barker(런던)
원제 | The Thin Man
◆1934년 영화로 각색

『그림자 없는 사나이』와 다른 수많은 하드보일드 작품의 차이점은 탐정(이 경우에는 탐정들)에 있다. 해미트의 전작들에 등장한 수사관 샘 스페이드나 말로는 그가 다루는 범죄라는 음각 부조 안에서 정의된다. 범죄가 없으면 이들의 존재는 의미가 없다. 사무실로 출근해서 다음 사건을 알리는 전화벨이 울리기만을 기다릴 뿐이다.

이와는 반대로 『그림자 없는 사나이』의 닉과 노라 찰스는 단순히 부부일 뿐만 아니라 사랑스러운 슈나우저를 비롯해서 각자의 사교 생활이 상세한 부분까지 생생하게 묘사되어 있다. 그들은 지금까지의 고전적인 느와르 수사의 신비한 고독을 떠나, 호화로운 호텔에서 살면서 맡은 사건의 배경이 되는 화려한 파티에도 참석한다. 해미트는 지금껏 미국을 특징짓는다고 생각해왔던 부패는 어디에나, 말 그대로 모든 공간과 모든 사회에 존재한다는 것을 명확히 깨닫고, 소설에도 이러한 생각을 반영한 것이다. 따라서 이 소설에서는 속임수나 가짜 정체, 그리고 극단적으로 복잡한 화법 등으로 구축된 세계는 나오지 않는다. 오히려 그 한계를 뛰어넘어 사회적, 개인적 관계들과 병렬되어 있다.

해미트의 작품세계에 정점을 찍었다고 할 수 있는 『그림자 없는 사나이』는 하드보일드의 세계와 F. 스콧 피츠제럴드의 역동하는 미국의 환상 도시가 만난 작품이라고 할 수 있다. **SF**

▶ 더셸 해미트는 작가가 되기 전에 사립탐정사무소에서 탐정으로 일했다. 이 사진 속의 그는 마치 자신의 소설에서 튀어나온 것처럼 보인다.

밤의 끝으로의 여행

Journey to the End of the Night

루이 페르디난드 셀린 Louis-Ferdinand Céline

"아서, 사랑이란 푸들이 무한함을 획득할 확률과도 같은 거야. 그리고 나로서는 자존심이 있어."

▲ 셀린의 음울한 코믹 명작 『밤의 끝으로의 여행』은 애국주의, 식민주의, 그리고 일반적인 삶에 대한 신랄한 공격이다. 사진은 1935년판 표지.

작가 생몰연도 | 1894(영국)–1961(미국)
초판 발행 | 1932, Denoël & Steele(파리)
원제 | Voyage au bout de la nuit
본명 | Louis-Ferdinand Destouches

『밤의 끝으로의 여행』은 이제까지도 그 충격력을 전혀 잃지 않고 있는, 획기적인 걸작이다. 자전적 요소가 간간이 눈에 띄는 이 작품은 1인칭 화자이자 주인공인 바르다뮈의 경험을 따라가고 있다. 바르다뮈는 제1차 세계대전 발발 직후 군대에 자원한 뒤 1930년대 초반에는 성공한 의사가 되어 있었다. 이 기간 동안 그는 신경 발작을 일으키고, 중앙 아프리카와 미국으로 여행을 다녀왔으며, 의학 공부를 마치기 위해 프랑스로 돌아왔다. 이 소설은 대담하고, 활발하고, 단호한 문체와 현학적인 위트, 그리고 신랄한 냉소가 그 특징이다. 그러면서도 전반적으로 서정적이고 유려하며, 속어, 음담패설, 구어 등도 풍부하게 등장한다. 바르다뮈는 인간에 대해서 타협의 여지가 없는 어두운 시각을 지니고 있다. "인류란 두 가지 매우 다른 인종으로 나뉜다. 부자와 가난한 자이다." 비록 후자 쪽에 더 깊은 관심을 보이고 있기는 하지만, 바르다뮈는 둘 다 모두 경멸한다. 우리가 확신할 수 있는 것은 고통과, 노년과, 죽음뿐이다. 그러나 작가는 이러한 암울한 전망에서 믿겨지지 않는 유머를 끊임없이 만들어낸다.

셀린의 독창적이고, 시대착오적이고, 신랄한 소설은 그 가치를 매기기가 어렵다. 윌리엄 버로는 특히 이 작품을 크게 찬양하였다. 하층계급에 대한 셀린의 암담한 시각에서 우리는 베케트의 염세주의적인 반(反)주인공의 전조를 볼 수 있다. 이 책은 소설의 발달을 이해하는 데에 있어 매우 중요한 작품이다. **AL**

필리프 라티노비치의 귀환

The Return of Philip Latinowicz

미로슬라프 크를레자 Miroslav Krleža

작가 생몰연도 | 1893(크로아티아)-1981

초판 발행 | 1932

초판 발행처 | Minerva(자그레브)

원제 | Povratak Filipa Latinovicza

23년이란 세월 동안 집에서 떠나 있었던 필리프 라티노비치가 돌아온다. 귀환이라는 개념은 이야기를 동시에 여러 방향으로 전환하면서 소설의 진행을 방해한다. 크를레자는 주인공이 성공한 화가로 끊임없이 자기의 예술만을 생각한다는 점을 반영이라도 하듯, 놀라울 정도로 시각적인 극을 씀으로써 소설의 일시적인 복잡함을 계속 유지시킨다. 그러나 시작 부분에서 필리프의 삶의 경험은 그의 인생 자체만큼이나 고독하고, 조각조각 나있고, 고립되어 있다. 필리프는 자기 아버지가 누구인지 모르는 어린 시절을 보냈으며, 어머니는 매우 냉정한 사람으로, 필리프가 어머니의 돈을 훔쳐 홍등가에서 하룻밤을 보낸 것을 알고는 아들을 집에서 내몰아 버린다.

이 소설은 성과 육체의 묘사에 있어 충격적일 만큼 솔직하다. 그러나 궁극적으로 필리프를 구원하는 것은 관능이 아니라 그의 예술이다. 줄거리가 진행되면서 필리프는 특히 한때 목사의 부인이었던 팜므파탈 보보치카와의 관계를 통해 자신의 예술적 전망을 재확립한다. 그러나 예술은 제한적인 힘을 지니고 있을 뿐이다. 결말에서 크를레자는 주인공을 다시 일으켜 세우지만, 필리프의 "귀환"은 이미 (한 번의 자살시도와 한 번의 살인이라는) 살해의 의식을 거쳤기 때문에, 편협한 도덕관념의 화살을 피해갈 수는 없었다. **IJ**

라데츠키 행진곡

The Radetzky March

요제프 로트 Joseph Roth

작가 생몰연도 | 1894(우크라이나)-1939(프랑스)

초판 발행 | 1932

초판 발행처 | G. Kiepenheuer Verlag(베를린)

원제 | Radetzkymarsch

『라데츠키 행진곡』은 20세기 유럽의 가장 훌륭한 역사 소설 중 하나로 꼽힌다. 합스부르크 제국 최후의 화려한 웅장함과 정치적으로 불안정, 그리고 시골이라는 특정한 환경을 연상시키는 문장은 제국 변방에서 보낸 로트 자신의 어린 시절과 '오스트리아'라는 추상적인 개념에 대한 초민족적인 자부심에 대한 기억들에 의존하고 있다. 전통과 질서, 그리고 소속감을 상징하는 슈트라우스의 오스트리아 행진곡이 중심 사상이 되어 반복적으로 나타난다. 이러한 성질들은 제국의 근간이 흔들리기 시작하면서 서서히 사라진다.

솔페리노 전투에서 황제의 목숨을 구한 트로타 중위는 "황제의 영웅"이 된다. 트로타 중위도, 그의 다음 세대들도 결코 그의 전설이 요구하는 기대치에 부응하지 못한다. 그의 손자인 칼 요제프는 평범한 군인으로, 그 국적과 정체성의 편협한 정의가 아무런 의미도 없는 갈리시아의 국경 지대에서 더 편안함을 느낀다. 칼 요제프는 제1차 세계대전 도중 전사하지만, 한 개인의 비극이 한 시대의 끝을 의미하지는 않는다. 이 소설은 가족과 우정의 복잡한 관계를 감동적으로 탐구하며, 잃어버린 시대에 대한 향수를 감상과는 거리가 먼 역사적인 관점에서 옮기고 있다. 오스트리아 제국의 분위기 역시 매우 설득력 있고 매력적으로 묘사되었다. **JH**

금지된 영역 The Forbidden Realm

J. J. 슬로우웨르호프 J. J. Slauerhoff

작가 생몰연도 | 1902(영국)-1990
초판 발행 | 1932, Nijgh & Van Ditmar
연재 | 『Forum』誌
원제 | Het verboden rijk

네덜란드의 시인이자 소설가 J. J. 슬로우웨르호프의 작품들은 뒤늦게 피어난 데카당트 낭만주의 전통의 꽃이다. 고립된 예술가가 아웃사이더의 신분으로 헛되이 세상을 돌아다닌다는 설정이 특히 그러하다(선박의 의사였던 슬로우웨르호프는 그 자신이 같은 경험이 있었다). 테크닉 면에서 혁신적이고 상상력에서는 독창적인 이 작품은 작가 자신과 제국주의 세계의 불편한 관계를 드라마틱하게 보여주고 있다.

이 작품은 수세기의 시간이 갈라놓은 두 사나이의 이야기이다. 한 사람은 16세기 포르투갈의 시인 카모이스로, 배를 타고 제국 여기저기를 돌아다니는 음유시인이다. 다른 한 사람은 현대의 상선에서 전신교환수로 일하는 익명의 남자로, 누가 보아도 작가의 분신이다. 두 사람의 삶은 묘하게 서로의 모습을 반영하고 있다. 전신교환수는 카모이스가 그랬던 것처럼 난파를 당한 뒤 포르투갈 식민지로 카모이스가 수년 동안 망명해 있었던 마카오로 향한다. 전신교환수는 마카오에서 자신의 정체성을 완전히 잃어버리지만 스스로 혐오했던 자아로부터의 해방이라고 즐겁게 받아들인다.

『금지된 영역』은 식민주의의 고통과 유럽의 자신감 상실, 그리고 낯선 환경 속에서의 모랄을 다룬 소설이라는 점에서 콘래드의 『어둠의 심장』과 어깨를 나란히 할 만하다. 그러나 슬로우웨르호프는 이러한 상실을 애도하기보다는 포용한다. 인물묘사가 다소 부족하고 플롯은 때때로 옆길로 새기는 하지만, 이 소설에서 보여준 작가와 주제와의 일치는 거의 신기루와도 같은 느낌을 준다. **RegG**

춥지만 편한 농장 Cold Comfort Farm

스텔라 기번스 Stella Gibbons

작가 생몰연도 | 1902(영국)-1990
초판 발행 | 1932, Longmans & Co.(런던)
원제 | Cold Comfort Farm
페미나비앙뢰즈(Femina Vie Heureuse) 상 수상 | 1933

『춥지만 편한 농장』은 스텔라 기번스의 수많은 작품 중에서 가장 유명한 작품이자 악랄할 정도로 재미있는 소설이다. 1932년에 출간된 이 작품은 전원 소설, 특히 메리 웹의 작품을 패러디한 것이지만, 현대의 많은 작가들은 위대한 영문학의 명예의 전당에 오를 가치가 있다고 평가하고 있다.

주인공인 플로라 포스트는 런던 사교계의 꽃인 젊은 아가씨로, 양친을 여읜 후 그동안 연락이 끊겼던 친척인 스타캐더 가족과 조우하게 된다. 이 소설은 브래지어 수집가인 스마일링 부인부터 피곤한 마이벅 씨까지 환상적인 인물들과 말 그대로 "춥지만 편한 농장"을 이루는 동물들로 넘쳐흐른다. 스타캐더 가족은 특히나 독특하다. 우울한 성격의 아들에게 집착하는 주디스, 거칠기 짝이 없는 엘파인, 설교쟁이 루벤, 게다가 뭔가 심술궂은 나무그늘까지. 플로라는 새로운 환경의 엄격한 소박함에 전혀 기죽지 않고 그들을 하나하나 변화시켜 나간다. 이러한 과정들이 벌어지는 무대가 되는 풍경은 예외없이 아름답다.

『춥지만 편한 농장』의 신랄한 풍자의 목표는 오스틴의 사회적 음모부터 하디의 멜로드라마적 숙명, 그리고 로렌스의 지나친 낭만주의까지 다양하다. 무례함과 재치야말로 이 작품의 가장 큰 매력이다. **DR**

▶ 스텔라 기번스는 수많은 작품을 썼지만, 성공을 거둔 작품은 『춥지만 편한 농장』이 유일하다. 오른쪽 사진은 이 작품을 발간한 지 반세기 후에 찍은 것이다.

멋진 신세계 Brave New World

앨더스 헉슬리 Aldous Huxley

작가 생몰연도 | 1894(영국)-1963(미국)
초판 발행 | 1932, Chatto & Windus(런던)
원제 | Brave New World
• H.G. 웰즈의 『Men Like Gods』(1921)에서 영감을 얻음

헉슬리가 창조해낸 미래의 반(反) 유토피아는, 국가 권력이 시민들의 정신을 너무나 완벽하고 효율적으로 장악하는 바람에 착취와 성취의 경계가 회복될 수 없을 정도로 모호해지는 세계를 그려내고 있다. 세계 국가들의 이상인 사회적 안정은 소비의 증가와 온갖 세련된 기술의 발달을 통해서만 이루어질 수 있다. 여기에는 피임을 의무화하고 자유로운 성관계를 미덕으로 만든 국가의 인간 독점 생산도 포함된다. 다섯 계급으로 나뉜 사회적 카스트는 자아 만족을 촉진하기 위해 유아기는 물론 태내에서부터 복잡한 조절 단계를 거친다. 지배계층이 그 권력을 유지함으로써, 하층계급이 품을 수 있는 계급 간의 유동성에 대한 욕망은 애초에 제거된다.

세계 국가들의 이상을 모두 잡종 교배한 이러한 철학은 플라톤이 『국가론』에서 주장한 계급사회와 공리주의적 "행복"의 개념에 모태를 두고 있다. 현대 사회에서 성이 개인의 궁극적 표현으로 팔리는 강도를 감안하면 국가 차원의 무조건적인 쾌락 장려는 반직관적이라고 보는 독자들도 있겠지만, 금기와 번식에서 풀려난 성은 그 감정적 중요성을 뒤흔들고, 국가 권력의 목적에 부합하지 않는 사적인 유대를 제거하는 데 도구가 되어줄 뿐이다. 결말에서 우리가 "성인 취미"라고 부르는 성과 약물의 무분별한 배양은 이러한 것들을 완전히 무해한 것으로 보이게 한다. 『멋진 신세계』의 순진한 비판자들에게, 질서란 어차피 상품과 서비스의 조직화된 소비로 성문화된 하나의 끝일 뿐이다. 그러나 인간의 야망을 완전히 표현하는 데 성공했다고 생각하는 그들의 신념이야말로 세계의 독자들로 하여금 몸서리를 치게 하는 인식일는지도 모른다. **AF**

▲ 『멋진 신세계』 초판 표지. 분열된 미래에 대한 작가의 반유토피아적 시각을 볼 수 있다.

◀ 1935년에 찍은 헉슬리의 사진. 헉슬리의 기술적 물질문명 거부는 신비주의와 환각 약물 복용으로 이어졌다.

독사의 집 Vipers' Tangle

프랑수아 모리아크 François Mauriac

작가 생몰연도 | 1885(프랑스)-1970
초판 발행 | 1932, Bernard Grasset(파리)
원제 | Le nœud de vipères
노벨 문학상 수상 | 1952

"나를 아는 사람들에게 물어보라. 왜 악이 나를 이끄는지!"

이 작품의 제목에 등장하는 독사란, 화자인 루이스의 마음 깊숙이 얽혀있는 사악한 감정과, 루이스와 끊임없는 전쟁 중인 그의 탐욕스런 가족의 투쟁과 음모를 가리킨다. 가톨릭 소설의 "고전적 모범"이라 불리는 이 작품에서 죄없는 이는 아무도 없다.

보르도 근교의 아름다운 포도밭과 파리를 무대로 하는 『독사의 집』은 두 부분으로 나뉜 고백의 형식을 취하고 있다. 심장병으로 죽어가는 침상에서 루이스는 서의 비극을 향해 치닫고 있는 그의 가족관계의 끊임없는 악화를 이야기한다. 이 작품은 사회적 부정과 그로 인해 불안정해진 민감한 인간 영혼에 대한 능숙한 관찰이다. 결혼 초기에 아내와 처가로부터 무시당했다고 생각한 루이스는 깊은 상처를 받고, 아내로부터 아이들, 손자들을 거쳐 아래 세대들에게까지 이어지는 잔인한 방어작전에 불을 붙인다.

그러나 모리아크에게 이런 끔찍한 고통은 단지 루이스가 구원받을 수 있다는 가능성을 부각시키는 장치에 지나지 않는다. 죄를 고백하면서 루이스는 다른 이들의 감정과 의도를 생각해 보지 않을 수 없고, 결국 그 근본 때문에 더욱 감동적인 변화를 일으키게 된다. 간결하고 우아한 산문체로 쓰여진 『독사의집』은 악행의 영향이 얼마나 무한한지를 폭로하는 것은 물론이고 구원과 평화의 가능성을 내밀며 신의 자비와 인간의 연약함을 감동적으로 그려내고 있다. **AB**

▲ 모리아크는 인간의 감정은 종교적 믿음에 상반되는 것으로 보았다. 구원의 희망은 감정을 극복하는 데에 있다.

특징 없는 남자 The Man Without Qualities

로베르트 무질 Robert Musil

작가 생몰연도 | 1880(오스트리아 - 헝가리 제국) – 1942(스위스)
완결판 출간 | 1933
초판 발행처 | Publikationsvermerk(취리히)
원제 | Der Mann ohne Eigenschaften

2천 페이지가 넘는 분량과는 달리, 소화하기 쉽게 짧은 장(章)으로 나뉘어 있는 이 작품은 미완성임에도 불구하고 프루스트와 조이스에 비견되는 명작으로 꼽힌다. 19세기 말 퇴폐주의와 오스트리아-헝가리 제국의 몰락을 완전하게 기록해낸 작품이다.

작품의 길이를 감안하면 플롯은 놀랄 만큼 간단하다. 주인공인 울리히는 인생에서 아무런 목적을 찾지 못하는 수학자이다. 그는 아버지—작가에 의하면 아무 특징이 없는 남자라도 특징 있는 아버지는 가질 수 있는 법이다—로부터 사회에서 도움이 될 수 있는 일을 하도록 강요받지만, 끊임없이 실패한다. 대신 그는 마치 연달아 감기에 걸리는 것과 똑같은 식으로 연달아 애인을 만든다. 아버지의 개입으로 그는 황제의 즉위 60주년 기념행사를 기획하는 위원회에 들어간다. 그러나 아무런 생각 없이 토의를 해보았자 아무 것도 나오지 않는다. 울리히는 마침내 여동생 아가테와 근친상간의 관계를 맺고 새로운 존재의 영역에 들어가게 되는데, 이는 전체주의에 문을 열어주는 행위 혹은 전체주의적 합리주의의 부도덕한 비판이라는 낙인이 찍혔다.

어느 쪽이건 간에, '에세이즘'이라 불리는 무질의 문체는 독특하고 매력적이며, 하나의 철학을 구체화시키는 데 아무런 부족함이 없다. **DS**

"궁극적으로 시와 시의 신비는 이 세상의 의미를 잘라 그 단면을 명확하게 보여준다."

▲ 무질은 오스트리아 제국의 몰락과 나치즘의 출현을 목격했고, 1938년 망명해야만 했다.

치즈 Cheese

빌렘 엘스호트 Willem Elsschot

작가 생몰연도 | 1892(벨기에)–1960
초판 발행 | 1933, P.N. Van Kampen & Zoon
본명 | Alfons-Jozef de Ridder
원제 | Kaas

빌렘 엘스호트는 알폰스 데 리더의 필명으로, 그는 성공한 광고회사를 경영하면서 남는 시간에 남몰래 단편들을 쓰곤 했다. 2주 만에 쓴 『치즈』는 엘스호트가 자신이 쓴 최고의 작품이라고 여긴 소설로, 수십 년 동안 일했던 회사를 그만두고 치즈 사업에 뛰어들기로 마음먹은 쉰 살 먹은 회사원, 프란스 라르만스의 희비극적 이야기이다. 라르만은 다른 사람들이 자신에 대해 어떻게 생각하느냐에 따라 동작과 행위 하나하나가 바뀌는 사람이다. 하다못해 어머니가 죽어가는 침상에서 앉아 있을 것이냐 서 있을 것이냐 하는 문제부터 시작해서 사업이라는 불운한 모험에 이르기까지 말이다.

새로 알게 된 변호사 반 숀베르크의 친구들로부터 무시를 받은 라르만은 치즈 사업을 시작해서 자신의 사회적 지위를 끌어올리겠다는 반 숀베르크의 제안을 받아들인다. 라르만은 사무실을 알아보고, 문구류를 주문하고, 회사 이름을 짓는다. 그러나 마침내 첫 번째 거대한 에담 치즈 덩어리가 도착하자, 라르만은 도대체 이 치즈로 뭘 어떻게 해야 하는지 아는 바가 없다. 작가는 아무 것도 아는 것이 없는 사업(구역질나는 물건을 파는)에서 성공하고자 하는 라르만의 못 말리는 시도를 코믹한 보조와 절제된 페이소스로 훌륭하게 묘사해냈다.

엘스호트는 때때로 볼품없어 보일 정도로 간결한 산문체 문장으로 사회적 지위에 집착하는 중산층부터 치즈 세일즈맨이 되려고 필사적인 사람들에 이르기까지 1930년대 사회의 초상을 설득력 있게 그려내는 한편, 사회적 지위 상승의 위험을 촌철살인으로 풍자하였다. **CIW**

인간 조건 Man's Fate

앙드레 말로 André Malraux

작가 생몰연도 | 1901(프랑스)–1976
초판 발행 | 1933
초판 발행처 | Gallimard(파리)
원제 | La condition humaine

1930년대, 말로는 정치적 지식인의 전형이었다. 1933년 공쿠르 상 수상작인 『인간 조건』은, 자신들의 이념에 성심을 다했던 좌파 지식인들이 스탈린주의의 끔찍함을 완전히 이해하면서부터 몰락하기 전까지인, 혁명 정치의 영웅적인 시대에 고스란히 속해 있다.

이 작품의 배경은 1927년 상하이를 강타한 복잡한 정치적 동란—중국 공산주의 궐기에서부터 동맹이라고 생각했던 국민당의 공산당 탄압까지—의 한가운데이다. 말로는 중국과 (좋은 의미에서의) 세계 공산주의에 대한 개인적 지식을 충분히 활용하였다. 이 작품의 주인공들은 하나같이 복잡한 내면 세계의 소유자들로, 특히 정치적 암살범인 첸은 자신의 살인으로 인한 고립감에 시달리고 있다. 그러나 각각의 인물들은 모두 지나치다 싶을 만큼 명확하게 삶과 혁명에 대한 특정한 태도를 보여준다.

이 책의 절정은 국민당에게 잡혀서 고문을 당하던 공산당 비밀 요원 카토가 겁에 질린 두 중국인 죄수에게 자신의 자살용 청산가리 캡슐을 몰래 건네주고, 흔들리지 않는 용기로 증기 기관차의 보일러에서 고통스런 죽음을 맞는 장면이다. 이러한 영웅들은 결국 『인간 조건』을 지식인 버전으로 바꾸어 놓은 소년의 액션 모험 이야기로 만들어버린다. 말로가 의도했던 인간 조건에 대한 깊은 성찰이라고는 말할 수 없지만, 드라마틱한 사건들과 강렬하게 묘사한 디테일들 덕분에 아직까지도 충분히 공감할 수 있는 시대작이다. **RegG**

어떤 휴일 A Day Off

스톰 제임슨 Storm Jameson

작가 생몰연도 | 1891(영국)–1986

초판 발행 | 1933, Nicholson & Watson(런던)

원제 | A Day Off

본명 | Margaret Storm Jameson

제1차 세계대전부터 제2차 세계대전 사이에 쓰여진 이 작품에 등장하는 도시 사회에서 하루의 "휴일"을 즐기는 것은 매일매일의 노동에서 어떤 형태의 지속적인 위안이나 해방을 주지는 못한다. "황량한 요크셔 골짜기"에 지배당하고 있는 작가는 "런던의 오색 먼지투성이 서커스"에서 기분전환을 꾀하지만, 가련한 여주인공은 과거의 관계에 다시 불을 붙일 만한 재회를 꿈꾸며 거리를 돌아다닐 뿐이나. 어느 날 오후, 상업적인 웨스트 엔드 거리에서 일어나는 일들은 그녀가 가정의 고립된 환경에서는 가질 수 없는 모든 것들을 증명한다. 이러한 고립은 비열하고, 편협하고, 끊임없이 심리적 소모의 위험에 처해 있다. 제임슨은 주인공을 단지 "그녀"로만 칭하며 투명한 긴박감을 드리운다. 추상적인 대명사는 바쁘게 돌아가는 대도시의 심장부에서 이 여인이 느끼는 불안한 고독감을 대변해주기 때문이다.

제임슨은 간결하고 절제된 문체가 미사여구를 대신하는 사회문학의 침묵하는 증인으로서 사회문학가들의 새로운 역할을 지지하였다. 『어떤 휴일』에서 독자들의 적극적인 이해능력을 시험하며 스며드는 것은 바로 이러한 비인격적인 문장들이다. 제임슨은 우리로 하여금 여주인공의 소속감에 대한 열망에 관찰자로 참여함으로써 끊임없이 우리에게 암시되는 위치를 인식하도록 요구하고 있다. **DJ**

청춘의 증언 Testament of Youth

베라 브리튼 Vera Brittain

작가 생몰연도 | 1893(영국)–1990

초판 발행 | 1933, V. Gollancz(런던)

원제 | Testament of Youth: An Autobiographical Study of the Years 1900–1925

작가 베라 브리튼은 주변의 모든 남성들—오빠, 약혼자, 가장 친한 친구—를 앗아가버린 제1차 세계대전의 경험을 감성적으로 풀어낸 이 작품으로 일약 그녀 세대의 대변인으로 떠올랐다.

처음에는 여자 평화주의자가 제1차 세계대전의 문학적 정의를 내린다는 것이 상당한 아이러니로 여겨져, 브리튼의 기본적인 관점을 매우 면밀한 관찰 대상이 되었다. 1960년대, 제1차 세계대전에 대한 재평가가 이루어지면서, 브리튼의 작품은 1914~18년의 이상보다는 평화 운동과 보다 밀접한 관계를 이루는, 전쟁에 대한 변화하는 태도를 완벽하게 보여주고 있다. 『청춘의 증언』은 전쟁 "신화"에 대한 모든 사상들을 긁어모아, "전쟁에 대한 동정", 잃어버린 세대, 1918년 이후 그 어떤 것도 예전과 같지 않았다는 생각을 그려낸다. 여기에서 역사적인 디테일들이 이러한 지극히 감정적인 인식에 합류한다. 브리튼의 의도는 전쟁을 묘사하기 위한 도구가 없는 세대에게 전쟁을 알려주기 위한 것이었다. 그러나 이 작품은 전쟁에 대한 부정적인 인식을 뒷받침하는 데에는 더없이 중요한 역할을 했다. 이 책에서 전쟁은, 특히 전쟁 중 여성의 역할이 훨씬 중요했던 12세기에는 무자비할 정도로 혹독한 것으로 그려졌다. 전쟁 중 구급 봉사대에 자원할 정도로 전쟁에 적극적으로 뛰어든 베라 브리튼은 "참호의 끔찍함"과는 반대 방향에서의 관점을 보여준다. 순진한 애국주의가 환멸로 진화하는 과정 역시 시선을 떼지 못하게 한다. **EMCS**

앨리스 B. 토클라스의 자서전 The Autobiography of Alice B. Toklas

거트루드 스타인 Gertrude Stein

작가 생몰연도 | 1874(미국)–1946(프랑스)
초판 발행 | 1933, J. Lane(런던)
미국판 발행 | Harcourt Brace & Co.(뉴욕)
발표 | 『The Atlantic Monthly』誌

"나는 전망을 좋아하지만, 그 전망을 등지고 앉아 있는 것을 더 좋아하지."

▲ 거트루드 스타인(왼쪽)과 그녀의 말동무 앨리스 T. 토클라스, 그리고 그들의 개 바스켓. 1940년 프랑스에 있는 스타인의 집에서 찍은 사진이다.

▶ 앤디 워홀은 스타인 사후인 1980년 〈20세기 유태인의 열 가지 초상〉에서 스타인의 이미지를 재해석했다.

『앨리스 B. 토클라스의 자서전』은 스타인의 작품 중에서도 가장 흔히 접할 수 있고 가장 잘 팔리는 책이다. 스타인의 오랜 말동무의 목소리를 빌린 "자서전"으로, 태와 관점, 객관성의 성질, 그리고 뻔뻔스러울 정도로 도무지 신뢰할 수 없는 화자의 과장된 행위들을 실험 대상으로 삼은, 웅장한 모더니즘 소설이다.

앨리스—혹은 거트루드—는 살면서 딱 세 명의 천재를 만났다고 주장한다. 그 중에서도 가장 위대한 천재는 물론 거트루드 자신이다. 이 소설에 20세기 전반의 위대한 인물들이 모조리 등장한다는 것을 감안하면 놀라운 주장이 아닐 수 없다. 스타인은 모더니즘의 선두 주자였으며, 혹자는 그녀를 "모더니즘의 산파"라고 부르기도 했다. 파리의 플레뤼 거리에 있었던 그녀의 아틀리에는, 아침이면 간밤에 탄생한 고갱의 새 작품과 잼 한 병 중에서 무엇을 살까 선택할 수 있었던, 예술과 사상의 구심점이었다. 피카소는 매일 서로 다른 아내를 대동하고 나타났고, 헤밍웨이는 그곳에 상주하다시피 했다. 피카소를 좋아했던 후안 그리스도 종종 들렀다. '초현실주의'라는 말을 처음 사용한 기욤 아폴리네르와는 매우 가까운 사이였으며, 장 콕토, 리튼 스트레이치, 에릭 사티, 에즈라 파운드, 맨 레이 등도 얼굴을 내밀곤 했다. 때는 광란의 시대였고, 신뢰할 수 없는 증인이 아주 가까이에서 들여다본 이러한 증언들은 그 다양한 모순과, 역설과, 반복과 함께 놀라운 매력을 발산한다. 거트루드는 입체파와 야수파의 여두목 격이었다. 그녀는 문학의 르네상스에 거름을 주었고, 다다이즘의 탄생을 지켜보았으며, 미래파들이 몰려오는 것을 목격했다. 또한 그녀는 니진스키가 〈봄의 제전〉을 무대에 올려 굉장한 스캔들을 일으켰을 때에도 거기에 있었다.

이 작품은 천재들의 아내들과 말동무였던 앨리스의 숨넘어가는 괴상한 횡설수설을 모아놓은 짓궂은 복화술이다. 그러나 앨리스와 거트루드의 관계처럼, 이 작품에도 앨리스는 거의 보이지 않은 반면, 거트루드는 훨씬 자주 눈에 들어온다. **GT**

살인은 광고되어야 한다
Murder Must Advertise

도로시 L. 세이어스 Dorothy L. Sayers

작가 생몰연도 | 1893(영국)–1957
초판 발행 | 1933, V. Gollancz(런던)
원제 | Murder Must Advertise
◆1973년 TV 드라마로 각색

『살인은 광고되어야 한다』에서 도로시 L. 세이어스는 그녀가 창조해낸 사립 탐정 피터 윔지 경을 한 광고회사로 보낸다. 그곳에서 일하는 직원 하나가 살해당한 것이다. 윔지 경은 데스 브레든이라는 가명으로 그 회사에 취직하고, 카피라이터로 일하면서 코카인 거래 조직의 음모를 밝혀내기 시작한다. 이 소설의 가장 유쾌한 점은 세이어스가 젊은 날의 카피라이터 경험을 십분 활용해 펼쳐놓은 광고계의 생생한 묘사이다. 조이스처럼 세이어스도 설득의 언어에 매료되어 있었으며, 덕분에 언어유희의 재능을 유감없이 발휘할 수 있었으나, 손쉬운 슬로건에 의존하는 문화에 대해서는 상당히 불편할 수밖에 없었다. "광고하라, 그렇지 않으면 패배할 것이다."는 이 소설의 마지막 문장이다.

광고 역시 마약 상인들의 활동 수단이 된다. 따라서 세이어스는 사무실 세계의 상세한 묘사와 추리소설이라는 플롯을 한데 짜넣을 수 있었다. 윔지('Wimsey'는 '변덕'을 뜻하는 영어 단어 'whimsey'를 연상시킨다)는 세이어스의 다른 작품들에도 등장하는 카멜레온 같은 인물이다. 그는 외알 안경을 낀, 다소 나약한 성품의 귀족으로, P.G. 우드하우스의 버티 우스터를 떠올리게 하는 크리켓의 명수이자 운동선수이다. 동시에 그는 범죄와 죽음의 세계에 관여하는 일이 도덕적 세계의 일부분이라고 생각하는 탐정이기도 하다. 세이어스는 추리소설 속 게임의 핵심이라 할 수 있는 살인자의 발견에는 언제나 교수대 올가미의 그림자가 드리워져 있다는 사실을 독자들에게 끊임없이 상기시킨다. **LM**

미스 론리하츠
Miss Lonelyhearts

나다나엘 웨스트 Nathanael West

작가 생몰연도 | 1903(미국)–1940
초판 발행 | 1933, Liveright(뉴욕)
첫 번역판 | 프랑스어, 1946
본명 | Nathan Weinstein

이 소설의 남자 주인공인 미스 론리하츠(Miss Lonely-hearts)의 직업은 신문사로 보내오는 독자들의 인생 상담에 답변을 해주는 것이다. 독자들의 질문은 대개 그들이 삶에서 일어나는 문제들을 어떻게 하면 좋겠느냐는 것인데, 단순히 유쾌한 질문부터 진짜로 그로테스크한 질문에 이르기까지 별의별 이야기가 다 들어온다. 도시에서는 "친애하는 애비"로 알려진 미스 론리하츠는 자신이 거세되었다는 느낌을 받는다. 기독교에 대한 그의 불분명한 야망과 1930년대 공황으로 지친 뉴욕의 쾌락주의 사이의 거대한 틈에서, 그는 언제나 독자들에게 가장 보잘것없고 상투적인 대답만을 줄 수밖에 없다. 그는 그리스도의 구원을 통한 의미있는 삶을 보여주고 싶어하지만, 종교적인 믿음을 조롱하고 예술이나 섹스, 마약 등을 냉소적으로 추천하는 편집장 쉬라이크에게 언제나 퇴짜를 맞는다. 그는 견실한 여자친구 베티(4주 동안이나 피해다닌)에게 청혼을 함으로써 건성으로 삶의 안정을 취하려 시도하는 한편, 독자들과 사적인 관계를 맺는 등, 우스꽝스러울 정도로 무분별한 탈선을 일삼기도 한다.

자신의 독자들에 대한 공감의 결여는 주인공이 그리스도를 닮는 데 실패하였음을 증명한다. 그 사이에 고통받는 신자들이 편지에 써서 보낸 그들의 가장 암울한 비밀과 열렬한 청원은 언론 시장의 하나의 기능으로서 치부되어버린다. 『미스 론리하츠』는 현대 사회에서 기독교의 석연찮은 역할을 진단한 흥미로운 작품이다. **AF**

잠이라 부르자

Call it Sleep

헨리 로스 Henry Roth

작가 생몰연도 | 1906(우크라이나)–1995(미국)

초판 발행 | 1934, R. O. Ballou(뉴욕)

원제 | Call it Sleep

언어 | 영어

『잠이라 부르자』는 문화 정체성의 문제가 미국에서 매우 큰 이슈였던 1960년대엔 개정판이 발행될 때까지 거의 빛을 보지 못했으나, 현재는 20세기 미국 소설의 명작으로 인정받고 있다. 이 소설은 20세기 초, 뉴욕의 로우어 이스트 사이드의 이민자들과 빈민가의 어린시절을 본능적으로 묘사하고 있다.

주인공은 의식이 성장하기 시작한 유태인 소년 데이비드 셜로, 셜은 어머니와 함께 먼저 미국에 와있는 아버지를 따라 오스트리아–헝가리에서 막 건너온 참이다. 이 작품은 셜이 낯선 문화 속에서 살면서 개인적 공포, 가족 관계의 문제들, 그리고 힘겨운 사회 적응을 겪어나가는 과정을 그리고 있다. 이야기의 중심 요소는 이디쉬어에서 영어로의 과감한 변화, 그와 관련된 동질화의 문제, 그리고 두 문화 사이에서 길을 잃는 상황들이다. 이는 단호한 도시 리얼리즘과, 의식에 초점을 맞추는 모더니즘이 결합된 반영이다. 로스의 위대한 문장들은 낯선 환경과 끊임없는 공포를 바라보는 한 소년의 혼란스러운, 그러나 마법 같은 시각을 환상적으로 보여주고 있다.

어린 시절의 두려움에 대한 가장 감동적인 저작인『잠이라 부르자』는 과격할 정도로 새로운 세상에 눈떠가는 한 아이의 신랄하고, 서정적이며, 매력적인 이야기이자, 미국의 사회사를 이해하는 데 있어 없어서는 안 될 작품이다. **AL**

악어들의 거리

The Street of Crocodiles

브루노 슐츠 Bruno Schulz

작가 생몰연도 | 1892(오스트리아-헝가리)–1942

초판 발행 | 1934

초판 발행처 | Rój(바르샤바)

원제 | Sklepy Cynamonowe

『악어들의 거리』는 슐츠가 갈리시아의 드로호비츠에서 보낸 어린 시절 추억들을 일련의 미로와도 같은 이야기들로 탈바꿈시킨 단편집으로, 매혹적으로 단순하고 환상적으로 기이한 이야기들의 모음이다. 마켓 스퀘어에 있는 다 쓰러져가는 그의 집—수많은 방들은 하숙을 주고, 또다른 수많은 방들은 아예 잊혀져서 아무도 살지 않는—은 너그러운 어머니와 유리된 아버지가 그를 관습에서 자유롭게 교육시킨 배경이 된다.

정신적으로 종잡을 수가 없는 아버지가 가족들을 앞에 놓고 늘어놓는 길고 복잡한 "강연"들은 포스트모더니즘이 관심을 가졌던 여러 이슈들을 예고한다. 비록 그 일관성에서 점점 떨어지기는 하지만 아버지의 강연들은 각각의 작품 곳곳에서 나타나는 이야기의 끈을 한데 매듭지어주는 역할을 한다. 이 책을 통해서 슐츠는 악화되어가는 아버지의 정신적, 육체적 건강과 이로 인해 가족들이 받는 영향을 묘사한다. 그러나 그 부드러운 희극성은 비감상적인 리얼리즘과 초현실적인 감수성이 사이좋게 공존할 수 있게끔 한다.

슐츠는 초현실주의와 표현주의의 영향을 받았으며 따라서 고골리와 카프카와 동일선상에 있는 작가이다. 폴란드 태생의 유태인이었던 그는 1942년 나치 친위대에 의해 살해되었다. 그가 남긴 단 두 권의 단편집은 최근까지도 거의 묻혀 있다시피 했으며, 때문에 마땅히 받아야 할 문학적 찬사도 받지 못했다. **JW**

고마워요, 지브스 Thank You, Jeeves

P. G. 우드하우스 P. G. Wodehouse

작가 생몰연도 | 1881(영국)–1975(미국)
초판 발행 | 1934, H. Jenkins(런던)
원제 | Thank You, Jeeves
본명 | Sir Pelham Grenville Wodehouse

"그냥 타자기 앞에 앉아서 욕을 몇 마디 할 뿐이다."

우드하우스, 1956

▲ 소설에 흔히 등장하는 우스꽝스러운 집사는 우드하우스가 창조해낸 지브스가 단연 최고다.

우드하우스의 작품을 어떻게 읽어야 좋을지 모르는 사람들이 많다. 독자들은 우드하우스가 코믹 작가이자 조크 전문가라고 생각한다. 그러나 매력적인 플롯이나 흥미로운 등장인물들에 대해서는 거의, 혹은 아예 관심을 기울이지 않는다. 오늘날 우드하우스와 그가 창조한 세계는 유행이 지나버렸다. 양대 세계대전의 때가 묻지 않은 한여름의 잉글랜드와 그곳에서 사는 어린아이 같은 사람들은 이미 오래 전에, 심지어 환상의 세계에서조차 사라져버렸다. 우드하우스의 소설에 등장하는 보수적인 정치도 세월의 흐름을 이기지는 못했다. 그러나 우드하우스의 작품에서 정치나 플롯, 등장인물, 혹은 조크를 찾으려 하는 것은 그의 문장의 진수를 놓치는 것이다. 우드하우스는 유례없는 재능을 가진 작가로 그의 문학적 독창성은 다른 어떤 문호도 하지 못한 방법으로 일반 대중에게 작용했다. 무에서 최고의 희극적 은유와 미소를 창조해 내는 그의 능력은 오늘날까지 그 어떤 소설도 능가하지 못하였다.

우드하우스의 작품 중 가장 유명한 것은 물론 『지브스와 우스터』 시리즈이다.(『고마워요, 지브스』는 이 시리즈의 첫 번째 권이다.) 겸손한 척하는 집사 지브스는 1917년부터 우드하우스의 단편에 나오기 시작했다. 우드하우스는 지브스를 등장시킨 소설로 큰 성공을 거두었으나, 사실 이 시리즈는 거의 플롯이 엇비슷하다. 우스터는 언제나 실수로 엄청나게 심각하고 지적인 사람과 만나게 되고, 그 바람에 그가 남용해왔던 지위의 희생양이 된다. 이러한 사건들은 모두 기차에서 일어나는데, 보라색 양말이나 빨간 허리띠, 혹은 크림 그릇 등의 수상한 물건들이 등장한다. 타의 추종을 불허하는 우드하우스의 문장들은 어리석음의 수면에 고요히 떠 있을 뿐이다. **VC-R**

밤은 부드러워 Tender is the Night

F. 스콧 피츠제럴드 F. Scott Fitzgerald

F. 스콧 피츠제럴드는 미국의 전후 시기와 재즈 시대를 기록한 최고의 작가로 인정받고 있다. 그는 자신의 체험을 바탕으로 공황 전야에 끊임없이 벌어지던 호화로운 주연을 묘사하였다. 『밤은 부드러워』는 잘 팔렸고, 좋은 평가를 받았으며, 에른스트 헤밍웨이를 비롯한 동시대 비평가들의 찬사를 받았다. 1920년대를 배경으로 아름다운 열여덟 살의 영화 배우 로즈메리 호잇은 어머니와 함께 프랑스령 리비에라로 휴가를 갔다가 미국인 심리학자 딕 다이버와 그의 아내 니콜을 만난다. 니콜은 아버지로부터 학대를 받고 요양소에 있다가 그곳에서 그녀를 구해준 현재의 남편을 만났다. 그들의 세련된 상류사회에 발을 들여놓은 로즈메리는 딕과 사랑에 빠지고, 딕 역시 그녀를 사랑하게 된다. 짧은 시간 동안 그들은 황홀할 정도의 행복을 누리지만, 다이버 부부의 친구가 음주 운전으로 사람을 죽이고 니콜이 신경쇠약으로 무너져 내리면서 그 행복은 곧 깨진다. 이 시점에서 일련의 불행한 사건들이 잇따라 일어나면서, 다이버 부부의 이상적인 삶도 부서지고 만다.

이 소설은 피츠제럴드의 자전적 요소가 가장 강한 작품이다. 피츠제럴드는 프랑스 남부에서 조국을 떠난 미국인들과 함께 지낸 경험을 바탕으로 이 작품을 썼다. 다이버 부부는 바로 피츠제럴드의 부인 젤다의 친구였던 미국인 명사 부부 제럴드와 새라 머피를 모델로 한 것이다. 이 소설은 또한 정신착란을 앓았던 젤다가 스위스에서 받았던 심리 치료에 대해서도 묘사하고 있다. 막대한 치료비를 대기 위해 피츠제럴드는 결국 소설 대신 헐리우드 시나리오를 써야만 했고, 결국 알콜 중독으로 요절하고 만다. 그리고 소설과는 달리 그들의 삶은 해피엔딩으로 끝나지 않았다. 니콜과는 대조적으로, 젤다는 끝내 회복하지 못했으며 1948년 죽음을 맞을 때까지 정신 병원에 격리 수용되었다. **EF**

작가 생몰연도 | 1896(미국)–1940
초판 발행 | 1934, C. Scribner's Sons(뉴욕)
원제 | Tender is the Night
개정판 발행 | 1948

"만약 사랑에 빠져 있다면, 그 사랑은 당신을 행복하게 해주어야 해요."

▲ 『밤은 부드러워』의 초판본 표지. 배경인 리비에라의 호화로운 전경은 작품의 암울한 주제와는 동떨어져 보인다.

북회귀선 Tropic of Cancer

헨리 밀러 Henry Miller

작가 생몰연도 | 1891(미국)–1980
초판 발행 | 1934, Obelisk Press(파리)
미국판 발행 | 1961
언어 | 프랑스어

헨리 밀러의 악명높은 자전적 소설, 『북회귀선』은 1930년대 파리의 음란물 출판사였던 오벨리스크 프레스에서 출간되었다. 이 작품은 성적으로 노골적인 주제와 표현 때문에 미국과 영국에서는 30년간 줄곧 출간을 금지 당했는데, 1961년과 1963년 각각 미국과 영국에서 출간된 후에는 거의 숭배에 가까운 찬사를 받았다. 이 작품에는 1930년대에 밀러가 가난한 외국인으로 살았던 파리의 지저분한 뒷골목이 독특한 관능과 자유로 묘사되어 있다. 밀러는 도덕적, 사회적 관습에 얽매이지 않고 이 작품을 철학적 사색, 환상, 그리고 상세하게 묘사한 그의 여성 편력으로 채웠다.

성과, 성을 표현하는 언어에 대한 사회적 금기를 깨뜨리는 데 일조한 이 소설은 사무엘 베케트가 평한 대로 "근대 문학의 역사에서 기념비적인 순간"을 표한다. 미국 중산층의 가치를 거부하고 극단적인 경험을 통해 진실을 찾고자 했던 비트 세대는 바로 이 소설에서 영감을 받은 것이다. 그러나 페미니스트 비평가들, 특히 케이트 밀렛은 이 작품의 심각한 여성혐오적인 성격을 지적하기도 했다. 이 작품에서 여성은 주로 소극적인 익명의 피난처로, 그들의 역할은 오직 남자들의 육체적 욕망을 해소시켜주는 것뿐이다. 밀러의 문장에서 보이는 순수한 폭력성은, 독자들이 이 소설의 명성에서 기대할 자극과 에로티시즘을 뒤덮고 있다.

이 작품이 누린 높은 인기는 "훌륭한 작가"가 아닌 "음란 소설가"로서의 밀러의 명성 때문이었다. 사실 이 작품의 "문학성"은 비평가들 사이에서 숱한 논쟁의 주제가 되어왔다. **JW**

▲ 양대 세계대전 사이에 활동했던 미국의 수많은 예술가들처럼, 밀러도 도덕적으로 자유분방하고 물가가 싼 파리로 향했다.

▶ 1930년대 에로소설 작가이자 일기 작가였던 아나이스 닌과의 관계는 밀러의 삶과 문학에 지대한 영향을 미쳤다.

포스트맨은 벨을 두 번 울린다 The Postman Always Rings Twice

제임스 M. 케인 James M. Cain

작가 생몰연도 | 1892(미국)–1977
초판 발행 | 1934, A. Knopf(뉴욕)
원제 | The Postman Always Rings Twice
• 1946년 최초로 영화로 각색

『포스트맨은 벨을 두 번 울린다』는 통속 소설의 걸작으로, 공황기 캘리포니아의 암울한 상황을 묘사한 불운한 고딕 로맨스이다. 이 작품에서 케인은 그들의 운명을 결정지을 수 있는 거대한 성적, 정치적, 경제적 권력 앞에서 주인공 프랭크와 코라가 얼마만큼 독립적으로 행동할 수 있는지를 묻고 있다. 프랭크는 매우 제한된 자각의 소유자이다. 아무런 소속 없이 자유로워 보이고 싶어 하면서도, 정열적이고 파괴적인 관계에 휘말린다. 코라의 프티 부르주아적 야망은 그녀로 하여금 "더러운" 그리스인 남편을 살해하고 그의 카페를 상속받게끔 몰아간다. 도덕 관념은커녕 자아에 대한 개념조차 상실한 프랭크는 기꺼이 코라의 공범이 되기로 한다. 절벽 위의 길에서 그들은 코라의 남편을 술에 취하게 한 뒤 차에 태워서 절벽 아래로 밀어 떨어뜨린다.

이제 서로를 향하게 된 프랭크와 코라는 법의 심판을 받게 되지만, 그 법은 오히려 두 사람보다 더 도덕적으로 무관심하고 비뚤어져 있다. 이 작품의 결말은 인간의 존재와 행복이 얼마만큼 부질없고 변덕스러운지를 강조한다. 이 작품은 세 번 영화로 만들어졌는데, 영화에 미친 케인의 영향은 매우 커서, 제임스 M. 케인이 없는 코엔 형제는 상상할 수 없다고 해도 과장이 아니다. **AP**

◀ 1946년 영화 〈포스트맨은 벨을 두 번 울린다〉에서 존 가필드가 비키니 차림의 라나 터너를 안아 옮기고 있다.

절망의 꼭대기에서 On the Heights of Despair

에밀 시오랑 Emil Cioran

작가 생몰연도 | 1911(루마니아)–1995(프랑스)
초판 발행 | 1934, Editura "Fundatia pentru Literatura si Arta"(부쿠레슈티)
원제 | Pe culmile disperarii

시오랑이 스물두 살 때, 몇 달 동안 불면증을 동반한 우울증으로 고통을 겪은 후에 쓴 『절망의 꼭대기에서』는 철학적 성찰이라기보다는 차라리 작가의 절규라고 보는 편이 옳다. 66편의 짧은 에세이들은 (어떤 작품은 겨우 한 문단에 불과하다) "살고 싶지 않음에 관하여", "아무 것도 해결되지 않는 세상", "인간과 우주의 고독에 대하여", "황홀경", "불꽃의 아름다움" 같은 의미심장한 제목을 달고 있다. 시오랑은 헛됨과 불합리, 그리고 순전한 존재 자체의 고통과 같은 주제들을 탐구한다.

이 신랄한 성찰의 연작은 자살을 향해 달려가는 화자의 질주에 제동을 건다. 즉 너무 충실함이 역설적으로 죽음에의 열망을 불러온 것이다. "나는 삶으로 죽었다."—해결책은 고백이다. 즉 화자는 필요에 의해 표현으로 내몰린 것이다. 글쓰기는 삶처럼 체계적인 생각의 반대이다. 시인이 된 철학자는 오도하기 위해서 글을 쓴다. 이해를 조직화하기 위해서가 아니라 그 저열한 약점과 무자비하고 둔한 존재의 일상을 드러내기 위해서 쓰는 것이다. 철학적인 고민에서 시적 표현으로의 전환이라는 "드라마"는 역설의 문을 열고 그 결과 진지한 동시에 아이러니한 삶을 영위할 수 있는 공간을 제공한다. 언뜻 보기에는 삶과 자살의 장점을 비교한 우울하기 짝이 없는 책이지만, 사실 『절망의 꼭대기에서』는 전혀 기대하지 않았던, 삶의 불가해성을 품은 유머가 간간이 엿보이는 작품이다. **IJ**

바젤의 종 The Bells of Basel

루이 아라공 Louis Aragon

작가 생몰연도 | 1897(프랑스)–1982
초판 발행 | 1934
초판 발행처 | Denoël et Steele(파리)
원제 | Les Cloches de Bâle

"사랑이란 서로 다른 종류의 고독을 느끼는 두 사람에 의해 만들어진다."

▲ 아라공은 이 사진을 찍은 1920년에는 초현실주의자였다. 그러나 1930년대에는 공산주의와 사회적 리얼리즘에 빠져들었다.

▶ 1922년 막스 에른스트가 그린 초현실주의자 그룹에서 아라공은 12번이다. 앙드레 브르통이 13번, 15번은 화가인 데 키리코이다.

제목과는 달리 『바젤의 종』에서 등장하는 사건들은 대부분 파리에서 일어난다. 그러나 정열적으로 불타오르는 마지막 장의 무대가 바젤임으로 제목 자체는 매우 적절하다고 볼 수 있다. 1912년 바젤에서 열린 반전 국제회의로부터 감성적, 정치적 에너지를 얻은 이 소설은, 부르주아 파리에서의 삶의 초기 묘사를 어떻게 해석해야 할지 독자들에게 이야기하고 있다.

『바젤의 종』은 두 명의 강렬한 여성에 초점을 맞추고 있다. 한 사람은 디아느 드 네탕쿠르로, 자본가이자 자동차 재벌인 위스너의 우아하고 도덕관념 없는 아내이다. 또 한 사람, 그루지야 태생의 아름다운 카트린은, 사회의 불의에 눈떠가면서 자신의 부르주아 환경을 고민하고 있다. 디아느와 카트린의 삶을 통해 아라공은 제2차 세계대전 발발 전의 파리를 묘사하고 있다. 파리는 인간관계가 자본주의의 이익과 손해라는 보다 중대한 요소의 겉모습에 불과한, 저열하고 타락한, 절망적으로 냉소적인 사회이다. 아라공은 이러한 풍경을 인간적인 노동자들의 사회운동 배경으로 제시하였다. 아라공이 보여주는 당시의 노동운동은 막 인식과 투지가 일어나기 시작한 참으로, 이는 바젤의 반전회의와 중년의 공산주의자 클라라의 등장에서 절정을 이룬다. 클라라의 혁명적인 행보와 타협을 모르는 투지는 디아느와 카트린의 만들어진 아름다움과는 너무나 다른, 승리하는 근대 여성의 모습이다.

대체로 냉소적이고 절제된 문장으로 쓰여진 『바젤의 종』의 결말은 인간적 발전에의 믿음을 암시한다. 이 소설은 프랑스 사회 심장부의 부패와 마찬가지로, 그것을 변화시키기 위한 도구 역시 가차없이 솔직하게 기록하고 있다. **AB**

12
13
15
11
14

아홉 명의 양복장이 The Nine Tailors

도로시 L. 세이어스 Dorothy L. Sayers

작가 생몰연도 | 1893(영국)–1957
초판 발행 | 1934, V. Gollancz (런던)
원제 | The Nine Tailors
본명 | Dorothy Leigh Sayers

『아홉 명의 양복장이』는 그 규모와 야망, 그리고 생생하게 살아나는 배경과 풍부한 등장인물 등의 측면에서 세이어스의 초기작들을 능가한다. 대부분의 사건들은 습지대의 작은 마을에서, 대부분 교구 교회인 세인트폴 교회를 중심으로 일어난다. 한정된 사회 공간이라는 배경은 1920년대와 30년대 추리문학의 "황금시대"의 전형이지만, 세이어스는 아늑하고 편안한 영국 시골 마을에 안주하지 않고, 비밀과 죄의식, 그리고 황량한 자연의 그림자가 드리워진 전원 세계를 묘사해냈다. 심지어 홍수까지도 의도적으로 성경적 의미를 함축하고 있다. 이 소설에서는 또 명종술*을 매우 독창적으로 이용하여 구성과 내용 면에서 그 플롯 및 사건 해결과 긴밀하게 연결되어 있다.

불행하게도 세이어스는 최초의 영국 추리소설로 알려진 『월장석』의 작가 윌키 콜린스의 전기를 완성하지 못했다. 세이어스는 플롯을 창조하는 데 있어 로맨스와 리얼리즘을 함께 엮어낸 콜린스를 숭배했고, 그의 모범을 따랐다. 『아홉 명의 양복장이』는 보석 절도라는 범죄의 디테일 뿐 아니라 하위 플롯의 교묘한 편성에서도 『월장석』의 메아리와도 같다. 『아홉 명의 양복장이』는 20세기 최고의 추리소설 작가 중 한 명이자 영문학의 전통에 '단서 퍼즐'이라는 개념을 도입한 작가라는 세이어스의 명성을 확고하게 해준 작품이다. **LM**

* 몇 개의 커다란 종을 여러 사람이 울려 화음을 만드는 것.

현혹 Auto-da-Fé

엘리아스 카네티 Elias Canetti

작가 생몰연도 | 1905(불가리아)–1994(스위스)
초판 발행 | 1935
초판 발행처 | Herbert Reichner Verlag(빈)
원제 | Die Blendung

독일 모더니즘의 묻혀진 걸작인 이 작품은 책벌레와 그에 따른 어둠의 위험에 대한 신비하고 간접적인 분석이다. 이 허영의 햇볕은 마치 예언처럼 당시 독일 사회를 집어삼키고 있던 사회적 광란의 해부를 시도한다. 카프카의 블랙 코미디를 따라 카네티의 "K"(페터 킨)도 상아탑의 삶을 위해 인간과의 교제를 거부하는, 세속적 방어 능력이 전혀 없는 인간이다. 그가 탐욕스런 몇몇 인간들을 만나면서 벌어지는 일들은 아주 특별한 환영의 희극이다.

페터 킨은 학문에만 강박적으로 파고드는 중국학자로, 거대한 개인 서재를 가지고 있다. 서재가 한 줌 재로 불타버리는 악몽을 꾼 그는 어리석게도 서재를 돌보라고 고용한 교활한 가정부 테레제와 결혼해버린다. 점점 다양한 환각으로 빠져드는 킨은 그의 "아내"에 의해 서재에서 쫓겨나고 악몽의 지하세계로 들어간다. 세계 체스 챔피언이 되려는 망상을 지닌 꼽추 난쟁이 피셰를레의 손에서 온갖 불행을 겪은 뒤, 킨은 다시 아내와, 예비 나치이자 은퇴한 경찰관인 장의사 벤딕트 파프와의 관계에 얽혀든다. 여기에 킨의 동생인 파리의 심리학자까지 최후의 지옥을 불러일으키는 책의 폭력적인 분열 논리 해석에 끼어든다. 어둡고, 끔찍하고, 불편하지만 재미있는 작품이다. **DM**

그들이 말들을 쐈지, 그렇지? They Shoot Horses, Don't They?

호레이스 매코이 Horace McCoy

작가 생몰연도 | 1897(미국)–1955
초판발행 | 1935, A. Barker(런던)
원제 | They Shoot Horses, Don't They?
◆1969년 영화로 제작

처음 출간되었을 때에는 그다지 주목을 받지 못했던 『그들이 말들을 쐈지, 그렇지?』는 1940년대에 파리의 느와르 작가 마르셀 뒤아멜에 의해 재조명을 받게 되었다. 뒤아멜은 기꺼이 헤밍웨이보다 매코이를 택하겠다고 말할 정도로 매코이를 높이 평가하였다.

주인공인 로버트와 글로리아는 헐리우드의 스타가 되기를 꿈꾸지만, 대공황 시대 음침하고 값싼 로스앤젤레스에서 그들이 찾을 수 있는 것이라곤 단조로움와 공허함, 그리고 죽음뿐이다. 댄스 마라톤이라는 명목 하에 참가자들이 며칠 동안 마지막 한 쌍만이 남을 때까지 원형극장을 끝없이 도는 행사가 열린다. 여기에서 매코이는 인생의 무작위와 불합리, 그리고 무의미의 완벽한 은유를 보여준다. 피로와 싸우면서도 버티던 로버트와 글로리아는 누군가의 총소리에 행사가 갑작스럽게 끝나면서 상금을 탈 기회를 놓치고 만다. 어찌할 바를 몰라하는 글로리아가 인생에는 아무런 의미도 없다고 주장하자, 로버트는 그녀의 병적인 야망을 깨닫게 된다.

댄스 마라톤은 대중 연예의 착취 본성과 인간의 삶이 자본주의 아래에서 어떻게 조직화되고 타락하는지를 보여준다. 겉만 번지르르하고 상투적인 대부분의 헐리우드 영화들과는 달리 댄스 마라톤은 결과를 예상할 수 없고, 고통스럽고, 난폭하고, 허무하다. 참가자들은 그저 가축이나 말들처럼 그 가치가 다하면 도축되는 상품에 불과하다. 여기에 매코이의 사회 비판의 핵심이 있지만, 댄스 마라톤 자체처럼, 아무런 결과도, 결론도 맺지 못하는 비판일 뿐이다. **AP**

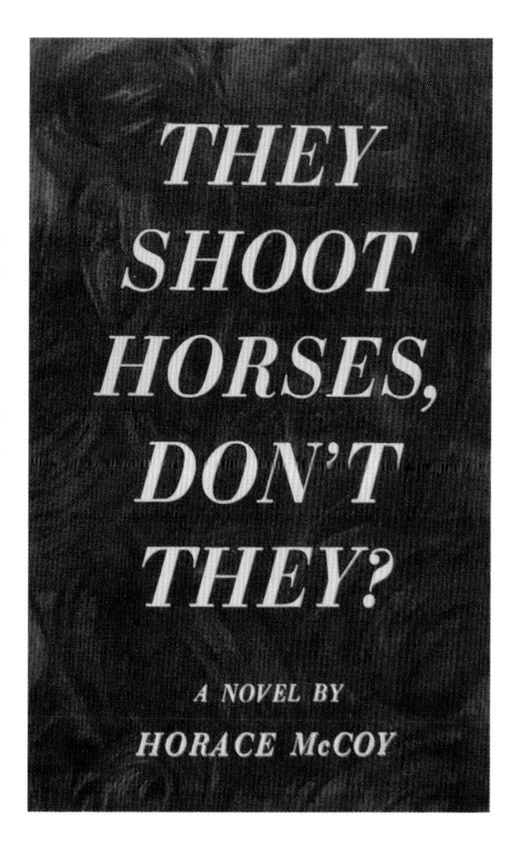

▲ 대공황 시대를 다룬 매코이의 소설들은 유럽에서 높은 인기를 얻었지만, 미국에서는 그다지 좋은 평가를 받지 못했다.

노리스 씨, 기차를 바꿔 타다

The Last of Mr. Norris

크리스토퍼 이셔우드 Christopher Isherwood

작가 생몰연도 | 1904(영국)-1986(미국)

초판 발행 | 1935

초판 발행처 | Hogarth Press(런던)

원제 | Mr. Norris Changes Trains

이 매력적인 소설은 1930년대 베를린을 배경으로 화자와 윌리엄 브래드쇼, 그리고 신비하고 악랄한 노리스 씨와의 일련의 만남을 묘사하고 있다. 윌리엄이 독일로 향하는 기차에서 아서 노리스를 처음 만났을 때, 그는 노리스의 눈이 "규칙을 어긴 것을 보았을 때 놀라는 어린 학생의 눈"이라고 생각한다. 언제나 움직이고, 언제나 수상한 거래에 휘말리는 노리스 씨는 어떻게는 당국의 손아귀에서 빠져나간다.

이 소설은 전체적으로 코믹하고 때로는 익살스럽기까지 하지만, 사실 이셔우드가 묘사한 쾌활한 카페 사회와, 그 배경이 되는 바이마르 공화국 최후의 몇 년과 떠오르기 시작한 나치 권력은 위협적인 대조를 이룬다. 몰락의 가장자리에 놓여있는 세계의 분위기를 불러일으킴으로써, 그들을 드러내고 박멸하려는 무자비한 새 사회 질서에 쫓기는, 자신이 사는 도시의 죄수가 된 저주받은 영혼들을 보여준다. 그들의 유일한 희망은 망명이지만 이러한 선택조차 체포의 위험을 무릅써야만 한다. 공산주의자들은 지하로 내몰리고, 구타와 총소리는 광적인 소문과 루머의 양산에 불을 지핀다. 작가는 부조리라는 극장의 그늘진 가장자리 좌석에서 문명의 몰락을 목격하는 소극적인 관찰자가 되어 내전으로 치닫는 베를린을 보여준다. **TS**

◀ 이셔우드(왼쪽)와 그의 평생 지기이자 문학적 협력자였던 시인 W. H. 오든이 1938년 전쟁으로 찢긴 중국으로 가는 기차에 오르고 있다.

불가촉 천민

Untouchable

물크 라즈 아난드 Mulk Raj Anand

작가 생몰연도 | 1905(파키스탄)-2004(인도)

초판 발행 | 1935

초판 발행처 | Wishart Books(런던)

◆ 『Marg』誌 창간 편집자

"『불가촉 천민』은 오직 인도인만이 쓸 수 있는 작품이다. 유럽인들은 공감이나 동정은 할 수 있어도 그들의 고뇌를 완전히 다 알지는 못하기 때문에 바카라는 인물을 창조해내지 못했을 것이다." 아난드의 친구였던 E. M. 포스터는 이 책의 서문에서 이렇게 말했다.

이 작품은 인도의 가장 낮은 카스트 출신인 한 청소부의 하루를 그리고 있다. 그들이 하는 일에는 인간의 배설물을 치우는 일도 포함되어 있으므로, 자연히 '만져서는 안 되는(不可觸)' 계층이 된 것이다. 바카는 말한다. "그들은 자기들 똥을 치우는 우리를 똥으로 여긴다." 그러나 더 높은 카스트에 속해있는 사람에게 시비를 거는 것은 그에게 사회적인 재앙을 가져다 줄 뿐이고, 스스로의 삶에 독을 뿌리는 짓이나 마찬가지다.

이야기 속에서 바카는 자신의 계급에 대해 이해하려고 노력한다. 구세군 선교사 허친슨을 만나고, 끝내 그의 메시지를 거부한 바카는 모든 인도인은 평등하다고 말하는 간디의 추종자를 만나 새로운 희망을 얻는다. 그러나 잠정적으로 그의 구원이 될 수 있는 것은 기술적인 해결책이다. 사람이 아니라 하수도관이 배설물을 치우게 되면 "카스트의 해충"이라는 소름끼치는 별명에서 영원히 벗어날 수 있는 것이다. 바카는 기술과 간디 중 누가 자신의 진정한 구원자가 될 수 있을까 궁금해한다.

이 소설은 인도의 하층 카스트의 삶과 그들이 멘 멍에를 묘사한 일련의 작품들 중 첫 번째 작품이다. 아난드는 거리에서 흔히 들을 수 있는 구어체의 펀자브어와 힌두어를 동정적인 영어 문장으로 옮김으로써 인도의 찰스 디킨스라는 명성을 얻었다. **JHa**

독립된 민중 Independent People

할도르 락스네스 Halldór Laxness

작가 생몰연도 | 1902(아이슬란드)-1998
초판 발행 | 1935(레이캬비크)
원제 | Sjálfstætt fólk
노벨 문학상 수상 | 1955

오만하고, 고집세고, 거칠고, 때때로 바보같은 주인공 비야르투르는 눈보라 속에서 길을 잃고 죽음이 가까워지면서 신기루를 보기 시작한다. 눈보라가 그를 때리면서 그 발톱은 아이슬란드 전설에 나오는 신비한 괴물 그리무르로 변한다. 비야르투르는 괴물과 싸우면서 한 발자국 한 발자국 길을 헤쳐 가며 잠들지 않기 위해 필사적으로 자신이 아는 모든 시와 노래를 읊는다. 마침내 쓰러질 지경이 되었을 때 그는 간신히 한 농부의 오두막에 다다른다. 지쳐서 기진맥진하지만, 죽음과의 전투에서 승리한 것이다.

이 소설의 핵심은 아이슬란드의 신화적인 과거의 개간이자 가장 잊힌 것들을 통해 국가의 정체성과 역사를 재정의하려는 시도이다. 이 작품은 고대의 농경 사회와 그들의 기지, 고통, 그리고 투쟁을 조명한다. 거친 리얼리즘으로 가득한 이 소설의 페이지에서는 양의 똥냄새와 연기와 돌과, 그리고 깊고 끝없는 눈바람이 스며나온다. 이 소설은 비야르투르의 삶에 초점을 맞춤으로써 전시의 번영에서 전후의 경제 위기와 사회주의의 대두를 통해 빚에서 해방되어 독립하려는 20세기 초의 민중의 투쟁을 묘사했다. 견고하고, 시적이고, 때로 아름다운 문장은 불어나는 비야르투르의 가족들과 그의 첫 번째와 두 번째 부인의 죽음, 그리고 세 아이들의 이루어지지 못한 꿈과 열망을 그려내고 있다.

그 자신이 이 소설에서 묘사한 것과 비슷한 어린 시절을 보낸 락스네스는 60편이 넘는 작품을 썼으며 아이슬란드 문단의 거장임에 논란의 여지가 없다. **JM**

나이트우드 Nightwood

주나 반스 Djuna Barnes

작가 생몰연도 | 1892(미국)-1982
초판 발행 | 1936, Faber & Faber(런던)
원제 | Nightwood
• T.S. 엘리엇이 초판 서문 작성

『나이트우드』는 시인이 쓴 위대한 소설이라는 평을 받고 있으며, T.S. 엘리엇은 이 소설이 주로 시를 읽는 독자들을 매료시킬 것이라고 말한 바 있다. 이 책의 산문체는 확실히 주목할 만하다. 도시적인 위트와 제임스 1세 시대의 극시에서 영향을 받는 모더니즘 바로크가 곳곳에서 보인다. 여성 간의 사랑을 그린 선구자적 작품이라 할 수 있는 『나이트우드』는 레즈비언의 정체성에 대해 긍정적인 이미지를 원하는 이들에게는 상당히 불편한 내용이지만, 그렇다 할지라도 유쾌하고 스타일리쉬한 책임에는 변함이 없다.

『나이트우드』는 주로 파리와 뉴욕을 배경으로, 유럽의 보헤미안들과 망명자들이 배회하는 대도시를 그려내고 있다. 이 소설의 핵심은 남편인 펠릭스 폴크바인과 그들의 아들 구이도, 그리고 그녀를 사랑한 두 여인, 노라 플러드와 제니 페더브리지를 파멸시키다시피 한 위험한 여성, 로빈 보트이다. 로빈의 파괴적인 매력에 맞서 균형을 이루는 것은 매튜 오코너 박사로, 그의 산란할 정도로 이국적인 독백은 묘한 치유의 힘이 있다. 처음에는 말장난을 위한 말장난에 불과하다고 생각했던 문장들이 서서히 사실은 터져버릴 뻔했던 고통이 인간적으로 방향을 틀었다는 것을 알려준다. 이 암울한 우화의 바퀴는 결국, 인습에 얽매이지 않은 박사의 노력을 술취한 사람의 횡설수설로 만들어버린다. 여러 번 읽고 또 다시 읽어야 하는 소설이다. **DM**

▶ 반스는 레즈비언의 관계를 나르시즘이라고 정의했다. "남자는 타인이지만, 여자는 나 자신이다."

Weird
Tales
25c

광기의 산에서 At the Mountains of Madness

H. P. 러브크래프트 H.P. Lovecraft

『광기의 산에서』는 러브크래프트의 작품 중 가장 영향력이 큰 소설로, 최첨단 과학을 탐구한 작품이다. 1930년 비행기와 드릴이 극지방으로 운반되고, 이 지방의 지도 제작이 처음으로 시작된다. 다른 대륙보다 훨씬 더 오래된 이 "끔찍한 곳"은 물질주의자들의 개발에 쉽게 그 문을 열어주지 않는다. 그리 오래지 않아 완전히 새로운 역사, 얼음 아래 묻혀 있던 거대한 낯선 도시와 그 절정에서 살아남은 무시무시한 생존자들이 눈앞에 떠오르면서, 과학과 자연에 대한 기존의 시각이 무너지게 된다.

지질학자 다이어는 긍정적이고 효율적인 1인칭 화법으로 놀라운 신기술을 설명한다. 눈보라에 갇혀버린 첫 번째 탐험대가 표면 아래에 숨겨진 매우 특이한 동굴을 찾았다고 전신을 보내왔을 때에야 서서히 사건들이 그 진상을 드러내기 시작한다. 그때부터 다이어와 그의 조수인 댄포스는 시공과 삶의 모든 관념을 공격하는 발견의 나선계단을 내려가고, 댄포스의 이야기는 꿈에서나 되풀이하는 두서없는 횡설수설이 되고 만다.

에드거 앨런 포에게서 깊은 영향을 받은 러브크래프트는 단지 공포를 몰래 암시할 뿐이지만, 이 공포는 주인공들이 느끼는 철학적 공포를 더 깊이 밀어 넣는다. 고딕 소설 특유의 공포와 잃어버린 세계라는 설정과 현대적인 장르의 매력적인 결합은 동시대의 다른 작품들, 특히 영화에서 재발견된다. 러브크래프트는 생전에는 그다지 성공을 거두지 못했지만, 그의 작품들은 후세의 작가들에게 끊임없이 영감을 주는, 과학을 공포로 묘사한 주제들로 넘쳐난다. 어거스트 덜레스가 "크툴루 신화"라고 칭한 그의 『크툴루』 시리즈 덕분에 아직도 러브크래프트의 광팬들이 존재한다. **JS**

작가 생몰연도 | 1890(미국)–1937
연재 | 1936, 『Astounding Stories』誌
원제 | At the Mountains of Madness
본명 | Howard Phillips Lovecraft

▲ 어린 시절 병약했던 러브크래프트는, 종종 자신의 작품은 악몽 속의 공포에서 영감을 얻었다고 말했다.

◀ 호러, 오컬트, 그 밖의 무시무시한 장르에 끼친 러브크래프트의 영향력은 지금까지도 계속되고 있다.

압살롬, 압살롬! Absalom, Absalom!

윌리엄 포크너 William Faulkner

작가 생몰연도 | 1897(미국)–1962
초판 발행 | 1936
초판 발행처 | Random House(뉴욕)
노벨 문학상 수상 | 1949

이 작품은 소작농에서 대농장주가 된 토마스 섯펜이 1835년부터 1910년 사이(노예들을 데리고 도망친 프랑스인 건축가를 쫓다가 잠시 쉬는 동안) 다섯 번에 걸쳐 들려주는 이야기이다. "더 헌드레드"라는 이름의 대농장을 가지게 된 섯펜에게는 본이라는 이름의 아들(혹은 그의 아들이라고 추정되는)이 있는데, 본은 흑인의 혈통일 수도 있다. 만약 그가 흑인의 피를 이어받았다는 것이 밝혀져 알려지게 되면 섯펜의 집안은 몰락할 위기에 처한다.

다수의 화자에 의해 노출되는 격차와 모순은 우리가 역사적 사건에 대해 아는 것들에 대한 인식론적 의문을 던진다. 『압살롬, 압살롬!』에서 이러한 의문들은 지역적으로 특수한 노동 문제—즉 백인들의 얼굴, 피부, 성, 그리고 땅에 강요된 노동을 제공하는 흑인들이 정작 백인들 사이에서는 거부당하는—에서 비롯되며, 이러한 의문들은 끊임없이 반복된다. "우리가 무엇을 어떻게 아는지 누가 알겠느냐"는 "그들의 얼굴, 피부, 성, 그리고 땅이 흑인들의 노동으로 만들어졌다는 것을 안다면, 흑인들이 어떻게 자신들이 아는 것을 계속 거부할 수 있겠느냐"라는 물음으로 바뀐다. 포크너는 그들이 알고 있는 것을 인정하는 것(예를 들면 섯펜이 본을 자신의 아들로 받아들이는 것)은 그들이기를 거부하는 것과 마찬가지라고 대답한다. 윌리엄 포크너가 아직도 흑인 노동자들에게 의존하는 그의 고향에서 (비록 이제는 노예가 아니라 빚에 의해 착취 당하는 노동자들이지만) 이렇듯 자신의 조상들에 대하여 생각할 수 없는 생각을 하기 시작했다는 사실이야말로 모더니즘 소설의 가장 위대한 작품 가운데 하나인 이 소설의 구조를 설명해줄 수 있을 것이다. **RG**

영원과의 전쟁 War with the Newts

카렐 차페크 Karel Capek

작가 생몰연도 | 1890(체코 공화국)–1938
초판 발행 | 1936
초판 발행처 | Fr. Borovy(프라하)
원제 | Valka s mloky

이 반이상향적 SF소설은 한 뚱뚱한 선장이 이상한 도마뱀을 발견하면서부터 시작된다. '영원'이라고 불리는 이 동물은 양서류에 속하며, 매우 영리하고 두 발로 설 수도 있으며 훈련을 받으면 일을 할 수도 있다. 재정적 지원을 받은 선장은 그의 영원들을 데리고 진주를 찾아 태평양을 항해하기 시작한다.

영원들은 빠른 속도로 번식하고, 선장의 사업은 국제적인 관심사가 된다. 몇 년 사이에 영원의 숫자가 사람들보다 많아지고, 심지어는 대학을 졸업하는 영원들도 생기면서, 이들은 자신들이 살던 얕은 물가를 점점 벗어나기 시작한다. 한때는 이류 시민으로서 노예와 같은 취급을 받던 영원이 자신들의 힘으로 세계를 지배하게 된 것이다.

차페크는 그의 고향인 체코슬로바키아에서는 언론인이자 시인, 소설가로 널리 알려진 인물이다. 『영원과의 전쟁』은 그의 소설 중 가장 훌륭한 작품으로 평가받고 있다. 독일에서 벌어지고 있는 상황 때문에 유럽이 불안해하고 있던 시기에 차페크는 독실한 반나치주의자이면서 공산주의도 혐오하였다. 이 소설은 나치즘과 공산주의를 동시에 패러디할 뿐만 아니라 국가와 국가들 사이의 관계의 기본적인 이기주의에 대해 일갈하고 있다. 차페크는 인간과 인간의 상호작용과 정치적 음모를 따스한 관심과 독특한 코믹 아이러니로 다루고 있다. 신랄하고, 우스꽝스러우며, 정치적으로 예리한 이 소설은 오늘날까지도 그 경종을 울리고 있는 20세기의 도덕적 경고이다. **JC**

엽란을 날려라 Keep the Aspidistra Flying

조지 오웰 George Orwell

작가 생몰연도 | 1903(인도)–1950(영국)
초판 발행 | 1936, V. Gollancz(런던)
원제 | Keep the Aspidistra Flying
본명 | Eric Arthur Blair

조지 오웰은 출판사의 강요는 물론 스스로 그 약점을 발견하면서 이 소설을 대폭 수정해야만 했는데 그 때문에 깊이 실망하게 되었다고 한다. 그럼에도 불구하고 『엽란(葉蘭)을 날려라』는 문학가의 삶을 강렬하고 잔혹할 정도로 풍자하였다. 이 작품은 전형적인 런던 소설이자 더 전형적인 1930년대 소설로, 불운한 주인공 고든 콤스톡의 투쟁을 묘사하고 있다. 콘스톡의 자본주의 고발에 나타나는 문화에의 접근은 부와 득권의 소유와 떨어질 수 없으며, 광고에 지배당하는 당시의 삶은 일상의 상품화를 지적하고 있다. 이들은 헛된 존재, 죽어가는 문명의 표징이다. 임박한 대격동의 위협(오웰이 훗날 『공중으로 오르기(Coming Up for Air)』에서 다루게 된다)이 모든 사건 위에 그 그림자를 드리운다. 그러나 콤스톡은 그가 개탄하는 사회 시스템도 시스템이지만 사실 자신의 성격적 약점의 덫에도 걸려 있다. 그는 제목의 화분 이름에서 나타나는 중산층의 책임을 거부하고, 이를 "인색하고 저급한 예의범절" 쯤으로 치부한다. 그러면서도 변화를 도모하기 위한 수단으로서의 혁명적 정치를 거부하고, 은자처럼 빈민들 사이에서 어울려 삶으로써 가난을 받아들이고자 하는 시도로 죄의식을 달랜다. 특히 이 소설은 콤스톡의 불분명한 성격을 끈질기게 물고 늘어지며, 그의 분노와 절망을 자기연민으로 받아들여야 할지, 아니면 자본주의 착취에 대한 순수한 거부로 받아들여야 할지 묻고 있다. **AG**

"갑자기 깊은 곳에서 울려오는 두 번의 노크가 온 집을 울렸다. 고든은 놀라서 움찔했다. 그의 마음은 심연에서 위로 날아올랐다. 우체부다! 런던의 환락은 잊혀져 버렸다."

▲ 조지 오웰의 본명은 에릭 블레어로, 부모가 난처해지지 않도록 필명을 취했다.

바람과 함께 사라지다 Gone with the Wind

마가렛 미첼 Margaret Mitchell

작가 생몰연도 | 1900(미국)–1949
초판 발행 | 1936
초판 발행처 | Macmillan & Co. (런던)
퓰리처 상 수상 | 1937

▲ 수줍음을 많이 타고 내성적인 성격이었던 미첼은 이 소설이 가져다준 유명세로 몹시 곤혹을 치렀다.

▶ 1936년에 발간된 이 소설의 광고 포스터는 1939년 영화판 〈바람과 함께 사라지다〉의 시각 예술만큼이나 놀라웠다.

남북전쟁과 재건시대, 그리고 조지아를 무대로 정열적인 남부 미녀 스칼렛 오하라와 그녀의 대담한 남편 레트 버틀러를 주인공으로 내세운 이 소설은 발간과 동시에 미국의 신화가 되었다. 이 작품이 불멸의 명작이 된 데에는 물론 1939년 데이비드 셀즈닉이 제작한 영화도 한몫을 했지만, 그렇지 않더라도 이미 초판 출간 이래 전설적인 판매부수를 기록하며 1937년 퓰리처 상을 수상했던 것이다.

이 작품은 소용돌이와도 같은 서사소설로, 미국 역사에서 사회적, 경제적으로 격동기였던 한 시대를 헤쳐가는 스칼렛과 그녀의 친구들, 친척들의 발자취를 좇고 있다. 스칼렛의 고향인 대농장 타라가 상징하는 1860년대 초반의 농업 사회에서 남부의 산업화가 시작되는 1880년대까지의 사회 변화를 추적한다. 스칼렛, 레트, 애슐리의 삼각관계를 다룬 러브 스토리인 이 작품은, 한편으로는 애틀랜타라는 하나의 도시에 바치는 러브레터이기도 하다.

애틀랜타에서 태어난 미첼은, 전쟁 이전의 이 도시의 영광과 남부 동맹군의 결투 이야기를 귀에 못이 박히도록 들으면서 자랐을 것이다. 이 작품을 쓰기 위해 역사를 폭넓게 연구했음을 드러내는 문장들에서, 미첼은 애틀랜타의 확장과 변천을 애정 어린 필치로 기록하고 있다. 그러나 『바람과 함께 사라지다』가 노예 소유주들의 관점에서 남부 대농장에서의 삶을 이상적인 전원 사회로 묘사함으로써 오늘날까지 끊임없는 문화적 논란의 대상이 되고 있는 것도 사실이다.

그럼에도 불구하고 『바람과 함께 사라지다』는 여전히 야심만만하고 매력적인 소설로 남아있다. 이 작품은 미국 소설문학의 방향을 제시하는 데 일조했으며, 무엇보다도 자국의 역사를 바라보는 미국의 관점에 지대한 영향을 미쳤다는 점에서 하나의 문화현상이라 불리기에 손색이 없다. **AB**

GONE WITH
THE WIND

생각하는 갈대 The Thinking Reed

레베카 웨스트 Rebecca West

"글쓰기란 한 개인과 개인 사이의 소통에는 아무 관련이 없다. 오히려 개인의 마음속 여러 다른 부분의 소통이라고 부르는 편이 옳다."

웨스트, 『회의의 기술』, 1952

▲ 1947년 『타임』지 표지에 등장한 웨스트. 미국에서 그녀는 기자 출신의 작가로서 명성을 얻었다.

작가 생몰연도 | 1892(영국)–1983
초판 발행 | 1936, Hutchinson & Co.(런던)
원제 | The Thinking Reed
본명 | Cicily Isabel Fairfield

레베카 웨스트는 진보적이고 여성해방주의적인 정치 성향으로 20세기 전반에 걸친 명성을 얻었다. 『생각하는 갈대』는 1920년대 수많은 중산층 여성들이 느껴야 했던 삶의 한계를 섬세하게 진단한 작품이다. 이 소설의 주인공인 미국 출신의 지적인 과부 이사벨 토리는 유럽의 사회 동란에 아무런 준비 없이 내던져진다. 애인과의 관계에서 환멸을 느낀 그녀는 충동적으로 갑부인 마르크 살라프랑크와 결혼하지만, 그 결과는 거칠고 정열적인 결혼 생활 속에서 애증을 오가는 감정의 극단적인 변화뿐이다. 경제적 최상류층의 부패한 사회상을 배경으로 관계의 진화를 묘사한 『생각하는 갈대』는 피츠제럴드의 『밤은 부드러워』처럼 단순히 한 계급의 붕괴가 아닌, 전반적인 삶의 방식을 강조하고 있다.

마르크가 운영하는 파리 외곽의 공장에서는 파업과 동요가 날이 갈수록 커져만 가고, 주식시장 폭락은 서서히 대서양을 건너 유럽까지 그 마수를 뻗치기 시작한다. 마르크와 이사벨의 무분별한 생활방식은 처음부터 그 끝이 명백하다. 그러나 이 소설은, 부를 잃는 대신 절망적이고 부질없는 사회적 계략에서 잃어가고 있었던 인간적 측면을 얻을 수 있다고 암시한다. 마침내 이사벨은 한때 그녀가 그토록 사랑했던, 잔인하고 김빠진 사교계에 오직 혐오만을 느끼게 된다. 『생각하는 갈대』는 현대의 독자들도 충분히 공감할 수 있는, 관계, 계급, 그리고 결혼에 대한 중요하고도 사려깊은 탐구이다. **AB**

가자에서 눈이 멀어 Eyeless in Gaza

앨더스 헉슬리 Aldous Huxley

작가 생몰연도 | 1894(영국)–1963(미국)
초판발행 | 1936, Chatto & Windus(런던)
원제 | Eyeless in Gaza
언어 | 영어

밀튼의 『투기사 삼손』에서 따온 이 작품의 제목은 헉슬리의 반자전적인 분신인 화자 앤터니 비비스의 깨달음에 대한 추구를 암시하고 있다. 1902년 영국에서 보낸 소년 시절부터 1935년 위험하게도 평화주의에 투신하기까지의 그의 인생을 추적하는 것이다. 우리는 매우 상세하게 묘사된, 대부분 중상류 계층인 친구들, 친척들, 그리고 협력자들을 만나게 된다. 또한 이 소설은 시간을 마구 휘젓고 다니는 시제의 실험을 시도함으로써, 과거와 현재를 아이러니하게 연결하는 고리들을 창조해 낸다. 지적인 명상에 굴복한 전통적인 플롯 전개는 사회학, 민주주의, 그리고 전체주의에 대해, 특히 사회 조화와 자유의 문제에 대해 기지 넘치고 자극적인 견해들을 풀어놓는다.

이 소설의 가장 악명 높은 장면에서는 살아있는 강아지 한 마리가 비행기로부터 던져져 앤터니와 애인 헬렌이 알몸으로 햇볕을 쬐고 있는 테라스에 떨어진다. 개의 몸뚱이는 산산조각이 나고, 피가 사방에 튄다. 박학다식한 앤터니는 개의 피를 뒤집어쓴 헬렌에게 "맥베스 부인 같다"고 말한다. 아이러니도 넘쳐난다. 남자는 애인이 헤어지려고 마음 먹었을 때에야 그녀의 상냥함을 느낀다. 덫에 걸린 인간 상황으로 창조해낸 헉슬리의 희비극적 감각이 돋보인다.

『가자에서 눈이 멀어』에서 헉슬리는 장황하고 교조적이지만, 사실 그는 H.G. 웰스나 로렌스와 함께 문단의 대표적인 해방주의자였다. **CW**

여름이 오면 Summer Will Show

실비아 타운센드 워너 Sylvia Townsend Warner

작가 생몰연도 | 1893(영국)–1978
초판발행 | 1936, Chatto & Windus(런던)
원제 | Summer Will Show
언어 | 영어

1930년대에 글을 쓰는 작가들은 어떻게 혁명을 이야기하는가. 임박한 소비에트 혁명은 상상조차 할 수 없었고, 그렇다고 19세기 이래 서유럽에는 혁명이라는 것 자체가 없었다. (당시는 아직 공산주의자가 아니었던) 실비아 타운센드 워너는 1848년 혁명, 특히 시민 봉기가 오를레앙 공 루이 필리프를 몰아냈던 파리로 되돌아갔다. 주인공은 영국 여성 소피아 윌러비다. 아이들은 수두로, 집은 법적 사기로, 남편은 불륜으로 잃은 소피아의 개인적 비극은 그녀를 준비된 혁명가로 만들었다. 남편인 프레데릭을 따라 파리로 온 소피아는 남편의 정부인 민나 레뮈엘과 사랑에 빠진다. 그러나 1848년 여름의 혼돈 속에서 민나는 소피아의 슬하에서 자란 카스파르에 의해 목숨을 잃는다. 소피아는 카스파르를 죽이지만, 민나의 죽음은 받아들이기를 거부한다. 이러한 멜로드라마 같은 사건들이 초연하면서도 밀접한 문장들로 펼쳐진다.

이때 소피아에게 다가온 것이 바로 엥겔스 이론의 한 갈래인 잉겔브레히트이다. 이로써 그녀는 수수께끼의 책자 『공산당 선언』을 배포하게 된다. 1848년 여름의 패배는 그녀가 혁명가로서 살아나가게 될 것임을 보여주었다. 『여름이 오면』은 모두 세 가지 이야기를 들려준다. 급진적인 파리의 거리를 거니는 소피아, 민나와 미묘하고 한없이 섬세한 레즈비언 로망스를 나누는 소피아, 그리고 혁명가로 살아가는 것이 무엇을 의미하는지 서서히 깨달아가는 소피아. 셋 중 뒤의 두 소피아는 워너 자신의 경험을 바탕으로 한 자전적 요소들을 포함하고 있다. **AMu**

인력거꾼 Rickshaw Boy

라오 쉬 Lao She

작가 생몰연도 | 1899(중국)–1966

초판 발행 | 1936, Renjian Shuwu(베이징)

본명 | 슈 칭춘(舒慶春, Shu Qingchun)

원제 | 駱駝祥子(Luotuo xiangzi)

『인력거꾼』은 사회비판적인 소설로, 주인공인 인력거꾼 시앙쯔의 육체적, 도덕적 타락을 묘사하고 있다. 불공평한 사회에서의 시앙쯔의 투쟁과 베이징 사투리를 그대로 옮겨온 듯한 생생한 언어로 찬사를 받은 작품이다. 북부 시골의 고향을 떠나 막 베이징에 도착한 시앙쯔는 자기 인력거를 소유하겠다는 야심을 품고 인력거꾼의 세계에 뛰어든다. 그의 열정은 곧 보상을 받지만, 오래지 않아 반란군의 습격으로 인력거를 빼앗기고 그들의 졸개가 된다. 시앙쯔는 탈출하여 세 마리의 낙타를 훔쳐서 파는 데 성공하고 "낙타"라는 별명까지 얻는다. 그러나 이 절도 행각은 그를 도덕적, 육체적 파멸로 이끄는 첫단추였다. 속임수에 넘어가 인력거 소유주의 딸인 "호랑이" 리우와 결혼하지만, 아내가 아이를 낳다가 죽자 술과 도박에 빠진다. 시앙쯔가 결혼하려 했던 소녀 푸쯔가 매춘으로 내몰린 끝에 자살하면서 시앙쯔의 비극은 정점을 찍는다.

1949년 이후 출간된 몇몇 중국어 판본에서는 결말이 검열 끝에 삭제 당했고, 심지어 영어 초판본은 해피엔딩으로 끝난다. 그러나 적대적인 사회와 스스로의 과오로 파멸하는 노동자들의 삶을 그려낸 라오 쉬의 타협을 모르는 사실적인 묘사야말로, 20세기 중국인의 운명을 풍자한 이 소설이 여전히 사랑받는 이유이다. **FG**

아웃 오브 아프리카 Out of Africa

이자크 디네센(카렌 블릭센) Isak Dinesen (Karen Blixen)

작가 생몰연도 | 1885(덴마크)–1962

초판 발행 | 1937, Putnam(런던)

본명 | Karen Christence Dinesen

원제 | Den afrikanske Farm

카렌 블릭센이 간발의 차로 노벨 문학상을 놓친 『아웃 오브 아프리카』는 그녀의 가장 유명한 작품이다. 케냐의 커피 농장에서 보낸 시간의 회상이자 저물어가는 유럽 제국주의의 종말을 생생하게 묘사한 초상이다.

디네센은 제1차 세계대전 전후를 배경으로 실패할지도 모른다는 강박관념에 쫓기면서, 가난과 자연재해와 싸워가며 커피 플랜테이션을 성공시키기 위해 악전고투한다. 그녀의 회상은 신과 사자(자연을 지배하는 상징), 아프리카의 폭력, 인종차별로 점철된다. 디네센은 아프리카의 풍경을 사랑했으며, 이 책의 문장들은 (비록 현대 독자들에게는 아프리카인들에 대한 묘사가 다소 불편하게 느껴질 수도 있겠지만) 한없이 섬세하다. 디네센은 유럽과 아프리카 문화의 차이를 설명한다. 아프리카 남자들이 더 진정한 남성에 가깝다고 믿은 그녀는 여성으로서 이 두 문화 간의 간격을 좁히고자 하였다. 결말에서 디네센은 결국 농장을 잃고 유럽으로 되돌아가지만, 20년 동안 고향이라고 생각한 아프리카에 대한 그녀의 사랑은 줄어들지 않았다. 이 소설은 제국주의의 죽음과 추방, 야만, 아름다움, 그리고 인간의 투쟁을 그리고 있다. 모더니즘의 가장 위대한 전원적 비가로 평가받는 이 소설은, 다른 모든 수식에 앞서 "아프리카" 소설이다. **EF**

▶ 사진 작가 카를 반 페히텐이 찍은 사진. 카렌 블릭센이 아프리카의 정겨운 추억을 연상시키는 배경 속에 앉아 있다.

괄호에 넣어서 In Parenthesis

데이비드 존스 David Jones

작가 생몰연도 | 1895(영국)–1974

초판 발행 | 1937, Faber & Faber(런던)

원제 | In Parenthesis: Impressions, in a fictitious form, of life on the Western Front

제1차 세계대전을 다룬 묻혀진 고전으로 평가받는 이 소설은 평범한 웨일즈 출신 일병의 관점에서 쓰여진 서정적 작품이다. 존스의 이야기는 혼란스럽고 위험한, 그러나 놀랍도록 아름다운 세계로의 여행이다. 그가 말하는 전쟁의 "진실"을 새로운 목소리로 그려내는 과정은 적절한 표현을 부여하는 대신 어려운 언어와 모더니즘의 겉치레를 벗어버린다. 그는 제1차 세계대전을 이해하기 위한 도구로서 가장 오랜 영향력을 지닌 형식인 시를 택한다. 그의 작품은 서정시의 기나긴 부분들을 아우르며, 전쟁을 자신들이 경험한 형식으로 묘사하고자 했던 다른 작가들—브룩, 사선, 브리튼, 그레이브스 등—과 동일 선상에 있다.

그러나 평론가들이—"1차 대전 기념 문학 중 가장 오랫동안 살아남을 작품"이라고 평가한 스티븐 스펜더부터, "재발견을 기다리는 고전"이라고 평한 2003년의 줄리언 미첼까지—간과한 것은 이 소설이 이해하기가 어렵다는 것이다. 이것은 비단 최근의 유행 때문만은 아니다. 존스의 작품들은 그 깊이를 이해할 수 있는 사람들이 거의 없었다. 그래서 이 책이 앞에서 말한 대로 불멸의 명작이 되었는지는 지켜보아야겠지만, 지금도 그렇고, 앞으로도 썩 인기있을 책이라고는 말할 수 없을 것이다. **EMcCS**

페르디두르케 Ferdydurke

비톨드 곰브로비츠 Witold Gombrowicz

작가 생몰연도 | 1904(폴란드)–1969(프랑스)

초판 발행 | 1937

초판 발행처 | Rój(바르샤바)

◆1991년 영화화

우스꽝스럽고, 거칠고, 반동적인 이 독특한 소설은 나치 치하에서는 출판이 금지당했고, 공산정권의 탄압을 받았으며 지금은 대다수의 폴란드 고등학교에서 반드시 배우는 작품이 되었다. 이 소설은 정체성, 시간의 힘, 사춘기, 그리고 이런 시절의 잔인함에 대한 소설이다. 요아이 코발스키는 30세의 남자에서 십대 소년, 혹은 적어도 다른 사람들이 보기에 십대 소년의 모습을 한 남자로 변한다. 낯선 교수가 그를 마을 학교로 데려가고 그는 이 새로운 세계의 일부분이 되지만 여전히 성인이 된 후의 사고와 기억을 잃지 않는다. 덕분에 그는 학생과 교사들 사이의 마찰로 가득한 세계를 독특한 사회적, 정치적, 문화적 관점으로 볼 수 있게 된다. 욕망은 좌절되고, 주변 어른들은 그에게 선심을 베풀고, 운동장의 놀이와 의식에 참여를 강요당한다.

작가는 성숙과 미성숙 사이의 경계에 존재하는 어둡고, 짓눌리고, 망가지기까지 한 인간 영혼을 놀라운 힘과 재치, 그리고 철학적 섬세함으로 그려냈다. 이 작품은 폴란드와 유럽이 모두 격동을 겪고 있던 시기에 쓰여졌으며 당시의 불안정과 좌절을 모두 반영하고 있다. 곰브로비츠는 현재 20세기 가장 위대한 폴란드 작가 중 하나로 꼽힌다. **JM**

장님 올빼미 The Blind Owl

사다크 헤다야트 Sadegh Hedayat

작가 생몰연도 | 1903(이란)-1951(프랑스)
초판 발행 | 1937(이란)
연재 시작 | 1941, 일간지 『Iran』
원제 | Bouf-e Kour

자신이 잠과 깨어있음, 광기와 제정신 사이 최면의 연옥에 갇혀 있다고 믿는 고뇌에 찬 젊은 예술가가 있다. 그는 술과 아편의 힘을 빌려 생생하고 무시무시한 신기루의 세계를 묘사한다. 그의 삶의 영감인 동시에 절망의 원천이 되는, 관능적이고 위협적인 한 여인이 검은 사이프러스 나무, 구불구불 흐르는 시내, 웅크리고 있는 수행자와 함께 나타난다. 끊없이 되풀이되는 이러한 모티브들에 홀린데다, 떠나지 않는 욕망과 공포의 강박 앞에서 무기력하기 짝이 없는 그는, 벽에 올빼미처럼 비치는 자신의 그림자와만 이야기를 나눈다.

이 작품은 헤다야트의 가장 유명한 산문이다. 레자 샤의 압제 정권 치하 이란에서는 출판이 금지됐다가 1941년 샤가 퇴위한 후에야 비로소 테헤란의 일간지에 연재되었다. 헤다야트는 페르시아 역사와 민속을 전공한 학자지만, 그의 작품은 드 모파상, 체호프, 에드거 앨런 포, 그리고 프란츠 카프카의 영향을 받았다. 그는 후에 파리로 망명하여 세상을 떠날 때까지 10년 동안 사르트르와 철학을 연구하였다.

『장님 올빼미』는 헤다야트의 문학적 유산으로, 가장 어두운 내면 풍경의 능란한 탐구이다. 그 풍경은 공포와 불길한 조롱의 묘비명의 그림자가 드리워 있지만, 눈부신 묘사와 깊은 감동을 주는 통찰의 섬광으로 빛나고 있다. **TS**

호빗 The Hobbit

J. R. R. 톨킨 J. R. R. Tolkien

작가 생몰연도 | 1892(남아프리카)-1973(영국)
초판 발행 | 1937
초판 발행처 | G. Allen & Unwin(런던)
원제 | The Hobbit: or, There and Back Again

이 책이 출간되기 전 벌써 10년 동안 톨킨은 자신이 만들어낸 허구의 세계인 "중간계"에 매달려 있었다. 그럼에도 『호빗』은 톨킨이 출간한 첫 번째 작품이며, 그로부터 10년이 지나서야 겨우 그 속편 격인 『반지의 제왕』이 나오게 된다. 줄거리와 등장인물들은 톨킨이 옥스퍼드에서 연구한 고대 앵글로색슨과 스칸디나비아 서사시의 영웅들 및 톨킨이 살았던 영국 시골의 중산층에서 따왔다.

이 이야기의 주인공 빌보 배긴스는 호빗이다. 호빗은 인간 키의 약 절반만하고 털북숭이 발에 먹고 마시기를 좋아하는 종족이다. 마법사 간달프가 부추기는 바람에 빌보는 난생 처음으로 자신의 마을인 샤이어를 떠나 한 무리의 난쟁이들과 함께 그들이 용에게 빼앗겼다고 주장하는 보물을 되찾으러 나선다. 골룸을 만난 빌보는, 약자가 끼면 사라질 수 있게 해주는 마법의 반지를 자신이 가지고 있음을 알게 된다. 일련의 모험을 겪은 후 빌보와 간달프는 마을로 돌아오지만 그의 모험심이 호빗답지 않다고 생각하는 마을 사람들은 그를 거부한다. 빌보는 자기가 소유하고 있는 줄도 모르는 내적 능력이 있어 변신을 할 수 있는, 다소 영웅답지 않은 영웅이다. 어떤 비평가들은 이 작품에서 전시 영국의 영웅주의의 은유나 특정 국가의 유전적인 악독함을 읽어내려고 시도했다. 그러나 톨킨은 우의를 좋아하지 않았던 것으로 알려졌다. 그러므로 이 작품은 단순히, 자신의 능력이 시험대에 오를 때까지 자신이 얼마나 유용한지 전혀 알지 못했던 작고 매력적인 인물의 영웅적인 이야기일 뿐이다. **EF**

그들의 눈은 신을 보고 있었다 Their Eyes Were Watching God

조라 닐 허스튼 Zora Neale Hurston

작가 생몰연도 | 1903(미국)–1960
초판 발행 | 1937, J. B. Lippincott Co.(필라델피아)
원제 | Their Eyes were Watching God
• 2005년 영화화(Harpo Studios 영화사)

"그들은 다른 이들과 함께 앉아 있었다. 어둠을 응시하고 있는 것처럼 보였으나, 그들의 눈은 신을 보고 있었다."

▲ 인류학을 공부한 허스튼은 미국 흑인의 구술 문화를 연구한 끝에 언어의 패턴을 감지해내는 날카로운 귀를 가지게 되었다.

노예로서 끔찍한 삶을 살아온 외할머니는 열여섯 살 제이니를 사회적으로 존경받는 사람과 결혼시킨다. 그녀는 이 결혼으로 제이니를 흑인 여성들이 짊어진 파멸의 운명에서 보호해 주려 했던 것이다. 그러나 겁없는 이상주의 탓에 그녀의 감정은 만족을 느끼지 못했고, 결국 그녀는 감성적으로 인색한 남편을 떠나 허황된 몽상가 조를 따라 나선다. 두 사람은 더 남쪽으로 내려가 야망과 약간의 땅만 가지고 풍요로운 흑인들만의 마을을 세운다. 조는 제이니의 사회경제적 지위를 상승시켜 주었지만, 제이니는 조와 동등한 동업자가 아닌, 그의 성공의 장식물이 되었을 뿐이다. 조가 죽자 이미 중년이 된 제이니는 마을의 끈질긴 소문을 물리치고 본능이 지시하는 대로 수수께끼의 청년 티케이크에게로 간다. 소설이 끝날 무렵 제이니는 모든 것을 잃는다. 제이니와 티케이크가 공유한, 강렬하지만 덧없는 관계에서 제이니는 자신이 생각했던 사랑은 꽃이 만발한 배나무와도 같다는 사실을 깨닫게 된다.

허스튼은 미국 최초의 흑인 합동 거주 지역에서 시장의 딸로 태어났으며, 이러한 사회적, 정치적 흑인 자치 경험 덕분에 인종 문제에 대한 독특한 관점을 가지게 되었다. 결국 그녀는 인류학자가 되어 고향인 플로리다에서 미국 흑인들의 민속과 구전 전승을 연구했다. 『그들의 눈은 신을 보고 있었다』에 등장하는 대화는 매우 강한 남부 흑인 사투리이며, 허스튼은 그 발음이나 리듬, 경쾌함을 음성 기호에 가까운 문자를 사용하여 풍부한 디테일로 묘사하였다. 리처드 라이트 같은 당대의 작가들은 이러한 구어와 삶에 대한 찬미를 혹독하게 비판하였지만, 오늘날 허스튼은 미국 흑인 문학에서 누구보다 중요한 존재이다. **AF**

생쥐와 인간 Of Mice and Men

존 스타인벡 John Steinbeck

로버트 번스의 시 「생쥐에게」의 한 소절에서 따온 이 작품의 제목은 줄거리의 비극성을 암시한다. 이 작품은 일하던 캘리포니아의 목장에서 수 마일이나 떨어진 곳에서 기차에서 강제로 내려진 조지와 레니의 이야기이다. 조지는 검은 살빛의 작고 날카로운 사나이이고, 레니는 지능은 떨어지는 거한으로 조지에게 지극히 헌신적이며 언제나 조지에게 의존한다. 그날 밤 캠핑을 하면서 두 사람은 함께 농장을 차리는 꿈을 꾼다. 목장으로 돌아온 두 사람은 둘의 우정을 칭찬하는 노새몰이꾼 슬림을 만난다. 그는 레니에게 강아지 한 마리를 주면서 땅을 사서 집을 지으려는 두 사람의 계획에 자기를 끼워달라고 설득한다. 그러나 레니가 뜻하지 않게 사고로 그 강아지를 죽이고 목장의 한 여자의 목을 부러뜨리면서 이 꿈은 산산조각이 나고 만다. 폭력단의 손에 죽을 뻔한 레니는 간신히 도망쳐 소시를 만난다. 조지는 부드럽게 두 사람의 전원 생활 계획을 다시 들려주고, 레니의 뒷머리에 총을 쏘아 그를 죽인다. 폭력단이 도착하자 슬림은 조지가 레니에 대한 연민으로 그를 죽였다는 사실을 알고 조용히 조지를 빼낸다.

이 소설은 동지애와 이 남자들끼리의 이상적인 유대를 거부하는 가혹한 현실에 대한 이야기이다. 조지와 레니의 독특한 관계는 이상에 가깝지만, 진정한 우정을 이해하지 못하고 약자를 이용하는 것을 당연하게 여기는 세상은 이를 오해한다. 그러나 이 소설의 진정한 비극은 현실로서의 위대한 아메리칸 드림이 단지 "꿈"에 불과했음을 드러냄으로써 아메리칸 드림의 죽음을 고했다는 것이다. **EF**

작가 생몰연도 | 1902(미국)–1968

초판 발행 | 1937, Covici Friede(뉴욕)

원제 | Of Mice and Men

노벨 문학상 수상 | 1962

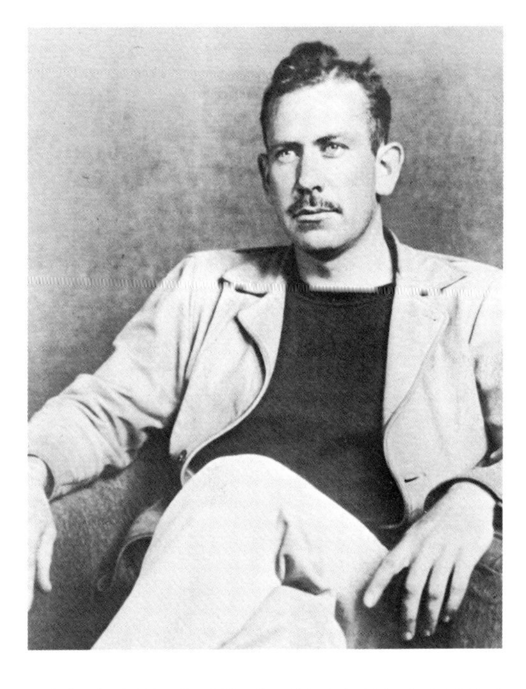

"내가 다 말해줄게. 만약 네가 잊어버리면, 다시 이야기해주면 되지 뭐."

▲ 스타인벡은 자신의 고향인 캘리포니아 농경 사회의 하층계급 사람들의 삶을 관찰하였고, 이들을 바탕으로 그의 걸작들이 탄생했다.

머피 Murphy

사무엘 베케트 Samuel Beckett

작가 생몰연도 | 1906(아일랜드)–1989(프랑스)
초판 발행 | 1938
초판 발행처 | G. Routledge & Sons(런던)
노벨 문학상 수상 | 1969

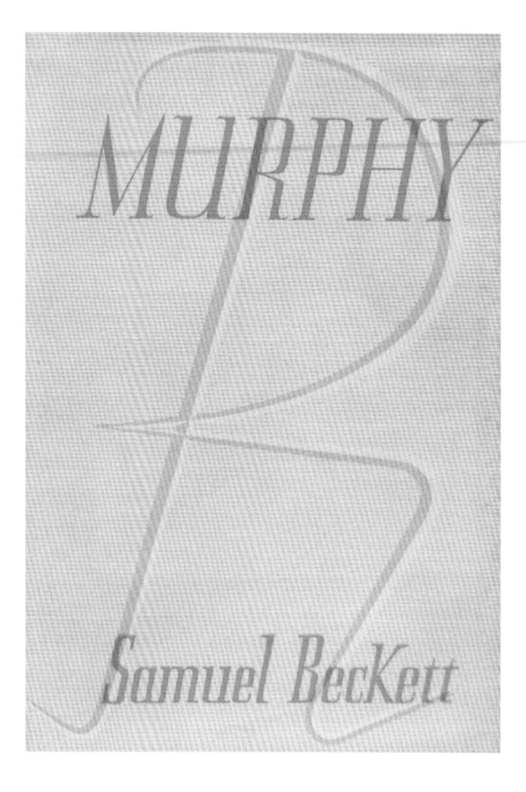

▲ 처음 출간되었을 때에는 거의 주목을 받지 못했던 『머피』는 1950년대 『고도를 기다리며』의 성공에 힘입어 재출간되었다.

베케트는 수많은 걸작을 탄생시켰으나, 『머피』는 그의 작품들 중에서도 변함없이 가장 유쾌하며 매력적으로 자유로운 작품이다. 후기작에서 보이는 가혹한 엄격함과 재귀성 없이 거의 관습적이라 할 수 있는 이 소설은, 조이스의 위트와 라블레의 물질주의가 간간이 고개를 내미는, 『트리스트램 섄디』의 모작에 가깝다. 처음부터 이 소설은 전지적 화자의 게으른 잘난 척을 마구 공격한다. 죽은 문장은 어김없이 유쾌한 경멸에 의해 뒤집힌다. "그의 마음속에 있는 삶이 그에게 기쁨을 주었다. 기쁨을 말로 표현할 수 없다는 기쁨." 케케묵은 참고문헌과 톡톡 튀는 어휘 사이에서 짙고 빠른 조크가 튀어나온다. 너무 빨라서 말로 표현할 수 없을 만큼.

이 소설은 런던에서 겪는 머피의 모험 이야기이다. 특정한 도시의 지리에 한정했다는 점에서 베케트의 작품 치고는 의외의 경우이다. 흔들의자의 고요함과 자유를 갈망하는 머피는 "계획"과 비슷한 것은 무엇이라도 피하려고 하지만, 언제나 가지각색의 믿기지 않는 재난에 휘말리곤 한다. 약혼녀에게서 도망쳐서 창녀와 살기도 하고, 꽤 괜찮은 보수를 받기로 하고 정신병원에서 이상한 평화주의 체스를 두기도 한다. 그러나 머피가 사고로 죽고, 이 사고가 밝혀지면서 이 소설이 이때껏 보여준 알량한 서스펜스와 마지막 고조가 그만 맛을 잃고 만다. 대담하고 낙천적인 화술 중에는 머피의 "마음"의 묘사도 있다. 그러나 이 코믹 로맨스에서 가장 마지막까지 빛을 잃지 않는 것은 그 어두운 유혹과 문학적 권태를 저항하는 생기발랄함이다. 베케트에 빠져들기에도, 빠져나오기에도 더없이 좋은 작품이다. **DM**

미합중국 U.S.A.

존 더스 패서스 John Dos Passos

작가 생몰연도 | 1896(미국)–1970
초판 발행 | 1938, Constable & Co.(런던)
3부작 | 『북위 42°선』(1930), 『1919』(1932), 『거금』(1936)

『미합중국』을 구성하고 있는 세 편의 소설은 미국식 삶에 대한 포괄적인 작품을 쓰고자 했던 수많은 시도 중에서도 가장 성공적인 케이스이다. 더스 패서스는 1900년에서 1930년대까지의 노동운동과 자본주의의 내부 구조, 항해 생활, 미국의 제1차 세계대전, 헐리우드 문화의 대두, 그리고 대공황을 폭넓게 다루고 있다. 이러한 사건들은 12명의 주인공(6명의 남자와 6명의 여자)의 삶에 교묘하게 반영되어 있다. 미국식 삶의 폭력적 특성은 특히 워블리(세계 노동자 연맹 회원들을 가리키는 말)들이 노동조합을 결성하려고 하면서 공격을 당하는 장면에 잘 나타나 있다.

"그러나 『미합중국』은 주로 민중의 목소리이다."라고 더스 패서스는 쓴 바 있다. 미국의 모든 목소리를 들어내는 그의 완벽한 귀는 이러한 목소리들을 대립, 음모, 협력 등으로 빚어내어 사회주의 비판에 가까운 전체 그림을 만들어낸다. 더스 패서스는 19세기 자연주의자가 아니라 근대주의자였다. 그의 민중의 목소리는 조이스, 거트루드 스타인, 헤밍웨이에서 비롯된 이야기들에 짙게 배어 있다. 자전적인 "카메라 눈" 부분은 조이스의 『젊은 예술가의 초상』을 본떴으며, 실제 신문의 헤드라인을 인용한 "뉴스 영화" 부분은 풍자적인 다큐멘터리 장치이다. 스타인의 현재진행형은 이 작품 메인 텍스트의 모델이다. 이러한 방법은 노동자의 정치적 희망과 젊은 남녀의 사회적 순수함, 그리고 권력이 개입할 경우에 피해갈 수 없는 사건들을 공평하게 전달하기 위한 것이다. 또한 더스 패서스는 이야기를 전진시키기 위해 의식을 과감하게 생략하거나 뛰어넘기도 한다. 이러한 진행형 언어에 난입한 미국의 목소리는 복잡하지만 의문의 여지없이 성공적인 혼합을 탄생시켰다. **AMu**

▲ 『거금』은 미국에서 3부작으로 출간된 마지막 소설로 냉전시대의 서곡이 된 대공황을 다룬다.

브라이턴 록 Brighton Rock

그레이엄 그린 Graham Greene

작가 생몰연도 | 1904(영국)-1991(스위스)
초판 발행 | 1938, W. Heinemann(런던)
원제 | Brighton Rock
• 1947년 영화화

악의 본성을 탐구한 매력적인 작품 『브라이턴 록』의 주인공은 아마추어 탐정 아이다와 살인자이자 천국이 아닌 지옥을 선택한 가톨릭 신자인 핑키이다. 두 건의 살인을 저지른 핑키는 로즈가 그에게 불리한 증언을 하지 못하도록 그녀와 결혼한다. 신실한 가톨릭 신자인 로즈는 핑키가 잃어버린 순수함을 대변한다. 물론 공식적인 주인공은 아이다이지만, 그녀의 영웅주의는 사건을 풀 수 있는 능력에 따라 좋은 사람이냐 아니냐가 결정되는 탐정 소설의 공허한 도덕관념에 속해 있을 뿐이다. 반대로 자신이 지옥에 떨어질 것이라는 사실을 곱씹는 핑키의 악은 아이다의 불가지론으로는 결코 이룰 수 없는 도덕적 진지함을 보여준다. 여기서 로즈는 핑키와 상반된 존재로 그의 가톨릭 신앙을 공유하며, 자신이 사랑한다고 믿는 사람을 보호하기 위해 기꺼이 타락할 각오가 되어 있는 여인이다. 핑키에게 있어서, 로즈를 타락시킨 죄는 살인보다 더욱 큰 것이어서 그의 지옥행은 더더욱 확고해진다.

『브라이턴 록』은 탐정소설로 시작하여, 아이다가 핑키를 쫓는 과정에서 여전히 탐정소설로 남아있다. 그러나 탐정소설의 구조는 단지 이 작품에 드러나는 도덕적 뼈대를 포함하고 있을 뿐이다. 작가는 다양한 화법적 테크닉을 사용해 핑키의 신학적인 도덕과 그 실체 없는 상대를 강조한다. 원칙적으로 지옥에 대한 핑키의 성찰을 표현한 언어는 아이다나 다른 인물들의 비교적 가벼운 생각들과 생생한 대조를 이룬다. 핑키의 비극이 탐정소설의 전형적인 패턴과 다른 점은, 핑키를 제외한 거의 모든 인물이 대중 문화의 제한적 상상력과 관련된 문화의 상업화에 대한 비판이라는 점일 것이다. **LC**

▲ 그린은 1920년대 후반 가톨릭으로 개종하고 그의 작품에 깊은 영향을 미치게 된다.

◀ 1947년판 영화 〈브라이턴 록〉에서 핑키 역을 맡은 리처드 애튼보러. 그린의 원작을 바탕으로 빼어난 스릴러 영화를 탄생시켰다.

경계 대상 Cause for Alarm

에릭 앰블러 Eric Ambler

작가 생몰연도 | 1909(영국)–1998

초판 발행 | 1938, Hodder & Stoughton(런던)

원제 | I Cause for Alarm

전후 필명 | Eliot Reed

1930년대 후반 에릭 앰블러는 영국식 스릴러를 재창조했다. 그때까지 영국식 스릴러란 도무지 신빙성이 없는 악당들이 (앰블러의 표현을 빌리자면) "도저히 어떻게 해볼 수 없을 정도로 멍청한" 영웅들과의 대결로 넘쳐흘렀다. 그의 첫 번째 소설인 『어둠의 변경지대(The Dark Frontier)』는 패러디로 시작했다. 교통사고를 당한 뒤 자신이 터프한 영웅이라는 착각에 빠진 한 과학자가 세계를 지배하려는 카리스마적인 백작부인의 음모를 저지한다는 것이다. 앰블러는 그 후 5년 동안 연달아 다섯 편의 작품을 내놓았는데, 그중 가장 뛰어난 작품이 바로 『경계 대상』이다.

앰블러 자신처럼 엔지니어인 주인공 니콜라스 말로는 여자친구에게 청혼한 바로 그날 해고당한다. 10주 후 여전히 실업자 신세인 말로는 포탄을 제조하는 영국 회사의 밀라노 지사에서 일하기로 한다. 말로가 이탈리아에 도착하자, 파시스트 정부가 어떤 무기를 사들이고 있는지에 대한 정보를 노리는 정체불명의 조직에 소속된 다양한 스파이들이 접근해온다. 간첩들과 이중간첩들의 복잡한 거미줄에 얽혀버린 말로는 결국 당국과 갈등을 빚게 된다. 자신의 목숨을 담보로, 전쟁으로 치닫는 대서양의 이쪽 편에 발이 묶인 말로는 탈출하기로 마음먹는다. 이 소설의 마지막 1/3은 북이탈리아를 무대로 펼쳐지는, 인상적이리만치 절제된, 그러면서도 아주 유쾌한 추격전이다.

『경계 대상』은 순진함이 곧 죄가 되는 상황에 처해버린 순진한 남자가 결국 고용주와 조국, 과학, 그리고 세계에 대한 자신의 충성도를 재조정하게 되는, 매우 흥미로운 이야기이다. **TEJ**

알라무트 Alamut

블라디미르 바르톨 Vladimir Bartol

작가 생몰연도 | 1903(이탈리아)–1967(슬로베니아)

초판 발행 | 1938, Modra ptica(류블랴나)

원제 | Alamut

영문 번역판 발행 | 2004, Scala House Press

슬로베니아 태생의 작가 블라디미르 바르톨의 작품들은 절판된 후 한동안 재출간되지 않았다. 자신이 속해있던 시대를 뛰어넘기에는 그 시대에 지극히 충성스러웠던 그는 소비에트 정권 치하에서 가혹한 검열의 대상이었다. 그러나 그의 걸작 『알라무트』는 미래로 여행하면서 새로운 의미를 가지는 작품들 중 하나이다. 출간된 지 1년 만에 작가를 곤경에 빠뜨린, 당시 떠오르던 파시스트 운동에 대한 풍자는 오늘날의 호전적인 이슬람 세계에서 새롭게 깊은 의미를 갖는다.

『알라무트』는 11세기 이스마일파 지도자인 하산 이븐 사바의 이야기이다. "산 속의 노인"이라고도 불렸던 하산 이븐 사바는 종교적 열정과, 그들을 기다리고 있는 낙원에 대한 세심하게 설계된 환상으로 엘리트 자살폭탄 테러리스트들에게 영감을 불어넣은 암살자의 원조이다. 사바의 산 위 요새인 알라무트를 무대로, 화자인 젊은 노예 처녀 할리마와 순진한 엘리트 전사 타히르는 신앙과 믿음, 웅변, 그리고 권력의 본질과 목적에 대한 강렬한 질문들을 던진다.

그러나 이 소설에는 정치와 종교보다 훨씬 많은 그 무엇이 있다. 작가는 본디 목가적인 하렘에서의 소녀들과 나이든 여인들의 삶을 탐구하고, 사바의 집권의 핵심에 있는 도덕적 문제들 역시 고통스럽게 드러낸다. 또한 중세 이란의 풍경과 고립된 알라무트의 야만적인 아름다움을 강렬한 대조로 묘사하였다. 때때로 늘어지는 감은 있지만 전반적으로 충격적이고, 감동적이고, 자극적인 작품이다. **TSu**

레베카 Rebecca

다프네 뒤 모리에 Daphne du Maurier

작가 생몰연도 | 1907(영국)–1989
초판 발행 | 1938
초판 발행처 | V. Gollancz(런던)
• 1940년 영화로 제작

『레베카』는 초판이 출간되자마자 베스트셀러가 되었고, 수많은 패러디와 모방작을 낳았으며, 70년이 지난 오늘날까지도 독자들을 매료시키는 작품이다. 이 소설의 탄력은 고딕 로맨스 스릴러에 동화적 요소를 섞어낸 모리에의 솜씨에 있다.

수줍음 많은 화자는 상류 사회의 부유하고 수수께끼 같은 홀아비의 눈에 들어 결혼함으로써 무례한 유럽 여자에게 고용된 말동무 생활에서 해방된다. 그녀는 금지된 방으로 가득한 유서깊은 장원의 여주인으로 들어오지만, 집도, 남편인 막시밀리안 드 윈터도, 첫 번째 부인이었던 레베카 드 윈터의 망령에 눌려있다. 막심은 『제인 에어』의 로체스터와 매우 비슷한데, 로체스터처럼 막심의 "숨겨진 자아" 역시 이 소설의 플롯에 가면을 덮고 있다. 이 작품에서 『제인 에어』에 나오는 다락방의 미친 여자 역할을 하는 것은 떠내려가지 않고 바다에서 계속 표류하는 살해된 여자의 시신이다. 『레베카』의 화자는 그녀의 신경과민적 환상으로 소설의 빅토리아적 성격을 깨뜨리며, 대답하는 것보다 더 많은 질문을 던진다. 뒤 모리에의 업적 중 하나는 이 불안정하고 질투심 많은 화자에게 독자의 충성을 고정시켰다는 점이다. **SN**

"이 집은 무덤이다. 우리의 공포와 고통이 그 폐허 속에 묻혀 있다. 부활은 없다."

▲ 뒤 모리에는 자신이 버리고 방치한 집 '메너빌리'에서 영감을 얻어 『레베카』에 나오는 집을 창조했다.

구토 Nausea

장-폴 사르트르 Jean-Paul Sartre

작가 생몰연도 | 1905(프랑스)-1980
초판 발행 | 1938, Gallimard(파리)
원제 | La Nausée
노벨 문학상 수상 | 1964(수상 거부)

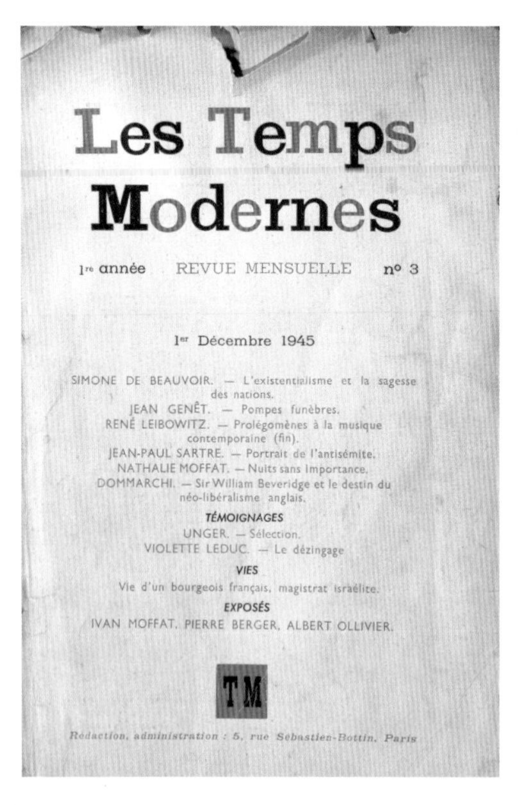

▲ 사르트르는 1945년 창간한 월간지 『현대(Les Temps Modernes)』의 편집자로 활동하면서 그의 사상을 발전시켰다.

▶ 이 사진을 찍은 1946년까지 사르트르의 실존주의는 젊은 과격파의 삶을 위한 모델로 인기를 끌었다.

사르트르의 『구토』는 문학사상 매우 희귀한 작품이다. 두 가지 노력에서 모두 성공한 "철학"소설로, 실존주의 철학 선언인 동시에 예술에 대한 설득이다. 사실 이 작품에서는 문학과 철학 사이의 경계가 모호해질 정도이다. 주인공인 서른 살의 앙투안 로캉탱은 수년간의 여행 끝에 부빌(살짝 변형된 르 하브르)이라는 프랑스 항구 도시에 정착한 연구원이다. 그러나 정착이라는 과정은 일련의 괴상한 효과를 낳는다. 로캉탱이 지극히 단순한 일상적 행위에 직면할 때마다, 세상과 그 속에서의 그의 위치에 대한 이해가 근본적으로 변화하는 것이다. 그는 존재의 합리적인 견고함을 깨지기 쉬운 한 겹의 껍질로 인식한다. 그는 현실의 메스꺼움, 달콤한 역겨움, 원시적인 단계의 현기증을 경험한다. 그는 무생물의 공허한 무관심에 경악하지만, 그가 처하는 각각의 상황이 그의 존재에 돌이킬 수 없는 낙인을 찍는다는 것을 날카롭게 인식한다. 그는 스스로의 압도적인 실재에서 탈출할 수 없음을 깨닫는다.

이 작품은 자유와 의무, 의식, 그리고 시간을 섬세한 절제로 탐구하고 있다. 에드문트 후설의 철학과 도스토예프스키와 카프카의 문체의 영향을 받은 『구토』는 20세기 사상과 문화의 가장 중대한 성장이 된 실존주의를 세상에 선언한 소설이다. 사르트르가 『존재와 무(L'Être et le néant)』에서 그의 사상을 구체화하기 전, 그리고 제2차 세계대전의 전율이 증가하기 전, "존재가 본질에 우선한다"는 개념이 최초로 넓은 의미에서 사용된 작품이기도 하다. **SamT**

미스 페티그루의 하루

Miss Pettigrew Lives for a Day

위니프레드 왓슨 Winifred Watson

작가 생몰연도 | 1907(영국)–2002

초판발행 | 1938, Methuen & Co.(런던)

원제 | Miss Pettigrew Lives for a Day

◆2000년 라디오 드라마로 각색(BBC라디오4)

"미스 페티그루가 직업소개소 문을 열고 들어갔을 때 시계가 9시 15분을 알렸다. 그녀는, 언제나처럼, 거의 희망이 없었다."라고 시작하는 이 소설은 최근에 재발견된 매우 매혹적인 작품으로, 인기없는 노처녀 귀네비어 페티그루의 24시간을 따라가며 보여주고 있다. 직업소개소에서 주소를 잘못 주는 바람에, 원래는 가정교사인 미스 페티그루는 매력적이지만 도덕관념이 없는 나이트클럽 가수 미스 라포스의 가정부로 들어가게 된다. 한낮도 되기 전에 칵테일을 마시고, 코카인이 날아다니고, 위험스러운 잘생긴 애인들이 주먹다짐을 하는 것은 보통이다. 하지만 미스 페티그루에게 가장 충격적인 것은 화장의 놀라운 스릴이다.

이 책을 처음 읽는 독자라면 어린아이처럼 겁에 질린 미스 페티그루에 대해 걱정스러운 마음이 앞서겠지만, 자세히 보면 단순히 눈에 보이는 것 이상이 숨어있다. 하루 동안 재치 있는 오해와, 영리한 재간과, 웬만한 여자는 나가떨어질 만한 진을 마신 뒤의 술기운 덕에 귀네비어는 새로운 친구들을 사귀고, 무엇보다도 인명구조원으로서의 자신을, 그것도 한 가지 이상의 측면에서 새로이 발견하게 된다. 유쾌하고, 지적이고, 심술궂은 이 소설은 한 번 더 기회를 가지기에, 또 새로운 인생을 시작하기에 너무 늦은 때란 없다는 것을 상기시켜 준다. **MJ**

◀ '재미있는 책'을 쓴다는 행위는 그때껏 드라마틱한 소설로 명성을 얻은 왓슨에게는 새로운 출발이었다.

이성의 한계에서

On the Edge of Reason

미로슬라프 크를레자 Miroslav Krleža

작가 생몰연도 | 1893(크로아티아)–1981

초판발행 | 1938

원제 | Na rubu pameti

NIN 문학상 수상 | 1962

미로슬라프 크를레자의 『이성의 한계에서』는 당대(양대 대전 사이 기간인 1919~1939) 오스트리아–헝가리 제국의 남부 접경 지대의 부르주아 사회를 재기 넘치게 비판한 작품이다. 상점 주인들, 공무원들, 야심만만한 "지성인들", 그리고 오스트리아–헝가리의 사회경제적 엘리트인 산업 재벌의 선구자들의 관점에서 부정부패와 순응주의, 소비문화로 넘쳐나는 이름 없는 크로아티아 마을의 사회 계급을 폭로하였다.

이 소설은 일에서도, 결혼에서도 행복을 느끼지 못하면서도 자신이 속한 환경의 전반적인 무관심과 편협함에서 탈출하지 못하는, 평범한 중년 중산층 법무사의 몰락을 그리고 있다. 어느 날 그는 우연히 지방 유지를 모욕했다가 고여 있던 물에 풍파를 일으키게 된다.

박식하고, 기발하고, 날카로운 눈으로 디테일까지 놓치지 않는 크를레자의 문장은 등장인물들을 놀랄 만한 감수성과 상상력으로 그려냄으로써 바로크 스타일이라는 평가를 받았다. 『이성의 한계에서』는 사회의식적인 혁신 문학의 선구로서 조이스와 졸라, 스베보의 작품들과 비견된다. 이 작품은 타협 없는 리얼리즘으로 세상을 묘사하고 있지만, 크를레자의 초기작에 나타나는 마르크스주의에 대한 로맨틱한 심취가 간혹 보이기도 한다. **JK**

깊은 잠 The Big Sleep

레이몬드 챈들러 Raymond Chandler

작가 생몰연도 | 1888(미국)–1959
초판 발행 | 1939, Hamish Hamilton(런던)
원제 | The Big Sleep
◆1946년 영화로 제작

▲『깊은 잠』은 챈들러의 첫 번째 소설이자 탐정 필립 말로가 최초로 등장하는 장편 시리즈이다.

▶ 1946년『깊은 밤』이 영화로 제작되었을 때 각색에 참여한 사람들 중에는 소설가 윌리엄 포크너도 끼어 있었다.

『깊은 잠』은 추리소설이라는 장르의 성격에 몇 가지 중대한 변화를 가져온 작품으로, 그 변화란 작품이 쓰여진 세계를 반드시 반영할 필요는 없다는 것이다. 부패 조직은 챈들러의 금주법 시대* 이후 사회를 정의하는 중대한 특징으로, 범죄자와 공무원의 모호한 경계 주변의 회색 지대가 바로 주인공 탐정 필립 말로우가 존재하는 공간이다. 잿빛의 폐쇄적인 도시 공간은 매우 중요한 구성 요소이다. 무대는 캘리포니아 남부. 외부 모습은 드러나지 않으므로 어떤 도시라도 상관없다. 이야기는 대부분 방 안, 자동차, 심지어 공중전화 부스 등 분리된 공간들에서만, 그것도 각각 전혀 관계없이 진행된다.

『깊은 잠』은 말로우가 등장하는 첫 번째 작품이지만, 말로우에 대한 특별한 소개는 없다. 오히려 독자는 수사가 시작되면서 바로 그 과정으로 뛰어들게 된다. 이러한 도입부는 이 작품 속 세계와 주인공의 성격에 매우 중요하다. 말로우는 해결해야 할 범죄가 있을 때만 움직이는, 새로운 타입의 "영웅"으로, 우리는 그의 배경에 대해 아무것도 아는 것이 없다. 다만 그가 사무실로 돌아오는 모습을, 그것도 더 이상의 진전이 없을 때만 볼 수 있을 뿐이다. 세르지오 레오네의 〈이름 없는 사나이(Man With No Name)〉처럼 말로우도 너저분한 실수 투성이의 인간이다(남자와 여자를 가리지 않고 두들겨 맞는 술주정뱅이기도 하다). 그러나 뒤섞이고 꼬인 범죄의 단서들을 풀어내는 거의 초자연적인 힘에다 우연에 운명의 인도까지 받아 마침내 진상이 밝혀진다. 시간을 두고 단서들을 심사숙고하여 사건을 해결하는 탐정의 지적 능력을 중요시하는 셜록 홈즈류의 소설과는 사뭇 대조적인 이러한 특징이야말로, 이 소설이 문학에서 중요한 위치를 차지하는 이유일 것이다. **SF**

* 금주법 시행기간 동안 이른바 재즈 에이지, 광란의 20년대, 무법의 10년이라고 하는 시대가 이어졌고, 이 기간 동안 술을 밀수·밀송·밀매하는 갱이 날뛰었다.

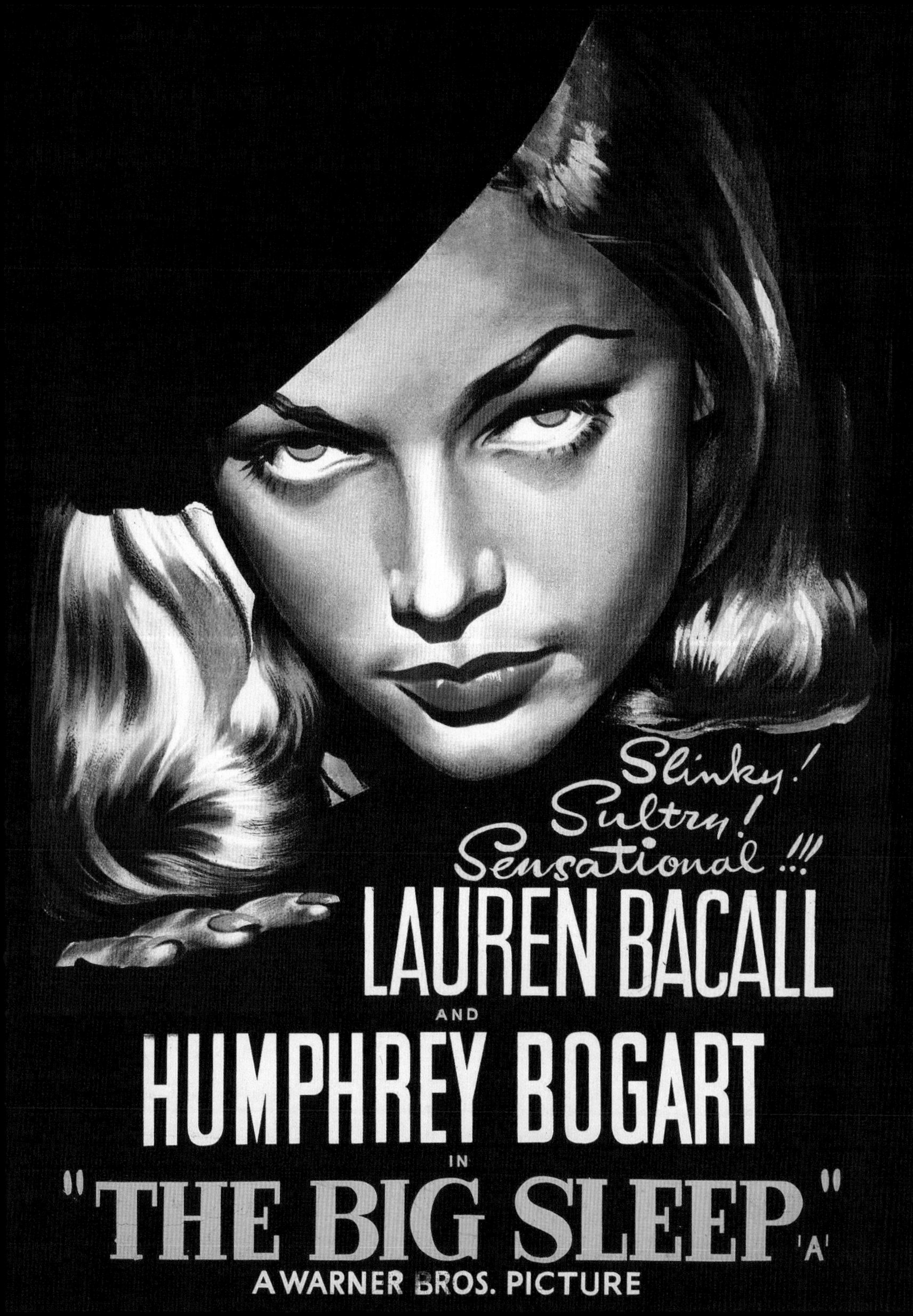
Slinky!
Sultry!
Sensational!!!
LAUREN BACALL
AND
HUMPHREY BOGART
IN
"THE BIG SLEEP"
'A'
A WARNER BROS. PICTURE

베를린이여 안녕 Goodbye to Berlin

크리스토퍼 이셔우드 Christopher Isherwood

작가 생몰연도 | 1904(영국)–1986(미국)
초판 발행 | 1939
초판 발행처 | Hogarth Press(런던)
◆1946년『베를린 이야기(The Berlin Stories)』로 재판 발행

"나는 카메라다. 셔터가 열리고, 소극적이고, 기록하고, 생각하지 않는 카메라다." 이셔우드가 우리에게 보여주는 것은 바이마르 공화국 말기 베를린의 스냅샷과 뉴스영화이다. 제1차 세계대전과 멀리서 들려오는 제3제국의 천둥 소리 사이에 끼어버린 찰나의 시간, 도시는 폭풍 전야의 기분 나쁜 고요에 잠겨 있다.

화자이자 관찰자인 이셔우드는 마치 총탄 충격이라도 받은 것처럼 멍하고 초연하다. 그가 목격하고 있는 장면은 지금까지 한 번도 본 적이 없는 것이다. 그가 얹혀살고 있는 고급 창녀는 누구든지 손을 댈 수 있는 숙명론자다. 그녀의 절망은 커질 대로 커져 이제는 자포자기의 춤—빙산이 서서히 보이기 시작할 무렵 타이타닉 호의 댄스 밴드가 연주하고 있던 최후의, 그리고 가장 인상적인 노래—만이 유일한 위안이다. 이곳은 위대함이 설 자리를 잃고, 선이 살아남기 위해 발버둥치는 동안 무엇이든 돈으로 살 수 있고, 덕은 오직 손에 넣을 수 없는 사치품에 불과한, 길 잃은 영혼들의 세계이다. 과거의 사교계 명사들은 하숙인을 들이고, 창녀들이 오페라 가수들과 어울리고, 이셔우드는 그의 동료 미국인이자 동거인, 그리고 야심만만한 나이트클럽 가수인 샐리 볼스와 함께 기회들에 걸려 넘어지고 비틀거린다. 샐리는 그 시대의 완벽한 표상이다. 비극적이고, 앞으로 벌어질 일에는 관심이 없고, 변덕스럽고, 탐욕스러우며 알코올과 섹스에 절어 있다. 이 소설은 멜랑콜리하면서도 섣부른 감상에 빠지는 일 없이, 조만간 멸종하게 될 세계를 그려낸다. 바이마르 공화국의 향락주의는 그 빛이 바래고 오래지 않아 완전히 사라질 것이다. 샐리는 점점 정신이 산란해지고, 불쾌해진다. 유태인인 란다우어 가가 즐기고 있는 얄팍한 안정도 파괴당할 날이 멀지 않았다. 젊은 공산주의자인 루디는 자신의 이념이 얼마나 치명적인지 곧 깨닫게 될 것이다. 더이상 순수함은 존재하지 않을 것이다.

이셔우드는 무덤덤하고 절제된 문장으로 1930년대 베를린의 거대하고 섬뜩한 사건들을 부조로 조각해낸다. 그의 천재성은 소름이 끼칠 정도다. **GT**

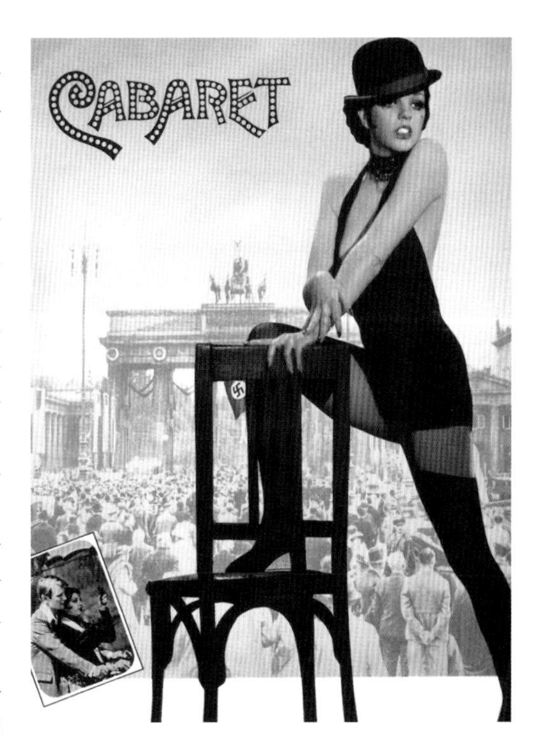

▲ 이 소설을 바탕으로 한 뮤지컬 〈카바레〉는 1972년 리자 미넬리가 여주인공 샐리 볼스 역을 맡아 영화로 제작되었다.

◀ 이셔우드가 베를린으로 이주한 뒤, 이 그림에서 보이는 성적 자유가 그의 삶과 문학을 지배하였다.

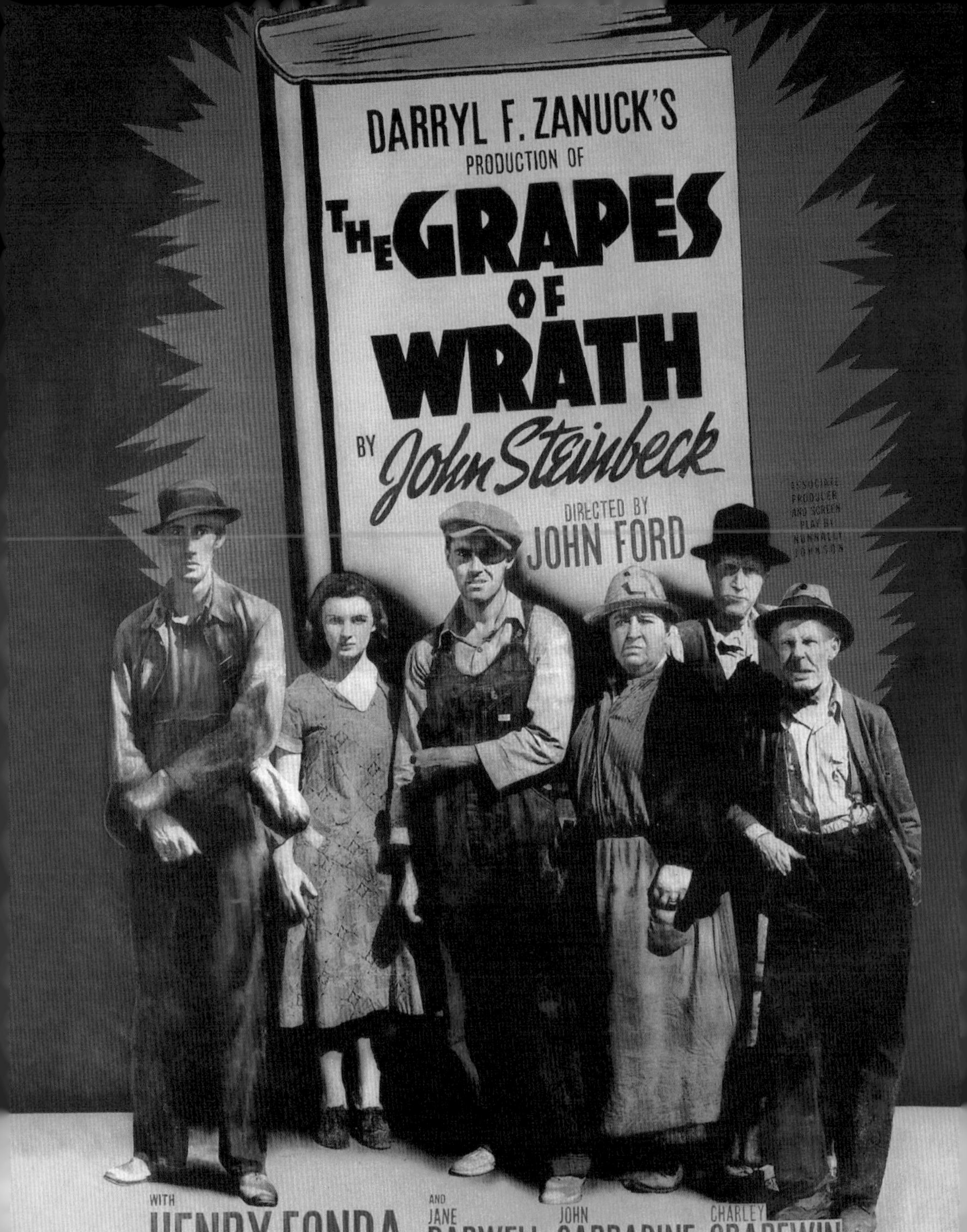
DARRYL F. ZANUCK'S
PRODUCTION OF
THE GRAPES OF WRATH
BY John Steinbeck
DIRECTED BY
JOHN FORD
WITH
HENRY FONDA
AND
JANE
DARWELL
JOHN
CARRADINE
CHARLEY
GRAPEWIN
DORRIS
BOWDON
RUSSELL
SIMPSON
O. Z.
WHITEHEAD
JOHN
QUALEN
EDDIE
QUILLAN
ZEFFIE
TILBURY

분노의 포도 The Grapes of Wrath

존 스타인벡 John Steinbeck

작가 생몰연도 | 1902(미국)-1968
초판 발행 | 1939, Viking(뉴욕)
퓰리처상 수상 | 1940
노벨 문학상 수상 | 1962

『분노의 포도』가 미국의 의식에 뿌리 깊게 자리잡은 소설이라고 흔히들 말한다. 사실 지금까지 그 어떤 작가도, 그만한 열정과 정치적 현실 참여로 1930년대 대공황 시대의 암울함을 기록하지 못했다. 스타인벡 최고의 걸작이라 꼽히는 이 작품은 1940년에 퓰리처 상을 수상하고 (같은 해에 영화로도 제작되었다) 1962년 작가가 노벨 문학상을 받음으로써 미국 문학사에서 그 지위를 확고히 했다.

주인공인 조드 일가는 가뭄과 대자본의 진출로 오클라호마의 농장을 잃고 더 나은 삶을 꿈꾸며 서부 캘리포니아로 향한다. 이들은 66번 고속도로의 여정에서 "오키"라 불리는 다른 오클라호마 농민들을 만나 그들이 겪은 불의와 앞으로 누리게 될 풍요에 대해 서로 이야기한다. 그러나 캘리포니아에서 그들을 기다리고 있는 것은 착취와 탐욕, 저임금, 기아, 그리고 죽음이다. 스타인벡은 폭력과 굶주림, 죽음에 서서히 갉아먹히는 조드 일가의 절망을 통해, 자본가들이 조장하고 이용하고자 하는 야만적인 분열을 신랄하게 고발하였다. 그들이 인간으로서의 존엄을 지킬 수 있게 해주는 것은 오직 분노와 저항의 단결, 그리고 끊임없는 희생이다.

과거 스타인벡은 조드 일가를 감상적으로 묘사했다는 비난을 받기도 했다. 그러나 독자가 피할 수 없이 그들의 고통 속으로 끌려들어가면서, 이들은 오직 자기 자신들보다 더 큰 비극을 연기하는 배우들일 뿐이다. 이 소설은 다른 모든 것에 앞서 정치 소설이다. 패배와 진창, 배고픔, 그리고 학대는 정치적 고발이자 불의(그리고 불의를 만들어내는 지위에 있는 인간들)에 대한 비판, 그리고 그에 대항하는 평범한 사람들의 고요한 분노와 위엄있는 절제를 이야기하고 있다. **MD**

▲ 캘리포니아 출신의 사진작가 피터 스택폴이 찍은 스타인벡의 스냅사진. 1937년『라이프』지 표지에 실렸다.

◀ 1940년 존 포드가 제작한 영화 〈분노의 포도〉. 비록 영화는 희망을 암시하는 결말을 택하지만 스타인벡은 "견고하고, 충실한 영화"라고 평가했다.

한밤이여, 안녕

Good Morning, Midnight

진 리스 Jean Rhys

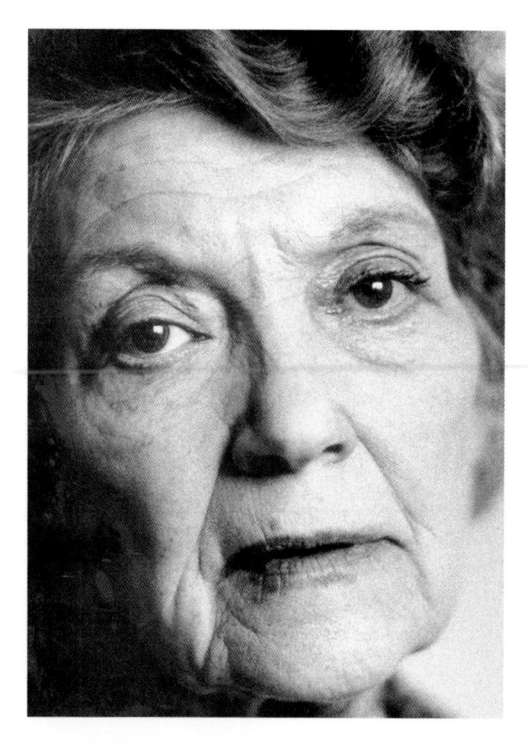

"나는 좀 기계적인 사람이에요. 하지만 제정신이고, 세상도 알 만큼 알고, 차갑고 제정신이라고요. 나는 어두운 거리나 어두운 강, 고통, 투쟁, 이런 것들은 다 잊어버렸어요…."

작가 생몰연도 | 1890(도미니카)–1979(영국)
초판발행 | 1939, Constable & Co.(런던)
원제 | Good Morning, Midnight
본명 | Ella Gwendolen Rees William

진 리스의 다섯 번째 소설인 이 작품의 제목은 에밀리 디킨슨의 시에서 따온 것이다. 『한밤이여, 안녕』은 양대 세계대전 사이 젊은 시절을 보내고, 파리로 되돌아온 중년의 여인 사샤의 이야기이다. 조각난 이야기들의 편린이 사샤의 과거와 현재로 미끄러져 들어가 스스로를 관습에서 해방시키고자 했던 한 여인의 삶의 역설적인 한계를 탐구하고 있다.

소설이 시작되면서 사샤는 파리의 낯익은 기념물과 가까운 곳에 거처를 정하려 하고, 우리는 그녀의 젊은 날의 달콤쌉싸름한 회상에 빠져든다. 그녀는 예술가 엔노와 결혼해서 런던 노동자 계급의 굴레를 빠져나와 함께 유럽으로 건너왔지만, 엔노가 그녀를 타락한 사회적, 경제적 취급에서 보호해주기를 거부하자 자신이 이 사회에 얼마나 값싼 존재였는가를, 그리고 얼마나 상처받기 쉬운 존재인가를 절실히 깨닫는다. 소설이 사샤의 과거로 파고들어가면서 우리는 그녀의 정신적 상처—어려서 죽은 그녀의 아이와 남편에게서 버림받은 경험—가 그녀로 하여금 심지어 비관습적인 사회마저 거부하게 만들었음을 알게 된다. 사샤는 여성의 젊음과 아름다움만을 원하는 직업을 전전하며 술에 절고 빠른 속도로 몰락해간다. 사샤의 쓰라린 패배는 무엇보다도 소설의 과거와 미래를 연결해준다. 결말에서 우리는 가난과 노쇠의 피할 수 없는 결합이 어떻게 그녀를 더욱 더 상처받기 쉬운 존재로 만들었는지 고통스럽게 깨닫는 사샤를 보게 된다. **NM**

▲ 도미니카에서 웨일즈인 아버지와 크레올 어머니 사이에서 태어난 리스는 종종 뿌리를 뽑히는 과정이 여성에게 미치는 영향에 대해 쓰곤 했다.

헤엄치는 두 마리 새

At Swim-Two-Birds

플랜 오브라이언 Flann O'Brien

작가 생몰연도 | 1911(아일랜드)–1966

초판 발행 | 1939, Longmans & Co.(런던)

원제 | At Swim-Two-Birds

본명 | Brian O'Nuallain

1930년대, 검열과 교회의 지배 아래에 있던 아일랜드는 아방가르드나 실험주의 소설이 자랄 수 있는 온실이라고는 할 수 없는 곳이었다. 그러나 아일랜드의 신앙심과 당시의 숨막힐 듯한 분위기야말로 이 반권위주의적이고 관습을 거스르는 풍자소설이 탄생하게 된 밑거름이 되었다. 끓어오르는 문학적 활기와 현세적인 사회의 일상 사이의 대조는 강력한 희극적 힘을 지닌 이 소설에서는 예외적인 요소일 뿐이다.

이 소설은 소설 쓰기에 관한 소설을 쓰는 소설가의 이야기이다. 소설의 화자는 잔소리꾼 숙부의 집에서 시무룩하게 살아가는 대학생으로 더못 트렐리스라는 작가에 대한 책을 쓰고 있다. 이 대학생은 확고한 민주주의와 혁명 정신의 소유자로, 그가 쓰고 있는 소설은 결코 시작과 결말이라는 형식의 제한을 받아서는 안 되며 등장인물들도 선과 악으로 구별되어서는 안 되고, "개인적인 삶과 자주적인 결정, 그리고 상당한 생활 수준을 갖추어야만" 한다. 더 나아가 기존의 문학은 필요하면 얼마든지 자신이 원하는 인물을 뽑아 쓸 수 있는 창고라고 생각한다. 화자와 트렐리스는 둘 다 카우보이 스토리, 대중 로맨스, 민속, 그리고 (무자비하게 풍자한) 아일랜드 신화 속 등장인물들에 의존하고 있다. 횡포한 창조자에 대한 복수심으로, 그의 소설 속 등장인물 하나가 또 소설을 쓰기 시작하고, 트렐리스는 그 속에 등장인물로 갇혀버리고 만다. 시대를 앞서 간 소설이 존재한다면, 『헤엄치는 두 마리 새』가 바로 그런 작품이다. **RMcD**

피네건의 경야(經夜)

Finnegans Wake

제임스 조이스 James Joyce

작가 생몰연도 | 1882(아일랜드)–1941(스위스)

초판 발행 | 1939

원제 | Faber & Faber(런던)

본명 | 1928-1939

제임스 조이스 최후의 작품은 지금까지 출간된 그 어떤 픽션보다 가장 으스스한 책일 것이다. 그러나 동시에 이 작품은 이 소설을 지배하는 일반적인 추측을 보류하고자 하는 수 세대의 독자들에게 즐거움을 안겨준, 가장 재미있는 소설 중 하나이다. 단일 플롯에도 불구하고, 〈피네건의 경야〉에는 다수의 핵심적인 스토리가 등장한다. 그 중 일부는 짧게는 단어 한두 개, 길게는 수 페이지에 이르는 몇백 개의 버전으로 발생한다. 가장 흔히 인용되는 이야기는, 반드시 부정적이지만은 않은 것으로 여겨지는 "추락"에 대한 이야기이다. 여기에는 인류의 타락, 더블린의 피닉스 공원에서 벌어지는 나이든 남자와 두 소녀의 분별없는 행동, 그리고 아일랜드의 건축업자 팀 피네건이 사다리에서 떨어지는 이야기들이 들어있다. 등장인물들은, 여러 개의 서로 다른 이름을 쓰는데, 저마다 알아볼 수 있는 개성으로 똘똘 뭉쳐 있다. 무대는 세계 각지의 이름을 조합해서 붙인 이름이다. 조이스는 "포르만토(portmanteau)", 즉 같은 또는 다른 언어에서 골라낸 두 개 이상의 단어들을 조합해서 새로운 낱말을 만들어냈다. 따라서 "키스미스(kissmiss)"는 축제 시즌, 또는 그 기간 동안 숙명적으로 일어날 수 있는 일들을 의미한다. "성부(聖父, the Holy Father)"는 "hoary frother"로, 낡은 사진(old photo)는 "fadograph"가 된다. 〈피네건의 경야〉를 읽을 때에는, 가능하다면 여럿이 모여, 소리내어 읽는 것이 가장 좋다. 그래야 많은 것들을 불분명하게 남겨두면서도 이러한 다양한 시도들이 소리로 울려퍼지도록 할 수 있기 때문이다. 이 책은 총 17부로 구성되어 있는데, 저마다 개성있는 문체와 소재를 자랑하며, 천천히 되풀이되는 밤과 여명을 지나 마침내 책을 시작하는 미완성의 문장으로 되돌아오게 된다. **DA**

네이티브 선 Native Son

리처드 라이트 Richard Wright

작가 생몰연도 | 1908(미국)–1960(프랑스)
초판 발행 | 1940, Harper & Row(뉴욕)
원제 | Native Son
◆ 1951년과 1986년에 영화로 제작

리처드 라이트의 『네이티브 선』은 폭력이 지배하는 백인들과 그 안에 안주하는 미국에 대한 경고로서의 문학에 뛰어든 작품이다. 이야기는 주인공 비거 토마스가 무서워 떠는 여동생과 겁에 질린 어머니, 동경의 눈으로 바라보는 남동생 앞에서 들쥐를 때려 죽이는 장면으로 시작된다. 작가는 비거와 들쥐를 동일시함으로써 그를 가해자인 동시에 피해자로 그려낸다. 바로 이러한 쉽지 않은 관점에서 독자들은 뒤이어 펼쳐지는 사건들을 바라보게 된다.

이 리얼리즘 소설은 세 부분으로 나뉜다. 첫 번째 부분에서 비거는 달튼 가로 대표되는 중산층 세계로 들어갔다가, 우연한 사고로 딸 메리를 살해한다. 두 번째 부분에서는 경찰에 쫓기는 비거가 필사적으로 시카고를 누비며 도주하고, 그 때문에 흑인 사회가 겪어야 하는 보복을 보여준다. 마지막 부분은 비거의 법정 재판에 초점을 맞추고 있으며, 작가는 그의 붕괴된 인간성을 변호하려 노력한다.

이 소설은 그 상세한 성적 폭력, 특히 메리 달튼의 시신을 목잘라 불태우는 장면 덕분에 즉시 악명을 떨치게 되었다. 라이트는 그의 용감한 솔직함으로 찬사를 받은 동시에 미국의 백인들에게 그들이 기꺼이 두려워하는 고정관념을 제공했다는 점에서 비난을 받았다. 라이트는 미국 흑인들에 대한 감상적인 시각을 피하면서, 자유의 의미를 탐구한다. 흑인 민족주의와 공산주의에 대한 작가의 헌신은 최종적으로 스스로를 진정으로 이해하고자 하는 존재적 욕망에 가려지고 있다. **NM**

타타르 황야 The Tartar Steppe

디노 부차티 Dino Buzzati

작가 생몰연도 | 1906(이탈리아)–1972
초판 발행 | 1940
초판 발행처 | Rizzoli(밀라노)
원제 | Il deserto dei Tartari

이 신비하고 불안한 소설에서 요새의 병사들은 언제라도 북쪽에서 쳐들어올지 모르는 타타르인들의 습격을 기다리고 있다. 이야기의 무대인 성곽 요새는 불특정한 과거에 속해 있고, 돌투성이 사막의 접경, 거칠고 접근하기 힘든 산허리에 위치한 요새 안의 분위기는 현실과 꿈 사이에서 매달려 있다. 병사들은 끊임없이 언제가 될지 모르는 "그 순간"을 대비하지만, 아무도 언제, 어떻게 적이 습격해 올지 알지 못한다. 심지어 적이 누구인지조차 아무도 정확히 알지 못한다. 이들의 목숨은 운명에 달려 있다. 특히 위협적인 거친 풍경과 수수께끼의 요새에 가로막힌 힘겨운 여행 끝에 본인의 의사와는 상관없이 이 곳에 머무르게 된 드로고 중위는 더더욱 그렇다. 요새 안의 초현실적인 분위기 속에서 삶은 엄격한 군대의 일상으로 짜여진다. 보초병들은 누군지도 모르는 이들로부터 무엇을 지켜야 하는지도 모르는 채 순찰을 돈다. 병사들의 비현실적인 삶이 불합리한 기다림에 지배되는 한, 군사 작전은 아무 의미도 없다.

강한 실존주의적 주제의 이 소설은 오늘날까지도 이해하기가 어렵다. 그러나 이 작품이 출간된 후 얼마 지나지 않아, 마침내 병사들은 긴 기다림 끝에 그들이 기대했던 것보다 훨씬 더 대규모의 전투를 치르게 된다는 것은 매우 아이러니하다. **RPi**

▶ 『타타르 황야』는 1917년 포스터에서도 볼 수 있는 것처럼 부질없는 군사 작전을 그리고 있다. "각자 자신의 의무를 다하라!"

A Mauzan

Fate tutti il vostro dovere!

LE SOTTOSCRIZIONI AL **PRESTITO** SI RICEVONO PRESSO IL

CREDITO ITALIANO

G. MODIANO & C. - MILANO

권력과 영광
The Power and the Glory

그레이엄 그린 Graham Greene

작가 생몰연도 | 1904(영국)–1991(스위스)
초판 발행 | 1940, W. Heinemann(런던)
원제 | The Power and the Glory
• 1962년 영화로 제작

체포되어 처형당할 운명에 처해 있는 한 사제의 필사적인 도주를 그린 『권력과 영광』의 무대는 가톨릭 교회가 탄압을 당하고 있던 1920년대 멕시코이다. 그린이 묘사하는 물리적, 사회적, 심리적 영역은 이와 알맞게 매우 황량하다. "위스키 신부"라고만 알려진 이 소설의 주인공은 한 사생아의 아버지로 도주 중 자신의 아이와 짧고도 불행한 조우를 한다. 그에게 허락된 심리적, 영적인 길은 세속의 권력에서 탈출할 가능성만큼이나 좁다. 보다 손쉬운 구원에 대한 작가의 거부에도 불구하고 (그린은 신앙의 기만과 거드름에 질려 있었다) 이런 절망 속에 막연하게 터득한 신의 선함이 존재한다. 주인공 신부는 고통과 죄악은 어쩌면 이 세상에서 신의 존재를 증명할 수 있는 유일한 수단인지도 모르겠다고 깨달아가기 시작한다.

이 소설에는 수많은 승리가 등장한다. 수많은 죄수들로 비좁은 감옥에 갇혀 보낸 하룻밤. 또 성사(盛事)를 위해 포도주를 얻으려는 신부의 요청. 신부와 그를 쫓는 중위 사이의 이념적, 개인적 "고양이와 쥐" 관계 역시 일종의 승리이다. 그린은 강한 폐쇄성과 넘치는 공허함으로 특징지워진, 타락한 세계를 창조해내는 데 성공한 것이다. **RM**

누구를 위하여 종은 울리나
For Whom the Bell Tolls

어니스트 헤밍웨이 Ernest Hemingway

작가 생몰연도 | 1899(미국)–1961
초판 발행 | 1940, C. Scribner's Sons(뉴욕)
원제 | For Whom the Bell Tolls
노벨 문학상 수상 | 1954

『누구를 위하여 종은 울리나』는 1937년 스페인 내전을 무대로, 공화파에 가담해 싸우기 위해 직업조차 버린 한 미국인 대학 강사의 투쟁을 그리고 있다. 로버트 조던은 끊임없는 지도자 부재의 위기에 처한 무리의 민병대를 이끌라는 명령을 받고 파견된다. 그때껏 이 무리의 우두머리 격이었던 파블로는 전쟁의 고난을 견디게 하는 강건한 의지도, 언젠가는 말들과 함께 평화롭게 살 수 있을 것이라는 꿈에 대한 열정도 모두 잃어버렸다. 영적인 능력이 있는 파블로의 집시 출신 아내 필라는 격정적으로 민병대를 보살피고 전투를 이끌어, 그들을 하나로 결속시킨다. 조던은 공화파에 가담하기 전 파시스트에게 강간 당한 아픈 경험을 지닌 젊은 처녀 마리아와 사랑에 빠진다.

조던은 폭력에 대한 스스로의 혐오와 싸우면서 공화파의 대의에 스며드는 불확실감과 보다 일반적인 자아 고립을 느낀다. 자신의 신념을 완전하게 하지 못하는 조던의 무능력은 마리아와의 관계를 통해 더욱 드라마틱해진다. 조던은 마리아를 열정적으로 사랑하지만, 위험한 다리 폭파 작전의 전략을 짜는 동안 그녀를 일부러 피한다. 결국 경험과 신념의 일관된 질서가 깨지면서 조던은 그의 개인적, 정치적, 낭만적 가치에 대해 재평가를 내리지 않을 수 없게 된다. **AF**

▶ 1941년 영화감독 프랭크 카프라(오른쪽)가 헤밍웨이와 함께 소설에 대해 의논하고 있다. 하지만 정작 최종적으로 영화 〈누구를 위하여 종은 울리나〉는 샘 우드의 감독으로 제작되었다.

FOR WHOM
THE BELL
FOR WHOM
THE BELL
TOLLS
Ernest Hemingway

아이들을 사랑한 남자 The Man Who Loved Children

크리스티나 스테드 Christina Stead

작가 생몰연도 | 1902(호주)–1983
초판 발행 | 1940, Simon & Schuster(뉴욕)
원제 | The Man Who Loved Children
패트릭 화이트 상 수상 | 1974

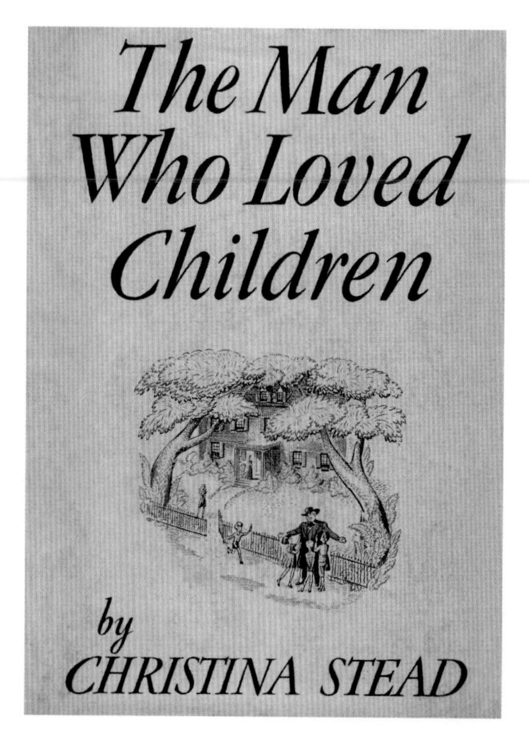

"자수성가한 사람은 행운을 믿고, 자기 아들은 옥스퍼드로 보낸다."

▲ 스테드는 두 살 때 어머니를 잃었다. 『아이들을 사랑한 남자』는 많은 부분이 그녀의 어린 시절 경험을 바탕으로 쓰여졌다.

『아이들을 사랑한 남자』라는 제목은 책의 내용과 마찬가지로 감정의 정직함과 신랄한 아이러니를 동시에 지적하고 있다. 이 소설은 대가족인 폴릿 일가의 이야기이다. 폴릿 가는 노동자 계급의 자연주의자인 샘 폴릿과 싸우기 좋아하는 볼티모어의 부유한 상속녀 헤니 콜리어의 완전히 실패한 결혼의 산물이다. 1930년대 워싱턴 DC를 무대로 한 이 소설은 스테드의 초정밀 현미경 렌즈를 통해 가정 생활을 진단한다. 스테드는 졸라를 숭배하였는데, 이 작품 역시 졸라의 자연주의를 보여주고 있다.

그 결과 코믹함에서 무시무시함으로 순식간에 넘어가는 장면들의 태피스트리가 짜여지고, 현실 생활의 빠른 감정 변화가 반영된다. 스테드의 철저한 테크닉에 의해 탄생한 등장인물들은 하나같이 생생하고 매력적이다. 스스로 아이들을 사랑한다고 주장하는 샘은 이 책의 중심인물로, 카리스마는 넘치지만 자기중심적 허세와 독창성의 소유자이다. 독자는 그가 스스로 정치적, 도덕적 미덕이라고 생각하는 행위 안에서 자기 자식들과, 아내와, 동료들을 조종하고 제어하려는 시도를 보게 된다. 사랑에 실망하고, 재정 상황의 악화 속에서 살아가야 하는 그의 아내 헤니는 자녀들의 눈에 아버지의 혈기 왕성과는 완전한 정반대의 모습으로 비친다. 줄거리가 진행되면서 샘과 사춘기 딸 루이 사이에 전투가 벌어지기 시작한다. 루이의 독립과 성인으로서의 첫 자각에의 열망은 결국 충격적인 결말을 불러온다. 편견도 용서도 없는 이 소설은 가족 내부에서 바라본 가정 생활을 펼쳐 놓고, 등장인물도 독자도 우리가 보통 가족 구성원이라 칭하는, 겉으로 보기에는 무해한 인물들의 불편한 진실을 깨닫는 과정을 피할 수 없게 한다. **AB**

세상은 넓고 멀다 Broad and Alien is the World

시로 알레그리아 Ciro Alegría

상징적인 제목이 암시하듯이 이 작품은 소외된 이들의 끝없는 방랑 이야기이다. 교육을 받지 못했음은 물론 가난한 인디오들과 하층계급 사람들로 구성된 마을 루미의 주민들은 탐욕스러운 대지주들과 마찰을 빚게 된다. 늙은 로젠도 마퀴의 회상에 따라, 이 마을이 처음 생기게 된 경위를 설명하는 프롤로그에 이어 대지주 알바로 아메나바르가 그들의 땅을 차지하려고 법정에 소송하는 줄거리가 이어진다. 법은 순전히 탐욕의 위장일 뿐이다. 인디오들은 훨씬 작은 구역으로 내몰려 그곳에서도 여전히 착취 당하면서 살아간다. 그들의 지도자들은 하나하나 사라진다. 평화를 사랑하는 로젠도는 감옥에서 죽고, 무장봉기를 이끌려 했던 피에로 바스케스는 참수형을 당한다.

결말에 가까워질수록 핍박 받는 페루의 다른 지역들(특히 광산과 밀림의 고무 농장)의 끔찍한 상황 묘사가 더해지면서 전율은 더해간다. 동시에 작가는 원주민 문제를 더더욱 뚜렷하게 제시한다. 구세주와도 같은 반도 베니토 카스트로가 지휘봉을 잡고 무장저항에 뛰어들지만, 이 역시 실패로 끝난다.

그 시대에도 다소 구식으로 느껴졌던 형식적인 접근 방식(어디에나 있는 화자가 사건과 역사적 배경을 설명하는 데 긴 시간을 보낸다)에도 불구하고 알레그리아는 자연 풍경과 하나가 된 완전한 등장인물들을 창조해냈고, 무엇보다 불의에 맞선 투쟁을 설득력 있게 그려냈다. **DMG**

작가 생몰연도 | 1909(페루)–1967
초판 발행 | 1941
초판 발행처 | Ediciones Ercilla(산티아고)
원제 | El mundo es ancho y ajeno

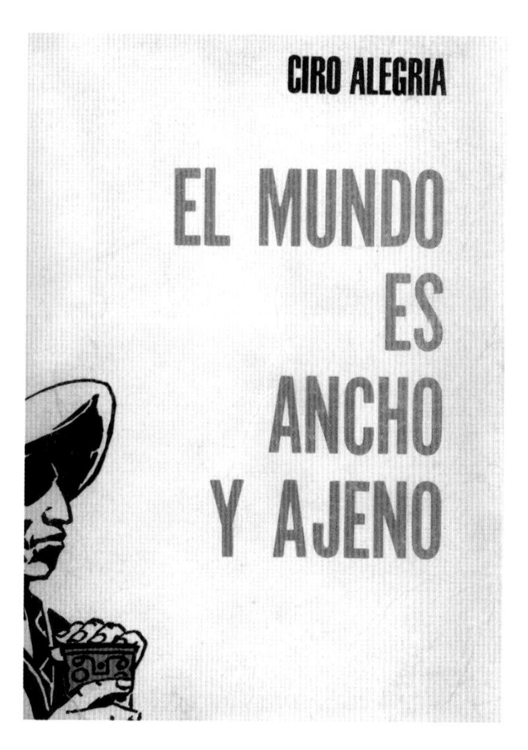

"가까이, 점점 더 가까이, 모제르 총의 폭발음이 울려왔다."

▲ 리마에서 출간된 1970년 염가판 표지. 페루 고원의 인디오들의 불분명한 운명을 암시하고 있다.

산 자와 죽은 자

The Living and the Dead

패트릭 화이트 Patrick White

작가 생몰연도 | 1912(영국)–1990(호주)

초판 발행 | 1941, Routledge & Kegan Paul

원제 | The Living and the Dead

노벨 문학상 수상 | 1973

『산 자와 죽은 자』는 1930년대의 암울한 런던을 배경으로 캐서린 스탠디쉬와 그녀의 두 자녀, 엘리엇과 에덴의 문제투성이 관계에 초점을 맞추고 있다. 남편에게 버림받은 캐서린은 감정적으로 아이들과 거리가 먼 어머니이다. 작가이자 비평가로, 이 세상에 소속되지 못하는 자신의 존재에 대해 고민하는 엘리엇은 스스로를 격리시키기 위해 일부러 책 속의 세계로 빠져든다. 그의 여동생인 에덴은 언뜻 보기에는 오빠보다는 폭넓은 캐릭터로 보이지만, 정치 활동과 남성 편력을 통해 성취감을 얻고자 하지만 결국 양쪽 모두에서 실패한다.

작품을 부단히도 암울하게 보이게 하는 줄거리지만, 화이트에게 일류 문인의 명성을 안겨준 것은 다름아닌 인물들의 심리를 예리하게 파고든 문장들이다. 각자의 삶에 동기를 부여하는 자기 회의와 자기 기만에 대한 이 진실하고도 동정적인 눈길에서 화이트는 그의 후기작을 지배하게 된 문제적 주제들을 처음으로 제기한다. 인간의 고통에 점점 더 무관심해지는 세상에서 자기 희생의 가치는 무엇인가? 신이 떠난 우주에서 상상력의 목적은 무엇인가?

어떤 독자들에게는 이야기 곳곳에서 보이는 지루한 부분들이 다소 성가시게 느껴질지도 모르겠다. 그러나 사회적으로 억압받는 이들이 어떻게 투쟁하고, 또 구속당하는지를 보여주는 이 감동적인 이야기는 화이트에게 부여된 문학적 명성을 수긍하게끔 한다. **VA**

▲ 스페인 내란은 이 소설에서 주요한 역할을 하며 1930년대 런던을 배경으로 스탠디쉬 가족 안에서의 관계를 다룬다.

추수하는 사람들
The Harvesters

체사레 파베세 Cesare Pavese

작가 생몰연도 | 1908(이탈리아)–1950
초판 발행 | 1941
초판 발행처 | Einaudi(토리노)
원제 | Paesi Tuoi

『추수하는 사람들』은 줄거리보다 그 자연 배경에 더 눈길이 가는 작품이다. 찌는 듯한 더위는 거센 폭풍에 밀려나고, 타오르는 햇빛은 묘한 달빛과 좋은 대조를 이룬다. 메마른 이탈리아 북부 시골, 맹렬한 태양에 타버린 언덕들에서 독자는, 이 위험과 열정, 죽음으로 가득한 세상에서 이탈리아라는 하나의 실제적 나라만은 동요하지 않고, 영원하며, 자연스러운 현실이라는 느낌을 받는다.

파시스트 정부의 감옥에 갇혔던 주인공 탈리노와 베르토가 풀려나면서 이야기는 시작된다. 탈리노는 베르토를 설득하여 함께 시골의 자기 집 농장에 추수를 하러 간다. 농장에서 베르토의 도덕관념은 희미해지고, 모든 것들이 겉보기와는 다른 자신의 고향 토리노와 완전히 별개의 세계를 발견한다. 이방인인 베르토가 거의 이해할 수 없는 거짓과, 반(半)거짓, 끝나지 않은 이야기와 아직 시작하지도 않은 이야기들이 펼쳐진다. 농장에 도착해서 만난 탈리노의 대가족은 가난하고 잔인하지만, 베르토는 곧 탈리노의 네 명의 여동생 중 하나인 기젤라에게 매혹된다. 두 사람은 짧은 기간 동안 연애를 하지만, 베르토는 기젤라와 탈리노 사이의 관계의 진실을 추측하기 시작한다. 갑작스럽게, 그리고 야만스럽게, 비극이 닥쳐온다.

파베세는 반파시스트 운동에 가담했으나, 자신이 원하는 투쟁을 할 수 있는 능력이 없어 늘 겉돌았다. 파베세의 글에 드러난 그의 내면 투쟁은, 어쩌면 그 시대 이탈리아의 투쟁이었는지도 모른다. 전쟁이 끝난 후 반파시스트 사상의 모범으로 추앙받은 파베세의 작품들은 고난에 맞닥뜨린 인간성을 찬란하게 묘사한 문장으로 찬사를 받았다. **RMu**

시칠리아에서의 대화
Conversations in Sicily

엘리오 비토리니 Elio Vittorini

작가 생몰연도 | 1908(이탈리아)–1966
초판 발행 | 1941, Bompiani(밀라노)
다른 제목 | In Sicily(시칠리아에서)
원제 | Conversazione in Sicilia

이 작품의 시작 부분은 스페인 내전의 발발을 알리는 1936년의 사건들을 상징적으로 언급하고 있다. 화자이자 주인공 실베스트로는 인간성의 상실에 직면했을 때 자신의 무력함을 깨닫고 환멸과 의기소침에 빠져든다. 고향인 시칠리아로 은유적인 여행을 떠난 그는 다양한 사람들과 이야기를 나누며 자신의 근본과 그 뒤를 따른 심리적 변형을 재발견한다. 자신이 딴 오렌지를 팔 수 없는 일꾼은 남부의 가난을 연상시킨다. 인류에 대한 도덕적 의무감을 느끼는 한 용감한 남자는 이를 지키기 위해 자신의 전 재산을 내어놓을 각오가 되어 있다. 칼장이는 칼, 단검, 하다못해 대포라도 갈아달라고 내놓지 않는 사람들의 나태함을 한탄한다. 이러한 대화의 추상적인 언어는 자유와 민주주의의 억압에 대한 투쟁을 상징적으로 촉발시킨다. 소설 중간에서 실베스트로는 어머니 콘체치오네와 이야기를 나누며 젊은 시절을 회상한다. 남편에게 버림받았음에도 꿋꿋하게 살아가는 강인한 여성인 그녀는 여성과 모성이 지닌 힘의 상징이다. 내면 발견의 기독교적 은유라 할 수 있는 사흘간의 여행이 끝나고 실베스트로는 더 높은 차원의 이해를 지닌 인간으로 "부활"한다. 따라서 저자의 반파시스트 사상은 역사적, 혹은 정치적 차원보다는 도덕에 초점을 맞추고 있다. **RPi**

이방인 The Outsider

알베르 카뮈 Albert Camus

작가 생몰연도 | 1913(알제리)–1960(프랑스)
초판 발행 | 1942, Gallimard(파리)
미국판 제목 | The Stranger
원제 | L'Étranger

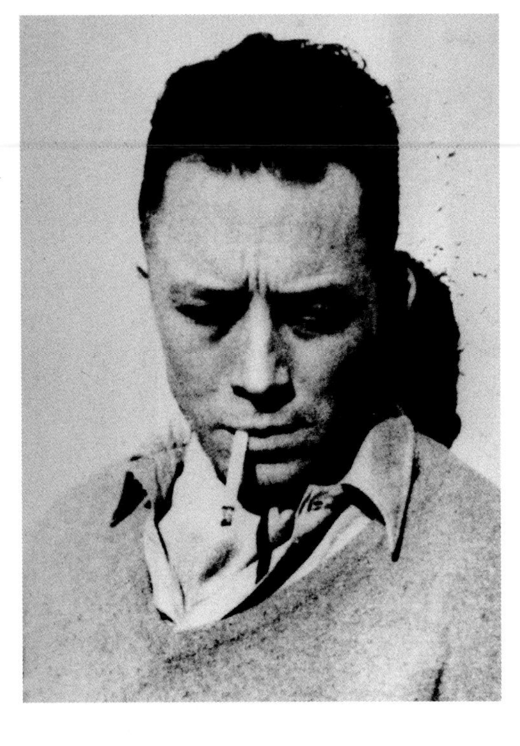

▲『이방인』의 주인공 뫼르소처럼 알베르 카뮈도 프랑스 식민 통치하의 알제리에 거주한 유럽인의 아들이었다.

▶ 〈알베리크〉라는 제목이 붙은 카뮈의 수채 자화상. 실물과 비슷한 굵은 눈썹에 특히 공을 들였다.

『이방인』은 완전히 평면적인 소설이다. 줄거리에서 일어나는 사건들은, 살인과 그 뒤를 잇는 재판 과정에도 불구하고, 마치 그저 페이지 위에 떠있는 것처럼 어떤 무게감도 지니지 못한다. 이것이야말로 (실존주의 철학과의 연관성에 대해 많은 논란이 있었던) 이 소설의 핵심 목적이자, 이 소설을 흥미롭게 읽을 수 있는 이유이기도 하다. 카뮈의 세심한 단순함은 단번에 일상과 우화를 뒤져 이야기를 찾아내며, 이 모호함을 푸는 것은 독자의 숙제로 남겨진다.

이 소설은 전통적인 자기 행위가 손상당하는 삶을 설명하면서 흔들리지 않는 원칙을 보여준다. 그 주제의 묘사에 있어 기술적인 '영리함'은 없다. 우리는 뫼르소라는 한 공허한 남자의 인생 중 한정된 기간만을 들여다본다. 뫼르소는 개인적이고 고립된 삶을 선택한 사회의 이방인이다. 이 기간 동안 그의 인생에서 몇몇 중대한 사건—어머니의 죽음, 한 남자의 살해, 그리고 사형 선고 등—이 일어난다. 그러나 그 사건들은 그에게서 기대되는 어떤 감정적 반응을 이끌어내는 데 모두 실패한다.

첫눈에 보기에, 겉으로는 절제된 문장 속에 숨어 있는 거대한 난해함과 이를 둘러싸고 있는 몽환적인 초연함은 카프카를 연상시킨다. 그러나 스스로 제어하지 못하는 뫼르소의 세계에는 초현실적인 요소는 전혀 없고 오직 세속적인 그것만 존재한다. 스스로의 삶은 물론 타인에게서도 괴리된 뫼르소의 캐릭터는 개인이 각자의 삶에서 이끌어내려 하는 의미를 넘어선 인생의 무의미를 대변하고 있다. 카뮈는 이러한 무의미함의 각성과 체념이야말로 불합리하다고 믿었으며, 후기작들에서 이러한 주제를 보다 폭넓게 다루게 된다. **SF**

celui-ci c'est Albéric, le "Jeune-homme-qui-croyait
que-c'était-aimé-et-qu
-s'est-aperçu-que-ce
n'était-pas-aim

(Quelle chaleur!

열정 Embers

산도르 마라이 Sandor Márai

작가 생몰연도 | 1900(헝가리)–1989(미국)
초판 발행 | 1942
초판 발행처 | 부다페스트
원제 | A gyertyák csonkig égnek

『열정』은 1942년 부다페스트에서 처음 출간되었으나, 2001년 영어로 번역되면서 주목을 받기까지 말 그대로 거의 알려지지 않았던, 흙 속에서 파낸 동유럽 문학의 진주이다. 비록 저자가 1989년 미국에서 자살로 생을 마감함으로써 그와 같이 예기치 못한 인기를 목격할 순 없었지만, 이 소설은 모든 역경을 딛고 세계적인 베스트셀러가 되었다.

제2차 세계대전 발발 직후의 헝가리, 카르파티아 산맥 기슭에 있는 외딴 성. 일흔다섯의 퇴역 장군 헨리크는 40년 넘게 만나지 못한 오랜 친구, 콘라드와 저녁 식사를 함께 한다. 두 사람 사이에는 풀리지 않은 여러 문제가 있고, 그 결과는 놀라우리만치 절제된 서먹함이다. 마라이는 노련한 솜씨과 정확함으로 각각의 발견에서 어떤 화해가 가능하다는 느낌을 받게끔 풀어놓는다. 수십 년의 세월 동안 쌓였던 증오가 하룻밤에 농축되어 있는 것이다.

『열정』은 짧지만 강렬한 작품으로, 오스트리아–헝가리 제국의 풍속과 분위기를 그대로 되살려낸다. 긴 그림자와 빈티지 와인, 촛불, 고대의 숲, 그리고 삐걱거리는 마호가니 가구의 소설이다. 마라이는 값싼 연극적 기법에 의존하지 않고도 이러한 분위기를 불러낸다. 이 작품은 그 옛 세계의 매력 이외에도 계급과 우정, 배신, 그리고 사나이의 긍지에 대한 난해한 탐구를 담고 있다. **SamT**

체스 이야기 Chess Story

슈테판 츠바이크 Stefan Zweig

작가 생몰연도 | 1881(오스트리아)–1942
초판 발행 | 1942, Bermann-Fischer(슈틀름)
다른 제목 | Royal Game; Chess
원제 | Schachnovelle

젊고, 문맹이지만 놀라운 재능을 자랑하는 세계 체스 챔피언이 돈을 위해 바다 위의 여객선에서 전혀 모르는 사람과 체스를 둔다. 낯선 이는 방대한 체스 지식의 소유자이지만, 그의 실제 실력은 아직 확인된 바가 없다. 이러한 불균형의 뒤에 숨어있는 연유가 바로 『체스 이야기』의 줄거리로, 팽팽하고 놀라운 토너먼트의 배경이 된다.

작가가 부인과 함께 자살한 1년 후인 1943년 출간된 『체스 이야기』는 츠바이크의 소설 중 가장 널리 알려진 작품 가운데 하나이다. 츠바이크는 전기 작가, 수필가, 희곡 작가, 시인으로도 명성이 높았으며, 지그문트 프로이트, 토마스 만, 로맹 롤랑 등과 교류하였다. 오스트리아 태생의 유태인이었던 그는 오스트리아에서 나치의 영향력이 강화되자 1934년, 망명길에 올랐으나, 유럽의 정국에 절망과 환멸을 느낀 나머지 브라질에서 스스로 생을 마감했다.

『체스 이야기』는 게슈타포의 고문, 강박관념의 본질, 허영과 탐욕의 어리석음, 정치적 조작 등 '큰' 주제를 다룬, '작지만' 강력한 작품이다. 이 이야기에서 체스는 독약이자 위험한 심리적 중독이지만, 고독한 고립으로 인한 정신의 황폐화를 치유해주는 치료약이요, 명성으로 가는 티켓이다. 화자는 끝까지 이름이 밝혀지지 않지만, 그의 눈을 통해 우리는 체스 경기를 관람하고, 오직 그를 통해서만 낯선 상대의 흥미로운 비밀을 들을 수 있다. 빠른 전개와 매력적인 화자 덕분에 짧지만 보석같은 작품이다. **JC**

유리알 유희 The Glass Bead Game

헤르만 헤세 Hermann Hesse

작가 생몰연도 | 1877(독일)–1962(스위스)
초판 발행 | 1943, Fretz & Wasmuth(취리히)
다른 제목 | Magister Ludi
원제 | Das Glasperlenspiel

『유리알 유희』는 외부 세계와 격리되어 살면서 임무를 수행하는 23세기 유럽의 지식 엘리트인 요세프 크네히트의 전기문 형식으로 쓰여졌다. 작가는 크네히트의 학창 시절부터 "유희의 장인"이라는 명예로운 존칭을 얻게 되기까지를 좇고 있다. "유리알 유희"는 크네히트가 그 수장이 되는 지식인 사회의 "존재의 이유"이다. 이 유희가 정확하게 어떤 놀이인지는 명확한 설명이 없지만, 철학, 역사, 수학에서 시작해서 음악, 문학, 논리학에 이르는 다양한 인간 지식의 결합과 관계되어 있다는 것만은 확실하다. 이 복잡한 유희에도 불구하고 크네히트는 나날이 속세에서의 격리에 불만을 품는다.

1940년대 초반 유럽, 재앙의 한복판에서 쓰여진 『유리알 유희』는 정치의 영역과 관조적인 삶의 관계에 대한 유창하고 강력한 고찰이다. 이 소설은 생각과 행위의 보다 큰 공생을 열정적으로 주장한다. 삶의 다양한 면면을 경험하기 위해 상아탑 사회를 떠나는 크네히트의 모습은 이러한 결합을 강하게 나타낸다. 따라서 이 작품은 헤세가 끊임없이 추구한 주제—자아 성장과 갱생을 향한 쉴새없이 변하는 길을 파악하기 위한 수단으로서의 자아 성찰—의 연속이다. **CC-G**

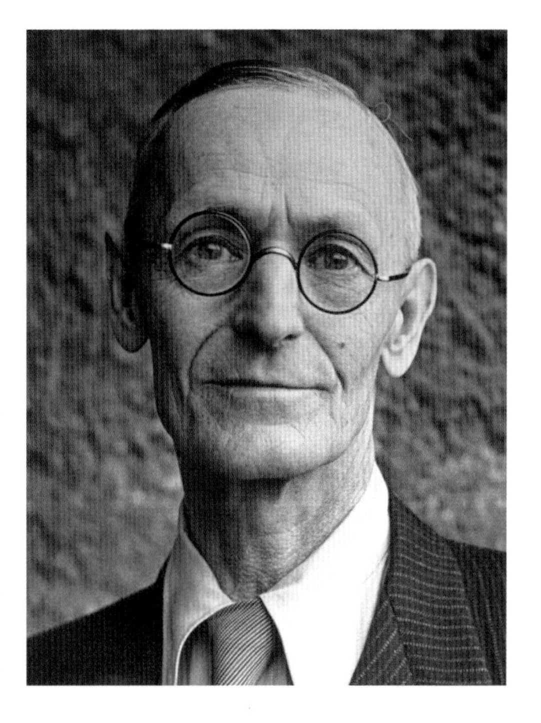

"장인과 소년은 마치 어떤 메커니즘의 현에 의해 끌려가는 것처럼 서로를 따랐다. 오래지 않아 누가 오고, 누가 가는 것인지 구분할 수 없게 되었다…"

▲ 미국의 예술가 앤디 워홀이 헤세가 죽은 지 20년도 더 지난 1984년에 제작한 헤르만 헤세의 초상.

요셉과 그 형제들 Joseph and His Brothers

토마스 만 Thomas Mann

작가 생몰연도 | 1875(독일)–1955(스위스)
초판발행 | 1933–1943(총 4권)
초판발행처 | S. Fischer Verlag(베를린)
원제 | Joseph und seine Brüder

토마스 만은 구약성서의 요셉 이야기를 재구성한 이 작품으로 자신의 문학 경력에 기념비적인 정점을 찍고자 했다. 그러나 1933년 10월 1권이 출간되었을 때 나치가 독일에서 정권을 잡았고, 만은 망명길에 올라야만 했다. 그를 거부한 조국은 물론, 대부분의 외국 독자들도 당시의 정치적, 지성적 이슈와는 하등 관계가 없어 보이는 이 작품에 흥미를 보이지 않았다.

『야곱 이야기』, 『소년 요셉』, 『이집트의 요셉』, 『부양자 요셉』 등 총 4권으로 구성된 이 작품은 창세기에 나오는 낯익은 이야기의 줄거리를 충실하게 따라간다. 야곱의 열한 번째 아들인 요셉은 형제들에게 쫓겨나 이집트 파라오의 오른팔이 되고, 결과적으로 히브리 민족의 지도자가 된다. 만은 이 짧은 성경 속 일화를 풍부한 디테일과 감정의 통찰, 빛나는 인물 묘사, 그리고 유머 감각이 넘치는 장대한 대하소설로 확장시켰다. 신화와 역사에 대한 작가의 깊은 명상이 독자의 길 위로 그 그림자를 드리우지만, 몇 페이지만 넘기면 언제나 싱싱한 이야기의 즐거움이 기다리고 있다.

이 작품은 고대 문명에 대한 정보의 거대한 보고이다. 그러나 역사적이라기보다는 오히려 시대를 뛰어넘는 삶의 복잡한 서술이라고 보는 편이 옳다. 요셉은 만이 꿈꾸는 완전한 깨달음을 얻은 인간으로서, 세련된 지성과 전통에 대한 존경, 몽상가의 상상력이 지니는 영감을 비판적인 과학적 리얼리즘과 결합하고 있는 인물이다. **RegG**

어린 왕자 The Little Prince

앙투안 드 생텍쥐페리 Antoine de Saint-Exupéry

작가 생몰연도 | 1900(프랑스)–1944
초판발행 | 1943
초판발행처 | Reynal & Hitchcock(뉴욕)
원제 | Le Petit Prince

이 매력적인 우화는 한 어른과, 자아의 내면에 살고 있는 어린이의 만남을 그리고 있다. 비행기 조종사인 화자는 엔진이 고장나는 바람에 사하라 사막 한복판에 불시착, "삶이냐 죽음이냐"의 갈림길에 놓인다. 이 가장 궁극적인 물음이 삶과, 그 삶을 어떻게 살 것이냐를 다루고 있는 이 이야기의 핵심이다. 비상 상황을 배경으로 어른과 어린이 사이의 관계가 전개되고, 그 본질은 매우 예리한 질문—어른에게 "너무나 많은 것"을 물어보는 "어린 왕자"라는 어린이의 독특한 질문들—이다. 화자와 어린 왕자 사이의 대화는 사실은 자신을 향한 독백이다. 아무런 제한 없는 상상과 어린이의 요구를 통해 자신의 내면에 있는 어린이와 이야기하는 것이다. 어린 왕자와 화자가 처음으로 이야기를 나누는 것도 어린 왕자가 느닷없이 나타나 "괜찮다면, 양을 한 마리 그려줄래요?" 하고 물으면서부터이다.

생텍쥐페리의 『어린 왕자』는 현실의 관습을 거부하고 상상력의 고삐가 풀리는 몽환적 정경 속으로 들어간다는 점에서 초현실주의 작품이다. 화자가 자신의 상상력을 재발견하면서 어른과 어린이의 역할이 바뀌고, 어린이는 어른에게 호기심이라는 신성한 예술을 가르쳐준다. 『어린 왕자』는 생텍쥐페리의 말년에 쓰여진 작품으로, 어른이 어떻게 살아야 하며 또 어떻게 살 수 있는지에 대한 선언이다. **SB**

▶ 미국 코네티컷 주에 위치한 프랑스 화가 베르나르 라모트의 집에 있는 생텍쥐페리의 책상. 생텍쥐페리는 이 책상에서 『어린 왕자』를 집필했다.

ROGER
TOTOTTE
Ruby

허공에 매달린 사나이 Dangling Man

솔 벨로우 Saul Bellow

작가 생몰연도 | 1915(캐나다)–2005(미국)
초판발행 | 1944, Vanguard Press(뉴욕)
원제 | Dangling Man
노벨 문학상 수상 | 1976

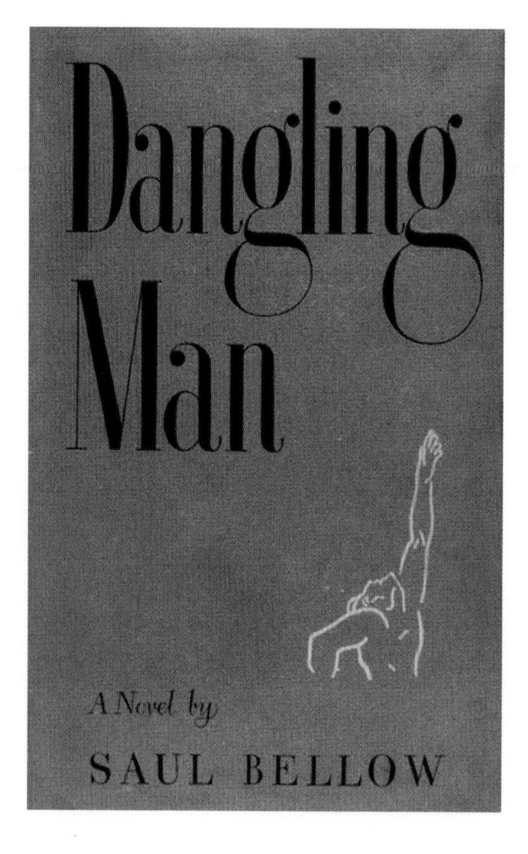

▲ 1944년에 출간된 『허공에 매달린 사나이』는 자유의 본질에 몰입하는 당대 지식인을 그려내고 있다.

『허공에 매달린 사나이』는 벨로우의 처녀작이자 그를 위대한 미국 작가의 반열에 올려놓은 작품으로, 주인공 조셉의 일기 형식을 취하고 있다. 인터아메리칸 여행사를 그만두고 시카고의 하숙집에 처박혀 징집 날짜만을 기다리는 조셉은 "허공에 매달린 사나이"이다. 그는 거의 자기 방을 나서는 일이 없으며 대신 계몽주의 서적에만 빠져 지낸다. 점점 더 자기 중심적으로 변모하는 그의 생활방식은 그를 아내 아이바나 다른 지식인 친구들과도 멀어지게 한다. 이 소설은 조셉이 끝내 징집되어 가족과 친구들을 등지고 군대에서의 삶을 시작하는 것으로 끝맺는다. 그는 자신의 새롭고 엄격한 삶이 현재의 정신적인 고통을 덜어줄 것을 기대한다. 이것은 독자들이 생각하기에는 허사로 끝날 희망이다.

"허공에 매달린" 삶의 의미를 찾으려는 조셉의 모습에서 1940년대 미국 지성인들의 삶에 미친 프랑스 실존주의의 영향을 찾아볼 수 있다. 조셉은 일기 중 일부분을 그가 "Tu As Raison Aussi(당신 말도 역시 맞다)"라고 부르는 상상 속 대담자와의 대화에 할애하고 있다. 『허공에 매달린 사나이』에 나타나는 실존주의는 사르트르의 『구토』나 카뮈의 『이방인』과 같은 맥락에서 이해할 수 있으며, 또한 하층계급의 삶과 상류층의 문화를 나란히 놓은 그의 후기작의 전조라고 볼 수도 있다. 조셉의 일기는 일상의 진부함과 괴테 및 디드로의 인용구들을 뒤섞고 있다.

도시의 거리를 외로이 떠도는 조셉을 통해 벨로우는 유럽 문학이 고민하고 있던 주제들과 미국 고유의 도회지 삶을 결합시켜 보여준다. 따라서 『허공에 매달린 사나이』는 근대 미국 문학의 가장 중요하고 영향력 강한 목소리의 탄생을 증언하고 있는 셈이다. **BR**

면도날 The Razor's Edge

윌리엄 서머셋 몸 William Somerset Maugham

작가 생몰연도 | 1874(프랑스)–1965
초판 발행 | 1944, W. Heinemann(런던)
원제 | The Razor's Edge
언어 | 영어

사회 풍자이자 철학 소설인 동시에 성자의 삶을 그린 『면도날』은 매우 특별한 젊은 미국인의 영적 탐색을 묘사하고 있다. 제1차 세계대전 때 비행기 조종사로 복무하던 중, 가장 친한 친구가 자신을 구하기 위해 대신 목숨을 잃은 뒤, 래리 대럴은 끊임없이 자신의 인생의 의미에 물음을 던진다. 선과 악의 본성에 대해 더욱 깊이 알아야 할 필요성을 느낀 그는 가정과, 약혼녀와, 사회적 안정을 모두 버리고 미국으로 돌아온다. 인도의 깊은 산 속에서 존경받는 힌두교 수도승을 만난 래리는 깨달음을 경험한다. 화자는 그의 의문을 '긴 간격을 두고' 먼 거리에서, 때로는 간접적으로 관찰하여 기록한다. 또한 래리와 연관된 몇몇 인물들의 삶을 추적하기도 한다.

『면도날』은 단순히 죽기 전에 읽어야 할 책이 아니라 스무 살이 되기 전, 아직 허구의 인물과 사랑에 빠질 수 있는 나이에 읽어야 하는 책이다. 그러면 나이를 먹으면서 몸의 예술 세계가 지니는 진정한 가치를 이해할 수 있을 것이다. 몸은, 혹은 그의 화자는 등장인물들과 그들의 배경을 은근하고 예리하면서도 상냥한 아이러니로 다루지만, 래리만은 예외이다. 래리의 경우는 그저 단순하게 묘사할 뿐이다. 삶의 의미, 선과 악의 존재, 그리고 신의 본질에 대한 이 소설 속 토론의 문화적, 철학적 배경을 이해하고 있다면 훨씬 좋겠지만, 대신 주인공의 실질적인 열망과 선함을 느끼지는 못할 것이다. 이 소설은 그 진정한 평가를 위해 믿음, 혹은 적어도 믿음에 대한 열망을 전제 조건으로 요구한다—물론 그 밖에도 이 소설에 대해 할 수 있는 말은 많을 것이다. **DG**

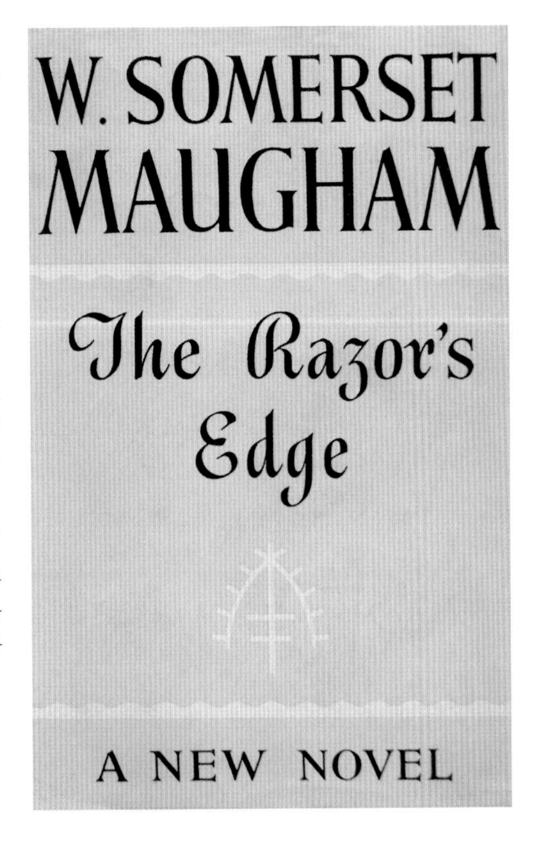

▲ 몸은 미국에 머물면서 『면도날』을 쓰는 동시에 할리우드의 대본 작업에 착수했다.

통과 Transit

안나 제거스 Anna Seghers

작가 생몰연도 | 1900(독일)-1983
초판 발행 | 1944, Nuevo Mundo(멕시코)
원제 | Transit
본명 | Netti Reiling

근대 독일 문학에서 탈출과 망명을 다룬 가장 위대한 작품 중 하나인 『통과』는 다큐멘터리와 픽션의 강력한 결합이다. 제거스 자신이 나치 독일을 탈출하여 망명길에서 쓴 작품으로(제거스는 유태인에다 공산주의자였다), 프랑스에서 집필을 시작하여 멕시코에서 완성하였고, 그곳에서 스페인어판으로 처음 출간되었다(독일어판은 1948년에야 출간되었다). 이 생생한 경험이 오스트리아 출신의 작가이자 의사 에른스트 바이스의 드라마틱한 운명과 뒤섞인다. 바이스는 토마스 만이 루즈벨트 대통령에게 직접 부탁하여 미국 망명 비자가 발급된 것을 모른 채 호텔 방에서 자살했는데, 안나 제거스는 바로 그 때 그를 방문하려 했었다고 한다. 문장이 흐려지면서, 어디까지가 실제 바이스이고 어디까지가 허구의 바이스인지는 알 수 없다.

『통과』의 화자인 자이들러는 독일의 강제노동수용소를 탈출하지만 곧바로 프랑스에 억류된다. 자이들러는 다시 탈출하여 이번에는 아직 점령되지 않은 마르세이유로 향한다. 앞다투어 미국으로 향하는 군중에 끼어든 그는 친지인 작가 바이델에게 인사를 하기 위해 바이델의 호텔로 갔다가 그가 전날 밤 자살했음을 알게 된다. 바이델의 유품 가운데 미국으로 가는 통과 비자를 발견한 그는 바이델로 가장해서 이 비자를 써먹기로 마음먹는다. 이때 바이델의 아내가 현장에 도착하면서 상황은 복잡해진다. 마침내 자신의 정체성 자체가 모호해지고 있다는 것을 깨달은 자이들러는 탈출 기회를 포기하고 프랑스 레지스탕스에 합류한다. **MM**

말괄량이 삐삐 Pippi Longstocking

아스트리드 린드그렌 Astrid Lindgren

작가 생몰연도 | 1907(스웨덴)-2002
초판 발행 | 1945
초판 발행처 | Rabén och Sjögren
원제 | Pippi Långstrump

삐삐는 "개성" 있는 아홉 살 여자아이이다. 마구 삐져나온 빨간색 땋은 머리에 "세상의 어떤 경찰관도 당할 수 없는" 괴력의 소유자에다, 부모의 감독을 전혀 받은 적이 없는 삐삐 랑슈트룸프("긴 양말의 삐삐"라는 뜻)는 아름다운 과수원집 빌레쿨라 오두막으로 이사를 온다. 부자에다(금화가 가득 들어있는 여행 가방을 가지고 있다) 독립적인(엄마는 천국에 있고, 아빠는 난파 당해 식인종들의 섬에 살고 있다) 삐삐는 원숭이 닐슨 씨와 말 한 마리, 그리고 이웃들과 함께 살고 있다. 옆집의 토미와 아니카는 가정 교육을 잘 받고 자란데다 손톱을 물어뜯는 일도 없는 예절바른 아이들로, 제멋대로에 고집세고 모험을 좋아하는 삐삐와는 퍽 어울리지 않는다. 별로 놀랄 일도 아니지만 토미와 아니카는 곧 삐삐에게 매료되어 함께 어른들을 골탕 먹이고 관습에 저항하는 장난에 동참하게 된다.

린드그렌은 폐렴에 걸린 딸을 위해 들려준 이야기들을 바탕으로 삐삐 이야기를 쓰기 시작했다. 이 책은 스웨덴 사회가 "어린이들은 입 다물고 시키는 대로만 하는" 당시의 아동 교육에 회의를 품기 시작하던 1945년에 출간되어 폭발적인 인기를 누리며 영화로도 제작되었다. 린드그렌은 철저하게 어린이의 시각에서 이 책을 썼으며, 무엇보다도 삐삐에게 불어넣은 변덕스럽고 불같은 기질에서 어린이들은 거부할 수 없는 매력을 느꼈다. **JHa**

▶ 삐삐가 초인적인 힘을 발휘하고 있는 『말괄량이 삐삐』의 표지.

KÄNNER DU
PIPPI
LÅNGSTRUMP?
BILDERBOK AV ASTRID LINDGREN OCH INGRID NYMAN

사랑 Loving

헨리 그린 Henry Green

작가 생몰연도 | 1905(영국)–1973
초판 발행 | 1945, Hogarth Press(런던)
원제 | Loving
본명 | Henry Vincent Yorke

헨리 그린의 다섯 번째 소설인 『사랑』은 제2차 세계대전 당시 아일랜드에 거주하는 영국인 귀족 가정의 평온한 이야기를 그리고 있다. 특별한 사건 없는 일상의 이야기는 주인들과 하인들의 이야기로 나뉜다. 윗층에서는 이 집의 여주인인 테넌트 부인과 그녀의 며느리인 잭 부인이 침울하고 위선적인 감정의 코미디를 연출하고, 아랫층에서는 집사인 찰리 론스의 주연으로 그에 못지 않은 제한된 희망과 관능적인 공포의 코미디가 상영된다. 론스는 하녀인 에디스와 사랑에 빠지고, 그들의 일상적인 구애와 욕망의 고백은 "그리고 영원히 행복하게 살았답니다" 류의 동화식 결말을 맺는다.

이 책이 격식을 다룬 다른 희극과 다른 점은 부유한 버밍엄 실업가의 아들이었던 그린이 사랑의 경험은 계급적 관계의 경험으로부터 비롯되며 이를 결코 뚫고 나갈 수 없다는 사실을 표현하기 위해 보여준 놀라운 섬세함이다. 이 작품은 출생과 사회 계급, 그리고 육체노동과 그로부터의 해방을 통해 축적된 감정의 습관이 인간의 가장 정열적인 욕망에 부여한 제한을 추적함으로써 계급 사회의 모순을 폭로한다. 각각의 사회 계급에 따라 각자의 사랑의 경험과, 사랑이 계급을 뛰어넘을 수 있다고 믿는 방식이 달라진다. 그린의 소설은 러브스토리를 사회학적 혹은 역사적 분석으로 격하시키는 대신, 아름답고 함축적인 페이소스로 가득하다. **KS**

동물 농장 Animal Farm

조지 오웰 George Orwell

장원 농장을 탈취한 동물들이 그들의 리더에게 배신당한다는 내용의 『동물 농장』은 제2차 세계대전 전후, 강력한 자유의 신화가 되었다. 본디 이 작품의 목적은 또다른 신화, 즉 소비에트라는 사회주의 국가를 파괴하는 것이었다. 오웰이 이 작품을 출판하기까지 겪어야 했던 어려움은 당시 영국의 인텔리 계층이 얼마나 소비에트 사상에 심취해 있었는지를 증명한다. 오웰은 스페인 내전(1936~1939)에서 자신이 가담해 싸웠던 시민군이 공산주의에 동조하지 않는다는 이유로 무자비하게 제거당한 경험을 토대로 이 작품을 썼다.

『동물 농장』은 소련 탄생의 핵심 과정을 절제된 아이러니로 표현한 걸작인 동시에 농업 사회에 대한 오웰의 인식을 충실히 반영하고 있다. 마르크스를 상징하는 늙은 흰 수퇘지 "대령"은 "인간과 인간의 모든 방식에 대한 증오"가 동물들의 의무라고 선언한다. 혁명이 일어나면 모든 동물은 평등해질 것이다. 그러나 불행하게도 권력을 잡는 나폴레옹(스탈린)과 그의 개들(비밀 경찰)은 짐말 복서(소비에트 민중)를 죽을 때까지 부려먹고, 스노볼(트로츠키)을 축출한다. 짐말 클로버가 농장의 일곱 가지 계명은 결국 하나라는 것을 깨달으며 "모든 동물은 평등하지만, 어떤 동물들은 다른 동물들보다 더 평등하다"라고 말하는 장면에서 짙은 페이소스가 느껴진다. 이러한 아이러니는 이 작품이 지지하는 진정한 혁명을 다시 한번 확인시켜준다. **AMu**

▶ 1954년 라트비아에서 번역 출간된 『동물 농장』 표지. 이 작품은 소비에트권 국가들에서는 출간이 금지되었으나 암암리에 유포되었다.

DŽ. ORVELS

DZĪVNIEKU FARMA

드리나 강의 다리

The Bridge on the Drina

이보 안드리치 Ivo Andrić

"그와 같은 이론은 오직 게임에 대한 끊임없는 필요를 만족시킬 뿐이고, 자네 자신의 허영심에 아첨을 하고, 자네와 다른 모두를 기만할 뿐이네. 그것이 진실이네. 적어도 나에게는 진실이라고 보이네."

▲ 이보 안드리치는 보스니아인으로서는 최초로 1961년 노벨 문학상을 받았다.

작가 생몰연도 | 1892(보스니아)–1975(유고슬라비아)

초판 발행 | 1945, Prosveta(베오그라드)

원제 | Na Drini ćuprija

노벨 문학상 수상 | 1961

이보 안드리치의 『드리나 강의 다리』는 보스니아 비셰그라드에 있는 유명한 메메드-파샤 소콜로비치 다리의 파란만장한 역사를 전해준다. 이 소설에서 안드리치는 16세기에 이 다리가 처음 건설될 무렵부터 1914년 제1차 세계대전 발발과 오스트리아-헝가리 제국의 완전한 소멸까지를 기록한다.

엄밀하게 말해서 『드리나 강의 다리』는 소설이라기보다는, 보스니아-헤르체고비나 주민들의 삶과 수세기에 걸친 그 변화를 묘사한 소품들을 모아놓은 연대기에 가깝다. 최근 보스니아에서 일어난 유혈사태를 감안할 때, 이 소설은 기독교인, 회교도, 유태인들이 뒤섞여 살아가는 지역의 역학 관계와 그 긴장의 역사에 흥미로운 통찰을 제공한다. 풍부한 지역 방언으로 쓰여진 이 아름다운 소설은 언어 자체에 대한 이야기이기도 하다. 오스만 제국과 오스트리아-헝가리 제국의 잇따른 지배가 가져온 사회적, 문화적 변화가 대중의 언어와 사상, 육체, 그리고 사고방식에 반영된 것이다. 한마디로 이 다리는 지속성의 상징으로 그 역할을 해온 것이다.

비록 소설은 오스트리아-헝가리 세력이 철수하는 1914년에서 끝을 맺고 있지만, 실제 역사 속의 다리는 1990년대의 역사적인 반목까지 고스란히 증언한다. 이 다리가 단순히 서로 다른 국가들이 공존할 수 있는 가능성의 상징만이 아니라 무자비한 역사 흐름의 무대로 등장하고 있으므로, 보다 주의를 기울여 이 작품을 읽어야 할 것이다. **IJ**

그리스도는 에볼리에 머물렀다

Christ Stopped at Eboli

카를로 레비 Carlo Levi

작가 생몰연도 | 1902(이탈리아)–1975
초판 발행 | 1945
초판 발행처 | G. Einaudi(토리노)
원제 | Cristo si è fermato a Eboli

『그리스도는 에볼리에 머물렀다』는 일기, 다큐멘터리, 사회학 연구, 그리고 정치 에세이로도 볼 수 있는 작품이다. 작가 역시 정확하게 정의하기가 애매하다. 카를로 레비는 의학 공부를 하다가 정치, 문학, 미술에 연달아 뛰어들었다. 무솔리니와 파시스트 정권에 반대하는 바람에 1935년에서 1936년까지 치러진 아비시니아 전쟁* 중에는 이탈리아의 "발" 부분에 있는 외딴 산골 마을 갈리아노에 숨어 있었다. 『그리스도는 에볼리에 머물렀다』는 이때의 경험을 토대로 한 것으로, 에볼리는 레비가 이따금 방문하던 이 지방의 중심 도시였다.

이 작품의 제목은 파시스트 중산층들이 외면한 이 외진 지방 주민들의 고립과 가난을 은유한 것이다. 레비는 말라리아로 황폐화된 이 마을에서의 삶을 기록하는 동시에 파시스트 시장부터 (열 명도 넘는 남자로부터 열 번도 넘는 임신을 해야했던) 줄리아에 이르는 이 마을 주민들의 초상을 냉정하게 그려냈다. 아무것도 없는 농부들에게 레비는, 매일매일 질병과 가난과 싸우는 그들이 원조를 청하러 달려가는 당국을 상징하는 인물이었다. 그러나 얼마 안 되는 의료 장비로 그들을 도우려는 레비의 노력은 대부분 실패로 끝난다. 청진기를 한 번도 본 적 없는 세계에서 그의 의학적 지식은 별다른 도움이 되지 못한다. 레비의 소설은 그러나 국제적인 센세이션을 일으켰고, 사회적 리얼리즘을 향한 전후 이탈리아 문학 속에서 자국에서 소외된 이들에 대한 관심을 불러일으켰다. **LE**

* 1935년 무솔리니가 에티오피아의 아비시니아 고원을 침공하면서 발발한 전쟁. 이 전쟁의 결과 에티오피아는 이탈리아 최초의 해외 식민지가 되었다.

아르카나 17

Arcanum 17

앙드레 브르통 André Breton

작가 생몰연도 | 1896(프랑스)–1966
초판 발행 | 1945
초판 발행처 | Brentano(뉴욕)
원제 | Arcane 17

브르통이 이끈 프랑스 초현실주의는 1944년 이미 그 정점을 지났고, 유럽은 지긋지긋한 전쟁의 한복판에 있었다. 브르통이 D-Day(영미 연합군이 프랑스 북부 노르망디 해변에 상륙한 1943년 6월 6일을 지칭)를 몇 달 앞두고 캐나다 퀘벡에서 집필한 『아르카나 17』은 전쟁 중 예술가의 역할과, 전후의 예술에서 나타나는 전쟁의 영향에 대한 작품이다. 그러나 브르통의 문장은 암울한 비관이나 향수가 아닌, 유럽과 유럽 예술가들의 미래에 대한 조심스러운 희망을 보여주고 있다. 이러한 시각은 제목에서부터 이미 반영되어 있는데, "아르카나 17"이란 타로 카드 메이저 아르카나의 "별"로, 땅 위에 두 개의 물병을 쏟아붓고 있는 젊은 여인이 그려져 있으며, 사랑과 지성을 상징한다.

예술과 전쟁에 대한 생각을 다양한 문학적 주제로 풀어놓고 있지만, 『아르카나 17』은 에세이도, 이야기체 문학도 아니다. 이러한 문학적 주제에는 브르통의 삶에 있어 개인적인 사건이나 전쟁 중 그의 애인, 그리고 드라마틱한 캐나다 자연 풍경 등의 시적인 묘사가 포함되어 있다. 이 작품의 중심 테마는 훗날 A. S. 바이엇이 소설 『소유(The Possession)』(1990)에서 인용한 멜루시나의 전설이다. 멜루시나는 호기심으로 그녀를 인간 세계에서 추방당하게 만든 남자에게 끝까지 정절을 지킨다. 브르통은 이러한 맥락에서 여성들로 하여금 남자들의 파괴적인 손아귀에서 권력의 고삐를 빼앗도록 촉구한다. 『아르카나 17』은 브르통 개인과 유럽의 상실을 쓰라리게 파고든 작품이며, 또한 젊은 시절에 쓴 글들로 프랑스 예술 사조의 변혁을 이끌었던 한 사상가의 매력적인 성숙을 그려내고 있다. **JC**

다시 가본 브라이즈헤드 Brideshead Revisited

에블린 워 Evelyn Waugh

작가 생몰연도 | 1903(영국)–1966
초판 발행 | 1945, Chapman & Hall(런던)
원제 | Brideshead Revisited
본명 | Evelyn Arthur St. John Waugh

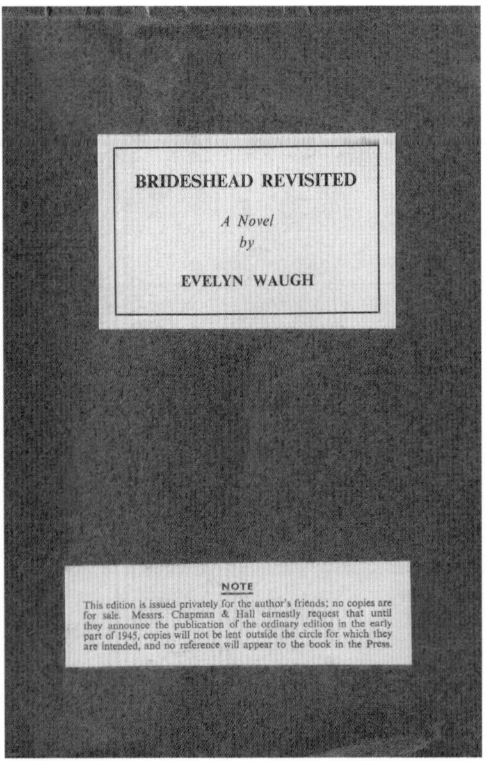

BRIDESHEAD REVISITED
A Novel
by
EVELYN WAUGH
NOTE
This edition is issued privately for the author's friends; no copies are for sale. Messrs. Chapman & Hall earnestly request that until they announce the publication of the ordinary edition in the early part of 1945, copies will not be lent outside the circle for which they are intended, and no reference will appear to the book in the Press.

"나는 일전에 이곳에 온 적이 있다…"

▲ 제2차 세계대전이 끝날 무렵 쓰여진 『다시 가본 브라이즈헤드』는 부분적으로 과거 상류사회에 대한 향수라고 볼 수도 있다.

에블린 워의 소설 중 가장 유명한 작품이자, 최고의 수작으로 꼽히는 『다시 가본 브라이즈헤드』는 귀족 가문 플라이트 일가의 1920년대부터 제2차 세계대전에 이르는 행적을 좇는다. 이 소설은 "찰스 라이더 대령의 신성한, 그리고 세속적인 회상"이라는 부제가 붙어 있는데, 화자는 우선 가톨릭 신자인 옥스퍼드의 플라이트 가문 출신인 탐미주의자 세바스찬을 만나게 되고, 두 사람은 강한 우정으로 엮인다. 찰스는 심각하고 진지한 학생이지만 전공과 예술적 야망 사이에서 갈등을 겪고 있다. 세바스찬과의 우정은 찰스로 하여금 그때껏 그의 인생을 구성하고 있던 관습적인 가치들에서 해방시켜 주고, 두 사람의 퇴폐적인 생활은 찰스의 예술적 성장의 밑거름이 된다. 함께 플라이트 가의 집인 브라이즈헤드 성에서 방학을 보내는 동안, 찰스는 지나치게 순진하고 일관성 없는 세바스찬의 신앙은 항상 이해할 수 있는 것이 아니라는 사실을 깨닫는다.

세바스찬의 끊임없는 폭음은 두 사람 사이를 점점 멀어지게 하지만, 찰스와 플라이트 가와의 강한 유대는 그대로 남는다. 수년이 흐르고, 두 사람 모두 불행한 결혼 생활을 경험한 뒤, 찰스는 세바스찬의 여동생인 줄리아와 사랑에 빠진다. 그러나 줄리아의 강한 가톨릭 신앙 때문에 두 사람 사이의 관계는 더이상 발전하지 못한다.

워는 1930년 가톨릭으로 개종했으며 『다시 가본 브라이즈헤드』는 여러 면에서 자신의 신앙과 신의 은총을 표현한 것이다. 이 소설 안에서 작가는 관계의 복잡한 상호의존을 탐구하며, 특히 종교적 믿음의 중요성은 (비록 항상 두드러지는 것은 아니지만) 압도적이다. **JW**

보스니아 연대기 Bosnian Chronicle

이보 안드리치 | Ivo Andric

『보스니아 연대기』는 노벨 문학상 수상 작가 이보 안드리치의 '보스니아 3부작' 중 하나이다. 모두 1945년에 출간된 '보스니아 3부작'은 그 배경을 제외하면 공통점이 전혀 없다. 『보스니아 연대기』는 안드리치의 또다른 걸작 『드리나 강의 다리』처럼 보스니아와 그 역사를 다루고 있다.

'영사들의 시대'라는 부제는 19세기 초, 보스니아의 옛 마을 트라브니크를 들락거리던 프랑스와 오스트리아 영사들의 경쟁을 가리킨다. 대등한 재능의 두 남자가 이 지역 투르크 고관들의 환심을 사려고 다투면서 동시에 서로의 계획을 훼방 놓는 모습을 볼 수 있다. 여러 가지 면에서 매우 비슷한 두 남자는 당시 유럽에서 전쟁을 벌이고 있던 두 나라의 축소판이다. 안드리치는 작품의 무대가 되는 거대한 정치적, 감성적 영역 위를 마음대로 움직인다. 트라브니크의 시장과 세르비아–크로아티아 접경지대에서 변화가 일어나기 시작하고, 회교도와 기독교도, 유태인들이 서로를 향해 무기를 든다. 쌓여가던 긴장이 폭발하는 한편, 두 영사는 동유럽에서의 힘겨운 삶 때문에 서서히 무너져 간다.

안드리치는 훌륭한 솜씨로 두 영사의 물 떠난 물고기 처지를 묘사한다. 그는 동방과 서방을 연결하는 고리를 보여주지만, 보스니아는 영원히 이 영사들로부터 동떨어진 나라로 그렸다. 또한 작가는 그들의 공통점과 서로에게서 위로받지 못하는 그들의 비극도 똑같이 신랄하게 강조한다. 넓은 의미에서 『보스니아 연대기』는 역사와 작가의 고국에 대한, 원대하고 농밀한 서사적, 서정적 명상이다. 더 가까이서 들여다본다면, 문화의 오해와 불필요하게 박해받고 낭비되는 에너지를 그린 감동적인 초상이다. **OR**

작가 생몰연도 | 1892(보스니아)–1975(유고슬라비아)
초판 발행 | 1945, Drzavni zavod Jugoslavije
다른 제목 | The Days of the Consuls
원제 | Travnicka hronika

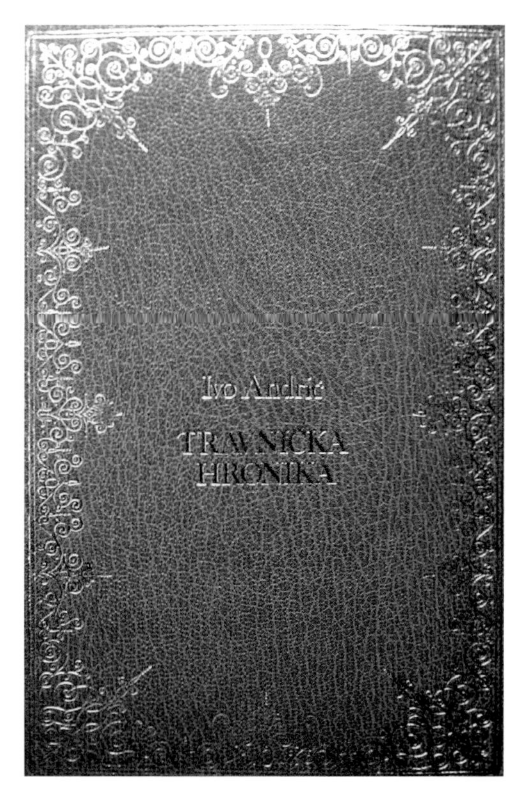

"…우리는 방문객을 원하지 않는다."

▲ 안드리치의 소설은 고향의 복잡한 민족 문제를 탐구한다. 작가 자신은 보스니아에서 태어났지만, 그의 부모는 크로아티아인이었다.

우연히 잡은 행운 The Tin Flute

가브리엘 루아 Gabrielle Roy

작가 생몰연도 | 1909(캐나다)–1983
초판 발행 | 1945
초판 발행처 | Société des Éditions Pascal
원제 | Bonheur d'occasion

프랑스계 캐나다인 작가 가브리엘 루아의 『우연히 잡은 행운』은 대공황 시대 말기, 몬트리올 빈민가에서 살고 있는 플로렌틴 라카스와 그녀의 어머니 로즈-안나의 삶에 초점을 맞추고 있다. 빈민들이 벌이는 매일의 투쟁과 더 나은 삶을 향한 강렬한 꿈을 가혹하리만지 사실적으로 그려낸 작품이다. 작가는 관찰을 통한 풍부한 디테일을 재료 삼아 의식주 문제부터 자존심과 삶 그 자체에 이르는, 모든 것을 위한 가족의 전투에 대한 한 편의 공감 가는 드라마를 짜냈다.

이야기의 중심에는 플로렌틴이 있다. 가족 중에서 유일하게 정규 직업을 가지고 있는 그녀에게 어머니는 절대로 닮아서는 안 될 반면교사이다. 자신이 임신한 것을 알자마자 애인에게 버림받은 플로렌틴은 낭만적인 꿈을 모두 포기하고 사랑하지 않는 남자와 결혼한다. 결말 부분에서 자신이 한때 사랑했던 남자를 우연히 보고서야, 플로렌틴은 자신이 가난을 벗어났으며, 사랑과 보살핌을 받고 있고, 안정되었음을 깨닫게 된다.

이 작품의 인물들은 서로 소통하고 교감하면서, 자기 자신의 내면 투쟁 안에 고립되어 있다. 루아는 이러한 내면의 소용돌이를 꿰뚫어보고 그 모순을 드러낸다. 도회지 삶에 초점을 맞춘 『우연히 잡은 행운』의 적나라한 리얼리즘은 당시 퀘벡 문학으로부터의 분리를 의미한다. 3세기가 넘도록 감상적이고 낭만적인 전원 사회의 이미지에 치중해 있던 프랑스계 캐나다 문학으로부터의 독립을 선언한 것이다. **CIW**

무(無) Andrea

카르멘 라포레트 Carmen Laforet

작가 생몰연도 | 1921(스페인)–2004
초판 발행 | 1945
초판 발행처 | Ediciones Destino(바르셀로나)
원제 | Nada

의심과 자기본위로 특징지어지는 가족관계와 대도시의 야비하고 적대적인 환경을 재창조했다는 이유로, 출간 당시 이 소설의 주제는 신선하고 대담하다는 평가를 받았다. 심지어 세상에 분란을 일으킨다는 주장도 있었다. 그 플롯과 관점은 단순하고 지극히 평탄한데도, (당시 스물셋이었던) 작가는 야비한 정열과 잔인함, 증오, 그리고 혼란스러운 주인공 안드레아를 창조하는 데 놀라운 능력을 발휘했다.

희망과 환상을 가득 품은 안드레아는 문학과 철학을 공부하기 위해 바르셀로나로 떠난다. 그녀는 결코 좋아할 수 없는, 매우 제한된 정신적, 도덕적 균형의 소유자인 외갓집 식구들—밀수에 관여했다가 결국 자살하는 사악한 로만, 아내를 학대하는 화가, 좌절감을 억누르기 위해 수녀원을 선택하는, 불균형한 정신을 지닌 안구스티아스 등—과 함께 지내게 된다. 아무도 안드레아를 환영하지 않고, 그녀가 그들에게 지우는 부담을 비난한다.

문장의 표현력과 배경 묘사 때문에 스페인 출신의 망명가들은 이 작품을 사회 비판으로 받아들였지만, 이는 작가가 의도했던 바는 아니었다. 오늘날 이 소설은 그 순진무구한 이야기 솜씨와 (덕분에 제1회 나달 문학상을 수상했다) 전후 스페인에서 소설 장르의 부활에 결정적 역할을 했다는 점에서 눈에 띄는 작품이다. **M-DAB**

베르길리우스의 죽음 The Death of Virgil

헤르만 브로흐 Hermann Broch

작가 생몰연도 | 1886(오스트리아)–1951(미국)
초판 발행 | 1945
초판 발행처 | Pantheon Books(뉴욕)
원제 | Der Tod des Virgil

『베르길리우스의 죽음』은 유럽 모더니즘의 걸작이다. 삶과 죽음 간의 관계를 탐구하는 위대한 산문시는 자유롭게 "물", "불", "흙", "공기"의 네 개의 장(章)을 누비고 다닌다. 작가는 강제 수용소에 억류되어 있는 동안 이 작품을 쓰기 시작하여, 나치 점령하의 빈을 떠나 망명길에서도 집필을 계속했다.

무대는 브린디시의 아우구스투스 황제의 별장. 작가는 베르길리우스의 최후 24시간을 그리고 있다. 베르길리우스는 고향에서 죽기 위해 막 완성한 『아에네이드』를 가지고 이탈리아로 돌아왔다. 죽음을 눈앞에 두고 그는 자기 자신과 황제, 그리고 친구들과 함께 시의 역할, 종교와 국가의 관계, 그리고 전체주의의 본질에 대해 토론한다.

스스로 이 작품의 원고를 불태워버리려고 했다는 사실로 보아 브로흐가 반쯤 완성된 작품을 가지고 미국으로 떠났을 때 얼마나 고뇌하고 있었는지 추측할 수 있다.

이 소설은 거의 끝이 없는, 계속 흘러가는 문장으로 씌었는데, 그 구성이 걸작이다. 문체의 정수는 "하나의 생각, 하나의 순간, 하나의 문장"이라는 말로 압축되며, 이는 단순한 수필체를 넘어, 작가가 여러 겹의 복잡한 생각들 사이를 우아하게 움직일 수 있도록 했다. 이 작품은 관능적인 긴박감으로 온 세상과 모든 담화를 끌어안아, 독자로 하여금 지적으로 상당히 난해한 토론에도 기꺼이 들어올 수 있도록 해준다. 브로흐는 언어를 극단으로 몰아붙임으로써 다른 어떤 문학 작품과도 구별되는 독자의 경험을 창조해냈다. **JM**

"시간과 환경의 가장 작은 한 조각에도 힘껏 매달려 그 모든 것을 기억 속에 체현시키라는 명령은 지나친 것이었다…"

▲ 1937년 빈에서의 헤르만 브로흐. 브로흐는 이듬해 나치 점령하의 오스트리아를 떠나 미국으로 망명했다.

타이터스 그론 Titus Groan

머빈 피크 Mervyn Peake

작가 생몰연도 | 1911(중국)–1968(영국)
초판 발행 | 1946, Eyre & Spottiswoode(런던)
시리즈 | 『타이터스 그론(Titus Groan)』(1946), 『고멘가스트』(1950),
『타이터스, 홀로(Titus Alone』(1959)

맛깔난 그로테스크와 번뜩이는 문장들로 가득한 『타이터스 그론』은 대대로 내려오는 그론 일가의 저택, 고멘가스트의 강력한 어둠에 초점을 맞추고 있다. 부서지고, 무너지고 있는 이 건물은 살아서 끓어오르는 하나의 우주이다. 여기에 살고 있는, 더이상 그 원래 의미가 무엇인지도 잊어버린 채, 마음을 무디게 하는 일상의 노동에 볼모로 잡혀버린 사람들은 허둥지둥 끊임없이 이어지는 의식을 치르느라 정신이 없다.

주인공들은 전형적이면서 풍자적인 면이 유쾌하게 뒤섞인 인물들이다. 76대 그론 공작인 세풀크레이브 경은 끝없는 의무에 지쳐버린 침울한 사람이다. 그의 아내 거트루드는 현세에서 동떨어져, 그녀의 머리에 집을 짓고 사는 새들과 그녀를 따라다니는 엄청난 숫자의 고양이들과만 이야기를 나눈다. 사서인 사우어더스트와 바르켄틴이 집안의 의식을 보전시킨다. 사악한 돼지 요리사 스웰터는 김이 모락모락 피어나는 지옥의 폭군이다. 플레이 씨는 세풀크레이브 경의 집사장으로 목숨을 걸고 전통을 지키는 사람이다. 이야기를 이끌어가는 사람은 보잘것없는 태생의 기회주의자 스티어파이크로, 권력을 얻기 위해서는 감언이설, 아첨, 조종 등 수단과 방법을 가리지 않는다. 그 어떤 것도 신분상승을 위한 쉼없는 여정 중인 그를 멈출 수 없다. 이런 집안에 후계자가 태어난다. 77대 그론 공작, 타이터스이다.

매력과 유머로 가득한 이 소설은 무자비한 계급 제도부터 전통에 대한 맹목적인 존경에 이르기까지 영국 사회의 문제를 가차없이 풍자하고 있다. 마법의 약도, 신화 속의 야수도 없다. 괴물이라면 이미 우리가 알고 있는 것들이다. 일상의 지루함과 무자비한 이기주의, 그리고 어리석은 허영이 바로 그것이다. **GT**

그리스인 조르바 Zorba the Greek

니코스 카잔차키스 Nikos Kazantzakis

작가 생몰연도 | 1883(그리스)–1957(독일)
초판 발행 | 1946
초판 발행처 | Dim. Dimitrakou(아테네)
원제 | Vios kai politia tou Alexi Zormpa

20세기판 산초 판자와 팔슈타프를 하나의 인물로 응축시켜 놓은 알렉시스 조르바는 현대 문학이 창조해낸 가장 원기왕성한 "보통 사람" 중 하나이다. 피레우스 항의 한 카페에서 화자(아마도 젊은 지식인 시절의 작가 자신)는 "살아있는 심장, 거대한 게걸스러운 입, 아직 어머니 대지에서 완전히 분리되지 않은 위대한 야수의 영혼"인 조르바를 만나 완전히 매료되고 만다.

삶에 대한 조르바의 정열(그리고 과거에 광산 노동자 십장이었다는 그의 고백)에 대한 화답으로 갈탄 광산 노동자들의 감독을 맡아달라는 초청이 도착한다. 반짝이는 크레타 섬을 무대로 우정과 피카레스크적인 모험들을 거쳐 조르바는 위험과 좋은 감정을 공평하게 유발하고, 화자로 하여금 삶에 대한 자신의 학문적, 정통적인 접근에 의문을 품게 한다.

이 작품은 근본적으로 조르바의 놀라운 자연스러움과, 젊은 화자가 적용하는, 보다 합리적이고 절제된 "고대 그리스"식 사고방식 사이의 철학적 논쟁이다. 거기에 따뜻하고 쾌적한 에게 해의 빛, 공기, 색깔, 냄새까지 더해져 문학의 최고급 야외 성찬이 펼쳐진다. 1957년 한 표 차로 알베르 카뮈에게 노벨 문학상을 놓친 카잔차키스는 여행안내서부터 번역서에 이르기까지 방대한 작품 목록의 소유자이다. 그러나 현대 그리스 문학을 국제적인 무대로 이끌어낸 것은 『그리스도 최후의 유혹』(1960)과 이 작품, 『그리스인 조르바』이다. **JHa**

배경 Back

헨리 그린 Henry Green

작가 생몰연도 | 1905(영국)–1973
초판 발행 | 1946, Hogarth Press(런던)
원제 | Back
본명 | Henry Vincent Yorke

『배경』은 전쟁이 끝나고 고향으로 돌아온 이에게 전쟁이 미친 영향을 그린, 매우 흥미로운 전쟁 소설이다. 주인공 찰리 서머즈는 미아가 되었다. 최근의 경험으로 정신적 외상을 입고 방향감각을 잃고 혼란에 빠지고 만 것이다. 그는 주위 사람들과 자신을 연결짓지 못하고, 자신의 과거와 현재를 연계시키지 못한다. 『배경』은 주인공의 불안과 혼돈을 매우 섬세하게 그려낸 작품이다. 느슨한 화술은 찰리의 정처없이 떠도는 사고의 본성과 영리하게 잘 맞아떨어진다. 전쟁에서 입은 심리적 트라우마로 인해 마치 어린아이처럼 그려진 찰리는 현실을 직면하기는커녕 그 의미를 이해하지도 못하는, 순수하지만 불운한 남자이다.

그러나 『배경』은 낙관적인, 거의 마법에 가까운 소설이다. 전쟁에 나가기 전 그의 연인이었던 로즈의 이복 동생 낸시와 사랑에 빠지면서 찰리에게도 구원이 주어진다. 낸시를 통해 찰리는 과거를 다시 살아내는 것은 물론 그 과거를 산산조각낸 트라우마도 극복할 수 있게 된다. 비록 그를 괴롭히는 심리적 병증에는 딱히 해결책이 없겠지만 말이다. 사실 결말에서 낸시가 말하는 것처럼 그는 타인과 스스로에게 수수께끼로 남아있다. "그녀는 그가 자기 자신에 대해 말하고 싶지 않은 것인지, 아니면 말할 수 없는 것인지 알 수가 없었다. 심지어 그 아름다운 갈색 눈 뒤에서 일어나고 있는 일의 일부조차 알아낼 수 없었다." 이 소설은 사랑, 고통, 그리고 자기 희생이 서정적으로 함께 뒤섞이는, 눈물로 얼룩진 장면으로 끝을 맺는다. **AG**

고지대의 집 House in the Uplands

어스킨 콜드웰 Erskine Caldwell

작가 생몰연도 | 1903(미국)–1987
초판 발행 | 1946
초판 발행처 | Duell, Sloane & Pearce(뉴욕)
언어 | 영어

얼스킨 콜드웰은 〈토바코 로드 Tobacco Road〉(1932)와 〈신의 작은 땅 God's Little Acre〉(1933)으로 유명한 작가다. 두 작품 모두 출판되자마자 찬사와 비판이 동시에 쏟아졌는데, 농촌사회에 대한 사회–사실주의적인 콜드웰의 묘사는 거의 포르노그라피에 가까울 정도였다. 실제로 〈신의 작은 땅〉으로 인해 콜드웰은 음란죄로 체포되기까지 했다. 물론 무죄 방면되기는 했지만, 재판으로 인해 콜드웰의 명성(혹은 악명)은 더욱 높아졌고, 결과적으로 더 많은 부수가 팔려나갔다. 콜드웰은 당시 막 등장한 페이퍼백(가벼운 장정의 저렴한 문고판) 현상의 최초 수혜자 중 하나였다. 독자들은 서점으로 달려가 싼 가격의 책을 얼마든지 집어 들었고, 책의 내용에 경악과 탄성을 내질렀다. 콜드웰의 초기작들을 주로 미국 남부의 노동자 계급을 다루고 있지만, 〈고지대의 집〉에서는 남부의 지주 계급 귀족들에게로 관심을 돌렸다. 비록 콜드웰의 때로는 그로테스크하기까지 한 유머는 실종되었지만, 이 작품은 농촌의 몰락과 절망을 익숙하게 묘사하고 있다. 주인공은 과거 명문가의 마지막 후손인 그레이디 던바이다. 그레이디는 술과 노름으로 그나마 남아있던 가산을 모두 탕진한 뒤, 빈털터리가 되자 집과 땅을 저당 잡히면서까지 방탕한 생활을 계속한다. 그 동안 어리고 세상 물정 모르는 그의 아내는 충실하게 그의 곁을 지키지만, 사실은 남편의 욕정을 충족시켜주는 노예였을 뿐이다. 한편 그레이디 밑에서 일하는 일꾼들 역시 족쇄에서 벗어나지 못한다. 그들은 다른 곳으로 옮겨가는 것이 무서워, 돈도 받지 못한 채 땅을 일군다. 이 모든 것들이 한데 얽혀, 그레이디의 몰락과 그로 인해 피할 수 없는 파멸로 이어진다. **PH**

거미집의 오솔길 The Path to the Nest of Spiders

이탈로 칼비노 Italo Calvino

작가 생몰연도 | 1923(쿠바)–1985(이탈리아)
초판발행 | 1947
초판 발행처 | Einaudi(토리노)
원제 | Il sentiero dei nidi di ragno

"첫 번째 작품에서 이미 작가를 정의한다."

▲ 이탈리아의 소설가이자 언론인 이탈로 칼비노는 1981년 레종 도뇌르 훈장을 받았다.

이 작품이 칼비노의 처녀작이라는 점, 그리고 당시 약관 스물세 살이었던 칼비노가 바로 이 작품으로 문학 신동의 신화를 창조하기 시작했다는 사실만으로도 『거미집의 오솔길』은 읽을 만한 가치가 있다. 이 작품에는 훗날 흉내낼 수 없는 독특한 스타일과 세련미로 성숙하게 될 활약이 보인다. 그러나 동시에 이탈리아 빨치산 운동과 화해하려는 젊은 작가의 노력도 나타내고 있다.

핀은 게으르고, 입이 거칠고, 자기의 이득을 위해 마을 소문을 이용할 정도로 닳아빠진 고아이다. 그는 또 어른들의 관심에 목을 매면서도 그것을 어떻게 얻고 유지할 것인가에 대해서는 제대로 알지 못하는 어린아이이기도 하다. 아이러니한 것은, 핀이 전혀 이해하지 못하는 두 가지—정치와 여자—는 대부분의 사람들도 역시 이해하지 못한다는 점이다. 독일군이 핀의 고향마을을 점령하자 마을 사람들은 빨치산에 합류하지만, 칼비노는 이것은 어디까지나 변화에 대한 저항이지 어떤 정치적 이념에의 헌신은 아니라는 사실을 명확히 한다.

재미있게도 칼비노는 『거미집의 오솔길』이 그에게 문학상을 안겨주었음에도 10년 후 재판 발행을 거부했다. 뜻깊은 서문이 곁들여진 제3판 겸 최종판은 1964년에야 나오게 된다. 재판 발행을 꺼린 것은 그가 한때 함께 싸웠던 전우들을 어떻게 작품 속에서 써먹고 또 캐리커처했느냐 때문이라고 칼비노는 인정한 바 있다. 이 작품에는 비록 칼비노의 후기작에서 보이는 균형과 질서에 대한 탐닉은 없지만, 여전히 아름다운 문장으로 빛나는 작품이다. 또한 21세기 이탈리아의 가장 저명한 작가 중 한 사람의, 조국의 역사에서 유례없는 시기에 대한 반응이라는 점에도 가치있는 작품이다. **JC**

화산 밑에서 Under the Volcano

말콤 라우리 Malcolm Lowry

작가 생몰연도 | 1909(영국)–1957
발행 | 1947, Jonathan Cape(런던)
원제 | Under the Volcano
본명 | Malcolm Clarence Lowry

『화산 밑에서』는 몇 년째 애송이 소설가로 고군분투하고 있던 작가에게 단번에 국제적인 명성을 안겨준 작품이다. 훗날 라우리는 이 작품을 단테의 『신곡』을 본딴 3부작의 제1권으로 썼고, 『화산 밑에서』는 『신곡』의 『지옥』편에 해당된다고 말했다. 이 작품은 멕시코 콰우나확(쿠에르나바카일 것으로 추정)의 영국 영사인 알코올 중독자 조프리 퍼민의 최후의 1일을 그리고 있다. 공교롭게도 이 날은 만성절 전야의 무시무시한 축제날이다. 이 작품은 한때 퍼민의 이웃이었고 퍼민의 아내인 이본과 불륜관계이기도 한 화자 자크 라루엘의 회상으로 이루어진다. 이본은 남편과 다시 시작하기 위해 퍼민에게로 되돌아가고, 퍼민의 남동생인 휴와 함께 축제에 참석한다. 그러나 점점 폭력의 위협이 그 그림자를 드리우고, 조프리는 거센 폭풍으로 두 사람과 떨어지고 만다. 결국 이본은 고삐풀린 말에 치여 죽고, 조프리는 파시스트 깡패에게 살해당해 화산 밑 도랑에 던져진다.

『화산 밑에서』는 그 인물 묘사보다 강렬한 상징성과 유려한 산문체에 더 주목해야 할 작품이다. 화산 아래에서 열리는 만성절 전야제라는 무대는 자멸하는 주인공의 피할 수 없는 죽음을 가리키지만, 또한 위기에 처한 문화의 폭발을 암시하기도 한다—제2차 세계대전 중에 쓰여진 이 작품의 시간적 배경은 1938년이다. 파시스트의 손에 죽음을 맞는 퍼민의 최후는 쉽게 저지할 수 없는 끔찍한 세계 질서를 예견한다. 라우리의 다른 소설들처럼 『화산 밑에서』도 자전적 작품으로, 전부인인 잔 가브리알과의 결별을 그리고 있다. 특히 그의 알코올 중독은 결국 불의의 죽음으로 이어지고 만다. **AH**

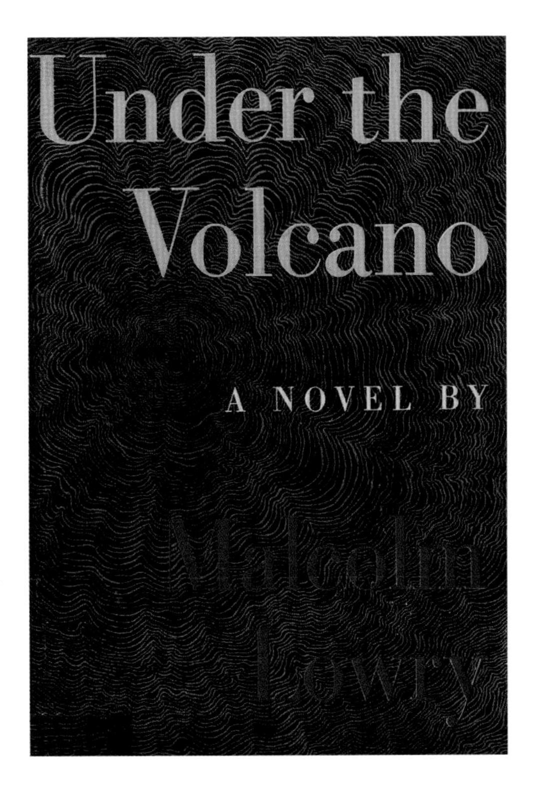

"나는 집이 없다. 오직 그림자뿐이다."

▲ Reynal & Hitchcock 출판사에서 출간된 미국판 초판의 표지. 작품의 무시무시한 흥분에 대한 암시는 전혀 보이지 않는다.

만약 이것이 인간이라면 If This Is a Man

프리모 레비 | Primo Levi

작가 생몰연도 | 1919(이탈리아)-1987
초판 발행 | 1947, De Silva(토리노)
미국판 제목 | Survival in Auschwitz(아우슈비츠에서의 생존)
원제 | Se questo è un uomo

프리모 레비는 『만약 이것이 인간이라면』의 서문에서 이렇게 썼다. "내가 1944년에야 아우슈비츠로 호송된 것은 행운이었다." 이 문장은 죽음의 강제수용소에서 보낸 열 달을 기록한 이 작품의 충격적인 개막이자, 홀로코스트를 다룬 그의 문장의 특징을 보여주고 있다. 레비가 파시스트 민병대에 붙잡힌 1943년 12월부터 시작하는 이 작품은 "급박한 순서"대로 쓰여졌다고 레비는 말한다. 또한 그는 이 책은 아우슈비츠에서의 삶이 어떠했는지 설명하기 위한, 그리고 죽음의 삶의 경험을 수용소의 현실로 풀어냄으로써 생계를 꾸리기 위한 시도였음을 인정한다.("강제수용소의 삶은 연옥의 삶과 같다.")

아우슈비츠의 인간이란 무엇인가? 아우슈비츠와 같은 극악무도의 참극이 인간의 사고에 미치는 영향은 무엇인가? 레비는 산문시라고 이름 붙여진 이 작품에서 "예외적인 인간 상황"—철조망 안에 수천 명의 사람이 함께 갇혀 있지만 끔찍한 고독을 느끼는—을 묘사했다. 『만약 이것이 인간이라면』에서 레비는 몇 가지 중요한 테마와 카테고리를 제시하는데, 이들은 훗날 그의 다른 작품, 특히 『물에 빠져 죽은 자와 구조 받은 자』에서 다시 나타나게 된다. 레비는 강제수용소의 세계를 지배하고 있는 냉혹한 분할—"기획자", "협조자", "지도자" 그리고 가장 밑바닥의 "노동자"—을 보여준다.

강제수용소에는 제3의 길—즉, 평범한 삶—은 존재하지 않고, 레비는 이 책이 전달하고자 하는 악의 모습을 찾는다. "한 여윈 남자의 얼굴과 눈에는 어떠한 생각의 흔적도 보이지 않는다." 생각이 없으면, 이야기도 없다. 아우슈비츠는 인간의 살아있는 정신을 가격함으로써 "지금까지 들어보지 못한 이야기"를 하기 위한 근원적 필요를 낳았다고 레비는 지적한다. **VL**

▲ 젊은 시절의 레비는 이탈리아의 반파시스트 레지스탕스에 가담했으나, 곧 빨치산으로 체포되어 강제수용소로 보내졌다.

◀ 아우슈비츠 수용소로 향하는 철길. 레비는 이곳에서 살아남은 몇 안 되는 이탈리아 유태인 중 한 사람이었다.

문체 연습 Exercises in Style

레이몽 크노 Raymond Queneau

작가 생몰연도 | 1903(프랑스)–1976
초판 발행 | 1947, Gallimard(파리)
개정판 발행 | 1963
원제 | Exercices de style

1947년 프랑스에서 처음 출간된 『문체 연습』은 단번에 크노를 명예로운 공쿠르 아카데미 회원으로 선출시켜 준 작품이다. 이 같은 작품은 지금까지 프랑스어는 물론 다른 어떤 언어로도 나온 적이 없었고, 이 작품 이후로도 나오지 못했다. 이 작품은 겉으로 보기에 전혀 앞뒤가 맞지 않는 일화로 시작된다. 출퇴근길 러쉬아워의 버스 안에서 펠트 모자를 쓴 한 남자가 자신을 밀쳤다며 다른 승객을 비난한다. 마침내 한 자리가 비고, 펠트 모자를 쓴 남자가 앉는다. 잠시 뒤 이 남자는 생 라자르 역에서 친구를 만나고, 친구는 그에게 오버코트에 단추를 하나 더 달라고 말한다. 이 책의 나머지는 이 이야기를 서로 다른 아흔아홉 가지 방식—꿈, 찬가, 소네트, 현재형, 공식 서간, 전보, 연설, 광고, 철자 바꾸기 놀이, 속어 등등—으로 재구성한다.

우리는 언제나 이야기가 문체보다 우선하며, 문체란 바꿀 수 없는 특정한 현실을 이해하기 위한 창에 불과하다는 사실을 의심 없이 받아들인다. 크노는 문체란 결코 투명하지 않으며, 우리가 이해하는 현실을 형성하고 정의하는 것은 언어 자체라는 것을 폭로하고 있다. 『문체 연습』에서 우리는 유쾌하고 눈부신 방식으로 이러한 주장을 확인할 수 있다. 이 소설은 로렌스 스턴에서 제임스 조이스, 알랭 로브그리예로 이어지는 소위 '반(反)소설'의 전통을 충실히 따르고 있다. 정말 중요한 것은 이야기가 아니라 그 이야기를 어떻게 하느냐이다. **PT**

페스트 The Plague

알베르 카뮈 Albert Camus

작가 생몰연도 | 1913(알제리)–1960(프랑스)
초판 발행 | 1947, Gallimard(파리)
원제 | La Peste
노벨 문학상 수상 | 1957

『페스트』는 종종 "삭막한 실존주의"라는 비난을 받고 있지만, 이러한 비난은 카뮈의 명작을 완전히 잘못 이해한 것이 된다. 비록 인간의 고통과 절망을 가감없이 묘사하고 있기는 하지만, 작가가 이 작품에서 진정 최우선으로 내세운 것은 바로 보통 사람들의 인간애이기 때문이다. 물론 수천 마리의 죽은 쥐가 도시(알제리의 해변 도시인 오랑)의 거리 가득 널부러져 있는 도입부는 이러한 주제와는 거리가 있다. 돈만 밝히는 시 공무원들은 페스트의 가능성을 부정하며 우왕좌왕하지만, 사람들이 병에 걸려 죽어가기 시작하면서, 흑사병 발생은 기정사실이 된다. 도시 전체가 엄격하게 격리되고, 숨막히는 폐쇄된 공간에서 (카뮈가 생생하게 관찰한) 강요된 고독 속에 남겨진 사람들은 피할 수 없는 죽음과, 그들을 하나로 묶었던 공동체의 고리가 하나하나 끊겨 나가는 상황에 직면한다. 그러나 암흑의 정점에서도 희망은 죽지 않는다. 처음에는 절망의 외로운 본질을 암시하는 스스로의 사고의 고립 속으로 침잠하지만, 몇몇 인물들의 노력 덕분에 사람들은 그들에게 내려진 재앙을 함께 이해하면서 다시 손을 잡는다.

도시 전체가 주인공이 되어 보여주는 이러한 감수성과 이해는 독자의 마음을 사로잡으며, 오랑이라는 도시에 생명을 부여한다. 이것이야말로 『페스트』가 카뮈의 또다른 명작 『이방인』과 다른 점이며, 이 작품이 당시는 물론 오늘날까지도 의미를 지니는 이유이다. **MD**

파우스트 박사 Doctor Faustus

토마스 만 Thomas Mann

작가 생몰연도 | 1875(독일)–1955(스위스)
초판 발행 | 1947
초판 발행처 | Bermann Fischer(스톡홀름)
원제 | Doktor Faustus

『파우스트 박사』는 그 친구인 제레누스 차이트블룸의 눈으로 바라본 음악가 아드리안 레버퀸의 흥망을 그리고 있다. 토마스 만은 파우스트 신화를 응용하여, 레버퀸이 악마와의 거래로 위대한 음악가가 될 수 있었음을 암시한다. 이러한 거래와 그로 인한 결과에 어떻게, 그리고 왜 독일이 히틀러를 통해 파시즘을 선택함으로써 어둠의 세력과 손을 잡았는지에 대한 탐구가 더해진다.

『파우스트 박사』는 수많은 유럽의 철학자와 사상가들의 사고와 그 독특한 비전을 다루고 있다. 19세기와 20세기의 음악 이론의 진화에 대한 작가의 고찰은 특히 훌륭한데, 여기에는 아르놀트 쇤베르크가 주창한 12음계도 포함되어 있다. 레버퀸은 부분적으로 쇤베르크를 본따 만든 인물이다. 또한 만이 창작의 삶의 무자비한 요구에 대해서도 열렬한 관심을 보였음이 드러난다. 레버퀸은 숨막히는 천재성과 단기간에 한판 승부를 벌이면서 극심한 고통의 시간을 겪는다. 이 작품에는 창작과 고통 사이의 관계를 탐구하는 섬세한 문장들이 특히 많이 등장한다.

이 소설의 가장 위대한 업적은 예술가와 사회의 관계에 대한 정교한 고찰은 물론 예술, 역사, 정치에 관한 복잡한 사고를 유려하게 조합해냈다는 것이다. 레버퀸의 최후 묘사는, 캘리포니아에 망명하여 조국 독일의 미래를 근심하던 만 자신이 겪어야 했던 절망과 고독으로 얼룩져 있다. **CG-G**

DOCTOR FAUSTUS
THE LIFE OF THE GERMAN COMPOSER
ADRIAN LEVERKÜHN
AS TOLD BY A FRIEND
THOMAS MANN

Lo giorno se n'andava e l'aere bruno
toglieva gli animai che sono in terra
dalle fatiche loro, ed io sol uno
m'apparecchiava a sostener la guerra
sì del cammino e sì della pietate,
che ritrarrà la mente que non erra.
O Muse, o alto ingegno, or m'aiutate,
o mente che scrivesti ciò ch'io vidi,
qui si parrà la tua nobilitate
Dante: *Inferno*, Canto II

LONDON
SECKER & WARBURG

"운명의 쓰라린 시험이 한 존경받는 인간을 높이 들어올렸다가 바닥으로 내팽개쳤다."

▲『단테』를 인용한 영문판 초판 표지.

미다크 거리

Midaq Alley

나기브 마푸즈 Naguib Mahfouz

작가 생몰연도 | 1911(이집트)–2006

초판발행 | 1947, Maktabat Misr(카이로)

원제 | Zuqaq al-Midaqq

노벨 문학상 수상 | 1988

이집트가 낳은 가장 저명한 소설가이자 1988년 노벨 문학상 수상자인 마푸즈는 40편이 넘는 소설을 썼다. 서양에서는 20세기 카이로의 삶을 사실적으로 묘사한 작품들로 유명해졌으며 그의 초기작들은 그 문체와 인물 묘사에서 디킨스, 발자크, 졸라 같은 전세기 유럽 문학의 거장들을 연상시킨다.

때는 제2차 세계대전 중, 카이로의 옛 시가지가 『미다크 거리』의 무대이다. 유머러스하게 되살린 뒷골목 사회의 일상에는 거부할 수 없는 매력이 있지만, 그 속에서 펼쳐지는 이야기들은 가혹하고, 비판적이다. 각 개인의 삶에는 편안함이 존재하지 않는다. 가령 동성연애자에 마약거래 카페 주인인 키르샤는 아내를 버리고 자이타라는 젊은 남자에게 빠진다. 가난한 이들 중에서 가장 가난한 이들을 불구로 만들어 그들이 병신 거지로 먹고 살 수 있게 해주는 것이 사악한 자이타의 직업이다.

마푸즈가 묘사하는 위기의 사회에서 좌절과 가난, 불황으로부터 헤어날 수 있는 유일한 탈출구는 근대화—미군과 영국군의 이집트 주둔으로 구체화되는—가 문을 연 위험한 가능성들의 세계뿐이다. 무정한 동네 미인 하미다가 새로운 문물의 유혹에 빠져 연합군 군인들을 상대하는 창녀가 되는 장면은 이 소설의 비극적 클라이맥스이다. 『미다크 거리』를 방문하는 서양 독자들은 아랍인의 시각으로 근대 사회를 들여다보는 진귀한 기회를 허락받은 셈이다. **RegG**

세월의 거품

Froth on the Daydream

보리스 비앙 Boris Vian

작가 생몰연도 | 1920(프랑스)–1959

초판발행 | 1947

초판발행처 | Gallimard(파리)

원제 | L'écume des jours

이 소설은 프랑스 초현실주의의 걸작으로 그 제목조차 번역하기가 쉽지 않다.(미국에서는 '인디고 무드(Mood Indigo)'라는 제목으로 출간되었다.) 말하는 애완 쥐와 하인과 함께 살고 있는 콜린의 이야기가 대충 줄거리라 불릴 만하다.(그런데도 어찌어찌 영화와 오페라로 만들어졌다.) 콜린이 원하는 것은 오직 하나, 사랑에 빠지는 것뿐이다. 이때 클로에와 사랑의 꽃(문자 그대로)이 등장한다. 클로에는 꽃에 둘러싸여 살아야만 나을 수 있는 "폐의 수련(垂蓮)"이라는 병에 걸리고, 이는 콜린을 재정 파탄에 빠뜨린다. 그는 이미 그의 가장 친한 친구들인 칙과 리자의 결혼에 2만5천 "더블룬"을 썼지만, 칙이 지나치게 진 펄 하르트르(쟝 폴 사르트르를 패러디한 이름인 듯하다)에게 집착하는 바람에 두 사람의 결혼은 오래 가지 못한다. 리자는 살인에 맛을 들이고, 경찰도 비열하기는 마찬가지. 문체는 대단원으로 갈수록 점점 챈들러를 닮아간다. 하긴, 비앙은 레이몬드 챈들러의 프랑스어판 번역가였다.

이 소설은 초현실적이고, SF적이고, 때로는 매우 우스꽝스러운 러브 스토리이지만 무엇보다도 젊고, 낙천적이고, 경박한 백일몽이 정통과 형식에 물들어가는지에 대한 신랄한 해석이다. 번역판에서는 프랑스어 원문의 언어유희가 상당 부분 생략되었지만, 시적 표현은 대부분 그대로 남아있다.

비앙은 또한 싸구려 호러 소설들도 썼는데 개중에는 악명높은 『네 무덤에 침을 뱉겠다(J'irai cracher sur vos tombes)』도 포함되어 있다. 이 작품은 영화로 제작되었는데, 비앙은 이 영화를 너무나 혐오한 나머지 영화를 보는 중에 심장마비로 죽었다고 한다. **JHa**

알카리아로의 여행

Journey to the Alcarria

카밀로 호세 셀라 Camilo José Cela

작가 생몰연도 | 1916(스페인)–2002

초판 발행 | 1948, Emecé (부에노스아이레스)

원제 | Viaje a la Alcarria

노벨문학상 수상 | 1989

셀라의 후배 작가들은 스페인의 낙후된 시골과 그 방치를 비판해 왔는데 『알카리아로의 여행』은 그러한 장르를 다시 한 번 쇄신한 작품이다. 훗날 노벨 문학상을 받게 되는 셀라는 문학적 중요성을 지니는 이야기와 문체 속에 등장하는, 눈을 끄는 장소들과 그 장소들의 독특한 면면을 보존하고자 했다. 『알카리아로의 여행』은 지방 풍속과 전통, 전설, 알려지지도 흔하지도 않은 사람과 그들의 생활방식, 그리고 그들의 특이한 이름들에 대해 풍부하게 묘사하고 있다.

비평가들은 사람들의 삶의 소설보다 미사여구를 더 중요시했다는 점, 그리고 더 인간적인 관점을 지니지 않았다는 점 등을 들어 그를 조롱하려 했지만, 셀라는 자신은 사회 비판에도, 사회학의 영역에 발을 들여놓는 것에도 관심이 없고, 오직 그의 독특한 문체를 강하게 각인시킨 문장을 쓰기 위해 이 책을 썼다고 반박했다. "테이블 위의 방수포는 노랗고, 가장자리와 군데군데는 색이 바랬다. 벽에는 술 광고가 들어간 '계집애 취향'의 달력이 걸려 있었다." 3인칭으로 쓰여졌으며 그 묘사에서 교묘하게 현상학적인, 수사적 형식인 "여행자"(오고, 가고, 읽고, 질문을 던지는)의 잦은 반복은 1인칭 화법을 대신하기 위한 효과적인 장치이다. 오늘날 읽으면 다소 싫증나고 거짓으로 겸손한 척하는 관점이겠지만, 그 모든 것에도 불구하고 이 작품은 셀라 최고의 걸작이다. **M-DAB**

재와 다이아몬드

Ashes and Diamonds

예지 안제예프스키 Jerzy Andrzejewski

작가 생몰연도 | 1909(폴란드)–1983

초판 발행 | 1948

초판 발행처 | Czytelnik(바르샤바)

원제 | Popiól i diament

제2차 세계대전 최후의 날로 시작하는 이 소설은 전쟁이 끝난 후 며칠 동안 폴란드의 작은 마을에서 세 남자—지역 공산당 서기관인 슈츠카, 자신의 임무를 내키지 않아 하는 레지스탕스 암살대원 미카엘, 그리고 나치 협력자였던 코세키—의 행적을 뒤쫓는다. 코세키는 강제수용소에서 간수로 일하면서 증오의 대상이었던 과거를 잊고 근면한 치안 판사이자 가장으로서 옛날의 삶으로 돌아가기를 원한다. 그의 큰아들은 레지스탕스에 들어가 지금은 폴란드의 공산주의자들과 싸우고 있고, 작은 아들은 무정부주의에 가담해 일인 강범이 되었다. 슈츠카는 돈에 굶주린 마을 의회에 정의와 자긍심을 불어넣어야 하는 임무에 직면하는 동시에 아내가 강제수용소에서 죽은 것이 거의 확실하다는 소식을 듣는다. 미카엘이 소속해있는 레지스탕스 조직은 그에게 슈츠카를 죽이라는 지령을 내린다. 그러나 마을 호텔의 웨이트리스인 크리스티나와 사랑에 빠진 그가 과연 암살 임무를 계속할 수 있을까?

예지 안제예프스키는 해방 후 도덕 관념을 잃고 경제는 산산조각난, 극심한 혼란기의 폴란드를 영화처럼 생생하게 그려낸다. 모든 이들이 어딘가 망가졌다. 젊은이들은 전쟁에 혹사당하고 환멸을 느끼며, 나이든 세대들은 생존을 위해 선택해야 했던 길을 책임져야 한다. 사회주의 유토피아에 대한 슈츠카의 충성스러운 믿음조차 시장이 주최한 연회에서 더러운 정치권력의 시험에 든다. 한편 폴란드의 과거, 현재, 미래에 그림자를 드리우는 정복자 붉은 군대는 방 안에 있는 보이지 않는 코끼리이다. **MuM**

불복종
Disobedience

알베르토 모라비아 Alberto Moravia

작가 생몰연도 | 1907(이탈리아)–1990
초판 발행 | 1948
초판 발행처 | Bompiani(밀라노)
원제 | La disubbidienza

20세기 이탈리아 최고의 문인 중 한 사람인 알베르토 모라비아는 수많은 작품을 써서 성공을 거두었다. 그의 작품 중 상당수가 로마 부르주아 계층의 컴플렉스와 강박관념을 다루고 있으며, 특히 양대 주제라 할 수 있는 돈과 섹스는 개인의 만족보다는 권력의 도구로서 묘사되었다. 극도로 냉정한 표현의 명확함이나 성에 대한 개방적인 접근, 인간 심리에 대한 주의 깊은 관심이 모라비아의 특징이다.

『불복종』은 성인식이라는 테마를 지극히 원형적으로 다룬 작품이다. 루카는 남부끄럽지 않은 중산층 가정에서 자란 외아들로, 자신이 애정을 품었던 모든 것에 점점 불만이 커져가고 있다. 그는 모든 세속적 소유물과 애정을 포기함으로써 나름대로 논리적이고 계산된 불복종을 시작한다. 결국 그는 병에 걸려 앓아눕고, 오직 침대에서만 보낸 몇 달 동안 이상한 신기루를 경험한다. 병에서 회복한 그는 간호사와 성적 관계를 시작한다. 이러한 경험은 지극히 상징적이고, 루카는 이를 파괴적인 자기 거부를 극복하고 현실과 거의 신화적인 조화를 이루게 된 부활이라고 여긴다. 십대의 반항과 성, 고독을 그린 매우 격렬하고 복잡한 작품인 『불복종』은 오이디푸스적 각성을 매력적으로 그려낸 심리적 초상이다. **AL**

◀ 동료 이탈리아 작가들과 담론을 나누고 있는 알베르토 모라비아(맨 왼쪽). 엘사 모란티와 그녀의 왼쪽으로 카를로 레비가 보인다.

H. 하테르의 모든 것
All About H. Hatterr

G. V. 데사니 Govindas Vishnoodas Desani

작가 생몰연도 | 1909(케냐)–2001(미국)
초판 발행 | 1948, F. Aldor(런던)
개정판 발행 | 1972, Penguin UK
원제 | All About H. Hatterr

『H. 하테르의 모든 것』은 언어와 수사의 절제된 희극에서 비길 데 없는 작품이다. 관용적인 문체와 연극적 형식은 로렌스 스턴, 제임스 조이스, 플랜 오브라이언 등을 모델로 했다고 볼 수도 있지만, 그 문장의 독창성과 순수함, 그리고 재치만 놓고 보면 지금까지 한 번도 본 적이 없는 작품임에 틀림이 없다. 이 소설은 주인공이자 화자인 H. 하테르가 영국의 언어, 생활 방식, 그리고 문학적 기술을 예리한 지성으로 터득해가지만, 단순하기 그지없는 바보로 묘사되는 점에 그 묘미가 있다. 세련된 언어가 별난 순진함과 뒤섞여, 조이스의 레오폴드 블룸처럼 영어를 제2외국어로 습득하면서 라블레와 로렌스 스턴처럼 글쓰는 법을 배우게 된다. 그 일례로 완전한 제목을 들어보면, "H. 하테르의 자서전, 삶의 모자이크 고찰; 즉 바꿔 말하면, 이러한 모순, 이러한 인간 난투극, 이러한 다이아몬드 모양의 다이아몬드를 위한 디자인에 대한 의학–철학적 문법… H. 하테르에 의한 H. 하테르" 하는 식이다.

이 소설은 다양한 문화적, 언어적 배경을 가진 고아 하테르가 "알아 들을 수 없는 기독교의 언어(영어)"를 "두 번째 일상 언어"로 받아들여 "인도인의 피를 이어받지 않은 사히브인으로서는 전례가 없을 정도로 인도인"이 되는 과정을 보여준다. 하테르의 모험은 있을 법하지 않은 사회, 현자, 인도와 영국의 그로테스크한 영국인들과의 만남에 초점을 맞추고 있다. 인도계 영국문학의 고전으로 꼽히는 이 작품이 살만 루시디에게 큰 영향을 미쳤다는 소문이 있으나, 데사니 쪽이 훨씬 더 예리하다. **DM**

외쳐라, 사랑하는 조국이여

Cry, the Beloved Country

알란 페이턴 Alan Paton

작가 생몰연도 | 1903(남아프리카)–1988

초판 발행 | 1948

초판 발행처 | Scribner (뉴욕)

본명 | Alan Stewart Paton

남아프리카 최고의 소설 중 하나인『외쳐라, 사랑하는 조국이여』는 미국에서 처음 출간된 뒤, 남아프리카의 비극적 역사에 세계의 이목을 집중시켰다. 이 소설은 한 아버지가 아들을 찾아 남아프리카 시골에서 요한네스버그까지 여행하는 내용이다. 주인공인 줄루족 목사 스티븐 쿠말로와 그의 요한네스버그에서의 고통스러운 발견은 독자로 하여금 깊은 감동을 준다. 쿠말로는 감옥에서 백인을 살해한 죄로 재판을 기다리고 있는 아들 압살롬을 찾게 되는데, 아이러니하게도 압살롬이 죽인 남자는 남아프리카 원주민의 시련에 대해 깊은 관심을 가지고 변화를 주장했던 사람이다. 여기서 희생자의 아버지가 등장한다. 아들을 이해하고자 했던 그의 여행은 그의 인생과 슬픔이 묘하게 쿠말로의 그것과 얽히면서 끝난다.

이 소설은 인간의 감정의 극단을 포착하고 있다. 최악의 상황에 처한 인간의 존엄에 대한 페이턴의 믿음은 신랄하고 고무적이다. 이 소설은 아파르트헤이트(남아프리카의 인종차별정책)의 끔찍함을 폭로하고 있지만, 그 암흑과 절망의 가감없는 묘사에도 불구하고 여전히 더 나은 미래를 향한 희망을 제시한다. 이 작품은 이 모든 것에도 불구하고 여전히 사랑하는 조국 남아프리카를 위한 외침 그 자체이다. 그 사람들과, 그 땅과, 증오, 가난, 그리고 공포로부터의 자유를 꿈꾸는 그 잠재적인 희망을 위한 외침이다. **EG-G**

바다의 심장에서

In the Heart of the Seas

사무엘 요제프 아그논 Shmuel Yosef Agnon

작가 생몰연도 | 1888(오스트리아-헝가리)–1970(이스라엘)

초판 발행 | 1948, Schocken(뉴욕)

원제 | Bi-levav yamim

노벨 문학상 수상 | 1966

『바다의 심장에서』는 아그논을 근대 히브리어 문학의 가장 위대한 작가 중 한 사람으로 자리매김한 동시에 아그논에게 비알리크 문학상을 안겨주었다. 14개의 장으로 이루어진 이 중편 소설은 19세기 말을 배경으로 독자들을 몇몇 신앙심 깊은 하시드파* 유태인들과 함께 갈리시아 동부(지금의 우크라이나)에서 폴란드, 몰다바, 콘스탄티노플, 그리고 "바다의 심장"을 거쳐 자파와 예루살렘으로 데려간다. "선한 마음"의 동지들은 믿음의 힘과 예루살렘과 이스라엘 땅에 대한 사랑으로, 사탄의 유혹은 물론 여정에서 만나는 위험과 고난을 극복한다.

이 피카레스크 소설은 또한 아그논의 상징적 자서전이다. 이 작품은 아그논 고유의 개인적인 문체로 쓰여졌으며, 전통적인 유태교, 경전과 랍비들의 언어, 그리고 독일 문학의 영향을 한데 엮어 그만의 독특하고 난해하며 근대적인 언어를 만들어냈다. 1966년 노벨 문학상 수상 연설(넬리 작스와 공동 수상)에서 그는 자신의 작품세계를 간결하게 요약했다. "신이 나의 가슴과 나의 펜에 불어넣은 모든 것을 글로 쓸 수 있었던 것은 예루살렘의 힘 덕분이다." 오늘날까지 아그논은 근대 이스라엘 문학에서 가장 많은 연구가 이루어지고 있는 작가이며, 『바다의 심장에서』는 수많은 언어로 번역 출간되었다. **IW**

* 18세기 초 폴란드와 우크라이나 유태인 사이에서 널리 퍼진 종교적 혁신운동.

마리아에게 이별을

This Way for the Gas, Ladies and Gentlemen

타데우스 보로프스키 Tadeusz Borowski

작가 생몰연도 | 1922(우크라이나)–1951(폴란드)

초판 발행 | 1948

국립 문학상 수상 | 1950

원제 | Pozegnanie z Maria

이 책의 원제는 『마리아에게 이별을』이지만, 영문판 제목은 작가가 나치 강제수용소에 수감되어 있었던 수감자들을 묘사한 방식을 감안하여 『신사숙녀 여러분, 부디 가스실로』로 변경되었다.

영문판 제목이 암시하는 대로, 한 무리의 수감자들이 유태인들을 싣고 올 다음 트럭을 기다리고 있다. 이들의 임무는 (가스실로 보내질 운명인) 트럭의 유태인들을 내리는 것으로, 그 대가로 그들의 지독하게 부족한 배급을 조금이나마 보충해 줄 음식을 받게 될 것이다. 생각지도 못한 불가능한 상황으로 내몰리는 사람들의 행동을 냉정하게 묘사하면서 보로프스키는 어떻게 수용소에 있는 모든 이들의 인간성이 말살되었는지를 증명한다.

보로프스키의 문장이 가지는 힘은 상당 부분 그의 간결한 문체에서 비롯된다. 이야기에는 여러 강제수용소를 전전했던 작가의 자전적 요소가 다소 포함되어있다. 해방된 뒤 보로프스키는 나치 정권 하의 끔찍한 비극이 다시는 되풀이되지 않기 위한 가장 확실한 사상이라고 믿은 공산주의에 투신했다. 공산주의라는 이름 아래서 어떤 참극이 벌어지고 있는지를 알게 된 그는 완전한 환멸에 빠졌고, 아우슈비츠와 다카우에서도 살아남았던 그는 끝내 가스 중독으로 자살했다. **JW**

사형선고

Death Sentence

모리스 블랑쇼 Maurice Blanchot

작가 생몰연도 | 1907(프랑스)–2003

초판 발행 | 1948

초판 발행처 | Gallimard(파리)

원제 | L'Arrêt de mort

모리스 블랑쇼는 20세기 프랑스 문학에 지대한 영향을 미쳤지만, 삶에서도 문학에서도 철저한 은둔자였다. 프랑스어 원제는 '사형선고'로도 번역할 수 있고, '집행유예'로도 번역할 수 있다. 즉 최종적인 심판과 무기한의 연기인 셈이다. 이 단편은 제목에서 느껴지는 부유(浮遊)의 의미를 반향하고 있다.

1부는 그저 "J"라고만 알려진 불치병을 앓고 있는 여인의 투쟁을 그리고 있다. 그녀는 죽었다가 신비하게 다시 살아나지만, 화자에 의해 약물 과용으로 살해당한다. 2부에서는 1940년 파리 점령과 폭격을 배경으로, 서로 다른 세 명의 여인과 화자 간의 교류를 기록한다. 1부와 2부 사이에는 수많은 유사와 반복이 있어 그 해석을 더욱 복잡하게 하고, 가짓수를 늘린다.

자신이 관련되어 있는 사건들을 이야기하려고 애쓰면서 화자는 단어들이 언제나 둘로 접혀, 전달하고자 하는 진실을 소모해버린다는 사실을 눈치챈다. 화자에게 있어서 이러한 시도는 모든 글쓰기의 조건이다. 그는 단번에 사건을 그 모든 복잡한 의미와 함께 포착해내지 못하는 단어의 예리한 무능을 알고 있다. 그러나 그는 소리내어 말하고자 하는 채울 수 없는 욕망에 사로잡힌 대가로, 처음부터 끝없이 반복함으로써 말할 수 있는 것의 한계를 탐구하는 형벌을 받았다. **SS**

1984 Nineteen Eighty-Four

조지 오웰 George Orwell

작가 생몰연도 | 1903(인도)–1950(영국)
초판 발행 | 1949
초판 발행처 | Secker & Warburg(런던)
본명 | Eric Arthur Blair

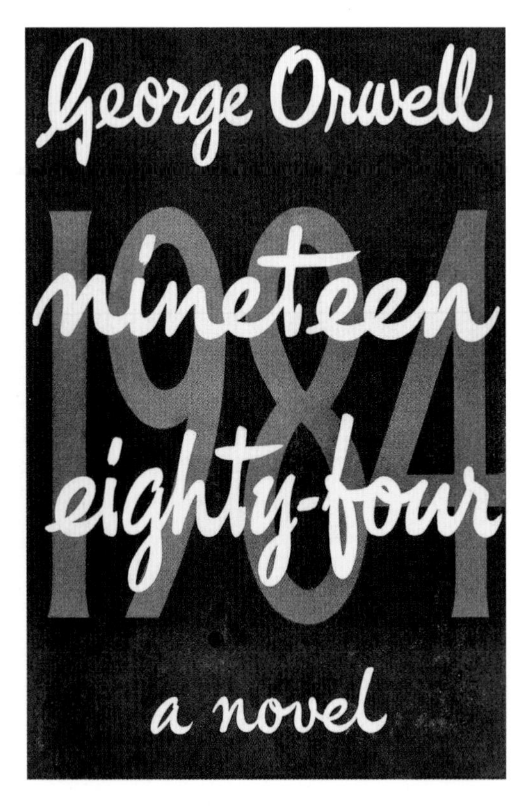

▲ 1949년 런던에서 출간된 『1984』는 금욕과 궁핍으로 힘겨워하는 전후 영국의 단조로움을 반영하고 있다.

▶ 독일어판 『1984』의 자극적인 표지는 무엇이든 지켜보고 있는 사악한 빅 브라더를 묘사하고 있다.

『1984』는 오웰의 소설 중에서도 가장 정치색이 짙은 소설 중의 하나로, 전체주의 사회의 위험성을 놀라운 솜씨로 경고한 작품이며, 반이상향 장르에서도 가장 유명한 작품 중 하나이다. 윈스턴 스미스는 런던에 살고 있는 집권당의 하급 간부로, 그의 일거수 일투족은 모조리 TV 스크린으로 감시당하고 있다. 윈스턴이 어디를 가든, 전지(全知)한 당수 빅 브라더는 그를 지켜보고 있다. 당에서는 정치적 반란을 원천봉쇄하기 위해, 이와 관련된 모든 단어를 아예 언어에서 말살하는 대신 정치적으로 무해한 "뉴스피크(newspeak)"를 만들어낸다. "생각범죄(thoughtcrime)"(반동적인 생각을 하는 것) 역시 불법이다. 당에 유리하도록 역사를 조작하는 정부 부처인 "진실부"에서 일하는 윈스턴은 자유로운 사고, 섹스, 그리고 개인성에 대한 온갖 금지와 제한 때문에 좌절을 느낀다. 그는 자신의 생각을 기록하기 위해 법으로 금지된 일기장을 사고, 저녁마다 "무산자"들이 사는 빈민가를 돌아다닌다. 빈민가는 비교적 감시가 느슨하기 때문이다. 윈스턴은 당 동지인 줄리아와 불법적인 관계를 시작하지만, 당 간첩으로 붙잡히고, 101호실에서 자신이 두려워했던 가장 끔찍한 상황과 마주치게 된다. 공포에 질린 윈스턴은 줄리아에 대한 사랑을 포기하고 풀려나지만, 그의 영혼은 부서졌고, 당에 대한 충성심은 완벽해졌다.

핵시대의 서막이자 텔레비전이 아직 문화의 주류가 되기 이전인 1949년, 오웰이 한 세대 앞이라고 예언한 TV 스크린에 의해 감시당하는 세계는 무시무시했다. 이 소설은 권력의 남용에 대한 강력한 경고라는 점에서뿐만 아니라, (그리고 현대 TV 콘텐츠에 상당히 아이러니한 공헌을 했다는 점에서) 언어, 역사, 그리고 공포와 제어의 심리를 조작하는 권력에 대한 통찰이라는 점에서 매우 중요한 작품이다. 이러한 이슈들은 어쩌면 오웰이 이 작품을 쓴 시대보다 오늘날에 더 절실한 문제들인지도 모른다. **EF**

GEORGE ORWELL

›1984‹

ROMAN

Kurt Hirscher

황금팔을 가진 사나이 The Man with the Golden Arm

넬슨 올그런 Nelson Algren

작가 생몰연도 | 1909(미국)–1981
초판 발행 | 1949, Doubleday & Co.(뉴욕)
원제 | The Man with the Golden Arm
◆ 1955년 영화로 제작

올그런 최고의 걸작은 프랭크 시나트라가 활동적인 2류 인생의 주인공, 프랭키 머신 역을 맡은 영화로 더 유명하다. 이것은 올그런의 애인 시몬 드 보부아르(『제2의 성』의 작가)가 올그런의 전기를 쓰면서 올그런을 자신의 첫 남자로 묘사한 것만큼이나 웃기는 상황이다.

이 작품은 3류 통속 소설에 흔히 등장하는 실제 범죄의 자극과 황색 저널리즘의 사회학적 수사에 대한 강렬한 열정을 혼합하고 있다. 올그런의 절제된 시적 재능으로 고상함과 음란함을 팔리기 좋은 비율로 잘 섞은 덕에 이 소설은 같은 분야의 여러 경쟁작들을 물리치고 확실하게 떴다. 올그런의 산문체와 그 시적 표현의 풍부한 여운은, 난폭하게 충돌하는 언어와 함께, T. S. 엘리엇과 제임스 조이스의 영향이 진하게 배어 있다.

시카고는 올그런의 문학 인생에서 매우 중요한 소재였다. 시카고의 가장 불명예스러운 공간들—허름한 바와 습기찬 여관, 더러운 하수 탱크, 물에 잠긴 보도 등—을 자신의 등장인물들과 어떻게 공유해야 하는지 너무나 잘 알고 있는 올그런은 품위있고 예리한 언어로 먼지를 털고 광을 냈다. 올그런의 수사(修辭)가 아주 가끔이긴 하지만 꺼림칙하게 느껴질 수도 있다. 그러나 시덥잖은 악당 무리들이 약물 중독, 폭력, 그리고 피할 수 없는 가난의 미끄럼틀로 굴러떨어져 가는 동안, 프랭키 머신, 스패로우 솔트스킨, 소피, 몰리, 그리고 맥빠진 시카고 경찰의 코러스는 그들의 강렬한 표현으로 살아남았다. **RP**

"나는 한때 굉장한 중독자였다네. 한번은 주사를 맞으려고 내 이에서 금을 뽑아낸 적도 있었다니까. 그게 중독이지 뭐겠나?"

▲ 오토 프리밍거가 1955년 영화로 제작한 〈황금팔을 가진 사나이〉 포스터. 약물 중독 장면이 나온다는 이유로 한때 상영이 금지되기도 했었다.

이 세상의 왕국 Kingdom of This World

알레호 카르펜티에르 Alejo Carpentier

작가 생몰연도 | 1904(쿠바)–1980(프랑스)
초판 발행 | 1949
초판 발행 | Publicaciones Iberoamericana(멕시코)
원제 | El reino de este mundo

『이 세상의 왕국』으로 카르펜티에르는 지겨워진 유럽 초현실주의의 전통에 전쟁을 선포하고, 대신 막 일어나고 있던 마법과도 같은 리얼리즘 운동을 정의했다. 이 소설은 대서양 노예 이산에서 유일하게 성공한 혁명의 주요 사건들을 따라가는, 비교적 직접적인 역사적 내러티브에 바탕을 두고 있다. 무대는 산토도밍고 섬. 1803년 흑인 노예들이 세운 최초의 공화국, 아이티가 되는 이 섬에서 작가는 주인공인 티 노엘의 운명을 뒤쫓는다. 혁명 전 프랑스의 그랑 블랑(백인 대농장주)의 하인이었던 티 노엘은 카리스마 넘치는 만딩고 족 노예 지도자 마칸달을 만나 진한 우정을 쌓게 되고, 그 후 그의 처형과 부두교에 따른 신성화를 목격한다. 성공적인 노예 혁명 후 티 노엘은 흑인 독재자 앙리 크리스토프의 궁을 짓기 위한 노동력의 일부로 또다시 노예나 다름없는 신분으로 전락한다. 소설은 크리스토프의 몰락과 상 수시 약탈, 그리고 티 노엘의 죽음을 환영처럼 전하며 끝을 맺는다.

카르펜티에르는 환상 문학의 형식적인 본질에 거의 절망을 느낀 상태에서 이 작품을 썼다. 그러나 이 짧지만 정교한 걸작에서 카르펜티에르는 정확한 역사 조사와 일련의 인류학적 변형, 그리고 은유의 병렬을 융합하여 "놀라운 현실" 혹은 "현실 속의 놀라운" 새로운 소설을 탄생시켰다. **MW**

한낮의 더위 The Heat of the Day

엘리자베스 보엔 Elizabeth Bowen

작가 생몰연도 | 1899(아일랜드)–1973(영국)
초판 발행 | 1949
초판 발행처 | A. Knopf(뉴욕)
본명 | Elizabeth Dorothy Cole Bowen

엘리자베스 보엔의 『한낮의 더위』는 아름다운 소설이다. 일단 이 책에 빠지면 나오고 싶지 않다. 그 비전의 투명함과 균형 속에 언제까지나 머무르고 싶어진다. 이 소설은 전시의 런던을 배경으로 한 러브 스토리이다. 스텔라는 연인 로버트가 나치의 스파이 혐의를 받고 있다는 사실을 알게 된다. 로버트 자신도 독일식 질서와 사법 체계에 공감하고 있다고 고백한다. 스텔라가 섬세하게 쌓아올린 세계는 서서히 무너지기 시작한다.

이러한 이야기와 여름철 전쟁 중인 도시의 묘한 색채는 이 소설에 원동력과 질감을 선사한다. 그러나 진행 중인 또다른 러브 스토리가 있다. 강렬하고 고통스러운 멜랑콜리를 낳는 러브 스토리이다. 이 두 번째 러브 스토리는 모호하다. 오직 상실감으로만 느껴질 뿐이다. 한때 사랑했지만 사라져버린 무언가를 슬퍼하기만 한다. 『한낮의 더위』가 애도하는 대상은 다른 사람들의 애도를 받지도 못했고, 오늘날에도 그 사라짐을 안타까워하는 사람은 거의 없을 것이다. 왜냐하면 그것은 영국 유산 계급의 문화적, 사회적 우월성의 죽음이기 때문이다. 이 계급의 수많은 아들들이 제1차 세계대전에서 목숨을 잃었고, 전쟁이 끝난 후에는 대공황이 그들의 부를 바닥냈으며, 노동당의 존재는 그들의 권력과 정치적 특권을 앗아갔다.

보엔은 1944년, 즉 1945년 영국 총선에서 노동당이 압승을 거두기 1년 전에 『한낮의 더위』를 쓰기 시작했다. 상실에 대한 각각의 이야기를 감싸안고 넓히는 이 소설의 문장을 더욱 풍부하게 해주는 것은 이미 지나가버린 한 시대에 바치는 보엔의 비가이다. **PMcM**

추운 기후의 사랑

Love in a Cold Climate

냇시 밋퍼드 Nancy Mitford

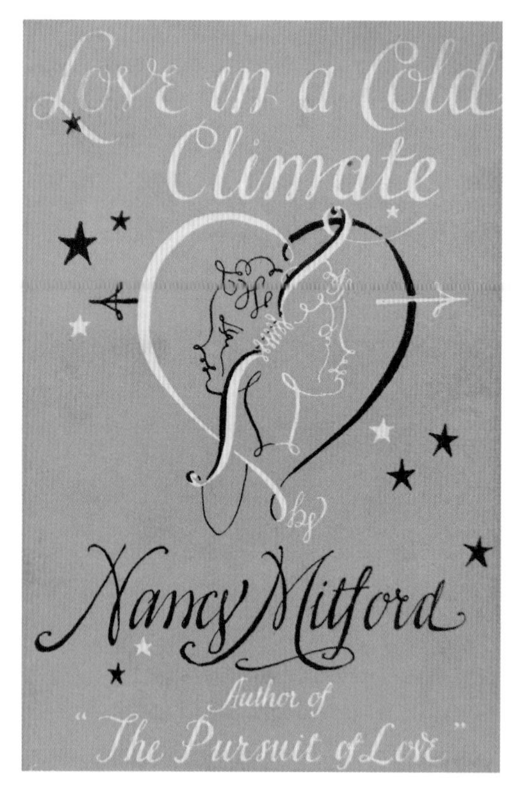

"사랑에 빠지기 위해서는 사랑에 걸려버릴 마음의 준비가 되어 있어야 해. 병처럼 말이야."

낸시 밋퍼드

▲ 『추운 기후의 사랑』이라는 제목은 조지 오웰의 『엽란을 날려라』의 인용구이다.

작가 생몰연도 | 1904(영국)–1973(프랑스)
초판 발행 | 1949, Hamish Hamilton(런던)
원제 | Love in a Cold Climate
언어 | 영어

낸시 밋퍼드의 초기작 『사랑의 추구(The Pursuit of Love)』(1945)와 거의 비슷한 시간적, 공간적 배경을 가지는 『추운 기후의 사랑』은 1차와 2차 세계대전 사이, 영국 귀족 사회를 파고들어 역시 비슷한 유쾌한 결말을 이끌어낸다. 특권과 부와 높은 취향의 소유자인 상속녀 폴리 몬트도어는 전혀 예기치 못했던 신랑감을 고름으로써 가족에게 충격을 안기는 것은 물론, 그녀가 속한 시골 저택을 채우고도 남을 스캔들을 일으킨다. 밋퍼드의 다른 작품에서도 분별있는 화자로 등장하는 폴리의 친구 패니가 지켜보는 가운데, 폴리의 이야기는 사회 생활에 내재하는 희극적, 비극적 요소들에 대한 폭넓은 논평으로 확대된다. 이 소설은 가볍고 재치있는 어조로 "평범"이 놀라울 정도로 희귀한 현상인 세계에서 평범한 사회적 교제로 보이는 것들을 그려낸다.

밋퍼드의 주인공들은 때때로 괴짜에 가깝다. 밋퍼드 자신의 아버지를 모델로 한 "매튜 숙부"는 괴짜 귀족의 전형이고, 캐나다인 조카이자 전형적인 탐미주의자인 세드릭과 유쾌한 연애 사건을 일으키는 밉살스러운 레이디 몬트도어는 거만하지만 잘 속아넘어가는 여장부이다.

밋퍼드의 소설은 제인 오스틴처럼 제한된 가족과 그들의 "배경"에서 일어나는 작은 사교적 음모들에 초점을 맞추고 있다. 오스틴처럼 밋퍼드 역시 부드러운, 그러나 조롱하는 풍자를 이용해 이 가족을 놀려먹고 있다. 물론 독자들은 여전히 그들 편에 서서 그 결과를 궁금해하게 만들면서 말이다. **AB**

툴라예프 동지의 재판

The Case of Comrade Tulayev

빅토르 세르주 Victor Serge

작가 생몰연도 | 1890(벨기에)–1947(멕시코)

초판 발행 | 1949, Editions du Seuil(파리)

본명 | Victor Lvovich Kibalchich

원제 | L' Affaire Toulaév

『툴라예프 동지의 재판』은 전체주의에 대한 소설이며, 따라서 패배, 포위, 그리고 편집증의 조직화에 대한 소설이다. 그러나 이 작품은 평범한 삶의 다양성이나 과도함에 관심을 가졌다는 점에서 오웰의 『1984』나 케스틀러의 『정오의 어둠(Darkness at Noon)』과는 구별된다. 이 소설은 스탈린 집권 당시 러시아의 공개 재판과 숙청을 그 핵심 소재로 삼고 있다. 세르주 자신도 1917년의 낙관적인 혁명기, 스탈린주의 관료 권력 시스템의 발달을 거쳐 살아남았다. 그는 트로츠키파에 가담하여 이에 맞서 싸웠고, 그 결과 1933년부터 1936년까지 중앙아시아로 유형을 당했다. 대공포 시대라 부르는 스탈린의 길고 긴 숙청의 파도가 시작된 것도 바로 그때였다.

이 소설에는 농밀한 역사적 암류가 흐르고 있다. 회상과, 일화와, 연상을 통해, 스탈린 훨씬 전의 다양한 러시아의 삶을 구체화하고 있다. 제1차 세계대전에서 싸웠던 병사들과, 땅 없는 농노들, 군소, 혹은 지하 정당들의 정치 운동가들, 학자들, 사무원들, 여행가들, 그리고 쉽게 열광하는 사람들의 삶을.

세르주의 내러티브는 풍부한 표현으로 넘치고, 플롯은 충격적인 냉정함과 명료함으로 압축되어있다. 그러나 세르주는 그의 이야기를 러시아가 삶의 맥박이 뛰는 원형극장이었을 때에서 멈추고 있다. 공포와 죽음, 배신, 고통스러운 혼돈이 지배한 시대는 동지애와 대화, 그리고 희망의 작품인 이 소설에서 오직 작은 리듬에 지나지 않는다. **PMcM**

브라스밴드 정원

The Garden Where the Brass Band Played

시몬 베스트데이크 Simon Vestdijk

작가 생몰연도 | 1898(네덜란드)–1971

초판 발행 | 1950

초판 발행처 | Gravenhage(로테르담)

원제 | De koperen tuin

네덜란드 문학이 낳은 거장 중 하나인 베스트데이크는 본디 외과 의사였으며, 에세이는 물론 시까지 썼다. 그는 자신이 쓴 작품 수만큼이나 다양한 재능의 소유자였다. 그의 작품은 네덜란드 실존주의에 큰 영향을 미쳤으며, 만약 네덜란드 밖에서도 알려졌다면 조이스나 카프카, 프루스트와 같은 반열에 올랐을 것이다.

『브라스밴드 정원』은 부르주아 사회와 낭만주의 이상의 충돌을 우울하게 탐구한 소설이다. 허구의 작은 마을에서, 치안판사의 아들인 놀은 처음으로 마법에 빠진다. 아직 어린 소년이었을 때, 그는 어머니와 함께 야외 음악회에 갔다가 음악과 춤은 물론, 지휘자의 딸에게 매혹당하고 만다. 그 결과 그는 지휘자에게 피아노 레슨을 받으러 다니고, 예술의 신비함에 마음과 가슴을 열게 된다. 세상을 알아가는 이러한 방식에 대한 놀의 열정과 친근감은, 그를 자신이 자란 환경과 속한 계급의 내적 투쟁에 밀어 넣는다. 지체있는 사회에는 거의 끼지 못하는 음악가 쿠페루스와 그의 딸 트릭스에 대한 놀의 애착은, 사랑하지만 손에 넣을 수 없는 것에 대한 상징이다. 또한 놀의 이야기는 사회적 관습에 대항하는 이상과 그에 따른 순수함의 상실이라는 낭만적 추구이다. 베스트데이크는 지극히 사실적이면서도 매우 매력적인 희극적 혼합을 통해 황홀함과 고통을 한데 묶어냈다. **ES**

나는 로봇 I, Robot

아이작 아시모프 Isaac Asimov

작가 생몰연도 | 1920(러시아)-1992(미국)
초판 발행 | 1950, Gnome Press(뉴욕)
원제 | I, Robot
언어 | 영어

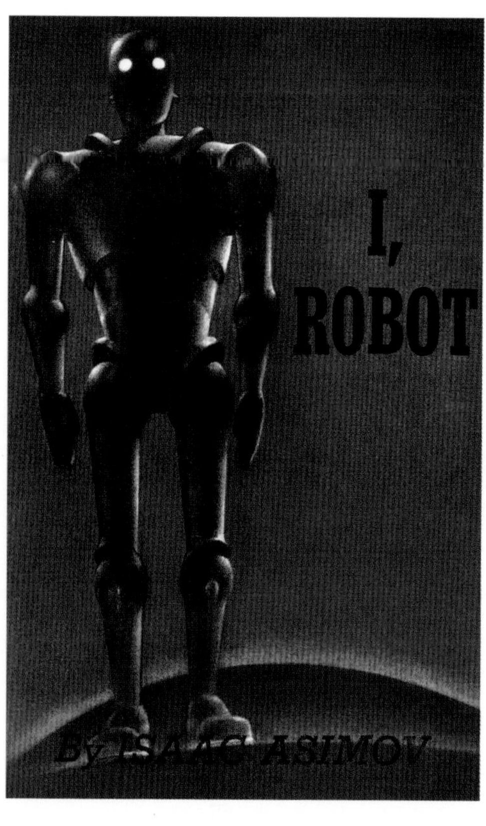

"아흔 여덟-아흔 아홉…"

▲ 위에서 볼 수 있는 것과 같은 로봇의 고전적인 이미지는 프리츠 랑의 〈메트로폴리스〉와 같은 1920년대 영화의 영향을 받았다.

『나는 로봇』은 공상과학(SF)소설의 위대한 고전 중 하나이다. 겉으로 보기에는 단편들의 모음이지만, 실제로는 로봇공학과 철학이라는 주제 아래 모두 연관되어 있는 이야기 모음인 이 소설은 위대한 소설의 반열에 오르기에 부족함이 없다. 『나는 로봇』에서 아시모프는 "로봇공학(robotics)"이라는 말을 만들어냈으며, 우리가 로봇의 3대 법칙이라 알고 있는 로봇 행동양식의 원리를 제시하였다. 후세 SF 작가들이 그대로 따르게 되는 로봇의 3대 법칙이란 다음과 같다.

1. 로봇은 인간을 해치지 못하며, 인간이 해를 입도록 놔두지 못한다. 2. 로봇은 인간의 명령에 따라야 한다. 단, 1번 법칙에 어긋나는 명령은 제외이다. 3. 로봇은 스스로를 보호해야 한다. 단 1번이나 2번 법칙에 어긋나는 경우는 제외이다.

이 책에 실린 이야기들을 연결하는 것은 로봇 심리학자 수잔 캘빈 박사와, 그녀가 그녀의 경력 프로필을 만드는 기자와 나누는 대화이다. 지능적인 로봇을 생산하는 회사에서 일하는 캘빈 박사는 로봇의 진화와, 인간이 인공지능에 대해 얼마나 아는 바가 없는지에 대해 생각하고, 또 이야기한다. 각각의 이야기는 로봇이 3대 법칙을 해석할 수 있게 되고, 무언가가 잘못 돌아갈 때에 생기는 문제를 제기한다. 비록 『나는 로봇』이 출간된 것은 1950년이고, 그 내용은 컴퓨터공학이 아직 걸음마 단계에 불과했던 1940년대에 쓰여진 이야기들이지만, 소프트웨어의 미래에 대한 아시모프의 비전은 놀랄 만큼 정확하다. 아시모프의 글솜씨는 물론 일류 작가에 미치지 못하며 인물묘사 또한 취약하지만, 과학적인 문제나 사실과 허구의 결합, 그리고 로봇공학 세계에 대한 굉장한 통찰력은 이 작품을 SF소설이라는 장르의 역사상 가장 중요한 작품으로 만들었다. **EF**

초원은 노래한다 The Grass is Singing

도리스 레싱 Doris Lessing

작가 생몰연도 | 1919(이란)
초판 발행 | 1950, Michael Joseph(런던)
원제 | The Grass is Singing
노벨 문학상 수상 | 2007

『초원은 노래한다』는 레싱이 아프리카에서 쓴 처녀작으로, 그녀가 유럽으로 이주할 때까지 출간되지 못했다. 이 소설은 로디지아(아프리카 남부의 옛 영국 식민지. 지금의 잠비아와 짐바브웨 일부)의 백인 농부의 아내가 아프리카인 하인에게 살해당하면서 시작된다. 그러나 작가의 진짜 관심은 백인 농부들이 은폐하는, 비극으로 이어진 사건에 대한 이야기에 있다. 그리하여 이야기는 회상속의 피할 수 없는 죽음으로 거슬러 올라간다. 첫 페이지부터 우리는 식민지의 사법 당국이 허용하지 않을 이야기에 대한 증인이 되어줄 것을 요구받는다. 딕과 메리 터너는 서로의 필요와 현혹된 사고에 사로잡혀 있다. 두 사람은 결혼하고, 도시 처녀인 메리는 터너 가의 고립된, 몰락해가는 농장으로 와서 살게 된다. 미래와 딕에 대한 희망이 깨어지면서 메리는 초원의 타는 듯한 더위 속에서 무기력과 히스테리에 무릎을 꿇고 만다. 메리는 하인들을 학대하고, 그중 맨 마지막인 모제스만이 그녀의 불행에 반응해온다. 그러나 모제스의 친절 역시 식민지의 신성한 금기—다른 인종끼리는 서로를 인간으로 인식해서는 안 된다는—를 깬 것이다. 메리가, 백인 농부들이 빼앗은 땅을 되찾기 위해 위협해오는 부시 족과 다를 것이 없다고 생각해온 남자의 권위에 굴복하면서, 욕망과 공포가 두 사람의 관계에 얽혀들기 시작한다.

파괴된 삶의 초상에 드리워진 그 고통의 강도를 다소 낮춰주는 것은 오직 아프리카 초원의 강렬한 아름다움이다. 『초원은 노래한다』는 레싱이 어린 시절 남아프리카에서 목격한 식민 권력의 위선과 식민지 주민의 심리적 분열, 그리고 그것이 식민자와 피식민자 모두에게 가져오는 변형에 대한 분노에 찬 비난이다. **VM**

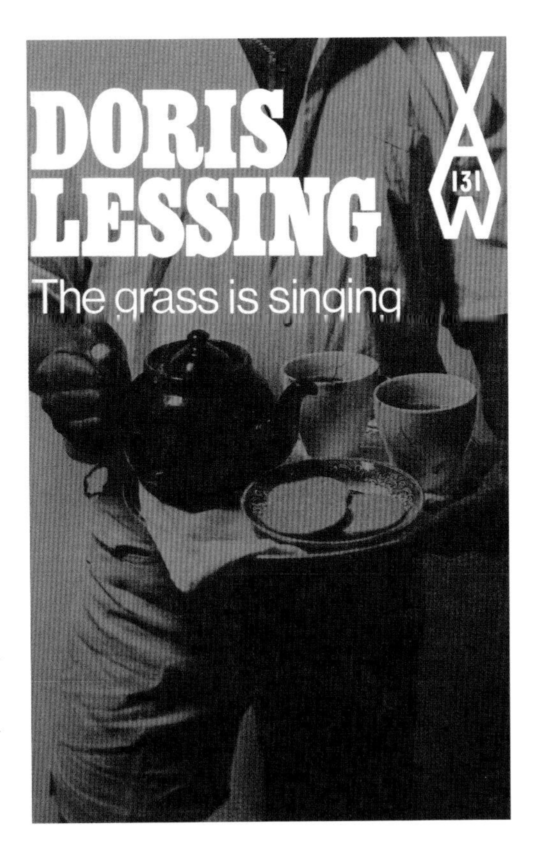

"나는 외롭지 않아."

▲ 『초원은 노래한다』의 보급판은 1973년 Heinemann 출판사에서 '아프리카 작가 시리즈' 중 하나로 출간되었다.

앨리스 같은 도시 A Town Like Alice

네빌 슈트 Nevil Shute

작가 생몰연도 | 1899(영국)–1960(호주)
초판발행 | 1950, Heinemann(런던)
원제 | A Town Like Alice
본명 | Nevil Shute Norway

네빌 슈트의 『앨리스 같은 도시』는 세계적인 찬사를 받음은 물론 오스트레일리아의 고전이 되었다. 제2차 세계대전 중의 극동과 전후 오스트레일리아를 무대로 펼쳐지는 러브스토리인 이 작품은, 전쟁이 가져온 시대와 사회의 변화를 보여주고 있다. 이 소설은 일본이 수마트라 섬을 침공하여 80명의 네덜란드 여인과 아이들을 포로로 잡고 그 후 2년 반 동안 섬의 곳곳으로 계속 이동하게 한 실화에 바탕을 두고 있다. 화자는 말레이시아의 영국인 비서였던 진 파젯의 이야기를 들려준다. 다른 영국 여인들 및 아이들과 함께 포로로 붙잡힌 그녀는 3년 동안 말레이 반도를 떠도는 가혹한 "죽음의 행진"을 한다. 강요된 행진을 하는 동안 진은 오스트레일리아 출신의 전쟁포로인 조 하먼과 가까운 사이가 되지만, 훗날 그가 살해당했다고 믿는다. 전쟁이 끝난 후 진은 말레이시아를 방문했다가 조가 죽지 않았다는 사실을 알게 된다. 진이 오스트레일리아로 찾아가면서 두 사람의 사랑은 다시 불이 붙고, 그들은 조가 사는 외딴 마을을 풍요로운 도시(앨리스 스프링스 시를 모델로 했다)로 발전시킨다. 『앨리스 같은 도시』는 훌륭한 러브 스토리가 갖춰야 할 모든 요소를 갖춘 작품으로, 작가 자신이 새로운 사랑에 빠져들던 바로 그 때에 쓰여졌다. —그 상대는 바로 작가의 새로운 조국, 오스트레일리아였다. **LE**

◀ 소설가이면서 우주항공 엔지니어이기도 했던 네빌 슈트는 도덕적 딜레마와 해피엔딩이라는 대중의 취향을 모두 만족시켰다.

달과 화톳불 The Moon and the Bonfires

체사레 파베세 Cesare Pavese

작가 생몰연도 | 1908(이탈리아)–1950
초판 발행 | 1950
초판 발행처 | Einaudi(토리노)
원제 | La luna e i falò

『달과 화톳불』은 파베세 최후의 작품이자 최고의 소설로 평가받는다. 피에몬트의 랑게 지방을 가로지르는 서정적인 산책과도 같은 작품이다. 줄거리는 매우 간단한데, 작가가 복잡한 플롯이나 등장인물의 심리 탐구를 원하지 않았기 때문이다.

이탈리아가 파시즘에서 해방된 후, 미국에서 20년을 보낸 안길라는 고향으로 돌아온다. 그는 오랜 세월 떠돌아다니면서 이 세상 어느 나라나 결국은 다 똑같고, 어딘가에 정착하기만 하면 된다는 것을 깨달았던 것이다. 그 결과 그는 "마을들이 나를 기다리고 있다"는 이유로 랑게로 돌아가기로 결정한 것이다. 과거와 현재를 오가는 이야기에서 안길라—그의 친구이자 가이드인 누토와 함께—는 자신의 고향을 재발견한다. 그의 바람은 어린 시절을 보냈던 가미넬라와 사춘기 때 일했던 모라 마을에 육체적으로 소속되는 것이다. 그가 이상적으로 머릿속에서 그렸던 마을들은 지상 낙원의 상징적인 색채로 빛나지만, 곧 나무들은 베여 사라지고, 그가 떠날 때 어린 소녀였던 산타는 죽었다는 것을 알게 된다. 누토는 레지스탕스의 가치와 사회 개혁의 필요성에 대한 안길라의 믿음을 공유하고, 그가 추구했던 것의 현혹성을 깨닫도록 도와준다. 그는 안길라에게 농부들의 전통과 미신, 그리고 화톳불의 재생력에 대한 믿음을 확인시켜줌으로써 사회 계혁의 신화적 속성을 가르쳐준다. **RPi**

고멘가스트 Gormenghast

머빈 피크 Mervyn Peake

작가 생몰연도 | 1911(중국)–1968(영국)
초판 발행 | 1950, Eyre & Spottiswoode(런던)
원제 | Gormenghast
본명 | Mervyn Lawrence Peake

"오, 멋지군. 아주 그럴듯한 행동거지인걸."

▲ 머빈 피크는 소설가이면서 삽화가였다. 사진은 『픽처 포스트』지의 사진에 실린 스케치를 훑어보고 있는 피크.

피크의 『고멘가스트』 3부작 중 제2권에 해당하는 『고멘가스트』는 두말할 필요도 없이 3권 중에서 가장 높은 완성도를 자랑하는 작품이며, 문학사상 빼어난 걸작이다. 『고멘가스트』는 『타이터스 그론』이 끝난 시점에서 시작한다. 세풀크레이브 경이 세상을 떠나고, 스웰터는 플레이 씨에게 쫓겨나고, 자신이 저지른 방화로 대머리가 된 스티어파이크는—그의 뭉그러진 흉터는 점점 썩어들어가는 그의 내면을 반영한다—상류계급으로 올라가기 위한 악랄한 시도를 멈추지 않는다. 그는 이제 매사에 의논 상대가 되는 권력자로 등극했다. 타이터스는 불안정한 사춘기에 다다르고 어른에 가까워지면서, 점점 강력해지는 스티어파이크의 흉계에 맞설 대등한 적수가 된다. 거대하고 사악한 고멘가스트 저택 역시 계속해서 가쁜 숨을 몰아쉬고 있다.

『타이터스 그론』의 굉장한 야단법석이 이번에도 대연회장과 침실, 그리고 먼지 덮인 지하실과 서재를 무대로 펼쳐진다. 사랑에 굶주린 푸시아, 창 밖의 큰 가지에서 티 파티를 벌이는 투덜쟁이 쌍둥이 숙모들, 아첨꾼 프룬스쾰러 박사, 그의 여동생이자 멋쟁이인 척하는 허영덩어리 어마. 작가는 특유의 무자비한 우의의 대상을 영국식 생활방식을 넘어 더욱 확장하고 있다. 그 새로운 대상이란 바로 오늘날에도 그리 낯설지 않은 교육제도이다. 작가는 타이터스가 받는 교육을 신랄하고 유쾌하게 비판한다. 소설은 스티어파이크와 타이터스가 고멘가스트를 놓고 결투를 벌이는 계시적인 홍수에서 절정을 이룬다. 돌연 바깥 세상에 대한 신선한 자각과 사춘기의 충동을 느낀 타이터스는 고멘가스트의 전쟁터를 뒤로 하고 그 허물어져가는 벽 너머의 세계를 향해 길을 떠난다.

훌륭한 문장, 이상하다 못해 초현실적으로 느껴지는 등장인물들. 『고멘가스트』는 보쉬의 패널화만큼이나 복잡하고 음침하다. 오직 해골 투성이의 악몽과 같은, 반짝이는 설탕 가루가 없는 요정 이야기이다. **GT**

13개의 시계 The 13 Clocks

제임스 서버 James Thurber

『13개의 시계』는 매력적인 요정 이야기의 핵심 요소를 모두 갖추고 있다. 우선 허름한 음유시인으로 변장한 왕자에, 사악한 공작에 의해 성에 갇힌 비극적인 공주, 그리고 제한된 시간 안에 완수해야 하는 위험한 임무까지. 사실 이 시간제한이 매우 중요한 의미를 갖는 것이, 공작이 모든 시간을 "죽였다"고 주장하며, 성에 있는 13개의 시계가 모두 4시 50분에서 멈춰있는 것이다. 왕자는 귀중한 보물을 찾아내어 시계가 5시를 알리기 전까지 바쳐야만 한다. 왕자의 유일한 희망은 골룩스이다. 골룩스는 이상한 논리를 지닌 조그만 마법사로 도무지 말로 표현할 수 없는 모자를 쓰고 다닌다.

성은 매우 위험한 공간으로 거대한 금속의 병사들이 시끄러운 소리를 내며 감시를 하고, 공작이 임명한 벨벳 두건을 쓴 스파이들이 소리 없이 다스리고 있다. 깊은 지하 감옥의 가장 어두운 구석에는 끔찍한 생물들이 도사리고 있다. 이러한 공포에, 앞뒤가 안 맞는 유쾌한 터치가 가미된다. 밝은 색깔로 칠한 공들이 가장 예기치 못한 순간에 아래층으로 굴러떨어진다. 꼬마들이 위층에서 놀고 있나? 멀리서 들려오는 웃음소리가 그러한 가능성을 암시하기도 한다. 그 밖의 우화적 요소들도 빠지지 않는다. 사랑이 모든 것을 이기고, 시간이 되살아나며 모든 악은 피할 수 없는 대가를 치른다. 결말에서 공작은 "오랫동안 열지 않은 방에서 나는 냄새에 토끼의 비명과 비슷한 소리를 내는" 끈적한 얼룩들에 쫓기는 신세가 된다.

눈부시게 독창적인 언어와 심술궂을 정도로 아이러니한 어조는 20세기 전반의 가장 사랑받은 유머 작가인 서버의 특징이다. 『13개의 시계』를 쓸 무렵 서버는 급속히 시력을 잃어가고 있었는데, 그림자에서 움직이는 흐릿한 생물들이나 어두운 방을 꿰뚫는 햇빛, 번갯불이 번쩍이는 밤의 덤불 등은 다가오는 시력 상실에 대한 작가의 두려움을 암시하듯 신기루와도 같은 장면을 창조해내고 있다. **TS**

작가 생몰연도 | 1894(미국)–1961
초판 발행 | 1950, Simon & Schuster(뉴욕)
원제 | The 13 Clocks
본명 | James Grover Thurber

"그는 스스로를 싱구라고 불렀는데, 그것은 그의 진짜 이름이 아니었다 …"

▲ 서버는 시력을 잃게 되면서『13개의 시계』만화를 그릴 수 없게 되었고, 이에 그의 친구인 마크 시몽에게 요청했다.

고독의 미로 The Labyrinth of Solitude

옥타비오 파스 Octavio Paz

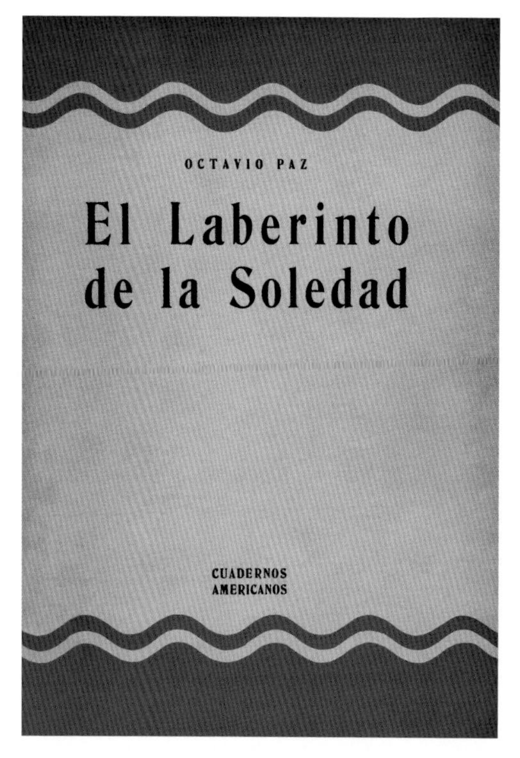

OCTAVIO PAZ
El Laberinto de la Soledad
CUADERNOS AMERICANOS

"… 그가 찾는 것은 무엇인가? 아마 그는 운명을 찾고 있을 것이다. 아마 그의 운명은 찾고 있는지 모른다."

▲ 파스의 할아버지는 작가로, 그가 문학을 일찍 접할 수 있는 방대한 서재로 가게 된 것이다.

작가 생몰연도 | 1914(멕시코)–1998
초판 발행 | 1950, Cuadernos Americanos
원제 | El laberinto de la soledad
노벨 문학상 수상 | 1990

멕시코의 국가적 특성에 대한 아홉 편의 에세이로 구성된 수필집은 꼭 읽어야 할 소설 리스트에 들기에는 조금 의외의 작품인지도 모르겠다. 그러나 『고독의 미로』는 산문 소설로서의 중요성도 함께 가지고 있는 작품으로, 개인이 아닌 한 국가의 형성을 보여주는, 강렬하리만치 시적이고 분석적인 성장소설이라고 볼 수 있다.

1950년에 이 작품을 썼을 때 파스는 이미 20세기 멕시코의 가장 위대한 시인의 반열에 올라 있었다. 또한 그는 공적인 삶에서도 매우 중요한 인물이었다. 그는 1930년대 스페인 내전을 치르고 있던 공화주의자들을 지지하기 위해 유럽을 여행했고, 실력있는 외교관이었으며 1990년에는 노벨 문학상을 수상하기도 했다. 『고독의 미로』는 멕시코라는 나라의 기틀이 언제나 겉으로 보이는 것과 같지는 않다는 내용으로 상당한 논란을 불러일으켰다. 이 책은 매우 중대한 자아 실현의 순간에 봉착해 있는 멕시코를 묘사하면서, 멕시코의 정체성 일부—지나친 남성성, 위선, 가혹함, 그리고 움직일 수 없는 남녀의 성 역할 등—에 대해서는 비판적인 시각을 보이기도 한다.

이 작품에서 파스는 부분적으로는 인류학자의, 부분적으로는 기호학자의 시각을 보여준다. 파스는 꾸밈없는 멕시코계 미국인 청소년 갱단의 드레스 코드에서부터 만성전 전야의 공공의식에 이르기까지 멕시코 문화를 구성하고 있는 상징들을 읽어낸다. 시인으로서의 깊이있고 유려한 말솜씨를 아낌없이 동원한 덕분에 이 책은 매 페이지가 본능적인 통찰과 연관, 그리고 언어적 기교로 넘친다. **MS**

수도원장 C The Abbot C

조르주 바타유 Georges Bataille

작가 생몰연도 | 1897(프랑스)–1962

초판 발행 | 1950

초판 발행처 | Les Editions de Minuit(파리)

원제 | L'Abbé C

조르주 바타유의 단편소설 『수도원장 C』는 위험하게 얽혀 있는 한 쌍둥이 형제의 관계를 추적하고 있다. 신부인 로베르는 그 흠없는 덕성으로 "수도원장"이라는 별명을 얻은 반면 샤를은 쾌락만을 추구하는 방탕한 삶을 살고 있다. 두 사람의 공통의 친구들인 다양한 화자들이 이끌어나가는 이 소설은, 샤를의 건강이 심각하게 나빠졌다는 소식에 로베르가 크게 근심하면서 시작된다. 이야기가 전개되면서 그동안 서로 겹쳐 있었던 두 사람의 관계가 하나씩 밝혀진다. 샤를은 에포닌이라는 여인과 그의 음탕하고 타락한 인생을 공유해 왔는데, 에포닌이 금욕적인 로베르에게 성적 유혹을 느끼면서, 그리고 더욱 놀랍게도 로베르 역시 그녀에 대한 육체적 욕망을 품으면서 매우 복잡한 상황이 된다. 이러한 고통스러운 삼각관계는 두 형제의 우애에 견디기 어려운 긴장을 부여하고, 결국 로베르의 정신과 샤를의 육체에 심각한 타격을 가하게 된다.

에로티시즘, 죽음, 관능의 관계에 대한 바타유의 낯익은 열정이 녹아들어 있는 이 소설은 성적 욕망과 병적인 상태 사이의 거의 구분하기 어려운 경계를 탐구한다. 종교적 의무에 의해 요구되는 도덕적 계율과 개인적 양심의 진실 사이의 간격에 초점을 맞춤으로써 이 소설은 인간 경험의 복잡한 단면을 탐험하고 있다. 독자들은 이러한 이슈를 다루는 것이 다소 지나치다고, 그리고 일부러 충격을 주려는 의도는 다소 서투르다고 느낄지도 모르겠으나, 그럼에도 매우 독특하고 매력적인 작품임에는 틀림이 없다. **JW**

죄없는 사람들 The Guiltless

헤르만 브로흐 Hermann Broch

작가 생몰연도 | 1886(오스트리아)–1951(미국)

초판 발행 | 1950

초판 발행처 | Willi Weismann(뮌헨)

원제 | Die Shuldlosen

크리스토퍼 이셔우드의 『베를린이여, 안녕』과 같이 희미하게 연관되어 있는 단편들의 모음인 헤르만 브로흐의 『죄없는 사람들』은 1차와 2차 세계대전 사이의 암울하고 무거운 유럽사회를 그리고 있다. 1913년부터 1933년, 제1차 세계대전의 후유증에 파괴 당한 사람들은 그들 스스로도 그나마 남아있는 도덕적 확신을 파괴하는 데 여념이 없다.

이야기들은 대체로 "A씨"의 운명에 초점을 맞추고 있다. A씨는 늙어가는 남작부인의 낡은 궁전에 세들어 사는, 불안정한 삶을 살아간다. 이 소설은 A씨가 초래하거나, 혹은 목격하는 일련의 사회적 실패들을 상세하게 묘사하고 있다. 성적 관계가 배신과 폭력으로 돌변하고, 자연에 대한 애정이 비인간적인 무관심이 되며, 가정 생활은 더이상 존재하지 않는 전쟁 전 관습의 그로테스크한 패러디가 된다. 브로흐는 각각의 이야기들 앞에 "설명"을 삽입하여 이렇듯 타락한 사회의 왜곡된 가치들이 서서히 그 형체를 드러내기 시작하는 나치즘을 예고하고 있다는 것을 명확히 한다. 등장인물 어느 누구도 과격하게 정치적이지는 않지만, 그들의 비인간적인 행위는 비록 수동적으로나마 파시즘을 포용하는 데 밑바탕이 되기 때문이다.

절제된 산문과 풍자적인 운문을 섞어서 쓴 『죄없는 사람들』은 오늘날까지도 독자로 하여금, 뒤늦게 한 등장인물이 깨달은 것처럼, "우리의 책임은, 우리의 악처럼, 우리 자신보다 크다"는 점을 인정하게끔 만드는 강력한 작품이다. **AB**

바라바 Barabbas

페르 라게르크비스트 Pär Lagerkvist

작가 생몰연도 | 1891(스웨덴)–1974
초판 발행 | 1950
초판 발행처 | Bonniers(스톡홀름)
노벨 문학상 수상 | 1951

신약성서는 바라바를 예수 대신 풀려난 강도 정도로만 매우 간략하게 묘사하고 있다. 그러나 바라바는 라게르크비스트의 펜 끝에서 스스로 받아들일 수도, 버릴 수도 없는 신을 찾기 위한 내면의 혼란스러운 힘 때문에 결국 사회에서 소외당한, 신비하고 고뇌하는 인물로 다시 태어났다. 그리스도의 죽음을 목격하고 예전의 자신으로 되돌아갈 수 없게 된 바라바는 처음에는 유랑자, 그 다음에는 노예가 되어 기독교도들과 마주칠 때마다 상호불이해라는 위험한 춤을 함께 추게 된다. 세 개의 십자가를 중심으로 구성된 『바라바』는 변화하는 유사와 대비—바라바와 예수, 의심과 믿음, 어둠과 빛—의 행렬이다.

그 자신이 젊었을 때 이미 신앙을 잃은 라게르크비스트는 아무런 확신 없이 이 무의미한 세상에서 어떤 목적을 찾고자 하는 사람들에게 깊은 흥미를 보였다. 의심 없는, 평화를 주는 초기 기독교도들의 믿음과 의심에 갉아 먹히고 있는 한 남자의 무서운 고독이 어깨를 나란히 하는 『바라바』에서 우리는 이러한 주제를 위한 완벽한 배경을 찾아볼 수 있다.

이 작품은 1951년 라게르크비스트에게 노벨 문학상의 영광을 안겨주었다. 『바라바』가 노벨상 심사위원회에 깊은 감화를 주었다는 사실은 놀랄 일이 아니다. 제2차 세계대전과 그 참상이 끝난 후, "이게 다 무슨 의미를 갖는가"라는 물음이 시기적절했기 때문이다. 『바라바』는 인간의 커져가는 존재의 불안을 전면에 내세우고 있다는 점에서 지극히 근대적인 작품이다. **RMa**

애정의 종말 The End of the Affair

그레이엄 그린 Graham Greene

작가 생몰연도 | 1904(영국)–1991(스위스)
초판 발행 | 1951, Heinemann(런던)
원제 | The End of the Affair
본명 | Henry Graham Greene

『애정의 종말』은 제2차 세계대전과 그 직후의 런던을 무대로 소설가 모리스 벤드릭스와 유부녀 새라 마일스 사이의 고통스러운 관계를 이야기하고 있다. 두 사람은 한 파티에서 처음 만나 서로를 의무와 불행의 굴레에서 해방시켜주기에 이른다. 공습의 포화가 빗발치는 런던에서 두 사람의 관계는 몇 년 동안 지속된다. 두 사람이 밀회를 나누던 건물에 폭탄이 떨어지고 벤드릭스는 의식을 잃는다. 공포에 질린 새라는 만약 신이 그를 살려주신다면 영원히 그를 떠나겠다고 약속한다. 벤드릭스는 깨어나고, 새라는 신에게 맹세한 대로 아무런 설명도 없이 벤드릭스를 떠난다. 혼란과 불행 속에서 괴로워하던 벤드릭스가 자초지종을 알게 된 것은 수년의 세월이 흐른 후이다.

그린은 그의 가톨릭 신앙으로도 유명했지만, 또한 불륜 관계를 가졌던 사실에 비추어 봤을 때 종교적인 믿음에 의심을 품은 것으로도 유명하다. 『애정의 종말』은 그린의 소설 중에서 가장 자전적 요소가 강한 작품으로 전시의 실제 경험을 토대로 쓰여진 것으로 추측된다. 이 소설은 사랑과 열정, 그리고 신앙에 대한 이야기이자 스스로를, 타인을, 그리고 신을 어떻게 사랑할 것인가에 대한 이야기이기도 하다. 이 작품을 전반적으로 지배하고 있는 긴장은 믿음과 의심 사이의 상호작용에서 기인하며, 그린은 인간의 사랑과 열정은 종교적 고뇌에 미치지 못한다는 메시지를 던지고 있다. 인간은 신의 사랑으로 돌아가야 한다는 것이 그의 믿음이었다. **EF**

▶ 그 시대의 많은 작가들처럼 그린 역시 술독에 빠져 살았다. 그의 작품 속 주인공들에게서도 그런 특징을 흔히 발견할 수 있다.

몰로이 Molloy

사무엘 베케트 Samuel Beckett

작가 생몰연도 | 1906(아일랜드)-1989(프랑스)
초판 발행 | 1951
초판 발행처 | Les Editions de Minuit(파리)
노벨 문학상 수상 | 1969

베케트는 소설가보다는 희곡 작가로 더 잘 알려져 있지만, 사실 희곡보다 더 훌륭한 소설 작품이 많다. 베케트의 소설들은 살아 숨쉬는 재미있는 산문들이다. 처음에는 프랑스어로 썼다가 후에 베케트와 패트릭 볼스가 영어로 번역한 『몰로이』는 『말론, 죽나』(1951)와 『이름 붙일 수 없는 것(The Unnamable)』으로 이어지는 3부작의 첫 번째 작품이다. 비록 3부작으로 완결되기는 했지만 뒤의 두 권은 이미 『몰로이』에서 시작된 몰락에 종지부를 찍기에는 역부족이었다. 베케트는 『몰로이』에서, 자신이 향후 쓰고 싶은 모든 것들에 손댔던 것이다.

베케트는 몰락의 모든 가능한 그림자를 그려내는 데에는 천재적이었으며, 비견할 자가 없는 희극인이었다. 『몰로이』는 아마 장르를 막론하고 그가 쓴 모든 작품 중에서 가장 재미있는 작품일 것이다. 『몰로이』는 두 개의 이야기로 구성되어 있는데, 하나가 다른 하나의 분신이라 할 수 있다. 첫 번째 이야기에서 불쌍한 절름발이 몰로이는, 분별 없는 그의 어머니와 한 무리의 우스꽝스러운 시민들, 경찰관, 루스라는 이름의 그로테스크한 여자 사냥꾼 등이 등장하는 일련의 사건들에 휘말리다가 결국 작가에게 버림받고 만다. 그의 자리를 물려받는 모란은 그의 아들과 함께 몰로이를 찾아 나서는데, 이 임무에 얼마나 열성인지 베케트는 두 사람을 결코 만나게 해주지 않는다. 그는 할 수 없이 터벅터벅 집으로 돌아가지만 그의 꿀벌들은 모두 재로 변한 후다.

베케트는 이 이야기들에 따라오는 것들(모든 사건, 공감, 그리고 소설 속 "현실"의 반짝거림까지)을 모두 뒤범벅으로 만들어 묻어버린다. 그의 이야기들은 하나같이 문장론 중독자의 고백으로, 그의 망상 치료는 스스로에겐 완전히 부적합하다. **KS**

반항적 인간 The Rebel

알베르 카뮈 Albert Camus

작가 생몰연도 | 1913(알제리)-1960(프랑스)
초판 발행 | 1951
초판 발행처 | Gallimard (파리)
원제 | L' Homme révolté

『반항적 인간』은 1952년 카뮈와 사르트르 사이의 논쟁을 연상시킨다. 또한 형이상학적 자유와 실제 혁명을 대표하기도 한다. 제2차 세계대전이 끝난 후, 프랑스인들은 사회 변화와 능동을 갈망했다. 시대의 판결은 사르트르에게 유리했다. 『반항적 인간』은 극우 반동의 견해를 대변한다는 비판을 받았다. 그러나 정말 그럴까? 오늘날의 문화적 맥락에서 볼 때 『반항적 인간』은 집산주의 이상의 근간에 의문을 던지고 "정치적 인간"의 선제 조건이 무엇인지에 대한 예리한 통찰을 보여주고 있다. 이 책의 주제는 한 문장으로 요약될 수 있다. "나는 반항한다. 그러므로 우리는 존재한다." 그러나 카뮈의 작품에서 절대적인 고독이나 개인의 자유는 절대로 개인의 혁명의 목표로서의 "우리"를 허용하지 않는다. 형이상학적으로 말해서, 우리는 실제 혁명 시도 이전에 이미 정치적 상황에 발을 들여놓고 있기 때문이다. 카뮈의 눈에 사르트르의 좌파 실존주의는 개인의 자유를 대수롭지 않게 생각했다. 사르트르에게 혁명이란 변화를 불러오기 위해 정치에 직접적으로 개입하는 것을 의미하는 반면, 카뮈에게는 개인의 내적인 삶의 형이상학적인 상태에 불과했다. 카뮈는 단결을 중시하는 사르트르식 행동주의에서 뒤로 물러섰다. 우리는 오늘날 『반항적 인간』을 어떻게 읽어야 할 것인가. 우리가 이 책을 읽는 방식은 우리가 처해 있는 정치적 상황을 가리키고 있다. **KK**

▶ 파리의 거리에 신랄한 시선을 던지고 있는 카뮈. 이 사진을 찍은 1957년, 노벨 문학상을 수상했다.

S

호밀밭의 파수꾼 The Catcher in the Rye

J. D. 샐린저 J. D. Salinger

"…나는 미친 절벽의 가장자리에 서 있다. 나의 임무는 절벽 아래로 몸을 던지려고 하는 인간들을 붙잡는 것이다…"

▲『호밀밭의 파수꾼』이 가져다준 원치 않는 명성을 피하고 프라이버시를 지키기 위해 샐린저는 은둔을 택했다.

작가 생몰연도 | 1919(미국)
초판 발행 | 1951, Little Brown & Co.(보스턴)
원제 | The Cacher in the Rye
본명 | Jerome David Salinger

『호밀밭의 파수꾼』은 미국의 십대 청소년 홀든 콜필드와 그를 둘러싸고 있는 "사이비(원문에서는 phoney)" 세상과의 반항적인 조우를 그려내고 있다. 거의 예언적인 불안의 그림자가 느껴지는("나는 원자폭탄이 발명된 것이 퍽 기쁘다. 만약 전쟁이 벌어지면 난 지옥 꼭대기에 앉아볼 수 있을 테니까.") 이 작품은 또한 홀든의 죽은 남동생 앨리에 대한 거부당한, 혹은 불가능한 추모이기도 하다. "누가 가장 위대한 전쟁 시인일까. 루퍼트 브룩일까, 에밀리 디킨슨일까." 하는 질문을 받자 앨리는 디킨슨이라고 대답한다. 이 작품 자체도 사실 전쟁 시라고 볼 수 있다. 이 작품은 "사이비" 어른들(예를 들면, 부자, 중산층, 백인, 가부장, 미국 등)의 가치에 대한 전쟁이며 그 자신과의 전쟁이기도 하다. 홀든은 주위의 모든 사람들을 현란하게 조롱하지만, 이는 결과적으로 스스로를 웃음거리로 만들 수밖에 없다.

유쾌하면서도 불편하고, 풍자적이면서도 묘하게 신랄한 『호밀밭의 파수꾼』은 믿을 수 없을 정도로 단순한 구어체로 쓰여졌다. "진정 나를 때려눕히는 건 책이다. 책을 읽고 있을 때에는 작가가 멋진 친구였으면 싶고, 원할 때는 언제든지 전화를 걸 수 있었으면 하는 기분이 들기 때문이다." 사실 죽기 전에 꼭 읽어야 할 책이란 바로 이런 책이다. 홀든의 말에는 샐린저 자신의 목소리가 숨어 있다. 이 책에는 매혹적인 편안함과 누군가와 얼굴을 마주보고 이야기하는 듯한 친근감이 있다. 동시에 독자는 이 작품 전체에서 느껴지는 어조가 어쩌면 죽은 앨리만이 들을 수 있는 것은 아닐까 하는 생각을 하게 된다. **NWor**

시르트의 강변 The Opposing Shore

줄리앙 그라크 Julien Gracq

작가 생몰연도 | 1910(프랑스)
초판 발행 | 1951, J. Corti(파리)
원제 | Le Rivage des Syrtes
본명 | Louis Poirier

『시르트의 강변』의 무대는 허구의 나라인 오르센나로, 이웃나라인 파르게스탄과 오랜 세월 동안 전쟁 중이다. 현재는 거의 영구적인 휴전 상태로, 모든 전투는 300년 전에 중단되었고, 어느 쪽도 전쟁을 계속하거나, 물러서거나, 혹은 평화 회담을 제안할 여력이 없다. 그러나 전쟁의 전설은 시인들로 하여금 현 상황에서 기대할 수 있는 것을 훨씬 뛰어넘은 결과물을 낳게 했다.

방탕한 젊은이 알도는 귀족 명문가의 자제로 사랑에 실망하고, 수도의 오랜 향락에 싫증을 느낀 나머지, 도시를 떠나 전제의 삶을 살아보고 싶어한다. 그래서 그는 "감시자" 역을 맡아 국경 지대의 수비대로 가는데, 이 수비대란 것도 실은 오랫동안 사용한 적이 없는 요새가 순전히 상징적인 존재로 남아있을 뿐이다. 고독한 시인인 알도는 이곳에서 그의 무기력을 떨쳐버리고 새로운 해군 작전에 착수함으로써 그의 조국에 활력을 불어넣고자 하지만, 결국은 처참한 적의만을 불러일으킬 뿐이다.

소설은 화려한 이미지로 모든 행위를 마치 신화처럼 시간 관념이 없는 상태로 몰고간다. 그라크의 문장은 앙드레 브르통의 초현실주의와 매우 닮아있지만, 그라크 자신은 평생 한번도 어떤 문예 사조에 속한 적이 없었다.

그라크는 그가 창조해낸 주인공 알도처럼 대도시의 무기력한 문화적 환경—이 경우에는 파리—을 경멸했다. 작가가 그토록 단호하게 거절하지만 않았다면 이 작품은 1951년 공쿠르상 수상작이었다. **ES**

파운데이션 Foundation

아이작 아시모프 Isaac Asimov

작가 생몰연도 | 1920(러시아)–1992(미국)
초판 발행 | 1951, Gnome Press(뉴욕)
3부작 | 『파운데이션(Foundation)』(1951), 『파운데이션과 제국』(1952), 『두 번째 파운데이션』(1953)

아이작 아시모프의 『파운데이션』 시리즈는 그가 스물한 살 때 집필을 시작한 가장 초기작이자 가장 널리 알려져 있는 작품이기도 하다. 『파운데이션』은 과학적 사실과 허구를 절묘하게 조합함으로써 SF소설이라는 장르를 정의하였다. 『파운데이션』의 배경은 지금 우리가 살고 있는 이 세계가 기억나지도 않을 정도로 옛날인 미래로, 인간들은 이미 은하계를 식민 통치하고 있다. 주인공 하리 셀든은 뛰어난 몽상가이자 심리역사학자로, 그의 일은 수학과 확률을 이용해 미래를 예측하는 것이다. 그 자신이 예견한 인간의 멸망을 막을 방법이 없다. 대신 그는 은하계 최고의 과학자와 학자들을 황량한 외행성에 불러모아 지금껏 축적된 인류의 지식을 보존하고 예술, 과학, 기술에 기반을 둔 새로운 문명을 시작한다. 그는 이 성역을 "파운데이션"이라 이름짓고, 앞으로 3만 년 동안 계속될 무지와 야만, 전쟁의 시대를 견딜 수 있도록 설계한다. 그러나 하리조차도 우주에 스며들고 있는 엄청난 야만과, 변이된 지능으로 그가 아끼는 모든 것을 파괴하게 될 기괴한 생물의 탄생은 예측하지 못했다.

아시모프는 등장인물 대부분이 과학자인 『파운데이션』으로 원자력이 혁명을 일으킬 것이라는 가설을 세운 최초의 작가가 되었다. 셀든이 예측한 문제에 닥쳤을 때 대응하는 방식을 통해 작가는 대중의 마약으로서의 전통적 종교와 인류의 새로운 종교로서의 과학이라는 이슈를 제시하였다. **EF**

Samuel Beckett
by

말론, 죽다 Malone Dies

사무엘 베케트 Samuel Beckett

작가 생몰연도 | 1906(아일랜드)–1989(프랑스)
초판발행 | 1951
초판발행처 | Les Editions de Minuit(파리)
원제 | Malone meurt

화려한 허구에 쉽게 피로를 느끼는 독자에게 『말론, 죽다』는 언어로 만들어진 가장 훌륭한 강장제이다. 이 작품에서 베케트는 더욱 무자비하게 허구의 알갱이들을 걸러낸다. 이 책에 실린 이야기들은 언어가 그 자신으로부터 뽑아내려는 것 자체이며, 그것으로 끝이다. 『말론, 죽다』의 시작 부분에서 작가는 우스꽝스럽게 특징없는 에피소드들의 모음으로 이루어진, 가짜에 실패작인 성장소설이라 할 수 있는 젊은 사포 사포스캇의 이야기를 숟갈로 떠먹여준다. 그는 계속해서 러브 스토리에 손을 대지만, 그 결과 주인공들은 엄청난 노력과 불편함 끝에 그 어떤 희극에서도 등장한 적이 없는 혐오스러운 섹스 장면을 연출해낼 뿐이다.

『말론, 죽다』의 문장들이 소설을 닮아가기 시작한다는 생각이 들면 그건 언제나 그러는 체하는 것뿐이라는 것을 명심하라. 하나의 이야기에 대한 연이은 변명들이 실패로 돌아가면 우리는 다시 문장론 중독과 삶과 죽음을 신격화한 패러디—"잘 알아내기만 한다면 생각은 다 똑같아" 같은 생각 없는 대사에 계속 뒤통수를 맞으면서—로 질질 끌려갈 수밖에 없고, 이 모든 것이 또 끝없이 처음부터 되풀이된다. 이런 식으로 이 소설이 포악스러운 결말까지 이어진다. 덕분에 베케트의 언어는 그가 늘 겁에 질려 웅크리고 있는 구석에서조차 그의 손아귀에서 빠져나오지 못하고, 이 때문에 베케트는 그 어떤 작품에서보다 더욱 겁에 질리고 마는 것이다. 베케트의 공포와 낙천주의는 폐소공포증이란 오직 낙원에서만 가능하다는 것을 말해준다. **KS**

◀ 동료 작가 J. P. 던리비가 그린 베케트의 초상. 강렬하면서도 초점 없는 시선과 죽음에 홀린 사람처럼 꼭 다문 입이 인상적이다.

트리피드의 날 Day of the Triffids

존 윈덤 John Wyndham

작가 생몰연도 | 1903(영국)–1969
초판발행 | 1951, Michael Joseph(런던)
본명 | John Wyndham Parkes Lucas Beynon Harris
원제 | Day of the Triffids

이 책은 1951년 처음 출간되었을 때에는 그저 평이한 평가밖에 받지 못했지만, 훗날에는 SF문학의 고전이자 '재앙후(Post-Disaster) 장르'를 정의하는 소설이 되었다. 모든 것은 생물학자 빌 메이슨이 독을 뿜는 식물(트리피드)에 눈을 찔리는 바람에 병원에 가면서부터 시작된다. 눈에 붕대를 감아 아무것도 보지 못하는 그를 위해 간호사들은 지금까지 영국에서 한 번도 본 적이 없는 최대의 유성우가 내렸다고 이야기해준다. 그런데 그 다음 날 아침, 아무리 기다려도 평소 때와 같은 매일의 일과는 시작되지 않는다. 눈이 다칠 것을 각오하고 붕대를 벗은 메이슨은 수천 명의 사람들이 시력을 잃고 거리를 헤매는 광경을 보게 된다. 메이슨은 자신처럼 시력을 잃지 않은 또 한 사람 조셀라를 만나 함께 도시를 떠나기로 한다. 트리피드들은 2m가 넘게 자라고, 뿌리를 발 삼아 걸어다니며 지금까지 인간이 누려왔던 것들을 대신한다. 메이슨은 결국 다른 시력 생존자들과 힘을 모아 이 지능적인 식물들을 물리치기로 마음먹는다.

겉으로 보기에 이 소설은 전형적인 서바이벌 모험소설이지만, 처음 출간되었을 당시에는 세계적인 규모의 대재앙을 다룬 최초의 작품이었다. 윈덤은 생물전 기술과 대량살상무기의 등장을 예견함과 동시에, 사회 변화에 직면한 개인의 심리 탐구라는 측면에서 시대를 훨씬 앞서 간 냉전시대의 편집증을 세련되게 풀어냈다. **EF**

하드리아누스의 회상록

Memoirs of Hadrian

마르그리트 유르스나르 Marguerite Yourcenar

작가 생몰연도 | 1903(벨기에)–1987(미국)

초판 발행 | 1951, Librarie Plon(파리)

원제 | Mémoires d'Hadrien

본명 | Marguerite de Crayencour

마담 유르스나르는 아카데미 프랑세즈 최초의 여성 회원(1980)으로서뿐만 아니라 그녀의 문학적 위치를 확고히 해준 작품들—대표적으로 『하드리아누스의 회상록』—의 힘으로 역사에 길이 기억될 것이다. 이 책은 병상의 황제 하드리아누스가 당시에는 아직 사춘기 소년에 불과했던 마르쿠스 아우렐리우스(훗날 그의 양아버지 안토니누스 피우스의 뒤를 이어 역시 로마의 황제가 되는)에게 보내는 장문의 편지 형식을 띠고 있다. 편지의 내용은 20년에 걸친 자신의 재위 기간의 전문적, 역사적 측면들이 허구로, 그의 경험으로부터 얻은 판단과 통찰을 이 젊은 친구에게 전해주려 하는 것이다. 삶의 근본적인 요소들—사랑의 신비, 육체의 요구, 인간 존엄성의 문제 등—에 대한 하드리아누스의 성찰은 오늘날의 우리가 공감하기에 전혀 부족함이 없어, 2천 년가량 전에 살았던 세계의 제왕이 하는 말이라고는 믿기지 않을 정도이다.

유르스나르의 업적은 그 사전 조사의 완벽함이다. 읽다 보면 이 작품이 한 활동가가 자신의 존재를 진단하고 평가하는, 철학적 문체로 쓰여진 허구라는 것을 쉽게 잊어버리게 된다. 『하드리아누스의 회상록』은 문학 비평가들은 물론 고대 역사학자들로부터도 찬사를 받은 작품으로, 출간되자마자 유르스나르를 세계적인 문학가의 반열에 들게 했다. **ES**

◀ 『하드리아누스의 회상록』이 출간된 지 약 10년 후, 프랑스 보르도에서 찍은 마르그리트 유르스나르의 사진.

벌집

The Hive

카밀로 호세 셀라 Camilo José Cela

작가 생몰연도 | 1916(스페인)–2002

초판 발행 | 1951

초판 발행처 | Emecé(부에노스아이레스)

노벨 문학상 수상 | 1989

제목인 "벌집"은 벌집 속의 벌들처럼, 사람들이 먹고 살기 위해 우글거리는 대도시의 넘치는 다양성을 가리킨다. 이 소설에는 특정한 주제나 주인공이 없다. 300명에 가까운 등장인물은 대부분 전후의 혹독함에 몰락한 중산층들이다. 그들의 삶은 엇비슷하다. 병(결핵)이나 빚으로 힘겨워하거나 혹은 화류계로 흘러들어간다. 그들은 섹스에 집착하고, 여전히 전시의 화제들—총살 집행 부대나 감옥—이나 보수의 원칙("계급"은 피를 뜻하며, 스페인 출신이거나 가톨릭 신도이거나 최소한 둘 중 하나이어야 한다는)을 놓고 대화한다. 이들은 비하와 불신에 사로잡힌 스페인을 상징한다. 객관적이라 주장하는 화자에 의해 밝혀지는 각 에피소드의 연관성은 인물과 장소의 반복성에 뿌리를 두고 있다. 가장 자주 등장하는 장소는 도나 로사의 카페, 인물은 도망자 "지성인" 마르틴 마르코이다.

이 소설은 셀라가 시도하지 않았던 비판과 사회 고발의 작품들을 쓴, 소위 "세기 중반"의 작가들에게 큰 영향을 미쳤다. 셀라는 벌집에 사는 사람들의 비열함에 대해서는 언급하지 않았다. 또 범죄나 사상에 대해서도 이야기하지 않았다. 그는 모든 것을 숙명론적 관점에서 보려고 했고, 경건함이 배신이나 잔혹함과 별다를 것 없다고 간주하였다. 언어를 다루는 솜씨가 빼어났던 셀라는 타락한 현실의 사실만을 이야기했고, 그 덕분에 비판의 말투가 전혀 느껴지지 않음에도 불구하고 널리 읽히는 암울한 문장을 창조해냈다. **M-DAB**

현명한 피 Wise Blood

플래너리 오코너 Flannery O'Connor

작가 생몰연도 | 1925(미국)–1964
초판 발행 | 1952, Harcourt, Brace & Co.(뉴욕)
원제 | Wise Blood
본명 | Mary Flannery O'Connor

"예수가 거짓말쟁이라는 사실 외에는 아무래도 좋다."

▲『현명한 피』는 오코너의 처녀작이다. 초판본 표지에서는 작가의 이름을 크게 부각시키지 않았다.

1952년 처음 출간된 이래 플래너리 오코너의『현명한 피』는 소위 '남부 고딕' 장르를 정의하는 미국 소설 중 하나가 되었다. 이 작품은 옛 남부의 종교적 열성과 강한 습기에 깊이 얽혀 있다. 주인공은 헤이젤 모츠라는 젊은 남자이다. 극도로 보수적인 집안에서 자란 헤이즐은 전쟁을 경험하면서 종교적 믿음을 완전히 잃어버리고 고향으로 돌아온다. 새로운 상실감과 타협하기 위해 헤이즐은 자기만의 교회, 즉 그리스도가 없는 교회를 세운다. 이 교회는 "귀머거리가 듣지 못하고, 장님이 보지 못하며, 앉은뱅이가 걷지 못하고, 벙어리가 말하지 못하고, 죽은 사람이 부활하지 않는" 교회이다. 헤이즐은 일종의 이단적 반(反)사제이자 배교한 거리의 목사로서, 주위 사람들을 그리스도의 구원으로부터 구원하려고 한다. 구원이 절실해질수록 그는 더욱 믿음에서 멀어져 나간다.

『현명한 피』에는 낙오자, 도둑, 사기꾼, 인간쓰레기, 거짓 예언자 등의 괴상한 인간 무리가 등장한다. 이 소설은 신학적 우의이자 현대 문화 속에서 신이 차지하는 위치에 대한 고찰이며, 그로테스크하고 말도 안 되는 코미디이다. 또한 기적과 살인, 음탕한 육체와 순결한 영혼, 맹목과 비전, 폭력과 치유가 공존하는 소설이기도 하다. 오코너는 그녀가 자란 남부 시골의 복잡한 시각을 보여준다. 이 소설은 남부의 수많은 신화와 편견을 풀어내는 동시에 그 전통과 유산, 저항 정신에 경의를 표한다. 단순하고 간결한 문장은 가장 미세한 디테일에서조차 통찰과 경이를 보여주며, 믿음과 의심의 변화하는 힘에 대해 예리하리만치 민감하다.『현명한 피』의 세계는 거칠고, 녹슬고, 본능적이지만, 그 안에서 은총의 손길을 느낄 수 있다. **ST**

노인과 바다 The Old Man and the Sea

어니스트 헤밍웨이 | Ernest Hemingway

작가 생몰연도 | 1899(미국)–1961
초판 발행 | 1952, C. Scribner's Sons(뉴욕)
원제 | The Old Man and the Sea
퓰리처상 수상 | 1953

헤밍웨이가 초기작들과는 상당히 다른 스타일을 보여준 『노인과 바다』는 비평가들의 의견이 엇갈리는 작품이다. 완벽하게 구성된 미니어처 틀 안에는 헤밍웨이가 작가로서, 또 인간으로서 몰두했던 많은 주제들이 등장한다. 시작 부분에 나타난 쿠바의 한 어촌의 일상은 헤밍웨이 특유의 절제된 언어를 보여준다. 어부 산티아고의 벌거벗은 존재를 묘사하는, 핵심만 남긴 검소한 문체는 노인이 어깨를 한번 으쓱하는 것처럼 냉소적이다. 젊음으로부터도, 운으로부터도 버림받은 산티아고는 "다른 어부들을 넘어 육지로부터 더 멀리", 멕시코 만류까지 노를 저어 나가야 한다는 것을 알고 있다. 바다와 하늘이라는 텅 빈 원형극장의 무대에서 단 한 번, 최후의 드라마가 막을 올린다.

헤밍웨이는 자연의 도전에 맞서고 그것을 극복함으로써 자신의 가치를 증명해보이는 인간들에게 심취한 것으로 유명하다. 몸체가 자기 배보다 더 긴 청새치가 걸려들자, 노인은 작살을 던질 수 있는 거리까지 피가 흐르는 손으로 낚싯줄을 당기면서 자신의 한계를 시험한다. 그는 투쟁을 통해, 승리를 위해 고난을 견디는 인간 영혼의 능력을 증언한다. 그가 이길 수 있는 것은 또한, 잔인하고도 자비로운 바다에 대한 그의 깊은 사랑과 지식 덕분이다.

이 이야기의 빠질 수 없는 육체성 — 타르와 소금과 생선피의 냄새, 멀미와 쥐와 시력 약화, 거대한 물고기의 끔찍한 단말마의 경련 — 은 눈부신 빛과 물, 고립, 그리고 파도의 움직임과 같은 천상의 성질들과 좋은 대비를 이룬다. 내러티브는 끊임없이 끌어당기고, 풀고, 다시 밀어낸다. 앉은 자리에서 단번에 읽어야 하는 대표적인 책이다. **TS**

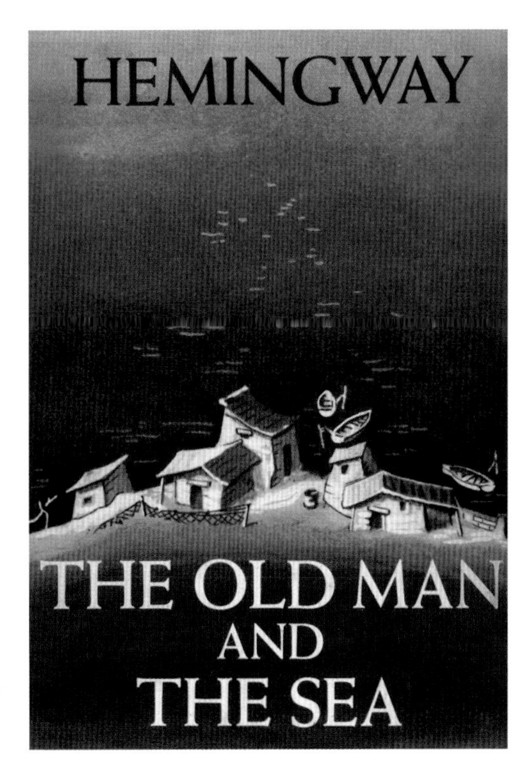

"인간은 파멸할 수는 있어도 패배하지는 않는다."

▲ Jonathan Cape 출판사에서 발행한 영국판 초판본 표지 삽화. 소설의 무대인 쿠바의 어촌 풍경이다.

보이지 않는 사람 Invisible Man

랄프 엘리슨 Ralph Ellison

작가 생몰연도 | 1914(미국)–1994
초판 발행 | 1952, Random House(뉴욕)
원제 | Invisible Man
전미 도서상 수상 | 1952

"나는 보이지 않는 사람이다."

▲ 엘리슨의 친구인 고든 팍스가 『보이지 않는 사람』의 "눈으로 보는" 해석을 위해 제시한 일련의 사진 중 한 장이다.

▶ 팍스의 또다른 사진. 엘리슨의 보이지 않는 주인공이 지하에서 올라오고 있다. "나는 나가야 한다. 나는 일어나야 한다…"

『보이지 않는 사람』은 엘리슨의 유일한 장편소설이며 미국 흑인 문학의 걸작으로 꼽힌다. 개인적 경험과 사회적 환상의 힘과 맞서는 "보이지 않는" 주인공은 곧 보이지 않는 정체성—즉, 흑인으로 살아간다는 것이 무엇을 의미하는가—과 그 다양한 가면을 뜻한다.

이 소설은 정체성을 파고드는 존재의 물음—사회적으로, 인종적으로 '보이지 않는다는 것'은 무엇을 의미하는가—과 미국 흑인들의 경험의 역사가 갖는 사회정치학적 우의의 교묘한 결합이라는 점에서 특별한 의미를 갖는다. 1인칭 화자는 인종차별이 심한 남부부터 (별로 나을 것도 없는) 뉴욕 시티에 이르는, 주위 환경과 인간들의 초현실적 현실을 통과하는 이동을 자세히 회고하는 내내 익명으로 남아있는다. 『보이지 않는 사람』은 사르트르와 카뮈 같은 실존주의 소설들과 비견되지만, 집합적인 자아 정의의 투쟁에 대항하는 한 개인의 정체성을 다루는 이야기이기도 하다. 이로써 화자인 주인공은 노예였던 조부모 세대부터 남부의 교육, 부커 T. 워싱턴(1856~1915, 미국의 교육자·개혁가)이 주창한 모델 등을 거쳐 할렘 정치에 이르기까지, 흑인들에게 허용된 한정된 사회적 가능성을 하나하나 짚어나간다. 이러한 가능성들을 경험해 나가는 주인공을 묘사하는 방식에서 엘리슨이 보여준 거의 사회학에 가까운 명료함은, 이름도 아이러니컬한 리버티 페인트의 악몽 같은 세계부터 마르크스-레닌주의의 조종을 당하는 노조까지, 이 소설의 특정한 인물, 사건, 상황들을 모두 교묘하게 다루어 낸다. 그 과정에서 엘리슨은 종교나 음악 같은 흑인 문화의 이상적인 원천에 대해 동정적이면서도 냉정한 비판을 가한다. 엘리슨의 어조가 다양한 관용구를 혼합하여 존재의 정치에 대한 정열적인 탐구를 보여주는, 날카롭고, 도전적이고, 매우 재미있는 작품이다. **DM**

판사와 교수형 집행자 The Judge and His Hangman

프리드리히 뒤렌마트 Friedrich Dürrenmatt

▲ 프리드리히 뒤렌마트는 범죄소설은 물론 아방가르드 연극과 풍자극으로도 명성을 떨쳤다.

"더 많은 사람들이 계획을 따를수록 더 효과적으로 사고를 당할 것이다."

프리드리히 뒤렌마트, 1857

작가 생몰연도 | 1921(스위스)-1990
초판 발행 | 1952
초판 발행처 | Benziger(아인지델른)
원제 | Der Richter und sein Henker

뒤렌마트가 전후 독일에서 희곡 작가, 소설가, 수필가, 극장 감독에 화가로까지 명성을 떨치고 있을 무렵 집필한 『판사와 교수형 집행자』는 스위스 외딴 시골에서 일어난 살인 사건 이야기이다. 브레히트 연극을 연출할 때 보여준 강한 미니멀리즘은 다소 분위기를 띠는 이 소설과는 대조적이다. 동료 경찰관 슈미트의 살인을 수사하는 경찰국장 베어라흐의 이야기에서 단어는 오싹하는 예언적 배경을 덧칠하는 역할을 한다. 베어라흐는 나이도 많고 죽을 날이 멀지 않았지만, 수사관으로서의 능력은 전혀 녹슬지 않아 동료인 찬츠에게 어마어마한 양의 조사를 시킨다. 두 사람은 한 조가 되어(베어라흐가 머리, 찬츠는 힘) 힘겨운 수사를 시작하지만, 단서는 거의 보이지 않는다. 정장 차림의 슈미트가 시체로 발견된 차 옆의 길가에서 찾아낸 총알 하나, 그리고 희생자의 일기의 사건 당일란에 쓰여있는 한 글자, G. 이 두 번째 단서를 파고든 베어라흐와 찬츠는 냉혹하고 영리한 수수께끼의 사나이, 가스트만의 집으로 향한다.

현대 탐정물은 반드시 미스테리식 플롯이 주를 이루는 것만은 아니라는 점을 증명한 작품이다. 플롯도 플롯이려니와 인간의 불완전성을 연구했다는 중대성 때문에 경찰의 수사 방식을 비판하기가 쉽지 않다. 바로 이러한 특징이 특히 이 작품을 매우 보기드문 범죄소설로 자리매김하는 것이다. **JuS**

훌륭한 여인들 Excellent Women

바바라 핌 Barbara Pym

작가 생몰연도 | 1913(영국)–1980
초판 발행 | 1952
원제 | Jonathan Cape(런던)
언어 | 영어

『훌륭한 여인들』은 제 2차 세계대전 직후의 런던을 무대로 하고 있다. 주택 부족으로 어려움에 처한 해군 장교 로킹엄 내피어와 인류학자인 헬레나 부부는 핌리코 플랫이라는 공동주택에 둥지를 틀게 된다. 여기서 그들은 밀드레드 라스베리라는 여성과 욕실을 공동으로 사용하게 되는데, 이 밀드레드가 바로 이 소설의 화자이다. 밀드레드는 중고품 판매와 자선 사업을 하면서 따분한 하루하루를 보내고 있었는데, 내피어 부부의 완전히 다른 삶에 발을 들여놓게 되면서, 사랑이라는 불편한 가능성이 보이게 되자 그 긴장감이 수면 위로 떠오른다. 헬레나의 동료 인류학자 에버라드 본과 밀드레드 사이에 묘한 관계가 싹트기 시작하면서 목사관에서 일어나는 감정의 격동으로 인해 플롯은 한층 복잡해진다.

바바라 핌의 초기 작품들—1950년부터 1961년까지 모두 6권이 출간되었다—은 하나같이 위트와 색다른 창의성으로 반짝인다. 작가는 일상적인 언어의 부조리한 어리석음을 놓치지 않는 최고의 귀를 가졌으며, 그녀가 창조해낸 인물들은 모두 날카로운 눈을 가지고 있다. 작가의 작품들 중에서 『훌륭한 여인들』을 최고로 꼽는 이유는, 바로 감정이 그대로 살아나 있는 1인칭 화법이다. 주위의 이기적이고 무감각한 사람들에게 이용 당하고, 무시 당해온 밀드레드는 자기연민을 경멸한다. 핌의 작품들이 1960년대에 출간될 수 없었다는 사실도 그다지 놀랍지 않다. 핌의 세계에는 "해방"이라는 과장된 제스처를 위한 자리가 없었으니 말이다(비록 밀드레드는 자신이 도저히 소화할 수 없는 하와이안 파이어 색의 립스틱을 사기도 하지만 말이다). 밀드레드는 우아함과 유머로 자신에게 주어진 숙명을 받아들인다. 그녀는 매일매일 일어나는 사소한 일들에서 아늑함과 즐거움을 이끌어낸다. 바로 그 안에, 매우 정교하게 조각된 이 소설의 웃음과 눈물이 녹아 있다. **RegG**

센바즈루 A Thousand Cranes

가와바타 야스나리(川端康成) Yasunari Kawabata

작가 생몰연도 | 1899(일본)–1972
초판 발행 | 1952, 고단샤(도쿄)
원제 | 千羽鶴(천우학)
노벨 문학상 수상 | 1968

일본인으로는 최초로 1968년 노벨 문학상을 수상한 가와바타 야스나리는 이 소설에서 일본 전통 다도(茶道)의 베일 뒤에 숨어있는 성적 관계를 섬세한 문양으로 짜내고 있다. 아버지가 세상을 떠난 후 기쿠지는 아버지의 정부였던 오타 부인과 관계를 갖는 한편 아버지의 숨겨진 애인인 치카코와도 인연을 맺으면서, 아버지의 세계로 빠져들어간다. 아버지의 여인들을 통해 아버지에 대한 기억을 회상하면서, 한 처녀와 오타 부인의 딸을 두고도 기쿠지는 젊은 여인을 배필로 삼으려고 하지 않는다.

소유물이 한 세대에서 다음 세대로 넘어가면서, 애정과 정열도 같은 손으로 옮겨진다. 비록 그것이 불륜의 관계요, 얼룩진 야망이라 할지라도 말이다. 가와바타 야스나리는 다도의 아름다움을 불러일으키기보다는 비속화된 다도문화를 비판하려고 했다고 밝힌 바 있다. 정결함과 추잡함, 욕망과 혐오 사이의 경계는, 이 세상에서 순수함을 찾으려는 헛된 추구에서는 항상 떠올랐다가 지워져버리는 것이다.

제목에서 느껴지는 아이러니는 사라져가는 전통과 육체적, 정신적 성취의 어려움에 대한 가와바타의 애도를 담은 표현이다. 천 마리의 학은 옛부터 길고 다복한 결혼 생활을 상징하지만, 이룰 수 없는 환상일 뿐이다. 가와바타는 이 소설 속 등장인물과 같은 운명을 맞아 결국 비극적인 자살을 택했지만, 그의 문학적 유산은 서방의 독자들에게 일본의 미를 소개했으며, 일본 문학의 근대적 정체성을 형성하는 데 크게 기여하였다. **HH**

산에 올라 고하라 Go Tell It on the Mountain

제임스 볼드윈 James Baldwin

작가 생몰연도 | 1924(미국)–1987(프랑스)
초판 발행 | 1953, Knopf(뉴욕)
원제 | Go Tell on the Mountain
본명 | James Arthur Baldwin

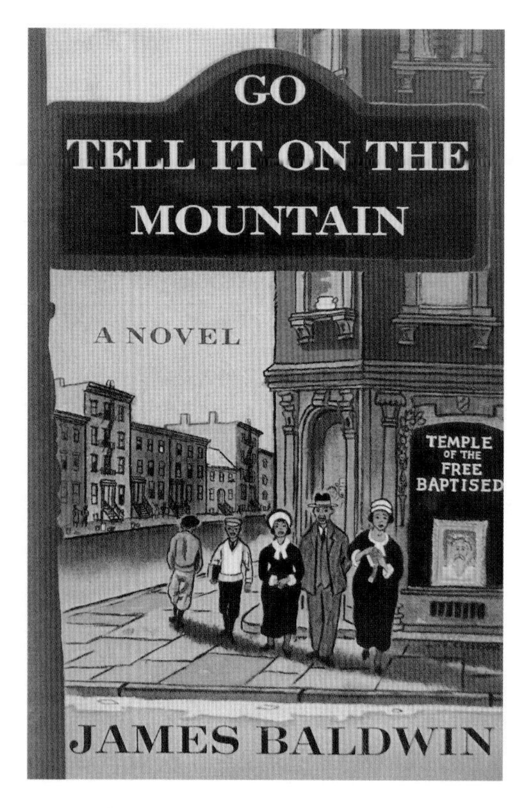

"내 손에 저 소년의 피를 묻히지는 않을 것이다."

▲ 볼드윈은 십대 시절 3년간 전도사로 활동하여 그의 작품은 교회의 영향을 받게 된 것이 당연하다.

『산에 올라 고하라』는 작가의 반자전적인 성장소설로, 주인공 존을 둘러싼 복잡하고, 때로 연약한 사회적 연대에 초점을 맞추고 있다. 존의 열네 번째 생일날, 그는 성인식 도중 뉴욕 할렘에 있는 양부 가브리엘의 교회 마당에 쓰러진다. 존이 자신의 생부라고 믿고 있는 가브리엘은 젊은 시절, 신의 분노를 설파하라는 사명을 받기 전까지는 매우 거친 나날을 보냈던, 매우 변덕스럽고 위압적인 존재이다. 가브리엘이 존의 어머니와 결혼한 것은 그녀를 미혼모가 받을 심판에서 구원하기 위해서였다. 따라서 그는 존의 어머니가 존에게 베푸는 애정은, 존이 사생아라는 사실이나 존의 아버지였던 첫사랑과의 관계에 대해 아무런 양심의 가책을 느끼지 않는 뻔뻔스러운 행위라고 여긴다. 가브리엘 역시 첫 번째 결혼에서 사생아를 낳은 적이 있지만, 회개라는 너울 아래 조심스럽게 감추고 있다. 그는 자신이 버린 후 어렵게 자라 결국 비참하게 죽은 아들에 대해 언제나 침묵을 지킨다.

존은 이러한 내력에 대해서는 거의 모르지만, 직감으로 할렘에서 흑인 청소년들, 특히 교회와 같은 공공기관의 보호를 받지 못하는 청소년들이 어떤 위험과 맞닥뜨리는지 정확하게 파악하고 있다. 존이 교회의 청년 지도자 중 한 사람인 엘리샤로부터 받는 애정어린 후원은 호모에로티시즘의 강렬한 환희로 진동하고, 존은 이러한 바탕 위에 교회의 미래를 세우고자 한다. 하지만 양부가 교조적인 해석과 강요로 교회를 이끌어나가는 한, 오직 공포와 수치심으로 교인들의 무조건적인 복종을 요구하는 잔인한 응징만이 있을 뿐이다. 환시와도 같은 개종으로 육체적, 감정적으로 진이 빠진 존은 이른 아침 한순간 해방의 승리를 느끼지만, 단지 꿈결 같은 한순간일 뿐이다. **AF**

카지노 로얄 Casino Royale

이안 플레밍 Ian Fleming

작가 생몰연도 | 1908(영국)–1964
초판 발행 | 1953, Jonathan Cape(런던)
원제 | Casino Royale
본명 | Ian Lancaster Fleming

커비 브로콜리의 제임스 본드 시리즈는 너무나 실망스러웠다. 아주 가끔 숀 코네리가 얇은 입술의 냉혹한 본드를 제대로 보여줄 때도 있긴 하지만, 제1편부터 도대체 심각함이라고는 찾아볼 수가 없고, 코네리의 짤막한 농담은 기껏해야 로저 무어의 눈썹을 찌푸리게 할 뿐이다. 도대체 센스라는 게 있는 제작자라면『카지로 로얄』— 플레밍의 본드 시리즈 중 첫 번째 작품으로, 1967년작 영화는 기껏해야 소설에 대한 엉터리 패러디 수준으로밖에 보이지 않는다.— 은 시대물로 찍었어야 한다는 것은 자명하다. 지금은 구시대의 유물이 되어버린 냉전사상의 흑백논리부터 프랑스 북부의 다 낡은 카지노 타운에서 아보카도 비니그레트를 애피타이저로 주문하는 본드의 믿겨지지 않는 이국적 입맛까지, 이 소설에 등장하는 모든 것은 작품이 쓰여진 1950년대 초반의 냄새를 짙게 풍기고 있는 것이다.

플롯은 단순하다 못해 아주 기본적이다. 악당인 르 쉬프르는 프랑스에서 활동 중인 러시아 스파이로, 유용한 KGB 공금을 채워 넣기 위해 도박장을 찾았다. 비밀 정보국에서도 가장 뛰어난 노름꾼인 본드는 도박 테이블에서 르 쉬프르를 때려눕히고 프랑스 내에 있는 그의 조직을 와해시키기 위해 파견된다. 당연히 본드의 생명이 위협을 당하게 되고, 스물다섯 페이지에 걸친 바카라 게임이 등장하며, 자동차 추적과 멋지게 묘사된 그로테스크한 고문 장면에 구출까지. 결말은 본드의 회복과 "본드 걸" 베스퍼 린드의 이야기로 이상하게 압축되며, 불필요한 배신과 여성혐오의 폭발로 막을 내린다. 플레밍은 딱딱하고 가감없는 문장에 거의 도착에 가까운 디테일을 보여준다.(이 책을 읽다보면 본드의 트레이드 마크인 마티니를 어떻게 만드는지 아주 정확하게 알 수 있다.) 유일하게 책장이 마구 넘어가는 도박과 채찍질 장면—플레밍이 가장 좋아했던—이 아니었다면 이 책은 주인공의 얼굴처럼 "말 없고, 잔인하고, 아이러니하고, 냉혹했을" 것이다. **PMy**

"보드카 드라이 마티니로…"

제임스 본드, 〈닥터 노〉, 1958

▲ 이안 플레밍은 그의 첫 번째 소설의 표지 이미지로 바카라와 사랑을 염두한 하트를 모티브로 창안했다.

마약 중독자 Junkie

월리엄 버로스 William Burroughs

작가 생몰연도 | 1914(미국)–1997
초판 발행 | 1953
초판 발행처 | Ace Books(뉴욕)
원제 | Junkie: Confessions of an Unredeemed Drug Addict

"…그는 그것을 자기 몫으로 남겨두었다."

▲ 1959년에 찍은 버로스의 사진은 마약 중독자의 특유의 얼굴로, 그의 펜 끝에 살아있는 메마른 유머의 흔적이 전혀 보이지 않는다.

윌리엄 버로스가 아직까지도 사람들의 뇌리에서 잊히지 않는 데에는 여러 가지 이유가 있다. 그는 문학과 예술에서 보여준 그 실험주의 정신으로 존경받은 우상파괴자였으며, 전설적인 마약 중독자였고, 그의 '쿨함'은 한 세대의 화가들, 영화제작자들, 그리고 음악가들에게 영향을 미쳤다. 그 결과 그는 2차원적인 존재로 전락하고 말았다. 오늘날의 환경에서 그의 작품은 그 실제 깊이와는 상관없이 쓸데없는 환각 혹은 빈둥대는 "실험" 정도로만 압축된다. 버로스는 단순히 피상적인 속임수를 쓴 것이 아니라 가장 적절하다고 생각되는 테크닉을 사용하여 그의 삶에 대해 써내려간 것이다. 『벌거벗은 런치』가 고차원의 추상적 개념을 써서 수많은 언어가 오가는, 세기 중반 탕헤르의 편집증적인 분위기와 아편 제거 과정을 묘사했다면, 다른 작품들, 특히 『마약 중독자』와 더 훗날의 『퀴어(Queer)』는 훨씬 더 단순화한 내러티브 기법을 사용했다.

『마약 중독자』는 『벌거벗은 런치』에 등장하는 내부 세계를 동시대의 외부 현실로 보여준다. 반자전적인 소설로, 처음 아편을 경험했을 때부터 완전한 장기 중독으로 이어지기까지 작가와 마약과의 관계를 나타내고 있다. 사실 버로스는 매일 모르핀 주사를 맞아야만 소설을 쓸 수 있다는 생활의 원칙까지 가지고 있었다. 『마약 중독자』에 등장하는 버로스는 필연적으로 카툰에 등장하는 재즈 무법자라기보다 하나의 인간이라고 보아야 한다. 그는 공개적으로 마약 중독의 악순환을 묘사하는 한편 사회가 그 만성적인 실패와 중독을 은폐하기 위해 마약 중독자들을 희생양으로 몰아가는 방식을 강조하고 있다. 이 책의 진정한 가치는 그 솔직함에 있다. 버로스의 작품은 작가를 잘 팔리는 '반(反)문화'의 미키마우스로 만들려는 시도를 끊임없이 좌절시키는 그 진솔한 단순성에 기대고 있다. **SF**

행운아 짐 Lucky Jim

킹슬리 에이미스 Kingsley Amis

전후 영국 소설문학의 방향을 정의했다는 점에서 중대한 의미를 갖는 첫 장편소설 『행운아 짐』을 출간했을 당시 에이미스는 이미 여러 권의 시집으로 인기가 높았던 시인이었다. 『행운아 짐』은 우상파괴적이고, 풍자적이며, 보수 사회에 대한 불경스러운 표현으로 가득하고, 또 매우 재미있다. 주인공인 짐 딕슨은 평범하지만 날카로운 기지의 시골 대학 강사로, 길을 완전히 잘못 선택했다고 깨닫는 중이다. 그는 자신의 전공—중세 역사—이 무미건조하고 현학적이라고 결론 내리고, 음침한 마을과 아무런 학문적 영감을 주지 못하는 대학에서 마주쳐야 하는 끔찍한 겉치레를 도저히 더는 견딜 수 없다고 마음먹는다. 짐은 동료들, 특히 부조리한 웰치 교수에 대한 경멸을 굳이 숨기려 하지 않고, 급기야 만취 상태에서 즉흥으로 대학 당국을 패러디하는 "메리 잉글랜드" 강의를 하는 바람에 실업자 신세가 될 때까지 끊임없이 자신의 운을 시험한다. 그는 기꺼이 강단을 떠나 더 좋은 직업을 구하고 여자도 얻는다.

『행운아 짐』은 매우 영국적인 소설로 간주되어왔다. 짐 딕슨은 지성을 갖추고 있지만, 사회적 우위에 있는 사람들의 요구를 충족시키기를 거부하며, 오히려 기회만 있으면 그것을 악용한다. 이 소설은 사실은 좌절당한 야망과 재능의 이야기이며, 아무 특징없는 돌팔이들이 지배하고 경영하는 단조로운 황무지와도 같은 영국을 묘사하고 있다. 작가는 상당한 열정과 날카로운 풍자적 시선으로 『행운아 짐』을 썼다. 이 작품에는 기막히게 코믹한 묘사와 시퀀스가 산재해 있으며, 특히 짐이 완전히 쓸데없는 연구에 대해 고민하는 시작 부분은 압권이다. 가장 멋진 부분은 웰치 교수의 집에서 보내는 교양적인 주말에 대한 설명으로, 영국 소설 역사상 최고의 숙취로 끝난다. **AH**

작가 생몰연도 | 1922(영국)–1995
초판 발행 | 1953, V. Gollancz(런던)
원제 | Lucky Jim
서머셋 몸 문학상 수상 | 1953

LUCKY
JIM

C. P. SNOW WRITES:
"It is humorous,
self-mocking, hopeful
endearing. For promise &
achievement combined, it is
the best first novel
I've read in
the last two years"

KINGSLEY AMIS

"네가 원하던 것을 하면서…"

▲ 2년 전 대학소설 『스승님들』을 썼던 C. P. 스노우는 『행운아 짐』의 가치를 강력하게 보장했다.

잃어버린 길 The Lost Steps

알레호 카르펜티에르 Alejo Carpentier

작가 생몰연도 | 1904(스위스)-1980(프랑스)
초판 발행 | 1953, Edición y Distribución Iberoamericana de Publicaciones(멕시코 시티)
원제 | Los pasos perdidos

『잃어버린 길』은 알레호 카르펜티에르의 세 번째 소설이자 몇 안 되는 비(非)역사물 중 하나이다. 쿠바인이지만 스위스 로잔에서 태어난 카르펜티에르는 이 작품에서 문명의 근원과 개인의 정체성을 찾고자 하는 동시대의 순례를 그리고 있다. 『잃어버린 길』은 그의 작품 중에서 가장 자전적인 요소가 강한 작품이다. EU의 편안한 지위를 버리고 베네수엘라의 깊은 정글로 원시 악기들을 연구하러 떠나는 남아메리카 출신의 음악학자이자 작곡가의 모습에서 작가 자신의 음영을 보기란 어렵지 않다.

작가는 일기 형식을 빌려 창작적 불모와 생체적 불임(아내와 애인 모두 임신하지 못한다)에서 도망친 주인공의 여정을 기록하고 있다. 숲 속에서 주인공은 그가 찾던 악기는 물론 완벽한 조수인 혼혈아 로자리오와 만나게 된다. 또한 그는 현대 도시에서는 결코 완성할 수 없었던 미완성 칸타타를 계속 쓸 수 있는 영감을 발견한다. 열정과 기술을 모두 손에 넣은 그에게는 더이상 정글에 머물러야 할 이유가 없다. 귀환의 유혹에 굴복하는 것은 치명적인 실수이지만, 그가 정글에 있는 동안 나가는 길을 막아버려서 되돌아가는 것은 불가능하다. 마지막 장의 아무 것도 말해주지 않는 강가의 박식한 방랑자의 모습에서 카르펜티에르는 서로 어울릴 수 없는 두 개의 세계 사이에서 길을 잃은 현대 예술가의 고난을 보여주고 있다. **DMG**

온실 The Hothouse

볼프강 쾨펜 Wolfgang Koeppen

작가 생몰연도 | 1906(독일)-1996
초판 발행 | 1953
초판 발행처 | Scherz & Goverts(슈투트가르트)
원제 | Das Treibhaus

『온실』은 서독 정부 수립 초기 본을 무대로, 정치적 이상주의자인 케텐휘베가 라인 강으로 몸을 던져 자살하기까지 최후의 나날을 보여준다. 이 소설은 출간된 후 독일에서 굉장한 스캔들이 되었는데, 당시 퍼져나가고 있던 타협, 회의, 심지어 부패의 거미줄과 완전히 새로운 권력의 경로를 꿰뚫어본 쾨펜의 가차없는 시선이 그 이유였다.

쾨펜 자신이 이 작품을 "실패에 대한 소설"이라고 묘사한 것은 유명한 일화이지만, 케텐휘베의 실패가 독자에게 감동을 주는 것은, 그의 패배가 곧 정의와 이상의 패배이기 때문이다. 소설은 친정의 전통과 남편의 무관심으로 고통 받던 케텐휘베의 젊은 아내, 엘케의 죽음으로 시작된다. 엘케와 같이 이 소설에 등장하는 다른 모든 인물들 역시 과거와 타협하는 데 어려움을 겪고 있다. 나치즘에 대한 죄의식은 독일 사회의 어떠한 변화 노력에도 족쇄로 남아있는 것이다. 케텐휘베는, 그 모든 실패에도 불구하고, 조국의 재무장을 반대하고 평화를 주장하는 영웅적인 면모를 보여준다. 이러한 주장은 비록 실패로 끝나지만 그 유려하고 열정적인 표현은 이 작품을 전후 초기 독일과 정치권력이 개인에게 미치는 영향을 보여주는 걸작으로 만들었다. **AB**

▶ 쾨펜은 『온실』을 마지막으로 죽을 때까지 42년 동안 더이상 소설을 쓰지 않았다. 그가 왜 갑자기 펜을 꺾었는지는 아직도 알려지지 않고 있다.

2

긴 이별 The Long Good-Bye

레이몬드 챈들러 Raymond Chandler

"지금껏 그들에게 작별을 고할 수 있는 어떤 방법도 발견하지 못했다."

작가생몰연도 | 1888(미국)–1959
초판발행 | 1953, Hamish Hamilton(런던)
원제 | The Long Goodbye
◆ 1973년 영화로 제작

필립 말로우가 일반 대중에게 낯익은 이름이 된 지도 10년이 넘어가던 즈음 발표된 이 작품은 성숙미가 돋보이는, 챈들러 최고의 작품이라 해도 부족함이 없다. 『깊은 잠』(1939)에서 세련된 주류 문학과 3류 통속 탐정물을 접목시킨 챈들러는 『긴 이별』로 미국 픽션 문학의 걸작을 창조해냈다.

테리 레녹스가 멕시코로 탈출하도록 도와준 필립 말로우는 자기도 모르게 살인자의 도주에 공범이 되었을지도 모른다는 사실을 알게 된다. 뿐만 아니라 테리가 자살하는 바람에 말로우는 풀리지 않은 미스테리와 죽은 자가 남긴 책임감의 올가미에 걸려들고 만다. 챈들러의 소설에서는 처음에 단순히 알쏭달쏭했던 부분이 더 크고 세속적인 사회 관찰의 전제인 경우가 많은데, 이 작품이 특히 그렇다. 사건의 실마리를 따라가던 말로우가 아이들 밸리의 부패한 유한 사회로 들어가면서 이 소설의 풍자적인 목표가 눈에 들어온다. 챈들러는 시내의 "비열한 거리"에서 떨어져 말로우의 교양적인 면을 보다 부각시켰다. (1950년대 범죄 소설에 플로베르의 등장은 좀처럼 흔히 볼 수 있는 일이 아니었다.) 또한 탐정물이라는 애초의 전제가 조금 후퇴한 것도 사실이다. 챈들러의 세계에서는 범죄를 해결하는 것이 순수로 돌아가는 것을 의미하지는 않기 때문이다. 만약 탐정물이라는 장르가 좀더 심각해지고 오늘날의 문학적 목적에 더 강하게 공명한다면, 『긴 이별』은 그 말수 없고 무표정한 전형적인 예가 될 것이다. **BT**

▲ 영국에서 발행된 초판 표지는 보다 세련된 문학적 목표보다는 독자의 전통적인 관음증 취향을 만족시켜준다.

중재 The Go-Between

L. P. 하틀리 L. P. Hartley

작가 생몰연도 | 1895(영국)–1972
초판 발행 | 1953, Hamish Hamilton(런던)
원제 | The Go-Between
◆ 1971년 영화로 제작

하틀리의 반자전적인 소설『중재』는 주인공 레오 콜스턴의 회상을 중심으로 구성되어 있다. 이제는 노인이 된 콜스턴은 그의 어린 시절과 부유한 학교 친구의 집에서 보냈던 여름철을 돌이켜보고 있다. 모즐리 가족과 함께 지내는 동안 레오는, 친구의 누나인 마리안과 마을 농부인 테드 사이의 사회적으로 용인될 수 없는 관계에 휘말리게 된다.

레오는 이 책의 제목이 가리키듯 "중재자"가 되어 에드워드 시대 잉글랜드의 엄격한 계급 사회에 저항하는 금지된 성관계를 조장한다. 성적 욕망에 눈뜬 그는 마리안과 테드를 감탄과 공포가 뒤섞인 시선으로 보게 된다. 이들의 관계를 가능하게 하는 그의 역할은 레오가 한 사람의 성인이 되는 데 촉매 작용을 하는 동시에 어린 시절의 순수함을 잃는 계기가 된다. 어른이 되어 이 사건을 되돌아보는 콜스턴이 마리안과 테드의 관계를 찬성하지 않는 것은 자명하다. 그러나 더이상 성적으로 순진하지 않다 해서 아련한 향수까지 느끼지 않는 것은 아니다. 이 소설은 에드워드 시대 사회의 계급 역학을 강하게 반영하고 있으며, 콜스턴의 회상에는 자신에게 유리하게 작용하는 계급 논리가 지배하는 세계에 대한 동경이 깔려 있다. 이 뼛속까지 영국적인 소설에서 레오는 스스로 "질서와 무법, 전통에 대한 순종과 저항, 사회적 안정과 혁명 사이의 투쟁"이라고 부르는 크리켓 경기 도중 깨달음을 얻게 된다.

이 소설은 사랑이라는 흔한 테마가 사회적 장벽에 의해 분리되는 흔치 않은 주제를 다루면서, 레오의 내러티브에 나타나는 계산된 정직을 보여주고 있다. **JW**

검은 아이 The Dark Child

카마라 라예 Camara Laye

작가 생몰연도 | 1928(기니)–1980(세네갈)
초판 발행 | 1953
초판 발행처 | Plon(파리)
원제 | L'Enfant noir

아프리카 소설의 거장인 치누아 아체베는 라예 카마라(사실 본명은 라예 카마라가 맞는데 서양에는 카마라 라예로 잘못 알려졌다)의『검은 아이』는 "너무 부드럽다"고 비판한 적이 있다. 아체베는 이 소설의 1인칭 화자인 파토만의, 처음에는 작은 회교도 마을의 어린아이로서, 후에는 새로운 도회지 문명과 타협하는 젊은이로서의 비정치적인 사고를 가리킨 것이 틀림없다. 그러나 서양의 독자들에게 이 작품은 프랑스어권 아프리카 문학 최초의 표본이자, 할례와 금붙이 거래 등의 디테일까지 부족 생활의 일상을 직접 목격한 기록이다.

카마라가 파리에서 기계공학을 공부하면서 집필한 이 소설은 기니 내륙 지방에서 보낸 작가의 어린 시절에 대한 향수가 두드러지는 자전적인 작품이다. 말링케 족으로 추정되는 카마라의 부모는 근방에서 초능력자로 알려져 있었다고 하며, 카마라는 프랑스 식민 세력에서 멀리 떨어진 한 회교도 마을에서 자랐다. 쿠루사와 코나크리(기니의 수도), 더 나아가 파리까지 여행한 뒤에야 카마라는 촌락과 도시, 아프리카와 유럽이라는 이분법에 눈을 뜨게 된다.

1956년 카마라는 아프리카로 돌아가 정부 직책을 맡지만, 독립 후 대통령이 된 세코우 투레와 불화를 일으키면서 감옥을 들락날락한 끝에 결국 망명길에 올랐다. 아프리카의 삶에 재적응하려 했으나 실패한 이 때의 경험이 잘 나타나 있는 이 작품의 속편,『아프리카의 꿈(A Dream of Africa)』은 뚜렷한 정치적 색채를 띠며, 덕분에 이 작품의 신선함을 더욱 돋보이게 한다. **JSD**

어느 봄날 A Day in Spring

치릴 코스마치 Ciril Kosmac

작가 생몰연도 | 1910(슬로베니아)–1980
초판 발행 | 1954
초판 발행처 | Presernova druzba(류블랴나)
원제 | Pomladni dan

제2차 세계대전이 막을 내린 지 그리 오래지 않은 5월의 어느 날 아침, 주인공은 15년의 망명과 전쟁 끝에 처음으로 집에서 잠을 깬다. 어린 시절과 청소년기의 낯익은 사물과 풍경들에 마음이 흔들린 그는 감정적인 사건들을 겪게 된다. 그 안에는 경험의 순수함이 그대로 살아있는 기억들이, 마치 망원경을 거꾸로 잡고 본 것처럼, 빛바랜 현재까지 향수로 얼룩져 있다. 그 결과는 서로를 풍부하게 해주는 상실과 슬픔의 흐름을 대신하는 생생함으로 그려낸, 섬세한 쓰라림의 자화상이다.

전쟁에서 돌아온 그는 두 개의 세계 사이에 매달려 있다. 하나는 15년의 익숙함에도 불구하고 여전히 낯설고 소리없는 추방의 세계, 다른 하나는 이드리차 강의 물결에 씻긴 그늘진 언덕배기의 작은 시골 마을 세계이다. 슬로베니아가 제1차 세계대전이 끝난 후 오스트리아–헝가리 제국으로부터 부분적으로 독립한 뒤, 2차 대전 이후에는 이탈리아로부터 완전히 독립해 유고 연방에 합류하는, 더 넓은 사회적 맥락의 불안정과 내적 재정립을 배경으로, 한 개인이 이리저리 재보고 또 머뭇거리는 모습을 볼 수 있다. 코스마치의 내러티브가 가벼운 상징주의를 띠고 있으면서도 알레고리에 빠져들지 않는 것은 칭찬할 만하다. 정치적 세계와 개인적 세계가 너무나 친근하게 용접되어 있어, 둘을 구별하기가 쉽지 않은 데다, 개인은 운명마저도 흔적없이 공동체의 숙명으로 스며들고 있다. **MWd**

경멸 A Ghost at Noon

알베르토 모라비아 Alberto Moravia

작가 생몰연도 | 1907(이탈리아)–1990
초판 발행 | 1954
초판 발행처 | Bompiani(밀라노)
원제 | Il Disprezzo

모라비아의 다른 작품들처럼 이 소설도 정치비판이다. 자본주의 문화는 지성인을 단순한 상품의 생산자로 격하시켜버린다. 주인공 리카르도 몰테니는 희곡 작가가 되겠다는 꿈을 배신하고 영화 시나리오를 쓰면서 먹고 사는, 상업주의에 굴복한 실패한 지성인이다. 그는 아내인 에밀리아를 행복하게 해주기 위해 아파트를 사야 했고, 그러기 위해서는 이 방법밖에 없었다고 스스로를 납득시킨다. 몰테니는 점점 현실에 장님이 되어가고 주변에서 일어나는 일들—예를 들면 아내가 그를 더이상 사랑하지 않는다는 사실—을 깨닫지 못한다. 향수와 후회에 젖어 그는 과거의 아내의 환영, 혹은 유령을 사랑한다.(영문판 제목인 '정오의 유령(A Ghost at Noon)'은 여기에서 나왔다.)

몰테니는 그리스 신화로 도피하는데, 그리스 신화의 세계에서 주인공들과 현실과의 관계는 어떤 중간 매개체 없이 언제나 솔직하고 직선적이다. 『오딧세이』를 영화로 각색하는 어려운 임무를 맡은 몰테니는 호메로스의 그것과 같은 문장이야말로 자신의 존재의 핵심이라는 사실을 알게 된다. 오딧세우스와 몰테니는 비슷한 운명으로 묶여있는 것이다. 그들의 아내인 페넬로페와 에밀리아는 그들의 소극성과 자기과신을 비판한다. 몰테니는 에밀리아가 자신에게 충실하다는 사실에 절대적으로 자신만만하고, 프로듀서가 그녀에게 구애하고 있다는 사실에는 신경도 쓰지 않는다. 그녀는 자신이 남편의 직업을 위해 싸구려로 팔리고 있다는 생각에 상처를 입는다. 남편에 대한 에밀리아의 경멸은 점점 커져 결국 그녀는 몰테니의 면전에서 고함을 지르고는 카프리섬에 남편을 버려둔 채 떠나고 만다. **RPi**

O양 이야기 The Story of O

폴린 레아쥬 Pauline Réage

작가 생몰연도 | 1907(프랑스)–1998
초판발행 | 1954
초판발행처 | Pauvert
원제 | Histoire d'O

폴린 레아쥬는 매우 복잡한 가면이다. 폴린 레아쥬는 도미니크 오리의 필명인데, 도미니크 오리는 또 안느 데클로스의 필명이다. 데클로스는 프랑스의 언론인이자 번역가로 1954년『O양 이야기』를 출간하면서 역사상 가장 악명높은 포르노그래피 작가 중 하나가 되었다. "레아쥬"란 특별히『O양 이야기』를 위해서 지은 필명으로, 작가는 애인인 장 폴랑이 여자는 에로 소설을 쓸 수 없다고 말하자 이 작품을 썼다고 한다. 이 소설은 아마 애인들 사이의 말다툼이 낳은 가장 철저하고 도전적인 반격일 것이다.

이 소설은 그 문체에 비해서 플롯 자체는 그다지 두드러지지 않는다. 특히 O가 고문과 모욕에 굴복한 후 홀로 생각에 잠기는 부분에서 레아쥬가 보여준 절제는 상당히 훌륭하다. 언어와 심리적 만족 사이의 어울리지 않는 결합이 강렬한 에로티시즘의 효과를 낳았다. 만약 작가가 O양의 정신적, 육체적 고통의 격렬함에 맞먹는 언어를 사용했다면, 아마도 조각조각 흐트러진 비명소리 정도에 지나지 않았을 것이다. 대신 절제된 문장과 차분한 진행, 그리고 타락한 성적 에피소드들의 처음부터 끝까지 변함없는 속도 조절 덕분에 O는 또다른 가면—이번에는 올빼미—뒤로 사라지게 된다.『O양 이야기』는 충격적인 한편, 훌륭하리만치 지루한 소설이기도 하다. 고통의 깊은 성적 환희는 지겨움의 공포 속에 그 뿌리를 두고 있다는 사실을 이 책은 말하고 있다. **KS**

그물 속에서 Under the Net

아이리스 머독 Iris Murdoch

작가 생몰연도 | 1919(아일랜드)–1999(영국)
초판발행 | 1954, Chatto & Windus(런던)
원제 | Under the Net
본명 | Dame Jean Iris Murdoch

아이리스 머독의 처녀작『그물 속에서』는 전후 유럽의 끓어오르는 자유의 정신을 포착한 작품이다. 이 소설의 1인칭 화자인 허풍선이 제이크 도나휴는 사회적 기반도 없고 가난하지만 이러한 상황의 자유를 즐기는 젊은 작가이다. 그는 집도 없고, 매인 곳도 없고, 직업도 없고, 섹스와 잠자리를 보장해줄 수 있는 여자와만 만난다. 그러나 우연과 불운, 그리고 일련의 유쾌한 오해가 겹치면서 제이크는 주변 사람들이 자신이 알고 있는 것과 다른 존재들이라는 것과, 이 세상은 자신이 이해할 수 있는 이상의 신비를 품고 있다는 사실을 깨닫게 된다. 우울함과 여자 관계의 솔직한 재협상의 힘겨운 시기를 거친 후 제이크는 야망을 품은 작가로 거듭나 마침내 자신이 보기 시작한 세상과 관련된 작품을 쓰기로 마음먹는다.

빠르게 전개되는 내러티브의 표면 아래에는 풍부한 철학적 물음이 깔려 있다. 머독은 자유에 대한 실존주의 사고에 이의를 제기한다. 그녀는 사랑에 빠지는 것이 무엇을 의미하며, 훌륭한 예술가를 만드는 것은 무엇인지, 무엇이 훌륭한 예술인지를 엄격하게 묻는다. 이러한 생각 밑에는 사고가 얼마나 정확하게 언어로 변환될 수 있는지에 대한 물음(제목의 "그물"은 바로 언어이다) 그리고 예술이 우리를 현실 가까이 데려다주는 것이 아니라 현실로부터 얼마나 멀리 떼어놓는지에 대한 물음이 자리한다. 그러나 제이크가 런던 월리스 컬렉션의 〈웃고 있는 기사〉(17세기 네덜란드의 초상화가 프란스 할스가 그린 그림)와 파리의 메디시스 분수(파리 뤽상부르 공원에 있는 대리석 분수)를 방문하는 장면에서, 예술과 현실은 아직 분리되지 않았으며, 특히 "예술과 도덕은 한몸"이라는 머독의 믿음이 전해진다. **AR**

파리 대왕 Lord of the Flies

월리엄 골딩 William Golding

작가 생몰연도 | 1911(영국)–1993
초판 발행 | 1954, Faber & Faber(런던)
노벨 문학상 수상 | 1983
◆ 1963년 최초로 영화화

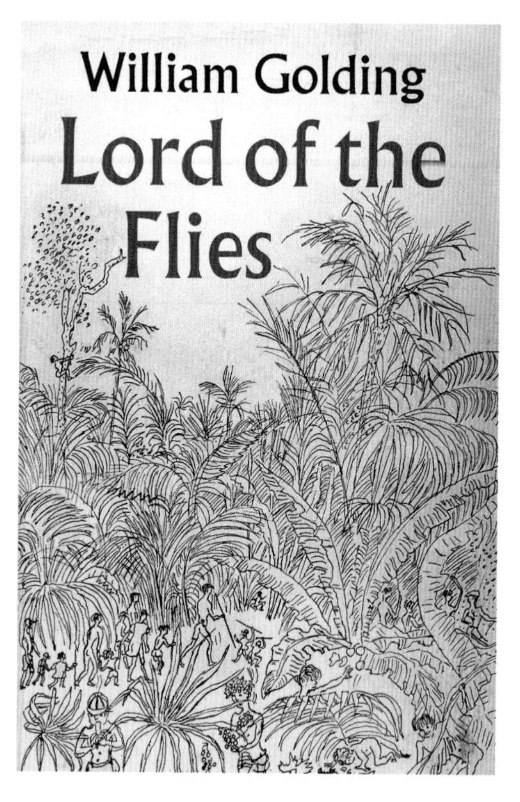

▲『파리 대왕』이 처음 출간된 것은 인간의 파괴적 본성이 대중적 관심사였을 때였다.

▶ 피터 브룩의 1963년 영화 〈파리 대왕〉은 그 예언적 주제와 잘 어울리는 매우 절제된 다큐멘터리 형식을 취하고 있다.

학창 시절 학교에서 꼭 한 번은 읽는『파리 대왕』은 모든 인간 안에 내재하는 두 개의 상충하는 가치의 충돌을 탐구한 작품이다. 한쪽에서는 규범에 따라 평화롭게 살면서 욕망의 즉각적인 충족보다 도덕적 선을 추구하려는 본능이 있는가 하면, 다른 한쪽에서는 폭력을 통해 우위를 점하고 무리를 위해 개인을 희생시키고자 하는 충동이 존재한다.

『파리 대왕』은 전쟁 중 비행기가 포탄에 맞아 추락하면서 무인도에 고립된 소년들의 이야기이다. 감독해줄 어른이 없으므로, 그들은 랄프를 자신들의 우두머리로 뽑는다.(투표에서 근소하게 랄프에게 뒤진 잭은 사냥대장이 된다.) 이 소설의 핵심이라 할 수 있는 도덕적 충돌—선과 악, 질서와 혼돈, 문명과 야만, 그리고 법규과 무법—은 온건하고 분별있는 랄프와, 야만적이고 카리스마 넘치는 잭이라는 인물을 통해 대변된다. 소년들이 두 패로 나뉘면서 섬은 대혼돈에 빠진다. 평화롭게 살면서 질서를 유지하고 공동의 목표를 성취하기 위해 일하는 이들이 있는가 하면, 반란을 일으키고 공포와 폭력을 생산해내는 이들도 있다. 겁에 질린 소년들은 섬에 괴물이 있다고 믿게 되지만, 괴물은 어떤 외적 존재가 아니라 모든 이의 각자의 마음속에 있다는 것을 깨닫게 된 한 소년(사이먼)은 곧 살해당하고 만다.

이 작품은 인간의 악과 원죄에 대한 탐구로, 당대의 사회상을 반영하고 있다. 골딩은 제2차 세계대전 중에, 절망한 인간이 문명화된 사회의 제어를 더이상 받지 않게 될 때의 야만성을 경험하였다. 물론 이것은 작은 섬에 모인 소수의 소년들의 이야기일 뿐이지만, 더 넓은 의미의 인간 경험에 있어서 매우 중요한 주제이다. **EF**

레 망다랭 The Mandarins

시몬 드 보부아르 Simone de Beauvoir

작가 생몰연도 | 1908(프랑스)–1986
초판 발행 | 1954
초판 발행처 | Gallimard(파리)
원제 | Les Mandarins

『레 망다랭』의 주인공인 작가 앙리는 새 작품을 다음과 같은 문장으로 시작한다. "나는 어떤 진실을 표현하고자 하는가? 나의 진실이다. 그렇지만 그게 사실 무엇을 의미하는가?" 앙리의 이러한 의문은, 전후 프랑스에서 예술 행위와 정체성의 변화하는 개념을 탐구하는 보부아르의 소설 한가운데에 있는 의문이기도 하다.

종전 직후 몇 년간 파리의 지성인들에 초점을 맞추고 있는 『레 망다랭』은 거의 서사시에 가까운 규모로, 전쟁과 나치 점령이라는 프랑스의 끔찍한 유산과, 유럽의 재건과 냉전의 시작이라는 새로운 문제들의 타협에 따라오는 결과들을 짚어보고 있다. 소설의 중심에는 좌파 잡지 『L'Espoir』의 편집자 앙리와 그와의 별거를 받아들이려고 애쓰는 전 애인 폴라가 있다. 또다른 주요 인물로는 심리분석학자이자 앙리의 새 애인 나딘의 어머니 안느가 있는데, 그녀는 짧은 외도와 점점 커져가는 개인적, 정치적 공허함을 이기지 못해 자살로 내몰린다. 이 소설은 『L'Espoir』지의 흥망과 계속되는 전쟁의 악영향을 중심으로, 앙리와 폴라, 안느, 나딘, 그 밖에 여러 조연급 인물들 사이의 상호관계에 초점을 맞추고 있다.

때로는 불편한, 전후 사회의 진실을 폭로하려는 작가의 흔들림 없는 단호함 덕분에 『레 망다랭』은 모든 측면에서 개인과 정치를 연결하는 서사적 초상이자, 읽을 만한 가치가 있는 책이다. **AB**

슬픔이여, 안녕 Bonjour Tristesse

프랑수아즈 사강 Françoise Sagan

작가 생몰연도 | 1935(프랑스)–2004
초판 발행 | 1954, Julliard(파리)
원제 | Bonjour, Tristesse
본명 | Françoise Quoirez

조숙한 열다섯 살 소녀 세실은 기숙학교를 나와 홀아비에 난봉꾼인 아버지 레이몽과 함께 살게 되면서, 엄격한 수도원 학교 시절과는 완전히 동떨어진 퇴폐적인 세계로 발을 들여놓는다. 파리와 프랑스령 리비에라를 왔다갔다 놀러 다니며 황금빛 피부를 갖게 된 후 두 부녀는 상상할 수 있는 모든 사치와 쾌락, 그리고 단기 연애와 같은 향락적인 생활을 거리낌없이 즐긴다. 그러나 2년 후, 레이몽이 죽은 아내의 친구이자 보다 침착하고 지적인 사회에 속해있는 안네 라르센과 사랑에 빠지면서 이러한 경박한 즐거움에도 금이 가기 시작한다. 전형적인 앙팡 테리블(무서운 아이)인 세실은 자유를 잃을까 봐 겁이 난 나머지 남자친구인 시릴과 아버지의 옛 정부인 엘사의 도움을 얻어 아버지와 안네의 관계를 훼방놓기로 마음먹는다. 그러나 그녀의 교활한 책략은 비극적인 결과를 불러와, 미래의 행복은 영원히 슬픔으로 물들고 만다.

사강이 불과 열여덟 살 때 쓴 이 소설은 발간되자마자 세계적인 베스트셀러가 되었다. 공공연한 성 묘사와, 부와 풍요에 대한 찬미, 그리고 동성애적 욕망의 암시 때문에 이 책을 처음 읽은 독자들은 충격과 자극을 동시에 받았고, 이는 포용적인 프랑스 사회로 나아가는 길을 닦았다. 상투적인 천진난만 소녀의 겉껍질 아래에는 그녀가 아는 유일한 부모가 제시한 삶의 방식을 유지하기 위해 물불을 가리지 않는 어린아이의 불안정한 자화상이 반짝반짝 빛나고 있다. **BJ**

▶ 십대 소녀 사강은 성과 관계에 대한 쿨하고 객관적인 접근을 선보여 동시대 독자들에게 충격을 안겼다.

로마의 죽음 Death in Rome

볼프강 쾨펜 Wolfgang Koeppen

작가 생몰연도 | 1906(독일)-1996
초판 발행 | 1954
초판 발행처 | Scherz & Goverts(슈투트가르트)
원제 | Tod in Rom

토마스 만의 『베네치아의 죽음』을 장난스럽게 따라한 『로마의 죽음』은 『베네치아의 죽음』을 으슬으슬한 풍자로 갱신한 작품이다. 그 배경과는 달리 이 작품이 응답하고 있는 물음은 "전후 독일은 어떻게 될 것인가?"이다.

이 소설은 한 가족의 네 사람을 통해 독일을 묘사하고 있다. 가부장인 고틀립 유데얀은 전 나치 친위대 장교로 전범 재판을 피하기 위해 독일에서 도망쳤다. 그의 아들 아돌프는 가톨릭 신부가 되려고 한다. 거기에 고틀립의 처남인 고위 관료 프리드리히 빌헬름 파프라트와 그의 아들 작곡가 지그프리트가 등장한다. 이 소설의 화자이기도 한 지그프리트에게 있어 가족이란 그가 잊고 싶은 전쟁의 끔찍함을 대변한다. 작가는 나치 독일에서 보낸 어린 시절의 기억에서—심지어 음악에서조차—자유로울 수 없는 지그프리트의 심리에 초점을 맞추고 있다. 마찬가지로 아버지의 행적에 충격과 공포를 느끼는 아돌프 역시 신부가 됨으로써 얻으려 했던 면죄를 이루기가 어렵다.

네 주인공이 혼란스러운 전후 로마를 배경으로 서로 얽히면서, 쾨펜은 제3제국이 낳은 암울한 결과를 그려낸다. 이들 모두 비슷한 영구적 무위(無爲)에 갇혀 있다. 아이러니하게도 계속되는 폭력에 편안함을 느끼는 사람은 악마적인 유데얀뿐이다.

『로마의 죽음』은 독자들이 보기에는 도저히 살 수 없는 세계를 보여주고 있는지도 모르겠지만, 자비는 꿈꿀 수 없더라도 적어도 정의가 강조되고 또 찬미를 받는 세계이다. 독자는 과거의 죄가 얼마나 심각한지 절대로 잊을 수 없게 될 것이다. **AB**

파도소리 The Sound of Waves

미시마 유키오(三島由紀夫) Yukio Mishima

작가 생몰연도 | 1925(일본)-1970
초판 발행 | 1954, 신초샤(도쿄)
본명 | 히라오카 기미타케(平岡公威)
원제 | 潮騷

『파도소리』는 일본의 한 외딴 섬을 무대로 한 간단하고 강렬한 러브 스토리로, 가난한 젊은 어부 신지와 아름다운 조개잡이 해녀 하츠에의 사랑을 이야기하고 있다. 두 사람은 질투 어린 소문에 오르내리게 되고, 신지는 하츠에의 처녀성을 겁탈했다는 비난을 받는다. 분노한 하츠에의 아버지는 하츠에를 집에 가두고 신지가 다시는 그녀를 보지 못하게 한다. 하츠에는 부유한 가문의 거만하고 상스러운 아들 야스오에게 시집을 가기로 약조가 되어 있었던 것이다. 그러나 하츠에의 아버지는 한 발 물러서 두 사람이 폭풍우 몰아치는 바다의 심판을 받을 것을 명한다. 고결하고 성실한 신지는 이 시험을 통과하여 다시 마을의 신뢰를 받게 되고, 사랑하는 하츠에와 맺어진다.

이 소설의 실제 배경은 진주 채취로 유명한 시마 반도인 것으로 추측되지만, 이 작품은 작가가 지중해 세계를 여행한 직후 쓰여졌다. 또한 작가는 고대 그리스와 로마 문학에 심취해 있었다. 따라서 『파도소리』는 흥미로운 문체의 혼합을 보여준다. 플롯은 일본의 축소판처럼 섬세한 절제미가 돋보이지만, 섬 생활의 서정적인 묘사와 바다가 지닌 치유와 구원의 힘은 보다 낭만주의 전통이 느껴진다. 이 소설은 미시마의 후기작들과 비교하면 그 폭력과 성의 묘사가 훨씬 덜하며, 부드러운 첫사랑의 느낌으로 가득하다. 20세기 일본 문학의 가장 위대한 작가 중 한 사람인 미시마의 온건한 면모를 보여주는 작품이다. **TS**

무명 용사 The Unknown Soldier

바이노 린나 Väinö Linna

작가 생몰연도 | 1920(핀란드)–1992
초판 발행 | 1954
초판 발행처 | WSOY(포르보)
원제 | Tuntematon Sotilas

이 작품은 광내지 않은 『밴드 오브 브라더스』라고 보면 된다. 1941년 핀란드를 침공한 스탈린의 탱크와 보병 부대의 맹공에 저항했던 핀란드 기관총 부대의 운명적인 투쟁을 암울하지만, 견실하게 그려내고 있다. 산산이 튀어나가는 병사들과 날아오는 총탄, 그리고 힘겨운 참호 안의 백병전, 집단 처형, 상급 장교들의 횡포, 술과 여자라는 잠시잠깐의 위안, 이 모든 것이 명예로운 전쟁의 신화를 "폭파"한다. 거친 언어와 때때로 비겁하고, 무례하고, 공포에 질린 노동자 계급 출신 병사들의 행동거지는, 보다 맹목적인 충성에 익숙한 핀란드 정치인들과 문학비평가들, 그리고 애국주의자들의 관심을 거의 받지 못했다. 게다가 린나는 용감하게도 애시당초 왜 핀란드가 나치와 전쟁을 벌였는지 물음을 던지고 있다.

북극 가까이에서 벌어진 전쟁의 리얼리즘을 바라보는 린나의 시선은 동부 전선 기관총 부대의 분대장 경험에서 비롯되었다. 여기에 공장 노동자였던 그의 배경이 더해져 소설 속의 다양한 분대원들은 매우 인간적인 공포와 약점들로 덧칠될 수 있었다. 저속한 대화 역시 매우 진솔하게 들린다. 등장인물 중 하나인 로카(Rokka)는 핀란드어로 반항적이지만 영리한 병사를 가리키는 말이 되었다. 그러나 그들은 무의미하고, 끔찍한 마구잡이 죽음을 피하지 못한다. 그것이 전쟁의 본질이다. 『무명 용사』는 핀란드에서 가장 많이 팔린 소설로 1955년과 1985년 두 번이나 영화로 만들어졌다. **JHa**

슈틸러 I'm Not Stiller

막스 프리쉬 Max Frisch

작가 생몰연도 | 1911(스위스)–1991
초판 발행 | 1954, Suhrkamp(프랑크푸르트)
원제 | Stiller
언어 | 독일어

20세기 스위스의 가장 위대한 작가로 꼽히는 막스 프리쉬는 소설가이자 희곡작가, 일기작가이며 언론인이었다. 대중과 평단의 찬사를 동시에 받았던 『슈틸러』는 불안과 유머를 결합하여 정체성과 자기혐오, 자유에 대한 인간의 강렬한 열망을 놀랄 만큼 절제된 내러티브로 탐구하고 있다.

이야기는 위조된 신분으로 여행하던 한 남자가 스위스 국경에서 체포되면서 시작된다. 그는 자기가 미국에서 온 화이트라고 주장하지만 스위스 당국은 그가 6년째 실종 상태인 취리히 출신의 유명한 조각가 아나톨 슈틸러라고 믿는다. 감옥에 갇힌 그는 자신의 정체를 증명하기 위해 살아온 이야기를 쓰라는 요구를 받는다. 그 과정에서 그는 지난 몇 년간 있었던 일뿐만 아니라, 슈틸러의 아내 율리카와의 만남과 다른 중요한 사람들도 언급한다. 이러한 진술을 통해 우리는 실종 전 그의 삶에 대해서 알게 되고, 깊은 혼란에 빠져있는 한 인물의 조각그림을 하나하나 맞출 수 있게 된다. 슈틸러는 벗어나고자 했지만, 그의 과거와 진정한 정체를 받아들일 수밖에 없는 지금 새롭게 직면해야 하는 자기 자신에 대해 마치 다른 사람인양 써나간다.

극단적인 존재의 위기를 아이러니하게 탐구한 이 작품은 실패한 결혼과 스위스 관습의 사회 비판에 대한 감동적인 묘사이기도 하다. 복잡하고, 심리학적으로 심오하고, 지적으로 도전적인 이 작품은 그럼에도 불구하고 매력적이고, 재미있고, 신랄하다. **AL**

젊은이들 The Ragazzi

피에르 파올로 파솔리니 Pier Paolo Pasolini

작가 생몰연도 | 1922(이탈리아)–1975
초판 발행 | 1955
초판 발행처 | Garzanti(밀라노)
원제 | Ragazzi di Vita

이 책의 원제는 직역하면 '삶의 젊은이들'이라는 뜻으로, 제2차 세계대전 직후 로마의 빈민가에 살았던 한 무리의 젊은이들 이야기이다. 놀라운 점은, 이탈리아어 초판본에 독자들에게 낯선 로마 방언 단어집을 수록했다는 것이다. 당시 이탈리아 영화의 네오리얼리즘에 지식이 있는 독자라면 로셀리니, 데 시카, 펠리니 등의 감독들 영화에 지방 방언과 비전문 배우들이 흔히 등장했다는 사실을 알고 있을 것이다.

파솔리니는 비정통 마르크스주의자로, 착취와 고립, 사회적 소외의 상조는 현대 자유민주주의에서 결합의 메커니즘 분석의 보완이 필요하다고 생각하였다. 이로써 1950년대 후반 파솔리니의 소설들에 나오는 하위 프롤레타리아들의 사회정치적 상황의 불분명함을 설명할 수 있다. 계급은 완전한 결합, 혹은 완전한 소외라는 동시발생의 위험을 무릅쓰는 독특한 지위이다. 그러나 이 작품에서 이룩한 파솔리니의 업적은 상투적이고, 모든 것을 포용하는 주류에 합세할 것이냐, 가망 없이 암울한 주변인의 삶을 살 것이냐 사이의 선택을 감상에 치우치지 않고 묘사해냈다는 점이다. 『젊은이들』은 오늘날에는 영화 감독으로 더 잘 알려져 있는 파솔리니의 문학적 위치를 확고히 해준 소설로, 이탈리아 네오리얼리즘 운동 최고의 야심작이라는 가치 그 이상을 갖는 작품이다. **DSch**

◀ 파솔리니는 동성애자라는 이유로 1940년 이탈리아 공산당에서 추방당했다. 동성애는 『젊은이들』에서도 중요한 요소이다.

인식 The Recognitions

윌리엄 개디스 William Gaddis

작가 생몰연도 | 1922(미국)–1998
초판 발행 | 1955, Harcourt Brace(뉴욕)
원제 | The Recognitions
언어 | 영어

이 굉장한 소설은 "진짜"의 추구 속에서 문화적 산물이 조작될 수 있는, 혹은 위조될 수 있는 모든 상상 가능한 방법들을 훑고 있다. 그림들이 위조되고, 소설을 위한 아이디어들은 도둑맞고, 연극은 표절 당하고, 평론은 돈에 팔린다. 심지어 파리의 카페에서는 강제수용소의 수감번호를 문신으로 새기는 사람도 있다. 주인공 와이엇 그와이언은 화가이다. 파렴치한 그림 판매업자와 화랑 주인은 그와이언을 시켜 지금은 죽고 없는 플랑드르파 거장 반 데어 후스의 위작을 만들어낸다. 스스로 진짜가 아니라고 느낀 와이엇은 아내 에스더에게 "노력은 우리 스스로가 진짜라는 것을 알기 위한 유일한 방법"이라고 말한다. 그러자 그녀는 정곡을 찔러, 도덕이 여자에게도 허용되는 사치인지를 되묻는다. 이 소설에선 어떤 생각도 효과가 없고, 어떤 토론도 결론이 나지 않으며, 어떤 화자도 진실의 편에 서서 끼어들지 않는다.

이 소설에 등장하는 거의 모든 인물들은 미국인이지만, 그 문맥은 유럽의 상류 문화이다. 이 작품의 수많은 조크를 이해하려면 라틴어, 프랑스어, 스페인어, 이탈리아어까지 할 수 있어야 한다. 시작 부분에 나왔던 장면이 결말에서도 재현되는, 마치 꼬리를 문 뱀과도 같은 소설이다. 주로 파티나 카페에서 벌어지는 혼란스럽기 그지없는 대화에 바탕을 둔 언어들이 두드러지지만, 등장인물들을 방해하는 것은 부패의 물리적 증거들이다. 전반적인 무능은 결국 축조된 환경으로까지 이어져서 호텔이 무너지고, 오르간 연주자는 자기 머리 위로 교회 전체를 무너뜨리고 만다. 『인식』은 졸리지만 매우 영향력 있는 소설이었다. 토머스 핀천을 미국판 개디스로 보아도 좋을 것이다. **AMu**

불타는 들판
The Burning Plain

후안 룰포 Juan Rulfo

작가 생몰연도 | 1917(멕시코)–1986
초판 발행 | 1955
초판 발행처 | Fondo de Cultura Económica
원제 | El Llano en llamas

열다섯 편(개정판에서는 열일곱 편)의 단편 모음인 『불타는 들판』은 룰포를 거장으로 각인시켜준 작품이다. 할리스코 주 아노 그란데의 혁명 후 풍경들은 멕시코 혁명을 다룬 이 소설의 지역적 한계를 뛰어넘는다. 민간 전승의 마지노선에서 민중 언어는 예술적으로 승화되고, 시골 마을은 원형대로 방치된 전형으로 드러난다.

룰포의 이야기들은 실제로 일어난 일과, 바뀔 수 없는 일의 이야기이다(『그 남자』와 『그들에게 날 죽이지 말라고 해요!』). 룰포는 주로 분열된 가족관계의 틀 속에서 권력의 메카니즘과 폭력의 면면을 탐구한다(『어떤 개도 짖지 않는다』와 『마틸데 아르캉헬의 유산』). 룰포의 등장인물들 대부분은 홀로 있고, 스스로를 범죄자라고 생각한다(『마카리오』와 『동지들의 언덕』). 그 결과 그들은 뚜렷한 목적 없이 떠돌거나 방랑하게 되는 것이다(『탈파』와 『그들은 우리에게 땅을 주었다』). 또한 그들은 벙어리, 혹은 존재하지도 않는 대담자를 상대로 끊임없이 말을 한다(『루비나』와 『기억하라』).

일시적인 구조와 내러티브를 다룬 훌륭한 솜씨에, 마법적 리얼리즘과는 거리가 먼 현실과 환상 사이의 균형의 묘가 더해져—그의 유일한 또다른 소설 『페드로 파라모(Pedro Páramo)』와 더불어—이 작품만으로도 룰포를 당대 최고의 작가로 부르기에 충분하다. **DMG**

조용한 미국인
The Quiet American

그레이엄 그린 Graham Greene

작가 생몰연도 | 1904(영국)–1991(스위스)
초판 발행 | 1955, Heinemann(런던)
원제 | The Quiet American
• 1958년, 2002년 영화화

어떤 면에서 보면 이 소설은 인도차이나에서의 유럽식 식민주의 온정노선의 종식과, 열광적인 아메리카 제국주의의 시작을 알리는 우의이다. 1950년대 초반 베트남을 무대로 무기력한 영국인 언론인 폴러와 미국인 이상주의자 스파이 파일은, 서양인 남편을 맞아 가난과 사창가에서 벗어나려 하는 베트남 처녀 푸옹의 마음을 얻으려 경쟁한다. 푸옹은 끊임없이 베트남의 생태와 그 식물들, 아편중독을 비롯해 이해 불가능한 분위기와 연관지어져 묘사된다. 젊고 부유한 파일은 재정적 안정을 약속하고, 늙고 무기력한 폴러는 불만족스러운 비공식적 관계만을 계속하여 제공한다. 이러한 점에서 이 작품은 베트남 전쟁에서의 미국의 역할을 예언하는 동시에 비판하고 있다는 해석을 낳았다.

그러나 전형적인 그린의 작품답게 장르의 한계에 구애받지 않고 중심적인 우의로부터 남성성과 책임의식의 탐구로 확장해간다. 이 소설에는 남성적인 표현들이 넘쳐나지만 군인, 나아가 언론인이라는 가짜 영웅들을 넘어뜨림으로써 스릴러 소설에서 흔히 볼 수 있는 액션 찬양에 딴죽을 건다. 마지막으로 이 소설은 전쟁의 코앞에서 파혼을 원하는 폴러의 모습을 통해 진정한 남자란 일어난 일의 도덕적 책임을 지는 것이라고 암시한다. **LC**

의심하지 않는 자와 불구가 된 자 The Trusting and the Maimed

제임스 플런켓 James Plunkett

작가 생몰연도 | 1920(아일랜드)–2003
초판 발행 | 1955, The Devin-Adair Co.(뉴욕)
원제 | The Trusting and the Maimed
본명 | James Plunkett Kelly

『의심하지 않는 자와 불구가 된 자』를 구성하고 있는 이야기들은 원래 더블린의 잡지 『종』과 『아일랜드 문집』에 연재되었던 것으로, 동일한 배경과 동일한 인물들이 독립 직후 아일랜드의 풍경을 슬프고도 풍자적으로 그려내고 있다. 첫눈에 들어오는 것은 더블린이지만, 그것은 대로(大路), 오피스, 펍의 더블린인 동시에 황폐한 교외와 시골로의 여행을 원하는 더블린이다. 서정적인 순간들과 정밀하게 묘사해낸 일상의 성성은 심체되고 불구가 되어버린 나라를 인상적으로 보여준다. 플런켓의 업적은 그 결말의 가혹함과 그 방법상의 부드러움을 조화시킨 것이다.

1940년대와 50년대 아일랜드는 우울하고, 내성적이고, 상처입은 고장으로, 작가는 이러한 우울을 숨 막힐 듯이 아름답게 포착한다. 에피소드 구조는 아무런 중심 사건이 필요치 않으며 도시의 사무원들의 반복적 일상이 지배하고 있을 뿐이다. 불안하고 좌절한 젊은이들은 오전 9시부터 오후 5시까지 안전한 직장에서 썩어간다. 그들은 한 주 동안 모아두었던 "죄"들 —술, 섹스, 음담패설로 주말을 보낸다. 이 책은 손에 잡히는 부패와, 자기 풍자의 유물로 전락해버린 종교, 그리고 팝송과 규율 숭배로 쪼그라들어버린 애국심에 젖어있다. 작가는 식민 해방 후 아일랜드의 문화적 특징이라 할 수 있는 동정과 분노를 유려한 문장으로 풀어내고 있다. **PMcM**

인간의 나무 The Tree of Man

패트릭 화이트 Patrick White

작가 생몰연도 | 1912(영국)–1990(호주)
초판 발행 | 1955
원제 | Viking Adult(뉴욕)
노벨 문학상 수상 | 1973

〈인간의 나무〉는 제2차 세계대전 이후, 패트릭 화이트를 오스트레일리아에서 가장 중요한 작가로 자리매김한 작품이다. 신대륙에 도착한 개척민들의 삶을 엮어낸 이 연대기 덕분에, 오스트레일리아는 토마스 만, 레오 톨스토이, 토마스 하디가 부럽지 않은 명작을 소유하게 되었다. 〈인간의 나무〉는 파커 가(家)의 이야기이다. 무일푼의 젊은이 스탠 파커는 아내 에이미와 함께 황무지에 캠프를 차린다. 그들이 이 작은 정착지는 세월을 거쳐 풍요로운 농장이 되고, 아이들과 그 아이들의 아이들이 태어난다. 두 사람이 세상을 떠날 즈음, 한때는 외딴 곳이었던 이 농장은 벽돌집으로 둘러싸인 교외가 된다. 소설은 스탠의 손자가 여전히 농장에 남아있는 나무들 사이를 걷는 장면으로 막을 내린다. 이 나무들은 이 무명의 사회를 낳은 자연과의 연결고리인 셈이다. "맨 끝에는 나무들이 있어… 파릇한 새싹들을 밀어올린다. 그러니, 맨 끝에는, 결국 끝이 없는 셈이다." 파커 가 사람들이 보여주듯, 삶은 계속된다. 그리고 사람들은 인생이 그들에게 던져주는 운명에 적응해 나간다. 〈인간의 나무〉라는 제목은 에덴 동산에 있는 나무, 그리고 성경 속 고대 세계가 묘사하고 있는 계보를 암시하며, 역사 속에 잊혀져 버린 평범한 사람들의 삶이 얼마나 중요하고 감동적인지, 대자연에 맞서 싸우는 그들의 투쟁이 얼마나 영웅적인지, 그리고 시(詩)가 얼마나 예기치 않은 곳에서도 발견될 수 있는지를 보여주고자 하는 시도이다. **AH**

INRI

그리스도 최후의 유혹

The Last Temptation of Christ

니코스 카잔차키스 Nikos Kazantzákis

작가 생몰연도 | 1883(그리스)–1957(독일)

초판 발행 | 1955, Diphros(아테네)

원제 | Ho teleutaíos peirasmós

◆ 1988년 영화로 제작

이 소설은 예수 그리스도의 생애를 재구성한 것이다. 카잔차키스는 기독교 신자면서도 니체를 신봉했고, 자연 숭배자였다. 그의 예수는 팔레스타인의 물리적 환경에 매우 민감한, 피와 살을 가진 인간으로, 마리아 막달레나에 대한 욕망과 예언자로서의 부름 사이에서 번민한다.

예수의 행적 묘사는 대부분 신약 성경에 기초한다. 내러티브의 부르릭은 문장들이 일종의 마술적 리얼리즘 위로 쏟아져 흘러내린다.(그리스도의 발 주위에 꽃들이 피어나는 장면이 좋은 예다.) 십자가에 매달린 절정의 순간, 천사(혹은 그가 천사라고 생각하는)가 나타나 그를 구하고, 예수는 마르타와 마리아 모두와 결혼해 아이들을 낳고 선한 인간으로 살아간다. 수년이 흐른 후 그는 그 천사가 사실은 사탄이었으며 이 지상의 행복은 꿈에 불과했다는 사실을 깨닫는다. 꿈에서 깨어난 예수는 여전히 십자가에 매달려 있는 자신을 발견하고 숨을 거둔다. 바로 이것이 작가가 (자연적이 아니라) 영적인 측면에서 발견한 예수의 가치이다. 그럼에도 불구하고 바티칸은 예수가 지나치게 육적이고 자기 회의적으로 묘사되었다는 이유로 이 책을 비난하고 금서 목록에 올렸으며, 그리스에서는 정교회가 작가를 기소하는 바람에 출간이 지체되었다. **PM**

◀ 윌렘 대포가 예수 역을 맡고, 마틴 스콜세지가 감독한 영화 〈그리스도 최후의 유혹〉은 1988년 많은 논란 속에 개봉되었다.

거대한 오지: 베레다스

The Devil to Pay in the Backlands

조앙 기마랑스 로사 João Guimarães Rosa

작가 생몰연도 | 1908(브라질)–1967

초판 발행 | 1955

초판 발행처 | José Olympio(리우 데 자네이루)

원제 | Grande Sertão: Veredas

브라질의 미나스 제라이스에서 개업의로 일했으며, 훗날 외교관과 정치가로까지 활동한 로사는 이 지방 사람들이 겪어야 했던 가혹한 현실을 접하게 되었다. 주인공 리오발도의 인생 이야기를 통해 독자들은 오지의 리듬을 보고 들을 수 있게 된다.

소설의 등장인물들은 인간관계의 지도를 엮어나가며 개인적, 집단적 경험을 서정적으로 샅샅이 파헤친다. 이들은 사랑과 살인을 똑같은 열정으로 행할 수 있는 사람들이다. 리오발도 자신도 육체적, 정신적 사랑 사이라는 고전적 갈등은 물론 동료라는 형태로 포장한 불가능한 애정 사이에서도 산산이 찢겨진다.

이 작품의 언어는 한눈에 알아볼 수 있을 만큼 강렬하다. 충격적인 에피소드를 묘사할 때조차 그 생생한 독창성은 시적 파격을 부여한다. 작가는 신조어, 격언, 고어, 의성어, 두운을 두루 사용하여 음악적이고 파도처럼 물결치는 분위기를 조성함으로써 글에 영화적인 느낌을 부여했다.

『거대한 오지』는 미나스 제라이스라는 오지에서의 삶의 특수성과 인간 조건의 보편성을 동시에 보여준다. 자신의 존재 내면을 들여다보도록 강요받는 개인들의 고난을 증언하는 이 작품은 우리도 동참할 수밖에 없는 형이상학적 여행이다. **ML**

롤리타 Lolita

블라디미르 나보코프 Vladimir Nabokov

작가 생몰연도 | 1899(러시아)–1977(스위스)
초판 발행 | 1955
초판 발행처 | Olympia Press (파리)
언어 | 영어

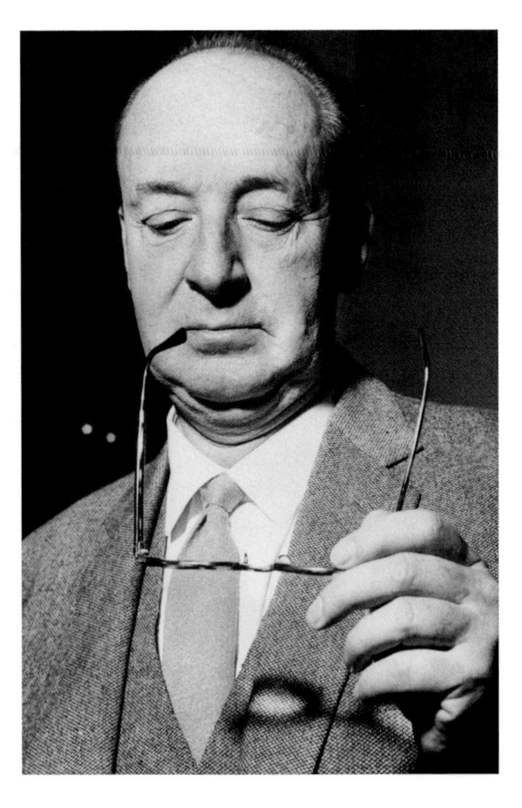

▲ 1940년대에 미국 소설가로 전향하기 전까지 나보코프의 모든 작품은 러시아어로 쓰여졌다.

▶ 1998년 영화 〈롤리타〉에서는 실제 롤리타보다 훨씬 나이가 많은 여배우 도미니크 스완이 주연을 맡았다.

외설 문학으로 유명한 파리의 올림피아 출판사가 『롤리타』를 최초 출간하자 사회전반에서 엄청난 격분이 일어났다. 소설의 화자이자 주인공인 험버터 험버트가 열두 살 난 롤리타에게 느끼는 격렬하고도 에로틱한 열정과, 그녀를 가학하는 수위와 강도는 아동학대, 특히 성학대에 민감한 현대 문화에서 여전히 충격적으로 간주된다.

나보코프 특유의 완벽한 문체로 쓰여진 이 난폭하고 야만적인 작품은 소설의 역할에 대한 흥미로운 의문들을 던졌다. 즉, 도덕적으로 혐오스러운 이야기 속에서 아름다움과 즐거움과 유쾌함을 찾는 것이 가능한가? 완벽한 균형을 이룬 문구와 섬세하게 조율된 문장에 진정한 미적 가치를 부여하기 위해 도덕적 판단을 유보할 수 있는가? 이러한 문제에 대한 답은 아직까지 불분명하지만, 나보코프는 스타일과 내용을 대항하는 가치로 내세우고 미적 가치를 도덕적 가치에 매우 섬세하게 끼워 맞춰 새로운 류의 문학적 허구를 창조해냈다. 롤리타를 납치한 험버트가 당국의 추적을 피해 미친듯이 도미하는 장면은 이 작품을 일종의 로드무비의 전신이자 포스트모더니즘의 원조의 위치에 올려놓았다.

"옛 세계"에 속해있는 유럽인으로, 랭보와 발자크에 심취하는 험버트는 1950년대 상업화된 미국에서 소외감을 느끼면서도 껌을 씹고 탄산음료를 빨아대는 롤리타에게서 헤어나오지 못한다. 존경받는 어른과 천박한 아이, 유럽과 미국, 상류 예술과 대중문화 사이의 관계를 그린 이 소설은, 이후 등장한 비슷한 작품들—영화와 소설을 막론하고—의 표본이 되었다. 『롤리타』가 없었다면 핀천의 『제49호 품목의 경매』나 타란티노의 〈펄프 픽션〉도 태어나지 못했을 것이다. 그 수많은 모방작에도 불구하고 이 작품이 여전히 탈많고, 신선하고, 감동적인 것은 이러한 독창성의 힘 덕분이다. **PB**

재간둥이 리플리 The Talented Mr. Ripley

패트리샤 하이스미스 Patricia Highsmith

작가 생몰연도 | 1921(미국)–1995(스위스)
초판 발행 | 1955, Coward-McCann(뉴욕)
원제 | The Talented Mr. Ripley
본명 | Mary Patricia Plangman

A Novel of Suspense
THE TALENTED
MR. RIPLEY
PATRICIA HIGHSMITH
Author of
"THE BLUNDERER" and
"STRANGERS ON A TRAIN"

"그 사나이가 그를 뒤쫓고 있다는 사실은 의심할 여지가 없었다."

▲ 1955년 출간된 초판본 표지에서도 볼 수 있듯, 패트리샤 하이스미스는 자신의 작품에 "서스펜스 소설"이라는 이름을 붙였다.

톰 리플리는 20세기 통속 소설이 낳은 최고의 캐릭터로, 매력적이고 야심만만하고 불가해하며, 도덕관념이라고는 티끌만치도 없고, 툭하면 극단적인 폭력성을 보이는 정신분열증 환자이다. 한편의 정신 이상, 다른 편엔 상류계급에 대한 질투와 성적 욕망. 그 사이에 그어진 선은, 그의 반항적인 행동을 정신 질환의 증상으로 볼 수도 있고, 부르주아적 야심과 억눌린 동성애적 욕망의 난해한 표출로 볼 수도 있다는 것을 노골적으로 알려주고 있다.

이야기의 중심에는 톰과 디키 그린라프의 관계가 있다. 디키는 여자친구 마지와 함께 조용한 이탈리아 해안 마을에 자리 잡은 부유한 사교계 명사이다. 톰은 디키의 서툰 그림 솜씨와, 사랑하지도 않는 마지에 대한 그의 "끈덕진" 집착에 기겁을 하면서도 그의 스타일과 부, 수려한 외모에 끌린다. 이러한 감정들의 불편한 혼합은 톰이 디키를 살해하고, 그의 재산을 가로채기 위해 가짜 디키가 되면서 폭발적인 화염이 되고 만다.

평범한 작가였다면 『재간둥이 리플리』는 매력적인 이탈리아 풍경을 배경으로 톰이 이탈리아 경찰과 마지, 그리고 디키의 아버지에게 쫓기는 '톰과 제리' 류의 즐거운 이야기로 끝났을 것이다. 그러나 하이스미스는 그녀의 이야기에 모든 종류의 복잡한 도덕적, 심리적, 철학적 요소들을 끼워넣었다. 우리는 어떻게 서로 다른 종류의 욕망—돈과 섹스—을 구별할 수 있는가? 톰이 별 어려움 없이 성공적으로 디키로 변신한다면 우리가 어떻게 정체성을 고정적이거나 핵심적이라고 판단할 수 있을까? 성적 욕망과 성적 혐오는 어떻게 연결되어 있을까? 그리고 독자들이여, 냉혹한 살인자에게 마음속으로 몰래 응원을 보내는 것은 도덕적으로 파렴치한 행위일까? **AP**

반지의 제왕 The Lord of the Rings

J. R. R. 톨킨 J. R. R. Tolkien

작가 생몰연도 | 1892(남아프리카)–1973(영국)
초판 발행 | 1954–1956, G. Allen & Unwin(런던)
삼부작 | 『The Fellowship of the Ring』(1954), 『The Two Towers』(1955), 『The Return of the King』(1955)

『반지의 제왕』은 본디 『반지 원정대』, 『두 개의 탑』, 『왕의 귀환』으로 구성된 3부작이다. 『반지의 제왕』은 10여 년 앞서 출간된 『호빗』의 뒤를 이어 중간계 세계와 모든 인류의 운명을 결정지을 전쟁에 대한 이야기이다. 『호빗』처럼 『반지의 제왕』의 주인공 역시 매우 예기치 못한 인물로, 어린아이 같고 소탈한 호빗 프로도가 운명이 그에게 부여한 위대한 일들을 수행하게 된다. 『호빗』에서 빌보 배긴스가 발견한 마법의 반지를 파괴하기 위해 엘프, 드워프, 호빗, 그리고 인간이 모두 함께 마법사 간달프의 지휘 아래 원정을 떠나는 것으로 이야기는 시작된다. 이 반지에는 악의 정수가 깃들어 있기 때문에 로드 사우론이 이것을 손에 넣어 중간계를 암흑에 빠뜨리기 전에 반드시 파괴해야만 하는 것이다. 일련의 불운을 거치면서 원정대는 죽거나 흩어지고, 프로도와 충성스런 그의 친구 샘, 그리고 반지의 마법에 걸려 그 노예가 되어 있는 골룸만이 남는다. 그들이 임무를 완수하는 길은 오직 반지를 운명의 산의 불 속에 던지는 것뿐이다.

『반지의 제왕』은 권력과 탐욕, 순수 그리고 깨달음의 이야기이다. 궁극적으로 선과 악, 의심에 대항하는 신뢰와 친절, 권력을 향한 욕망과 동료애라는 오랜 싸움을 묘사하고 있다. 톨킨의 악은 내적인 것으로, 선한 존재가 되고자 애쓰는 골룸의 "선한" 면과 "악한" 면에서 가장 잘 드러난다. 또한 (틀림없이 톨킨 자신의 경험에 바탕을 둔) 이 이야기는 전쟁과, 삶 속의 적들이 모두 평등하게 죽음 속에서 결합할 수 있는지를 이야기하는 작품이기도 하다. 이 작품에서 작가가 전하고자 하는 무언가가 있다면, 전쟁은 무의미하며, 함께하는 마음이 언제나 이기는 세상에서 절대권력의 추구는 부질없다는 것이다. **EF**

"현자도 모든 것을 다 볼 수는 없다."

▲ 앵글로 색슨, 켈트, 노르만 족 신화에 학문적 기반을 둔 톨킨은 그로부터 상상의 세계를 창조하는 데 도움을 받을 수 있었다.

외로운 런던 사람들

The Lonely Londoners

샘 셀본 Sam Selvon

작가 생몰연도 | 1923(트리니다드)–1994(캐나다)

초판 발행 | 1956, Allan Wingate(런던)

원제 | The Lonely Londoners

언어 | 영어

샘 셀본의 '모제스' 시리즈 중 한 권으로 잘 알려진 『외로운 런던 사람들』은 이민자들이 대규모로 영국으로 몰려들던 1950년대, 런던에 살았던 카리브 출신 흑인들의 삶을 최초로 공론화한 작품이다. 현대판 피카레스크라 할 수 있는 형식에 에피소드 구조를 취하고 있는 이 소설은 검은 피부가 일반적이고, 이따금 마주치는 백인이 더 낯설거나 이국적인 세계를 그려내고 있다.

이 소설은 기본적으로 혁신적인 언어 덕분에 가능했다(트리니다드의 크레올 방언으로 쓰여졌다). 셀본은 한 번도 이 작품을 표준 영어로 번역하려 하지 않았는데, 어바인 웰쉬의 『트레인스포팅』도 같은 의미로 해석할 수 있다. 이 작품은 또한 대영제국의 식민적 이미지 조성을 통해 투영된, 기념비적인 런던 건설이라는 환상 속에서 흑인들이 겪는 경험에 초점을 맞추고 있다.

대부분의 중심인물이 하층계급 남자라는 사실은 이 책이 성 역학에 대한 도전적인 질문을 던지고 있음을 넌지시 알려준다. 카리브 사회의 가족 구조 내 여성의 역할이나 가정폭력 같은 주제들은 셀본이 이민의 혼란스러운 결과를 표현하는 방식에 있어 매우 중요하다. 또한 이 소설 안에 상대적으로 흑인 여성들이 거의 없다는 사실은 작품 전반에 상실과 향수의 정서를 흐르게 한다. **LC**

◀ 1956년 런던 기차역에 내리는 서인도 제도 이민자들. 셀본은 바로 이들의 모습에서 영감을 받아 트리니다드 방언으로 이 작품을 썼다.

천국의 기원

The Roots of Heaven

로메인 게리 Romain Gary

작가 생몰연도 | 1914(리투아니아)–1980(프랑스)

초판 발행 | 1956

초판 발행처 | Gallimard(파리)

원제 | Les Racines du ciel

게리에게 첫 번째 공쿠르 상을 안겨준 이 작품은 (게리는 필명을 사용하여 공쿠르 상을 한 번 더 수상하게 된다) 그의 다섯 번째 소설로, 존엄과 연민에 대한 작가의 열렬한 의지를 비틀린 유머와 빼어난 통찰로 보여주고 있다.

흥미로울 정도로 동시대를 잘 반영하고 있고, 거의 선견지명에 가까운 통찰력을 보여주고 있는 이 이야기의 배경은 적도 부근의 프랑스령 아프리카이다. 도덕적으로 복잡하고 타협적인 인물들—의심하는 사제들, 야심찬 혁명주의자들, 코끼리 사냥꾼들, 식민통치자들, 무기상인들—이 모렐이라는 신비한 인물 주위에 맴돈다. 모렐은 지구상에서 유일하게 자유로운 동물인 코끼리떼를 멸종으로부터 지키기 위해 캠페인을 시작한다. 개가 더이상 우정과 편안함의 필요를 충족시켜주지 못하고 신은 존재하지 않을 때, 모렐이 숭배하는 동료는 바로 코끼리다. 인간의 절망을 정복하고자 하는 그의 투쟁과 "유태 이상주의"는 현실적 실용주의자들, 괴짜들, 선의를 품고 이해하려는 사람들은 물론, 모렐의 자연보호를 자신의 목적에 유리하게 이용하려는 모든 종류의 모사꾼들마저 끌어모은다.

『천국의 기원』은 그 자체로 저항의 한 형식이자 생존의 수단인 오랜, 죽지 않는, 필사적인 유쾌함에 대한 헌사이다. 이 작품은 1958년 영화로 제작되었다. **ES**

물 위의 오페라 The Floating Opera

존 바스 John Barth

작가 생몰연도 | 1930(미국)
초판 발행 | 1956, Appleton Century Crofts(뉴욕)
원제 | The Floating Opera
본명 | John Simmons Barth Jr.

이 작품의 화자이자 주인공인 토드 앤드류스는, 고질 전립선 질환으로 투덜대며, 날이 갈수록 "셔브룩 라이와 진저 에일"이 좋아지는, 소도시의 성공한 변호사이다. 54세의 나이에 그는 17년 전 자신으로 하여금 자살을 심각하게 고민하게 했던 사건을 되돌아보고, 자신이 왜 그것을 실행에 옮기지 않았는지 그 이유들을 하나하나 샅샅이 되짚는다. 또 그는 가장 친한 친구의 아내와의 오랜 불륜과 끝까지 그 이유를 알아내지 못한 아버지의 자살도 회고한다.

『물 위의 오페라』가 이토록 단순한 플롯을 갖는 데에는 이유가 있다. 이 소설에서는 모든 것이 예측 불가능하고, 반항적이고, 떠들썩하기 때문이다. 끊임없이 바뀌고, 풀리고, 그 요소가 바뀌는 내러티브는 멈출 수 없는 힘을 낳고, 연이은 장관과 재앙, 멜로드라마를 펼쳐놓으며, 메릴랜드 주 해안 저지대에서 끌어온 인물들을 개입시킨다. 번쩍이는 호화 여객선 "물 위의 오페라"에서 벌어지는 마을 사람들의 유흥이 급속히 무질서와 혼돈으로 빠져들면서, 우리는 포스트모더니즘의 '허무한 희극'의 적절한 은유를 보게 된다. 완벽하게 절제된 부조리와 우유부단의 음계 아래, 상스러운 행동거지와 음울하게 킬킬거리는 냉소주의에 대한 소란스런 무대 아래에는 존재의 독단적인 본질과, 분열과 죽음의 마지막 경계인 바스의 "비극적 시작"이 있을 뿐이다. **TS**

조반니의 방 Giovanni's Room

제임스 볼드윈 James Baldwin

작가 생몰연도 | 1924(미국)–1987(프랑스)
초판 발행 | 1956, Dial Press(뉴욕)
원제 | Giovanni's Room
본명 | James Arthur Baldwin

『조반니의 방』은 전통적인 의미의 성공과 가치를 버려가면서 사회적 동조의 필요성과 싸우는 주인공의 투쟁을 그리고 있다. 화자인 데이비드는 중산층 백인으로, 정착하라는 아버지의 무언의 압력을 무시하고 집을 떠나 파리로 가서 빈둥거리며 목적없는 하루하루를 보낸다. 그러나 재정적 어려움이 닥치자 그는 미국인 헬라에게 청혼하고, 헬라는 생각해 보겠다며 파리를 떠난다. 그녀가 파리를 비운 사이 데이비드는 친구를 따라 게이 바에 갔다가, 수수께끼의 이탈리아인 바텐더 조반니와 즉흥적인 쾌락을 나눈다. 데이비드는 즉각 조반니의 작은 아파트에서 동거를 시작하지만, 마음속으로는 헬라가 빨리 돌아와 조반니에 대한 탈출구 없는 사랑에서 해방시켜주기를 바란다. 데이비드가 다시 이성과의 유희를 위해 조반니의 방을 떠나면서부터 은밀한 사랑의 삼각관계를 구성하는 세 꼭지점 모두가 비극적인 결말로 치닫게 된다.

볼드윈의 절제된 문장은 욕망에 직면했을 때 데이비드가 느끼는 절망적인 공포에 활기를 불어넣는 잔혹함과 냉소를 무감각하게 드러내고 있다. 조반니는 데이비드의 자기혐오가 청결함과 육체에 대한 염증에서 비롯되었다고 진단한다. 결말에서 그것이 얼마나 위선적이고 자기파멸을 불러오는 주장인지에는 아랑곳 않고, 미국 백인 남성이라는 압도적 권위의 방패 뒤에 숨어 자신을 방어하려 하는 데이비드의 태도는 그가 글을 쓰는 빈 방만큼이나 그를 고립시킨다. **AF**

▶ 칼 마이던이 찍은 1962년 『타임』지 사진. 볼드윈의 흔들림 없는 아이러니한 시선은 그가 대중의 반응에 얼마나 초연한지를 보여준다.

저스틴 Justine

로렌스 더렐 Lawrence Durrell

작가 생몰연도 | 1912(인도)–1980(프랑스)
초판 발행 | 1957, Faber & Faber(런던)
미국판 발행 | E. P. Dutton(뉴욕)
원제 | Justine

'알렉산드리아 4부작'의 첫 번째인 『저스틴』은 산문시를 발전시킨 빼어난 문장으로 높은 평가를 받는 작품이다. 작가는 인상파, 혹은 심상파적인 표현으로써, 주인공을 위해 완전해지기를 거부하는 한 도시를 묘사하고 있다. 내러티브는 풍경, 기후, 여인들 사이의 공생을 감지하며, 무덥고, 알쏭달쏭하고, 실망스러운 물리적 원인에 대해 낭만적 가설을 취하고 있는 듯하다. 1인칭 화자는 게으르지만 이 도시와 그 주민들을 이해하려 애쓰는, 몰락한 영국인 지식인의 실망을 이야기한다. 그는 이곳 사람들의 역사와 성격은 그들이 살고 있는 도시의 영향이라고 결론짓는다. 알렉산드리아 토박이들은 인종적 유전에 의해 결정되는 타고난 성질의 집합체로 보이는 반면, 그의 행위와 감정은 거의 몰락하다시피 한 경제 상황과 뻔뻔스러운 목적의식 결여에서 기인한 것이다.

성적 무절제, 해시시 복용, 그리고 퇴폐적인 프랑스 데카당 소설에의 공감은 이 소설이 대부분의 당시 영국 소설과는 확실히 다르다는 것을 알려준다. 생생하고 다채로운 언어로 구성된 매우 뛰어난 여행 문학이지만 툭하면 구시대적인 성적, 인종적 정치 개념에 걸려 넘어지는 작품이다. **RP**

◀ 더렐은 아마추어 화가이기도 했다. 그의 글은 마치 화가의 눈으로 본 것과 같은 묘사로 가득하다.

유리벌 The Glass Bees

에른스트 융거 Ernst Jünger

작가 생몰연도 | 1895(독일)–1998
초판 발행 | 1957
초판 발행처 | Klett(슈트트가르트)
원제 | Gläserne Bienen

『유리벌』은 SF 장르에 중요한 공헌을 한 작품이다. 마술적 리얼리즘의 전조라는 평가를 받고 있지만, 사실은 너무 특이해 어떤 장르로 분류하기가 어렵다. 주인공인 리하르트 대령은 늙어가는 참전 군인이다. 작가 자신도 두 번의 세계대전에 참전했으며 이 작품 중 많은 부분이 현대 사회에서 고립을 느끼는 퇴역 군인의 우울한 사고를 반영하고 있다.

융거가 이러한 강박 관념에서 주인공이 취직하려 하는 회사로 시선을 돌리면서 소설은 점점 흥미로워지기 시작한다. 사악할 정도로 온순한 자파로니가 운영하는 사업체는 세계적인 커뮤니케이션 및 사이버 제국으로, 축소판 로봇과 가상 현실 엔터테인먼트를 생산해낸다. 이러한 로봇들은 청소 등의 가사를 하기도 하고 사악한 군사 계획과 연관되기도 한다. 마지막 에피소드는 자파로니의 정원—전원적 실리콘 밸리라고 부를 수 있는—에서 펼쳐진다. 1950년대 초반 융거의 환각제 실험에 기반한 장면으로, 리하르트 대령은 반짝반짝 빛나는 투명한 로봇 벌들을 살펴보고, 뒤이어 잘려진 귀들이 던져진 구덩이를 발견하고는 경악한다. 이야기 자체처럼 이 장면 역시 조소적이다. 그러나 인터넷과 나노 테크놀로지, 온실 효과, 도덕적으로 모호한 악덕 테크놀로지 재벌이 지배하는 세계를 내다보고 있는 예지력에 독자들은 숨을 죽일 수밖에 없다. **RegG**

닥터 지바고 Doctor Zhivago

보리스 파스테르나크 Boris Pasternak

작가 생몰연도 | 1890(러시아)–1960
초판 발행 | 1957, Feltrinelli(밀라노)
노벨 문학상 수상 | 1958(수상 거부)
언어 | 러시아어

혁명 시대 러시아의 역사적, 지리적 광활함을 배경으로 라라와 유리의 사랑을 그린 파스테르나크의 대하소설은 이탈리아에서 초판이 발행된 후 1988년까지 소련에서 출간을 금지당했다. 비록 조국에서는 침묵을 강요받았지만 서방 세계에서 굉장한 찬사를 받은 이 작품으로 작가는 1958년 노벨 문학상을 수상했다.

소련과 서방 세계가 보여준 정반대의 반응이 이 작품이 받아들여지는 방식에 중대한 영향을 미쳤다는 것은 아이러니 중의 아이러니다. 파스테르나크는 동서양 모두에서 사회주의 국가의 철의 장벽을 넘어, 개인의 자유라는 서구적 낭만을 상징하는 작가가 되었다. 사실 이 책은 "반혁명적"이라기보다는 혁명적 이상이 어떻게 정치권력의 현실과 타협하느냐에 대한 미묘한 진단이다. 전후 소설에 등장하는 관계 중에서 가장 강렬하다고 볼 수 있는 라라와 유리의 관계는 정의로운 혁명의 가능성에 대한 열정적 환상에서 기인한다. 개인적으로도 정치적으로도 모두 완벽한 진실을 이루고자 하는 투쟁이 이 작품의 원동력이다. 이러한 전진하는 이상의 실패와 개인적, 정치적, 시적 원칙에 충성이 계속될 수 없는 어려움에서 이 작품의 드라마와 페이소스가 드러난다.

이 소설에서 가장 인상적인 것 중의 하나는 놀랍도록 광활하고 아름다운 러시아의 자연 풍경 그 자체이다. 『닥터 지바고』는 이러한 드넓은 자연과의 비극적인 만남을 재료로 특별한 행복, 그리고 역사 및 인류의 가능성을 만들어낸다. **PB**

▲ 1960년, 영문판이 발간되었을 때 이미 『닥터 지바고』는 소련 체제에 대한 비판으로 서방 세계에서 큰 찬사를 받고 있었다.

◀ 데이비드 린의 1965년 영화 〈닥터 지바고〉는 박스 오피스 대히트를 기록하였다.

프닌 Pnin

블라디미르 나보코프 Vladimir Nabokov

작가 생몰연도 | 1899(러시아)–1977(스위스)
초판 발행 | 1957, Doubleday(뉴욕)
원제 | Pnin
언어 | 영어

이 코믹한 단편은 블라디미르 나보코프에게 전미 도서상과 대중의 인기, 그리고 상업적 성공을 가져다 주었다. 1950년대 캠퍼스 소설의 전조라 할 수 있는 이 소설은 불운한 러시아 망명객 교수 티모페이 프닌의 경험을 좇고 있다. 웨인텔 대학의 러시아어 강사인 프닌은 이상하고 동떨어진 학문의 세계에 살면서, 미국의 대학 생활에 적응하려 고군분투하고 있다. 기묘한 외모에 도저히 어찌할 수 없을 정도로 현학적인 프닌의 가장 큰 불운은 영어의 관용적 표현들을 정복할 수가 없다는 것이다. 이 책 속에서 일어나는 코미디는 대부분 그의 말도 안 되는 영어 표현으로 인한 것이다. 하지만 (다소 무자비한) 화자가 아무리 그를 수준 낮은 상투적 인물로 깎아내리려고 해도, 극도로 단정한 프닌의 품행은 그가 결코 그렇게 저열한 인물은 아니라는 것을 알려준다. 실제로 그의 다른 외국인 동료들과 비교해 볼 때 그는 매우 점잖은 사람이다.

1953년부터 55년까지 『뉴요커』지에 연재되었던 단편들을 바탕으로 쓴 이 작품은 소설이라기보다는 오히려 개별적인 스케치로 보인다는 비판을 받았다. 그러나 이러한 비난 역시 불공평하다. 왜냐하면 줄거리의 관성보다는 주제에 더 관심을 기울이는 나보코프답게, 이 소설은 결국 북미 문화에서 육체적으로도, 언어적으로도 완전히 편안함을 느낄 수 없는 프닌의 고민으로 돌아오기 때문이다. 누가 봐도 나보코프임을 알 수 있는 유려한 문체와 자꾸만 옆길로 새게 되는 폭넓은 지식, 그리고 엉뚱한 유머가 만들어낸 이 코믹 소설의 걸작은 정말로 즐겁게 읽을 수 있는 책이다. **JW**

길 위에서 On the Road

잭 케루악 Jack Kerouac

작가 생몰연도 | 1922(미국)–1969
초판 발행 | 1957, Viking Press(뉴욕)
원제 | On the Road
시나리오 각색 | 러셀 뱅크스

잭 케루악의 『길 위에서』는 미국 반체제 문학의 고전이 된 작품이다. 제2차 세계대전 이후를 배경으로 하는 살 파라다이스의 아메리카 횡단 여행은 보다 진지한 역사적 맥락에서 아메리칸 드림의 자유를 지키기 위한 투쟁의 상징이 되었다. 파라다이스와 자유분방하고 무모한 딘 모리어티의 미국 동부에서 서부로 가로지르는 여행은 미국 청춘의 영혼, 활기, 그리고 풍부함에 대한 예찬이다.

자유롭고 포용적인 사회와 개인적 경험의 고양을 위해 가정과 경제적 안락을 거부하는 이들은 뒤따라 일어난 비트 문화의 핵심이 되었다. 케루악 역시 깅스버그나 버로스 같은 다른 문인들과 함께 비트 문화의 카리스마 넘치는 대변인이 된다.

벤젠드린과 카페인의 힘을 빌린 창작력으로 3주 만에 단숨에 써내려갔다고 하는 이 작품은 스스로 선두주자가 된 장르의 전설이 되었다. 그러나 『길 위에서』는 그 비전의 한계 또한 인정하고 있다. 서서히 몰락해가는 딘의 모습은 성숙한 어른이 되기에는 어울리지 않는, 불합리한 인물임을 보여준다. **NM**

▶ 존 케루악(왼쪽)이 친구인 닐 캐시디의 눈길을 피하고 있다. 비트 문학의 대중 영웅이었던 캐시디는 이 작품에서 딘 모리어티의 모델이 되었다.

마닐라 밧줄 The Manila Rope

베이요 메리 Veijo Meri

작가 생몰연도 | 1928(핀란드)
초판발행 | 1957
초판발행처 | Otava(헬싱키)
원제 | Manillaköysi

『마닐라 밧줄』은 순진한 노동자 계급 출신 병사 요세가 제2차 세계대전 참전 도중 가족을 방문하기 위해 며칠간의 휴가를 받으면서 일어나는 이야기이다. 떠나기 직전 막사에서 한 뭉치의 마닐라 밧줄을 발견한 요세는 빨랫줄로 쓰라고 집에 가져다주어야겠다는 생각을 한다. 그는 밧줄을 몸에 둘둘 감아 숨겨 가지고 나오지만, 기차로 오랜 시간 여행하는 동안 밧줄이 몸을 죄면서 거의 죽을 뻔한다.

이 소설은 매우 독특한 시각으로 전쟁을 그려냈다. 전쟁에 대한 직접적인 언급은 거의 없고, 특히 제2차 소련-핀란드 전쟁은 애매하고 불가해하게 묘사된다. 대신 요세와 함께 여행하는 다양한 화자가 그들의 육체적, 감정적 경험들을 이야기해준다. 그 이야기의 어조는 유쾌하고 유머러스하지만, 끔찍하고 소름이 끼친다. 스스로 자신들을 "총알받이"로 여기는 평범하고 소극적인 병사들을 통해 전쟁은 파괴적이고 무의미한 것으로 그려진다. 대다수의 병사들은 전쟁에서 서로 다른 무언가를 얻으려 하지만 모조리 실패한다. 사소한 것이라도 뭔가 챙기려 했다가 구역질과 불안으로 고통받는 요세 자신도 희생양이라 할 수 있다.

이 작품에서 보이는 메타픽션의 블랙 유머와 부조리는 니콜라이 고골리, 프란츠 카프카, 야로슬라프 하세크를 연상시킨다. 『마닐라 밧줄』은 전쟁과 인간의 숙명은 물론 이야기와 역사 서술, 사실과 허구에 대해서도 의문을 던지고 있다. **IP**

식객들 The Deadbeats

바르트 로이스링크 Ward Ruyslinck

작가 생몰연도 | 1929(벨기에)
초판발행 | 1957, A. Manteau(브뤼셀)
원제 | De ontaarde slapers
본명 | Raymond Charles Marie De Belser

한 벨기에 마을 가장자리에 있는 작은 집에서 중년 부부가 실업수당에 기대 살고 있다. 더럽고 게으른 그들은 실업수당을 받으러 갈 때와 빵장수가 올 때 이외에는 하루 종일 침대에서 뒹굴거리며 일어나지도 않는다. 남편인 실베스터는 한때는 존경받는 군인이었으나 지금은 겁에 질리고 패배한 허무주의자이다. 부인은 다시 전쟁이 일어나지는 않을까 거의 히스테리에 가까운 공포에 떨고 있다.

1950년대에 쓰여진 이 단편은 아무런 목적 없는 삶을 실존주의적으로 묘사했다는 점에서 카뮈를 연상시킨다. 실베스터가 생각하는 인생이란 그저 하루하루가 지나가는 것뿐이다. 그는 용기있는 이들이 삶에서 원하는 것들을 얻을 수 있다는 사실을 알고는 있지만, 자신에게 주어진 것에 대해 굳이 고마워할 필요는 없다고 믿는다.(혹은 믿는 척한다.) 카뮈의 이방인과는 달리 실베스터의 허무주의는 공포에 기인한 것이다. 그는 단호한 행동을 취하지 못한다. 스물세 번째 결혼기념일에 두 사람은 모두 자신이 한때 매력적이라고 생각했던 상대가 어떻게 이렇게 되었을까 궁금해한다. 그러나 보병 소대가 도착해 훈련을 실시하면서 두 사람은 자신이 상대방에 대해 지닌 감정을 정의할 수 있게 된다.

로이스링크는 두 주인공의 내면의 황폐함을 기록하며 이를 이용해 실업, 전쟁, 그리고 인간성의 불안에 대한 보편적인 지적을 늘어놓는다. 로이스링크에게 인간들은 "몸 안에 전쟁을 지니고" 있으며, 이 표류하는 두 사람의 이야기를 통해 에너지를 썩혀버린 정신의 깊은 고뇌를 표현하고 있다. **OR**

호모 파버 Homo Faber

막스 프리쉬 Max Frisch

작가 생몰연도 | 1911(스위스)-1991
초판 발행 | 1957, Suhrkamp(프랑크푸르트)
원제 | Homo Faber
언어 | 독일어

『호모 파버』는 합리주의의 위험과 현대인의 고립을 다룬 희비극이다. 발터 파버는 스위스에 살고 있는 50세의 망명객으로 유네스코에서 엔지니어로 일하고 있다. 그는 과학과 논리로 모든 것을 해결할 수 있다고 믿는, 모든 것을 정확하게 격식에 맞춰야만 직성이 풀리는 인간이다. 이 소설은 그가 탄 베네수엘라 행 비행기가 멕시코 사막에 불시착하면서 시작된다. 질서정연한 그의 삶에 끼어든 이 혼란과, 생각지도 못했던 과거 가장 친했던 친구의 형과의 만남은, 파버로 하여금 묻어두었던 과거와 마주보게끔 몰고가는 사건들의 시작이 된다.

전쟁 전에 파버에게는 독일계 유태인인 한나라는 여자친구가 있었다. 한나가 임신하자 파버는 결혼하자고 했지만 한나는 거절했다. 그녀가 아이를 지울 거라고 생각한 파버는 그녀를 떠났는데, 그녀가 실제로는 다른 남자와 결혼했다는 사실을 멕시코에서 알게 된다. 이 충격적인 사실로 금이 가기 시작한 파버의 이성이라는 갑옷은, 그가 한나와, 존재하는 줄도 몰랐던 딸과 재회하면서 산산조각이 나고 만다. 자신의 감정을 표현하는데 실패하고, 논리로 환경을 제어할 수 있다고 고집스럽게 믿어온 파버에게 이 만남은 행복을 가져다줄 수 없는 것이다. 아이러니의 거장인 프리쉬는 이 소설에서 아이러니의 효과를 십분 활용하여 성가시고 애매모호한 작품을 창조해냈다. 완벽한 듯하면서 깊은 결점을 가진 주인공에 대해 경멸과 동정 사이에서 헤매는 것은 독자의 몫이다. **AL**

하늘의 푸른 빛 Blue of Noon

조르주 바타유 Georges Bataille

작가 생몰연도 | 1897(프랑스)-1962
초판 발행 | 1957(1935년 집필)
초판 발행처 | Pauvert(파리)
원제 | Le Bleu du ciel

부자에, 미인에, 비열한 "더티(Dirty)"라는 이상형을 만났는데도, 성불능인 트롭만은 그의 만족할 줄 모르는 욕구를 다른 방법으로 채우는 수밖에 없다. 그의 성불능은 이 작품을 지배하는 무기력을 반영하고 있다. 1934년 유럽을 여행하던 중 트롭만은 나치즘이 떠오르는 것을 처음 목격하고, 그 최종적인 승리에 체념한다. 정치라는 것 자체가 실패했다고 믿게 된 그는 어떠한 정치 활동과도 거리를 둔 채, "더티"와 함께 일부러 스스로를 파멸시키기 시작한다. 바타유는 다른 글에서 어떤 잠재적 소용이나 회복의 "경험"을 넘어선, 한 순간에 자아를 잃으면서 얻어지는 "주권"에 대해 쓴 적이 있는데, 트롭만은 기존의 가치를 무시하고 금기를 어기는 반복되는 탈선으로 이러한 경지에 이르려 하는 것이다. 취하고, 병들고, 썩어들어가는 주인공들에게서 당시 파시즘의 나락으로 떨어지고 있던 유럽의 모습을 반영함으로써 바타유는 나치즘의 치명적 성적 유혹을 지적한 것이다. 이 소설은 파시즘이 지닌 폭력의 쾌감에 보조를 맞추면서도, 이러한 세력을 스스로 뒤집어엎는 것도 가능할 것이라고 암시한다. 0도를 향한 바타유의 집념은 비견될 데가 없다. 절대적인 무에 대한 우직한 추구는, 결국 그로서는 얻을 수 없는 지식과 짝을 이룬다. **SS**

미드위치의 뻐꾸기들 The Midwich Cuckoos

존 윈덤 John Wyndham

작가 생몰연도 | 1903(영국)–1969
초판 발행 | 1957
초판 발행처 | Michael Joseph(런던)
◆ 1960년 <저주 받은 도시>로 처음 영화화

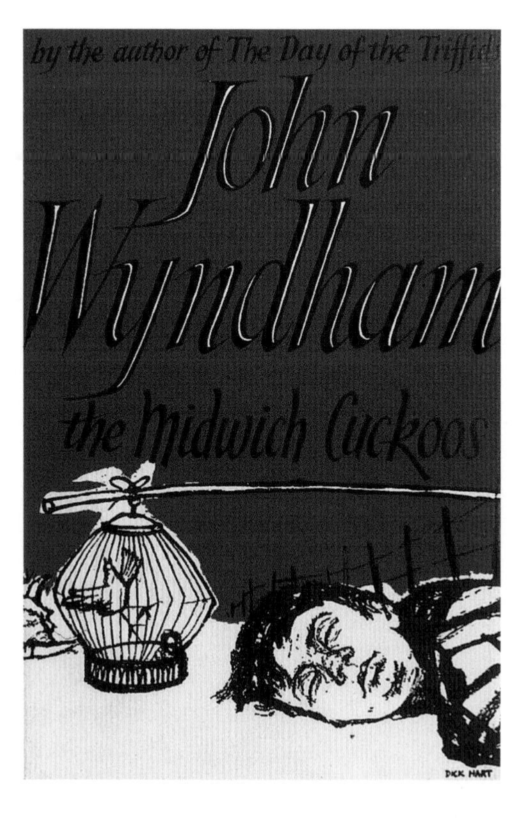

"뻐꾸기들이 알을 낳았다…"

▲『미드위치의 뻐꾸기들』은 겉으로 보기에는 평화롭기 그지 없는 영국의 작은 시골 마을에 무시무시한 외계인들이 침략한다는 내용의 SF소설이다.

미드위치는 도무지 새로운 일이라고는 일어나는 법이 없는 작고 평범한 시골 마을인데, 어느 날 신비한 힘이 덮쳐와 마을 사람 모두가 정신을 잃는다. 정신을 차리고 보니 모두 무사하고 마을에도 별다른 이상이 없었다. 단 한 가지, 가임 연령의 여자란 여자는 모두 동시에 임신해 있었다. 이 결과 태어난 아이들은 정말로 이상하다. 모두 어딘가 초자연적인 이 아이들은 두드러지게 몸집이 좋고, 배우기만 하면 정확하게 알며, 텔레파시를 타고 났다. 고전적인 SF 스타일로, 그들은 마을에서 굉장한 혼돈을 일으키고, 한 교수가 이런 현상을 연구하러 미드위치를 찾아온다. 그 결과 아이들과 마을 주민들, 그리고 당국 사이에 피할 수 없는 충돌이 일어나고, 이는 곧 전 세계적인 규모로 번지게 된다.

이러한 시놉시스가 낯익게 느껴지는 이유는, 물론 처음에 소설로도 인기를 얻은 이 작품이 두 편의 영화로 제작되어 더욱 큰 반응을 이끌어냈기 때문이다.(두 번 다 〈저주 받은 도시(Village of the Damned)〉로 개봉했지만, 먼저 만든 작품이 훨씬 훌륭하다는 평가를 받고 있다.) 이 소설은 또한 뒷세대의 SF 작가들에게 지대한 영향을 미쳤다. 『트리피드의 날』이나 다른 윈덤의 소설들처럼 확실히 시대에 뒤진 감이 있지만, 그럼에도 이 작품은 제2차 세계대전과 그 뒤를 잇는 냉전 시기의 작가들의 고민과 화두를 강하게 압축하고 있다. 윈덤은 침략, 잠입, 공해 등이 닥쳐올지 모르는 미드위치의 공포를 솜씨좋게 다루고 있다. 또한 냉전 시대의 선전과 정치가 가장 동떨어진 배경—잉글랜드의 작은 마을—으로 침투하는 것을 뛰어나게 포착하였다. **MD**

보스 Voss

패트릭 화이트 Patrick White

작가 생몰연도 | 1912(영국)–1961(호주)
초판 발행 | 1957, Eyre & Spottiswoode (런던)
원제 | Voss
노벨 문학상 수상 | 1973

패트릭 화이트에게 최초로 국제적 명성을 안겨준 이 작품은 러브 스토리이자 모험 이야기이지만, 둘 다 아니라고 볼 수도 있다. 19세기 중반 거대한 오스트레일리아 대륙을 깊숙이 탐험한 요한 울리히 보스의 원정과, 그를 후원한 부유한 후원자들 중 한 사람의 딸인 로러 트레블리안과 보스의 사랑이 함께 그려진다. 그녀가 속해있는 식민지 사회처럼 로라도 해안지방을 떠나지는 않는다. 그러나 보스가 대륙의 심장부로 점점 깊이 들어감에 따라 로라는 텔레파시, 혹은 영적 능력으로 보스의 여정을 함께한다. 오스트레일리아 식민사회의 응접실에서 다소 쌀쌀하게 시작된 둘의 관계는 이 세상이 아닌 듯한 내륙세계로 무대를 옮기면서 날이 갈수록 뜨거운 정열에 불타게 된다.

탐험과 사랑의 이야기에는 많은 선례가 있다. 고집스럽고 의욕적으로 대지를 파고드는 보스의 모습은 콘래드의 『어둠의 심장』에서 말로우의 여행을 닮았다. 19세기 응접실의 미묘한 분위기를 상세하게 묘사한 것은 틀림없이 제인 오스틴의 판박이다. 인간관계의 강렬함은 배경만 바꾼 로렌스의 작품 같다. 그러나 보스의 여행과 로라와의 쉽지 않은 관계도 물론 압도적이지만, 이 소설에서 가장 인상적인 것은 부조화, 그 근원을 알 수 없는 이질감이다.

대지 역시 존재감이 크다. 지도에조차 나와 있지 않은 내륙의 죽음 같은 광활함은 식민주의자들이 가져온 유럽문화에 독특한 영향을 미친다. 사막의 숨겨진 깊이와 마주함으로써 소설의 형식이 변화하는 것처럼 보스가 그토록 맛보고 싶어하는 고요한 땅은 유럽문화를 재창조한다. **PB**

"그의 전설은 기록으로 남을 것이다."

▲ 작가의 이름을 세간에 널리 알린 이 소설의 초판본 표지. 고집센 주인공이 삽화가에게 어떤 인상을 남겼는지 보여준다.

질투 Jealousy

엘레인 로브-그릴레 Alain Robbe-Grillet

작가 생몰연도 | 1922(프랑스)
초판 발행 | 1957
초판 발행처 | Les Editions de Minuit(파리)
원제 | La Jalousie

로브-그릴레의『질투』는 누보로망, 혹은 신소설의 가장 유명한 예이다. 누보로망이란 사실주의적 접근의 한계를 그 플롯, 배경, 인물에까지 확장하고자 했던 시도이다. 그 스타일은 겉으로 보이는 세상과 공간의 시각적 묘사, 태도, 그리고 등장인물들의 제스처로 제한된 가장 엄격한 객관성의 하나이다. 독자는 익명의 화자, 혹은 그가 관찰하는 사람들과 어떠한 직접적 접촉도 하지 못한다. 베네치아 블라인드를 통해 그는 아내가 이웃인 프랑크와 바람피우는 듯한 모습을 훔쳐본다. 그는 자신이 보는 것에 대해 한 번도 이야기하거나 생각하려고 하지 않는다.—사실 그는 "나"라는 단어를 전혀 사용하지 않는다.

이 소설의 진정한 독창성은 스스로 부여한 객관성의 제한에도 불구하고 질투의 힘과 소통할 수 있다는 데 있다. 독자는 서서히 텍스트의 반복과 미미한 변화에 조율되며, 질투로 만들어졌다가 질투로 소모해버린 의식의 인상을 형성하게 된다. 내러티브 스타일은 그 디테일에 대한 강박관념으로 은밀한 배신의 증거라 할 수 있는 모든 뜻없는 눈짓과 무의식적인 제스처까지 잡아내는 질투심을 뛰어나게 포착하였다. 이 작품에서 완벽의 경지에 오른, 평탄하고 영화 같은 화술은 뒷날 카메라 렌즈를 통해 본 세상의 묘한 깊이의 결여를 묘사하려 한 모더니즘 작가들에게 지대한 영향을 미치게 된다. **SS**

새 The Birds

타르예이 베소스 Tarjei Vesaas

작가 생몰연도 | 1897(노르웨이)-1970
초판 발행 | 1957
초판 발행처 | Gyldendal(오슬로)
원제 | Fuglane

다프네 모리어의 단편이나 히치콕의 싸구려 호러영화 시나리오와는 헷갈리지 말라. 이 작품은 스칸디나비아가 낳은 걸출한 20세기 작가 중 한 명인 베소스의 훨씬 더 절제된, 그리고 신랄한 산물이다. 또한『얼음의 성(Is-Slottet)』과 함께 베소스의 작품들 중 가장 완성도가 뛰어난 작품이기도 하다.

『새』는 단순한 소년 마티스와 그를 신체적, 감정적으로 보살펴주는 누나 헤게의 남매지간을 그린 소설이다. 두 사람은 노르웨이 내륙 깊은 호숫가에서 살고 있는데, 헤게는 오직 자기희생으로만 채워가는 이 고적한 세계를 벗어나고 싶어한다. 변화의 계기는 호수에서 뱃사공 역할을 하는 마티스가 나그네를 집으로 데려오면서 시작된다. 외르겐은 마티스의 나룻배에 물이 새는 바람에 배낭이 젖으면서 하룻밤 묵어갈 곳을 필요로 했던 것이다. 헤게는 금방 이 새로운 방문객에 끌려 허둥지둥하고 마티스는 이런 헤게의 모습에 당황한다. 작가는 이런 관계의 역학을 날카롭게 묘사하였고 (부분적으로 제목에서 단서를 남긴) 그 대단원은 특히 오싹하다. 베소스는 "landsmal" 혹은 "시골말"이라고 불리는 문체의 선두주자였으며, 이것은 후에 "Nymorsk(신노르웨이어)"로 불리게 된다. 완전히 그럴듯한 대화 속에는 숨 막히게 원시적인 풍경을 바탕으로 매우 격정적인 관계와 경험이 숨어있다. 이 소설은 또한 우의적, 혹은 상징적이라 불릴 수도 있다. **JHa**

과거와 미래의 왕 The Once and Future King

T. H. 화이트 T. H. White

작가 생몰연도 | 1915(인도)–1964(그리스)
초판 발행 | 1958, Collins(런던)
원제 | The Once and Future King
본명 | Terence Hanbury White

『아더 왕의 전설』을 난해하면서도 재기 넘치게 재구성한 『과거와 미래의 왕』은 장장 21년에 걸쳐 4권으로 쓰여졌으며, 완전판은 1958년에 출간되었다. 첫 권인 『아더 왕의 검(The Sword in the Stone)』은 디즈니사에서 만든 다소 달짝지근한 만화영화로 더욱 유명해졌는데(책은 1939년에, 영화는 1963년에 개봉되었다), 아더 왕의 궁정을 그린 토마스 말로리의 15세기 산문로망 『아더 왕의 죽음 (Le Morte d'Arthur)』을 바탕으로 쓰여졌다. 화이트는 줄거리를 크게 고치거나 덧붙이는 대신 저물어가는 중세의 야만적 잔인함과 그가 사는 시대의 파시즘의 유사성에 유념하였다.

4권의 소설을 거치면서 아더는 난폭하고 불안정한 소년에서 열정적인 군사 지도자로 성장한다. 그는 마침내 잉글랜드의 순수성을 지키기 위해 그의 숙적, 모드레드가 조직한 (매우 나치다운) 켈트족 군대를 모방하게 된다. 결과는 대실패다. 죽음을 향해 말을 달리면서 아더는 오직 국가가 없을 때에만 인간은 행복할 수 있다고 말한다. 몇몇 웅장한 독립 세트도 등장한다. 특히 멀린에 의해 횃대로 변한 소년이 하마터면 Mr. P의 창에 먹힐 뻔하는 장면은 인상적이다. Mr. P는 권력의 진실만이 유일한 진실이라고 말해준다. 『과거와 미래의 왕』은 작가가 인정했듯, 각 권이 매끄럽게 하나로 이어지지는 않는다. 그러나 여전히, 인간이 저지를 수 있는 악행과, 동시에 이 적대적인 세상에서 가치있는 것을 찾기 위한 필사적인 투쟁을 그린, 강렬하고도 불온한 소설임에는 틀림이 없다. **AH**

EXCALIBVR RETVRNS TO THE MERE

"누구든 이 돌과 모루에서 칼을 빼는 자가 잉글랜드의 정당한 제왕으로 태어난 자이다."

▲ 영국의 삽화가 저스티스 포드가 1902년 그린 〈호수의 여신에게로 되돌아가는 마법의 칼〉.

종 The Bell

아이리스 머독 Iris Murdoch

작가 생몰연도 | 1919(아일랜드)–1999(영국)
초판 발행 | 1958, Chatto & Windus(런던)
원제 | The Bell
언어 | 영어

『종』이 아이리스 머독의 초기작 중 최고의 소설이라는 데에는 대체로 이견이 없다. 앵글로–아일랜드 문학의 '빅하우스' 소설에 속하는 줄거리는 베네딕트회 수도원인 임버코트에 퇴거해 사는 사람들 사이의 불행하고 긴장된 관계를 다루고 있다. 이들은 그 영적 필요성 때문에 동료들과 결속하지도 못하고, 삶을 향한 욕망 때문에 세상에서 동떨어진 명상적인 삶을 살지도 못하면서, 연약하고 혼란스러운 인간성의 단면을 대변한다. 중심인물인 마이클 미드는 파계한 사제로, 죄책감과 좌절로 괴로워하며, 한편 자신의 동성애 성향을 억누르려 몸부림치는 학교 교사이다. 금이 간 수도원의 종을 고치려는 계획은 끝도, 성과도 없고, 두 명의 외부인이 도착하면서 가뜩이나 불안정한 공동체가 와해되기 시작한다. 도라 그린필드는 수도원에서 문서를 연구하는 학자 폴의 아내로 결혼생활에 종지부를 찍어야 하는지 고민 중이고, 토비 개쉬라는 젊은 청년은 도라와 마이클 모두에게 마음이 끌린다.

『종』은 아이리스 머독을 영국 문학계의 주요 인물로 그 위상을 확고히 했다. 이 작품은 자신과 타인의 욕구 사이에서 균형을 맞춰야 하는 동시에 영적인 이상 안에서의 삶이 어디까지인지, 혹은 정말 그렇게 살아야 하는지 고민해야만 하는 사람들의 비극적인 상호 작용을 탐구하고 있다. **AH**

소년원 소년 Borstal Boy

브렌든 비언 Brendan Behan

작가 생몰연도 | 1923(아일랜드)–1964
초판 발행 | 1958, Hutchinson(런던)
원제 | Borstal Boy
본명 | Brendan Francis Behan

『소년원 소년』은 영국 소년원에 들어간 한 아일랜드인의 삶을 다룬 음탕하고 너그러우면서도 성난 이야기이다. 더블린의 공화당 노동자 가정에서 태어난 비언은 1939년 IRA 폭발물을 소지했다는 혐의로 리버풀에서 체포되었다. 3년간 소년원 연금을 선고받은 비언은 2년 반을 복역한 뒤 열여덟 살의 나이로 잉글랜드에서 추방당했다.

그로부터 17년 후에 쓰인 이 소설에서는 "어린 범법자"를 구성하는 모순을 재현해낸 그의 재능이 반짝인다. 글 속의 비언 자신도 긍지와 공포, 고독, 그리고 악의의 수수께끼로 그려진다. 그는 아일랜드 민족주의와 영국의 제국주의에 대한 숭배를 모두 냉소적으로 비판하면서도 한편으로는 집이 그리운 어린 소년일 뿐이다. 소년원의 마초적 문화 속에서 '주먹'에 다소 편안해진 그는 수감동료들의 육체와 힘의 부드러움과 욕망에 유혹을 느낀다.

치안판사, 간수들, 수감자들, 친구들, 적들, 사제들—이들은 모두 그들을 나누기도, 한데 묶기도 하는 차이점을 존중한다. 그 결과가 양대 대전 사이 잉글랜드의 섬세한 사회사 겸 감옥문학의 고전으로 탄생한 것이다. 비슷한 소재를 다룬 다른 작품들과 『소년원 소년』이 다른 점이 있다면, 비언의 분노가 지닌 자비, 그리고 감옥과 관계하는 모든 이들의 인간성이 황폐화되는 여러 방식의 묘사에서 보여준 그의 재능이다. **PMcM**

▶ 비언이 1956년 발표한 희곡 『괴상한 녀석(The Quare Fellow)』은 처음으로 그에게 명성을 안겨주었다. 〈괴상한 녀석〉의 프랑스 공연 포스터 앞에서 포즈를 취한 비언.

l'Œuvre
ROBERT DE RIBON Directeur
LE CLIENT
DU MATIN
de BRENDAN BEHAN
JACQUELINE SUNDSTROM BORIS VIAN
GEORGE DELERUE
JACQUES LE MARQUET
GEORGES WILSON
BRUNO BALP
JULIEN VERDIER
JEAN ALLAIN
ANDRÉ CLAIR
ETIENNE BIERRY
JEAN-MICHEL ROUZIÈRE
STÉPHANE AUDEL
MARIUS LAUREY
JEAN GRÉCAULT
BERNARD JOUSSET
GEYMOND VITAL
JEAN MAUVAIS
MICHEL PETIT
JEAN BARREZ
JACQUES MARCHAND
MICHEL DACQUIN
CHARLES LAVIALLE
JACQUES BRUNET
JEAN JOANNES
JACQUES PLEE
RAOUL BILREY
GAETAN NOEL
PALAU

가브리엘라, 정향, 그리고 계피 Gabriela, Clove and Cinnamon

호르케 아마도 Jorge Amado

작가 생몰연도 | 1912(브라질)–2001
초판 발행 | 1958
초판 발행처 | Livraria Martins Editora
원제 | Gabriela, Cravo e Canela

"나는 세상을 변화시킬 수 있다고 변함없이 굳게 믿는다."

호르케 아마도

▲ 아마도의 소설은 얼마든지 응용이 가능한 테마를 다루고 있다. 실제로 『가브리엘라, 정향, 그리고 계피』는 브라질에서 인기 TV 드라마로 제작되었다.

1930년, 브라질의 새로운 대통령 제툴리오 바르가스는 호르케 아마도가 쓴 첫 여섯 편의 소설을 공개적으로 불태웠다. 문학이 정치권력에 반대를 표시하면 어떻게 된다는 것을 브라질의 지식인들에게 명백히 경고한 것이다. 아마도는 결국 공산당 소속으로 국회의원이 되었으나 "당 활동을 하면서 시간을 보내느니 글이나 쓰는 게 민중에게 도움이 될 것 같다"고 결정을 내렸다.

호르케 아마도는 바히아 북부 이타부나 지방에 있는 할아버지의 카카오 플랜테이션에서 자랐다. 이 시절 플랜테이션 소유주들은 성적 방종으로 자신들의 남성성을 주장하였다. 이때 목격한 여성 노동자들의 비참한 실상은 훗날 계피빛 피부에 정향 냄새가 나는, 관능적이고 매혹적이며 언제나 행복한 가브리엘라를 창조하는 데 큰 도움이 되었다. 『가브리엘라, 정향, 그리고 계피』는 남성성에 충실한 남자들과 남편에 충실해야 하는 여자라는 브라질의 전통적인 이중 잣대에 의문을 던진 근대문학이다. 이러한 이중 잣대는 가브리엘라와 그녀를 주방에서 일하도록 고용하는 바 주인 나시브의 러브 스토리에서 잘 드러난다. 사랑하는 가브리엘라가 다른 남자와 한 침대에 있는 것을 본 나시브는 질투에 사로잡혀 결혼을 종용한다. 그러나 결혼이라는 덫은 가브리엘라가 지닌 힘의 원천이었던 순수함과 자유로움을 짓밟는 위협이다.

가브리엘라의 상황은 여성의 불평등을 주장하는 플랫폼이 되었다(브라질에서 여성은 1988년에야 공식적으로 헌법에 의해 남성과 동등한 존재가 되었다). 가브리엘라라는 인물은 제3세계 국가 브라질의 고정관념을 뒷받침하지만, 그것은 자신을 받아들여주지 않는 사회의 정수를 구체화함으로써, 브라질의 가장 보이지 않는 시인들에 대해, 또 그들을 위하여 목소리를 내고자 작가가 의도한 바이다. **JSD**

토요일 밤과 일요일 아침 Saturday Night and Sunday Morning

앨런 실리토 Alan Sillitoe

작가 생몰연도 | 1928(영국)
초판 발행 | 1958, W.H. Allen(런던)
작가 클럽 최고 소설상 | 1958
• 1960년 영화로 제작

작가로 처음 글을 쓰기 시작할 때부터 앨런 실리토는 자신이 나고 자란 노팅엄 지방을 상상력의 촉매로 삼았다. 그러나 그의 데뷔작인 『토요일 밤과 일요일 아침(Saturday Night and Sunday Morning)』은 단순한 지역 사실주의의 습작은 아니다. 자연주의와 신비주의를 자유자재로 오가는 내러티브에서 실리토는 공장 바닥부터 까다로운 애정 생활까지, 주인공 아더 시튼에 깊은 그림자를 드리우며 감상이라고는 전혀 없는 반자전적인 피카레스크 이야기를 펼쳐 보인다. 펍에서 술을 마시고 여자 뒤꽁무니를 쫓아다니는 "한 주 중 가장 흥청거리는 최고의 시간"은, "패배한 안식일의 거친 서곡"이다. 실리토는, 한때는 변화에 유연했던 노팅엄에 대해 아더가 매일 느끼는 것을 자세하게 묘사하면서 지방 사람들과 장소에 냉정한 평가를 내리고, 그 위를 침식하는 교외의 기생적 '제국'에 가까운 마을 정경을 소상히 묘사한다. 실리토는 『생일(Birthday)』(2001)로 '시튼 시리즈'로 돌아와, 최근 그 스스로 "노팅엄 인간희극"이라 이름붙인 작품을 통해 발자크와 어깨를 나란히 했다.

여전히 끝나지 않은 이 작품에서 실리토의 상상 속 지리는 전후 지역 소설의 형식과 주제에 기여하였다. 노팅엄의 지도학에 익숙한 그는 놀라운 정도로 정확하게 마을이 어떻게 변했을 것인지에 대한 가상의 지도를 그려보인다. 실리토의 소설은 절대로 리얼리즘을 공공연하게 내새우지는 않는다. 종종 진짜 같은 도심과 공상적 사색을 뒤섞어, 고향의 사실적인 경험이 사회적 가능성의 우화 한가운데서 살아 숨쉬게 했다. **DJ**

"왜냐하면 한 주 중 가장 신나는 시간, 토요일 밤이었기 때문이다."

▲ 이 사진을 찍은 1960년, 노동자 계급 출신의 영웅을 원하던 대중은 실리토의 견고한 지역 사실주의에 빠져들었다.

THINGS
FALL
APART
The story of
a strong man by
CHINUA
ACHEBE
THINGS FALL APART
CHINUA ACHEBE

붕괴 Things Fall Apart

치누아 아체베 Chinua Achebe

작가 생몰연도 | 1930(나이지리아)
초판 발행 | 1958, Heinemann(런던)
원제 | Things Fall Apart
본명 | Albert Chinualumogu Achebe

『붕괴』는 치누아 아체베의 처녀작이자 가장 유명한 작품으로, 조셉 콘래드의 『어둠의 심장』이나 조이스 캐리의 『미스터 존슨(Mister Johnson)』 등 당대 영문학 걸작에서 아프리카인들이 부정적으로 묘사된 것에 반발하여 쓰여졌다. 이 책은 20여 개 국 언어로 번역되어 800만 부 이상이 팔렸다. 소설은 나이지리아 동부, 이그보랜드에 영국인들이 들어오면서 시작된 역사적 비극을 이야기하고 있다. 1부에서는 난해하고 역동적이며, 유럽의 손길을 타지 않아 원시적으로 순수한 지역문화를 소개한다. 2부에서는 초기 제국주의자들과 기독교 선교사들이 가져온 사회변화를 보여준다. 마지막 부는 영국 식민통치의 직접적 결과인 아프리카의 침묵에 초점을 맞춘다. 주인공인 오콘쿼의 이야기는 이러한 폭넓은 역사적 흐름에 휩쓸린다.

『붕괴』는 반식민주의 소설이다. 이 소설은 유럽의 목소리 혹은 현존, 그리고 아프리카의 침묵 혹은 부재의 수많은 풍경을 보여준다. 이러한 침묵에 대항하여, 그것을 넘어, 정반대의 방향을 향하는 이 소설은 식민주의를 끌어내리고 아직 식민지가 되지 않은 이그보 세계의 떠들썩함을 찬양한다. 서아프리카의 "말하는 북"의 소리가 어디서나 들려오는 가운데 전례, 격언, 민화, 토론, 소문, 대화와 같은 구비전승으로 넘치는 작품이다. **SN**

◀ 아체베의 강력한 제국주의 비판은 나이지리아를 포함한 아프리카 국가들이 독립을 성취하면서 나타나기 시작했다.

쓰디쓴 잔 The Bitter Glass

에일리스 딜런 Eilís Dillon

작가 생몰연도 | 1920(아일랜드)–1994
초판 발행 | 1958, Faber & Faber(런던)
원제 | The Bitter Glass
언어 | 영어

1922~23년의 아일랜드 내전은 공화주의자들과 독립주의자들 사이에 깊은 골을 남겼다. 공화주의자들은 통일된 아일랜드를 원하는 이들을 배반하고 1921년 조약대로 아일랜드 분할을 받아들인 것이다. 전쟁은 쓰라릴 뿐 아니라 모든 내전이 그렇듯이 개개인의 삶에 지대한 영향을 미쳤다. 독립된 아일랜드의 최초 주정부는 2년 전까지만 해도 대의를 공유했던 공화주의자들의 처형을 승인하였다.

에일리스 딜런의 『쓰디쓴 잔』은 1922년 뜨거운 여름의 아일랜드 서부를 배경으로 전쟁을 소재로 삼아 그들의 이름으로 전쟁이 행해진 이들에게 전쟁의 반복성을 지적하고 있다. 부유한 더블린의 젊은이들 무리가 어린 시절의 유대, 희망, 배신의 기억들로 가득한 콘네마라의 외딴 여름 별장으로 여행을 떠난다. 시작 부분에서 작가는 더블린 사람들의 개인적 관계의 표면 아래서 고동치는 모호한 충돌을 생생하게 포착한다. 독립주의자 군대로부터 쫓기는 IRA유격대가 이 집과 그 안의 사람들을 구금하자, 전원적인 휴일 별장이 돌연 해방의 충격으로 폭발하는 분노의 도가니가 된다.

딜런은 시적이면서 현학적인 내러티브를 통해 여성들을 자유의 박탈을 가장 혐오하고, 또 그래서 자유를 가장 갈망하는 존재로 그려냈다. 그러나 그 여성들이 원하는 자유는, 그들 주위 사람들이 얻고자 싸우는 정치적 자유를 넘어서, 감정적 수치와 물질적 궁핍으로부터의 해방을 포함하고 있다. **PMcM**

안내인 The Guide

R. K. 나라얀 R. K. Narayan

"나는 여기에 나의 평생 고객이 있다는 것을 알았다. 영원한 여행자의 행색을 하고 다니는 인간이야말로 모든 안내인이 일생 동안 열렬히 꿈꾸는 것 아니겠는가."

▲ 초판 표지의 이미지는 심각한 이야기를 밝고 유머러스하게 그려낸 나라얀의 기량을 반영했다.

작가 생몰연도 | 1906(인도)–2001
초판 발행 | 1958, Methuen(런던)
원제 | The Guide
본명 | Rasipuram Krishnaswami Narayan

나라얀의 소설 『안내인』에 등장하는 변호사는 마침표 없이 몇 시간을 떠들 수 있다. 바로 이것이 그의 성공 비결이다. 배심원들이 별 거 아닌 사소한 사항에 왈가왈부하게 만들 수 있기 때문이다. 레일웨이 라주 역시 같은 재능을 가지고 있어 여러 타락 행위에 성공했다. 예를 들어, 여행 가이드인 그는 어느 날 관광객들이 지루해하는 위기에 처하자 그 지역의 역사를 꾸며내기도 했다. 그는 별 볼일 없는 무희 날리니를 만난다. 고등 교육을 받은 그녀의 남편 마르코는 날리니의 춤을 모욕하고, 결국 그녀를 버린다. 날리니를 후원해주던 라주는 그녀와 곧 부부가 된다.

날리니의 성공과 라주의 부정한 사업은 이들 부부에게 막대한 부를 안겨주지만, 라주는 마르코가 판 함정에 빠져 감옥에 가는 신세가 되고 만다. 감옥에서 풀려난 라주는 오해에 의해 성인 대접을 받게 되고, 라주는 이 새로운 역할을 기꺼이 받아들여 다시 한 번 명성을 얻는다. 그러나 얼떨결에 자신이 단식을 해서 가뭄으로 고통받는 지역에 비를 내리겠다고 제안하면서 제 꾀에 넘어간 그는 스스로의 희생양이 되고 만다. 굶주림과 몸의 쇠약을 견디지 못한 그는 진심으로 단식을 중지해야겠다고 생각한다. 단식 열하루째, 그는 비틀거리다 쓰러진다. 그리고 정말로 곧 비가 올지도 모른다는 암시를 본다.

『안내인』은 나라얀이 창조해낸 허구의 마을 말구니를 무대로 한 소설 중 가장 인기가 높은 작품이다. 기나긴 이야기를 늘어놓고 또 그것을 계속 이어나가려는 강한 충동을 유머러스하게 그려내는 데 이 소설의 성공의 열쇠가 있다. **ABi**

표범 The Leopard

주세페 토마시 디 람페두사
Giuseppe Tomasi di Lampedusa

작가 생몰연도 | 1896(이탈리아)–1957
초판발행 | 1958
초판발행처 | Feltrinelli(밀라노)
원제 | Il gattopardo

작가가 세상을 떠나고 1년 후에야 발표된 『표범』은 예상 외로 세계적 성공을 거두었다. 수많은 언어로 번역, 출간된 후 1963년에는 비스콘티에 의해 영화로 제작되기도 했다. 『표범』은 그 형식으로 보나 주제로 보나, 이탈리아의 네오리얼리즘 전통을 교묘하게 무시한 새로운 파장을 불러일으켰다. 네오리얼리즘은 하층계급 사람들인 등장인물과 파시즘 정권하에서 겪는 그들의 가혹한 현실을 그렸지만, 『표범』은 시칠리아의 귀족 살리나 가문을 중심으로 한 대하소설이다.(살리나 가문의 문장에 새겨진 상징이 바로 표범이다.)

1860~1910년 사이에 일어난 일련의 사건들은 이탈리아라는 거대한 세계뿐 아니라 주인공 파브리치오 공과 그 가족들이라는 소세계에도 영향을 끼친다. 이탈리아 남부에서는 가리발디의 충동질로 부르봉 왕가가 흔들리고 있으며, 시칠리아의 두 왕국은 이탈리아에 합병된다. 그러나 스페인 식민통치가 막을 내린다는 것은 봉건제도와 부르주아 계층의 지지를 받아온 귀족계급의 종말을 의미한다. 『표범』은 이러한 상실의 멜랑콜리를 묘사하고 있다.

가장 쓰라린 대목은 파브리치오 공이 시칠리아의 황량한 풍광과 수많은 외세의 식민통치에서 살아남기 위해 무관심해지고 허영심만 많아진 시칠리아인들을 두고 탄식하는 장면이다. 돈 파브리치오는 새로운 역사는 시칠리아를 비껴갈 것이라 예언한다. 이탈리아 통일은 시칠리아인들에게는 또다른 지배세력 그 이상도, 그 이하도 아니기 때문이다. **RPi**

깊은 강 Deep Rivers

호세 마리아 아르구에다스
José María Arguedas

작가 생몰연도 | 1911(페루)–1969
초판발행 | 1958
초판발행처 | Losada(부에노스 아이레스)
원제 | Los ríos profundos

『깊은 강』에서 작가는 자전적 인물인 에르네스토를 통해 페루인의 현실에 깊이 침잠한다. 원주민들이 겪는 고난이 초래하는 정체성과 순수의 상실이 그 주제이다. 별 볼일 없는 시골 변호사였던 아버지를 따라 수년간 산간지방을 여행한 에르네스토는 아방카이(페루 남부 아푸리막 주의 수도)의 신학교에 들어간다. 이곳에서 그의 주장은 더욱 집약된다. 개인적 투쟁(가혹한 인종차별적 환경 속에서의 교육)에서 보편적 투쟁(결말 부분에서 도시를 덮치는 역병)으로, 다시 사회적 투쟁으로(원주민 여성들의 반란).

신학교에서 에르네스토는 힘과 복종의 법칙을 배운다. 또한 폭동의 기운과 역병 환자들을 돕는 구원의 사명에서 인디오 문화의 동화를 발견한다. 마침내 그는 산간지방을 떠나 자신의 사람들이라고 선택한 이들과 운명을 함께한다. 사춘기 소년, 어른, 그리고 언어학적, 문화적 전문가로서의 관점이 그의 경험, 기억과 상상, 그리고 의미를 찾아내는 자각 속에서 일체를 이룬다. 자연과 퀘추아 노래, 마술과 의식의 역할, 잘 알려진 상징에 특별한 주의를 기울여 페루 원주민의 높은 예술성을 내세우고 있다. 아르구에다스 최고의 작품이자 원주민 운동을 다룬 최고의 소설이다. **DMG**

티파니에서 아침을 Breakfast at Tiffany's

트루먼 카포티 Truman Capote

작가 생몰연도 | 1924(미국)–1984
초판 발행 | 1958, Random House(뉴욕)
원제 | Breakfast at Tiffany's
본명 | Truman Streckfus Persons

"아프리카에서 빈둥거리면서 살려면 돈이 많아야지."

▲ 1955년경의 카포티. 세련되고 향락적으로 삶을 관조하는 그의 스타일이 그대로 드러난다.

▶ 블레이크 에드워즈의 1961년 영화 〈티파니에서 아침을〉은 당대의 헐리우드 기준에 맞추기 위해 한 톤 낮아지고, 더 달콤해졌다.

『티파니에서 아침을』은 '순수한 미국'의 마지막 시기 뉴욕의 눈부신 순간을 수정 속에 포착한, 매력적으로 무례한 우화다. 소설의 이야기는 2차 세계대전 당시 뉴욕에 거주하는 작가의 회상으로, 작가가 낯선 땅에서 유명해지기 위해 고군분투하는 모습을 그린다는 점에서 다분히 이셔우드의 『베를린이여 안녕』을 연상시킨다.

트루먼 카포테는 독자들에게 홀리 고라이틀리라는, 소설사를 통틀어 가장 잊을 수 없는 여주인공을 선사했다. 홀리는 끝없이 한계에 도전하며, 다가올 혁명을 위한 준비가 되어 있는 장난꾸러기 소녀(gamine)이다. 그녀는 성적으로 개방적이고 쾌락주의적인 매춘부이다. 그녀는 순간을 위해 살고 결과를 저주하며, 사는 동안 자신의 도덕성을 스스로 만들어 나간다. 이름을 지어주지 않은 그녀의 고양이처럼 그녀는 규율에 얽매이지도 길들여지지도 않는다.

이름이 없는 이 소설의 서술자는 홀리가 마치 재갈이 풀린 양 열성적으로 달려드는 남성을 피해 자신의 창문으로 올라올 때 그녀를 처음으로 만난다. 이들은 단기간에 친구가 되고, 서술자는 스릴을 추구하는(비록 먹고 살기 위해서지만) 홀리의 삶에 휩쓸린다. 그들은 마음의 근저에서는 젊은이라면 응당 꿈꾸기 마련인 "행복"과 인간관계를 원한다. 그러나 어둠의 징조가 그들의 삶과 소설 자체에 먹구름을 드리운다. 홀리의 가족에게 재앙이 닥치고, 이는 결국 서술자와 홀리의 관계를 변화시킨다. 홀리의 단골인 마피아 돈 '샐리' 토마토가 섹스 이상의 용도로 그녀를 이용하게 되면서 그녀의 순수함은 시험대에 오른다.

이 소설은 카포테에게 하나의 전환점이다. 초기작에서 보이던 남부 고딕소설의 서정적인 문체는 찾아볼 수 없다. 『티파니에서 아침을』로 인해 카포테는 뉴욕의 유명인사들 사이에서 자기 자리를 찾게 되었다. 성적 문란함과 동성애가 공공연히 드러나 당시로서는 모험적일 정도였지만, 지금은 충격을 줄 만한 능력을 상실했을지도 모른다. 그러나 소설의 매력은 조금도 줄어들지 않았다. 이 소설은 뉴욕 이스트 강에서 불어오는 상쾌한 바람과도 같다. 그처럼 상쾌한 바람이 불 수 있었던 시간으로부터 날아온 바람 말이다. **DT**

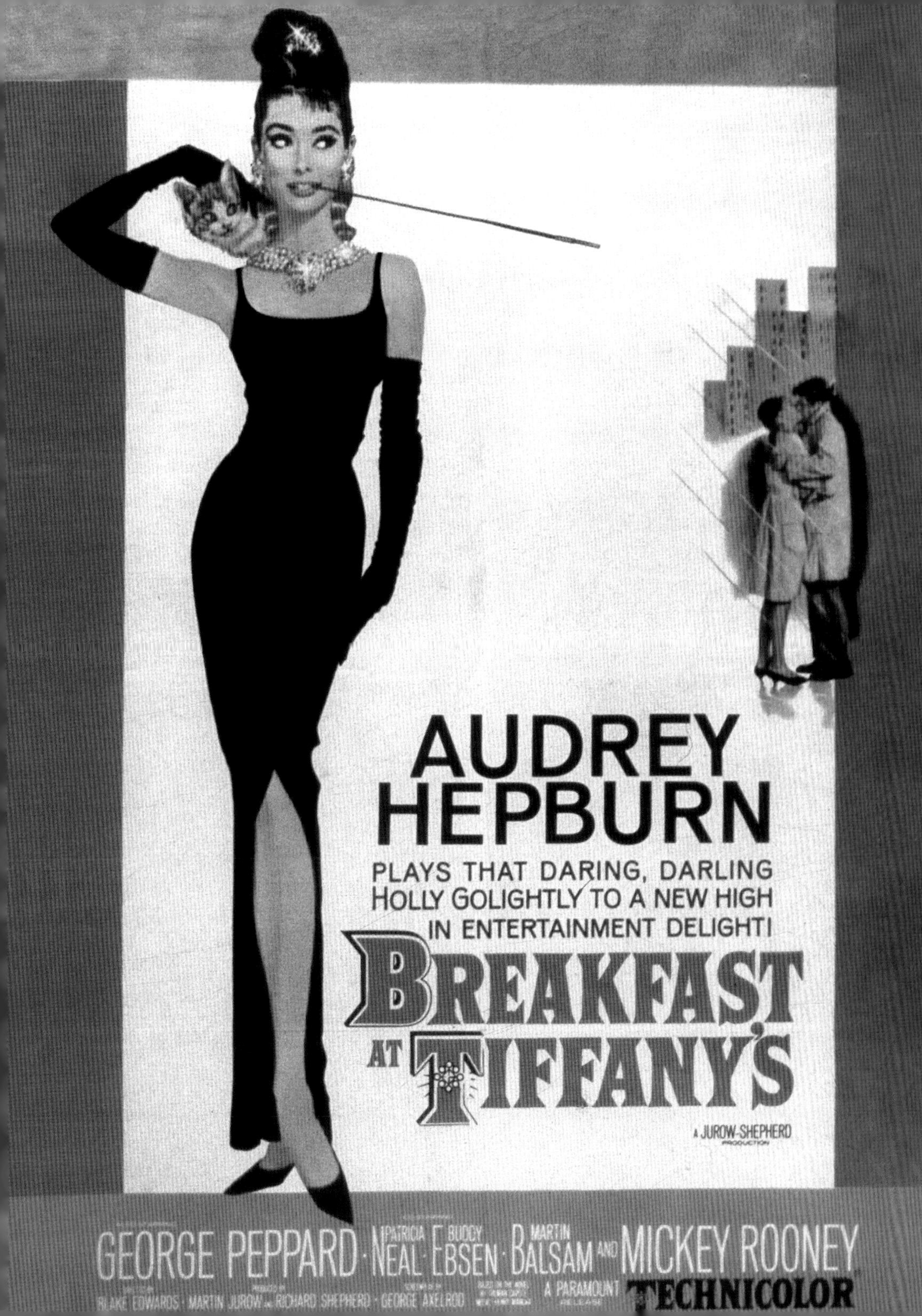
AUDREY
HEPBURN
PLAYS THAT DARING, DARLING
HOLLY GOLIGHTLY TO A NEW HIGH
IN ENTERTAINMENT DELIGHT!
BREAKFAST
AT TIFFANY'S
A JUROW-SHEPHERD
PRODUCTION
GEORGE PEPPARD · PATRICIA NEAL · BUDDY EBSEN · MARTIN BALSAM AND MICKEY ROONEY
BLAKE EDWARDS · MARTIN JUROW AND RICHARD SHEPHERD · GEORGE AXELROD
A PARAMOUNT
RELEASE
TECHNICOLOR

짓밟히는 싹들

Pluck the Bud and Destroy the Offspring

오에 겐자부로(大江健三郎) Kenzaburo Oe

작가 생몰연도 | 1935(일본)

초판 발행 | 1958, 고단샤(도쿄)

원제 | 芽むしり仔撃ち

노벨 문학상 수상 | 1994

『짓밟히는 싹들』은 전쟁이 가장 무고한 존재의 삶까지도 어떻게 파괴할 수 있는지 생생하게 묘사한 작품이다. 살기 위해 몸부림치는 어린 소년의 관점에서 쓰여진 이 소설은 제2차 대전 종전이 가까워오는 일본에서 한 개인이 겪는 경험을 보여준다. 도시에는 공습이 빗발치고 종말의 그림자가 짙게 드리운 가운데 부모에게 버려져 갱생 센터에 살고 있는 한 무리의 소년들이 시골마을로 피난을 떠난다. 마을 사람들은 '외부인'인 소년들을 비인간적으로 대우하지만, 이들은 강한 결속력으로 똘똘 뭉친다. 이야기가 진행되면서 1인칭 단수 화자 '나'가 1인칭 복수 화자 '우리'가 되며 그들은 일시적인 자유를 얻는다. 가장 절망적인 상황이지만 그들은 마을의 집들을 점거하고 자신들만을 위한 삶을 만들어 나간다. 그러나 전염병의 공포가 충돌과 분쟁으로 이어지면서 이들의 행복은 오래가지 못한다. 여기에 마을 사람들의 귀환은 최후의 일격이 된다.

"들어보라구. 너희 같은 녀석들은 아직 어렸을 때 눌러 죽여야 해. 해충은 애벌레일 때 밟아 죽여야 한다고. 우리는 농부들이야. 싹수가 없는 싹은 일찍 따버리지."

낙원이 사라지는 순간이다. **KK**

아홉시 반의 당구

Billiards at Half-Past Nine

하인리히 뵐 Heinrich Böll

작가 생몰연도 | 1917(독일)–1985

초판 발행 | 1959, Kiepenheuer & Witsch

원제 | Billard um Halbzehn

노벨 문학상 수상 | 1972

이 작품은 1958년 9월 6일 하루 동안 독일 서부 가톨릭 마을에서 살고 있는 한 건축가 집안의 삼대가 모여 나눈 대화와 내적 독백으로 구성된 작품이다. 60년이 넘는 독일 역사—카이저 시대부터 제3제국을 거쳐 1950년에 서독 경제 부흥의 기적에 이르는—가 이 가족의 삶을 통해 드러난다.

이 작품은 전쟁과 압제, 고문의 시대 문명의 실패와 가톨릭교회의 공범을 잊지도, 용서하지도 않겠다는 '거부'의 이야기이다. 건축가 하인리히 패엘이 1907년에 지은 대작인 수도원을 2차 대전 끝 무렵 독일군의 폭파 전문가인 아들이 날려버리는 것은 그것이 대변하는 문명에 대한 반항의 표시이다. 전쟁이 끝난 후 수도원 복원작업에 참여한 손자 요제프는 이러한 사실을 알게 된 후 깊은 혼란에 빠진다. 화해가 불가능한 사회의 삶의 부조리와 가족의 긴장은 묘하게도 폭력이라는 상징적 행위에서 해결책을 찾는다. 그 휴머니즘으로 두드러지는 이 작품은 독자로 하여금 등장인물의 도덕적 혐오와 망각에의 거부를 공유하도록 촉구한다. **DG**

▶ 뵐의 작품은 제2차 세계대전의 기억과 전후 독일의 도덕적 공황상태가 주를 이룬다.

2번가에서

Down Second Avenue

에제키엘 음팔렐레 Es'kia Mphahlele

작가 생몰연도 | 1919(남아프리카)–1997

초판 발행 | 1959, Faber and Faber(런던)

원제 | Down Second Avenue

본명 | Ezekiel Mphahlele

음팔렐레는 남아프리카 문학에서 가장 널리 읽히는 작가 중 한 명으로, 『2번가에서』는 그의 첫 자전적 소설이다. 음팔렐레는 예리한 사회비판과 회고담을 결합함으로써 아파르트헤이트 시대 남아프리카 교육 시스템의 인종분리정책에 저항한 자신의 투쟁을 생생하게 그려내고 있다.

이 책은 젊은 흑인 청년 에세키의 이야기이다. 에세키는 프레토리아 근처 부족 부락에서 자라 도시의 고등학교에서 영어와 아프리카어 교사로 일하게 된다. 1940년대 흑인과 유색인만을 위해 지어진 촌락으로 재배치된 다른 많은 젊은 흑인 이상주의자처럼 에세키도 정치의, 그리고 집권당의 저항세력에 깊이 발을 들여놓게 된다. 회유와 협박을 당하던 끝에, 그는 결국 교사 자격을 박탈당한다. 나이지리아로 망명해 '새로운 자유의 공기'를 숨쉴 수 있게 된 그는 아파르트헤이트 정권을 거침없이 비판한다. "아프리카는 이 땅의 인간과 자원을 제어하고 가르치기만 할 뿐 배우려하지 않는 백인들의 땅이 아니다."

언어는 단순하지만 심금을 울린다. 남아프리카 문학에 있어 두 개의 중심주제인 고립과 망명을 축으로 하고 있는 이 작품은, '옛 아프리카' 시골 출신의 남학생이 사회적, 정치적으로 의식있는 작가이자 언론인, 운동가로 변신해 나가는 과정을 보여주면서 근래의 흑인 민족주의 아프리카에 대한 새로운 의식을 형성하고 있다. **JK**

로지와 함께 사과주를

Cider With Rosie

로리 리 Laurie Lee

작가 생몰연도 | 1914(영국)–1997

초판 발행 | 1959, Hogarth Press(런던)

원제 | Cider With Rosie

언어 | 영어

작은 코츠월드 마을의 삶을 극적으로 생생하게, 반자전적으로 묘사한 『로지와 함께 사과주를』은 조만간 사라져버릴 세계를 보여주고 있다. 이동이 말과 수레로만 제한되며, 사실 집밖으로 나갈 일도 없는 그런 세계 말이다. 이 소설에서 가장 주목할 점, 그리고 출간되었을 때부터 독자들의 사랑을 받은 이유는, 바로 그 묘사의 신선함이다. 예를 들면 어린 아이의 시각, 혹은 다른 감각을 통해 본 정원은 하나의 세계 그 자체가 된다. 대부분의 에피소드들은 매우 코믹하지만, 한때는 시골의 일상을 지배했던 확신과 반복이 이제는 사라졌다는 아련한 슬픔이느껴진다. 남편에게 버림받고 두 가족을 책임지는 주인공의 어머니는 엄청나게 단조로운 삶을 살지만, 삶에서 뭔가 더 위대한 것을 원하는 그녀의 열망은 결코 꺾이지 않는다. 무엇보다 작가는 시골의 삶을 미화시키려는 어떤 노력도 하지 않는다. 물론 들판과 산울타리에는 온갖 멋진 것들이 있기는 하지만, 도처에 근친상간, 폭력을 앞세운 성관계, 심지어 살인을 포함한 야만적 행위들이 존재하는 것이 사실이다. 이것의 균형을 맞추는 것은 전통과 소속감이지만, 이마저도 영국의 가장 동떨어진 곳까지 근대 문명이 밀려오면서 사라져버리고 만다. **DP**

▶ 1960년 WH 스미스 문학상 시상식장에서. 시상을 맡은 여배우 패기 애쉬크로프트로부터 상금을 받아들고 있는 로리 리.

LauRie Lee
W.H.SMIT

양철북 The Tin Drum

권터 그라스 Günter Grass

작가 생몰연도 | 1927(폴란드)
초판 발행 | 1959, Luchterhand(노이비트)
원제 | Die Blechtrommel
노벨 문학상 수상 | 1999

오스카 마체라트는 살인누명을 쓰고 정신병원에 감금된다. 그를 감시하는 간수는 그에게 종이를 가져다주고, 그는 그 종이에 자서전을 쓴다. 오스카는 (간수의 눈이 자기 마음에 드는 갈색이라는 이유만으로) 간수를 적이 아닌 친구로 여기기 시작한다.

오스카 마체라트는 난쟁이다. 4살 이후로 더이상 키가 크고 싶지 않았기 때문이라는 게 그의 주장이다. 또 그는 노래를 부르기만 하면 유리에 구멍을 낼 수 있는 목소리를 가지고 있다. 2차 대전 동안 군대에 유흥을 제공하는 난쟁이 유랑극단에 속해 있었던 오스카는 자신이 두드리는 양철북의 박자에 맞추어 살아온 이야기를 한다. 그 이야기는 전쟁 전 폴란드와 독일, 나치의 유럽 침략, 그리고 독일의 패전과 분단의 이야기이다.

전후 독일의 정체성 폭발이라는 점에서 중요한 작품인『양철북』은 가슴이 미어질 정도로 아름답다. 오스카 마체라트의 목소리는 소설이 끝난 후에도 오랫동안 그 여운을 남긴다. 그 목소리는 나치가 (범죄자, 게이, 유태인들과 함께) '살 가치가 없는 생물들'이라고 분류한 "반사회인"의 목소리이다. 그라스는 유럽의 역사상 끔찍하고 잔인한 시대를 관통하는 이 난쟁이의 여정을 피카레스트 전통을 빌려 묘사하지만, 나치에 의해 "타락한 예술"이라고 경멸당한 대중문화의 전통을 재창조하고 있기도 하다.

동화, 사육제, 할리퀸, 신화 속 요술쟁이가 모두 나란히 등장하고 결합하며 인종청소 합리화의 끔찍한 비인간성을 폭로한다. 그 결과는 불합리한 맹목적 숭배가 아니라 정상의 확장과 변형이다. 오스카가 살고있는 삶이 그로테스크하게—하지만 더더욱 고통스럽게 인간적으 로—부풀어 오를 때까지 말이다. **PMcM**

"그들은 장님에 겁쟁이에 본데 없이 자란 놈들이야!"

▲ 독일어 초판본 표지. "작은 오스카"를 굉장히 눈에 띄게 그렸다.

◀ 쉴렌도르프의 1979년 영화 〈양철북〉에서 오스카 역을 연기한 다비드 베넨트. 〈양철북〉은 아카데미 최우수 외국어 영화상을 수상하였다.

벌거벗은 점심 The Naked Lunch

윌리엄 버로스 William Burroughs

작가 생몰연도 | 1914(미국)–1997
초판 발행 | 1959, Olympia Press(파리)
원제 | The Naked Lunch
본명 | William Seward Burroughs

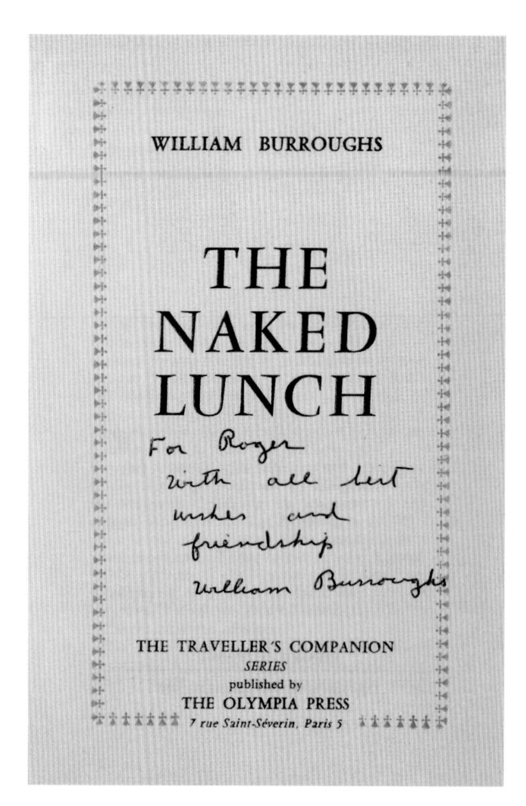

▲ 이 작품을 비롯해 영국과 미국에서 출간하기에는 지나치게 외설스러운 소설들이 파리의 올림피아 출판사에서 발행되었다.

▶ 버로스는 마약을 "최고의 상품"이라고 불렀다. "굳이 팔려고 애쓸 필요 없다. 고객이 하수도로라도 기어들어 와서 사겠다고 굽실댈 테니까."

윌리엄 버로스는 마약과 동성애에 관대한 작가로 이름이 높지만, 그의 작품 중에서도 특히 뛰어난 작품들, 예를 들면 『벌거벗은 점심』은 서양 문화의 더 심오하고 복잡한 단면을 보여준다. 이 소설은 마약이 단순히 우연한 문제가 아니라고 주장한다. 중독이라는 관념 자체가 상품과 소비를 맹목적으로 숭배하는 사회에 깊이 뿌리내리고 있다는 것이다. 더구나 합법적인 처방약과 불법 약물 사이의 경계가 너무나 모호해서 언제든지 권력자가 금전적 이익을 위해 얼마든지 그 구분을 조작할 수 있다. 그러나 이러한 주장만으로 『벌거벗은 점심』이 위대한 작품이 된 것은 아니다. 더 중요한 것은 폭력과 파괴의 장면에서 찾을 수 있는 어마어마한 에너지와 생생함이다. 버로스는 이제는 감옥이 돼버린 자신의 삶을 끊임없이 괴롭히고 있는 인물들을 보여준다. 그들은 '시스템'의 진실을 일부 발견하기는 하지만 그 손아귀에서 탈출하기에는 완전히 마비되어 있다. 게다가 버로스는 이 소설뿐 아니라 다른 소설에서도 종종 '컷-업-테크닉'이라는 자신만의 문체를 고안해 사용함으로써 독자가 그 상황을 완전히 이해하지 못하도록 한다. 이야기는 시작되고, 꼬이고, 길을 잃고, 다시 돌아온다. 시나리오가 잠깐 반짝였다가 시야에서 사라진다.

많은 포스트모더니즘 작품들이 신뢰할 수 없는 화자를 내세운다. 버로스는 여기서 더 나아가 도저히 알아볼 수 없는 세계를 창조한다. 마약 중독자들의 세계에서 길을 잃은 독자들은, 약물세계의 편집증적 시각이, 개인 의지의 자유를 주장하며 우리가 자위하는 허구보다, 기업과 국가의 권력에 대해 더 정확할 수도 있다는 사실을 고통스럽게 상기하게 된다. **DP**

BILLY
LIAR

거짓말쟁이 빌리 Billy Liar

키스 워터하우스 Keith Waterhouse

작가 생몰연도 | 1929(영국)
초판 발행 | 1959
초판 발행처 | Michael Joseph(런던)
◆ 1960년 연극으로 제작

보통 1950년대 영국 소설 및 영국에서 성난 젊은이*를 이야기한다면 그것은 킹슬리 에이미스의 짐 딕슨, 혹은 존 브레인의 조 램튼, 윌리엄 쿠퍼의 조 눈, 그도 아니면 조 오스본의 지미 포터를 염두에 두었을 확률이 높다. 키스 워터하우스의 무기력한 주인공 빌리 피셔는 비교적 주목을 덜 받고 넘어가는 쪽이다. 이 책은 『행운아 짐』이나 『꼭대기 방(Room at the Top)』 만큼이나 뚜렷한 전후 계급과 남성성의 위기에 대한 기록이다.

약 스무 살의 빌리는 요크셔의 중산층 마을 스트래더튼의 부모 집에서 살면서 장의사 조수로 일하며 언제나 탈출을 꿈꾼다. 충동적인 몽상가인 빌리는 앰브로시아라는 환상의 세계를 꾸며내서 그 안에서 애인, 혁명가, 시인 역할을 동시에 하기도 한다. 그의 삶이 갈수록 복잡한 거짓말로 얽혀들어가면서 어느 날 모든 것이 잘못된다. 그 얼키고 설킨 것을 푸는 과정은 극히 일부분만 우스꽝스러울 뿐 가히 히스테리적이다. 이는 전쟁으로 정의한 삶이라기에는 너무 늦게, 그렇다고 전후 재건의 일환으로 계급의 유동성을 즐기기에는 너무 이른 세대의 무능을 반영하고 있다. 문장 하나하나에 빌리의 불안이 깊게 배어있으며, 마침내 결말에서 우리는 빌리에게는 그 어떤 탈출구도 주어지지 않는다는 것을 알게 된다. **PMy**

* Angry Young Man. 1950년대 영국에서 새롭게 떠오른 문학 세대로, 대부분이 노동자 계급이나 중하층 출신으로 영국의 귀족과 영국성공회 및 엘리트주의자들을 거침없이 공격했다. 이 단어는 지속적인 계급 차별과 엘리트주의, '엉터리'인 모든 것에 대한 반감을 표현한다.

◀ 1963년 영화판 〈거짓말쟁이 빌리〉에서는 톰 코트니가 빌리 역을 맡았다.

철부지들 Absolute Beginners

콜린 매킨스 Colin Macinnes

작가 생몰연도 | 1914(영국)–1976
초판 발행 | 1959, MacGibbon & Kee(런던)
원제 | Absolute Beginners
◆ 1986년 영국에서 뮤지컬 영화로 제작

콜린 매킨스의 런던 3부작(『스페이드의 도시』(1957), 『미스터 러브 앤드 저스티스』(1960), 『철부지들』) 중 가장 잘 알려진 이 작품은 상당 부분을 차용한 데이비드 보위 주연의 1980년대 뮤지컬 영화 덕분에 매우 흥미로운 여생을 보냈다. 겉 보기에는 비슷한 잭 케루악의 『길 위에서』(1957)와 함께 종종 "히피 리스트 톱 10"에 오르는 이 작품에서는 "자극과 환상만 좇는" 보헤미안 사진사가 아닌, 그 열띤 영광에 휩싸인 런던이라는 도시 자체가 주인공이다. 소설의 서술은 "검둥이 새끼", "인마", "뽕(마리화나 궐련)", "늙은이들", "망나니 새끼"와 같은 단어로 점철되어 있지만, 이면에는 급진적 변화 속에 고통받는 사회의 모습이 드러난다.

소설의 시간적 배경은 수에즈 운하 사태의 후유증을 겪고 있는 전후 런던, 노팅힐 폭동이 일어나던 해이다. 신이 내린 대영제국 그리고 단일 인종으로 이루어진 대도시의 중심이라는 지난날 강철처럼 견고했던 확신은 현재와는 전혀 무관한 옛날 일이 되고 말았다. 이와 같은 최근의 런던은 전쟁 이전 고위직을 차지했던 "늙은이들"에게는 이해할 수 없는 모습이다. 그러나 런던은 또한 인종 갈등과 세대 간 갈등, 남녀 간 갈등으로 들썩이는 도시이기도 하다. 이 모든 것들이 폭동으로 무너져 내릴 때 와해되기 시작하는 것은 법과 질서, 공동체의 사회적 유대감뿐만이 아닌 도시 그 자체가 붕괴되기 시작하는 것이다.

새롭고 활기 넘치며 변함없이 의미 있는 『철부지들』은 현대사회의 근원과 뒤에 남겨진 사회에 대한 놀라운 성찰을 보여준다. **MD**

* 우리나라에서는 〈철부지들의 꿈〉이라는 제목으로 개봉.

새벽의 약속 Promise at Dawn

로맹 가리 Romain Gary

작가 생몰연도 | 1914(리투아니아)–1980(프랑스)
초판 발행 | 1960
초판 발행처 | Gallimard(파리)
원제 | La Promesse de l'aube

"그러자 그녀는 울기 시작했다…"

▲ 가리와 그의 부인 진 세버그. 미국인 영화배우였던 세버그는 1979년 자살했으며, 이듬해 가리도 권총 자살로 뒤를 따랐다.

『새벽의 약속』은 자기 대신 아들을 (자신의 운명이라고 생각했던) 위대한 예술가로 만들기 위해 홀몸으로, 온 마음을 다하여 후원한 여성에 대한 헌사이자 빌나와 니스에서 보낸 어린 시절의 회고이다. 이 소설은 작가를 형성했다고 할 수 있는 동유럽과 프랑스 문화의 융합이라는 이중 자화상이다.

이 소설은 깊은 애정과 강한 전염성이 풍기는 글로 지금의 작가를 만든 어머니의 이야기를 하고 있다. 만약 실제로 존재하지 않았다면 만들어내기라도 해야 했을 것이며, 사실 그런 면도 없지 않아 있다. 그러나 불공평하다고는 결코 말할 수 없는 것이, 아들의 운명을 결정짓게 한 그녀의 투쟁과 노력에서 코믹하면서도 쓰라린 절실함이 느껴지기 때문이다. 아들이 러시아인이 아닌 프랑스인으로 자라기를 바란 어머니의 흔들림 없는 열망은 그녀가 세운—그리고 그가 달성한—수많은 목표 중 하나였다.

가리의 어머니의 인생 한 순간순간, 그녀의 노력 하나하나가 사랑한 아들과 그의 미래의 승리를 위해 바쳐졌다. 이것이 그의 생에 있어 '새벽의 약속'이었던 것이다. 그녀는 작가, 장교, 그리고 외교관으로서의 그의 성공을 예견하고 지도했으며, 그는 그녀의 믿음에 부응하기 위해 전력을 다한다. 그 덕분에 젊은 나이에 소설을 출간한 것은 물론 법대를 졸업하고 군사 훈련을 마쳤으며 전쟁 때는 장교로 복무한다. 어머니의 헌신적 사랑은 그로 하여금 끝없이 완벽을 갈망하고 굶주리게 했지만 또 한편으로는 용기를 불러일으키고 정의를 믿게 해주었다.

이 책은 2차 대전 종전과 함께 (때론 곤란할 정도로) 기운 넘치는 가리의 어머니가 스스로의 예술적 천재성을 예기치 않게 증명하는 것으로 막을 내린다. **ES**

달려라 토끼 Rabbit, Run

존 업다이크 John Updike

그의 두 번째 소설인 『달려라 토끼』에서 업다이크는 전후 미국 소설에서 우뚝 솟은 인물 하나를 창조해냈다. 해리 '래빗(토끼)' 앵스트롬은 학창시절 펜실베니아 브루어의 고향 마을에서 농구스타로 명성을 떨쳤다. 이제 20대 후반이 된 토끼는 임신 중인 아내와 어린 아들 넬슨과 함께 마을의 저소득층 거주 지역의 작은 아파트에서 살고 있다. 그는 집집마다 야채껍질 벗기는 칼을 팔며 한치 앞을 알 수 없는 삶을 살고 있다. 고립당하고 소외된 현실에서 필사적으로 탈출하려 하는 그는 어느 날 밤 아무에게도 말하지 않고 길을 떠난다. 그러나 곧 마음이 약해져 브루어로 돌아오고 만다. 해리의 영광스런 과거를 잊지 않은 몇 안 되는 사람들 중 하나인 그의 고교시절 농구 코치가 그에게 루스라는 처녀를 소개시켜주고, 토끼의 외도가 시작된다.

업다이크는 현재시제를 사용하여 글을 쓴다. 지금은 그리 드문 일이 아니지만 그때만 해도 매우 혁명적인 시도였으며 업다이크 이후로 이 방면에서 더 뛰어난 시도는 거의 없었다. 거기다 3인칭 화자이다. 대부분의 내러티브는 해리의 머릿속에서 이루어지지만 우리가 듣는 것은 해리의 목소리가 아니다. 농구코트에서의 몸놀림만큼 정신도 우아하게 움직인다면 가능했을, 감각적이고 우아하며, 극사실적인 문장으로 해리의 의식이 표현된다.

해리는 완벽하게 아무 특징도 없는 평범한 사람은 아니지만 그렇다고 찬사를 받을 만한 위인과는 거리가 멀다. 그의 충동적이고 생각 없는 행동은 언제나 가공할 만한 결과를 불러온다. 그러나 해리의 복잡한 성격을 묘사함에 있어 업다이크가 보여주는 세심한 주의 덕분에 독자는 여전히 그에게 공감할 수밖에 없다. 속편인 『돌아온 토끼』(1971), 『토끼는 부자』(1981), 『토끼 평안히 잠들다』(1990)와 함께 『달려라 토끼』는 20세기 후반을 살아가는 평범한 미국인의 비범한 초상이다. **TEJ**

작가 생몰연도 | 1932(미국)-2009
초판 발행 | 1960
초판 발행처 | A. Knopf(뉴욕)
국가인권상(National Medal for Humanities) 수상 | 2003

"사랑은 공기를 가볍게 하지."

▲ 1960년 젊은 존 업다이크의 모습. 소설을 쓰기 전에는 시와 단편에도 손을 댔다.

앵무새 죽이기 To Kill a Mockingbird

하퍼 리 Harper Lee

작가 생몰연도 | 1926(미국)
초판 발행 | 1960
초판 발행처 | Lippincott(필라델피아)
퓰리처상 수상 | 1961

▲『앵무새 죽이기』 초판본 표지. 출간되자마자 대히트를 기록하며 2년 후에는 영화로도 제작되었다.

▶ 처녀작인『앵무새 죽이기』를 썼을 때 하퍼 리는 서른네 살이었다. 그리고 나서 그녀는 두 번 다시 소설을 쓰지 않았다.

대공황 시대 앨라배마를 무대로 하는 하퍼 리의 퓰리처상 수상작『앵무새 죽이기』는 한 어린 소녀의 성장기와 인종차별의 뿌리와 열매라는 암울한 드라마를 함께 엮음으로써 하나의 사회 혹은 하나의 개인 안에서 어떻게 선과 악이 공존할 수 있는지를 고찰한 작품이다. 소설의 주인공 스카웃은 오빠 젬과 아버지 애티커스 핀치와 함께 살고 있다. 아버지는 뛰어난 변호사로, 아이들에게도 무지에서 비롯된 미신에 휩쓸리기보다는 열정과 철학으로 무장하라고 북돋아주는 유능한 사회인이다.

마을의 흑인 톰 로빈슨이 강간 누명을 쓰고 기소되면서 애티커스는 자신의 신념을 몸소 실천한다. 애티커스는 기꺼이 그의 변호를 맡고, 증거를 보다 신빙성 있게 해석하고 린치를 가하여 그의 의뢰인의 변호를 포기하게 하려는 마을 사람들에 미리 대비한다. 분노가 점점 고조되면서 톰은 유죄 판결을 받고 로빈슨을 고소한 이웰은 상상할 수 없는 끔찍한 짓으로 애티커스에게 복수하려 한다.

한편 아이들은 한평생 자기 형 집에 갇혀있는 이웃 부 래들리에 대해 편견과 미신으로 둘러싸인 드라마를 풀어낸다. 그들은 부에 대해 나름대로의 생각을 가지고 래들리 가에 숨어들지만, 사실 그들의 추리 역시 어른들이 만들어낸 비인간적 행위와 다를 바가 없었다.

애티커스는 아이들을 나무라고 보다 분별있는 태도를 가지라고 말한다. 그 후 부는 위험에 처한 젬과 스카우트를 도와줌으로써 그의 존재를 간접적으로나마 드러낸다. 스카웃의 계속되는 도덕 교육은 두 갈래이다. 근거 없는 부정으로 타인에게 고통을 주지 말 것, 그러나 이러한 가치들이 불가피하게, 그리고 때때로 폭력적으로 위협을 받을 때에는 인내도 필요하다는 것. **AF**

루블린의 마법사 The Magician of Lublin

아이작 바셰비스 싱거 Isaac Bashevis Singer

작가 생몰연도 | 1904(폴란드)–1991(미국)
초판 발행 | 1960, Noonday(뉴욕)
원제 | Der Kunstnmakher fun Lublin
노벨 문학상 수상 | 1978

"… 마을 사람들은 야샤를 거의 믿지 않았다."

▲ 1962년 월터 대런이 찍은 싱거의 사진. 싱거는 당시 미국 문학계에서 막 인정을 받기 시작하던 참이었다.

19세기 말 폴란드, 야샤 마주르는 돈 없는 바르샤바판 데이비드 블레인*이다. 또 그는 자신의 유태교 신앙과, 믿음 깊은 불임의 (필요할 때에만)아내, 그리고 자신이 꽁무니를 쫓아다니는 여자들까지도 교묘히 피하는 데에 선수이다. 그는 돈에 쪼들리고 도덕적 용기에 구속 당하며, 돈이 되는 일과 여자와 자는 일에만 신경을 쓴다. 그러나 그가 애인과 새로운 인생을 시작하기 위해 강도짓을 하는 동안 충실한 조수 마그다가 자살을 하면서 그의 인생은 하루아침에 180도 뒤집히게 된다. 마그다가 죽은 현장에 도착한 야샤는 "그녀의 이마에 손을 대보았다. 차갑지도, 따뜻하지도 않았다. 마치 체온을 넘어선 것만 같았다."

그는 자신의 과오를 뼈저리게 뉘우치고 아내에게 돌아오지만 여기서도 싱거 특유의 반전이 일어난다. 그는 참회하는 사람으로서 가장 기본적인 도구들—물병, 밀짚 요, 외투, 책, 그리고 변소를 팔 삽—만 지닌 채 '은신처'에 처박혀 세상과 담을 쌓는다. 처음에는 또 야샤가 뭔가 속임수를 쓴다고 생각하던 마을 사람들도 3년이 지나자 그에게 이런저런 문제의 답을 알려달라 찾아온다. 기묘한 결말이기는 하지만 싱거는 정열, 마법, 종교적 헌신으로 고통받던 폴란드인들의 (대부분 홀로코스트 이전의) 삶 속에서 유태교 신앙이 어떤 역할을 했는지 문학적인 연구를 계속 해왔고, 이런 면에서 편안한 마무리였다고 할 수 있다.

『루블린의 마법사』는 1979년 앨런 아르킨이 주인공 야샤역을 맡고, 루이스 플레처, 발레리 페린, 셸리 윈터스 등이 캐스팅돼 영화로 제작되었다. **JHa**

* 미국 출신의 길거리 마법사. 엽기적이고 충격적인 마술 세계를 선보이는 것으로 유명하다. 영국 템즈 강변에 걸린 유리 상자 안에서 44일간의 단식에 성공한 것도 잘 알려져 있다.

중간 휴식 Halftime

마르틴 발저 Martin Walser

작가 생몰연도 | 1927(독일)
초판 발행 | 1960
초판 발행처 | Suhrkamp(프랑크푸르트)
원제 | Halbzeit

소설『중간 휴식』은 1950년대와 60년대, 독일 연방 공화국의 역사적 발전을 무대로 사회적 쇠퇴와 주인공의 몰락을 그린 소위 '안젤름 크리스틀라인 3부작'의 첫 번째 작품이다.『중간 휴식』은 1950년대의 급속한 경제 성장에 초점을 맞추며 소비 사회에 대한 비판적 시각을 제시한다.

서른다섯 살에 세 자녀를 둔 기혼 가장 안젤름 크리스틀라인은 학업을 중단하고 광고업계에 뛰어든다. 1년 만에 그는 높은 수입과 명망을 자랑하는 전문가가 되었을 뿐 아니라 재수 좋게 상류 계급에 발을 들여놓게 된다. 가족이 커리어에 장애가 된다고 믿기 시작하면서 그는 친구들과 동료들, 애인들과만 시간을 보낸다. 직업이 직업이니만큼 그는 상류 사회에 쉽게 발을 들여놓고 그곳에서 놀라운 적응력을 발휘한다. 오래지 않아 소비 사회의 근본 원칙, 특히 그중에서도 무자비한 경쟁이 그의 삶의 중심을 차지한다. 그는 광고 전문가의 테크닉과 속임수를 한껏 발휘해 친구의 약혼녀를 가로채려고까지 한다.

『중간 휴식』은 일련의 회상을 통해 안젤름의 과거를 따라간다. 그의 내레이션은, 외부의 사건과 주인공의 성찰 및 플래시백이 일직선상의 줄거리 없이도 모두 생생한 언어의 흐름으로 결합하는 연상과 엇갈려 나타난다.(그러나 화자의 아이러니에서 비롯된 비판적 거리를 두지 않는 것은 아니다.) 그러나 드문드문 보이는 비판적 암시에도 불구하고, 결국에는 지나친 사회적 야망 때문에 병자—신체적으로도 은유적으로도—가 되는 안젤름이 그 대안으로 가족을 선택하는지에 대해서는 명확한 언급이 없다. **LB**

"글쓰기는 조직화된 자연스러움이다."

마르틴 발저

▲ 발저는 베트남 전쟁에 반대하고 전후 서독에 비판적이었던 1960년대의 대표적인 좌파 지성인이다.

시골 소녀들 The Country Girls

에드나 오브라이언 Edna O'Brien

작가 생몰연도 | 1932(아일랜드)
초판 발행 | 1960, Hutchinson(런던)
원제 | The Country Girls
삼부작 출간 | 『Country Girls Trilogy and Epilogue』(1986)

수도원 기숙학교의 검소함과 억압적인 분위기에 신물이 난 화자 캐이슬린과 그녀의 단짝 바바는 수녀들 중 한 명에 대해 외설스러운 편지를 써서 뻔히 보이는 곳에 놓아두었다가 퇴학당하여 집으로 돌아온다. 머리끝까지 화가 난 캐이슬린의 아버지는 딸의 뺨을 후려친다. 에드나 오브라이언의 첫 번째 소설은 소문이 모든 것을 좌우하는 작은 시골 마을의 양대 권력인, 가부장적인 가족과 교회의 그늘에서 살아가는 소녀들을 그리고 있다. 불경스럽고, 쾌락을 좇는 주인공의 기질은 당연히 이 세계의 폐쇄적인 한계 속에서 충돌을 빚을 수밖에 없고, 결국 이들이 더블린으로 떠나는 것은 피할 수 없는 결과이다.

『시골 소녀들』에서 작가는 그녀의 보다 복잡한 이해를 교묘하게 숨긴 채 화자의 순진한 충동을 밑바닥까지 묘사하고 있다. 캐이슬린의 내러티브는 성찰보다는 인상에 무게를 두고 일상의 괴로움과 즐거움—수도원 학교에서 식사 때 나오는 수프, 『밤은 부드러워』를 처음 읽었을 때의 환희, 그리고 옷을 차려입고 시내로 외출하기 등—에 초점을 맞추고 있다. 바바와는 달리 캐이슬린은 특히 고향 마을에서부터 그녀를 따라다니다가 더블린까지 따라와 그녀를 유혹하는 축축한 손의 "미스터 젠틀맨"에 대한 낭만적인 환상을 가지고 있다. 그러나 행복은 사랑, 섹스, 남자를 통해서만 찾을 수 있는 것이 아님을 깨닫기 위해서는 오브라이언 3부작의 다음 작품까지 기다려야만 한다. **MR**

부베의 연인 Bebo's Girl

카를로 카솔라 Carlo Cassola

작가 생몰연도 | 1917(이탈리아)-1987(모나코)
초판 발행 | 1960
초판 발행처 | Einaudi(튀린)
원제 | La ragazza di Bube

카솔라의 작품 중 가장 유명한 『부베의 연인』은 그의 다른 작품들처럼 제2차 세계대전이 끝난 후, 파시스트 정권의 후유증을 그리고 있다. 주인공인 젊은 여성 마라는 반파시스트 레지스탕스의 영웅이자 빨치산인 부베와 약혼한다. 부베는 토스카나의 시골 마을에서 파시스트들에 대항하여 무장 투쟁을 하는 중이다. 비록 부베의 사상적 스승이라 할 수 있는 이탈리아 공산당은 오래지 않아 부르주아지와 모종의 정치적 타협을 보지만, 부베는 동지의 죽음을 복수하기 위해 살인자가 되면서까지 투쟁을 멈추지 않는다. 마라는 이제 연인을 잊고 새로운 삶을 쌓아올리느냐, 아니면 14년형을 선고받은 부베를 기다리느냐 사이에서 결정을 내려야만 한다. 그녀는 사회 정의를 위해 싸웠지만 결국은 그로부터 거부당한 자기 세대에 대해 정절을 지키는 위엄의 길을 선택한다.

카솔라는 이탈리아 공화국의 새로운 질서가 어떻게 마라의 세대를 배반했는지를 폭로하며, 부베의 행위를 정치적으로 비판하지 않는다. 그보다는 왜 이탈리아 공산당이 부베와 같은 미래의 지도자감에게 공산주의를 무너뜨리려는 힘의 규합의 복잡함에 대해 알려주지 않았는지를 묻는다. 군더더기가 없으면서도 세심한 카솔라의 문장은 그를 프랑스 '누보로망'의 선구자의 반열에 올려놓았다. **LB**

신의 작은 숲 God's Bits of Wood

우스만 셈벤 Ousmane Sembène

작가 생몰연도 | 1923(세네갈)-2007
초판 발행 | 1960
초판 발행처 | Presses Pocket(파리)
원제 | Les bouts de bois de Dieu

1947~48년 세네갈 철도 노동자들의 파업을 그린 『신의 작은 숲』은 불의에 저항하는 과도기의 공동체에 대한 이야기이다. 이 작품에는 특정한 영웅이 없다. 바위처럼 굳건한 이상주의자로 파업을 주도하는 바카요코부터 그를 따른 충성스러운 노동자들, 동료들, 배반자들, 그리고 세상이 뒤집히는 것을 눈으로 보게 된 백인 경영자 계급 등 다양한 군상이 존재할 뿐이다. 이 소설에서 가장 주목할 만한 점은 그때껏 전통적인 순종의 가치에 충식했던 여성들이 가족에게 위기가 닥치자 사회적으로 각성한다는 점이다. 사실 이 소설이 클라이맥스에 다다를 수 있는 것은 내러티브를 구성하는 여성들의 적극적인 참여와 자신감의 증가 덕분이다.

셈벤은 식민지 독립의 최전방에 선 세네갈 사회가 직면한 사회 변화를 꾸준히 그려냈다. 독립 이후 서방 학생들이 이 작품을 세네갈 사회를 이해하기 위한 중요한 교과서로 간주한 것은 말할 필요도 없고, 서아프리카에서도 널리 읽히며 존경을 받은 작품이다. 『신의 작은 숲』은 유럽의 리더십이나 자신들의 계급 안에서만 자족하는 몇몇 개인에게 의존하기보다 자신의 운명을 스스로 결정하는 아프리카인들의 위상을 표현한 최초의, 그리고 가장 인상적인 소설 중 하나이기 때문이다. 식민지 시대 상황에 대한 저항과 도시 빈민 계급의 단결을 소리내어 이야기한 『신의 작은 숲』은 오래지 않아 아프리카 사회사 작가들이 즐겨 따르는 모델이 되었다. **RMa**

조선소 The Shipyard

후안 카를로스 오네티 Juan Carlos Onetti

작가 생몰연도 | 1909(우루과이)-1994(스페인)
초판 발행 | 1961
초판 발행처 | Comp. General Fabril Editora
원제 | El astillero

뒤이어 발표된 『시체들의 모임(Juntacadaveres)』(1964)에서 보다 심도있게 다루는 사건들에 대해 『조선소』의 주인공 초로의 라슨은 지나가듯 언급할 뿐이다. 그는 예전에 자신을 추방했던, 그리운 그림자들이 가득한 산타 마리아로 되돌아온다. 라슨은 눈에 넣어도 아프지 않을 딸 안젤리카 이네스는 물론 그의 하녀와도 동거했던 과거의 재벌 헤레미아스 페트루스가 소유한 황폐한 조선소의 감독으로 고용된다. 이 환상적이고 기묘한 조선소의 소장 갈베즈와 쿤즈는 조선소의 피할 수 없는 몰락을 앞당길 것인가, 아니면 이 속임수를 계속 밀고 나가느냐 하는 딜레마에 라슨이 아군이 되어줄 것인지 적군이 되어줄 것인지 확신할 수가 없다.

이 소설은 짧은 장들로 구성되어 있다. 줄거리는 시내와 무너져가는 조선소, 갈베즈와 그의 임신한 아내(라슨이 마음만 먹었으면 그녀를 유혹하는 것은 문제도 아니었다)의 작은 집, 라슨과 안젤리카 이네스가 만나는 나무 그늘, 그리고 라슨이 사라지기 전 단 한 번 요세피나와 동침한 집 사이를 오가며 진행된다. 화자는 관찰자 시점에서 장면을 보여주면서, 등장인물들의 성격을 정확하게 보여주는 느긋한 문장을 통해 정보와, 때로는 감추어진 아이러니를 제공하기도 한다. 『조선소』는 겉으로 보기에는 실망스러운 만남을 주제로 한 전통적인 스토리이지만, 훗날 스페인어 소설에서 볼 수 있는 솔직함을 지닌 소설이다. **DMG**

캐치 22 Catch-22

조셉 헬러 Joseph Heller

작가 생몰연도 | 1923(미국)–1999
초판 발행 | 1961
초판 발행처 | Simon & Schuster(뉴욕)
속편 | 『폐점 시간(Closing Time)』(1994)

전쟁의 광기와 지나친 관료주의에 대한 열띤 풍자인 조셉 헬러의 『캐치 22』는 이제는 컬트의 고전으로 평가받고 있다. 1961년 출간된 이 소설은 제2차 세계대전 동안 지중해의 피노사 섬에 주둔하고 있는 미 공군 전투기 비행단 소속 조셉 요사리안 대위의 이야기이다. 애국적 이상이나 추상적인 의무감과는 거리가 먼 요사리안은 이 전쟁 자체를 개인적인 공격으로 간주하고, 군이 고의적으로 그를 젊은 나이에 죽게 할 것이라고 믿게 된다. 그리하여 그는 탈출하기 위한 점점 더 독창적인 방법—여러 가지 질병 증상을 가장하는 것, "캐치 22" 상황의 돌고도는 논리 속에 갇혀 제정신과 정신병자 사이에서 왔다갔다 하는 것—을 고안해내는 것으로 소일한다.(헬러가 만들어낸 "캐치 22"는 영어의 신조어가 되었다.) 헬러는 미친 원칙주의자 셰이스코프 대령부터 무자비한 전쟁 장사꾼 밀로 마인더바인더까지 일련의 우스꽝스러운 괴짜들을 섬의 온실과도 같은 환경에 들이민다.

헬러는 전쟁을 집단의 광기이자 공적, 사적인 삶의 조직을 넘어서는 정신병으로 보았다. 『캐치 22』는 영웅주의와 "용감한 싸움"의 전통적인 개념에서 등을 돌리고 전쟁을 보다 넓은 심리적, 사회적, 경제적 맥락에서 바라본다. 이 소설은 유쾌하리만치 우스꽝스럽지만 한편으로는 반전 선전물의 한계를 뛰어넘는, 지극히 진지한 통찰력을 보여준다. 이 소설은 변화의 물결이 1960년대를 휩쓸기 전까지 미국 전쟁 문학을 지배했던 엄격한 현실주의적 접근에서 발을 뗐다. 『캐치 22』는 로스나 보니거트, 핀천의 작품들과 함께, 전쟁만큼이나 거칠고, 그로테스크하고, 기괴한 언어의 새로운 반문화적 감수성으로 전쟁을 표현한 미국 문학의 파도를 위해 수문을 열었다. **SamT**

"That Yossarian," the two officers laughed, shaking their heads, and got another ball from the box on the shelf.
"That Yossarian," Yossarian answered them.
"Yossarian," Nately whispered cautioningly.
"You see what I mean?" asked Clevinger.
The officers laughed again when they heard Yossarian mimicking them. "That Yossarian," they said more loudly.
"That Yossarian," Yossarian echoed.
"Yossarian, please," Nately pleaded.
"You see what I mean?" asked Clevinger. "He has antisocial aggressions."
"Oh, shut up," Dunbar told Clevinger. Dunbar liked Clevinger because Clevinger annoyed him and made the time go slow.
"Appleby isn't even here," Clevinger pointed out triumphantly to Yossarian.
"Who said anything about Appleby?" Yossarian wanted to know.
"Colonel Cathcart isn't here, either."
"Who said anything about Colonel Cathcart?"
"What son of a bitch *do* you hate, then?"
"What son of a bitch *is* here?"
"I'm not going to argue with you," Clevinger decided. "You don't know who you hate."
"Whoever's trying to poison me," Yossarian told him.
"Nobody's trying to poison you."
"They poisoned my food twice, didn't they? Didn't they put poison in my food during Ferrara and during the Great Big Siege of Bologna?"
"They put poison in everybody's food," Clevinger explained.
"And what difference does *that* make?"
"And it wasn't even poison!" Clevinger cried heatedly, growing more emphatic as he grew more confused.
As far back as Yossarian could recall, he explained to Clevinger with a patient smile, somebody was always hatching a plot to kill him. There were people who cared for him and people who didn't, and those who didn't hated him and were out to get him. They hated him because he was Assyrian. But they couldn't touch him, he told Clevinger, because he had a sound mind in a pure body and was as strong as an ox. They couldn't touch him because he was Tarzan, Mandrake, Flash Gordon. He was Bill Shakespeare. He was Cain, Ulysses, the Flying Dutchman; he was Lot in Sodom, Deirdre of the Sorrows, Sweeney in the nightingales among trees. He was miracle ingredient Z-247. He was—

19

NATELY CAUTIONS YOSSARIAN PROTECTIVELY, AS HE DOES MANY TIMES THROUGH THE BOOK
YOSSARIAN HIMSELF WAS RESPONSIBLE FOR HAVING SOAP PUT IN THE FOOD DURING BOLOGNA
AS AN ASSYRIAN HE IS A MEMBER OF AN ANCIENT RACE THAT HAS FEW IF ANY SURIVOR
CAIN, ULYSSES, AND THE FLYING DUTCHMAN ARE ALL EXILES OR WANDERERS DRAWN FROM MYTH OR EPIC, WHO RECEIVE THEIR PUNISHMENTS FROM A POWER GREATER THAN THEMSELVES (SUPERHUMAN OR METAPHYSICAL)

▲『캐치 22』는 오랜 산고 끝에 태어난 작품이다. 헬러는 광고 카피라이터로 일하던 1953년 이 책의 1부를 집필했다.

◀『캐치 22』를 출간하고 13년이 지난 후인 1974년에야 두 번째 소설을 출간한 헬러의 모습.

솔라리스 Solaris

스타니스와프 렘 Stanislaw Lem

작가 생몰연도 | 1921(폴란드)–2006
초판 발행 | 1961, Wydawnictwo(바르샤바)
언어 | 폴란드어
◆ 1972년과 2002년에 영화로 제작

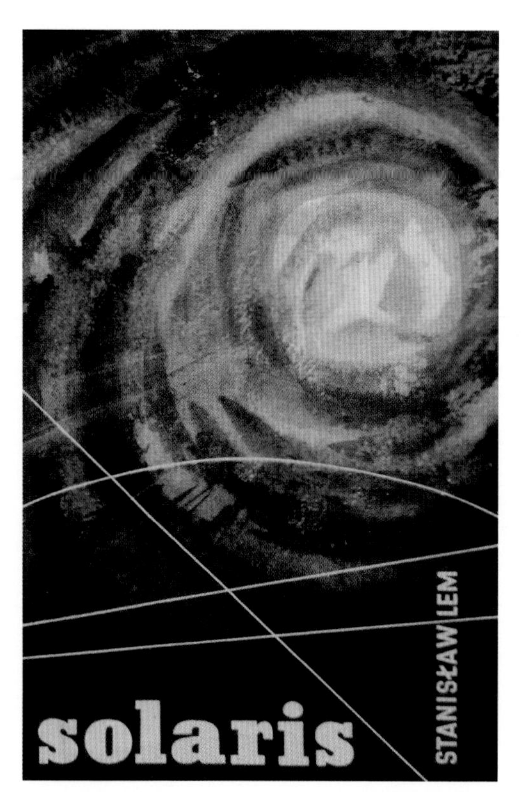

"나는 단일 성좌를 인식할 수 없다…"

▲ 렘은 인간은 절대로 이해할 수 없는 우주 속에서 길을 잃고 스스로가 만들어낸 기술로 위협을 받는 인류의 모습을 비관적으로 그려냈다.

공상과학(SF) 소설은 언제나 열띤 토론을 일으키는 문학 장르이다. 직설적인 폴란드 작가 스타니스와프 렘은 평생 '밋밋하기 짝이 없는 미국 SF소설은 상업주의의 사료로나 알맞은 키치'라고 코웃음을 쳤다. 따라서 렘이 1961년 발표한 『솔라리스』가 확고부동한 SF문학의 고전이 되어 두 번이나 영화로 제작된 것(1972년 안드레이 타르코프스키에 이어 2002년 스티븐 소더버그가 메가폰을 잡았다)은 상당한 아이러니라 할 수 있다. 예상했겠지만 렘은 SF문학뿐만 아니라 영화에도 경멸을 아끼지 않았기 때문이다.

『솔라리스』의 서두는 거의 교과서에 가깝다. 인간 과학자들이 "솔라리스"라는 행성에 사는 외계인들과 접촉을 시도했다가 실패한다는 것이다. 솔라리스는 언제나 인간을 앞지르는 지성을 소유한 해양 생물체들로 덮여 있다. 솔라리스를 탐구하려는 인간 과학자들의 시도는 언제나 부메랑이 되어 그들에게 되돌아온다. 그들의 실험은 스스로의 심리적 약점을 폭로할 뿐이다. 주인공인 크리스 켈빈은 솔라리스가 재생해낸 자살한 연인의 환영에 사로잡혀 과거의 기억에 시달리다 서서히 파멸한다. 다른 인물들 역시 불특정한 트라우마로 고통받는다. 아마도 이 책의 독특한 톤은 영화로는 절대 포착해내지 못할 것이다.

작가는 무미건조한 학술적 언어로 우리의 주인공들이 도저히 이해할 수 없는 행성의 불가해한 현상들을 묘사하고 있다. 우리의 푸른 지구를 넘어선 환상적 세계의 절대적인 이질성을 드러냄으로써 렘은 새로운 문학적 접목을 제시한다. 카프카와 헉슬리를 결합한 『솔라리스』는 SF의 전례없는 돌연변이로, 설명을 거부하기 때문에 더더욱 매력적인 작품이다. **ABI**

고양이와 쥐 Cat and Mouse

권터 그라스 Günter Grass

작가 생몰연도 | 1927(폴란드)
초판 발행 | 1961, Luchterhand(노이비트)
원제 | Katz und Maus: eine Novelle
노벨 문학상 수상 | 1999

그라스는 1927년 그단스크에서 태어났으며, 『양철북』, 『고양이와 쥐』, 『개 같은 시절』로 이루어진 '그단스크 3부작'을 통해 이 도시의 과거와 나치즘이 이 도시에 미친 영향을 되돌아보았다. 『고양이와 쥐』는 한 무리의 아이들을 통해 보다 폭넓은 역사적 사건들을 보여줌으로써 작가로 하여금 그단스크와 시민들에 대한 작가의 기억 속에서 내러티브를 짜낼 수 있게 해준다. 수수께끼의 주인공 요아킴 말케는 광대가 되기를 꿈꾸었으나 대신 전쟁 영웅이 된다. 그의 연기와 용감함을 표출하는 모습은 다른 아이들에게 있어 이 세상에서 일어나는 그 어떤 일보다 더욱 인상 깊고 흥미진진한 것으로 비춰진다. 그는 외부인이고, 복종을 강요하는 정권의 압력에의 굴복을 거부하는 폴란드인이다. 그의 비밀스러운 삶은 영웅주의와 영웅 숭배에 열광하는 나치를 풍자하고 있다. 나치 정권을 경멸하다시피 하는 그를 다른 아이들은 경탄과 존경의 눈으로 바라본다. 광대가 되고자 하는 그의 열망은 다른 이들을 위해 연기를 하고, 주목과 찬사를 받고픈 욕망에서 비롯되며, 이를 통해 그라스는 나치 시대 영웅의 반열에 오른 이들의 마음속 부조리를 탐구한다.

화자인 말케의 친구 필렌츠는 전후 나치 가담의 과거를 "고백"함으로써 면죄부를 받고자 했던 풍조를 교묘하게 묘사하는 고백적 어조로 이야기를 풀어나간다. 이 소설은 코믹한 환상, 잔혹, 리얼리즘, 그리고 신화 사이를, 그리고 서정적인 아름다움과 끔찍한 폭력 사이를 오간다. 또한 기억의 왜곡 능력과 화해의 불가능에 대한 끊임없는 대화이기도 하다. **JM**

"고양이는 더 가까이 다가왔다. 말케의 목젖은 크고, 언제나 움직이고 있었기 때문에 늘 주목을 받았다."

▲ 독일 정치에 적극적으로 목소리를 내온 그라스는 나치 과거에 대한 건망증을 비판하고자 '그단스크' 소설들을 썼다.

진 브로디 양의 전성시대 The Prime of Miss Jean Brodie

뮤리엘 스파크 Muriel Spark

작가 생몰연도 | 1918(스코틀랜드)-2006(이탈리아)
초판 발행 | 1961, Macmillan & Co.(런던)
원제 | The Prime of Miss Jean Brodie
◆ 1966년 연극으로 제작

Out of one
Jean Brodie
would come
a whole
generation of
Jean Brodies
experimenting
with sex, society
and everything
else.
20th Century-Fox presents
THE PRIME OF
MISS JEAN BRODIE
MAGGIE SMITH
ROBERT STEPHENS · PAMELA FRANKLIN · GORDON JACKSON · CELIA JOHNSON

"'너는 코스트로파인의 걸스카우트 지도자나 되겠지.' 그녀가 유니스에게 경고하듯 말했다. 하지만 유니스는 매우 괜찮은 아이디어라고 은밀히 생각했다."

▲ 1969년 영화 〈진 브로디 양의 전성시대〉에서 파시즘을 신봉하는 괴짜 여교사 역을 맡아 열연한 매기 스미스는 아카데미 여우 주연상을 수상했다.

▶ 뮤리엘 스파크는 진 브로디 양의 학교와 별반 다르지 않은 에딘버러의 여학교에서 교육을 받았다. 1960년에 찍은 사진이다.

스파크의 작품 중에서 가장 유명한 『진 브로디 양의 전성시대』는 수차례 연극과 영화로 제작되면서도 소설로서의 가치를 잃지 않았다. "크림 중의 크림(crème de la crème)"과 같은 표현은, 비록 작가가 의도했던 정교한 목적들이 이해되지는 못했다 하더라도, 대중적으로 널리 쓰이는 표현이 되었다. 브로디 양의 소름끼치는 궤변부터("다감한 나이의 소녀 하나를 줘요. 그 애는 평생 내 것이에요.") 암울한 결말에 이르기까지 스파크는 교육과 여성성, 권위주의에 대한 쉽지 않은 질문들을 던진다. 브로디 양의 가장 큰 매력인 신랄한 언행은 뮤리엘 스파크 사신의 우아하고도 엄격한 스타일과 기교를 다소 누그러뜨린다. 화려함의 모든 사소한 덫에도 불구하고 브로디 양의 눈먼 낭만화는 전지적 화자의 권위에 대한 의문을 던진다. 이 소설은 독자로 하여금 기꺼이 읽게끔 하는 빼어난 내러티브를 유지하면서도 어떤 형식주의자라도 동경할 만큼 그 구성에 대해 자기 비판적이다.

스토리는 여러 개의 시간 프레임과 교차하는 관점이 겹쳐있다. 특히 브로디 가의 다양한 사람들의 과거를 거슬러 올라가 판단을 내리는 장면은 소설 곳곳에서 찾아볼 수 있다. 이로써 의욕적이지만 위험한 교사 진 브로디의 수수한 출세와 가혹한 몰락이라는 궁극적 결말에 힌트를 제공한다. 브로디 양은 권위주의의 범죄적인 선전에 가까운(그 양은 줄어들지만 질은 결코 떨어지지 않는) 엄격함으로 자신의 학생들을 어린 파시스트 당원들로 개조한다. 교육학적 위기와 학교의 성적 긴장의 기묘한 사도-마조히즘적 환상에 접근한 이 소설은 학생인 샌디 스트레인저의 눈을 통해 "브로디" 일가의 교육이 흥미로울 정도로 효율성이 전혀 없다는 사실을 보여준다. 정치적 진단이자 풍자 희극인 『진 브로디 양의 전성시대』는 교직과 글쓰기의 도덕성을 다행스럽게도 매우 유쾌하게 풀어내고 있다. **DM**

잘려진 머리 A Severed Head

아이리스 머독 Iris Murdoch

작가 생몰연도 | 1919(아일랜드)–1999
초판 발행 | 1961, Chatto & Windus(런던)
원제 | A Severed Head
결혼 후 이름 | Mrs. J. O. Bayley

마틴 린치-기본은 애인의 아파트에서 빈둥거리다가 문득 자신의 인생에 대해 곰곰이 생각에 빠진다. 그는 아내 안토니아를 버릴 생각은 전혀 없으면서도, 애인 조지와의 관계를 즐긴다. 조지의 감정적 욕구를 알고 있으면서도 태평스럽기만 한 마틴은, 스스로도 교양과 중산층의 품위를 의식하고 있음에도 불구하고, 우둔하고 자기만족적이며 도덕 교육이 좀 필요한 인간이다. 그 교육은 악마처럼 매력적인 아너 클라인이라는 형태로 나타난다. 그녀는 어딘가 원시적인 구석이 있는 인류학자지만 진실을 우선한다. 마틴은 아내가 그를 떠나 클라인의 이복동생인 파머에게로 가겠다고 하자 큰 충격을 받지만, 스스로를 어떻게든 그들이 대신 키우는 아이 정도로 적응시킨다. 안토니아가 자신의 동생과 연애 중인 것을 알게 되고, 아너가 그와 조지의 관계를 폭로하자 마틴의 세계는 완전히 무너져내린다.

『잘려진 머리』는 복고희극* 의 야릇한 성적 유혹을 모두 지닌 작품임에도 가치와 성적 모랄에 대한 1960년대의 혁명과 그 울림을 같이 한다. 이 작품은 충격과 서스펜스를 활용하고, 풍자극과 멜로드라마를 동시에 구현하며, 어울리지 않는 플롯 요소들의 균형을 맞추고 상징주의와 심상을 사실주의적인 구성에 결합시킬 뿐 아니라, 인간 관계의 어리석음에 대한 현명한 충고도 아끼지 않는다. **RM**

* 영국의 왕정 복고(1660) 이후에 만들어진 희극.

◀ 머독은 플롯과 인물을 다루는 천부적인 재능을, 정신분석이나 실존주의 같은 의식의 흐름 기법에 접목시켰다.

프래니와 주이 Franny and Zooey

J. D. 샐린저 J. D. Salinger

작가 생몰연도 | 1919(미국)
초판 발행 | 1961, Little, Brown & Co. (보스턴)
단편 발표 | 『뉴요커』誌에 『프래니』(1955), 『주이』(1957) 게재
원제 | Franny and Zooey

악명높은 『호밀밭의 파수꾼』 덕분에 J.D. 샐린저의 다른 작품들과 그의 문학 전반의 핵심적 특징—고독과 불만에 대한 폭넓은 터치라기보다는 디테일이 전부인—은 제대로 알려지지 않았다. 『프래니와 주이』는 처음부터 끝까지 디테일로 구성되어 있다. 한쪽으로 기울어진 이 한 쌍의 이야기는 글래스 가의 두 아이에 대한 것인데, 그 일그러진 구조와 초점이 안 맞는 스토리텔링 때문에 이 "소설"은 오히려 소품이나 스케치와 같은 느낌이 든다. 그러나 이 작품은 샐린저의 다른 책들의 가장자리에서나 찾아볼 수 있는 아이디어들, 특히 신비주의나 종교 덕분에 자신들이 절대적인 가치를 제공할 수 있다고 믿는 인간들의 자기중심주의와 위선을 철저히 다루고 있다.

동양 종교—특히 절대적인 가치와 모든 것을 무조건 베푼다는 개념을 거부하는—에 대한 샐린저의 관심은 이 작품에서 매우 명확하게 드러난다. 이야기가 진행되면서 글래스 가의 어린아이들은 교육, 종교, 심지어 행복까지 모두 상품에 불과하다는 사실을 알게 되면서 혼란에 휩싸인다. 이렇듯 모든 선택은 그것이 무엇에 대한 선택이냐를 떠나서 각각 긍정적인 면과 부정적인 면이 있다. 샐린저의 비교적 덜 유명한 작품들은, 자신의 삶에 대해 생각할 필요가 없는 삶을 원하는 현대 사회와 상당한 공통점이 느껴진다. **SF**

아무도 대령에게 편지하지 않았다 No One Writes to the Colonel

가브리엘 가르시아 마르케스 Gabriel García Márquez

작가 생몰연도 | 1927(콜롬비아)
초판 발행 | 1961
초판 발행처 | Aguirre Editores(메데인)
원제 | El coronel no tiene quien le escriba

가르시아 마르케스의 두 번째 출간작인 이 중편 소설은 폭력과 불의, 고독과 침체에 관한 이야기이다. 때는 막 20세기로 접어든 무렵, 내전에 참가했던 한 대령이 천식을 앓고 있는 아내와 함께 거의 잊히다시피 하여 콜롬비아의 작은 마을에서 배고픈 삶을 살고 있다. 대령의 삶은 언젠가 15년째 받지 못하고 있는 정부의 연금을 받아 가난과 고통에서 헤어날 수 있으리라는 희망으로 점철되어 있다. 그러나 매주 금요일 우체부가 "아무도 대령에게 편지하지 않았다."라고 말할 때마다 더 나은 삶에 대한 그의 소망은 산산조각이 난다.

대령이 겪는 고난의 아이러니—혁명에 참가한 그의 맹목적인 믿음이 오직 그 자신과 그의 농부 아버지를 가난에 빠뜨리고 말았다는—와 그의 핵심적인 투쟁, 즉 죽은 아들이 남긴 마을 품평회에서 상을 딴 투계용 장닭을 팔 것인가하는 문제가 나란히 놓여 있다. 아들은 금지 서적 유포라는 비밀 활동의 결과 죽고 말았지만, 시간이 갈수록 장닭은 상실이 지나간 자리에서 승리를 상징하게 된다. 장닭은 또한 시민들이 굶주림과 희망의 광기 속에서 살아가는, 고독 속의 고통에서 비롯된 침체를 떨치는 또다른 전쟁터의 가능성을 상징한다. 이 고독이야말로 가르시아 마르케스의 트레이드마크가 된다. **JSD**

물에 비친 얼굴

Faces in the Water

자넷 프레임 Janet Frame

작가 생몰연도 | 1924(뉴질랜드)–2004
초판 발행 | 1961, Pegasus Press(크라이스트처치)
원제 | Faces in the Water
뉴질랜드 국가훈장(Order of New Zealand) 수훈 | 1990

이 소설은 지금까지 정신병을 소재로 쓰여진 작품 중에서 가장 강렬한 묘사 중 하나이다. 물론 허구이기는 하지만 『물에 비친 얼굴』은 정신분열증이라는 오진 때문에 뉴질랜드의 정신병원에 입원한 적이 있는 프레임의 경험을 토대로 하고 있다.

주인공 이스티나 마벳은 클리프헤이븐 앤드 트리크로프트 병원의 병동에서 겪은 경험을 매우 서정적이면서도 흐트러진 스타일로 이야기한다. 그녀의 시선을 통해 우리는 정신과 간호사들의 친절함과 잔임함은 물론, 정신병원의 참혹한 환경과 전기충격요법, 인슐린 주입으로 인한 혼수, 그리고 뇌수술의 끔찍한 부작용을 목격하게 된다.

이 소설은 의학 "전문가"와 환자 사이의 추악한 권력 차이를 신랄하게 비판하고 있다. 요점을 짚어내는 그 능숙한 방식은 찬사를 받아도 아깝지 않으며, 문장의 충격력은 이 소설을 진정한 명작의 반열에 올려놓는다. 이스티나의 생각과 내러티브 묘사는 뛰어난 서정성과, 정신적 외상의 증상이라 할 수 있는, 이야기가 끊임없이 옆길로 새는 특징을 결합하고 있다. 이스티나가 정신질환을 앓고 있다는 것은 종종 의심할 나위가 없지만, 이러한 경험들을 명료하게 들려줄 수 있다는 것은, 그녀가 말조차 분명하게 하지 못하는 다른 환자들과는 다르다는 점을 알려준다. 프레임 자신도 8년 만에 정신병원에서 나올 수 있었는데, 그녀는 그 공을 처녀작인 『석호(The Lagoon)』의 출간에 돌렸다. **CG-G**

농부 소년의 회상

Memoirs of a Peasant Boy

호세 네이라 빌라스 Xosé Neira Vilas

작가 생몰연도 | 1928(스페인)
초판 발행 | 1961
초판 발행처 | Follas Novas(부에노스 아이레스)
원제 | Memorias dun neno labrego

『농부 소년의 회상』은 갈리시아(스페인 북서부 지방) 아동 문학의 고전으로, 갈리시아 시골에 사는 한 가난한 아이의 삶을 감동적으로 묘사한 작품이다. 주인공 발비노는 "시골 마을에서 온 아이, 다시 말하자면 아무 것도 아닌 아이"이다. 소년의 시선과 감수성을 통하여 독자는 자라면서 그를 형성하는 경험을 공유하게 된다. 발비노는 두 차례 죽음을 만난다. 그의 대부가 사에 시어 세상을 떠나고, 그의 개가 여우덫이 올가미에 걸려 죽은 것이다. 그러나 발비노는 여전히 미래에 대한 희망을 잃지 않는다. 그 상징으로 그는 죽은 개의 무덤 위에 벚나무를 심는다. 또다른 쓰라린 경험은 불의에 관한 것이다. 발비노의 아버지는 부잣집 아이인 마놀리토의 얼굴을 더럽혔다는 이유로 발비노를 때린다. 학교에서 발비노는 여교장 선생님을 좋아하게 되고, 그 때문에 공부를 열심히 하지만, 그녀가 결혼하자 너무나 상심한 나머지 학교에 가는 것을 거부한다. 그 벌로 아버지는 자신을 도와 일을 하게 한다.

소년은 지혜와 우정이라는 측면에서 가르침을 받게 되는데, 한 유태인이 발비노에게 사람에 대한 환상을 깨우치고 오직 명예와 단결만이 그의 양심에 평화를 가져다줄 것이라고 일깨워준다. 한편 미국으로 이민가서 편지를 보내는 렐로는 그에게 우정을 가르쳐준다. 이러한 만남들 덕분에 발비노는 (우리가 지금까지 읽어왔던) 일기를 쓰는 것을 그만두게 된다.
DRM

낯선 땅의 이방인

Stranger in a Strange Land

로버트 하인라인 Robert Heinlein

작가 생몰연도 | 1907(미국)–1998
초판 발행 | 1961, Putnam(뉴욕)
원제 | Stranger in a Strange Land
휴고 상 수상 | 1962

이 이상하고 심란한 작품은 1962년 휴고 문학상을 수상하면서 SF 문학계를 뒤흔들어 놓았다. 『낯선 땅의 이방인』은 SF 소설을 주류 문학에 편입시켰을 뿐만 아니라 자유연애와 무절제한 삶을 지지한 1960년대 반문화 운동의 상징이 되었다.

주인공 밸런타인 마이클 스미스는 최초의 화성 탐사대원의 아이로 부모 없이 화성인들의 손에 자랐다. 스미스가 두 번째 탐사대의 일원으로 지구로 돌아왔을 때 그는 이미 20대에 접어들어 있었지만, 인간으로 살아가는 쉽지 않은 임무에 맞부딪히면서 어린아이의 눈으로 세상을 바라본다. 그는 여태껏 한 번도 여자를 본 적이 없고, 인간의 문화나 종교에 대해서도 아는 것이 없다. 시간이 흐르면서 그는 많은 사람들을 자신의 사고방식으로 전향시키고, 예언자와도 같은 존재가 되어 폭발적인 결과를 낳는다. 이 작품은 당대의 위선을 반영하며, 사랑, 정치, 섹스, 무엇보다 조직화된 종교 등의 인간 행태에 대한 거침없는 풍자이다. 이 소설이 큰 인기를 얻으면서 그 영향을 받아 몇몇 사이비 종교가 일어났다는 사실은, 예언자나 신앙을 따르려는 인간들의 욕망에 넌덜머리를 냈던 작가에게는 상당한 충격이었을 것이다. **EF**

미로 Labyrinths

호르케 루이스 보르헤스 Jorge Luis Borges

작가 생몰연도 | 1899(아르헨티나)–1986(스위스)
초판 발행 | 1962, New Directions(뉴욕)
원제 | Labyrinths
언어 | 영어

보르헤스는 한 번도 소설을 쓴 적이 없다. 소설은 불필요하거나 미완결이거나 둘 중 하나다. 대신 그의 가장 중요한 단편들과 가장 흥미로운 에세이를 모아 엮은 『미로』에는 '에피소드'들만이 존재한다. 이 책에서 독자는 역사와 개인의 아주 미세한 부위에 거대한 생각이 미친 영향을 볼 수 있다. 처음이자 마지막으로 무한을 보는 한 사람의 관점이다. 보르헤스의 명료한 문장은 우울한 동시에 과학적이며, 끝없는 숫자의 책들, 꿈속에 나타나는 꿈꾸는 자들, 그리고 아무 것도 잊어버릴 수 없어 괴로워하는 인간들을 가장 이상적으로 전달하고 있다.

픽션, 에세이, 그리고 우화. 작가가 어떤 책을 읽었으며 누구에게 영감을 받았는지는 명확하다. 파스칼, 카프카, 버나드 쇼가 모두 등장한다. 앙드레 모루아가 말했듯 "보르헤스는 모든 책, 특히 아무도 더이상 읽지 않는 책들을 모두 읽었다." 옛 노르만 족의 전설부터 아랍 철학까지 보르헤스는 행간 읽기를 즐기며 보이지 않는 연결 고리를 만들어내고 거대한, 때로는 끔찍한 암시도 현실화시키곤 했다. 세 개의 장르로 나뉨에도 불구하고 모든 작품들은 비슷한 수준을 보인다. 작가는 우주와 인류의 잠재력에 대해 끊임없이 경탄하며, 개인의 행위와 그 결과로 찾아오는 슬픔의 아이러니를 드러낸다. 이러한 묘사의 부담에 앞서 마술적 리얼리즘, 텍스트간의 관련성, 그리고 포스트모더니즘의 속임수가 싱싱하고도 매력적으로 나타난다. 보르헤스의 글 어딘가에서 이미 세상의 모든 독서와 글쓰기가 끝난 것이다. **JS**

황금빛 공책 The Golden Notebook

도리스 레싱 Doris Lessing

작가 생몰연도 | 1919(이란)
초판 발행 | 1962, Michael Joseph(런던)
원제 | The Golden Notebook
메디치상 수상 | 1976

1972년, 마가렛 드래블은 도리스 레싱을 두고 "포위당한 세계의 카산드라"라고 칭함으로써 레싱의 글에 있어 자명한 이치가 된 사실을 지적했다. 즉, 우리는 "무슨 일이 일어나고 있는가"를 알기 위해, 다시 말하면 우리의 개인적, 집단적 삶의 딜레마에 대한 독립적인 진단을 듣기 위해 레싱의 작품을 읽는다는 것이다. 1962년 출간된 『황금빛 공책』은 발간 즉시, 소위 성 전쟁의 중대한 간섭으로 간주—혹은 레싱의 표현을 빌리자면 "경멸"—되었다. 작품의 핵심에도 존재하는 "자유 여성"의 삶에 있어 정신적, 정치적 변화에 대한 문학적 탄원이라는 것이었다. 『황금빛 공책』은 주인공인 애나 울프의 삶을 나누어 담고 있는 네 개의 공책으로 이루어진 난해한 소설이다. 작가이자 남편 없는 어머니로서 분투하면서 공산당과도 밀접한 유대를 맺고 있는 울프를 통해 레싱은 성의 투쟁과 성적 차이, 정치와 창조성, 그리고 특히, 와해라는 테마에 대해서 썼으며, 이러한 주제들은 이 책 어디에서나 찾아볼 수 있다. 1950년대 영국 공산당에 그늘을 드리운 정치적 신념의 위기, 즉 냉전에 대한 편집증은 작가로서의 애나 울프의 상상력의 위기와, 그녀를 "현대" 여성으로 못박은 양성간 관계의 혼란을 통해 굴절되고 있다. **VL**

▶ 레싱은 남로디지아(지금의 짐바브웨)에서 자라면서, 훗날 그녀의 글에서 볼 수 있는 정치적 행동주의를 배웠다.

침묵의 시간 Time of Silence

루이스 마르틴-산토스 Luis Martín-Santos

작가 생몰연도 | 1924(스페인)–1964
초판 발행 | 1962
초판 발행처 | Seix-Barral(바르셀로나)
원제 | Tiempo de silencio

『침묵의 시간』을 쓴 루이스 마르틴–산토스는 군의관의 아들로 태어나 그 자신도 젊은 시절 정신과 의사로 성공하였으며, 같은 세대 최고의 작가들과 교우하였고, 몰래 사회당의 과격분자로 활동하기도 했다. 이 작품으로 그는 정치적 성격의 사실주의 소설의 기반을 산산이 날려버렸다. 그는 인물들의 내면 독백을 십분 활용하고, 세심한 주의를 기울여 스토리의 구조를 깼으며, 무엇보다도 제임스 조이스로부터 물려받은 언어유희를 곁들인 비꼬는 투의 내레이션을 사용하였다.

그러나 작가가 묘사한 문제들은 사실주의자인 그의 친구들 또한 고민하고 있는 바였으며, 존경받는 피오 바로하의 시대부터 스페인어 문학에서는 낯익은 이슈들이었다. 그 문제들이란 바로 전통적인 중산층의 위선, 스페인 사회의 모계적 특성, 모든 지적 해방 시도의 부조리, 그리고 지각없는 프롤레타리아와 해방을 외치는 자신 같은 작가 그룹 사이의 연결 고리 생성의 불가능성 등이다.

마음을 사로잡는 난폭함을 통해 이 소설은 짤막한 행위들이 펼쳐지는 환경을 보여준다. 가족의 하숙집, 홍등가, 잘난 척 하는 귀족의 저택, 젊은 지성인들의 야간 집회, 그리고 이민자들이 북적대는 판잣집들. 여기에서 주인공인 젊은 의사 페드로는 선동자라기보다는 희생양에 더 가깝고, 잘 알고 있기보다는 놀라는 경우가 더 많은, 한 세대의 패배를 대표하는 불쌍한 역할을 맡았다. **JCM**

창백한 불꽃 Pale Fire

블라디미르 나보코프 Vladimir Nabokov

작가 생몰연도 | 1899(러시아)–1977(스위스)
초판 발행 | 1962, Putnam(뉴욕)
원제 | Pale Fire
언어 | 영어

회상, 오명, 광기, 친절, 유쾌함, 추방된 왕족, 살인, 그리고 문학적 비판의 거미줄 속으로 발을 들여놓는 이 작품은 나보코프의 소설이라고밖에는 달리 마땅히 표현할 말이 없다. 놀라울 정도의 문학적 능숙함으로 나보코프는 '글쓰기'란 그 어떤 것도 아닌 '글쓰기라는 행위 그 자체에 대한 것'이라는 사실을 길게 늘어놓는다. 이 소설은 두 부분으로 나뉘어져 있다. 첫 번째는 가상의 작가 존 셰이드가 쓴 시 "창백한 불꽃" 중 네 편이고, 두 번째는 셰이드가 사망한 후 그의 친구이자 이웃, 편집자였던 찰스 킨보트가 시에 단 주석이다. 시와 주석은 킨보트의 설명적 서문 및 색인과 함께 이 소설의 전체적인 내용을 형성한다. 셰이드의 시는 겉으로 보기에는 자신의 삶과 딸의 자살, 그리고 신의 섭리의 본질에 관한 기독교적 성찰에 대한 단순한 회고이다. 킨보트의 주석은 그가 자신이 어딘지 알 수 없는 유럽 국가 젬블라의 왕 "사랑받는 찰스"라고 믿고 있다는 것을 암시한다. 혁명에서 탈출해 미국으로 망명한 찰스는 예명으로 그의 가장 친한 친구 존 셰이드와 함께 워드스미스 대학에서 강의를 하게 된다. 그는 존 셰이드와 친구가 되었으며 그의 작품들도 이해한다고 믿고 있다. 그의 생각에 "창백한 불꽃"은 암호로 쓴 젬블라 역사이다. 과연 킨보트는 편집자인가, 스토커인가, 정신병자인가, 아니면 학자인가? 그도 아니라면 셰이드가 스스로 자신의 작품에 주석을 단 뒤 만들어낸 허구의 인물인가? 독자여, 유령의 집에 오신 것을 환영한다. **DH**

▶ 나비 채집 중인 나보코프. 나보코프는 소설가로서뿐만 아니라 나비 연구가로서도 유명했다. 1958년에 촬영한 사진.

INSIDE MrENDERBY by Joseph Kell
LANGUAGE MADE PLAIN
Anthony Burgess

ANTHONY BURGESS
THE RIGHT TO AN ANSWER
devil of a state

anthony
burgess
ANTHONY BURGESS
Nothing like
the Sun
The Wanting Seed
Anthony Burgess
BURGESS
NORTON
The Novel Now
anthony
burgess
HERE
COMES
EVERY-
BODY
HERE COMES
Faber
& Faber
A Shorter Finnegans Wake by James Joyce

시계 태엽 오렌지 A Clockwork Orange

앤터니 버제스 Anthony Burgess

작가 생몰연도 | 1917(영국)–1993
초판 발행 | 1962, W. Heinemann(런던)
원제 | A Clockwork Orange
◆ 1971년 영화로 제작

버제스의 작품 중 가장 유명한 『시계 태엽 오렌지』는 특히 1971년 스탠리 큐브릭이 영화로 제작하면서 더욱 명성을 얻게 되었다. 버제스는 상트페테르부르크에서 만난 한 무리의 반항적인 러시아인 소년 깡패들을 만난 후 영감을 얻어 이 작품을 썼다.

화자인 십대 훌리건 알렉스는 러시아어에 뿌리를 둔 속어를 즐겨 쓴다. 친구이자 추종자인 딤, 피트, 조지 등과 함께 알렉스는 아무렇지도 않게 하룻밤에 한 노인을 두들겨 패고 그의 아내를 겁탈하기를 서슴지 않는다. 알렉스는 체포되어 감옥에 들어간 후, "루도비코 법"이라는 이름의 파블로프 스타일의 반폭력 치료를 받는 대상으로 뽑힌다. 오래지 않아 그 수많은 난폭한 생각들이 알렉스의 마음을 지나가면서 그는 심란해지고, 그의 치료는 대성공이라는 찬사 속에 끝난다. 알렉스가 감옥에서 풀려나 집에 돌아왔을 때 그는 다시 예전처럼 싸울 수가 없다. 그는 작품의 첫머리에서 그가 공격했다고 밝힌 사람의 구조로 살아난다. 자살 실패 후 알렉스가 아직 혼수상태에서 회복되지 못하는 와중에 정부의 심리학자들은 "루도비코법"을 뒤집는다. 한동안 그는 자신의 난폭했던 옛 삶으로 돌아가지만, 책의 끝부분에서는 정착을 생각해보게 된다. 『시계 태엽 오렌지』의 미국판에서는 버제스의 반대에도 불구하고 너무 감상적이라는 이유로 마지막 장이 제거되었다.

이 소설은 작가가 보기에 개인의 자유와 1960년대 대두한 대중문화를 삼키려는 사회의 의도에 대한 감상이다. 버제스는 시간의 심리적 조절을 혐오스러운 것으로 치부하고 비난을 아끼지 않았다. 폭력을 뒤로 하는 알렉스의 자유로운 선택은 그를 완전한 자유가 강요되는 무한히 더 높은 최종적 도덕 수준에 올려놓는다. **EF**

▲ 팝아트의 영향을 받은 펭귄의 표지 커버는 난폭한 갱 알렉스를 얼굴 없는 비인간화된 모습으로 보여준다.

◀ 버제스는 다작으로도 유명한 작가였다. 『시계 태엽 오렌지』는 그가 1960년부터 1962년 사이에 집필한 다섯 편의 작품 중 하나이다.

뻐꾸기 둥지 위로 날아간 새 One Flew Over the Cuckoo's Nest

켄 키지 Ken Kesey

작가 생몰연도 | 1935(미국)–2001
초판 발행 | 1962, Viking Press(뉴욕)
원제 | One Flew Over the Cuckoo's Nest
• 1975년 영화로 제작

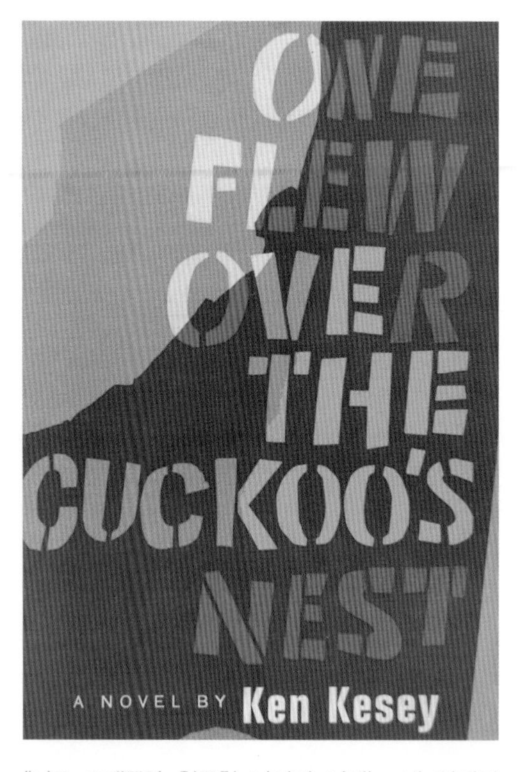

"너무 오랫동안 침묵한 나머지 이제는 내 안에서 폭발하여 나가려고 한다…"

▲ 환각제를 마신 말썽꾸러기들을 "마법 버스"에 태우고 여행한 키지는 1960년대 히피 반문화의 영웅이 되었다.

『뻐꾸기 둥지 위로 날아간 새』는 미국 전역에 순종적이고 고분고분한 인간들을 만들어내려는 거대한 음모의 일부로, 환자들에게 계속해서 정신병 진단을 내리는 정신병원을 그린 소설이다. 1960년대 반정신의학 운동의 핵심작인 이 소설은 제정신과 광기, 일치와 반란 사이의 관계를 이야기하고 있다. 소설 전반에서 세심한 균형 감각이 느껴진다. 예를 들면 소위 "결합하다"가 사실 모든 국민들을 사회적으로 제어하려는 무한한 권위를 이야기하는지, 아니면 화자인 브롬덴 추장의 편집증적 상상이 투영해낸 것에 불과한지는 끝까지 밝혀지지 않는다. 또한 R.D.리잉의 말을 빌리자면 정신병이 "미친 세상에서는 훌륭한 건강 상태가 될 수도 있는지" 혹은 적어도 사회적 반란의 적절한 형식인지에 대해 묻고 있지만 대답은 보이지 않는다.

현대판 "카우보이"이자 "사이드쇼의 허풍쟁이" 랜달 맥머피는 정신병원의 살균된, 밀폐된 세계로 들어가 병동의 매끄러운 운영을 흐트러뜨리고, 강철같은 래치드 간호사의 절대 권력에 도전한다. 맥머피의 반란이 대부분 자기본위적이므로 정치적 동원을 향한 작가의 노력은 한참 부족할 뿐 아니라 그 인종과 성의 정치에는 뭔가 마음이 편치 않은 구석이 있다. 백인남성 환자들이 흑인 보조원들의 지지를 받는 "여족장제의 희생양"으로 그려진 민권운동과 페미니즘의 시대에 "인디언" 브롬덴을 구하기 위해서는 "카우보이" 맥머피가 필요하다.

그러나 현대 권력—지도자나 심지어 어떤 기관에 속해있는 것만이 아닌—의 형체 없는 본질을 포착하려는 키지의 인상적인 시도는 이 작품의 선견지명을 뽐낸다. 만약 맥머피의 운명이 체제에 대항해 갈 데까지 간 사람들을 기다리고 있는 그것과 같다면, 브롬덴이 제정신으로 돌아올 수 있는 것은 어디까지나 불의와 착취에 얼마만큼 눈감을 수 있느냐에 달려 있다. **AP**

녹색 눈을 가진 아가씨 Girl with Green Eyes

에드나 오브라이언 Edna O'Brien

작가 생몰연도 | 1932(아일랜드)
초판 발행 | 1962, Jonathan Cape (런던)
원제 | Girl with Green Eyes
킹슬리 에이미스상 수상 | 1962

원래는 '고독한 소녀'라는 제목으로 출간된 『녹색 눈을 가진 아가씨』는 '시골 소녀들' 3부작의 두 번째 소설로 순진한 수도원 여학생 케이슬린 브래디가 화자이다. 어린시절 친구인 바바와 더블린으로 이주한 케이슬린(둘 중에서 수줍음은 덜 타지만 세상물정에는 더 어두운)은 그녀보다 몇 살 연상인 영화제작자 유진과 어울리게 된다. 유진은 결혼했지만 아내와 떨어져 살고 있다. 어쩌면 당연한지도 모르겠지만, 이것은 기본적으로 균형을 잃은 로맨스이며, 유진은 그들의 관계에서 막강한 권력을 휘두른다. 케이슬린의 가족의 열렬한 반대는 그녀가 나고 자란 가톨릭의 가치들과 1960년대의 문화적 시선의 맞대면을 불러온다. 성적 관계를 지속해나가려는 그녀의 욕망은 당시의 엄격한 아일랜드 종교 모랄과 충돌하지만, 케이슬린의 도덕적 갈등과, 어떤 종류의 종교적 관념도 이해하지 못하는 유진 사이에는 분명한 간극이 있다.

1962년 출간된 이 소설은 젊은 여성의 경험에 대한 솔직하고 신선하며 꾸밈없는 묘사로 평론가들의 찬사를 받았다. 그러나 주제나 그것을 다룬 오브라이언의 빼어난 솜씨는 그녀의 고향인 아일랜드에서는 논란을 불러일으켰고, 아일랜드 검열위원회는 3부작 전체에 출간금지 조치를 내렸다. 당대의 문화적으로 민감한 이슈들을 다뤄보고 싶다는 오브라이언의 의지는 그녀의 소설 중 가장 중대한 작품을 낳게 했다. 한정된 사회 환경 속에서 개인 경험의 현실에 대한 뛰어난 감수성 덕에 놓치기 아까운 작품이다. **JW**

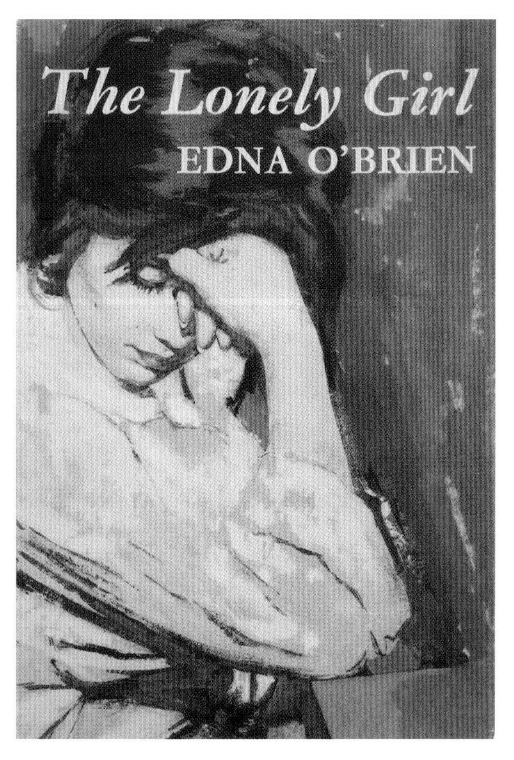

"거울 속의 내 얼굴은 둥글고 매끄러워 보였다."

▲ 원래는 『고독한 소녀』로 출간된 『녹색 눈을 가진 아가씨』는 1964년 재발행할 당시 제목이 변경되었다.

아르테미오 크루스의 죽음

The Death of Artemio Cruz

카를로스 푸엔테스 Carlos Fuentes

"어제 내가 무슨 일을 했는지를 생각하면 지금 나에게 무슨 일이 일어나고 있는지를 생각하지 않게 되지. 좋은 생각이야. 아주 좋군. 어제만 생각하자고."

▲ 푸엔테스는 그의 정치적 신념을 자유로운 환상과 기술적 실험을 결합한 허구의 형식으로 풀어냈다.

작가 생몰연도 | 1928(멕시코)
초판 발행 | 1962
초판 발행처 | FCE(멕시코 시티)
원제 | La muerte de Artemio Cruz

아르테미오 크루스는 임종의 순간에 세 개의 목소리와 세 개의 완전히 다른 시제로 불어난다. "나"는 현재형으로 서술하며 죽음의 고통의 순간에 대해서 이야기하면서 소설 선제를 십 중적으로 확장한다. "너"는 그의 상상 속 쌍둥이로, 그의 기억은 즉각적인 혹은 영원히 연기된 미래의 시점에서 표현된다. 마지막으로 "그"는 12개의 에피소드 혹은 그의 인생의 각 단계의 주인공이다.(그 인생 단계라는 것이 계획된 대로 되었다면 말이다.) 어느 쪽이건 간에 다른 목소리, 다른 시제는 극단적으로 다른 방식으로 등장한다.

복잡한 배열은 1889년부터 1959년까지 그의 조국을 대표했던 거물의 완전한 전기를 구성해내는데, 혁명을 배경으로 펼쳐져, 업적으로 뒷받침된 이야기이다. 그 족적에는 혁명으로 파괴된 사랑, 겁쟁이와 배신, 학대와 모욕, 그리고 부패가 남아있다. 결말에서 크루스는 심장 발작을 일으킨다. 각자 죽어가는 사람의 다른 면을 보여주는 가족과 비서, 신부, 그리고 의사들에 둘러싸여, 그는 상상과 기억이 뒤섞인, 과거와 미래의 교차로에 다다른다. 소설의 복잡한 구조적 상감 세공과 그 스타일의 풍부함, 그리고 역사적, 심리적 난해함은 그 시대 문학에서 흔히 찾아볼 수 있는 것이 아니었다. 이 작품은 독자로 하여금 진정한 아방가르드 작품을 대할 때와 같이, '다른' 방식으로 읽도록 요구한다. **DMG**

영웅의 시대

The Time of the Hero

마리오 바르가스 요사 Mario Vargas Llosa

작가 생몰연도 | 1936(페루)

초판 발행 | 1962

초판 발행처 | Seix-Barral(바르셀로나)

원제 | La ciudad y los perros

작가의 첫 번째 소설인 『영웅의 시대』는 형식의 실험 규모와 동시대 사회를 해부하기 위해 무릅쓴 위험 때문에 더욱 찬란하게 빛나는 작품이다. 작가는 자신의 경험을 토대로 페루의 사관학교 생도들의 이야기를 들려주고 있지만, 다른 문학적 모델들(플로베르, 포크너, 사르트르 등)을 깊이 닮아있을 뿐 아니라 다양한 내러티브 화자와 단편적인 구조로 인해 단순한 자전적 소설을 초월하였다. 시험 문제 유출에서 시작되어 한 생도의 죽음으로 매듭지어지기까지 독자는 사관학교 내의 인종과 사회계급으로 이루어진 체제를 우선 보게 된다. 그 관계는 폭력과 기만이 지배하고 있는 것이다. 줄거리가 마치 범죄 수사처럼 진행되면서 도덕적 타락과 비뚤어진 교육의 결과가 만천하에 드러난다.

이 작품은 책임감과 예정설, 사관학교의 세계와 도시의 세계 사이에서 분열된 인물들이 형성하고 있는 구조의 근본적 결과에 대한 우화이다. 중심인물(생도 알베르토, 리카르도, 야구아르, 감보아 중위)들은 이 두 개의 세계에 모두 존재한다. 그들은 테레사의 덧없는 아름다움과 친구와 가족들에게 끌렸다가 버림받는다. 이러한 요소들이 결말 부분에서 합쳐져 기만과 위태로운 진실의 얼굴을 폭로하고 있다. **DMG**

핀치 콘티니 가의 정원

The Garden of the Finzi-Continis

조르지오 바사니 Giorgio Bassani

작가 생몰연도 | 1916(이탈리아)–2000

초판 발행 | 1963, G. Einaudi(튀린)

원제 | Il giardino dei Finzi-Contini

• 1970년 영화로 제작

『핀치 콘티니 가의 정원』은 1920년대와 30년대, 파시즘이 권력을 장악하고 평범한 사람들의 일상에까지 무차별적으로 스며들기 시작하던 무렵의 이탈리아를 그린 감동적인 이야기이다. 화자는 풍요로운 페라라 시의 부유하고 인기 있는 코스모폴리탄 유태인 가문 핀치 콘티니 가의 아름다운 정원을 자주 찾아가곤 한다. 페라라는 파시즘의 주요 근거지 중 하나이기도 한데, 화자의 눈에는 이러한 드라마틱한 이야기가 들어오지 않는 것 같다. 그는 우아하면서도 괴짜인 핀치 콘티니 가족에 애정과 존경을 품고 있으며, 정원의 아름다움에 날이 갈수록 빠져든다. 바깥 세상이 점점 험악해지면서 화자는 이 작은 세계에 틀어박혀 지낸다. 그는 아름답고 신비한 미콜과 사랑에 빠지지만, 두 사람은 그녀의 오빠인 알베르토가 점점 쇠약해지다가 알 수 없는 병으로 죽는 것을 눈앞에서 보게 된다. 자신에게 아무런 미래가 없다고 생각한 미콜은 모든 사회 생활에서 발을 빼고 빛나는 미래에 대한 희망도 버린다. 결국 (근시안적인) 화자마저 무슨 일이 일어나고 있는지 깨닫게 되고, 소설은 피할 수 없는 슬픈 결말을 맞는다.

부패한 순수와 병든 재능을 다룬 이 소설은 슬금슬금 번지고 있는 편견과 독재의 위협을 보지 못하는 눈먼 시민들을 고발하고 있다. 작가는 우정과 친절이라는 보편적인 인간 가치를 확인하면서도 나치 독일과 손을 잡는 치명적인 실수를 한 이탈리아에 무슨 일이 벌어지는가를 보여준다. 도덕적 공황은 이탈리아 문화의 미와 지성을 현혹과 무방비 상태에 던져넣은 것이다. **AH**

이반 데니소비치의 하루 One Day in the Life of Ivan Denisovich

알렉산드르 이사예비치 솔제니친 Aleksandr Isayevich Solzhenitsyn

작가 생몰연도 | 1918(러시아)-2008
초판 발행 | 1963, Sovetskii pisatel(모스크바)
원제 | Odin den Ivana Denisovicha
◆ 1974년 소련에서 추방당함

"굽히는 편이 …좋을 거다. 뻣뻣하게 굴면 그들은 너를 꺾어놓을 테니까."

▲ 1960년대 솔제니친은 소련 당국으로부터 외국 언론과의 접촉을 허락받았지만, 오래지 않아 다시 미움을 받게 되었다.

▶ 솔제니친의 강제노동수용소 시절을 보여주는 진귀한 사진. 이 무렵 그는 무명의 수감자에 불과했다.

『이반 데니소비치의 하루』는 제목 그대로 이반 데니소비치—1951년 스탈린의 강제노동수용소로 보내진 한 수감자—의 하루를 그린 고전 명작이다. 이반 데니소비치 슈호프는 침대에서 나오지 않는다는 이유로 3일 동안 독방에 수감되는 벌을 받는다. 협박은 별 효과가 없다. 아침 먹기 전까지 바닥을 닦아 놓기만 하면 되는 것이다. 시간이 흐르면서 독자는 노동자들의 고통과 동료애, 그리고 수감자들과 간수들 사이의 불편한 공존에 눈뜨게 된다. 하루의 저물녘, 이반은 다른 수감자로부터 약간의 음식을 더 받는 행운을 누리고, 오늘 하루도 무사히 지나갔음을 감사한다. 책을 덮기 직전에야 알게 되지만, 이 날은 이반이 강제수용소에서 보낸 3,653일 중 하루에 불과했다. 이반은 당대 러시아 문학의 주인공 치고는 불운하기 짝이 없는 인간이다. 그는 평범한 소작농에 문맹일 확률이 높다. 그는 교육도 받지 못하고 탄압 당하는 소련 사회의 주류를 대변한다. 그러나 그의 출신 배경에도 불구하고 이반은 영적인 강렬함으로 환경을 초월함으로써, 세속적이고 인간의 존엄성을 땅에 떨어뜨리는 수용소 생활의 일상 속에서 내면의 존엄을 키워나간다. 이 작품은 처음부터 끝까지 수감자들의 필사적인 비인간화를 보여주고 있다. 부당한 처벌과 권위적인 규율은 인간들을 단순한 하나의 수감번호로 격하시킬 뿐이다. 그러나 이러한 상황에서도 동지애와 신앙이라는 쌍둥이와도 같은 힘이 생존을 도와주면서 희망은 죽지 않는다.

솔제니친은 1945년 사적인 편지에서 스탈린을 비방했다는 이유로 체포되어 8년 동안 이 소설에서 묘사한 것과 비슷한 강제노동수용소에 수감되었다. 1962년 소련 문학의 기념비와도 같은 이 소설이 출간되면서 그는 명성을 얻게 되었다. 이 작품은 강제노동수용소와 그 끔찍한 내부 환경에 대한 최초의 공식 인정이라는 점에서 그 의미가 크다. **EF**

세 번째 결혼식 The Third Wedding

코스타스 탁치스 Costas Taktsis

작가 생몰연도 | 1927(그리스)-1988

초판 발행 | 1963

초판 발행처 | 자가출판

원제 | To trito stefani

『세 번째 결혼식』은 20세기 중반 두 아테네 여자 니나와 에카비의 이야기로, 특히 니나의 세 번의 결혼에 초점을 맞추고 있다. 우리는 어떻게 두 사람이 친구가 되었으며, 제2차 세계대전 전후에 일어난 그리스의 역사적 사건들—독일군의 점령과 내전 등—에 그들이 어떻게 반응하는지를 보게 된다. 이야기는 1960년대 초반, 니나의 세 번째 결혼으로 막을 내린다. 주인공들이 겪었던 모험과 고난은 어떻게 평범한 그리스인들이 전쟁과 범죄, 충성, 배신, 그리고 사랑을 경험했는지에 바탕을 두고 있으며 내레이션은 삶의 우의 그 자체로 탈바꿈한다.

탁치스는 단순하지만 지나치게 단순하지는 않은 언어를 구사하고, 생생하고 특색있는 문체를 활용하여 독백을 일상의 언어와 구어로 풍부하게 확장하였다. 그가 사용하는 언어는 마치 단숨에 써내려간 듯 어떤 짜임새도 없이 서로 풀 수 없을 정도로 얽혀 있는 이야기들을 포함하고 있어 1950년대와 60년대 그리스의 보드빌과 포크 시네마를 연상시킨다.

이 책은 현대 그리스에 대한 너무 많은 정보를 담고 있지만, 탁치스는 그리스인들의 삶의 중요하면서도 사소한 디테일들을 포착하면서 이야기를 쉽게 풀어나간다. 평범한 사람들의 행운과 불운에서 영감을 얻은『세 번째 결혼식』은 모든 이들이 경험하는 삶에 대한 찬가이다. 이런 면에서 탁치스는 삶의 목소리를 내기 위해 스스로의 입을 다무는 거장이라 할 수 있겠다. **SMy**

개 같은 시절 Dog Years

권터 그라스 Günter Grass

작가 생몰연도 | 1927(폴란드)

초판 발행 | 1963,by Luchterhand(노이비트)

원제 | Hundejahre

노벨 문학상 수상 | 1999

『양철북』,『고양이와 쥐』로 이어지는 '그단스크 3부작'의 완결편인『개 같은 시절』은 근대 독일 역사의 비판적 해부에 대한 작가의 집념을 보여준다. 부자연스럽게 자란 어린이들의 불안한 관점이 또다시 등장하여 성인들의 세계에 반항적인 빛을 던지지만, 텍스트는 훨씬 더 넓은 시각을 끌어안는다.

내러티브의 바탕은 전쟁이 일어나기 전, 발터 마테른과 허수아비 장인인 에디 암젤의 어린시절 우정이다. 이야기와 이야기 속의 이야기의 소동 속에서 줄거리가 확장되고 또 다양화되는 와중에도 친구들의 관계라는 테마는 그 구조적 뼈대로 남아 있다. 다른 내러티브들은 편지로 사랑을 주고받는 해리 리베나우와, 아돌프 히틀러의 애견이 되는 개 프린츠의 이야기들이 전면에 나선다. 프린츠가 히틀러의 베를린 벙커에서 탈출하는 장면은 이 책의 코믹한 하이라이트 중 하나이다.

『개 같은 시절』은 신화와 사실, 환상을 되풀이하여 한데 모아 엮어놓았다는 점에서 앞선 작품들보다 더욱 대담하다. 독일 철학가 하이데거의 괴로운 어법을 패러디하는 등("독일 국민 최후의 투쟁은 거리감에 보조를 맞춘 무에 대하여 이루어질 것이다") 언어적 실험은 매우 재미있지만, 그라스의 복잡하고 초현실적인 비전을 이해하는 데에는 방해가 되기도 한다. 결과적으로 거품이 꺼진, 절망적인 책이 됐지만, 한편으로는 유머와 싱싱한 아이디어, 그리고 깜짝 놀랄 내러티브가 넘쳐흐르는 작품이기도 하다. **RegG**

벨 자 The Bell Jar

실비아 플래스 Sylvia Plath

작가 생몰연도 | 1932(미국)–1963(영국)
초판 발행 | 1963, W. Heinemann(런던)
원제 | The Bell Jar
필명 | Victoria Lucas

실비아 플래스가 어머니에게 보내는 편지에 "돈이 될 만한 대수롭지 않은 작품 하나"라고 지칭했던 『벨 자』는 미국 문학에서 가장 악명 높은 신경쇠약 묘사로 유명해졌다. 1963년 빅토리아 루카스라는 예명으로 발표한 이 소설은 플래스의 십대 시절을 살짝 감추어 보여준다. 청소년 잡지의 객원 편집자 활동부터 자살 미수, 그리고 20세기 중반 미국 정신의학의 조악한 치료법을 그대로 보여주고 있다.

처음에는 그 무미건조한 자기 반대와 무자비한 솔직함으로 찬사를 받았던 이 작품은 시간이 흐르면서 1950년대 사회정책에 대한 가차없는 비판으로 자리매김했다. 플래스는 여성에게 허락된 한정된 역할에 대한 에스더의 자각과 날로 심해지는 그녀의 고독감과 편집증 사이의 관계를 명확히 지적한다. 거짓 역할 모델에 의해 보여지는 여성성의 지배적인 모습을 과감히 버림으로써 에스더는 마침내 회복된다. 그러나 1950년대의 질식할 것만 같은 분위기는 단순한 성역할의 진단만으로 끝나지 않는다. 이 소설의 맨 첫 문장–"이상하리만치 무더운 여름, 그들이 로젠버그 부부를 전기의자에 앉힌 여름이었다"–은 냉전 시대 매카시즘을 매우 정확하게 보여주며, 에스더의 경험과 1950년대를 특징지은 다른 편집증 및 배신과의 관계를 암시한다. **NM**

엔더비 씨의 내면 Inside Mr. Enderby

앤터니 버제스 Anthony Burgess

작가 생몰연도 | 1917(영국)–1993
초판 발행 | 1963, W. Heinemann(런던)
원제 | Inside Mr. Enderby
필명 | Joseph Kell

3부작의 첫 권에 해당하는 이 소설은 버제스를 에블린 워에 맞먹고 킹슬리 에이미스를 능가하는, 1960년대와 70년대 최고의 코믹 소설가 반열에 올려놓았다. 버제스의 소재와 독자를 잡아끄는 능력은 구어와 문어를 망라한 언어 자체에 대한 강렬한 관심, 그리고 깊은 영감을 받은 기술적 독창력에서 나온다. 예를 들면 펍에서 들려오는 말소리를 들어내는 버제스의 귀는 언어적 오해를 난감한 결과로 발전시킨다. 그리고 손해를 보는 것은 언제나 당황하고, 너무 말이 많고, 지나치게 완고한 엔더비이다. 엔더비 씨의 '내면'은 그의 약점이다. 그는 끊임없이 방귀를 뀌어대고 트림을 하는데, 공기의 움직임을 인지하는 데에 있어 대가였던 버제스는 그 소리를 정확하게 표현해냈다. 엔더비가 사는 공간이 얼마나 더러운지, 그리고 그 몸이 얼마나 혐오스러운지 거의 라블레식에 가깝게 묘사하였다. 그의 또다른 '내면'은 그가 바지를 내리고 화장실에 앉아 쓴 시들이다. 일련의 사고들로 인해 그는 시를 버리고 결혼하지만 다시 정신병원으로 향한다. 줄라포그의 묘비명("세상의 모든 것은 밖에 있다.")은 그가 더 많이 밖으로 나갔어야 했다고 말하고 있는데, 1968년 『엔더비 씨의 외면(Enderby Outside』이 바로 그랬다. 이 3부작은 『시계태엽 계약(The Clockwork Testament)』(1974)으로 완결된다. 가톨릭 신자였던 버제스답게, 섹스와 자위에 대한 죄책감과 여성에 대한 신선하게 느껴지는 순수한 풍자가 곳곳에서 눈에 띈다. 죽음이 가까워지자 엔더비의 육체적 분출은 '경악스러운 혐오의 언어'라는 형태로 되돌아온다. "엔더비는 냄새—황화수소, 씻지 않은 겨드랑이, 구취, 똥, 고인 오줌, 그리고 썩은 고기 냄새—에 질식당했다. 이 모든 것이 한 덩어리가 되어 그의 입과 콧구멍에 처박혔다." **AMu**

맨손뿐인 처녀들 The Girls of Slender Means

뮤리엘 스파크 Muriel Spark

작가 생몰연도 | 1918(스코틀랜드)–2006(이탈리아)
초판 발행 | 1963, Macmillan & Co.(런던)
원제 | The Girls of Slender Means
◆ 1963년 『Saturday Evening Post』誌에 축약본 게재

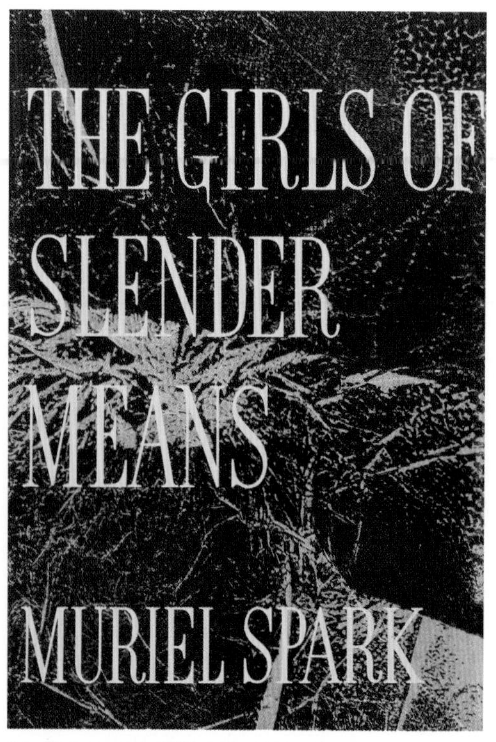

"오래전 1945년, 착한 영국 사람들은 죄다 가난했다."

▲ 『맨손뿐인 처녀들』의 배경은 런던이지만, 작가 스파크는 소설을 쓰던 당시 뉴욕에 거주하고 있었다.

재기 넘치는 구성을 자랑하는 이 "맨 손의" 소설은 어조상의 다양한 아이러니와, 제목이 암시하듯 다양한 내러티브의 가능성으로 발전하는, 일련의 우의적 수준의 스토리텔링을 결합하고 있다. 전후의 궁핍과 싸우는 처녀들의 모험에서 스파크는 제럴드 맨리 홉킨스의 『독일의 잔해(The Wreck of the Deutschland)』를 놀라우리만치 재현해낸다. 『독일의 잔해』는 이런 유쾌한 소설의 모델치고는 상당히 뜻밖이다. 겉으로 보기에 사소한 디테일들이 플롯이나 사회적 위트의 유혹적인 표면에 손상을 끼치지 않으면서도 근본적인 요소들을 폭로하고 있다.

제2차 세계대전이 막바지에 이른 런던을 무대로 한 이 소설은 처음에는 미혼 여성들을 위한 지역 클럽에서 사는 유쾌하고 걱정 없는 처녀들의 이야기처럼 보인다. 제한된 배경은 보다 넓은 역사적 맥락을 들여다 볼 수 있는 렌즈를 제공한다. 스파크의 풍자적인 시선은 시들어가는 모방 소품의 문장들을 빌려 재빨리 남녀를 불문한 젊음의 낭만적인 목표들을 꺾어버린다. 적어도 두 명 이상의 여성이 니콜라스 패링든이라는 남자에게 홀리고, 유쾌하고 즐거운 힘과 탐욕의 언어가 있다. 경쟁과 평화로운 시기의 부패 가운데서 플롯은 계시적인 결말을 향해 나아간다. 상황이 죽음을 불러오는 방식은 계속 빈곤 속에 남아있는 덕을 암시하며, 비록 삶의 한가운데 있을지라도 우리는 죽음의 생각을 암시하는 모든 것과 함께 죽음 안에 있음을 제시한다. 포용력 있는 독자들이라면 형이상학적 우화를 풀어놓는 스파크의 공식적인 재능에 가볍고 즐겁다는 평가를 내릴 수도 있을 것이다. 진부한 문학들만 줄줄이 놓인 진열대에서 신선한 입가심 같은 작품이다. **DM**

추운 나라에서 온 스파이 The Spy Who Came in From the Cold

존 르 카레 John Le Carré

작가 생몰연도 | 1931(영국)
초판 발행 | 1963, V. Gollancz(런던)
원제 | The Spy Who Came in From the Cold
본명 | David John Moore Cornwell

르 카레가 나타나기 이전 영국 첩보소설은 자신이 속한 문명을 자신하는, 제임스 본드나 리처드 헤네이와 같이 프로와 아마추어를 막론하고 용감무쌍한 행동파 스파이를 주인공으로 하는 경향이 재배적이었다. 『추운 나라에서 온 스파이』로 르 카레는 보다 음울하고 반영웅적인 관점으로, 공산주의 동구에 대한 민주주의 서구의 도덕적 우월성이 결코 명확하지 않은 세계를 소개했다.

냉전 시대 독일을 무대로 한 이 소설은 처음부터 끝까지 속임수의 이야기이다. 동독 정보기관이 자신의 요원들을 포착하는 데 성공하자 낙담한 영국 정보국 베를린 지부의 수장 라마스는 2중 간첩이 되어 동독 당국을 혼란에 빠뜨리기로 결심한다. 계획에 따라 라마스는 영국의 대외 첩보기관인 MI6을 떠나고, 영국의 작전에 대한 정보를 수집하는 동독 당국에 고용된다. 이 작품이 뛰어난 이유는 부분적으로 멋진 긴장과 매력의 끈을 놓치 않으면서도 너저분하고 근사한 구석이라곤 찾아볼 수 없는 스파이들의 세계를 그려냈기 때문이다. 이 책에서 스파이 활동이란 상대의 허를 찌르기 위한 복잡한 임무이자 정교한 게임이다. 무엇이 현실이고 무엇이 조작된 환상인지는 불분명하다. 결국 라마스 역시 그가 사실은 더 큰 게임의 졸개에 불과했다는 사실을 알게 된다.

이 소설이 단순히 훌륭한 스릴러물을 넘어선 것은 첩보 게임 중에 자국 시민들을 시니컬하게 조종하는 정보기관에 대한 비판과 그들이 과연 무엇을 보호하고 있느냐에 대한 의문을 던졌기 때문이다. 인간의 목숨이라는 대가의 부담은 크고, 여기에서 얻어지는 것이 진정한 정보인지도 알 수 없다. 라마스가 이러한 사실을 깨닫고 무고한 처녀를 저버리기를 거부하면서 그의 운명은 이미 결정되었다고 볼 수 있다. **TH**

"도대체 스파이가 뭐라고 생각하나. 신부? 성인? 순교자?"

▲ 존 르 카레라는 필명으로 더 유명해진 데이비드 콘웰. 1967년에 찍은 사진이다.

마농의 샘 Manon des Sources

마르셀 파뇰 Marcel Pagnol

원래는『플로레트의 장』과 연작으로 출간된『마농의 샘』은 프로방스 지방의 농민 3대에 걸친 서사 비극이다. 거듭된 불운을 겪은 끝에 이 저주받은 가족은 세자르 수베랑과 그의 조카 위골랭만이 남게 된다. "파페"라는 애칭으로 알려진 세자르에게 단순한 위골랭은 수베랑 혈통의 마지막 희망이다. 도시의 꼽추가 이웃집 농장을 물려받아 이사오자, 파페는 음모를 꾸미는 데 또 한 번 재능을 발휘한다. 그 농장을 손에 넣기만 하면 수베랑 가의 부와 명예를 되찾을 수 있다는 사실을 가슴에 새긴 두 사람은 이웃을 몰락시키는 데 성공한다. 꼽추의 딸 마농은 1부에서 2부로 넘어가는 동안 아름다운 여성으로 성장하고, 위골랭은 그녀를 향한 필사적인 사랑에 빠지지만, 그녀의 가슴은 사랑은커녕 아버지를 위한 복수심으로 활활 불타고 있다. 보답 없는 사랑의 결과는 자명하지만, 이러한 운명으로 고통받게 되는 것은 위골랭 혼자만은 아니다.

마르셀 파뇰은 이 소설의 무대인 마르세유 근교 구릉 지대에서 태어났다. 그는 어린 시절 고향에서 긴 여름 방학을 보냈으며, 이곳의 사람들은 훗날 소설의 인물들을 창조하는 데 영감을 주었다. 줄거리는 농촌 사회의 전통적인 생활을 묘사한 흥미로운 여담이 끼어들면서 자꾸 옆길로 샌다. 프랑스에서는 영화제작자와 희곡작가로 더 잘 알려진 파뇰은 비주얼의 중요성에 대해 누구보다 잘 알고 있었고, 덕분에 이 작품은 그토록 아름답게 스크린으로 옮겨질 수 있었다. 클로드 베리가 메가폰을 잡고 다니엘 오퇴이유와 엠마누엘 베아르, 제라르 디파르디유, 이브 몽탕이 주연한 이 영화는 소설 못지않은 걸작이지만, 프랑스 전원 묘사만 놓고 보자면 파뇰의 풍부한 디테일을 따라갈 수 없다. **PM**

작가 생몰연도 | 1895(프랑스)–1974
초판 발행 | 1963, Editions de Provence(파리)
원제 | Manon des Sources
◆『플로레트의 장(Jean de Florette)』의 속편

"샘이 말랐다."

▲ 파뇰과 그의 아내인 영화 배우 자클린 부비에.

◀ 엠마누엘 베아르의 매력이 한껏 발산된 1986년 영화 〈마농의 샘〉은 놀라운 성공을 거두었다.

졸업 The Graduate

찰스 웹 Charles Webb

작가 생몰연도 | 1939(미국)
초판발행 | 1963, New American Library(뉴욕)
원제 | The Graduate
• 1967년 영화로 제작

1963년에 발간된 이 소설은 앤 밴크로프트와 더스틴 호프만이 주연한 1967년작 영화의 그늘에 완전히 가려진 나머지, 소설을 읽다 보면 주요 장면들이 문장에 앞서 떠오를 정도이다. 그러나 "성형수술"을 하라는 충고를 제외하면 물속의 다이빙 장면이나, 섹스를 하려고 호텔을 예약하며 난처해하는 벤자민의 모습, "로빈슨 부인" 만들어내기(성만 있고 이름은 없다), 그리고 벤저민이 일레인의 가족들과 친구들을 상대로 십자가를 휘두르며 싸우는 장면은 모두 원작에 나오는 내용이다. 백인 중산층 사회의 가치를 온건하게 공격한 『졸업』은 영화도 소설도 대중 풍자로서 높은 찬사를 받았다.

로빈슨 부인의 알코올 중독과 실어증은 정신질환의 신호일 수도 있지만 실제로는 그렇지 않다. 졸업 후 벤저민의 방황은 실존적 공포에는 미치지 못한다. 벤저민의 부모와 그들의 친구들이 지닌 악의는 진정한 사랑 앞에서 아무런 힘을 쓰지 못한다. 1960년대 초반에 쓰여진 이 풍자소설은 1960대 후반에 등장하는 보다 무자비한 비판의 토대가 되었다. 소설이라는 문학 장르로서의 『졸업』은 평이하고 절제된, 그러나 표현력이 풍부한 문장이 돋보인다. "뭐라고?(What?)"와 "뭐(What)"의 차이는 많은 것을 함축한다. 물음표는 불안 혹은 분노를 상징하며 인간관계의 즉각적인 고뇌를 경고한다. 어떤 의문이 덧붙지 않은 "뭐"는 단순히 타인에 대한 순수한 궁금증이며 긍정적인 결과를 예고한다. 벤저민과 일레인이 그녀의 결혼식장에서 뛰쳐나가 버스에 올라타는 유명한 장면에서 그녀는 "벤저민?" 하고 묻고, 그는 "뭐."라고 대답한다. 버스는 출발하고 더이상 어떤 말도 필요하지 않다. **AMu**

고양이 요람 Cat's Cradle

커트 보니거트 Kurt Vonnegut Jr.

작가 생몰연도 | 1922(미국)-2007
초판발행 | 1963, Holt, Rinehart & Winston(뉴욕)
원제 | Cat's Cradle
다른 제목 | Ice 9

원자폭탄의 아버지 펠릭스 회니커에겐 죄가 없다. 합리는 도덕과 같은 추상적인 개념을 회피하는 법이며 그는 뼛속까지 과학자다. 수틀리면 히로시마를 날려버릴 수도 있다. 그 "딱딱한 과학"이 물렁한 인간의 손에 떨어지면서 모든 것이 엉망이 되기 시작한다. 그러나 회니커의 "가장 위대한" 발명품은 동위원소 Ice-9로, 이것은 물을 실온에서 얼릴 수 있을 뿐 아니라 원자폭탄이나 아이들의 "고양이 요람" 놀이처럼 우아하고, 끝이 없고, 도무지 쓸데없는 연쇄작용을 일으킨다. 원자폭탄이 부족하게 되면 이 Ice-9가 비로소 빛을 보게 될 것이다. 화자인 존은 히로시마에 원자폭탄이 투하된 날에 대해 조사를 하던 중, "보코논의 서(書)"라는 책을 발견한다. 보코논교는 대담하게도 스스로를 "뻔뻔스런 거짓말" 덩어리의 종교라고 선언한다. 보니것은 종교를 조롱하기 위해 이 종교를 만들어냈다. 또한 그는 테크놀로지 역시 거대하고 파괴적인 20세기의 거짓말이라며 공격한다. 이 세상의 종말은 큰소리로 훌쩍대는 무신경과 게으름의 결과일 것이다. 기술과 어리석음은 매우 위험한 연금술이기 때문이다. 『고양이 요람』에서 보니것은 삶의 의미를 폭로한다. 사실 삶의 의미란 것 자체가 존재하지 않는다. 그러나 보니것은 세계의 종말조차 유쾌하게 만들 수 있는 거장이다. 심각한 암시는 훨씬 나중에, 우리가 다시 숨을 고른 후에야 찾아온다. **GT**

▶ 1969년 서재에서 포즈를 취한 커트 보니것. 그는 전쟁의 파괴적인 기억을 아이러니한 고요로 재창조했다.

V. V.

토마스 핀천 Thomas Pynchon

작가 생몰연도 | 1937(미국)
초판 발행 | 1963
초판 발행처 | Lippincott(필라델피아)
윌리엄 포크너 상 수상 | 1963

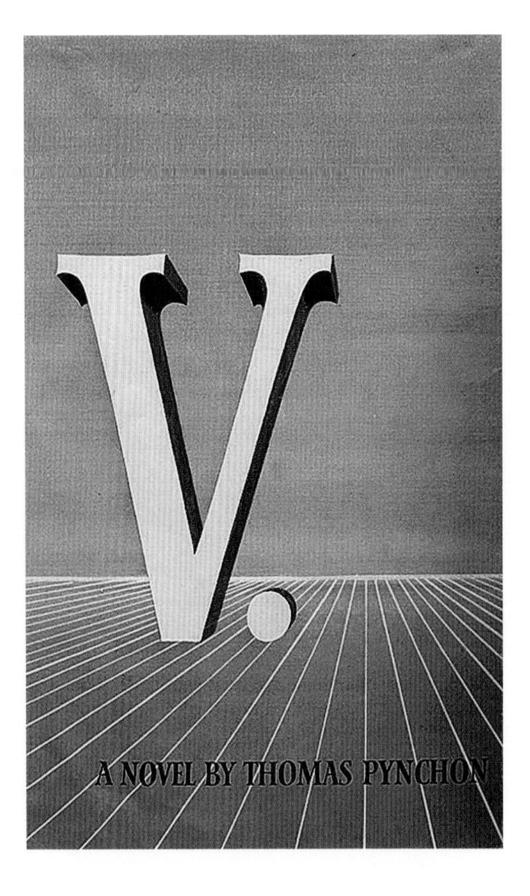

▲『V.』의 초판본 표지. 『V.』는 핀천을 미국 문학의 신비한 컬트 영웅이라는 자리에 올려놓았다.

『V.』는 북미 최고의 상상력과 문학적 재능을 갖춘 작가의 등장을 선언한 작품이다. 이 소설은 두 개의 독립적인, 그러나 상호연관적인 내러티브로 구성되어 있다. 그 첫 번째는 과거에 선원이었던 베니 프로페인의 이야기이다. 프로페인은 1950년대 중반 동부에서 이상한 직업과 스릴, 그리고 정체성을 찾아 빈둥대다가 허버트 스텐실이라는 기묘한 인물을 만난다. 스텐실은 V.라는 신비한 인물에 사로잡혀 있다. V.는 20세기 역사의 발화점마다 다양한 모습으로 나타나는 여인이다. (소설이 진행될수록 점점 나타나는 횟수가 줄어드는) V.의 체현과 추상적 관념을 해독하고자 하는 스텐실의 편집증적인 탐색은 1880년부터 1943년까지의 시대를 아우르는 정교한 두 번째 내러티브를 위한 무대를 설치한다. 이집트의 파쇼다 사태에서 시작하여 피렌체의 베네수엘라 이민자들의 폭동, 독일의 아프리카 남서부 점령 등등의 난폭한 장관이 펼쳐진다. 스텐실은 폭력과 갈등 한가운데서 통합의 질서를 추구한다. 그러나 진짜 위험은 이 소설의 "현재"—제2차 세계대전으로 인해 급진적인 변화를 겪은 뒤 1960년대 사회적, 문화적 혁명을 거치면서 거의 끓는점에 도달한 현대 아프리카—이다. 핀천은『V.』에서 다룬 주제들—권력의 남용, 역사지리학의 패턴, 주류에서 내몰린 공동체들, 그리고 인식의 변화—을 후속 작품들에서도 계속해서 끌고 나간다. 이 작품은 웅장하고 건축학적이면서도 친근하고 인간적이다. 『V.』는 조이스와 베케트, 카프카, 그리고 유럽 초현실주의를 연상시키지만 당대 미국 문학의 새로운 흐름에 더 잘 부합한다. **SamT**

허조그 Herzog

솔 벨로 Saul Bellow

작가 생몰연도 | 1915(캐나다)–2005(미국)
초판 발행 | 1964, Viking Press(뉴욕)
원제 | Herzog
전미 도서상 수상 | 1965

솔 벨로를 베스트셀러 작가로 만들어준 이 소설은 양식과 사상, 상실과 부분적인 구원에 대한 희극이다. 아내에게 배신당한 모제스 허조그는 신경질적으로 안절부절못한다. 이러한 병리 증상은 과거와 당대의 위대한 인물들에게 보내지도 못할 편지들을 끊임없이 써대는 버릇으로 나타난다.("친애하는 하이데거 박사, 나는 당신이 말한 '일상으로 떨어지다'가 무엇을 의미하는지 알고 싶습니다. 도대체 언제 떨어졌다는 말입니까?") 우리는 그를 이 지경까지 만든 사건들, 특히 옛 친구 밸런타인 거스벅과 아내의 불륜에 대한 그의 생각을 하나하나 따라가게 된다. 또한 그가 피비린내 나는 복수를 꿈꾸며 시카고로 향할 때도 동행한다. 뻔한 결과지만, 그는 피비린내 나는 복수는커녕 무기소지죄로 체포된다. 하지만 바로 이 과정에서 우리는 어쩐지 그의 인생이 다시 제자리로 돌아가기 시작했다는 것을 느끼게 된다.("이번에는 누구에게도 메시지를 남기지 않았다.")

사실 "메시지를 남기지 않았다"는 문장은 모제스 허조그의 묘비명으로도 썩 잘 어울린다. 왜냐하면, 노골적으로 드러난 지적인 측면에도 불구하고, 이 소설은 형식적인 의미를 전달하는 소설과는 거리가 멀기 때문이다. 오히려 『허조그』는 전체적으로 보아야 한다. 허조그라는 인물 안에서 안달복달하는 내면과 우스꽝스러운 방황을 인간의 선택의 한계에 대한 보다 큰 탐구의 일부분으로 보아야 한다.("내 안에 누군가 있다. 나는 그의 손아귀에 사로잡혀 있다.") 벨로의 소설이 지닌 힘은 풍부한 상상력으로 유명한 그의 문장뿐만 아니라 이러한 정신의 작용이 보여주는 것으로부터도 나온다. 독자들은 인물들이 무엇을 "보여주는가"보다 그들이 정말 어떤 인간이며 무엇을 하는가를 스스로 생각해야 한다. 허조그는 인생이 어떻게 항상 우리가 인생에 부과하는 형상보다 더 위대한지 깨달아가게 되고, 그를 따라가면서 우리도 같은 경험을 하게 되는 것이다. **BT**

▲ 미국판 『허조그』 표지. 주인공의 이름 "허조그(Herzog)"는 독일어로 '군주'를 의미한다.

롤 V. 스탱의 환희 The Ravishing of Lol V. Stein

마르그리트 뒤라스 Marguerite Duras

작가 생몰연도 | 1914(베트남)–1996(프랑스)
초판 발행 | 1964
초판 발행처 | Gallimard(파리)
원제 | Le Ravissement de Lol V. Stein

MARGUERITE DURAS
Le ravissement
de Lol. V. Stein
roman
nrf
GALLIMARD

"롤은 재미있고, 재치가 넘치고 매우 밝은 소녀였다."

▲ 파리 지성인 사회에서 두드러지는 존재였던 뒤라스는 알랭 레네가 감독한 1959년 영화 〈히로시마 내 사랑〉의 각본을 쓰기도 했다.

롤 스탱은 열아홉 살이고 동네의 전설이라 할 수 있는 존재다. 익명의 화자에 의하면 숨이 멎을 만큼 아름다운 두 여성, 안네마리 스트레터와 그녀의 딸이 무도회장으로 들어왔을 때 마이클 리처드슨과 롤은 약혼 중이었다고 한다. 그 자리에서 안네마리에게 반해버린 리처드슨은 롤을 버리고 그날 밤 내내 그녀가 지켜보는 가운데 안네마리와 춤을 추었다. 해가 뜰 무렵 두 사람은 함께 무도회장을 떠나고 롤은 울음을 터뜨린다. 이 소설의 나머지에 드리워진 의문은 과연 무도회의 사건이 롤에게는 환희였는가, 아니면 사실은 폭발이었는가이다.

롤이 마음의 상처를 회복하고도 오랜 세월이 흐른 후 다시 사건이 전개된다. 롤은 이제 세 아이를 둔 어머니로 최근 고향으로 돌아온 참이다. 그녀는 그 무도회를 돌이켜보고, 그 사건을 재연해보기로 작전을 꾸민다. 이번에 그녀는 외부인에 불과하고 그녀의 옛 친구 타티아나와 그녀의 애인 잭 홀드(그는 여기까지 와서야 자신이 화자라고 밝힌다)가 주인공이다. 잭은 롤과 어찌할 수 없는 사랑에 빠지지만, 롤은 타티아나를 버리라고 꼬드기는 대신 그녀를 계속 사랑하라고 설득함으로써 세 사람 모두 욕망의 평범한 질서를 넘어서게 된다.

정신분석학자들에게 삼각관계는 언제나 경쟁자를 의미하며 둘 중 하나가 제거되어야만 해결될 수 있는 상황이다. 흥미롭게도 뒤라스는 남편인 시인 로베르 앙텔므, 디오니스 마스콜로와 함께 삼각관계에 놓였던 적이 있다. 뒤라스가 마스콜로의 아이를 임신하자 앙텔므(그에게도 애인이 한두 명 있었다)는 결국 그녀를 떠나지만 마스콜로와의 관계 역시 계속되지는 못했다. 『롤 V. 스탱의 환희』는 이러한 상황을 넘어서는 가능성, 즉 경쟁자가 없이도 욕망을 유지하는 것이 가능한가를 탐구함으로써 독자들에게 현대 문학 최고의 반(反)오이디푸스 신화를 선사했다. **PT**

신의 화살 Arrow of God

치누아 아체베 Chinua Achebe

『신의 화살』은 1921년 나이지리아를 배경으로 일부다처제인 이보 족의 늙은 대사제 에제울루가 어떻게 백인 식민주의자 관료들(이들의 흑인 심부름꾼은 그를 "마녀 의사"라고 부른다)의 권력에 적응하는지를 보여준다. 영국인 군수는 선의를 가지고 그를 추장으로 임명하려 하지만, 에제울루는 실수 연발로 쓰라린 코미디를 연출하며 백인 관리와 그의 흑인 심부름꾼에게 모욕만 당할 뿐이다. 그 후 에제울루는 다가오는 추수 날을 연기함으로써 부족 사람들에게 모욕을 주기로 결심한다. 그러자 사람들은 그에게서 등을 돌리고 "적기에 추수해야 한다"고 북돋는 기독교 선교사들에게로 향한다. 에제울루는 "정신나간 대사제의 오만한 광채" 속으로 떨어지고 만다.

『신의 화살』에서 흥미로운 점은 특유의 은근한 플롯과 원주민 사회의 복잡함을 생생하게 나타낸 묘사이다. 우리는 사람들이 식민주의에 얼마나 다양한 반응을 보이는지 목격한다. 에제울루의 부족에서는 전통적인 축제와 낯익은 의식들이 존속하며, 어디에서나 볼 수 있는 남성의 여성 착취도 용인된다. 나병 환자들은 경멸의 대상이다. 종교는 깊은 직감과 미신적인 어리석음 사이를 오간다. 아체베의 지적인 객관성은 영국인 사회에까지 그 시선이 미친다. 한 관료가 순진할 정도로 오만하면 다른 관료가 공평하다. 영국인 식민주의자들은 문화의 분열을 일으키기도 하지만, 부족 간의 전쟁을 종식시키고 학교와 도로와 병원을 건설한다. 아체베는 아무리 영국 제국주의가 잘못되었다 해도 19세기 베냉 왕조의 아프리카 제국주의보다는 더 건설적이었다는 사실을 상기시킨다.

아체베는 위트와 유머, 날카로운 리얼리즘, 그리고 강렬한 상상력으로 글을 쓰는 작가이다. 그의 문장은 독창적이고, 관용구를 번형시켜 신랄한 맛을 띠며("페니스가 어려서 죽지 않는다면 곧 수염난 살을 먹게 되겠지"), 아이러니하다. **CW**

작가 생몰연도 | 1930(나이지리아)
초판 발행 | 1964, W. Heinemann(런던)
원제 | Arrow of God
독일 서적협회 평화상 수상 | 2002

"권력을 행사하지 않는다면 그게 무슨 권력인가?"

▲ 제목의 "화살"은 신에게 경배하는 화살로서의 에제울루 자신의 이미지를 표현한 것으로 강한 의지를 드러낸다.

세 마리의 슬픈 호랑이

Three Trapped Tigers

기예르모 카브레라 인판테 Guillermo Cabrera Infante

작가 생몰연도 | 1929(쿠바)–2005(영국)
초판 발행 | 1964
초판 발행처 | Seix-Barral(바르셀로나)
원제 | Tres tristes tigres

카브레라 인판테의 처녀작인『세 마리의 슬픈 호랑이』는 1964년에 스페인에서 문학상을 타기도 했으나 검열 때문에 정작 출간은 1967년에야 이루어졌으며, 무삭제 완전판은 2005년에야 빛을 보게 되었다. 'Tres tristes tigers'라는 이 책의 원제는 일부러 발음할 때 혀가 꼬이게끔 만든 '텅 트위스터'이다. 또한 시각적 유희이자 주제를 전달하는 기호이다.

이 소설은 재기 넘치는 말장난과 극심한 우울이 한데 뒤섞인 이야기이다. 깊은 숲속의 밤을 방황하는 주인공들은 많은 사람들이 아니라 다만 많은 목소리일 뿐이다. '변화'—믿을 만한 것이건 믿을 수 없는 것이건—가 이 소설의 주제이자 방식인데, 다섯 명의 친구들(쿠에, 코다크, 실베스트레, 에리보, 부스토로페돈)과 그들이 1950년대 하바나에서 만난 여자들이 겪었던 모험에 대한 각자의 해석이 엇갈리며 서로 상충한다.

정신분석학 진단의 관점에서(볼레로 가수와 다른 두 사람의 야간 산책) 이 책은 콜라주 혹은 고친 글씨처럼 구성되어 있다. 곳곳에 독백과 독립적인 이야기, 그리고 문학, 음악, 영화에 대한 공개적인, 혹은 숨겨진 인용이 박혀 있다. 이 소설은 시적 요소들을 앞세운 바로크식 언어 전시장이다. 독창적인 어휘구사, 역사적 사건(예를 들면 트로츠키의 죽음)에 응용된 문체의 패러디, 식자 실험(검은 페이지에 하얀 글자라든가, 거울 이미지 혹은 그림이 글자를 대신하는) 등이 이를 뒷받침한다.『세 마리의 슬픈 호랑이』는 보다 복잡한 패턴으로 그 장르를 끌고가 1960년대 내러티브 소설의 아방가르드에 올려놓은 작품이다. **DMG**

스탬퍼 가의 대결

Sometimes a Great Notion

켄 키지 Ken Kesey

작가 생몰연도 | 1935(미국)–2001
초판 발행 | 1964, Viking Press(뉴욕)
원제 | Sometimes a-Great Notion
◆ 1971년 영화로 제작

켄 키지의 두 번째 소설은 21세기 미국 역사를 독창성, 열정, 그리고 재주로 정의했다. 오레곤의 벌목장과 그 주위를 무대로 한 이 소설은 스탬퍼 가라는 한 집안이 마을 및 조합과, 그리고 무엇보다 자기들끼리 불화를 겪는 이야기이다. 줄거리는 두 형제, 행크와 릴런드 사이의 갈등을 둘러싸고 있다. 미국 국경지대의 냄새가 물씬 풍기는 환경에서 행크와 릴런드는 서로 상충하는 인간의 성질을 보여준다. 행크는 몸집이 크고 거친 성질에 고집이 세고 주위 사람들을 휘두르는 데 익숙하다. 이야기는 그가 거래 조합과 말썽을 일으키는 것으로 시작된다. 이때 도착한 그의 이복동생 릴런드는 행크의 열혈남아 기질을 못마땅해 하지만 가족의 기대에도 부응하지 못한다. 키지는 두 사람의 역학 관계—그들의 닮은 점, 존경, 서로에 대한 충성, 그리고 파괴적인 차이점까지—를 교묘하게 탐색한다. 화자를 바꿔가면서 처음에는 릴런드에게 공감하는 듯하다가 뒤에서는 가족과 마음의 평화를 위해 투쟁하는 행크의 속깊은 마음을 보여주면서 탐색의 효과는 더욱 강력해진다. 아메리칸 드림의 생존을 꾸밈없이 탐구한 이 작품은 자연과 공동체, 대기업에 저항하는 인간의 신화적인 이야기로, 미국 문학에서는 그 가치를 인정받지 못했지만, 매우 중요한 걸작이다. **MD**

G. H.에 따른 정열

The Passion According to G. H.

클라리체 리스펙토르 Clarice Lispector

작가 생몰연도 | 1920(우크라이나)–1977(브라질)

초판 발행 | 1964

초판 발행처 | Editôra do Autor(리우데자네이루)

원제 | A paixão segundo G. H.

우크라이나에서 태어난 리스펙토르는 브라질에서 살면서 포르투갈어로 글을 썼는데, 이 작품은 영어로 번역되기까지 무려 20년이라는 세월이 걸렸다. 『G. H.에 따른 정열』은 누가 보아도 전통적인 소설은 아니다. 플롯이나 캐릭터 같은 익숙한 문학 용어를 사용해서 이 작품을 설명한다는 것은 말이 안 된다. 사실 이 소설은 내러티브라기보다는 실존적 의문이라고 보는 편이 옳다. 이러한 이유로 이 작품은 주의깊게, 생각하면서 읽어야 한다. 독자를 초대하면서도 도전하는, 철학적이고 근원적인 의문을 던지고 탐구하는 작품인 것이다.

집가방에 새겨진 G. H.라는 머리글자로만 알려진 주인공은 예전에 자기 밑에 있었던 하녀의 방에 들어갔다가 그녀가 방 벽에 남긴 이상한 그림을 보고 생각과 감정의 소용돌이로 빠져든다. 거기에다 G. H.는 죽어가는 바퀴벌레도 보게 되는데, 이 바퀴벌레를 중심 상징으로 내러티브가 휘몰아치게 된다. 각 장은 앞 장의 마지막 문장을 반복함으로써 아름답게 연결되고, 문장은 깊고 사적인 내적 독백의 느낌을 풍기며 과거, 현재, 미래의 역할 및 삶과 사랑에 대한 의문과 장황한 설명을 끌어안는다. 수수께끼의 "당신"에게 이야기하기 때문에 매우 친근하게 읽을 수 있는 작품이다. **JC**

다시 오이크스트헤스트로

Back to Oegstgeest

얀 볼커스 Jan Wolkers

작가 생몰연도 | 1925(네덜란드)–2007

초판 발행 | 1965

초판 발행처 | Meulenhoff(암스테르담)

원제 | Terug naar Oegstgeest

볼커스 문학의 주제는 섹스이다. 섹스는 탈출구일 뿐만 아니라 고독의 보상이기도 하다. 생생한 정사 장면은 볼커스 문학의 전형이 됨과 동시에 종종 비판을 불러일으키기도 했다. 그밖의 다른 주제로는 자연에 대한 사랑과 종교 비판이 있다.

볼커스의 주요 테마가 모두 한데 녹아들어 있는 작품이 바로 『다시 오이크스트헤스트로』이다. 이 자전적인 소설은 그의 청소년기와 어른의 세계로 첫발을 딛는 과정을 그리고 있다. 화자는 열 명의 형제자매 속에서 자란다. 아버지는 엄격한 네덜란드 개혁교회 신자—하루에 세 번 가족들을 불러 모아 놓고 성경을 읽는다—로 오이크스트헤스트 시에서 식료품점을 운영하고 있다. 젊은 시절 화자는 다양한 직업을 전전했다. 실험실에서 동물을 감독하면서 학생들이 동물로 실험하는 것을 목격하기도 했다. 더 훗날에 일어나는 사건 중에는 형제의 죽음과 제2차 세계대전 기간도 포함되어 있다. 죽음을 경험하면서 화자는 성에 눈뜨고 신앙을 잃는다.

여러 번에 걸친 주인공의 좌절과 몇몇 끔찍한 장면에도 불구하고 『다시 오이크스트헤스트로』는 결코 삶 자체를 비난하지는 않는다. 이 소설이 매력적인 이유는 지나간 세계를 회복하려는 거의 고집스럽기까지 한 작가의 노력 때문이다. 그 노력의 결과, 전쟁 발발 이전 시대의 인상적인 풍경화가 펼쳐지며, 주전자와 증기 기관차, 남성용 수영복, 식료품점들이 청교도적 양념을 곁들여 차려진다. **JaM**

JANSPORT

엄중히 감시받는 열차
Closely Watched Trains

보후밀 흐라발 Bohumil Hrabal

작가 생몰연도 | 1914(모라비아)–1997(체코 공화국)
초판 발행 | 1965
초판 발행처 | Ceskoslovensky spisovatel(프라하)
원제 | Ostre sledované vlaky

『엄중히 감시받는 열차』는 1945년 보헤미아의 기차역에서 일하는 서투른 어린 조수, 밀로스 흐르마의 이야기를 들려준다. 제2차 세계대전도 막바지로 치닫고, 밀로스는 손목을 긋는 바람에 본의 아니게 주어진 휴가에서 막 돌아온 참이다. 예민한 감수성의 소유자인 밀로스는 여자친구 마샤에 대한 사랑을 이룰 수 없어 번민하고 있다.

이 소설은 지나가는 독일 기차를 사보타지하려는 밀로스와 또다른 동료의 계획으로 정점을 이루는 하루 동안의 사건들을 묘사하고 있다. 주인공의 독일군에 대한 혐오에도 불구하고 흐라발은 마을을 지나는 독일 군인들의 인간적인 면모도 강조하였다. 밀로스는 기차에 타고 있는 두 명의 나치 친위대원들이 시인 혹은 여가를 즐기는 사람들처럼 보이는 것에 놀라움을 금치 못한다. 그리고는 부상당한 독일 병사가 아내를 부르며 우는 것을 보고 체코인과 독일인을 불문한, 인간을 연결하는 끈의 존재를 깨닫게 된다.

종전과 함께 공산주의 정권의 집권, 그 뒤를 이은 '문화 정상화'는 한때 시인이었던 흐라발이 산문을 쓰기 위해서는 마흔 아홉 살이 되도록 기다려야 했다는 것을 의미한다. 『엄중히 감시받는 열차』는 보기드문 유머와 인간성이 빛나는, 흐라발 최고의 걸작 중 하나이다. 1967년 이리 멘첼이 영화로 제작하여 오스카 상을 수상하였다. **OR**

◀ 1992년 체코 사진작가 미로슬라프 자이치는 프라하의 공원에서 노인이 된 흐라발을 허울좋은 황제처럼 꾸며놓고 이 사진을 찍었다.

강 사이
The River Between

응구기 와 티옹고 Ngugi wa Thiong'o

작가 생몰연도 | 1938(케냐)
초판 발행 | 1965, Heinemann Education(런던)
원제 | The River Between
언어 | 영어

『강 사이』는 응구기의 두 번째 소설로, 아프리카 대표 문인으로서의 명성을 확고히 해준 작품이다. 한편으로 보면 식민지 시대 중반을 배경으로 한 단순한 러브 스토리로, 사랑에 빠진 두 기쿠유 족 젊은이가 각자의 마을 사이의 오랜 불화를 뛰어넘으려 하다 비극적인 운명을 맞는 아프리카판 '로미오와 줄리엣'이다. 그러나 보다 심오하게 들여다본다면 한편으로 이 소설은 케냐의 식민 역사를 다루고 있다. 영국인들이 서서히, 그러나 꾸준히 케냐로 들어오고 원주민들은 그들의 땅에서 내몰린다. 지방 권력구조, 종교적 의식, 관계들에서 기독교 선교의 부작용들이 나타나고, 1950년 반식민투쟁을 펼치기 전까지 다양한 아프리카 부족들 사이에 존재했던 깊은 반목이 드러난다.

그러나 이 소설의 핵심은 여성할례와 이를 어떻게 기독교및 유럽의 가치와 공존시킬 것이냐 하는 문제이다. 여성할례는 기쿠유 족의 문화적 순수성과 반식민투쟁을 상징하기 때문에, 젊은 여주인공 니얌부라의 "불결한" 상태는 결국 연인들의 운명을 결정짓고 만다. 그로 인해 일어날 수 있는 끔찍한 결과에도 불구하고 여성할례는 여전히 케냐의 국가 정체성의 중요한 구성 요소이며, 날이 갈수록 절대적인 기독교 교육 시스템과 식민 침략에 대항하는 핵심적인 의식으로 자리잡고 있다. 응구기의 작품들은 기쿠유 족의 신화적 근원을 묘사하고 아직 식민주의에 침탈 당하기 전 케냐의 언덕을 배경으로 함으로써 영미문학 속에서 아프리카의 문화적 차이를 보존하고 있다. **SN**

정원, 재 Garden, Ashes

다닐로 키스 Danilo Kis

작가 생몰연도 | 1935(세르비아)–1989(프랑스)
초판 발행 | 1965
초판 발행처 | Prosveta(베오그라드)
원제 | Basta, pepeo

"그녀는 영원한 삶의 비밀을 알게 되었다."

『정원, 재』는 제2차 세계대전 중 한 헝가리 중산층 가족를 빼어나게 묘사한 작품으로, 박해를 피해 유럽을 떠돌면서 막내 아들 안디 샴의 눈으로 바라본 유태인 아버지 에두아르드의 이야기에 초점을 맞추고 있다. 매우 괴짜에다 화려한 캐릭터인 에두아르드는 매력적이고 신비한 인물이지만 알코올 중독과 우울증 발작으로 고통 받고 있기도 하다. 자신이 쓰고 있는 책『버스, 배, 철도, 그리고 비행기 여행 가이드』의 3판을 완성하려는 강박 관념에 사로잡히면서 그의 행동은 날이 갈수록 이상해진다. 그 원인이 전쟁의 부담과 하루살이 같은 생존의 압박 때문인지, 아니면 순수한 광기인지는 분명치 않다.

키스의 난해하고 시적인 문장은 특히 안디의 어린 시절 기억에서 풍부한 디테일을 자랑한다. 내러티브는 강렬한 어린 시절의 회상을 포함하고 있어 때때로 이야기가 시로 넘어가는 것은 아닌가 느껴지기도 한다. 결국 에두아르드는 실종되고, 강제수용소로 보내졌다고 추측될 뿐이다.

『정원, 재』는 키스의 처녀작으로 반자전적인 작품이기도 하다. 키스의 아버지 역시 헝가리계 유태인으로 키스가 아직 어린아이였던 1944년 아우슈비츠에서 죽었다. 그러나 이 소설은 단순히 전쟁이나 홀로코스트의 회고록은 아니다. 어린 안디가 무엇인지도 모르는 아우슈비츠나 강제수용소에 대해서는 한번도 언급되지 않는다. 비록 전쟁과 가난으로 얼룩지기는 했지만 어린 시절 경험의 경이와 유쾌함이 안디에게는, 그리고 우리에게는 살아남기 위한 가족의 투쟁보다 훨씬 더 생생하다. 『정원, 재』는 전쟁의 주변에서 살아가는 가족과, 세상을 이해하고 아버지의 상실을 극복하려는 어린아이를 그린 쓰라린 이야기이다. **RA**

▲ 1985년 파리에서 사진작가 소피 바술이 찍은 사진. 유고슬라비아 태생인 다닐로는 생애의 마지막 10년을 프랑스에서 보냈다.

오르다 보면 모든 것은 한 곳에 모이게 마련 Everything That Rises Must Converge

플래너리 오코너 Flannery O'Connor

땅에 떨어진 매그놀리아 꽃이 달콤하게 썩어가는 것처럼, 귀족적인 남부가 여전히 시대착오적인 관습과 편견에 집착하고 있을 무렵부터의 피부색과 계급, 세대차이, 그리고 종교적 신념 등 변덕스러운 관념들이 이 이야기들에 스며들었다. 이것은 예기치 못한 잔인함의 폭발과 그로테스크로 가득한 이원론적인 세계이다. 인물들은 민권 운동과 종교적 명료함으로 오르고, 또 모인다. 오름은 지식을 의미하지만 모임은 충돌—옛 가치, 분석한적 없는 자아상, 그리고 진실의 가혹한 빛과의 충돌—을 의미한다. 이것은 위험한 공현(公現)에 관한 이야기들이며, 품위를 찾는 것은 때때로 결코 즐거운 일이 아니다. 또 때때로 신을 찾는다는 것은 가슴에 총알이 박히고 빗자루로 마구 두들겨 맞고, 황소의 뿔에 가슴이 치받히는 것과도 같다.

한 이야기에 교육도 받았고 계급적 죄의식으로 괴로워하는 줄리안이 등장한다. 그는 인종분리정책이 폐지된 지 얼마 되지 않았을 때 버스에 탄 후 어머니를 "Y"자가 새겨진 좌석에 앉힌다. 줄리안의 어머니는 전통과 편견으로 굴욕을 느낀다. 그때 한 흑인 여성이 아들과 함께 똑같은 새 모자를 쓰고 버스에 타자 긴장이 고조된다. 어머니가 흑인 소년에게 1센트짜리 동전을 주자 줄리안은 너무나 분노한 나머지 그녀의 비극적인 단련을 보지 못한다.

오코너는 재미있고, 날카롭고, 잔혹하다. 무지한 이들도 벌을 받지만 선의를 가진 이들은 행동하기에 힘이 부족하다는 이유로 더욱 동정의 여지가 없다. 그녀의 천재성은 심오한 도덕적 이야기들을 쓰면서도 옳고 그름의 판단을 독자에게 맡겼다는 데에 있다. **GT**

작가 생몰연도 | 1925(미국)–1964
초판 발행 | 1965, Farrar, Straus & Giroux(뉴욕)
원제 | Everything That Rises Must Converge
본명 | Mary Flannery O'Connor

"문이 닫히고 돌아선 그의 눈에 땅딸막한 사람이 다가오는 것이 보였다."

▲『오르다 보면 모든 것은 한 곳에 모이게 마련』은 오코너 최후의 작품으로 초기작에서 다루었던 종교적, 사회적 주제들을 한데 모은 소설이다.

사물들 Things

조르주 페레크 Georges Perec

작가 생몰연도 | 1936(프랑스)–1982
초판 발행 | 1965, Julliard (파리)
원제 | Les Choses: Une Histoire des années soixante(사물들: 60년대 이야기)

출판을 거부당한 4편의 미완결 소설을 쓴 게 전부였던 조르주 페레크는 이 작품으로 1965년 르노도 문학상을 받으면서 단번에 문단의 총아로 떠올랐다. 그의 작품 중에서는 최초로 출간된 『사물들』은 제롬과 실비라는 젊고 매력적인 사회주의자 한 쌍의 지적 쇠퇴를 그리고 있다. 풍요로운 사회에 의해 장려되는 행복 추구는 자신도 모르는 사이에 그들을 좌절하고 체념한 중산층 부부로 바꿔놓는다. 이러한 줄거리는 이 소설이 소위 "소비" 사회에 대한 순수한 사회학적 묘사, 즉 문학으로는 알맞지 않다고 본 대중을 충격에 빠뜨렸다. 페레크는 자신이 속해있는 사회적 환경—알제리 전쟁을 극력 반대했고, 전쟁이 끝날 무렵에는 정치에 환멸을 느낀 나머지 무관심해진 학생들의 사회—의 진화를 묘사하고자 했다. 또한 그는 롤랑 바르트의 『신화(Mythologies)』(1957)를 자신의 글에 불러오고자 시도하였다.(롤랑 바르트는 이 작품에서 당대 문화의 신화와 상징을 분석하기 위해 기호학적 개념을 이용하였다.) 『사물들』이 독특한 데에는 주인공들의 태도를 비판도, 판단도, 해석도 하려 하지 않는 화자의 냉정함이 한몫했을 것이다. 화자는 그저 주인공들이 탐내서 아파트에 쌓아놓는 사물들을 "상징" 혹은 "징후"라고 칭하면서 마치 광고에서 선전하는 듯한 방식으로 기록할 뿐이다. **JD**

냉혈한 In Cold Blood

트루먼 카포티 Truman Capote

작가 생몰연도 | 1924(미국)–1984
초판 발행 | 1966, Random House(뉴욕)
원제 | In Cold Blood
본명 | Truman Streckfus Persons

『냉혈한』은 카포티의 가장 유명한 작품으로 '논픽션 소설'과 '트루 크라임'이라는 두 가지 장르를 개척했다는 평가를 받는다. 1959년 캔자스에서 클러터 일가족이 두 부랑자 딕 히콕과 페리 스미스에 의해 살해당한다. 이 작품은 그 범인들의 재판과 처형을 다룬 이야기이다. 카포티는 이 특정 사건의 극단성을 1950년대 후반과 1960년대 초반을 지배한 가치들을 폭넓게 진단하기 위한 시발점으로 삼았다. 클러터 일가는 만들어냈다고 말해도 좋을 만큼 건강하고 존경받는 이상적인 미국 시민이었던 반면, 스미스와 히콕은 제임스 딘의 "반동" 문화의 폭력적인 체현이라고 불릴 만한 존재들이었다. 희생자들의 세계를 상세하고 동정적으로 재구현하기는 했지만 카포티가 진정 흥미를 보인 것은 페리와 딕의 감정 세계와 무엇이 이들을 살인이라는 극단으로 내몰았는가 하는 것이었다. 실제로 혹자는 카포티가 페리 스미스에서 또다른 자아를 발견했기 때문에 그토록 그에게 끌렸던 것이라고 말하기도 한다. 카포티는 재판이 진행되는 동안 이 소설의 범죄 부분을 썼고, 그것이 언론을 타면서 그가 범인들을 묘사한 방식이 판결에 영향을 끼쳤다는 주장도 있었다. 이런 관점에서 『냉혈한』은 보다 넓고 골치아픈 통찰을 보여준다. 메일러의 『사형집행인의 노래(The Executioner's Song)』(1979)처럼 이 작품 역시 사실과 허구, 도덕적 책임감 사이의 차이와 교집합에 대한 토론이다. **BT**

▶ 1966년 『냉혈한』을 출간한 랜덤하우스의 진열창. 이 책이 불러일으킨 언론의 흥미가 어떤 규모였는지를 반영하고 있다.

LIFE
MURDER SPAWNS A MASTERPIECE
WEALTHY FARMER
HORROR SPAWNS A MASTERPIEC
Book Review
BOOKS TODAY
4 Meaningless Murders,
In Cold Blood
SELECTED WRITINGS
The Muses are Heard
In Cold Blood
Truman Capote
In Cold Blood
Truman Capote

은수자와 죽음 Death and the Dervish

메사 셀리모비치 Mesa Selimovic

작가 생몰연도 | 1910(보스니아)-1982(세르비아)
초판 발행 | 1966
초판 발행처 | Svjetlost(사라예보)
원제 | Dervis i smrt

셰이크 아메드 누루딘은 오스만 통치하의 보스니아에 살고 있는 은수자이다. 그는 삶의 대부분을 종교적 은둔으로 보냈으며 이 작품의 대부분은 그의 내적 독백으로 이루어져 있다. 그러나 일상의 격랑을 교묘하게 피하는 아메드의 삶은 소설의 시작 부분에서 동생이 체포되어 처형당함으로써 종지부를 찍게 된다. 동생의 죽음은 그가 지금까지 지녀왔던 확신에 의문을 던지고 지역 당국과의 투쟁을 시작하게끔 한다. 그는 스스로 정치 체제의 일부가 되지만, 스스로의 행동을 결정할 수 있는 힘이 없다 보니 결국 불행한 종말을 맞게 된다.

『은수자와 죽음』에는 대화가 거의 없다. 셀리모비치는 대체적으로 절제된 줄거리를 매우 내향적인 아메드의 목소리를 빌려 들려준다. 때때로 성가시기도 하지만, 달마시아에서 온 기독교도와 사랑에 빠지는 괴짜 친구 하산과 같은 유쾌한 인물들의 도움도 받는다.

셀리모비치의 세르비아-크로아티아어는 현대 보스니아 표준어 확립에 지대한 영향을 미쳤다. 셀리모비치 역시 동생의 죽음으로 인해 느꼈던 감정의 격동을 이 소설에 고스란히 옮겨 부었다. 자신이 살았던 시대의 정치적 사건들을 작품 속에 등장시키기는 했지만 압제 정권에 의해 착취 당하고 결국은 파괴되는 카프카풍의 인간 묘사로 볼 때, 『은수자와 죽음』은 저자의 파란만장한 조국을 넘어서 인류보편적인 주제를 이야기하는, 또다른 시대적 탄원이다. **OR**

침묵 Silence

엔도 슈사쿠(遠藤周作) Shusaku Endo

작가 생몰연도 | 1923(일본)-1996
초판 발행 | 1966
초판 발행처 | 고단샤(도쿄)
원제 | 沈

소설가 엔도 슈사쿠는 기인(奇人)이었다. 우선 그는 가톨릭 신자였고, 그레이엄 그린이나 조르주 베르나노스 같은 유럽의 가톨릭 소설가들에게서 영향을 받은 그의 작품들은 불신의 경계에 선 불안한 신앙과 일본 사회에 흐르고 있는 끔찍한 잔인함의 어두운 물줄기를 그리고 있다.

17세기 초를 배경으로 하는 『침묵』은 엔도의 걸작으로 꼽히는 작품이다. 일본 막부는 고문과 학살을 서슴지 않는 무자비한 기독교 탄압에 돌입했다. 심지어 명망 높은 페레이라 신부마저 배교했다는 소식이 바티칸에 날아든다. 페레이라를 자신의 정신적 스승이라 믿어왔던 포르투갈 신부 세바스티안 로드리게스가 그를 만나기 위해 일본으로 급파된다. 이 위험한 임무는 금방 암초에 걸린다. 배신자 유다와 맞먹는 키치지로의 밀고로 로드리게스는 감옥에 갇혀 고문을 받는다. 예수의 상본을 밟는 상징적인 배교를 하면 살려주겠다고 강요를 받지만 로드리게스는 거부하고, 당국은 그의 눈앞에서 다른 기독교 신자들을 죽이기 시작한다. 마침내 로드리게스 앞에 페레이라가 나타나 우선 배교하라고 권유한다.

드라마틱하면서도 절제된 내러티브를 통해 탄압의 끔찍함과 딜레마에 처한 성직자의 비애가 강렬하게 펼쳐진다. 엔도는 로드리게스라는 신뢰할 수 있고, 좋아할 수밖에 없는 선량한 인간을 창조함으로써, 예수의 영광보다는 고통에 초점을 맞춘 작가 자신의 기독교관을 드러냈다. **RegG**

각자 자기 것을 To Each His Own

레오나르도 샤샤 Leonardo Sciascia

작가 생몰연도 | 1921(시칠리아)–1989
초판 발행 | 1966, Adelphi Edizioni(밀라노)
다른 제목 | A Man's Blessing
원제 | A ciascuno il suo

레오나르도 샤샤는 파시즘이 주도권을 잡고 있던 시절의 시칠리아에서 자랐다. 학교 교사로 사회 생활을 시작한 그는 훗날 이탈리아에서 가장 논란 많은 정치인이자 이탈리아와 유럽 의회의 급진파 의원이 되었다. 조직화된 범죄와 정치 부패에 대한 혐오와 조국에 대한 그의 사랑은 샤샤의 문학에 끊임없는 원동력이 되었다.

『각자 자기 것을』에서 작은 시골 마을 약사인 만노는 협박 편지를 받는다. 그는 장난이라고 생각하고 대수롭지 않게 여겼지만 얼마 되지 않아 그의 사냥 친구인 로시오 박사와 함께 살해당한다. 수사 결과 로시오 박사는 단순한 구경꾼에 불과했다는 판정을 받는다. 마을 교사인 라우라나 교수는 아무도 주목하지 않았던 단서를 접한 뒤 이 미스테리를 풀기로 결심한다. 그의 수사는 성과를 맺지만 그 결과는 그리 단순하지가 않다. 운명의 장난으로 살해된 약사가 오히려 불운한 구경꾼이었던 것으로 밝혀지면서 이제 로시오가 수사의 초점이 된다. 뛰어난 눈썰미와 약간의 속임수로 라우라나는 끈질기게, 그리고 체계적으로 욕정의 기만과 교묘한 정치적 계산의 실타래를 풀어낸다.

이 소설은 심리 파악과 (한번도 언급되지는 않았지만 줄곧 암시되고 있는) 코사 노스트라 혹은 마피아를 이해하려 시도한 탐정소설이며, 피와 거짓말, 공범의식이 부추긴 침묵에 관습적으로 젖어있는 사회를 비통하게 비판하고 있다. **SMu**

"정치에 발을 들여놓는다는 것은 시간낭비야. 그것도 몰랐다면 정치가 돈이 된다고 생각했거나 태어났을 때부터 장님이거나 둘 중 하나지."

▲ 마피아의 본산, 시칠리아 출신 소설가답게 샤샤는 특히 범죄와 정치가 교차하는 추리물에서 문학적 재능을 발휘했다.

제49호 품목의 경매 The Crying of Lot 49

토머스 핀천 Thomas Pynchon

작가 생몰연도 | 1937(미국)
초판 발행 | 1966, Lippincott(필라델피아)
원제 | The Crying of Lot 49
로젠탈 상 수상 | 1966

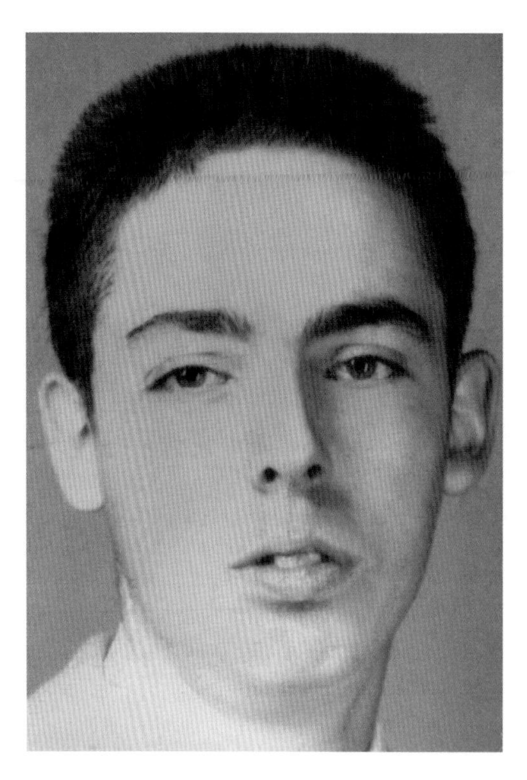

"현실은 이 내 머릿속에 있다구."

▲ 1955년의 토머스 핀천. 핀천은 언론 접촉을 단호하게 거부해왔기 때문에 대중에 공개된 그의 사진은 몇 장 되지 않는다.

핀천의 장편에서 흔히 볼 수 있는 다소 늘어지는 언변에 비하면 즐거울 정도로 간결한 이 작품은 포스트모더니즘이 낳은 완벽한 스릴러물로, 상상력이 부족한 형사들을 쉽게 속여넘기는 한편 유쾌한 솜씨로 가능한 해석의 유희를 보여주고 있다. 수많은 세련된 소설들이 플롯을 부수적인 요소로 치부해버리는 반면, 이 작품은 내러티브라는 실로 촘촘한 태피스트리를 짜고 있으며, 오이디파라는 주인공 이름에 걸맞게 스핑크스의 미소와도 같은 수수께끼를 띠고 있다. 캘리포니아 어딘가를 무대로 한 이 작품 속 이름들은 단서와 함축적 의미의 희극이라는 두 가지 기능을 수행한다. 식 딕과 폴크스바겐이라는 이름의 밴드들부터 마이크 팰러피언, 힐러리어스 박사, 징기즈 코엔, 그리고 에모리 보르츠 교수 등의 등장인물들에 이르기까지 핀천은 문학적 창조에 제한을 두었다. 이름의 유희는 음모론 게임을 벌이는 내러티브의 더 큰 구조를 반영한다. 핀천의 패러디는 1인치의 가능성 안에서 탐구된다. 이념적인 불합리와 계획된 피상성 사이에서 시계추처럼 왔다갔다하며 겉으로 보기에는 공허하지만 실제로는 기호로 넘치는 황무지가 그려지고, 이야기는 생각의 실험에서 무정부주의 기적으로 뻗어간다.

굉장히 흥미로운 논리를 펼치는 우표수집가의 우둔함이 있는가 하면, 거의 보르헤스식에 가까운 현대 세계사도 보인다. 고급문화와 대중의 감수성을 결합시킨 이 작품은, 영리하기 짝이 없는 소설 세대의 청사진과도 같다. **DM**

염소 소년 자일스 Giles Goat-Boy

존 바스 John Barth

『염소 소년 자일스』는 다양한 출판사 편집자들의 염려(점점 악화되어 가는 그들의 정신 상태를 보여주고 있다)와 이 본데없는 원고에 붙은 가짜 소개서로 시작된다. 책의 출간은 바스가 그의 천재적인 신랄함과 익살로 겨냥한 수많은 목표 중 하나에 불과했다. 나머지는 기술, 성적 모랄, 호전적 애국주의, 그리고 귀족적 야만의 개념 등이다. 이 소설은 어지럽고 세속적이며, 작가가 조롱하고 있는 학술적 난해함만큼이나 무미건조한 위트로 가득한, 상스러운 창시합이다.

이 작품은 수퍼 컴퓨터의 배에서 구조되어 염소의 젖을 먹고 자란 아기, 빌리 복퍼스의 여행 이야기이다. 사춘기의 격정 속에서 빌리는 염소 생활의 아름다움을 떠나 불안정하고 뒤죽박죽인 인간이 되고 싶지 않은, 모호한 소년으로 자란다. 그러나 그의 욕구는 너무나 강렬한 데 비해 암염소들은 아무런 반응이 없다. 결국 그는 인간의 삶으로 되돌아간다. 맨 처음에는 대학 학사인 조지로 시작해서 마침내 예언자와도 같은 뉴태머니 대학의 구원자 대스승 조지가 된다. 인류의 신화와 전설—신약성서부터 냉전시대 정치까지—을 재구성하면서 언어 전체가 부패하고 변질되며, 학술 용어의 은어는 온갖 서구 언어로 뒤죽박죽이 된다. 캠퍼스는 세계의 축소판이다. 동쪽 캠퍼스는 소련, 위대한 창립자는 전능하신 신, 에노스 에녹은 예수 그리스도이다. 학술 용어가 일상 회화에서 자유롭게 쓰인다.

바스의 손에서 이야기는 전류처럼 살아 움직인다. 이 작품은 딱딱한 캔디 속에 들어있는 말랑말랑한 누가와도 같은, 언어에 대한 찬가이다. 진하고 맛있고, 즐기기에 부족함이 없다. 아마도 이런 작품은 지금까지 없었을 것이다. **GT**

작가 생몰연도 | 1930(미국)
초판 발행 | 1966
초판 발행처 | Doubleday(뉴욕)
원제 | Giles Goat-Boy; or, The Revised New Syllabus

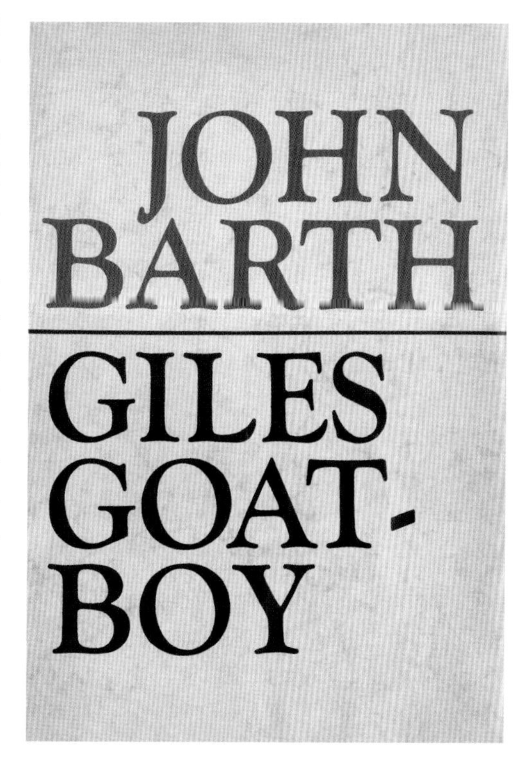

"조지가 나의 이름이죠. 내가 한 일은 들어보셨겠지요…"

▲ 바스는 "Giles"의 "G"발음이 어렵도록 의도했고, 'Goat'단어와 함께 두운 법을 사용한 것이다."

정체성의 표시 Marks of Identity

후안 고이티솔로 Juan Goytisolo

작가 생몰연도 | 1931(스페인)
초판 발행 | 1966
초판 발행처 | Joaquín Mortiz(멕시코 시티)
원제 | Señas de identidad

이 소설은 세 가지 절망적인 생각으로 시작된다. 첫 번째는 케베도의 생각. "어제는 이미 갔고, 내일은 아직 오지 않았어." 두 번째는 래리, 세 번째는 체르누다의 것이다.("더 좋은 건 파괴와 화염이지." 사실 이것이 제목이 될 뻔했다.) 주인공인 알바로 멘디올라는 스페인인이고, 부르조아이며 반프랑코파이다. 그는 페티나네스 와인 한 병을 다 마시면서 (때는 여름이고 그는 자기 집 정원에 앉아있다) 자신의 삶을 들려준다. 그의 기억 속에서 내전으로 얼룩진 어린 시절, 프랑코에 대항해 싸웠던 군인 시절, 그리고 프랑스 망명 시절에 만났던 다른 스페인 레지스탕스 전사들, 쿠바 혁명의 경험(작가가 카스트로와 결별하면서 개정판에서는 대폭 축소되었다), 파란만장한 애정 생활과 수많은 이별, 동성애의 자각, 그리고 1970년대 스페인에 남아있는 얼마 안 되는 저항 정신을 하나하나 짚어나간다.

멘디올라의 내적 독백과 냉소적인, 도덕적 자각의 객관화를 위한 2인칭 화자, 거기다 (마지막 부분에서이기는 하지만) 자유형의 시까지, 독자에게는 도대체 뭐가 뭔지 모르는 느낌이 들기에 충분하다. 이 소설은 『훌리안 백작(Reivindicación del conde don Julián)』과 『땅 없는 훌리안(Juan sin Tierra)』으로 이어지는 3부작의 첫 권이다. 스페인에서 출간을 금지당한 『정체성의 표시』는 한 세대의 경전이자 조국의 가톨릭 교회 및 전통적이고 압제적인 사상과의 결별을 상징하기도 한다. 숨겨진 과거를 알고자 하는 필요에 부응한 이 작품의 제목은 스페인 정치 변화의 표징이 되었다. **JCM**

"우리는 돌로 만들어졌고 돌로 남아 있을 거야. 왜 너는 맹목적으로 재앙을 찾으려고 하지? 우리를 잊어버려, 우리도 너를 잊을 테니까. 네가 태어난 건 실수였어. 그냥 견디라고."

▲ 스페인 작가 고이티솔로는 모로코에서 살고 있다. 그의 작품들은 종종 스페인 문화가 뿌리를 내리고 있는 이슬람과 유대교에 보내는 찬양이다.

부영사 The Vice-Consul

마르그리트 뒤라스 Marguerite Duras

작가 생몰연도 | 1914(베트남)–1996(프랑스)
초판 발행 | 1966
초판 발행처 | Gallimard(파리)
원제 | Le Vice-Consul

『부영사』는 사실주의 소설의 전통이라 할 수 있는 심리 묘사나 도덕성을 버리고 심지어 영화에 가까운 시각적인 행위 묘사를 택했다는 점에서 누보로망으로 분류될 것이다. 두 가지 이야기가 있다. 첫 번째는 임신한 것이 밝혀지자 어머니 손에 쫓겨난 어린 베트남 농민 소녀의 여행을 그리고 있다. 두 번째는 캘커타의 프랑스 대사관, 특히 라호르의 부영사와 관련된 여러 인물들의 이야기이다. 부영사는 샬리마르 정원에 사는 나병 환자와 개들에게 무차별적으로 총을 쏘아댐으로써 프랑스 외교가에 큰 스캔들을 일으켰다. 그는 또 대사의 신비하고 방종한 아내 안네 마리 스트레터와 사랑에 빠진다. 뒤라스의 미니멀리즘은 사랑, 성적 욕망, 질투, 모성, 배고픔, 폭력, 기다림, 그리고 지루함과 같은 이슈들을 아름답고 독특한 은근함으로 그려낸다. 부영사의 총질을 통해 작가는 인간의 고통과 질병, 그리고 가난의 영향을 합리적인 반응이 의심과 기만으로 비춰지는 방식으로 묘사한다. 이 소설의 가장 큰 매력 중의 하나는 내러티브의 짜임새와 겹침이다. 이 소설의 구조는 독자로 하여금 "누가 쓰고 있고 우리는 누구의 이야기를 읽고 있는 거야?" 하고 되풀이해서 물어야 하는 불편한 위치에 놓이게 한다. 또한 뒤라스는 우리가 현실의 기록이 아닌 문학적 창조물을 읽고 있다는 사실을 잊어버리게 한다. **PMB**

동방박사 The Magus

존 파울즈 John Fowles

작가 생몰연도 | 1926(영국)–2005
초판 발행 | 1966, Little, Brown & Co.(보스턴)
원제 | The Magus
개정판 발행 | 1977

『동방박사』는 비록 첫 출간작이 되지는 못했지만, 1950년대에 집필이 시작된 파울즈의 처녀작이다. 썩어가는 회색빛 런던과 찬란한 그리스의 냄새를 풍기는 이 매력적인 작품은 주인공 니콜라스 어프의 무대 위 가면극을 보여주고 있다. 니콜라스는 여러 면에서 도저히 좋아할 수 없는 인물이다. 전후 영국 중산층의 전형이라 할 수 있는 평범한 사람으로 자기밖에 모르고, 세상 물정도 모르며, 성에 탐닉하는 인간이다. 그러나 그의 인간성이나 그가 겪는 시련들에는 공감을 하지 않을 수가 없다. 사실 그와 관지 가 사람들 그리고 아름다운 쌍둥이 자매와의 만남을 둘러싼 사건들은 니콜라스 자신은 물론이고 독자가 보기에도 스릴이 넘친다. 이 소설은 그 심리 묘사에 있어서 융의 사상에 물들어 있다. 전반적인 효과는 강력하지만 자유와 절대 권력, 지식, 그리고 사랑의 개념과 경험에 대한 모호한 사상들 뿐이다. 스스로 제기하는 의문들에 답을 제시해주지도 않는다. 그러나 삶과 예술에 있어 초탈하고자 하는 인간의 열망에 대한 고찰은 매력적이다. 파울즈는 개정판(1977)의 서문에서 뭔가 잘못되었다고 느끼는 문장과 자신 사이의 불편한 관계에 대해서 언급하였다. 이 토론에서 이 작품을 꾸준히 사랑해준 독자들의 편을 들지 않을 수가 없다. 이 소설은 한 번 집으면 내려놓기 어렵고, 내려놓은 후에도 잊기 어려운 작품이다. **DR**

거장과 마르가리타 The Master and Margarita

미하일 불가코프 Mikhail Bulgakov

작가 생몰연도 | 1891(우크라이나)-1940(러시아)
초판 발행 | 1966, YMCA Press(파리)
원제 | Master i Margarita
◆ 1966년 『Moskva』誌에 첫 발표

▲ 신비하고 에로틱한 불가코프의 마르가리타. 세르비아 화가 고르다나 예로시미치의 그림.

▶ 불가코프의 걸작 『거장과 마르가리타』를 각색한 연극의 포스터. 2000년 작가의 60주기를 맞아 모스크바에서 무대에 올려졌다.

작가가 세상을 떠나고 거의 30년이 흐른 후인 1966년, 월간지 『모스크바』는 11월호에 『거장과 마르가리타』의 1부를 실었다. 이 작품은 공식적으로 세상의 빛을 보기까지 수년 동안 지하에서만 유통되었으며, 만약 불가코프의 생전에 발견되었다면 그는 다른 수많은 문인들과 함께 "실종"되었을 것이 분명하다. 짧은 기간이나마 스탈린이 가장 좋아하는 희곡 작가라는 명예를 누렸음에도 말이다. 어쨌든 『거장과 마르가리타』는 살아남았으며, 현재는 20세기 러시아 소설의 가장 훌륭한 성과 중 하나로 꼽히고 있다. 이 소설에 등장하는 몇몇 문장—예를 들면 "원고는 타지 않는다." 또는 "비겁은 가장 끔찍한 악이다."—은 아예 러시아 속담이 되기도 했는데, 이들은 소비에트 전체주의의 최악을 견뎌야 했던 세대에게는 특별한 울림을 갖는다. 그 영향은 다양한 분야—라틴 아메리카의 마술적 리얼리즘에서 루시디, 핀천, 심지어 롤링스톤즈에 이러기까지—에서 감지된다.(롤링스톤즈의 곡 'Sympathy for the Devil'은 불가코프에게서 영감을 받았다고 한다.)

이 소설은 두 개의 독립된, 그러나 연관되어 있는 내러티브로 구성되어 있다. 하나는 근대 모스크바, 다른 하나는 고대 예루살렘을 무대로 하고 있다. 불가코프는 여기에다 이상하고 이 세상 사람 같지 않은 인물들을 등장시킨다. 그중에는 월랜드(사탄)와 그의 악마 수행원들, "거장"이라고만 불리는 익명의 작가, 그리고 그의 정부 마르가리타도 포함되어있다. 각각의 인물들은 복잡하고 도덕적으로 애매모호하다. 이야기가 꼬이고 예기치 못했던 방향으로 튀면서 이들의 의도도 마구 헷갈린다. 이 소설은 짓궂은 에너지와 독창성으로 꿈틀댄다. 괴테의 『파우스트』에 버금가는 이 종교적 우화는 소비에트 사회를 풍자하는 길들여지지 않은 풍자극이다. 또한 웃음과 공포, 자유와 구속의 소설로서, "공식적 진실"을 제어불가능한 광란의 힘으로 열어젖히는 작품이다. **SamT**

넓은 사르가소 해 Wide Sargasso Sea

진 리스 Jean Rhys

작가 생몰연도 | 1890(도미니카)–1979(영국)
초판 발행 | 1966, Andre Deutsche(런던)
원제 | Wide Sargasso Sea
WH 스미스 문학상 수상 | 1967

『넓은 사르가소 해』는 샬롯 브론테의 소설 『제인 에어』(1847)에 대한 문학적 응답이라 할 수 있는 작품이다. 우선 에드워드 로체스터의 위험한 정신병자 아내, 음탕하고 동물적인 버사 메이슨에 대응하는 앙투아네트다. 그녀는 스스로 자신이 로체스터의 정식 아내임을 선언하고 (버사의 경우는 그 상황 때문에 남들에 의해 밝혀진다) 카리브해와 유럽 사이의 관계를 지배하는 변덕스러운 욕망과 공포를 탐험한다.

이 소설은 모두 3부로 나뉘어져 있다. 1부에서 앙투아네트는 그녀의 불행했던 어린 시절을 이야기한다. 2부에서는 로체스터가 불편했던 자신의 첫 번째 결혼을 묘사하고, 3부에서는 영국 감옥에 갇힌 앙투아네트의 혼란스러운 꿈과 생각들을 목격하게 된다. 이러한 구조는 리스로 하여금 『제인 에어』와 그 토대인 폭력적 식민지 역사 사이의 관계를 명백히 정의할 수 있게 해준다. 카리브의 노예제 종식은 『넓은 사르가소 해』에 등장하는 사건들의 배경이 되며, 앙투아네트—그녀의 어머니는 서인도 제도 남동부의 마르티니크 섬 출신이다—는 흑인 사회와 유럽인 사회 사이에 끼어버린 존재이다. 리스는 그녀의 이러한 사회적 약점을 이용해 브론테가 넌지시 암시하기만 했던 식민지의 욕망과 정체성의 관계를 탐구한다. 앙투아네트와 로체스터 사이의 운명적인 정략결혼은 성적으로는 격렬하지만, 서로 간의 이해 부족과 불신 때문에 매우 위험한 관계이다. 이러한 평행적인 내러티브에서 앙투아네트는 단순히 복수심에 불타는 미친 아내가 아니라 복잡한 역사적 순간의 비극적 희생자가 된다. **NM**

세 번째 경찰관 The Third Policeman

플랜 오브라이언 Flann O'Brien

작가 생몰연도 | 1911(영국)–1966
초판 발행 | 1967 MacGibbon & Kee(런던)
원제 | The Third Policeman
본명 | Brian O'Nolan

『세 번째 경찰관』은 자전거에 푹 빠진 소설이다. 1940년에 완성되었으나 1967년까지 출간되지 못한 플랜 오브라이언의 이 코믹 명작은 거의 강박에 가까운 철학적 흥미—불합리하면서도 유쾌하게 그럴듯한—로 자전거를 다루고 있다. 이야기는 아일랜드의 펍, 농장들, 그리고 사소한 야망의 단조로운 일상 세계에서 시작한다. 잔인한 살인이 벌어지고, 이야기가 진행되면서 1인칭 화자는 2차원의 난해하고 혼란스러운 세계로 빨려 들어간다. 그는 괴상한 경찰 막사에서 두 경찰관, 맥크루이즈킨과 플럭을 만나 "원자 이론과 자전거와의 관계"에 대해서 배우게 된다. 제목에 나오는 "세 번째 경찰관"은 폭스 경위로, 화자가 죽인 남자와 놀랄 만큼 흡사하다. 작품 속에서 화자가 끊임없이 강박관념을 느끼는 대상은 우스꽝스러운 철학자 데 셀비로, 이제까지 알려진 모든 물리학 법칙에 회의를 표시하는 사람이다. 시공의 현혹적인 본질에 대한 그의 괴상한 생각들은 학문과 지적 기만의 멋진 패러디라는 주석이 달려있다. 덕분에 이 소설은 심각한 스콜라 철학과 내적으로 그럴듯한 논리가 결국엔 이상한 결론으로 끝맺는, 조나단 스위프트 등을 연상시키는 아일랜드 특유의 코믹 작품으로 자리매김했다. 처음 읽는 독자들은, 이 유쾌하게 이상하고, 심오하게 지적인 소설이 깜짝 결말로 인해 완전히 새롭게 다가오는 것을 느낄 수 있을 것이다. **RM**

미라마르 Miramar

나깁 마푸즈 Naguib Mahfouz

작가 생몰연도 | 1911(이집트)-2006
초판발행 | 1967
초판발행처 | Maktabat Misr(카이로)
노벨 문학상 수상 | 1988

나깁 마푸즈의 『미라마르』는 1952년 7월 군사 쿠데타 직후의 이집트인들의 삶의 단편을 보여주고 있다. "혁명"은 이 소설의 주요 등장인물 중 하나이다. 혁명은 그와 만난 사람들의 인생을 바꾸고, 그들에게 행운을 주거나 혹은 빼앗아간다. 사건이 일어나는 곳은 알렉산드리아 항구의 하숙집 "미라마르"로, 그곳의 하숙인들은 다양한 사회 계급과 세대에 속해 있으며, 이집트 정체성의 잡종성과 다양성을 반영하듯 각자 서로 다른 이념을 지지한다.

소설의 플롯은 등장인물들의 독백을 통해 드러난다. 이러한 독백들은 과거와 현재 사이를 옮겨다니며 화자와 그들 사회의 역사를 우리에게 알려준다. 디테일이 쌓여 내러티브가 되고 혁명의 희망이자 미래였던 상징적 존재, 사란 엘-베헤어리의 죽음의 수수께끼가 풀린다. 마푸즈의 묘사는, 혁명 후 이집트를 자유와, 평등과, 안정의 열매를 누리는 나라로만 보이게 하는 공식적인 이야기와는 상당히 다르다. 마푸즈는 임의 체포와 구금, 갑작스런 재산 몰수와 불시의 추방 등 "획일"의 공포에 질려버린 사회를 묘사하고 있다.

『미라마르』의 가장 위대한 업적 중 하나는 이집트 역사에서 가장 거친 시기에 당시 막 일어나고 있던 성, 계급, 정치, 종교에 대한 불신의 시선들을 증언하고 있다는 점이다. 이러한 시선들이 진화를 거쳐 오늘날의 사회적, 정치적 현실을 형성한 것이다. 이 작품은 부유층에 대한 예리하면서도 암울한 시각과 이집트 사회의 복잡한 테피스트리를 보여주고 있다. **JH**

"혁명은 소수의 재산과 다수의 자유를 앗아갔다."

▲ 1993년 영어판 『미라마르』 표지는, 서방세계의 독자들에게 그의 이름을 알린 노벨 문학상 수상 사실을 강조하고 있다.

Z Z

바실리스 바실리코스 Vassilis Vassilikos

"『Z』를 쓰면서 나는 실제 'Z' 사건보다도 우리 시대의 정치 범죄의 메커니즘을 보여주고 싶었다."

바실리스 바실리코스, 1967

▲ 바시리코스는 다작하는 작가로 유명하다. 『Z』는 그의 이름으로 나온 100권이 넘는 책 중에서 가장 유명해진 작품이다.

작가 생몰연도 | 1934(그리스)
초판 발행 | 1967
초판 발행처 | Gallimard(파리)
◆ 1969년 영화로 제작

『Z』는 영화 〈대통령의 사람들〉, 〈JFK〉, 〈의문의 실종〉을 뒤섞어놓은 듯한 정치 스릴러로 1960년대 그리스 군부를 충격적으로 폭로하고 있는 수사 보고서이다. 바실리코스는 어떻게 부패 정권이 인기 좌파 정치인 그레고리스 람브라키스의 암살을 조종했는지에 대해 폭로하고 가차없이 비판한다. 람브라키스는 힘없는 대중의 대변인이었지만 우파는 그를 친공산주의에 반미를 외치는 골칫덩어리라고 간주했다. 람브라키스는 1963년 살로니카의 거리에서 피살당했으며 40만 명이 넘는 시민이 그의 장례식에 참석해 무언의 시위를 벌였다. 그로부터 머지 않아 아테네 시의 구석구석을 파고든 것이 바로 소설 『Z』이다.(그리스어로 'Zei'는 '그는 살아있다'를 의미한다.)

그야말로 이름만 소설인 (등장인물의 이름만 바꿨다) 이 소설에서 작가는 사고를 가장한 람브라키스의 의문의 죽음을 둘러싼 몇 초를 회상한다. 당시의 수사 기록과 살인이 벌어진 작가의 고향 살로니카에 대한 배경 지식을 바탕으로 바실리코스는 경찰과 시민들이 뻔히 보고 있는 가운데 괴한들이 지나가는 차에서 총을 난사한 이 노골적인 살인을 파헤친다. 읽을 수록 빠져드는 이 소설을 통해 작가는 반대파의 입을 막기 위해 부패와 불법, 폭력마저 서슴지 않는 잔인한 독재정권에 짓눌린 평범한 사람들의 용기가 되살아난다. 바실리코스는 이 소설을 영화로 제작한 코스타 가브라스와 함께 각색에 참여해 오스카상을 수상하기도 했다. 영화 역시 지금까지도 처음 개봉된 1969년 못지않게 관객을 빨아들이는 힘을 지니고 있다. **JHa**

인생행로 Pilgrimage

도로시 리처드슨 Dorothy Richardson

작가 생몰연도 | 1873(영국)-1957

초판 발행 | 1967, J. M. Dent & Sons(런던)

원제 | Pilgrimage

◆ 1915-1938년에 걸쳐 개별 출간

『인생행로』는 여러 면에서 리처드슨 필생의 역작으로, 작가의 자전적이자 허구적 주인공인 미리엄 헨더슨의 1891년부터 1912년에 이르는 경험을 열세 권에 걸쳐 회고하고 있다. 이야기는 열일곱 살의 미리엄이 교생 실습을 위해 독일로 떠나기 전날 밤에서 시작한다. 작가 자신처럼 미리엄도 가족의 재정적 몰락으로 돈을 벌기 위해 사회에 뛰어들 수밖에 없었던 것이다. 중간 권에서 미리엄은 런던에서 1파운드로 1주일을 살면서, 새로운 세기, 대도시의 지적·개인적 자유를 포용하는 신여성이 된다. 뒷권에서 미리엄은 런던을 떠나 전원을 여행하면서 스스로에 대해 물음을 던지고 글을 쓰는 모험을 즐긴다.

1913년 마흔 살의 나이로 『인생행로』를 쓰기 시작했을 때 리처드슨은 소설의 중심에 주인공이 홀로 이야기를 해야 한다고 결정했다. 비록 내러티브에서는 1인칭과 3인칭 화자를 오가지만, 우리가 알 수 있는 것은 오직 미리엄의 의식뿐이며, 그녀가 만지고, 느끼고, 듣고, 보는 세계에 독자로서 빠져들 수밖에 없는 것이다. Dent 사에서 전권을 완간한 후에도 리처드슨은 이 작품이 완결되었다고 생각하지 않았다. 리처드슨에게 있어 글쓰기란 그녀 스스로 말한 것처럼, "처음의 처음부터 (내가) 해야 할 일은 단순한 묘사가 아닌 탐구"였던 것이다. **LM**

장원 The Manor

아이작 배시비스 싱어 Isaac Bashevis Singer

작가 생몰연도 | 1904(폴란드)-1991(미국)

초판 발행 | 1967, Farrar, Straus & Giroux(뉴욕)

원제 | The Manor

노벨 문학상 수상 | 1978

역사 대하소설인(후에 속편인 『영지(The Estate)』로 완결) 『장원』은 19세기 말 폴란드 상인과 그 가족들의 시련을 기록하고 있다. 명민한 유태인인 칼맨 자코비는 밀 상인으로 "장원"— 1863년 폴란드가 러시아에 대항하여 일으킨 반란이 실패로 돌아간 뒤 차르에게 몰수된 한 폴란드 백작의 영지—을 관리하게 된다. 때는 유태인들이 폴란드 사회의 각 방면에서 활발한 활동을 시작할 무렵으로 자코비의 사업 역시 번창하고 있다. 자코비의 고민은 어떻게 깊이 뿌리내린 유태교 관습과 그 종교의식에 충실하는 동시에 산업 혁명과 도시화, 그리고 자신의 사업이 가져다준 기회를 살릴 수 있느냐 하는 것이다.

이러한 근대화되어 가는 환경에서 칼맨의 영적 측면과 사회적 측면은 조화를 이루지 못하고, 특히 아내 젤다에게 요구되는 사회적 위치와 결혼시켜야 하는 네 딸에 이르면 문제는 더욱 복잡해진다. 결혼은 지참금이 모든 것을 결정하지만—"자기 자식은 고통으로 낳지만, 손자들은 순수익이다."—딸들의 결혼은 그렇게 눈에 보이는 것처럼 간단하지가 않고, 유태교의 종교적 제약과 속세의 재물 사이에서 칼맨을 이러지도 저러지도 못하게 상황들이 숱하게 일어난다.

이 작품은 1953부터 55년까지, 그의 다른 작품들과 마찬가지로 이디쉬어로 쓰여졌으며, 싱거가 1935년 바르샤바를 떠나 도미한 후 (소설가인 형 이스라엘과 함께) 일했던 유태계 언론 『Daily Forward』지에 연재되었다. **JHa**

GABRIEL GARCIA MARQUEZ
CIEN ANOS DE SOLEDAD
EDITORIAL SUDAMERICANA

백년 동안의 고독 One Hundred Years of Solitude

가브리엘 가르시아 마르케스 Gabriel García Márquez

작가 생몰연도 | 1927(콜롬비아)
초판발행 | 1967, Sudamericana(부에노스 아이레스)
원제 | Cien anos de soledad
노벨 문학상 수상 | 1982

가르시아의 작품 중에서 가장 높은 평가를 받는 『백년 동안의 고독』은 허구의 콜롬비아 시골 마을 마콘도와 이 마을을 세운 부엔디아 가의 흥망을 그리고 있다. 가족의 이름과 기질까지 고스란히 물려받은 등장인물들은 이중과 반복의 패턴을 보여준다. 대담하고 카리스마 넘치는 권력자였던 호세 아르카디오 부엔디아는 점점 미쳐가고, 마콘도는 불면증과 전쟁, 그리고 비와 싸운다. 마콘도를 둘러싼 미스테리들은 사실 그 발원지가 없다. 이 작품은 그야말로 현혹적인 색채의 대하소설이면서, 폭넓은 사회적, 정치적 알레고리를 풀어내고 있다. 이들 중 어떤 것들은 너무나 초현실적이라 있을 법하지 않고, 어떤 것들은 그 어떤 전통적 리얼리즘보다도 더 사실적이다. 또한 소위 마술적 리얼리즘의 전형인 그 우의적 짜임새는 기괴하고, 환상적이고, 믿을 수 없는 관념을 포함하고 있다. 아마도 가장 핵심적인 사회정치학적 예는 군대가 수천 명의 노동자들을 학살해 그들의 시체를 화물 열차에 실어 바다에 던져버리는 장면일 것이다. 공인된 시각의 연막을 배경으로 학살은 계엄령의 안개 속에서 길을 잃은 악몽이 되어 간다. 실종자의 실제 역사는 그 어떤 허구보다 더 이상한 현실을 지니고, 허구에게 사실을 이야기하라고 종용한다. 소설은 비공식적 대체 역사이지만, 독창적인 이야기 기법은 그 배경에 관능과 사랑, 친근감, 그리고 다양한 상실을 펼쳐놓는다. 화자가 한 문단 안에서 하디부터 카프카까지 변할 수 있는 『아라비안 나이트』와 『돈키호테』의 재치와 미스테리를 떠올려 보라. 가르시아 마르케스의 모방작들은 때때로 너무 영리한 독창성 때문에 피곤해지는 서투른 흉내에 불과하지만, 『백년 동안의 고독』은 고독에 대한 기괴하면서도 감동적인 이야기이다. **DM**

"희극은 끝났다네, 친구."

▲ 이 진귀한 양장본판은 소설 앞부분에 나오는 숲에서 찾아낸 금화를 떠올리게 한다.

◀ 이사벨 스테바 헤르난데스가 촬영한 이 사진에서 마르케스는 자신의 유명한 작품에 짓눌린 것처럼 나왔다.

웃을 일이 아니다 No Laughing Matter

앵거스 윌슨 Angus Wilson

작가 생몰연도 | 1913(영국)-1991

초판발행 | 1967, Secker & Warburg(런던)

원제 | No Laughing Matter

언어 | 영어

앵거스 윌슨의 『웃을 일이 아니다』를 처음 건네받은 출판사에서는 두 번째 읽을 때 도움이 될 수 있도록 함께 보내온 구세의 시놉시스에 황당하지 않을 수 없었다. 시작 부분만 보아서는 제인 오스틴마저 이 줄거리를 낯익다고 생각했을 것이다. 윌슨에 의하면 이 작품은 "허름하지만 우아한… 중산층 가정" 출신의 "세 형제와 세 자매" 이야기이다. 그러나 결말에 다다르면 게르니카, 히틀러, 스탈린, 수에즈 운하 위기, 『성난 얼굴로 돌아보라(Look Back in Anger)』, 칸딘스키, 〈벤허〉는 물론 모로코 동성애자의 대가족까지 등장했음을 알 수 있다. 분명히 이 작품은 전통적인 가족 서사물은 아니다. 이 책의 규모는 서문과 함께 나오는 "주연", "조연", 그리고 "그밖의 인물"의 리스트에서 추측할 수 있다. 그렇지만 이 소설이 주는 즐거움 중의 하나는 매튜스 가문의 연줄과 경쟁자들의 묘사에 있다. 윌슨은 계급, 성별, 그리고 성의 섬세한 관찰을 희생시키지 않고도 변화의 한 세기를 드라마틱하게 보여주었다. 거기다 제국의 상실에 적응해가고 있는 중산층 영국인인 매튜스 가족은 20세기 그 자체이다. 『웃을 일이 아니다』는 전통적인 영국 가족 소설의 정점으로도 볼 수 있고, 마술적 리얼리즘의 시초라고도 볼 수 있다. 자연주의, 극사실주의, 환상이 뒤섞인 이 작품은 영국 소설에서 앨런 홀링허스트로부터 제인 오스틴, 다시 E.M. 포스터를 이어주는 연결고리라고 볼 수 있다. **VQ**

돌고래의 날 Day of the Dolphin

로베르 메를르 Robert Merle

작가 생몰연도 | 1908(알제리)-2004(프랑스)

초판발행 | 1967

초판발행처 | Gallimard(파리)

원제 | Un animal doué de raison

『돌고래의 날』의 등장인물들은 도덕, 정의, 심지어 인간성마저 버린 것 같다. 1970년대 초반 미국, 베트남 전쟁의 복합적인 결과와 현대의 기술 발달, 궤도를 벗어난 군비 경쟁 등의 결과 정부와 첩보국은 냉소적이고 지친 엘리트들의 집단이 되고 말았다.

해양생물학자 세빌라 교수는 이 부패의 한가운데에서 인간과 돌고래 사이의 소통의 가능성을 찾고 있다. 작가는 절망적으로 타락한 세계에 유일하게 남아있는 탈출구는 돌고래가 지닌 동물적 순수라고 믿는다. 돌고래 이반과 베시와 의사소통을 시도하는 세빌라는 메를르가 "돌고래의 인간성"이라 이름붙인 이타주의와 희망, 그리고 사랑을 상기시킨다. 그러나 냉전의 두 주역이 돌고래를 "탐지 불가능한 잠수함에 대비한 지능을 소유한 어뢰"로서 유용하다고 보기 시작하면서 이러한 이상은 위협을 받지 않을 수 없게 된다.

SF소설의 상상력과 잘 짜여진 스파이 소설의 서스펜스를 결합한 『돌고래의 날』은 인간의 선, 혹은 악의 능력을 깊이 파고든다. 흥미진진하면서도 때로는 불편한, 그러나 전반적으로 감동적인 이 소설은 우리로 하여금 정치적 판단은 물론 전통적인 스릴러 소설의 정의조차 던져버리게 한다. **AB**

전기 쿨에이드 산 테스트 The Electric Kool-Aid Acid Test

톰 울프 Tom Wolfe

작가 생몰연도 | 1931(미국)
초판 발행 | 1968, Farrar, Straus & Giroux(뉴욕)
원제 | The Electric Kool-Aid Acid Test
본명 | Thomas Kennerly Wolfe, Jr.

톰 울프, 헌터 S. 톰슨, 노먼 메일러, 그리고 조안 디디언 등은 소설 기법과 언론 기사의 경계가 모호한, 소위 미국의 '신(新)저널리즘'을 탄생시켰는데, 『전기 쿨에이드 산(酸) 테스트』는 이 중 가장 두드러진 작품 중 하나이다. 울프는 그가 주장한 대로 "소설가 켄 케시(Ken Kesey)와 그의 정치 퍼포먼스 예술가로 구성된 유랑 악단의 경험에서 정신적 분위기, 혹은 주관적인 현실을 재창조"하려고 시도하였다. 이 작품은 히피들의 속어와 만화 인상주의, 그리고 영화의 빠른 장면 변화 등을 차용해 개구쟁이 세계를 특별한 언어의 콜라주로 표현해냈다. 울프의 문체는 구부러지고 휘면서 "그 자리에" 그 들과 함께 있었던 것처럼 윤곽을 맞춰나가며, 특정한 시대와 사고의 흥망을 기록한다. 같은 사건을 역사적으로 좀 더 정확하게 기록하고 있는 톰슨의 『지옥의 천사들』은 그 진지함으로 이 같은 서술에 대한 균형을 잡아줄 것이다.

『전기 쿨에이드 산 테스트』는 그 문체의 앞뒤가 너무나 잘 맞아떨어져, 어디까지가 역사이고 어디까지가 언론적 허구인지 좀처럼 분간이 되지 않는다. 유쾌하면서도 피곤한 경험이지만, 우드스톡의 영화처럼 그 시대를 정의한다기보다 다만 시대를 반영할 따름이다. **BT**

"…샌프란시스코의 꼭대기 세계에서는 흔한 일이지. 약간의 일상이 시민들의 마음을 휘젓고 있을 뿐인데…"

▲ 1960년대 사진가 잭 로빈슨은 청바지와 비즈, 카프탄이 유행이던 시대에 슈트 차림에 조끼를 입고, 넥타이까지 맨 울프의 모습을 찍었다.

에바 트라우트 Eva Trout

엘리자베스 보엔 Elizabeth Bowen

작가 생몰연도 | 1899(아일랜드)-1973
초판 발행 | 1968, A. Knopf(뉴욕)
영국판 발행 | 1969, Jonathan Cape(런던)
원제 | Eva Trout

『에바 트라우트』는 보엔의 마지막 작품이자 여러 면에서 가장 까다로운 명작이다. 인간과 장소, 감정과 사고, 사랑과 상실의 묘사에서 보여준 그 우스우면서도 한편으로는 불편한 예리함은 초기작들과 다름이 없지만, 기이한 방향으로 더 깊이 파고들어간 『에바 트라우트』는 놀라울 정도로 흐릿한 작품이다. 어떤 면에서는 전 시대의 사회적 분위기와 언어에 그대로 머물러 있기도 하지만, 1960년대 가장 뛰어나면서도 이해하기 힘든, 그러면서도 60년대를 가장 잘 대변하는 작품 중 하나이다. 『에바 트라우트』는 말도 안 되게 몸집이 큰, 혹은 "오버사이즈"인 젊은 여성이 무엇이든 원하는 대로 할 수 있을 정도의 많은 유산을 물려받으면서 시작한다. 주인공은 미국에서 이런저런 사정 끝에 아이 하나—벙어리에 귀머거리인 제레미—를 데리고 영국으로 돌아와 그녀보다 훨씬 젊은 캠브리지 졸업생 헨리와 사랑에 빠진다. 독자를 빠져들게 하는 초현실적 결말에서, 에바는 헨리와의 가짜 결혼식과 신혼여행을 위해 빅토리아 역에서 막 떠나려던 중 제레미가 쏜 총에 맞아 죽고 만다. 일종의 무정부주의적 가능성이 이 소설의 모든 것, 심지어 보엔의 문체에까지 영향을 미치고 있다. 어디에서, 혹은 어떻게 문장이 끝날지 거의 예측할 수가 없다. 매우 산만하다는 인상과 새로운 것의 추구, 감정과 소통의 다양한 창구 등이 존재하는 『에바 트라우트』는, 누군가가 말하듯 "인생은 반(反)소설"이라는 관점에 대한 괴상하고, 흥미진진하고, 우스꽝스러운 반향이다. **NWor**

◀ 패트릭 헤네시가 1950년대에 그린 엘리자베스 보엔의 엄격하면서도 기묘한 마술적 초상. 배경은 아일랜드에 있는 보엔의 가족 영지, "보엔 코트(Bowen's Court)"이다.

대성당 The Cathedral

올레스 혼차르 Oles Honchar

작가 생몰연도 | 1918(러시아)-1995
초판 발행 | 1968
초판 발행처 | Harper & Row(뉴욕)
원제 | Sobor

올레스 혼차르의 『대성당』은, 작품의 예술성이나 우크라이나의 역사적, 문화적 유산에 대한 조명에 있어 '사회주의 리얼리즘'이라는 관념에 도전한 1960년대 우크라이나 문학운동의 핵심 작품이다.

소설의 무대는, 소비에트 스타일의 중금속 제련 공업지대지만 여전히 옛 독립 우크라이나의 코사크 기병대의 역사가 느껴지는 드네프르 강가의 마을이다. 18세기, 코사크 출신들의 수도사들이 세운 대성당의 잔재는 이러한 과거를 상징한다. 당국에서는 이제는 곡물창고로 쓰여지는 대성당을 허물고 그 자리에 시장 건물을 세우겠다고 한다. 금속공학을 공부하는 학생인 주인공 마이콜라에게 이 대성당은 소비에트 세계관에 무시당한 영적인 가치들의 결정체이다. 대성당을 허문다는 위협이 갈수록 높아지자 마을 사람들은 하나둘씩 대성당이 각자에게 가지는 개인적 중요성에 대해 눈뜨기 시작하다. 대성당을 허물 것인가 보존할 것인가에 대한 논쟁은 역사적 전통성과 "소비에트 인민"식 이념적 관점 사이의 충돌에 대한 우의이다.

그러나 이 소설은 암울한 소비에트 시대 한 마을—젊은 남자들은 거의 찾아볼 수 없고, 젊은 여자들은 집단농장과 산업공해, 개념없는 관료주의에서 벗어나 대학생이 되기 위해 필요한 서류를 얻으려고 필사적인—의 빼어난 묘사에만 그치지는 않는다. 『대성당』은 "비전이 없는 곳에서는 멸망하고 만다"는 사실에 대한 시대를 초월한 외침이다. **VR**

악동의 매 A Kestrel for a Knave

배리 하인즈 Barry Hines

작가 생몰연도 | 1939(영국)
초판발행 | 1968, Michael Joseph(런던)
원제 | A Kestrel for a Knave
◆1969년 영화<케스(Kes)>로 제작

『악동의 매』는 무표정한 사회 르포르타주보다는 훨씬 서정적이고, 예상보다도 훨씬 인상적이다. 이 소설은 단조로움에 중독된 요크셔의 광산촌에서 시작한다. 황조롱이새를 벗삼은 한 소년의 생존에 대한 초상으로, 어떠한 장르에도 속하기를 거부하는 작품이다. 하인즈는 야심만만하게도 이 소설의 시간적 범위를 둘로 쪼개 현재의 고난과 이 현재를 회고하는 시점으로 나눈다. 따라서 타협을 모르는 그의 여행은, 매일 신문을 돌리는 일상과 학교에서의 하루에 그림자를 드리운다. 이러한 일련의 인과적 사건들 사이사이에 세상의 비겁함과 덧없음을 배경으로 빌리가 깊은 애정을 지니게 되는 매의 발견을 돌이켜보는 플래시백 에피소드들이 끼어있다. 하인즈는 빌리가 사는 삭막한 광산촌 반즐리로 독자를 안내하는 가이드가 되어 빌리가 매를 조련하면서 부드러워지는 과정을 보여준다. 매 역시 처음에는 날지도 못하는 새끼였다가, 후에는 줄로 묶었다가, 끝내는 먹이를 미끼로 그의 장갑에 자유롭게 뜨고 내리는 맹금이 된다.

이 중편 소설은 1969년 켄 로치 감독이 〈케스〉라는 제목으로 영화화했다. 당시 로치의 기법은 일종의 이탈리아 네오리얼리즘과 통했으며, 이 영화 역시 하인즈가 그토록 중요하게 여겼던 '단순한 문장'에 아무런 장식을 입히려 하지 않았다. **DJ**

◀ 하인즈의 소설을 바탕으로 만든 충격적인 영화 〈케스〉에서 데이비드 브래들리는 매를 길들이는 십대 소년 빌리 카스퍼 역을 맡아 열연했다.

수박 설탕 속에서 In Watermelon Sugar

리처드 브로티건 Richard Brautigan

작가 생몰연도 | 1935(미국)–1984
초판발행 | 1968, Four Seasons Foundation
원제 | In Watermelon Sugar
본명 | Richard Gary Brautigan

수박 설탕 속이란 마음의 특정한 상태, 혹은 은총의 상태를 말한다. 수박 설탕 속에 있는 대부분의 사람들은 끊임없이 그 모양이 바뀌는 아이데스(iDeath)라는 마을에 산다. 매일 다른 색의 햇빛이 비추고, 동상들이 넘쳐나는(심지어 감자와 풀의 동상까지 있다) 것만으로도 모자라서 이 마을에는 실업자가 없다.(사람들은 구름에 대한 책을 쓰거나 수박밭을 돌보거나, 그냥 꽃을 심거나 한다.) 아이데스의 모든 것은 수박 설탕, 소나무, 돌, 혹은 송어로 만들어졌다. 예전에는 아이데스에 호랑이도 있었다. 호랑이는 아름다운 말을 할 줄 알았지만 사람을 먹지 않으면 죽어야 했는데, 그런 점을 매우 유쾌하게 생각해서 어린 시절의 화자를 붙잡고 그의 부모를 먹어치우면서 화자에게 수학을 가르쳐주기도 했다.

그러나 수박 설탕에는 엄연히 불안과 동요도 있다. 화자에게 실연당한 마가렛은 아이데스를 떠나 위스키를 만들면서 살아가는 심술쟁이 술주정꾼 인보일(inBOIL)의 손아귀에 사로잡히게 된다. 인보일과 그의 술독 친구들은, 아이데스에 사는 사람들은 아이데스가 정말은 무엇을 의미하는지 알지 못한다는 것을 증명하려고 한다. 그들은 송어 양식장에 도착해 잭나이프로 스스로의 팔다리를 자르고 피를 흘리며 죽어가면서 그들의 주장을 관철시킨다. 꿈속에서도 전혀 말이 안 된다고 생각했던 것들이 완벽하게 말이 되어 간다.

브로티건의 언어는 마법을 던진다. 반복적이고 최면적이지만, 꾸밈없는 그의 문장들은 선언철학의 주문이 되어버렸다. 천천히, 고통 없이, 우리는 곧 우리 자신이 수박 설탕 속에 있다는 것을 깨닫기도 한다. 이 작품은 단순히 1960년대를 기록한 문서를 넘어, 그때 그 시대를 방문할 수 있는 여권과 같다. **GT**

독일어 수업 The German Lesson

지그프리트 렌츠 Siegfried Lenz

작가 생몰연도 | 1926(독일)
초판발행 | 1968
초판발행처 | Hoffman & Campe(함부르크)
원제 | Deutschstunde

"한마디로 말해서 모든 게 너무 간단했다. 나는 그대로 처박히고 말았다."

▲ 귄터 그라스나 하인리히 뵐처럼 렌츠 역시 과거 독일의 전체주의가 전후 시대에 미치는 영향에 관심이 많았다.

소년원에 수감 중인 지기 엡센은 "의무의 즐거움"에 대해 에세이를 한 편 써야 한다. 그는 제2차 세계대전 동안 독일 북부의 작은 마을에서 경찰서장이었던 아버지에 대한 이야기를 쓴다. 지기에 따르면 아버지의 임무는 나치의 "퇴폐 예술 정화" 정책을 시행하는 것이었다. 임무수행 대상에는 지기의 아버지와 어린 시절부터 친구였던 화가 난센(독일의 표현주의 화가 에밀 놀데를 모델로 한 인물)도 포함되어 있었다. 엡센은 난센의 작품 일부를 파기하면서까지 명령을 수행한다. 지기는 아버지를 도울 것을 거절하고 화가들의 편이 되어 그들의 그림을 숨겨주거나 수색을 미리 알려주곤 했다.

전쟁이 끝나자 이 사건과 관련된 사람들 사이에는 나름의 묘한 역학 관계가 형성된다. 엡센은 지위는 잃었지만 계속해서 화가들을 탄압하는 일을 중단할 수가 없게 되었고, 지기 역시 보호자로서의 역할을 포기하지 못한다. 난센의 작품 몇 점이 화재로 소실되는 사건이 일어나자 지기는 아버지를 의심하고, 좌절한 나머지 전시회에서 다른 작품들을 훔치기에 이른다. 바로 이 때문에 소년원에 들어오게 된 것이다.

지기가 자신만의 "독일어 수업"—자기 스스로의 역사를 성찰한—에서 얻은 것은 넓은 의미에서 보면 렌츠가 독일 문학의 임무라고 여긴 것을 포괄적으로 지칭한다. 즉, 현재를 이해하기 위해서는 과거를 되돌아보아야 한다는 것이다. 『독일어 수업』에서 렌츠는 특히 의무라는 개념에 흥미를 보인다. 시킨 대로 해야 하는 아버지의 의무, 자신의 양심과 사명에 따르는 난센의 의무, 그리고 이 둘 사이에 끼어버린 지기의 의무. 『독일어 수업』은 권위의 심문에 대한 탄원인 셈이다. **MM**

크리스타 T.의 추상 The Quest for Christa T.

크리스타 볼프 Christa Wolf

크리스타 볼프는 말할 것도 없이 독일 민주 공화국(옛 동독)이 낳은 최고의 작가이다. 볼프는 강한 신념의 사회주의자였고 당 간부이기까지 했지만, 그녀의 작품은 사회체제와 모순되는 감수성을 지니고 있다. 그녀는 종종 개인의 정체성을 유지하는 데서 오는 어려움과, 열정은 언제나 집단적으로만 가능한 사회 내의 순수성을 탐구하곤 했다.

『크리스타 T.의 추상(追想)』은 치밀한 비선형의 내러티브를 통해 백혈병으로 죽은 크리스타 T.의 삶을 재구성하기 위한 작가의 탐색으로, 자신의 괴팍한 성격과 자신에게 요구되는 정치적 순응, 그리고 자신의 사적, 개인적 존재를 향한 강렬한 욕망과 공동체에 보탬이 되고픈 욕구 사이에서 균형을 이루려는 크리스타 T.의 내적 투쟁에 초점을 맞추고 있다. 누가 보아도 볼프의 분신이라는 것을 알 수 있는 화자는 친구에 대한 그녀의 흩어진 기억들을 일기, 편지, 그 밖의 기록들과 결합한다. 처음부터 그녀는 이 작업이 결코 완전할 수 없다는 것을 알고 있으며 한 사람이 다른 사람을 온전히 "안다"는 것 자체가 불가능하다는 것을 인정한다. 그녀는 이 작업이 죽은 친구만큼이나 자기 스스로에 대해 알아가는 과정이라는 것을 어렴풋이 시인한다. 강한 자의식을 바탕으로 한 화자의 탐색은 볼프 특유의 테마—정치와 도덕, 기억과 정체성, 글쓰기의 목적—에 대한 고찰이 된다. 이 소설이 동독에서 상당한 논란을 불러일으켰으리란 것은 쉽게 예상할 수 있다. 심지어 당국에서는 잘 알려진 전문 문학인들에게만 이 책을 팔라는 지시를 각 서점에 내리기도 했다. 그럼에도 불구하고, 아니 어쩌면 그 때문에 이 소설은 볼프를 동구권 문화계의 중대한 인물로 각인시켰다. **JH**

작가 생몰연도 | 1929(독일)
초판 발행 | 1968
초판 발행처 | Mitteldeutscher Verlag(살레)
원제 | Nachdenken über Christa T.

"그녀에 대해서 가장 많이 아는 사람은 내가 되어 버렸다."

▲ 동독 사회주의의 비판적이면서도 충성스러운 지지자였던 크리스타 볼프는 1990년 독일 통일에 반대하였다.

안드로이드는 전기 양의 꿈을 꾸는가?

Do Androids Dream of Electric Sheep?

필립 K. 딕 Philip K. Dick

작가 생몰연도 | 1918(미국)–1982

초판 발행 | 1968

초판 발행처 | Doubleday(뉴욕)

• 1982년 영화 <블레이드 러너>로 제작

필립 K. 딕의 소설들은 헐리우드의 상투적인 판타지물에 끊임없이 놀라운 영감을 제공한다. 〈토탈 리콜〉(1990), 원작은 『도매가로 기억을 팝니다(We Can Remember It for You, Wholesale)』, 〈마이너리티 리포트〉(2002), 〈페이첵〉(2003), 그리고 〈스캐너 다클리(A Scanner Darkly)〉(2006)에 이르기까지, 그의 소설에서 영향을 받은 수많은 작품들이 블록버스터로서 스크린을 수놓았다. 『안드로이드는 전기양의 꿈을 꾸는가?』의 난해함은 리들리 스콧으로 하여금 〈블레이드 러너〉를 낳게 했지만, 사실 이 영화도 원작의 희미한 그림자에 불과하다.

이 작품은 인간보다 더 인간적인 인조인간 "복제인간(replicant)"을 사냥하는 릭 디커드라는 인물을 통해 인간성의 본질에 궁극적인 의문을 던지고 있다. "전기 양(羊)"이란 디커드가 방치하는 바람에 죽어버린 인조 생물로, 디커드는 이를 끊임없이 부끄러워 한다. 이러한 감정의 결여야말로 디커드가 주장하는 인간과 복제인간 사이의 가장 근본적 차이이며, 디커드 자신도 복제인간이 아닌가 하는 끝없는 논란을 낳게 된 이유이다. 종교적에 가까운 설득조와 대리로 느끼는 열정은 디커드의 복제인간 "제거"에 대한 점점 커져가는 윤리적 혼란을 강조한다. 머서교(Mercerism)라는 종교—복제인간은 참여할 수 없다—는 딕의 전형적인 창조물이다. 결국 머서는 조작된 우상이라는 것이 밝혀진다. 이 작품은 인간이라는 것은 무엇인가에 그치지 않고 딕의 철학을 빌려 현실의 생존 가능성 자체에까지 의문을 던진다. **SS**

2001: 스페이스 오디세이

2001: A Space Odyssey

아서 C. 클라크 Arthur C. Clarke

작가 생몰연도 | 1917(영국)–2008

초판 발행 | 1968

초판 발행처 | Hutchinson(런던)

• 1968년 영화로 제작

스탠리 큐브릭이 제작한 동명의 영화처럼 모든 면에서 마치 한 편의 영화와도 같은 『2001 스페이스 오디세이』는 영화가 제작된 뒤가 아니라, 영화와 앞서거니 뒤서거니 하면서 쓰여진 작품이다. 클라크와 큐브릭이 시대를 뛰어넘어 그때껏 가장 훌륭한 SF 작품을 탄생시키기 위해 손을 잡았고, 책과 영화가 동시에 태어난 것이다. 클라크의 소설은 때때로, 특히 시간의 흐름이 미래적 발전의 전개를 방해하는 부분에서는 기술적으로 지나치게 상세하다는 느낌을 준다. 그러나 독자는 또한 얼마나 많은 클라크의 허구적 예언이 사실이 되었는지를, 그리고 그가 단순히 작가로서만이 아니라 우주시대의 찬미자이자 몽상가라는 사실을 기억해 둘 필요가 있다. 이 작품의 결말에서 그의 몽상은 현실로 폭발한다. 우주 탐사선 디스커버리호를 제어하는, 전능한 컴퓨터 HAL9000은 자신을 창조한 인간의 감성을 되돌려 무시무시한 정신이상이 된다. 『2001 스페이스 오디세이』의 웅장한 클라이맥스는 왜 이 작품이 SF소설의 최고봉이라 불리는지, 그리고 우리가 상상하는 미래에서 이 작품이 얼마나 중심적인 위치를 차지하는지 확인시켜주고도 남는다. **DR**

▶ 스탠리 큐브릭이 제작한 영화 버전은 원작을 가리고도 남는 대작이었다.

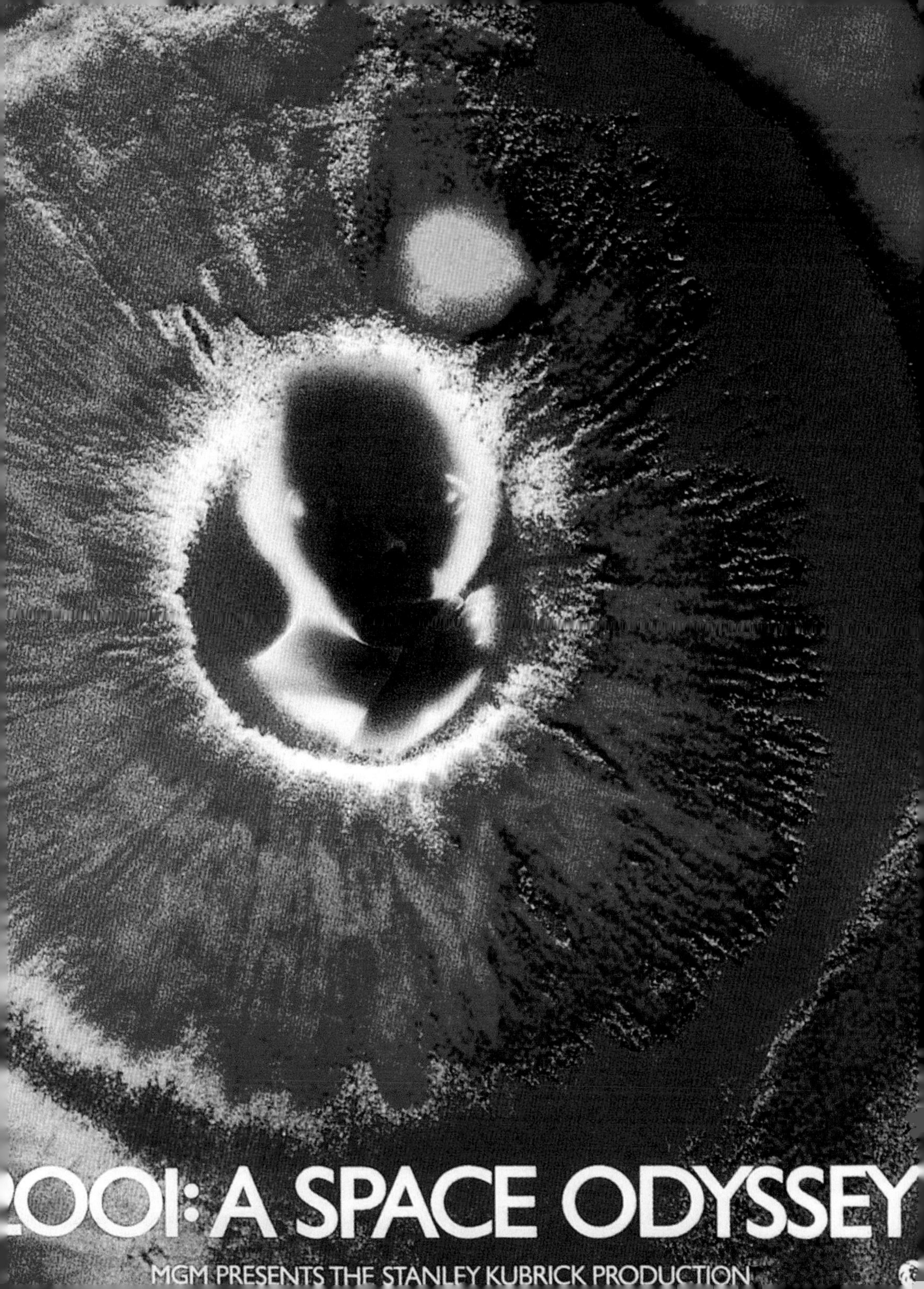
2001: A SPACE ODYSSEY
MGM PRESENTS THE STANLEY KUBRICK PRODUCTION

영주의 애인 Belle du Seigneur

알베르 코앵 Albert Cohen

작가 생몰연도 | 1895(그리스)–1981(스위스)
초판 발행 | 1968, Gallimard(파리)
원제 | Belle du Seigneur
언어 | 프랑스어

희극인 동시에 그만큼 비극적인 『영주의 애인』은 여러 이름으로 불릴 수 있겠지만, 기본적으로는 러브 스토리이다. 주인공 솔랄이 돈 후안으로 변장해 다른 남자의 아내—도저히 어떻게 해볼 수 없을 정도로 허영끼가 심한 아리안느 두블레—를 유혹하기로 마음먹는 첫 번째 장면부터가 그렇다. 또다른 문제의 주인공은 아드리앵 뒤메로, 솔랄의 밑에서 일하는 매력적인 야심가이다. 솔랄은 국제 연맹의 차관이라는 뒤메의 지위를 십분 활용하여 그의 허를 찌른다. 솔랄은 자신의 목표를 달성하지만, 거기에는 대가가 따른다. 솔랄과 아리안느가 사랑의 노수를 하면서 정열적이긴 하지만 부자연스러운 연애 사건이 펼쳐지게 된다. 그러나 그들의 행복은 오래 가지 못한다. 곧 권태가 찾아오고 사랑을 위해 희생해야 했던 것들이 아쉬워지기 시작하면서 애초부터 깨지기 쉬웠던 그들의 관계는 흔들리기 시작하고, 결국 불행한 결말을 맞는다. 다양한 인물의 관점에서 본 1인칭 의식의 흐름은 작품에 짜임새와 유머를 더해준다. 특정한 자전적 요소의 가미는 제멋대로 명랑한 듯한 문장의 얇은 겉껍질 아래 사회 도덕에 대한 날카로운 관찰이 숨어있음을 의미한다.

프랑스에서는 매우 높은 평가를 받았고, 프랑스 유태인 문학에 지대한 공헌을 했다고 인정받고 있음에도, 알베르 코앵은 불공평하지만 오늘날 거의 잊혔다고 보아야 한다. **TW**

◀ 코앵은 그리스의 코르푸 섬에서 태어났으며 1919년에는 스위스 국적을 취득했지만, 그 내면은 언제나 뿌리깊은 유태인이었다.

암병동 Cancer Ward

알렉산드르 이사예비치 솔제니친
Aleksandr Isayevich Solzhenitsyn

작가 생몰연도 | 1918(러시아)–2008
초판 발행 | 1968, Il Saggiatore(밀라노)
원제 | Rakovy korpus
노벨 문학상 수상 | 1970

대부분의 솔제니친 작품들처럼 자전적 요소가 강한 『암병동』의 무대는 스탈린 사후의 1960년대, 중앙 아시아의 한 지방 병원이다. 이 작품은 소비에트 문학지 『Novyi Mir』에 수차례에 걸쳐 발표를 시도한 후 결국에는 외국에서 출간되었다. 이 작품은 관점과 화법의 중심을 한 인물에서 다른 인물로 아무런 거침없이 전환함으로써 완전한 사회적 세계를 구성하였다. 그러나 강제노동수용소나 탄압 등 소비에트 체제로 인한 정치적, 철학적 문제들보다, 왜곡된 사회가 개인들의 삶에 영향을 미치는 방식에 더 치중했다는 평가도 받고 있다. 주인공인 코스토글로토프는—솔제니친 자신처럼—한때 정치범이었으며 지금은 암으로 생명을 위협받는 처지다. 그는 성생활에 치명적인 결과를 가져올 수도 있는 방사선 치료를 받아야만 한다. 이로써 강제노동수용소에서 유년기와 청년기를 모두 빼앗긴 코스토글로토프에게 그나마 남아있던 삶의 희망마저 또다시 산산조각나고 만다. 코스토글로토프는 외로운 중년의 여의사와 생각도 못한 관계를 발전시키고, 줄거리는 그들의 잠정적인, 그리고 끝내 깨닫지 못하는 감정적 친교를 탐구한다. 그러나 그들의 개인적인 이야기가 다른 인물들의 타블로 전체에 섞임으로써 이 소설의 효과가 더욱 강력해지는 것이다. 이 소설은 자기기만과 경력주의, 젊음의 욕망과 순수, 분노와 신앙, 그리고 체념을 이야기하고 있는데, 대부분은 강제노동수용소에 의해 형성된 사회 안에서 부서진 삶에 대한 것이다. **DG**

마이라 브레킨리지 Myra Breckinridge

고어 비달 Gore Vidal

작가 생몰연도 | 1925(미국)
초판 발행 | 1968, Little, Brown & Co.(보스톤)
원제 | Myra Breckinridge
본명 | Eugene Luther Gore Vidal

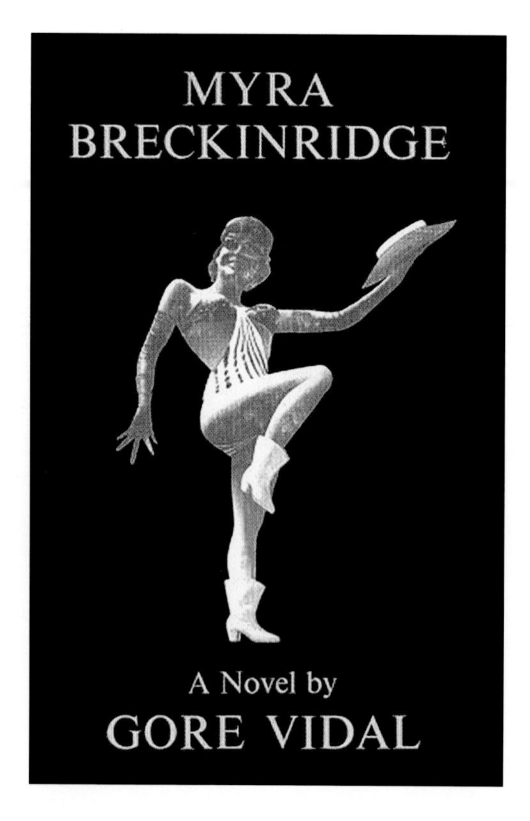

▲ 고어 비달은 그의 문학적 재능을 성적 위선과 미국 정치의 부패를 공격하는 데 쏟아부었다.

▶ 1979년판 영화 〈마이라 브레킨리지〉는 엉망진창이었다. 마이라로 분한 라켈 웰치가 야한 장면에서 중요 부위를 보여주고 있다.

『마이라 브레킨리지』는 예절과 품위에 음탕한 전면 공격을 가하는, 현기증 나는 걸작이다. 더구나 이 작품이 출간되기 8년 전 비달이 상원의원 선거에 출마했었다는 사실을 감안하면, 그 내용과 거친 문장은 당대로서는 충격적일 수밖에 없었다. 도저히 정치인이 썼다고는 보기 어려웠던 것이다.

마이라는 대단한 여자이다. 그녀는 권력에 굶주린 여제(女帝)이며 뻔뻔스러운 수퍼히어로, 굉장한 창녀에다 관능에 있어서는 상대를 가리지 않는다. "마이라 브레킨리지는 매력있는 계집이야. 절대로 잊어버리지 말라구, 이 개새끼들아, 니희들 표현대로 말이지." 마이라는 원래 별볼일없는 영화 평론가 마이런이었으나 과격한 자기 개조—코펜하겐의 성전환 수술—후 남자가 지배하는 헐리우드에 뛰어들어 "여성 승리"를 외친다. 오히려 보통 여자보다도 더 여성스럽고, 수술하기 전의 남자보다 더 남성적인 그녀는 너무나 자유분방해서 페미니즘 따위는 우습게 여긴다. 그녀는 확실히 성적 고정관념과 상대적 도덕에 대해 의문을 던진다. 마이라의 즐거운 투쟁의 목표는 벅 로너 삼촌이다. 벅은 헐리우드의 스타 지망생들을 키우는 학원을 운영하는 남성적인 남자로, 마이라는 그녀가 마이론의 미망인으로—어떻게 보면 아주 틀린 말은 아니다—벅의 재산을 그녀가 상속받을 수 있다고 벅을 속이려고 한다. 그녀는 마이론이 알고 있는 것은 다 알고 있고, 상당히 신빙성도 있지만 벅은 마이론이 동성연애자였다며 믿지 않는다. 벅은 쉽게 재산을 떼어주는 대신 그녀를 자신의 학원에 감정이입과 자세 강사로 고용해 시간을 끈다. 순진한 양떼 사이에 풀어놓은 아마존처럼 그녀는 학원을 엉망으로 만들어 버리고 만다. 하지만 슬프게도 문제가 생긴다. 성전환 수술이 뭔가 잘못되어 그녀가 서서히 남자로 되돌아오는 것이다. 마이라는 비록 "여성 승리"를 쟁취하지는 못했지만, 그녀는—그리고 비달은—미국의 위선과 자아도취를 무릎 꿇리는 데 확실히 성공했다. **GT**

제1원 The First Circle

알렉산드르 이사예비치 솔제니친
Aleksandr Isayevich Solzhenitsyn

작가 생몰연도 | 1918(러시아)–2008
초판 발행 | 1968
초판 발행처 | Harper & Row(뉴욕)
원제 | V kruge pervom

『제1원』은 소비에트 당국의 검열을 통과하기 위해 원본은 좀더 짧은 버전으로 출간했다가, 다시 "최종판"으로 개작하여 10년 후인 1978년에야 러시아에서 출간되었다. 이 작품은 스탈린 체제 말기의 사회상인 동시에 애국주의의 본질에 대한 철학적 질문이다. 『제1원』의 배경은 엔지니어들, 과학자들, 기술자들을 위한 일종의 특수 감옥이다. 이들은 이곳에서 스탈린의 경찰 장비를 위한 장치들을 발명하도록 강요받는다. 이렇게 함으로써 작가는 감옥의 죄수들뿐 아니라 그들의 가족, 감옥 밖의 동료들, 그리고 간수들의 관점에서 본 소비에트 사회를 모두 묘사할 수 있었다. 수많은 목소리로도 똑같은 설득력을 이끌어 낼 수 있는 솔제니친의 탁월한 재능은 우리로 하여금 각 인물의 내면 세계에 깊숙이 침투할 수 있게 해준다.

제목의 "제1원"은, 단테풍의 지옥으로 치자면 그 최상위에 해당하는 이 특수 감옥의 특권적 환경을 상징한다. 최종판에서 이 표현은 매우 다양한 의미로 쓰였는데, 예를 들면 자신이 속해있는 국가와 국민을 "제1원"이라고 한다면 그 밖의 세계는 "다음 원"이라고 하는 식이다. 이러한 시각에서 내부와 외부 사이의 관계, 그리고 각자에게 품고 있는 충성은 이 작품의 줄거리에서 매우 중요한 요소이다. 그러나 『제1원』의 위대한 점은 이러한 문제를 놓고 토론을 벌이는 인물들이 단순히 입만 놀리는 것이 아니라, 나름대로 완전하면서도 복잡한 인격체로서 독자 앞에 나타난다는 사실이다. **DG**

공허 / 회피 A Void / Avoid

조르주 페레크 Georges Perec

작가 생몰연도 | 1936(프랑스)–1982
초판 발행 | 1969
초판 발행처 | Editions Denoël(파리)
원제 | La Disparition(실종)

『공허/회피』는 길버트 아데어가 조르주 페레크의 리포그램* 소설 제목을 기발하게 번역한 것으로, 오직 무엇이 빠졌는지에 대해서만 암시하고 있는 이 소설에 몇 겹의 자아성찰을 더해준다. 알파벳 "e"를 빼고 글을 쓴다는 것은 굉장한 "회피"의 기술을 요하는데, 이 작품에서 페레크는 e 없는 숙어들을 만들어내기 위해 프랑스어의 잊혀진 어원들까지 동원했을 만큼 이 방면의 거장임을 증명했다. 그러나 페레크의 소설은 단순히 정교한 언어 유희 이상의 의미를 지니고 있다. 이 작품은 "e" 가 없이도 글을 쓰는 것이 가능하다는 증거이며, 매우 골치아픈 언어—좀 부족하다고 해도—의 표현력을 확인시켜준 셈이다. 『공허/회피』에는 다른 모든 글자들을 빨아들일 것처럼 위협하는 구멍 혹은 공백이 있다. 즉, 없어서는 안 될 모음이자 페레크가 "기본적인 버팀목"이라고 불린 e가 없어도 되는 존재가 된 것이다. 그렇다면 또 없어서 안 될 것이 뭐가 있겠는가? 사람들의 망각 속에서 모음 생략의 실험이 반복되면서 이 물음은 그 긴박감에 대답한다. 빠진 알파벳은 이 소설의 근원은 물론, 줄거리 곳곳에 나타나는 "실종"의 단서인 것이다. 금지된 "e"는 등장인물들을 하나하나 죽음으로 몰아넣는 보이지 않는 표시이자 일종의 저주가 된다. 사건을 풀 수 있는 단서가 도처에 널려있는 동시에 아무데서도 찾을 수 없는, 훌륭한 문체의 즐거운 탐정 소설이다. **KB**

* lipogram. 특정한 알파벳을 모조리 빼고 글을 쓰는 기법.

그들 them

조이스 캐롤 오츠 Joyce Carol Oates

작가 생몰연도 | 1938(미국)
초판 발행 | 1969, Vanguard Press(뉴욕)
원제 | them
전미 도서상 수상 | 1970

소문자 t를 교묘하게 사용하여 이름붙인 『그들』은 오츠의 초기작으로, 그녀의 작품들 중에서 가장 독창성이나 작품성이 뛰어난 작품 중 하나이다. 1937년부터 1967년까지, 디트로이트 시내 빈민가를 배경으로 주인공인 로레타 웬달과 그녀의 아이들, 모린과 줄스의 노동자 계급 인생에 초점을 맞추고 있다. 이 소설의 가장 도전적인 면모는 자연주의 소설의 표현을 한계로 끌고 간 방식이다. 오츠가 디트로이트 대학에서 가르친 학생 중 한 사람의 실제 삶에 바탕을 두었다고 밝히고 있는 유명한 저자 서문은 웬달 가족의 삶에 자연주의적 내러티브를 부여하고, 각각의 등장인물의 강력한 심리 묘사를 그들 일상의 거친 현실과 나란히 놓는다. 그러나 절반쯤 지나면서 모린이 "오츠 선생님께" 쓴 편지들이 불쑥 끼어들면서 메인 내러티브는 뚝 끊기고 만다. 모린은 선생님에게 문학의 역할과, 문학은 삶에 형태를 선사한다고 말한 그녀의 제안에 대해서 물어본다. 매춘을 하면서 어머니의 애인들에게 두들겨 맞으며 살아온 모린은 정말로 문학적 형식이 자신의 삶에도 질서와 결합을 가져다줄 수 있겠느냐고 비웃는다. 모린의 냉담한 편지는, 오츠 선생님이나 그녀의 자녀들처럼 안락한 중산층 세계에서나 이해할 수 있고, 즐길 수 있는 문학에 대한 억누를 수 없는 분노이다. 글을 쓴다는 행위 자체로 인해 이미 오츠 선생님은 자신이 쓰고 있는 노동자 계급에 속해 있지 않다. 그녀는 더이상 "그들" 중의 하나가 아닌 것이다. **SA**

아다 Ada

블라디미르 나보코프 Vladimir Nabokov

작가 생몰연도 | 1899(러시아)–1977(스위스)
초판 발행 | 1969, McGraw-Hill(뉴욕)
원제 | Ada
다른 제목 | Ardor

『아다』는 나보코프의 넘치는 상상력이 한껏 발휘된 소설로, 달리 쓸 수 있는 표현이 없으므로 '한 가족의 일대기'라고 부를 수 있을 것이다. 톨스토이를 문화적 표준이자 시발점으로 삼은 나보코프는 텍스트 간의 산만한 연관을 불러일으키고, 또 확장하는 특별한 모험 서사물에 착수했다. 『롤리타』처럼 『아다』 역시 강렬하면서도 금기시되는 성관계를 다룬 소설이다. 사촌으로 자랐지만 실제로는 남매인 아다와 밴의 근친상간적 결합을, 이런 경우에 예상되는 도덕적 비난에 독자가 쉽게 동조하지 못하도록 풀어내고 있다.

『아다』는 의심할 나위없이 나보코프의 소설 중에서도 가장 도발적이다. 이 소설은 그 주제를 훌쩍 뛰어넘어 독자에게 혼란과 당황과 유쾌함을 번갈아가며 안겨준다. 그 문장의 난해함이나 독창성과는 사뭇 다르게, 이 소설은 시공의 기대를 마구 뒤섞고 있다. 사건들은 지구가 아닌 안티테라라는 대리 공간에서 벌어지며, 무엇이 사실이고 무엇이 사실적인지에 대한 독자의 감각을 헝클어뜨린다. 늙은 아다과 밴이 그들의 관계에 대해 회상할 때의 내러티브는 계속되는 일시적 시간전환으로 인해 혼란에 빠지기도 한다.

이 소설은 금기된 사랑의 주인공들을 80년 동안이나 따라간다. 신화와 동화, 에로티시즘과 로맨스의 보기 드문 결합은 나보코프의 스타일만큼이나 독특하다. **JW**

대부 The Godfather

마리오 푸조 Mario Puzo

작가 생몰연도 | 1920(미국)–1999
초판 발행 | 1969
초판 발행처 | Putnam(뉴욕)
◆ 1972, 1974, 1990년에 3부작으로 영화화

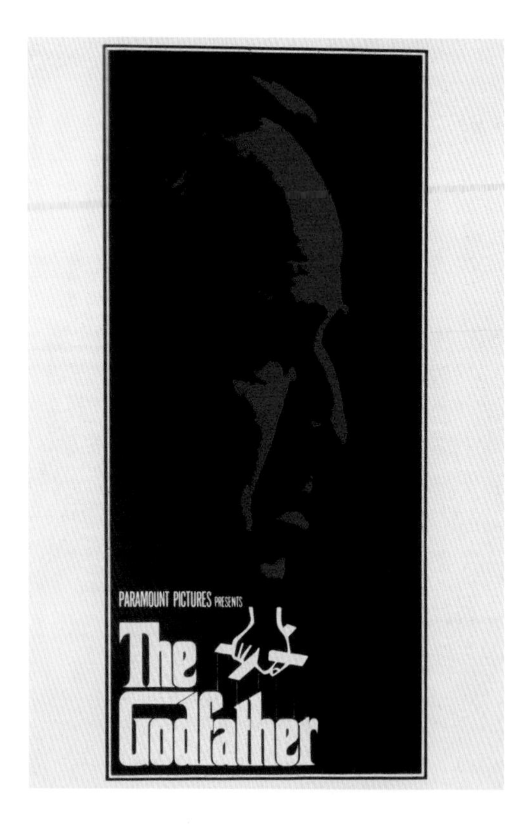

▲ 코폴라의 〈대부〉는 도덕적 무게와 진지한 분위기를 유지함으로써 소설의 힘을 그대로 살렸다.

▶ 1969년 버나드 갓프리드가 찍은 사진 속의 마리오 푸조. 마피아 대부처럼 거만하고 위협적으로 보인다.

마리오 푸조의 『대부』만큼 문화적 상상력으로 몰고간 소설도 드물다. 미국 역사상 가장 말썽 많았던 시기, 즉 정치 기관과 사회 관습이 전에 없이(혹은 그때부터라고 주장하기도 하지만) 철저한 조사를 받고 있던 무렵, 처음 베스트셀러 리스트에 오른 이 작품은 굉장한 개가를 올렸다. 발자크의 묘비명을 빌리자면 "모든 부(富) 뒤에는 범죄가 있다"는 개념을 심문함으로써 권력의 근원과 정당성에 의문을 던진 것이다. 독자와 게임을 하면서도 세상이 "진짜" 어떻게 돌아가는지 보여주기 위한 작품이 여기 있다. 또한 『대부』는 나쁜 놈들을 좋은 녀석들로 보이게 함으로써 갱스터 장르를 재정의한 소설이다. 푸조는 옳고 그름의 전통적인 도덕 전제를 뒤집으면서, 도치법이라는 수사적 전략을 통해 언어의 조종 및 기만 능력의 새로운 이해를 강요한다. 영웅과 악당의 구별이 모호한 코를레오네 가의 매력적인 "가족 사업"과 이탈리아 이민 문화는, 미국에서 보통 "무법자"라고 규정하는 인물상과도 맞아떨어진다. 비록 『대부』는 3부작 영화와 그 밖의 다른 파생물로 대중에게 파고들었지만, 소설 자체도 여전히 깡패 문화 사업 이면의 원동력으로 남아있다. "그가 거절할 수 없는 제안을 하지."나 "서류가방을 든 변호사 한 명이 총을 든 100명보다 더 많은 돈을 훔친다." 등의 전설적인 대사 역시 소설에서 나온 것이다. 무엇보다도, 그 명료하고 읽기 쉬운 문장에도 불구하고, 혹은 그 때문에 이 소설은 글쓰기가 신화를 만들 수 있다는 잠재력을 입증했다. 이탈리아계 미국인들에 대한 푸조의 묘사는 한편으로는 찬양이요, 한편으로는 중상이다. 어느 쪽이든 『대부』는 주목할 만큼 강력하고, 끌어당기며, 즐겁게 읽을 수 있는 소설이다. **JLSJ**

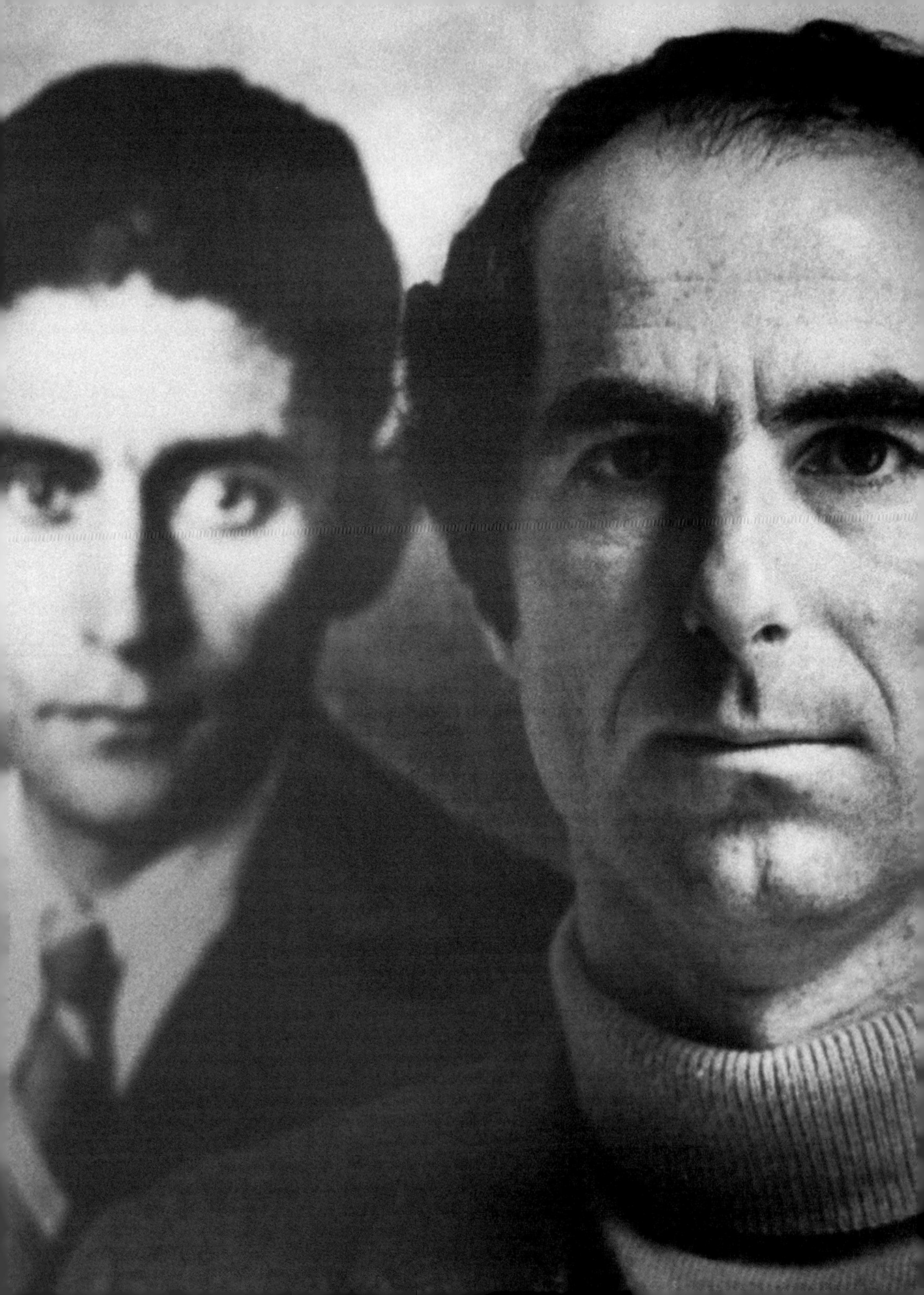

포트노이 씨의 불만

Portnoy's Complaint

필립 로스 Philip Roth

작가 생몰연도 | 1933(미국)

초판 발행 | 1969, Random House(뉴욕)

원제 | Portnoy's Complaint

본명 | Philip Milton Roth

『포트노이 씨의 불만』은 1969년 출간되자마자 엄청난 스캔들을 일으켰다. 그것은 상당한 양의 상세하고도 창조적인 성적 내용 때문이기도 했고, 그 내용이 당대의 미국 남자들 진단과도 이어져 있었기 때문이라는 이유도 있다. 포트노이 씨의 상황—어머니에게 꼼짝 못하고, 이성을 제대로 대하지 못하며, 종종 감상적인 자기 연민에 빠져드는—은 수많은 로스의 (남성) 독자들에게 익숙한 증상을 묘사하고 또 정의한 것이다. 이런 뒤죽박죽인 상황에 유태인이라는 사실까지 더해진 것은 이 책이 포토노이 씨가 힘없이 항의하고 있는 억압의 전형을 과장하고 있는 것처럼 보인다. 어떤 면에서 이 작품은 할 이야기가 있는 게 아니라 묘사해야 할 상황이 있는 책이라고 볼 수 있다. 포트노이 씨는 그의 괴상하고 극단적인 환상을 채워줄 수 없는 세계에 갇혀 있다. 그러나 독자는 포트노이 씨를 비난하지 않는다. 어쨌든 그는 가끔이긴 하지만 자신의 상황을 똑바로 바라보고, 작가는 상당한 기지와 허세로 그것을 써내기 때문이다. 1960년대 이래 성적 묘사가 점점 노골적이 되어가면서 『포트노이 씨의 불만』은 더이상 그 당시처럼 극적으로 느껴지지는 않는다. 그렇다 하더라도 그 충격이 완전히 없어졌다는 것은 아니다. 적어도 퍽 당황스러운 작품임에는 변함이 없다. 결과적으로 포트노이 씨라는 인물 자체, 그리고 그의 컴플렉스와 굴욕의 보편성이 바로 이 작품의 진정한 힘인 것이다. **DP**

◀ 프란츠 카프카의 사진 앞에서 포즈를 취한 로스. 카프카는 같은 유태인 작가로서 로스에게 큰 영감을 주었다.

거짓말쟁이 야콥

Jacob the Liar

유렉 베커 Jurek Becker

작가 생몰연도 | 1937(폴란드)–1997(독일)

초판 발행 | 1969

초판 발행처 | Aufbau-Verlag(베를린)

원제 | Jakob der Lügner

『거짓말쟁이 야콥』은 홀로코스트를 유머로 풀어낸다는, 불가능한 과업을 가능하게 한 작품이다. 유태인 게토에서 자란 작가 자신의 어린 시절을 토대로, 이 소설은 어떤 기억을 공유하고 있는 유일한 생존자라는 형식을 취한다. 화자는 가족과 친구들과의 비극적인 이별이 아니라, 비극이 찾아오기 직전의 고요한 순간을 이야기하고 있다.

내러티브의 중심은 야콥 헤임이다. 야콥은 친구들의 기운을 북돋아주기 위해 연합군의 뉴스를 들을 수 있는 라디오가 있다고 속인다. 거짓말이 꼬리에 꼬리를 물고 이어져 그의 손을 벗어나면서—윈스턴 처칠의 연설 하나를 완전히 즉흥으로 지어내기까지 한다—작가는 이러한 새로운 희망이 대중에게 미치는 영향을 보여준다. 야콥이 이야기해준 뉴스와 소문은 모두 거짓이지만, 그로 인한 희망은 사람들로 하여금 서로 사랑하고, 가족 및 친구들과 어울리면서 살아나갈 수 있도록 해준 것이다. 누구나 이 소설이 해피엔딩이 될 수 없다는 것을 잘 알고 있지만, 마을 사람들 전체를 태워가기 위해 당도한 빈 열차의 공포는 사람들을 한데 묶어주는 유대의 힘으로 인해 다소 희석된다.

원래는 영화 대본으로 쓰여진 『거짓말쟁이 야콥』에 투명하고, 명료하며, 종종 우스꽝스러운 어조와 가슴 뭉클하게 아름다운 순간들이 더해졌다. 홀로코스트 소설에 대한 베커의 새로운 접근은 최악의 상황에서도 인간의 기쁨은 계속될 수 있다는 것을 독자들에게 이야기해주고 있다. **AB**

프랑스 장교의 여인 The French Lieutenant's Woman

존 파울즈 John Fowles

작가 생몰연도 | 1926(영국)–2005
초판 발행 | 1969, Jonathan Cape(런던)
원제 | The French Lieutenant's Woman
WH 스미스 문학상 수상 | 1969

▲ 표지 아티스트인 플레쳐 시브토프는 후에 거대한 동작의 댄서의 모습을 그린 이미지로 알려진다.

▶ 카렐 라이스 감독, 해롤드 핀터 각색의 영화 〈프랑스 장교의 여인〉(1981)에서 여주인공을 맡은 배우 메릴 스트립.

『프랑스 장교의 여인』에서 존 파울즈는 불가능을 시도한다. 바로 빅토리아 시대 리얼리즘의 시야와 열정, 그리고 자아 성찰의 성격을 띤 실험적 내러티브의 냉소와 불확실성의 조화이다. 포울즈는 이야기, 역사, 그리고 문학 비평의 웅장한 혼합물인 한 편의 소설로 작가로서의 자신의 재능과, 그의 휴머니즘에 대한 야망을 증명하고자 한 것이다. 이 작품은 빅토리아 리얼리즘의 모방작이면서, 내러티브 격식의 자기만족 때문에 표현할 수 없다고 치부되었던 것들에 주의를 끌면서, 진실과 완전함이라는 빅토리아 리얼리즘의 상투적인 주장을 깎아내리고 있다. 동시에 이 작품은 19세기 리얼리즘의 근본적인 전제에 대한 질투에 가까운 존경으로 가득하다. 인간의 현실은 글로 표현될 수 있으며, 소설은 서술적 기능과 함께 가능한 한 가장 진실에 가까울 도덕적 의무를 지니고 있다는 것이다. 19세기 신사 찰스 스미슨이 수수께끼 같은 여인 새러 우드러프와 사랑에 빠지면서 20세기의 화자는 독자의 기대를 가지고 논다. 그는 내러티브의 전지전능이라는 환상을 비웃고 무한한 해석의 가능성을 희롱한다. 그는 또한 본질적으로 디킨스 풍인 파격 내러티브를 십분 활용해 독자에게 낯익고 친근하게 말을 건넨다. 여기에서 말하는 "친애하는 독자"는 온갖 문학적 장치를 수용—그리고 환영—해야만 한다. 학자와 신사의 스타일로 쓰여진 주석은 그 출처에 대한 정보를 제공한다. 이 책에는 긴 역사적 여담과 수많은 빅토리아 시대 고전 인용문, 그리고 20세기 자신의 자기만족이 들어있다. 그러나, 디킨스나 조지 엘리엇을 읽는 독자들이 타인을 알고 이해하는 데 관심이 있듯 파울즈 역시 우리 모두들 이어주는 끈에 시선을 맞추고 있다. **PMcM**

제5도살장

Slaughterhouse Five

커트 보니거트 Kurt Vonnegut Jr.

"모든 시간은 모든 시간이지. 그건 바뀌지 않아. 경고나 설명도 해주지 않지. 그런 거야. 그냥 순간순간으로 받아들여. 그러면 우리 모두… 호박 속의 벌레라는 걸 알게 될 거야."

작가 생몰연도 | 1922(미국)

초판 발행 | 1969, Delacourte Press(뉴욕)

원제 | Slaughterhouse Five

다른 제목 | The Children's Crusade: A Duty-Dance with Death

보니거트의 『제5도살장』은 20세기 문학에서 빼놓을 수 없는 작품이다. 유난히 황당한 SF소설에서 그대로 끄집어낸 듯한 시간여행 우주인들의 이야기와 자서전, 그리고 이 둘의 경계를 짚어내기 어려울 정도로 유창한 문장에 자전적 요소들까지 더했음에도, 작가는 폭넓은 주제와 형식의 복잡함을 능란하게 다루고 있다.

빌리 필그림은 제2차 세계대전 때는 보병대 척후병으로 참전했던 독일계 미국인이다. 그런 그가 외계인들에게 납치당한 뒤 어딘가 넋이 나갔다. 도대체 자기가 뭔데 우주의 해결책을 맘대로 결정하면서 우리를 귀찮게 군단 말인가? 이 책은 시간, 기억, 그리고 창작과 경험의 문학적 조합에 초점을 맞추고 있지만 보니거트의 언어는 그 어떤 부적절한 기교도 거부한다. 어떠한 완고한 권위도 거부하는 빌리의 인생을 따라가다 보면 빌리에게 있어 전쟁은 시간여행 우주인들과 똑같은 부조리라는 것을 알 수 있다.

제2차 세계대전에 참전하고, 포로로 잡히고, 드레스덴 폭격으로 인한 수천의 죽음을 목격한 작가는 자신의 경험을 바탕으로 문자 그대로 지구상의 모든 권력이 사라졌을 때의 상황을 그려냈다. **SF**

▲ 주인공 빌리 필그림처럼 1969년의 보니거트는 이 사진 속 배경인 "케이프 코드의 수월한 환경에서 살고 있었다."

권총을 든 장님

Blind Man with a Pistol

체스터 하임즈 Chester Himes

작가 생몰연도 | 1909(미국)–1984(스페인)

초판발행 | 1969, Morrow(뉴욕)

원제 | Blind Man with a Pistol

다른 제목 | Hot Day, Hot Night

할렘의 두 흑인 경찰 수사관, 코핀 에드 존슨과 그레이브 디거 존스가 등장하는 시리즈의 최종권이자 완결편인 『권총을 든 장님』은 추리소설이라는 장르의 한계를 시험, 아니 뛰어넘은 작품이다.

전편들에서 하임즈는 인종 차별과 불평등이 공공연하게 판을 치는 미국 사회에 대한 번뜩이는 분노를, 설명과 종결이 필요한 장르의 특성과 소외시키는 데 성공하였다. 파리에서 뉴욕에 대하여 쓴 결과는 초현실적인 폭력, 정치적인 투항, 경찰소설의 그럴듯한 혼합이다. 그러나 『권총을 든 장님』에서 하임즈는 더이상 그러한 복잡한 곡예를 부리는 데에는 관심이 없다. 백인 우월의 인종 차별적인 사회에서 산다는 것의 힘빠지는 결과는, 그들의 관할인 흑인 사회와 그들이 마지못해 복종하는 백인 지배의 사법제도의 반감을 산 코핀 에드와 그레이브 디거가 더이상 수사관으로서의 역할을 다할 수 없다는 것이다.

보이지 않게, 이름도 없이 이 소설에 발을 들여놓았던 이들은 좌절감과 무기력을 느끼며 떠나고, 그 사이 흑인 장님이 만원 지하철 승객들에게 무차별로 총을 쏘아댄다. 평생 몸바쳐 일한 (물론 백인들이 주류를 이루는) 경찰서에서 소외당한 코핀과 그레이브가 할렘의 버려진 공사장에서 들쥐들에게 총을 쏘면서 막을 내린다. 『권총을 든 장님』은 흑인민권운동의 기대에 찬 열망에 대한 음울한 해독제인 셈이다. **AP**

점보악곡과 수창

Pricksongs and Descants

로버트 쿠버 Robert Coover

작가 생몰연도 | 1932(미국)

초판발행 | 1969, E. P. Dutton(뉴욕)

원제 | Pricksongs and Descants

언어 | 영어

쿠버는 『점보악곡과 수창(隨唱)』에서 민화와 TV 프로그램, 그리고 밤에 우리를 잠 못 이루게 하는 이름 없는 불안과 같은 집단 심리의 신화와 우화를 소재로 삼았다. 속임수의 대가인 그는 익숙한 것을 가장 음침한 동화보다도 더 복잡하고 불길한 것으로 비틀어 놓는다. 신의 사랑에 대한 어린아이들의 노래에 디즈니랜드의 숲과 빵부스러기 흔적에 새들이 합세한다. 왜 어린아이들은 노래하고 있는가? 어린아이다운 어리석음인가? 늙은이를 위로하기 위함인가? 늙은이가 그토록 슬픈 눈으로 바라보고 있는 것은 무엇인가? 아련한 후회인가? 그가 가야 할 곳인가? 사소한 디테일들은 미완의 성적 에너지로 불타고 있다. 축제의 여흥은 서로의 사랑을 위한 허영으로 뚱보 여자가 날씬해지고, 빼빼 마른 남자가 갑자기 살이 찌며, 번다한 목소리와 어리석은 무정부주의가 온갖 혼돈을 만들어내는 떠들썩한 자급자족의 우주이다. 언어는 프리즘을 통해 굴절된다. 문장들은 쿠버가 어떤 면을 보여주느냐에 따라 새롭게 보이기도 하고, 익숙해 보이기도 한다. 의미와 시간의 순서는 영화의 퀵페이드(quick fade), 때로는 색채의 몽타주, 때로는 빈 프레임의 사운드 큐처럼 한몸을 이루는 근본적인 요소가 된다. 각 장(章)은 현대적 고립의 환상이다. 쿠버는 상투적인 것을 현실로 만들고, 세속적인 것을 상투적으로 만들어버린다. 잠자리에서 읽어주는 옛날 이야기들은 사실적인 그림자로 흘러넘치고, 깊은 공포가 명백해지며, 성경 속의 인물들은 혼란스러워진다. 쿠버는 어둡고 무거운 델타파 수면의 논리를 움직이는 우주의 장본인이다. **GT**

기적의 장막 Tent of Miracles

호르케 아마도 Jorge Amado

작가 생몰연도 | 1912(브라질)–2001
초판 발행 | 1969
초판 발행처 | Livaria Martins Editora(리우데자네이루)
원제 | Tenda dos milagres

『기적의 장막』은 20세기 최고의 브라질 작가인 아마도가 쓴 야심만만한 정치 풍자로 아프리카–브라질 문화의 난해함을 풍부하게 풀어낸 작품이다. 살바도르 바히아의 한복판에 위치한 흑인 지역인 펠루리뇨의 무너져가는 식민지 시대 미로를 주 배경으로 하여, 주인공 페드로 아르카뉴의 유산을 지면하고 있다. 페드로 아르카뇨는 아마도가 창조한 가장 매력적이고도 모호한 인물이다. 그는 메스티조(스페인 백인과 남아메리카 원주민 사이의 혼혈)이다. 독학으로 교양을 쌓았으며, 요리책 작가이자 시인, 파트타임 민족지학자, 식인종들의 왕이고, 흑인 권리 운동가, 숭배자, 그리고 여성애호가이다. 하지만 브라질의 백인 문화 엘리트들의 눈에는 술주정뱅이에 호색한, 난봉꾼, 건달, 그리고 돌팔이 지식인일 뿐이다.

소설은 제2차 세계대전이 한창일 무렵 한밤중, 빈민굴에서 술취한 아라카뇨가 홀로 눈을 감으면서 시작된다. 약 50년이 지난 후 미국 동부 해안 출신의 학자로 노벨상 수상자인 제임스 D. 리벤슨은 이제는 잊혀진 아르카뇨가 남긴 글들을 발견한다. 자신이 발견한 브라질 문화의 금광을 캐기 위해 리벤슨은 바히아로 떠난다. 브라질의 흑인들이 왜 중요하며 북아메리카와 유럽이 고정관념, 패러디, 혹은 선심으로만 이들을 대하는 방식에 대한 탐구가 이어진다. 아마도의 접근은 문화적으로, 성적으로 뒤섞이는 것을 마다하지 않으며 오히려 이에 적극적이다. 흑인과 백인들은 "태어나고, 자라고, 서로 섞이고, 더 많은 아기들을 낳을 것이며, 그 어떤 개자식도 이를 막지 못할 것이다!" 독자도 이에 이의가 없을 것이다. **MW**

사회 복지사 The Case Worker

기오르기 콘라드 György Konrád

작가 생몰연도 | 1933(헝가리)
초판 발행 | 1969
초판 발행처 | Magveto(부다페스트)
원제 | A látogató

『사회 복지사』는 한 사회 복지사의 바쁜 하루 동안 일어나는 일들—개인적, 비개인적 충성 사이의 풀 수 없는 갈등과 극단적인 고통 앞의 속수무책—을 좇고 있다. 이 작품은 기오르기 콘라드의 처녀작으로 그 가혹한 리얼리즘과 당대 헝가리 사회의 어두운 면을 폭로했다는 이유로 당국의 탄압을 받았다.

이 소설은 콘라드 자신이 7년 동안 경험한 사회복지사의 삶에 그 바탕을 두고 있다. 공립 복지 기관의 어린이들을 담당하고 있는 화자이자 주인공은 자신의 일을 보고서 형식으로 이야기한다. 그의 파일은 방치되고, 학대 당하고, 버려진 아이들, 비행 소년들은 물론 부모가 자살한 아이들로 가득하다. 이러한 일을 하면서 스스로의 인간성을 유지하고자 하는 노력은 헛되이 되고 만다. 이야기가 진행되면서 부다페스트는 물론 세계 곳곳의 대도시 사회 하층계급의 강렬하고도 매우 불안한 모습으로 그려진다.

이 소설은 사회적 문제와 문학적 관심사를 결합시키고 있으며, 시적 언어로 도시의 물리적, 도덕적, 지적 타락을 적나라한 리얼리즘으로 표현하였다. 개인의 자유를 특히 중요시 여겼던 콘라드의 작품들 대부분은 1970년대와 1980년대에 출간 금지를 당하였다. 1989년 헝가리에서 공산주의가 무너지기 시작하면서부터야 그의 소설들을 부다페스트에서 볼 수 있게 되었다. 그러나 이 특별한 소설은 그보다 훨씬 전에 세계 문학에서 작가의 위치를 굳건히 해주었다. **AGu**

모스크바 역 Moscow Stations

베네딕트 예로페프 Venedikt Yerofeev

작가 생몰연도 | 1938(소련)–1990
초판 발행 | 1969
원제 | Moskva-Petushki
◆ 사미즈다트(구 소련의 자가출판)로 초판 출간

소련에서 제대로 된 술을 찾기란 매우 어려운 일이었지만, 예로페프의 컬트 중편은 이러한 막다른 골목에서 어떻게 길을 찾아낸 듯하다. 이 소설에는 치명적인 알코올 음료의 조제법이 차고 넘치며, (뭐든지 계획하는 소련 경제의 본을 받아) 도표로 일일 평균 알코올 섭취량을 나타내는 한편 시적인 통찰("첫사랑이랑 마지막 슬픔이랑 뭐가 다르지?"), 콤소르그(소련의 청년 동맹의 서기 겸 조직책)들과 정직한 노동자 소녀들 사이의 숙명적인 사랑은 물론 러시아 문학, 동성애, 그 밖에 소비에트 사회 일상의 현안들에 대한 담론도 담고 있다. 『모스크바 역』은 "주류(酒類) 소설"이며, 예로페프는 이러한 장르를 홀로 만들어 낸 거나 다름이 없다.

이야기는 마치 '로드 무비'처럼 한 여행과, 하나의 우울한 숙고에서 다음으로, 처음부터 종착지가 없는 등장인물의 내면 여행을 동시에 따라간다. 말하자면 "길 위에서" 화자는 소비에트 이상과는 동떨어진 심히 부조리한 삶의 경험들을 이야기하고자 하는 수많은 러시아 민중들을 만난다. "사상 불온"이라는 이유로 다섯 군데의 대학에서 쫓겨났던 예로페프는 모든 답을 가지고 있다고 주장하는 사상과는 뼛속까지 반목하는, 매우 유쾌하면서도 결과적으로는 슬픈 이야기를 들려준다. 따라서 화자의 진실찾기는 끝없는 질문과, 끝으로—그 종교적으로 꼬인 상황을 감안하면—그리스도의 고통이라는 형태를 취해야만 할 것이다. **IJ**

붉은 입술 Heartbreak Tango

마누엘 푸이그 Manuel Puig

작가 생몰연도 | 1932(아르헨티나)–1990(멕시코)
초판 발행 | 1969
초판 발행처 | Sudamericana(부에노스아이레스)
원제 | Boquitas pintadas

1947년 후안 카를로스 에체파레의 죽음을 전하는 부고와 함께 비열함과 질투의 난해한 이야기가 펼쳐지기 시작한다. 그 중 메인 에피소드는 1930년대 허구의 마을 코로넬 발레호스에서 극에 달한다. 그 플롯은 완벽하게 안무한 삼각관계로 구성되어 있다. 넬리다와 마벨은 처음에는 후안 카를로스의 사랑을 얻기 위해 다투지만, 그가 가난한데다 폐병에 걸려있다는 사실을 알고서는 그를 버린다. 후안 카를로스의 친구인 판초는 라바라는 처녀와 사랑에 빠져 임신까지 시키지만, 그녀를 버리고 마벨을 유혹했기에 결국 목숨을 잃는 것으로 그 대가를 치르게 된다. 이러한 열정의 기하학적 관계를 연장시키는 것은 후안 카를로스의 어머니와 교활한 여동생 셀리나, 그리고 병든 후안의 마지막을 함께하는 과부이다. 소설은 1968년 넬리다가 죽고, 이 모든 이야기의 연결고리였던 비밀을 함께 안고 떠나면서 끝나게 된다.

푸이그는 연재만화나 탱고 가사 같은 키치적 소재를 사용함으로써 대중 문학의 새로운 형식을 발달시켰고, 이를 통해 각 목소리(특히 여자들)를 눈부실 정도로 화려하게—편지, 일기, 의사와 경찰 기록, 홍보 문구와 라디오 광고, 고해, 이중의 의미를 지닌 대화, 전화 통화, 일부러 3인칭을 쓴 내면독백까지— 펼쳐 보여준다. 가십에 대한 독자들의 원시적인 취향을 가지고 놀았던 푸이그는, 보통 가장 가까운 곳에 있는 인간 사회의 작은 세상을 갉아 먹는 깊은 위선에 대한 치명적인 비판을 어떻게 가해야 하는지 잘 알고 있었던 작가였다. **DMG**

북으로의 이주 시절

Seasons of Migrations to the North

타이이브 살리흐 Tayeb Salih

작가 생몰연도 | 1929(수단)

초판 발행 | 1969

초판 발행처 | Heinemann(런던)

원제 | Mawsim al-hijrah ila'l-shamal

무스타파 사이드는 영국에 머물르면서 비록 학문적으로 성공하기는 하였으나, 영국인 섹스 파트너의 죽음 때문에 감옥 신세를 지기도 했다. 수단으로 돌아가 결혼한 그는 갑자기 죽었는데, 자살로 보였다. 사이드의 삶을 간간이 재구성해내는 화자는 몇 대에 걸쳐, 또한 이미 식민지가 된 나라의 아이들에게까지 물려진, 식민지 개척자의 거친 근성을 숨긴 채, 그저 길잃고 혼란스러웠던 인물로만 사이드를 묘사한다.

화자—역시 북방에서 성공하고 돌아온—가 본의 아니게 인정하지 않은 식민지의 폭력은, 어쩌면 일부러 감추고 있는 것으로 보이기도 한다. 특히 사이드의 미망인이 새 남편을 죽이고 자신도 스스로 목숨을 끊은 것을 자신이 막을 수도 있었다고 넌지시 암시하는 부분에서 그런 태도가 느껴진다. 결국 자신이 말려든 폭력의 고리를 끊는 것은, 의지를 벗어난 상황에 처한 화자의 공범의식이다.

지역의 성폭력 문제를 통해 식민주의 폭력을 보여준 것은 다소 진부하기는 하지만, 식민지 해방 후 국가에서 서로 다른 종류의 만행이 어떻게 결합할 수 있는지를 보여준다. 1989년 수단 정부는 이 소설의 출간을 금지했지만 시리아에 본부를 둔 아랍 문학 아카데미는 이 소설에 "20세기 최고의 아랍어 소설"이라는 찬사를 보냈다. **ABi**

너를 볼 수 없을 때까지

Here's to You, Jesusa!

엘레나 포니아토프스카 Elena Poniatowska

작가 생몰연도 | 1933(프랑스)

초판 발행 | 1969

초판 발행처 | Ediciones Era(멕시코 시티)

원제 | Hasta no verte, Jesús mío

포니아토프스키가 발로 뛴 인터뷰를 바탕으로 만들어낸 헤수사 팔란카레스는 20세기 멕시코 역사의 제1인자와, 고난의 시절을 뒤로 하고 미래에 기대를 거는 여인들의 편에 선 담화를 결합한 것이다. 작가는 헤수사의 이어지는 독백을 걸러내는 인터뷰 기자일 뿐이다. 헤수사는 그녀가 어떻게 스스로 자신의 운명을 주도해 나가게 되었는지에 대해 이야기한다. 어머니에게 버려진 그녀는 아버지와 함께 여기저기 떠돌아 다니다가 결국은 혁명군에 가담한다. 전쟁에서 살아남은 그녀는 지방과 수도에서 갖가지 직업—바의 급사, 하녀, 가구장이, 세탁부—을 거치면서 크리스테로 혁명과 1940년의 토지 징발 같은 역사적인 사건들과 마주친다.

불굴의 헤수사가 남자에게도, 고난에도 굽히지 않는 모습은 때때로 암울한 현실의 시금석이다. 가장 멀리 있는 것이 가장 가까이에 있다고 가르치는 비교(秘教) '오브라 에스피리투얼'과 만난 뒤 헤수사의 삶에는 비밀스러운 색채가 짙어진다. 그 어떤 것도 반항적인 숙명론자인 그녀를 멈추지 못한다. 결국 죽음과 노쇠함만이 그녀의 삶과 이야기에 종지부를 찍을 수 있다. 미묘하게 다룬 구어체와 재치있는 시퀀스의 조화가 언제나 일관적으로 나타나는 것은 아니지만, 이 책은 근대 멕시코의 발생을 반영하고 있으며, 인터뷰에 응한 사람의 자서전으로서는 완벽한 모범이다. **DMG**

다섯 번째 임무

Fifth Business

로버트슨 데이비스 Robertson Davies

작가 생몰연도 | 1913(캐나다)-1995

초판발행 | 1970, Macmillan (토론토)

데트포드 3부작 | 『Fifth Business』(1970), 『The Manticore』(1972), 『World of Wonders』(1975)

데이비스의 '데트포드 3부작'의 첫 번째 소설인 『다섯 번째 임무』는 이야기꾼으로서의 그의 재능을 세계적으로 인정받게 해준 작품이다. 이 소설은 칼 융의 영혼과 심리 이론을 능란하게 극화하고 있다. 칼 융에 따르면 우리는 원형(原形)의 해석을 통해 세계를 인식한다. 우리는 모두 우리 나름대로의 악인과 성인(聖人)을 지니고 있으며, 이들과의 관계를 통해 우리의 역할을 이해한다.

주인공 던스턴 램지는 스스로를 "영웅도, 여주인공도, 악당도, 조력자도 아닌" 다섯 번째 임무를 맡았을 뿐이라고 말하지만, 그렇다 할지라도 이야기의 전개에 없어서는 안 될 존재임에는 변함이 없다. 열 살 무렵 던스턴은 눈덩이가 날아오자 몸을 숙여 피했는데 지나가던 목사 부인이 이 눈덩이를 맞고 만다. 그녀는 조산을 하고 실성하다시피 된 뒤, 훗날 마을에 스캔들을 일으키며 가문의 명예를 망치고 만다. 눈덩이를 던진 허풍쟁이 소년 스턴튼은 죽을 때까지 이 사실을 평생 비밀로 지키고 자신을 탓하며 살았고, 던스턴은 중년까지 그 죄책감을 지고 간다. 그 중간에 그는 여러 사람—성스러운 유령, 향락주의자인 예수교 수도사, 마법사의 조수—으로부터 지혜를 얻게 되고, 이로서 무의식의 성스러운 면과 악한 면을 결합한 필수적인 심리적 개념으로서의 신을 이해하게 된다. 사실 도덕적인 삶을 살아가기 위해서는 무의식의 성스러운 면도 악한 면도 모두 드러내고 맞서는 수밖에 없다. **MaM**

플레이 잇 애즈 잇 레이즈

Play It As It Lays

조앤 디디온 Joan Didion

작가 생몰연도 | 1934(미국)

초판발행 | 1970

원제 | Farrar, Straus & Giroux

다른 제목 | 1972

1960년대를 무대로 하고 있는 이 소설의 주인공은 편협한 명성과 마취제의 연무 속에 흐릿하게 잠겨 있는 인생을 질주하는 여배우 마리아 와이스이다. 헤밍웨이 같은 미국 모더니즘 작가들의 문체를 흡수한 디디온은 추상적인 문장을 자제하는 대신 엉성하게 구축된 사회편의적인 네트워크에 가까운 마리아의 뒤죽박죽 세계에 초점을 맞춘다.

작품 전반에 팝—니힐리즘—과도 같은 허무주의가 흐른다. 『플레이 잇 애즈 잇 레이즈』는 "건 만큼 승부를 겨눈다"는 뜻으로, 마리아에게는 그녀의 부모나 미사일 궤도에 포함되어 밀어버린 그녀의 고향 마을과도 같은, 이미 지나간 세계의 조언으로 다가온다. 마리아는 혼자서는 아무 것도 할 수 없는 캐릭터이며, 애정없는 결혼과 친구의 자살, 이 책의 중심 사건이 되는 비극적인 낙태로 인해 그녀의 몰락에는 가속도가 붙는다. 마리아는 결국 마리아와 순수하게 감정적인 삶의 세계를 이어주는 연결고리인 그녀의 딸과 같은 정신병원에 입원하게 된다.

디디온의 선조들은 1850년대에 새크라멘토 밸리에 정착했으며, 마리아의 정처없는 방황—특히 고속도로를 미친 듯이 질주할 때가 그 전형이다—에는 일종의 개척정신이 짙게 배어있다. 1960년대 말에 쓰여진 이 책은 60년대라는 혼돈의 시대의 편린으로, 순수한 폭로를 위해 도덕적인 교훈이나 해결책을 제시하는 것을 피하고 있다. 매우 정교한 문장으로 캐릭터를 창조해내는 디디온의 재능 덕분에 성공이 가능했던 과업이다. **DTu**

기념일들 Jahrestage

우베 욘존 Uwe Johnson

작가 생몰연도 | 1934(독일)–1984(영국)
초판 발행 | 1970, Suhrkamp(프랑크푸르트)
원제 | Jahrestage: Aus dem Leben von Gesine Cresspahl
(기념일: 게지네 크레스팔의 삶에서)

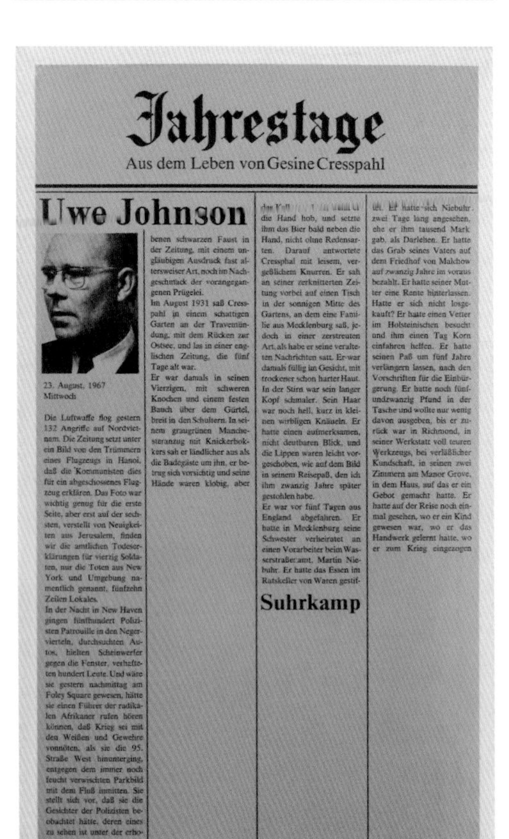

Jahrestage

Aus dem Leben von Gesine Cresspahl

Uwe Johnson

23. August. 1967
Mittwoch

Die Luftwaffe flog gestern 132 Angriffe auf Nordvietnam. Die Zeitung setzt unter ein Bild von den Trümmern eines Flugzeugs in Hanoi, daß die Kommunisten dies für ein abgeschossenes Flugzeug erklären. Das Foto war wichtig genug für die erste Seite, aber erst auf der sechsten, verstellt von Neuigkeiten aus Jerusalem, finden wir die amtlichen Todeserklärungen für vierzig Soldaten, nur die Toten aus New York und Umgebung namentlich genannt, fünfzehn Zeilen Lokales.
In der Nacht in New Haven gingen fünfhundert Polizisten Patrouille in den Negervierteln, durchsuchten Autos, hielten Scheinwerfer gegen die Fenster, verhafteten hundert Leute. Und wäre sie gestern nachmittag am Foley Square gewesen, hätte sie einen Führer der radikalen Afrikaner rufen hören können, daß Krieg sei mit den Weißen und Gewehre vonnöten, als sie die 95. Straße West hinunterging, entgegen dem immer noch feucht verwischten Parkbild mit dem Fluß inmitten. Sie stellt sich vor, daß sie die Gesichter der Polizisten beobachtet hätte, deren eines zu sehen ist unter der erhobenen schwarzen Faust in der Zeitung, mit einem ungläubigen Ausdruck fast altersweiser Art, noch im Nachgeschmack der vorangegangenen Prügelei.
Im August 1931 saß Cresspahl in einem schattigen Garten an der Travemündung, mit dem Rücken zur Ostsee, und las in einer englischen Zeitung, die fünf Tage alt war.
Er war damals in seinen Vierzigen, mit schweren Knochen und einem festen Bauch über dem Gürtel, breit in den Schultern. In seinem graugrünen Manchesteranzug mit Knickerbokkers sah er ländlicher aus als die Badegäste um ihn, er betrug sich vorsichtig und seine Hände waren klobig, aber

die Hand hob, und setzte ihm das Bier bald neben die Hand, nicht ohne Redensarten. Darauf antwortete Cresspahl mit leisem, vergeßlichem Knurren. Er sah an seiner zerknitterten Zeitung vorbei auf einen Tisch in der sonnigen Mitte des Gartens, an dem eine Familie aus Mecklenburg saß, jedoch in einer zerstreuten Art, als habe er seine veralteten Nachrichten satt. Er war damals füllig im Gesicht, mit trockener schon harter Haut. In der Stirn war sein langer Kopf schmaler. Sein Haar war noch hell, kurz in kleinen wirbligen Knäueln. Er hatte einen aufmerksamen, nicht deutbaren Blick, und die Lippen waren leicht vorgeschoben, wie auf dem Bild in seinem Reisepaß, den ich ihm zwanzig Jahre später gestohlen habe.
Er war vor fünf Tagen aus England abgefahren. Er hatte in Mecklenburg seine Schwester verheiratet an einen Vorarbeiter beim Wasserstraßenamt, Martin Niebuhr. Er hatte das Essen im Ratskeller von Waren gestiftet. Er hatte sich Niebuhr zwei Tage lang angesehen, ehe er ihm tausend Mark gab, als Darlehen. Er hatte das Grab seines Vaters auf dem Friedhof von Malchow auf zwanzig Jahre im voraus bezahlt. Er hatte seiner Mutter eine Rente hinterlassen. Hatte er sich nicht losgekauft? Er hatte einen Vetter im Holsteinischen besucht und ihm einen Tag Korn einfahren helfen. Er hatte seinen Paß um fünf Jahre verlängern lassen, nach den Vorschriften für die Einbürgerung. Er hatte noch fünfundzwanzig Pfund in der Tasche und wollte nur wenig davon ausgeben, bis er zurück war in Richmond, in seiner Werkstatt voll teuren Werkzeugs, bei verläßlicher Kundschaft, in seinen zwei Zimmern am Manor Grove, in dem Haus, auf das er ein Gebot gemacht hatte. Er hatte auf der Reise noch einmal gesehen, wo er ein Kind gewesen war, wo er das Handwerk gelernt hatte, wo er zum Krieg eingezogen

Suhrkamp

▲ 욘존은 동서독을 모두 거부하고 영국과 미국에서 망명객의 삶을 택했다.

『기념일들』은 제정 시대부터 1960년대 뉴욕까지의 독일 역사를 위엄있게 훑어내린 우베 욘존의 명작이다. 옛 동독에 속해있다가 폴란드의 영토가 된 지방에서 태어난 욘존은 독일민주공화국(DDR, 옛 동독의 명칭)을 떠나 서독을 거쳐 결국 영국의 켄트에 정착했다. 아내가 동독 정부의 사주를 받고 자신을 염탐해 왔다는 사실을 알게 된 후 큰 육체적, 정신적 충격을 받았으며, 건강을 회복하는 동안 이 작품을 완성하였다.

총 4권으로 발간된 『기념일들』은 게지네 크레스팔이라는 이름의 여주인공의 365일을 이야기한다. 게지네는 욘존의 전작 『야콥에 관한 추측(Mutmassungen über Jakob)』의 주인공이기도 한 옛 애인 야콥 압스와의 사이에서 낳은 딸 마리와 함께 뉴욕에서 살고 있다. 게지네는 열 살 난 마리에게 과거 이야기를 해준다. 이어지는 이야기에서 뉴욕의 1년은 독일 역사를 걸러내는 렌즈가 된다. 게지네는 시간을 거슬러 올라가 메클렌부르크(독일 동북부 지방 이름)의 작은 마을에서 가족들과 함께 지내던 시절로 되돌아간다. 이야기는 제3제국의 흥망은 물론 빌헬름 2세와 바이마르 공화국, 그리고 다시 작금의 분단 독일로 돌아온다. 마리는 이러한 이야기들을 침착하게 받아들인다. 게지네는 그녀가 미국에서는 영영 이방인일 수밖에 없지만, 그래도 독일로 돌아가는 것보다는 낫다고 생각한다.

엄청난 분량 때문에 독자들이 선뜻 엄두를 못내는 작품이지만, 마르가레테 폰 트로타가 2000년에 제작한 영화판으로 본다면 욘존이 전후 독일에서 가장 중요한 작가 중 한 사람임을 이해하는 데 도움이 될 것이다. **MM**

줄리어스를 위한 세계 A World for Julius

알프레도 브라이스 에셰니크 Alfredo Bryce Echenique

『줄리어스를 위한 세계』는 근본적으로 교육소설이자 성장을 향한 혼란스러운 여정이다. 에셰니크는, 리마(페루의 수도)의 상류 가정의 막내로 태어나자마자 곧 아버지를 잃은 한 소년이 진정한 세계를 발견하게 되는 5살부터 12살까지의 삶을 기록하고 있다. 그 세계는 총독 후예들의 빛바랜 옛 저택들의 세계이자 골프와 파티로 소일하는 투기꾼들이 새로 지은 번쩍거리는 새 저택들의 세계이기도 하고, 음악과 희롱, 주먹의 아픔과 모욕도 배우는 값비싼 대학의 세계이다. 또한 하인들이 기거하는 헛간과, 가난하고 고립된 세입자들이 사는 허름한 셋집들의 세계이기도 하다. 그러나 세계가 이 소년에게 주는 것은 (얼굴도 못 본 아버지와 가장 좋아하는 누이, 그리고 가장 어머니다운 정을 주었던 하녀의) 죽음, 우정, 그리고 사랑—어머니, 양아버지, 그리고 형제들에 대한 미지근한 사랑과 하녀들에 대한 진지하고 감동적인 세[illegible]의 발견이다.

이 소설은 어떤 세계가 줄리어스를 지배하게 될지, 사춘기가 그를 어떤 세계로 데려다주게 될지, 그리고 그가 이 세계들을 자기 어깨에 제대로 짊어질 수 있는지에 대해서는 정확하게 알려주지 않은 채 끝을 맺는다. 대사의 자유로운 활용과 대담한 관점 전환, 아이러니와 센티멘털 사이를 오가는 자전적인 요소들은 이 작품이 전형적인 에셰니크 소설임을 보여준다. 이러한 특징들은 그의 글에 새로운 방향을 부여함으로써 스페인계 미국 문학의 붐 세대에 그 위치를 확고히 하였다. **DMG**

작가 생몰연도 | 1939(페루)
초판 발행 | 1970
초판 발행처 | Barral Editores(바르셀로나)
원제 | Un mundo para Julius

▲ 페루의 작가 브라이스 에셰니크는 부유한 남미 가정에서 자란 경험을 아이러니하게 관찰하고 있다.

새장에 갇힌 새가 왜 노래하는지 나는 아네

I Know Why the Caged Bird Sings

마야 앤젤루 Maya Angelou

『새장에 갇힌 새가 왜 노래하는지 나는 아네』는 마야 앤젤루의 다섯 권짜리 자서전의 첫 권이자 미국 흑인 문학의 이정표라 할 수 있는 작품이다. 앤젤루 특유의 서정적인 문장으로 1930년대 미국에서 보낸 불안정한 어린 시절과 변화하는 관계들을 묘사하고 있다. 부모가 이혼하자 당시 세 살과 네 살 반이었던 마야와 오빠 베일리는 캘리포니아에 있던 부모의 집을 떠나 그때껏 인종분리 정책이 시행되고 있던 남부 아칸소주 시골의 할머니 집으로 보내진다. 할머니는 그들에게 엄격한 도덕적 중심을 보여준다. 여덟 살이 된 마야는 어머니와 함께 살기 위해 세인트루이스로 이주하지만 어머니의 정부에게서 성희롱과 강간을 당한다. 그녀는 결국 오빠와 함께 할머니의 집으로 돌아갔다가 훗날 어머니가 캘리포니아에서 재혼한 후에야 함께 살게 된다. 마야가 첫 아이를 낳는 것으로 이 책은 끝난다.

앤젤루는 미국 인권운동의 주요 인물로, 1960년대에 흑인인권을 위해 투쟁했다. 그녀는 말콤 X, 그리고 이후 마틴 루터 킹의 가까운 동료가 되었다. 킹 목사가 1968년에 암살당한 뒤, 그녀는 한 모임에서 제임스 볼드윈과 만화가 줄스 파이퍼로부터 영감을 얻어 『새장에 갇힌 새가 왜 노래하는지 나는 아네』를 쓰게 되었다. 이것은 그녀가 동료의 죽음을 대면하는 방식이자, 인종차별에 대한 자신의 개인적 투쟁에 사람들의 시선을 끌기 위한 방편으로서의 글쓰기였다. 남부의 인종적 갈등을 배경으로 마야 앤젤루는 어린 시절에 겪었던 충격적인 사건에 맞서고, 미국의 흑인여성이라는 강한 정체성의 발전 양상을 탐구한다. 개인적으로나 문화적으로 설 자리를 잃어버렸다는 상실감은 그녀의 문학에 대한 열정을 통해 타협점을 찾는다. 문학은 그녀를 치유하고 그녀에게 힘을 주었던 것이다. **JW**

작가생몰연도 | 1928(미국)
초판발행 | 1970, Random House(뉴욕)
원제 | I Know Why the Caged Bird Sings
본명 | Marguerite Ann Johnson

▲ 마야 앤젤루가 모닥불 옆에서 활짝 웃고 있다. 그녀의 앨범 『미스 칼립소』의 커버로 쓰기 위해 찍은 사진이다.

◀ 마야 앤젤루는 문학에 대한 열정을 통해 자신의 끼를 재발견했다. 샌프란시스코에서 삶의 환희를 발산하고 있다.

가장 푸른 눈 The Bluest Eye

토니 모리슨 Toni Morrison

작가 생몰연도 | 1931(미국)
초판 발행 | 1970, Holt, Rinehart & Winston(뉴욕)
원제 | The Bluest Eye
노벨 문학상 수상 | 1993

토니 모리슨의 첫 번째 소설 『가장 푸른 눈』은 오하이오주 로레인(작가의 고향이기도 하다)을 떠난 후 브리들러브 가족의 삶을 자세히 이야기하고 있다. 브리들러브 가의 혼란과 그들의 딸 페콜라가 미쳐버리는 것은, 인종차별 신화에 흡수되지 않은 흑인 정체성이 유지되는 공간에의 시도에 대한 강렬한 은유이다.

이 소설은 성과 인종, 그리고 경제적 위치와 같은 것들이 모두 얽혀 열한 살짜리 여주인공의 비극적 운명을 결정했음을 암시한다. 푸른 눈동자에 대한 페콜라의 집착은 백인 남성 문화가 흑인 여성의 육체를 지배하게 되었다는 명백한 증상이다. 모리슨은 흑인들의 주관성이 상품 문화에서 계속 짓눌리는 방식에 특유의 강한 비판을 가한다. 이 소설의 복잡한 시간 구성과 변화하는 불안정한 관점은 지배하는 백인 문화에 대한 저항의 일종이라 할 수 있는 주관성의 유동적 모델을 상상해보려는 노력의 일부이다. 이야기에 등장하는 사춘기의 흑인 자매, 클로디아와 프리다 맥티어는 자신들의 힘과 권위를 행사한다는 점에서 짓눌린 브리들러브 가족과는 좋은 대조를 이룬다.

이 작품에서 모리슨의 글은 말소리의 감추어진 높낮이와 리듬의 강약을 포착하고 있다. 단어의 변화무쌍한 성질에 대한 예리한 감수성으로 글을 써나가는 그녀는, 이 세상에서 다른 방법으로 존재할 수도 있다는 전망을 보여주는 한 편의 시를 쓰고 있는 것이다. **VA**

풍요의 바다 The Sea of Fertility

미시마 유키오(三島由紀夫) Yukio Mishima

작가 생몰연도 | 1925(일본)–1970
초판 발행 | 1965–1970
초판 발행처 | 신초샤(도쿄)
원제 | 豊饒の海

모두 4권에 걸쳐 발행된 『풍요의 바다』는 미시마 유키오 최후의 작품으로, 일본의 문예지 『신조(新朝)』에 최초로 연재되었다. 1권인 『봄눈(春の雪)』은 1910년경 도쿄의 황궁이라는 고립된 환경을 배경으로 젊은 귀족 키요아키 마츠가에와 그의 애인 사토코의 절망적인 사랑을 그리고 있다. 키요아키는 일부러 사토코를 멀리 하고, 사토코와 천황의 아들과의 약혼이 발표되면서 그들이 맺어질 수 없는 관계라는 것이 자명해진다. 그러나 오히려 필사적이고 정열적인 사랑은 이때부터 시작되고, 키요아키의 가장 친한 친구인 시게쿠니 혼다는 이 모든 것을 목격한다. 키요아키가 죽자 혼다는 그의 환생을 찾기 시작한다.

뒷권들(『달아난 말(奔馬)』, 『새벽의 절(曉の寺)』)의 주인공들—1930년대의 정치적 광신자와 2차 대전 전후의 태국 공주—에게서는 키요아키의 음영이 보인다. 마지막권인 『천인의 쇠퇴(天人五衰)』에서는 1960년대의 사악한 고아로 등장한다. 이러한 환생 사상이 혼다를 마지막 권까지 끌고 가는 것이다. 결말은 인생은 돌이킬 수 없으며 그 최후도 피할 수 없다는 것이다. 충격적인 대단원에서 혼다는 마침내 과거를 다시 살아내는 것도, 죽은 자를 부활시키는 것도 불가능하다는 것을 깨닫게 된다. 혹자는 이 소설이 프루스트의 『잃어버린 시간을 찾아서』의 일본판이라고 칭하기도 한다. 『풍요의 바다』는 우리에게 삶과 기억의 경험에 대한 훌륭한 통찰을 보여준다. **KK**

▶ 미시마 유키오가 할복 직전의 사무라이의 포즈를 취하고 있다. 실제로 미시마는 1970년 11월 할복 자살하였다.

돌아온 토끼 Rabbit Redux

존 업다이크 John Updike

작가 생몰연도 | 1932(미국)-2009
초판 발행 | 1971, Alfred Knopf(뉴욕)
원제 | Rabbit Redux
퓰리처상 수상 | 1982, 1991

『돌아온 토끼』는 업다이크가 쓴 총 4권의 "토끼" 시리즈 중에서 두번째 소설로, 첫권인 『달려라 토끼(Rabbit, Run)』의 결말에서 10년의 세월이 흐른 1969년을 배경으로 하고 있다. 펜실베이니아 주의 작은 마을 브루어를 무대로 한 "토끼" 시리즈는 "토끼"라는 별명을 가진 해리 앵스트롬이 고등학교 농구 스타에서 젊은 남편이자 아버지, 그리고 마침내 중년을 거쳐 은퇴에 이르기까지를 이야기하고 있다.

이제 30대가 된 이 평범한 사나이는 자신도 곧 중년이 된다는 사실에 마음이 편치 않다. 『돌아온 토끼』는 아폴로 11호의 달 착륙이라는 초현실적인 배경 위로 토끼 자신의 혼란스러운 개인 생활과, 억누를 수 없는 60년대 반체제문화와 계급 질서, 그리고 전통적인 가치들이 무너지면서 불러온 미국 소도시의 변화를 그려낸다. 남들 하는 대로 따라한 결혼 생활이 삐걱거리기 시작하자 토끼는 중서부 노동자 계급 출신인 자신과는 어울리지 않는, 주변 사람들의 삶에 일어나고 있는 더 큰 사건들을 인정하지 않을 수 없게 된다. 이로 인해 토끼가 삶에 대해 품었던 확신도 삐걱거리기 시작하고, 가정과 회사에서의 그의 인간관계가 위협 당하게 된다. 그러나 토끼는 대신 그의 삶을 변화시킬 예기치 않은 정신적 성장을 겪게 된다.

『돌아온 토끼』는 독자를 혼란스러운 관능과 정치적 혼돈으로 특징지어지는 세계에 빠뜨림으로써 단순히 1960년대의 분위기를 포착하고 있는 것이 아니라 미래에 대한 감동적이고 활짝 열린 희망을 이야기하고 있다. **AB**

백내장 Cataract

미하일로 오사드치 Mykhaylo Osadchyi

작가 생몰연도 | 1936(소련)-1994(우크라이나)
초판 발행 | 1971
초판 발행처 | Smoloskyp(파리/발티모어)
원제 | Bilmo

『백내장』은 1960년대 소련 지하 문학의 매우 중요한 작품이다. 우크라이나 출신의 언론인이며 시인이었던 저자 자신의 체포와 투옥을 묘사하고 있다. 오사드치의 죄목은 반소련, 친우크라이나 활동이었는데, 그는 체포될 때까지도 자신의 죄목이 무엇인지 알지 못했다.

전반적으로 우크라이나의 지하 문학은 러시아의 같은 장르보다 국제적인 영향을 덜 미친 편이다. 여기에는 책을 외국으로 빼돌리기가 쉽지 않다는 운반상의 문제도 있지만, 국제 인권단체들과 대부분의 소련 학자들은 소련에서 소재 분석은 "중심"—모스크바와 레닌그라드(오늘의 상트페테르부르크)—에 초점을 맞추어야 한다고 믿기 때문이라는 이유를 들기도 한다. 그러나 러시아 이외의 국가들에서 민족적 자아 정체성 확인과 문화적, 정치적 자립에 대한 욕망이 얼마나 강한지는 보통 무시되곤 했다.

『백내장』은 단순히 작가의 재판과 체포 과정을 사실적으로 나열한 것이 아니라 오히려 그가 감옥에서 품은 꿈과 환상을 이야기하고 있다. 이러한 꿈은 독자가 보기에는 정신병의 초기 증상이겠지만, 실제로는 매일매일을 감옥 내지는 강제수용소나 다름없는 소비에트 체제 아래서 보내야 하는 개인 정신의 훼손과 몰락을 우의하고 있다고 보는 편이 옳다. 깊은 통찰력으로 쓰여진 『백내장』은 특정한 역사적 상황을 기록하는 데 그치지 않고 고난에 직면한 인간 영혼의 시대를 뛰어넘은 부르짖음을 전해주고 있다. **VR**

여인과 군상 Group Portrait With Lady

하인리히 뵐 Heinrich Böll

작가 생몰연도 | 1917(독일)–1985
초판발행 | 1971
초판 발행처 | Kiepenheuer & Witsch(쾰른)
원제 | Gruppenbild mit Dame

뵐에게 노벨 문학상을 안겨준 『여인과 군상』은 일시적인 정체성의 앙상블(합주곡)과도 같은 작품이다. 배경은 1890년부터 1970년까지의 독일. 다양한 인물의 관점에서 바라본 심리적 통찰은 이질적이면서도 설득력이 강하다. 이 작품에서 우리는 젊은 지식인들, 유태인 수녀, 여성 해방주의자, 악명 높은 벼락부자, 정치적 기회주의자, 그리고 넋이 나간 나치 등을 만나게 된다. 그러나 한 사람만은 순수한 추측의 대상으로 남아있다. 바로 레니 파이퍼다. 인터뷰, 편지, 개개인의 진술로 이루어진 초상화 한가운데에 그녀가 앉아 있다. 레니는 그녀를 금발의 순신한 여성으로 신비화시키고자 하는 화자의 눈을 통해서만 볼 수 있다. 그럼에도 불구하고 결코 진부한 성격의 소유자는 아니다. 인종적, 사회적 한계를 극복하고자 하는 그녀의 집념은 지적이고 저항적인 성품을 보여준다.

뵐은 그루페 47(Gruppe 47)과 밀접한 관계가 있다. 그루페 47은 1947년 알프레드 안데르쉬와 발터 리히터가 창립한 서독의 문학 단체로, 여기에 소속된 작가들은 자신들과 전쟁 때 나치의 탄압을 피해 망명한 독일 지성인들 사이의 격차에 반응하였다. 초기 그루페 47의 작가들은 희박한 리얼리즘을 지지함으로써 그들의 언어에서 나치의 잔재를 청산해야 한다고 생각하였다. 『여인과 군상』에서, 특히 화자가 적극적으로 사건에 참여함으로써 그의 성향을 드러내는 결말 부분에서 볼 수 있는 자연주의 내러티브는 실제 삶의 복잡함을 가리킨다. **MC**

"레니는 더 이상 세계를 이해하지 않는다. 사실 이해했던 적이 있었는지조차 의심스럽다."

▲ 독일판 표지는 얼굴없는 창백한 남성들을 보여준다. 레니의 어두운 면에 관심을 이끈 것이다.

라스베이거스의 공포와 혐오 Fear and Loathing in Las Vegas

헌터 S. 톰프슨 Hunter S. Thompson

“약의 효력이 나타나기 시작할 무렵, 우리는 사막 가장자리, 바스토(미국 캘리포니아 중남부의 도시 이름) 근처 어딘가에 있었다.” 『라스베이거스의 공포와 혐오』의 첫 문장은 근대 문학에서 가장 기억에 남는 그것이라 할 만하다. 이야기의 화자는 뉴욕의 스포츠 잡지가 주관하는 민트 400이라는 비포장 모래 언덕 오토바이 경주 건을 맡은 미친 사모아인 변호사와 함께 라스베이거스 시내와 그 주변에서 머문다. 그러나 그보다 먼저 불법 약물을 가득 실은 트럭 문제에 휘말린 그들은 자신들의 책임은 깡그리 잊어버린 채 미친 듯이 모험에 뛰어든다. 그들이 도시로 달려들고, 다른 온갖 수상한 짓 중에서도 “항정신성 및 위험 약물에 관한 전국 검사회의”가 열리고 있는 호텔에서의 잠복은 더욱 열기를 띠어가는 광란을 보여준다.

제멋대로 행동하는 주인공들의 태도는 단순히 무신경한 소비주의의 패러디에서 한 단계 진화한 미국식 과소비주의라고 보면 된다. 동시에 그들의 여행은 극단적이긴 하지만 어떤 면에서는 찬사를 받을 만한 전통적인 미국식 자유의 표출이다. 특히 배경은 닉슨의 첫 임기로 베트남에서는 여전히 전쟁이 진행 중이었고, 징병 거부와 마리화나 흡연에 대해서 치사하기 짝이 없는 형량의 징역형이 남발되던 무렵이었다. 『라스베이거스의 공포와 혐오』는 너무나 환상적으로 비비 꼬여서 그 누구도 무슨 일이 일어났는지, 일어나고 있는지, 혹은 일어날 것인지 알 수 없는 인식의 문을 통과하고 있다. 이 작품은 궁극적인 탈근대적 도시를 대상으로 유쾌하고 기운찬 파괴 작업을 함으로써, 라스베이거스의 탐욕스런 요구에 저항하는 방법은 그 전에 스스로를 완전히 비틀어버려, 도시가 요구하는 방법에 반응 자체를 할 수 없게 되는 것뿐이라고 넌지시 알려주고 있다. **RP**

작가 생몰연도 | 1939(미국)–2005

초판 발행 | 1971, Random House(뉴욕)

원제 | Fear and Loathing in Las Vegas: A Savage Journey to the Heart of the American Dream

“에테르는 어때?”

▲ 시가를 피우고 있는 톰프슨. 자살로 생을 마감하기 2년 전인 2003년의 사진이다. 장례식에서 유해는 화장되어 대포로 공중에 발사되었다.

◀ 1998년 테리 길리엄의 영화 〈라스베이거스의 공포와 혐오〉에서 주연을 맡은 톰프슨의 친구 조니 뎁의 캐리커처.

다니엘서

The Book of Daniel

E. L. 닥터로우 E. L. Doctorow

"구약성서의 그 어떤 책도 『다니엘서』처럼 수수께끼로 가득하지는 않다."

▲ 1973년 런던 판(Pan)社에서 출간한 보급판 표지. 공산주의를 상징하는 빨간 바탕에 유태인의 노란 별이 어우러져 있다.

작가 생몰연도 | 1931(미국)
초판발행 | 1971, Random House(뉴욕)
원제 | The Book of Daniel
본명 | Edgar Lawrence Doctorow

『다니엘서』는 1940년대와 1950년대의 구좌파부터 1960년대의 신좌파에 이르기까지 미국 내의 다양한 정치적 항쟁의 성격과 그 효과를 진단하고 있다. 화자인 다니엘 아이작슨에게 그것은 부모의 정치적, 가족적 유산과 타협하는 어려움을 의미한다. 그의 부모는 다름아닌 에델과 줄리어스 로젠버그로, 핵무기 관련 기밀을 소련에 빼돌렸다는 혐의로 1953년 처형당한 로젠버그 부부인 것이다. 닥터로우의 소설은 정치권력이 어떻게 개인과 기관의 손에서 자신의 존재를 명확히 하기 시작했는지, 그리고 기업과 정부의 권력의 집중과 남용에 맞서기 위해 무엇을 해야 하는지를 묻고 있다. 아버지의 "대담하고 동정적인" 과격주의와, "이미지로 미국을 무너뜨리겠다"고 장담하는 아티 스턴릭트의 오만하고 흐느적거리는 반문화적 선언 사이에서 다니엘은 환멸과 막다른 골목만을 볼 뿐이다. 전자는 순진하고, 손쉽게 제거될 수 있다. 후자는 "대중을 위한 간단한 축약판 문화의 테크닉"이나 보여주는 디즈니랜드에서나 그 꿈을 실현할 수 있을 것이다. 다니엘은 그의 삶의 다양한 파편들을 모아 붙여 부모의 행동주의의 정치적 유산과 자신의 세상에 대한 환멸 사이에서 화해를 이끌어내야 한다. 저항과 가족의 감동적인 이야기인 이 작품은 개인의 투쟁이 모든 것을 제압할 수 있다는 낙관론이나 모든 정치적 투쟁은 소용없다는 비관론 어느 쪽으로도 기울지 않는다. **AP**

소녀들과 여자들의 삶

Lives of Girls & Women

앨리스 먼로 Alice Munro

작가 생몰연도 | 1931(캐나다)

초판 발행 | 1971

본명 | McGraw-Hill Ryerson (뉴욕)

◆ 1994년 TV 방영

〈소녀들과 여자들의 삶〉은 앨리스 먼로가 단편집 〈행복한 그림자의 춤〉으로 캐나다 총독 문학상을 수상한 뒤 처음으로 시도한 장편 소설이다. 대부분의 에디션에서 작가가 부정하기는 했지만, 이 작품의 내용은 지극히 자전적이다. 주인공 델 조던의 상황은 온타리오 주에서 보낸 먼로의 성장기를 반영하고 있다. 델은 책벌레인 동시에 육체적 경험을 강렬히 원하는 사춘기 소녀로, 성욕의 억압을 여성 해방의 수단으로 여기는 어머니의 믿음을 정면으로 거부한다. 이 책은 각각 독립된 내용의 장(障)들로 구성되어 있으며, 전통적인 장편소설과 단편집의 중간 형태를 띠고 있다. 작가가 우리의 삶과 타인들의 삶을 한 묶음의 이야기로 엮어내려는 충동을 탐구하기에, 에피소드라는 형식은 그 소재에 완벽하게 어울리며, 우리 스스로가 생각하는 이미지, 환상, 그리고 픽션에서 기대하는 깔끔한 해결책에 이르기까지 모든 것과 맞아떨어진다. "에필로그: 사진작가"는 델이 쓰기 시작한 소설을 가리킨다. 소설에 등장하는 캐릭터의 실제 모델 중 하나와 만나게 되면서, 그녀는 자신의 사고방식을 전면적으로 다시 생각해보게 된다. 먼로 자신의 예술적 선언이 되다시피 한 구절에서, 델은 평범한 인생은 "마치 부엌 바닥 같은 리놀륨을 깔아놓은 동굴처럼 지루하고, 단순하고, 놀랍고, 불가해하다"는 사실을 알게 된다. 델은 주변 사람들을 단순히 소재로 다루는 대신 그들과 공감하는 법을 배워간다. 일상의 모순 역시 이와 같이 그 가치를 발견하게 되면서, 작은 마을의 거리, 자연 풍경, 그리고 와와나쉬 강둑에도 생명을 불어넣는다. **ACo**

하우스 마더 노멀

House Mother Normal

B. S. 존슨 B. S. Johnson

작가 생몰연도 | 1933(영국)–1973

초판 발행 | 1971

초판 발행처 | Collins(런던)

원제 | House Mother Normal: A Geriatric Comedy

존슨의 "코미디"는 공공 노인복지 기관의 세계를 풍자한 면도날처럼 날카로운 패러디이다. 운영자와 환자 사이에 오가는 잔인함은 보잘것없는 지원을 받아가면서 노인들을 보살핀다는 명목으로 일상화된다. 『하우스 마더 노멀』은 심리적, 도덕적 몰락의 구성을 취하고 있다. 류머티즘 때문에 고생하고 있을 뿐 정신은 멀쩡한 입주자인 새러 램슨의 일련의 독백으로 펼쳐지는 이야기는, 육체적으로도 정신적으로도 너무 많은 병을 앓고 있는 94살의 로제타 스탠튼에서 절정을 이룬다. 당국에서는 "다른 모든 사람들이 지닌 증상을 모두 지녔다"는 이유로 로제타가 동정할 가치조차 없다고 결론짓는다. 그녀의 발언은 페이지 곳곳에 마구잡이로 흩어져 있어 그 어떤 의도나 뜻조차 알 수가 없다.

『하우스 마더 노멀』은 독자의 위치에서 읽기에는 불편하긴 하지만 매우 도전적인 작품이다. 존슨은 독자에게 각각의 등장인물의 심리를 거의 법적 수사에 가깝게 들여다볼 수 있는 특권을 부여한다. 각각의 입주자 입장에서, 그들의 파란만장한 회고를 통해, 이 전근대적인 양로원에서 피할 수 없는 것은 거의 없다. 이들의 회상을 중단시키는 것은 원장이 주도하는 수건돌리기 놀이 뿐인데, 이것은 오직 원장의 가학적 만족의 표현일 뿐이다. 화자들이 하나씩 고통과 영원한 잠 사이에서 무너져 가는 동안, 존슨은 관찰자로서의 독자의 자유를 인정하고, 제도적 학대의 손에 운명을 맡기지 않을 수 없게끔 한다. **DJ**

자유 국가에서 In a Free State

V. S. 나이폴 V. S. Naipaul

작가 생몰연도 | 1932(트리니다드)
초판 발행 | 1971, Deutsch(런던)
본명 | Vidiadhar Surajprasad Naipaul
부커상 수상 | 1971

1971년 부커상* 수상작인 『자유 국가에서』는 일기 형식의 프롤로그와 에필로그 사이에 끼워진 두 개의 단편과 하나의 중편으로 이루어져 있다. 나이폴의 작품 중 가장 널리 알려진 작품 중 하나인 이 작품은 강제이주라는 역사적 맥락 속에서 자유의 제한과 그 의미의 심오한 진단이다.

첫 번째 이야기에서 인디언 하인은 외교관으로 부임한 주인을 따라 워싱턴으로 가게 된다. 불법 이민자 신세가 된 그는 시민권을 얻기 위해 결혼한다. 두 번째 이야기에서는 서인도 제도 출신의 인디언이 형제를 따라 영국으로 건너갔다가 홀로 남게 된다. 두 경우 모두 자유는, 고국에서 의미와 안정을 보장했던 닻을 잃어버리는 형태로 다가온다.

가장 길이가 긴 중편 『자유 국가에서』의 무대는 막 독립한 익명의 아프리카 국가이다. 보비는 식민 정부 공무원 출신으로 흑인 청년들을 좋아하는 동성연애자이다. 역시 식민시대 라디오 호스트의 아내인 린다는 아프리카인들을 혐오한다. 두 사람은 함께 왕이 통치하고 있는 자치지역인 남부 직할구로 자동차 여행을 떠난다. 여행 동안 지역 주민들과의 사이에서 모욕과 약탈부터 신체적 폭력에 이르는 온갖 역경을 겪는다. 여행의 출발에서 팽배했던 옛 식민주의 자신감은 서서히 사라지고 새로운 자유 국가가 외국인 공동체에 암시하는 가혹한 현실이 나타나기 시작하는 것이다. **ABi**

* 1969년 영국의 부커 사가 제정한 문학상으로, 해마다 영연방 국가에서 영어로 쓰인 소설 가운데 가장 뛰어난 작품을 쓴 작가에게 수여한다. 영국 최고의 권위를 자랑하는 문학상이며, 노벨문학상·공쿠르상과 함께 세계 3대 문학상으로 꼽힌다.

부상 Surfacing

마가렛 애트우드 Margaret Atwood

작가 생몰연도 | 1939(캐나다)
초판 발행 | 1972, McClelland & Stewart(토론토)
원제 | Surfacing
• 1981년 영화로 제작

『부상(浮上)』은 애트우드의 두 번째 소설로, 스릴러, 유령 소설, 여행기, 개척자 수기의 요소를 모두 갖추고 있다. 모닥불 둘레에서 들려주는 이야기의 서스펜스와 지적 통찰 사이에서 완벽한 균형을 잡은 작품이다. 익명의 화자는 아버지가 수수께끼처럼 실종된 후, 자신이 태어난 퀘벡 주의 외딴 섬으로 돌아온다. 그녀와 따라온 세 사람은 모두 평생 도시에서만 살았던 사람들로, 그녀의 짝인 조와 밉살스러운 부부 애나와 데이비드이다. 섬에 도착하고부터 어두운 비밀들이 마치 그간 섬을 둘러싼 호수에 가라앉아 있었던 것처럼 "부상"하기 시작한다. 각 인물의 약점과 허영, 편견이 고립의 경험을 통해 서서히 스며나오기 시작한다. 과거와 현재의 압력이 심해지면서 화자는 편집증 증세를 보이며 짐승처럼 변해가기 시작한다. 옛 인디언들의 상형문자가 그려진 수저 동굴을 발견한 후로는 자신이 무녀로서 자연과 합일한다는 망상에 빠진다.

『부상』은 한계의 의문 — 언어의 한계, 국가 정체성의 한계, "집"의 한계, 성의 한계, 육체의 한계 — 에 초점을 맞춘 작품이다. 그러나 가장 매력적인 점을 꼽으라면 관광산업과 상업화에 변질된 캐나다 전원의 묘사일 것이다. 이 소설은 군대나 피난민만이 아니라, 거대한 자본 기구와 매스 미디어 역시 국경을 넘는다는 것을 보여준다. 소속과 퇴거를 다룬 이 소설은 놀랄 만큼 정확하고 간결한 문체를 자랑한다. **SamT**

G G

존 버거 John Berger

작가 생몰연도 | 1926(영국)
초판 발행 | 1972
초판 발행처 | Weidenfeld & Nicolson(런던)
부커상 수상 | 1972

『G』는 이름 없는 주인공(친절하게도 작품에서는 "주인공"이라는 이름으로 등장한다)의 세기말 성적 편력을 기록한 일대기이다. 1898년, 밀라노 노동자들의 혁명 실패와 가리발디 시대를 배경으로 하는 이 소설은 자신의 침실 밖에서 일어나는 재앙에는 전혀 관심이 없는 돈 후안의 다양한 애정행각을 친근하게 그려내고 있다. 『G』는 사적 경험의 영역이 어떻게 궁극적으로 더 폭넓은 사회적 소속의 인식으로 해석될 수 있는가를 탐구하고 있다.

이 소설에서 가장 눈에 띄는 것은 그 문체이다. 이야기가 대부분 화자와 그의 유혹에 굴복하는 여자들의 관점에서 진행되느니만큼, "주인공"은 처음부터 확고하게 정의된 캐릭터라기보다는 이러한 감상들이 한 겹 두 겹 축적된 것이라고 보아야 한다. 이 소설은 성관계 도중에 무슨 일이 일어나느냐에 주의를 기울인 것 외에도 이를 상호주관적인 관점에서 구성했다는 것으로도 주목할 만하다. 에로티시즘은 등장인물들이 실제 행위를 하는 동안 그 경험을 지각함으로써, 의식을 경험하는 방식에서 나타난다. 주저하는 주인공을 타인과의 접촉의 세계로부터 고립시키기보다 이러한 감각의 영역 안에서 내러티브를 흡수한 것이 그의 주위에서 일어나는 압제와 불의의 의식을 상기시키는 주요 원인이다. **VA**

여름책 The Summer Book

토베 얀손 Tove Jansson

작가 생몰연도 | 1914(핀란드)–2001
초판 발행 | 1972, A. Bonnier(스톡홀름)
언어 | 스웨덴어
원제 | Sommarboken

작가이자 화가인 토베 얀손은 동화『무민(Moomin)』시리즈로 잘 알려져 있다.『여름책』은 얀손이 성인들을 위해 쓴 열 권의 소설 중 하나로 스칸디나비아에서는 현대 고전으로 알려져 있으며 출간 이래 단 한 번도 절판된 일 없이 널리 사랑을 받고 있는 책이다.

작가의 실제 경험에 바탕을 둔 면이 없지 않은 이 작품은 늙은 예술가와 여섯 살 난 그녀의 손녀 소피아가 핀란드 만의 작은 섬에서 함께 지내는 한 계절을 그리고 있다. 마법과도 같고, 한 편의 비가이기도 하며, 소리없이 유머러스한 작품으로 독자는 (최근에 어머니를 잃은) 소피아와 할머니, 그리고 거의 등장하지 않는 "아빠"의 삶으로 점점 끌려 들어간다. 사건이라 말할 수 있는 어떤 것이 전혀 일어나지 않음에도, 각 인물의 색채와 깊이가 이야기를 앞으로 끌고 나간다. 늙은 여인과 어린 소녀는 그들의 작고 전원적인 여름 별장에서 나무를 줍기도 하고, 죽음에 대해 이야기하기도 하고, 새 뗏장을 깔기도 하고, 서로에게 화를 내기도 하면서 하루하루를 보낸다. 세 번 밟은 이끼의 질감의 예에서 보듯 묘사는 매우 상세하면서도 느긋하고, 이러한 묘사를 통해 독자들은 할머니와 손녀 사이의 특별한 관계를 이해하게 된다. 얀손의 문체는 감상적이지는 않다. 책이 여름을 지나가는 동안 두 사람은 서로의 두려움과 바보 같은 짓에 익숙해지고, 이들의 깊은 사랑은 가족을 넘어 섬과 계절에까지 미치게 된다. **LE**

황혼

The Twilight Years

아리요시 사와코(有吉佐和子) Sawako Ariyoshi

"그러나 맞벌이 아내에게는 맛보다 신속함과 영양 섭취가 우선이다."

▲ 아리요시의 『황혼』은 고령화 시대의 문제에 접근하는 학생들의 필독서가 되었다.

작가 생몰연도 | 1931(일본)–1984
초판 발행 | 1972
초판 발행처 | 신초샤(도쿄)
원제 | 恍惚の人

아리요시의 신랄하고도 인간적인 이 소설은 인간 수명이 점점 늘어가는 사회에서 그 무게가 점점 커져가는 화두를 다루고 있다. 바로 늙어가는 친족이 가족들에게 미치는 영향이다. 아리요시는 놀라운 솜씨로 1970년대 일본의 일하는 어머니, 아키코의 삶으로 독자들을 끌어들인다. 가뜩이나 눈코 뜰새없는 그녀의 일상은 어느 날 시아버지 시게조를 남겨둔 채 시어머니가 갑자기 세상을 떠나면서 완전히 날아가고 만다. 시게조는 거만하고 심술궂은 이기주의자인데, 여자라는 이유만으로 시게조를 돌보아야 할 의무가 그녀에게 떨어진 것이다.

아리요시는 급속도로 변하는 일본 사회에서 성과 세대 간의 관계에 대해 할 말이 많지만, 이 소설에서는 정신적, 육체적으로 쇠락해가는 노인의 견딜 수 없는 경험에서 그 초점을 한번도 비끼지 않는다. 나이 먹는다는 것의 퇴보와 그 끔찍함을 감상을 배제하고 단호하게 묘사해 가면서도, 아리요시는 놀랍게도 경험에서 우러나온 긍정적인 사고를 잃지 않는다. 아키코는 아무 쓸데없는 노인의 생명을 부지하기 위한 그녀의 절대적인 노력에 긍지와 성취감을 느끼고, 시게조는 툭하면 화를 내고 자기밖에 몰랐던 삶의 마지막 순간을 눈앞에 두고 온전한 정신으로 돌아오는 것처럼 보인다. 『황혼』은 최악의 인생조차 어떠한 명백하고 원시적인 이유 없이도 모두 하나같이 가치 있다는 것을 납득시켜줄 수 있는, 매우 유용한 책이라 할 수 있겠다. **RegG**

낙천주의자의 딸

The Optimist's Daughter

유드라 웰티 Eudora Welty

작가 생몰연도 | 1909(미국)–2001

초판발행 | 1972

원제 | Random House(뉴욕)

퓰리처상 수상 | 1973

『낙천주의자의 딸』은 71세의 판사 맥켈바가 안과 수술 후 사망하면서 이를 둘러싸고 벌어지는 사건들을 묘사한, 진흙 속의 진주와도 같은 작품이다. 소설은 등장 인물들이 품고 있는 다양한 적대감을 묘사하는 것으로 시작한다. 제목에 등장하는 "낙천주의자"인 판사가 세상을 떠나고 더 이상 중재자가 존재하지 않게 되면서 이들의 적의는 점점 더 심해진다. 판사의 젊은 두 번째 부인 페이는 '맥켈바 부인'이 권위를 주장하고자 애를 쓰고 성인이 된 딸 로렐은 가족의 과거를 추억하는 동시에 장례 절차를 주도하려 한다. 여기에 온갖 추측이 난무하는 마을 부인네들의 수선스러운 입심이 더해진다. 로렐과 페이는 성격상의 차이도 있고 가족 내에서의 지위 문제도 있어서 끊임없이 으르렁거린다. 그러나 마지막에 가서는 로렐이 오래 전에 고향을 떠났고, 그로 인해 더 이상 가족의 내부 구성원이 아니게 되면서, 자신의 아버지가 어떤 사람인지, 무엇 때문에 그가 은퇴해서 조용한 삶을 살았는지를 전혀 알지 못한다는 사실이 명백해진다. 로렐은 우아한 남부 여인의 전형이지만 페이는 욕심 많고 사나우며 천박한 인물로 그려진다. 그러나 결말 부분에서 두 여자 모두 과부가 되고 마을 부인네들은 남편이 죽은 뒤 계속 시카고에 남아 살기로 한 로렐의 결정을 두고 페이만큼이나 자기 중심적이라고 쑥덕거린다. 어떻게 맥켈바가 페이 같은 여자를 두 번째 부인으로 선택할 수 있었는지 수군거리는 그들의 뒷말은 결국, 그들이 상상하고 싶었던 사실과 크게 다르지 않을지도 모른다. **AF**

보이지 않는 도시들

Invisible Cities

이탈로 칼비노 Italo Calvino

작가 생몰연도 | 1923(쿠바)–1985(이탈리아)

초판발행 | 1972

초판발행처 | G. Einaudi(튀린)

원제 | Le città invisibili

『보이지 않는 도시들』은 몽고 황제 쿠빌라이 칸에게 베네치아 태생의 탐험가 마르코 폴로가 들려준 상상의 여행기로 구성되어 있다. 총 55편의 산문 소품들은 서로 다른 근사한 도시들을 묘사하며 각각 관념적 혹은 철학적인 퍼즐이나 수수께끼를 포함하고 있다. 예를 들면 젬루드는 보는 사람의 기분에 따라 달라지는 도시이다. 윗부분과 아랫부분으로 나뉘어 있으며 창턱과 분수는 위쪽에, 휴지는 아래쪽에 있다. 위쪽 세계는 아래쪽 세계를 내려다보고 있는 사람들의 기억을 통해서 알려져 있다. 다이오미라에서는 도시에 의해 우울해진 방문객들을 부러워하게 된다. 조는 모든 활동이 모든 곳에서 가능한 "분리할 수 없는 존재"의 도시로, 점점 희미해져가고 있다. 그렇다면 왜 이 도시는 존재하는가?

이러한 묘사 사이에는 짧지만 두 대담자의 관계가 발전하면서 그 속내를 알 수 있는 에피소드들이 끼워져 있다. 쿠빌라이 칸은 이 베네치아인의 이야기 속에서 자신의 덧없는 속세 왕국을 능가하는 무언가를 찾아낸다. 쿠빌라이 칸이 그들의 예술에 대해 "언젠가는 무너질 운명의 벽과 탑들과, 너무나 은근한 격자 창 무늬를 통해 흰개미의 위협에서 벗어났다"고 말하자 폴로는 속죄의 원칙하에 도시들을 창조해낸 것이다. 마르코 폴로는 말한다. "나는 이 도시들에게 자리를 내주기 위해 사라졌을 또 다른 도시들, 두 번 다시 기억되거나 재건될 수 없는 도시들의 재를 긁어모은다." **DH**

만유인력의 무지개 Gravity's Rainbow

토머스 핀천 Thomas Pynchon

작가 생몰연도 | 1937(미국)
초판 발행 | 1973, Viking Press(뉴욕)
원제 | Gravity's Rainbow
전미 도서상 수상 | 1974

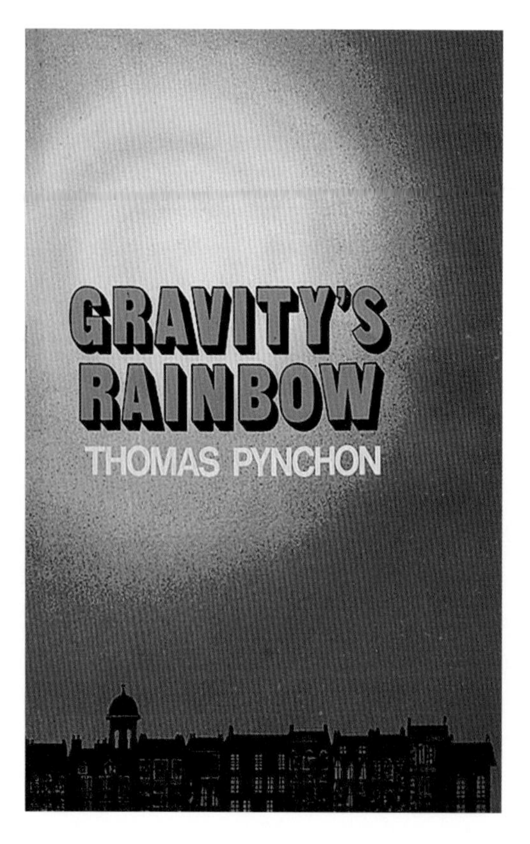

▲ 핀천의 대작 『만유인력의 무지개』는 제2차 세계대전 종반 V-2로켓의 공격을 받는 런던에서 시작된다.

『만유인력의 무지개』의 줄거리를 말해보라고 하는 것은 『율리시즈』에 대해 두 남자가 더블린에서 보낸 하루를 그린 소설이라고 말하는 것만큼이나 쓸데없는 짓이다. 핀천의 이 독특한 작품은 그 언어적 실험과 이국적인 지식 체계, 그리고 시공의 감각을 스스로 해체시키는 그 눈에 띄는 방식 덕분에 이미 명성(혹은 악명)을 얻었다. 그럼에도 불구하고 이 소설의 대부분은 제2차 세계대전이 끝나기 직전과, 종전 직후의 금방이라도 깨질 듯한 평화 속의 유럽을 배경으로 삼고 있다. 이 작품을 관통하는 주제는 독일의 V-2 로켓 폭탄으로, 폭탄이 이미 목표물에 명중한 후에야 그 소리를 들을 수가 있는 위협적인 무기이다.(한마디로, 음속보다 더 속도가 빠르다는 이야기이다.) V-2는 신화의 대상이자 비교(秘教)의 주문, 계시의 핵, 그리고 "세계의 자살"의 상징이 된다. 무대 뒤에서는 이게파르벤*이나 로열 더치 셸**처럼 이 그림자 속에 숨어있는 (그러나 매우 사실적인) 회사들이 또다른 세력권을 형성하기 시작한다—마치 이 전쟁이 그들의 기술을 활용하고 시장을 확장해주기 위한 무대라는 듯이.

핀천의 문학 세계를 몇 마디로 정리하기란 거의 불가능하다. 『만유인력의 무지개』는 출입구가 수없이 많은, 백과사전처럼 확장하는 작품이다. 이 작품에는 길을 잃기 십상인 수천 개의 인용과 수수께끼가 들어있다. 만화책, B급 영화, 대중음악과 클래식 음악, 마약, 마법과 오컬트, 엔지니어링, 물리학, 파블로프 심리학, 경제학 이론 등, 인용문 출처의 분야는 끝없이 이어진다. 이 작품은 미국 소설의 주춧돌과도 같은 작품이다. 거대한 야심과 카니발적인 서사로 전쟁이라는 무대에서 세계 권력이 재편성되는 과정을 추적하고 있다. 억압받고 억눌린 목소리, 정의, 의리, 그리고 공동체에 대한 핀천의 신의가 그 복잡한 어둠을 뚫고 빛나는 작품이다. **SamT**

* IG Farben. 1925년 합동으로 설립된 독일의 세계적인 종합화학기업. 독일 화학공업의 결정체지만, 나치의 군수산업 발전과 보조를 같이 해 죽음의 상인이라는 비난도 샀다.

** Royal Dutch-Shell. 네덜란드의 로열터치 석유회사와 영국의 셸 무역 운송회사를 모체로 하는 다국적 석유화학 트러스트 그룹.

명예 영사 The Honorary Consul

그레이엄 그린 Graham Greene

작가 생몰연도 | 1904(영국)–1991(스위스)
초판 발행 | 1973, Bodley Head(런던)
원제 | The Honorary Consul
본명 | Henry Graham Greene

아르헨티나 북부 외딴 지방에 주재하는 영국 명예 영사인 알콜중독자 찰리 포트넘은 납치범들의 실수로 납치당하고 만다. 국경 너머 파라과이 반군들의 원래 목표는 미국 대사였던 것이다. 처음부터 그들이 원했던 목표는 아닐지라도 어쨌든 포트넘은 지금 인질로 잡힌 몸이고, 파라과이에서 몇몇 정치범들이 석방되지 않는다면 나흘 안에 살해될 것이다. "장군"—1954년부터 1989년까지 파라과이를 지배한 알프레도 스트로에스네르—이 권력을 유지할 수 있는 것은 오직 미국의 후원 때문이다. 그러나 포트넘은 영국 당국에게는 자산이라기보다는 골칫거리이고, 그게 아니더라도 어차피 이 지역에서 영국의 영향력은 미미하다.

포트넘의 유일한 친구는 의사인 에두아르도 플라르 박사이다. 플라르는 아직 십대였던 20년 전 영국인 아버지를 뒤에 남겨둔 채 파라과이인인 어머니와 함께 아르헨티나로 망명한 전력이 있다. 파라과이에서 플라르는 납치범 중 두 사람과 함께 학교를 다녔는데, 포트넘에게 먹인 진정제가 이미 알콜중독 상태인 그에게 부작용을 일으키자 그들은 도움을 청하기 위해 플라르를 부른다. 그러나 플라르의 의도 역시—그 자신이 보아도—의심스럽기 짝이 없다. 플라르의 아버지는 반군들이 석방을 원하는 정치범 중 하나이며, 포트넘의 아내는 그의 정부(情婦)인 것이다.

그린의 소설 중 다수가 그렇듯이 『명예 영사』 역시 정치와 종교, 그리고 섹스의 교차점에 관한 작품이다. 그러나 가톨릭의 죄의식이라는 부담을 표출하는 것은 이전 작품들에서처럼 주인공이 아니라 납치범 두목인 파계한 사제이다. 플라르가 30대 치고는 비범할 정도로 세상에 닳고 닳았다면, 그가 그토록 시니컬한 것은 작가의 나이와, 그가 살았던 시대 때문일 것이다.(이 소설을 썼을 때 그린은 거의 70살에 가까웠다.) 『명예 영사』가 출간된 것은 피노체트 장군과 CIA에 의해 칠레의 아옌데 정권이 전복된 다음 해의 일이었다. **TEJ**

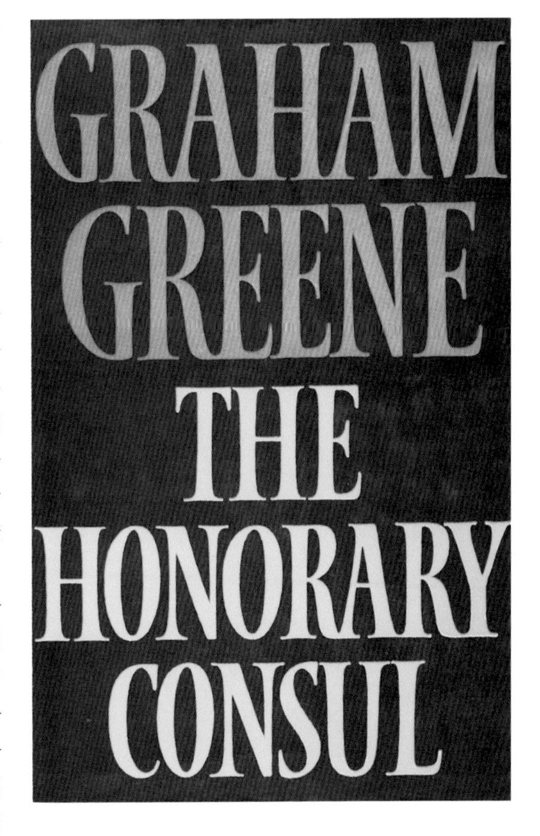

▲ 명예라고 부를 수 있는 것이 실종되다시피 한 세상에서 『명예 영사』라는 제목을 붙인 것 자체가 아이러니이다.

크래쉬 Crash

J. G. 볼러드 J. G. Ballard

작가 생몰연도 | 1930(중국)-2009(영국)
초판 발행 | 1973
초판 발행처 | Jonathan Cape(런던)
◆ 1996년 영화로 제작

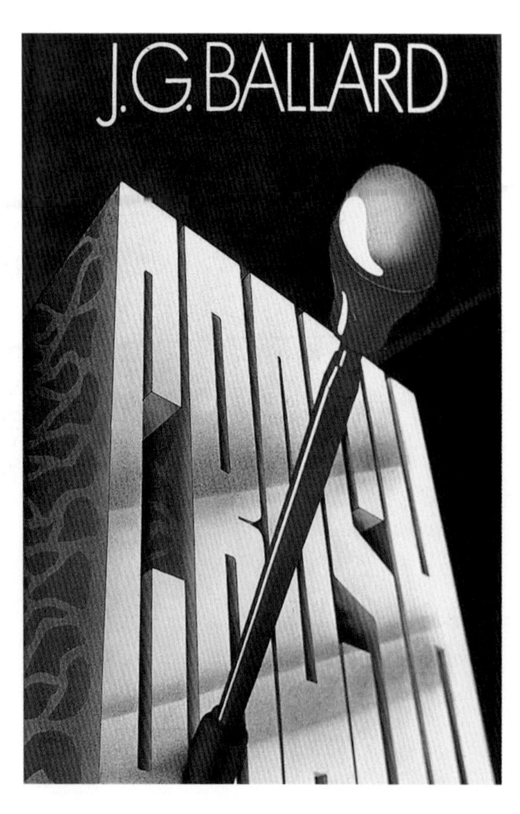

▲ 눈에 확 들어오는 초판본 표지. 기어스틱이 눈길을 사로잡는다.

▶ 볼러드가 1970년에 연 "재난 전시회"에 출품된 부서진 폰티악 자동차.

J. G. 볼러드의 『크래쉬』는 화자와 본의 관계, 그리고 여배우 엘리자베스 테일러에 대한 본의 집착에 관한 이야기이다. 당대의 욕망은 새로운 이동수단을 가지고 있는데, 바로 자동차이다. 어디에나 몸이 있고, 섹스와 여자의 육체가 있고, 금속과 피부가 있다. 사진과 라디오, 카메라, 모터쇼 이 모든 것들은 잠에서 깨어나는 꿈의 새로운 내용이다. 착잡하게도 모든 과도기 영화, 또는 최종적으로는 연기에서 드러나듯이, 등장인물들은 전통적인 소설에 등장하는 내면의 삶이란 것을 전혀 가지고 있지 않다. 명백한 친근감의 제스처는 새로운 상처를 찾아내며, 빗장은 부수고, 피손은 신성화된다.

볼러드의 소설은 맥심 자쿠보프스키가 말했듯 "20세기 기술이 지배하고 있는 최초의 포르노그래피"이며, 예외적인 장르의 예외적인 작품이다. 이 작품에는 볼러드의 초기작에서 볼 수 있는 보다 정교한 세계적 재앙은 나타나지 않는다. 이러한 와해는 우리가 금방 알아볼 수 있는 것이다. 그것은 이미 우리의 내면에서 일어난 일이기 때문이다. 화자의 이름이 짐 볼러드라는 사실을 감안할 때 이 소설은 다른 장벽들을 넘어 그의 후기작인 가볍게 허구화한 자서전들, 특히 『여인의 친절(The Kindness of Women)』과 연결 고리를 제공하고 있다. 이 작품과 『여인의 친절』에 등장하는 몇몇 인물들은 거의 구별하기가 힘들 정도이다.

그럼에도 불구하고 이 작품은 전형적인 볼러드 소설이다. 충격적인 통찰력은 틀림이 없고, 그 왜곡 역시 매우 개인적이고 건전하다. 놀랍게도 이 모든 것들이 모두 말이 된다. 그러나 모든 사람이 그러한 감상이 옳다고 생각하는 것은 아니다. 한 출판사 관계자가 말했듯 "이 책의 작가는 정신과 의사의 도움을 받을 수 있는 한계를 지났다." 의도하지는 않았지만 정곡을 찌르는 이 표현은 한 가지 질문을 던진다—그 한계는 어디인가? 볼러드는 그러한 평가를 곰곰히 생각해보고는 이렇게 말했다. "인간이 들을 수 있는 최고의 찬사이다." **JS**

£3000

엇갈린 운명의 성

The Castle of Crossed Destinies

이탈로 칼비노 Italo Calvino

작가 생몰연도 | 1923(쿠바)–1985(이탈리아)

초판 발행 | 1973

초판 발행처 | G. Einaudi(튀린)

원제 | Il castello dei destini incrociati

에세이집『다음 천년을 위한 여섯 개의 메모』에서 칼비노는 미래 세대들이 소중히 간직해야 할 문학의 성질로 가벼움과 민첩함, 정확함, 시각성과 다양성을 열정적으로 주장했다.『엇갈린 운명의 성(城)』은 이 모든 성질들을 모두 보여주고 있다. 특히 시각성이 두드러진다. 칼비노가 말했듯 "이 책은 처음에 타로카드의 그림으로 만들어진 후에 다시 글로 쓰여졌다."『엇갈린 운명의 성』을 구성하는 두 개의 짧은 작품은 같은 패턴을 따르고 있다. 한 여행자가 목적지(첫 번째 책에서는 성, 두 번째 책에서는 여인숙)에 도착하여 그를 포함한 모든 사람이 벙어리가 된 것을 발견한다. 손님들은 타로카드를 사용해 서로에게 자신들의 이야기를 한다. 그 결과로 이어지는 이야기들은 세상에 존재하는 모든 이야기들의 정수나 매한가지다. 자신의 영혼을 판 연금술사의 이야기, 사랑에 미친 롤랑의 이야기, 성 게오르게와 성 예로니모의 이야기, 파우스트와 오이디푸스와 햄릿의 이야기도 포함되어 있다. 칼비노가 창작해낸 "머뭇거리는 사람의 이야기"는 계속해서 선택을 강요하는 괴로운 세상에서 도무지 선택할 수 없는 한 남자의 이야기이다. 보니파치오 벰보와 마르세이유의 타로 패에서 칼비노는 그들 모두의 힘을 만들어낸 옛 이야기들을 발견, 혹은 재발견한다. **PT**

크리슈나푸르 포위

The Siege of Krishnapur

J. G. 패럴 J. G. Farrell

작가 생몰연도 | 1935(영국)–1979(아일랜드)

초판 발행 | 1973

초판 발행처 | Weidenfeld & Nicolson(런던)

부커상 수상 | 1973

1857년 세포이 항쟁을 무대로『크리슈나푸르 포위』에는 다양한 인물들이 등장한다. 심지어 19세기의 모방작으로 보이기도 하지만 그보다는 좀더 우스꽝스럽고 좀더 기묘하다. 포위를 제외하고 이 작품에 등장하는 사건을 꼽으라면 1851년 런던에서 개최되어 빅토리아 시대의 신기술을 아우른 만국박람회다. 크리슈나푸르의 세리인 홉킨스는 이 신기술의 견본들을 가져오기만, 불행하게도 대부분이 세포이들의 습격을 받고 불타버린다.

싸움은, 대포를 쏘는 것을 도우면서도 신의 존재를 주장하는 신부와, 골상학과 의학 연구의 상충하는 견해를 믿는 합리주의자 지방 장관 사이의 논쟁을 위한 기회가 된다. 맥냅 박사는 콜레라를 어떻게 처치해야 하는지 정확하게 이해하고 있지만, 그의 경쟁자는 치료를 거부하고 죽는 편을 택한다. 이 소설은 논란의 대상인 빅토리아 시대 중기 언어의 모자이크이다. 믿음의 언어, 합리적 회의주의의 언어, 그리고 엉망인 시는 새로운(혹은 옛) 사상을 체현한다. 포위 덕분에 여인들은 근대화의 바람을 맞아 해방된다. 크리슈나푸르에 발이 묶여있었던 루시는 탄약통 제조의 전문가가 되고, 포위가 해제되어 더이상 탄약을 만들 필요가 없게 되자 눈물을 흘린다. 반제국주의 항쟁은 지금까지도 여전히 끝나지 않은, 국가 정복에 대한 논쟁을 불러일으키곤 한다. **AMu**

◀ 1974년 프랑스 사진가 소피 바소가 찍은 이탈로 칼비노.

힘의 질문 A Question of Power

베시 헤드 Bessie Head

작가 생몰연도 | 1937(남아프리카)–1986(보츠와나)
초판 발행 | 1973, Davis-Poynter(런던)
원제 | A Question of Power
◆ '하이네만 아프리카 작가 시리즈'(1973)로 페이퍼백 발행

『힘의 질문』은 허구와 자서전 사이의 관계에 대한 매력적인 질문을 던지고 있다. 주인공 엘리자베스는 작가 자신이 그랬듯 남아프리카의 아파르트헤이트를 탈출해 보츠와나로 향한다. 흑인 아버지와 정신병원에 갇힌 백인 어머니 사이에서 태어난 그녀는 자신을 키워준 양어머니를 사춘기 때까지 친어머니로 알고 있었다. 작가처럼 엘리자베스도 보츠와나에서 영적 여행, 혹은 신경 쇠약이라고도 불릴 수 있는 경험을 하게 된다.

이 소설은 두 개의 내러티브 사이를 끊임없이 오간다. 하나는 보츠와나 작은 마을에서의 엘리자베스의 삶이고, 다른 하나는 수도사와도 같은 셀로와 유혹하는 사디스트 댄에 대한 엘리자베스의 괴로운 환영이다. 작가는 이들이 고대 영혼의 초자연적인 유령인지, 아니면 정신 착란으로 인한 허상인지 결코 명확히 알려주지 않는다. 이 작품 속에 등장하는 잊을 수 없는 존재들 중 다수가 남아프리카를 가리킨다. 『힘의 질문』은 헤드가 "악의 문제"라 이름붙인 이슈를 가장 심오하게 다루고 있는 작품이다. 엘리자베스와 환영의 싸움은 악의 본성에 대한 고찰이다. 그녀의 여정의 마지막 결실은 삶은 신성해야 한다는 깨달음이다. 이 섬세한 작품의 가장 위대한 승리는 이 소설을 읽음으로써 스스로 조금 미쳤다고 느끼게 된다는 점이다. 허구와 자서전, 현실과 비현실, 정신병과 치유 사이의 경계에 대한 스스로의 확신을 혼란 속으로 던질 수밖에 없다. **VM**

날기가 두렵다 Fear of Flying

에리카 종 Erica Jong

작가 생몰연도 | 1942(미국)
초판 발행 | 1973, Holt, Rinehart & Winston(뉴욕)
원제 | Fear of Flying
본명 | Erica Mann Jong

성적 해방과 자아 발견에 대한 자유로운 담화이자 페미니스트로서의 자의식이 담긴 『날기가 두렵다』는 두 번 결혼했고, 지나친 심리 분석의 대상이 된 여류 작가 이사도라 윙의 이야기이다. 윙은 그녀 자신을 비롯, 메리 울스턴크래프트와 버지니아 울프 같은 여류 작가들을 모델로 하고 있으며, 어울리지 않는 애인을 따라 정신과 의사인 남편을 국제 회의장에 버려두고 떠나버린다. 그들은 술에 취해 멍한 상태에서 유럽을 일주하며 사랑을 나누고 똑같이 죄책감을 느끼다가 결국 애인이 이사도라를 떠난다. 이사도라는 24시간 동안 홀로서기를 배운 뒤 남편에게로 돌아간다.

결점은 있지만 또렷한 여주인공 이사도라는 페미니즘을 확실하게 자기 인생에 접목시키지는 못한다. 탈출의 환상은 상상 속에서만 거대하게 나타난 뿐 그녀에게는 여성이라는 사실이 너무나 밀접하게 결박되어 있다. 시각상의 성적 플래시백과 페미니즘의 교조적인 선언이 소설 곳곳에 보인다. 이 둘은 언제나 이상적인 콤비는 아니다. 종은 불륜을 해방의 행위로서 묘사하려고 했으나, 남자에 대한 이사도라의 감정적 의존은 이러한 메시지를 퇴색시킨다. 『날기가 두렵다』는 많은 금기를 깬 소설이지만, 결혼이라는 제도 자체는 손대지 않고 그대로 둔다. 이 작품이 페미니즘 문학에서 중요한 의미를 갖는 이유는 페미니즘에 대한 모호함 때문일 것이다. **HM**

▶ 젊은 시절의 발랄한 에리카 종. 종은 페미니즘이란 구속받지 않는 성적 쾌락을 추구할 여성의 권리라고 해석하였다.

빼앗긴 사람들 The Dispossessed

어설라 K. 르긴 Ursula K.Le Guin

작가 생몰연도 | 1929(미국)
초판 발행 | 1974
초판 발행처 | Harper & Row(뉴욕)
원제 | The Dispossessed: An Ambiguous Utopia

『빼앗긴 사람들』은 르긴의 〈하인 시리즈(Hainish Cycle)〉 중 다섯번째 권이지만 사건이 일어난 순서대로 치면 맨 처음에 해당한다. 표면상으로는 공상과학소설이지만 『빼앗긴 사람들』은 광속의 여행이나 우주 전쟁 같은 전형적인 SF 요소들을 포기하는 대신 좀더 "사실적인" 형식과 함께 테마와 플롯에서 복잡한 시간의 제약성을 표현하는 쪽을 택했다. 이 작품은 물리학자 셰벡이 서로 다른 두 개의 행성에서 사는 모습을 한 장(障)씩 번갈아 보여주고 있다. 사회적으로는 자유의지적이지만 과학적으로는 구속적인 아나레스와 '일반 시간 제약 이론'을 자유롭게 연구할 수 있는 자본주의 사회 우라스라는 저마다 장단점이 있는 사회에서 겪는 경험들을 이야기하고 있다. 르긴이 두 개의 행성에 대입하여 묘사하고 있는 냉전시대는 누가 봐도 명확하지만, 각각의 장단점은 이 소설이 확립하고자 하는 복잡한 일시성만큼이나 갈피를 잡지 못하고 왔다갔다 한다. 『빼앗긴 사람들』은 공상과학소설과 복잡한 정치적 텍스트가 결합된 작품으로, 셰벡이 내부로부터 혁신하고자 하는 다양한 국가에 대해 단순한 흑백논리식의 결론을 거부한다. 그 대신 르긴은 이 소설을 통해, 스토리의 핵심에 자리한 세속적인 개념들을 비추는 방식으로 비교하고 차별화한다. 결론을 내리기보다는 끊임없이 그 가치를 평가하는 과정을 강조하는 방식으로 각 사회 체계의 장점과 단점을 나란히 제시하고 있다. **SF**

예언자들 The Diviners

마가렛 로렌스 Margaret Laurence

작가 생몰연도 | 1926(캐나다)–1987
초판 발행 | 1974, McClelland & Stewart(토론토)
원제 | The Diviners
본명 | Jean Margaret Wemyss

『예언자들』은 출간된 첫해에 캐나다 최고의 문학상인 캐나다 총독상을 수상했다. 그러나 같은 해에, 그리고 그 후 약 10년 동안, 신성모독, 포르노그래피, 결혼의 신성함에 대한 교활한 선전포고라는 이유로 교회의 비난과 함께 교육청의 금서 목록에 올랐다.

마가렛 로렌스의 최후의 소설이자, 매니토바 주의 마나와카 부족 사회를 무대로 한 다섯 번째 작품인 이 소설은 현재는 캐나다 학교의 필수 도서가 되었다. 주인공 모라그 군은 비범한 용기와 독립심의 소유자로 시대의 인종적, 성적 모랄에 도전장을 내미는 여성이다. 그러나 『예언자들』은 또한 당시 세대가 "정체성"의 의미와 벌인 이른 투쟁을 상징하기도 한다. 고아로 자란 모라그는 부모에 대한 단편적인 기억과 양아버지가 들려준 (그리고 이야기할 때마다 바뀌는) 스코틀랜드 조상의 서사 설화를 융접하려 한다. 또 그녀는 자기 이외의 다른 소외된 이들의 전통에도 매력을 느껴, 그녀의 조상들에 의해 밀려난 메티스 족 소년을 이해하고 묘한 사랑의 감정을 느낀다. 세월이 흐르면서 그들의 삶은 만나고 엇갈리고 다시 만나기를 반복한다. 그녀는 작가가 되고 그는 가수가 되며, 소속감을 찾기 위해 그들은 아이를 낳고, 이 아이는 자라면서 똑같이 고통스런 방식으로 자기 자신의 정체성을 찾게 된다. 넌센스라고는 찾아볼 수 없는 『예언자들』의 문장은, 작은 시골 마을의 삶과 추억을 평생의 동지 삼아 살아가는 재치있고 감동적인 여주인공을 있는 그대로 솔직하게 묘사하고 있다. **MaM**

카타리나 블룸의 잃어버린 명예 The Lost Honor of Katharina Blum

하인리히 뵐 Heinrich Böll

작가 생몰연도 | 1917(독일)–1985
초판 발행 | 1974
초판 발행처 | Kiepenheuer & Witsch(쾰른)
원제 | Die Verlorene Ehre der Katharina Blum

『카타리나 블룸의 잃어버린 명예』는 폴커 쉴렌도르프와 마르가레테 폰 트로타가 제작하여 찬사를 받은 1975년 영화로 더 잘 알려져 있을 것이다. 이 소설은 표면적으로는 매스 미디어의 무분별한 선정주의의 악에 대한 교훈으로만 보일 것이다. 이것은 하인리히 뵐이 자유주의 주간지 『슈피겔(Der Spiegel)』에 대중 우파 타블로이드 신문인 『빌트(Bild)』를 비판하는 글을 기고하여 악의 넘치는 증오의 세례를 받았기 때문이다.

카타리나 블룸은 가정부로 일하면서 검소하게 살고 있는 평범한 젊은 여성이다. 그녀는 어느 날 파티에서 알 수 없는 혐의로 경찰에게 쫓기는 신세인 루드비히 고텐을 만나 사랑에 빠진다. 두 사람은 그녀의 아파트에서 밤을 함께 보내지만, 다음날 아침 경찰이 덮쳤을 때 그는 이미 빠져나간 후였다. 그로부터 이어지는 나흘 동안 카타리나의 삶은 경찰에 의해 갈기갈기 찢기고, (누가 봐도 『빌트』를 모델로 한) '매스' 타블로이드지는 그녀의 이름에 흙탕물을 끼얹는다. 그녀는 믿을 만한 타블로이드지 기자의 인터뷰에 응하지만, 그가 그녀에게 추파를 던지자 그를 쏘아죽이고 만다. 뵐의 문장은 단순히 특정 언론의 과도한 선정주의에 대한 분노에 찬 반응 이상의 의미를 지닌다. 이 작품은 언어의 파괴력에 대한 자각이자, 인간에 대한 존중 없이 사실만을 존중할 경우 언어가 유발할 수 있는 폭력을 향한 경고이다. **DG**

"그녀는 발터 뫼딩 경감 집의 현관 초인종을 울린다…. 그녀는 당황한 뫼딩에게 그날 낮 12시 15분경 베르너 토트게스를 쏘아 죽였다고 말한다…."

▲ 쉴렌도르프와 폰 트로타가 제작하여 극찬을 받은 1975년 영화 〈카타리나 블룸의 잃어버린 명예〉의 독일어 원판 포스터.

더스크랜즈 Dusklands

J. M. 쿠체 J.M. Coetzee

작가 생몰연도 | 1940(남아프리카)
초판 발행 | 1974, Ravan Press(요하네스버그)
본명 | John Maxwell Coetzee
노벨 문학상 수상 | 2003

『더스크랜즈』는 두 개의 짧은 내러티브로 구성되어 있다. 첫 번째는 베트남 전쟁에서의 미국측 입장을 합리화하고 베트콩의 저항 의지를 손상시킬 신화를 고안하고 분석하는 "베트남 프로젝트"에 참가한 유진 던의 이야기이다. 두 번째는 "최초로 남아프리카 내부를 탐험하고 돌아와서 우리가 무엇을 물려받았는지를 알려준" 재코버스 쿠체가 직접 이야기하는 잔인한 이야기이다.

이 두 내러티브의 평행과 교차는 불안정하고 노골적인 병렬 상태를 만들어낸다. 식민 정권의 물리적, 정신적, 문화적 지배 방식 사이의 선은 흐릿해지고, 제국주의자들의 심리가 벌거벗은 채 드러난다. 절대로 표면에는 나타나지 않지만, 이러한 감질 나는 탐험 아래에는 역사가 스스로 세워진 방식에 대한 강렬한 담화가 숨어 있다. 그러나 이론적인 언급과 탐험의 밀접함에도 불구하고 글 자체는 반드시 부질없는 것만은 아니다. 쿠체의 문장은 직접적이고 생생한 특징을 지니고 있다. 간결한 글줄에서 공포와 열정, 거짓과 진실의 환영이 떠오른다. 던이 점심 도시락통 속에 지니고 다니는 24장의 베트남 전쟁 사진부터 재코버스 쿠체가 거행한 끔찍한 "복수"까지, 『더스크랜즈』는 본능적으로 매력적인 소설이다. 숨막힐 정도로 정확하게 목표물을 공격하면서도, 차라리 듣고 싶지 않은 것들의 존재와 연관 관계라는 촉수를 뻗어놓았음을 상기시키고 있다. **DR**

팬 맨 The Fan Man

윌리엄 카츠윙클 William Kotzwinkle

작가 생몰연도 | 1938(미국)
초판 발행 | 1974, Avon(뉴욕)
원제 | The Fan Man
영국판 발행 | A. Ellis(헨리)

우리는 책을 통해 수많은 이국적이고 이상한 곳들을 여행하지만, "팬 맨" 호스 바도티스의 마음 깊숙한 곳처럼 이상한 곳도 드물다. 카츠윙클은 쓰레기와 마약으로 뒤범벅이 된 호스의 두뇌 속 한가의 롤리고스티에 득지를 대운다. 우리는 호스와 함께 뉴욕 로우 이스트 사이드에 있는 그의 아파트 안 "혐오스러운 오물" 속을 누빈다. 이 아파트 바닥에 덧댄 깔개에는 쓰레기가 산더미처럼 쌓여 있고 바퀴벌레가 곳곳에서 집을 짓고 있어 호스는 그 위에 또 한 장의 깔개를 깐다. "집세가 비싸긴 하지만 어차피 안내니까 썩 나쁜 건 아니지."

느닷없이 새로운 계획으로 호스가 주의를 돌리지 않으면 도무지 이야기가 진행이 되지를 않는다. 우리는 이러한 격정의 급류에 떠밀려 지치고 방향 감각마저 잃는다. 호스가 원대한 계획을 시작하면서 판지로 만든 그의 우크라이나 슬리퍼와 청나라 황제 군대의 쉬무크 장군식 모자와 함께 여행을 떠난다. 그의 계시적인 "사랑의 합창"을 위해 도망친 십대 "햇병아리"들을 끌어들이면서 말이다. 타임스 스퀘어에서 파는 핫도그에 대한 호스의 집착은 물론, 쓰레기장에서 울려오는 사이렌 소리, 또는 당황스럽게도 "바보들의 날"(한 장에서 호스가 무려 1382번이나 "바보"를 연발하는 일종의 마음 정화 의식)까지 끼어들어 발목을 잡는다. 마리화나의 힘으로 끌어가는 이 광시곡은 동방 철학의 복주머니와 결합한, 히피는 무조건 더럽고 게으르고 망상에 빠져있다고 생각한 시대에 (사실이기는 하다) 모든 히피적 행동에 보낸 히피적 찬사이다. 호스 바도티스의 머릿속에서 보낸 유쾌한 한 주 덕분에, 맙소사, 두 번 다시 제정신이 될 수 있을 것 같지 않다. 적어도 법적으로는 말이다. **GT**

부두 The Port

안툰 솔얀 Antun Soljan

작가 생몰연도 | 1932(유고슬라비아)–1993(크로아티아)
초판 발행 | 1974
초판 발행처 | Znanje(자그레브)
원제 | Luka

『부두』에서 안툰 솔얀은 정치를 허구로 바꾸어버린다. 그의 주제는 정부와 개인 사이의 관계이다. 즉, 정부가 어떻게 본인이 모르는 사이에 한 개인의 꿈을 통제하고, 또 파괴할 수 있는지를 보여주고 있다. 정부가 어떤 것에서 이득—이 소설의 경우는 석유—이 있다고 판단하면, 그것을 손에 넣는 것을 막을 수 있는 것은 아무 것도 없다. 반대로, 만약 이득의 전망이 사라진다면 정부는 얼마든지 무자비해질 수 있다.

이야기의 배경은 크로아티아의 아드리아해변에 있는 작은 마을 무르비체이다. 주인공은 엔지니어인 슬로보단 데스포트로, 그의 아버지가 무르비체에서 태어났다는 사실 외에는 무르비체와 아무런 관계도 없지만, 언젠가 은퇴하면 무르비체에서 살겠다고 다짐하고 있다. 그는 뭔가 웅장한 것을 지어 이 지역 전체에게 (자신이 생각하기에) 도움이 되게 하겠다고 결심한다.

데스포트는 평범하고, 다소 따분한 사람이지만 이야기가 진행되어가면서 그의 인생은 점점 파괴되어간다. 데스포트의 아내는 그의 꿈에 아무런 호응도 해주지 않고, 정부 공무원들은 지저분한 일을 대신 할 사람으로 그를 이용한다. 스트레스가 그를 갉아먹기 시작한다. 결국 데스포트는 나라와 나라를 잇는 다리를 건설하기는커녕 망상에 빠져 길을 잃어버리고, 모든 프로젝트가 수포로 돌아가도록 술과 섹스에만 빠져 지낸다. 정부는 프로젝트에서 발을 빼고, 불쌍한 엔지니어는 미쳐버리고 만다. 『부두』의 메시지는 암울하지만, 유고슬라비아 사람들의 생활에 대한 통찰과 코미디를 맛볼 수 있는 작품이기도 하다. **MCi**

래그타임 Ragtime

E. L. 닥터로우 E. L. Doctorow

작가 생몰연도 | 1931(미국)
초판 발행 | 1975, Random House(뉴욕)
원제 | Ragtime
◆ 1998년 뮤지컬로 제작

『래그타임』의 첫 문단은 무려 두 페이지나 된다. 반드시 읽기 전에 심호흡을 잊지 말 것. 문장도 하나하나 서로 엉켜 굴러 넘어진다. 다시 한번 페이지를 들여다보면 모든 문장이 "Be" 동사의 과거 시제를 사용하여 짧고 단정적이라는 것을 알 수 있을 것이다.("It was…," "There were…," "He was…," "She had been….") 그 결과 문장이 묘사하고 있는 모든 것이 돌이킬 수 없는 과거가 된다. 마치 모자이크의 파편들처럼 문장들이 모여 1900년대 초, 즉 닥터로우가 보기에 이제는 역사 속으로 사라져버린 시대의 미국인들의 삶을 그려내고 있다. 이 시작부에서 벗어나 이야기가 앞으로 진행될수록 실존한 역사적 인물들—헨리 포드, 시어도어 루즈벨트, 엠마 골드먼, 프로이트, 후디니, 그 외 다수—의 이야기가 작가가 만들어낸 한 백인 부르주아 가족(어머니, 아버지, 어머니의 남동생 등등으로 불리는) 및 (그와 맞먹는 마메, 타테, 작은 딸로 불리는) 유태인 이민자 가정의 운명과 교차하게 된다. 파노라마처럼 펼쳐지는 이야기 중에서 특히 두드러지는 것은 성공한 래그타임 피아니스트인 콜하우스 워커이다. 워커는 새로 산 Model T 포드 자동차를 길가의 주차 구역에 세워두었는데, 인종차별주의자 소방관들이 파괴해버린다. 그의 시위가 계속되면서 미국의 가장 큰 부호 피어폰트 모건의 집 밖에서 총알 세례를 받는 것으로 끝난다. 이야기들은 풍부하고 생생하다. 닥터로우의 문장속에서 소용돌이치는 재즈야말로 독자의 마음 속에 영원히 남을 것이다. **PMy**

사령관 The Commandant

제시카 앤더슨 Jessica Anderson

작가 생몰연도 | 1916(호주)
초판 발행 | 1975, Macmillan(런던)
원제 | The Commandant
마일즈 프랭클린 문학상 수상 | 1978, 1980

"사령관" 패트릭 로건은 절대적인 원칙주의자로, 엄격한 규율만이 모튼 베이(지금의 브리즈번)에 있는 그의 관할 유형 식민지를 통제할 수 있는 유일한 방법이라고 믿는다. 1830년, 단 몇 개월 동안 그는 자유 언론이 자극을 받아 사회적, 정치적 변화가 일어나고 있는 나라에서 자신이 믿어왔던 가치들에 의문을 던지지 않을 수 없게 된다. 유형 식민지는 오직 배로만 접근이 가능하며, 따라서 뉴스도 더디게 퍼진다. 그나마 들어온 뉴스도 로건에게 좋은 소식이 아니다. 탈출한 죄수들이 시드니로 갔고, 잔인한 사령관에 대한 기사가 언론에 났다는 것이다. 로건은 언론, 총독, 그리고 영국의 국익 사이에서 자기 자리를 지키는 것에는 관심이 없다. 그러나 (총독에게 상황을 안정시킨다고 약속한) 클루니 대령을 포함한 방문객들과 관대한 성품의 제수 프랜시스 오브라이언(이 이야기는 대부분 오브라이언의 눈을 통해 관찰한 것이다)이 당도하면서 뜻하지 않았던 긴박감과 논쟁이 표면 위로 떠오른다.

앤더슨은 두 주인공이 사실은 "외부인"에 불과하다는 사실을 보여준다. 온건한 급진주의자 프랜시스는 식민지 상류사회에 동조할 수 없고, 사령관은 런던과 시드니의 정치적 환경과는 완전히 동떨어져 있다. 그는 잘못된 시대에 잘못된 장소에서 잘못된 자리에 앉아 임무를 제대로 수행해 내지 못하고, 그 결과 죽음을 맞게 된다. 그러나 앤더슨이 다루고 있는 그 어떤 것도 단순하지 않다. 독자로서는 이해할 수 없는 땅에 얽매인 사람들의 의도와 도덕을 의심하지 않을 수 없다. **JHa**

토끼의 해 The Year of the Hare

아르토 파실린나 Arto Paasilinna

작가 생몰연도 | 1942(핀란드)
초판 발행 | 1975
초판 발행처 | Weilin & Göös(헬싱키)
원제 | Jäniksen vuosi

편집자인 카를로 바타넨은 매일 매일의 일상에 완전히 질린 나머지 삶의 의욕을 잃는다. 그는 중년이고, 시니컬하고, 불행하다. 사진작가와의 헤어져 집으로 돌아오는 길에, 그는 토끼 한 마리를 차로 치고 만다. 바타넨은 토끼를 쫓아 숲으로 들어가고, 토끼의 뒷다리가 부러졌다는 것을 알게 된다. 갑자기 뭉클해진 그는 이 가엾은 짐승을 돌봐주기로 결심한다. 바타넨과 토끼라는 이 기묘한 한 쌍은 매우 특별한 전원적 모험이라 불릴 만한 여행을 시작한다.

숲속에서의 단순한 삶 덕분에 해방된 바타넨은 더이상 인생이 비참하다고 느끼지 않는다. 파실린나의 유려한 문체 역시 그가 맞닥뜨리는 모든 실제적 어려움을 쓸어가 버리는 듯하다. 핀란드 곳곳을 누비는 오디세이는 삶에 대한 새로운 욕망과 말로는 표현할 수 없지만 서로에게 의지하는 두 벗의 우정을 불러일으킨다. 전원 풍경은 도시의 우둔함과 변함없는 관료주의에서의 탈출이자 도시에 일치하지 못하는 이들의 피난처이다. 파실린나는 정상이 비정상을 중화시키는 과정에 일어나는 불합리를 매우 유쾌하게 풀어낸다.

파실린나는 그의 익살스러운 유머 감각을 이용해 죽음, 정신 질환, 자살, 실업, 폭동, 알콜 중독과 같은 미묘한 주제들을 하나하나 다루면서도 결코 진부함의 함정에 빠지지 않는다. 이러한 재능 덕분에 그는 핀란드뿐만 아니라 전 세계적으로 사랑받는 작가가 되었다. **TSe**

▶ 파실린나는 라플란드(스칸디나비아반도와 핀란드의 북부, 러시아 콜라반도를 포함하는 유럽 최북단 지역)지방의 숲속에서 자랐다. 핀란드 시골에 대한 그의 예리한 지식은 그의 글 가장 깊숙한 곳에 자리한다. 사진은 1965년의 파실린나.

SAUL
SAUL
Gift
Gift

험볼트의 선물 Humboldt's Gift

솔 벨로 Saul Bellow

작가 생몰연도 | 1915(캐나다)–2005(미국)
초판 발행 | 1975, Viking Press(뉴욕)
원제 | Humboldt's Gift
퓰리처상 수상 | 1976

『험볼트의 선물』은 1976년 퓰리처상 수상작인 1인칭 소설이다. 예술가 찰리 시트라인은 친구 험볼트의 죽음에 자극을 받아 자신의 대수롭지 않은 재능을 깊이 되돌아보게 된다. 이 소설은 시트라인의 고뇌를 인과적 서술보다는 에피소드 형식으로 보여주고 있다. 시트라인은 한 시카고 깡패에게 얽매여 있을 뿐 아니라 이혼으로 일격을 당한 것은 물론 마지막에는 애인에게까지 버림을 받는다.

그러나 이 소설이 미국 사회를 특징짓는 탐욕과 거기 하데의 테스토스테론의 도그마에 의해 무력화된 한 감성의 인간에 대한 추모사가 될 수 있는 것은 전적으로 험볼트에 대한 시트라인의 찬미 덕분이다. 점점 환상이 깨어지면서 시트라인은 이러한 힘에 의해 자신의 성격이 어떻게 형성되는지를 이해하기 시작한다. 따라서 이 소설은 퇴폐주의자들의 정체성을 형성하는 데에 전혀 부끄러워하지 않는다. 섹스의 권위자 킨지, 기업 자본주의, 지적으로 파산한 철학적 담화, 그리고 페미니즘의 대두 등은 모두 생각지도 못한 짝이 된다.

벨로는 이 소설이 "우리의 도시 사회에 거울을 들이밀어 그 소음과 불안정, 위기의식과 절망, 그리고 쾌락의 규격화를 반영"하기를 희망했다. 눈부신 문체와 사회 풍자 재능으로 무장한 벨로는 지성과 신념으로 이러한 과업을 수행하고 있다. **VA**

◀ 61세의 벨로가 고향인 시카고에서 열린 저자사인회에 즐겁게 참여하고 있다.

영점의 여인 Woman at Point Zero

나왈 엘 사다위 Nawal El Saadawi

작가 생몰연도 | 1931(이집트)
초판 발행 | 1975
초판 발행처 | Dar al-Adab(베이루트)
원제 | Emra'a 'inda nuqtat al-sifr

『영점의 여인』은 이집트의 여성이 처해 있는 상황에 대한 고발과 분노를 섬세하게 표현한 작품이다. 주인공 피르다우스는 시골 마을에서 자란 어린 시절 숙부에게 성적 학대를 당하고, 강제로 폭력적인 남편과 결혼한 뒤 끝내 매춘으로 내몰린다. 결국 포주를 살해한 혐의로 체포된 그녀는 사형 선고를 받는다.

불과 100페이지가 조금 넘는 이 소설은 절망과 무자비를 고통스럽고 풍부한 유림으로 창조해낸다. 감옥에서 피르다우스는 자신의 고통과 이러한 상황을 초래하게 된 경위보다는 가장 잔혹하고 속박 당했던 자신의 소녀 시절을 이야기한다. 현재의 괴로운 환경은 바뀔 수도 있겠지만 그녀는 마음대로 주고받을 수 있는 성적 상품에 불과한 폐쇄된 사회 구조 안에 그대로 머무르고 있는 것이다. 소설 속에서 사람들이 서로의 존재를 대체하는 핵심 문장의 반복은 이렇듯 그녀가 멋대로 이리저리 돌림을 당하는 현실을 강조하고 있다. 그녀의 죽음으로 소설은 끝나, 어떻게든 풀려나는 것보다는 죽는 편이 낫다는 불행한 아이러니가 보인다.

작가가 눈(眼)에 초점을 맞춤으로써 이러한 폐소공포증은 점점 증가한다. 피르다우스의 존재는 그녀의 육체를 시각적, 성적으로 착취하는 다른 인물들의 위협적인 빛에 눌려 있다. 확실히 부적절한 성관계의 가능성의 암시가 보이기는 하지만 시간으로나 거리로나 부질없이 되돌아갈 수 없는 과거에서 비롯될 뿐이다. **ABi**

윌러드와 그의 볼링 트로피 Willard and His Bowling Trophies

리처드 브라우티건 Richard Brautigan

작가 생몰연도 | 1935(미국)–1984
초판 발행 | 1975
초판 발행처 | Simon & Schuster(뉴욕)
원제 | Willard and His Bowling Trophies: A Perverse Mystery

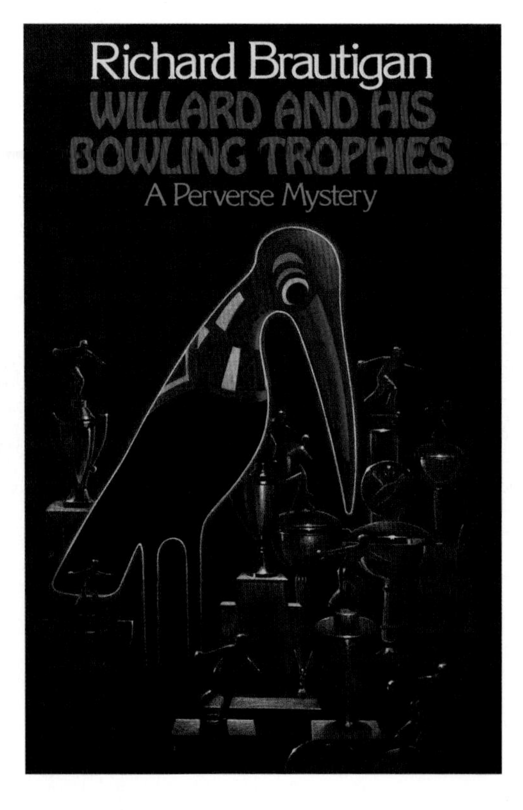

▲ 브라우티건의 소설들은 불안, 열망과 미국 서부의 반문화를 표현한다.

▶ 1981년 로저 리스메이어가 찍은 스냅사진. 서재에서 파지를 쓰레기통에 던지고 있다.

『윌러드와 그의 볼링 트로피』에는 “괴상한 미스테리”라는 부제가 붙어있다. 해이트 애쉬버리(샌프란시스코의 지역 이름. 80년대 마약과 히피 문화의 중심지) 출신의 뮤즈였던 리처드 브라우티건은 이 소설을 통해 장르 소설에 도전한다. 미스테리물이라고 보기에는 무리가 있지만, 괴상하다는 말은 맞는 말이다.

성기에 난 사마귀(기억하시라. 1970년대 샌프란시스코라는 것을)로 정신과 그 존재 자체가 파괴되다시피 한 밥은 콘스탄스와의 관계를 지키기 위해 아마추어 사디즘에 뛰어든다. 그에게 사마귀를 옮긴 콘스탄스는 예전의 밥을 잃어버린 것을 슬퍼하며 껍데기만 남아버린 전남편의 모습에 절망한다. 윌러드는 거대한, 이국적인 색깔로 칠한 종이 새나 마찬가지다. 그가 소중히 여기는 볼링 트로피들(사실은 훔친 것이다)은 아래층에 있는 팻과 존의 아파트에 있다. 그들은 정상적인 성생활을 영위하고 있다. 그러나 로건 형제가 무자비하게 도둑맞은 볼링 트로피를 찾아다니면서 미국에 상처를 내고 있는 범죄의 물결이 점점 커지고 난폭해지고 있다는 사실은 두 부부 모두 알지 못한다. 이전에는 미국 중산층 남성성의 깔끔한 모범—건강하고, 법을 준수하고, 볼링을 잘 치는—이었던 그들은 분노와, 좀도둑질에서 무장강도로, 마침내 살인으로 이어지는 강박관념으로 내몰린다. 3년 만에야—미국은 넓고 볼링 트로피는 비교적 작다—그들은 체스트넛 거리의 집에서 마주치게 된다.

운명이 초래한 변덕스런 파괴와 1970년대 미국 밑바닥의 의미와 목적의 와해를 다룬 『윌러드와 그의 볼링 트로피』는 브라우티건의 독특한 문체로 독자에게 최면을 건다. 간결하고, 해설적이고, 메마른 문장들—마치 어린아이에게 설명을 하는 듯한 단순한 언어—은 독자로 하여금 숨을 멈춘 채 빨려들어갔다가 웃음을 터뜨리게 하는 메트로놈이다. **GT**

1.51 CUBE
GRADE HAWAII FANCY
COUNT 8 9 10 12
Del Monte
RIPE PINEAPPLE
Pentel
MYERS'S RUM

운명 Fateless

임레 케르테스 Imre Kertész

▲ 홀로코스트 생존자인 케르테스가 2005년 베를린을 찾았다. 현재 베를린에서는 죽음의 수용소들을 기념화하고 있다.

"아직 상상력조차도 완전히 풀려난 것은 아니다. 혹은 적어도 그 한계 안에서는 풀려나지 못했다고 나는 생각한다."

작가 생몰연도 | 1929(헝가리)
초판 발행 | 1975
초판 발행처 | Szépirodalmi Könyvkiadó
원제 | Sorstalanság

한때 출판을 거절당했던 『운명』은 1975년 공산정권하의 헝가리에서 출간되었다. 2002년 노벨 문학상 수상작이기도 한 이 작품이 처음 출간되었을 때 처음 반응은 완벽한 침묵이었다. 역사가 행한 정체불명의 만행에 맞서는 한 개인의 투쟁이라는 케르테스의 화두 때문이었음은 말할 필요도 없다. 열다섯 살의 유태인 소년 쾨베시 죄르지는 처음에는 아우슈비츠로, 이어 부헨발트로 보내진다. 강제수용소에 도착한 쾨베시는 나이를 속여 자신도 모르게 가스실로 향할 운명을 피하게 된다. 1인칭으로 쓰여진 이 소설은 생존의 메카니즘에 대해 이야기하고 있다.

그 자신이 홀로코스트 생존자인 케르테스는 이 소설이 자전적 형식을 취하고 있기는 하지만 자서전은 아니라고 말했다. 1차원적 화법과 빈번한 현재 시제 사용은 독자를 수용소 생활의 육체적 고통은 물론 그 지루함 속으로까지 끌어들인다. 쾨베시는 전쟁이 끝난 뒤 놀랍게도 헝가리로 돌아가겠다고 주장한다. 이 작품은 이렇듯 객관성과 평면적 도덕 판단을 피해간다.

『운명』은 아우슈비츠의 흔적 속에서 현재형으로 대답해야 하는 질문들을 던지고 있다. 케르테스는 아우슈비츠는 과거형으로 다룰 수 있는 문제가 아니라고 말한 바 있다. 유태인이라는 것은 무엇인가. 우리는 어떻게 자유로워지는가. 아우슈비츠는 유럽 문화의 0도이다. 신의 죽음과 고독의 시작, 그리고 놀랍게도 자유의 약속을 지킬 수 있는 잠재력을 표시하고 있다. **IJ**

죽은 아버지 The Dead Father

도널드 바셀미 Donald Barthelme

작가 생몰연도 | 1931(미국)–1989
초판발행 | 1975, Farrar, Straus & Giroux(뉴욕)
원제 | The Dead Father
제시 H.존스 상 수상 | 1976

포스트모더니즘 소설의 시초라 할 수 있는 『죽은 아버지』는 "황금 양털"이라 불리는 물건을 찾아 시골을 헤매는 "죽은 아버지(어떤 의미로만 죽은)"의 여행을 그리고 있다. 이 우둔한 외골수의 아버지는 열아홉 명의 선원들에게 끌려간다. "황금 양털"이 죽은 아버지에게 다시 젊음과 모든 문화의 아버지라는 권위를 돌려줄 것이라고 그는 믿고 있다. 실수도 많고 독재적인 죽은 아버지는 여자를 유혹하고 잃어버린 젊음을 한탄하며, 내킬 때는 그의 손이 닿는 거리 내에 있는 모든 불운한 생물들을 무자비하게 도살하며 시간을 보낸다. 그러나 오래지 않아 그가 회춘이 아닌 매장을 향해 나아가고 있다는 것이 밝혀진다.

"권위"에 대한 이 무자비한 공격에서 작가는 체계적으로 서양 문화의 성우(聖牛)들을 한 마리 한 마리 도축한다. 봉건주의는 조롱을 받고 엘리엇이나 조이스 같은 모더니즘의 고위 성직자들은 패러디의 대상이 되며, 그 어떤 객관적 "진실"의 개념은 땅에 떨어진다. 자유롭게 움직이는 바셀미의 내러티브는 겉으로 보기에는 의미있는 플롯을 중심으로 일시적으로만 결합하며, 아무런 연관 없이 옆길로 마구 새고 있다. 이성에는 완전히 작별을 고하고, 자연주의로부터도 동떨어지며, 텍스트의 질감만을 강조하고 있는 이 소설은 매우 무모한 혼합물이 아닐 수 없다. 왜 포스트모더니즘 소설이 그토록 논쟁을 불러일으키는지 궁금한 독자라면 더도 말고 이 소설을 읽으면 된다. **VA**

수정 Correction

토마스 베른하르트 Thomas Bernhard

작가 생몰연도 | 1931(네덜란드)–1989(오스트리아)
초판발행 | 1975
초판발행처 | Suhrkamp(프랑크푸르트)
원제 | Korrektur

이 쉽지 않은 작품에서 토마스 베른하르트는 뛰어난 재능의 괴짜 과학자 로이트하머의 자멸을 그리고 있다. 로이트하머는 누이를 위해 거대한 고깔 모양의 집을 설계하고 건축하는 과정에서 거의 광적으로 완벽에 집착한다. 이 소설은 두 부분으로 나뉘어져 있다. 첫번째 부분의 화자는 로이트하머의 친구인 수학자이다. 그는 로이트하머가 자살한 뒤 그가 남긴 글들을 정리하기 위해 잉글랜드에서 오스트리아로 돌아온 참이다. 두번째 부분은 로이트하머의 글들을 모아 놓은 것으로, 로이트하머의 작업의 진행상황을 따라가며, 유아론적(唯我論的) 허무주의, 문화적 망명, 그리고 오스트리아에 대한 불타는 애정과 증오를 탐구한다. 〈수정〉은 비트겐슈타인에 대한 베른하르트의 열정이 가장 절제된 형태로 쓰여진 작품이다. 로이트하머는 비트겐슈타인과 공통점이 많은데, 더 중요한 것은 자신의 사회적, 문화적 배경과 유산, 금욕적인 천재성, 그리고 자신의 사상과 철학적 사고법의 순수성과 엄격함에 대한 비트겐슈타인의 거부이다. 로이트하머의 충동적인 추구는, 그가 사랑해 마지 않는 누이의 죽음을 불러왔다. 누이를 죽임과 동시에, 그는 자기 자신도 죽인 것이다. 로이트하머의 누이는 극단적으로 지성적인 로이트하머와 비교하면 보다 온전한 감정적, 예술적 자아를 대변한다. 이 소설의 힘은 고뇌에 찬 문장이 뿜어내는 에너지에 있다. 지적 강박의 위험에 대한 복잡한, 그러면서도 완벽한 완급조절을 자랑하는 연구이자 베른하르트가 일생 동안 파고들었던 이슈를 가장 진지하게 다루고 있는 작품이다. **AL**

C·4329

시간의 음악에 맞춰 춤을 A Dance to the Music of Time

앤터니 파웰 Anthony Powell

작가 생몰연도 | 1905(영국)–2000
초판 발행 | 1951–1975, Heinemann(런던)
원제 | A Dance to the Music of Time
시리즈 | 총 12권

조용한 곳에서 홀로 읽는다면 하루 안에 다 읽고 이해할 수 있을 분량의 단편 12권으로 구성된 이 시리즈는 영국판『잃어버린 시간을 찾아서』라고 할 수 있다. 온순한 주인공 닉 젠킨스는 프루스트의 화자처럼, 이튼에 다니던 1920년대 학창시절부터 1970년대의 노년에 이르기까지 동시대인들의 우스꽝스러운 행동들을 유쾌하고 코믹하게 그려내고 있다. 첫 세 권(한데 묶어『봄』이라 칭하기도 한다)은 학교와 대학, 그리고 런던 생활 초창기를 다룬 것이고, 다음 세 권(『여름』)은 전쟁과 사랑, 다음 세 권(『가을』)은 말단 장교의 지극히 사적인 관점에서 본 1939년부터 1945년까지의 사건들을 다루고 있다. 마지막 세 권(『겨울』)에서 젠킨스는 장년기와 노년기가 혼합된 시나리오—베네치아에서 열린 문학 협회와 영국 전원 생활—를 보여준다.

그러나 프루스트가 그랬던 것처럼, 중독성 강한 이 소설의 즐거움은 줄거리나, 그 속에서 보여주는 영국 상류 사회의 반세기 초상은 아니다. 파웰의 성공은 그 희극적 요소, 독특한 인물 설정, 그리고 스타일에서 비롯된 것이다. 처음 두 가지는 세 번째와 뗄래야 뗄 수 없는 관계이다. 아름답게 쓰여진 주인공의 개인적 경험에 대한 평가는 독자를 편안하게 해줄 뿐 아니라 독자의 세계관까지 안정시켜준다. 그의 고요하지만 우아한 문장 속에 등장하는 모든 것이 코미디와 퍼즐의 대상이 된다. 등장인물에 있어 작가가 거둔 가장 큰 성취는 괴물 같은 이기주의자 케네스 위드머플의 창조이다. 그는 각 권마다 빠지지 않고 등장하며, 그때마다 보다 새롭고 더욱 혐오스러운 모습을 보여준다. 위드머플은 미쳐 돌아간 세기(世紀)의 상징이라 해도 좋을 것이다. 장교로서의 삶을 평안하게 살아가는 닉 젠킨스는 균형을 회복하기 위해 조금 나아가고 있을 뿐이다. **PM**

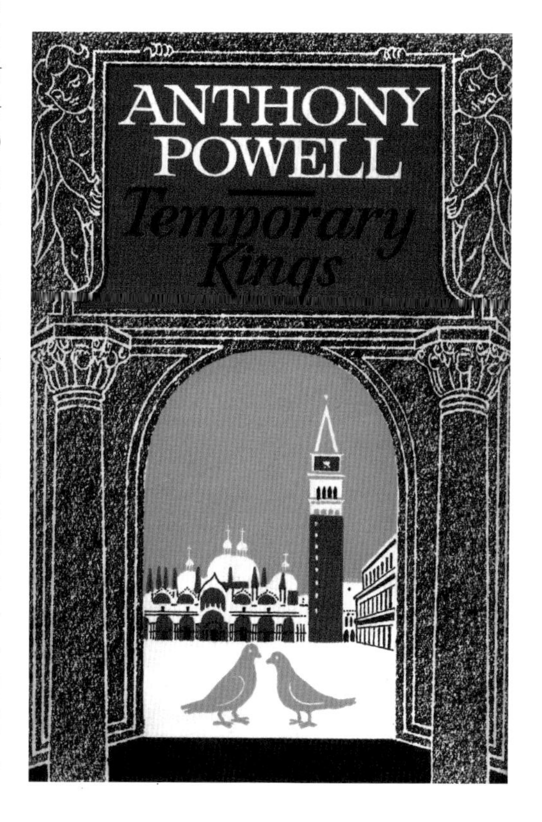

▲『시간의 음악에 맞춰 춤을』의 11권 영국 소장판 표지.

◀ 1930년대에 찍은 사진 속 파웰. 파웰은 영국 사회 희극의 전통은 물론 양 대 세계대전 사이에 일어난 모더니즘의 영향을 받은 작가이다.

W, 혹은 어린 시절의 회상

W, or the Memory of Childhood

조르주 페레크 Georges Perec

작가 생몰연도 | 1936(프랑스)–1982
초판 발행 | 1975
초판 발행처 | Éditions Denoël(파리)
원제 | W, ou le souvenir d'enfance

조르주 페레크의 허구적 자서전인 이 작품은 두 개의 매우 다른, 그리고 별다른 연관이 없어 보이는 내러티브 사이를 오가고 있다. 첫 번째 내러티브의 화자는 바다에서 잃어버린 소년과 스포츠를 둘러싼 허구의 사회가 조직된 W라는 섬의 이야기를 듣는다. 두 번째 내러티브는 정말로 자전적이다. 1936년 폴란드계 유태인 가정에서 태어난 페레크는 여전히 1인칭으로 자신의 어린 시절과 남프랑스에서 다닌 기숙학교 시절을 이야기한다. 상상 속의 위대한 사회의 전통과 체제는 놀랄 만큼 정확하고 사실적으로 기술되었다. 그러나 페레크의 삶에서 실제로 일어났던 일들은 변덕스러울 뿐만 아니라 언제든지 고쳐쓸 수 있을 것만 같다. 페레크는 어린 시절의 일은 하나도 기억하지 못하며 따라서 가짜 기억과 의심, 그리고 불확신을 바탕으로 회상을 썼다고 주장했다. 날짜나 치수, 통계, 증명서 등은 그 정확함과는 별개로 아우슈비츠의 말로 다 할 수 없는 끔찍한 공포를 표현해주지는 못한다.(페레크의 어머니는 1943년 아우슈비츠로 보내졌다.) 셔츠에 수놓은 표식으로 운동 선수들을 구별하고, 요구되는 성적을 내지 못하면 굶주림의 벌을 받는 W에서의 상상 속의 삶은 천천히 나치 강제 수용소와 동화되어 간다. 심지어 비어있는 공간을 채우기까지 한다. 『W, 혹은 어린 시절의 회상』에서 페레크는 20세기의 자전적 형식을 효과적으로 재창조하고 있다. **KB**

족장의 가을

Autumn of the Patriarch

가브리엘 가르시아 마르케스 Gabriel García Márquez

작가 생몰연도 | 1927(콜롬비아)
초판 발행 | 1975
초판 발행처 | Plaza & Janés(바르셀로나)
원제 | El otoño del patriarca

『족장의 가을』은 가브리엘 가르시아 마르케스의 소설 중에서도 가장 공들여 읽어야 하는, 가장 실험적인 작품이자 가장 저평가되고 있는 작품이기도 하다. 이 소설은 상업적 성공을 거둔 다른 유명한 작품들의 그늘에 가려있었을 뿐만 아니라 평론가들 사이에서는 혼란을 일으키기도 했다. 마르케스는 이 작품을 "권력의 고독에 대한 시"라고 말했다. 그 중심에는 깊은 고독과 편집증 때문에 정치적 재능까지 타격을 입은 익명의 남아메리카 독재자가 있다. "족장"은 20세기 동안 권좌에 있었던 다양한 독재자들과 정신병자를 아우르는 이름이다. 그는 순수한 포악과 순수한 절망의 생물로 자기 자신을 위해 창조한 신비한 아우라 속에서 오랜 세월 고통 받아온 대중을 끊임없이 학살한다. 혁명가들이 "상상할 수도 없는 부가 축적된 환상의 공간"인 그 궁전에서 "족장"의 썩어가는 시신을 발견했을 때, 마르케스는 거대한 언어의 격류에 물린 재갈을 풀고, 죽은 폭군이 남긴 편린들을 통해 그의 공적, 사적인 삶을 재건한다.

이 소설은 거의 구두점이 없다시피 한 문장들로 구성된 여섯 부분으로 나뉘어져 있으며, 종종 조이스의 『율리시즈』의 마지막 장에 등장하는 몰리 블룸의 독백을 연상시키기도 한다. 실제 역사적 사건과 허황한 상상의 날개 속으로 마구 길을 잃는 예측 불가능한 내러티브 덕분에 시간과 공간 감각은 완전히 붕괴되어버린다. 이 소설은 카리스마, 부패, 폭력, 그리고 정치권력의 도구에 대한 뛰어난 연구이다. **SamT**

유년기의 구도

Patterns of Childhood

크리스타 볼프 Christa Wolf

작가 생몰연도 | 1929(독일)
초판 발행 | 1976
초판 발행처 | Aufbau Verlag(베를린)
원제 | Kindheitsmuster

"네가 상상하는 나라는 잠자는 사람들의 나라지. 그들의 뇌는 꿈속에서 주어진 명령에만 순응한다. '잊어라, 잊어라, 잊어라'라는 명령 말이야."

『유년기의 구도』의 중심에는 어른과 어린이 사이의 관계에 대한 물음이 깔려 있다. 한쪽이 다른 한쪽을 완전히 배제할 수 있는가? 또 나치 독일에서 어린 시절의 사고를 형성한 어린이가 그 영향에서 자유로워질 수 있을까?

『유년기의 구도』의 자전적 화자인 넬리 조던은 지금은 폴란드의 G가 되어버린 고향 L 마을을 다시 찾으면서 이러한 물음을 고민한다. 넬리가 마지막으로 L을 보았을 때 그녀는 아직 어린아이였고, 제2차 세계대전이 한창일 무렵이었으며, 그녀는 러시아군을 피해 피난을 떠나야만 했었다. 고향 마을의 방문은 고통스런 기억의 촉매이기도 하다. 동독의 성인 시민의 눈으로 나치 치하에서 보낸 어린 시절을 바라볼 때마다 억지로 눌러왔던 정경들이 되살아나는 것이다. 넬리는 그녀의 가족과 지인들의 일상에서 가벼운 의미로 존재했던 파시즘이나 현재의 사회주의 동독의 비겁이나 위선이 별 다를 바 없다는 충격적인 결론을 내린다. 나치들의 나라가 하루아침에 사회주의 영웅들의 국가가 될 수는 없는 것이다. 만약 변화라는 것이 일어나기는 한다면, 그 변화는 점진적으로 일어날 것이다. 이 작품이 주장하는 그 불편한 감정을 극복하고 100% 솔직하게 독일의 과거를 보아야만 한다는 인식은 주목할 만하다. 볼프는 동독의 정체성에 도전함으로써 독일은 물론 세계적인 찬사와 존경을 받았다. **MM**

▲ 동독 수뇌부를 공개적으로 비판한 것으로 유명한 크리스타 볼프는 현재 베를린에서 살고 있다.

남탓 Blaming

엘리자베스 테일러 Elizabeth Taylor

작가 생몰연도 | 1912(영국)–1975
초판 발행 | 1976, Chatto & Windus(런던)
원제 | Blaming
언어 | 영어

엘리자베스 테일러 최후의 작품『남탓』은 감정적 경직을 다룬, 매우 냉정한 소설이다. 중산층 중에서도 상위에 속하는 이들의 초상을 동정어린 그러나 가차없이 그려낸 이 소설은, 주인공 에이미의 남편이 지중해 크루즈 도중 사망하면서부터 시작된다. 그녀는 우연히 알게 된 젊은 미국인 소설가 마사와 함께 런던으로 돌아온다. 감정을 겉으로 잘 드러내지 않는 영국 여자와 감정을 숨기는 법이 없는 미국 여자는 누가 봐도 어울리기가 힘들다. 그러나 테일러가 우리에게 말하고자 하는 것은 이러한 문화적인 고정관념이 아니다. 심지어 가장 선하고 좋은 사람들조차 속이 좁아질 수 있다는 사실이다. 이런 옹졸함은 주로 택시 요금을 깎거나 집에 불을 켜두고 외출했을 때 화를 내는 것 같은 사소한 일에서 드러난다. 테일러는 생각없는 행동들이 어떻게 때때로 엄청난 결과를 불러일으키는지를 보여주며, 등장인물들의 창피함, 당황, 후회 속으로 독자를 끌어들인다. 이토록 일상에 뿌리를 깊이 박고 있는 책에 "비극" 같은 단어는 너무 거창하다. 그리고 실제로 결말 부분은 해피엔딩이라고 불러도 좋은 마무리이다. 그러나 이 작품은 의도하지 않았던 귀결이 혼란스럽게 얽히고 설키는, 가장 진정한 의미에서 비극이다. 이 작품을 더욱 풍부하게 해주는 것은 바로 희극성, 특히 에이미의 시대에 뒤떨어진 아들 제임스와 그녀의 명민한 두 손녀, 이소벨과 도라를 다루는 부분이다. 테일러는 1970년대 초의 사회 관습을 날카롭게 포착해냈지만, 이 소설은 특정 배경을 뛰어넘어 불멸의 걸작으로 남을 만한 가치가 있는 책이다. **ACo**

커터와 본 Cutter and Bone

뉴튼 손버그 Newton Thornburg

작가 생몰연도 | 1929(미국)
초판 발행 | 1976, Little, Brown & Co.(보스톤)
원제 | Cutter and Bone
본명 | Newton Kendall Thornburg

베트남 전쟁 시대의 잊혀진 명작인『커터와 본』은 사회적, 정치적 혁명을 약속했지만 아무런 변화도 가져오지 못한 저항의 시대를 추적하고 있다. 그 중심에는 환멸에 빠진 알코올 중독자로 베트남전 상이 용사인 알렉스 커터와 자기 이익만 챙기느라 급급한 기둥서방 본의 관계가 있다. 누군가가 한 여자의 시체를 쓰레기통에다 던지는 것을 본 본이 약삭빠르게도 그 살인자가 재벌인 J.J. 울프라는 것을 알아본 뒤, 두 사람은 울프를 갈취해서 정의의 대가도 치르게 하고 짭짤한 수익도 올리기로 마음먹는다.

손버그는 우리가 세상 그 어떤 것도 확신할 수 없다는 사실을 확신하게끔 한다. 커터는 자신이 그렇게 행동하는 것만큼 자기본위적인가, 아니면 울프에 대한 혐오가 그의 정치적 의도를 감추고 있을 뿐인가. 커터의 아내와 아이를 죽게 만든 화재는 커터의 방치 때문인가, 아니면 울프를 추적하다가 일어난 부수적인 사건일 뿐인가. 영혼을 기업에 팔아넘긴 자신과 동남아에서 길을 잃은 국가를 애도하면서 커터는 울프를 파멸시키는 것이야말로 아무 것도 잃을 것 없고 정신이 나간 사람이 할 수 있는 마지막 영웅적 행위라고 믿는다.『커터와 본』은 세상이 상상한 것만큼이나 길을 잃고 헤매고 있다는 인정만이 겨우 커터의 환멸을 달래주는 자살 직전의 유서나 다름없다. **AP**

▶ 아이반 패서의 1981년 영화 〈커터와 본〉에서는 존 허드가 알렉스 커터 역을 맡았다.

WIN
TUFFED AN
CASE OF BE
340
MAIL HERE

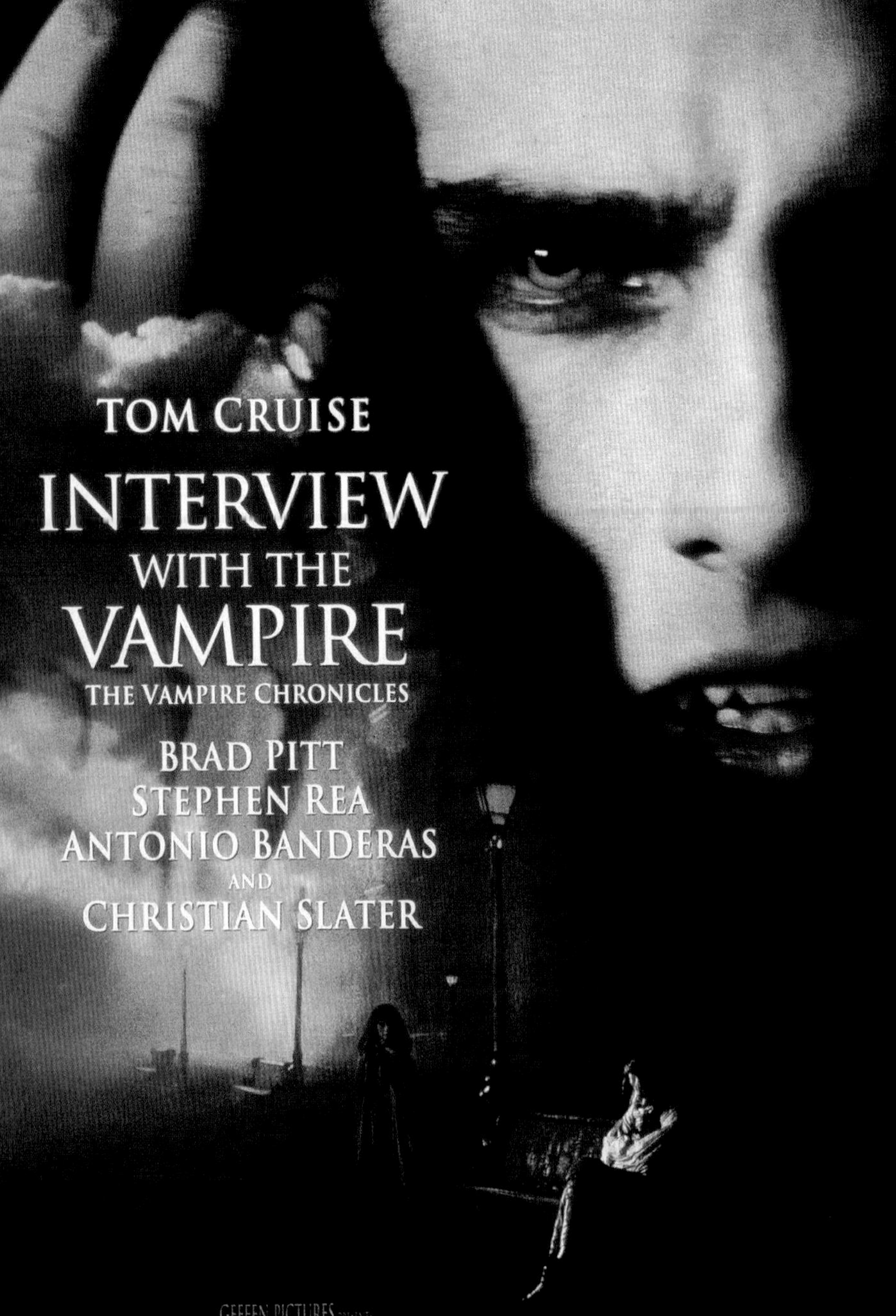
DRINK FROM ME AND LIVE FOREVER
TOM CRUISE
INTERVIEW WITH THE VAMPIRE
THE VAMPIRE CHRONICLES
BRAD PITT
STEPHEN REA
ANTONIO BANDERAS
AND
CHRISTIAN SLATER
GEFFEN PICTURES PRESENTS
NEIL JORDAN • TOM CRUISE • BRAD PITT • STEPHEN REA • ANTONIO BANDERAS CHRISTIAN SLATER
"INTERVIEW WITH THE VAMPIRE" KIRSTEN DUNST VAMPIRE MAKEUP AND EFFECTS BY STAN WINSTON EDITOR MICK AUDSLEY DANTE FERRETTI
DIRECTOR OF PHOTOGRAPHY PHILIPPE ROUSSELOT MUSIC COMPOSED BY ELLIOT GOLDENTHAL CO-PRODUCER REDMOND MORRIS SCREENPLAY BY ANNE RICE BASED ON HER NOVEL
PRODUCED BY STEPHEN WOOLLEY AND DAVID GEFFEN DIRECTED BY NEIL JORDAN
A GEFFEN PICTURES RELEASE
DISTRIBUTED BY WARNER BROS.
A TIME WARNER ENTERTAINMENT COMPANY

뱀파이어와의 인터뷰 Interview With the Vampire

앤 라이스 Anne Rice

앤 라이스는 여러 작품을 통해 고대의 흡혈귀 전설을 보다 현대적으로 재창조해냈다. 그녀의 흡혈귀들은 드라큘라의 특징도 많이 물려받았지만, 브람 스토커의 그것보다는 훨씬 더 에로틱하고 훨씬 더 위험하다. 시대와 장소도 라이스의 고향인 현대 뉴올리언즈로 옮겨왔다.

『뱀파이어와의 인터뷰』의 중심인물은 200년 동안 흡혈귀로 살아왔고, 불사의 축복(혹은 저주)을 받은 루이스이다. 루이스의 이야기 속에서 우리는 이러한 삶이 어떤 것인가를 이해하기 시작한다. 흡혈귀들은 인간과는 다른 감각을 통해 세상을 본다. 그들의 세계는 인간의 인지로는 상상도 할 수 없을 만큼 잔혹하고 당황스러울 정도로 생생하다. 그러나 루이스 자신은 괴롭다. 왜 자신이 이러한 상황에 처하게 되었는지, 신과 악마가 어떤 조화를 이루었기에 자신이 이런 고통을 [illegible] 지. 더구나 그는 양심을 지닌 보기드문 흡혈귀이다. 인간의 피를 원치 않는 그는 자신의 충족시킬 수 없는 식욕을 다른 방법으로 해소하려 한다. 이러한 있을 법하지 않은 상황을 전혀 감상적인 눈물바다로 끌고 가지 않는 것이야말로 이 책의 힘이기도 하다. 독자들은 인간은 물론, 자신과 동류라 할 수 있는 흡혈귀들에게서까지 버림 받은 소외된 존재의 공포와 매력을 모두 이해할 수 있게 된다.

이러한 딜레마 속에서 뉴올리언즈라는 도시의 빛과 그늘이 모두 배어나온다. 뉴올리언즈는 전근대적인 동시에 근대적이고, 음침한 이교도인 동시에 야한 동시대인이기도 하다. 찬란한 키아로스쿠로와도 같은 작품인 『뱀파이어와의 인터뷰』에서 우리는 인간의 제한된 감각으로만 인식하는 세계의 어두운 단면으로 보이기 쉬운 밤의 세계에 푹 빠져있는 스스로를 발견하게 될 것이다. **DP**

작가 생몰연도 | 1941(미국)
초판발행 | 1976, Alfred A.Knopf(뉴욕)
원제 | Interview With the Vampire
본명 | Howard Allen O'Brien

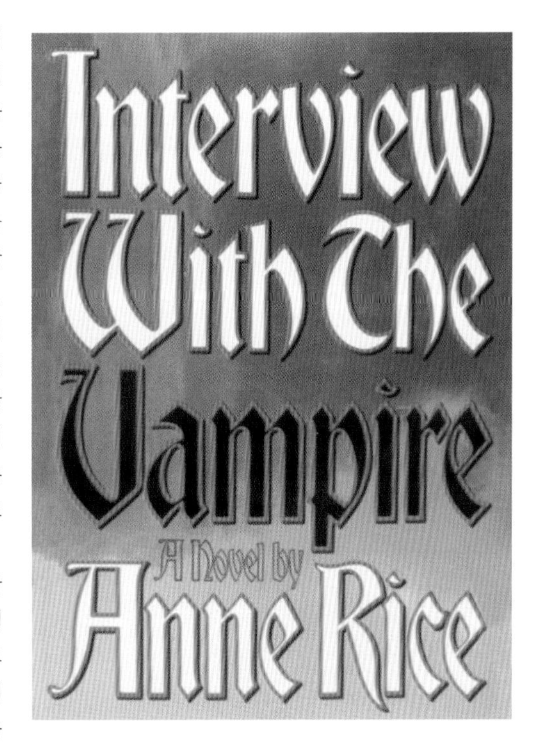

"흡혈귀는 미소 지었다."

▲ 앤 라이스는 성적 판타지 소설로 유명한 작가로 대부분의 작품 배경은 그녀의 고향인 뉴올리언즈이다.

◀ 라이스 자신이 각색한 1994년 영화 〈뱀파이어와의 인터뷰〉. 닐 조던이 특유의 풍부하고 퇴폐적인 스타일로 연출해냈다.

왼손잡이 여인

The Left-Handed Woman

페터 한트케 Peter Handke

작가 생몰연도 | 1942(오스트리아)
초판 발행 | 1976
초판 발행처 | Suhrkamp(프랑크푸르트)
원제 | Die linkshändige Frau

1960년대 후반부터 1970년대까지 오스트리아 문단의 앙팡 테리블로 불렸던 페터 한트케는 물러서지 않고, 심지어 공격적으로 정치적, 미적, 심리적, 철학적 이슈들을 탐구한 다양한 작품들을 내놓았다. 『왼손잡이 여인』은 간소하고 냉랭한 문체로 쓴 존재의 위기에 관한 중편으로, 그의 엄격한 모더니즘의 좋은 예라 할 수 있다. 자기 과시의 순간이 자연스럽게 찾아오자 솔직한 가정주부 마리안네는 여덟 살 난 아들의 아버지이기도 한 남편과 갈라서기로 마음먹는다. 거의 고립에 가까운 상태에서 보낸 며칠 동안 그녀는 어머니와 아내로서의 그것을 넘어선 정체성과 독립심을 재발견하려고 애쓴다.

한트케는 등장인물의 주관적인 해석을 경계한다. 예를 들면 화자는 마리안네를 단순히 "그 여자", 그녀의 아들 슈테판을 대부분의 경우 "그 아이"라고만 부른다. 화자는 또한 디테일의 묘사나 내적 독백도 피하고, 주인공의 내면의 혼란 역시 분해된 대화와 어색한 침묵을 통해 해석할 뿐이다. 작가는 개인의 정체성이란 깨지기 쉽고 유지하기는 어렵다는 메시지를 던진다. 정체성이란 그 이름이나 묘사의 일상적 행위만으로도 쉽게 위협받는 것이다. "왼손잡이"라는 상징적 아이디어는 개성과, 남들과 다를 권리에 대한 욕망을 불러일으킨다. 결국 이야기는 마리안네의 대사에서 느껴지는 체념어린 낙관주의로 결론을 맺는다. "너는 너 자신을 배신하지 않았어. 아무도 더이상 너를 모욕하지 못 할거야." **JH**

거미 여인의 키스

Kiss of the Spider Woman

마누엘 푸이그 Manuel Puig

작가 생몰연도 | 1932(아르헨티나)–1990(멕시코)
초판 발행 | 1976
초판 발행처 | Seix-Barral(바르셀로나)
원제 | El beso de la mujer araña

『거미 여인의 키스』는 마누엘 푸이그의 소설 중에서 가장 많은 찬사를 받았으며, 그 단순한 접근에도 불구하고 가장 독창적인 작품이기도 하다. 군부 독재 치하의 아르헨티나, 두 명의 죄수가 감방을 함께 쓰고 있다. 동성애자에 유리창 청소부인 몰리나는 경박하고 자기 중심적인 인물로 미성년자를 성추행한 혐의로 감옥에 들어왔다. "반란죄"로 들어온 발렌틴은 혁명에 가담하기 위해 자신이 버린 여인들에 대한 강박관념에 시달린다. 정치 경찰이 가하는 고문의 고통으로부터 마음을 달래줄 겸 몰리나는 발렌틴에게 자신이 좋아하는 오랜 로맨스 영화 이야기를 해준다. 처음에는 내키지 않아 하던 발렌틴도 화려하고 감상적인 몰리나의 세계에 점차 빠져들어, 점점 그 다음 이야기를 궁금해하게 된다. 그러는 동안 몰리나는 오히려 발렌틴의 대의에 공감하고 혁명에 적극 투신하게 된다.

몰리나의 영화 속 주인공들이 처한 상황이, 무관심에서 우정으로, 동정에서 사랑으로 옮겨가는 두 사람의 관계와 동일선상에 놓이면서 영화는 강력한 은유가 된다. 또한 동시에 1970년대 가장 큰 화두였던 "타협"이라는 주제에 대한 환상적인 교차를 형성한다. 환상과 상상력의 특권을 만들어낸 작품이다. **SR**

▶ 헥터 바벤코의 1985년 영화 〈거미 여인의 키스〉에서 루이스 몰리나 역을 맡아 열연한 윌리엄 허트는 이 작품으로 오스카상을 수상했다.

한없이 투명에 가까운 블루

Almost Transparent Blue

무라카미 류 Ryu Murakami

작가 생몰연도 | 1952(일본)

초판 발행 | 1976

초판 발행처 | 고단샤(도쿄)

원제 | 限りなく透明に近いブル-

『한없이 투명에 가까운 블루』는 극도로 고통스러운, 때때로 혐오스러울 정도로 상세한 디테일로 일본의 한 항구 도시의 미군 기지 주변에 사는 젊은 허무주의자들의 일상을 묘사하고 있다. 화자인 류와 그 친구들은 "일반인"들의 정형화된 라이프스타일—안정된 직업, 가족, 그리고 무엇보다 도덕적 절제—을 거부해왔다. 대신 그들은 마약과 성적 탐닉과 음악에 헌신하는 삶을 공유한다. 특별한 줄거리 없이 이 소설은 무료함과 소외, 그리고 그 결과로 나타나는 목적의식을 상실한 세대의 박탈감 등을 다루고 있다.

『한없이 투명에 가까운 블루』는 무라카미 류가 스물세 살 때 쓴 소설로, 독자의 분별력을 거부한다. 독자들은 눈앞에 펼쳐놓은 듯 생생한 성적 폭력과 마약의 광란에서 눈 돌릴 자유도 주어지지 않은 채 동참할 수밖에 없다. 그러나 이렇게 면밀한 그로테스크 아래에는 알베르 카뮈나 프란츠 카프카를 연상시키는 인류 보편의 고독의 벌거벗은 초상이 숨어있다. 전후 문학의 내향적 트렌드를 과감히 집어던진 이 일본 문학계의 앙팡 테리블은 눈 덮인 산과 벚꽃으로 대변되는 일본을 완전히 지워버리고 대신 당대 문화의 급소를 드러내고 있다. 독자와 평론가들로부터 상반된 평가를 받은 이 작품은 1976년 아쿠타가와 상을 받으면서 바로 베스트셀러가 되었다. **BJ**

나라의 심장부에서

In the Heart of the Country

J. M. 쿠체 J. M. Coetzee

작가 생몰연도 | 1940(남아프리카)

초판 발행 | 1977, Secker & Warburg(런던)

원제 | In the Heart of the Country

노벨 문학상 수상 | 2003

쿠체의 두 번째 소설인 『나라의 심장부에서』는 남아프리카 초원지대 심장부의 광란과 욕망, 그리고 환상을 그린 작품이다. 마그다는 상처한 백인 농부의 노처녀 딸로 외딴 농장에서 살고 있다. 아버지가 아프리카인 하인 헨드릭의 어린 신부를 유혹하자 마그다는 질투와 소외감, 그리고 지금까지 느껴보지 못했던 사랑과 성에 대한 욕망에 사로잡힌다. 스스로 성의 불모지라고 여긴 마그다는 쌀쌀하고 위압적인 아버지와 평생 외진 곳에서 고립되어 사는 바람에 인생을 망쳤다는 생각이 들기 시작한다. 이러한 "망가짐"은 그녀의 환상 속에서 아버지와의 근친상간으로 형상화된다.

마그다가 삶의 공허를 언어로 채워보려고 몸부림치면서, 미사여구를 모두 벗어버린 쿠체의 빈틈없는 문장은 일종의 어두운 시가 된다. 역사로부터 분리를 강요당한 시간은 어떤 의미나 사건도 없이, 마그다의 앞과 뒤로, 그리고 그녀가 자신의 인생에 어떤 중요성을 부여하기 위해 끊임없이 이야기를 만들어내는 동안에는 그 이야기 속으로 뻗어나간다. 언어가 실패하고, 그녀의 정신은 이제 스스로를 갉아먹기 시작한다. 『나라의 심장부에서』는 역사가 버린 한 여인의 이야기지만, 이 책은 역사를 저버리지 않는다. 충격적이고, 도전적이며, 불편한 이 소설은, 식민 시대의 유산인 남아프리카의 성적, 인종적 억압의 그물 속을 탐험한 쿠체의 초기작 중 하나이다. **VM**

인간 영혼의 엔지니어
The Engineer of Human Souls

요세프 슈크보레츠키 Josef Skvorecky

작가 생몰연도 | 1924(체코슬로바키아)
초판 발행 | 1977
초판 발행처 | Sixty-Eight(토론토)
원제 | Príbeh inzenyra lidskych dusí

『인간 영혼의 엔지니어』는 나치와 공산 정권을 거쳐 캐나다에 망명한 체코슬로바키아 작가 대니 스미리츠키의 이야기이다. 체코 당국에게 "논란과 분열을 조장하는" 작가로 낙인찍힌 대니는 끊임없이 비밀 경찰의 악몽에 시달린다. 나치 점령하의 체코슬로바키아에서 보낸 과거가 플래시백으로 보여지면서, 줄기리는 과거와 현재 사이에서 지그재그를 계속한다. 희극적 모험을 거치면서 그는 다양한 변장술에 의지하고, 탄압을 피하기 위해 도주자가 되어 탈출한다.

유쾌한 풍자 블랙 코미디인 이 작품은 전후 캐나다의 체코 이민자의 삶을 침울하게 그려내고 있다. 일곱 개의 장(章)은 현재 대니가 토론토 대학에서 가르치고 있는 작가들—포, 호손, 트웨인, 크레인, 피츠제럴드, 콘래드, 그리고 러브크래프트—과 밀접한 관련이 있으며, 이 작가들은 작품 전반에 빈번하게 등장한다.

슈크보레츠키는 1924년 체코슬로바키아의 보헤미아에서 태어났다. 1958년에 쓴 『겁쟁이들』은 공산당의 비난을 받았다. 1968년 소련군이 침공하자 슈크보레츠키와 그의 아내는 캐나다로 떠나 강단에서 활동하면서 체코와 슬로바키아의 금서들을 출간하는 "68출간인 모임"을 결성했다. 슈크보레츠키는 수많은 문학상을 수상했고 1992년에는 캐나다 최고의 국가 훈장인 캐나다 훈장(the Order of Canada)을 받았다. **RA**

가을의 사중주
Quartet in Autumn

바바라 핌 Barbara Pym

작가 생몰연도 | 1913(영국)–1980
초판 발행 | 1977
초판 발행처 | Macmillan(런던)
원제 | 1977

바바라 핌은 1950년대에는 많은 사랑을 받은 소설가였지만 1960년대에는 거의 주목을 받지 못했다. 그녀의 미묘하고 은근한 유머감각을 자랑하는 소설들은 새로운 시대의 문화적 격동 속에서 살아남을 수 없다는 것이 출판사들의 판단이었다. 1977년, 시인 필립 라킨을 비롯한 그녀의 팬들은 오랫동안 묻혀 있었던 바바라 핌이라는 작가에게 다시 대중의 시선을 끄는 데에 성공했다. 16년만에 처음 출간된 핌의 소설 『가을의 사중주』가 나오자마자 평단의 찬사가 쏟아졌다. 『가을의 사중주』는 은퇴를 앞둔 네 명의 독신 직장인인 마샤, 레티, 노먼, 에드윈의 삶을 그리고 있다. 마샤는 정신적으로 약간 모자란 상태에서 이제는 노골적으로 미쳐가고 있다. 그녀는 자신의 유방 절제술을 집도한 외과의사에게 점점 집착한다. 먹지도 않는 통조림 식품을 계속 사들이지만, 통조림이 쌓여가는 동안 그녀는 영양실조로 서서히 죽어가고 있다. 레티는 정신적으로 멀쩡하고 감수성이 예민하지만, 주변 사람 모두가 그녀를 우습게 보는 데에서 고통스러울 정도의 고립감과 굴욕감을 느낀다. 걸핏하면 화를 내는 노먼은 "성질 나쁜 강아지"처럼 사람들과 자동차에 시비를 걸면서 살아간다. 에드윈은 자기만족에 빠진 종교인으로, 가장 멋진 예배를 볼 수 있는 교회를 찾아 다니느라 바쁘다. 플롯은 어긋난 만남들이 거미줄처럼 얽혀 있다. 등장인물들 사이의 감정적 관계에 가장 근접한 것은, 마샤가 노먼에게 아주 잠깐 관심을 갖는 정도다. 『가을의 사중주』는 외로움과 죽음으로 가득하다. 인생의 가장 어두운 진실들을 대면할 준비가 되어 있는 독자들을 위한 책이라고 할 수 있다. **RegG**

별의 시간 The Hour of the Star

클라리체 리스펙토르 Clarice Lispector

작가 생몰연도 | 1920(우크라이나)–1977(브라질)
초판 발행 | 1977
초판 발행처 | Livraria José Olympio Editora
원제 | A Hora da estrela

리스펙토르는 단편 작가로 국제적 명성을 얻었는데, 사실 장편이었다면 그 작품들의 섬세하고 덧없고, 부단한 강렬함을 그대로 옮기기가 쉽지 않았을 것이다. 그녀의 마지막 소설인 『별의 시간』에서 리스펙토르는 형식적 한계를 한껏 확장했다. 리스펙토르에게는 익숙한 영역 안에서 움직이는 이 소설은, 알라고아스의 깊은 숲속에서 나와 리우데자네이루로 가서 단지 서투른 비서 일을 하면서 겨우 입에 풀칠을 하는 가난한 젊은 브라질 흑인 여성 마카베아의 비극적 삶과 죽음의 이야기이다. 교육받지 못하고, 억압당하고, 자신을 잘 표현할 수 없는 여성들의 내면의 삶을 불러일으키는 리스펙토르의 독특한 재능은 이 소설에서도 의기양양하게 나타난다. 소리낼 수 없는 이들에게 목소리를 주는 그녀의 전략에는 때로는 간결하고, 때로는 미친 듯한 절망과 함께 터져나오는 끊임없는 유머가 포함되어 있다. 리스펙토르의 떨리는 내러티브는 삶과 죽음의 게임을 연상시키며, 그 안에서 작가의 신성한 의무는 인물들을 망각으로부터 해방시켜 주는 것이다. 화자로서 리스펙토르는 그녀와 마카베아와의 관계에 대해서 이야기하고, 작가라는 신성한 직무와 타협해야 하는 열정적인 연약함이 무엇인지를 가르쳐준다. "오직 작가인 나만이 그녀를 사랑한다. 나는 그녀의 이야기에 괴로워한다. 나 혼자만이 그녀에게 이렇게 말할 수 있다. '내가 당신에게 노래하며 줄 수 없는 것을 당신은 울면서 부탁하나요?'" 리스펙토르는 이 책을 몇몇 위대한 작곡가들에게 헌정했는데, 아마도 자신의 작품이 음악만큼이나 해석하기 어렵다는 것을 알고 있었음에 틀림이 없다. 리스펙토르는 그냥 읽기만 해야지, 그녀에 대해 무엇을 쓰려고 해서는 안 된다. **MW**

솔로몬의 노래 Song of Solomon

토니 모리슨 Toni Morrison

작가 생몰연도 | 1931(미국)
초판 발행 | 1977, Alfred A. Knopf(뉴욕)
원제 | Song of Solomon
본명 | Chloë Anthony Wofford

『솔로몬의 노래』는 날기 위해 필사적인 한 외로운 남자와, 진통이 시작되고 있는 와중에 그를 지켜보고 있는 한 여자의 모습으로 시작한다. 그리고 이렇게 낫 닥터(Not Doctor) 거리의 머시 병원에서 태어난 첫 번째 흑인 아기의 이야기를 들려준다. 병원이 진통 중이었던 그의 어머니를 받아준 것은, 옥상에서의 이륙이 실패한 뒤 일어난 소동과, 아이의 아버지가 이 마을 최초의 의사였다는 사실 때문이었다. 이 아이의 탄생을 둘러싼 상황—욕망, 실망, 그리고 이를 주입시키는 강탈—들은 그가 자라서 풀어야 할 의문점들이다.

이 아이, 메이컨 데드 주니어는 미국 중서부 마을의 가장 부유한 흑인 가족의 아들로 태어나, 애정은 전혀 받지 못했지만 적어도 특권은 누린 어린 시절을 보냈다. 그의 부모는 별거한 지 오래였다. 고모네 가족과 만나게 된 후에야 메이컨은 자신이 알아야 할 비밀들로 가득한 가족의 역사에 대해 알게 된다. 어른이 되고픈 열망에 사로잡힌 그는 그가 오랫동안 떠나 있었던 남부와 그 전통을 찾아 떠난다. 메이컨이 찾아낸 가족의 역사는 그로 하여금 그 자신을 이해하고, 마침내 그의 이름의 의미를 깨닫게 해준다. 그러나 이러한 깨달음과 함께 찾아온 책임을 배우게 되는 것은, 그가 집으로 돌아와 특권에 젖어 있었던 예전의 생활이 어떤 위험을 초래했는가를 발견한 다음이다. **NM**

▶ 토니 모리슨은 매우 정치적인 작가였다. 그녀는 언젠가 "진정한 예술가는 한번도 정치적이 아니었던 적이 없다"라고 말한 바 있다.

전쟁들 The Wars

티모시 핀들리 Timothy Findley

작가 생몰연도 | 1930(캐나다)–2002(프랑스)
초판 발행 | 1977, Clarke, Irwin & Co(토론토)
원제 | The Wars
캐나다 총리 상 소설 부문 수상 | 1997

『전쟁들』은 모두 열한 권으로 이루어진 시리즈 중 세 번째 소설이자 베스트셀러였다. 캐나다에서 보낸 핀들리의 어린 시절과 사춘기는 가정불화, 제2차 세계대전, 그리고 어린 나이에 동성애의 자각으로 물들어 있다. 이러한 경험들은 그의 작품 속 주제—정신 질환, 성 문제, 전쟁, 그리고 약자가 받는 고통—로도 반복하여 등장한다.

『전쟁들』은 개인의 고백, 편지, 일기와 그 사이사이에 등장하는 연구자의 회상들로 구성된 포스트모더니즘 내러티브이다. 그는 제1차 세계대전에 장교로 참전한 19살의 캐나다인 로버트 로스의 이야기를 앞뒤가 맞게 재구성하려 했으며, 그 결과 설득력 있는 다큐멘터리 형식의 텍스트가 탄생했다.

핀들리는 일련의 고통스러운 사건들로 인해 그 순수함을 강탈당한 예민한 중산층 소년에게 가해진 위해를 묘사한다. 살육 한가운데에서도 동료 장교나 고향에 있는 아름다운 소녀는 물론 가장 죄없는 희생자, 즉 동물을 향한 사랑이 자란다. 동료들에게 강간을 당하는 경험은 가장 일반적인 전쟁의 전형을 보여준다. 즉 인간성의 겁탈인 것이다. 마침내 그를 둘러싼 광란에 좌절한 로버트가 최후의 필사적이고도 애매한 행위를 저지르면서, 내러티브의 궤도가 빨라진다. 비겁한 정신 나간 자의 행위인가, 맑은 정신의 영웅주의인가? 삶의 거부인가, 삶에 대한 아름다운 확신인가? **GMi**

특파 Dispatches

마이클 헤르 Michael Herr

작가 생몰연도 | 1940(미국)
초판 발행 | 1977, Alfred A. Knopf(뉴욕)
원제 | Dispatches
영국판 발행 | 1978, Pan Books(런던)

겉으로 보기에는 저널리즘인 『특파』는 매우 위대한 문학 작품이다. 이 책은 헤르가 베트남에서 보낸 1년(1967~1968)을 기록하고 있다. 그는 이 해에 전쟁의 중요한 사건들과 가장 혹독한 전투들—1968년 베트콩이 신년 공세(Tet offensive)의 케 산 포위전 등—도 포함되어 있다. 주의 깊은 구성과 섬세한 문체가 돋보이는 작품으로, 때로는 생생한 사건 기록의 강렬한 효과가 담긴 회상록처럼 느껴지기도 한다. 전통적인 저널리즘으로 보기에는 무리가 있지만, 그때 그곳에서 어떤 느낌을 받았는지 있는 그대로 솔직하게 이야기하고 있음에는 틀림이 없다.

"grunts" 혹은 일반 병사들에 대한 헤르의 견해에서 감상은 찾아볼 수 없지만, 공감은 느껴진다. 그는 베트남이 그들에게 안겨준 공포와 무료함, 약물로 인한 정신착란은 물론 그들의 활력과 비속어에서 느껴지는 재치까지도 생생하게 포착했다. 탄성을 자아내는 문장으로 한 군인의 거친 회의, "저것들은 짐짝들이야. 우리는 저 동양놈들을 죽이러 온 거라고" 부터 "담배가 꼭 부풀어오른 벌레들을 말아서 산 채로 피우는 듯한 파삭파삭하고 축축한 맛이 나는" 정글의 정경까지 서정적으로 불러일으킨다. 이 책은 전쟁은 최후의 일격이라는 끔찍한 사실과 스릴을 원하는 해소 불가능한 인간의 본능에 대한 탐구이다. 작가는 전쟁의 절대적인 참극 앞에서 눈을 돌리지는 않지만, 살아있다는 느낌에 비교할 수 있는 것은 아무 것도 없다는 사실도 역시 보여준다. 이 책을 한번 읽기 시작하면 빠져들 수밖에 없다는 불편한 사실만으로도 충분히 알 수 있다. **AL**

▶ 1968년 5월 마이클 헤르는 기자 신분으로 사진작가 래리 버로우즈와 함께 사이공에서 베트남 전쟁을 취재하고 있었다.

샤이닝 The Shining

스티븐 킹 Stephen King

작가 생몰연도 | 1947(미국)
초판 발행 | 1977, Doubleday(뉴욕)
원제 | The Shining
◆ 1980년 영화로 제작

스탠리 큐브릭이 감독하고 잭 니콜슨이 주연한 영화 〈샤이닝〉은 고전 영화로서 그 입지를 확고히 했다. 그러나 영화의 높은 인기 덕분에 독특하고 스릴 넘치는 원작은 그 그림자에 가려지고 말았다. 겨울 한 철 동안 외딴 곳에 위치한 오벌룩 호텔의 관리인직을 수락한 잭 토런스는 그곳이 그와 아내 웬디, 그리고 아들 대니 사이의 망가진 유대 관계를 회복하고, 오랫동안 질질 끌어온 희곡을 마침내 끝맺기에도 최적의 장소라고 생각한다. 틀린 말은 아니다. 부부 간의 갈등, 알코올 중독, 그리고 파괴적인 죄책감, 작가의 장애물, 텔레파시—말벌 집은 빼놓고라도—이러한 것들은 모두 스탠리 큐브릭보다 더욱 교묘하고 소름끼치게 잭 토런스를 그려내고 있다. 그러나 이 소설의 가장 인상적인 요소 중 하나는 킹이 점점 미쳐가는 아버지의 정신과 직접 끈이 닿아있는 다섯 살 난 아들의 정신적 경험을 다루는 방식이다. 한 인물로서 대니는 진부하지도, 그렇다고 과장된 것도 아니다.

이 소설에서 매우 흥미로운 점은 내부 세계와 외부 세계 사이의 균형, 그리고 광기란 내부에서 비롯되는 것인가 아니면 그 반대인가에 대한 물음이다. 이 책은 또한 음성, 대니가 보내고 받는 텔레파시의 음성은 물론 역사—웬디와 잭의 결혼, 그들의 사생활, 잭이 지하실의 스크랩북에서 발견하는 오벌룩 호텔의 끔찍한 역사—의 형태로 등장하는 음성의 소설이기도 하다. 『샤이닝』에 등장하는 역사는 위험하고 파괴적이다. 『샤이닝』은 킹의 소설 중에서도 가장 세련된 작품이며, 가장 매력적이고 소름끼치는 인물들이 등장하는 작품이다. **PM**

A MASTERPIECE OF MODERN HORROR
THE SHINING
A STANLEY KUBRICK FILM
JACK NICHOLSON SHELLEY DUVALL "THE SHINING" SCATMAN CROTHERS STEPHEN KING STANLEY KUBRICK & DIANE JOHNSON
STANLEY KUBRICK JAN HARLAN THE PRODUCER CIRCLE CO
R RESTRICTED
From Warner Bros. A Warner Communications Company
©Warner Bros.Inc.1980 All Rights Reserved

"나는 당신이 나를 별로 마음에 들어하지 않는다는 것을 알고 있소, 토런스 씨. 상관없소. 나에 대한 당신의 감정 때문에 당신이 이 일에 적합하지 않다고 생각하는 것은 아니니까."

▲ 큐브릭의 영화 〈샤이닝〉은 1980년 처음 개봉되었을 당시에는 그다지 호응을 얻지 못했지만, 지금은 호러 영화의 고전으로 찬사를 받고 있다.

◀ 알렉스 고트프리트가 1970년대에 찍은 스티븐 킹의 사진. 호러 소설 작가보다는 좀더 학구적으로 보인다.

비너스의 삼각주 Delta of Venus

아나이스 닌 Anaïs Nin

작가 생몰연도 | 1903(프랑스)–1977(미국)
초판 발행 | 1977, Harcourt Brace Jovanovich(뉴욕)
원제 | Delta of Venus
언어 | 영어

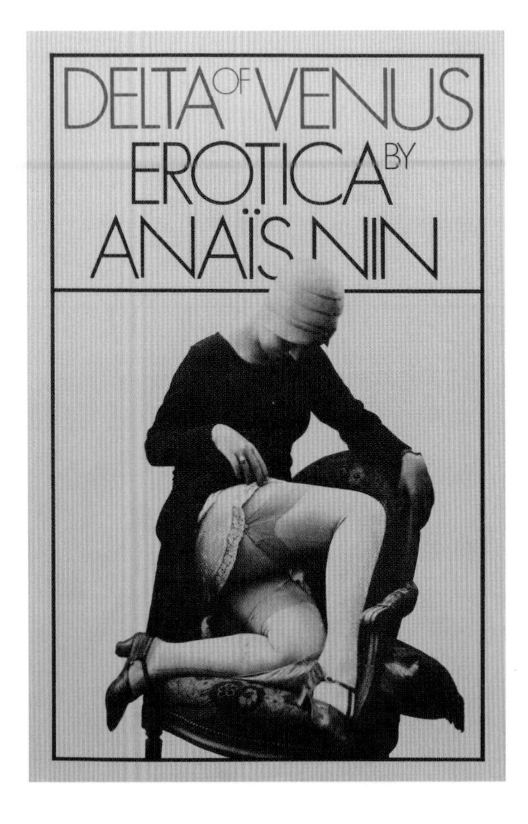

▲ 그래픽 디자이너인 밀튼 글레이저는 첫 미국판 표지로 빈티지한 포르노 사진을 특징으로 했다.

▶ 에로틱하기는 하지만 그 미적 감각은 의심스러운 잘만 킹의 1995년 영화 〈델타 비너스〉에서는 오디 잉글런드가 주연을 맡았다.

늙고 부유한 수집가에게 자극을 주기 위해 한 페이지에 1달러씩 받고 쓴 『비너스의 삼각주』는 놀라울 정도로 프로이트풍의 에로 소설이다. 각각의 이야기는 독립적인 에로 에피소드, 혹은 에피소드 시리즈이지만 전체적으로 보면, 특히 창녀 비주 같은 인물들이 여러 장소에 되풀이하여 등장한다는 사실로 볼 때 소설의 요소를 충분히 갖추고 있다. 보들레르의 『파리의 우울』처럼 독특하고 정해진 형태 없이 묘사한 파리의 도회와 전원이 그 배경이다. 가난한 예술가들의 추운 스튜디오의 저녁이나 약물의 훈김, 싸구려 음악 소리, 그리고 홈통을 때리는 빗물 소리는 한 편의 인상적인 서사시, 일종의 "포르노 드 파리"를 만들어낸다.

일반적인 포르노그래피의 형식과는 달리 이 작품은 동성애와 자웅동체, 인종간 성애, 성도착, 근친상간, 아동성애에까지 손을 대고 있으며, 양성 성교의 묘사는 특히 빼어나다. 긴장과 해방의 에로틱한 순환에 참여하는 사람들과 그로부터 발을 빼려는 점잖은 인간들 모두 정신과 의사를 만나러 가는 길이거나 만나고 오는 길이다. 이들은 모두 짧은 오르가즘의 망각을 통해서만 완화할 수 있는 억압과 뿌리깊은 증오에 얽매여 있다. 그러나 닌이 창조해낸 가장 빼어난 인물이자 쾌락의 열쇠요, 내놓은 몸의 주인인 비주는 남녀를 가리지 않고 모두에게 매혹적이다. 성애에 푹 젖어있는 그녀는 내면의 삶이라는 것이 필요 없지만, 얼마든지 손만 뻗으면 가질 수 있는 그녀의 몸과는 달리 도저히 얻을 수 없는 "진짜" 비주는 다른 주인공들의 형식적인내적 반성이나 의도보다 훨씬 더 매력적이다. **RP**

거지 하녀 The Beggar Maid

앨리스 먼로 Alice Munro

작가 생몰연도 | 1931(캐나다)
초판 발행 | 1978
초판 발행처 | Macmillan of Canada(토론토)
원제 | Who Do You Think You Are?

성장기의 대부분을 계모인 플로와 함께 가난 속에서 보낸 로즈는 교실 밖에서 인생을 배운다. 부유한 집안의 귀공자인 패트릭은 그녀에게 구애해서 결국 결혼에 성공한다. 패트릭은 라파엘전파의 그림에 나오는 거지 하녀처럼 로즈를 숭배한다. 로즈는 밴쿠버 교외에서의 결혼생활과 지리적으로 멀리 떠나온 곳에 남겨두고 온, 그러나 온전히 거부하기에는 그녀 내부에 너무나 깊이 뿌리내린 가혹한 가치들 사이에서 번민한다.

앨리스 먼로는 단편작가로 명성을 쌓았으며, 『거지 하녀』는 작가가 막 해외에서도 유명세를 타기 시작할 무렵 단편에서 장편으로 전환해볼 것을 제안한 출판사들과 갈등을 빚으면서 탄생했다. 그 결과 『거지 하녀』는 장편과 단편의 멋진 잡종과도 같은 작품이 되었다. 하나의 시퀀스를 이루는 스토리들이 로즈의 생애의 각 단계를 그려내고 있다. 연속된 이야기들이지만, 그 사이사이에 틈도 있다. 결혼 생활은 무너지고, 로즈는 배우이자 교사로서 유목민과도 같은 삶을 살아간다. 이는, 우리 모두가 일련의 배역을 연기하면서 살고 있다는 작가의 생각을 반영하고 있다. 뒷부분에 나오는 '사이먼의 행운' 같은 에피소드에서 작가는 1960년대 성(性) 혁명이 가져온 고통스러운 격동을 탐구한다. 금지하던 옛 규약들은 내던져졌지만, 대신 덜 명확하고 모호하기 짝이 없는 규칙들이 그 자리를 대신하게 된다. 먼로만큼 욕망을 그리고 실망의 수치감을 묘사할 수 있는 작가도 없을 것이다. 먼로의 섬세한 뉘앙스는 우리에게 결코 쉬운 답을 주지 않는다. 눈에 띄는 영웅도, 악당도 없다. 그저 변덕스러운 운명의 변화에 대한 통찰만이 있을 뿐이다. **ACo**

꿈을 위한 진혼곡 Requiem for a Dream

허버트 셀비 주니어 Hubert Selby Jr.

작가 생몰연도 | 1928(미국)–2004
초판 발행 | 1978
초판 발행처 | Playboy Pres(시카고)
언어 | 영어

『꿈을 위한 진혼곡』의 등장인물들의 파멸은, 그들이 스스로의 손으로 파멸을 부른다는 점에서 더욱 비극적이다. 이 소설은 평범한 삶을 탈출하고자 하는 네 명의 주인공들의 시도를 그리고 있다. 해리와 타이론과 매리언은 마약을 팔고, 해리의 어머니 새라는 텔레비전 게임 쇼에 출연한다. 양쪽 모두 중독에 그 뿌리를 두고 있다. 젊은이들은 헤로인에, 새라는 일생일대의 꿈인 텔레비전 출연을 위해 복용하는 살빼는 약, 텔레비전 그리고 꿈 자체에 중독되어 있다. 『꿈을 위한 진혼곡』에서 가장 끔찍한 점은 자신들이 나눠가진 꿈을 향해 달려가기 위해 주인공들이 자신들의 감각의 증거를 어디까지 무시할 수 있는지를 보여준다는 것이다. 새라는 살빼는 약과 암페타민(각성제의 일종)을 남용하면서 정신적·육체적으로 무너져간다. 해리는 헤로인 중독자가 약을 판다는 건 현실적으로 불가능하다는 것을 알면서도 의도적으로 눈을 감으며, 심각한 감염도 모르는 척 하다가 결국에는 한쪽 팔을 잃는다. 셀비의 주인공들이 스스로, 그리고 서로에게 영향을 미치며, 결국은 자신들이 만들고 발을 들여놓은 길에서 빠져나오지 못하는 과정은 마치 마취약과도 같다. 이야기가 전개되면서 이것이 단순한 몇몇 인간들에게 일어나는 일이 아니라 그들이 속한 사회가 그들에게 저지른 일이라는 것이 명백해진다. 무슨 대가를 치러서라도 꿈을 좇도록 부추기는, 바로 이 사회 말이다. **SF**

싱가포르 그립 The Singapore Grip

J. G. 패럴 J. G. Farrell

작가 생몰연도 | 1935(영국)–1979(아일랜드)
초판 발행 | 1978, Weidenfeld & Nicolson(런던)
원제 | The Singapore Grip
본명 | James Gordon Farrell

제2차 세계대전 중 일본의 침공 직전 싱가포르를 무대로 한 『싱가포르 그립』은 패럴의 『문제들(Troubles)』과 『크리슈나푸르 포위』로 시작한 『제국 3부작(Empire Trilogy)』의 마지막 작품이다. 각각의 작품에서 패럴은 통제 불가능한 사건들로 인해 인생이 돌이킬 수 없이 변해버린 허구의 혹은 실존한 등장인물들의 몰락을 통해 대영제국을 비판하고 있다.

『크리슈나푸르 포위』로 부커상을 수상한 패럴은 그 상금으로 1975년 싱가포르를 여행하고 이 작품을 위해 상세한 사전 조사를 했다. 블라켓 가족에게 1939년의 싱가포르는 테니스와 칵테일 파티의 세계였다. 그러나 싱가포르의 가장 강력하고 가장 오랜 고무 농장의 소유주인 월터 블라켓이 노동자들의 파업을 해결하는 데 열중인 사이 분위기가 조금씩 이상해지기 시작한다.

블라켓이 파업을 부수고 마음에 차지 않는 딸의 애인을 쫓아 보내는 데에 혈안이 되어 있는 동안 계급과 국가 간의 고정된 경계가 흔들리기 시작한다. 싱가포르가 일본에 항복하고 영국의 지배가 끝나면서 싱가포르는 역사적 분수령에 휘말린다. 이 작품은 길고 느긋하지만 유머와 서스펜스로 가득하다. 제국주의의 이상과 전통에 고요하고 유머러스한 비판을 보내는 패럴 이후로 티모시 모나 살만 루시디 같은 포스트 식민주의 작가들이 등장하게 된다. **LE**

▲ 이 소설의 제목은 매춘부에 의한 성적 기술을 묘사한 속어를 인용한 것이다.

바다, 바다 The Sea, The Sea

아이리스 머독 Iris Murdoch

작가 생몰연도 | 1919(아일랜드)–1999(영국)
초판 발행 | 1978, Chatto & Windus(런던)
원제 | The Sea, The Sea
부커상 수상 | 1978

찰스 애러비는 한물 간 비극배우로 은퇴해서 바닷가의 다 허물어져가는 집에 살며 회고록을 쓰고 있다. 예전 동료들과 애인들이 가끔 찾아와 별로 행복하다고 말할 수 없는 기억들을 휘저어놓기도 하지만, 이야기가 비극적으로 돌변하기 시작하는 것은 몇 년 전 찰스와 열애에 빠졌던 메리 하틀리가 나타나면서부터이다. 작가는 때로는 동정적이고 때로는 불합리한 애러비의 자아 심취를 몇몇 코믹한 사건들을 통해 조롱한다. 그러나 과거를 피하려는 애러비의 노력은 실패할 수밖에 없고, 우리가 애러비에게 동정을 느끼기 시작하는 것은 고통스러운 자기 이해를 거친 다음이다.

제목에 등장하는 "바다"는 단순히 심상의 지배적인 경향의 원천만은 아니다. 바다 역시 주인공이다. 불확실과 유동의 힘으로서 바다는 과거를 자신이 만들어낸 신화 속 이미지로 얼려버리려는 애러비의 자아도취적이고 현혹된 내러티브와 대비를 이룬다. 이 작품은 어떤 면으로 셰익스피어의 『템페스트』와 매우 유사한데, 자신의 섬을 침범하는 인간들의 삶을 모두 조종하려는 프로스페로의 자기중심적인 폭정은 대단원에 이르러 결국 무릎을 꿇을 수밖에 없는 것이다.

진부하기 짝이 없는 사건조차도 시공을 뛰어넘는 철학적, 윤리적 의문의 핵심으로 들어올리는 머독의 재능이 유감없이 드러난 이 소설은 작가로서 절정에 이른 힘을 보여주고 있다. **VA**

인생: 사용 설명서 Life: A User's Manual

조르주 페레크 Georges Perec

작가 생몰연도 | 1936(프랑스)–1982
초판 발행 | 1978
초판 발행처 | Hachette(파리)
원제 | La Vie, mode d'emploi

한 비평가의 말을 빌리자면 "버스 정류소 사이의 퐁피두 센터처럼" 당대의 작가들 중에서 독보적인 존재였던 페레크의 대작, 『인생: 사용 설명서』는 1978년 명예로운 메디시스 상을 받았다. 이 소설은 일상의 넘치는 사소함을 묘사한 매력적인 내러티브이다. 또한 형식적으로도 감탄을 자아내는 습작이다. 이 책은 파리의 한 아파트 단지의 초상이다. 우리는 한 장에 한 집씩, 건물 안을 돌아다닌다. 퍼즐과 게임을 좋아했던 페레크는 골치 아픈 체스 문제로 내러티브의 일정을 정하면서 수학적 형식을 빌려 99개의 장에 각각의 준비된 소재들을 모두 보여준다.

핵심 착상 역시 미로와도 같다. 퍼시발 바틀부스라는 이름의 부유한 영국인이 50년 단위의 인생 프로젝트—"계획대로 진행하는 것 외에는 아무런 목적도 없는 제멋대로의 프로그램"—를 짠다. 수많은 그림들을 그렸다가 없애버리는 그의 수고는 결국 아무것도 남기지 못한다. 이러한 무용(無用)이 페레크 자신의 미적 제스처를 반영하고 있는 것이 아닌 이상, 우리는 그의 글이 실험적이지 실존적은 아니라는 것을 기억해야만 한다. 1967년부터 울리포("잠재적 문학을 위한 워크숍") 그룹의 멤버였던 페레크는 그룹의 격언에 따라 문학과, 수학이나 게임 이론 같은, 문학이 떨어져 나온 원칙들을 다시 결합시키려 애썼다. **DH**

▶ 천재일 뿐 아니라 친절하기도 했던 페레크는 독자들이 그의 실험적인 작품들도 즐길 수 있도록 만드는 재주가 있었다.

LA VIE
MODE D'EMPLOI
PRIX
MEDICIS
HACHETTE
COLLECTION POL

뒷방 The Back Room

카르멘 마르틴 가이테 Carmen Martín Gaite

작가 생몰연도 | 1925(스페인)–2000
초판 발행 | 1978
초판 발행처 | Destino(바르셀로나)
원제 | El cuarto de atrás

1978년 스페인 국립 문학상 수상작인 이 소설은 자서전적인 여행의 시작이다. 가이테의 초기작들에서도 이러한 특징이 없었던 것은 아니지만, 그 후로 더더욱 진전된 듯하다. 허구와 현실의 조화, 환상적이기도 하고 악마적이기도 한 인물("검은 옷을 입은 남자")과 기억의 공존, 그리고 풍부한 대화가 섞어져 진 정형화된 이야기 구조는 상상이 넘치는 혁신적인 결과를 낳았다. 루이스 캐롤에게 헌정된 이 1인칭 소설은 "꿈의 세계"를 찬미하는 노래를 부르면서 시작한다. 그러나 폭풍우가 휘몰아치는 잠 못 이루는 밤, 신비의 인물이 찾아와 기억과, 글쓰기와, 공포와, 사랑과, 문학에 대해 이야기를 나누는 것이 현실인지, 작가의 상상에 불과한지는 끝까지 알 수 없다.

마르틴 가이테는 인생의 비논리적인 부정확함을 서로 연결된 이야기들 속에서 있는 그대로 재창조해낸다. 새벽녘에 딸이 도착하는 바람에 혼란에 빠져있던 작가는 잠에서 깬다. 그녀는 소파가 아닌 침대에 누워있다. 누가 전화를 했었고, 무슨 일이 일어났었더라…? 방에는 손님이 들고온 작은 금박 입힌 상자와 "뒷방"이라는 제목이 붙어있는 탈고한 원고 뭉치가 보인다. 쳇바퀴를 돌리듯, 이 원고의 첫 문장은 우리가 방금 읽은 바로 그 말로 시작한다. 사실의 허구, 꿈속의 인생? 풀리지 않는 수수께끼의 작품이다. **M-DAB**

정원의 처녀 The Virgin in the Garden

A. S. 바이엇 A. S. Byatt

작가 생몰연도 | 1936(영국)
초판 발행 | 1978, Chatto & Windus(런던)
원제 | The Virgin in the Garden
본명 | Antonia Susan Drabble

『정원의 처녀』는 4부작(후에 『프레데리카 4중주(Frederica Quartet)』로 알려졌으며, 2002년 완결되었다) 중 첫 번째 작품이다. 1950년대부터 1970년대를 배경으로 하는 4편의 소설은 프레데리카 포터와 그녀의 가족들, 친구들을 중심으로 하고 있다. 1953년 요크셔에서 시작하는 『정원의 처녀』는 알렉산더 웨더번이 엘리자베스 1세의 대관을 축하하기 위해 쓴 시극, 『아스트라이아(Astraea)』를 무대에 올리는 과정을 통해 성년이 되는 프레데리카를 보여준다. 경쟁심이 강한 프레데리카는 언제고 주연을 맡으려 하지만, 프레데리카만큼 지적으로 뛰어난 언니 스테파니는 마을 목사와 결혼하여 집안에 들어앉는 쪽을 택한다. 프레데리카가 처녀딱지를 떼려고 하면서 벌어지는 코미디는 시간과 공간의 관점에서 교묘하고 유쾌하다. 프레데리카의 이야기에서 볼 수 있는 사회적 희극의 가벼움을 상쇄하는 것은 프레데리카의 남동생 마커스가 점점 미쳐가는 다소 어두운 부주제이다.

많은 비평가들은 프레데리카와 스테파니의 관계와, 바이엇과 그녀의 언니인 작가 마가렛 드래블의 관계의 유사성을 지적한다. 4부작의 뒤편으로 나아가면서 바이엇은 소설의 역사성과 희극성(제3편인 『바벨 탑(Babel Tower)』은 사회 희극보다는 스릴러에 가깝다)을 배제하였다. 또한 『소유』(1990)에서는 역사 소설의 보다 세련된 모델을 만들어내는 데 성공하였다. **VC-R**

시멘트 정원 The Cement Garden

이안 맥이완 Ian McEwan

작가 생몰연도 | 1948(영국)
초판 발행 | 1978, Jonathan Cape(런던)
미국판 발행 | Simon & Schuster(뉴욕)
원제 | The Cement Garden

맥키완의 다른 소설들이 그랬듯, 『시멘트 정원』 역시 그의 초기 단편집, 『첫사랑, 마지막 의식(First Love Last Rites)』(1975), 『시트 사이에서(In Between the Sheets)』(1978)에 실렸던 짧은 단편들을 보다 정교하게 발전시킨 것이다. 『시멘트 정원』도 단편들도 모두 성적 성숙과 성인식, 근친상간, 폭력 등을 다루고 있지만, 이러한 표면의 연속은 그 형식과 구조의 깊은 유사성에 비하면 별 것 아니다. 『시멘트 정원』은 단편 소설의 간결함과 그것을 목표로 삼은 절제, 압박하는 플롯, 그리고 폐쇄적인 문장을 그대로 간직하고 있다.

제2차 세계대전이 끝난 후 어느 무더운 여름, 소설은 부모들의 죽음을 따라가는 네 어린아이의 이해할 수 없는, 그러나 불가피한 행동들을 묘사한다. 불편하게 느껴질 정도로 친근한 분위기 속에서 아이들은 자신과 서로의 사춘기 성을 탐험하기 시작한다. 맥키완은 완곡한 설명이나 합리화보다는 단순한 묘사로써 이야기를 진행한다. 사건들은 그 반응과 나란히 놓여지고, 보통 상황을 정리하는 설명이 있어야 할 부분에는 어색한 공백만이 자리한다. 이 세상에서 도덕이란 그저 미리 선수칠 수 있는 상대가 아니다. 그것은 이 이야기의 언어가 일치하지 않는 방언과 같다. 대신 사건들은 나름대로의 논리를 따라가고, 우리는 외부인이 되어 그것을 단지 해석할 뿐이다. 그 결과 클라이맥스에서 나타나는 최후의 근친상간적 짝짓기는 아이들이 공유하는 기억은 물론 그 가족들의 재생까지 촉발하는, 뒤틀린 축제이다. **DT**

"나는 단지 그의 죽음에 대한 짧은 이야기 하나를 더할 뿐이다. 그렇게 함으로써 왜 나의 여동생들과 내가 그토록 많은 시멘트를 가지고 있는지 설명할 수 있을 것이다."

▲ 맥키완은 이스트잉글리아 대학에서 말콤 브래드버리(1932~2000, 영국의 작가·문학비평가)의 문예창작 과정을 졸업한 최초의 학생 중 하나였다.

TIGRA
THE FELINE FURY
HULK
MOON KNIGHT
MARVEL COMICS GROUP
THE INCREDIBLE HULK
MS. MARVEL
THE HANDS OF SHANG-CHI
MASTER OF KUNG FU
MARVEL TALES
SPIDER-MAN
THE ASTONISHING ANT-MAN
ANT-MAN
MARVEL ALL-COLOUR COMICS
MARVEL SUPER ACTION
NOVA
A PAN ORIGINAL
DON'T PANIC

은하수를 여행하는 히치하이커를 위한 안내서

Hitchhikers' Guide to the Galaxy

더글러스 애덤스 Douglas Adams

작가 생몰연도 | 1952(영국)–2001(미국)

초판 발행 | 1979, Pan(런던)

원제 | Hitchhikers' Guide to the Galaxy

시리즈 발간 | 1980–1992

애덤스의 "4편으로 구성된 3부작"은 1978년 BBC 라디오 드라마로 처음 시작했다. 제1편인 이 작품은 공상과학(SF)이라는 장르에 간결한 조롱조의 유머와 모든 것—관료사회부터 정치, 형편없는 시, 모든 볼펜의 운명에 이르기까지—에 대한 은밀한 풍자를 결합시키고 있다. 은하 간 고속도로를 건설하기 위해 지구가 파괴되자, 아서 덴트는 친구 포드 프리펙트와 함께 은하수를 여행하게 된다. 처음에는 길퍼드(런던 남서부의 옛 도시) 출신으로 알았으나 알고 보니 베텔기우스(오리온자리의 알파성) 사람이었던 포드는 이 작품과 같은 제목의 『은하수를 여행하는 히치하이커를 위한 안내서』의 작가로, 이 책은 전자제품 설명서와 여행가이드의 기발한 퓨전이라 할 수 있다. 가이드의 통찰이 내러티브를 관통하며 우주가 어떻게 돌아가는지에 대해 유쾌한 설명이 적혀있다. 매우 세심하게 묘사한 괴짜 등장인물들과, 당연히 당황한 아서는, 그 짜임새나 진행이 훌륭할 뿐만 아니라 놀랄 만큼 세련된 책 치고는 매우 보기 드문 조화를 연출한다.

애덤스는 큰소리로 킥킥거릴 수밖에 없는 재치 가득한 이름을 가지고 뻔뻔스럽게 업신여긴 과학에 대한 이해와 빼어난 독창성을 합쳤다. 지구를 확실하게 우주의 중심에 되돌려놓았으면서도 그 애정어린 조롱이 느껴진다. **AC**

◀ 애덤스(왼쪽)와 만화 출판인 닉 랜도가 『은하수를 여행하는 히치하이커를 위한 안내서』의 책과 라디오 레코드판을 들고 있다.

겨울밤의 나그네라면

If on a Winter's Night a Traveler

이탈로 칼비노 Italo Calvino

작가 생몰연도 | 1923(쿠바)–1985(이탈리아)

초판 발행 | 1979

초판 발행처 | G. Einaudi(튀린)

원제 | Se una notte d'inverno un viaggiatore

『겨울밤의 나그네라면』은 소설 읽기라는 행위를 수반하는 긴박함과 욕망, 그리고 좌절에 대한 소설이다. 칼비노는 미완성 소설들이 꽂혀있는 서재의 책장과도 같은 내러티브를 고안해냄으로써 잘못된 제본이나 빠진 페이지 같은 사고로 인해 무참히 중단된, 상상 속의 책들의 매력적인 부분들을 보여준다. 작가의 손을 떠나 독자의 손에 이르기까지의 여정에서 발생할 수 있는 온갖 사고에 관한 책이기도 하다. 그 독자란 너, 또한 당신이다. 그러나 "독자"라는 이름의 주인공은 이탈로 칼비노의 최근 소설(제목은 『겨울밤의 나그네라면』이다)을 흠없는 것으로 한 권 사려고 하지만, 그런 그의 바람은 또다른 독자인 루드밀라에 대한 욕망으로 인해 혼란에 빠진다. "독자"와 루드밀라의 이야기는 내러티브의 틀일 뿐이고, 그 중간에 그들이 읽는 다른 소설의 이야기가 마구 끼어든다. 각자 그들이 방금 읽은 부분의 바로 뒷부분인 척하면서 말이다. 칼비노는 이러한 복잡한 구성 덕분에 열 편의 멋진 소설 속에서 열 개의 멋진 인용문을 뽑아낼 수 있었고, 그 덕분에 우리는 장르와 시대, 언어, 문화를 가로지르는 독서 여행을 떠날 수 있다.

무엇보다도 이 소설은 소설 읽기라는 행위 자체의 모험과 환희에 대한 선언문이자, 같은 책을 읽고, 또 사랑하는 두 독자가 경험하는 상호 인식의 스릴에 대한 축배이다. **KB**

그토록 긴 편지 So Long a Letter

마리아마 바 Mariama Bâ

작가 생몰연도 | 1929(세네갈)–1981
초판 발행 | 1979
초판 발행처 | Les Nouvelles Editions Africaines(다카르)
원제 | Une si longue lettre

불륜은 서양 소설에 흔히 등장하는 소재이지만 『그토록 긴 편지』는 흔한 서양 소설이 아니다. 여기에서 배신은 단순히 개인의 비극이 아니라 가정생활의 구성을 공적으로 받아들이는 방식이다. 열정적이고, 우울하며, 부드럽게 비꼬는 이 소설은 일부다처제의 비판인 동시에 사랑의 선언이다. 세네갈의 회교도 여인 라마툴라예가 친한 친구에게 보내는 긴 편지의 형식을 취한 이 소설은 버려짐과 죽음으로 산산조각이 난 길고 행복했던 결혼 생활의 회고이자, 교육과 여권 신장이 종교적 전통과 문화에 충돌하는 식민 해방 후 세네갈의 변화하는 사회에 대한 기억들이다.

마리아마 바는 어머니가 세상을 떠난 뒤 외조부모의 손에서 자랐는데, 이들의 걱정에도 불구하고 바의 아버지는 여자도 교육을 받아야 한다고 주장하였다. 전통과 근대의식 사이의 투쟁은 바의 어린 시절부터 이미 깊이 뿌리내리고 있었으며, 가르치고, 글을 쓰고, 세네갈의 여성 해방 운동에 몸바친 그녀의 인생의 핵심으로 남게 된다.

『그토록 긴 편지』는 아프리카 문학에서 여성이 처한 환경을 가장 강렬하게 묘사한 작품 중 하나다. 급속히 변화하고 있는 식민 해방 후 아프리카의 여성 문제에 관심이 있는 독자라면 반드시 읽어보아야 할 소설이다. 1980년 노마 출판상 초대 수상작이기도 하다. **RMa**

버거의 딸 Burger's Daughter

나딘 고디머 Nadine Gordimer

작가 생몰연도 | 1923(남아프리카)
초판 발행 | 1979, Jonathan Cape(런던)
원제 | Burger's Daughter
노벨 문학상 수상 | 1991

『버거의 딸』은 개인의 사생활이라는 게 얼마나 실현 불가능하고 또 얼마나 필수불가결한지를 탐구한 소설이다. 1960년대 후반과 1970년대, 남아프리카에서 사생활이란, 타인의 고통으로 자신들이 "정상"임을 보장받았다는 현실에 눈감을 수 있는 백인들에게나 허용된 사치였다. 로자 버거는 사생활을 절실히 필요로 한다. 그녀의 아버지가 감옥에서 죽은 후, 그의 평판과 그의 조국에 빨려들지 않기 위한 생존 전략인 것이다.

로자의 부모는 둘 다 자유를 위해 투쟁한 아프리카 마르크스주의자였다. 그들에게 정치는 사적인 영역의 신성함을 구분하는 희미한 선에 인정사정을 두지 않았다. 소설의 결말에서 로자 버거 역시 감옥에 갇힌다. 감옥에서조차 온전히 자신의 사생활을 떼어놓고 그것을 지키려는 그녀의 힘겨운 시도는 실패하지만, 거기에는 묘한 해방감이 있다.

고디머는 과거에 갇힌 백인 여자의 불안을 통해 "자유"라 이름 붙은 것을 또박또박 비판한다. 이주자 광부들, 공장 노동자들, 집없는 하인들, 땅없는 농부들의 묻힌 역사가 그녀의 투쟁 이야기 속에 엇갈려 짜여있다. 독자는 공감을 느끼며 계속 읽는 수밖에 다른 도리가 없고, 이러한 소설이 쓰여졌다는 사실에 기쁨을 느끼는 한편 이러한 소설이 쓰여질 수밖에 없었다는 사실에 유감을 금치 못할 것이다. **PMcM**

▶ 1981년 요하네스버그의 집에서 포즈를 취한 고디머. 인종적으로 분열된 나라에 살고 있는 백인 여성의 딜레마를 표현하였다.

강이 굽어지는 곳 A Bend in the River

V.S. 나이폴 V. S. Naipaul

작가 생몰연도 | 1932(트리니다드)
초판 발행 | 1979, Deutsch(런던)
원제 | A Bend in the River
노벨 문학상 수상 | 2001

▲ 영국 표지 미술을 옮긴 것으로, 작은 배는 거대한 섬의 "큰 강"에서 미지의 길을 떠난 장면이다.

나이폴의 『강이 굽어지는 곳』은 1979년 부커 상(賞) 최종 후보작으로, 이름 없는 어느 중앙아프리카의 국가를 배경으로 하고 있다(이것은 모투부 정권 하의 자이레를 모델로 한 것으로 보인다). 소설의 화자 살림은 인도 혈통의 회교도로, 아프리카 동부 해안가에 있는 집을 떠나 "큰 강이 굽어지는 곳"에 있는 무너져가는 마을에 도착해 잡화점을 연다. 유럽인들은 대체로 이곳을 떠나고 없다. 이곳은 위험하고 새로운 대지이다.

살림은 온갖 종류의 사람들에 둘러싸여 살아간다. 그의 가게에 들러 부적과 물약을 파는 부족 여자, 아프리카 조각과 가면을 수집하는 늙은 벨기에인 신부 그리고 마을에 햄버거 가게를 차리는 동료 원주민처럼 성공을 위해 몸부림치는 사업가들. 살림은 또 어린 아프리카인 소년 페르디난드를 데리고 산다. 그는 페르디난드를 학교에 보내고, 그가 별볼일 없던 시골 소년에서 정치에 관여하는 정부 관리로 변화하는 모습을 지켜본다. 한번도 내러티브의 전면에 내세우지는 않지만, 사건의 소용돌이—게릴라 반란, 부패, 살인—가 언제나 느껴진다. "빅맨"이라 지칭하는 대통령은 백인 역사학자의 도움으로 스스로를 음침한 아프리카 신화의 대상으로 만든다. 살림은 바로 그 역사학자의 아내와 격정적인 사랑을 나눈다.

『강이 굽어지는 곳』은 나이폴의 다른 작품에서처럼 비유럽 문명의 방향에 대한 깊은 회의감을 보여준다. 그러나 한편으로 그는 비유럽 국가들이 겪었던 지난날의 식민주의에 대한 미화를 경계한다. 소설은 최근 독립한 이 국가들의 정치적 투쟁이라는 거창한 주제에 전적으로 초점을 맞추지 않는다. 오히려 나이폴의 작품에 진정으로 가득한 것은 개개인의 이야기와 그들이 겪는 개인적인 재앙이나 승리이다. **DSoa**

메마른 하얀 계절 A Dry White Season

앙드레 브링크 André Brink

작가 생몰연도 | 1935(남아프리카)
초판발행 | 1979, W. H. Allen(런던)
원제 | A Dry White Season
• 1989년 영화로 제작

소위 "빠기지 않는" 백인인 벤 두 토이트는 수영장이 딸린 집에서 하인을 두고, 1970년대 남아프리카 백인의 특권을 십분 누리며 사는 중산층 교사이다. 그러나 소웨토의 학생 시위에 참가했다 실종된 아들을 찾아달라는 정원사의 부탁을 순수한 마음으로 받아들이면서 그의 세계는 무너져내리기 시작한다.

수사는 점점 더 고통스러워지고 벤은 권력의 심장부로 이어지는 부패과 은폐, 편협, 그리고 살인의 세계에 빨려들어간다. 진실을 추적하는 과정에서 벤은 "그냥 내버려두지 않는다는" 이유로 그가 속한 백인사회—심지어 가족까지—로부터 점점 따돌림을 당하는 동시에 그가 도우려는 흑인들의 불신과도 싸워야만 한다. 그 추적은 간단치 않다. 국가 권력의 탄압의 바퀴는 결코 멈추지 않고, 결국 우리의 주인공마저 그 사이에 짓눌리고 만다. 결과적으로 브링크는 남아프리카 아파르트헤이트 정책의 불평등을 똑바로 폭로한다.

앙드레 브링크는 이 소설이 불러올 파장에 이미 익숙해져 있었다. 아프리칸스어로 쓴 그의 초기작들(예를 들면 『어둠 속을 바라보며(Kennis van die aand)』) 역시 아파르트헤이트의 불의가 가져온 인간 가치의 와해를 그려냈었다. 이 때문에 그는 동료 백인들이나 남아프리카 정부와 그다지 좋은 관계를 유지하지 못했다. 실제로 남아프리카 정부는 그의 작품들을 출간 금지시켰고, 브링크는 작품들을 영어로 번역하거나 아예 영어로 써야만 했다. 『메마른 하얀 계절』은 출간되는 대신 아예 영화로 제작되었다.(도널드 서덜랜드와 남아프리카인인 재닛 수즈먼, 그리고 뚱보가 된 말론 브랜도가 주연하였다.) **JHa**

▲ 앙드레 브링크는 남아프리카 아파르트헤이트 정권의 언어인 아프리칸스어를 사용하여 인종 차별과 국가 권력의 탄압을 비판하였다.

웃음과 망각의 책 The Book of Laughter and Forgetting

밀란 쿤데라 Milan Kundera

작가 생몰연도 | 1929(체코슬로바키아)
초판 발행 | 1979
초판 발행처 | Gallimard(파리)
원제 | Kniha smíchu a zapomnení

Kundera
Le livre du rire
et de l'oubli
folio

▲ 고국인 체코슬로바키아에서 자신의 작품들이 당의 블랙리스트에 오르자 쿤데라는 1975년 프랑스로 망명했으며, 이 소설도 프랑스에서 출간되었다.

▶ 1981년 쿤데라가 프랑스 시민권을 취득한 후 그의 작품은 체코슬로바키아의 정치적 상황에서 조금씩 멀어지게 된다.

쿤데라는 이 소설의 구성을 음악적 테마에 따른 변주와 비교하였다. 일반적인 소설 형식에 대한 기대를 보기 좋게 깨버리므로 상당히 적절한 비교이다. 이 소설은 일관적인 내러티브의 전통 안에서 도무지 융화될 수 없는 일곱 개의 부분으로 나뉘어져 있으며, 역사적 사실은 물론 쿤데라 자신의 자전적 회고까지 드문드문 삽입되어 있다.

주인공인 타미나는 공산주의 정권하의 현실로부터 탈출해 남편과 함께 체코슬로바키아를 떠난다. 오래지 않아 남편이 죽자 그녀는 자신이 남편을 곧 잊어버릴지도 모른다는 불안의 중압감과 싸운다. 기억의 중요함이야말로 이 소설은 물론 쿤데라 문학의 중심이다. 쿤데라는 말살과 망각이 공산주의 국가들이 이용하는 정치적 무기라고 믿었다(줄을 잘못 선 당 간부들의 사진이 선전용 포스터에서 지워지는 것을 보라).

이 작품 속의 사건들은 제2차 대전 직후 체코슬로바키아를 배경으로 한다. 알렉산더 두브체크의 지휘 아래 체코슬로바키아는 보다 "인간적인" 사회주의를 만들기 위해 고심하고 있었다. 그러나 1968년 소련의 침공은 이러한 체코슬로바키아의 꿈에 종지부를 찍었고, 이는 정치적 과정에의 환멸로 이어졌다.

『웃음과 망각의 책』은 누가 봐도 쿤데라의 작품이지만, 다른 작품들에 비해서 훨씬 더 지울 수 없는 기묘함이 자극을 불러일으키는 동시에 꺼림칙하게 느껴진다. 다른 작품들처럼 이 소설도 여성 주인공들의 표현 방식에 의문을 제기하고, 잠재적인 여성 혐오를 비판하고 있다. 덕분에 이 작품은 실험적 허구에 그치지 않고 역사적 기록으로서 풍부한 성찰을 유발한다. **JW**

바보의 금 Fool's Gold

마로 두카 Maro Douka

작가 생몰연도 | 1947(그리스)
초판 발행 | 1979
초판 발행처 | Kedros(아테네)
원제 | E Archaia Skoura

마로 두카의 첫 소설인『바보의 금』은 1967년 그리스 쿠데타로 시작하여 군부의 악명높은 독재 정권을 배경으로 삼고 있다. 대학 입학을 앞둔 아테네 처녀 미르시니 파나요투는 독재정권에 대해서 알게 되고, 지하 레지스탕스 운동에 점점 더 깊이 빠져든다. 두카는 이러한 시나리오를 이용해 매우 다양한 사회적 배경을 지닌 온갖 사람들로부터 미르시니에 이르는 등장인물들을 보여준다. 세련된 부르주아인 미르시니의 가족들은 언제나 사회적으로 중요한 인물들과 밀접한 관계를 가져왔는데, 최신 유행을 좇는 동시에 우세한 쪽으로 붙는다.

두카의 소설은, 예상했겠지만 매우 정치적이다. 작가의 날카로운 기지는 독재 정권뿐 아니라 좌파와 부르주아에게까지 그 칼날을 겨누고 있다. 그녀는 미르시니의 관점에서 써나가다가도, 그녀를 둘러싼 다른 인물들의 1인칭으로 금방 갈아타면서 조연들의 내면의 독백까지 미르시니가 상상한 대로 보여준다. 독자는 그리스 계급 사회와 이를 가장 잘 대표하는 이들의 다소 고압적이기는 하지만 흥미로운 초상을 볼 수 있다.

그러나『바보의 금』은 단순히 계급과 정치에 대한 소설은 아니다. 미르시니의 정치 교육뿐 아니라 영혼의 성장을 다룬 성장 소설이기도 한 것이다. 결말에서 약혼자에 대한 그녀의 감정은 인간적 본능과 이상적 철학의 화해를 어렵게 한다. **OR**

스마일리의 사람들 Smiley's People

존 르 카레 John Le Carré

작가 생몰연도 | 1931(영국)
초판 발행 | 1979, Alfred A. Knopf(뉴욕)
원제 | Smiley's People
본명 | David John Moore Cornwell

『스마일리의 사람들』은 냉전 시대의 끝자락, 어둡고 매력이라고는 찾아볼 수 없는 첩보전의 세계를 그리고 있다. 르 카레는 훌륭한 스릴러의 조건이라 할 수 있는 구성과 전개의 호흡에서 빼어난 감각을 그대로 보여준다. 소련 출신의 망명자가 살해당하자 은퇴 생활을 즐기고 있던 영국의 첩보 요원 조지 스마일리가 다시 현장으로 불려온다. 이 소설은 그의『땜장이, 재봉사, 군인, 스파이(Tinker, Tailor, Soldier, Spy)』에 등장했던 소비에트 첩보 조직의 수장인 무자비한 칼라를 파멸시키기 위한 사냥을 그리고 있다. 복잡한 거미줄을 따라가던 스마일리는 칼라에게도 약점이 있다는 것을 알게 된다. 칼라에게는 정신병을 앓는 딸이 있었던 것이다. 여러 면에서 이 소설은 그 이상을 잃어버린 세계를 그린 르 카레의 가장 암울한 작품이다. 더이상 동과 서 사이의 투쟁은 그 흔적조차 찾을 수 없다. 첩보전은 개인적인 목적을 위해 이용될 뿐이다. 동시에 르 카레는 정의를 추구하다가 수치를 겪은 뒤 이제는 정치적으로 갈 곳을 잃은 인물들을 묘사한다. 이 책은 덕을 갖춘 개인이 도덕적으로 무정부 상태의 세계에 어떤 변화를 가져올 수 있는지 강력하게 보여주고 있다.

르 카레는 냉전으로 인해 인류가 치러야 했던 대가에 매혹을 느꼈다. 양방 모두 심리적 불안정으로 이어지는 환경을 낳았다. 이 작품에서 스마일리가 훌륭한 이유는 성공을 거의 원하지 않기 때문이다. 그는 칼라를 협박하는 것은 구역질나는 행위라는 것과, 수치를 무릅쓰고 서방 세계가 원칙적으로 반대해야 하는 방법에 의존해야 한다는 것을 간파하고 있는 것이다. **TH**

남쪽 바다 Southern Seas

마누엘 바스케스 몬탈반 Manuel Vásquez Montalbán

작가 생몰연도 | 1939(스페인)–2003(타이)
초판 발행 | 1979
초판 발행처 | Planeta(바르셀로나)
원제 | Los mares del sur

▲ 표지는 고갱의 타히티 회화 작품인 〈우리는 어디에서 와서 어디로 가는가〉의 세부 묘사를 특징으로 한다.

최초의 민주주의 지방선거가 치러지기 전날 바르셀로나. 누군가 스스로를 가리켜 말했듯 사업가라는 것이 창피스러웠던 시절, 상류 부르주아 계급이 그 긍지를 회복하고 있다. 감상적인 좌파에 절대적인 향락주의자, 충동적인 식도락, 만족하지 못하는 책벌레, 거기에 양심의 가책까지 느끼고 있는(그는 자신이 읽은 책을 불태운다) 수사관 페페 카발료는 "개인의 시선은 도덕의 정착을 재는 바로미터이다"라고 주장한다. 거기에 "이 사회는 썩었다. 그 어떤 것도 믿지 않는다"라고 거침없이 덧붙인다. 그러나 살해된 사업가 카를로스 스튜어트 페드렐은 무언가를 믿었던 것 같다. 그는 화가 고갱의 발자취를 따라 남쪽 바다로 사라지려 했었던 것이다.

페드렐의 죽음의 원인을 추적해나가면서 카발료는 상류 부르주아 사회의 세련된 세계는 물론 프롤레타리아 이민자들의 세계에도 발을 들여놓게 된다. 페드렐의 죽음의 비밀이—운명의 장난이긴 하지만—그의 회사가 지은 교외의 주택단지인 산 마진에 있기 때문이다. 이 소설은 카발료가 등장하는 최고의 작품 중 하나(혹은 단연 최고)로, 헐리우드 느와르 필름으로도 그 진가를 인정받았다. 이 작품은 또 앞으로 나아가는 것 자체가 힘겨웠던 시대의 바르셀로나의 초상이기도 하다. **JCM**

"경찰관이 잠시 눈을 돌린 순간, 흑인이 오른손 주먹으로 한 대 제대로 먹였다. 밤의 거리가 그의 앞에 열려 있었다…"

장미의 이름 The Name of the Rose

움베르토 에코 Umberto Eco

작가 생몰연도 | 1932(이탈리아)
초판발행 | 1980, Bompiani(밀라노)
원제 | Il nome della rosa
◆ 1986년 영화로 제작

『장미의 이름』은 아름다운 만큼이나 난해한 내러티브 장치로 복잡한 추리소설과 기호학을 분명하게 변호한다. 이 두 가지 모두 내러티브의 서곡이라 할 수 있는, 이야기할 만한 가치가 있는 서책들을 찾아낸 한 학자의 미완결 이야기 속에 잘 드러나 있다. 아마도 그 무대가 따라올 이야기의 밀도에 비해 너무 좁기 때문인지, 아니면 그 학자의 어조 때문인지는 모르겠지만, 이야기가 14세기 초 서책의 근원으로 거슬러 올라가는 동안에도 이 첫 몇 페이지는 여전히 독자의 의식 속에 남는다.

어린 베네딕도회 수련 수사인 멜크의 아드소는 박식한 프란치스코회 수도사인 배스커빌의 윌리엄과 함께 방문했던 문제의 베네딕도 수도원에서의 이야기를 풀어놓는다. 갈등과 비밀로 가득한 끔찍한 폐쇄된 원형극장인 이 수도원은 책의 지배를 받고 있다. 이 곳에 소속된 베네딕도회 수도사들은 오직 책을 위해 살고 있다. 그중 여섯 명이 차례차례 살해되면서 배스커빌의 윌리엄은 질투와 욕망, 공포의 표징들을 찾아내고 읽어냄으로써 그들 내부에 침묵하는 전투의 진실을 찾아낸다.

『장미의 이름』은 독자로 하여금 윌리엄의 해석 과정에 동참하고, 그 기호들이 연주하는 다성 음악을 감상하고, 그 의미를 정하기 전에 잠시 속도를 늦추고, 의미 추적에 종지부를 찍는 그 어떤 약속도 우선 의심해 보기를 요구한다. 이러한 방식으로 에코는 해석의 경이 그 자체를 펼쳐 보인다. **PMcM**

◀ 사진작가 데이비드 리가 찍은 사진. 장미를 들고 중세의 유적을 배경으로 서 있는 에코는 우스꽝스럽게 보이지 않으려고 애쓰고 있는 듯하다.

낮의 밝은 빛 Clear Light of Day

아니타 데사이 Anita Desai

작가 생몰연도 | 1937(인도)
초판발행 | 1980, Heinemann(런던)
원제 | Clear Light of Day
본명 | Anita Mazumdar

인도인 아버지와 독일인 어머니 사이에서 태어난 아니타 데사이는 "인도인으로서 인도를 느끼는 동시에 외부인으로서 인도를 생각한다"라고 말한 바 있다. 이 매혹적이고 섬세한 디테일이 돋보이는 소설은 올드 델리의 무너져가는 저택을 배경으로 하고 있다. 작가는 깊이 분열된 가족 안의 까다롭고 긴장된 관계를 묘사하고, 이들을 인도의 분할, 간디의 죽음, 그리고 뒤따르는 정치권력을 장악하기 위한 투쟁처럼 지각변동이라 할 수 있는 역사적 사건으로 내몬다.

두 명의 주인공은 서로 떨어져 지내는 자매 빔과 타라이다. 그들은 조카딸의 결혼식에서 다시 만난다. 언니인 빔은 자폐아인 남동생과 알코올중독자인 늙은 숙모를 보살피기 위해 고향에 남아있었다. 타라는 외교관과 결혼하여 외국으로 떠남으로써 집과 집을 지배하고 있는 전통으로부터 도망쳤다. 두 여인은 그들의 지나간 어린 시절을 회상하고, 비록 갈라진 인생을 살았지만 어느 정도의 화해를 모색한다. 그러나 타라는 한을 품고 방어적이 된 빔이 그녀가 보기엔 가족을 배신하는 거나 마찬가지인 자신의 행위를 용서할 수 없으리라고 생각한다.

아니타 데사이는 역사를 "일종의 불가항력"이라고 묘사하며, 그녀의 소설 속 주인공들은 그들이 아무리 애써도 어찌할 수 없는 역사적, 사회적 힘에 휩쓸려버린다. 『낮의 밝은 빛』에서 그녀는 난해하고 격렬한 역사가 동시대의 인도 사회에 끼친 영향을 진단하고, 이것이 두 여인의 삶과 성취를 위한 완전히 다른 두 개의 방식에 어떤 작용을 했는지에 초점을 맞춘다. **TS**

바보들의 음모 Confederacy of Dunces

존 케네디 툴 John Kennedy Toole

작가 생몰연도 | 1937(미국)–1969
초판 발행 | 1980
초판 발행처 | Louisiana State University Press
퓰리처상 수상 | 1981(추서)

"바보들이 일치단결하여 누군가에게 대항하는 음모를 꾸몄다면, 그것은 그 사람이 진정한 천재라는 의미이다." 풍자작가 조나단 스위프트의 말이다. 존 케네디 툴의 그로테스크에 가까운 코믹 소설의 주인공답지 않은 주인공은 뚱뚱보 이그나시우스 J. 레일리로, 엄청난 식성과 상당한 박학다식의 소유자이다. 평생 침대에서 뒹굴거리면서 꾸역꾸역 먹고, 고래고래 고함을 지르고, 자신의 잡다한 생각들을 종이 뭉치에 기록하면서 보내려했던 그는 상황이 불운하게 돌아가는 바람에 어쩔 수 없이 바깥세상으로 나온다. 현대 사회의 공포와 부대끼면서 그는 일련의 오해와 재난에 얽혀들어간다. 그의 주위를 맴도는 것은 유쾌하게 묘사한 뉴올리언즈 하층 계급의 괴짜 바보들이다. 부패의 분위기는 희극에 불화의 그림자를 던지고, 싱긋 웃는 도시의 사육제 가면 뒤에 숨어있는 위선과 차별에 던지는 불편한 통찰도 보인다.

존 케네디 툴은 수년 동안 이 소설을 출간해줄 출판사를 찾아다녔다. 그가 자살한 지 몇 년 되지 않아 그의 어머니가 소설가 워커 퍼시에게 원고를 읽어봐줄 것을 부탁했고, 이 소설에 빠져버린 퍼시의 주도로 드디어 빛을 보게 된 후 베스트셀러에까지 올랐다. 시대를 초월한 감각이 빛나는 『바보들의 음모』는 우스꽝스럽고 전개가 빠른 소설로 이그나시우스 J. 레일리의 말마따나, "혼돈과 광기와 악취미의 신들"이 인류를 지배하게 된 고삐풀린 세계 한가운데를 소용돌이치고 있다. **TS**

의식 Rituals

세스 노테봄 Cees Nooteboom

작가 생몰연도 | 1933(네덜란드)
초판 발행 | 1980
초판 발행처 | Arbeiderspers(암스테르담)
원제 | Rituelen

노테봄은 나보코프와 보르헤스에 네덜란드가 내놓은 응답이라 일컬어지는 작가이다. 『의식』은 노골적인 포스트모더니즘 소설도 아니고, 특별히 마술적 리얼리즘이라고도 할 수 없지만 결코 예상할 수 없는 독특한 작품인 것만은 확실하다.

이 소설은 부유한 인생에 시간까지 남아도는 행운의 주인공 이니 빈트롭의 이야기로, 인물과 사건이 서로를 투영하는 인상주의적인 풍경 묘사를 보여주기는 하지만, 속시원히 설명해주는 것은 아니다. 아마도 빈트롭이 자백한 어설픈 진술은 끝없이 질문에 질문을 거듭할 수는 있어도 대답까지 해줄 수는 없는 모양이다. 그러나 이 소설의 중심은 빈트롭의 인생도, 그렇다고 타드 부자—아버지인 아르놀드와 아들인 필립—의 이야기도 아니다. 두 사람 다 자살로 생을 마감한다. 노테봄은 그들의 삶과 죽음의 서로 다른 환경을 이용하여 어떻게 세대가 다른데도 똑같은 지적, 영적 믿음의 위기를 겪는지를 탐구하고 있다.

세스 노테봄은 부담스러울 정도로 철학적이거나 인류학적인 접근을 시도하지는 않는다. 신의 본성과 존재에 대한 다소 두서없는 글줄들이 할례나, 예술계에 대한 풍자 등의 무시무시한 변덕으로 생생하게 살아나고 있을 뿐이다. 실존적인 의문을 던질 때나 암스테르담의 매력적인 도시 풍경에 경의를 표할 때나 시원스럽고 시적으로 정확한 언어를 보여준다. 『의식』은 노테봄이 영미권에서 처음으로 성공을 거둔 작품이다. 그토록 심한 "유럽" 냄새를 풍기는데도 성공했다는 사실은, 그만큼 이 작품의 위대함을 보증하고 있다고 보아도 될 것이다. **ABI**

슬픔의 냄새 Smell of Sadness

알프레드 코스만 Alfred Kossmann

작가 생몰연도 | 1922(네덜란드)–1998
초판 발행 | 1980
초판 발행처 | Querido(암스테르담)
원제 | Geur der droefenis

『슬픔의 냄새』는 네덜란드 작가 알프레드 코스만의 대표작으로 문학계와 언론계의 수많은 경계를 탐험한 뒤에 쓰여진 소설이다. 어렸을 때부터 코스만은 타인은 물론 스스로의 삶을 관찰하는 데 대단한 흥미를 가지고 있었으며, 삶에 대한 그의 태도는 다양한 문학적 형식의 표현으로 옮겨졌다. 1946년 그는『불꽃놀이(Het vuurwerk)』를 발표하면서 시인으로 데뷔하였으며, 곧 소설과 언론에도 뛰어들었다. 코스만은 또 직접적인 관찰과 자전적인 성찰을 결합한 다수의 방대한 여행기를 출간하기도 했다.

『슬픔의 냄새』는 코스만이 지금까지 쓴 모든 문학 작품들의 합금이라고 할 수 있으며, 자전적 요소 역시 다수 포함되어 있다. 이 소설은 작가 토마스 로젠달의 40년에 걸친 인생을 묘사한다. 로젠달은 십대 때는 "인생은 어렵지는 않지만 심히 지루하다"라고 주장했다. 수십 년 후, 그는 존재가 무의미하다고 느끼지 않을 수 없게 된다. 헛됨과 죽음의 공기가 피어오르기 시작한다. 한 등장인물은 자살하고, 다른 인물은 미쳐버리고, 또다른 인물은 트럭에 치여 죽는다. 그러면 토마스는? 그는 인생이 혼란스러운 체념에 떠밀려 나아가도록 내버려두고, 무능한 채로 남아있다. 전쟁을 거치면서 모든 인물들이 성장하고, 이해할 수 없는 사건들과 그 결과로 인해 비극적인 삶을 살게 된다. 코스만은 얽히고설킨 기억, 사실, 거짓말, 꿈을 통해 그의 이야기를 들려준다. 현실은 인상적인 문학적 혼합을 통해 왜곡됨으로써 "슬픔의 냄새"를 풍긴다. **JaM**

부서진 4월 Broken April

이스마일 카다레 Ismail Kadare

작가 생몰연도 | 1936(알바니아)
초판 발행 | 1980, Gjakftohtësia
초판 발행처 | Naim Frashëri(티라나)
원제 | Prilli i Thyer

제1차 세계대전 종전 직후의 알바니아. 근대 유럽의 가장자리에 있는 이 나라를 배경으로『부서진 4월』은 기오르그 베리샤의 이야기를 들려준다. 수세대에 걸쳐 알바니아 문화를 지배해 온 고대의 명예법 "카눈"을 엄격히 따르는 기오르그는 피의 복수극에 말려들게 된다. 기오르그의 가족은 70년 동안 이웃의 크리예키스 가문과 반목하고 있다. 소설은 기오르그가 형을 살해한 데 대한 보복으로 크리예키스 가 사람을 암살하면서 시작된다. 이로 인해 기오르그는 돌고 도는 참극의 다음번 희생양이 된다.

카눈은 살인이 벌어진 뒤 그 복수를 하려면 30일을 기다려야 한다고 명시하고 있다.『부서진 4월』은 기오르그가 살인을 행한 3월 중순부터, 용서를 모르는 카눈의 정의에 붙여질 4월 중순까지의 한 달을 다루고 있다. 이 시간 동안 기오르그는 산 것도, 죽은 것도 아니다. 다만 공허한 시간 속에 매달려 있을 뿐이다.

놀랄 만큼 간결하고 우아한 문장으로 쓰여진 이 작품은 소름끼치는, 그리고 소름끼치게 하는 작품이다. 이 작품이 보여주는 삶과 죽음 사이의 공간은 호메로스와 단테, 카프카의 영혼이 스며든 몽환적인 이야기일 뿐이다. 동시대 동유럽의 삶의 모순을 표현하기 위해 새로운 고대 언어를 창조해낸 카다레의 독창성은 할 말을 잊을 정도로 훌륭하다. **PB**

자정의 아이들 Midnight's Children

살만 루시디 Salman Rushdie

작가 생몰연도 | 1947(인도)
초판발행 | 1980, Jonathan Cape(런던)
원제 | Midnight's Children
부커상 수상 | 1981

『자정의 아이들』의 화자인 살렘 시나이는 1947년 8월 15일 자정에 태어났다. 바로 인도 건국의 순간이다. 살렘의 삶은 이 신생 국가를 체현하게 된다. 그러나 루시디는 이 소설이나 그 주인공을 인도의 대변인으로 내세우는 대신 민족주의의 신화가 제공하는 복잡한 환상과 실패를 탐구한다.

자정 전후의 한 시간 동안 태어난 모든 아이들은 놀라울 정도로 뛰어난 재능을 지녔다. 자정에 가까운 시간에 태어날수록 재능이 더욱 뛰어나다. 이 환상적이고 초현실적인 집단—시간을 가로질러 움직일 수 있고, 물고기를 늘어나게 할 수 있으며, 투명인간이 될 수도 있는 아이들—은 인도의 풍부한 잠재력을 상상력을 빌려 표현한 것이다. 이 가운데 정확히 시계가 자정을 울릴 때 태어난 두 사람이 장래 인도의 지도자가 될 것이다. 다른 사람의 마음과 정신을 들여다 볼 수 있는 살렘과 악의 재능, 즉 전쟁의 재능을 타고나 잔인한 살인자가 될 시바가 바로 그들이다. 이들의 대칭 관계는 독립 첫해를 배경으로 한 방대하고 제멋대로인 내러티브의 핵심이다. 살렘은 부유한 상류층 가정 출신이며 시바는 아무것도, 심지어 어머니도 없는 거리의 아이이다. 그러나 이야기가 절반쯤 진행되면 우리는 이 두 아이가 태어날 때 서로 바뀌었으며 둘 다 우리가 생각하는 그들이 아니라는 것을 알게 된다. 이로써 야기되는 부성과 강탈, 진실, 그리고 신뢰를 둘러싼 불안감은 소설의 끝까지 울려퍼지며 인도의 조각난 역사를 등진 채 보여진다.

독자를 그 폭넓은 상상력과 유머, 어지러울 정도의 언어유희, 그리고 가슴을 찢는 페이소스로 못박아두는 이 훌륭한 소설은 마술적 리얼리즘과 정치적 현실의 신나는 혼합이자, 루시디가 그의 조국에 바치는 마음으로부터의 헌사이다. **NM**

▲ 1988년의 살만 루시디. 루시디는 『자정의 아이들』의 성공으로 세계적인 명성을 얻게 되었다.

◀ 1947년 8월 15일 캘커타 시내에서 독립을 기뻐하는 인도인들. 바로 이 날 루시디의 화자 살렘이 태어났다.

야만인을 기다리며
Waiting for the Barbarians

J. M. 쿠체 J. M. Coetzee

작가 생몰연도 | 1940(남아프리카)
초판 발행 | 1980, Secker & Warburg(런던)
원제 | Waiting for the Barbarians
노벨 문학상 수상 | 2003

평론가들은 종종 쿠체의 난해하고 애매한 내러티브 속에서 아파르트헤이트 시대와 그 이후의 남아프리카의 알레고리를 읽어내려 한다. 『야만인을 기다리며』는 확실이 그러한 해석이 가능한 작품이다.

그 위치, 시대도 불명확한 익명의 제국, 한 치안 판사가 있다. 그는 잔인한 국가의 음모에 약소한 방법으로 반항한다. 바로 정체를 알 수 없는 졸 대령의 고문을 겪어야 했던 "야만인 소녀"에게 배상을 해준 것이다. 치안 판사는 사막에서 고대의 해독 불가능한 문자들이 새겨져 있는 나뭇조각들을 찾아낸다. 그는 이 글귀들이 만들어내는 알레고리는 나뭇조각들 자체가 아니라 그 조각들을 배열하는 방법에서 비롯된다고 결론 내린다. 이러한 방법으로 『야만인을 기다리며』는 글쓰기와 글쓰기가 의사소통에 실패할 가능성에 대해 보다 보편적으로 성찰한다. 여기에서 "야만인들"은 자세하게 설명할 수 없는 고통의 증언을 의미한다. 치안 판사가 구해준 여성은 거의 말을 하지 않고, 그는 그녀의 의식을 대부분 추측하면서, 그녀의 상처로부터 제국의 이야기를 읽어내려 한다. 마찬가지로 쿠체는 치안 판사의 굴욕을 통해 정치적 신념을 이데올로기의 완전하면서도 동시에 공허하기 그지없는 무엇으로 그려낸다. **LC**

바덴바덴의 여름
Summer in Baden-Baden

레오니드 치프킨 Leonid Tsypkin

작가 생몰연도 | 1926(벨로루시)–1982(러시아)
초판 발행 | 1981, Novyy Amerikanets(뉴욕)
원제 | Leto v Badene
영국판 발행 | 1987, Quartet(런던)

이 독특한 소설은 1981년 저자가 세상을 떠나기 직전 출간되었으며, 최근 역시 세상을 떠나기 직전의 비평가 수잔 손탁에 의해 대중적 관심을 받게 되었다.

이 소설은 표도르 도스토예프스키와 그의 부인 안나 도스토예프스키의 격정적인 관계를, 특히 이들 부부가 1867년 바덴바덴으로 떠난 여름 여행을 통해 드라마틱하게 묘사하고 있다. 안나와 표도르의 이야기는 치프킨 자신의 여행기와 도스토예프스키를 비롯한 폭넓은 러시아 문학 유산 속에 등장하는 정경들 속에 등장한다.

독자들이 사실과 허구, 아름다움과 추함 사이에서 길을 잃는 동안 치프킨의 거칠고 억제할 수 없는 문장이 어느새 그 광기의 현실을 생산해내고 있다. 치프킨의 문장은 다른 그 어느 누구와도 다른, 완전히 새롭고 생생한 발명품이다. 치프킨은 안나를 향한 도스토예프스키의 광기어린 사랑을 상상하며, 도스토예프스키의 생각, 편집증, 절망, 그리고 천재성 등을 글의 리듬 속에서 포착하고 있다.

『바덴바덴의 여름』은 우리에게 알려지지 않았던 도스토예프스키를 보여줌으로써 당대 문학의 지도를 다시 그리도록 종용한다. 그 생의 끝에 서 있는 한 여인의, 소설에 대한 사랑의 증언 그 자체라 할 수 있는 행위에 의해 어둠 속에서 건져진다는 것은 섬뜩할 정도로 잘 맞아떨어진다. **PB**

장님 거울 창문이 있는 집

The House with the Blind Glass Windows

헤르비요르그 바스모 Herbjørg Wassmo

작가 생몰연도 | 1942(노르웨이)

초판 발행 | 1981

초판 발행처 | Gyldendal(오슬로)

원제 | Huset med den blinde glassveranda

『장님 거울 창문이 있는 집』은 나치 독일 점령 후유증을 앓고 있는 노르웨이의 작은 어촌 마을을 배경으로 열한 살 난 소녀 토라의 이야기를 들려준다. 죽은 독일 군인의 사생아로 태어난 토라는 어머니와 술주정뱅이 양부 헨리크와 함께 낡은 셋방에서 살고 있다. 그 출생의 오욕 때문에 사회적으로 추방당하다시피 한 토라는 어머니가 일하러 나간 사이 양부로부터 끊임없이 성적, 정신적 학대를 당한다.

바스모의 단편적인 문장들은 암울한 상황을 타개하려 애쓰는 토라의 점점 커져만 가는 절망을 보여준다. 보호를 절실하게 필요로 하는 상황이지만, 토라는 사실을 말하면 어머니에게 또 하나의 짐을 얹게 될까 두려워 한다. 그녀는 친아버지가 곧 자신을 구해주러 온다고 상상하며 안전하고 편안한 환상의 세계로 도망친다. 바스모는 이 끔찍한 내용을 아름다운 선율의 부드러운 문장으로 채운다.

『장님 거울 창문이 있는 집』은 바스모의 토라 3부작 중 첫번째 권이다. 그러나 이 책이 단순히 고통만을 이야기하고 있는 것은 아니다. 우정과 몇몇 이웃 여인들의 도움은 토라로 하여금 살아갈 힘을 얻게 한다. 비록 여성의 희생양화를 다루고 있지만 동시에 토라의 승리를 찬양하고 있기도 하다. 성적 불평등과 가난, 그리고 전후 불황에 맞서 싸우는 여성들의 단결의 이야기이다. **RA**

납빛 날개

Leaden Wings

장지에(張潔) Zhang Jie

작가 생몰연도 | 1937(중국)

초판 발행 | 1981

초판 발행처 | The People's Literature Publishing House

원제 | 重的翅膀

『납빛 날개』는 중국의 한 대기업에 근무한다는 공통점을 지닌 한 무리의 사람들의 이야기 모음으로, 현대화가 가져온 급격한 변화와 이것이 중국 사회에 어떤 영향을 미쳤는지를 탐구하고 있다. 현대 중국의 일상을 친근한 시선으로 관찰한 장 지에는 문화적, 정치적 혁명이 산업화 사회의 주변인들에게 어떤 영향을 미쳤는지 발가벗기면서 공장 노동자들과 그들의 가족들의 삶을 매우 녹득한 시각으로 통찰한다.

방언을 풍부하게 사용하고, 좀처럼 내러티브를 끝맺지 않는 이 자유로운 단편들은 변화하는 문화의 편린들을 살짝살짝 보여준다. 최근의 발전에도 불구하고 봉건주의 과거에 깊은 뿌리를 내린 편견이 여전히 사회를 지배한다. 개혁가들은 구체제 아래서 경력을 쌓은 관료들과 아직도 이류 시민 취급 밖에 받지 못하는 여성들로부터 심각한 저항에 부딪힌다. 우리는 다양한 등장인물들이 어떻게 될 것인가 호기심을 가지고 바라보지만, 동시에 사회적, 정치적 불안을 보다 넓은 시야에서 볼 수 있게 된다.

문화 혁명이 한창이던 무렵 장 지에는 베이징에 있는 특수학교에서 "재교육"을 받을 것을 명령 받았다. 그 후 그녀는 거의 20년 동안 정부의 기계공업부에서 일했으며, 문화 혁명이 완전히 막을 내리고 난 후에야 소설을 쓰기 시작하였다. 이 소설은 그 시대에 쓰여진 중국 소설 중에서 최초로 서방에 번역 출간된 작품 중 하나이다. **RA**

세계 종말의 전쟁

The War at the End of the World

마리오 바르가스 요사 Mario Vargas Llosa

작가 생몰연도 | 1936(페루)

초판 발행 | 1981

초판 발행처 | Seix-Barral(바르셀로나)

원제 | La guerra del fin del mundo

악의 여러 얼굴을 보여준 바르가스 요사는 여덟 번째 소설인 『세계 종말의 전쟁』에서 빼어난 계시적 이야기를 들려주는 동시에 자신의 문학에 전환점을 찍었다. 페루 태생인 바르가스 요사는 19세기 말 브라질에서 일어난 실제 사건의 이야기를 쓰기 위해, 처음으로 자신이 태어나고 살아온 페루를 떠났다. 이 이야기의 주인공은 선견지명이 있는 성인, 안토니오 콘세헤로로, 공화국과 근대화를 반대하는 설교를 통해 브라질 동북부의 소외된 이들을 위해 목소리를 냄은 물론 공화국 정부에 도전장을 내밀었다. 콘세헤로와 그의 지지자들이 천년 왕국을 세우려 했던 도시 카누도스가 정부군에 의해 산산이 파괴된 것도 예정된 수순이었다.

바르가스 요사는 에우클리데스 다 쿠냐(1866~1909, 브라질의 작가)의 『오지에서의 반란(Os Sertões)』(1902)에서 영감을 받아 놀라운 기록 정신을 보여주었다. 그는 평행적인 이야기들이 번갈아 나타나는 구성 패턴을 엄격히 지켰다. 그 결과 독자를 사로잡는 괴물의 출생과 성장, 그리고 파멸에 이르는 상세한 이야기가 탄생했다. 광신과 이상향을 열렬하게 비난했던 바르가스 요사는 이 소설에서 1960년대의 야망을 회복했다. 이 작품은 라틴 아메리카에서 인정받기 시작한 역사 소설에 엄청난 힘을 실어주었다. **DMG**

라나크: 4권의 인생

Lanark: A Life in Four Books

앨러스데어 그레이 | Alasdair Gray

작가 생몰연도 | 1934(스코틀랜드)

초판 발행 | 1981, Canongate(에든버러)

원제 | Lanark: A Life in Four Books

◆ 1981년 스코틀랜드 Saltire Society에서 선정하는 올해의 책

앨러스데어 그레이는 데뷔작 『라나크: 4권의 인생』으로 스코틀랜드 소설 문학 시초의 표준이 되었다고 할 수 있다. 그레이는 소나난 스위프트와 제임스 조이스의 식자(植字)적 혁신에 대한 충동을 물려받은 한편 윌리엄 블레이크의 시각으로 글래스고의 일상에 묻혀 있는 과격한 사회적 가능성을 보았다. 내러티브는 매일매일 똑같이 반복되는 무료한 일을 거부하는 라나크와 던컨 쇼우를 따라가면서 언생크와 글래스고라는 두 도시의 지하세계를 오간다.

이 작품을 읽어나가는 독자의 관심은 그 물질적 레이아웃에 의해 책이라는 물리적 존재의 가치로 향하게 된다. 그레이의 상상 속 풍경을 무례하게 묘사한 에칭 삽화가 장마다 등장하여, 작가가 기록한 회의주의를 스코틀랜드의 젊음의 고통으로 상쇄시킨다. 말로 그대로 옮긴 도회지의 적의(敵意)는 부활하는 스코틀랜드의 정경을 불러일으킨다. 침체와 원상 복귀 사이의 영구적인 통과 지대로 묘사한 두 도시에서 독자들은 그레이의 식자 디자인과 교감한다.(동시에 그의 주인공들은 자아 발견의 여행을 통해 보다 성숙해진다.) 이러한 교감의 행위는 직접 글을 인쇄한 페이지가 반드시 있어야 된다는 사실을 증명하고 있다. **DJ**

▶ 작가가 직접 그린 이 희귀한 삽화는 식자 디자인과 환상을 교묘하게 이용한 그레이의 재능을 보여준다.

PROPERTY OF
ALASDAIR
GRAY 30..7..59
11 FINDHORN ST
GLASGOW E.3
By

토끼는 부자 Rabbit is Rich

존 업다이크 John Updike

작가 생몰연도 | 1932(미국)-2009
초판 발행 | 1981, Alfred A. Knopf(뉴욕)
원제 | Rabbit is Rich
퓰리처 상 수상 | 1982

존 업다이크의 4부작 '토끼 시리즈' 중 세 번째 소설인 『토끼는 부자』는 10년의 세월을 뛰어넘어 1979년으로 들어선다. 펜실베이니아에 있는 허구의 작은 마을 브루어에서 이제는 40대가 된 "토끼" 해리 앙스트롬은 중고차 세일즈맨으로 제법 넉넉한 삶을 즐기고 있다. 아들이 나이를 먹고 결혼을 하면서 여러 가지 새로운 관계들이 생겨나고, 아내와도 행복하게 안정된 생활을 누린다. 토끼는 싱클레어 루이스가 『배빗 (Babbitt)』에서 조롱했던 "견실한 시민"의 역할로 완전히 정착한 것 같다. 1970년대 후반 세계를 강타한 오일 쇼크를 배경으로 한 이 작품은 토끼가 식자공에서 신분 상승이 보다 용이한 중고차 딜러로 변신한 아이러니를 암시하고 있다. 석유값에 민감해진 중산층 운전자들에게 도요타를 팔면서 토끼 자신도 컨트리클럽과 칵테일로 상징되는 중산층에 발을 들여놓는다. 제목에 나타난 부의 즐거움은 미국 노동자 계급 실업의 섬세한 묘사로 그 균형을 이룬다.

『토끼는 부자』는 1980년대의 음울한 불안이 될 그 무엇의 정점에 서 있는 미국을 배경으로 토끼의 사생활의 감정적 격변을 보여주고 있다. 업다이크의 서정적 문장과 사려깊은 인물 묘사는 최고이다. 토끼가 나이를 먹으면서 매일의 일상을 지탱하는 감정적 유대의 세심한 묘사에서 전에 없던 쓰라림이 느껴진다. **AB**

쌍, 통행자들 Couples, Passerby

보토 슈트라우스 Botho Strauss

작가 생몰연도 | 1944(독일)
초판 발행 | 1981
초판 발행처 | Hanser Verlag(뮌헨)
원제 | Paare, Passanten

독일의 소설가이자 희곡 작가 보토 슈트라우스의 여섯 편의 소품으로 구성된 이 책에서, 오래된, 혹은 잠깐 만난 커플들은 의미와 감정적 유대를 끝도 성과도 없이 찾아 헤매다 서로에게 매달리지만 더욱 큰 고독과 절망만을 발견할 뿐이다.

역사와 기술의 압박감으로 인한 인간성의 결여, 자기중심주의, 그리고 본질적인 이기심은 슈트라우스의 작품에서 쉽게 찾아볼 수 있는 테마들이다. 슈트라우스는 날카로운 사회적 보수주의자로 조국의 문화적 조류를 마음에 들어 하지 않을 뿐 아니라 새로운 독일의 삶의 방식에 대해서도 흥미가 없다.

이 책에 실린 이야기들은 과거와 근대화의 중압감으로 인해 스스로의 인간성을 잃어가는 사람들을 그리고 있다. 이들은 심장이 있어야 할 공간이 비어 있는 로봇과도 같은 존재들이다. 영적으로 공허하고, 지적으로 황폐한 환경에서 일상—일이나 이야기, 죄까지도—이 이루어진다. 활기 없는 현대 독일을 스케치함으로써 슈트라우스는 보다 진실하고 보다 진정한 삶과 표현의 모드를 가리킨다. 20세기 독일 역사의 그림자 속에서 글을 썼다는 사실은 작품에 날카로움을 더했으며, 독자들의 관심을 작가의 미적 비전으로 돌린다. 그의 단편들은 제3제국 국민들의 이름 없는 죄의식으로부터 냉전 시대와 그 너머의 개인들로 흘러간다. **LB**

줄라이의 사람들 July's People

나딘 고디머 Nadine Gordimer

작가 생몰연도 | 1923(남아프리카)
초판 발행 | 1981, Jonathan Cape(런던)
원제 | July's People
노벨 문학상 수상 | 1991

계시록과도 같은 이 소설은 1980년 모잠비크의 남아프리카 공격에 이은 가상의 내전을 배경으로 하고 있다. 도시들도, 집들도 불타는 가운데 모린과 밤 스메일즈, 그리고 그들의 아이들은 픽업 트럭 "노란 바키"에 타고 하인 줄라이와 함께 그의 고향으로 향한다.

시골 생활의 현실에 맞닥뜨린 모린이 성공한 반면, 라이플 총이 없는 밤은 실패한다. 또한 하인이었던 줄라이에게 의존하고 백인들의 문화를 하루가 다르게 잃어가면서 줄라이와의 관계 역시 날이 갈수록 어려워진다. 모린이 모델처럼 포즈를 취하면, 줄라이는 그 순간도, 의미도 모두 잊어버린다. 이제는 경제가 욕망과 의무를 규정하게 되었고, 인간의 본성에 대한 백인들의 자유로운 가정에 물음표가 던져진다. 고디머의 난해한 문장은 과거의 확신에서 현재의 의심을 가리키는 인용과 암시를 빼어난 솜씨로 다뤄, 단 한 개의 문단도 온전한 현재에 머무르지 않는다. 이러한 심오한 물음들에 어떤 해결책이 나오는 경우는 거의 없다. 헬리콥터가 착륙하자 모린이 정부군의 헬리콥터인지 반군의 헬리콥터인지 확인도 하지 않고 달려나가는 장면에서 소설은 미완성인 채로 끝난다. 역사와 남아프리카의 실제 변화의 순간과는 다르지만, 『줄라이의 사람들』은 무너져내리기 쉬운 백인 자유주의를 진실하게 해부하고 있다. **AMu**

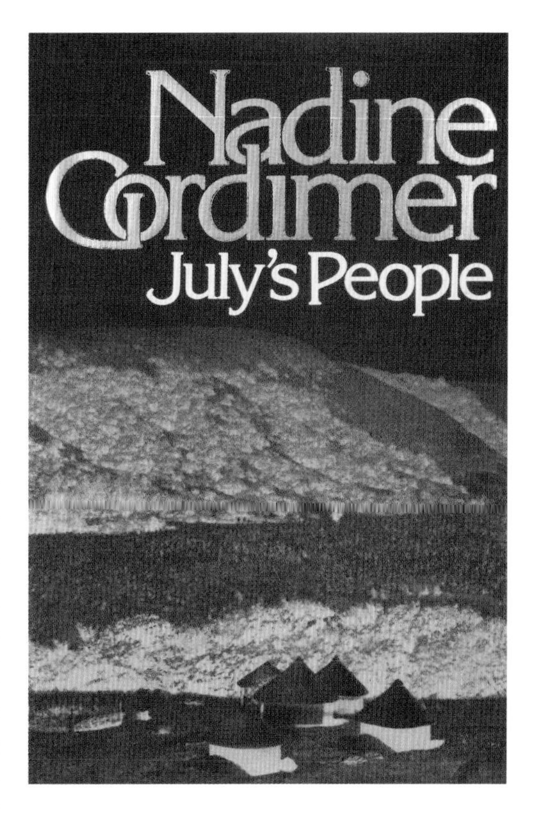

"흑인은 차에서 떼어낸 시트를 침대 삼아 자고 있는 세 어린아이를 바라보았다. 마음을 놓은 그가 중얼거렸다. '모두 무사하군.'"

▲ 나딘 고디머의 작품들은 주로 그녀의 고향인 남아프리카의 인종 문제에 초점을 맞추고 있다.

검은 언덕에서 On the Black Hill

브루스 채트윈 Bruce Chatwin

작가 생몰연도 | 1940(영국)–1989(프랑스)
초판 발행 | 1982, Jonathan Cape(런던)
원제 | On the Black Hill
화이트브레드 상 수상 | 1982

『검은 언덕에서』는 여행과 글쓰기만으로 짧은 생을 마친 작가가 썼다기에는 다소 흥미로운 작품이다. 웨일즈의 국경 지방 출신의 일란성 쌍둥이 벤저민과 루이스의 삶을 다루고 있는데, 벤저민과 루이스는 무려 80년 동안 그들이 살고 있는 외딴 농장에서 결코 멀리 떨어지지 않기 때문이다. 벤저민이 아주 짧은 기간 동안 복무하다가 불명예 제대한 것을 제외하면, 두 사람은 제1차 세계대전에도 나가지 않고, 결혼도 하지 않고, 부모가 세상을 떠난 후에는 부모의 침대를 40년 동안 함께 쓴다.

이 소설은 독특한 사실적 문장으로 쌍둥이의 삶을 되돌아본다. 채트윈은 길고 복잡한 문장 구조보다 한 개의 절로 구성된 짧고 함축적인 문장을 좋아했다. 또한 그는 복잡한 줄거리 대신 세심한 인물 묘사에 더 공을 기울였는데, 거친 단순화나 과도한 감상주의 어느 쪽으로도 치우치지 않았다.

어떤 면에서 이 소설은 전통적인 전원 드라마의 매력을 모두 갖추고 있다. 성미 급한 아버지와, 고등 교육을 받았지만 아버지의 폭력을 견디며 살아가는 어머니, 아버지의 반대로 학교에 다니지 못한 쌍둥이, 시골 가족들 사이의 오랜 불화, 자살, 군대의 야만성, 부패로 인한 오랜 귀족 가문의 몰락 등. 그러나 이 책은 또한 한 지역과 그곳을 떠나지 않는 사람들에 대한 이야기이기도 하다. 비행과 이성, 그리고 쌍둥이가 갈라설 수밖에 없는 짧지만 힘겨운 순간에 대한 작가의 관심은 전통적인 삶 안에서 이동과 비행으로 인해 일어나는 긴장을 낳았다. **ABi**

영혼의 집 The House of the Spirits

이사벨 아옌데 Isabel Allende

작가 생몰연도 | 1942(페루)
초판 발행 | 1982
초판 발행처 | Plaza & Janés(바르셀로나)
원제 | La casa de los espíritus

이 환상적인 이야기 속에서 빛나는 생기발랄한 상상력은 "마력적이다"라고밖에는 달리 표현할 방법이 없다. 이 소설은 칠레의 역사와 정치적 현실에 뿌리를 둔 바탕을 잃지 않은 채, 사실과 믿기 어려운 것들 사이의 경계를 거침없이 오간다.

『영혼의 집』은 지극히 개인적인 소설이다. 죽음을 눈앞에 둔 아옌데의 할아버지에게 보내는 편지로 시작하는 이 소설은 정치권력으로 떠오른 아옌데의 숙부 살바도르 아옌데(작품에서는 "후보")와 1973년 쿠데타 도중 그의 죽음이라는 비극적 배경 위에 놓인 트루에바 가족의 이야기를 펼쳐 놓는다. 칠레 역사의 피비린내 나는 순간들을 둘러싼 참극들이 생생하게 되살아나고, 흥미로운 요정 이야기라고 여겨졌던 것들이 강력한 암흑의 내러티브가 된다. 이러한 사건들의 연대기는 이 작품에서 가장 눈에 띄는 요소이며—그만큼 찬사를 받기도 했지만—, 아무래도 트루에바 가의 격렬한 묘사가 그 핵심이라 할 수 있을 것이다. 아옌데는 자신의 삶에 등장했던 얇은 베일 아래의 인물들을 부드럽고 감상적이며 신랄한 어조로 생생하게 불러일으키고 있다. 이 특별한 가문의 이야기에서 느껴지는 열정은 독자를 사로잡고, 아옌데의 펜 끝에서 탄생한 깊은 연대감은 비극적이고 끔찍한 결말을 한층 감동적으로 만든다. **DR**

▶ 이사벨 아옌데는 1973년 피노체트의 쿠데타로 인해 살해당한 칠레 대통령 살바도르 아옌데의 조카이다.

KL Groß - Rosen - AL Brünnlitz / Häftl.-Liste (Männer) 18.4.45-Blatt 7

Lfd. Nr.	H.Art u.Nam.	H.Nr.	Name und Vorname	Geburts-datum	Beruf
361	Ju.Po.	69208	Hahn Dawid	20.10.97	Werkzeugschlosse
362	" "	9	Immerglück Zygmunt	13.6. 24	Stanzer
363	" "	10	Katz Isaak Josef	3.12.08	Klempnergehilfe
364	" "	1	Wiener Samuel	11. 5.07	Tischlergehilfe
365	" "	2	Rosner Leopold	26, 6.08	Maler
366	" "	3	Gewelbe Jakob	22. 9.97	Photografmeister
367	" "	4	Korn Edmund	7. 4.12	Metallarbeiter
368	" "	5	Penner Jonas	2. 2.15	Stanzer
369	" "	6	Wachtel Roman	5.11.05	Industriediamant
370	" "	7	Immerglück Mendel	24.9.03	Eisendrehergesell
371	" "	8	Wichter Feiwel	25. 7.26	ang. Metallverarbe
372	" "	9	Landschaft Aron	7. 7.09	" "
373	" "	69220	Wandersmann Markus	14. 9.06	Stanzer
374	" "	1	Rosenthal Izrael	24.10.09	Schreibkraft
375	" "	2	Silberschlag Hersch	7. 4.12	Ang.Metallverarbe
376	" "	3	Liban Jan	29. 4.24	Wasserinst.Gehilf
377	" "	4	Kohane Chiel	15. 9. 25	Zimmerer
378	" "	5	Senftmann Dawid	6. 9.09	Ang.Metallverarbe
379	" "	6	Kupferberg Izrael	4. 9.98	Schlossermeister
380	" "	7	Buchführer Norbert	12. 6.22	Lackierer Geselle
381	" "	8	Horowitz Schachne	3.1288	Schriftsetzermei
382	" "	9	Segal Richard	9.11.23	Steinbruchmineur
383	" "	69230	Jakubowicz Dawid	15. 4.26	"
384	" "	1	Sommer Josef	21.12.14	ang.Metallverarb.
385	" "	2	Smolarz Szymon	15. 4.04	"
386	" "	3	Rechem Ryszard	30. 5.21	Automechank.Gs.
387	" "	4	Szlamowicz Chaim	16. 5.24	Stanzer
388	" "	5	Kleinberg Szaija	1. 4.20	Steinbruchmineur
389	" "	6	Miedziuch Michael	3.11.16	Fleischergeselle
390	+ "	7	Millmann Bernhard	24.12.15	Stanzer
391	" "	8	Königl Marek	2.11.11.	Ang.Mettallverarb
392	" "	9	Jakubowicz Chaim	10. 1.19	Steinbruchmineur
393	" "	69240	Domb Izrael	23. 1.08	Schreibkraft
394	" "	1	Klimburt Abram	1.11.13	Koch
395	" "	2	Wisniak Abram	30	Lehrling
396	" "	3	Schreiber Leopold	15.10.25	Schlossergeselle
397	" "	4	Silberstein Kacob	1. 1.00	Galvaniseurmeiste
398	" "	5	Eidner Pinkus	20.12.14	Dampfkesselheizer
399	" "	6	Goldberg Berisch	17. 5.13	ang.Metallverarb.
400	" "	7	Feiner Josef	16. 5.15	Automechanikcer
401	" "	8	Feiner Wilhelm	21.10.17	Stanzer
402	" "	9	Löw Zcycze	28. 6.97	Kesselschmied Mei
403	" "	69250	Löw Jacob	3. 3.00	" "
404	" "	1	Pozniak Szloma	15. 9.16	Bäcker
405	" "	2	Ratz Wolf	20. 6.09	Metallverarb.
406	" "	3	Lewkowicz Ferdinand	12. 3.09	Arzt Chrirug
407	" "	4	Lax Ryszard	9. 7.24	Automechaniker Ge
408	" "	5	Semmel Berek	5. 1.05	Tischler Gehilfe
409	" "	6	Horowitz Isidor	25. 9.95	ang.Installateur
410	" "	7	Meisels Szlama	2.2.16	Fleischergeselle
411	" "	8	Kormann Abraham	15. 1. 09	Buchhalter
412	" "	9	Joachimsmann Abraham	19.12.95	Stanzer
413	" "	69260	Sawicki Samuel	9. 4.17	Koch
414	" "	1	Rosner Wilhelm	14. 9.25	Schlossergehilfe
415	" "	2	Hirschberg Symon	23. 7.08	Stanzer
416	" "	3	Goldberg Bernhard	10.10.16	Koch

쉰들러의 방주 Schindler's Ark

토마스 케닐리 Thomas Keneally

작가생몰연도 | 1935(호주)
초판발행 | 1982, Hodder & Stoughton(런던)
원제 | Schindler's Ark
부커상수상 | 1982

『쉰들러의 방주』는 작가 토머스 케닐리와 "쉰들러 생존자" 중 한 명인 레오폴트 페퍼베르크와의 만남을 묘사한 "쪽지"로 시작한다. 이 만남이 케닐리로 하여금 "식도락가이자 투기꾼, 매력적인 인간"이었던 오스카 쉰들러에 대한 소설을 쓰게 한 계기가 되었다. 산업가이자 나치당원이었던 쉰들러는 나치 점령하의 폴란드에서 유태인들을 구하기 위해 자신의 목숨을 건다.

출간된 해인 1982년 부커상을 수상한 『쉰들러의 방주』는 케닐리의 주장에 따르면 "그 어떤 소설도 피해간" 근대 유럽의 고통스러운 상처에 깊이 뿌리내리고 있다. 여전히 "쉰들러의 유태인"들을 사로잡고 있는 망령과도 같은 고민을 탐구하기 위해, 이 책은 역사적 조사와 상상력의 재구성을 결합하여 오스카 쉰들러라는 복잡하고 도발적인 인물을 묘사해낸다. 그 과정에서 케닐리는 나치가 "살 가치가 없는 삶"이라고 못박은 이들의 세계로 독자들을 끌어들인다. 그는 정치적 폭력과 성적 가학주의의 변덕스러운 혼합물을 진단하여 이 책에서 가장 동요를 일으키는 질문을 던진다. "무엇이 SS(나치 친위대)를 끌어안을 수 있겠는가?" 동시에 케닐리는 홀로코스트를 둘러싼 논란—단순히 쉰들러의 묘사가 얼마나 "진실"한가 뿐만 아니라 누가 홀로코스트를 증언할 자격이 있는가, 홀로코스트의 현실을 기념할 수 있는 문학적 형식은 무엇인가 등—속으로 자기 나름대로 파고 들어간다. 1993년 스티븐 스필버그의 오스카상 수상작인 〈쉰들러 리스트〉는 이러한 논란을 뒷받침해주었다. 특히 스필버그의 영화는 소위 "홀로코스트 붐" 속에서 (그때껏 비판적인 관점에서 문제 제기되지는 않았으나, 심각한 문제점을 안고 있던) 케닐리의 내러티브가 갖는 감상주의를 굴절하여 보여준다. 바로 한 인간의 삶을 통한 역사의 소설적 묘사이다. **VL**

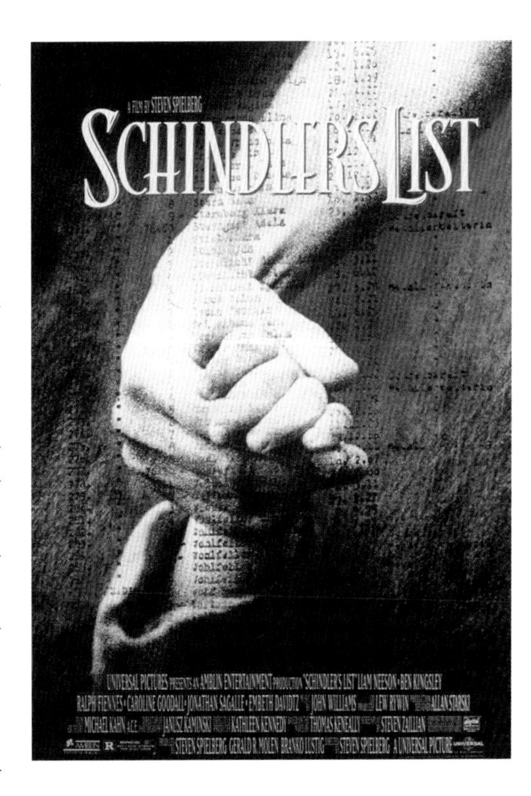

▲ 케닐리의 『쉰들러의 방주』는 스필버그의 〈쉰들러 리스트〉의 그늘에 가리고 말았다.

◀ 오스카 쉰들러가 작성한 명단의 원본. 그가 목숨을 구한 1,200명의 폴란드 유태인의 이름이 들어있다.

언덕의 희미한 풍경

A Pale View of Hills

카즈오 이시구로 Kazuo Ishiguro

작가 생몰연도 | 1954(일본)

초판 발행 | 1982, Faber & Faber(런던)

원제 | A Pale View of Hills

언어 | 영어

『언덕의 희미한 풍경』의 화자는 나가사키 출신으로 지금은 영국에서 살고 있는, 전쟁으로 갈갈이 찢긴 미망인 에츠코이다. 둘째인 니키가 영국에 도착하면서 과거와 자살한 딸 게이코의 기억이 다시 되살아난다. 에츠코는 딸의 죽음에 대해 의미 있는 응답을 하려고 애쓰지만 실패하고, 독자들 역시 에츠코의 기억이 또다시 되돌아간, 나가사키의 뜨거운 여름날 일어난 사건을 도무지 확실하게 이해하지 못한다. 이시구로는 주인공의 정체성을 정의하는 트라우마에 대해 자세히 이야기하기보다는 어떻게 이야기라는 행위가 결코 직설적일 수만은 없는지를 보여준다.

과거와 현재가 더더욱 수수께끼처럼 얽히면서 이 소설은 수많은 질문을 던지고 또 대답한다. 이시구로의 내러티브 스타일은 독자로 하여금 주관성이 잠정적인 동시에 즉흥적일 수 있는지에 대해 생각하게끔 만든다. 또한 우리가 스스로에게 들려주는 기존의 이야기와는 달리 정체성이란 언제나 과정 속에 존재하는 무엇인 것인지에 대해서도 생각해보게 된다. 작가는 나가사키의 참극을 한번도 언급하지는 않지만, 그 어두운 그림자는 작품 전반에 깔려 있다. 작가의 데뷔작인 이 소설에서 보여준 기억과 정체성, 그리고 상처의 상호작용은, 언어가 객관적 진실의 세계로 난 맑은 창이라는 순진한 생각에 물음표를 던지고도 남음이 있다. **VA**

◀ 나가사키에서 태어난 이시구로는 다섯 살 때 잉글랜드로 이주했다. 어린 시절 그의 가족 중에서 영어를 할 수 있었던 사람은 이시구로뿐이었다.

비트겐슈타인의 조카

Wittgenstein's Nephew

토마스 베른하르트 Thomas Bernhard

작가 생몰연도 | 1931(네덜란드)–1989(오스트리아)

초판 발행 | 1982

초판 발행처 | Suhrkamp(프랑크푸르트)

원제 | Wittgensteins Neffe: eine Freundschaft

『비트겐슈타인의 조카』에서 지적이고, 병약하고, 강박관념에 사로잡혀 있는 화자는 자신처럼 지적이고, 병약하고, 강박관념에 사로잡혀 있던 절친한 친구의 비극적인 삶과 불운한 죽음을 되돌아본다. 화자는 베른하르트 자신이며 그의 가장 개인적인 소설이라 할 수 있는 이 작품은 베른하르트의 작품에서는 노골적으로 찾아보기 힘든 동정의 인간성을 보여준다.

『비트겐슈타인의 조카』는 저명한 오스트리아 철학자 비트겐슈타인의 조카인 파울 비트겐슈타인과 베른하르트의 우정에 바치는 헌사의 형식으로 쓰여졌다. 소설은 파울과 베른하르트가 빈의 한 병원의 다른 병동에 함께 입원하면서 시작된다. 파울은 정신병으로 끊임없이 고통 받고 있고 베른하르트는 폐병이 재발한 것이다. 베른하르트는 잔인할 정도로 솔직하고 특징 없이 감동적으로 파울의 삶과 서서히 찾아온 죽음, 그리고 이에 대한 자신의 반응을 그려내고 있다. 그는 병과 지적, 예술적 열정, 그리고 오스트리아 사회의 자기만족에 대한 두 사람의 혐오를 회고한다. 베른하르트는 파울을 질식할 것만 같은 가부장적 가족의 단결과 오스트리아 사회의 맹목적인 지방색의 희생양으로 보았다. 베른하르트는 파울이 숙부인 비트겐슈타인에 비견될 만한 지성인이며, 비트겐슈타인이 영국으로 망명하지 않았더라면 조카와 같은 운명을 맞았을 것이라고 생각한다.

『비트겐슈타인의 조카』는 우정의 가치에 대한 애정어린 서술이자, 지적 에너지와 광기 사이의 위험한 고리에 대한 고찰로, 감상이나 우울에 치우치지 않고 고립과 병, 그리고 죽음 등의 주제를 다루고 있다.

컬러 퍼플 The Color Purple

앨리스 워커 Alice Walker

작가 생몰연도 | 1944(미국)
초판 발행 | 1982, Harcourt Brace Jovanovich(뉴욕)
원제 | The Color Purple
퓰리처상 수상 | 1983

"아무에게도 이야기하지 않는 게 좋을걸…."

▲ 민권 운동가이며 여성 해방주의자이기도 했던 워커는 의도적으로 흑인 남성들을 부정적으로 묘사했다는 이유로 비판을 받기도 했다.

▶ 스필버그의 1985년 영화 〈컬러 퍼플〉의 한 장면. 그러나 책의 영향력을 따라가기에는 역부족이었다.

『컬러 퍼플』은 조지아의 고립된 시골에서 자란 젊은 흑인 여성 셀리의 정신적 고통과, 그녀를 지배하는 이들에 의해 강요된 무기력한 자아상에 저항하여 마침내 승리를 거두는 과정을 기록한 작품이다. 셀리는 아버지에게 수차례 강간 당하고 그로 인해 두 번이나 아이를 낳지만, 아버지가 두 아이를 모두 내다 버리자 아이들이 죽었을 것이라 생각한다. 셀리의 여동생 네티가 청혼을 받자, 아버지는 구혼자에게 네티가 아닌 셀리와 결혼할 것을 강요함으로써 셀리를 지금까지 살아온 만큼이나 고통스러운 결혼 생활로 내몬다. 오래지 않아 네티는 아버지로부터 도망쳐 셀리와 그 남편에게로 갔다가, 다시 넓은 세상으로 나선다. 30년 후 네티는 흑인 선교사 부부와 함께 아프리카를 여행하고 돌아와 셀리와 재회한다. 그 흑인 선교사 부부는 다름 아닌 셀리가 낳은 아이들의 양부모였다는 것이 밝혀진다. 아프리카에서 네티는 올린카 족들과 함께 살았는데, 가부장적 사회와 노예무역에서 아프리카인들이 취한 역할에 대한 그들의 무관심은 만연한 착취를 강조한다.

셀리는 신에게 보내는 편지에서 자신의 삶을 이야기한다. 14살 때 그녀가 두 번째 아이를 임신했을 때 아버지는 "신을 제외하고는 그 누구에게도" 이야기해서는 안 된다고 위협한 이래, 그녀는 아무도 보고 있지 않다고 생각하며 무의식적인 솔직함으로 신에게 편지를 써온 것이다. 그러나 다른 흑인 여성들, 특히 억압 속에서 사는 여성들과의 관계는 셀리로 하여금 그들의 관점에서 힘과 통찰을 이끌어내어 자신과 자신의 세계를 해석할 수 있는 스스로의 권리로 발전시키게 한다. 셀리의 독립심은 그녀가 자기 자신의 가치에 따라 다른 이들과 관계를 맺을 수 있을 때까지, 폭넓은 직접적, 간접적 세상 경험을 통해 상징적으로 성장한다. **AF**

어느 소년의 고백

A Boy's Own Story

에드문드 화이트 Edmund White

작가 생몰연도 | 1940(미국)

초판 발행 | 1982, E. P. Dutton(뉴욕)

3부작 | 『A Boy's Own Story』(1982), 『The Beautiful Room is Empty』(1988), 『A Farewell Symphony』(1998)

『어느 소년의 고백』은 최초의 커밍아웃 소설일 뿐만 아니라 한 십대의 불안한 자아 형성과 1950년대 미국에서 게이로 성장하는 과정을 솔직하게 보여주었다는 점에서 매우 중요한 작품이다. 어느 정도는 화이트 자신에 바탕을 두고 있는 화자는 괴짜에 다소 소름끼치는 인물이다. 그러나 화자의 조숙함과 자기 몸에 대한 혐오와 모호한 성적 수치심이 결합된 십대의 불안과 자기 발견을 다룬, 결코 없어서는 안 될 작품을 탄생시켰다.

꼴사나운 성적 탐험이라는 겉껍질은 동성애를 병리화하는 사회적 분위기 속에서 성인으로 성장해나가는 화자의 여정을 정의한다. 화자는 자신의 근본에 대해서는 한 번도 의심한 적이 없는데도 자신의 "어찌할 수 없이 남자를 사랑하지만 게이는 되고 싶지 않은" 욕망을 치유하기 위해 정신분석학자까지 찾아간다. 이 어찌할 수 없는 욕망은 결말 부분에서 그가 성적 관계로 유혹한 한 교사의 충격적인 배신으로 성취된다. 이 사건은 화자가 성과 권력이라는 성인의 세계로 발을 들여놓게 되었음을 드라마틱하게 보여준다.

화이트는 서정적으로 사랑에 대한 쓰라린 갈망을 불러일으키며 게이들을 위한 낭만적 내러티브의 다소 당황스러운 부재를 강조한다. 고집스럽고 분명하며 그 자신의 환상을 스스로 깨버리는 이 소설은 잔인하게 억눌린 욕망에 대한 포스트모더니즘 동화라 할 수 있다. 출간 당시 이 소설은 에이즈의 출현으로 위기에 처해있던 게이 공동체를 위해 역사와 물적, 정신적 존재를 확인해 준 셈이다. **CJ**

지금이 아니라면, 언제?

If Not Now, When?

프리모 레비 Primo Levi

작가 생몰연도 | 1919(이탈리아)–1987

초판 발행 | 1982

초판 발행처 | G. Einaudi(튀린)

원제 | Se non ora, quando?

1987년 세상을 떠날 때까지 프리모 레비는 직접 아우슈비츠의 참극을 목격한 홀로코스트 작가로서 그 명성을 확고한 반열에 올려놓았다. 아마도 그 때문인지는 모르겠지만 그보다 훨씬 폭넓었던 그의 작품 세계(SF소설, 시, 희곡)는 그다지 주목을 받지 못한 측면도 있다.

레비의 가장 전통적인 작품이라 할 수 있는 『지금이 아니라면, 언제?』는 유태인 빨치산 부대의 이야기이다. 이들은 1943년부터 1945년까지 동유럽을 가로질러 이탈리아에 이르는 반독일 레지스탕스 운동을 벌였다. "내가 묘사하는 사건들의 대부분은 실제로 일어났던 일들이다. … 독일에 대항했던 유태인 빨치산들은 정말로 존재했다." 이 작품은 허구의 인물들과 전지적 화자, 시대의 재구성, 풍경 묘사 등 소설의 형식을 취한 기록물이다. 비록 대학살을 배경으로 했지만 레비는 이 작품을 "희망의 이야기"라고 평가했다. 사실 가장 중요한 순간들에서 레비는 죽음과 멸망의 이야기를 피한다. 인물들은 그저 사라질 뿐이고("눈발 속으로 느닷없이 사라진 뒤 더이상 이 이야기에 나오지 않는다") 사건의 묘사도 없다.("그러나 노보셀키 수도원 마당에서 어떤 일이 일어났는가는 여기서 이야기할 성질의 것이 아니다") 레비의 다른 작품들의 화자보다는 훨씬 기술적 상상력이 부족한 필립 로트가 이야기를 풀어가는 『지금이 아니라면, 언제?』를 두고 작가는 아쉬케나지(독일·폴란드·러시아계 유대인) 문명의 이야기라고 방어한 적이 있다. "나는 이디쉬 세계를 그린 최초의 (그리고 어쩌면 유일한) 이탈리아 작가가 되고픈 야망을 소중히 간직해왔다."

불안의 책
The Book of Disquiet

페르난도 페소아 Fernando Pessoa

작가 생몰연도 | 1888(포르투갈)–1935
초판 발행 | 1982, Ática(리스본)
필명 | Bernardo Soares
원제 | Livro do Desassossego

『불안의 책』은 페소아가 리스본의 한 레스토랑에서 만난 고독한 회계사 조수 베르나르도 소아레스의 "사실이라고는 찾아볼 수 없는 자서전"이다. 수백 개의 단편—어떤 것은 "형이상학적 정신을 위한 효과적인 몽상법"이라는 제목이 붙어 있다—으로 쪼개진 부분적인 텍스트 속에서 소아레스는 예술, 인생, 그리고 몽상을 회고하며 리스본 중심가의 거리풍경과 날씨의 변화를 관찰하기도 하고, 존재의 덧없음을 명상하고 의미 없는 삶을 살기 위한 테크닉을 추천한다.

페소아는 동인이명의 시집들을 출간한 모더니스트 시인으로 잘 알려져 있다. '동인이명(heteronym)'이란 예명과 허구의 약력을 가지고 완전히 다른 스타일의 글을 쓰는 것을 말한다. 소아레스는 다른 누구보다 더 작가에 가까운 "동인이명"이다. 그는 페소아의 "다양한 배우들이 다양한 배역을 연기하는 텅 빈 공간"의 개념을 공유한다. 출간된 책은 페소아의 사망 후 트렁크에서 찾은 봉투의 뒷면이나 종이조각에 끄적거린 문장의 편린들을 모은 것이다. 어떤 글들을 골라 어떻게 편집했느냐에 따라 여러 가지 버전이 존재한다. 원칙적으로 독자들은 텍스트 속에서 자기 나름의 길을 따라가며 자기만의 책을 만들게 된다. 작가의 의도의 핵심은 "현실의 삶"을 거부하고 꿈과 감각을 따르는 것이었으므로 외부적으로 그다지 많은 사건들이 일어나지는 않는다. 그러나 그가 찬양하고 있는 마음의 삶은 열정적이고 풍부하며 격언적이고, 역설적이다.

발타살과 블리문다
Baltasar and Blimunda

주제 사라마구 José Saramago

작가 생몰연도 | 1922(포르투갈)
초판 발행 | 1982, Caminho(리스본)
원제 | Memorial do Convento
노벨 문학상 수상 | 1998

소위 '마술적 리얼리즘'이라고 불리는 작품의 태반은 그 이름에 걸맞지 않지만, 사라마구의 『발타살과 블리문다』는 실제 역사적 사건들이 그 환상 혹은 악몽의 질을 한층 높여주는 가운데 가장 과격한 환상이 일상적 현실의 객관성을 압도하는 상상 속의 세계를 창조해내는 데 성공한 작품이다.

이 소설의 무대는 18세기 초반 포르투갈이다. 절대왕정이 가난한 백성들을 무자비하게 착취하고, 종교재판이 이어지는 공포의 시대이다. 발타살은 왕이 벌인 전쟁 중에 한 손을 잃은 군인이고 블리문다는 마술적 힘을 가진 여인으로, 그녀의 유쾌하고 독립적인 삶은 가혹한 규제 속에서 살아가는 궁정 여인들의 삶과 좋은 대조를 이룬다. 두 사람의 관계는 에로틱한 사랑의 빼어난 묘사이다.

두 가지 역사적 프로젝트가 이 소설의 구성을 지배한다. 하나는 왕명에 의한 거대한 마프라 수도원의 건설이다.(현재는 포르투갈의 관광 명소이다.) 사라마구는 수천 명의 노동자가 거의 노예처럼 일해야 했던 수도원 건설을 서사적 스케일의 압제로 묘사한다. 다른 하나는 예수회 신부인 바르톨로메오 루렌조 구스마오가 인간의 비행을 시도한 것이다.

결과적으로 주인공들은 역사적 현실에서 탈출하지 못한다. 환경이 연인들의 운명을 결정한다. 좌파 휴머니스트인 사라마구는 비록 패배했지만 그들의 삶이 가치있었음을 독자들에게 분명히 알려준다. **RegG**

벨기에의 비애 The Sorrow of Belgium

휘호 클로우스 Hugo Claus

작가 생몰연도 | 1929(벨기에)-2008
초판 발행 | 1983
초판 발행처 | De Bezige Bij(암스테르담)
원제 | Het Verdriet van België

이 강렬하고 생생한 소설의 무대는 1939년부터 1947년, 반유태주의 감정이 불붙은 서부 플랑드르이다. 젊은 루이스 세이나에베는 어린 시절과 사춘기를 뒤로 하고 제2차 세계대전의 궁핍 속으로 빠져든다.

소설은 루이스와 그의 친구들이 수도원 학교의 엄격한 규율에 반항하는 비밀 클럽을 만드는 것으로 시작된다. 루이스는 지식과 세상의 이해—산산이 부서진 충성, 전쟁 루머, 그리고 임박한 독일군의 공격 등—에의 갈망을 만족시키는 데에는 아무런 관심이 없지만, 그만큼 무한한 상상력을 지니고 있다. 이러한 내용의 1부 "비애"는 어린 아이의 혼란스러운 관점과 다소 으스스하게 묘사한 (의도하지 않은) 희극을 다루고 있다. 2부인 "벨기에"는 나치 점령기를 겪는 세이나에베 가족의 서사이다. 친구들과 친척들은 모두 이 새로운 정권에 동조한다. 심지어 루이스의 부모는 적극적으로—아버지는 선전물 출판인으로, 어머니는 나치 장교의 비서이자 정부(情婦)로—협력하기까지 한다. 전쟁 연대기라 할 수 있는 이 풍부하고 난해한 소설은 그 기묘한 인물들과 생기있는 대화, 그리고 동시에 한 예술가의 초상이라는 점에서 보기 드문 작품이다. 그 뛰어난 창작성 덕분에 루이스는 결말 부분에서 소설가가 된다.

클로우스는 창작 활동으로만 먹고 사는 몇 안 되는 벨기에 작가들 중 하나이다. 그의 작품 세계는 시, 희곡, 영화대본, 단편 소설들은 물론 장편소설, 에세이, 번역, 오페라 리브레토까지 포함하고 있다. **ES**

피아노 치는 여자 The Piano Teacher

엘프리데 옐리네크 Elfriede Jelinek

작가 생몰연도 | 1946(오스트리아)
초판 발행 | 1983, Rowohlt(베를린)
원제 | Die Klavierspielerin
노벨 문학상 수상 | 2004

옐리네크의 문학은 자본주의 가부장 사회에 대한 비판과 인간의 관계 형성의 소용돌이 속에 있다. 관음증의 성욕을 탐구하고 여성의 남성을 위한 성적 상품화를 비판하는 그녀의 문장은 무자비하기 이를 데 없다.

이 무기력하고 고통스러운 작품의 주인공 에리카 코후트는 포르노 영화부터 빈의 놀이공원에서 데이트하는 연인들에 이르기까지 엿보기라는 불안한 쾌락에 몰두한 여자이다. 그러나 옐리네크는 엿보기와 성적 사도-마조히즘의 가장 난폭한 경계를 함께 묶는다. "에리카는 죽음으로만 끝날 수 있는 고통을 원한다." 에리카가 그녀의 제자이자 애인인 발터 클레머에게 자신을 고문하라고 요구할 때 옐리네크는 그녀의 성욕이 어머니와의 관계, 즉 딸의 절대적인 복종을 요구하는 모성애의 깊숙한 곳에 묻혀있음을 알려준다. "어머니에게 복종한 그 오랜 세월 후에 그녀는 다시 남자에게까지 복종할 수는 없었다."

성적 불일치의 탐구에 그녀의 문학을 바친 옐리네크는 독자들로 하여금 여성의 사도-마조히즘에 대한 페미니스트들의 대응과 그것을 사로잡고 있는 불안과 마주하게 만든다. 옐리네크는 에리카의 욕망을 비난하려고도, 찬미하려고도 하지 않는다. 다만 글읽기와 글쓰기라는 흔한 즐거움에 대해서까지 비판적인 시선을 유지할 뿐이다. "강력한 충격 덕분에 내 주인공들이 있었던 자리에 아무것도 자라지 못하기를 바란다." **VL**

마이클 K의 삶과 시대 The Life and Times of Michael K

J. M. 쿠체 J. M. Coetzee

작가 생몰연도 | 1940(남아프리카)
초판 발행 | 1983, Secker & Warburg(런던)
원제 | The Life and Times of Michael K
부커상 수상 | 1983

이 소설은 오랜 세월 동안 내려온 남아프리카의 전원적 이상을 이용하여 아파르트헤이트 정권을 유지해온 신화에 도전장을 내민다. 언청이 유색인 마이클 K는 자기 어머니가 가정부로 일하는 케이프타운의 시포인트 지역에서 정원사로 취직한다. 어머니가 죽어가게 되자 그는 그녀가 태어난 카루의 농장으로 보내려 하지만, 그녀는 가는 도중에 숨을 거두고 만다. 마이클은 홀로 여행을 계속하다 버려진 농장에 어머니의 유골을 뿌리고, 그곳에 그대로 눌러앉아 호박을 키우고 땅을 일구며 살아간다. 그 와중에 내전의 불씨가 일어나기 시작한다. 마이클은 반란군에 협조했다는 혐의로 체포되고 강제수용소에 보내진다. 그는 음식을 거부하다가 탈출하여 시포인트로 가 부랑자가 되어 연명한다.

이 소설의 2부는 강제수용소의 의료 장교가 쓴 일기 형식으로 되어 있다. 이 일기에서 장교는 마이클로부터 정보를 얻어내려 했던 자신의 경험을 기술한다. 그러나 마이클의 뒤틀린 입에서는 거의 어떤 말도 나오지 않는다. 그는 음식을 거의 먹지 않고 대화도 거의 하지 않는다. 어떤 체제에도 예속되기를 거부하는 마이클은 장교가 가진 계층적 세계에 대한 모든 확신을 뒤흔든다.

이것은 평범한 사람에 관한 주목할 만한 이야기이다. 이 소설의 풍요로움은 마이클이 권력계층과 독자들에게 제시하는 수수께끼와 그가 표출하는 저항에서 기인한다. 쿠체는 소설을 어떤 중요한 해석의 틀에도 맞춰지지 않도록 함으로써 마이클 K의 알 수 없는 특징을 세심하게 지켜내고 있다. **ABi**

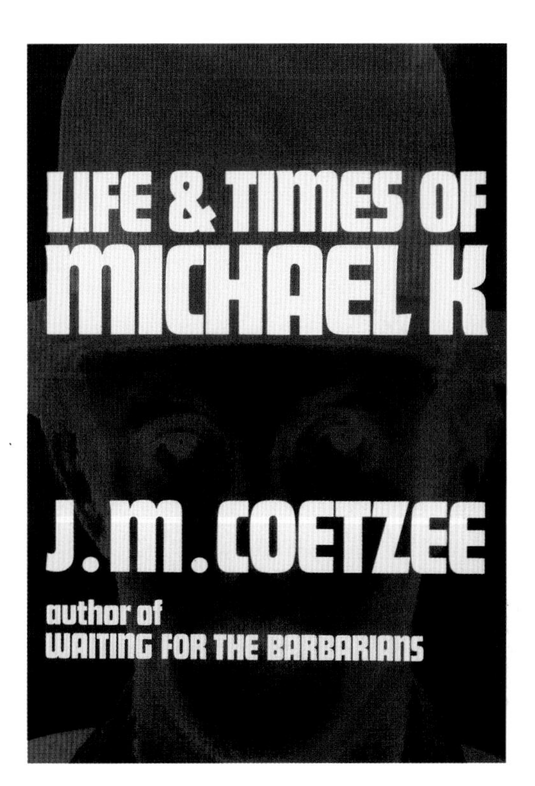

"그는 바보다. 심지어 그다지 흥미로운 바보도 못 된다. 그는 삶의 전쟁터에서 그저 떠도는 것만을 허락받은, 어찌할 수 없는 불쌍한 영혼이다."

▲ 쿠체는 스스로를 "사슬을 벗고 빛을 향해 머리를 드는" 사람들을 대변하는 작가라고 말한 바 있다.

강마을 Waterland

그레이엄 스위프트 Graham Swift

작가 생몰연도 | 1949(영국)
초판 발행 | 1983, Heinemann(런던)
원제 | Waterland
가디언 소설상 수상 | 1983

화자인 톰 크릭의 아내 메리가 동네 수퍼마켓에서 아이를 유괴한 사건은 마을에서 굉장한 소문거리가 되었다. 중학교 역사 교사로 말년을 준비하고 있던 크릭은 자기 자신의 역사와 어린 시절을 되돌아보며 도대체 어디서 모든 것이 잘못되었는가를 생각한다. 그는 말이 없고, 무슨 생각을 하는지 알 수 없었던 형을 떠올린다. 정신병 환자였던 형은 끝내 자살하고 말았다. 또 그가 이웃집 남자아이의 죽음에 대해 느꼈던 죄책감도 암시된다. 또한 10대 때의 성적 실험 후 낙태를 알선하려고 했을 때 그와 메리를 사로잡았던 공포 역시 되살아난다. 그것은 보통 마녀로 통하는 여제사장 마사 클레이의 주재로 거행된 강렬한 반종교적 의식이었는데, 그 때문에 메리는 불임이 되는 것은 물론 평생 지울 수 없는 트라우마를 입게 된다. 크릭의 부모의 서정적인 사랑 이야기조차 침묵의 범죄와 그 비극적인 결과의 사악한 그림자를 벗어나지는 못한다.

간척의 은유는 이야기와 역사적 내러티브가 주는 위안에 대한 크릭의 평가에서 매우 중요한 역할을 한다. 크릭은 역사를 단순한 과정의 행진이 아닌, 잠식해오는 펜스 강의 물에 대한 지속적이고 돌고 도는 전투라고 생각하다. 특별히 자기 주장이 강한 학생과 역사의 가치를 토론하면서 크릭은, 내러티브는 이익이 되는 결과에 호소함으로써 주장할 수 있는 것이 아니며 어쩔 수 없이 그 자체의 전염적인 힘을 사용해 공허를 방지하는 것이라고 말한다. 이것이야말로 절망에 대항하는 사람들의 유일한 무기라고 말이다. **AF**

라 브라바 LaBrava

엘모어 레오나드 Elmore Leonard

작가 생몰연도 | 1925(미국)
초판 발행 | 1983, Arbor House(뉴욕)
원제 | LaBrava
본명 | Elmore John Leonard, Jr.

엘모어 레오나드는 미국 도회지 삶의 급소를 면도날처럼 예리하게 묘사함으로써 당대 미국 문단에서 가장 날카롭고, 가장 우스꽝스럽고, 가장 거칠고, 가장 통찰력이 뛰어난 작가로 자리매김했다. 『라 브라바』는 확실히 레오나드가 스스로 창조해낸 형식—미스테리와 서스펜스, 범죄와 스릴러, 거기에 도시학 논문을 곁들인—을 손쉽게 다룬 대표적인 예라 할 수 있다.

전 정보기관 요원인 조 라브라바는 레오나드 자신처럼 "스타일이 없는 것이 스타일"인 사진작가이다. 아니 그저 예술적으로 꾸밈이 없다고 해야 할는지도 모르겠다. 어쨌거나 라브라바는 50년대 팜므파탈로 유명했지만 지금은 나이를 먹어가는 여배우 진 쇼와 친구가 된다. 쇼는 가난뱅이 백인 정신병자 리치 노블스와 함께 친구인 모리스에게 사기를 쳐서 60만 달러를 뜯어내려는 음모를 꾸미고 있다. 한편 노블스는 쿠바 출신의 고고 댄서 쿤도 레이에게 빠지게 되는데, 레이는 표범무늬 자크스트랩(남자 무용수들이 입는 국부용 서포터)보다도 돈에 더 큰 열정을 보인다. 『라 브라바』에서 무엇보다 유쾌한 점은 이러한 인물들이 서로 부닥치게 하고 관점을 옮겨 서스펜스를 자아낸 뒤 그들의 대화에 귀를 기울이는 레오나드의 기술이다. 등장인물들은 각자 상황을 자기 자신에게 유리하게 비틀려고 하다가 오히려 자신이 말려들어가지만, 레오나드는 포스트모더니즘 식의 속임수를 의도적으로 피한다. 결국, 이 책은 문학적 기술에 관한 논문이라기보다는 아주 멋진 소설이다. **AP**

크리스마스 오라토리오 The Christmas Oratorio

괴란 툰스트룀 Göran Tunström

작가 생몰연도 | 1937(스웨덴)–2000
초판 발행 | 1983
초판 발행처 | Bonniers(스톡홀름)
원제 | Juloratoriet

스웨덴의 걸작이자, 1996년 킬 아케 안데르손이 영화로 만든 후에는 더욱 높은 인기를 얻은 『크리스마스 오라토리오』는 재능있는 작가가 섬세하게 빚어낸 거대한 드라마이다. 그의 다른 소설들, 특히 『도둑(Tjuven)』(1986)처럼 이 작품에서도 툰스트룀은 서정적이면서도 간결한 문체로 대가족의 역학 관계 속에서 잃어버린 어린시절과 정체성을 찾는 과정을 그리고 있다.

『크리스마스 오라토리오』는 노르덴손 가족의 3대와 3개 대륙에 걸친 비극의 연속이다. 툰스트룀은 마치 '애도'라는 주제에 대한 변주곡 모음을 작곡한 듯하다. "녹여내려면 수백 년이 걸릴 얼어붙은 음악과도 같은" 하나의 비극적 사건의 파장이 점점 퍼져나가면서 그들의 삶도 바뀐다.

그 사건이란 1930년대로 거슬러 올라간다. 중심 인물인 시드너는 아들에게 어떻게 자신이 끔찍한 사고로 어머니를 소떼에게 짓밟혀 죽게 했는지를 이야기한다. 그녀는 바흐의 '크리스마스 오라토리오'를 부르기 위해 외딴 시골 교회로 자전거를 타고 가는 중이었다. 이 부분은 그의 다른 글들과 마찬가지로 툰스트룀의 고향인 베름란트의 전원을 배경으로 펼쳐진다. 시드너의 아버지 아론은 그를 뒤에 남겨둔 채 뉴질랜드(작가 자신도 뉴질랜드에 잠시 머무른 적이 있었다)로 가서 죽은 아내의 망령에 사로잡힌 새로운 관계를 시작한다. 이 작품은 비극적이고, 쓰라리고, 혼란스러운 사랑 이야기이다. 부자 관계를 이토록 아름답게 관찰한 작가는 보다 폭넓은 독자층을 누릴 자격이 충분히 있다. **JHa**

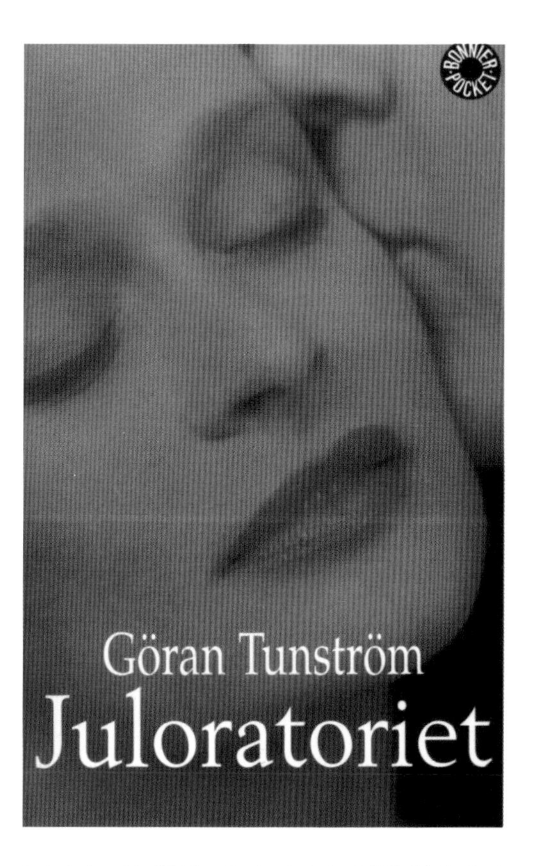

"과거의 모든 행위는 우리 자신의 미래를 향해 흘러내리는 천 가지가 넘는 가능성을 만들어냈다."

▲ 『크리스마스 오라토리오』의 스웨덴판 표지. 사랑과 상실, 기억이라는 주요 테마를 암시하고 있다.

파두 알렉산드리누 Fado Alexandrino

안토니오 로보 안투네스 António Lobo Antunes

작가 생몰연도 | 1942(포르투갈)
초판 발행 | 1983, Publicações D. Quixote(리스본)
원제 | Fado Alexandrino
예루살렘 상 수상 | 2005

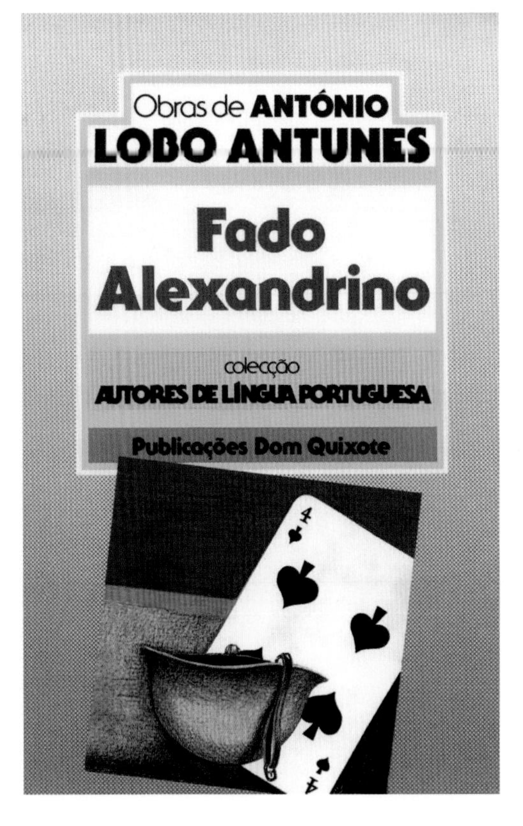

▲ 안투네스는 식민침략 전쟁과 혁명의 동란이라는 자신의 개인적 경험 위에 포르투갈 사회의 프레스코화를 그렸다.

포르투갈어로 "파두"는 포르투갈 전통 가요와 각자의 운명이라는 두 가지 뜻이 있다. 각 12개의 장, 총 3부로 구성된 『파두 알렉산드리누』는 이 두 가지 의미를 모두 함축하여, 1974년 4월 25일 혁명이 일어나기 전과 일어나는 동안, 그리고 일어난 후의 앙골라의 운명을 다루고 있다.

정신과 의사였던 로보 안투네스는 1971년 전쟁 중이던 앙골라로 보내진다. 중위이자 군의관으로 복무한 2년 동안 그는 전쟁의 현실은 물론 동료들이 전쟁을 대하는 사고방식을 파악하였다. 그의 문장에서 전쟁은, 하나를 다른 하나로부터 고집시키는, 어디에나 존재하는 하나의 과정이다. 모든 개인은 공동 경험에 의미를 부여하기 위해 가장 일상적이고 세속적인 수준에서 잃어버린 것을 다시 손에 넣으려 끊임없이 발버둥친다.

『파두 알렉산드리누』는 독자로 하여금 더 탐구하고자 하는 감정적 경향을 요구하는 불능—문자 그대로 해석하자면 성불능이지만 사실은 정치적 불능을 은유하는—의 반이상향적 시나리오를 무자비하게 묘사한다. 왜 그럴까? 왜냐하면, 작가는 상상 속에서 아름답게 이해된 언어로, 그 역사상 가장 중대한 사건의 전후에 정체성을 확립하기 위해 분투하는 한 국가의 가장 세속적으로 심오한 무엇을 탐험하도록 안내하기 때문이다. 피상적인 수준에서 이 소설은 함께 저녁을 먹으면서 1972~82년 사이의 직업적, 사회적, 개인적 삶을 이야기하는 다섯 명의 전쟁 투사들의 이야기이다. 그러나 로보 안투네스는 시공의 교차 속에서—특히 하나의 대화 속에서 종종—인종, 계급, 돈과 같은 이슈들을 아우르는 복잡한 구조를 짜내지만, 무엇보다도 개개인의 삶의 이야기를 통해 전쟁의 화려한 겉껍질을 벗겨내고 있다. **ML**

목격자 The Witness

후안 호세 사에르 Juan José Saer

작가 생몰연도 | 1937(아르헨티나)-2005(프랑스)
초판 발행 | 1983
초판 발행처 | Folios(부에노스 아이레스)
원제 | El entenado

역사 소설의 외양을 하고 있지만 『목격자』는 사실 인생의 깨달음에 대한 실존주의적 우화이다. 이것은 이름 없는 한 고아 사환 선원의 이야기로, 이 소년은 16세기 초 스페인을 출발하여 신대륙을 향해 여행한다. 소년과 그의 여행 동무들은 신대륙에 도착하여 인디언들에게 포위를 당하고, 소년은 그 공습에서 살아남은 유일한 생존자가 된다. 그는 식인부족의 포로로 10년을 보내고 풀려난 뒤, 이 포로경험 이야기를 자기 존재의 중심으로 삼는다. 이것은 인간 존재의 과격한 기이함과 세상에 대한 개인의 책임감에 대한 알레고리이기도 하다. 식인 풍습은 더 이상 인간 소외에 대한 괴물적인 표상이 아니다. 이것은 균형이 지켜져야만 하는 우주에 대해 원주민들이 갖는 의무감의 메타포가 된다. 보고서처럼 보이는 이 소설은 인류학 논문처럼 끝을 맺으며, 공포감이 물러가면 이해의 순간이 찾아온다. 인간 존재의 본질은 의심스러운 것이며, 오로지 주관적인 양심만이 존재에 의미를 부여할 수 있다.

익명의 화자는 이러한 원주민들의 기억을 보존해야 하는 책임을 지고 있다. 이들은 비록 화자와 완전히 다른 사람들이기는 하지만, 자신의 근원을 알지 못하는 고아라는 점에서, 쉽게 말하면 오직 경험을 통해서만 자기 자신에 대해 알아간다는 점에서 화자와 다를 바가 없다. 결말 부분의 월식의 기억은 이러한 완전한 암흑과 무지의 우의이기도 하다. 객관주의와 서정성의 조화, 언어학적 진실과 관점을 다루는 자유, 그리고 내러티브의 속도 조절은 이 작품을 역사 소설이라는 장르의 새로운 본보기로 만들었다. **DMG**

▲ 현대 아르헨티나 문단 최고의 작가 중 하나라는 평을 듣고 있는 사에르는 프랑스에서 27년째 살고 있다.

치욕 Shame

살만 루시디 Salman Rushdie

작가 생몰연도 | **1947(인도)**
초판 발행 | **1983, Jonathan Cape(런던)**
원제 | **Shame**
본명 | **Ahmed Salman Rushdie**

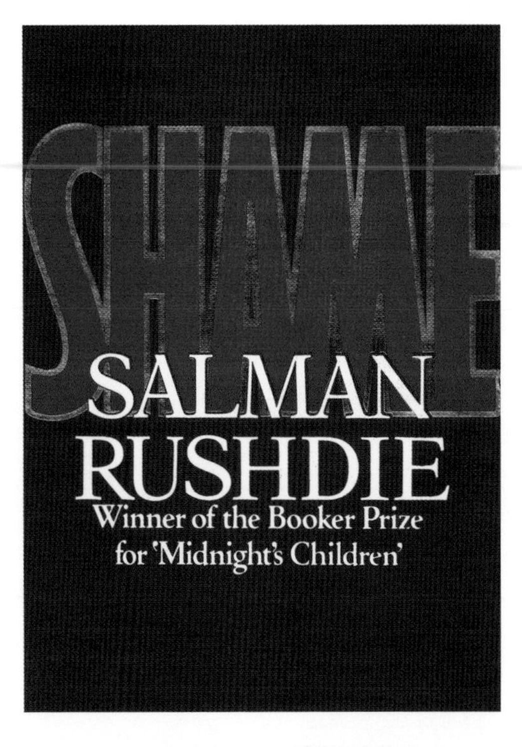

"빨리 와! 아버지가 스스로를 파멸시키고 있어."

▲ 초판본 표지의 빨간 레터링은 이 소설의 주제 — 폭력은 치욕으로부터 나온다 — 를 상징하고 있다.

인도의 일부분이 떨어져나가 훗날의 파키스탄이 된 것처럼, 『치욕』 역시 경계에 관한 이야기이다. 주인공의 이름은 오마르 샤킬, 항상 측면에서만 바라보는 "주변인"이다. 그의 위로 세 명의 누이는 그에게 어머니 행세를 하려 든다. 이 소설은 파키스탄은 아니지만 "현실과는 약간 동떨어진" 나라의 Q라는 먼 국경 지대 마을이 무대다. 지엽적인 이야기와 신문 기사들이 종종 내러티브의 맥을 끊는 것은 허구와 역사 사이의 경계를 침범하는 것이며, 줄피카르 알리 부토(928~1979, 파키스탄의 법률가 정치가)와 지아 알 하크(1924~1988, 파키스탄의 군인 정치가)의 파키스탄을 허구의 주인공 이스칸데르 하라파와 라자 하이더를 통해 풍자하는 것이다.

호색한에 도박꾼인 총리 이스칸데르 하라파와 쿠데타를 일으켜 그를 몰아내는 라자 하이더의 반목이 주된 줄거리이다. 정치적 불화를 넘어 하이더와 하라파의 가족들, 특히 여성들은 일련의 성적 관계와 인척으로 얽혀 있다. 하라파의 딸인 수피야 지노비아는 결국 오마르 샤킬과 결혼한다. 지노비아는 번역이 불가능한 우르두어 명사 "샤람(sharam)", 굳이 옮기자면 "치욕"의 현신이라 할 수 있다. 아들로 태어났어야 하는데 딸인데다 정신이상으로 태어난 그녀는 길을 잘못 든 기적, 파키스탄을 상징한다. 지노비아의 내면 깊숙한 곳에 숨어있던 치욕의 야수는 마침내 표면 위로 떠올라 모든 인물들에게 걸맞는 복수를 행한다.

역사 평설과 정치 우화, 그리고 마르케스에 필적하는 환상적인 소설 문체가 과감하게 결합시킨 『치욕』은 코믹함과 난해한 내러티브, 신랄한 정치 비판을 통해 큰 성공을 거둔 『자정의 아이들』에 뒤지지 않는 후속작이다. **ABi**

돈: 유서 Money: A Suicide Note

마틴 에이미스 Martin Amis

『돈』의 주인공인 존 셀프는 공허하고 평범한 인간이지만 에이미스가 창조해낸 가장 강렬하고 잊을 수 없는 인물 중 하나이다. 소설은 1981년 여름, 셀프가 왕실 결혼의 국가적 로맨스와 스스로의 실패한 연애로부터 탈출해 뉴욕으로 날아가는 것으로 시작한다. 그 곳에서 그는 회사 돈으로 마약, 술, 포르노그래피, 폭력, 그리고 섹스의 향연에 빠지지만 큰 즐거움을 느끼지 못한다.

이 소설은 레이건의 미국과 대처의 영국을 지배하던 채울 수 없는, 그러나 정당한 탐욕에 대한 음울한 풍자적 찬사이다. 『돈』은 또한 독자들로 하여금 지극히 불쾌하지만 이상하게도 싫어할 수 없는 주인공, 존 셀프와 동질감을 느끼게 한다. 셀프는 헐리우드에서 명성을 쌓을 수 있다는 유혹에 빠져 영국과 광고계—80년대 가장 전형적인 산업 중의 하나—에서 쌓은 성공적인 커리어를 버린다. 소설 속에서 셀프가 거리낌없이 써대는 돈은 모두 영화 제작자들이 안겨준 것이다. 그러나 곧 절제를 잃어버린 셀프는 수치스러운 자기 과신의 순간을 맞는다. 이야기가 진행되면서 우리는 셀프가 그를 파산하게 하려는 기업의 교묘하고도 거대한 속임수의 희생양이었음을 알게 된다. 결말에서 셀프는 야망과 생기, 아버지, 친구들은 물론 연인이 내민 구원의 손길도 모두 잃어버리게 된다. 이 소설의 마지막 아이러니는 셀프가 모르는 사이에 자신을 파괴하는 음모를 도와주었다는 것이다. 애시당초 제작될 수 없었던 영화에 제한적으로 참여한 셀프가 한 일 중의 하나는 별 볼일 없는 영국 소설가—마틴 에이미스—를 고용한 것인데, 에이미스가 도저히 영화화할 수 없는 말도 안 되는 시나리오를 재집필함으로써 줄거리가 풀려나가기 시작한다. **NM**

작가 생몰연도 | 1949(영국)
초판 발행 | 1984, Jonathan Cape(런던)
원본 | Money: A Suicide Note
미국판 발행 | 1985, Viking(뉴욕)

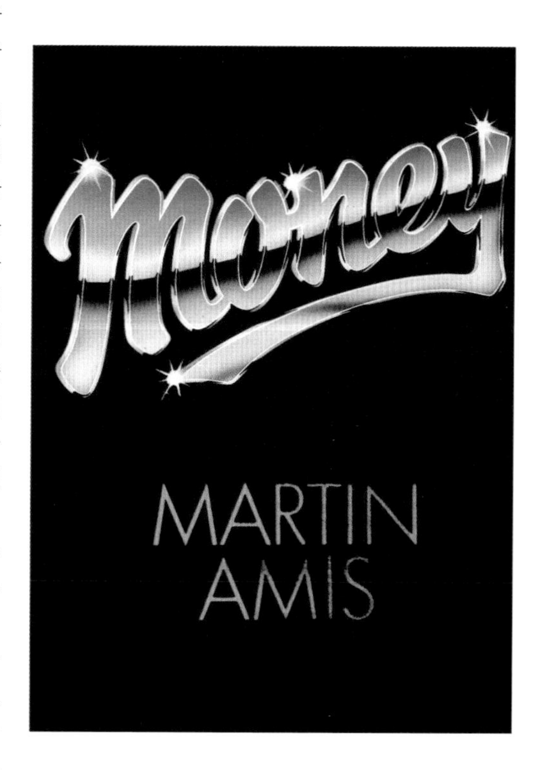

"나는 양치컵으로 면세품 위스키를 마시고 있지…"

▲ 몬 모헌과 딕 존스가 디자인한 초판본 표지는 80년대 풍의 물질적 부를 연상시킨다.

플로베르의 앵무새 Flaubert's Parrot

줄리안 반스 Julian Barnes

작가 생몰연도 | 1946(영국)
초판 발행 | 1984, Jonathan Cape(런던)
원제 | Flaubert's Parrot
필명 | Dan Kavanagh

▲ 1984년 부커상 후보작이었던 『플로베르의 앵무새』는 그로부터 3년 전, 노르망디에서 본 두 마리의 박제 앵무새로부터 시작되었다.

▶ 1990년 사진 속의 줄리안 반스. 반스는 열다섯 살 때 『보바리 부인』을 읽은 후 줄곧 플로베르의 팬이었다.

재미있고 박식한 이 소설은 명망 있는 학자의 고요한 열정과 망상에 대한 이야기이다. 또한 외로운 아마추어 학자와 구스타프 플로베르 사이의 보답 없는 사랑 이야기이기도 하다. 마지막으로 이 소설은 추리소설—챈들러보다는 보르헤스에 가까운—이기도 하다.

조프리 브레이스웨이트는 (그가 보기에) 풀리지 않은 거대한 문학의 미스테리를 발견한다. 플로베르의 『순박한 마음(Un Coeur simple)』에 등장하는 두 마리의 박제 앵무새 중에서 어떤 것이 플로베르의 책상 위에 있었던 앵무새일까? 도무지 의미 없는 이 물음은 학계와 지나친 전문화의 변덕스러운 사악함이 낳은 비효율을 패러디한 것이다. 작가는 창작과 비판, 그리고 영웅 창조의 본성을 탐구한다. 미(美)는 부서지기 쉽다—우리는 세심한 해부를 통해 그것의 파괴를 감행하는가, 아니면 그것은 단지 미스테리 속 마법의 한 부분일 뿐인가?

이 소설은 플로베르와는 거의 관계가 없다.(하물며 앵무새들은 더더욱 관계없다.) 오히려 브레이스웨이트와 자신의 영웅에 너무 가까이 다가갈 경우 자기 자신에 불편할 정도로 가까워진다는 위험에 대해 이야기하고 있다. "모든 예술은 자전적이다."라고 화가 루시앙 프로이트는 말했다. 또 예술은 자서전의 기술을 포함하고 있다고 주장하기도 했다. 브레이스웨이트는 비극적인 인물이다. 그는 인생에 무감각하며, 자신의 추억과 감정들을 무시한다. 그는 너무나 공허하여 한 인간보다 훨씬 더 안전한 것에 헌신할 수밖에 없는 인간이다.

죽은 프랑스 작가에 사로잡힌, 늙은 퇴직 의사는 유머의 대상으로는 상당히 안 어울리지만, 이 소설은 위트와 통찰로 가득하다. 세 편의 플로베르 자서전(하나는 기름이 줄줄 흐르고, 하나는 비판적이고, 하나는 객관적인), 플로베르 전문가인 실제 인물 에니드 스타키의 외모, 심지어 가상의 대학 시험에 이르는 디테일들로 넘치는 작품이기도 하다. 또한 이 소설에는 브레이스웨이트의 "포용된 개념 사전"과 같은 기발한 자료들도 들어있다. 매우 유쾌한 지그소 퍼즐과도 같은 책이다. **GT**

마르텐스 교수의 고별

Professor Martens' Departure

얀 크로스 Jaan Kross

작가 생몰연도 | 1920(에스토니아)

초판 발행 | 1984

초판 발행처 | Eesti Raamat(탈린)

원제 | Professor Martensi ärasõit

1907년 러시아 외무부 관리이자 국제법 교수인 F. 마르텐스는 자신의 고향인 에스토니아의 여름 별장을 떠나 상트페테르부르크로 돌아간다. 이 여행 동안 마르텐스의 기억과 백일몽, 실제와 신기루 속 동료 여행자들과의 대화를 통해 시골 고아원 출신으로 국제적인 명사가 된 그의 인생 이야기가 나온다. 그의 삶은 기이하게도 한 세기 앞선 독일의 유명한 변호사였던 또 다른 마르텐스의 삶과 얽혀 있다. 결코 자신을 끼워주려 하지 않았던 이들을 뛰어넘고 헤쳐나간 그의 삶은 배움과 야망, 상처입은 자기애의 결합으로 점철된 삶이었다.

크로스는 마르텐스의 비통함과 상처받은 허영심, 그를 특징짓는 경멸, 혹은 마르텐스의 실제 일기에 나와있는, 노벨 평화상을 놓쳤을 때의 반응을 일일이 꾸며낼 필요는 없었다. 그러나 마르텐스로 하여금 삶의 마지막 순간에 아내와 상상 속의 "정직의 계약"을 맺도록 한 것, 그의 허영심과 자만을 절제된 자기 성찰의 시도로 표현하게 한 것, 그리고 그러한 자각으로도 크게 달라지지 않도록 한 것은 크로스의 아이디어였다. 그 허영심, 야망, 그리고 이상의 타협은 스스로의 자기기만을 들여다볼 수 있는 능력과 공존한다. 아니 후자에 의존하고 있다고 볼 수도 있다. 이 책이 세계의 독자들과 공감대를 형성할 수 있었던 것은 바로 이러한 심오한 통찰 때문이었을 것이다. **DG**

이판사판 고등학교

Blood and Guts in High School

캐시 애커 Kathy Acker

작가 생몰연도 | 1947(미국)–1997(멕시코)

초판 발행 | 1984, Grove Press(뉴욕)

원제 | Blood and Guts in High School

영국판 발행 | Pan Books(런던)

캐시 애커의 『이판사판 고등학교』는 낯익은 통과의례 소설을 재해석한다. 그 결과는 제이니—학교를 싫어하고, 아르바이트도 싫증이 났고, 결국은 경찰과 문제를 일으키는—의 문제투성이 삶과 세속적이고, 충격적인 초현실과의 결합이다. 시작 부분에서 제이니와 아버지의 대화를 마치 진부한 낮시간 토크쇼처럼 묘사한 어조는 마치 실패한 성관계를 보고 있는 성인이 죄책감과 책임감에 목이 졸리고 있는 그것과 비슷하다. 독자가 제이니의 나이를 확실히 알 수 없고, 성 정치의 은유적 언급과 문자 그대로 불편하게 일반화한 근친상간을 구별할 수 없다는 점은 이 책이 주는 매우 불안한 경험을 특징짓고 있다.

줄거리가 전개되면서 제이니의 삶의 묘사는 점점 더 앞뒤가 안맞고, 으스스하고, 코믹하다. 그녀의 성적 해방과 그 뒤를 잇는 노예화의 내러티브는 손수 그린 꿈과 숙제들, 그리고 어린애가 해석한 기초 아랍어의 문구들과 함께 삽입된다. 이 두서없고 쉽지 않은 텍스트는 문학적 텍스트는 언제나 깔끔하고, 완전하고, 뭔가 진실해야 한다는 가정에 대한 모독이다. 이에 맞서 애커는 그녀가 말그대로 비꼬고 있는 뻣뻣한 가부장적 질서에 대해 젊은 여성의 성적, 무법적 에너지를 내세우고 있다. **NM**

애벌레: 한여름 밤의 바벨

Larva: Midsummer Night's Babel

훌리안 리오스 Julián Ríos

작가 생몰연도 | 1941(스페인)

초판 발행 | 1984

초판 발행처 | Libres del Mall(바르셀로나)

원제 | Larva: Babel de una noche de San Juan

프랑스의 구조주의와 반문화 운동에서 영감을 받아 태어난 1970년대 네오 아방가르드 운동은『애벌레』에서 최고의 결실을 맺은 동시에 그 한계에 부딪혔다.『애벌레』는 소수의 독자들을 위한 열광적이고 모호한 언어의 축제이다. 그 왜곡은 글은 물론 텍스트의 시각적 배열에까지 영향을 미쳐, 계속되는 컬트의 인용과 다국어 언어유희가 빽빽하게 엉켜 있는 속에서 미약한 줄거리는 그만 흔적조차 보이지 않게 되었다.

리오스는 제임스 조이스의『피니건의 철야(Finnegan's Wake)』를 모델 삼아 하나의, 혹은 여러 개의 단어를 서로 결합하는 기본 테크닉을 사용했는데 이는 종종 매우 유머러스한 효과를 낳았다. 그래서 우리의 화자는 "ventrilocuelo" (영어로 복화술사를 뜻하는 'ventriloquist'를 희화한 것)이며, 주인공인 밀랄리아스와 바벨은 "escriviven"('글쓰며 살다'를 스페인어로 조합한 것) 하면서 런던의 한여름날 밤, 술독에 빠져 에로틱한 모험에 나선다. 떠들썩한 변신, 단어와 숨겨진 인용의 조합, 세르반테스를 연상시키는 화자의 변환이 텍스트에 더해졌다—짝수 페이지는 사실의 아이러닉하고 모호한 서술, 홀수 페이지는 그로 인해 태어난 노트와 감상을 담고 있으며 맨 마지막에는 "베갯머리 노트"라 하여 밀랄리아스의 이야기에 대한 바벨의 감상이 들어 있다. 이 작품은 코르타사르(1914~1984, 라틴 아메리카의 소설가)의『돌차기 놀이(Rayuela)』의 구조적 이단에 바치는 헌사이다. **DRM**

서커스의 밤

Nights at the Circus

안젤라 카터 Angela Carter

작가 생몰연도 | 1940(영국)–1992

초판 발행 | 1984, Chatto & Windus(런던)

원제 | Nights at the Circus

본명 | Angela Olive Stalker

안젤라 카터의 눈부시게 빛나는 공중 그네 곡예사, 거칠고 매력적인 페버스는 중력과 성적 이데올로기를 거부하는 날개 달린 여인으로, 성 역할과 지리의 기묘한 한계를 탐험하는 이 소설의 무대 중앙을 누빈다. 3부에 걸친 런던에서 상트페테르부르크로, 다시 시베리아로의 여행에서 우리는 페버스의 떠들썩한 서커스 공동체에 그늘을 드리우는 기자 잭 월서와 동행한다. 비평가로서 월서는 쾌활하면서 동시에 빈정대기도 한다.

이 소설은 희극적 소동으로 가득하다. 목소리와 사투리, 이야기의 사육제 같은 요란함을 통해 카터는 끝나지 않는 가장무도회의 현실을 예리한 분별로 탐구한다. 매일밤 서커스의 연기자들은 그들의 보여주어야 하는 외면에 지쳐 흐트러진 모습으로 나타난다. 카터는 어느 정도의 합리와 은근한 과묵으로 마술적 리얼리즘의 자기 풍자적 에너지를 이용할 수 있게끔 한다. 그러나 그녀는 자기 변신의 묘사에서 실용주의와 타협하지는 않는다. 그녀는 페버스의 평탄치 않은 여행을 "여성에서 사상으로 전환하는 무질서"라고 정의한다. 지루한 일관성에 지치지도 않고 저항하는 카터의 작품은 공범의식과 격리 사이에서 왔다갔다 하면서 우리의 선입관을 무너뜨리는, 유쾌하고도 애교있는 휴식으로 독자들을 초대한다. **DJ**

뉴로맨서 Neuromancer

월리엄 깁슨 William Gibson

작가 생몰연도 | 1948(미국)
초판 발행 | 1984, Ace Books(뉴욕)
원제 | Neuromancer
◆ 1988년 비디오 게임으로 제작

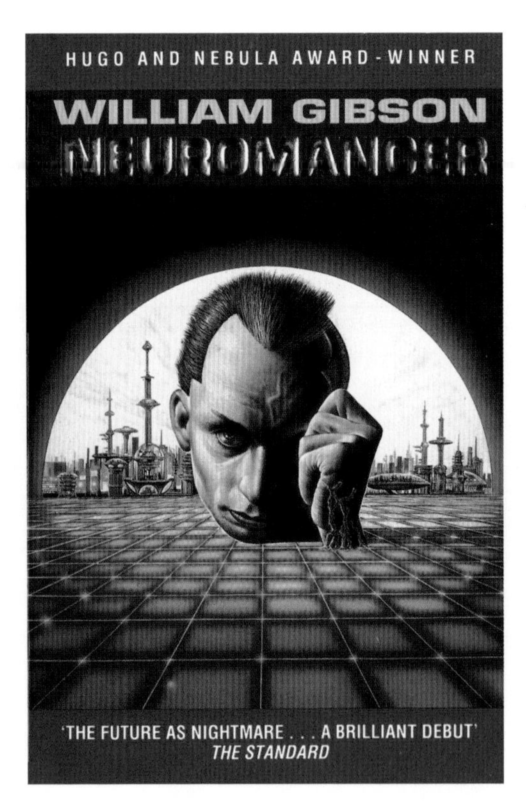

HUGO AND NEBULA AWARD-WINNER
WILLIAM GIBSON
NEUROMANCER
'THE FUTURE AS NIGHTMARE . . . A BRILLIANT DEBUT'
THE STANDARD

▲ 최초의 사이버펑크 소설이라 할 수 있는 『뉴로맨서』는 세계적으로 650만 부 이상이 팔렸으며 3개의 권위있는 SF문학상을 수상했다.

▶ 1991년 뉴욕의 차이나타운을 걷고 있는 윌리엄 깁슨. 사실 깁슨은 컴퓨터와는 전혀 친하지 않았다고 한다.

『뉴로맨서』는 SF장르뿐만 아니라 당대의 상상력 전반에서 볼 때 기념비적인 작품이다. 윌리엄 깁슨은 놀랄 만한 선견지명으로 인터넷과 다른 가상 테크놀로지가 일상에 침투하기 훨씬 전에 "사이버 공간"(컴퓨터 데이터의 3차원적 표현을 통해 이용자들이 의사소통과 비즈니스는 물론 온갖 수상한 활동을 모두 할 수 있는 곳)이라는 개념을 창조해냈다. 바로 이 소설이 기술 애호가 세대에 영감을 불어넣은 그 작품이다.

케이스라는 이름의 "컴퓨터 카우보이"가 있다. 그는 자신이 속인 고객에 의해 신경 체계가 손상될 때까지 가상의 세계를 털어온 데이터 도둑이다. 사이버 공간에 접속할 수 없게 된 그는 일본 치바의 치외법권 지역에서 근근이 생계를 이어가고 있다. 그러나 수수께끼의 아미티지—최후의 유쾌한 대단원까지 그 의도가 밝혀지지 않는 사업가—가 접근해 그에게 옛 힘을 되찾게 해주겠다고 제안한다. 깁슨은 호화로운 디테일과 풍부한 전문용어는 물론 속어까지 써가며 텔레비전의 황혼과 섬유광학 쇼크의 세계를 창조해낸다. 그것은 테크노 사기꾼들과 골수 마약 중독자들, 괴짜 신문화 집단, 외과적으로 무장한 암살자들, 그리고 사악한 거대 기업들의 세계로, 점점 우리들이 살아가는 이 세상과 닮아간다.

『뉴로맨서』는 오웰이나 헉슬리의 시야, 독창성, 그리고 지적 열정을 갖춘 최고의 스릴러물 중 하나로, 시대를 뛰어넘는 매력이 있는 작품이다. 그러나 그중 가장 강렬하면서도 불편한 특징이라면 가상의 세계와 유기적 세계, 인간과 사이보그, 프로그램과 현실 사이에 확실한 도덕적 구분을 짓지 않는다는 점일 것이다. **SamT**

7483

말벌 공장 The Wasp Factory

이언 뱅크스 Iain Banks

작가 생몰연도 | 1954(스코틀랜드)
초판 발행 | 1984, Macmillan(런던)
원제 | The Wasp Factory
본명 | Iain Menzies Banks

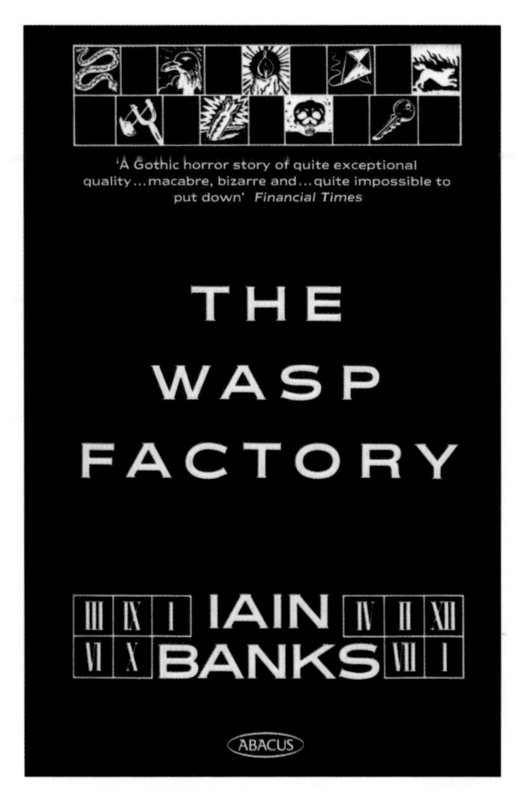

'A Gothic horror story of quite exceptional quality...macabre, bizarre and...quite impossible to put down' Financial Times
THE WASP FACTORY
IAIN BANKS
ABACUS

▲『말벌 공장』은 대처주의(Thatcherism) 정책이 영국사회에 끼친 파괴적 영향력이 곳곳에서 울리는 매우 정치적인 작품이다.

▶ 2001년 스코틀랜드 애버딘 박람회의 요청에 응해 이언 뱅크스가 직접 그린 자화상.

이언 뱅크스의 소설이 대부분 그렇듯이『말벌 공장』이 주는 충격 역시 그 예기치 못한 결말과 과장된 내용에서 비롯된다.『말벌 공장』은 인간과 동물을 가리지 않고 가해지는 보기드문 잔인함에 대한 이야기이다. 화자인 프랭크 콜드홈스(Cauldhames는 'cold'와 'homes'를 결합한 이름으로 상당한 은유를 내포한다)는 이상한 의식을 올리며—독창적인 방법으로 동물을 죽이거나, 변덕에 의해 형제자매와 사촌들을 살해하면서—시간을 보낸다. 집에서 기르는 개로 인해 성불구가 된 프랭크의 삶은 남성성의 기묘한 과장으로 형성된다. 프랭크는 성불구가 되기 전의 자신을 키가 훤칠하고 가무잡잡하며 후리후리한 체격의 사냥꾼으로 상상한다. 그는 여자를 경멸하고 섹스를 비웃지만, 사춘기에 마시던 술과 친구 제이미가 고안해낸 오줌누기 시합에는 열광한다. 프랭크의 아버지는 괴짜 호색한으로 프랭크가 태어났을 때 출생신고 하는 것을 잊어버린 후 프랭크가 무슨 짓을 하든 내버려둔 채 어떤 제재도 가하지 않았다. 결말에 가서야 독자들은 프랭크와 그의 이복형제 에릭이 아버지의 실험과 비인간적인 잔인함의 산물이라는 것을 알게 된다. 이 놀랄 만한 내막은 미쳐버린 에릭이 불타는 양떼를 몰며 집으로 돌아오면서 대격동의 결말을 맞으며 공개된다.

전반적으로『말벌 공장』은 남성성에 대한 진부한 아이디어들—육체의 유동화 가능성, 짐승에 대한 폭력으로 상징되는 생물에 대한 인간의 우주적 우월성, 인간 육체의 토템으로서의 효율성 등—에 바탕을 둔 심오한 신화적 작품이다. 그러나 간혹 나타나는 이러한 과장된 환상에도 불구하고 이 작품의 진정한 가치는 아름답고 매력적인 뱅크스의 문장에 있다. 인물 설정과, 정신병자임에도 누가 봐도 평범한 프랭크에 대한 묘사에서 보여준 재능은 빼어나다. **LC**

Iain Banks

민주주의 Democracy

조앤 디디온 Joan Didion

작가 생몰연도 | 1934(미국)

초판 발행 | 1984, Simon & Schuster(뉴욕)

원제 | Democracy

언어 | 영어

『민주주의』는 태평양에서의 핵무기 실험으로 시작해서, 미국의 베트남 철군으로 막을 내린다. 이 지정학적 양극단 사이에서 이네즈 빅터, 유력한 대통령 후보 해리 빅터의 아내의 이야기가 펼쳐진다. 정치적으로 끊임없어 노출되어 있는 상황에서, 이네즈는 친정 아버지의 신랄한 비난과 더 나아가 살해 위협, 딸의 헤로인 습관, CIA 요원 잭 러빗과의 정사 등 산적한 문제들을 헤쳐나가야 한다. 이러한 사건들은 조각조각난 내러티브를 통해 여과되며, 이 소설은 마치 독단과 편견으로 가득 찬 저널리즘의 하위장르와도 같은 감상을 준다. 양식화된 반복이 작품이 나아갈 수 있는 다양한 궤도를 드러내면서 플롯을 확장시킨다. 조앤 디디온은 조롱하듯이 영문학 수업 시간에 이 소설의 스타일에 대해 어떻게 토론할 것인지를 묘사하며, 문예창작적인 조언을 던진다. 이런 다양한 현실들의 편린들은 무대 뒤의 불분명한 정치적 공작의 언어들을 생산해낼 때 가장 효율적이다. 지금까지 이네즈가 그녀의 다양한 삶을 헤쳐나가는 데 활용해왔던, 공적인 자아와 사적인 자아 사이의 경계를 모호하게 흐려놓는 것이다. 이 모든 수수께끼 같은 장난스러움에도, 디디온은 이네즈라는 인물이라는 형태로, 소설의 핵심에 개인적인 따스함을 지니고 있다. 공인으로서의 삶에서 가장 큰 손실은 '기억'이라고 그녀는 주장한다. 『민주주의』는 명쾌하리만치 실험적인 소설이며, 디디온은 문학적 장치와 장르를 뒤섞어 미국 정치판의 뒷모습과 작가 자신의 창의성에 매력적인 통찰을 던지고 있다. **DTu**

연인 The Lover

마르그리트 뒤라스 Marguerite Duras

작가 생몰연도 | 1914(인도차이나)–1996(프랑스)

초판 발행 | 1984, Éditions de Minuit(파리)

원제 | L'Amant

공쿠르 상 수상 | 1984

『연인』은 1930년대 프랑스령 인도차이나의 사 데크를 무대로 열다섯 살 난 프랑스 소녀 엘렌 라고넬과 12살 연상인 부유한 중국인과의 관계를 그리고 있다. 금기의 성적 관계는 그녀의 불안정하고 불행한 가정 생활을 배경으로 펼쳐진다. 우울증에 걸린 어머니와 두 오빠와 함께 사는 엘렌의 가족들은 큰오빠의 마약과 노름 중독으로 가난 속에서 살아간다. 그것으로도 모자라 큰오빠는 엘렌을 가학적으로 취급하고, 어머니가 그녀를 학대하는 것을 보며 만족감을 느낀다. 이러한 장면들은 화자의 성숙한 목소리에 감추어진 불안한 차원을 보여준다. 엘렌의 가족들은 동양인과의 관계를 탐탁치 않게 생각하면서도 그로부터 금전적 이득을 취한다. 또한 엘렌의 가족과 연인의 어색한 만남은 프랑스 식민 정권과 사회적 지위와 문화적 배경의 차이가 낳은 긴장감을 완화시킨다. 성적 고정관념에 도전장을 내민 엘렌은 이 관계를 계속 부추기며 육체와 감정 간의 거리를 냉정히 지킨다. 나이도 어리고 재정적으로 불안정하지만, 남녀 관계에서 그녀는 확실한 우위를 점한 것이다.

1인칭과 3인칭 화법 사이의 변환과 플래시백의 활용, 그리고 인상파적인 혼란스러운 스타일 등 뒤라스의 문장은 영화를 매우 닮아 있다. 실제로 그녀는 1950년대 프랑스 누보로망의 영향을 받았으며 이 소설은 1993년 장 자크 아노에 의해 영화로 제작되었다. **JW**

리카르도 라이스가 죽은 해 The Year of the Death of Ricardo Reis

주제 사라마구 José Saramago

작가 생몰연도 | 1922(포르투갈)
초판 발행 | 1984
초판 발행처 | Editorial Caminho(리스본)
원제 | O ano da morte de Ricardo Reis

리카르도 라이스는 포르투갈의 시인 페르난도 페소아가 사용했던 필명 중 하나이다.(그 예로 1946년에 발표한 시집 『리카르도 라이스 찬가(Odes de Ricardo Reis)』가 있다.) 사라마구의 소설에서 라이스는 의사이자 작품을 출간하지 못한 시인으로 수년 동안 브라질에서 살다가 페소아가 죽은 다음 해에 리스본으로 돌아온다. 라이스는 페소아의 유령을 만나고 크고 작은 주제를 놓고 그와 대화를 나눈다.

파시즘이 고개를 들기 시작한 무렵의 유럽과 살라자르(1889~1970, 포르투갈의 정치가)의 압제정치가 행해지던 포르투갈을 배경으로 사라마구는 이슈들을 면밀히 탐구하기 위한 온갖 문학적 형식의 향연을 솜씨좋게 지휘한다. 이러한 의문 중에서도 가장 중요한 것들은 정체성의 문제이다. 리카르도 라이스는 과연 누구이며 페소아와 그의 관계는 무엇인가? 또한 군주제와 사회적 보수주의, 라이스의 스토아주의, 그리고 살라자르의 성공적 집권 사이의 경계가 매우 희미하다는 은근하면서도 거부할 수 없는 암시도 있다.

무거운 주제에도 불구하고 『리카르도 라이스가 죽은 해』는 매우 즐겁게 읽을 수 있는 소설이다. 줄거리에는 전통적인 요소들이 등장한다. 라이스는 호텔의 객실 메이드와 연애를 하기도 하고, 코임브라 출신의 귀족 여인과 사랑에 빠지기도 한다. 또한 작품의 대부분이 리스본 거리의 산책을 묘사하고 있어, 마치 포르투갈 판 『율리시즈』의 맛이 난다. 조이스의 걸작처럼 이 박식한 소설은 더 많은 생각을 할애할수록 더욱 풍부해지는 작품이다. **ABi**

"Lisaboa, Lisbon, Lisbonne, Lissabon, 리스본을 부르는 데에는 4가지 방법이 있다. … 그래서 아이들이 전에 몰랐던 것을 알게 되면, 그것은 그들이 이미 아는 것이 된다."

▲ 1998년 독일의 사진작가 호르스트 타페가 찍은 사진 속의 사라마구. 같은 해에 노벨 문학상을 수상했다.

태양의 제국

Empire of the Sun

J. G. 발라드 J. G. Ballard

작가 생몰연도 | 1930(중국)-2009(영국)

초판 발행 | 1984, V. Gollancz(런던)

원제 | Empire of the Sun

◆ 1987년 영화로 제작

J. G. 발라드는 40년이 넘게 작가로 활동하면서 수많은 SF소설과 미래소설을 집필하였다. 그러나 『태양의 제국』에서 그는 지금까지와 완전히 다른 주제, 즉 제2차 세계대전 중 상하이의 일본군 강제수용소에서 보낸 어린 시절을 다룬다. 상하이가 일본군에 함락되고 포로로 잡힌 주인공 짐은 룽후아 강제수용소에서 생존을 위해 온갖 수단을 가리지 않는다. 이 책은 전반적으로 짐의 관점에서 쓰여졌으나, 다른 동료 수용자들이 짐의 광기를 깨닫게 되는 소름끼치는 장면들도 등장한다. 마침내 첫 번째 원자폭탄이 투하되고, 그 직후 짐이 탈출하면서 소설은 절정에 이른다.

이 책의 가장 큰 힘은 독자인 우리가 환경으로 인해 웃자라버린 소년 짐에게 소름끼칠 정도의 동질감을 느낀다는 것이다. 나이 때문인지는 몰라도 그는 다른 사람들보다 훨씬 더 강제수용소라는 가혹한 상황에 유연하게 대처한다. 흥미롭게도 이 책의 다른 모티프들—갑작스런 원자폭탄의 투하, 공군 비행사들의 외로운 삶과 죽음, 찢어지고 토막난 사람들의 몸 등—은 발라드의 다른 작품에도 종종 등장한다. 『태양의 제국』은 그 자체만으로도 매우 뛰어난 작품성을 자랑하는 소설일 뿐만 아니라 발라드의 다른 작품들을 읽기 전에 꼭 읽어보아야 할 작품이다. **DP**

버스 차장 하인즈

The Busconductor Hines

제임스 켈만 James Kelman

작가 생몰연도 | 1946(스코틀랜드)

초판 발행 | 1984, Polygon(에든버러)

원제 | The Busconductor Hines

언어 | 영어

켈만은 단편 소설로 명성을 얻었으나, 『버스 차장 하인즈』라는, 그의 작품 중에서도 가장 재미있고 가장 사랑 받을 만한 작품을 만들어냈다. 제목에 등장하는 주인공 로버트 하인스는 존재의 몰락 직전에 놓인 버스 차장이다. 에피소드 형태로 구성된 이 소설은 바보 같은 구어체 기록을 통해 하인즈에 중심을 둔 1인칭 화자와 3인칭 화자의 묘사 사이를 자유로이 오가는 글래스고 방언을 예리하게 표현한다. 그 대표적인 양식화로는 "영양실제기랄조", "작젠장취", "C. B. 개자식 I."의 예에서 보는 것처럼 단어의 중간에 강조어가 들어갔다는 것이다.

하인즈의 세계는—가난한 가족 생활이나 일터에서의 어려움, 대중적 이상의 덫에 걸리지 않고 자신의 현실 상황에 맞춘 지적 상상을 폭로하는 백일몽 등—내적인 사건들의 세계이다. 하인즈는 자본주의적 상식의 전형적 전략이라면 뭐든지 거부하고 대신 주어진 삶을 유쾌하게 회의적으로 받아들이는 쪽을 택한다. 사실 이 소설에는 미디어 세계가 소위 대중 문화라는 것이 거의 등장하지 않는다. 텔레비전을 보면서 흘려보내는 시간들에 대한 언급이 있기는 하지만, 마치 텔레비전 보는 것이 의식의 공허한 상실이라도 되는 양 무슨 가구처럼 묘사해놓았다. 대중교통업 종사자라면 특히 즐길 만한 소설이다. **DM**

카자르 사전

Dictionary of the Khazars

밀로라드 파비치 Milorad Pavić

작가 생몰연도 | 1929(유고슬라비아)
초판 발행 | 1984
초판 발행처 | Prosveta(베오그라드)
원제 | Hazarski Recnik

백과사전, 지능 퍼즐, 해체 비평(혹은 그런 척), 신화, 그리고 이 모든 것의 뒤죽박죽인 『카자르 사전』은 처음/중간/끝의 관습을 지키는 전통적인 소설은 아니다. 그것만으로도 특이한데, 더 나아가 이 책은 여성판과 남성판이 따로 발간되었다. 그것도 단 열일곱 줄이 다르다는 이유로 말이다. 작가 자신도 독자들에게 시간 순서와 관계없이 맘대로 읽으라고 부추기고 있다.

일종의 줄거리가 있기는 하지만 엄밀하게 말해서 줄거리가 없는 책이라, 넘치는 온갖 풍부한 이야기들을 요약하는 것은 불가능에 가깝다. 세 명의 현대 학자들이 종교 재판 당시 모두 파괴되고 딱 한 권 남아있는 사전을 손에 넣는다. 이 사전은 한때 발칸 반도에 살았다가 오래 전에 사라진 투르크 족의 한 갈래인 카자르인들과 논쟁에 휘말린 이들의 전기에 대한, 각자 다르지만 서로 얽히고 참조하는 세 개의 버전—기독교, 이슬람, 그리고 유태교식 해석—으로 구성되어 있다.

그러나 이 책에서 정말로 즐겁게 읽을 수 있는 부분은 바로 사전의 각 항목들이다. 그 변덕과 창조적인 심상과 초현실적인 난해함, 그리고 언어 자체의 상상 속 응용에서 오는 유쾌함을 즐겨보라. 그 누구도 파비치가 너그럽지 않다고는 말 못할 것이다. **ES**

"이 책을 열어본 이는 그 누구나 할말을 잃었다…"

▲ 해미쉬 해밀턴판 표지. 리타 물바우어가 제작한 원본의 표지 디자인을 바탕으로 했다.

참을 수 없는 존재의 가벼움 The Unbearable Lightness of Being

밀란 쿤데라 Milan Kundera

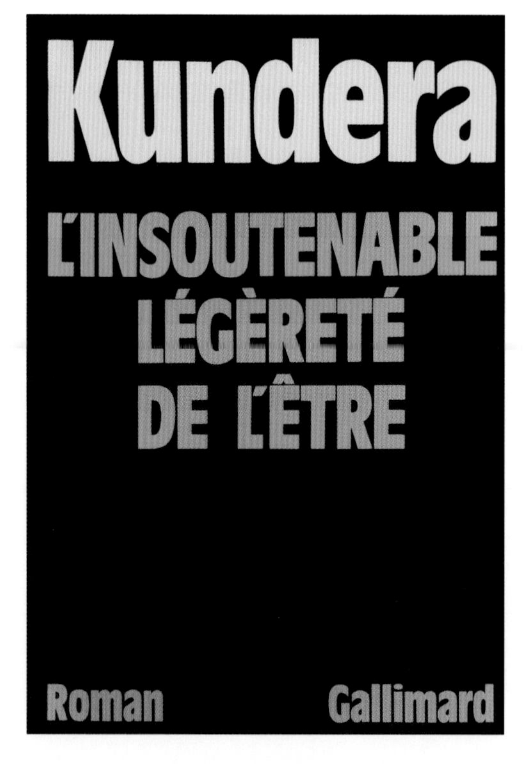

"그녀의 드라마는 무거움이 아닌 가벼움의 드라마였다. 그녀 위에 떨어진 것은 짐이 아닌 참을 수 없는 존재의 가벼움이었다."

▲ 쿤데라의 작품 중 가장 유명한 『참을 수 없는 존재의 가벼움』은 조국인 체코슬로바키아의 정치적 상황을 넘어 한 걸음 더 나아가려는 작가의 의도를 보여주고 있다.

작가 생몰연도 | 1929(체코 공화국)
초판 발행 | 1984
초판 발행처 | Gallimard(파리)
원제 | Nesnesitelná lehkost bytí

이 소설은 체코슬로바키아의 탄압과 망명 이야기이다.(작가는 이 두 가지 모두 다 너무나 잘 알고 있었다.) 또한 이 소설은 그 무엇도 아무것도 의미하지 않는 가벼움과, 니체의 철학에 등장하는 영원회귀(永遠回歸)의 무거움에 대한 이야기이다.

때는 매우 위태로운 해였던 1968년의 프라하. 토마스는 가벼움을 끌어안는 외과의사이다. 그는 일부러 모든 무거움을 떨쳐버리고 어떤 사상의 딱지도 멀리한다. 사비나는 토마스처럼 구속받지 않는 개인주의를 신봉하는 예술가로, 가벼움의 상징과도 같은 인물이다. 테레자는 무거움이다. 전원 생활에서 도망친 그녀는 토마스의 낭만적 이상을 믿는다. 그녀의 사랑은 구속의 끈이다—물론 나쁘지는 않다, 다만 무거울 뿐이다. 또 토마스와는 달리 그녀는 열렬한 정치적 신념의 소유자다. 이 세 사람의 인생이 부딪히면서 가벼움이 과연 살아남을 수 있는가 하는 의문이 던져진다. 우리 자신에 대한, 그리고 타인에 대한 우리의 책임감이란 무엇인가?

소련군의 탱크가 프라하의 봄을 쳐부수러 밀려들어오자, 토마스와 테레자는 스위스로 탈출한다. 그러나 테레자가 프라하로 돌아가기로 결심하자, 토마스는 결정을 해야만 한다. 남을 것인가, 돌아갈 것인가. 그는 공산주의자들이나 반란군의 볼모가 되고 싶지는 않지만, 결국 무거움을 받아들이고 테레자를 따라 억압의 세계로 돌아간다. 두 가지 중 하나의 선택을 오직 한 번만 할 수 있고, 그 선택은 단 하나의 결과를 불러오며, 다른 하나를 택했을 때의 결과를 영원히 알 수 없다는 것은 견디기 어렵다. 이 사실은 정치적이라기보다는 개인의 자유가 가장 우선됨을 주장하고 있다. 개개인에 대한 긴박하고도 필수적인, 달콤쌉싸름한 찬양이다. **GT**

전설 Legend

데이비드 젬멜 David Gemmell

작가 생몰연도 | 1948(영국)
초판발행 | 1984, Century(런던)
원제 | Legend
미국판 제목 | Against the Horde

데이비드 젬멜의 '전설의 드루스'는 판타지 문학에서 매우 특이한 캐릭터이다. 죽음을 눈앞에 둔 주인공 덕분인지는 모르겠으나 이 소설은 이미 오래 전에 전성기가 지난 전사의 사색을 마치 소란스러운 판타지처럼 그려내고 있다. 스토리 자체는 직선적인 것처럼 보이지만, 사실은 번갈아가며 나타나는 관점과 복잡하게 쪼개진 내러티브—드루스의 마지막 전투에 그를 따르려는 사람들이 드루스의 캐릭터를 정의한다—에 의지하고 있다. 또 그 때문에 판타지 문학의 고전의 반열에 오를 수 있었다.

젬멜의 "드레나이" 시리즈 중 첫 번째 책인 『전설』은 로버트 E. 하워드나 에드거 월러스 같은 선대 판타지 작가들의 영향이 곳곳에서 느껴지지만, 한편으로는 사건들을 보다 사실적인 톤으로 표현하려는 1980년대 문학의 특징을 보여주고 있기도 하다. 텍스트는 소설 형식으로 쓰여진 단순한 내러티브의 고전적인 예이다. 드루스는 때때로 도저히 동정할 수 없는 인물처럼 비춰지기도 하지만, 언제나 영웅적인 그의 태도와 휴머니즘은 강력한 공감을 자아낸다. 드루스는 강한 의지보다는 환경 때문에 전사가 되어야 했던 인간의 고뇌를 대변한다. 동시에 그가 일생 동안 지키는 무언의 법칙은 그를 강렬하기보다는 게으른 것이 보통인 마지못한 영웅이지만, 전통적 역할을 충실히 이행한 강한 인물로 만들어주었다. 전반적으로 『전설』은 수수께끼 같은 영웅들보다는 평범한 영웅을 강조함으로써 판타지 문학이라는 장르에 새로운 관점을 불어넣어 주었다. **EMCS**

젊은 남자 The Young Man

보토 슈트라우스 Botho Strauss

작가 생몰연도 | 1944(독일)
초판발행 | 1984
초판발행처 | Hanser Verlag(뮌헨)
원제 | Der junge Mann

역사와 기술의 압박 아래 인간성을 잃어버린다는 것은 보토 슈트라우스의 작품에서 흔히 찾아볼 수 있는 테마이다. 슈트라우스는 예리한 사회적 보수주의자로 조국의 문화적 조류 속에 발견한 것들에 깊은 혐오를 느낄 뿐 아니라 새로운 독일의 생활 방식에 대해서는 아예 관심이 없었다. 따라서 제목에 등장하는 젊은 남자 레온 프라하트 역시 사색적이고, 시무룩하며, 세상과 그가 가까이 해야 하는 사람들 모두로부터 거리를 두고 있다. 작가가 되기 위해 연극 무대를 떠난 프라하트는 일련의 만남을 갖게 되는데, 그 상대방들이 눈뜨는 공간은 하나같이 시간의 법칙이 끊임없이 바뀌는 곳이다. 그곳에서 그들은 에로틱한 변신의 희생양 혹은 억눌린 그들의 역사에 대한 방관자가 된다.

빼어난 스타일의 은근함과 아방가르드적 야망으로 특징지어지는 이 소설은 성장소설이자 우의소설, 그리고 동시에 로맨틱 판타지로 간주되어 왔다. 주인공은 북적거리는 삶 속의 여행자이며, 점점 사회에서 멀어짐으로써 일상과 환상을 정확히 관찰해낸다. 그의 성찰과 반응은 동시대 사회와 그 안에서 자리를 찾기 위해 분투하는 개인들의 매력적인 초상화를 그려낸다. 『젊은 남자』는 몇 안 되는 독일 포스트모더니즘 소설 중 하나로, 이 작품에서 슈트라우스는 기술적, 역사적으로 짐을 진 사회의 숨겨진 진실과 비참함을 폭로하고 있다. **LB**

사랑의 묘약 Love Medicine

루이즈 어드릭 Louise Erdrich

작가 생몰연도 | 1954(미국)
초판 발행 | 1984, Holt, Rinehart and Winston
원제 | Love Medicine
전미 도서비평가 협회상 수상 | 1984

어드릭이 섬세하게 짜낸 내러티브는 노스 다코타 주 인디언 보호구역을 배경으로 약 50년간의 세월을 그려내고 있다. 이야기가 시작되는 1930년대, 치페와 족 공동체는 만성적인 실업과 빈곤으로 고통 받으면서도 그들의 사회적, 문화적 전통을 지키려 몸부림치고 있었다. 이 소설은 그중에서도 두 주력 가족의 이야기를 1980년대까지 따라가고 있다. 작가는 결혼, 배신, 끈끈한 혈연의 유대, 그리고 어려운 상황의 결과로 일어나는 비전통적인 연합을 통해, 복잡하게 얽힌 등장인물들의 삶을 들여다본다.

『사랑의 묘약』은 원래 공통된 인물들이 등장하는 단편 모음과도 같았지만, 이러한 비교는 그 본질을 오해하는 것이다—메타픽션 내러티브로서 이 소설은 그 구조와 주제에 대해서 이야기하고 있다. 독특하고 강력한 목소리들을 담은 정교한 표현 속에서 에드릭은 활달한 구비 문화를 보여주고 대의 정치에 주의를 모은다.

어드릭은 미국 원주민들과 연방 정부 사이의 갈등에 대해서는 직접적으로 묘사하지 않는다. 그보다 내러티브의 화자들을 통해 치페와 족 사람들에게 미친 두 문화의 영향을 이야기한다. 특히 그녀는 원주민 가톨릭 신자와 백인 수녀들의 경험을 대조시킴으로써 가톨릭이 만들어낸 정체성을 탐구하며, 같은 신앙을 믿으면서 서로 다른 그들의 차이를 은근히 강조하고 있다. **JW**

화이트 노이즈 White Noise

돈 드릴로 Don DeLillo

작가 생몰연도 | 1936(미국)
초판 발행 | 1985, Viking Press(뉴욕)
원제 | White Noise
미국 도서상 수상 | 1985

드릴로의 기념비적인 소설, 『화이트 노이즈』에는 (포스트)모던 아메리카의 소비문화가 치명적인 당류처럼 흐르고 있다. 이 책은 매우 세분화된, 그러나 완전히 매스 미디어가 되어버린 세계를 보여준다. 텔레비전이 가족의 구성원이 되어버리고, 꿈속에서 마치 기도하듯 "도요타 셀리카"를 되뇌는 그런 세계 말이다. 그러나 등장인물들은 시스템의 꼭두각시가 아니다. 그들은 프로페셔널 분석가들이다. 무대는 중서부 대학 도시, 주인공은 "언덕 위 대학교"의 히틀러학 교수 잭 글래드니와 그의 아내 겸 동료 바벳, 그리고 첫 번째 결혼에서 낳은 〈브래디 번치〉 스타일의 아이들이다. 작가가 지적하듯 아이들은 세상에 더 밝고 더 쉽게 적응하지만, 현대 문화에 대해 어른들보다 더한 환멸을 느끼고 있다. 예를 들면 열네 살 난 헨릭은 교도소에 수감되어 있는 연쇄 살인자와 우편으로 체스를 두고 있다.

대부분 잭의 관점에서 쓰여진 이 책은 소외감과 위안을 동시에 주는 방식으로 정보와 대화의 부분들을 상세하게 설명하고 있다. 드릴로가 인간이 가장 가망없는 물질들과 친근하고 의미있는 관계를 맺을 수 있다고 확신한 것인지, 아니면 "진정성"의 완전한 상실을 슬퍼하고 있는지는 알 수 없다. 『화이트 노이즈』에는 초현실과 위트와 따스함이 공존하지만, 책의 후반부를 강타하는, 쇼핑과 수다로는 잊어버릴 수 없는 보다 사악한 현실도 등장한다. **DH**

남자의 반은 여자 Half of Man Is Woman

장시안량(張賢亮) Zhang Xianliang

작가 생몰연도 | 1936(중국)
초판 발행 | 1985
초판 발행처 | Wenlian Chuban(베이징)
원제 | 男人的一半是女人

작가의 자전적 요소가 강한 『남자의 반은 여자』는 서양 세계에서 비평적 찬사와 상업적 성공을 모두 거둔 흔치 않은 1980년 중국 소설로, 전작인 『미모사』에서 시작된, 감옥에 갇힌 지성인 장용린의 이야기가 이어진다.

작가 자신처럼 주인공 역시 1955년의 반우파 운동의 희생양이 되어 강제 노동 수용소로 보내졌다. 장용린의 임무는 논을 지키는 것인데, 어느 날 그는 자기와 함께 수용소에 수감되어 있는 젊은 여자가 논두렁에서 몸을 씻고 있는 것을 보게 된다. 그는 둑의 갈대 뒤에 숨어 여인의 나체를 계속 훔쳐본다. 8년 후 두 사람은 집단농장에서 해후한다. 그들은 결혼하지만, 신혼 첫날밤 장은 수년간 성욕을 억누르며 살아온 나머지 성불능이 되었다는 것을 알게 된다. 자신의 신체적 굴욕만으로도 모자라 곧 아내가 당 서기와 바람을 피우는 것을 목격한다. 홍수가 났을 때 혼자 힘으로 제방의 갈라진 틈을 막아낸 그는 그 용기로 찬사를 받고, 아내가 다시 그에게 애정을 가지면서 남성성도 회복하게 된다.

1980년대 정치적 해빙기에 출간된 이 책은 인민들을 정신적, 신체적 불능으로 만들어버린 체제를 비난한다. 주인공이 철학자들, 신화 속 인물들, 심지어 동물들과 나누는 대화에서 라틴 아메리카 작가들의 마술적 리얼리즘의 영향은 물론 중국인의 근본으로 다시 이으려는 중국 작가들의 열망도 엿볼 수 있다. **FG**

살아야 할 이유 Reasons to Live

에이미 헴펠 Amy Hempel

작가 생몰연도 | 1951(미국)
초판 발행 | 1985, Knopf(뉴욕)
원제 | Reasons to Live
언어 | 영어

이 책에서 비극은 무대 뒤에서 일어난다. 실제 인생에서 그렇듯, 비극은 그것으로 끝이 아니고, 삶은 계속된다. 이 책에 실린 단편들은 그저 살아나가는 것, 품격에 대한 이야기이다.

『재가 된 내쉬빌(Nashville Gone to Ashes)』에서는 수의사였던 남편이 죽자 그 아내가 수많은 애완동물들을 돌보게 된다. 개중에는 남편이 사랑했던 살루키(고대 이집트의 신전 지키는 개였다고 함)종 개의 재도 포함되어 있다. 원래 이 개의 이름은 이집트 이름이었다. 한 배에서 태어난 새끼들 중 그들이 고른 놈의 이름은 멤피스(이집트의 도시)였는데, 이를 잘못 알아들은 그들은 내쉬빌(테네시 주의 주도)이라고 불렀다. 매일의 시시콜콜한 일상 속에서 화자는 죽은 남편의 침대를 쓰고, 그녀가 돌아보는 빈 침대는 이제 그녀 자신의 침대이다.

『오늘밤은 홀리에게(Tonight is a Favor to Holly)』에서 화자는 상대도 모르는 첫 데이트를 기다리고 있다. 그러나 이야기는 데이트가 시작되기도 전에 끝난다. 사실은 로스앤젤레스 해변 마을의 햇빛 찬란한 마을을 무대로, 흘러가는 화자와 그녀의 친구 홀리 사이의 끈질긴 인연에 대한 이야기이기 때문이다. 이곳에서는 "가라앉기를 멈췄다고 해서 물 위로 올라왔다는 것은 아니다."

『살아야 할 이유』는 자신만의 소박한 방법으로 싸워가며 삶의 부드럽고 기묘한 디테일들을 지켜가는 사람들의 이야기이다. 만약 인정한다면 그들을 삼켜버릴지도 모르는 슬픔의 파도를 감추는 사소한 일상의 연막을 보여준다. 수면의 긴장처럼 연약하지만 그만큼 매력적이고 흥미로워, 독자는 그 섬세한 슬픔을 거의 못 보고 지나치게 된다. 거의 말이다. **GT**

하녀 이야기 The Handmaid's Tale

마가렛 애트우드 Margaret Atwood

작가 생몰연도 | 1939(캐나다)
초판 발행 | 1985, McClelland & Stewart(토론토)
원작 | The Handmaid's Tale
캐나다 총리상 소설 부문 수상 | 1986

이 책에서 애트우드는 인구가 위험할 정도로 줄어드는 바람에 여자들이 출산의 도구로 전락한 반이상향적 미래를 만들어냈다. 소유와 육체 묘사의 언어가 폭력을 자행하고, 보전과 보호라는 이름으로 억압이 용인되는, 새로운 극단적 가부장 사회가 등장한다. 이러한 악몽 속에서 직업도, 돈도 가질 수 없는 여성들은 다양한 계급으로 분류된다. 처녀들과 아이 없는 부인들, 집안일 하는 마사들, 그리고 아이를 낳아 부인들에게 바치는 씨받이 하녀들. 주인공인 오브프레드(Offred, 즉 Of Fred)—어떤 남자 소속인지를 밝히기 위해 이런 이름이 주어졌다—는 이제는 생산의 도구가 된 자신의 몸에 의학적 주의를 기울이며 현재의 자신이 처해있는 상황을 이야기한다. 스쳐지나가는 과거의 순간들—잃어버린 가족을 향한 관능적 사랑의 추억들—이 대조를 이룬다.

과거 뉴잉글랜드 식민지의 청교도적 사회에서 영감을 얻어 매사추세츠 주 캠브리지를 무대로 설정한 작가는 익숙한 풍경 속의 건물과 기관들을 "길리아드"라는 이름의 국가로 변신시킨다. 애트우드의 문장은 소름끼칠 정도로 시각적이어서 과거 삶의 육체적 즐거움은 이제 욕망의 가치를 날카로운 위안으로 바꾸어놓는 기계적 행위가 되어버렸다는 느낌을 준다. 그러나 욕망을 느끼는 육체에서 아예 성이 사라져버린다는 극단적인 결말—성적 폭력만큼이나 폭력적인—을 불러올 정도는 아니다. 애트우드는 육체의 즉각적인 욕구와 보다 위대한 정치적 목적을 바라볼 수 있는 능력 사이에서 하녀가 느끼는 감정의 딜레마 속에서, 권력이 취하는 다양한 형태를 능숙하게 묘사하였다. **AC**

MARGARET ATWOOD
The Handmaid's Tale
Shortlisted for the Booker Prize

▲ 유니폼을 입고 있는 전제 사회의 여인들을 그린 표지.

◀ 2003년 폴 루더가 오페라로 작곡하고 잉글랜드 국립 오페라가 초연한 〈하녀 이야기〉에서 주연을 맡은 스테파니 마샬.

호크스무어 Hawksmoor

피터 애크로이드 Peter Ackroyd

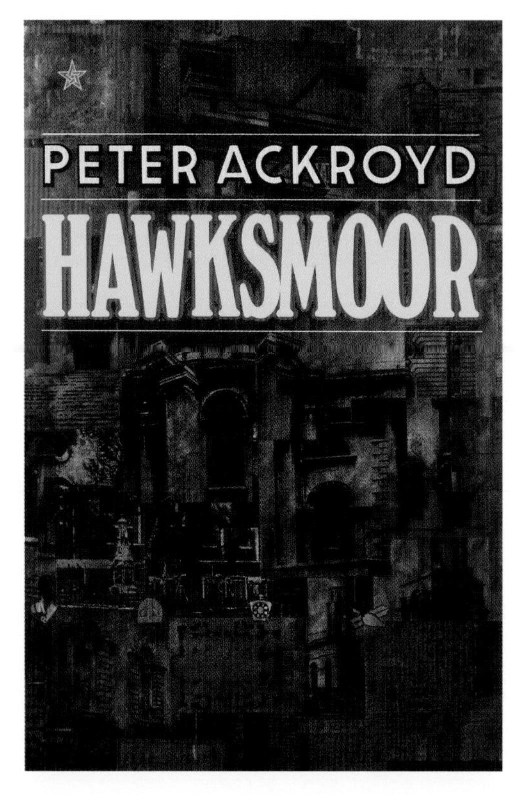

"그럼 시작해보자. 그 구조를 마음속에 새기듯이 잘 간직해 둬."

▲『호크스무어』는 런던의 역사를 주제로 철저히 파헤친다. 애크로이드는 도시에서 일군 그의 일대기를 더욱 깊게 조사했다.

작가 생몰연도 | 1949(영국)
초판 발행 | 1985, Hamish Hamilton(런던)
원제 | Hawksmoor
화이트브레드 상 수상 | 1985

소설가로서의 피터 애크로이드의 재능을 여과없이 보여준 『호크스무어』는 런던의 서로 다른 두 개의 시기—18세기 초반과 20세기 후반—를 배경으로 한다. 이 소설은, 경험 혹은 역사 등을 통해 사람들이 갖게 된 모든 확고한 개념들을 서서히 파괴하는 추리소설이다. 20세기 내러티브에서는, 탐정 니콜라스 호크스무어가 7개의 교회에서 사후 유린된 시체와 소년들이 발견된 사건과 더불어 몇 건의 관련 살인사건을 조사하는 임무를 받는다. 런던에는 실제로 건축가 니콜라스 호크스무어가 설계한 교회가 6개나 있다. 그러나 소설의 세계에서는 18세기 런던 교회를 설계한 건축가는 니콜라스 다이어로 되어 있다. 애크로이드의 주요한 성과 중 하나는 앞선 시기를 재창조할 때 사용한 복화술이다. 그는 다이어에 의해 일어난 몇 건의 비슷한 형태의 살인사건뿐만 아니라 건물의 디자인과 건축양식까지 서술한다. 드러난 바와 같이, 다이어는 은밀하게 신비한 분위기가 풍기는 교회들을 설계했던 것이다.

여기서 역사는 순수한 일직선상이라기보다는 뚜렷한 공간적 양상을 가진 것으로 묘사되었다. 이 소설에서 시간과 역사는 두 인물에 의해 함께 그려진다. 각각의 장은 그 앞장의 마치는 말이 다시 반복됨으로써 서로 연결되어 있다. 이 소설은 '반복'의 관념을 바꿔놓으면서, 다른 어떤 소설보다도 재미있고 독특한 결말로 끌어간다. **VC-R**

향수 Perfume

파트리크 쥐스킨트 Patrick Süskind

작가 생몰연도 | 1949(독일)
초판 발행 | 1985, Diogenes(취리히)
다른 제목 | Perfume: The Story of a Murderer
원제 | Das Parfum

18세기 프랑스를 배경으로 한 쥐스킨트의 『향수』는 장 바티스트 그르누이의 이야기이다.그는 냄새에 대해 초자연적인 감각을 타고났지만, 그 자신에게서는 아무런 냄새도 나지 않는다. 『향수』의 내러티브 형식은, 그르누이의 코와 그 겹겹의 섬세하고 복잡한 후각을 통해, 자세하게 묘사한 냄새를 강조한다는 점에서 독특하다. 쥐스킨트는 일상적인 사물의 냄새(예컨대, 목재가 내는 향기의 깊이와 다양함)와 18세기 향수의 향기를 교묘하고도 아름답게 다듬어냈다. 문학적 속임수로 끝날 뻔한 이 작품을 건져올린 것은 인물의 심리 묘사이다. 누가 봐도 완벽한 정신병자 그르누이는, 그 민감한 후각 때문에 자신이 보통 사람들보다 우월하다고 굳게 믿는다. 그는 자신이 인류의 변덕스러운 지배자로, 그 자신을 만족시키기에 앞서 대중에게 가장 우아한 향수를 선물한다는 환상을 품고 있다. 그러나 냄새로 쌓아올린 세계에서, 그르누이는 자신만이 아무 냄새도 없다는 강박관념에 사로잡힌다. 이러한 냄새의 결여 때문에 사물의 본질은 분별할 수 있으면서도 그 자신만의 본질은 없는 사람이 되어버렸기 때문이다. 자신만의 향기를 만들기 위해, 그는 인간의 가장 아름다운 향기—성숙한 젊은 여인의 향기—를 채취하는 끔찍한 과정에 돌입한다. 그러나 가장 섬세한 향기마저도, 향기로운 우주 속에서 아무런 냄새도 가지지 못한 그의 보잘것없는 존재를 가려주지는 못한다. **LC**

핏빛 자오선 Blood Meridian

코맥 매카시 Cormac McCarthy

작가 생몰연도 | 1933(미국)
초판 발행 | 1985, by Random House(뉴욕)
초판발행처 | Blood Meridian, or the Evening Redness in the West

『핏빛 자오선』의 시작 부분에서 화자는 "그 아이를 보라"고 말한다. 이렇게 주의를 집중시킨 다음 "아이"라고만 알려진 주인공은 텍사스와 멕시코를 가로지르는 여행길에 오른다. 때는 1846년 미국-멕시코 간의 전쟁이 끝난 직후로 아이의 여정은 상상도 할 수 없는 폭력—한계를 모르고, 백인과 원주민, 멕시코인과 북아메리카인을 가리지 않는—이 서서히 숨통을 조여오는 오디세이이다.

코맥 매카시는 이 소설을 쓰기 위해 스페인어를 배웠다고 한다. 스페인어를 알아야 도덕관념이라고는 애당초 존재하지 않는 무법자들과, 사막의 수평선 위로 유령의 암호처럼 떠오르는 사람들 사이에 오가는 상스러운 말들을 제대로 묘사할 수 있다고 믿었기 때문이다. 이 소설은 각 장(障)이 마치 옛 여행기에 등장하는 사건 리스트처럼 저마다의 테마에 따라 소개된다. 그러나 『핏빛 자오선』은 곧 단순한 역사 소설 이상의 무엇으로 발전한다. 매카시의 진정한 업적은, 멜빌이나 포크너에 비견될 만한 거의 성경과도 같은 스타일의 문체에 있다. 『핏빛 자오선』에는 매카시가 창조해낸 "악의 화신" 캐릭터 중 하나—이름 없는 악랄한 판사—가 등장한다. 그는 마치 타락한 랠프 왈도 에머슨처럼, 무한한 지혜와 악의 소유자로, "오래 전에 멸종한 야수"의 대퇴골을 손에 들고 "너의 심장의 욕망은 비밀을 듣게 될지어다. 그 비밀은 바로, 어떤 비밀도 없다는 사실이다" 같은 일련의 격언들을 설교한다. 불길하게도, 판사는 절대 사라지지 않는 존재로, 매니페스트 데스티니(Manifest Destiny. '명백한 운명'이라는 뜻으로 1840년대 미국의 영토 확장주의를 대표하는 표어)를 설파하는 미국 문학의 어두운 면을 사악하게 상기시키고 있다. **MPB**

콘택트 Contact

칼 세이건 Carl Sagan

작가 생몰연도 | 1934(미국)–1996
초판 발행 | 1985, Simon & Schuster(뉴욕)
원제 | Contact
로커스 상 수상 | 1986

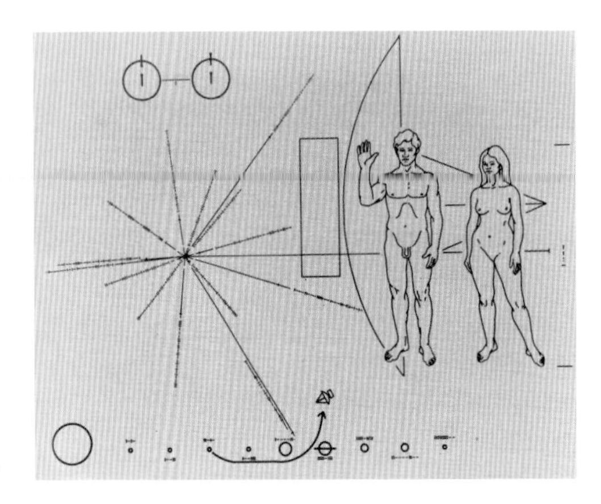

"공상과학이라… 자네 말이 맞지. 미친 짓이야. 그런데 말이지 진짜 미친 이야기 하나 들려줄까? 들은 이야기인데, 어떤 녀석들이 비행기라는 물건을 만든다더군…"

▲ 우주 탐사선 파이오니어 10호를 위해 칼 세이건이 고안한 명판. 지능을 갖춘 어떤 외계 생명이라도 해독할 수 있는 메시지를 담고 있다.

▶ 1972년 세이건의 명판은 당대의 시대적 성역할을 탈피하지는 못했다. 메시지 속 남성은 적극적이고, 여성은 피동적으로 묘사되었다.

지성을 지닌 외계 생명에 대한 연구에 평생을 바친 천문학자 칼 세이건은 동료들로부터의 존경은 물론 대중의 높은 인기까지 누렸던 20세기 최고의 과학자 중 하나이다. 외계 생명의 존재를 믿었던 대표적인 과학자 세이건은 미 항공우주국(NASA)의 우주선 파이오니어 10호의 외부를 위한 특수한 명판을 고안하기도 했다. 여기에는 태양계 외부를 도는 이 우주선을 발견하는 어떤 외계 생명이라도 해석할 수 있는, 우주 보편적인 메시지가 새겨져 있었다. 또한 그는 프랭크 드레이크와 함께 전파 망원경을 이용하여 근접한 은하의 시그널을 포착함으로써 우리 은하에 백만이 넘는 문명이 존재하고 있다고 추정한 최초의 과학자이기도 했다.

세이건이 사망한 뒤 1년 후 영화로까지 제작되며 높은 인기를 누린 소설 『콘택트』는, 문학의 세계로 외도한 세이건이 지적 유흥의 주류에 과학 원리를 접합시킨 가장 유명한 작품이다. 놀랄 일도 아니지만, 주제는 외계 생물과의 접촉(콘택트)이다. 주인공인 천문학자 엘리 애러웨이는 가까운 별에서 첫 261개의 소수의 연속 수열로 이루어진 시그널을 포착한 뒤, 이것은 오직 지능을 갖춘 문명만이 보낼 수 있다는 결론을 내린다. 그러나 곧 이 메시지가 처음 발견한 것 이상으로 복잡한 의미를 지니고 있다는 것이 밝혀진다. 바로 고도의 우주 여행선의 설계도를 포함하고 있었던 것이다. 종교적 원리주의자들과 과학자들, 그리고 세계의 정부들은 이 우주선을 제작할 것인가, 그리고 최종적으로는 이 여행에 참가할 다국적 팀을 구성할 것인가를 놓고 격론을 벌인다. 이 작품에서 세이건은 복잡한 수학과 픽션을 뒤섞고, 이야기의 매듭을 통해 종교와 영성, 인간성, 그리고 사회적 의식의 의미에 깊은 의문을 던진다. **EF**

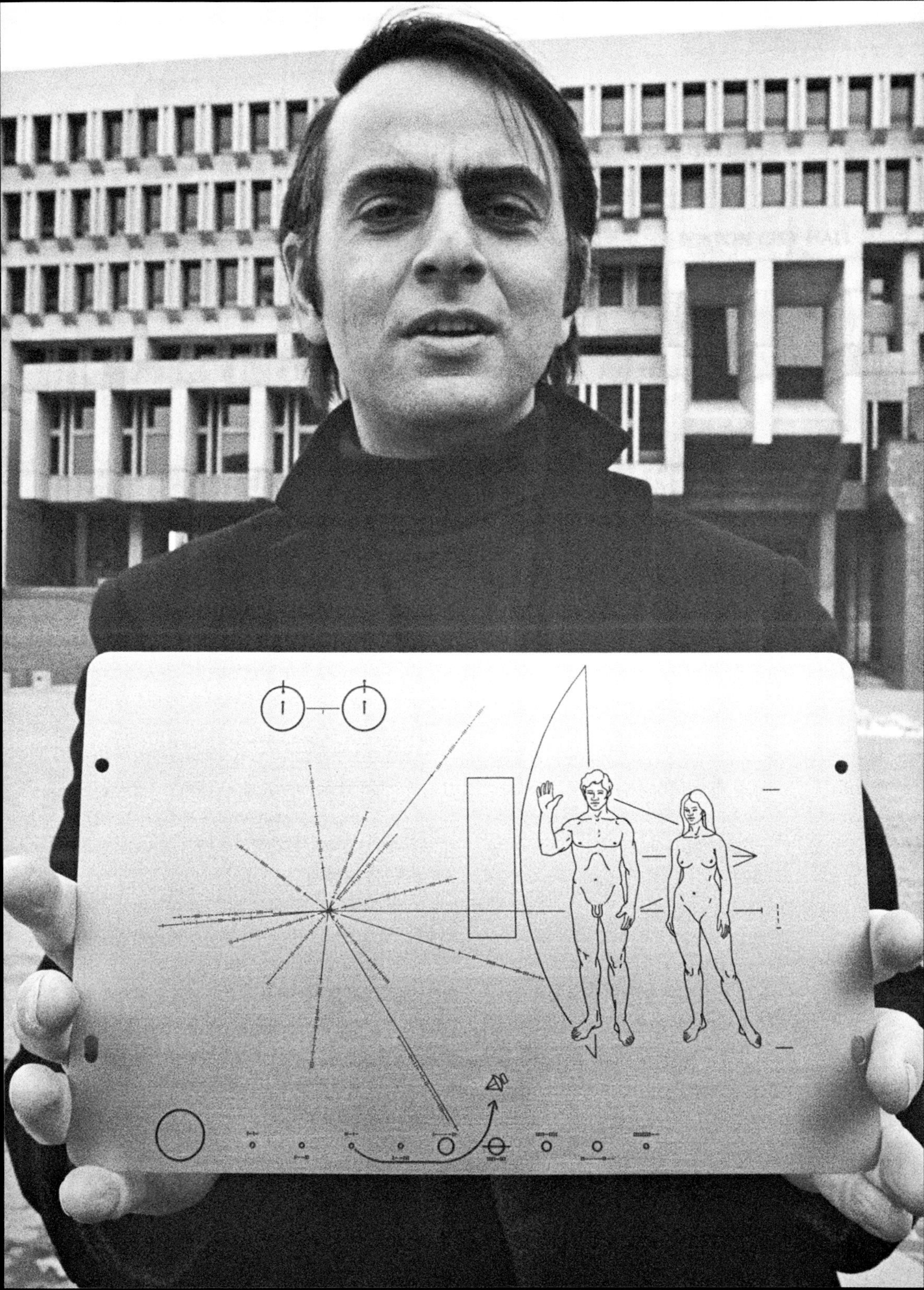

시몬과 참나무숲 Simon and the Oaks

마리안네 프레드릭손 Marianne Fredriksson

작가 생몰연도 | 1927(스웨덴)

초판 발행 | 1985

초판 발행처 | Wahlström & Widstrand

원제 | Simon och ekarna

시몬 라르손은 태어난 지 사흘 만에 친어머니에게 버림받았다. 유태인인 아버지는 누구인지도 모른다. 이제 열한 살이 된 시몬을 길러준 사람들은 스웨덴의 노동자 계급인 카린과 에릭 라르손이다. 전운이 감도는 유럽, 시몬은 나치의 마수를 피해 스웨덴으로 온 유태인 소년 이작과 친구가 된다. 카린은 고통스러운 과거에서 헤어나지 못하는 이작을 깊은 우울증에서 구해준다. 시몬과 이작은 때때로 참나무숲에서 시간을 보내곤 한다. 오직 그곳만이 그들의 분노와 불안을 해소할 수 있는 공간이다. 시몬은 카린과 에릭이 자신의 친부모가 아니라 숙부와 숙모라는 사실을 알게 되고, 독자는 바로 그날 시몬이 어린 시절에 작별을 고하는 것을 알게 된다.

프레드릭손의 인물들에서는 깊이가 느껴진다. 그들은 죄와 선이 동반하고, 고독이 함께 찾아오며, 쉬운 답은 찾기 어려운 역설적인 감정들을 경험한다. 모자 관계를 중심 주제로 다룬 이 작품에서 프레드릭손은 감정과 행위가 일어나는 원인을 분석한다. 그녀의 관점은 정신분석학적이면서 종교적이지만, 신을 들먹이지는 않는다. 평범한 사람들의 삶과 투쟁에서 숨겨진 신비를 드러낸다.

성공한 언론인이자 편집장이었던 마리안네 프레드릭손은 53세에 문단에 데뷔했으며, 현재 스웨덴에서 가장 사랑받는 작가 중 한 명이다. 그 리얼리즘과 정확한 터치로 높은 평가를 받는 그녀의 책들은 스웨덴이 낳은 문호 스트린드베리의 작품보다 더 널리 알려져 있으며 50여 개 국 언어로 번역 출간되었다. **TSe**

사이더 하우스 The Cider House Rules

존 어빙 John Irving

작가 생몰연도 | 1942(미국)

초판 발행 | 1985, W. Morrow(뉴욕)

원제 | The Cider House Rules(사과술 만드는 집의 규칙)

◆ 1999년 영화 <사이더 하우스>로 제작

어빙의 소설 중에서도 가장 정치적인 작품 중 하나인 『사이더 하우스』는 낙태와 약물 중독, 인종차별 등 현대 사회에서 논란을 일으키는 이슈들을 다루고 있다. 배경은 1920년대 메인 주. 에테르 중독자에 자기 아이를 길러본 적도 없는 윌버 라치 박사는 세인트 클라우즈 고아원 원장이다. 수년 동안 부모가 원치 않는 아이들과 뒷골목의 낙태 시술로 인한 죽음을 목격한 그는 고아원 내에 불법이지만 안전한 낙태 클리닉을 개설한다. 세인트 클라우즈의 영리하고 모험심 강한 고아 호머 웰즈는 입양 가정에서 번번이 고아원으로 돌려보내진, "입양 불가능"한 소년이다. 라치는 호머가 이 고아원에서 평생을 보낼 것이라는 것을 깨닫고 세인트 클라우즈의 불법 낙태시술사로, 자신의 뒤를 잇게 해야겠다고 결심한다.

그러나 낙태에 반대하는 호머는 박사의 의견을 따르는 대신 한 쌍의 젊은 남녀와 여행을 떠나 되돌아오지 않는다. 호머 자신의 사랑으로 삶이 복잡해지고 제2차 세계대전이 끼어들면서, 라치 박사는 호머를 설득하여 어떻게든 그를 세인트 클라우즈로 돌아오게 해야만 한다.

그 시대의 인종차별주의를 보여주는 이 소설의 제목은 호머가 사과술 만드는 집(사이더 하우스)에 붙여놓는 규칙 리스트에서 비롯되었다. 이 규칙들은 사과를 따러 오는 흑인 이민노동자들 사이에서 규율과 안전을 지키기 위해 만들어졌다. 그러나 호머는 일꾼들이 이 규칙들을 증오한다는 사실을 알지 못한다. 호머와 함께 우리는 사이더 하우스의 진짜 규칙, 즉 삶의 규율은 결코 종이에 적을 수 있는 것이 아니라는 사실을 알게 된다. **EF**

애니 존 Annie John

자메이카 킨케이드 Jamaica Kincaid

작가 생몰연도 | 1949(앤티가 바부다)
초판 발행 | 1985, New American Library(뉴욕)
원제 | Annie John
본명 | Elaine Cynthia Potter Richardson

사춘기의 모순과 에너지로 들떠 있는『애니 존』은 캐리비안의 매력적인 섬나라 앤티가를 무대로 펼쳐지는 성년식 소설이다. 작은 바닷가 마을에 사는 밝고 호기심 많은 소녀 애니는 이웃들의 행동에 매료된다. 어머니의 사랑과 부드러움 속에서 행복하고 평화로운 어린 시절을 보내고 이제 학교에 들어가려는 참인 애니의 삶에 불화가 스며들기 시작한다. 냉정하고 절제된 문장으로 킨케이드는 자유 낙하 상태의 모녀 관계의 공포와, 존경할 만한 우정과 취미에 대한 애니의 환멸, 그리고 비행과 정신적 위기로의 몰락을 그리고 있다.

킨케이드는 애니가에서 보낸 자신의 어린 시절의 경험을 십분 활용하였다. 작가는 전통 의학과 죽은 이의 불안, 그리고 꿈의 힘을 존중하는 카리브 해의 생활 방식을 경험하였다. 마찬가지로 제국주의와 제한된 성역할, 그리고 전통에 얽매인 교육 체제라는 몇 겹의 올가미와 싸워야만 했다.

『애니 존』은 카리브 해의 마술적 리얼리즘의 기묘하고 순수한 색채에 물들어 있다. 이 책은 카리브 해 여성 문학의 찬란한 모범이며, 다른 작가들이 성공하기도 하고 실패하기도 한, 본국과 식민지 사이의 문제를 반영하는 문제투성이 모녀 관계나 압제 당하는 여성의 정신적 불안정, 그리고 이민을 통한 새장 탈출에의 추동 같은 테마들을 놀랄 만큼 명료하게 다루고 있다. **RM**

장님의 우화 The Parable of the Blind

게르트 호프만 Gert Hofmann

작가 생몰연도 | 1931(독일)–1993
초판 발행 | 1985
초판 발행처 | Luchterhand(다름슈타트)
원제 | Der Blindensturz

피터 브뢰겔의 그림 〈장님의 우화〉는 한 줄로 나란히 걷고 있는 여섯 명의 장님을 그리고 있다. 안타깝게도 맨 앞에서 걷던 이가 연못에서 비틀거려 큰대자로 뻗어버리고 뒤를 쫓아오던 사람들은 점점 가까워온다. 1인칭 복수 화자 "우리"는 유명한 화가를 찾아가는 중요한 날의 이야기를 들려준다. 가는 길에 그들은 물건을 잃어버리고, 멍들고, 정신없이 헤매다 마침내 유명한 화가가 사는 바로 옆의 연못으로 가는 길을 찾아낸다. 이 부서지기 쉽고, 공격 당하기 쉬고, 상처입기도 쉬운 장님들에게서 독자는 벌거벗은 인생과 눈과 눈을 마주보게 된다. 이 내러티브의 신랄함은 부분적으로 장님들이 화가와 만난다는 희망에 마음을 빼앗겨 있음에도, 화가와 "눈과 눈"을 마주보는 것은 불가능하다는 데에 있다. 상황을 더 악화시키는 것은, 곤경에 속수무책인 그들을 강조하는 그림을 그리기 위해 되풀이해서 연못 속으로 들어가야 한다는 점이다.

호프만의 글재주로 브뢰겔의 그림은 단지 장님—여기서는 모든 평범한 사람들—뿐만 아니라 화가와 모델 사이의 모호한 권력 관계에 대한 우화가 되었다. 이 불운한 사람들이 어떻게 그려졌을까 상상하면서 호프만은 눈에 보이는 것이 전부인 세상에서 앞을 볼 수 없는 이들의 기묘하고 변화하는 세계에 주목하고 있다. **PT**

콜레라 시대의 사랑

Love in the Time of Cholera

가브리엘 가르시아 마르케스 Gabriel García Márquez

작가 생몰연도 | 1927(콜롬비아)
초판 발행 | 1985, Bruquera(바르셀로나)
원제 | El amor en los tiempos del cólera
노벨 문학상 수상 | 1982

한때 젊은 날의 약혼녀였던 페르미나 다자의 남편의 장례식 날, 플로렌티노 아리자—시인이자 비범한 애인, 그리고 카리브의 리버 회사 사장인—는 그녀를 향한 자신의 사그라들지 않은 사랑과 충성을 고백한다. 기겁한 페르미나는 거절한다. 그의 첫 번째 구애를 거리낌없이 거절하며 다시는 얼굴을 보이지 말라고 한 지 51년 9개월 4일 만의 일이다. 이로써 소설은 50년 전으로 거슬러 올라가 플로렌티노와 페르미나의 사랑과 이어지는 그들의 삶, 그리고 다른 인물들의 다양한 이야기를 들려준다. 마지막 장에서 다시 현재로 돌아오면 플로렌티노의 두 번째 사랑 고백이 결국 성공을 거둔다.

『콜레라 시대의 사랑』은 사랑의 대하소설이다. 동시에 독자로 하여금 사랑의 영원한 힘은 물론이고, 그 모든 장애를 넘는 엄청난 인내력과 결단력을 깊이 생각해 보게 하는, 지극히 비감상적인 러브 스토리이기도 하다. 무시무시한 유령들, 저주받은 인형들, 사악한 앵무새들이 등장하는 이 책은 뛰어난 마술적 리얼리즘 작가로서의 마르케스의 위치를 다시 한 번 확인해주는 일상적 비현실의 유쾌한 순간들을 담고 있다.

역사의 무게와 도회지 삶의 괴로움을 누구보다 잘 알고 있는 작가는, 위대한 전작 『백 년 동안의 고독』보다 암울하지만 그만큼 매력적인 작품을 창조해냈다. **SJD**

고대의 목소리

Ancestral Voices

에티엔 반 헤에르덴 Etienne van Heerden

작가 생몰연도 | 1954(남아프리카)
초판 발행 | 1986
초판 발행처 | Tafelberg(케이프타운)
원제 | Toorberg

현대 남아프리카 고전이라 할 수 있는 이 책의 페이지에는 죽은 자들이 활개를 치고 다닌다. 조상들의 죄가 카루(남아프리카 공화국 케이프 주 내륙에 있는 건조지대)의 선소한 사먼에 살고 있는 후손들에게 그 그림자를 드리운다. 스릴러이면서 통속 드라마이기도 한 지극히 매력적인 이 작품은 백 년이 넘게 토어베르그(마의 산)의 풍부한 땅을 경작해온 아프리칸스인 개척자 물만 가의 몰락을 그리고 있다. 가부장인 물만의 유일한 사생아 손자가 수맥을 찾기 위해 땅을 파다가 의문의 죽음을 당하자 치안 판사가 사건 수사를 위해 마을을 찾아온다. 그는 살아있는 이들은 물론 죽은 이들까지 수사한다. 이 비극의 뿌리는 물만 가 남자들의 지배욕에 있었다. 한 세대가 내려올 때마다 그들은 다른 길을 선택하는 이들을 거부해왔다. 그 첫 번째는 피부색의 선을 넘는 용서받을 수 없는 죄를 짓고 "수치"의 가족을 꾸린 플로리스이다. 아이러니하게도 이 가족으로부터 설립자 아벨의 추진력을 고스란히 물려받아 핍박받는 유색인들을 이끄는 원데이 리에트 목사가 태어난다.

작가는 백인 전체를 상징하는 물만 가에 내려진 저주를 강렬한 울림의 상징주의로 묘사하였다. 가족의 검은 양에 가해진 불의의 수치에서 그 어느 누구도 자유롭지 못하다. 에티엔 반 헤에르덴은 과거와 현재를 함께 짜내 아파르트헤이트 전야의 아프리칸스인 유산을 분명하게 보여준다. **LD**

아름다운 자이덴만 부인

The Beautiful Mrs. Seidenman

안드르예 슈치피오르스키 | Andrzej Szczypiorski

작가 생몰연도 | 1924(폴란드)–2000
초판 발행 | 1986
초판 발행처 | Instytut Literacki(파리)
원제 | Poczatek

나치 점령하의 바르샤바는 유태인들이 게토에서 덫에 걸린 쥐처럼 살아가거나 거리에서 은밀하게 목숨을 연명하는, 갑작스러운 죽음과 예기치 못한 구원의 공간이다. 모든 사람이 새로운, 종종 모순된 정체의 소유자가 되었다. 도주 중인 젊은 유태인 헤니오는 게토에 있는 가족들에게 돌아간다. 베로니카 수녀는 구출된 유태인 아이들에게 가톨릭 세례를 준다. 한편 유태인 의사의 미망인인 아름다운 이르마 자이덴만 부인은 위조 서류를 가지고 도시의 아리아인 구역에서 조용히 살아가지만, 어느 날 밀고자가 게슈타포에게 그녀의 정체를 밝히면서 낯선 이들의 충성에 목숨을 맡겨야 하는 처지가 된다.

『아름다운 자이덴만 부인』에서 슈치피오르스키는 인간의 소속에 대한 수수께끼를 탐구한다. 우리가 누가 되는지를 누가 결정하는가? 베로니카 수녀가 개종시킨 아이들 중 일부는 이스라엘에 재정착하고, 일부는 열광적인 반유태주의 폴란드 애국자가 된다. 자이덴만 부인은 전쟁에서 살아남기 위해 자신의 유태인 혈통을 부정하고, 1968년 반유태인 숙청 때 망명을 강요당한다. 폴란드인으로서 폴란드에서 계속 사는 길을 택하지만, 그녀는 안전함을 느끼기에는 이제 완전한 폴란드인이라고 볼 수 없다. 어쩌면 게토에서 자신의 의지로 죽음을 선택한 헤니오의 길이 옳았는지도 모른다. 전쟁이 끝난 후 20년이라는 세월이 흐르고, 이제는 유태인 군인들이 팔레스타인의 아랍인 정착지에서 살인과 증오의 주기를 되돌리고 있다. 아마도, 이 감동적이고 자극적인 소설에서 슈치피오르스키는 폭력이란 유일하게 변하지 않는 인간의 정체임을 경고하고 있는 것인지도 모르겠다. **MuM**

물에 빠져 죽은 자와 구조 받은 자

The Drowned and the Saved

프리모 레비 | Primo Levi

작가 생몰연도 | 1919(이탈리아)–1987
초판 발행 | 1986
초판 발행처 | G. Einaudi(튀린)
원제 | I Sommersi a i salvati

레비가 세상을 떠나기 1년 전에 출간된 『물에 빠져 죽은 자와 구조 받은 자』는 우리가 쉬이 잊곤 하는 "악의 심연", 아우슈비츠에서의 경험을 어떻게 글로 옮길 것인가라는 괴로운 의문에 회귀한 작품이다. 레비는 특히 『이것이 인간이라면』(1947)에서 탐구했던 물음—진정한 증인, 즉 죽은 자들이 잊혀진 마당에 어떻게 죽음의 수용소를 증언하겠는가—으로 되돌아가고 있다. '생존'이라 제목 붙인 장에서 레비는 생존자들은 "예외적 소수"일 뿐이라고 회고한다. "우리는 변명이나 능력, 혹은 행운에 의해 밑바닥까지 떨어지지 않았을 따름이다."

이 책을 통해 레비는 죽음의 수용소가 남긴 유산의 일부분이라 할 수 있는 생존과 소통, 심판의 의문들에 대한 성찰과 기억, 일화들의 근원에 집중하고 있다. "거의 모든 사람들이 나서서 도와주지 않았다는 것에 대한 죄책감을 느끼고 있다"고 레비는 주장한다. 이 말은 수용소의 고통을 평생 끌고 가는 비난과 자기 비난 속으로 독자들을 잡아당긴다. 레비는 전체주의 정권에 없어서는 안 되는 것이 바로 이러한 죄책감의 짐이라고 제시한다. 그 가장 극단적인 예가 바로 수용소의 특수부대원들이다. 이들은 시체 소각장을 운영하기 위해 선별된 수감자들의 부대였다. 『물에 빠져 죽은 자와 구조 받은 자』는 수용소에서 저질러진 끔찍한 참상을 들으려는 독자들의 시도를 기이한 판단마비 상태로 끌고 들어간다. **VL**

워치맨 Watchmen

앨런 무어, 데이브 기번스 Alan Moore & Dave Gibbons

무어의 생몰연도 | 1953(영국)
기번스의 생몰연도 | 1949(영국)
초판 발행 | 1986, DC Comics/Titan Books(뉴욕/런던)
휴고 상 수상 | 1987

『워치맨(Watchmen)』은 니체 풍의 수퍼맨에 대한 고찰이자 살인 미스테리, 다른 세계의 공상과학 서사물이며, 권력과 부패에 관한 심리적 연구이다. 무엇보다 한 권의 만화이다.

1986년은 그래픽 소설에서 중요한 전환점을 기록한 해였다. 프랭크 밀러가 재창조한 『배트맨』과 함께 총 12부로 이루어진 수퍼히어로들과 그들의 애환을 그린 서사물 『워치맨』이 등장했다. 1985년 미국, 닉슨이 세 번째 대통령 임기를 맞았고 킨(Keene)법에 의해 코스튬 어드벤처(수퍼맨과 같은 복장을 한 영웅들이 주인공으로 활동하는 장르)가 금지되었다. 두 사람만이 여전히 현역으로 뛰고 있다. 어두운 과거를 지닌 거칠고 사악한 군인 코미디언과, 냉전 시대 미국에 우위를 허용한 놀랄 만한 파워의 원자폭탄 실험의 희생자인 맨해튼 박사이다. 정신병자인 로샤크를 제외한 다른 수퍼히어로들은 은퇴를 강요당한 후 만족스러운 삶을 살고 있다. 킨 법에 대한 로샤크의 반응은 상습 강간범의 시체에 "Never"라는 한 마디를 쓴 쪽지를 붙여 뉴욕 경찰 본부로 보낸 것이었다. 하지만 바로 그때 코미디언이 살해당한다. 누군가가 계획적으로 한 짓이다. 냉전은 끝난 것이 아니라 더욱 달아오르고 있다. 그로 인해 이득을 보는 자는 누구인가? 그리고 그 대가는 무엇인가?

다양한 등장인물들을 통해 『워치맨』은 아마겟돈(우주전쟁)에 직면한 인간의 영혼을 보여주고 있다. 무어는 만화를 아는 작가였다. 그는 만화의 매력과 약점을 모두 파악하고 있었으며 이 작품에는 영웅과 악당의 단순한 이야기는 발을 들이밀 자리가 없다. 무어의 다중 내러티브에 데이브 기번스의 명료한 그림이 더해져 눈에 눈물이 고이게 한다. 최근 '그래픽 소설'이라는 이름이 너무 남발되고 그 정의조차 부정확하게 쓰이고 있다. 『워치맨』은 그 표준이자 도전으로 남아있다. **JS**

멸종 Extinction

토마스 베른하르트 Thomas Bernhard

작가 생몰연도 | 1931(네덜란드)–1989(오스트리아)
초판 발행 | 1986
초판 발행처 | Suhrkamp(프랑크푸르트)
원제 | Auslöschung: ein Zerfall

토마스 베른하르트 최후의 소설 『멸종』은 가족, 오스트리아, 나치즘의 흉터, 그리고 문화적 유전 탈출의 불가능성 같은 주제에 대한 강렬하게 절제된 독백이다. 또한 베른하르트가 일생 동안 다룬 형식적, 주제적 관심사에 대한 마지막 평가이기도 하다.

프란츠-요제프 무라우는 로마에 살고 있는 오스트리아 출신 지성인이다. 로마에서 그와 그의 가족들은 예술과 문학이라는 "무한한 낙원"에 살고 있다. 이 소설은 무라우가 부모과 형이 자동차 사고로 죽는 바람에 그가 가족의 영지인 "볼프젝"의 유일한 상속인이 되었다는 전보를 받으면서 시작된다.

장례식에 가기 위해 떠날 준비를 하면서 그는 가족과 가족에 대한 그의 증오, 그리고 때이른 죽음에 대해 아무런 후회도 느끼지 않는 자신의 감정을 돌아본다. 소설의 후반부는 볼프젝에서 이어진다. 이곳에서 무라우는 개인적, 집단적 역사의 빛과 대면한다. 무라우는 가족과 대부분의 오스트리아 사회를 나치 범죄의 공범으로 고발하고 과거에 대한 그들의 자기만족적이고 위선적인 태도를 비난한다. 이렇게 단언하기는 하지만 독선적이지는 않은 무라우는 자기 자신의 실패에 대해 잘 알고 있으며, 신랄한 언사도 손쉬운 도덕화로 빠지지 않는다. 그러한 독설은 오스트리아를 역사적 건망증에서 깨우기 위한 자극적 조치의 일환이다. 오스트리아를 향한 그의 야만적이기까지 한 비난은 편협하기는커녕 모든 종류의 압제 논리를 겨냥한 것이며 끊임없는 재평가에 열려있는 사회 분위기를 촉구하고 있다. **AL**

뜬구름 세상의 예술가 An Artist of the Floating World

이시구로 카즈오 Kazuo Ishiguro

작가 생몰연도 | 1954(일본)
초판발행 | 1986, Faber & Faber(런던)
원제 | An Artist of the Floating World
화이트브레드 상 수상 | 1986

이시구로 카즈오는 자신의 두 번째 소설인 『뜬구름 세상*의 예술가』에서 사회적 격동과 변화하는 문화적 가치에 타협하기 위해 몸부림치는 전후 일본의 "뜬구름 같은 세상"을 관찰하고 있다. 제국주의 시대에는 선전 예술가로 활동했던 화가 오노 마스지의 이야기를 통해 작가는 전시의 일본 역사와 과거의 실수들로 인해 직면해야 하는 어려움을 하나하나 짚어낸다. 이야기는 일본의 패전으로부터 3년이 지난 시점에서 시작된다. 오노의 아내와 아들은 죽었고, 홀로 남겨진 오노는 나라를 파멸로 이끌었던 제국주의 운동에서 자신이 맡았던 역할에 대해 되돌아보게 된다. 그는 작은 딸의 혼담에서 일종의 타협을 도모하고 있다. 1년 전 큰딸의 결혼 때 신랑 측에서 갑작스레 파혼을 통보해온 경험이 있기 때문이다. 오노는 제국주의에 가담했던 자신의 과거가 딸들의 미래를 위태롭게 하는 것은 아닌지 의문을 품기 시작한다. 그러나 자신의 개인적 과거를 덮어두려는 그는 모호한 현대적 가치로 갈아타는 것은 거부한다.

다섯 살 때 나가사키를 떠나 영국으로 이주한 이시구로는 패전 직후 일본의 시공을 생생하게 불러일으킨다. 그의 스타일은 일본 고전 문학의 그것을 닮아 있으며 견고한 문체는 늙어가는 예술가의 완고함을 연상시킨다. 이 책에 뒤이어 나온 『남아있는 나날』에서처럼 이시구로는 환경에 의해 감정을 억누르도록 강요당한 개인을 풍부하게 묘사해냈다. 제목에서 느껴지는 것처럼, 그의 인물들은 복잡한 디테일의 망망대해 한가운데에서 표류하고 있다. **LE**

"'물론 상황이 상황이니 만큼 돈 문제를 생각하지 않을 수 없겠지만, 그건 어디까지나 부수적인 문제지.'"

▲ 『뜬구름 세상의 예술가』의 배경인 원폭 투하 이후의 나가사키는 작가의 고향이기도 하다.

* "뜬구름 세상"은 일본 에도 시대에 유행한 목판 풍속화 우키요에(浮世繪)에서 차용한 것이다. '우키요' 즉 '뜬구름 세상'은 어자피 잠시 머물렀다 갈 세상, 현재의 세태를 긍정적으로 받아들이자는 가치관이 깃든 표현이다.

불의 기억 Memory of Fire

에두아르도 갈레아노 Eduardo Galeano

작가 생몰연도 | 1940(우루과이)
초판 발행 | 1982–1986
초판 발행처 | Siglo XXI(멕시코 시티)
원제 | Memoria del fuego

우루과이의 언론인이자 에세이스트인 갈레아노는 장장 9년에 걸쳐 3부작 『불의 기억』을 완결했다. 『창세기』, 『얼굴과 가면』, 『바람의 세기』로 구성되어 있는 『불의 기억』은 시도 아니고, 연대기도 아니고, 학술 논문이나 문집은 더더욱 아니고, 그렇다고 소설도 아닌, 온갖 다양한 문학 형식이 혼합된 작품으로, 두 아메리카 대륙의 역사에 대한 예리하고도 지극히 개인적인 이야기이다.

아메리카의 이야기는 짧고 신랄한 장들로 재구성된다. 하나하나 다뤄지는 사건들과 정치적 음모는 숨이 막힐 정도로 경탄을 자아낸다. 각각의 이야기는 한 세기를 아우르는, 모든 것을 끌어안는 역사적 모자이크에 더욱 강렬한 디테일을 선사한다. 콜럼버스나 몬테수마*, 카를로스 5세, 시몬 볼리바르, 나폴레옹, 다윈, 워싱턴, 볼테르, 레닌, 아옌데, 록펠러, 리고베르타 멘추, 프리다 칼로, 채플린, 에비타 등 다양한 역사적 인물들이 생생하게 되살아나 목소리를 낸다.

이 작품은 전혀 객관적이지 않다. 모든 장면은 중요하든 아니든 광포하고 정열적이다. 그러나 이런 주관성에 전혀 가책을 느끼지 않는 갈레아노는 확실하게 피정복자편에 선다. 그는 독자들에게 풍부한 원주민의 과거를 불의와 압제, 가난, 그리고 미개발과 맞바꾼 현대 아메리카의 토대를 기억하라고 촉구한다. 걸작으로 칭송 받는 이 작품으로 갈레아노는 1989년 아메리카 문학상(American Book Award)을 수상했다. **AK**

* 제9대 아스텍 제국 황제였던 몬테수마 2세를 가리킴. 스페인의 정복자 에르난 코르테스와의 극적인 대결로 잘 알려져 있다.

늙은 악마들 The Old Devils

킹즐리 에이미스 Kingsley Amis

작가 생몰연도 | 1922(영국)–1995
초판 발행 | 1986, Hutchinson(런던)
원제 | The Old Devils
부커상 수상 | 1986

『늙은 악마들』은 1954년의 인기작 『행운아 짐』에 비견되는 킹즐리 에이미스 최고 걸작 중 하나로 꼽힌다. 이번 풍자의 대상은 아내들과 함께 술과 가십으로 세월을 보내는 웨일즈의 늙은이들, 피터, 찰리, 그리고 말콤이다. 그때 “프로페셔널 웨일즈인” 알룬 위버와 그의 매혹적인 아내 리아농이 등장하자, “늙은 악마들”은 자신들의 생활 방식을 되돌아보고 사회에서 자신들이 차지하는 위치에 대한 받아들이기 어려운 진실과 맞대면하게 된다. 언제나처럼 중산층들의 삶의 우스꽝스러울 정도로 사소한 것까지 잡아내는 날카로운 시선과 절제된 리얼리즘으로 에이미스는 허영이나 잘난 척은 즉각 조롱을 당하는, 때때로 읽기에 불편한 소설을 창조해냈다. 그럼에도 불구하고 독자들은 심술궂은 구두쇠들임에도 익살스럽기 짝이 없는 “늙은 악마”들에게 마지못한 공감을 느낄 수밖에 없고, 이것이야말로 에이미스의 진정한 재능이다. 인정사정을 봐주지 않는 이 코믹한 소설은 그럼에도 불구하고 인간에 대한 강한 동정을 포함하고 있어, 우스꽝스러운 인물들들은 결국 독자의 찬사를 자아내게 된다.

에이미스는 후기작들에서 그 유명한 인간 혐오와 때때로 불쾌하기까지 한 보수주의로 경멸을 사곤 했다. 『늙은 악마들』에서 그는 부드러움과 인간적 미학을 겸비했던 초기작의 절제와 균형을 결합함으로써 자신에게 덮어씌운 이러한 혐의가 틀렸다는 것을 증명한다. **AB**

마티가리 Matigari

은구기 와 티옹고 Ngugi Wa Thiong'o

작가 생몰연도 | 1938(케냐)

초판 발행 | 1986

초판 발행처 | Heinemann(나이로비)

언어 | 키쿠유어

수년 동안 식민정복자들에 대항해서 싸우고 산에서 내려온 마티가리는, 조국과 고향이 이미 그가 패배시킨 적의 후손들의 손에 들어갔음을 알게 된다. 자랑스러운 승리의 귀향이 있어야 할 자리에는 부패한 신식민주의 압제 정권과 말없이 복종하는 대중이 있을 뿐이다. 정의를 위한 투쟁이 다시금 시작되고, 주도자가 된 마티가리는, 후세가 전하는 바에 따르면, 신화적인 힘을 얻는다. 마티가리는 가난한 자들의 입을 열어주고 사람들의 소문을 십분 활용한다. 진실과 현실이 구분하기 어려워지고, 라디오에서 끊임없이 흘러나오는 대통령의 "진실의 목소리"는 더이상 의심 없이 받아들여지지 않게 된다.

"옛날, 이름 없는 나라"를 무대로 은구기는 배경이 되는 시간이나 공간을 딱 잘라 밝히지 않는다. 그러나 케냐의 근대사에 등장하는 장면들과 기쿠유 족 구비 전승의 식민시대 이상들을 함께 엮어냄으로써 이 소설은 독립국이 된 케냐 특유의 날카로운 비판과 함께 상실감과 역사적 사명을 자아낸다. 이 책이 출간된 지 몇 달 후, 케냐 보안 당국은 마티가리라고 알려진 인물이 이곳저곳을 떠돌며 평화와 정의에 대해 강연을 하고 있다는 보고서를 올렸고, 즉각 체포 지시가 내려졌다. 이러한 상황은 소설의 결말을 섬뜩하게 반영하고 있다. **ABi**

철자 바꾸기 Anagrams

로리 무어 Lorrie Moore

작가 생몰연도 | 1957(미국)

초판 발행 | 1986, Knopf(뉴욕)

원제 | Anagrams

본명 | Marie Lorena Moore

미국의 손꼽히는 단편 작가 중 하나인 로리 무어의 장편 데뷔작인 『철자 바꾸기』는 단편의 반짝이는 매력을 그대로, 아니 즐겁게도 더 크게 지니고 있다. 이 소설은 자신들이 특별하지 않다는 사실 때문에 혼란스러워 하는 평범한 사람들의 평범한 우화이다. 이야기는 심술궂은 철자 바꾸기로 시작된다. 첫 번째 장이 각각 아주 약간씩 바뀐 버전들이 연달아 뒤섞여 나타난다. 무어가 제대로 된 것을 들고 나올 때까지 디테일들은 오락가락을 반복한다. 단순히 자기반영적인 속임수가 아닌 진짜 계략이 내러티브의 주제이다. 삶의 디테일들, 전망들, 그리고 동반자까지 재조정해서 그럴듯한 무언가를 창조해보려는 시도 말이다.

베나는 나이트클럽 가수이자, 실직한 에어로빅 강사, 그리고 미술사 교수이다. 한번은 자기 입으로 이렇게 말하기도 한다. "어쩌면 이 세상에는 단 수백 명의 사람들밖에 없고 그들이 각기 다른 모습으로 세상의 모든 직업을 다 하고 있는 건지도 몰라." 제러드는 그녀의 친구이자 이웃, 전 애인, 그리고 학생이다. 이들은 어떻게 자신들의 인생에 스스로를 맞추고, 자신들의 인생을 최선으로 이끄는가? 우리는 어떻게 우리 자신과 우리의 삶을 성공적으로 만드는가? 『철자 바꾸기』는 정교하지만 가벼운 문장으로 우정과 유대, 아슬아슬하게 놓칠 뻔한 관계, 그리고 외로움에 대해 이야기하고 있다. 이 소설에는 절대악이 없다. 다만 일상의 부주의한 모욕만이 있을 뿐이다. 즉, 비명을 지르기보다는 어깨만 한 번 으쓱하는 페이소스이다. 그 중심에는 인간에 대한 동정을 곁들인 무어의 예리한 유머가 존재한다. **GT**

두루미의 잃어버린 언어 Lost Language of Cranes

데이비드 레빗 David Leavitt

"어떤 식으로 가장을 하고 있는가와는 상관없이, 그 는 자신이 결국은 갈 길을 갈 것이라는 사실을 알고 있다."

작가 생몰연도 | 1961(미국)
초판 발행 | 1986, Knopf(뉴욕)
영국판 초판 발행 | 1987, Viking(런던)
원제 | Lost Language of Cranes

데이비드 레빗의 첫 번째 소설인 『두루미의 잃어버린 언어』는 한 가족의 구성원들이 각자 서로에게 숨기는 끔찍한 비밀을 탐구하는, 인상적인 데뷔작이다. 공포의 에이즈가 만연한 뉴욕을 무대로 한 이 소설은 필립 벤저민의 커밍아웃을 그리고 있다. 필립의 커밍아웃 선언은 부모인 오웬과 로즈의 안정적인 삶에 즉각적인 영향을 미친다. 로즈는 이제 아들을 동성애자로 대해야 한다는 성적 위험으로 인해 일종의 충격 속의 "비탄"을 느끼고, 오웬은 그저 세상의 종말이 찾아온 기분이다. 필립의 "뉴스"와 직면한 오웬의 충격은 어찌할 수가 없을 정도인데, 사실 오웬 자신도 은밀한 동성애자였던 것이다. 다만 매주 일요일 오후 게이 포르노 극장을 찾아가는 것으로 지금껏 견뎌왔을 뿐이다.

이야기는 필립의 우유부단한 욕망으로 인해 좌절감을 느끼는 애인 엘리엇과 필립 사이의 성적, 감정적 발전을 따라간다. 하지만 이 소설의 더욱 교묘한 면모는 지난 30년간 그들의 결혼이 거짓이었다는 것을 로즈가 알게 되면서 오웬과 로즈의 결혼 생활이 변화하는 방식이다. 다른 작가들이라면 진부하게 빠지기 쉬웠을 부분에서도 레빗의 근면하고 꼼꼼한 스타일은 한 가족 안에서, 그리고 세대 간에 너무나 쉽게 나타나는 깊은 틈을 그려내고 있다. **VC-R**

▲ 초판 표지는 두루미를 흉내 낸 아이와 이를 묵살한 부모에 관해 도서관에서 읽은 기사를 나타냈다.

태백산맥 The Taebek Mountains

조정래 Jo Jung-rae

작가 생몰연도 | 1943(대한민국)
초판발행 | 1986
발행처 | 해냄출판사(서울)
연재 | 1983–1989, 『현대문학』誌

『태백산맥』은 한국에서 가장 존경받는 베스트셀러 작가 중 한 명인 조정래의 10권짜리 대하 소설이다. 이 작품은 제2차 세계대전 이후에 야기된 세계적인 냉전체제 속에서 한반도가 그 파도에 휩쓸리며 일어난 비극적 충돌을 다루고 있다.

그 비인간적인 이념의 충돌은 한국전쟁이 끝날 무렵까지 계속된다. 『태백산맥』은 1948년부터 1953년까지, 한국 남서부의 작은 마을 벌교에 초점을 맞추고 있다. 때는 좌파나 우파로 파벌이 갈리던, 평범한 민간인들은 견디기 어려운 격동의 시기였다. 그 긴장은 종종 폭력을 동반했다. 힘의 균형이 깨질 때마다 고통받는 것은 마을 사람들이었다. 300명에 달하는 인물이 등장하는 이 작품은 그중에서도 몇몇 주인공들—좌익분자를 색출해내는 데 혈안이 되어 있는 난폭한 감찰관 염상구, 공산당 위원장인 염상진, 중도를 지키는 반공산주의자 김범우, 소작농들에게 땅을 분배해주기로 마음먹는 지주 김사용, 한국의 전통적인 가치를 대표하는 무당 소화 등—의 발자취를 좇는다. 의심과 공포 속에서 펼쳐지는 개개인의 드라마를 작가는 교묘하게 놓치지 않는다.

어떤 일본 평론가에게 '한국 민족을 총체적으로 이해할 수 있는 백과사전인 동시에, 강대국들이 저지른 횡포가 어떠했는가를 반추하게 하는 세계사적 의미까지 포괄하는 소설이다'라는 극찬을 받기도 하며 '20세기 한국인에게 가장 큰 영향을 미친 책'으로 꼽히는 『태백산맥』은 700만 부가 넘게 팔린 베스트셀러이다. 조정래는 종종 독자들로부터 어디까지가 진실이고 어디까지가 허구냐는 질문을 받는다고 밝힌 바 있다. "나는 웃으며 대답한다. 그 둘 사이의 경계를 찾아보기 어려운 소설이 진짜 좋은 소설이라고." **Hoy**

"문학은 인간의 인간다운 삶을 위하여 인간에게 기여해야 한다."

▲ 조정래의 대하소설은 20세기 한국인들의 보다 인간적인 삶에 비옥한 정신적 토양이 되어주었다.

게오르그 헤니히를 위한 발라드

Ballad for Georg Henig

빅토르 파스코프 Viktor Paskov

작가 생몰연도 | 1949(불가리아)

초판 발행 | 1987

초판 발행처 | Bûlgarski pisatel(소피아)

원제 | Balada za Georg Henih

『게오르그 헤니히를 위한 발라드』는 사랑과 사랑의 실패, 그리고 음악의 힘에 대한 달콤씁싸름한 우화이다. 1950년대 불가리를 무대로, 좌절한 신동, 열 살 난 빅토르의 이야기가 펼쳐진다. 빅토르가 가장 자랑스러워하는 것은 1/8 사이즈의 바이올린으로, 지금은 옛 제자와 고객들로부터도 버림받은 채 가난 속에서 죽어가는 체코의 늙은 바이올린 제작자, 게오르그 헤니히의 작품이다.

빅토르의 부모는 연애 끝에 결혼했지만, 음악가의 수입으로 먹고 살아야 하는 현실은 그들의 환상을 깨뜨리고 말았다. 빅토르의 어머니는 가난을 증오하고, 가정의 행복의 상징이라고 생각하는 식기용 벽장을 가지는 환상 속에서 산다. 음악 극장의 트럼펫 주자인 빅토르의 아버지는 음악을 위해서 사는 사람으로, 세속적인 물건에 대한 아내의 열망을 이해하지 못한다. 결혼 생활을 유지하고 아내가 미치지 않도록 하기 위해 그는 헤니히의 공방에서 식기용 벽장을 만들기로 결심한다. 어린 빅토르는 이 늙은 장인을 사랑하면서, 새로운 질문들을 던진다. 신은 누구이며, 가난이란 무엇이며, 벽장을 만들면 부모의 사이가 더 벌어지게 될 것인가 등등.

진부한 악을 묘사한 파스코포의 솜씨 덕분에 이 소설은 감상주의로 흐르지 않을 수 있었다. 알코올 중독자가 도끼로 어린 자식들을 위협하고 비열한 이웃집 개가 헤니히를 공격한다. 파스코프는 어떻게 예술적, 도덕적 덕성이 뼛속까지 미개한 사회에서 살아남을 수 있는가를 고민하였다. 어린 빅토르는 마침내 자신에게 수수께끼를 던진다. 헤니히와 같은 거장마저 엿새 안에 괜찮은 악기를 만들어낼 수 없다면, 어떻게 신은 이 세상이 성공하리라고 기대할 수 있는가? **MuM**

도착의 수수께끼

Enigma of Arrival

V. S. 나이폴 V. S. Naipaul

작가 생몰연도 | 1932(트리니다드)

초판 발행 | 1987, Viking(런던)

원제 | Enigma of Arrival

노벨 문학상 수상 | 2001

하디의 "웨섹스"의 심장부인 스톤헨지 근처 윌트셔 골짜기라는 배경은 영국 문학의 상상력 깊숙히 새겨져있는 풍경의 전형이다. 이 소설의 첫머리에서는 이러한 전원적 이상과 화자가 트리니다드에서 공부했던 영문학 속에서 반짝반짝 빛나던 영국의 낭만적인 이미지가 그치지 않고 내리는 비로 인해 그 힘을 잃고 만다. 5부에 걸쳐 시간과 공간을 짜 넣은 영국 풍경이 서서히 나타나, 화자가 보는 손대기 전의 문화 그대로를 심각하게 교란시킨다. 각각의 접합점마다 고대 영국이 가진 순수함은 변화로 더렵혀지고, 끝까지 남는 것은 부조화뿐이다. 심지어 1부의 주인공인 지주 잭마저, 눈에 보이는 장소의 고색창연과는 달리, 화자처럼 후에 도착한 이주민이다.

자서전과 소설 사이의 경계 위에 위치하는 이 작품은 프루스트의 『잃어버린 시간을 찾아서』나 조이스의 『예술가의 초상』을 포함하는 소설의 전통에 속해 있다. 『도착의 수수께끼』는 화자가 영국에 정착하는 이야기이다. 필연적으로 그의 식민주의 유산을 통해 걸러진 영국에의 이해에 도달하는 이야기이며, 그리하여 마침내 이 소설을 쓰게 되는 이야기이다. 여기서 우리는 새로 온 이들이 영국의 풍경과 생활 방식에 가져온 변화가 사실은 화자가 자신의 문학적 목적을 위해 영국을 재창조한 것에 다름 아니라는 사실을 깨닫게 된다. 식민지가 식민주의자들 안에서 뿌리를 내린 것이다. **ABi**

세계의 종말
World's End

T. 코라게산 보일 T. Coraghessan Boyle

작가 생몰연도 | 1948(미국)
초판 발행 | 1987, Viking Press(뉴욕)
원제 | World's End
펜클럽 문학상/포크너 상 수상 | 1988

『세계의 종말』은 웅장한 주제와 모티브, 그리고 변주의 교향곡이다. 보일은 예로부터 내려오는 땅과의 유대—그리고 실제 조상들—가 현재의 목을 조르고 있는 허드슨 강 골짜기에 뿌리를 두고 있다. 이 작품은 운명에 유린당한 밴 브런트 가의 이야기로, 더 나은 삶의 환각에 빠져 뉴 암스테르담으로 건너온 먼 조상 해머너스 밴 브런트로부터 시작한다. 그러나 약속의 땅과는 달리 그는 구약 성경의 신마저 움찔하게 할 만한 고난과 역경에 시달린다. 저주와 불운이 뒤따르고 팔다리까지 잃게 된다. 그러나 밴 브런트 가의 인간들도 아주 죄가 없는 것은 아니다. 그들은 자신의 자식들과 아버지들과 아내들과 사촌들과 사돈들까지 배신하며, 정욕과 변덕에 쉽게 무릎을 꿇는다. 그들은 인간이다. 그들인 미국인이다. 미래는 과거에 의해 그 윤곽이 그려지며, 과거는 미래를 끝내 굴복시킨다. 그러나 승자 없이는 패자도 없다. 여기서 승자는 밴 와트 집안 사람들이다. 17세기 밴 브런트 가의 지주들*과 고문자들인 그들의 조상들은 상징적으로 얽혀 있다. 그들은 지배자들이며 앞으로도 영원히 그럴 것이다. 그러나 이 소설은 어쨌든 희망적으로—적어도 피해가 끝나리라는 가능성과 함께 끝난다. 『세계의 종말』에서 보일은 언어의 속임수와 심술궂게 반항적인 위트로 300년 미국 역사와 신화에 태클을 건다. 숨막히는 문장의 걸작이다. **GT**

▲ 유명한 건축가 프랭크 로이드 라이트가 설계한 캘리포니아 산타 바바라의 자택 계단 위에서 포즈를 취한 T. 코라게산 보일.

* 원문에서는 patroon이다. 네덜란드 통치하의 뉴욕 주 및 뉴저지 주에서 장원(莊園)적 특권을 누렸던 지주들을 의미한다.

비둘기

The Pigeon

파트리크 쥐스킨트 Patrick Süskind

작가 생몰연도 | 1949(독일)

초판 발행 | 1987

초판 발행처 | Diogenes(취리히)

원제 | Die Taube

어두운 정열이 이 짧고 농밀한 중편을 지배하고 있다. 쥐스킨트는 심리적 주제에 대한 탐구로 많은 찬사를 받았으며 사회의 아웃사이더인 개인들과 그들의 괴벽을 가까이에서 그려내는 데 탁월한 재능을 소유한 작가이다. 다소 괴짜인 구석은 있지만 어디에서나 흔히 볼 수 있는 평범한 인간인 요나단 노엘은 50대의 은행 청원 경찰로 단조롭고 불변적인, 거의 자동적이기까지 한 삶을 살고 있다. 그는 어쩔 수 없는 가장 피상적인 경우를 제외하면 사회적 관계에서도 모두 발을 뺐다. 젊은 시절에 줄곧 그를 실망시키거나 단순히 사라져버리곤 했던 인간들에 의존하기보다는 무사태평함의 단순함과 익숙한 환경 및 일상의 안정에 의지하는 것이다. 이 작품은, 노엘이 30년째 살고 있는 아파트 현관 밖에서 비둘기 한 마리를 발견한 이른 아침에 시작해 24시간여 동안을 그리고 있다. 삶이 존재하지 않는 듯한 새의 눈을 들여다보면서 노엘은 소위 중년의 위기 속으로 빠져들게 된다. 이 사건은 그의 일상은 물론 지금까지 주의깊게 유지해왔던 내면의 평화까지도 깨뜨린 뒤 마구 뒤섞어버린다. 태어나서 처음으로 그는 일에 집중하지 못하고, 집으로 돌아오지도 못한다. 처음으로 그는 스스로를 위해 쌓아올린 존재의 의미에 대해 의문을 던진다. 그 잠재적인 인류보편성 덕분에 강력한 힘을 자랑하는 이 짤막한 이야기는, 겉으로는 대수롭지 않은 (비록 흔한 일은 아니지만) 사건이 어떻게 자아를 새로운 관점으로 밀어넣는지에 대한 깊은 성찰이기도 하다. **JC**

사랑과 그림자에 대하여

Of Love and Shadows

이사벨 아옌데 Isabel Allende

작가 생몰연도 | 1942(페루)

초판 발행 | 1987

초판 발행처 | Plaza & Janés(바르셀로나)

원제 | De amor y de sombra

페루에서 태어난 이사벨 아옌데는 외교관이었던 아버지가 행방불명되면서 어머니와 함께 외갓집이 있는 칠레로 이주했다. 1973년 피노체트가 그녀의 숙부인 살바도르 아옌데 전 칠레 대통령을 암살하고, 이로써 11,000명이 넘는 칠레인들이 고문실에서 죽어간 군부 독재가 시작되었다. 그러나 아옌데의 핏줄 속에는 가족의 정치적 유산이 남아있었다. 가족 대부분이 망명하거나 투옥되었지만, 아옌데는 피노체트 정권 아래서 살아남은 희생자들과의 소통을 가능하게 한 인도주의적인 작품을 쓰기 시작했다. "우리는 언젠가 민주주의를 되찾을 것이고, 우리가 지닌 증거들이 지금의 살인과 고문을 일삼는 자들에게 정의를 행할 것이다."

아옌데의 두 번째 소설인 『사랑과 그림자에 대하여』는 1978년 대규모 "실종자"들의 유해가 한 광산 갱에서 발견된 사건을 다루고 있다. 이 소설의 플롯—젊은 패션 기자가 한 사진작가와 사랑에 빠져 함께 피노체트의 비밀경찰에 의해 살해당한 희생자들의 사체를 발견한다—은 가벼운 언론인으로 일하다가 소설가와 정치 운동가라는 보다 무거운 사명으로 갈아탄 아옌데 자신의 경험을 반영하고 있다.

이 소설의 핵심인 러브 스토리는 그것이 표현하고 있는 정치적 요소만큼이나 중요한데, 그 이유는 이 작품이 평론가들에게서는 무시당하고 있지만 대중의 사랑을 받고 있는 소위 '장밋빛 소설(novella rosa)', 즉 감상적인 여성 소설의 형식을 취하고 있기 때문이다. 정치와 포퓰리즘의 결합은 교과서에 나와있지 않은 역사에 적극적으로 참여하려는 아옌데의 사명을 현실화하는 데에, 그리고 이 소설의 마지막 문장에 영예를 표하는 데에 매우 중요하다. "우리는 돌아올 것이다." **JSD**

사랑받은 사람
Beloved

토니 모리슨 Toni Morrison

작가 생몰연도 | 1931(미국)
초판발행 | 1987, Knopf(뉴욕)
원제 | Beloved
퓰리처상 수상 | 1988

『사랑받은 사람』은 미국 문화 속에 남아있는 노예제 유산의 깊은 공포를 낱낱이 밝히는 소설이다. 공허한 이 작품의 중심부에는 노예의 숙명을 물려주는 대신 갓난아기를 죽여버리는 쪽을 택한 어머니 시시의 행위의 귀결이 놓여있다. 내러티브의 시작부에서 시시와 그녀의 유일하게 살아남은 아기는 범죄의 현장인, 그리고 지금은 죽은 아이의 배고픈 슬픔의 망령에 사로잡힌 집에서 살고 있다. (아이러니하게도) "스위트홈"이라는 이름의 농장에서 시시와 함께 노예 생활을 하며 그 상처를 나눈 폴 D.의 등장으로 망령은 사라지는 듯도 하고, 그녀는 '만약 삶이 그녀에게 허락하기만 했다면'이라고 생각되어지는 여성으로 다시 태어난다. 악의에 찬 현재의 시시의 겉모습에 폴 D.는 가족을 떠나고 이는 시시에게 형벌이 된다. 소설의 결말부에서 살해의 공범으로 그려졌던 공동체는 재결합하고, 시시는 비로소 자유로워지며, 그녀의 애인도 돌아오게 된다.

이 소설은 노예제라는 비인간적 폭력을 기억하는 데에 적절한 형식을 찾아냈다는 점에서 비평가들의 찬사를 받았다. 노예로서 견뎌야만 했던 굴욕적인 처사와 그녀를 영아살해라는 방어적인 행위로 몰아넣었던 육체적, 정신적 상처들을 천천히, 부분적으로 되돌아보는 시시의 기억들은 그녀의 회복에 중요한 역할을 한다. 감상이나 동질감에 의존하지 않는 모리슨의 스타일은 이 책을 20세기 미국 문학에서 가장 놀랄 만한 힘을 가진 작품으로 만들었다. **NM**

모든 영혼
All Souls

하비에르 마리아스 Javier Marías

작가 생몰연도 | 1951(스페인)
초판발행 | 1987
초판발행처 | Anagrama(바르셀로나)
원제 | Todas las almas

마리아스가 『감각의 인간』으로 헤랄데 데 노벨라 문학상을 수상한 지 3년 만에 발표한 『모든 영혼』은 독창적이고 강렬한 소설의 전형으로, 유연하고 사색적이면서도 자전적인 성격의 진실로 독자를 유혹하고 있다.

처음부터 화자와 또다른 "나" 사이의 간격에서 이 소설의 배경이 드러난다. 이 책은 그의 선배들(빈첸테 몰리나 푸아와 펠릭스 데 아주아)에게 바쳐졌으며, 마리아스는 비밀스럽고 겉과 속을 알 수 없는 사람들과 멋진 옷을 입은 모험가들(아마도 "옥스퍼드에는 그 누구도 아무것도 명확하게 이야기하는 법이 없기 때문에")로 이루어진 거의 사적인 공간을 재창조하기 위해 옥스퍼드 대학교에서 강사로 재직했던 당시의 경험에 공개적으로 의존한다.

이러한 요소들 중 일부는 이 작품의 뒤를 잇는 책들에서도 서로 다른 형식으로 나타나지만, 허구의 정체성과 어휘의 무게, 그리고 정체성 확립을 위해 활용한 기억을 둘러싼 이야기를 구성하는 법칙들은 이 소설에서 이미 그 모습을 찾아볼 수 있다. 스폰지와도 같은 언어의 유연함은 중고 서점에서 이런저런 책들을 찾는 동안 다양한 지식의 단편들로 변하고, 사색적인 대화들, 시나 음악에 이론적인 토론도 아무런 어려움 없이 모습을 드러낸다. 미꾸라지 같은 감정의 난해함 때문에 수수께끼와도 같은 책이다. **JGG**

뉴욕 삼부작 The New York Trilogy

폴 오스터 Paul Auster

작가 생몰연도 | 1947(미국)
초판 발행 | 1987
초판 발행처 | Faber & Faber(런던)
3부작 | 『유리의 도시』(1985), 『유령들』(1986), 『잠겨 있는 방』(1986)

▲ 『뉴욕 삼부작』의 첫 번째 중편 『유리의 도시』는 1985년 처음 출간 당시에는 추리소설로 소개되었다.

▶ 1990년 파리에서. 폴 오스터는 컬럼비아 대학교를 졸업한 후 4년 동안 파리에 거주했다.

세 개의 오스터 중편은 추리소설의 관습과 그들의 신비한 세계를 조사하는 평범한 사람들의 수사를 통해 의미있는 우연, 필연, 그리고 사고의 가능성을 탐구하고 있다. 『유리의 도시(City of Glass)』에는 추리소설 작가 다니엘 퀸이 등장한다. 추리소설이라는 장르와 그 인위적인 성격을 어찌할 수 없을 정도로 사랑하는 퀸은 폴 오스터 탐정 사무소를 찾는 전화가 두 번이나 잘못 걸려오자, 스스로 오스터인 척 하고 사건을 맡기로 결심한다. 그러나 편집광에 가까운 추적 끝에 그는 자신의 어린 아이를 두들겨 패서 파생적인 "인간의 언어" 대신 신의 언어를 말하게끔 하려는 아버지를 찾아 노숙자들의 소굴에 빠지고 만다. 그의 세계가 급격하게 축소하면서 퀸은 불가피한 좌절과 고난 속에서도 거의 선불교에 가까운, 정리된 깨달음을 얻는다.

『유령들(Ghosts)』에 등장하는 인물들은 지극히 형식적이고 초현실적인 "누가 누구를 보고 있지" 게임에 휘말려 있다. 각기 다른 색깔의 이름을 지닌 이들의 행위는 우의와 유사한 분위기를 자아낸다. 블랙이 아무것도 하지 않는 바람에 블랙을 감시하도록 고용된 블루는 하릴없이 책만 줄창 읽어대다가 결국 미쳐버릴 지경에 이른다.

추리소설의 밀실 장르에서 이름을 따온 『잠겨있는 방(The Locked Room)』은 이름 없는 일인칭 화자가 서서히 실종된 어린 시절 친구의 삶을 살아가게 되는 과정을 관찰한다. 그는 친구의 아내와 결혼하고 친구가 예전에 쓴 걸작의 출간을 주도하지만, 어느 날 실종된 친구가 나타나 이 모든 것이 교묘하게 꾸민 시나리오였음을 밝힌다.

『뉴욕 삼부작』은 완전한 잠재적 가능성이기도 하고 정체성의 몰락이기도 한 0도의 무시무시한 터치로 가득하다. 결핍의 효과는 세 편의 이야기 모두에 매력적인 서브텍스트를 형성한다. 특히 이야기들이 서서히 표류하거나 혹은 무(無)를 향해 비틀거리며 나아가면서 그 절제된 언어와 간결함은 매우 중요하다. **AF**

블랙박스 Black Box

아모스 오즈 Amos Oz

작가 생몰연도 | 1939(예루살렘)
초판 발행 | 1987
초판 발행처 | Am Oved(텔아비브)
원제 | Kufsah Shorah

"행동주의는 삶의 한 양식이다."

▲ 히브리어로 쓰여진 오즈의 『블랙박스』 초판본. "오즈"는 작가가 지은 필명으로 히브리어로는 '강함'을 의미한다.

편지와 노트, 그리고 텔렉스 모음이 효과적으로 결혼 파경의 "블랙박스" 데이터로 변한다. 독자는 진심으로 이스라엘에서 있었던 일라나와 알렉스의 관계가 일으킨 후폭풍과, 탈선한 아들 보아즈를 정착시키려는 이들의 노력을 해독해야만 한다. 이 얽히고설킨 실타래 속으로 일라나의 두 번째 남편으로 재미있기도 하고 슬프기도 한 광신적 유태인 미첼과 다른 이들이 끌려들어가, 결혼 혹은 직업상 결합된 기능장애 앙상블을 완성한다. 위에서 언급한 소통의 수단들은 작가로 하여금 다양한 목소리와 어조를 활용해 종교적, 정치적, 사회적으로 열정적인 환경에 처한 인간 존재의 연약함과 성적 관능, 부조리, 그리고 모호함을 포착하게 한다. 이 책의 어조는 때때로 필사적이고, 때로는 기분 나쁘지만, 또 한편으로는 코믹하고 서정적인 부분도 번갈아 나타난다.

현대 유태인들의 삶을 다룬 그의 다른 이야기들, 특히 『나의 미카엘(Mikha'el Sheli)』에서 보여준 것과 같이 오즈는 등장인물들의 관계—그 복잡함, 죄책감, 그로 인한 박해감—를 활용하여 조국의 현대사, 정치, 그리고 종교적 분열을 드러낸다. 오즈는 여기에 대해 사과하는 대신 등장인물들로 하여금 현대 이스라엘의 삶과 분열, 그 긴장에 대해 아이러니한 비난을 표시하게 한다. 히브리어로 글을 쓰는 오즈는 이스라엘인의 피에 내려오는 충돌을 솔직하고, 때로는 비꼬는 투로 다룬다. 그 세대의 다른 많은 작가들과 마찬가지로 오즈 역시 정착 1세대의 낙천적인 확신에 대해서는 회의적인 시각을 보낸다. 이스라엘 군 장교에 시간 강사, 키부츠(이스라엘의 집단농장) 인부로 일한 경험도 있으며, 옥스퍼드와 미국에서 수학한 그는 확실히 딴죽을 거는 이슈들에 대해 드물게 폭넓은 관점을 던진다. **JHa**

허영의 불꽃 The Bonfire of the Vanities

톰 울프 Tom Wolfe

작가 생몰연도 | 1931(미국)
초판 발행 | 1987, Farrar, Straus & Giroux(뉴욕)
원제 | The Bonfire of the Vanities
영국판 초판 발행 | 1988, Jonathan Cape(런던)

『허영의 불꽃』은 톰 울프가 저널리즘의 왕국에서 나와 소설이라는 영역에 첫발을 내딛은 작품으로, 1980년대 월스트리트 자본주의가 낳은 이상생성물을 거칠게 비난하고 있다. 부유하고 강한 신분상승 의지의 소유자인 셔먼 맥코이는 유명한 증권회사의 증권거래인이다. 어느 날 그의 정부 마리아 러스킨이 사우스 브롱스에서 흑인 청년 헨리 램을 차로 치어 치명적인 부상일 입힌다. 이 소설은 셔먼의 공적 불명예, 기소, 재판 장면으로 이어지며 한때 무소불위였던 셔먼이 몰락하는 과정을 보여준다. 물론 승리를 얻는 이가 없는 것은 아니지만, 도덕적인 승자는 존재하지 않는다. 울프는 냉소적으로—울프 자신의 우파적 성향이 여기서 드러난다—언론은 물론 정치적, 사법적 제도 역시 그가 묘사하는 계급과 인종 간의 복잡한 전쟁의 공범이라고 말한다. 예를 들면 죽은 램이 "명예 학생"으로 이상화되는 부분은 수상한 기자 피터 팰로우의 직업적 욕심이 낳은 결과이다. 그 덕분에 이 사고를 기사화한 팰로우는 부와 명성을 움켜쥐고 퓰리처 상까지 수상한다.

독자가 울프의 정치적 성향에 대해 어떤 평가를 내리느냐와는 별개로, 그의 문장만큼은 찬사를 보내지 않고 넘어가기 어렵다. 파크 애비뉴의 아파트나, 공포에 질린 셔먼이 길을 잃고 마는 미로와도 같은 브롱스 거리, 마리아의 남부 사람 특유의 느린 사투리, 그리고 할렘의 흑인 권리 운동가 베이컨 목사의 열정적인 액센트 등의 상세한 묘사는 뉴욕의 다양성을 그 독특한 맛과 함께 보여준다. 뉴욕은 인종 간의 적대감이나 하루아침에 부자가 되고픈 욕망으로 인한 계급 간의 시기심으로 끓어 넘치는 도시이다. 이곳에서는 섹스와 돈, 그리고 권력이 거의 모든 이를 지배한다. 울프는 이 작품으로 빅토리아 시대 블록버스터였던 디킨스나 새커리의 20세기 라이벌이 되겠다는 공언을 충실히 이행하였다. **CC**

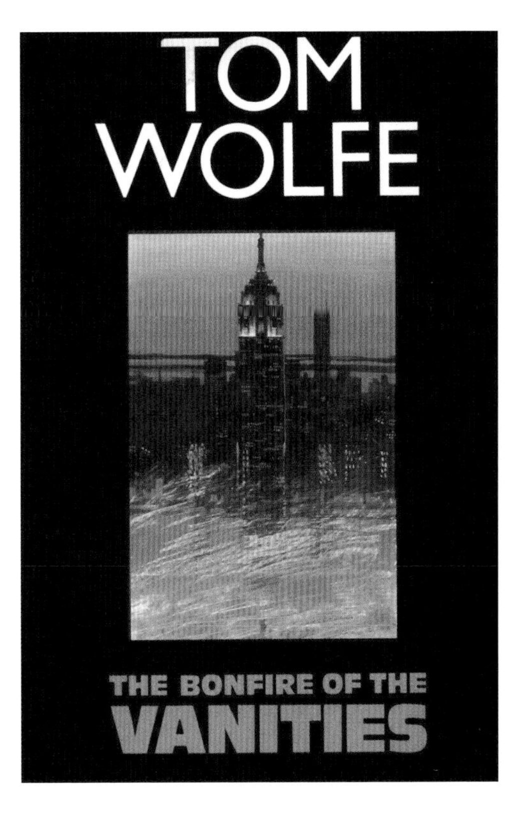

"그들이 와서 네가 무슨 짓을 했는지 볼 거야!"

▲ 마크 홈즈가 디자인한 영국판 표지. 이 소설은 『롤링스톤』지에 연재되었다.

검은 달리아 The Black Dahlia

제임스 엘로이 | James Ellroy

작가 생몰연도 | 1948(미국)
초판발행 | 1987, Mysterious Press(뉴욕)
원제 | The Black Dahlia
본명 | Lee Earle Ellroy

제임스 엘로이의 『검은 달리아』는 1940년대 후반부터 1950년대 중반 로스앤젤레스의 암울한 급소를 발가벗기는 4부작의 첫 번째 권으로 직설적인 경찰 소설이자 관음증과 성도착에 관한 복잡하고 불편한 고찰이다. 그 중심에는 끔찍하게 살해당한 엘리자베스 쇼트, 일명 "검은 달리아"가 자리한다. 검은 달리아는 스타의 환상과 로맨스를 꿈꾸며 헐리우드로 왔다가 매춘과 포르노그래피, 끝내는 죽음으로 빠져든 젊은 여성이다. 살인범을 잡아내기 위해 경찰 수사관 버키 블레커트는 그녀의 마지막 날들을 하나하나 끼워 맞추고, 그 결과 사법계와 경제계의 거물들은 물론 자기 자신 안에 내재하는 악마와도 직면한다.

후에 블레커트가 발견하는 살해 "현장"이 문자 그대로 저 유명한 헐리우드 간판을 내건 빌딩이라는 점은, 이 작품의 관심사, 즉 포르노그래피, 호화 쇼, 건설업계가 이 사건에 농축되어 있음을 알게 해준다. 제2차 세계대전 후 로스앤젤레스 재건이 이익 실현을 위해 물리적으로 환경에 흉터를 남겼다면, 엘리자베스 쇼트의 스펙터클한 살인은 성적으로 탈선한 부동산 개발업자의 상업적 야망과 연관되어 있다. 이 모든 면에서 레이몬드 챈들러의 원형과는 다른 블레커트는 그저 가만히 보고만 있지 못한다. 살해된 여인에 대한 블레커트의 집착은 그의 결혼 생활과 유망했던 장래를 망치게 된다. 그가 엘리자베스 쇼트의 끔찍하게 절단된 시체의 사진으로 뒤덮인 모텔 방으로 창녀 한 명을 불러 검은 달리아와 똑같은 옷차림을 하게 하는 장면은 효과적인 만큼 불안하다. 최종적으로 살인범의 정체가 밝혀지기는 하지만 폭력과 성적 비행, 그리고 부패의 과포화 상태는 계속해서 이어진다. **AP**

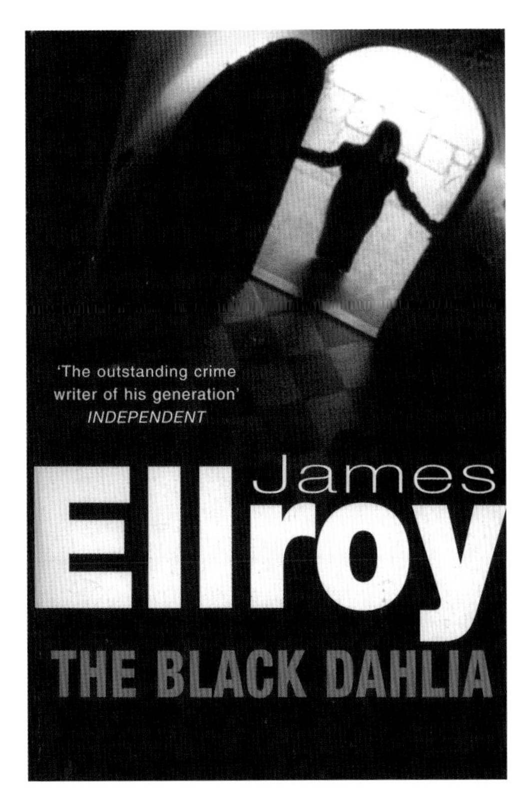

'The outstanding crime writer of his generation'
INDEPENDENT
James
Ellroy
THE BLACK DAHLIA

▲ 1958년 엘로이의 어머니 제네바가 로스앤젤레스에서 살해당한 사건은 끝내 미해결로 남았다. 이 사건은 엘로이의 삶을 바꿔놓았고, 그는 결국 범죄소설 작가가 되었다.

◀ 1947년 당시 스물두 살이었던 엘리자베스 쇼트는 로스앤젤레스의 한 주차장에서 절단된 시체로 발견되었다.

어느 작가의 오후 The Afternoon of a Writer

페터 한트케 Peter Handke

작가 생몰연도 | 1942(오스트리아)
초판발행 | 1987
초판발행처 | Residenz Verlag(잘츠부르크)
원제 | Nachmittag eines Schriftstellers

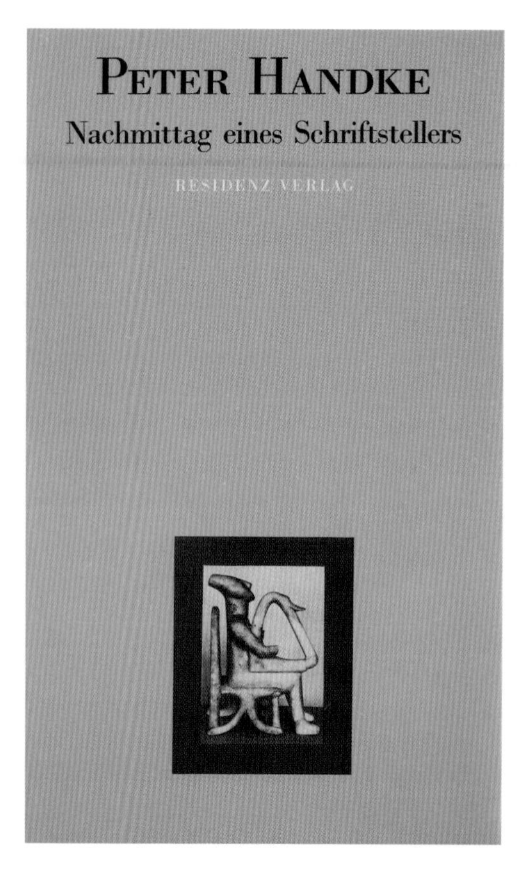

▲ 소설가이자 극작가이기도 한 한트케는 1987년 개봉한 빔 벤더스의 영화 〈베를린 천사의 시〉의 각본을 맡기도 했다.

『어느 작가의 오후』에 나오는 "오후"는 한편으로는 정해진 시간적 범위이다. 작가는 어느 겨울날 오후의 나른하고 우울한 햇빛으로 가득한 집에서 그날 마쳐야 할 분량을 끝낸다. 그러나 다른 한편으로 "오후"는 작품의 어떤 의도적인 구성이 아닌, 자체적인 필요와 욕구에 의해 육체가 익숙한 공간 안을 움직이는 공간적, 감각적 영역이기도 하다. 이런 의미에서 "오후"는 노동의 결과, 어느 만큼의 자유와 그 자유를 반의식적인 무엇으로 변질시켜버리는 피로로 상징되는 시간과 분별력, 그리고 외부의 목적이나 의도를 완전히 벗어버린 자아로 돌아오는 소중한, 그러나 견디기 어려운 귀환이다.

『어느 작가의 오후』에 등장하는 작가는 혼자서 살고, 일하고, 먹고, 산책하는 인간이지만, 이러한 물리적 고독은 그가 누리는 사생활을 그저 무늬만 보호해줄 뿐이다. 도시의 거리를 삼키는 언어와 이미지의 이해하기 어려운 재잘거림에 유혹당하기도 하고, 때로는 혐오를 느끼기도 하면서 작가는 산책을 시작하고, 머뭇거리고, 고꾸라지고, 그리고 길을 잃는다.

스스로를 작가로 부르는 것에 대해 거북스럽게 자각하고 있는 그는 예술이 매일의 땀흘리는 노동이자 무엇보다 소중하고 자랑스러운 목표인 그런 인간이다. 작가의 고독과 그로 인한 언어 및 관찰과의 관계의 풍부함과 직면한 그에게 "바깥" 세상은 다소 색이 바래보일 수밖에 없다. 한트케는 실제로 작가가 거니는 도시의 이름을 밝히지 않음으로써 이런 대비를 북돋았다. 거리에는 이름이 없고, 그 거리에서 오가는 대화의 언어 역시 불분명하다. 그러나 대비는 그 틈을 메울 수 없는 간극이고, 또한 작가와 독자로 하여금 세상의 모든 것들을 갈망하게 하는 이 책이 지닌 아름다움이다. **PMcM**

찬란한 길 The Radiant Way

마가렛 드래블 Margaret Drabble

작가 생몰연도 | 1939(영국)
초판 발행 | 1987, Weidenfeld & Nicolson(런던)
원제 | The Radiant Way
미국판 초판 발행처 | Alfred A. Knopf(뉴욕)

비평가들의 찬사를 받은 이 소설은 드래블 자신처럼 1950년대 캠브리지에서 자아를 찾은 세 여성의 삶을 좇은, 광활한 3부작의 첫 번째 권이다. 1979년 한 해의 마지막 날, 새해맞이 파티로 막을 올려, 가정에서, 일에서, 런던의 사교계에서도 성공을 거두고 20년 동안 안정된 만족을 누리는 리즈 헤들랜드의 삶을 들여다보기 시작한다. 그러나 1980년대에 들어서면서 리즈의 삶에 대한 확신은 드라마틱하게 흔들리기 시작하고, 그녀는 캠브리지가 그녀에게 세련된 런던 사회로의 통행증을 건네주기 전, 영국 북부 시골에서 보냈던 어린 시절과 사춘기를 회상하고 있는 자신을 발견한다. 여기에 두 명의 캠브리지 친구의 이야기가 더해진다. 순진한 정치적 신념과 경쾌한 로맨티시즘의 소유자였던 알릭스는 어른으로 살아가면서 부딪히는 감정적, 경제적 예측불허에 무방비 상태이다. 언제나 혼자 틀어박혀 지내던 에스더는 캠브리지 시절에는 즐거운 화젯거리였지만, 그 정도가 점점 더 심해져 친구들을 걱정시킨다. 세 사람 모두 자신만만하고 행복한 여성들이다. 그러나 삶을 바꾸는 1980년대의 사건들, 특히 예전의 아늑한 삶에서는 상상조차 할 수 없었던 폭력은 그들로 하여금 자신들의 성공과 오랜 우정의 가치를 다시 한번 생각해보게 된다.

이 작품에서 드래블은 언제나처럼 직장 여성들이 마주치는 자유와 야망, 사랑과 같은 이슈들을 은근하고 종종 아이러니하게 우스꽝스러운 방법으로 탐구한다. 자칫 진부하기 쉬운 등장인물들의 삶의 디테일이 변화하는 문화의 흥분과 정치적 불확실이라는 런던의 초현실적 배경과 맞물린다. 아이러니한 페미니즘 성장소설과 웅장한 영국의 현실소설을 결합한 이 작품은 드래블의 최고 걸작으로 꼽히며 독자들을 매료시킨다. **AB**

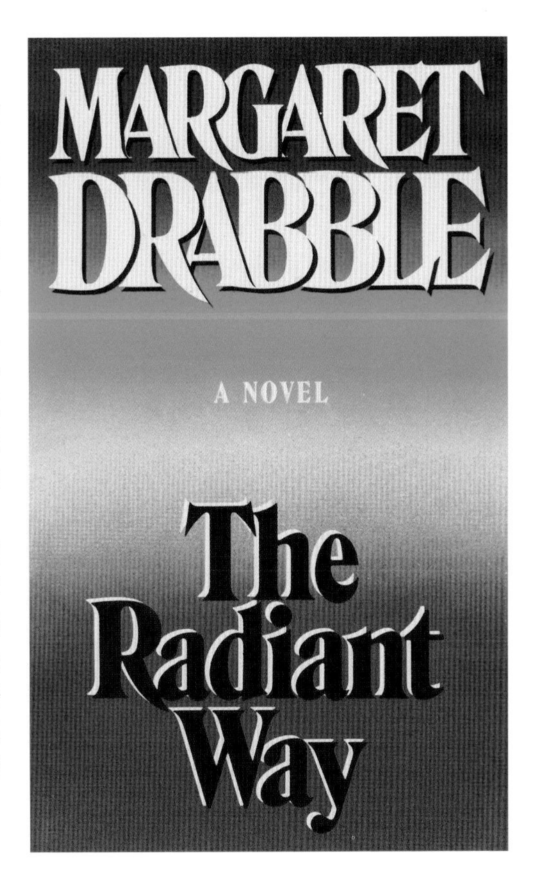

▲ 마가렛 드래블은 1980년도 영국제국 훈장을 수여 받았고, 2008년 여왕 탄신일에 Dame 작위를 받았다.

키친 Kitchen

요시모토 바나나(吉本バナナ) Banana Yoshimoto

작가 생몰연도 | 1964(일본)
초판 발행 | 1987, Fukutake(도쿄)
본명 | 요시모토 마호코(吉本秀子, Mahoko Yoshimoto)
원제 | キッチン

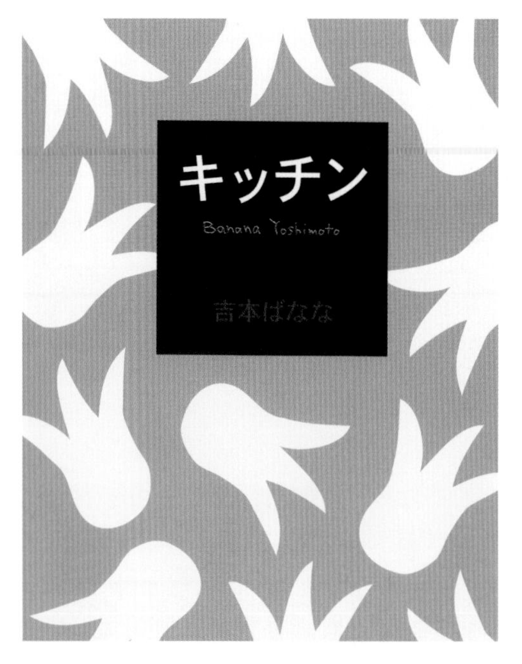

"나와 부엌만이 남는다. 나밖에 없다고 생각하는 것보다는 그래도 나은 느낌이다."

▲『키친』은 출간되자마자 젊은 독자층에서 폭발적인 반응을 불러일으켰으며 심지어 '바나나마니아'도 등장했다.

일본 작가 요시모토 바나나는 『키친』을 구성하는 두 편의 중편에서 갈망과 애도 사이의 설명할 수 없는 유대를 탐구하고 있다. 첫 번째 중편 『키친』에서 할머니가 세상을 떠나면서 고아가 된 사쿠라이 유이치는 잠시 자기 집에 와서 살라는 대학 친구 다나베 유이치와 그의 어머니 또는 아버지 에리코의 제의를 받아들인다. 게이 바와 성전환 수술, 그리고 요리 실험이 뒤섞인 예측 불가능한 세계에서 세 사람은 대체 핵가족의 가치를 찾는다. 그러나 비극적인 살인은 유이치와 미카게가 찾아낸 평온을 무너뜨리고, 이들은 절망과 슬픔, 그리고 최종적으로는 사랑으로 결합된다.

죽음과 욕망 사이의 연약한 경계는 두 번째 중편 『달빛 그림자』에서도 은근한 분석의 대상이다. 애인인 히토시가 젊은 나이에 죽자 사츠키는 상실감을 이기기 위해 조깅을 시작한다. 그러나 다리 위에서 만난 수수께끼의 여자가 그녀에게 마음의 평화를 줄 수 있는 기회를 제시하자 그녀는 거절하지 못한다. 단순하고 서글픈 문장으로 쓰여진 『달빛 그림자』는 『키친』처럼 갑자기 춥고 낯선 우주에 떠있는 자신을 발견한 인물들과 의미를 찾아 나서는 그들의 여행을 그리고 있다.

1960년대 유명한 신좌파 철학자 류메이(본명은 요시모토 타카아키)의 딸이자 인기 만화가인 하루노 요이코의 동생인 요시모토 바나나는 일본은 물론 국외에서도 큰 호평을 받았다. 요시모토가 도쿄에서 웨이트리스로 일하던 23세 때 쓴 데뷔작 『키친』은 일본에서도 가장 명망있는 문학상을 두 개나 수상하며 20여 개 국어로 번역 출간되었다. **BJ**

더크 젠틀리의 성스러운 탐정 사무소 Dirk Gently's Holistic Detective Agency

더글러스 애덤스 Douglas Adams

『더크 젠틀리의 성스러운 탐정 사무소』는 전작인 『은하수를 여행하는 히치하이커를 위한 안내서』에 등장했던 이슈들을 다시 한 번 다루고 있다. SF소설, 유령 이야기, 그리고 추리 소설의 유쾌하고 코믹한 결합물로, 같은 주제를 보다 음울하게 그려낸다.

사설 탐정 더크 젠틀리는 컴퓨터 제국의 설립자인 백만장자의 살인 사건을 특유의 성스러운 방법으로 추적한다. 은밀히 모든 것이 연결되어 있을 것이라는 그의 믿음은 사실로 나타난다. 추리소설이라는 장르의 관습은 완전히 전도되었다. 단서가 더크를 좇고, 하나 하나 알아서 모습을 드러낸다. 그렇다고 더크가 완전히 손놓고 지켜만 보고 있는 것은 아니다. 더크 젠틀리가 풀고자 하는 진짜 미스테리는 이 땅의 생명의 근원과 역사의 뒤에 숨겨진 힘인 것이다. 작가는 젠틀리를 불합리하고 다소 비극적인 인물로 그렸지만, 그를 통해 1980년대 사상의 보다 심오한 면을 들여다 볼 수 있었던 것도 사실이다. 이 작품은 카오스 혹은 복잡성 이론을 탐구한 몇 안 되는 소설 중 하나이다. 은하와 은하 사이를 오가는 『은하수를 여행하는 히치하이커를 위한 안내서』를 다시 설계함으로써, 애덤스는 당시 막 생겨나고 있던 세계화 시대의 상호연관성에 대한 자각의 유행을 곱씹는다. 등장인물들이 악의적인 적들과 싸우면서 그들은 자신들의 선택이 비록 의도하지는 않았지만 생각보다 훨씬 큰 파장을 불러올 것이라는 사실을 깨닫게 된다. **AC**

작가 생몰연도 | 1952(영국)–2001(미국)
초판 발행 | 1987, Heinemann(런던)
미국판 초판 발행 | Simon & Schuster(뉴욕)
원제 | Dirk Gently's Holistic Detective Agency

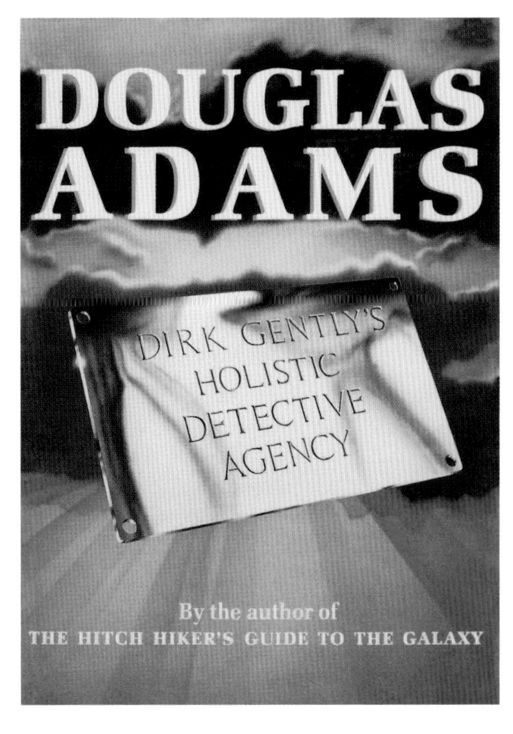

"상상할 수 없는 것을 상상하고, 실행할 수 없는 것을 시도해보자."

▲ 애덤스는 자신의 소설을 "훌륭한 탐정, 유령, 공포, 탐정 소설, 시간 여행, 로맨틱한 음악, 서사시."로 묘사한다.

담배 Cigarettes

해리 매튜스 Harry Mathews

작가 생몰연도 | 1930(미국)
초판 발행 | 1987, Weidenfeld & Nicolson(뉴욕)
영국판 초판 발행 | 1988, Carcanet(맨체스터)
원제 | Cigarettes

해리 매튜스는 문장과 시, 소설 전반에 수학적 규칙을 부여한 새로운 문학적 조합을 실험한 파리의 문인 그룹 OULIPO의 유일한 미국인 회원이었다. 이 포럼에서 매튜스의 가장 유명한 공헌은 예기치 못한 시퀀스를 발견하기 위해 자의적인 요소들을 재결합하는 '매튜스 알고리즘'이다.

이것이 30년의 세월에 걸친 뉴욕의 유한계급을 다룬 『담배』를 뒤에서 구성하고 있는 원칙인지는 알 수 없다. 각 장은 비슷한 사건을 다른 관점에서 관찰하는 인물들의 교묘한 변형이며, 특정한 한 쌍의 역학 게임에 바쳐진다. 예를 들면 알렌을 협박하고 있는 오웬의 딸 프리실라는 월터와 몰래 연애 중인데, 월터는 모두가 사랑하는 엘리자베스의 초상화를 조작한 피비의 스승이다. 연인들, 사업 동료들, 그리고 부모 자식 간의 오해와 속임수가 자주 등장하며, 부적과도 같은 소재들이 한 사람에서 다른 사람으로, 결국은 모두를 한데 모으며 텍스트 안을 돌아다닌다. 표면 아래 무언가 있다는 느낌—지극히 매튜스적인—을 지울 길이 없다. 그러나 그 표면조차도 놀랄 만큼 풍부하고 수많은 형태와 표정을 지니고 있으므로, 모든 것이 틀림없는 정확성으로 딱딱 맞아떨어진다. **DSoa**

불안한 상황 Nervous Conditions

치치 당가렘가 Tsitsi Dangarembga

작가 생몰연도 | 1959(짐바브웨)
초판 발행 | 1988, Women's Press(런던)
원제 | Nervous Conditions
커먼웰스 상 수상(아프리카) | 1988

『불안항 상황』은 한 개인의 다채로운 회상록인 동시에 1960년대 로디지아 식민지의 또렷한 스냅 사진이다. 탐부의 가족은 자립 농민이며, 불하 농지에서 보낸 그녀의 어린 시절은 힘든 노동과 깊은 불의로 아로새겨져 있다. 그녀는 가부장적인 쇼나 족 사회의 예리한 관찰자이지만 그녀의 어머니처럼 "한편으로는 가난에, 다른 한편으로는 여성으로 태어났다는 숙명에" 체념하지는 않는다. 탐부의 아버지는 "책은 먹을 수 있는 것이 아니니까" 탐부를 학교에 보낼 필요가 없다고 결정한다. 그러나 탐부는 교육만이 유일한 탈출구라는 것을 일찌감치 깨닫는다. 누가 보아도 재능 있는 학생인 그녀는 기회와 의지를 십분 활용한다.

이 소설의 제목은 사르트르가 프란츠 오마르 파농의 『자기 땅에서 유배당한 사람들(Les Damnés de la terre)』을 위해 지은 서문을 인용한 묘비명에서 따온 것이다. "원주민들의 상황은 불안한 상황일 수밖에 없다." 선교사가 세운 학교에 다니면서 탐부는 새로운 세계—예를 들면 영국에서 살다온 성공한 숙부와 그의 가족들의 세계—에 발을 들여놓는다. 탐부는 두 세계에 한 발씩을 들여놓은 채 사촌 은야샤의 엉망인 식사 예절과 숙부의 근심과 지나친 통제, 식민 사회의 긴장을 똑똑히 목격한다. 이 작품은 4명의 여성들이 들려주는 흥미로운 이야기를 통해 표현되는 흑인 여성들의 정체성에 대한 더 큰 의문들로 더욱 상황이 나빠진, 탐부가 타협해야 하는 지뢰밭을 보여주고 있다. **ST**

첫 번째 정원 The First Garden

안느 에베르 Anne Hébert

작가 생몰연도 | 1916(캐나다)–2000
초판 발행 | 1988
초판 발행처 | Éditions du Seuil(파리)
원제 | Le premier jardin

『첫 번째 정원』은 그 비문(碑文)으로 윌리엄 셰익스피어의 "모든 세상이 무대이다."를 골랐다. 이 말은 주인공인 한물간 여배우 플로라 퍼레인지스가 자신의 삶을 마치 일련의 연극 배역으로 간주하는 것을 빗댄 것이다. 수 년 동안 프랑스에서 살아온 플로라는 연극 배역을 제의 받고 고향인 캐나다 퀘벡으로 돌아온다. 그러나 외면적인 성공과는 달리 그녀의 상처투성이 과거와, 떨어져 사는 딸과의 얽히고설킨 관계가 그녀를 괴롭히기 시작한다. 연극 리허설을 하는 도중 그녀는 훨씬 연하의 라파엘과 점점 더 많은 시간을 보내게 되고, 두 사람의 관계는 그녀를 어린 시절의 끔찍한 사건들로 이끄는 일련의 사건들로 이어진다.

에베르의 짧고 몽환적인 장면들은 플로라의 복잡한 의식을 불편할 정도로 즉각적으로 독자들에게 전달한다. 이 소설은 시간과 공간을 마음대로 넘어다니므로 우리는 플로라처럼 심리 작용과 백일몽을 통해 기억을 더듬는 수밖에 없다. 또한『첫 번째 정원』은 실패한 가정생활을 고통스러울 정도로 상세하게 묘사한다. 딸 모드에 대한 플로라의 실패는 그녀 자신이 양부모와의 사이에서 겪었던 괴로운 관계의 메아리이다. 양부모의 부르주아적 외면은 그녀의 어린 시절에 대한 끔찍한 진실을 숨기고 있다.

짧고 야만적인 소설, 『첫 번째 정원』은 인간들이 어떻게 "연기하고" 다른 사람들에게 그 대가를 떠넘기는지를 가감없이 폭로하며, 이러한 행위들이 미치는 영향을 하나하나 놓치지 않고 짚어낸다. **AB**

최후의 세계 The Last World

크리스토퍼 랜스마이어 Christoph Ransmayr

작가 생몰연도 | 1954(오스트리아)
초판 발행 | 1988
초판 발행처 | Fischer(프랑크푸르트)
원제 | Die letzte Welt

랜스마이어의『최후의 세계』는 오비디우스가 로마에서 사라지자 그의 어린 친구 코타가 머나먼 흑해 연안의 항구도시 토미(지금의 불가리아)로 그를 찾아가는 장면에서 시작한다. 풍경이 오비디우스의 사라진 시, 『변신』을 체현하면서 내러티브는 곧 역사의 시각적 대안이 된다. 코타는『변신』에 나타나는 신화 속 인물들의 현대판인 토미의 주민들을 만나고, 그들의 이야기를 듣는다. 마을 창녀 에코는 자신이 들은 이야기를 반복해서 들려준다. 지하 세계의 신들인 디스와 프로세르피나는 이제 독일에서 망명한 무덤 파는 일꾼과 성 잘 내는 그의 약혼녀이다. 귀머거리에 벙어리인 직조공은 아라크네이다. 파마는 동네 가게들 사이를 날아다니는 소문이다. 이러한 만남들과 그 밖의 사건들이 코타가 드라마틱하면서도 매혹적인 이야기 속에 끼워 넣는 퍼즐 조각을 장식하고 있다.

현대의 명작으로 찬사를 받은『최후의 세계』는 특히 가르시아 마르케스의 마술적 사실주의에 견줄 만한 그 난해한 마술적 심상으로 높이 평가받았다. 그러나 이 생생한 심상과 불안정한 힘의 우화는, 위대한 작가는 입을 다물 수 없으며 신화는 우리의 삶 속에 숨어있다는 주장을 훌쩍 넘어선다. 랜스마이어의 세계는 단순히『변신』의 변신이 아니며, 시간이 정지한 시적 세계는 더더욱 아니다. 이 작품은 작가로 하여금 교묘하고 간접적으로 당대의 인류보편적인 이슈—망명, 검열, 독재, 그리고 자연 재앙의 위협—를 다룰 수 있게끔 해주었다. **LB**

오스카와 루신다 Oscar and Lucinda

피터 캐리 Peter Carey

작가 생몰연도 | 1943(호주)
초판 발행 | 1988, University of Queenstown Press
원제 | Oscar and Lucinda
부커상 수상 | 1988

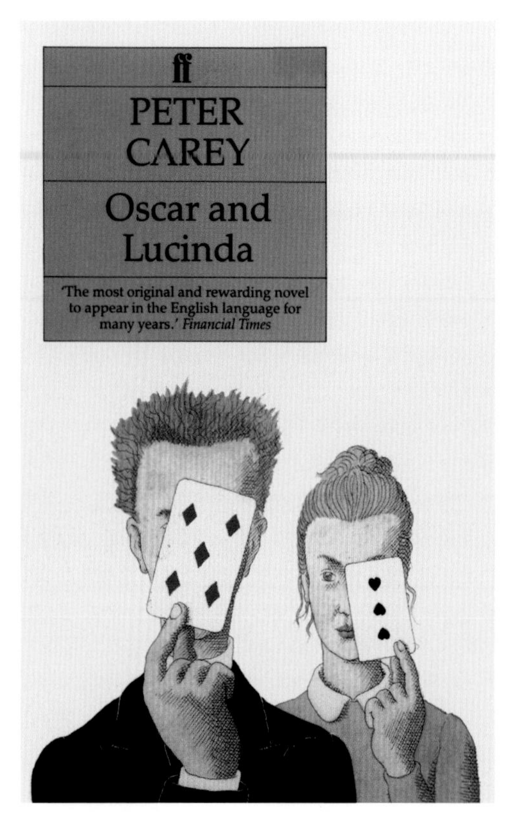

▲『오스카와 루신다』의 영국판 표지. 1988년 부커 문학상 수상작인 이 작품은 1997년 영화로도 만들어졌다.

피터 캐리는 전후 오스트레일리아의 가장 유명한 작가일 것이다. 『오스카와 루신다』는 19세기 중반 잉글랜드와 오스트레일리아를 무대로 펼쳐진다. 오스카 홉킨스는 공수병(恐水病)으로 고통받는 나약한 영국인 목사의 아들이다. 루신다 르플라스트리어는 물려받은 유산으로 유리 공장을 인수함으로써 오스트레일리아 사회가 여성에게 씌운 성적 굴레에 맞서 싸우려는 부유한 상속녀이다. 두 사람 다 어린 시절에 지울 수 없는 상처를 입었다. 오스카는 그의 위압적이고 종교적인 아버지와의 관계로 고통 받았고, 루신다의 그것은 어머니로부터 받은 선물인 인형과 관계가 있다. 성인이 된 두 사람은 노름에 빠지게 되고, 위험에 개의치 않는 공통점 덕분에 뉴사우스웨일즈 항에 정박한 보트에서 만나 금방 서로와 통하게 된다. 마침내 그들은 신이 저버린 땅에 유리로 교회를 옮겨 짓기로 마음먹지만, 두 사람 사이에서 싹튼 사랑은 꽃을 피우는 대신 마음속에서 저물고 만다.

이 책에는 몇 가지 중요한 테마가 나타난다. 그중에서도 사랑은 노름—아이러니하게도 오스카와 루신다는 몸소 그 위험을 짊어질 용기가 없다—에 불과하다는 개념은 주목할 만하다. 작가는 엄격하게 제한된 성적 역할로 행복을 누렸던 사회의, 그 시대 그 땅의 성적 굴레를 탐구한다. 루신다는 사회가 그녀에게 그어놓은 경계선을 넘으면 추방당한다는 사실을 되풀이하여 경험한다. 마지막으로 이 소설은 유리로 만든 교회를 다치지 않고 고향으로 옮기려는 두 연인의 시도를 통해 식민주의에 대한 신랄한 비판을 가한다. 비록 루신다에게는 부를 가져다주지만, 결국 유리는 (그가 그토록 두려워했던 물만큼이나) 오스카의 죽음과 오스트레일리아 미개척 오지의 파괴에 결정적인 역할을 한다. **EF**

수영장의 도서관 The Swimming-Pool Library

앨런 홀링허스트 Alan Hollinghurst

작가 생몰연도 | 1954(영국)
초판 발행 | 1988, Chatto & Windus(런던)
원제 | The Swimming-Pool Library
서머셋 모옴 상 수상 | 1989

홀링 허스트가 처음 『수영장의 도서관』을 출간했을 때, 그는 이미 두 편의 시집을 출간하고 『Times Literary Supplement』지에서 활동하며 문인으로서 자리를 잡고 있었다. 허스트의 첫 번째 소설인 『수영장의 도서관』은 1983년을 무대로 한 열광적인 게이 인생의 내러티브로, AIDS 위기가 닥치기 전, "앞으로 다시 없을 마지막 여름"의 향락을 묘사한 작품이다. 현재와 과거에 대한 향수에 번갈아가며 사로잡히고, 도처에 널린 게이 섹스와 남자들 사이의 관계로 넘쳐나는 이 소설은 정교하게 조율한 대단원으로 독자들을 몰고간다.

아프리카 식민정부의 관료였던 로드 낸트위치와 독립한 젊은 게이 윌리엄 벡위드의 삶이 대비를 이룬다. 늙어가는 게이 친구의 목숨을 구한 윌리엄은 자서전을 써보라는 권유에 결국 일기장을 집어든다. 이 일기장은 평행적 내러티브를 제공하며, 두 사람의 세대 차이에도 불구하고 그들의 삶이 불안한 공통점을 지니고 있다는 사실이 명백해진다. 동성애가 합법화된 지 15년이나 지났는데도 인종차별주의와 동성애자 학대는 여전히 계속되고, 윌리엄의 가장 친한 친구가 역시 게이인 잠복경찰에게 체포되면서 게이들이 겪는 성희롱은 낸트위치가 1950년대에 감옥에서 겪었던 상황을 재현한다. 사회의 성적 분방함에도 불구하고 억압은 결코 멀리 떨어진 곳에 있지 않다. 게다가 불법의 매혹적인 에로티시즘에 대한 향수는 욕망의 복잡한 본성을 강조한다. 당대 게이 해방의 그림자와 불법 동성애의 위험은 우리에게 과거의 패배에서 진 빚과 현재의 승리를 일깨워준다. **CJ**

ALAN
HOLLINGHURST
'Deserves first prize in every category...
superbly written, wildly funny' Daily Telegraph
The Swimming-Pool
Library

▲ 『수영장의 도서관』이 출간되자 에드문드 화이트는 이 작품을 두고 "게이를 주제로 한 가장 훌륭한 영국 소설"이라며 극찬을 아끼지 않았다.

악마의 시 The Satanic Verses

살만 루시디 Salman Rushdie

작가 생몰연도 | 1947(인도)

초판발행 | 1988, Viking(런던)

원제 | The Satanic Verses

◆ 1989년 파트와* 판결이 내려짐

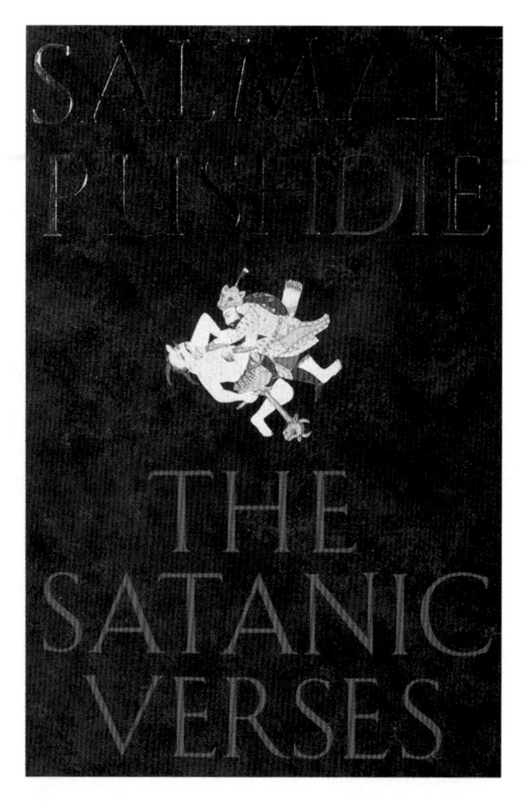

▲ 아야톨라 호메이니가 선고한 파트와는 루시디는 물론 이 작품의 번역가와 출판인들에게까지 번졌고, 수많은 사람들이 공격을 받았다.

▶ 1989년 베이루트 남부에서 벌어진 시위에서 한 소녀가 호메이니의 초상을 그린 포스터 앞에 서 있다.

이 소설은 1988년과 1989년 세계에 폭발적인 파장을 일으켰고, 이란의 아야톨라 호메이니가 작가에게 파트와(사형)를 선고하는 바람에 루시디는 10년이 넘게 은신처에 숨어지내야만 했다. 소위 '루시디 사건'은 종교적, 정치적 긴장이 결정체를 이룬 한 편의 소설과 그 작가를 둘러싼, 문학사의 중대한 순간을 대표한다.

유희적인 마술적 리얼리즘의 문체로 쓰여진 『악마의 시』는 두 사람의 인도 이민자 살라딘 참차와 지브릴 파리쉬타가 다양한 문화적 관점에서 본 세계를 묘사하고 있다. 작품 첫머리에서, 타고 있던 비행기가 테러리스트의 공격을 받으면서 두 사람은 하늘에서 마치 천사처럼 영국 땅에 떨어진다. 영국의 인종차별과 식민지 유산은 두 사람에게 서로 다른 방식으로 영향을 미친다. 지브릴은 스스로 이슬람 예언자에게 계시를 가져오는 천사 가브리엘이라고 착각하는 정신병적인 환각에 빠지고, 영국인을 혐오하는 정신병자 살라딘은 스스로 제어할 수 없는 육체적 변이를 겪으면서 매 순간마다 더욱 악마적으로 변한다. 언어와 세계, 역사, 허구, 몽상, 환각, 예언을 뒤섞은 루시디의 스타일은 세계주의의 체현이나 다름없다.

메카와 그 일대를 무대로 한 지브릴의 몽상 시퀀스에서 루시디는 무엇이 "새로운 사상"을 만드는가를 묻는다. 수많은 다른 종교들이 상상력을 취하는 데에 실패했지만, 이슬람은 여전히 무너지지 않는 성채와도 같다. 이 질문에 대한 답은 자신의 생각이 절대적이며 오류가 없다는 예언자 마호메트의 "무력으로 뒷받침된" 신념에 있다. 그러나 마호메트의 삶을 소설화하고 정신병자에게 천사의 역할을 맡겼다는 이유로 전 세계 수백만 이슬람 신자들은 루시디가 이슬람을 모욕했다며 성토했고, 그 분노의 목소리는 오늘날까지도 가라앉지 않고 있다. **SN**

* 이슬람 지도자들의 결의에 의한 처벌 명령으로 이슬람 율법과 동등한 효력을 갖는다. (루시디의 경우 파트와에 의해 사형을 언도 받았다)

We Are
Ready
To Kill

비트겐슈타인의 정부
Wittgenstein's Mistress

데이비드 마크슨 David Markson

작가 생몰연도 | 1927(미국)
초판 발행 | 1988, Dalkey Archive Press(일리노이)
영국판 초판 발행 | 1989, Jonathan Cape(런던)
원제 | Wittgenstein's Mistress

우리 모두는 살아가면서 한 번쯤 이런 환상에 잠긴다. "만약 내가 이 세상에 유일하게 살아남은 마지막 인간이라면?" 바로 이 일이 『비트겐슈타인의 정부』의 주인공인 케이트에게 실제로 일어났다. "처음에 나는 때때로 거리에 메시지를 남겼다."로 소설은 시작되지만 케이트의 내면 독백을 제외하면 독자들은 전에 무슨 일이 일어났는지 도무지 알 방도가 없다. 줄거리가 진행되면서 두 가지 가능성이 제시된다. 케이트가 제정신이고 그녀의 말이 맞다면, 그녀는 불을 내는 바람에 아들을 잃었고, 어찌된 영문인지는 모르겠지만 하여간 그녀가 인류의 마지막 생존자다. 또는 케이트가 제정신이 아니라면, 그녀는 불을 내는 바람에 아들을 잃었고, 그 충격으로 미쳤으며, 자신이 인류의 마지막 생존자라는 상상에 빠져있다.

주인공을 신뢰할 수 있느냐 없느냐 하는 테마와 언어와의 관계는 이 작품의 제목을 합리화한다. 사실 "비트겐슈타인의 정부"란 비트겐슈타인 사상의 허구적 해석으로, 케이트가 쏟아내는 격정과 혼란은 비트겐슈타인의 철학 텍스트 뒤에 숨겨진 기괴한 메아리와도 같다. 과거에 대한 그녀의 지식과 개인적인 기억이 점점 더 신뢰할 수 없게 되면서 우리는 현재에 대한 그 어떤 지식도 존재하지 않으며, 그거 없이는 어떤 자아도 의미가 없다는 것을 알게 된다. 특히 독자의 마음속에 스며들다가 결국에는 그것을 삼켜버리는 의심을 그려낸 교묘함에서 작가의 재능을 확인할 수 있지만, 그 탁월함에 걸맞는 정당한 평가를 받지는 못했다. **DS**

장님들의 천국
Paradise of the Blind

두옹투후옹 Duong Thu Huong

작가 생몰연도 | 1947(베트남)
초판 발행 | 1988
초판 발행처 | Phu nu(하노이)
원제 | Nhung thiên duong mù

이 관능적인 소설은 공산주의 베트남의 갈가리 찢긴 심장으로의 여행이다. 이 작품이 베트남에서는 여전히 출간이 금지되어 있다는 사실만 보아도 그 영향력을 짐작할 수 있다. 화자인 항은 러시아 방직 공장에서 일하는 젊은 떠돌이 노동자로, 그녀는 공산주의자 숙부—그녀가 사랑하는 이들에게 끊임없는, 그리고 거의 용서할 수 없는 고통을 안겨주었지만 가족의 유대를 중요시하는 베트남의 문화적 전통상 여전히 그들의 중심인 존재다—를 만나러 러시아를 가로지르는 여행을 하고 있는 중이다.

애정어린 묘사와 고통스러운 솔직함이 두드러지는 『장님들의 천국』은 베트남 시골의 관능적 열정과 도시 근교의 힘겨운 일상을 그려낸다. 독자는 가족용 불단에 올려진 제수 냄새를 맡고 오리 피로 만든 떡을 맛보며, 마을 연못을 뒤덮고 있는 개구리밥의 끈적끈적함을 느낄 수 있을 정도이다. 과부인 항의 어머니와 노처녀 이모, 그리고 공산주의자 숙부는 서로 다른 방식으로 문화혁명의 소용돌이로 빨려 들어간 농촌 사회의 상충하는 지배세력과 공존하려 하지만, 그 대가는 엄청나다.

후옹은 마치 사진 엽서 같은 논과 대나무, 물소, 고깔모자, 자전거가 있는 풍경 깊숙이 파고 들어가 옛 종교와 해묵은 원한, 그리고 거대한 변화의 나라로 발을 들여놓는다. 변화하는 베트남에 대한 강력한 통찰을 던지는 비통한 힘을 지닌 작품이다. **TSu**

푸코의 추

Foucault's Pendulum

움베르토 에코 Umberto Eco

작가 생몰연도 | 1932(이탈리아)
초판 발행 | 1988
초판 발행처 | Bompiani(밀라노)
원제 | Il pendolo di Foucault

이 소설에서는 모든 것이 자의적인 해석이 가능하다. 그리고 이것이야말로 이 소설의 화자가 조지 엘리엇의 『미들마치』에 등장하는 학자(도로테아의 남편)와 같은 이름을 가졌다는 사실을 간과해서는 안 되는 이유이기도 하다. 에코의 까소봉 역시 뒤죽박죽인 세계사를 단순하고 일관적인 내러티브로 재구성하고자 하지만, 자기가 하는 일의 진실을 믿었던 엘리엇의 까소봉과는 달리, 에코의 까소봉은 자신이 쓰는 것 역시 역사의 한 가지 버전일 뿐이라는 사실을 잘 알고 있다.

『푸코의 추』는 제멋대로 뻗어나가는 광활한 소설로, 의미를 향한 욕망을 탐구하고 있다. 가라몬드 출판사에서 함께 일하는 까소봉과 벨보, 그리고 디오탈레비는 비교 사회의 역사에 대한 책을 연구하고 있다. 처음에는 멋진 농담으로 시작한 프로젝트에서 그들은 자신들이 발견해낸 모든 해석과 설명을 벨보의 컴퓨터에 입력하고, 성당 기사단의 계획을 부활시키게 된다. 그 계획이란 음모론의 극치이다. 겉으로 보기에는 하등 관계가 없는 각각의 역사적 사건이 모든 것을 설명하는 종합적인 맥락에서 새로운 중요성을 띠기 시작한다. 이 위험한 게임은 결국 세 사람을 추월하게 된다. 『푸코의 추』는 결말을 제외하면 추리소설의 모든 요소를 갖춘 작품이다. 흥분과 실망을 번갈아가며 선사하는 내러티브에서 모든 것이 가리키는 것은 더 큰 진실이다. 바로 진실이란 정확히 말해서 허구에 불과하다는 것이다. **KB**

"그녀의 머리 위로 이 우주에서 유일하게 고정된 공간이 있는데… 그녀는 이것이 추의 문제지 자기 문제는 아니라고 한다."

▲ 『푸코의 추』는 윌리엄 위버에 의해 영어로 번역되어 1989년 영국과 미국에서 동시 발간되었다.

기믹! Gimmick!

요스트 츠바거만 Joost Zwagerman

"내가 죽으면 내 책을 가져. 맘대로 해도 좋아. 불태워도 상관없어. 어차피 가는 건 가는 건데 뭐."

요스트 츠바거만

작가 생몰연도 | 1963(네덜란드)
초판 발행 | 1989, De Arbeiderspers(암스테르담)
원제 | Gimmick!
본명 | Johannes Jacobus Zwagerman

스물세 살의 나이로 문단의 찬사를 받으며 데뷔한 지 3년 후, 작가는 이 작품으로 또 한 번 약진한다. 1989년 암스테르담을 무대로 작가는 주인공 발터 "라암" 반 라암스동크를 통해 7개월에 걸친 소비 사회의 라이프 스타일에 대해 들려준다. 라암과 그의 친구들 그로엔과 에카르트는 네덜란드의 젊은 엘리트 화가들이다. 나이트클럽인 "데 기믹"에서 저녁을 보내는 그로엔과 에카르트는 섹스와 마약, 로큰롤을 위한 돈을 벌려고 그림을 그린다. 다른 것은 이미 다 해봤는데 안 될 이유가 어디 있겠는가? 반면 라암은 여자친구에게 차인 후 한번도 붓을 잡지 못했다. 망가진 세상에서 살아남으려고 발버둥치는 라암은 계속해서 비틀거린다.

츠바거만은 경멸적인 논평을 아끼지 않으며 여피 문화를 파헤쳐, 그 아래 있는 꾸밈없는 진짜 인생을 발견하려 한다. 자연스러움과 문학적 세련, 그리고 뛰어난 뉘앙스의 감각을 결합하여 주인공들로 하여금 스스로를 위해 목소리를 내게끔 한다. 코카인과 돈, 실패한 연애로 점철된 라암의 세계는 포스트모더니즘의 세상에서 개인의 진정성의 문제, 누군가, 혹은 무언가를 향한 사랑에서 스스로를 포기할지도 모른다는 공포, 그리고 피할 수 없는 순수함의 상실을 의미한다. 멋진 조작이 진실의 경험보다 열등한가? 나는 누구이며 무엇을 원하는가? 소설의 결말에서 라암은 여자와 함께 침대에 누워 코피를 흘리며 말한다. "택시를 불러줘." **MvdV**

▲ 2005년 마르트예 겔스가 찍은 사진 속의 요스트 츠바거만. 소설뿐 아니라 에세이와 시도 발표하였다.

오바바코아크 Obabakoak

베르나르도 아차가 Bernardo Atxaga

작가 생몰연도 | 1951(스페인)
초판 발행 | 1989, Erein(산세바스티안)
원제 | Obabakoak
본명 | Joseba Irazu Garmendia

이 작품의 제목은 대충 "오바바의 이야기" 정도로 번역할 수 있다. 바스크 족의 언어인 에우스케라어로 쓰여진 이 소설은 출간된 지 1년 만에 스페인 국립 문학상을 수상했다. 제목에 충실하게 바스크 지방의 신비한 마을 오바바에 사는 사람들의 추억과 상상 속에서 튀어나온 짧은 이야기들로 구성되어 있는 소설이다. 이 동정적이고, 재미있고, 종종 감동적인 이야기들은 독일 바이에른 지방에서 바그다드까지, 아마존 상류의 원주민들과 스위스의 등산가들, 중국의 광기어린 살인자들까지, 화자와 주인공들의 어린 시절 기억과 함께 독자들을 세상과 인간 마음의 상상 속 풍경으로 이끈다.

『오바바코아크』의 매력은 그 내러티브의 다양성뿐만 아니라 개인적, 보편적 주제들—작가의 개인적인 역경과 문학의 역사, 바스크 지방의 보잘것없는 방언과 그외 세계의 풍부한 언어 등—의 병렬에 있다. 바스크 민족주의와 분리주의가 오랜 세월 동안 계속되온 논란의 핵심에 존재했을 때, 아차가는 신선하게도 정치성을 배제한 채 인간과 땅, 공동체와의 관계에 초점을 맞춤으로써 주인공들의 상상 속 곤경이 자아내는 인류의 보편성을 지키고 있다. **LBi**

오지 Inland

제럴드 머낸 Gerald Murnane

작가 생몰연도 | 1939(호주)
초판 발행 | 1989, Heinemann(멜버른)
원제 | Inland
패트릭 화이트 상 수상 | 1999

『오지』는 메타픽션 장르에 속하는 작품이다. 메타픽션이란 1700년대 로렌스 스턴이 때이르게 불을 붙인 문학적 형식으로 존 바스, 로버트 쿠버, 그리고 존 파울즈 같은 작가들이 20세기 후반에 시도하였다. 글쓰기라는 과정에 대한 글쓰기의 방식이라 말할 수 있는 메타픽션은 작가와 독자에게 감히 "진실"의 피할 수 없는 불안정성과 스스로의 존재를 알려주는 외부 글들에의 의존을 대놓고 말한다.

일직선상의 줄거리와 손에 잡히는 화자 대신 이 소설은 번갈아 바뀌는 여러 세상—아마도 미국, 오스트레일리아, 헝가리일 것이라고 추측되는—을 내다보는 창과도 같은 역할을 한다. 화자는 은둔하는 마자르 족 작가에서부터 오스테일리아의 사춘기 십대들에 이르는 다양한 인물들을 빌려 삶, 죽음, 성적 충동, 자연과 그 위에 인간이 남긴 족적, 그리고 문자와 기록의 중요성과 같은 주제들을 탐구한다.

때때로 강한 자전적 성향을 보여주는 『오지』는 작가의 예술적 재능의 내부 작용을 드러내어 어떻게 한 작가의 상상력과 기억이 한 편의 소설에 형식을 부여할 수 있는지를 보여준다. 머낸의 실제 삶처럼 오스트레일리아의 "오지"를 거의 떠나지 않는 삶을 묘사하면서 이 소설은 글쓰기라는 행위를 통해 국경과 바다를 건널 수 있는 가능성을 제시한다. **LK**

오웬 미니를 위한 기도 A Prayer for Owen Meany

존 어빙 John Irving

작가 생몰연도 | 1942(미국)
초판 발행 | 1989, W. Morrow(뉴욕)
원제 | A Prayer for Owen Meany
본명 | John Winslow Irving

"나는 갈라진 목소리를 가진 한 소년을 기억할 수 밖에 없다…."

▲ 소설의 화자처럼 작가의 어머니 역시 끝내 그의 아버지가 누구인지 밝히기를 거부했다.

어빙의 소설들은 문학 작품과 대중 소설의 중간 어딘가에서 균형을 잡는 복잡한 플롯과 잊을 수 없는 코믹한 인물들이 특징이다. 『오웬 미니를 위한 기도』는 그중에서도 가장 빼어난 작품으로 꼽히고 있다.

믿음, 의심, 그리고 기억에 관한 풍부하고 매우 코믹한 소설인 『오웬 미니를 위한 기도』는 어빙의 자전적 요소가 가장 강한 작품으로, 미국 문화를 반영하고 있다. 1987년 토론토, 과거에 사로잡혀 괴로워하는 존 윌라이트는 친구 오웬 미니와 함께 보낸 1960년대와 70년대의 어린 시절을 회상한다. 그가 기억하는 오웬은 괴짜에 빛나는 피부를 가진 난쟁이로, 아직 미성숙한 음성은 기묘한 콧소리를 내며(작가는 대문자로 그 소리를 묘사한다), 화자에게 몇 번이나 매를 맞게 한 장본인이다. 또 그는 오웬이 사고로 그의 어머니를 죽인 것도 잊지 않고 있다.

존은 첫 페이지에서 오웬 미니 덕분에 그가 기독교 신자가 되었다고 밝힌다. 책의 나머지는 어떻게, 그리고 왜 이 일이 일어났는지, 그리고 존이 어떻게 자신의 영적 신앙을 발견했는지를 설명하고 있다. 이 책의 주제는 신의 존재를 증명할 수 있는 확실한 증거가 없는 세계에서의 믿음과 의심 사이의 관계이다. 가장 중요한 상징은 오웬 자신으로, 그는 이 소설의 핵심인 자연과 초자연 사이의 관계를 체현하고 있다. 그 모든 이상한 점에도 불구하고, 오웬은 인류의 영적 상황을 대변한다. 오웬과 대부분의 다른 사람들의 차이는 그가 자신이 신의 도구에 불과하다는 점을 알고 있다는 사실이다. 오웬의 숙명론적인 믿음은 그가 평생토록 준비하는 그 자신의 영웅적인 죽음을 예언적으로 알고 있다는 점에서 기인한다. **EF**

달콤쌉싸름한 초콜릿 Like Water for Chocolate

라우라 에스퀴벨 Laura Esquivel

『달콤쌉싸름한 초콜릿』은 멕시코를 무대로 펼쳐지는 아름다운 러브 스토리이다. 1년 열두 달의 이름이 붙어 있는 열두 개의 장은 각각의 레시피로 시작된다. 이 모든 재료를 혼합한 결과는 그 레시피가 알려주는 요리만큼이나 소탈하고 풍부한 향을 지닌 소설이다. 따라서 음식이 우리의 인생에 있어 그렇듯, 레시피는 『달콤쌉싸름한 초콜릿』이라는 책의 각 부분을 통합하는 역할을 한다. 여자뿐인 데 라 가르사 가의 막내딸인 티타는 강압적인 어머니 마마 엘레나 때문에 결혼할 수 없다. 멕시코의 전통에 따르면 어머니가 죽을 때까지 보살피는 것이 막내딸의 몫이기 때문이다.

그러나 티타는 페드로와 운명적인 사랑에 빠지고, 페드로는 조금이라도 티타와 가까이에 있기 위해 티타의 못생긴 언니 로사우라와 결혼하기로 마음먹는다. 이 결혼은 정열, 기만, 분노, 그리고 사랑으로 점철된 22년에 걸친 반목의 시작이 된다. 이 기나긴 세월 동안 두 연인은 서로의 주위를 맴돈다. 가족의 우두머리 요리사인 티타는 그녀 자신의 감정—사랑과 열망—을 담은 요리들을 만든다. 이 요리들은 그것을 먹는 모든 사람들과 결과적으로는 이야기의 결말에까지 영향을 미친다.

사랑 이야기의 배경으로 요리, 그것도 웨딩 케이크나 장미 꽃잎 소스의 메추리 요리, 호두 소스를 끼얹은 칠리 요리 등의 군침 흐르는 레시피를 선택하여 식욕을 돋구는 것은 물론 등장인물들을 은유적으로 설명하고 있다. 이러한 레시피들과 러브 스토리의 결합은 생생하면서 관능적이고, 우스꽝스러우면서 정열적이며, 달콤쌉싸름하고 맛있는, 매우 독특한 향을 지닌 소설을 탄생시켰다. 티타의 초콜릿과 주현절 빵처럼, 이 독특하고 매력적인 소설은 도저히 거부할 수 없는 유혹이다. **LE**

작가 생몰연도 | 1950(멕시코)
초판발행 | 1989
초판발행처 | Editorial Planeta Mexicana
원제 | Como agua para chocolate

"그날부터 티타의 영역은 부엌이 되었다…."

▲ 2001년 뉴욕의 집에서 포즈를 취한 라우라 에스퀴벨. 그녀의 처녀작인 『달콤쌉싸름한 초콜릿』은 영화로 제작되어 1993년 개봉하였다.

리스본 포위의 역사

The History of the Siege of Lisbon

주제 사라마구 José Saramago

작가 생몰연도 | 1922(포르투갈)

초판 발행 | 1989, Editorial Caminho(리스본)

원제 | História do Cerco de Lisboa

노벨 문학상 수상 | 1998

사라마구의 다른 빼어난 소설들처럼 이 작품 역시 구두점이 거의 없다시피 하다. 쇤베르크의 연작 음악과 비슷한 그 결과물은, 이 장르에 들인 다른 모든 노력을 서툴러 보이게 하며 역사 소설을 재창조했다. 마법사의 손재주라도 지닌 것처럼 사라마구는 독자를 막바로 다른 세계의 심장부에 가져다 놓는다.

라이문도 실바는 리스본의 출판사에서 일하는 교정 편집자이다. 일순의 변덕으로 그는 역사 텍스트에 부정어 하나를 집어넣음으로써 포르투갈의 역사를 완전히 바꿔놓는다. 12세기 리스본 포위전 때 십자군은 사라센인들에 대항하여 싸우는 포르투갈 왕을 도와주러 오지 "않았다." 실바는 해고되는 대신 15년이나 연하인 새 상사 마리아 사라 박사의 주목을 끌게 되고, 그녀는 실바에게 새로운 역사를 써보라고 설득한다. 실바가 책을 쓰는 동안 두 사람은 사랑에 빠지게 된다. 사라마구는 살짝살짝 지나가는 어색함과 유머, 그리고 달콤함을 통해 독자들로 하여금 그들의 사랑을 눈치채게 해준다.

크리스틴 브룩-로즈가 말했던 "지우고 고친 소설"로 말하자면 20세기 문학을 통틀어 이만큼 순수하고 재미있는 작품은 없을 것이다. 『리스본 포위의 역사』는 역사를 고쳐쓰는 것은 우리가 살고 있는 세상을 고치는 것과 같다는 사실을 알려준다. **PT**

비법은 계속 숨을 쉬는 것

The Trick is to Keep Breathing

재니스 갤러웨이 Janice Galloway

작가 생몰연도 | 1956(스코틀랜드)

초판 발행 | 1989, Polygon(에딘버러)

원제 | The Trick is to Keep Breathing

◆ MIND/앨런 레인 선정 1990년 올해의 책

여성의 심리적 위기를 솔직하게 묘사한 이 작품은 못 견디게 단조로운가 하면 금방 음침하게 코믹하다. 조이 스톤즈라는 아이러니한 이름을 가진 주인공의 애인이 사고로 죽자 그녀는 어디에서나 느껴지는 향기 속에 그의 영혼이 있다고 믿지만, 결국은 침대 밑에 떨어져 뒤집어진 애프터셰이브 로션 병이 새고 있었다는 사실이 밝혀진다. 이러한 자기 기만적 장면은 사랑과 친교를 갈망하는 여성성에 대한 고정관념의 핵심적인 모델로, 그 억압 자체에 공범이다. 기혼자의 정부로서 애도의 의식에서조차 배제된 그녀가 사회적으로 투명인간에 가까운 존재가 되면서, 죽은 것은 마이클뿐만이 아니고, 조이 자신도 일종의 살아있는 죽음을 경험하게 된다. 뒤따르는 분노 속에서 조이는 거식증에 걸리고 문자 그대로 투명인간이 되어간다. 정신과 치료를 받을수록 더욱 강해지는 정신분열만큼이나 그녀의 몸도 아득하고 산산히 부서진 것처럼 느껴진다.

조이의 정신처럼 이 소설도 분열되어 용해되고, 수많은 다른 형식—잡지 기사 오린 것, 요리법, 오늘의 운세, 편지, 자기 수양 서적 등—으로 되살아난다. 이 모든 것은 불안정한 여성성의 장신구일 뿐이다. 이 마구잡이 풍경을 항해하면서 우리는 조이가 겪는 역경의 파괴성과 여성의 위치의 위태로운 본질을 깊이 이해하게 된다. 마침내 인생이 수영처럼, 비법을 배우기만 하면 된다는 것을 깨달은 조이는 다시 정신적 안정을 찾게 된다. **CJ**

위대한 인도 소설

The Great Indian Novel

샤시 타루르 Shashi Tharoor

작가 생몰연도 | 1956(영국)

초판 발행 | 1989, Arcade Publishing(뉴욕)

원제 | The Great Indian Novel

커먼웰스 상 수상 | 1991

제목에서부터 야심찬 서사적 성격이 드러나는『위대한 인도 소설』은 등장인물 한 사람의 표현을 빌리자면 “한 국가의 이야기”라는 무모한 과제에 달려든다. 이를 위해 샤시 타루르는 고대 인도의 대서사시『마하바라타』의 도움을 빌려, 현대 인도의 정치적, 역사적 현실을 고대 신화와의 상호작용으로 풀어낸다. 그 결과는 찬란하고, 섬세하고, 때때로 반항적일 정도로 우스운, 그 원형의 애정어린 패러디인 20세기 인도 여행이다.

화자인 베드 바야스가 서기인 가나파티에게 불러주는 회상록의 형식을 취하고 있는 이 소설은, 단 몇 페이지 만에 네루에서 인디라 간디, 크리슈나로 이어지는, 인도의 정치 지도자들과 신화적 인물 중에서도 가장 유명한 이들을 골라 한데 모아놓은 듯한 한 가문의 정치적 음모를 따라가고 있다. 영리하고 자의식이 강한 이 소설은 또한 영어로 쓰여진 인도 소설의 문화적 유산도 짚고 넘어간다. 페기 애슈크로프트의『인도로 가는 길』이나 키플링 작품의 제목을 바꾼『벙글북(The Bungle Book)』의 등장인물들이 들어왔다 나갔다를 반복한다. 그 아이러니한 유머와 교묘한 정치적 임무에도 불구하고 이 소설은 그 주제를 존경과 비판적 시각 모두로 대한다. 특히 넘치는 풍자를 통해, 타루르가 말한 바 있는 “우리 나라에서는 세속적인 것도 신화적인 것만큼이나 중요하다”는 감각과 국가의 탄생을 다루었다. **AB**

저항의 멜랑콜리

The Melancholy of Resistance

라슬로 크라스나호르카이 László Krasznahorkai

작가 생몰연도 | 1954(헝가리)

초판 발행 | 1989

초판 발행처 | Magveto Kiadó(부다페스트)

원제 | Az ellenállás menakóliája

『저항의 멜랑콜리』는 헝가리의 은둔자 작가 라슬로 크라스나호르카이의 작품 중에서 최초로 영어로 번역 출간된 작품이다. 작고 가난한 이름 없는 헝가리 마을에 어느 겨울밤 유랑 서커스단이 건조시킨 거대한 고래를 가져오면서 어떻게 그 마을이 뒤바뀌는지를 그리고 있는 소설이다. 서커스단이 마을 중앙 광장에 정착하자 의심스러운 루머와 편집증이 마을을 휩쓸고, 결국 소동과 폭력이 이어진다. 그러나 고래는 트로이의 목마였을 뿐이다. 사실 무대 뒤에서는 “왕자”라고 알려진 흉측하게 뒤틀린 난쟁이가 마을을 파괴하라는 명령을 내렸고, 마을 사람들을 교묘하게 공포와 허무 속으로 빠뜨린 것이다. 동네 사람들에게 멍청이 취급을 받는 순진한 젊은이 발루스카와, 그의 스승으로 수학적으로 순수한 음정을 이용해 피아노를 “원형”의 화음으로 조율하는 데에 마음을 빼앗긴 괴짜 에스터 씨는 이런 어처구니없는 사태의 흐름을 되돌리려고 애쓴다.

이 소설은 매우 이상하고, 불안정하며 강렬한 디테일과 농밀한 분위기를 지닌 작품이다. 긴 그림자와 살을 에는 추위, 그리고 악의에 찬 속삭임이 당밀처럼 달콤한 문장 속에 녹아있는 소설이기도 하다. 동유럽의 격변의 우의, 혹은 민속문화와 사회적 의식의 형성에 대한 성찰, 또는 키치에서 고딕을 다시 이끌어내고자 하는 시도, 혹은 이들 모두라고 보아도 좋을 것이다. **SamT**

남아 있는 나날 The Remains of the Day

카즈오 이시구로 Kazuo Ishiguro

작가 생몰연도 | 1954(일본)
초판 발행 | 1989, Faber & Faber(미국)
원제 | The Remains of the Day
부커상 수상 | 1989

"얼마나 끔찍한 실수인가…"

▲『남아있는 나날』의 초판본 표지. 대영제국과 스티븐스의 시대는 그리 많이 남지 않았다.

스티븐스는 달링턴 저택에서 34년간 일해온 집사로 사라져가는 영국 계급사회의 심장이라 불려도 손색이 없는 존재이다. 그는 정확하고, 완고하며, 생전 감정표현이라고는 해본 적도 없다. 역시 집사였던 그의 아버지는 그에게 위대한 인간이 되기 위해서는 위엄이 그 열쇠라고 가르쳤다. 그는 저택을 관리하는 냉정한 정확성이 느슨해지는 것을 참지 못하며 불완전한 감정은 뒤로 미룬다. 달링턴 경이 세상을 떠난 지도 4년, 스티븐스는 예전에 달링턴 저택에서 가정부로 일했던 켄튼 양을 찾아가 새로운 주인인 부유한 미국인 패러데이를 위해 일해달라고 설득한다. 패러데이는 스티븐스가 짐작하고 냉랭한 그만큼이나 건방지고 변덕스럽다. 스티븐스는 "농담"에 익숙치 않다. 켄튼 양은 스티븐스만큼이나 양심적인 사람이지만, 그녀의 따스함은 그의 엄격함과는 정반대였다. 이들의 실랑이는 사소하고 친근한 것으로, 사랑으로의 승화를 불러온다. 만약 그녀가 스티븐스와 결혼했다면 인생이 크게 변했을지도 모른다고 이야기하자 그는 깊이 흔들리지만 내색은 하지 않는다. 잃어버린 가능성은 실행은커녕 두 번 다시 언급조차 되지 않는다.

켄튼 양을 찾아가는 여정은 스티븐스에게 과거를 회상할 기회를 제공한다. 그는 위풍당당한 시대를 갈망하고, 자기 위치를 잘 알고 있었던, 사라진 세계를 향한 멜랑콜리에 사로잡힌다. 그는 이제 시대착오적인 전통의 퇴물이 되고 만 것이다. 마침내 그는 달링턴 경이 완벽한 신사이기는 했지만 나치 지지자였다는 진실에 직면한다. 스티븐스는 언제나 맹목에 가까울 정도로 충성했지만, 너무 늦은 자각은 그를 상실감에 빠뜨린다. 그는 잘못된 신뢰와 잃어버린 사랑의 삶을 살아왔던 것이다. 그는 마침내—너무 늦기는 했지만—켄튼 양의 솔직함에서 자신이 그동안 무시해왔던 위엄을 되찾는다. 이 작품은 유쾌함과 비통함을 번갈아가며 내비치는 숨막히는 걸작이다. 이시구로는 영국사회에 인정사정없는 시선을 던지고 있지만, 잔인하다기보다는 오히려 애정어리다. **GT**

런던 필드 London Fields

마틴 에이미스 Martin Amis

『런던 필드』는 추리소설 플롯을 음울하고 아이러니하게 전도시킨 작품으로, 주인공인 니콜라 식스는 화자와 함께 시간의 종말의 가능성을 찾기 위해 "살해당한 사람"이 되자는 음모를 꾸민다.

니콜라 식스는 그녀가 거절한 구혼자들의 우둔함—악랄하고 범죄자 기질이 있는 노동자 계급의 키이스와 품위 있고 꾸밈없는 상류층 신사 가이—을 이용해 자신을 서툴게 여성화된 원자폭탄 대학살에 연관시킨다. 내러티브는 20세기의 마지막 몇 주 동안 일어난다. 위협적인 노란 구름들이 환경 재앙을 경고하고 미국 대통령 영부인인 "페이스(신앙)"는 그녀의 생명을 위해 싸운다. 이러한 세계 종말 묘사는 문화의 죽음에 대한 모호한 공포 속에 자리한다. 깊은 자의식을 지닌 이 소설의 형식은 이 공포를 부추길 뿐이다. 저열한 대중 문화에 노예처럼 의존하는 키이스는 로렌스의 『무지개』의 길고긴 패러디를 포함한 고상한 문학의 문화에 대한 거짓 존경과 대비를 이룬다. 화자인 샘슨 영은 소설 속에서 서서히 죽어가며 소설이 끝날 때쯤 그도 죽는다. 샘슨의 성공적인 도플갱어(마크 애스프리 혹은 "M.A.")에 대해 불안해 하는 마지막 문장은 작가가 확신이 없었음을 보여준다. 이러한 확신의 결여는 도회지 삶의 어두운 단면에 단호하게 파고드는 이 소설 전반의 특징으로 보이기도 한다. **NM**

작가 생몰연도 | 1949(영국)

초판발행 | 1989, Jonathan Cape(런던)

원제 | London Fields

미국판 초판 발행 | 1990, Harmony(뉴욕)

MARTIN
AMIS
LONDON
FIELDS

"키이스 탤런트는 나쁜 놈이었다."

▲ 이 소설은 『돈: 유서』(1984)로 시작해서 『정보』(1995)로 끝맺는 3부작 중 두 번째 작품이다.

달의 궁전 Moon Palace

폴 오스터 Paul Auster

작가 생몰연도 | 1947(미국)
초판 발행 | 1989, Viking Press(뉴욕)
원제 | Moon Palace
본명 | Paul Benjamin Auster

『달의 궁전』은 부성을 좌절시키고 탈선하게 하는 장애물들에 대한 성찰이다. 이 소설은 그들이 생각하는 부성 혹은 실제의 부성에 대해 무지하거나, 너무 늙었거나, 어찌할 줄 모르는 인간들로 가득하다. 주인공인 마르코 스탠리 포그는 한번도 그의 아버지를 제대로 알지 못했다. 열한 살 때 어머니가 세상을 뜰 때까지 오직 어머니의 손에서 자란 것이다. 그 후 그는 친절하기는 하지만 감정적으로 변덕스러운 빅터 숙부의 집에서 자라고, 빅터가 세상을 떠나면서 남겨준 방대한 장서 컬렉션을 한 권 한 권 팔아 갈 곳 없는 사람들과 노숙자들, 그리고 소외된 사람들을 돕는다. 이런 포그를 구원하는 것은 나이도 많고 여자도 많은 아버지 아래서 자란 키티 우이다. 두 사람은 사랑에 빠지고, 포그는 세상을 등지고 살아가는 괴짜 화가 토머스 에핑의 삶을 기록하는 일을 하게 된다. 그러나 이러한 아늑한 생활도 잠시, 에핑을 그의 영적 스승으로 받아들이게 된 포그는 에핑이 실제로는 자신의 친할아버지라는 놀라운 사실을 알게 된다. 에핑의 고집으로 포그는 마침내 자신의 생물학적인 아버지와 재회하여 강렬한, 그러나 짧은 유대를 나눈다. 키티의 임신은 자신의 실망스러웠던 경험을 보상하기 위한 기회를 찾고 있는 포그에게는 상징적인 의미를 갖는다. 그러나 그의 지나친 간섭으로 서로에게 배신감을 갖게 되면서 두 사람의 사랑은 지속되지 못한다. 결국 포그는 홀로 남겨지지만, 뭔가 좀 배운 게 있을 것이다. **AF**

◀ 1980년 이래 죽 뉴욕 브루클린에서 살아온 폴 오스터는 맨해튼보다 브루클린이 좋다고 말하곤 했다.

체리나무 접붙이기 Sexing the Cherry

자넷 윈터슨 Jeanette Winterson

작가 생몰연도 | 1959(영국)
초판 발행 | 1989, Jonathan Cape(런던)
미국판 초판 발행처 | Atlantic(뉴욕)
원제 | Sexing the Cherry

17세기 런던을 무대로 한 『체리나무 접붙이기』는 탐험과 혁명, 그리고 별나게 생긴 열대 과일의 발명으로 점철된 격동의 시대를 생생하게 되살린다. "개 여자"는 살아있는 살덩어리로, 소란스러운 이웃들과 집에서 기르는 한 무리의 개들, 그리고 템즈 강변에서 주워와 자신의 아이로 기른 양자 조던과 함께 살고 있다. 그녀는 초인적인 인간이다. 거대한 덩치에 깊은 도덕적 신념으로 무장한 그녀는 자신이 속한 무법의 세계 속에서 말로 안 되면 힘으로라도 밀어붙이는 지배자이다. 그녀는 탐험가 트레이드스캔트의 바나나 전시회에 갔다가 첫눈에 반한 강의 이름을 따서 조던의 이름을 지은 것을 후회하게 된다. 조던은 결국 지리보다는 형이상학에 더 가까운 원정을 떠나게 된다. "몇 년 후"라고 밝힌 이 소설의 결말 부분에서 조던과 개 여자는 영국 해군 선원과 환경 과학자 겸 환경 운동가로 그들의 원시적인 유대를 다시 이어간다.

이 작품에 나타난 윈터슨의 트레이드마크라 할 수 있는 문체는 너무나 찬란하다. 시민들 때문에 오염된 도시에 보내는 열두 명의 춤추는 공주들, 혹은 "말 지우개" 이야기와 함께 이 이야기는 현실과 환상의 개념을 복잡하게 한다. 신화 및 우화, 동화, 그리고 역사는 하나의 새로운 장르로 탄생된다. **AF**

삶처럼 Like Life

로리 무어 Lorrie Moore

작가 생몰연도 | 1957(미국)
초판 발행 | 1990, Alfred A. Knopf(뉴욕)
원제 | Like Life
본명 | Marie Lorena Moore

"이거 TV 쇼에요?"

▲ 무어의 이야기들은 작가의 표현을 빌리자면 "체육관은 있어도 아이러니는 없는" 미국의 중서부를 무대로 한다.

『삶처럼』은 출간되자마자 큰 호평을 받았으며, 무어는 보석 세공인이 끌과 정으로 보석을 다듬듯 이야기를 만들어간다. 대부분 중서부를 무대로 하는 여덟 편의 단편으로 구성된 이 책에서 무어는 자아 성찰보다는, 가령 사슴 사냥이나 스노모빌에 더 관심을 기울이는 미국의 순진한 단면을 보여주고 있다. "체육관은 있었지만 아이러니는 없다…. 사람들은 모든 것을 문자 그대로 받아들였다." 너무나 쉬워 보이는 다른 사람들의 삶을 지켜보고 당황하는 사람들의 이야기이다. "때때로 그녀는 그냥 인생을 즐겨야겠다고 생각했지만, 또 때로 자신이 끔찍하게 당황하고 있다는 사실을 깨달았다."

메리는 두 남자와 사귀고 있다. 이것은 무척 대담하고 지극히 현대적으로 보인다. 물론 그것은 그녀가 부러워하는 친구들에게 보내는 엽서에서 풍기는 인상이다. 그러나 그녀는 흰 옷만 입고 공원에서 "성경시"를 읽는다. 해리는 순진한 열정과 성공에 대한 갈망을 품고 술을 마시며 탐욕스러운 TV 프로듀서에게 자기 인생 이야기를 늘어놓는다. 일리노이 시골의 작은 대학에서 강사로 일한 조는 금발의 백인들밖에 없는 그곳에서 단지 머리카락이 검다는 이유로 스페인에서 왔냐는 말을 듣는다. 그녀는 다른 사람들처럼 자기 방을 편하게 꾸미기 위해 동양풍의 깔개를 산다. 상점 점원은 그녀에게 깔개의 문양이 "평화"와 "영생"을 의미한다고 알려준다. 하지만 그녀가 어떻게 확신할 수 있는가? 고민하던 그녀는 결국 깔개를 환불한다.

이들은 연약하고, 유쾌하고, 그 친근함이 가슴아픈 인물들이다. 무어가 자신의 두 번째 단편집에 붙인 제목 "삶처럼"은 더이상 딱 맞아떨어질 수가 없다. 우스워서가 아니라 너무 낯익어서, 우리는 사레가 들릴 때까지 웃을 수밖에 없다. **GT**

교외의 부처 The Buddha of Suburbia

하니프 쿠레이시 Hanif Kureishi

『교외의 부처』의 불경스런 코미디는 1970년대 런던 교외에서 자란 열일곱 살 난 화자, 카림 아미르의 성장 과정을 비추어볼 때 정치적으로 목표물을 정확하게 맞췄다고 볼 수 있다. 공무원인 카림의 아버지 하룬은 애인 에바의 충동질로 조금 덜 평범한 흥미를 좇기로 마음먹고 교외의 "부처" 혹은, 새로운 시대의 예언자가 된다. 하룬의 영국인 아내로 카림의 어머니인 마가렛은 남편의 불륜으로 충격을 받아 점점 바깥 세상과 접촉을 끊고 우울에 빠진다. 마가렛의 동생은 언니를 든든히 지원해주고, 그 남편은 도움이 되지 않는 흥미만 보일 뿐이지만, 이러한 태도는 그들의 뒤에서 선심 쓰는 듯한 관점을 분명히 드러내준다. 부모의 파경을 통해 카림은 친구들에게서 위안을 얻는다. 자기 주장이 강하고 자신감 넘치는 젊은 여성 자밀라는 그녀가 자란 동양인 사회의 전통에 도전장을 내밀고, 다른 남자와 약혼한 후에도 카림과의 성적 관계를 지속한다. 에바의 아들 찰리 역시 중요한 역할이다. 그들의 성적 관계는 카림으로 하여금 그때껏 몰랐던 시대정신에 눈을 뜨게 해주지만 우정을 넘어서까지 발전하지는 못한다.

이 소설은 성인으로 변모해가는 과정에서 타협점을 찾게 마련인 정체성의 모호한 양상과 밀접한 관련을 갖는다. 카림은 마약을 시도해 보거나 양성애를 탐구하고, 영국인으로서의 자신을 자각하는 데 기여한 두 가지 역사의 연관성에 대해 생각하기도 한다. 이 책은 대체로 교외에서 도시로 향하는 자신의 동선을 따라 사회적, 정치적, 그리고 성적으로 보수적인 사고방식에서 벗어나고자 하는 카림의 노력을 추적하고 있다. 이러한 의미에서 이 소설은 카림의 성장기이자, 가족으로부터 벗어나 자신의 정체성을 추구하려는 시도에 대한 이야기이기도 하다. 이 소설은 후에 BBC에서 드라마로 제작되어 큰 인기를 얻었다. **JW**

작가 생몰연도 | 1954(영국)
초판 발행 | 1990, Faber & Faber(런던)
원제 | The Buddha of Suburbia
화이트브레드 상 수상 | 1990

"나는 영국인이다…."

▶ 하니프 쿠레이시는 종종 전통적인 도덕과 정치적 올바름을 향한 신앙을 경멸하여 논란을 일으키곤 했다.

그림자 선

The Shadow Lines

아미타브 고쉬 Amitav Ghosh

"그러나… 지금 와서 생각하면 그것은 수수께끼다. 왜 그들은 그를 참아주었을까. 그는 한 번도 그들 중 하나였던 적이 없는데…."

▲ 고쉬는 현재 뉴욕에서 살고 있지만 그의 소설들은 대부분 그의 고향인 인도를 무대로 한다. 1996년 컬럼비아 대학에서 찍은 사진.

작가 생몰연도 | 1956(인도)
초판 발행 | 1990, Ravi Dayal(뉴델리)
원제 | The Shadow Lines
사히티야 아카데미상 수상 | 1989

인도 최고의 문학상인 사히티야 아카데미상 수상작인 『그림자 선』은 캘커타에서 카이로, 런던에서 다카에 이르는, 3대에 걸친 일대기이다. 익명의 화자는 시공을 자유롭게 오가며 영국의 인도 식민 통치 시절부터 서로를 알아온 한 벵골인 가족과 영국인 식민 군주 가족의 얽히고설킨 삶을 탐험한다. 이 소설의 중심에는 1964년(방글라데시가 분리 독립한 해), 다카에서 화자의 육촌이자 스승이었던 트리딥의 죽음을 둘러싼 미스테리가 위치한다. 비극의 상세한 내용과 그 영향은 20년이 넘도록 이 소설의 모든 등장인물의 삶에 그림자를 드리운다. 서로 다른 인물의 기억과 회고를 복잡하게 엮은 『그림자 선』은 정치가 그어놓은 국경선(그림자 선)이 물리적으로나 은유적으로나 개인들을 분리할 수 있음을 나타낸다.

1956년 캘커타에서 태어난 아미타브 고쉬는 영어로 글을 쓰는 작가 중에서는 인도에서 가장 존경받는 작가 중 한 사람이다. 그는 아서 C. 클라크상, 푸쉬카트 상, 프랑스의 메디시 해외문학상 등 세계의 명망 높은 문학상들을 휩쓸었다. 그의 전작들이 망명과 분산, 그리고 문화적 박탈감을 다뤘다면 『그림자 선』은 이러한 주제들을 보다 정교하게 발전시켜 강력하지만 은근한 문장으로 그려낸다. 고쉬는 이 밖에도 수많은 소설, 에세이, 여행기를 출간하였다. **BJ**

한밤의 조사원

The Midnight Examiner

윌리엄 코츠윙클 William Kotzwinkle

작가 생몰연도 | 1938(미국)

초판 발행 | 1990, Houghton Mifflin(보스턴)

영국판 초판 발행 | 1990, Black Swan(런던)

원제 | The Midnight Examiner

하워드 헬리디는『바닥』,『고리쇠』,『신부들은 모든 것을 말한다』,『한밤의 조사원』 등을 발행하는 카멜레온 출판사의 편집자이다. 미용 담당 편집자인 앰버 아담스에 대한 열정과 페퍼민트 카페인 알약의 힘으로 그는 출판의 가장 너저분한 웅덩이로 동료들을 끌고 들어간다.

하워드와 그의 동료들은 제대로 된 직업을 갖기를 원한다. 병적인 긴장 증세를 보이는 레이아웃 담당 페르난도는 하워드의 부엌 벽에다 걸작 〈커다란 여자들〉을 그릴 궁리에 몰두해 있다. 네이튼 페인골드는 비둘기—그리고 동료들—를 향해 물총으로 핫소스를 묻힌 다트 화살을 쏘아댄다. 포레스트 크럼패커는 자신의 의지와는 정반대로 새로 발간하는 종교 잡지의 책임자가 되어 통신 판매 주교의 사명을 짊어진다. 해티 플라이어는 그들이 통신 판매하는 미용 제품으로 얼굴이 상했다. 알코올에 절어있는 힙 오합은 한때는 진짜 신문기자였지만 지금은 혼자서 술병을 들고 거리에 쓰러져 죽지 않게 중국 여자라도 만나 결혼하기를 꿈꾸고 있다. 이들은 이 모든 것을 멋진 헤드라인 기사로 탈바꿈시킨다.("젊은 여자의 자궁에서 UFO가 발견되다." "예수를 만나기 전까지 나는 창녀였다.") 그들은 밤새워 술을 마신다. 예전에는 모델이었던 미치 마우스가 포르노 영화를 찍다가 "사고로" 범죄집단 두목을 죽이자, 카멜레온 출판사는 그녀를 구하기 위해 팔을 걷어부친다. 부메랑과 물총, 그리고 낚싯대—마담 베로니크의 부두교 마술을 행할 때 반드시 필요하다—로 무장한 그들은 전투에 나선다.『한밤의 조사원』은 따스한 풍자극으로 손에서 쉽게 내려놓을 수 없는 작품이다. **GT**

그들이 가지고 간 것들

The Things They Carried

팀 오브라이언 Tim O'Brien

작가 생몰연도 | 1946(미국)

초판 발행 | 1990, Houghton Mifflin(보스턴)

원제 | The Things They Carried

영국판 초판 발행 | Collins(런던)

베트남 전쟁을 다룬 이 작품은 어디까지나 작가가 지어낸 허구이지만, 오브라이언과 그의 1인칭 화자 "팀 오브라이언"은 세심한 묘사를 통해 독자들로 하여금 실제로 이런 일이 일어났을 거라는 추측을 버리지 못하게 한다. 그는 이미 전작『내가 만약 전장에서 죽으면(If I Die in a Combat Zone)』(1973)에서 베트남 전쟁을 회고한 적이 있지만 이 작품에서는 우리가 회상과 허구, 사실과 해석을 구별할 때 주로 의존하는 관습들을 하나하나 해부한다. 이 책의 저작권을 명시한 페이지에는 "사건, 이름, 그리고 인물들은 작가의 허구이다."라고 쓰여 있다. 그러나 "알파 부대원"들이 이 책의 진짜 주인공이라는 것을 깨닫는 순간 이들에 대한 오브라이언 혹은 "오브라이언"의 헌신은 충격적이다. "팀 오브라이언"이 어떻게 그의 베트남 전쟁 경험을 가장 효과적으로 전달할 수 있을까 고민하면서 이러한 긴장은 이 책 전반에 퍼진다. "진정한 전쟁 이야기"가 되기 위해 전쟁 이야기는 문자 그대로 진실해야만 하는가? 오브라이언의 내러티브는 깊은 슬픔에서 자조, 블랙유머, 그리고 다시 처음의 슬픔으로 되돌아온다. 이러한 내러티브의 불확실성은 독자들에게 그가 묘사하고 있는 불안과 불신은 베트남의 미국 군인들의 실존 상황이라는 것을 알려준다. 오브라이언은 경험과 묘사의 어울리지 않는 짝을 다양하게 보여주며, 독자들은 고국으로 돌아가기를 꿈꾸는 "오브라이언"과 그의 동료 군인들에 대한 무비판적인 내러티브에서 화려한 속임수와 쉬운 위로를 원하는 자신들을 발견하게 된다. **AF**

스톤 정션 Stone Junction

짐 도지 Jim Dodge

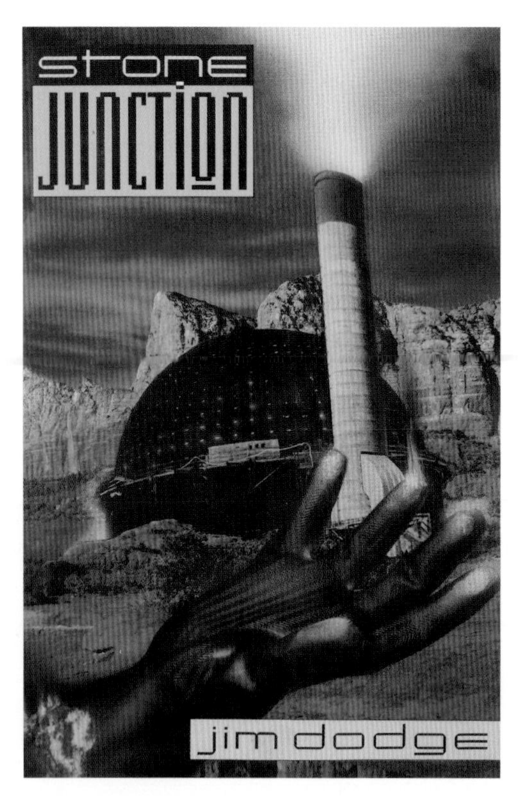

"자매여, 나는 살아남기 위해 내 삶의 반을 헌신했고 삶의 의미를 찾으려 했어…"

작가 생몰연도 | 1945(미국)
초판발행 | 1990
초판발행처 | Atlantic Monthly Press(뉴욕)
원제 | Stone Junction: An Alchemical Potboiler

『스톤 정션』은 1966년생 다니엘 피어스와 열여섯 살에 그를 낳아 미혼모가 된 아날레의 삶을 기록하고 있다. 이 작품은 저도 모르게 페이지를 넘기게 하는 긴박감과 미국 사회 내 소외계층의 심각함을 결합한 생생하고 반권위주의적인 유희이다. 황야의 외딴 판잣집에서 사는 다니엘과 아날레는 AMO(마법사와 무법자 연합)라는 단체에 들어간다. 다니엘은 자라면서 경이로울 정도로 특이한 스승들로부터 비정통 교육을 받는다. 그는 명상과 야외에서 생존하는 법, 섹스, 마약, 금고따기, 분장술, 그리고 포커 등을 배운다. 그러나 추리소설 형식을 띤 제2의 플롯이 등장하면서 다니엘의 교육에도 변화가 찾아온다. 그가 겨우 열네 살 때, 어머니가 AMO의 임무 수행 중에 의문의 죽음을 당한 것이다. 다니엘이 아날레의 유력한 살인 용의자 중 하나인 대(大) 볼타로부터 투명인간이 되는 법을 배우면서 두 개의 내러티브가 하나로 합쳐진다. 소설의 클라이맥스에서 다니엘은 최고의 보안망을 뚫고 신비한 6캐럿짜리 다이아몬드를 훔치는 임무를 맡게 된다. 그러나 대부분의 "신비"가 그렇듯, 모든 것이 눈에 보이는 것이 전부는 아니다. 작가 자신의 표현을 빌리자면 『스톤 정션』은 싸구려 연금술 소설이다. 소외계급의 삶과 날이 갈수록 소통이 어려워지는 시대의 마법과 범법 관습에 대한 반항적인 찬미인 것이다. **SamT**

▶ 『스톤 정션』은 짐 도지의 세 번째 소설이며, 시와 짧은 산문으로 이루어진 총서를 써왔다.

▶ 익살스러운 포즈를 취하고 있는 도지. 토머스 핀천은 『스톤 정션』을 두고 "논스톱 파티"라고 칭했다. 1984년의 사진이다.

여인들 사이에서 Amongst Women

존 맥가헌 John McGahern

작가 생몰연도 | 1934(아일랜드)
초판 발행 | 1990, Faber & Faber(런던)
원제 | Amongst Women
아이리쉬 타임스 문학상 수상 | 1991

『여인들 사이에서』는 아일랜드 전원 생활에 대한 존 맥가헌의 서정적이고 낭랑하며 은근한 사색을 담은 작품으로, 하나의 독립국으로서 아일랜드의 역사와 그 좌절된 희망을 배경으로 한 가족 내의 역학관계를 이야기하고 있다.

잉글랜드-아일랜드 전쟁에 참전한 늙은 IRA* 군인 마이클 모런은 자신이 힘을 보태 독립을 이룩한 조국을 볼 때마다 심한 고독감과 괴리를 느낀다. 새로운 정치, 혹은 사회 질서를 경멸하는 그는 자신이 소유한 대농장 "그레이트 메도"의 가부장적 권력에 안주하고 있다. 장남인 루크는 모런의 강압적인 권위주의에 반발하여 집을 나가 잉글랜드로 떠났다. 다른 자식들, 즉 세 딸과 다른 한 명의 아들은 정기적으로 고향을 찾아온다. 딸들과 그의 두 번째 부인 로즈는 모런을 깊이 사랑하지만, 모런의 심한 감정 기복과 조그만 일로도 금방 모욕을 느끼는 오만함 때문에 지쳐가고 있다. 모런은 가족의 단결을 위해 딸들을 마구 찍어누른다. 모런이 노쇠해지면서 가족에 대한 그의 장악력도 약해지자, 아내와 딸들, 그리고 고압적인 아버지 사이 갈등의 역학관계도 새로운 국면을 맞는다. 권위주의와 어찌할 수 없는 퉁명스러움에도 불구하고 모런은 사실 존재의 위기에 직면한, 복잡하고 상처받기 쉬운, 고뇌하는 한 인간에 불과하다. 이 작품은 시적인 언어와 인간 본성의 연약함에 대한 풍부한 묘사로 넘치고 있다. 식민해방 이후의 시대 상황과 세대차이, 그리고 가톨릭이 지배하는 아일랜드 시골의 성역할 변화를 동시에 다룬 소설이다. **RM**

* Irish Republican Army. 초기에는 아일랜드 독립을 목표로 하는 의용군이었으나 1921년 아일랜드가 독립하고, 북아일랜드가 영연방에 잔류하게 된 이후 북아일랜드와 아일랜드의 통일을 요구하며 대영 테러 활동을 벌였다. 2001년 무장해제를 선언해 수백 년에 걸친 유혈 반목이 해소될 조짐을 보이고 있다.

겟 쇼티 Get Shorty

엘모어 레오나드 Elmore Leonard

작가 생몰연도 | 1925(미국)
초판 발행 | 1990, Delacorte Press(뉴욕)
원제 | Get Shorty
◆ 1995년 영화로 제작

헐리우드는 레오나드 문학에 지대한 영향을 미쳤다. 단순히 레오나드가 서부 영화 시나리오 작가로 글쓰기를 시작했다거나, 그의 소설 중 많은 작품이 영화로 만들어져 완전히 실패했기 때문은 아니다. 또 이 소설에 심심치 않게 등장하는 영화에 대한 언급에서 이러한 사실을 가늠할 수 있는 것도 아니다. 타란티노가 등장하기 훨씬 전에 이미 레오나드가 창조한 인물들은 열정과 유머를 지니고 영화에 대해 토론하고 있었다. 사실 영화는 레오나드의 작품 전반을 지배하고 있다. 등장인물들이 자신들을 주역 배우—살인자, 애인, 강도, 형사 등등—로 생각하고, 이러한 배역들과의 관계는 영화와의 상호작용에 의해 형성되기 때문이다.

빚을 대신 받아주러 다니는 수금업자 칠리 파머는 항공사를 상대로 사기를 치고 종적을 감춘 세탁업자를 쫓아 헐리우드로 가면서, 헐리우드 프로듀서가 떼어먹은 빚도 함께 받아오기로 한다. 모든 이들이 각자 자신이 맡은 배역을 연기하고 있다는 사실을 알아챈 칠리는 자신도 프로듀서로 가장한다. 무엇보다 작가는 코믹하면서도 확실한 터치로 결말에 등장하는 마약밀매업자, 리무진 운전수, 그리고 영화 상영자들의 사기극을 그려냈다. 레오나드 자신만큼이나 아이러니한 사실은, 헐리우드 영화제작자들의 어리석음과 멍청함을 그린 영화 〈겟 쇼티〉가 지금까지 영화로 만들어진 레오나드의 작품을 통틀어 가장 큰 성공을 거두었다는 것이다. **AP**

▶ 배리 소넨필드의 영화 〈겟 쇼티〉에서 가짜 프로듀서 칠리 파머 역을 맡아 열연한 존 트라볼타.

딸 The Daughter

파블로스 마테시스 Pavlos Matesis

작가 생몰연도 | 미공개
초판 발행 | 1990
초판 발행처 | Kastaniotis Editions(아테네)
원제 | I mitera tou skilou

제2차 세계대전, 기아, 정치적 혼미, 그리고 내전으로 이어지는 그리스의 근현대사는 그리 널리 알려져 있지 않다. 『딸』은 이러한 시대를 살아온 두 여인의 이야기이다. 잦은 망상에 시달리는 여배우인 화자 라라우는 독일 점령기에 겪었던 가족 이야기를 들려준다. 그녀의 어머니는 아이들을 굶주림에서 구하기 위해 이탈리아 장교에게 몸을 팔았다. 그 후 "소위 해방"이 찾아오자 라라우의 어머니와 같은 여자들("나치 협력자")은 공개적인 모욕과 처벌을 받았다. 그녀의 어머니는 두 번 다시 입을 열지 않고, 라라우는 어머니와 함께 아테네로 간다. 아테네에 도착한 두 사람은 처음에는 구걸로 연명하지만 여배우가 되기를 꿈꾸는 라라우는 개의치 않는다. 무대에 올라 수많은 사람을 대하기 익숙해지는 데에 도움이 될 것이기 때문이다. 훗날 그녀는 그리스 전역의 연극 무대에서 성공을 거둔다. 마침내 행복해졌다, 고 그녀는 스스로 생각한다.

『딸』은 비애국적이고 신성모독적인 방식으로 그리스를 다루었다는 점에서 흔치 않은 작품이다. 이 책은 신조차 수차례 부정하고 있다. "내 아이들이 굶어 죽어가고 있을 때, 신은 대체 어디에 있었는가?" "소위 조국"인 그리스도 마찬가지다. 미쳐버린 라라우는 신뢰할 수 없는 화자이지만 여기에 딱 들어맞는 그리스 속담이 있다. 미친 사람과 어린이만이 진실을 이야기한다는 것이다. 라라우는 누구라도 저절로 미소짓게 하는 천진난만함으로 각각의 인물들로 구성된 거의 초현실적인 모자이크와 그 제작 과정을 보여준다. 마테시스는 그의 조국이나 주인공을 영광스럽게 그릴 필요가 전혀 없었다. 그들에 대한 애정만으로도 충분하기 때문이다. **CSe**

현기증 Vertigo

W. G. 제발트 W. G. Sebald

작가 생몰연도 | 1944(독일)–2001(영국)
초판 발행 | 1990
초판 발행처 | Eichborn(프랑크푸르트)
원제 | Schwindel, Gefühle

뒤늦게 그 가치를 인정받은 작가 W. G. 제발트의 첫 번째 출간작이다. 『현기증』은 일반적인 전통을 따르는 대신 픽션과 레포르타주, 여행기, 자서전, 그리고 포토 에세이의 요소들을 골고루 결합하여 지금껏 전례가 없는 독특한 문학 형식을 탄생시켰다. 총 4부로 나뉘어져 있는 이 소설은 이탈리아와 남부 독일을 여행하는 화자의 발걸음을 따르고 있다. 우리는 죽은 이를 일으켜 살아있는 이들과 삶의 의미에 대해 이야기하게 하려는 영혼의 순례에 동행하게 되는 것이다.

심히 산만하고 두서없기는 하지만, 마리 앙리 바일(스탕달)과 자코모 카사노바, 프란츠 카프카의 삶, 사랑, 그리고 상실의 묘사 위로 몇몇 중심 테마가 떠오른다. 특히 터무니없을 정도로 믿을 만한 것이 못 되는 기억의 본질, 되돌아볼 때마다 끊임없이 과거를 만들어내고 심지어는 흐려놓으려는 기억의 본질이 눈에 띈다. 『현기증』의 작품성은 여러 갈래의 내러티브를 솜씨좋게 땋을 수 있었던 작가의 재능과, 다양한 인생과 시공을 한데 묶는 교차점과 비밀스런 우연의 숨막히는 폭로에서 비롯된다. 화자의 신기루 여행이 확실히 사악한 분위기를 불러일으키고는 있지만, 놓칠 수 없는 유쾌함과 유머 역시 존재하는 것 또한 사실이다. 사실 이러한 면모는 제발트의 문장에 비해서 과소평가되어 왔다. 또한 심심찮게 등장하는 다양한 그림과 도안, 그리고 문서의 사진들 역시 이 작품을 보다 풍성하게 해준다. **CG-G**

아메리칸 사이코 American Psycho

브렛 이스턴 엘리스 Bret Easton Ellis

작가 생몰연도 | 1964(미국)
초판 발행 | 1991, Vintage(뉴욕)
영국판 초판 발행 | Picador(런던)
원제 | American Psycho

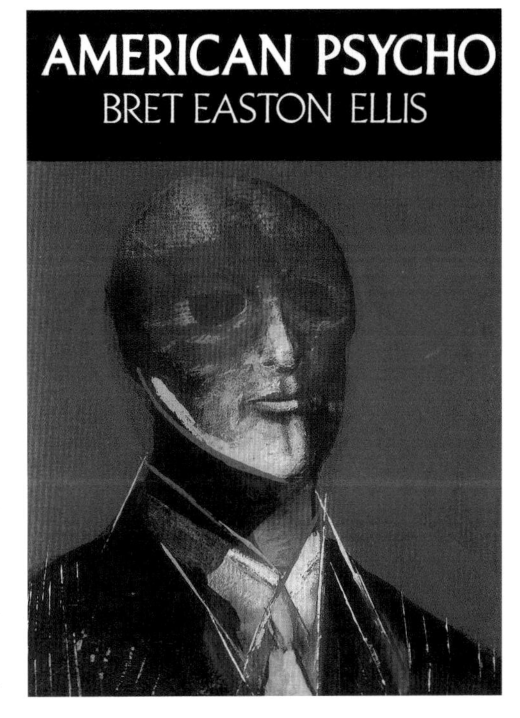

다른 말은 다 제쳐 두고『아메리칸 사이코』는 추한 책이다. 필 콜린스와 휘트니 휴스턴 음악에 대한 비평과 끊임없이 반복되는 80년대 메인 스트리트 패션으로 점철된 음탕한 폭력을 뛰어나게 시각적으로 묘사한 작품이다. 주인공 패트릭 베이트먼은 월스트리트에서 일하는 정신병자이다. 그는 비즈니스 회의를 주재하고, 최고급 레스토랑에서 식사를 하고, 강간과 살인을 일삼는다. 이 소설은 이러한 행위들 사이에서 하등의 차이를 발견하지 못한다. 이 책이 암시하고 있는 바에 따르면 궁핍은 당대의 삶의 갈피에 너무나 깊이 파고들어 어디까지가 자본주의이고 어디부터가 횡포인지 구분할 수 없게 되었다.

작가는 베이트먼이나 그가 속한 문화에 대한 어떤 도덕적 견지도 표하지 않는다. 그러나 폭력의 극단성과 이를 묘사하는 굴곡 없는 어조는 마치 이 세상의 것이 아닌듯한 기묘한 차원의 글쓰기, 즉 소설이 윤리 혹은 미학에 가까워지는 글쓰기를 탄생시켰다. 베이트먼은 왜 하필이면 자신이 이런 저주를 받아야만 하는지 이해하려 애쓰지만, 스스로에게 자신의 비참함이나 혼란을 똑바로 형성하지는 못한다. 그 결과 이 소설은 도덕적 확신, 읽을 수도 생각해볼 수도 없게 된 문화에 대한 일종의 명료한 관점에 대한 열망을 낳게 된다. 이것은 궁핍의 한가운데에서도 일종의 순수함을 외치는 열망이며, 오직 이 이유 때문에『아메리칸 사이코』는 시대가 바뀌어도 읽을 가치가 있는 것이다. **PB**

"'여기 들어오는 자 모든 희망을 버려라.' 화학은행 벽에는 핏빛 글씨가 휘갈겨 씌어 있다."

▲ 월스트리트 식 신사 정장 차림에 인간의 것이 아닌 얼굴. 소설에 등장하는 연쇄살인자의 성격을 압축시켜 보여주는 듯하다.

법 The Laws

코니 팔멘 Connie Palmen

작가 생몰연도 | 1955(네덜란드)
초판 발행 | 1991
초판 발행처 | Prometheus(암스테르담)
원제 | De wetten

"후회와 가책 속에서 나는 그의 얼굴이 흐려지고, 그의 열정이 사그라드는 것을 바라보았다."

▲ 팔멘은 처녀작인 『법』으로 네덜란드에서 베스트셀러 작가가 된 동시에 국제적 명성도 함께 얻었다.

가톨릭 신자였던 시골 소녀 마리 드니에는 신앙을 잃은 뒤 그 자리를 언어와 사상에 대한 숭배로 채운다. 그녀는 자신의 삶에 등장한 일곱 명의 중요한 남자와의 관계를 하나하나 내러티브로 엮어낸다. 이들은 모두 나름대로 그녀의 자아 형성에 도움을 주는 이야기를 들려주었으며, 이들 역시 천문학자, 간질병환자, 철학자, 사제, 물리학자, 예술가, 그리고 정신병 의사로서의 이야기를 통해 스스로를 정의하게 된다. 언어의 힘에 대한 그녀의 자신감을 무기로 마리는 낙원을 잃어버린 세계를 위협하는 무의미의 혼돈을 해소하고 존재를 확립하고자 한다. 인간의 기지와 이성에 빚진 우주 속으로 나아가는 그녀의 전진을 멈춰세우고 환각이라 하는 것은 인간의 사랑 뒤에 숨어있는 복잡함이다. 즉 사춘기 때 시작된, 없던 의미도 생기게 하는 사랑의 쳇바퀴와 같은 종류의 사건이다. 조각가 루카스 아스베크와의 사랑이 깨어지면서 마리는 이야기가 항상 현실과 일치하지는 않는다는 것, 그녀가 잃어버린 신과 맞바꾸었던 언어는 전능한 신이 아니라는 것, 그리고 결말이 미리 정해져 있는 줄거리 밖의 삶이야말로 강하고 독립적이라는 것을 깨닫게 된다.

우리가 우리 자신의 작은 현실을 짜넣을 그물을 제공해주는 것이 기교라면, 예술과 언어의 가능성에 대한 의문은 인생 자체의 의미에 대한 의문, 하나의 예술 작품에 맞먹는 새로운 현실의 형성과 동의어가 된다. 마리는 언어를 통해 강건해지려는 유혹에 굴복하지 않고, 그녀의 이야기를 반복해서 지어낸 남자들에 의해 만들어진 법으로부터 고통스럽지만 끝내 발을 뺀다. 동시에 "홀로 개인적인 것은 아무 의미도 없으므로" 언어란 오직 타인과 만나기 위한 바탕으로 쓰일 때에만 그 의미를 가지게 된다는 사실 역시 깨닫게 된다. **MWd**

얼굴 없는 살인자 Faceless Killers

헤닝 만켈 Henning Mankell

작가 생몰연도 | 1948(스웨덴)
초판 발행 | 1991
초판 발행처 | Ordfront(스톡홀름)
원제 | Mördare utan ansikte

한 부부가 잔혹하게 살해된다. 범인의 흔적은 물론 범행 동기도 오리무중이다. 목격자도 없다. 단서가 거의 없다시피 한 상황이지만, 경찰 수사관 쿠르트 발란더는 무언가 있다는 직감의 끈을 놓지 않는다.

최근 높은 인기를 누리고 있는 발란더를 주인공으로 한 첫 번째 소설인 『얼굴 없는 살인자』에서 우리는 스웨덴 남부의 작은 마을의 정경 이면으로 초대된다. 수사 결과 이 마을이 겉으로 보이는 것처럼 이상적인 전원마을이기만 한 것은 아니라는 사실이 밝혀진다. 분노에 차 살인자를 추적해 나가던 발란더는 오래지 않아 인종차별과 외국인 혐오의 궤도 위를 더듬고 있는 자신을 발견하게 된다.

1991년에 출간된 『얼굴 없는 살인자』는 경제 위기와 높은 실업률, 정치적 포퓰리즘, 그리고 비록 단기간이기는 했지만 외국인·혐오의 기치를 내건 극우정당의 의회 입성 등 당시 스웨덴 사회가 직면한 이슈들을 반영하고 있다. 사회 전반에 깔려 있는 암적 요소는 비바람 치는 음침한 시골 마을과 맥 빠진 경찰, 그리고 너 나 할 것 없이 소극적인 주민들을 통해 나타난다. 불신은 비단 살인사건 수사 과정에서만 느껴지는 것이 아니라 사회 보편적인 현상이고, 갈수록 양극화 되어가는 여론이 환경을 형성한다. 그리고 발란더는 그 안에서 자신의 임무를 수행해야만 한다. 『얼굴 없는 살인자』는 특별히 정치적 성격이 짙은 소설은 아니지만, 날로 더해가는 사회적 편협에 단호히 맞섬으로써 매력적인 플롯에 도덕적 요소까지 가미하게 되었다.

『얼굴 없는 살인자』는 9권의 발란더 소설 중 첫 번째 책으로 만켈의 국제무대 데뷔작이기도 하다. 그 나름의 가치만으로도 절대로 읽고 후회하지 않을 소설이지만, 한편으로는 만켈과 그 뒤를 바짝 따르는 노르웨이 작가 카린 포숨이 이끄는 20세기 말 스칸디나비아의 현대적 추리물의 등장이라는 점에서도 주의를 기울일 필요가 있는 작품이다. **GW**

"나는 물론 이런 짓을 한 인간은 특히나 악마 같은 놈이라고 생각하네…."

▲ 쿠르트 발란더 시리즈로 유명해진 만켈은 대부분의 시간을 아프리카 모잠비크에서 보낸다. 이 사진 역시 모잠비크에서 촬영한 것이다.

아스트라데니 Astradeni

유지니아 파키노 Eugenia Fakinou

작가 생몰연도 | 1945(이집트)
초판 발행 | 1991, Kedros(아테네)
첫 영어판 발행 | 1992, Kedros(아테네)
원제 | Astradeni

『아스트라데니』는 현대 그리스 문학이 흔히 그렇듯 짙은 정치적 색채를 띤 작품은 아니다. 이 소설은 1978년 농민들이 대거 아테네로 이주하면서 그리스와 그리스 사람들에게 어떤 영향을 미쳤는지를 이야기하고 있다. 열한 살 난 소녀 아스트라데니의 가족은 도데카니소스 제도(에게 해 남동부에 있는 그리스령 제도)의 작은 섬 시미를 떠나 아테네로 간다. 그러나 가난하고, 사투리밖에 쓸 줄 모르고, 자동차를 무서워하는 이들은 새로운 환경에서도 계속 겉돈다. 아테네에서의 삶은 온통 실패뿐이다. 아스트라데니의 아버지는 좀처럼 제대로 된 직업을 갖지 못하고, 어머니는 하루 종일 집에서 울기만 한다. 아스트라데니는 친구도 없고, 공터가 없어서 놀러 나가지도 못한다. 아테네에는 "충분한 공간"이 없는 것이다. 아스트라데니의 유일한 승리는 그녀의 이름이다. 아테네 학교의 새 선생님은 아스트라데니의 이름을 이해하지 못하고, 이교도의 이름이라는 이유로 제멋대로 "우라니아"라고 부른다. 그러나 아스트라데니는 "별을 묶는 여인"이란 뜻으로, 소설의 결말에서 아스트라데니는 교장 선생님을 설득하여 자기 이름을 찾는다.

파키노는 아스트라데니를 통해 어린아이답게 순진하고, 저절로 미소를 머금게 할 정도로 정직한 화자를 창조해냈다. 아스트라데니는 아테네로 이주한 후에도 동화(同化)를 거부하는 가난한 농부들의 이야기를 통해 독자의 동정과 공감을 이끌어낸다. "저들은 왜 우리를 농부라 부르는 거야? 우리는 섬사람들이야." 아스트라데니가 가장 훌륭하게 묘사하고 있는 것은 바로 삶의 불공평함이다. 아스트라데니는 놀 수도 없는 비좁은 아파트와 자기의 이름조차 제대로 불러주지 않는 학교에 갇혀버린, 자유로운 영혼을 지닌 한 소녀의 절망을 이야기하고 있다. **CSe**

부활 Regeneration

팻 바커 Pat Barker

작가 생몰연도 | 1943(영국)
초판 발행 | 1991, Viking(런던)
미국판 초판 발행 | 1992, E. P. Dutton(뉴욕)
원제 | Regeneration

팻 바커는 "부활 3부작"를 통해 그 시대 역사소설의 형식 및 주제의 영역을 확장하였다. 그중 첫 번째인『부활』은 예리한 심리 통찰을 자랑하는 작품으로, 1917년 스코틀랜드 에딘버러의 크레이그록하트 전쟁 병원에서 신경과 의사인 리버즈 박사와 정신적 외상을 입은 군인이자 시인인 지그프리트 사순 사이에서 벌어지는 사건들을 재구성하고 있다.

'작가의 말'에서 바커는 "이 책에는 사실과 허구가 너무 뒤섞여 있어 어떤 것이 역사적 진실이고 어떤 것이 아닌지 깨닫는 데 도움이 될 것"이라고 경고했다. 그러나 사실과 드라마를 한데 꼬아놓은 것이야말로 독자의 시선을 끄는 통찰이다. 작가는 이 소설을 이용하여 사순의 복잡하고도 집요한 반전주의의 발달 과정을 추적하고, 소위 히스테리 장애를 치료하기 위해 루이스 옐런드 박사가 사용하는 끔찍한 요법들에서 볼 수 있듯 제도적 정신의학의 잔인함을 폭로하고 있다. 눈앞에 떠오르듯 생생한 야만적 장면에서조차 바커의 문체는 객관적이고 간결하다. 줄어든 대화와 내적 성찰 사이의 항해는 리버즈를 향한 편치 않은 공감을 불러일으킨다. 독자는 "탄환 충격"(폭탄으로 인한 정신적 쇼크, 기억상실, 혹은 시각상실 등을 일컫는 정신의학 용어)에 대한 의학적 접근 방식을 바꾸려 애쓰는 리버즈와 한편이 될 수밖에 없다. 그러나 이러한 혼란의 불안정한 영향은 사순과 같은 환자들을 냉대하는 사회적 환경 어디에나 새겨져 있다.『부활』은 제1차 세계대전의 지울 수 없는 다양한 측면의 유산을 드러내며, 독자로 하여금 공권력과 개인의 기억력 사이의 관계를 다시 한 번 생각해보도록 촉구한다. **DJ**

전형적인 Typical

파제트 파웰 Padgett Powell

작가 생몰연도 | 1952(미국)
초판 발행 | 1991, Farrar, Straus & Giroux(뉴욕)
원제 | Typical
언어 | 영어

신(新) 남부 문학이 낳은 가장 창조적인 작가들—도널드 배실러미부터 솔 벨로에 이르는—중의 하나인 파제트 파웰은 세련된 걸작, 『전형적인』으로 독자들을 초대한다. 이 이야기들의 진정한 주제는 미국의 목소리, 특히 남부의 언어이다. 픽업 트럭의 뒷좌석 창문으로 버드와이저 병과 엽총이 보이는 그런 남부 말이다. 파웰은 거의 시에 가까울 정도로 다채로운 언어 속에서 음악을 포착해냈다.

화자의 자아비판부터 무덤에서까지 편지를 보내서 쓰레기 같은 가족의 문법을 고쳐주는 험피 숙모에 이르기까지, 파웰은 다시 한 번 일어나기에는 너무 초연한 남부의 영혼을 탐구하고 있다. 『플로리다』와 『텍사스』에서 그는 완전한 감정의 풍경을 그려낸다. 『미스터 아이러니』에서는 "자기 비하 치료사"인 미스터 아이러니의 감독 아래 작가 자신의 목소리를 찾아나선다. 화자—작가 자신—는 결국 아이러니를 습득하는 데 실패하고 이야기에서 나간다. 각각 모든 문장이 "He found…"와 "He ran…"로 시작하는 『닥터 오디너리』와 『닥터 랜시더티』*는 대담하고도 화려한 작품이다. 이러한 기술적 곡예가 단순히 신선함을 넘어 후회없이 은근한 자기의식의 탐구로 발전할 수 있다는 것은 파웰의 천재성에 대한 증거이기도 하다. **GT**

* Dr. Orinary는 '평범한 의사' General Rancidity는 '악취 장군'이라는 뜻이다.

마오 2 Mao II

돈 드릴로 Don DeLillo

작가 생몰연도 | 1936(미국)
초판 발행 | 1991, Viking(뉴욕)
원제 | Mao II
펜클럽 문학상/포크너상 수상 | 1992

앤디 워홀이 그린 초상화에서 제목을 따온 『마오 2』는 개인주의, 사회적 전통, 그리고 테러리즘의 독립 속에서 이미지의 역할을 전면에 부각시키고 있다. 세상과 담을 쌓고 살면서도 보다 심오한 정치적 활동에 몰두했던 작가 빌 그레이의 이야기인 이 작품은 통일교의 집단 결혼식 장면으로 시작된다. 내러티브의 관점은 끊임없이 예비 신부들과 하객들(혹은 관중들) 사이를 오간다. 수년 동안 거의 은둔하다시피 했던 빌은 인물 전문 사진작가인 브리타와 만나기로 하고 후에는 베이루트에서 납치된 시인을 석방하기 위해 나서면서 같은 내러티브를 쓰고 고치고 지우는 일을 영원히 그만두게 된다. 다시 바깥세상으로 나온다는 것은 투쟁에 대한 시인의 직접적인 참여로 이어진다.

『마오 2』는 테러리스트, 특히 고독한 시인과 관중과의 역학관계라는 측면에서의 테러리스트를 조명하고 있다. 1989년 아야톨라 호메이니가 살만 루시디에게 파트와(사형)를 선고한 결과만 봐도 그렇지만, 작가는 테러리스트의 단순한 상대로 끝나는 것이 아니라 잠재적인 적, 혹은 희생양이 될 수도 있는 것이다. 철저한 보호벽 속에 틀어박힌 빌의 모습은 한편으로는 근래의 자본주의 미국에 동조하는 문화에 대한 저항이기도 하지만, 그보다는 스스로에 대한 테러리스트 납치라고 보는 편이 더 정확하다. 그 과정에서 작가와 테러리스트가 공유하는, 완전한 자치에의 이루어질 수 없는 꿈이 드러난다. **AF**

대륙의 딸 Wild Swans

장융(張戎) Jung Chang

작가 생몰연도 | 1952(중국)
초판 발행 | 1991
초판 발행처 | HarperCollins(런던)
원제 | Wild Swans: Three Daughters of China

▲『대륙의 딸』은 중국 본토에서 여전히 금지되어 있지만 기타 국가에서 천만 권 이상 판매되었다.

『대륙의 딸』에서 장융은 가족 3대에 걸친 여인들이 어떻게 중국의 정치적 폭풍을 헤치며 살아왔는지를 보여준다. 두 살 때부터 전족을 시작한 할머니는 어린 나이에 군벌의 첩이 되었다. 그녀의 어머니는 마오쩌둥이 아직 무명이었던 무렵부터 혁명에 참가해 고군분투한 끝에 당 간부의 자리에까지 올랐지만 문화대혁명 때 결국 밀려나고 만다. 장융 자신은 공산주의자로 태어났고 마오쩌둥의 열렬한 추종자였지만, 그녀의 부모가 그랬듯 수백만 명의 무고한 중국인의 삶을 짓밟아버린 대숙청과 극단적인 정책에 환멸을 느끼기 시작한다. 맨발의 의사*로 일하면서 장융은 마오쩌둥 정권이 초래한 최악의 상황을 목격한 뒤 1978년 영국으로 건너간다.

『대륙의 딸』은 강인하면서도 섬세한 문장으로 쓰여진 개인의 회고록이다. 거대한 역사의 파도가 인간의 영혼에 어떤 영향을 미치는지를 탐구했을 뿐 아니라 20세기 중국의 삶을 생생하게 묘사했다는 점에서도 매우 중요한 가치를 갖는 이 작품은 중국 역사에서도 특별히 파란만장했던 시대를 다루고 있다. 청 왕조의 몰락부터 시작하여 일제의 침략, 민족주의 운동의 태동, 국민당과 공산당의 내전, 공산당의 승리, 마오쩌둥의 대약진 운동(그리고 수백만 명의 아사), 마침내 중국의 정체성을 뿌리째 뒤흔들고 그 단결하는 영혼을 깨뜨린 문화대혁명까지. 이 작품은 계시록이다. 독자는 끊임없이 지금 읽고 있는 책이 픽션이 아닌 실화라는 사실을 스스로에게 상기시켜야 한다. 그것만으로도 때때로 견딜 수 없을 정도로 끔찍하다. **EF**

* 맨발의 의사 제도는 문화혁명 당시 농촌 의료 지원을 위해 인민 공사원에게 3~6개월가량의 의료교육을 시킨 후 시골 지역으로 파견시켰던, 마오쩌둥이 고안한 의료 시스템이다.

아르카디아 Arcadia

짐 크레이스 Jim Crace

현대적인 상업중심지구 한복판에 전원의 이상을 심겠다는 정원 도시의 꿈은 늙은 백만장자를 흥분시켰다. 여든 번째 생일날, 빅터는 도심 한가운데 있는, 생기는 넘치지만 거칠기 짝이 없는 과일 시장 대신 반구형의 거대한 유리 건물을 짓기 위해 자신의 재산을 쓰기로 결심한다. 건축학적 야심을 실현시키기 위한 빅터의 야망은 결국 그가 낭만적으로 여겨왔던 상인들에 의해 무참히 뒤집히고, 한 기자가 동정의 눈길로 이 과정을 지켜본다. 크레이스는 단순히 눈에 보이는 부분만을 새로 고치는 것으로 도시 환경을 바꿀 수 있다고 생각하는 빅터의 어리석은 노력을 날카로우면서도 섬세하게 풀어낸다.

크레이스가 아이러니하게도 어떤 전원적 전통을 인정하고 있다면, 그것은 풍경과 재개발, 전원과 상업적 현대성 사이의 고질적인 경쟁을 불러일으키기 위함이었을 것이다. 『아르카디아』의 여행은 논쟁적이고 관능적인, 원시적인 스타일로 펼쳐지며, 자동차와 보행자를 갈라놓은 거리의 상냥하고도 혼잡한 긴장 속으로 독자를 초대하고 있다. 크레이스의 덧없는 묘사는 훗날 그 미학에 대해 묻게 될 활기찬 시장으로 독자를 끌고간다.

다른 작품에서와 마찬가지로, 크레이스는 물리적인 지역을 의인화함으로써 소설의 배경을 불특정하게 상정한다. 이는 마치 이 허구의 장소 자체가 변화무쌍한 일련의 소설 속 사건들에 등장하는 주요 인물이 되고자 처음부터 오디션이라도 본 것과도 같은 설정이다. 이러한 사건이 연속되는 가운데 시장은 결국 살아남지만, 거의 모든 것이 망가지고 말았다. **DJ**

작가 생몰연도 | 1946(영국)
초판 발행 | 1992, Jonathan Cape(런던)
원제 | Arcadia
E.M.포스터상 수상 | 1992

▲ 『아르카디아』가 출간된 해, 크레이스는 미국 문예협회에서 E.M. 포스터 상을 수상하였다.

무서운 킨키 Hideous Kinky

에스더 프로이트 Esther Freud

작가 생몰연도 | 1963(영국)
초판발행 | 1992, Hamish Hamilton(런던)
원제 | Hideous Kinky
• 1998년 영화로 제작

『무서운 킨키』는 작가가 네 살부터 여섯 살 때까지 어머니인 버나딘 커벌리와 함께 북아프리카를 여행한 경험을 살린 반자전적인 소설이다. 끊임없이 떠돌아다니는 삶과 사막, 그리고 이국적인 등장인물들의 생생한 묘사 틈에는 어린이의 입장에서 비전통적인 가족에 속한다는 것은 어떤 느낌인지에 대한 감동적이면서도 신랄한 이야기가 끼워져 있다. 유명한 정신분석학자 지그문트 프로이트가 할아버지였고, 화가였던 루시안 프로이트가 아버지였던 작가의 어린 시절은 처음부터 결코 평범할 수가 없었다. 이 소설은 에스더와 그녀의 여동생 패션 디자이너 벨라 프로이트가 어렸을 적에 경험한 보헤미안 라이프와 그러면서도 마음에 품었던 평범하고 안정적인 생활에의 바람을 아름답게 풀어냈다.

『무서운 킨키』는 모로코로 여행을 떠난 히피인 줄리아와 줄리아의 두 딸 루시아와 베아의 이야기이다. 화자는 이제 겨우 다섯 살 난 어린아이인 루시아로, 루시아는 그들이 목격하는 이국적인 환경을 복잡한 감상으로 풀어낸다. 한 순간에는 사막 위로 펼쳐진 망망한 하늘과 색색깔의 길거리 시장에 마음을 빼앗기는가 하면 다음 순간에는 매일 아침이면 학교에 가야 하고 정해진 시간에 자야 하는 평범한 영국식 환경을 꿈꾼다. 어머니 줄리아가 개인적 성취감과 영적 깨달음을 찾아 수피교에 빠지면서, 안정된 삶을 향한 자매의 갈망은 더욱 심해진다. 에스더 프로이트는 자신의 처녀작인 『무서운 킨키』에서 1970년대 히피 문화의 메카였던 한 나라의 생생하고 매력적인 풍경을 그려냈을 뿐 아니라 어린 시절의 감동적인 이야기를 단순하고도 가볍게 들려주고 있다. **LE**

ESTHER FREUD
'Fresh and clear, funny and sharp'
– Margaret Forster in the *Spectator*
HIDEOUS KINKY

▲ 펭귄 사에서 출간된 『무서운 킨키』의 표지 삽화는 아버지인 루시안 프로이트가 맡았다.

◀ 에스더 프로이트는 1993년 『Granta』지가 뽑은 영국 최고의 젊은 소설가에 들었다. 2004년의 사진이다.

비의 기억 Memoirs of Rain

수네트라 굽타 Sunetra Gupta

작가 생몰연도 | 1965(인도)
초판 발행 | 1992, Grove Press(뉴욕)
원제 | Memoirs of Rain
사히티야 아카데미상 수상 | 1996

데뷔작 『비의 기억』으로 수네트라 굽타는 그녀의 완곡하고 신랄한 문장을 버지니아 울프에 비견한 평론가들로부터 높은 평가를 받았다. 『비의 기억』은 영국인 작가의 아내 모니가 불행한 결혼 생활 속의 고요한 불안으로부터 탈출해 딸과 함께 고향인 벵골로 돌아가려 하는 1주일을 그리고 있다.

울프의 『댈러웨이 부인』처럼 모니 역시 겉으로는 파티 준비에 여념이 없다. 그러나 그녀의 마음은 남편 앤터니와의 만남과 쉽지 않은 런던 생활에의 기억 속을 헤매고 있다. 젊은 시절의 열정은 앤터니의 식어버린 사랑과 더 후에는 죄책감으로 인한 무관심과 대비를 이루고, 이제는 감추려고도 하지 않는 그의 배신에 모니는 절망마저 느낀다. 비록 모니의 관점을 통해 대부분의 내러티브가 펼쳐지지만, 의식의 흐름 기법(역시 울프를 연상시킨다)은 아내와 정부, 과거와 현재, 현실과 상상을 뒤섞고 합성한다. 또한 문장의 지극히 시적인 리듬은 작가 자신이 번역한 벵골 태생의 시인 라빈드라나스 타고르의 시에서 뽑은 구절들 덕분에 더욱 강조된다.

희미해져가는 사랑에 대한 면밀한 진단이자 자아 표현의 특별히 여성적인 형태의 탐구가, 병렬된 두 개의 문화 속에 함께 묶여 있다. 재외 인도 작가들의 문학적 중요성이 날로 커지면서 굽타의 우아하고 생각하게끔 하는 데뷔작은 특히나 주목할 만하다. **VB**

수선화 Asphodel

힐다 두리틀 H. D.

작가 생몰연도 | 1886(미국)–1961(스위스)
초판 발행 | 1992, Duke University Press
원제 | Asphodel
본명 | Hilda Doolittle

놀라우리만치 난해하고 혁신적인 소설 『수선화』는 현대 픽션 문학에서 그 가치를 제대로 평가받지 못한 작품이다. 주인공인 젊은 미국 여성 허마이어니 가트는 제1차 세계대전 발발 직전의 유럽을 두루 여행하면서 예술과 성에 눈을 뜨게 된다. 결혼, 불륜, 사생아와 같은 테마들이 헨리 제임스 류의 문학적 전통을 연상케 한다. 오히려 더 과격한 점은 이 소설이 두 번의 레즈비언 관계(한 번은 실패로 끝나고 한 번은 보다 희망적인 여운을 남긴)를 탐험하고 있다는 것이다. H. D.는 이 자전적인 성격의 소설을 출간하지 않으려 했었다. 작가가 이 작품을 집필한 것은 1922년이지만 무려 70년 동안이나 원고의 제목 위에 "파기할 것"이라는 굵은 글씨가 쓰여져 있었던 것이다. 아마도 레즈비언이라는 주제 때문이 아니었을까 하고 추측된다. 그것이 아니라면 심리적 트라우마와 첫 아이의 사산이 너무 정곡을 찔렀는지도 모른다.

페미니즘 소설로서 이 작품은 여성의 국외 이주를 다룬 소설이다. 젊은 여성이 외국으로 나간다는 것은 젊은 남성의 경우와는 완전히 달랐다. 『수선화』는 전쟁의 심리적 경험을 되새긴 소설로, 내면도 외면도 모두 침해당한 풍경을 내세운다. 모더니즘 작가들에게 있어 유일한 피난처는 정신세계였지만, 전쟁이 가져온 공공의 트라우마, 혹은 사산으로 인한 사적인 트라우마로 내면마저 침해당했다면 그때는 어디로 가야 하는가? **VC-R**

▶ 1910년대의 힐다 두리틀. 머릿글자인 H. D.로 더 잘 알려져 있다.

푸줏간 소년 The Butcher Boy

패트릭 맥케이브 Patrick McCabe

작가 생몰연도 | 1955(아일랜드)
초판 발행 | 1992, Picador(런던)
원제 | The Butcher Boy
아일랜드 소설 문학상 | 1992

▲『푸줏간 소년』은 패트릭 맥케이브가 쓴 다섯 편의 소설 중 한 권이다. 그는 라디오극과 동화책을 썼다.

『푸줏간 소년』은 끔찍하고, 코믹하고, 불편하고, 신나는 작품이다. 주인공인 프랜시 브래디는 우거진 수풀 속의 은신처에서 매우 엄격하게 통제된 플래시백을 통해 이야기를 들려준다. 그에 의하면 "내가 너젠트 부인에게 한 짓 때문에" 온 마을이 그의 뒤를 쫓고 있다. 1960년대 초반 아일랜드 공화국. 틈만 나면 자살하려는 어머니와 알코올 중독자인 아버지의 외아들인 프랜시는 거의 부모의 보살핌을 받지 못하고 자랐다. 부유한 너젠트 부인과 그녀의 응석받이 아들 필립은 문제투성이인 그의 가정과 정반대이다. 프랜시는 만화책과 헐리우드 영화, 텔레비전, 그리고 유일한 친구 조 푸셀과 함께 저지르는 장난질로 상상력의 욕구를 채운다. 프랜시가 살고 있는 숨막히는 마을과 비뚤어진 가정생활은 그를 사랑에 굶주리고 감정의 발육이 멈춘, 궁극적으로는 매우 불안정한 소년으로 만들어버린다. 친구인 조가 사춘기에 들어서는 데 반해, 프랜시는 일찌감치 학교교육을 포기하고 도살장(너젠트 부인이 항상 프랜시의 가족을 "돼지들"이라고 칭하는 것을 감안하면 매우 적절한 일터이다)에서 일자리를 얻었는데도 불구하고 여전히 미숙하고 어린아이 같다. 자신이 엿들은 것을 남들에게 이야기하기 좋아하는 어린아이의 목소리를 십분 활용한 내러티브는, 혼란스러운 소년의 마음을 통해 어른들의 진부한 이야기를 그대로 재생해낸다. 유려한 대화체의 1인칭 화법은 비록 전혀 제기능을 하지 못하는 가정임에도 불구하고 언제나 폭발적이고 다이내믹한 프랜시의 내면의 환상을 보여준다. 외부 세계가 그를 거부하고 그가 필요로 하는 것을 거절할수록, 그는 더더욱 이 환상의 세계에서 위안을 찾는다. 따라서 광기와 살인으로의 전락은, 아무리 충격적인 행위라 할지라도 어린아이다운 논리에 기인한 것이다. 상처입은 어린 시절에 대한 매력적이고, 충격적이고, 즐거운 작품이다. **RM**

스밀라의 눈에 대한 감각 Smilla's Sense of Snow

페터 회 Peter Høeg

작가 생몰연도 | 1957(덴마크)
초판 발행 | 1992, Rosinante(코펜하겐)
다른 제목 | Miss Smilla's Feeling for Snow
원제 | Frøken Smillas fornemmelse for sne

여섯 살 난 이사이아가 덴마크 코펜하겐의 아파트 단지에서 눈 속에 얼굴이 묻힌 채로 발견된다. 당국은 옥상에서 떨어진 실족사라는 결론을 내리지만, 이사이아의 이웃이자 대리모인 스밀라 야스페르손은 이 비극 뒤에 뭔가 더 사악한 거짓말이 숨어있다고 확신한다. 눈과 얼음을 읽는 데에는 도사인 스밀라는 이사이아의 발자국을 보고, 이사이아가 누군가에게 쫓기지 않았다면 이런 모양으로 뛰어다니지 않았을 것이라고 추리한다. 이어지는 조사는 스밀라로 하여금 여객선에 무임승차해 극지방으로 떠나게 만들고, 그녀는 서서히 수단과 방법을 가리지 않고 자신들의 비밀을 지키려는 덴마크의 과학 엘리트들의 음모를 밝혀내게 된다.

『스밀라의 눈에 대한 감각』은 1인칭 소설이다. 우리는 매우 지적인 여성의 관점으로 사건을 보게 된다. 그녀의 용감함과 신경에 거슬리는 유머 감각 때문에 처음에는 이사이아의 죽음에 그녀가 느끼는 슬픔을 믿지 못하지만, 줄거리가 진행되면서 스밀라와 이사이아의 관계에 대해 조금씩 이해하게 된다. 두 사람 모두 고향을 떠나와 단일민족 사회인 덴마크에서 살고 있는 그린란드 사람들이었던 것이다. 이 소설은 그린란드의 덴마크 식민지화와 그린란드 원주민들에 대한 덴마크인들의 끊임없는 편견을 비판하고 있다.

『스밀라의 눈에 대한 감각』을 위대한 소설의 반열로 밀어올리고 있는 것은 추리소설에 강렬한 인물 초상과 철학적인 사색을 함께 짜넣은 작가의 유려한 문장이다. 소설 첫부분에서 스밀라는 "얼음과 삶은 여러 면에서 관계가 있다"고 말하는데, 정말로 이 소설은 이 관계에 바탕을 두고 있다. 사랑과 상실에 대한 정교한 성찰과 바다의 모험이 한데 어우러진 멋진 작품이다. **CG-G**

▲ 페터 회가 쓴 여섯 권의 소설은 모두 덴마크의 로시난테 출판사에서 출간되었다. 『스밀라의 눈에 대한 감각』은 빌리 아우구스트에 의해 영화화되기도 했다.

뒤마 클럽 The Dumas Club

아르투로 페레즈-레베르테 Arturo Pérez-Reverte

작가 생몰연도 | 1951(스페인)
초판 발행 | 1992
초판 발행처 | Alfaguara(마드리드)
원제 | El club Dumas

『뒤마 클럽』은 페레즈-레베르테의 소설 중에서도 가장 호평을 받은 작품이다. 가장 탈문학적(metaliterary)인 작품이라는 이유도 있고, 또는 단순히 고서의 세계라는 주제 때문일 수도 있다.

어쨌든 간에 노골적으로 알렉상드르 뒤마에게 헌정된 이 작품은 현대 독자들의 입맛에 맞는 걸작을 빚어내기 위한 요소들—음모, 수수께끼, 그리고 액션 등등—은 모조리 포함하고 있다. 그럴 듯한 주인공(별로 영웅적이라고는 할 수 없는 고서 사냥꾼으로 전통적인 추리소설의 회의적인 캐릭터에 충실한 루카스 코르소), 풀어야 할 수수께끼(『삼총사』 원본의 위조 페이지의 진위를 밝혀내고, 1667년 출간되자마자 그 발행인과 함께 불타버린 중세 서적 『아홉번째 문』의 존재를 조사하는 것), 다양한 조수들(아름다운 젊은 여성 아이린 애들러 등), 그리고 적들(사악하고 탈문학적인 발칸/리셸리외, 로슈포르, 그리고 밀라디/리아나 등)이 이국적이고 국제적인 무대를 배경으로 모두 한데 얽혀들어간다. 생략과 암시를 통한 교묘한 분할은 서스펜스를 더욱 고조시킨다. 마지막으로 풍부한 배경지식(특히 고서 시장의 악덕에 대한)은 독자를 궁지에 빠뜨린 뒤 그 실마리를 풀어내도록 유도한다. **JCA**

육체 위에 쓰다 Written on the Body

자넷 윈터슨 Jeanette Winterson

작가 생몰연도 | 1959(영국)
초판 발행 | 1992, Jonathan Cape(런던)
미국판 초판 발행 | 1993, Knopf(뉴욕)
원제 | Written on the Body

화자의 지난날 성적 관계를 코믹하게 늘어놓은 『육체 위에 쓰다』는 유부녀인 루이스와 화자와의 깊은 연애 이야기이다. 이 책에서 윈터슨은 악명높은 전작 『오렌지만 과일은 아니다』의 특징이라 할 수 있었던 성 정치에의 노골적인 참여를 의도적으로 피했지만, 『육체 위에 쓰다』에서 화자의 성별을 애매하게 놓아둔 것은 상당한 논쟁을 불러일으켰다. 화자의 거리낌없는 양성애나 루이스의 남편이 아무 의심 없이 두 사람을 집에 함께 있게 하는 등 수많은 단서가 화자가 여성이라는 점을 암시하고 있다는 것이다. 따라서 이 작품은 여성 간의 성관계에 대한 예리한 성찰로 받아들여야 하는지도 모른다. 화자의 성에 대한 미스테리는 또한 성과 성관계에 대한 기존의 전제들을 과격하게 뒤엎었다.

이 소설은 처음부터 끝까지 사랑에 대한 추상적인 시적 사색으로 일관함으로써, 사랑과 섹스를 다룬 자극적인 작품에서조차 시적 언어의 정확함과 아름다움을 그대로 살릴 수 있는 몇 안 되는 작가 중 하나라고 평가받는 윈터슨의 자질을 다시 한 번 증명했다. 안젤라 카터의 『새 이브의 열정』이나 살만 루시디의 『자정의 아이들』 같은 당대 마술적 리얼리즘을 공유하는 이 작품은 육체에 대한 시적이고 철학적인 성찰이다. **SD**

크로우 로드 The Crow Road

이안 뱅크스 Iain Banks

작가 생몰연도 | 1954(스코틀랜드)
초판발행 | 1992, Scribner(런던)
원제 | The Crow Road
◆ 1996년 라디오 극으로 각색(BBC방송국)

이안 뱅크스의 『크로우 로드』는 현대 문학에서 가장 잊을 수 없는 문장 중 하나로 시작된다. "그 날이 할머니가 폭발한 날이었다. 나는 쓰레기 소각장에 앉아 해미쉬 삼촌이 바흐의 B단조 미사를 반주로 코고는 소리를 듣고 있었다. 나는 언제나 나를 갈라낙으로 끌어당기는 것은 죽음이라고 생각했다." 이 목소리의 화자는 부유한 스코틀랜드 가정의 둘째 아들인 프렌티스 맥혼으로, 맥혼 가, 와트 가, 그리고 어빌 가를 중심으로 한 일종의 대하 소설이라 할 수 있는 『크로우 로드』는 대부분 프렌티스의 내러티브로, 나머지는 3인칭 화자로 진행된다. 집을 떠나 대학에 다니고 있는 프렌티스는 집으로 (또는 종교 문제로 아버지에게 쫓겨난 후 숙부인 해미쉬의 집으로) 돌아가는 중이다. 또다른 숙부 로리는 8년 동안 본 사람이 없다. 로리의 운명에 대한 미스테리가 점점 커져 이야기의 주를 이루면서, 프렌티스는 미숙하긴 하지만 탐정을 자처하여 자신의 전 세대에서 무슨 일이 있었는지를 알아내고, 자신이 발견한 사실들을 하나하나 끼워맞춰 전체의 그림을 완성해 나간다. 『크로우 로드』는 죽음에 관한 소설이다. 죽음과 관련된 욕망, 살아있는 육체와 죽은 육체, 그리고 묻혀버린 비밀에 대한 소설이다. 음침하고 황량한 스코틀랜드 풍경에도 불구하고 책의 결말에서 프렌티스는 자신의 내면 깊숙한 곳에 손을 뻗어 한 세대의 잃어버린 진실과 기억의 깨지기 쉬운 속성을 발견하면서 마음속에 진정한 지도를 만들게 된다. **EF**

인디고 Indigo

마리나 워너 Marina Warner

작가 생몰연도 | 1946(영국)
초판발행 | 1992, Chatto & Windus(런던)
미국판 초판발행 | Simon & Schuster(뉴욕)
원제 | Indigo

소설가이자 문학 평론가, 역사학자인 워너는 가히 펜의 카멜레온이라 불릴 만하다. 『인디고』는 워너의 이 세 가지 측면이 모두 살아있는 작품이다. 셰익스피어의 『폭풍우』를 연상시키는 15세기 상상 속의 영국령 카리브해 섬과 20세기의 상속자 사이를 넘나드는 『인디고』는 영국 역사의 몇몇 페이지에 의존하고 있다. 워너는 아리엘과 칼리반을 노예로 만든 프로스페로보다도 더욱 사악한 식민주의자들을 묘사하는 한편 『폭풍우』에서 칼리반의 어머니로 나오는 마녀 사이코락스를 부활시켰다. 그녀는 섬의 무녀이자 약초 전문가로 인디고를 추출하여 옷감을 물들인다. 영국인들의 오해로 섬의 원주민들은 모두 죽음을 맞지만 사이코락스의 딸만은 죽음을 피한다. 물론 정복자들이 세운 사회의 횡포에서 살아남기란 쉬운 일이 아니지만 말이다. 식민지의 폭정을 다룬 내러티브와 이 섬을 지배했던 총독의 후손인 런던 처녀 미랜더의 이야기가 나란히 등장한다. 미랜더는 자신의 가문이 드라마틱하게 바꾸어놓은 카리브해의 섬을 찾아가고, 작가는 친척들을 이해하고 화해하려는 미랜더의 노력을 예리하게 묘사하였다. 이 이야기가 모두 하나의 집안 내에서 일어나는 반면 작가가 던지는 메시지는 훨씬 그 폭이 넓다. 식민주의의 유산과 범죄는 사라지지 않으며, 우리의 문화와 역사의 일부분으로 남아 있다는 점이다. **JC**

영국인 환자 The English Patient

마이클 온다체 Michael Ondaatje

마이클 온다체는 가장 빼어난 문장을 쓴다. 아름답게 새긴 문장들이 별 어려움도 없이 유려하게 흘러가며, 그 완벽함은 거의 최면적이기까지 하다. 『영국인 환자』는 그 한없이 풍부한 언어와, 슬픔과 비극으로 가득한 줄거리 때문에 독자의 넋을 잃게 하는 작품이다.

제2차 세계대전도 거의 막바지에 다다른 시점, 전쟁으로 황폐해진 이탈리아와 전쟁 전의 아프리카 사막을 배경으로 주인공 "영국인 환자" 래디슬래어스 드 알마시의 기억을 더듬어간다. 형체를 알아볼 수 없을 정도로 끔찍한 화상을 입고 죽어가는 알마시를 젊은 간호사 해나는 정성껏 간호해 준다. 두 사람의 묘한 일상에 영국군의 인도인 공병(工兵) 킵과, 전쟁으로 미쳐버린 이탈리아계 캐나다인 도둑 카라바조가 등장한다. 해나와 카라바조, 그리고 킵의 생활과 함께, 이제는 숨쉬는 시체가 되어버린 알마시와 유부녀와의 운명적인 사랑과 그 비극적 결말의 이야기가 펼쳐진다. 전쟁의 끔찍함은 멀리 떨어져 있지만 여전히 삶의 중심으로 남아있고, 해나와 킵은 사랑에 빠진다. 등장인물들은 하나같이 따스하고, 인간적이고, 매력적이지만 도덕적인 흠결이 있고, 우유부단하고, 상처를 지니고 있다.

이 소설의 가장 인상적인 장면 중 하나는, 킵이 히로시마 폭격 뉴스를 듣고 충격과 분노에 사로잡혀 떠나버리면서 아슬아슬하게 유지되어오던 시골집의 평화가 깨져버리는 부분이다. 이 소설 전체를 함축하는 축도이자 완벽한 결말의 방법으로, 각 인물들이 받은 상처와 끔찍한 긴장을 보여주고 있다. 분열과 통합, 적군과 아군의 경계가 혼란에 빠지고 구별이 불가능해지면서 영국인 환자의 기억에 남아있는 사막의 모래 속으로 하나하나 빨려들어간다. 온다체의 명작이자 한없는 즐거움을 주는 작품이다. **DR**

작가 생몰연도 | 1943(스리랑카)
초판 발행 | 1992, McClelland & Stewart
원제 | The English Patient
부커상 수상 | 1993(공동 수상)

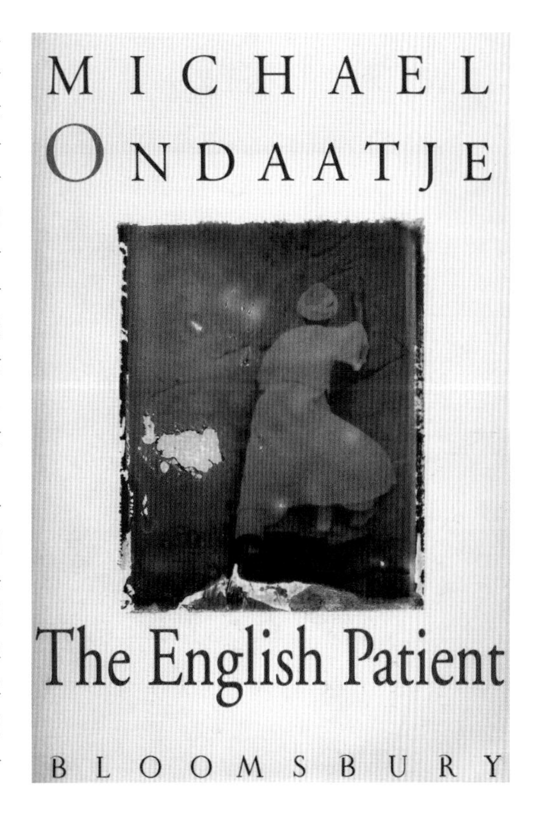

▲ 영국판 표지 삽화 속의 킵은 키플링의 킴을 연상시킨다.

◀ 1996년 앤서니 밍겔라 감독의 〈잉글리쉬 페이션트〉에서는 랄프 파인즈가 알마시 백작 역을 맡았다.

기쁨의 비밀을 간직하며

Possessing the Secret of Joy

앨리스 워커 Alice Walker

작가 생몰연도 | 1944(미국)
초판 발행 | 1992, Harcourt Brace Jovanovich(뉴욕)
영국판 초판 발행 | Jonathan Cape(런던)
원제 | Possessing the Secret of Joy

『기쁨의 비밀을 간직하며』는 여성 할례라는 끔찍한 폭력에 맞서 여성성과 여성의 육체에 대한 정열적이고 분노에 찬 방어이다. 이 소설은 작가가 만들어낸 허구의 아프리카 부족인 올린카 족 소녀 타쉬의 이야기에 초점을 맞추고 있다. 타쉬는 할례를 받고 (혹은 그녀의 표현에 의하면 "씻고") 어른이 되기로 마음먹는다. 올린카 족에게 "씻김"이란 음핵은 물론 음순까지 잘라내고 질 입구를 꿰매서 봉합하는 것을 의미한다.

타쉬는 올린카 족 전통를 충성스럽게 따르지만, 이야기가 진행되어 가면서 할례란 보다 보편적이고 다문화적인 남성의 여성 탄압이라는 것을 깨닫게 된다. 성과 민족이라는 선택의 기로에 놓인 타쉬의 상황을 드라마틱하게 부각함으로써 워커는 지극히 어렵고 괴로운 양극단을 제시한다. 즉 아프리카 민족주의에 대한 충성과 똑같이 강력한 페미니즘의 강요가 양립할 수는 없다는 것이다. 이 소설은 가부장 사회의 폭력적인 문화에서 여성이 겪어야 하는 끔찍한 고통을 전 세계에 널리 알리고 공감을 불러일으키기 위해 쓰여졌다. 작가가 말하는 진정한 "기쁨의 비밀"이란 이러한 가부장적 탄압에 대항하는 전 세계적인 저항의 가능성이다. 그 어려움은 차치하고라도, 아프리카와 서양 세계 모두의 여성혐오적 문화의 폭력에 대한 저항의 시라는 점에서 이 소설은 잊을 수 없는 작품이다. **PB**

모두 다 예쁜 말들

All the Pretty Horses

코맥 매카시 Cormac McCarthy

작가 생몰연도 | 1933(미국)
초판 발행 | 1992, Alfred A. Knopf(뉴욕)
원제 | All the Pretty Horses
전미 도서상 수상 | 1992

『모두가 예쁜 말들』은 코맥 매카시의 『국경 3부작』 중 첫번째 소설로, 열여섯살 난 카우보이 존 그레이디가 주인공이다. 존은 자신이 어떤 삶을 살 것인지 결정할 수 있을 만큼 나이를 먹었지만, 가족과 사회의 반대를 무릅쓰고 자신의 선택을 밀고 나가기에는 아직 너무 어리다. 존의 어머니가 가족 소유의 목장을 팔자, 존과 그의 가장 친한 친구 레이시 롤린스는 멕시코를 향해 떠난다. 가는 길에 그들은 그들보다도 어린 블레빈스를 만나게 되는데, 이 만남은 세 소년의 삶을 서로 다른 방식으로 드라마틱하게 바꾸어 놓는다.

이 소설의 문화적 배경은 일종의 과도 상태에 있다. 광활한 텍사스의 자연에 전기 펜스가 하나둘씩 세워지며 땅이 점점 조각조각난다. 이미 전국을 식민지로 삼다시피 한 패스트푸드 역시 조만간 침략이 불 보듯 뻔하다. 존과 레이시가 여행을 떠나는 시점에서 멕시코는 친숙한 역할을 수행한다. 고향을 뒤로 하고 떠나는 그들은 카우보이의 향수와 환상을 채워줄 거친 땅을 상상한다. 그러나 하시엔다(기업형 대목장)의 일꾼이 된 그들이 발견한 것은 멕시코의 권력형 엘리트의 노예가 되어버린 자신들의 모습이다. 하시엔다는 허리가 휘는 지독한 가난의 바다 위에 떠있는 부(富)의 섬으로, 존과 레이시는 그 속에서 블레빈스와 어울리며 음모에 휘말리고, 존이 목장주의 딸과 사랑에 빠지면서 이들의 앞날은 한치 앞을 알 수 없게 된다. **AF**

자아의 3중 거울
The Triple Mirror of the Self

줄피카르 고세 Zulfikar Ghose

작가 생몰연도 | 1935(파키스탄)
초판 발행 | 1992, Bloomsbury(런던)
원제 | The Triple Mirror of the Self
언어 | 영어

고세의 작품에 드러난 국가의 근원과 정체성의 문제는 결코 쉽지 않다. 고세의 작품 중 가장 높은 완성도를 자랑하는 『자아의 3중 거울』에서는 망명, 이민, 정체성 상실과 같은 테마들을 시간과 공간으로의 복잡하고 신비한 여행으로 짜낸다. 총 3부로 나뉜 이 소설은 기이한 성격을 지닌 한 무리의 사람들이 라틴 아메리카의 밀림에 모여 떠나온 이들과 소외당한 이들로 이루어진 원시 사회와 같은 공동체를 형성하는 것으로 시작된다. 남아메리카의 산들이 힌두쿠쉬 산맥 속으로 희미해지면서 작가는 키를 돌려 유럽으로 향하는 배와 미국의 한 대학, 그리고 최종적으로는 1947년(인도가 영연방으로부터 독립을 선언한 해) 이전의 인도를 보여준다. 이곳에서 한 어린 소년이 곧 파키스탄 분리 독립으로 헤어지게 될 친구들 사이에서 회교도로서의 자신의 정체성에 대해 뼈저린 교훈을 얻는다.

『자아의 3중 거울』은 우리가 나라를 빼앗겼을 때 스스로의 민족 정체성에 대해 어떻게 생각하는지를 탐구하고 있다. 중심인물들의 정체성이 계속해서 이동하기 때문에 누가 주인공이라고 딱 잘라 말할 수도 없다. 이 소설의 몽환적이고 연상적인 문장과 교묘하게 불분명한 연대 속에서 독자는 하나의 특별한 삶이라는 매개를 통해 경계가 흐려지는 것을 보게 된다. 『자아의 3중 거울』은 일관된 정체성이란 일련의 끝없는 반영에 지나지 않는다는 것을 암시한다. 그러나 이러한 반영의 상호작용이야말로 고세로 하여금 인간 경험에 대한 가장 아름답고 가치 있는 작품을 낳게 한 셈이다. **AB**

페트로스 삼촌과 골드바흐의 추측
Uncle Petros and Goldbach's Conjecture

아포스톨로스 독시아디스 Apostolos Doxiadis

작가 생몰연도 | 1953(호주)
초판 발행 | 1992
초판 발행처 | Kastaniotis(아테네)
원제 | O Theios Petros kai i Eikasia tou Goldbach

화자의 삼촌인 그리스의 천재 수학자 페트로스 파파크리스토는 수학의 난제 중 하나인 '골드바흐의 추측'*에 빠져버린다. 골드바흐의 추측을 증명하기 위해 페트로스 삼촌은 수학자로서의 보장된 미래를 발로 차버리지만, 소설을 다 읽고도 독자는 정말로 삼촌이 골드바흐의 추측을 증명했을까 확신할 수가 없다. 젊은이인 화자는 골드바흐의 추측에 대한 삼촌의 열정을 물려받았지만, 그것을 단지 소설을 쓰는 데만 쏟아부을 뿐이다. 동시에 그는 그 나름의 매력적인 문장으로 모든 사람들이 인생에서 한번은 겪어야 하는 경험을 이야기한다. 바로 존재의 의문과의 맞대면이다. 이 소설의 플롯은 마치 수학 문제처럼 풀리며, 인간의 불합리, 고독, 그리고 이상의 상실에 대한 페트로스 삼촌의 투쟁과 함께 독자를 삶과 사랑, 희생의 이야기로 끌어들인다.

독시아디스는 재능있는 이야기꾼이자 수학자로 수학을 어떻게 쉽고 재미있게 써야 할지 알고 있다. 그의 작품은 허구와 사실을 동등하게 결합하여 예기치 못한 사건들, 다채로운 언어, 영리한 플롯, 그리고 아이러니의 안목을 펼쳐놓는다. 독시아디스의 업적은 수학과 과학의 세계를 열어줌으로써 독자에게 생각지도 못했던 분야에서 흥미를 찾게 해주었다는 것이다. **PMy**

* 독일의 수학자 크리스티안 골드바흐(1690~1764)가 1742년에 제시한 두 개의 가설 중 하나. 하나는 모든 짝수 자연수는 두 소수의 합과 같다는 것이고, 다른 것은 2보다 큰 모든 자연수는 세 소수의 합과 같다는 것이다. 여기서 말하는 "골드바흐의 추측"은 첫 번째 가설을 말하는 것으로 수학의 3대 미해결 난제 중 하나로 꼽힌다.

천국의 발견

The Discovery of Heaven

해리 물리쉬 Harry Mulisch

"한밤중에 나는 누전을 일으켰다. 누구든지 길을 걷고 있었다면 멀리 보이는 저택의 불이 갑자기 나가 버리는 것을 볼 수 있었을 것이다."

▲ 해리 물리쉬는 1995년, 인생 단 한 번의 명예인 네덜란드 문학상을 수상하였다.

작가 생몰연도 | 1927(네덜란드)

초판 발행 | 1992, De Bezige Bij(암스테르담)

원제 | De Ontdekking van de Hemel

• 2001년 영화로 제작

영미권에서는 그다지 널리 알려지지 않았지만 해리 물리쉬는 20세기 네덜란드 문학에서 매우 중요한 작가이다. 그 두께만 보아도 『천국의 발견』은 들여다볼 만한 가치가 있는 작품이다. 비록 그 주제는 신과 인류 사이의 계약 실패 그 이상 그 이하도 아니지만 말이다. 이 소설이 내세운 전제 중의 하나는 과학적 방법이란 지금껏 믿을 수 없을 정도로 잘 들어맞은 루시퍼의 속임수라는 것이다. 이야기가 진행되면서 천재적인 재능을 가진 두 사람, 천문학자인 막스 델리우스와 언어학자 온노 크비스트가 등장한다. 두 사람은 어느 어두운 밤에 우연히 만나 친구가 되고 함께 쿠바로 여행을 떠난다. 여행길에서 두 사람은 예전에 두 사람 모두와 관계가 있었던 젊은 첼리스트 아다 브론스를 만나 둘 중 누구의 아이인지 모르는 아이를 임신시킨다. 아다는 사고로 죽지만 아이는 살아남는다. 크빈텐 크비스트라 이름지어진 이 아이의 임무는 십계명을 되찾아 천국으로 되돌리는 것이다. 더이상 인류는 이 땅에서 신과의 계약을 이행할 수 없게 되었기 때문이다. 한편 델리우스는 놀랄 만한 천문학적 발견을 하게 되지만 유성에 맞아 죽고 만다. 이 소설의 플롯이 너무 인위적으로 들린다면 그것은 천사들, 혹은 더 정확하게 말하면 십계명을 다시 받들 수 있는 인류를 창조하고자 하는 조물주의 중재로 인한 결과이다.

방대한 관점과 코믹한 어조로 쓰여진 이 기념비적인 작품은 국제적인 찬사와 논란을 동시에 불러일으켰으며, 신화 창조의 사례로 간주되고 있다. **ES**

인생은 캐러밴의 여관
Life is a Caravanserai

에미네 외자마르 Emine Özdamar

작가 생몰연도 | 1946(터키)
초판 발행 | 1992, Kiepenheuer & Witsch
원제 | Leben ist eine Karawanserai hat zwei Türen aus einer kam ich rein aus der anderen ging ich raus

"인생은 두 개의 문을 가진 캐러밴의 여관이고 나는 하나로 들어갔다 다른 하나로 나왔다"라는 말도 안 되는 제목의 이 작품은 여러 가지 면에서 계속 관습을 깨고 있다. 일단 마침표가 없는 문장 때문에 독자는 한번 시작하면 죽 계속 따라가야 한다. 첫 문장은 다음과 같이 이어진다. "나는 처음 병사를 보았다 거기 내 어머니의 뱃속 얼음 덩어리 사이에 끼어 서서…" 격동의 1950년대와 60년대, 터키에서 보낸 어린 시절을 묘사하는 과정에서 우리는 화자가 어머니의 자궁과 어머니가 병사들에 둘러싸여 서 있는 기찻간 사이를 자유롭게 오간다. 어법과 언어, 관점 역시 한 자리에 있지 못하고 거침없이 움직인다.

형식과 주제의 결합은 절대적이다. 내러티브는 여성의 정체성이 정치적, 사회적 맥락에서 새롭게 형성될 수 있는 방식에 관한 것이고, 형식적 실험은 처음에는 혼란스럽지만 갈수록 나름의 시적, 도전적 논리를 만들어낸다. 언어적 카테고리의 경계는 주관적, 각가적, 성적 역할을 재고하면서 매끄럽게 재창조된다. 이 책은 놀랄 만큼 시대착오적이다. 그 자신의 결을 찢는 주옥같은 언어(보호와 용서를 구하는 아랍어 기도문에서부터 사과를 베어 먹는 소리의 조이스식 묘사까지)와 그 물리적인 개방성 및 신랄함이 특히 그렇다. **MS**

밤이 오기 전에
Before Night Falls

레이날도 아레나스 Reinaldo Arenas

작가 생몰연도 | 1943(쿠바)-1990(미국)
초판 발행 | 1992
초판 발행처 | Tusquets(바르셀로나)
원제 | Antes que anochezca

촉박한 시간 내에 쓰여져 작가가 세상을 떠난 후에야 출간된 아레나스의 자서전『밤이 오기 전에』는 카스트로 정권에 대한 분노에 찬 비난이며, 무엇보다도 억압으로 물든 사회에서 동성애자 지식인의 삶에 영향을 미치는 환경에 대해 이야기하고 있다. 섹스와 정치, 그리고 글쓰기는 가슴을 울리는 솔직함과 놀랄 만한 역동감으로 쓰여진 줄거리 안에서 하나로 결합한다. 쿠바에서 보낸 어린 시절부터, 뉴욕으로 탈출할 때까지 동성애는 그의 모든 경험의 바탕이었다. 동성애에 대한 자각은 혁명이 만들어낸 환상의 상실과 거의 동시에 일어났다. 또한 동성애는 정치 체제의 도덕적 타락을 폭로하고, 그 자체로 집단적 혁명의 메커니즘으로 간주되기도 한다. 동성애 때문에 화자는 감옥에 갇혔지만 아이러니하게도 바로 그 덕분에 (1980년, 쿠바 정권은 동성애자, 정신병자, 범죄자들을 "쿠바가 원치 않는 인간들"이라는 이유로 추방하는 정책을 추진했다) 포트오브마리엘의 대탈출을 통해 자유를 얻게 된다.

아레나스는 그의 구금과 탈출, 공원에서 보낸 꿈만 같은 은밀한 생활, 끔찍한 감옥 생활, 패배, 작품 활동의 포기, 그 밖에 겪어야 했던 감시, 그리고 종국의 탈출을 이야기한다. 이 모든 것이 견디기 힘들었던 것은 글쓰기가 곧 아레나스의 삶이었기 때문이다. 이 비밀스런 여행은 책을 좋아했던 어린 시절로부터 혁명적 분위기 속에서 이룩한 초기 성공, 비르질리오 피네라, 레자마 리마, 그리고 다른 "잃어버린 세대"의 문학 동지들과의 관계, 그리고 종말을 맞기 전에 자신의 문학을 구하려는 끊임없는 노력으로 이어진다. **DMG**

비밀의 계절 The Secret History

도나 타르트 Donna Tartt

작가 생몰연도 | 1963(미국)
초판 발행 | 1992, Alfred A. Knopf(뉴욕)
영국판 초판 발행 | Viking(런던)
원제 | The Secret History

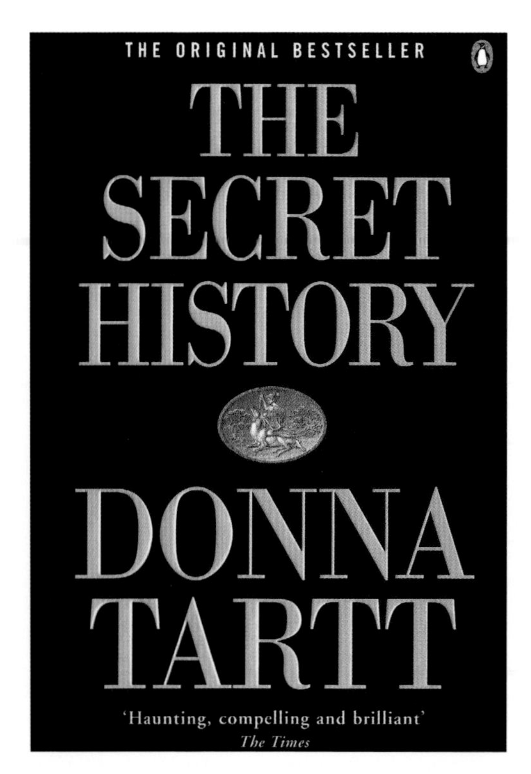

"어린 시절, 내가 고아이기를 얼마나 바랐던지!"

▶ 처녀작인『비밀의 계절』이 엄청난 성공을 거둔 뒤 타르트는 "TV에 얼굴을 내미는 명사가 아니라 작가로 남겠다"고 공언했다.

때때로 유명세를 탄 책이 오히려 오명을 쓰는 경우가 있다. 도나 타르트의 처녀작『비밀의 계절』은 그녀가 아직 대학생이었을 때 집필한 작품으로, 판권을 따내기 위한 출판사들의 전쟁 끝에 45만 파운드를 내건 크노프 사가 사들인 후 베스트셀러가 되었고, 덕분에 작가는 자신의 의지와는 상관없이 스타덤에 올랐다. 그러나 비평가들은 냉담했다. 이 책이 무기력하고, 잘난 체하며, 인물의 깊이가 부족하다고 했다. 어떤 면에서 비평가들은 이 작품을 너무 심각하게 받아들인 게 아닌가 싶다. 혹은 너무 심각하지 않게 받아들였거나.

확실히 흥미진진한 이야기인 것은 사실이지만『비밀의 계절』은 단순한 줄거리 이상의 무엇이 있다. 사실은 먼 훗날 파펜이 과거를 되돌아보면서 들려주는 이야기이지만, 파펜은 마치 현재진행형인 것처럼 이야기한다. 화자인 리처드 파펜은 캘리포니아 프라노에서 보낸 불만족스러운 십대를 뒤로 한 채 버몬트 주에 있는 작고 배타적인 햄든 대학으로 진학한다. 그는 곧 다섯 명의 부유하고 다른 세상에서 사는 것만 같은 고전학 전공 학생들과 변덕스러운 강사 줄리안 모로우에게 매료되어 결국은 그들에게 휘말리고 만다. 이들—헨리, 프랜시스, 버니, 그리고 쌍둥이인 찰스와 캐밀라—이 오래전부터 기획해온 술파티가 한창 벌어지는 중에 버니가 죽고, 소설의 나머지는 남은 이들의 공포와 후회, 그리고 메스꺼운 자의식에 짓눌려 하나하나 갈라서게 되는 과정을 그리고 있다.

『비밀의 계절』은 사춘기의 만용으로 영원히 멍들어버린 인생에 대한 탐구이다. 또한 이 소설은 카리스마에 대한 소설이기도 하다. 리처드처럼 독자도 매력적이고 방탕한 프랜시스, 줄리안의 탁월한 감수성, 쌍둥이의 미묘한 과묵함, 그리고 누구보다도 맘씨 좋고 따스하며 초연하고, 험악한 면모를 번갈아가며 보여주면서도 결국에는 언제나 애매모호한 헨리에게 마음이 끌리게 된다. 타르트의 우울한 살인 미스테리는 묘하게 가벼워서 교양인들이라면 눈쌀을 찌푸리며 혹평할 것이다. 그러나 작가의 이야기 솜씨는 마지막 페이지, 아니 그 너머까지 독자들을 놓아주지 않는다. **PMy**

마크롤의 모험과 불운

The Adventures and Misadventures of Maqroll

알바로 무티스 Álvaro Mutis

"그는 언제나 취해 있다. 꾸준히 마셔서 언제나 취해 있는 상태를 교묘히 유지하는 것이다."

▲ 무티스의 맘씨 좋고 유머가 넘치는 중편들은 항해 여행에 대한 그의 열정과, 정치에 대한 흥미의 완벽한 결여를 반영하고 있다.

작가 생몰연도 | 1923(콜럼비아)

초판 발행 | 1993

초판 발행처 | Siruela(마드리드)

원제 | Empresas y tribulaciones de Maqroll el Gaviero

이 두리뭉실한 제목 아래 1986년부터 1993년 사이에 출간된 일곱 편의 소설이 수수께끼의 인물을 둘러싸고 펼쳐진다. 콘래드나 휴고 프랫의 전통을 이어받아 마크롤은 시공을 뛰어넘는 바다와 땅의 영웅이다. 그는 자신의 운명을 배가시킨다. 통나무를 나르거나 산속에서 숙집을 운영하기도 하고(『대령의 눈』), 사창가를 경영하기도 하고(『일로나는 비오는 날 도착했다』), 낡은 증기선을 복원하기도 하고(『방랑 증기선의 마지막 기항지』), 무기 밀매에 손을 대는가 하면(『아름다운 죽음』), 폐광을 다시 열기 위해 분주하다(『아미르바르』). 마크롤이 여행 중에 다양한 사람들을 만나면서 더 많은 모험 이야기가 등장한다. 마크롤이 만난 사람들 가운데에는 트리스테 출신의 처녀 일로나도 있고, 레바논인인 압둘 바수르도 눈에 띄는 인물이다.

슬프고 거의 마술적이기까지 한 이 여행에서 모든 만남은 언제나 재회이자 이별의 예고이다. 모든 것이 피할 수 없고 모든 것이(죽음을 제외하면) 피할 수 있다. 여행의 즐거움과 환멸 사이에서 오락가락하는 철학자이자 부지런한 독서광, 일기와 편지 쓰는 것을 좋아하고 기도하는 시인인 마크롤은 무엇보다 문학적 영웅이다. 마크롤이 남긴 허구 속의 무티스는 아이러니하고, 단편적이고, 불완전한 문서 두루마리들을 한데 모아 엮는다. 『마크롤의 모험과 불운』은 언제 어느 때라도 더 뻗어나갈 수 있는 찬란한 언어의 만화이다. **DMG**

바빌론을 기억하며

Remembering Babylon

데이미드 말루프 David Malouf

작가 생몰연도 | 1934(호주)

초판 발행 | 1993, Chatto & Windus(시드니)

원제 | Remembering Babylon

NSW 문학상 수상 | 1993

19세기 중반 퀸즐랜드를 배경으로 하는『바빌론을 기억하며』는 영국을 출발하여 오스트레일리아로 향하던 배에 버려진 한 영국인 아기, 제미의 이야기이다. 16년 동안 오스트레일리아 원주민의 손에 자란 제미는 스코틀랜드 이민자 농부들로 구성된 작은 공동체를 통해 문명사회로 되돌아온다.

제미를 유럽인 식민주의자들과 원주민들의 땅 사이에 놓은 말루프는 나무 몽둥이를 휘두르는 열한 살 난 스코틀랜드 소년 래클런 비티와 그의 사촌들을 통해 제미의 무대 등장을 주의 깊게 계획했다. 실제로 "여… 여… 영국인"이라는 자기 선언과 원주민의 삶에 대한 이해와 공감 사이에서 "틈새 문화"로서의 제미의 역할은 식민지의 정체성 문제라는 이 소설의 근본적 고민을 전면으로 끌어냈다.

이 작은 사회에서 제미의 등장은 매우 위협적이다. 작가는 "타인"에 대한 제미의 감각을 주의깊게 그려내며, 정착자들로 하여금 자신들의 우월성에 대해 의문을 품게 한다. 제미와 손을 잡는 정착자들은 오래지 않아 그들의 사회에서 발을 뺀다. 결국 강요에 의해 떠나게 되는 제미의 모습은 독자로 하여금 동기와 합리화를 모두 제공했던 문명의 요람, 바빌론을 기억하지 않을 수 없게 한다. **JSD**

세계를 가진 자

The Holder of the World

바라티 무커르지 Bharati Mukherjee

작가 생몰연도 | 1940(인도)

초판 발행 | 1993, Alfred A. Knopf(뉴욕)

원제 | The Holder of the World

언어 | 영어

인도 태생의 미국 작가 바라티 무커르지의 여섯 번째 소설『세계를 가진 자』는 무굴 제국의 전설적인 다이아몬드를 추적하는 보물 사냥꾼인 베이 마스터스가 들려주는 이야기이다. 베이는 인도의 라자(옛 인도의 군주)의 미국인 정부였던 해나 이스턴의 이야기를 발견한다. 1670년 뉴잉글랜드의 벽지에서 태어나 세일럼의 엄격한 청교도 가정에서 자란 해나는 뱃사람의 아내가 되어 영국의 어촌에서 살게 된다. 모험을 좇는 그녀는 라자에게 끌려가기 전 무굴 제국의 백인 마을의 벽 뒤에서 고립감에 빠진 자신을 발견한다. 해나는 두 개의 문화에 갇혀 있으면서도 어떤 문화에서도 이질감을 느낀다. 라자의 정부가 되고 나서야 비로소 그녀는 사회가 요구하는 역할에서 자유로워진다.

베이는 해나의 이야기의 틀 속에서 그녀의 유품과 일기, 그리고 그림들을 통해 그녀의 삶을 조사하지만, 그의 동료인 벤은 현대적 환경을 이용해 최근의 컴퓨터 시뮬레이션을 만들어낸다. 베이가 되살려낸 과거가 훨씬 더 풍부하고 믿을 만하다는 것은 특히 베이가 컴퓨터 시뮬레이션을 통해 해나의 세계에 물리적으로 발을 들여놓으면서 더욱 강조된다. 따라서『세상을 가진 자』는 시대와 문화의 경계를 넘나드는 이주와 고독의 생생한 내러티브이다. **CIW**

처녀 자살 소동 The Virgin Suicides

제프리 유제니데스 Jeffrey Eugenides

작가 생몰연도 | 1960(미국)
초판 발행 | 1993, Farrar, Straus & Giroux(뉴욕)
원제 | The Virgin Suicides
◆ 1999년 영화로 제작

▲ 1993년 로버트 마스가 촬영한 제프리 유제니데스의 사진. 그리스와 아일랜드계 조상을 둔 유제니데스는 미시간 주 디트로이트에서 태어났다.

추리소설, 성장소설, 비극적 희곡의 요소를 두루두루 갖추고 있는 『처녀 자살 소동』은 너무나 충격적인 전제로 시작해서 거의 이해할 수가 없을 정도다(비록 그 기본적인 요소들은 모두 실화에서 따온 것임에도 불구하고). 성인이 된 유제니데스는 리스본 집안의 다섯 딸들이 모두 스스로 목숨을 끊은 "자살의 해"를 회상한다. 이 소설은 소녀들의 일기와 공책 같은 "증거"들과 화자와 주변 사람들의 기억들, 그리고 그 시기 주위에 행해진 인터뷰를 한데 모으지만, 여전히 분위기는 짙은 혼란으로 덮여 있다.

리스본 가 소녀들의 삶의 몇몇 측면은 신비적인 분위기와 꼭 들어맞는다. 이웃들은 수상한 가족이라며 수군대지만 이웃 소년들은 언제나 이 소녀들을 손에 넣을 수 없는 금빛 환상으로 낭만화한다. 첫 번째 자살 사건 후 나머지 네 소녀는 선생님과 학생들의 어색한 동정으로 인해 점점 소외감을 느낀다. 이 자살 소동 뒤에 숨겨진 진실을 파헤치는 화자의 집념에도 불구하고 그는 소녀들과 그들이 스스로에게 부여한 영원한 침묵을 뒤덮고 있는 비밀을 밝혀내지 못한다. 소녀들의 정신 상태에 대해 스스로의 해석에 갇힌 화자 유제니데스는 오직 그들의 죽음에 자신이 행한 역할만을 인용할 뿐이다. 자살이란 영적 교양과 오염에 대한 그들의 어머니 리스본 부인이 가지고 있는 편집증으로 인해 더욱 악화된 환경에서 스스로를 완전히 지워버리는 물리적 행위일 뿐이다. 느릅나무병 히스테리는 오염의 위험에 떠느니 차라리 건강한 것마저도 죽여버리는, 미국 교외 문화의 깊숙한 곳에 있는 전염병에 대한 예민한 공포를 은유하고 있다. **AF**

스톤 다이어리 The Stone Diaries

캐롤 쉴즈 Carol Shields

작가 생몰연도 | 1935(미국)-2003(캐나다)
초판 발행 | 1993, Random House(뉴욕)
원제 | The Stone Diaries
퓰리처상 수상 | 1995

『스톤 다이어리』는 시험과 소소한 기쁨, 그리고 권태로 점철된, 거의 100년에 걸친 데이지 굿윌의 인생을 그린 파노라마 소설이다. 1905년 매니토바 시골에서의 비극적인 출생으로 시작하여 플로리다에서 눈을 감으면서 끝나는 이 소설은 아무도 원치 않았던 어린 시절, 결혼, 재혼, 자식들의 성장 과정, 독립, 슬픔, 그리고 마침내 노년과 죽음으로 막을 내리는 이야기들이 10년 간격으로 나뉘어 장마다 펼쳐진다. 우리는 이러한 창 너머 먼 곳에서 데이지의 삶과 20세기의 변화하는 얼굴들을 들여다본다. 또한 사회에서 진화하는 여성의 위치도 목격하게 된다.

그러나 이 책이 순수한 여성의 책인가? 이 책은 여성과 여성으로 살아가면서 겪는 일상적인 위기에 대한 책이지만, 보다 근본적으로는 인간이라는 사실에 대한 작품이다. 단순한 "1인칭 자서전"으로 보이는 외견보다 훨씬 복잡하지만, 우리로 하여금 신뢰할 수 없는 그 과정의 각 단계에 대해 경보를 울리고 있다. 또한 그녀가 태어나기 전부터 그녀가 죽은 후까지 여러 인물들을 통해 데이지의 삶의 다양한 면모를 보여준다. 그러나 이 모든 각기 주관적인 관점들을 통틀어, 편지와 정원 가꾸기에 대한 신문 기사로 구성된 섹션들 전체를 통틀어, 계속 부재하고 있는 것은 다름 아닌 데이지 자신의 관점이다. 『스톤 다이어리』는 정체성을 찾는 어려움과—여성의 지위를 감안할 때—타인이 우리를 정의하는 문제에 대한 소설이다.

수십 년에 걸쳐 두 개의 모티프가 사소한 승리와 흔한 황폐함을 반영한다. 하나는 돌의 굳은 단단함이고 다른 하나는 상식을 벗어난 식물의 성장이다. 그러나 결국 이기는 것은 식물이다. 상실과 슬픔, 혹은 세월은 다른 여주인공들에게는 막다른 골목이지만, 캐롤 쉴즈는 우리에게 거듭되는 부활을 던져준다. 그녀는 삶이란—놀라운 방법으로—꽃피울 수 있는 길을 찾아낸다는 것을 보여준다. 평범한 것에도 위엄이 있다. 희망이 있다. **GT**

▲ 캐나다 초판 표지의 디자인은 책 속에 등장하는 두 가지 상징물인 꽃과 돌을 소개한다.

참한 청년 A Suitable Boy

비크람 세스 Vikram Seth

작가 생몰연도 | 1952(인도)
초판 발행 | 1993, Phoenix House(런던)
원제 | A Suitable Boy
커먼웰스 상 수상 | 1994

"너도 역시 내가 고르는 남자랑 결혼하는 거야." 하고 루파 메라 부인이 작은 딸 라타에게 못박는 것으로 이 소설은 시작된다. 그러나 라타는 납득할 수 없다. 사실 그녀가 내려야 하는 결정이야말로 이 이야기의 핵심이다. 어머니에게 순종하여, 가족의 친구가 경영하고 있는 구두 공장에 큰 열정을 지닌 지배인이자 세 명의 구혼자 중 가장 "참한" 청년인 하레쉬 칸나와 결혼할 것인가? 아니면 오빠의 처남으로 라타가 대학에서 방학을 맞아 돌아왔을 때 친구가 되었다가 청혼한 시인 아미트와 결혼할 것인가? 그도 아니면 어머니의 뜻을 거스르고 가장 마뜩지 않은 청년이지만 그녀가 사랑하는 회교도 대학생 카비르와 결혼할 것인가? 남편감을 찾는 과정을 그린 이 이야기는 인도가 독립한 지도 4년의 시간이 지난 1951년, 네 가족의 운명을 따라가고 있다. 토지 개혁 입법과 풀 멜라와 같은 종교적 축제, 그리고 평소 때에는 지면 아래 숨어있지만 때때로 폭력 사태로 돌변하는 힌두-이슬람 갈등을 배경으로 하고 있다.

왜 『전쟁과 평화』보다 기껏해야 50페이지 정도 짧을 뿐인 이 길고 긴 책을 읽어야만 하는가? 세스의 소설에는 톨스토이 같은 무거운 사색도, 웅장한 서사시에 흔히 있는 숨은 의도도 없다. 대신 친영파 엘리트들의 경박한 사회, 학문과 정치 간의 갈등, 시골과 빈민가의 가난을 보여주는 방대한 등장인물들 사이로 어려움 없이 움직이는 문장의 가벼운 터치만이 있을 뿐이다. 놀랍게도 이 소설은 그 내러티브의 절제와 간결함의 좋은 예로 꼽힌다. 그 거대한 범위에도 불구하고 지나친 법이 없고, 현대 작가들에게서는 찾아 보기 힘든, 인물과 디테일에 대한 존중이 엿보이는 작품이다. **ABi**

▲ 세스는 인생의 대부분을 영국과 미국에서 보냈지만, 대하 소설 『참한 청년』은 그의 고향인 인도를 무대로 하고 있다.

◀ 쌓아놓은 자신의 책 위에서 재미있는 포즈를 취한 세스. 꽤 "참한 청년"으로 보이는 그는 심각하면서도 결코 무겁지 않은 작품을 창조해냈다.

굉장한 음모 What a Carve Up!

조나단 코 Jonathan Coe

작가 생몰연도 | 1961(영국)
초판 발행 | 1993, Viking(런던)
원제 | What a Carve Up!
존 르웰린 라이 문학상 | 1994

조나단 코의 네 번째 소설이자 가장 큰 성공작인『굉장한 음모』에서 화자인 마이클 오웬은 윈쇼 가의 전기를 들려주는 불운한 전기 작가이다. 윈쇼 가는 탐욕스럽고 부도덕한 괴물들로 1980년대 영국의 대처주의에 편승해 부를 쌓는다. 마이클의 생활을 다룬 형식적인 에피소드에서 윈쇼가 권력과 영향력을 손에 넣는 과정을 그리는 이야기로 옮겨가면서 우리는 그와 함께 상상할 수도 없을 정도로 그의 인생이 바뀌는 것을 발견하게 된다.

코의 눈부신 소설을 비평가들은 "포스트모더니즘"이라 칭한다. 아마도 그 유쾌한 메타텍스트—신뢰할 수 없는 화자, 마구 뒤섞인 문학적 형식, 그리고 제멋대로인 인물과 플롯의 상호 연결—를 염두에 둔 평가일 것이다. 그러나 이 소설은 서로 얽힌 개인의 운명과 사회정치적 문맥이 이야기 속에 드러나는 빅토리아 시대 사회적 리얼리즘의 전통에 기쁘게 머무른다. 코의 소설들은 미해결 사건으로 시작하여 서서히 우아하게 매듭지어지는, 대부분 탐정소설 아닌 척하는 탐정소설이다. 이야기의 결말은 그 문학적 속임수가 유쾌한 만큼이나 만족스럽지만, 그렇다고 속아 넘어가지는 마시라. 근본적으로 이 작품은 분노에 찬 사회 풍자소설이니까. **PMy**

깊은 강 Deep River

엔도 슈사쿠(遠藤周作) Shusaku Endo

작가 생몰연도 | 1923(일본)–1996
초판 발행 | 1993
초판 발행처 | 고단샤(도쿄)
원제 | 深い河

『깊은 강』을 집필한 말년 시절, 일본인으로서는 드물게도 가톨릭 신자였던 작가 엔도 슈사쿠는 이미 국가적 명사가 되어 있었다. 혹자는 그를 일본의 도덕적, 영적 양심이라고 불렀다.『깊은 강』은 개인적 갈등과 일생에 걸친 공적인 성찰을 집대성한 작품이다. 제목에 등장하는 강은 인도 북부의 갠지스 강으로, 한 무리의 일본인 관광객들이 생명의 위기를 무릅써가며 방문하는 곳이다. 그중 한 사람은 제2차 세계대전에 참전했던 군인으로 버마에서 참가했던 전투의 끔찍한 기억에서 아직도 헤어나지 못하고 있다. 또 한 사람은 죄책감에 사로잡힌 사업가로 암으로 죽은 아내의 환생을 고대하고 있다. 엔도의 종교적 관심사는 가톨릭 교회에서 거부당하고, 자기 나름의 신앙을 찾아 인도까지 온 가톨릭 신자 오츠를 통해 드러난다. 또한 그의 믿음을 무너뜨리기 위해 경솔하게 그를 유혹한 적인 있는 여인 미스코 역시 용서를 구하기 위해 이곳을 찾아왔다.

일본인의 관점에서 인도와 그 신앙을 관찰하고 있기는 하지만, 엔도는 여전히 일생 동안 천착한 주제—일본과 가톨릭—에 몰두하고 있다. 그는 일본 사회의 물질만능주의와 영성의 결여를 엄격하게 비판하는 한편, 기독교 신앙을 정의하고 제어하려는 유럽 가톨릭 교회 내 계급주의에 대해서도 거부감을 표현하고 있다. 엔도는 포용적이고, 자비롭고, 모든 것을 끌어안는 종교를 제시한다. 등장인물들 또한 나름의 화해, 자기 수용, 혹은 성취감을 찾는다. 1995년 쿠마이 케이(熊井啓) 감독의 영화로 제작되었다. **RegG**

쌍둥이 The Twins

테사 데 루 Tessa de Loo

작가 생몰연도 | 1946(네덜란드)
초판 발행 | 1993
초판 발행처 | De Arbeiderspers(암스테르담)
원제 | De tweeling

쌍둥이인 안나와 로테는 어린 시절에 헤어졌다. 처음에는 부모가 잇따라 모두 세상을 떠나면서, 그 후로는 질병과 가족 불화, 그리고 제2차 세계대전에 의해서. 그러다 일흔네 살 때, 우연히 한 요양원에서 재회한다. 예기치 못한 만남은 두 여인에게 정반대의 감정을 불러일으킨다. 독일에서 자란 안나는 어린 시절 양부모에게 학대 받으면서 자란 후, 전쟁과 다른 상황들 때문에 주변의 의지할 만한 사람들과 소속감을 모두 잃은 뒤 새로이 찾은 반쪽을 열정적으로 끌어안는다. 네덜란드에서 먼 친척의 손에 자란 로테는 자신의 조국에 대한 혐오로 가득 차 있으며, 안나의 기쁨에 찬 감격을 의심과 경멸로 바라본다.

테사 데 루는 인종 학살에 수동적으로 응했다는 역사의 심판 앞에 피고로 선 수백만 명의 독일인들의 목소리를 대변하고 있다. 안나를 통해 모습을 드러낸 평범한 시민은 역사가 평가한 독일인과는 매우 다르다. 폭넓은 도덕적 범위의 의문들이 이러한 주제와 함께 대위법을 이룬다. 우리는 우리의 에너지와 자원 중 얼마만큼을 우리 스스로를 확장하기 위해 쓸 수 있으며, 얼마만큼을 타인을 구하기 위해 쓸 것인가? 무시와 오해의 세기에도 애정이 다시 불붙을 수 있으며, 어린 시절의 유대가 새로이 부활할 수 있는가? 이 소설은 명확한 해답을 제시하지는 않지만, 책을 덮은 후에도 이러한 의문들은 여전히 마음 속에서 메아리치고 있을 것이다. **MWd**

"광장마다 두 번의 전쟁으로 인해 스러진 영혼들을 새겨넣은 기념비가 서 있는 이 도시에 독일인이 무엇 때문에 와 있단 말인가?"

▲『쌍둥이』의 초판 표지. 이 소설은 유럽의 역사에서 암울한 시대를 밝힌 두 쌍둥이의 이야기이다.

언젠가의 춤을 고대하며 Looking for the Possible Dance

A. L. 케네디 A. L. Kennedy

작가 생몰연도 | 1965(스코틀랜드)
초판 발행 | 1993, Secker & Warburg(런던)
원제 | Looking for the Possible Dance
서머셋 모옴 상 수상 | 1993

S&W
SECKER & WARBURG PAPERBACKS
a.l.
Kennedy
'A fine, imaginative and powerful novel. I like A.L. Kennedy's commitment, her energy, her dialogue, and moments of this book are most moving and lyrical ... an exciting young writer.'
Jennifer Johnston
Looking for
the possible dance

▲ A. L. 케네디는 기독교 신자로, 반전 반핵 시위에 참여함으로써 자신의 신앙을 정치적으로 표현하였다.

『언젠가의 춤을 고대하며』는 남녀관계의 충만한 세계의 삶과 사랑, 그리고 희생의 일상을 다룬 작품이다. 딸, 아내, 그리고 정부라는 제한된 여성의 역할에 저항하는 마가렛의 모습에서 작가는 필사적으로 여성에게 의존하면서도 그 사실을 혐오하는 남자의 연약함을 그리고 있다.

글래스고에서 런던으로 기차 여행을 하면서 마가렛은 그녀를 지금 이 순간까지 몰고 온 사건들을 하나하나 되짚어본다. 사랑했지만 소유욕 강한 아버지는 세상을 떠났다. 그녀에 대한 감정을 거절당하자 앙심을 품은 상관 때문에 지역 사회 센터에서 해고당했다. 애인 콜린은 지역 고리대금업자를 폭로했다는 죄로 폭력배들에게 납치당해 창고 바닥에 못박히는 보복을 당한 뒤 심각한 장애를 입었다. 이미 한 번 그의 청혼을 거절한 적 있는 마가렛은 이제 공공의 이익을 위해 희생한 그에게 개인적인 차원에서 보답하기 위해서라도 그와 결혼해야 하는지 결정해야만 한다. 전형적인 애매모호한 결론이지만, 케네디는 마가렛을 그녀가 여행을 시작한 출발점인 고향으로 되돌려 보낸다. 불안정한 사랑과 불안한 공포가 마가렛의 내면에 공존하며, 의무와 욕망이 균형을 이루고 있는 이 내러티브 안에 그녀를 묶어둔다. 오직 춤만이 사회적인 조화를 엿보게 해주지만 이러한 새로운 관계의 가능성의 확신마저도 결국은 거부당한다. 현재의 비열한 현실을 지탱하는 것은 폭력—남자들 간의 공공연한 잔혹함과 남녀 관계의 사적인 강요—이다. 이 소설에서 삶의 춤은 사랑과 분노를 함께 생산하는 일상에서 탈출할 기회를 거의 주지 못한다. **CJ**

새의 노래 Birdsong

세바스티안 포크스 Sebastian Faulks

작가 생몰연도 | 1953(영국)
초판 발행 | 1993, Hutchinson(런던)
미국판 초판 발행 | 1994, Vintage(뉴욕)
원제 | Birdsong

『새의 노래』는 "사랑과 전쟁의 이야기"이다. 사실과 허구의 결합인 이 책은 제1차 세계대전이 대중의 뇌리에서 사라져가고 있다는 염려로 인해 쓰여졌다. 어떤 면에서 이 책은 그 약속을 지키고 있다고 볼 수 있다. "우리는 그들을 기억해야 한다"고 소설 속의 군인은 전쟁으로 인해 잃어버린 사람들—죽은 이들과 "찾을 수 없었던 이들" 모두—에게 정체성을 부여한다. 부끄러워할 줄 모르는 감정적 조작을 이용하여 포크스는 가슴을 찢는 동정을 이끌어낸다. 그는 단순한 객기가 아닌, 무의미한 고통의 마비시키는 인내와 공포로서의 용기를 보여줌으로써 영웅이란 무엇인가를 재정의한다.

1978년, 스티븐 래이포드의 손녀 엘리자베스는 할아버지가 전쟁 중에 쓴 일기장을 발견한다. 래이포드가 기록한 역사를 읽으면서 엘리자베스는 그의 과거와 그녀 자신의 정체성을 "나 자신에 대해 보다 이해하게 되는 방식으로" 다시 한 번 체험하게 된다. 정부인 이사벨에 대한 스티븐의 눈에 띄게 강렬한 성적 열정은 성 경험 없이 목숨을 잃은 스티븐의 친구, 웨어의 대리 성경험으로 나타난다. 참호 속의 참혹함의 시각적인 묘사는 독자의 의식에 깊이 새겨져 전투를 한 번도 경험해보지 못한 세대의 국가 정체성을 대신 부여해준다. 국가적 위기에만 발생할 수 있는 극단적인 상황에 우리가 어떻게 반응할 수 있는가를 엿보면서, 『새의 노래』는 독자들로 하여금 엘리자베스가 그러하듯 그들 자신에 대해 더 정확하게 알 수 있게 해준다. 그러나 『새의 노래』는 민족주의적인 소설은 아니다. 스티븐은 독일 병사에 의해 목숨을 건지며 그들은 "인간 목숨의 비통한 낭섬"을 한탄하며 함께 눈물을 흘린다. 궁극적으로 이 소설은 언어를 넘어 전쟁에 대한 진실을 밝히려는 어떤 의도에도 고개를 끄덕인다. 너무나 끔찍하여 말할 수도 이해할 수도 없는 진실이기 때문이다. 제목의 "새의 노래"는 예술을 잡으려다 필연적으로 놓치고 만 잃어버린 세대의 목소리이다. **AR**

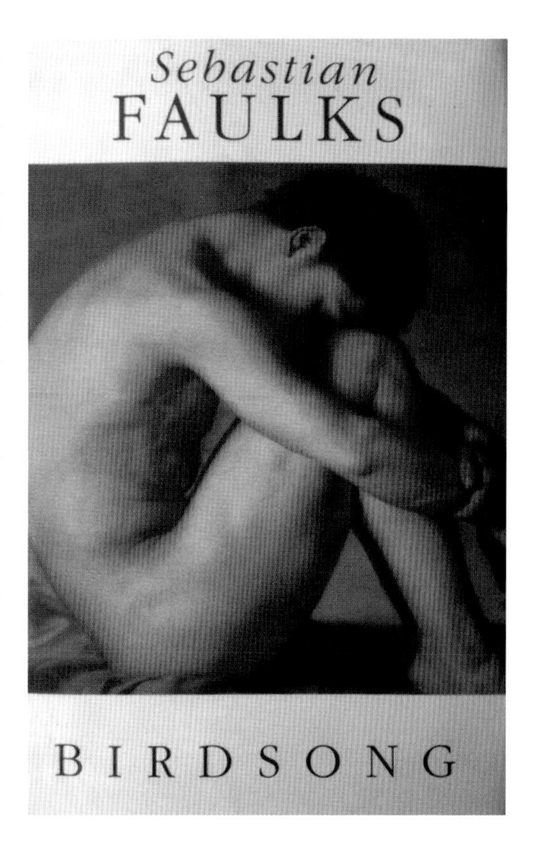

▲ 세바스티안 포크스는 현대 독자들의 감성과 역사적인 주제를 결합하려 노력하는 인기 작가이다.

항해 소식

The Shipping News

E. 애니 프루 E. Annie Proulx

▲ 뉴펀들랜드의 풍경이 전개되는 이야기와 캐릭터의 성장에 주요한 역할을 한다.

작가 생몰연도 | 1935(미국)
초판발행 | 1993, Scribner(뉴욕)
원제 | The Shipping News
퓰리처상, 전미 도서상 수상 | 1994

퀴일은 서른여섯 살의 뉴욕 출신 기자로, 그의 삶은 상처와 스트레스로 얼룩져 있다. 그의 부모는 자살했고, 아내는 자동차 사고로 죽었으며, 고향으로 돌아갈 생각에만 골몰한 숙모는 자기와 같이 뉴펀들랜드로 가자고 그를 졸라댄다. 퀴일은 지역 신문의 선상 기자가 되기 위해 물에 대한 공포를 극복한다. 오래지 않아 일련의 이상한 사건들이 그를 에워싼다. 도시에서 그는 다운증후군을 앓는 아이의 어머니인 우아한 여인을 보게 되고, 거의 정사로 이어질 뻔한 유대를 쌓게 된다. 이 근방에서 살았던 퀴일의 조상들은 해적과 살인자였다는 사실이 알려진다. 그는 그들의 묘지에 갔다가 오는 길에 사람의 머리가 든 슈트케이스를 발견한다.

결말에서 퀴일이 탄 배가 난파하고, 친구인 잭이 간신히 익사를 면하고 퀴일은 생존함으로써 삶이 죽음에 승리한다. 『항해 소식』은 첫 소설이 너무 어두웠다는 감상에 프루가 해피엔딩을 실험해본 것이라고 알려져 있다. 그러나 이 해피엔딩이 마냥 즐겁거나 쉬운 것은 아니다. 프루가 자신의 주인공들에게 줄 수 있는 행복은 오직 상처와 고통이 없는 상황이다. 이러한 기묘하고 불안정한 작품의 해결책은 불안으로 가득하다. **EF**

어둠을 기다리며, 빛을 기다리며 Waiting for the Dark, Waiting for the Light

이반 클리마 Ivan Klima

작가 생몰연도 | 1931(체코슬로바키아)
초판 발행 | 1993
초판 발행처 | Cesky spisovatel(프라하)
원제 | Cekani Na Tmu, Cekani Na Svetlo

자유롭다는 것은 무엇을 의미하는가? 우리는 어떻게 옛 규제가 사라진 세계와 싸울 수 있는가? 우리가 사는 수많은 삶, 우리가 하는 선택, 우리가 택하는 정체성 중 어떤 것이 진정한 우리 자신인가? 냉전 시대에 수없이 검열을 당해야 했던 클리마는 이러한 거대한 의문들에 직면해, 결론을 내거나 도덕을 이끌어내기를 거부하는 그에게 힘을 실어주는 역설적인 권위 및 표현상의 문체적 안정성, 그리고 잠재적 통찰을 통해 탐구해 나간다. 초현실주의 아니 거의 마술적 리얼리즘에 가까운 상상력은 솜씨 좋은 풍자와 블랙 유머와 섞여들어간다. 클리마가 다루는 사건—1989년의 벨벳 혁명—은 전형적인 체코슬로바키아의 경험이지만, 그 배경은 국경을 뛰어넘으며, 그 메시지는 인류 보편적이다.

이 소설은 남녀관계에서 한 사람에게 얽매이기를 싫어하며, 부패 압제정권의 사진기자로 일하고 있는 파벨의 이야기다. 그는 매일 진실을 왜곡하면서, 언젠가 그의 재능과 진정한 자아가 자유로워질 수 있는 날을 꿈꾼다. 그가 "불가능한" 자유를 손에 넣었을 때, 소설은 그가 어떤 인간이 되었으며 이상과 행위 사이에 어떤 복잡한 불일치가 생겼는지를 보여준다. 다양한 내러티브가 파벨의 이야기 속에서 서로 얽힌다. 노망으로 인한 상상 속의 미로에 빠진 대통령, 파벨이 언젠가 쓰고 싶어하는 추상적인 영화 시나리오, 오래 전에 잃어버린 사랑의 희미한 이야기, 심지어 인질극까지. 그러나 이 소설의 핵심은 역시 파벨 자신이다. 타협 당하고 평범하며 목적도 없고 단점 투성이이지만…, 그러나 너무나도 인간적인 파벨 말이다. **TSu**

카레 소시지의 발명

The Invention of Curried Sausage

우베 팀 Uwe Timm

작가 생몰연도 | 1940(독일)
초판 발행 | 1993
초판 발행처 | Kiepenheuer & Witsch(쾰른)
원제 | Die Entdeckung der Currywurst

수많은 작품을 발표한 성공한 작가 우베 팀은 『카레 소시지의 발명』에 그 실제 분량의 네 배는 될 만한 내용을 담고 있다. 다소 버거운 주제—제2차 세계대전의 종전, 간통, 나치즘—를 증류하여 감정의 에센스만을 뽑아내 겉으로 보기에는 대수롭지 않지만, 사실은 전후 독일의 문화 통합을 카레 소시지로 상징하여 압축한 것이다.

이 맛좋은 명물의 발명에 대한 팀의 조사는 레나 브뤼커의 패스트푸드 노점에서 먹던 소시지의 기억에서 처음 그 불똥이 튀었다. 브뤼커는 자신이 카레 소시지의 진정한 발명가라고 주장하지만, 그 비법을 알게 된 상세한 과정을 공개하기 전에 먼저 카레 소시지를 만들게 된 과거의 배경부터 추적해야만 한다. 화자인 팀은 인터뷰의 유일한 목적은 소시지의 비밀을 푸는 것인 척하지만, 사실 소시지는 전쟁과 의무, 그리고 사랑의 비밀을 풀기 위한 장치에 불과하다. 우연히 이 요리법이 탄생하기에 앞서, 나치 당국을 피해 숨어있는 탈영병 브레머와 브뤼커 사이의 사랑이 펼쳐진다.

카레 소시지는 옛날이야기 속의 '돌로 끓인 수프*'의 20세기 버전이 되었다. 무거운 이슈들을 교묘하게 다룬 작가의 솜씨 덕분에 이 소설은 소시지 특유의 양념이 가미된 맛있는 냄새로 가득하다. **ABI**

* 돌만으로도 수프를 끓일 수 있다고 장담했던 요리사가 맛을 더 좋게 하기 위해 마을 사람들에게 이런저런 재료를 가져오라고 시켰고, 결국 맛있는 수프가 완성되었다는 이야기.

실종 Disappearance

데이비드 데이비딘 David Dabydeen

SECKER & WARBURG
S&W
PAPERBACKS
david
Dabydeen
'David Dabydeen's poetry has already demonstrated that he has an original and idiosyncratic voice. His fiction now shows him to be the best of the younger generation of Caribbean novelists, writing powerfully of the immigrant experience.' Penelope Lively
Disappearance

"나는 영국으로 가서 일하기만 하면 부자가 될 수 있다는 믿음이 있었던 것이라고 생각한다."

데이비드 데이비딘

▲ 크리스 샴와나가 디자인한 『실종』의 표지. 영국에서 사는 가이아나인으로서의 경험이 담겨 있다.

작가 생몰연도 | 1955(가이아나)
초판 발행 | 1993, Secker & Warburg(런던)
원제 | Disappearance
언어 | 영어

화자인 가이아나 출신의 젊은 엔지니어는 켄트 주의 해안 지방에 있는 던스미어 절벽으로 파견된다. 그의 임무는 마을이 바다로 무너져 내리지 않도록 지지벽을 건설하는 과정을 감독하는 것이다. 심각하고 명상적인 성품의 그는 성미 급한 영국인 노파의 집에서 하숙을 하게 된다. 하숙집 여주인은 자신이 수년의 세월을 보낸 아프리카의 매력에 흠뻑 빠져 있다. 여주인이 [illegible] 아프리카에 [illegible]면서 이 소설의 핵심이라 할 수 있는, "과거를 없앤다는 것이 과연 가능한가"라는 의문이 화자를 괴롭히기 시작한다. 그는 겉으로 보기에는 지극히 영국적인 마을의 표면 아래에서 제국주의의 과거와 맥이 닿아 있는 잠재된 폭력을 발견하기 시작한다. 그 결과는 기념비적 땅으로 묘사된 영국의 상황에 대한, 또 사라진 것 혹은 한 번도 제대로 인정한 적이 없었던 것들—제국주의의 폭력—에 주목하는 내러티브에 대한 강력한 고찰이다.

이 소설은 철학자 자크 데리다와 전 영국 총리 마가렛 대처의 묘비명을 따왔다는 이유 하나만으로도 주목할 필요가 있는 작품이다. 그러나 이 짧은 소설이 그 가벼운 터치에도 불구하고 진지함과 깊은 울림을 획득할 수 있었던 것은, 최근의 영국 국민감정에는 '부재'가 '실재'보다 더 잘 어울린다는 추상적인 생각을 체현한 데이비딘의 방식 덕택이다. **ABi**

왜 나는 너를 사랑하는가 On Love

알랭 드 보통 Alain de Botton

작가 생몰연도 | 1969(스위스)
초판 발행 | 1993, Macmillan(런던)
원제 | On Love
다른 제목 | Essays in Love

제목에서 추측할 수 있듯이 알랭 드 보통의 『왜 나는 너를 사랑하는가』는 미셸 드 몽테뉴의 작품을 닮은 철학적 에세이이면서 완벽한 현대적 러브 스토리이다. 지성과 감성, 철학과 소설의 교묘한 결합 덕분에 유쾌하고 독창적인 작품이다. 와일드, 하이데거, 헤겔, 마르크스, 니체, 칸트, 비트겐슈타인, 플라톤, 밀, 헤라클리투스, 프로이트, 플로베르 등등의 인용문만 보아도 알 수 있지만, 이 작품은 매우 지적이다. 그러나 그 화자가 박학다식을 활용하는 이유는 사랑에 빠지고 사랑에서 빠져나오는 인류보편적인 경험—처음 사랑에 빠질 때 함께 있고 싶어하는 그 느낌, 사랑하는 사람의 이상화, 유혹의 서브텍스트, 사랑하는 사람의 이상형이 되기 위한 개성의 결여, 사랑을 나눌 때 영혼과 육체 사이의 분리, 사랑하는 사람으로부터 마침내 애정을 받게 되었을 때의 불안정함, 연인이 됨으로써 자신에 대한 모든 것을 재확인하고 사실상 내가 나 자신을 보는 거울이 되는 방식 등—을 위트와 통찰력으로 성찰하기 위해서이다. 이 소설의 철학적 성찰은 화자와, 화자가 파리-런던 간 비행기에서 만난 클로에라는 여성의 연애와 함께 얽혀 있다. 『왜 나는 너를 사랑하는가』는 어찌할 수 없을 정도로 낭만을 꿈꾸는 이들을 위한 소설은 아니다. 그러나 날카롭고 철학적인 사랑의 분석은 잘 알려진 러브 스토리의 뿌리칠 수 없는 유혹을 품고 있다. **SD**

"덜 매력적인 누군가를 유혹하는 데 가뿐한 자신감이 필요한 것은 사랑의 아이러니 중 하나다."

▲ 알랭 드 보통의 철학적 소설은 미국에서는 『On Love』로, 영국에서는 『Essays in Love』로 알려져 있다.

코렐리 대령의 만돌린 Captain Corelli's Mandolin

루이 디 베르니에르 Louis de Bernières

작가 생몰연도 | 1954(영국)
초판 발행 | 1994, Secker & Warburg(런던)
원제 | Captain Corelli's Mandolin
커먼웰스 상 수상 | 1995

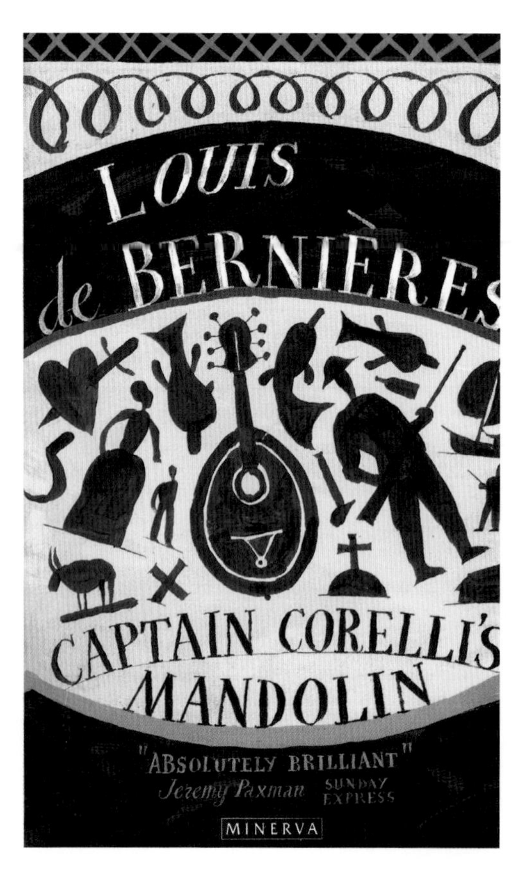

▲『코렐리 대령의 만돌린』은 전 세계에 입소문이 퍼져나가면서 서서히 베스트셀러가 되었다.

루이 디 베르니에르는 가브리엘 가르시아 마르케스의 전통을 철저하게 따르는 작가이다. 온 세상을 포함하는 거대하고 광활한 내러티브는, 한 사회와 그곳에서 가장 오랫동안 살아온 이들의 탄생부터 죽음까지 주민들의 상호연관성을 묘사한다. 작가의 이러한 테크닉은 놀랄 만큼 깊고, 넓고, 유머러스한 소설을 탄생시켰다.

『코렐리 대령의 만돌린』의 주 내러티브는 그리스의 아름다운 섬 케팔로니아에서 살고 있는 펠라지아와 그녀의 아버지 이아니스 박사의 주변에 초점을 맞추고 있다. 소설은 제2차 세계대전이 발발하고 이탈리아군과 독일군이 연이어 섬을 점령하는 끔찍한 사건들을 배경으로 펠라지아와 음악적 재능을 타고난 이탈리아 군인 코렐리 대령의 사랑을 따라간다. 이 밖에도 이 소설에는 수없이 많은 인물들이 등장하며, 내러티브는 총 73부에 걸쳐 다양한 관점—전지적 화자부터 비밀 편지, 이아니스의 역사적 기술부터 무솔리니의 열렬한 추종자에 이르기까지—에서 진행된다. 이러한 내러티브를 모두 결합함으로써, 아름답고, 우스꽝스럽고, 슬프고, 끔찍하고, 무엇보다 인간적인 이 소설은, 처음에는 뭔가 다소 분리되어 있는 듯한 느낌을 준다. 그러나 그 추진력이 더해가면서 독자는, 서로 다른 개인들의 삶이 같은 순간에 어떻게 영원히 분리되는 동시에 친근하게 얽히는지를 현명하고도 유머러스하게 증언하는, 다양한 얼굴을 가진 내러티브에 빠져들게 된다. 풍부한 역사적 묘사에도 불구하고 이 소설은 세계적 사건들을 배경으로 개인의 이야기를 늘어놓은 교과서를 의도한 책은 아니다. 오히려 이 책은 공식적인 역사가 가장하는 객관성을 경멸하며, 교과서보다도 더 효과적으로 전쟁에 휘말린 보잘것없는 사람들에게 일어난 공포와 고통, 그리고 기묘한 작은 기적들을 펼쳐놓고 있다. **SD**

얼마나 늦었는가, 얼마나 How Late It Was, How Late

제임스 켈먼 James Kelman

『얼마나 늦었는가, 얼마나』는 실존적 고독에 대한 소설이다. 이 작품은 1994년 부커 문학상 픽션 부문을 수상하면서 대중을 충격에 빠뜨렸고, 심지어 『타임스』의 편집자는 "문학적 야만 행위"라는 평을 내놓았다. 그 결과 이 소설은 그 형식과 문체의 빼어난 혁신성보다는 "나쁜" 언어로서 더욱 유명해지고 말았다.

글래스고의 한 실업자의 관점에서 쓰여진 이 소설은 경찰에게 구타를 당한 후 아침에 일어나 자신이 실명했다는 것을 알게 된 새미 새뮤얼스의 이야기이다. 그 후 그는 미로와도 같은 도시를 파악하고 자신의 "기능 장애"에 대한 복지 혜택을 받기 위한 가파른 여정을 시작하고, 동시에 자신에게 닥친 재앙을 곰곰이 생각하기 시작한다. 이 책의 카프카 풍의 감수성은 권력을 멋대로 휘두르는 실체 없는 조직을 그려낸다. 그러나 켈먼에게 이러한 공포의 도구는 언어 자체이다. 그는 이 소설에서 전통적인 영어 내러티브의 틀을 제거하고, 새미로 하여금 글래스고 방언으로 이야기하게끔 했다. 보다 해방적인 조치로, 텍스트는 1인칭과 3인칭 화자 사이를 마음대로 오가며, 화자와 인물 사이의 경계를 지우고, 그 전통적인 언어의 계급을 없애버린다. 새미는 화자가 되었다가 화자의 대상이 되고, 주체가 되었다가 객체가 되기도 하며, 자의식의 위기를 상징하는 불안정한 정체성과 언어, 행위 및 사건 등으로 더욱 불어나는 그의 고립감을 보여준다. 따라서 새미는 의미도, 방향도, 어떤 행위를 할 기회도 없는 현재 이 순간의 덫에 걸린 것이다. 산업사회 이후의 스코틀랜드에서 이러한 역경은 특히 남성성의 위기를 가리킨다. 켈먼은 사회의 비인간화의 힘에 엄청난 감정적 복잡함과 지적 통찰, 그리고 저절로 미소짓게 하는 유머를 무기로 저항한다. **CJ**

작가 생몰연도 | 1946(스코틀랜드)
초판 발행 | 1994, Secker & Warburg(런던)
원제 | How Late It Was, How Late
부커상 수상 | 1994

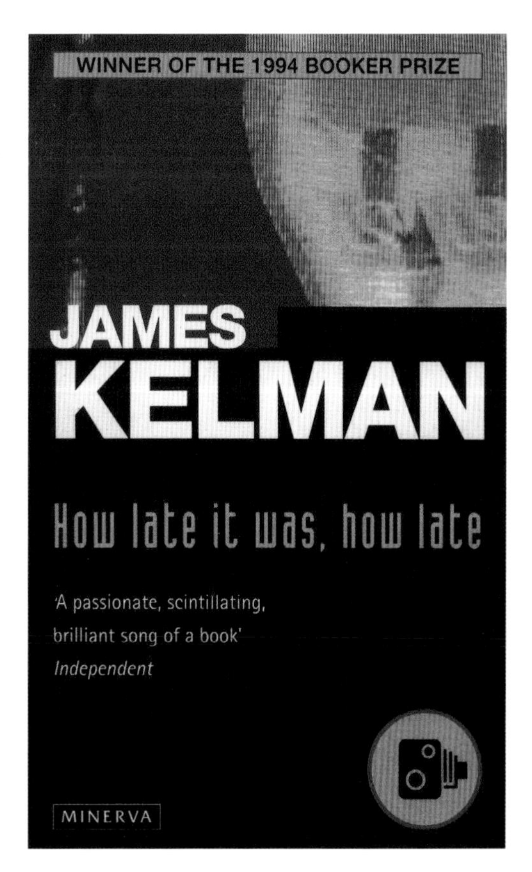

▲ 뛰어난 유머와 상상력에도 불구하고 켈먼은 언어를 고집스럽게 사용함으로써 주류 독자들을 소외시켰다.

자매 City Sister Silver

야힘 토폴 Jáchym Topol

작가 생몰연도 | 1962(체코슬로바키아)
초판 발행 | 1994
초판 발행처 | Atlantis(브르노)
원제 | Sestra

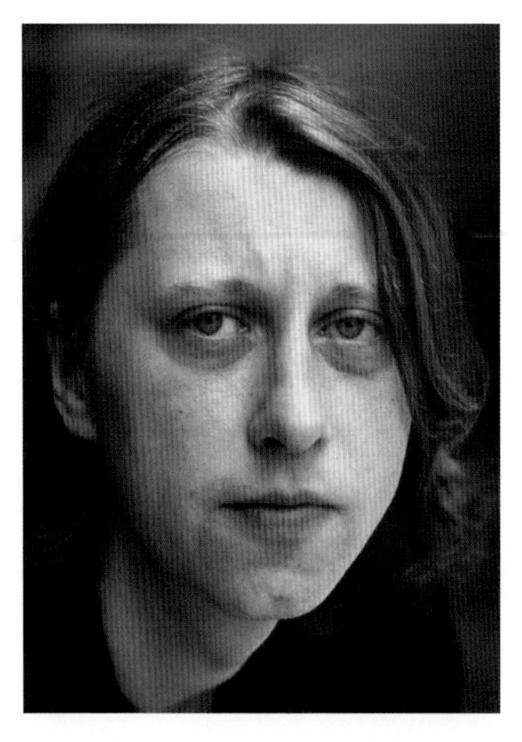

"우리는 비밀의 사람들이다. 그리고 우리는 기다리고 있었다."

▲ 공산주의 정권 말기의 저항 시인이자 작사가였던 토폴은 이제 체코의 매력적인 젊은 소설가로 분류되고 있다.

야힘 토폴은 1989년 무혈 혁명 이래 나타난 가장 용감하고 가장 활동적인 체코 작가 중 한 명이다. 극작가 요제프 토폴의 아들이자 록밴드 '시보자치(Psi Vojaci)'의 리더 필립의 동생인 토폴은 77헌장*의 최연소 서명자였으며 성인이 된 이래 줄곧 정치적, 예술적 지하 활동에 헌신했다. 체코의 구어체를 충분히 활용한 최초의 문학 작품 중 하나로 꼽히는 『자매』는 소련 점령기에는 탄압의 대상이었던 속어나 외설스러운 언어로 넘치고 있다. 『자매』는 현대 체코의 상상력의 독립 선언이라 할 수 있는 작품이다.

이 소설은 혁명의 초기 단계, 한 동독 망명객이 프라하에서 탈출하는 이야기로 시작하여 중심 화자—고독한 시적 영혼의 소유자로 새 시대의 혼돈 속에서 한몫 잡아보려는, 범죄자에 가까운 일당의 덫에 걸린 포토크—를 지정한다. 그러나 이 때부터 시간이 "폭발"하기 시작한다. 『자매』는 유럽사를 가로지르는 환상적인 여행으로, 술에 취해 단축된 사회적 리얼리즘과 뉴스 이벤트, 물불을 가리지 않는 몽상의 시퀀스, 그리고 이국적인 신화의 문장들 사이를 오간다. 이 작품은 체코의 문화에 대한 배경지식이 없는 독자에게는 상당히 어렵지만, 혁명 후 시대의 예리한 도덕적, 사회적, 정치적, 경제적, 언어적, 종교적 불확실성을 반영하고 있다. 그러나 포토크가 그의 "자매" 혹은 소울메이트를 찾아 헤매면서 감동적인 러브 스토리가 이러한 흐름과 나란히 달린다. 아름답고, 혼란스럽고, 독창적인 소설이다. **SamT**

* 1977년 1월 체코슬로바키아의 전(前) 외상 이르지 하예크와 『2000어 선언』의 집필자인 루드비크 바클리크를 포함한 240여 명의 지식인이 서명하고 발표한 헌장. 인권 존중과 헬싱키 선언 준수 등을 요구하는 내용이다.

페레이라, 선언하다: 어떤 증언 Pereira Declares: A Testimony

안토니오 타부치 Antonio Tabucchi

작가 생몰연도 | 2012(포르투갈)
초판 발행 | 1994, Feltrinelli(밀라노)
원제 | Sostiene Pereira: una testimonianza
캄피엘로 문학상 수상 | 1994

각 장의 첫머리마다 반복되는 "페레이라, 선언하다"라는 구절을 보아도 알겠지만, 이 소설은 『리스본』지의 문화면 편집자인 페레이라가 작가에게 들려주는 이야기이다. 태양 아래 반짝이는, 혹은 바닷바람을 맞아 떨고 있는 리스본의 묘사에서 포르투갈을 향한 타부치의 사랑이 손에 잡힐 듯 느껴진다. 때는 1938년 여름, 유럽의 다른 지역은 이미 독재정권이 확고하게 자리를 잡았지만, 유독 포르투갈만은 살라자르 정권의 초기 징후가 나타나고 있을 뿐이었다. 『페레이라, 선언하다』는 언어의 힘과 언어가 어떻게 인간에게 정치적, 윤리적 책임감을 심어주는지에 대한 이야기이다. 페레이라는 죽은 아내의 사진과 우울한 대화를 나누는, 무겁고 내성적인 홀아비로, 살라자르 정권 치하 민주주의의 침식이나 저항의 폭력적인 진압에도 무감각하다. 다만 자신의 심장에 관한 걱정과 죽음에 대한 지적 관심에만 사로잡혀 있을 뿐이다. 처음부터 이 소설에는 죽음의 냄새가 감돌고 있다. 젊은 혁명가 몬테이로 로시가 죽음에 대해 쓴 철학적 에세이를 발견한 페레이라는 유태인 집단 학살과 노동자들의 탄압에 눈을 뜬다. 살라자르의 경찰의 손에 잔인하게 살해당한 몬테이로의 죽음은 페레이라로 하여금 정치적 입장을 취하게 한다.

죽음은 자유의 부재의 정치적 은유이다. 상징적으로 삶은 죽음으로부터 나오며, 페레이라는 그 삶을 위해 싸우기로 마음먹는다. 이 소설은 변화한 페레이라, 보다 젊어지고 가벼우며 언어를 통해 정치적 탄압에 맞서 싸우기로 한 페레이라의 모습으로 끝난다. 포르투갈을 떠나기 전 그가 『리스본』지에 기고한 마지막 글은 또 한 편의 맥없는 서평이 아니라 그의 친구 몬테이로를 죽인 정부에 대한 용감한 비난이었다. **RPi**

"그러나 페레이라는 죽음에 대해 생각하고 있었다."

▲ 이탈리아 작가 타부치는 포르투갈 문학 교수이며, 대부분의 삶을 이 소설의 무대인 리스본에서 보냈다.

토지

Land

박경리 Park Kyong-ni

작가 생몰연도 | 1926(대한민국)-2008

초판 발행 | 1969-1994(총 16권)

연재 시작 | 1969,『현대문학』誌

영국판 초판 발행 | 2002, Kegan Paul(런던)

총 5부로 이루어진 대하소설『토지』는 1897년부터 1945년 광복을 맞기까지 부유한 지주인 최씨 집안 4대에 걸친 비극적 이야기로, 그리 알려진 바 없는 한국의 역사와 생활방식을 보여주고 있다.

1897년부터 1908년까지를 다룬 1부에서 작가는 최씨 집안의 몰락과 먼 친척뻘인 조준구가 재산을 가로채는 과정을 묘사한다. 최씨 집안의 외동딸 서희는 조준구를 증오하는 마을 사람들과 함께 간도로 향한다. 2부(1911년~1917년)는 간도에서의 서희의 삶과 성공을 보여준다. 서희는 과거 최씨 집안의 하인이었던 길상과 결혼해 고향으로 돌아온다. 이 와중에 한국의 독립운동과 해외의 한인 사회의 갈등이 나타난다. 3부(1919년~1929년)에서 서희는 조준구를 몰아내는 데 성공한다. 한편 내러티브는 일제 치하 한국 지식인들의 고난과 화두를 언급한다.

서희의 아들 환국과 윤국이 자라나는 4부(1930년~1939년)에서 작가는 한국의 역사와 문화, 예술에 더욱 깊이 파고들어간다. 박경리는 한국이 자의식을 발달시켜가는 과정과 일제의 탄압이 한국 사회에 어떤 혼란을 가져왔는지를 탐구한다. 5부(1940년~1945년)는 독립을 도모하는 한국인들에 초점을 맞추고 있다. 일본의 항복 뉴스가 들려오는 클라이맥스에서 서희는 자신을 묶고 있던 무거운 사슬이 비로소 끊어져 나가는 것을 느낀다. **Hoy**

◀ 그녀는 종종 "나는 슬프고 괴로웠기 때문에 문학을 했다"고 말하곤 했다. 소설『토지』는 2007년에『만화 토지』로 출간되었다(마로니에북스 출간).

암살자들의 성모

Our Lady of the Assassins

페르난도 바예호 Fernando Vallejo

작가 생몰연도 | 1942(콜럼비아)

초판 발행 | 1994

초판 발행처 | Alfaguara(보고타)

원제 | La virgen de los sicarios

30년을 외국에서 보낸 작가이자 문법학자 페르난도는 폭력으로 황폐해진 메데인으로 돌아온다. 거기서 그는 시니컬한 부자들의 파티에서 찾아볼 수 있는 위험한 성적 장난감인 젊은 암살자 알렉시스를 만나 사랑에 빠진다. 지치고 인간혐오에 빠진 피그말리온은 이 살인자에게서 끔찍하면서도 매력적인 순수함을 발견한다. 두 사람은 함께 도시를 여행하고, 페르난도는 망자가 그들의 여정을 따르고 있다는 것을 깨닫게 된다. 알렉시스는 지금까지 모든 갈등을 총알로 해결해 온 것이다.

페르난도는 가톨릭의 전례문부터 마약과 살인을 의미하는 가장 잔인한 속어에 이르기까지 당대의 가장 빼어난 문장들을 써왔다. 그러나 상처입은 개를 쏘아죽이는 것은 범죄이며 그가 인정하는 유일한 자비이다. 종말이 다가오자 알렉시스는 페르난도를 보호하며 고독하게 죽어갔지만, 페르난도는 알렉시스를 죽인 윌마를 만나 전후 사정도 모른 채 그를 애인으로 삼는다. 나중에 사실을 알게 된 페르난도가 이 관계를 어떻게 해야 할지 미처 깨닫기도 전에 또 다른 총알이 날아와 윌마를 죽인다.

사랑과 죽음, 세상에 대한 경멸의 독백인 이 작품은 특히 여러 가지 형태의 종착역, 지옥의 무지한 외국인, 화자의 아이러니한 교훈적 성향을 합리화하기 위해 필요한 대위적 요소를 겨냥하고 있다. 오늘날 라틴 아메리카 스페인어 문학의 가장 강력한 목소리를 드러내는 작품이다. **DMG**

태엽 감는 새 The Wind-Up Bird Chronicle

무라카미 하루키(村上春樹) Haruki Murakami

작가 생몰연도 | 1949(일본)
초판 발행 | 1994
초판 발행처 | 신초샤(도쿄)
원제 | ねじまき鳥クロニクル(태엽 감는 새 연대기)

무라카미 하루키의 소설 중 가장 큰 영향력을 자랑하는 작품인 『태엽 감는 새』의 화자 오카다 토오루는 최근 일을 그만두었다. 그는 아내가 직장에 나간 사이 도쿄 교외에 있는 집에서 하루 종일 뒹굴거린다. 그 때 일련의 이상한 사건들이 그의 삶을 혼란에 빠뜨린다. 고양이가 집을 나가고 알지도 못하는 여자로부터 음란 전화를 받는가 하면, 늙은 점장이로부터 빈 상자를 물려받기도 한다. 그리고 어느 날, 아내가 돌아오지 않는다.

이 소설은 수많은 매력적인 단서를 품은 모호한 물음의 형식을 취하고 있다. 오카다는 자신처럼 하루 종일 별다른 할 일이 없는 십대 소녀를 만나고, 두 사람 사이에는 플라토닉한 우정이 싹튼다. 그녀는 말라버린 우물이 있는 정원을 가리킨다. 한 늙은 군인이 자신이 전쟁 때 몽골에서 어떻게 말라버린 우물의 밑바닥에 며칠 동안 숨어 있었는지를 말해준다. 오카다는 제2의 현실이 점점 스며들어오는 정원의 우물에서 생각에 잠긴다.

무라카미는 말한다. "대부분의 일본 소설가들은 언어의 아름다움에 중독되어 있다. 나는 그것을 바꾸고 싶다. 언어란 소통의 도구일 뿐이다." 그의 평이한 문체는 평이함 자체가 오히려 눈에 띄는 일본 문학에서는 매우 두드러지지만, 번역에는 오히려 더 잘 맞는 듯하다. **TEJ**

투쟁 영역의 확장 Whatever

미셸 우엘벡 Michel Houellebecq

작가 생몰연도 | 1958(레위니옹섬;프랑스령)
초판 발행 | 1994, M. Nadeau(파리)
본명 | Michel Thomas
원제 | Extension du domaine de la lutte

『투쟁 영역의 확장』은 이 시대의 소외에 대한 탐구로, 직설적이고, 언론인다운 문장과 1인칭 화법으로 한 컴퓨터 엔지니어의 고독한 삶을 기록하고 있다. 그는 경제적으로 넉넉하지만 그의 직업이나 돈으로 살 수 있는 그 어떤 것에서도 만족감을 얻지 못한다. 그는 자기 역할을 다하는 개인을 무난하게 연기해내지만 어떤 사물이나 사람에 마음을 주지는 못한다.

제목인 "투쟁 영역의 확장"은 이 소설의 주제를 들여다볼 수 있게 해준다. 자본주의적 가치의 점차적인 발전은 우리 삶의 구석구석까지 침투했다. 심지어 사랑과 섹스의 영역조차 마치 시장처럼 경쟁과 교환의 대상이 되었다. 이러한 현상은 화자의 못생긴 동료 티스랑의 경우에서 확인할 수 있듯 성적인 하층계급을 만들어냈다.(티스랑은 스물여덟 살인데도 아직 숫총각이다.) 술에 취하고, 따분하고, 금방이라도 정신분열을 일으킬 것만 같은 화자는 건성으로 티스랑에게 말을 붙여, 자신을 찬 마지막 여자를 살해함으로써 성 경제의 불균형을 재조정하는 것은 어떠냐고 제안한다.

우엘벡의 관점은 지극히 예정론적으로, 한 인간을 생물학적 유전과 사회경제적 지위의 결합으로만 간주한다. 현대 유럽 사회의 이러한 관점이야말로 우엘벡을 현재 활동하고 있는 가장 인기있고 영향력 있는 작가 중 하나로 만들었는지도 모르겠다. **SS**

방문하는 사람 Troubling Love

엘레나 페란테 Elena Ferrante

작가 생몰연도 | 미공개(이탈리아)
초판 발행 | 1995
초판 발행처 | Edizioni e/o(로마)
원제 | L'amore molesto

깊은 관찰과 고통스러울 정도로 통명스러운 문체로 풀어낸 이 이야기는 매력적이지만 종종 적대적인 나폴리를 무대로 펼쳐진다. 나폴리의 혼란스럽고 숨막힐 듯한 거리야말로 이 책의 주요 모티브 중의 하나다. 나폴리 태생이지만 볼로냐에서 수 년 동안 지낸 달리아는 예기치 않은 어머니의 수수께끼 같은 죽음을 당하자 고향으로 돌아간다. 달리아는 긍정적이고 활기찬 여인이었던 어머니가 자살했다는 것을 믿을 수가 없다. 어머니의 진실을 찾는다는 것은 그녀의 가족과 그녀 자신, 그리고 그들을 한데 묶어왔던 감정과 거짓말의 매듭에 대한 진실을 찾는 과정이기도 하다.

어머니의 마지막 날들을 재구성하면서 달리아가 일부러 잊고 지냈던 사건들에 서광이 비치고, 그녀는 자신의 과거를 다시 해석할 수밖에 없다. 그녀는 공격적이고 소유욕 강한 아버지가 어머니가 불륜을 저질렀다고 비난하면서 자신과 어머니와의 관계가 어떻게 무너졌는지를 분노와 격정에 찬 목소리로 회고한다. 그러나 달리아는 아직 어머니와 자신에 대한 완전한 진실과 마주할 자신이 없다. 이런 이유로 달리아는 어머니의 마지막 날들의 미스테리가 막 풀리려는 그 순간, 나폴리의 거리와 그 참을 수 없는 거짓과 진실의 매듭을 뒤로 한 채 볼로냐로 돌아가기로 결정한다.

『방문하는 사람』은 단순한 언어의 심리적으로 미묘하고 효과적인 활용과 깊은 통찰을 보여주는 문장, 그리고 현대 이탈리아 사회의 모녀 관계의 명확한 분석으로 찬사를 받았다. **LB**

심야 뉴스 The Late-Night News

페트로스 마르카리스 Petros Markaris

작가 생몰연도 | 1937(터키)
초판 발행 | 1995
초판 발행처 | Gabrielides(아테네)
원제 | Nychterino deltio

『심야 뉴스』는 아테네 경찰 코스타스 하리토스 경감을 주인공으로 한 페트로스 마르카리스의 추리소설 시리즈 중 첫 번째 작품이다. 아테네의 알바니아 이민자 공동체의 단순한 범죄 행위로 보였던 사건은 유명한 TV 기자 야나 카라요리가 관심을 보이면서 대중의 흥미를 끌게 된다. 사건의 전말에 대한 생방송이 시작되기 직전 야나가 살해당하자 하리토스 경감은 아동 인신매매 국제 조직의 발견으로 귀결되는 복잡한 수사에 뛰어든다.

화자인 하리토스는 그다지 쉽게 좋아할 수 있는 인물은 아니지만, 독자는 그의 공격적이고 염세주의적인 관점에 공감을 느끼게 된다. 그는 쉰 살이고, 그가 겪은 세계의 드라마틱한 변화는 그를 불안하고 시니컬한 인간으로 만들었다. 그는 그리스가 아직 군사 독재 치하에 있었던 무렵, 그리고 딸이 집을 떠나기 전, 자기가 어디에 있었는지를 알고 있다. 이제 민주화된 그리스의 복잡한 사회에서 어떻게 처세해야 하는지 알지 못하는 하리토스의 승진은 물건너갔다. 가정에서도 아내와의 관계는 불편하기 짝이 없다. 이제 그들은 둘뿐이고, 서로와 어떻게 대화를 해야 할지 알지 못한다.

이 꼬일 대로 꼬인, 때로는 지나치게 복잡하다고 느껴지는 내러티브를 통해 마르카리스는 하리토스와 아내와 딸과의 관계에서 볼 수 있는 성 정치적 관계에서부터 아테네의 교통정체, 신구를 막론한 그리스 정치인들의 부패에서 공산주의의 몰락에 이르는 현대 그리스 사회의 폭넓은 전망을 제공한다. **CIW**

이야기의 끝 The End of the Story

리디아 데이비스 Lydia Davis

작가 생몰연도 | 1947(미국)
초판 발행 | 1995, Farrar, Straus & Giroux(뉴욕)
영국판 초판 발행 | 1996, High Risk(런던)
원제 | The End of the Story

『이야기의 끝』은 제목에 걸맞게 사랑의 끝에서 시작한다. 1년 뒤의 미래로 뛰어넘어간 익명의 화자는 낯선 도시에서 "그"(역시 익명)를 찾는 데 실패한 경험담을 들려준다. 그의 마지막 주소지를 찾아간 그녀는 문패에 낯선 이름이 쓰여 있는 것을 발견한다. 프루스트(데이비스는 유명한 프루스트 번역가였다) 못지않은 화자는 소설이 끝날 때까지 문 너머에서 진실을 찾을 수 있지 않을까 하는 희망 속에서 줄곧 과거의 초인종을 울린다. 그녀가 자신의 사랑에 대한 소설, 바로 우리가 읽고 있는 이 소설(정말?)을 쓰고 있다는 점에서 그 희망은 더더욱 절박하다.

많은 현대 소설들처럼 『이야기의 끝』 역시 상당 부분 작품 자체, 즉 소설을 쓰는 고통스러운 과정에 대한 이야기이다. 그러나 이 작품은 자의식이나 우월하고 아이러니한 관점의 전통적인 스토리텔링을 뒤집어엎으려는 것은 아니다. 오히려 우리의 경험을 명료하게 나타내려 하면 할수록 점점 더 모호해진다는 기묘한 역설을 이야기하고 있다. 따라서 화자는 겉으로 보기에는 확고한 자신의 기억을 의심하기 시작한다. 나는 정말로 촛불가에서 사랑에 빠졌던 걸까? 그리고 그것이 정말 나 자신의 감정이었을까?

데이비스의 문장의 수정처럼 맑은 단순함과 정확함은 삶과 사랑의 불가해성을 더욱 강조한다. 이 작품은 어떤 일이 일어난 후에야 그 경험에 대해서 말할 수 있다는 것을 보여주고 있다. 다시 말하면 우리가 그것들을 잃어버리고 난 후에야 말이다. **JC**

사랑의 작용 Love's Work

질리언 로즈 Gillian Rose

작가 생몰연도 | 1947(영국)–1995
초판 발행 | 1995
초판 발행처 | Chatto & Windus(런던)
원제 | Love's Work: A Reckoning With Life

지그문트 프로이트는 사랑과 노동을 인간 행복의 기초라고 묘사하였다. 철학자이자 사회이론학자인 질리언 로즈의 『사랑의 작용』은 노동의 사랑(생각과 철학의 노동) 및 사랑의 노동과 작용을 탐구하기 위해 이 두 가지를 함께 섞어 짜낸 자전적 작품이다.

이 책은 로즈와 에드나의 첫만남으로 시작된다. 90대 노인인 에드나는 열여섯 살 때부터 암 환자로 살아왔다. 따라서 『사랑의 작용』은 생존의 의미와 "회의적인" 삶의 필요성에 대한 탐구로 시작한다. 대조와 비교, 그리고 이 책의 심장부에서 이 두 가지를 타협하는 방식은 개신교와 유대교 사이에서 방황하는 로즈를 위한 것이며, 믿음이 아닌 복종을 요구하는 법 혹은 내향성에 대한 호소이다. 이 작품은 "교육"에 대한 이야기인 동시에 교육의 의미에 끊임없이 의문을 던지고 있기도 하다.

몇 장(章)이 지난 후에야 로즈는 글을 쓰면서 암에 걸려있다는 사실을 독자에게 고백한다. 그녀는 이미 불행한 연애로 인한 파멸을 묘사했다. "나도 살 수 있는 가능성이 있을지 몰라… 나는 울부짖음과 조롱을 들으면서 그게 나라는 것을 알고 있다…" 독자는 각자 이 병에 대한 스스로의 선입견과 맞서며 삶과 죽음, 그리고 인생의 희극과 철학의 비극, 그리고 이들의 불가분성에 대하여 생각해보게 된다. **LM**

파인 밸런스 A Fine Balance

로힌튼 미스트리 Rohinton Mistry

작가 생몰연도 | 1952(인도)
초판 발행 | 1995, McClelland & Stewart(토론토)
원제 | A Fine Balance
커먼웰스 상 수상 | 1996

로힌튼 미스트리의 『파인 밸런스』는 1970년대 중반 인도를 무대로 하고 있다. 두 양복장이 이쉬바르와 그의 조카 옴프라카쉬는 비극적인 상황으로 인해 고향인 작은 시골 마을을 떠나 도시로 일하러 간다. 그들의 고용주인 과부 디나 달랄은 친구들의 대학생 아들인 마넥과 함께 살고 있다. 이 네 사람의 삶이 서로 얽히고설키면서 1975년 계엄령 하의 혼돈 속에서 불안한 우정이 싹튼다.

이 소설의 서사적 스케일은 계급과 카스트의 무자비한 잔인함과 맞선다. 주인공들은 가난과 차별의 변덕 속에서 무방비 상태로 노출되어 있다. 『파인 밸런스』는 역사 소설로, 인디라 간디 치하의 인도를 세심하게 재현시키고 있으며, 작가는 이러한 역사적 문맥을 이용하여 비인간성의 인간적인 면모를 역설적으로 보여준다.

완고하게 비감상적이고 블랙 유머로 가득한 『파인 밸런스』는 독자들을 가난과 완전한 무력의 심술궂고 때때로 떠들썩한 세계로 끌고 들어간다. 이 소설의 비참한 대단원은 20세기 문학에서 발견할 수 있는 가장 충격적이고 비참한 결말이다. 아마도 미스트리의 가장 큰 업적은 무자비하고, 비인간적인 잔인함의 투명하리만치 명료한 묘사일 것이다. 우리에게 주어진 것은 개인의 약함은 물론 제도적인 불평등과 부패한 권력의 끔찍함으로 인해 갈기갈기 찢어진 삶의 가슴 아픈 이야기이다. 이 아름답고 파괴적인 소설의 천재성은 독자로 하여금 페이소스나 냉소주의로 도망치지 못하도록 하는 거부에 있다고 하고 과언이 아니다. **PMcM**

"디나는 화난 척하면서 그가 한 번도 최상급 형용사를 사용해 그녀의 음식을 칭찬한 적이 없다고 했다. 그는 어떻게 해서든지 이 상황에서 빠져나오려고 했다."

▲ 로힌튼 미스트리는 1975년 이래 캐나다에서 살고 있지만 그의 소설과 단편들은 고향인 인도를 배경으로 하고 있다.

책 읽어주는 남자 The Reader

베른하르트 슐링크 Bernhard Schlink

작가 생몰연도 | 1944(독일)
초판 발행 | 1995
초판 발행처 | Diogenes(취리히)
원제 | Der Vorleser

▲ 슐링크는 『책 읽어주는 남자』를 쓰기 전 유명한 범죄 소설 작가로 널리 알려져 있었다.

열다섯 살 난 소년 미하엘 베르크가 학교에서 집으로 오는 도중에서 병이 나서 쓰러지자 그보다 나이가 두 배는 많은 전차 차장 한나 슈미츠가 구해준다. 후에 감사의 표시를 하기 위해 미하엘이 그녀를 찾아가면서 열정적이고 변덕스러운 관계가 두 사람 사이에 싹트기 시작한다. 아직 어린 나이와 한나에 대한 욕망 사이에서 고뇌하던 미하엘은 그러던 어느 날 그녀가 갑자기 사라져버리자 망연자실한다. 비록 두 사람 사이의 연애는 아주 짧았지만 이 경험은 미하엘이 자신의 정체성을 형성하는 방식에 근본적인 영향을 미친다. 그 결과 수년 후 나치 전범 재판 법정에서 한나와 재회한 미하엘의 자의식은 산산이 부서지고 만다. 스스로를 변호하기를 거부하는 한나를 바라보면서 그는 서서히 그녀가 살인보다 더 치욕적이라고 여기는 비밀을 숨기고 있음을 깨닫게 된다. 동시에 그는 법대생이자 그녀의 옛 애인으로서, 그녀의 끔찍한 죄와 한때 사랑했던 여인에 대한 기억 간의 화해를 도모한다.

법대 교수이자 현직 판사인 슐링크는 인종 학살의 트라우마 후에 필연적으로 일어나는 복잡한 윤리적 의문들과 맞붙는다. 그러나 슐링크는 그 희생자들보다는 나치의 유산을 물려받은 이들에게로 초점을 옮긴다. 『책 읽어주는 남자』는 독자들에게 전후 세대들이 어디까지 부모 세대의 죄에 책임을 져야 하는지, 그러한 끔찍한 과거가 과연 해소될 수 있기는 한지 생각해보게 한다. 나치를 악마처럼 묘사하는 것이 과연 그들의 행위를 비판하는 수단이 될 수 있을까? 아니면 그들과 우리 사이를 거짓 구별하기 위한 이기적인 도구인가? **BJ**

성녀 에비타 Santa Evita

토마스 엘로이 마르티네즈 Tomás Eloy Martínez

작가 생몰연도 | 1934(아르헨티나)
초판 발행 | 1995, Planeta(부에노스아이레스)
미국판 초판 발행 | 1996, Alfred A. Knopf(뉴욕)
원제 | Santa Evita

『성녀 에비타』는 에바 페론(1919~1952) 사망 후 그녀의 시신에 무슨 일이 일어났는가에 대한 이야기이다. 사망 직후 바로 향유를 바른 유해는 1955년 남편이었던 후안 페론이 망명하면서 함께 아르헨티나를 떠나고, 그 후 새로운 정권의 기묘하고 당황스러운 현상이 된다. 납치 당하고, 수많은 모조품이 만들어지고, 유럽으로 보내졌다가, 결국 고국으로 돌아오게 된 에바 페론의 유해의 역사는 혼란스럽고 이해하기가 쉽지 않다. 전설이 된 유해의 여정을 기록하는 것은 교묘하게 작가와 동일 인물임을 주장하는 화자로, 유해의 마지막 보호자이자 죽은 여인에게서 스며나오는 저주의 포로이다.

다큐멘터리 픽션인 동시에 모험물이며 추리소설, 이단적 성인 전기인『성녀 에비타』는 강박관념을 떨쳐버리려는 작가의 작품이기도 하다. 시체에 바르는 향유처럼 그 역시 시신과 그 이야기의 부패를 막으려 했다. 아르헨티나를 시간(屍姦)의 국가로 비난하는 이 이야기는 첫 페이지부터 그 우의적 범위를 표현하며 때때로 패러디의 공격을 사용하여 허구와 현실 사이의 연약한 경계를 폭로한다. 글쓰기는 받아쓴 인터뷰를 숨기지 않으며, 허구적, 역사적 자료의 인용이나 감상은 그 조작을 피할 수 없다. 기록, 대화, 서간 등 다양한 전달 수단을 실험하였고, 다시 고쳐쓰거나 또는 불가능한 결말을 만들어내는 가능성도 그대로 열어둔 이 이야기는 싱싱하고 썩지 않은 미래의 에바의 모습을 만들어내고 있다. **DMG**

▲ 소설가일 뿐 아니라 언론인, 학자이기도 한 마르티네즈는 권력의 역학과 아르헨티나의 현대사에 매료되었다.

모번 켈러

Morvern Callar

앨런 워너 Alan Warner

작가 생몰연도 | 1964(스코틀랜드)

초판 발행 | 1995, Jonathan Cape(런던)

미국판 초판 발행 | 1997, Anchor(뉴욕)

원제 | Morvern Callar

때는 크리스마스 직전, 모번 켈러가 부엌 바닥으로 무언가를 치우고 있다. 바로 남자친구의 시체다. 처음에는 구급차를 부를까 고민하던 그녀는 담배를 한 대 피워 문 뒤 "그의" 시체로부터 몸을 돌려 걱정없이 술과, 마약과 그리고 섹스의 하룻밤을 보내기 위해 나간다. 이것이 전형적인 그녀의 태도이다. 자살과 그에 대한 모번의 복잡한 반응으로부터 그 부적응으로 워너가 독자를 끌고 들어가면서 우리는 일련의 놀랄 만큼 괴상한 스코틀랜드 웨스트 하일랜드 지방의 사회 부적응자들과 그들이 고립되어 있는 몽환적인 해안가 마을 "항구"를 만나게 된다.

그러나 무엇보다 이 소설은 모번의 이야기이며, 린 램지가 제작한 최근의 영화판에서와 마찬가지로 이 소설을 지배하고 있는 것은 그녀의 활기없는 목소리와 기묘한 음악 취향이다. 워너는 모번의 영혼을 보여주려는 흉내조차 내지 않지만, 사실 그녀는 자기 나름의 도덕관념에 따라 살아가고 있다. 모번을 그녀가 여행 중에 만난 마약 중독자들이나 마을 건달들, 혹은 아무 꿈도 없는 인간들과 구분하는 것은 바로 이 점일지도 모른다. 그녀는 단순하게 상황을 그대로 받아들이며 환경의 이점을 취한다. 마침내 그녀는 자신과 주위 사람들의 삶에 대한 새로운 관점을 얻게된다. 1990년대 초반에 유행했던 문화와 같은 뉘우침 없는 향락주의와 클럽 메드에서 보내는 휴가에 빠져 있는 『모번 켈러』는 한 세대를 정의하는 소설이다. 강렬하고 독창적인 내러티브는 놀라울 정도로 살아 숨쉰다. **MD**

위로 받지 못한 사람들

The Unconsoled

카즈오 이시구로 Kazuo Ishiguro

작가 생몰연도 | 1954(일본)

초판 발행 | 1995, Faber & Faber(런던)

원제 | The Unconsoled

언어 | 영어

카즈오 이시구로의 『위로 받지 못한 사람들』처럼 독특하고 매력적인 작품도 찾아보기 힘들다. 이 소설은 마치 예전에도 한번 그랬다는 듯 우리는 독자, 라이더는 화자라는 기묘한 확신에 그 판단을 두고 있다.(만약 판단이라는 게 가능하다면 말이다.) 이 소설은 라이더가 콘서트에서 연주하기 위해 중앙 유럽의 한 도시에 있는 호텔로 들어가면서 시작된다. 라이더는 그가 자신이 속한 세대의 가장 뛰어난 피아니스트라는 자신감을 가지고 있지만, 심각한 건망증으로 고생하고 있다.

그가 도착한, 음악에 사로잡힌 이 도시는 물리적 공간인 만큼이나 심리적 공간이기도 하다. 그는 거리를 돌아다니고 아는 사람들을 만나고, 마찬가지로 사람들 역시 그에게 아는 척을 한다. 그의 과거가 끊임없이 현재를 침범한다. 작가는 교묘한 초현실적 터치로 소설 속 허구의 세계가 그 영역을 넘쳐흐르도록 허용한다. 공간은 압축과 확장을 반복하며 시간은 의미를 잃고, 라이더는 오직 자신만이 그 해답을 알고 있는 상황에 발이 묶였다는 사실을 알게 된다. 내러티브는 라이더와 독자를 상대로 트릭을 써서 라이더의 과거와 그를 둘러싸고 있는 사건들에 대한 제한된 감각과, 거의 불가능에 가까운 통찰을 가능하게 하는 3인칭 화법의 선견지명을 결합한다. 스릴이 느껴질 정도로 독창적인 이 작품은 독자의 참여를 요구하며 그 보상으로 풍부한 경험을 제공하는 걸작이다. **MD**

알리아스 그레이스

Alias Grace

마거릿 애트우드 Margaret Atwood

작가 생몰연도 | 1939(캐나다)

초판 발행 | 1996, McClelland & Stewart(토론토)

원제 | Alias Grace

길러 상 수상 | 1996

『알리아스 그레이스』는 캐나다 역사상 가장 악명 높은 여성 범죄자인 그레이스 막스의 실화에 바탕을 둔 서정적인 역사 소설이다. 그레이스는 생생하고 비통한 목소리로 아일랜드에서 보낸 어린 시절과 빅토리아 시대 식민 통치 치하의 캐나다에서 하층 계급으로 살았던 삶, 그리고 1843년 열여섯 살의 나이로 고용주를 죽여야 했던 신념을 이야기해준다. 화자인 정신의학 전문가 사이먼 조던 박사는 다른 개혁주의자들과 심령술사들과 함께 그녀의 구명을 위해 노력한다. 그레이스가 더이상 기억해낼 수 없는 지점까지 들여다보면서 그는 그녀의 고용주였던 제임스 키니어와 그의 가정부이자 정부였던 낸시 사이의 억눌린 관계와 그레이스의 동료 하인이었던 제임스 맥더못의 이상한 행동거지에 대해 알게 된다.

언제나처럼 애트우드는 사회적, 여성해방적 언급을 아끼지 않는다. 그녀는 역사적으로 억눌린 사회 안에서 성과 폭력 사이의 관계를 탐구한다. 작가는 또한 그레이스에 대한 사람들의 반응에서 여성의 본질에 대한 그 시대의 애매모호함을 반영한다. 사회의 일각에서는 여성은 연약한 존재로서, 그레이스는 필사적인 행위로 내몰린 희생양으로 간주한다. 다른 이들은 여성이 남성보다 더 사악하게 타고난 존재라고 믿는다. 이러한 두 개의 여성상의 해석은 정신병원에서 한동안 머무른 뒤 살인에 대한 모든 기억을 잃어버린 그레이스라는 인물을 통해 교묘히 반영된다. **EF**

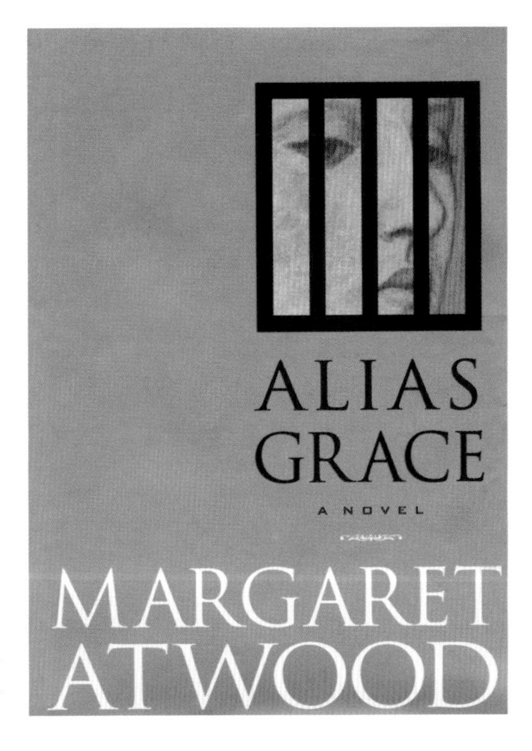

"1851년이었다. 나는 다음 번 생일이면 스물네 살이 될 것이었다. 나는 열여섯 살 때부터 이곳에 갇혀 있었다. 나는 모범적인 죄수이다. 아무런 말썽도 일으키지 않는다."

▲『알리아스 그레이스』의 표지 디자인은 인간 동기의 미스테리와 감옥의 삶이라는 주제를 반영하고 있다.

점토로 만든 기관총

The Clay Machine-Gun

빅토르 펠레빈 Victor Pelevin

작가 생몰연도 | 1962(러시아)

초판 발행 | 1996

초판 발행처 | Vagrius(모스크바)

원제 | Chapaev i Pustota

이 소설의 주인공 페트르는 체파예프의 동지이다. 체파예프는 소련의 내전 영웅으로 1930년대 선전 영화로 유명해져서 수많은 "체파예프 조크"를 낳은 장본인이다. 격동의 1920년대를 술에 의지해 거칠게 살아가는 페트르는 알코올과 코카인의 영향으로 반복되는 꿈을 꾸는데, 그 꿈은 평범한 플래시백 테크닉과는 반대로 페트르와 플롯을 소련 붕괴 이후의 정신병원으로 데려간다. 이곳에서 치료 받고 있는 세 환자의 이야기가 펼쳐지고, 그 위로 영적 스승이 되어 현실의 의미와 용해를 탐구하는 체파예프의 불교적 비전이 떠오른다.

『점토로 만든 기관총』은 다양한 씨실과 날실을 마구잡이라고밖에 표현할 수 없는 방식으로 짜낸다. 소련 붕괴 이후 일상에서 인용한 언어와 모티브들—시대에 뒤쳐진 이데올로기, 역사, 문학, 선불교, 대중문화—은 도저히 서로 어울리지 않는다. 그러나 이들은 모두 묘한 설득력으로 구성된 플롯의 일부를 이룬다. 결말이 나지 않은 채 애매하게 남겨진 것도 없고, 모든 요소들은 이상하고 과장된, 현혹적인 태피스트리에 포함되어 전체로서의 의미를 주장하게 된다. 이 책의 매력은 의미를 거부하면서도 즐기는 유희적인 방법과 그로써 뿜어내는 독창성의 순수한 환희이다. 약간은 매우 길고, 매우 복잡하며, 무엇보다 매우 재미있는 조크처럼 느껴지기도 한다. 그리고 모든 훌륭한 조크처럼 "진짜 세상"에 대해서 할 말이 많은 책이다. **DG**

무한한 흥미

Infinite Jest

데이비드 포스터 월러스 David Foster Wallace

작가 생몰연도 | 1962(미국)-2008

초판 발행 | 1996, Little, Brown & Co.(보스턴)

영국판 초판 발행 | 1997, by Abacus(런던)

원제 | Infinite Jest

마지막 아흔 여섯 페이지에만 388개의 주석이 달려 있는 (물론 무척이나 재미있기는 하지만), 천 페이지가 넘는 책을 읽을 때에는 도대체 어디부터 시작하면 좋을까? 가까운 미래를 배경으로 하고 있는 『무한한 흥미』는 반체제 아방가르드 영화제작자 제임스 O. 인칸덴자가 만든, 너무나 우스워서 관객이 숨넘어가도록 웃을 수밖에 없는 영화의 제목이다. 영화의 감독이 모두 사라지자 은밀한 세력의 인간들, 정부 기관들, 그리고 외국의 정부들이 그들을 추적하기 시작하고 그 뒤를 잇는 혼돈은 에넷 하우스(보스턴에 있는 중독 클리닉)의 회복기 환자들과 엔필드 테니스 학교를 보는 것만 같다. 에넷 하우스와 엔필드 테니스 학교는 이 책의 상반되는 관점을 보여준다. 에넷 하우스는 월러스로 하여금 소비문화의 중독성과 그 안에서의 마약 중독의 공간을 탐구하게 해준다. 엔필드 테니스 학교는 온실과도 같은 스포츠 학교의 특별한 버전으로 그중 대부분이 버려질 운명임에도 아이들을 스포츠 산업에 맞게 육성하는 곳이다.

『무한한 흥미』는 현대 미국 문화의 공허한 편향을 풍자적으로, 무자비하게 공격하고 있다. 난폭할 정도로 창조적이고 언어적으로 독창적이며 놀랍도록 상세하고 유쾌한 이 책은 무인도에 갈 때 들고 가기에 딱 알맞는 작품이다. **MD**

▶ 월러스의 익살스러운 풍자와 음모론에의 열정은 그를 미국 문학에서 드릴로나 핀천에 버금가는 경지에 올려놓았다.

푸코의 신기루 Hallucinating Foucault

패트리샤 던커 Patricia Duncker

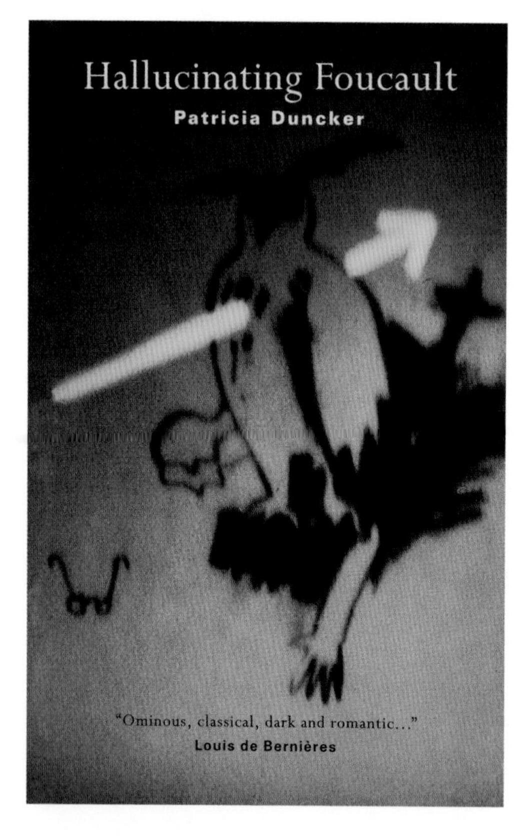

Hallucinating Foucault
Patricia Duncker
"Ominous, classical, dark and romantic..."
Louis de Bernières

"작가와 독자 간의 사랑은 결코 즐거울 수 없다. 존재할 수 없는 것이다."

작가 생몰연도 | 1951(자마이카)
초판 발행 | 1996, Serpent's Tail(런던)
미국판 초판 발행 | Ecco Press(호프웰)
원제 | Hallucinating Foucault

『푸코의 신기루』는 암울하고 비극적인 소설이다. 하지만 아름답고, 로맨틱하고, 재미있는 소설이기도 하다. 그 등장인물들처럼 지극히 괴팍하고 독자를 유혹하는 동시에 또 불안하게 하는 작품이다. 죽음, 성, 범죄, 광기와 같은 주제들을 다루면서도 기본적으로 사랑—책과 사람에 대한—에 관한 소설이다. 작가와 그의 작품 사이의 초현실적인 분리와, 이 둘을 동시에 그러나 별개로 사랑하는 독자의 광기에 관한 작품이기도 하다.

1인칭 화자의 회상으로 이루어진 내러티브는 (허구의) 프랑스 게이 소설가 폴 미셸의 작품을 주제로 박사 논문을 쓰고 있는 한 학생의 이야기를 들려준다. 자료 조사 도중 화자는 매력적인 독일어학자와 사랑에 빠지고, 그녀는 화자로 하여금 미셸에 대해 찾아보기 위해 프랑스로 가라고 설득한다. 미셸은 1984년 6월, 미셸 푸코가 세상을 떠난 뒤 몇 번의 심한 발작을 일으켜 정신 병원에 감금된 상태이다. 그녀의 충고를 따른 화자는 그의 논문은 물론 그의 인생을 바꿀 사랑을 시작한다.

독자들은 한껏 빠져있던 푸코의 '신기루의 세계'에서 빠져나와야 함을 알리는 마지막 문장을 마주할 때 깊은 상실감을 느끼게 된다. 던커의 처녀작인 이 작품은 독자와 작가 사이에 존재하는 사랑에 대한 이야기며, 작가와 작품의 사랑의 시작이다. **SD**

▲ 패트리샤 던커의 데뷔 소설은 푸코의 죽음으로 좌절하고 미치광이가 된 프랑스 소설가의 이야기를 다룬다.

덧없는 시편들 Fugitive Pieces

앤 마이클스 Anne Michaels

작가 생몰연도 | 1958(캐나다)
초판 발행 | 1996, McClelland & Stewart(토론토)
원제 | Fugitive Pieces
오렌지 문학상 수상 | 1997

수많은 명망 높은 문학상과 평단의 찬사를 받은 『덧없는 시편들』은 홀로코스트 시대, 폴란드의 한 도시에서 구출되어 그리스인 학자 아토스에 의해 자킨토스 섬으로 가게 된 유태인 소년 야콥의 이야기를 들려준다. 야콥은 식물들과 지질학적 유물들, 그리고 고대 시문학에 둘러싸인 언덕 위의 은신처에서 살해당한 부모와 실종된 여동생을 향한 슬픔에 잠긴 채, 기꺼이 지식의 바다에 뛰어든다.

처음부터 이 소설은 다름에 관한 작품이다. 이미 시인으로 성공을 거둔 작가에 의해 쓰여진 문장은 그 풍부한 질감과 울림, 리듬을 자랑한다. 야콥과 그의 구세주 사이의 관계가 발전하면서, 마이클스는 고고학, 지질학, 문학에서 쓰이는 단어들을 모두 빌려와 개인적, 정치적 역사의 독특한 감각을 창조해낸다. 우리는 아토스와 야콥을 따라 새로운 이민자들에 물든 캐나다로 간다. 여전히 가족의 죽음의 망령에서 벗어나지 못하는 야콥은 아토스의 격려로 문학 인생을 시작한다. 야콥의 구원은 그의 시와, 더 나중에 찾아오는 그 자신의 육체에 대한 관능적 가능성에의 눈뜸을 통해 이루어진다. 결말에서 야콥이 일생 동안 흡수했던 감정의 트라우마의 반향은 그의 시를 읽는 한 독자에 의해 나타난다. 마이클스는 이 삶의 맞물림을 치유의 힘을 지닌 문자화된 지식의 전수를 통해 보여준다. 그녀는 아름다움이란 파괴와 사랑에 모두 해당되는 것이라는 복잡한 개념으로부터 뒷걸음치지 않는다. **AC**

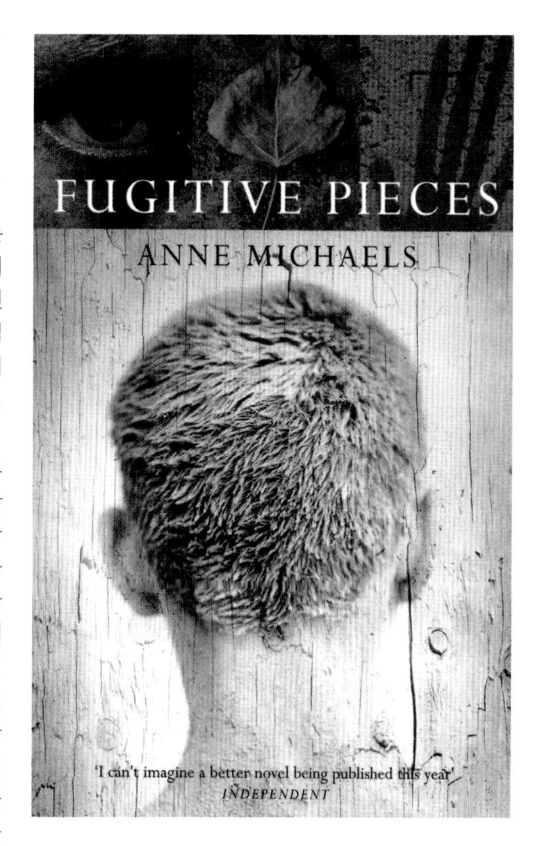

"슬픔은 시간을 필요로 한다. 만약 돌멩이가 숨소리를 내고 있다면, 그 영혼은 얼마나 끈질긴 것이겠느냐."

▲ 블룸스버리 사에서 출간한 『덧없는 시편들』의 표지는 시인이 쓴 첫 번째 소설인 이 책의 상상력을 강조하고 있다.

가벼운 희극 A Light Comedy

에두아르도 멘도사 Eduardo Mendoza

작가 생몰연도 | 1943(스페인)
초판 발행 | 1996
초판 발행처 | Seix-Barral(바르셀로나)
원제 | Una comedia ligera

『신동들의 도시』 이후 10년 만에 에두아르도 멘도자는 특유의 성숙하고, 가볍고, 눈에 보이지 않는 아이러니와 함께 수많은 인물들이 등장하는 대규모 소설로 돌아왔다. 멘도자는 마치 자신이 드라마틱한 혼돈, 살인자에 의해 갈가리 찢기는 가벼운 희극 속에서 살고 있는 양, 등장인물들과 함께 생각하고 움직이고 느낀다. 스릴러를 닮은 추리소설의 줄거리는 오직 부수적인 요소일 뿐이다. 확신을 흔들고 한 시대의 종언의 분위기를 전달하기 위한 도구에 불과하기 때문이다. 바르셀로나 시가지 여기저기를 누비는 이 소설은 조악한 도시환경과 한가롭고 세련된 부르주아 문화를 동시에 바라보며 20세기 중반 바르셀로나 사회와 그 경찰, 팔랑헤(스페인의 파시스트 정당) 당원들, 암시장 상인들, 좋은 집안의 얼간이들을 풍부하게 패러디한다.

주인공인 카를로스 프루야의 섬세한 희극과 언어유희 및 연극적 장치는 또다른 관객과 또다른 시대를 위한 것처럼 보이지만, 그의 친구 고데가 말하듯, 새로운 시대는 "사회적 리얼리즘과 아방가르드"의 새로운 연극을 요구한다. 무의식중에 연극 세계는 임박한 격동을 체현하고 있다. 그 격동은 미래를 정의할 것이며 프루야가 적응할 수 없는 한 세대의 종말을 드러낼 것이다. "사회 속의 모든 것이 과격하게 바뀔 준비가 되어 있다." 그의 삶의 돌이킬 수 없는 변화가 찾아와 부드럽고 여유로웠던 여름날의 평화와 향락에 멜랑콜리의 그림자를 던진다. **JGG**

무릎을 꿇어라 Fall on Your Knees

앤-마리 맥도널드 Ann-Marie MacDonald

작가 생몰연도 | 1958(캐나다)
초판 발행 | 1996, Knopf(토론토)
원제 | Fall on Your Knees
커먼웰스 작가상 수상 | 1997

캐나다 모더니즘 시문학의 선구자인 얼 버니는, 캐나다에는 유령이 없다는 유명한 말을 남겼다. "우리는 오직 유령이 없다는 사실에 홀려 있다." 첫 번째 소설인 『무릎을 꿇어라』에서 캐나다의 극작가이자 배우인 앤-마리 맥도널드는 이러한 불균형을 고치기 위해 온 힘을 다한다.

노바스코샤의 케이프 브리튼 섬을 무대로, 피퍼 가의 이야기가 펼쳐진다. 가난한 프랑스계 피아노 조율사인 제임스 피퍼는 부유한 레바논 가족의 딸 마테리아 마무드와 도망친다. 마무드 가의 뿌리는 이 섬에 존재하는 40여 개의 민족만큼이나 다양하고, 전 캐나다를 상대로 비교해도 좋을 만큼 고립되어 있다.

피퍼의 네 딸이 이 소설의 중심축인 가족애를 드러낸다. 맏딸인 캐슬린은 세계적인 오페라 디바가 되겠다는 야망을 가지고, 가족애와 살인을 나란히 놓고 보여준다. 그녀의 여동생 메르세데스는 성녀와도 같은 존재로, 다른 사람을 위하여 희생하기 위해 태어난 사람이다. 스스로 가족의 악동을 자처하는 프랜시스는 가족이 자신을 사랑하지 않을 거라는 공포에 의해 움직인다. 릴리의 이야기는 그녀가 태어나기도 전에 시작되는데, 릴리야말로 이 소설에 유령을 등장시키는, 가족이 숨기고 있는 어두운 비밀의 산물이다.

가족애와 죄, 죄책감, 구원을 다룬 이 소설은 캐나다가 물려받은 공허한 문화적 공간을, 익숙한 것과 낯선 것 사이의 관계, 지리와 정체성 사이의 끊임없는 재타협에 대한 프로이트적 탐구로 대면하고 있다. **JSD**

실크 Silk

알레산드로 바리코 Alessandro Baricco

작가 생몰연도 | 1958(이탈리아)
초판발행 | 1996
초판 발행처 | Rizzoli(밀라노)
원제 | Seta

어느 날, 에르브 종쿠르는 라비유디외의 작은 고향 마을 떠나, 비단 산업이 번창하기 시작하고 있던 일본으로 향한다. 누에의 알을 구해 유럽으로 가지고 오기 위해서이다. 때는 플로베르가 『살람보』를 집필 중이었으며, 전기는 아직 발명되지 않았고, 대서양 너머에서는 링컨이 남북전쟁으로 여념이 없었던 1861년이다.

에르브는 거의 의식과도 같은 일본 여행을 거듭하여 결국 황금 조각을 주고 누에 알을 얻어내는 데 성공한다. 매달 같은 날, 같은 장소에서 이루어지는 대화는 반복되는 제스처로만 이루어질 뿐 말이 없다. 에르브는 그가 만나는 이 사람들의 침묵에 점점 익숙해지고, 비단 무역을 개시하기 위해 유럽 국가들이 일본을 상대로 벌이는 전쟁을 목격하며, 그 결과를 담담하게 써내려간다. 그러나 비단처럼 손에 잡히지 않는 또 하나, 사랑이 그를 사로잡는다. 에르브는 서양인의 외모를 가진 신비한 동양 여성과 은밀한 눈빛을 주고받고, 그녀가 건넨 사랑의 메시지를 라비유디외로 가지고 돌아온다. 에르베의 일본 여행이 끝나면서 사랑은 꿈이 되고, 탐험을 향한 충동이 된다. 꿈과도 같은 사랑의 기억과 메시지를 해석하기 위한 열망은 동방이 남긴 유일하고도 귀한 기념물이다. **RPi**

게이샤의 추억 Memoirs of a Geisha

아서 골든 Arthur Golden

작가 생몰연도 | 1957(미국)
초판발행 | 1997
초판발행처 | Knopf(뉴욕)
영화화 | 2005

1인칭 시점으로 쓰인 아서 골든의 『게이샤의 추억』은 니타 사유리 니타(Nitta Sayuri)가 초라한 어촌 마을 출신임에도 어떻게 일본 제일의 기생이 되었는지를 추적하는 가상의 이야기다. 치요(Chiyo)는 가난한 부모를 둔 놀랍도록 예쁜 아이로 9살이 되던 해 교토(Kyoto)의 기온(Gion) 거리에 있는 기생집에 노예로 팔려간다. 거기서 사유리라는 이름을 얻은 그녀는 사케를 따르고 춤추고 노래하며 남자를 즐겁게 하는 기술을 갖춘 뛰어난 기생이 되기 위해 잔인한 훈련을 견뎌낸다.

사유리의 눈에 비친 비밀스럽고 악랄하며 경쟁적인 세상은 여성이 오직 남자의 관심에 의해 가치가 매겨지고, 처녀성은 경매의 대상이 되며, 신뢰나 사랑 따위는 존재하지 않는 곳이다. 하지만 2차 세계대전과 함께 이전의 방식이 통하지 않는 일본으로 변한다. 이미 유명한 기생이 된 사유리는 살아남기 위해 다른 모습으로 다시 태어나야만 한다.

이렇게 실종되어 버린 삶의 방식을 들여다본다는 점에서 이 소설은 중요하다. 또한 일본 사회와 문화 내에서 여성의 위치에 대한 충격적 시선을 대변하고 있기도 하다. 사유리는 한 여성이 아닌 기생으로서 존경을 받았지만, 그건 그녀가 그토록 벗어나고자 했던 신분으로만 얻을 수 있는 지략과 미모를 통해서 이뤄진 것이었다. 또한 아서 골든의 소설은 꿈을 희생하고 살아남으려는 어린 소녀의 이야기이자 사회의 요구가 어떻게 사랑을 산화시켜버리는 지에 대한 이야기이기도 하다. **EF**

작은 것들의 신 The God of Small Things

아룬다티 로이 Arundhati Roy

작가 생몰연도 | 1961(인도)
초판 발행 | 1997, India Ink(뉴델리)
원제 | The God of Small Things
부커 상 수상 | 1997

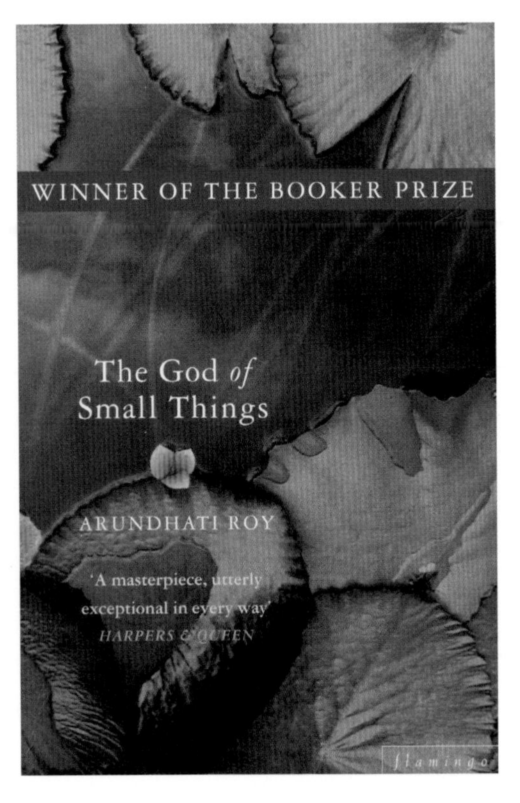

WINNER OF THE BOOKER PRIZE
The God of Small Things
ARUNDHATI ROY
'A masterpiece, utterly exceptional in every way'
HARPERS & QUEEN
flamingo

▲『작은 것들의 신』의 중심축이 되는 비극적인 익사 사건을 아름답지만 묘하게 불안한 느낌으로 표현한 표지 삽화.

▶ 1997년 델리에서. 아룬다티 로이는 정치 운동에 헌신하기 위해 소설 집필을 중단하였다.

1960년대 케랄라(인도 반도 서쪽의 주 이름)를 배경으로 하는 이 작품은 아무의 집안에서 일어난 평범한 사건들과 비극을 따라가고 있다. 특히 잊을 수 없는 이란성 쌍둥이 에스타와 라헬에 초점을 맞추고 있다. 놀러온 영국인 사촌이 사고로 익사하면서 이들의 삶은 크게 바뀐다. 이 소설은 생생한 사건들로 구성된 지그소 퍼즐을 섬세한 묘사를 통해 펼쳐 놓는다. 독자는 어른들의 비극, 그리고 그것이 쌍둥이의 뱃사공 친구이자 불가촉천민인 벨루타에게 미치는 영향으로 인해 부서진 어린이의 세계를 하나하나 조각을 짜 맞추듯 그러모은다. 아룬다티 로이의 문체는 살만 루시디의 그것과 비교되어 왔지만 그녀의 문장은 매우 리드미컬하고 시적이며, 이것이 끼치는 전체적인 영향은 관능미라는 측면에서 매우 독특하다.

그럴듯하지 않게 들릴지 모르지만, 자연세계의 기이하고 무법인 상태 그대로의 아름다움이 인간 세상의 질서 및 그것의 때때로 잔혹한 해석과 대조를 이루는 요소이자 동시에 그것의 원인으로 그려진다는 측면에서 보면, 아마 더욱 적절한 참고가 될 만한 작품은 E. M. 포스터의『인도로 가는 길』일 것이다. 로이의 강점은 그녀가 어린이의 마음이나 다양한 관계 속에서 창조해내는 감정적인 힘을 통해 보여주는 유별난 명료성에 있다.

이 소설의 정치적 관심사는 "누가 얼마만큼 사랑받아야 하나"를 결정하는 것이 누구냐에 대한 것이며, 로이의 상상 속 관습파괴는 독자에게 충격보다는 감동을 주기 위한 것이다. 핍박받는 자들의 대의를 대표하는 로이의 정치성은 인간의 작은 힘, 구원과 파괴에서 보여주는 충격적인 힘에 관한 것이다. 그녀는 자신의 믿음을 전달하기 위해 구조도, 복잡성도, 아름다운 문장도, 그 어느 것도 포기하지 않았다. 이 책은 사랑이 무엇인지 이야기해온 모든 이들에 대한 도전과도 같은 작품이다. **AC**

마르고트와 천사들 Margot and the Angels

크리스틴 헴머레히츠 Kristien Hemmerechts

작가 생몰연도 | 1955(벨기에)
초판 발행 | 1997
초판 발행처 | Atlas(암스테르담)
원제 | Margot en de engelen

▲ 2000년판 『마르고트와 천사들』 표지는 어린 도망자의 감정적 암울함을 강조하고 있다.

▶ 2004년 마르코 오쿠이젠이 촬영한 헴머레히츠. 인간적 공감으로 감정과 욕망을 탐구하였다.

수많은 남성작가들이 마술적 리얼리즘과 놀기 좋아하는 포스트모더니즘의 유혹에 굴복했던 시대, 비범한 재능을 가진 여성 작가들은 우리에게 동시대의 일상에서 인간관계와 감정적인 삶을 탐구하는 소설의 힘을 끊임없이 일깨워주었다. 크리스틴 헴머레히츠의 소설 『마르고트와 천사들』은 그러한 표면적으로는 전통적인 접근이 독자를 혁신적인 영역의 어디까지 데려갈 수 있는지를 보여준 작품이다.

『마르고트와 천사들』의 플롯은 단순하기 그지없다. 마르고트는 가출한 10대이다. 그녀는 아무런 설명도 없이, 부모에게 자기를 찾지 말라는 말만 남긴 채 네덜란드의 집을 나와 영국의 항구 도시 헐에 도착한다. 헴머레히츠는 마르고트의 가출이 그녀의 아버지와 어머니에게 끼친 서로 다른 영향을 묘사한다. 결국 부모는 딸을 찾아나서기로 결심한다. 마르고트가 모종의 종교 단체에 발을 들여놓게 되면서 플롯은 어찌할 수 없는 음울한 결말을 향해 나아간다.

매우 절제된 문체로 글을 쓰는 헴머레히츠는 등장인물들의 낭만주의와 자기현혹을 무자비하게 벗겨내린다. 일례로 마르고트의 아버지는 언제나 인간은 자신의 삶을 스스로 개척해나갈 필요성이 있다고 설교하지만, 딸의 독립선언으로 감정적 혼란에 빠지고 만다. 작가는 여성 등장인물들의 육체적 욕망을 놀랄 만큼 실제적으로 묘사하였다.

헴머레히츠의 문장은 균형과 절제, 그리고 명료함이라는 전통적인 미덕을 보여주며 플롯의 구조 역시 만족스럽다. 그러나 그녀의 인생관에는 자기만족이 완전히 결여되어 있으며, 그녀의 통찰은 "평범한" 사람들이 어떻게 생각하고, 느끼고, 행동하는지에 대한 우리의 예상을 고집스럽게 재창조하고 있다. **RegG**

암흑의 세계 Underworld

돈 드릴로 Don DeLillo

작가 생몰연도 | 1936(미국)
초판 발행 | 1997, Scribner(뉴욕)
영국판 초판 발행 | 1998, Picador(런던)
원제 | Underworld

『암흑의 세계』는 거대한 백과사전과도 같은 소설로, 21세기를 눈앞에 둔 시점에서 1950년대 초, 냉전 시대의 서막으로 거슬러 올라간다. 주인공 닉 셰이의 개인적인 이야기와 냉전이라는 공적인 이야기로 진행되는 내러티브는 20세기의 후반을 빛으로 몰아간 숨겨진 관계에 대해 이야기하고 있다. 작가는 유창하고, 융통성 있는데다 흠 없이 완벽한 문장으로 내러티브를 수십 년 동안 닉의 사적인 비밀로, 전후 시대의 역사가 일어나는 무의식적이고 절망적인 장소에 숨겨둔다. 이 폭로 소설의 가장 주목할 만한 점은 역사의 비밀을 폭로하기 위한 인류보편적인 목소리의 추구가 이야기를 반복해서 말할 수 없는 역사적, 정치적, 개인적 순간들로, 즉 발설할 수 없는 비밀들로 끌고 간다는 점이다.

한 세기의 끝, 일천 년의 끝에서 쓰여진 『암흑의 세계』는 우리의 집단적인 과거를 이해할 수 있는 길을 제시한다. 이 소설은 인류 문화의 오래된 작용, 국가 권력의 노골적인, 그리고 숨겨진 메카니즘 사이의 분명한 연계를 파헤친다. 그러는 동안 역사를 구원, 혹은 소멸로 이끄는 보이지 않는 권력은 새로운 천 년을 기다리고 있다. **PB**

"만약 네가 아무런 가치도 없는 인간이라면, 오직 목숨을 건 도박만이 네 허영을 채워줄 수 있을 거야."

◀ 드릴로는 사건의 저면에 매력을 느낀다. "역사란 그들이 우리에게 말해주지 않는 것을 몽땅 합쳐놓은 것이다."

야만인 탐정들 Savage Detectives

로베르토 볼라뇨 Roberto Bolaño

작가 생몰연도 | 1953(칠레) –2003(스페인)
초판 발행 | 1998
초판 발행처 | Anagrama(바르셀로나)
원제 | Los detectives salvajes

『야만인 탐정들』은 출간되자마자 세계 문학계에 충격을 안겼다. 이 소설은 20세기 가장 위대한 라틴 아메리카 소설에 비견된다는 평가를 받았으며, 1999년 로물로 가예고스 노벨상을 수상했다. 기나긴 여행, 호메로스의 『오디세이』의 요소를 두루 갖춘 추구, 한 세대의 분산, 그리고 비트족의 광란을 그리고 있다.

이 소설은 1976년 멕시코 시티에서 시작된다. 한 십대 소년이 일기장에 그가 어떻게 문학에 대한 열정 덕분에 하루살이와도 같은 아방가르드 그룹에 들 수 있게 되었는지를 써내려간다. 그룹을 처음 만든 아르투로 벨라노와 울리세스 리마는 야만인 탐정들로 1976년 섣달 그믐날, 혁명 직후 실종된 수수께끼의 멕시코 여류 작가를 찾아 나선다. 그러나 이것은 20년 동안 다섯 대륙을 모조리 돌아다니게 되는 여행의 시발점에 불과하다. 1인칭 화자임에도 내러티브는 다양한 관점에서 서술된다. 그 과정에서 우리는 수많은 등장인물을 만나게 되고, 이것이야말로 이 작품이 지닌 매력의 중요한 부분을 차지한다.

이 소설을 출간하기 전 볼라노는 행복한 소수를 위한 컬트적 존재였는데, 이 책과 함께 판매부수가 치솟기 시작했다. 볼라노는 중병을 앓고 있었고, 자신도 그것을 알고 있었다. 공적인 삶에서 떠나있었던 5년간 그는 미친 듯이 글을 썼으며 그 결과 기념비적인 유산을 남겼다. 『야만인 탐정들』은 볼라노의 문학 세계에 승선하기 위한 완벽한 출발점이다. **CA**

"만약 네가 모든 책을 다 읽었다 할지라도, 생이 끝나지 않았다면 읽기도 끝나지 않은 것이다."

▶ 『야만인 탐정들』로 로베르토 볼라노는 1999년 그토록 원하던 로물로 갈레고스 인터내셔널 노벨상을 심사위원 만장일치로 수상할 수 있었다.

크로스 파이어Crossfire

미야베 미유키(宮部みゆき) Miyabe Miyuki

작가 생몰연도 | 1960(일본)
초판 발행 | 1998
초판 발행처 | 고분샤(光文社)(도쿄)
원제 | クロスファイア

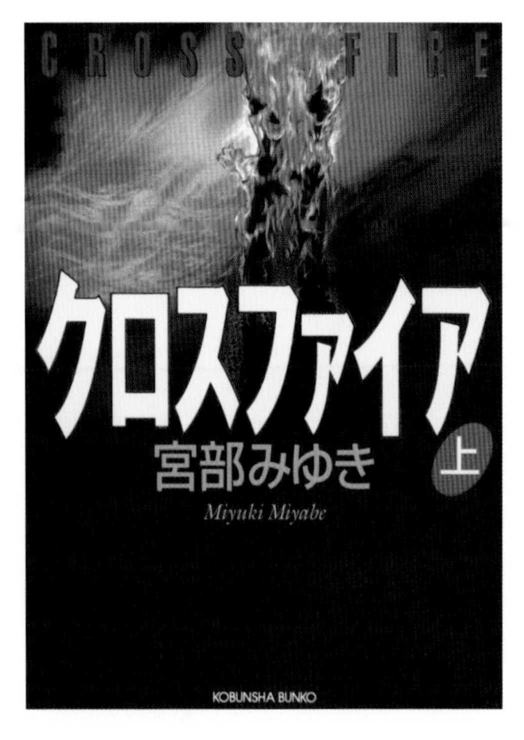

"손을 뻗어 만져보니 물은 차가웠다. 그리고 검은색이었다. 마치 밤처럼."

▲ 미야베 미유키의 명료하고 인상적인 도시 범죄 소설『크로스 파이어』는 살인과 수사라는 흔한 패턴에 초능력을 끼워넣었다.

일본의 가장 인기있는 작가 중 하나인 미야베 미유키의 소설 중 세 번째로 번역 출간된『크로스 파이어』는 어둡고 실수를 허용하지 않는 거대도시, 사이버펑크 전후의 도쿄의 복잡한 내부 세계를 폭로하고 있다.『크로스 파이어』는 추리소설의 구조와 어휘를 사용하여 가치가 불확실하고 이성이 쓸모없으며 사람들은 나란히 어깨를 맞대로 살아가기는 하지만 서로에 대해 장님이나 다름없는 세계를 펼쳐서 보여준다.

불을 일으키고 제어할 수 있는 초능력을 지니고 태어난 자경단원(自警團員) 아오키 준코의 이야기와 그녀를 더더욱 깊이 파헤치는 중년의 방화 전문 탐정 이시즈 치카코의 이야기가 대조를 이루어 펼쳐진다. 두 여성과 북구가 되어버린 두 사람의 남자 조수들이 현대 도쿄의 도회지 사막을 가로지르는 동안, 미야베는 옳고 그름, 정의와 불의, 벌과 복수의 본질을 탐구하기 시작한다. 그녀는 새천년을 눈앞에 둔 대도시의 심장부에 존재하는 공허감과 고립감을 드러내고 제2차 세계대전 직후의 진흙탕, 옛 모랄이 이미 쇠퇴하기 시작한 지 오래인 공간의 어둡고 가벼운 범죄성으로 돌아가려는 일본 문화의 곡선을 예시한다.

매우 쉽게 읽히는 이 작품의 내러티브에는 화염제조기술이 처음부터 끝가지 등장한다. 멋진 불꽃놀이는 없고, 절제된 플롯과 영향력 있는 스토리텔링만이 있을 뿐이다. 그러나 아오키가 불을 붙이는 장면은 깊고 환상적인 상상력의 산물로 그녀의 고독과 고립감이 느껴지며, 심지어 그녀를 쫓는 마음씨 좋은 이시즈의 지루한 일상에서조차 비통함이 느껴진다.『크로스 파이어』는 독자를 저항할 수 없이 그 쓰라린 대단원으로 이끄는, 단순함과 깊이를 지닌 아름다운 책이다. **TSu**

포이즌우드 바이블 The Poisonwood Bible

바바라 킹솔버 Barbara Kingsolver

작가 생몰연도 | 1955(미국)
초판 발행 | 1998, HarperFlamingo(뉴욕)
원제 | The Poisonwood Bible
벨웨더 상 수상 | 1997

콩고를 무대로 하는 이 소설의 화자는 올리애너 프라이스와 그녀의 네 딸이다. 이들은 광신적인 침례교 목사인 남편이자 아버지, 네이튼 프라이스의 이야기를 들려준다. 킹솔버는 어린 시절을 콩고에서 보냈으나, 그 시기 콩고의 정치적 상황—콩고 독립에 대한 미국의 사보타지—에 대해 알게 된 것은 성인이 되고 난 후였다. 그녀는 이러한 이슈들을 공개적으로 알리기 위해 이 소설을 썼다.

프라이스 가의 네 딸들—레이첼, 루스 메이, 레아, 그리고 불구에 벙어리인 애다—은 아버지의 "사명"에 각기 다른 반응을 보이지만, 마을의 주술사가 그들의 집에 독뱀을 풀어놓자 아프리카를 떠나자고 아버지를 설득한다. 네이튼이 거부하는 사이 루스 메이가 뱀에 물려 죽고, 올리애너는 세 딸만을 데리고 마을을 떠난다. 레이첼은 세 번의 결혼 끝에 콩고에 있는 호텔을 물려받는다. 레아는 마을의 학교 교사와 결혼해 아프리카 독립 운동에 헌신한다. 애다는 전염병학자가 된다. 그리고 어머니는 평생을 죄책감에 사로잡혀 살아간다. 가가이 하자는 루스 메이의 죽음은 물론, 한 마을을 파괴하는 데에 자신들이 행했던 역할, 더 나아가서는 식민주의 과거에 대한 서방의 죄책감과 싸운다. 이 소설의 제목에 나오는 포이즌우드는 아프리카인들이 만져서는 안된다고 경고한 아프리카의 나무 이름이다. 네이튼 프라이스는 이 경고를 무시하고 나무를 만졌다가 종기로 고통받게 된다. 프라이스의 선교 열정에 대한 킹솔버의 메시지는 분명하다. **EF**

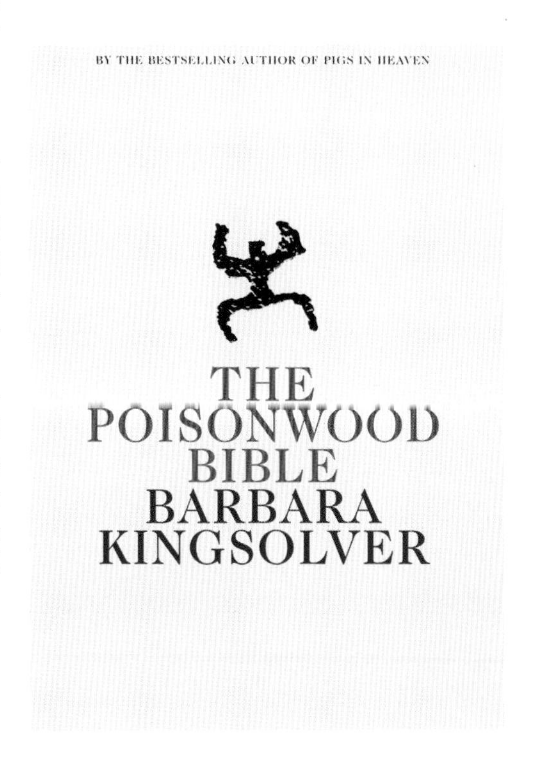

BY THE BESTSELLING AUTHOR OF PIGS IN HEAVEN
THE POISONWOOD BIBLE
BARBARA KINGSOLVER

"개미. 우리는 한번도 개미를 밟은 적도, 개미에 둘러싸인 적도, 개미에 갇힌 적도, 개미에게 공격 당한 적도, 개미에게 먹힌 적도 없다."

▲『포이즌우드 바이블』의 반식민주의적 주제는 사회변화의 장려라는 작가의 관심을 반영하고 있다.

베로니카, 죽기로 결심하다 Veronika Decides to Die

파울로 코엘료 Paulo Coelho

작가 생몰연도 | 1947(브라질)
초판 발행 | 1998
초판 발행처 | Objetiva(리우데자네이루)
원제 | Veronika decide morrer

▲ 파울로 코엘료의 작품 대다수는 갑갑한 세계에서 종교적인 길을 찾으려는 개인의 투쟁에 바탕을 두고 있다.

▶ 영혼을 고무시키는 코엘료의 책들은 각국의 언어로 번역되어 전 세계적으로 7천만 부가 넘게 팔려나갔다.

남자친구도 끊이지 않고, 도서관이라는 안정된 직장도 있고, 가정이라 부를 만한 집도 있고, 다정한 친구와 가족들도 있는 베로니카는 평범하게 살아가는 평범한 여성이다. 그러나 그녀는 슬로베니아의 위치에 대한 국제적 무관심을 개탄하는 유서를 남기고 자살하기로 마음먹는다. 류블랴나의 빌레테 정신병원에서 의식을 회복한 그녀는 자살 시도로 인한 심장 장애로 앞으로 1주일밖에 살 수 없다는 말을 듣는다. 빌레트에서 그녀는 비로소 활기를 찾는다. 정신병자에게 정상적인 행위란 있을 수 없으므로 그녀는 자신이 원하는 대로 행동할 수 있는 자유를 만끽한다. 그녀는 자신을 화나게 하는 남자를 때리기도 하고 금욕적인 정신분열증 환자 앞에서 자위를 하기도 하고, 피아노에 대한 열정에 불을 붙이기도 하고, 끝내는 예술가가 되고 싶어한다는 이유로 부모에 의해 정신병원에 갇힌 에두아르드와 사랑에 빠진다.

에두아르드라는 인물은 작가인 코엘료 자신과 소설 속의 세계를 연결해주는 몇 가지 중 하나이다. 그는 세 번째 장에서야 등장해서 예술적 성향 때문에 정신병원에 들어오게 된 사연을 밝힌다. 이렇듯 직접 한 개인에 대해 알 수 있는 것이야말로 이 소설을 놀랄 만큼 단순하게 만드는 요소이다. 전기충격 요법이나 인슐린 쇼크, 그리고 정신병 환자들에게 행해지는 다른 치료법들은 우리로 하여금 "제정신"이라는 것의 의미를 다시 한 번 생각해보게 한다.

점점 엇비슷해지고, 개성을 잃어가고, 고립되어가는 세계에서 이 소설은 20세기 말의 기원과 세계의 종교적 감상, 자기 수양의 각도, 그리고 인간의 영혼을 질식시키는 사회적 모랄만 아니라면 인생은 의미를 가질 수 있다는 생각을 반영하고 있다. **CK**

Der Alchemist
PAULO COELHO
ALCHIMISTU
chimiste
O ALQUIMISTA
The Alchemist
PAULO COELHO
O ALQUIMISTA
PAULO COELHO
O maior fenômeno editorial do Brasil.
Dos seus três livros:
UM MILHÃO DE EXEMPLARES
L'ALQUIMISTA
ALCHIMISTA
Paulo Coelho
Paulo Coelho
a fable about following your dream
THE ALCHEMIST
THE ALCHEMIST
Paulo Coelho
Paulo Coelho
Le Pèlerin
Compostelle
PAULO COELHO

세월 The Hours

마이클 커닝햄 Michael Cunningham

작가 생몰연도 | 1952(미국)
초판 발행 | 1998, Farrar, Straus & Giroux(뉴욕)
원제 | The Hours
퓰리처 상 수상 | 1999

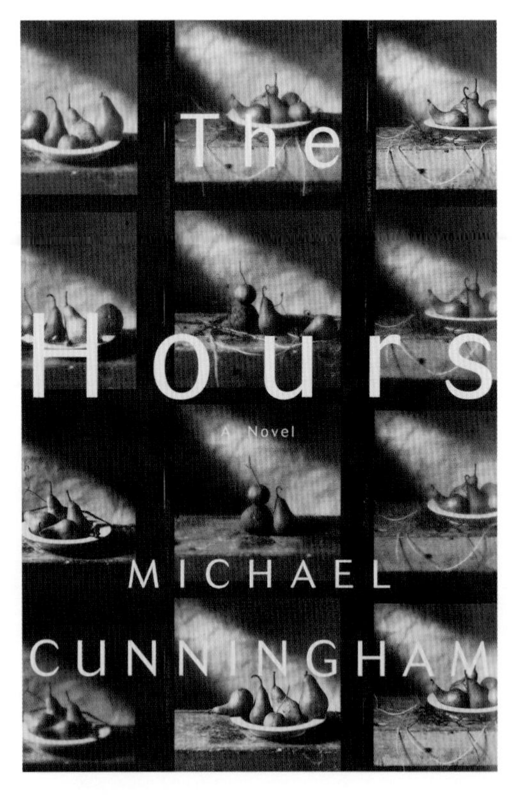

"목소리가 들려오기 시작하고…"

▲ 커닝햄은 1999년 퓰리처 상, PEN/포크너 상, 그리고 게이, 레즈비언 & 트랜스젠더 문학상을 한꺼번에 수상했다.

버지니아 울프의 『댈러웨이 부인』을 매력적으로 재구성한 『세월』은 클라리사 댈러웨이의 내면 독백을 세 여성의 3인칭 내러티브로 쪼갠다. 클라리사 본은 현대 뉴욕에 살고 있는 중년의 레즈비언이다. 심지어 그녀와 (성적으로 애매한) 우정을 나누어온 저명한 게이 시인 리처드는 그녀에게 "댈러웨이 부인"이란 애칭까지 붙여주었다. 로스앤젤레스의 가정주부 로라 브라운은 『댈러웨이 부인』과 다른 소설들을 읽으며 1940년대 대도시 교외에서 주부로 살아간다는 것의 공허함과 싸운다. 한편 허구의 버지니아 울프는 그녀의 소설 『댈러웨이 부인』 때문에 머리털을 쥐어뜯고 있다. 클라리사는 리처드가 명망 높은 문학상을 탄 것을 축하하기 위해 파티를 준비하고, 로라가 어린 아들에게 자신을 쏟아붓고 있는 동안 울프는 『댈러웨이 부인』을 완성하기 위해 자신의 병을 되돌아보려 애쓴다.

커닝햄은 잃어버린 가능성을 애도하는 울프의 해부를 재생한다—울프의 여주인공 클라리사 댈러웨이는 미지의 레즈비언 관계의 망령에 시달리고 있다. 클라리사 본의 성공적인 장기적 관계와 도회지의 사회적 자유는, 젊은 시절 리처드와의 관계와 단 한 번의 열렬한 키스를 더더욱 강렬하게 빛나게 하는 세속적인 배경이 된다. 세계를 만들기 위해 기질과 경험이 서로에게 작용하는 연금술의 과정을 성찰하면서, 사건(자살, 키스…)들이 지속되는 일상을 보충하는 불확실한 방식이 이 소설을 지배한다. **AF**

만성절 All Souls Day

세스 노테봄 Cees Nooteboom

이 소설의 주인공 아르투르 다네는 시간이 남아도는 인간이다. 일부러 그렇게 살고 있다. 그는 하루 종일 베를린 시내를 돌아다니며 도시와 자기 자신의 과거와 타협하면서 이런 저런 생각에 잠겨 시간을 보낸다.

10년 전, 그의 아내와 어린 아들이 비행기 사고로 죽었다. 그때부터 그는 짐이 되어버린 자유 속에서 살아나가기 위해 애써왔다. 다큐멘터리 영화감독인 그는 관찰자로 사는 것에 익숙하다. 얼굴에 흉터를 지닌 젊은 여성을 본 그는 삶에 좀더 직접적으로 관여하기로 마음먹는다. 사랑—그리고 궁극적으로는 무차별적인 폭력 행위—의 충격으로 그는 익명성에서 빠져나와 앞으로 밀려나간다. 이 이야기는 어슬렁거리며 걸어가는 속도로 진행되고, 장면들은 아르투르 자신처럼 지적인 담화를 즐기는 그의 친구들의 기나긴 토론에 종종 등장하는 언어의 스냅사진처럼 읽힌다.

로맨스 소설이면서 일종의 죽어가는 20세기와 나누는 대화라고 볼 수 있는 이 소설은 근대 역사에 새겨진 공포와 상실, 그리고 파괴의 카탈로그를 응시한다. 시간의 경계를 벗어나 저 위에 있는 영혼들이 이야기하는, 때때로 더 멀리 내다보는 서술로, 『만성절』은 개인적이고 또한 공적인, 인생와 예술, 그리고 역사적 사건들의 의미에 대한 진지한 물음을 던진다. **ES**

작가 생몰연도 | 1933(네덜란드)
초판 발행 | 1998
초판 발행처 | Atlas(암스테르담)
원제 | Allerzielen

"아서는 빛을 보았다."

▲ 노테봄은 노벨 문학상 후보로 자주 거론되었으며, 한 차례 최종 후보자 명단에 올랐다.

이단자 The Heretic

미구엘 들리브 Miguel Delibes

작가 생몰연도 | 1920(스페인)
초판 발행 | 1998
초판 발행처 | Destino(바르셀로나)
원제 | El hereje

미구엘 들리브의 『이단자』는 1517년 10월 13일, 즉 마르틴 루터가 교황 권력의 남용과 면죄부 판매를 비난하는 유명한 95개조 반박문을 비텐베르크 교회 문에 내다붙인 바로 그 날 시작한다. 이날은 또 치프리아노 살체도가 스페인의 발라돌리드에서 태어난 날이다. (작가의 고향이기도 한) 발라돌리드에서 카스티야 루터파가 일어나자 로마 가톨릭이 비관용과 압제로 충만한 당대의 분위기가 이 소설에 짙게 배어 있다. 그 자리에 못이라도 박힌 것처럼 독자를 꼼짝 못하게 하는 이 내러티브의 중심에는 양심의 가책으로 괴로워하고 있는 부르주아 가톨릭 교도 살체도가 있다. 종교의 교리도, 그의 영성 교육을 책임진 신부들도 그의 신학적 질문에 설득력 있는 대답을 제시해주지 못한다. 그는 몰랐지만, 사실 이것은 종교 개혁을 가리키고 있었다. 왜 살체도는 자신의 죄를 일개 신부에게 고백해야 하는가? 왜 미사는 그의 영혼을 고양시켜주는 게 아니라 오히려 흐트러놓는가? 왜 그는 연옥에서 자신의 죗값을 치러야만 하는가, 그리스도가 이미 모든 인류를 위해 충분한 고통을 당한 것이 아닌가? 나날이 광신적이 되어가는 사회는 신과 자신과의 관계를 정의하려는 그의 이런 물음들을 무시하고, 고립감을 느낀 그는 새로운 신자들의 단체에 발을 들여놓게 된다. 이들은 그가 갈구했던 소속감을 주기는 하지만, 그 결과는 파멸이다.

『이단자』는 종교의 자유와 관용에 대한 우리의 권리를 설득력 있게 이야기하고 있다. 특히 지금 우리가 살고 있는 이 시대에 귀담아들어야 할 쓰라린 충고이다. 이 작품은 1999년 스페인 국립 문학상을 수상했다. **AK**

소립자 Elementary Particles

미셸 우엘벡 Michel Houellebecq

작가 생몰연도 | 1958(레위니옹 섬)
초판 발행 | 1998, Flammarion(파리)
다른 제목 | Atomized
원제 | Les Particules élémentaires

『소립자』는 미셸 우엘벡의 음울한 세계관을 국제적인 독자층에 선보인 첫 번째 소설이다. 서양 문명은 넓은 관점에서 볼 때 실패했고, 인류는 비참하고 고독하며, 감정이나 소통이 거의 불가능하다는 것이다. 우엘벡은 설득력 있는 문화 분석과 현대 여가 사회의 대두를 보여주며, 개인의 쾌락과 행복을 좇으라고 명령하는 것 자체가 억압이요, 고통이라고 말하고 있다.

이 책의 주인공인 미셸과 브루노는 중년이 될 때까지 떨어져 산 형제이다. 미셸은 총명하지만 감정적으로는 고립된 과학자이고, 브루노는 구제불능의 난봉꾼이다. 섹스는 이 소설의 논쟁이 펼쳐지는 무대이다. 미셸은 성적 관계를 형성하지 못한다—심지어 어린 시절 여자친구인 아름다운 아나벨의 애정까지도 거부한다. 반면 브루노는 뉴에이지 휴일 캠프며 스윙 클럽에 드는가 하면, 때때로 노출증 환자로서 성적 행위가 제공하는 일시적인 이상향과 비열함에 대한 우엘벡의 논리에 코믹한 무대를 제공해준다. 생물학적 원칙의 우월성은 남성과 여성에 대한 일련의 결론을 이끌어낸다. 여성은 죽을 수밖에 없는 운명을 상징하는 자기희생적인 존재이며, 남자는 여자들의 성적 도발에 넘어갈 수밖에 없는 숙명을 지고 있다는 것이다. 이것은 인간을 향한 비가가 아니다—우엘벡은 우리의 뒷모습을 보고 싶어 견딜 수 없어한다. 그렇지만 여기서 던져야 할 질문은, 그가 정말 그렇게 생각하는가? 하는 것이다. **DH**

▶ 우엘벡은 여성 혐오자에 인종차별주의자라는 이유로 비판을 받아왔으나, 그의 작품들에 등장하는 소재들은 인간의 삶에 대한 훨씬 폭넓은 혐오이다.

추락 Disgrace

J. M. 쿠체 J. M. Coetzee

작가 생몰연도 | 1940(남아프리카)
초판 발행 | 1999, Secker & Warburg(런던)
원제 | Disgrace
부커상 수상 | 1999

"네 멋대로 해라."

▲ 남아프리카 출생인 쿠체는 2006년에 호주 시민권을 취득했다. 그는 2003년 노벨 문학상을 수상했다.

▶ 아파르트헤이트 철폐 이후의 남아프리카를 암울하고 염세적으로 묘사한 쿠체는 남아프리카에서 논쟁의 불씨를 붙였다.

아파르트헤이트 철폐 이후의 남아프리카는 난공불락이라고 여겨졌던 사회구조가 무너져 내린 사회였다. 한때는 무소불위의 지위를 누렸던 백인들 중 상당수는 힘겨운 적응 기간을 필요로 했다. 케이프 타운의 한 대학 교수인 52세의 데이비드 루리는 제도적으로 용인된 인종차별주의의 종말보다는, 평생을 바쳐온 문학, 그것도 로망스 문학에 대한 열정을 경시하는 세계화로 남아프리카가 발을 내딛은 사실이 더 걱정이다. 한 학생의 무분별한 유혹이 규율 위원회 소집으로 이어지고, 그 불명예스러운 과정을 견딜 수 없게 된 루리는 사표를 내고 미지의 미래로 빠져든다.

캠퍼스 풍자로 시작한 『추락』은 루리가 이스턴 케이프의 작은 농장에 살고 있는 딸을 방문하면서 더욱 어두워진다. 어느날 세 흑인 남자가 이들을 기습, 루시를 강간하고 루리는 불에 태운다. 변화한 세계에 대한 루리의 경악은 루시가 이 사건을 고발하지도, 강간으로 인해 생긴 아이를 지우지도 않겠다고 선언하면서 더욱 심해진다. 그는 이 지역의 남아도는 개들을 보살피는 동물 센터와, 작업이 진행되면 될수록 더욱 연출이 불가능해지는 오페라 집필에 헌신하기로 마음먹는다. 이제 딸과의 사이에는 거리가 생겼지만, 그럼에도 그는 "방문"이라는 새로운 관계를 꿈꾼다.

『추락』은 그 새로운 사회적, 정치적 질서의 묘사 때문에 남아프리카에서 맹렬한 논쟁을 불러일으켰다. 그러나 이 소설의 도덕적 입장은 남아프리카의 문제를 다룬 그 고통스러운 리얼리즘보다 더 도전적이다. 동물들과 음악적 창조에 대한 루리의 헌신은 자기중심적인 성적 약탈로 일관된 삶의 뒤에 찾아오는 일종의 구원일까? **DA**

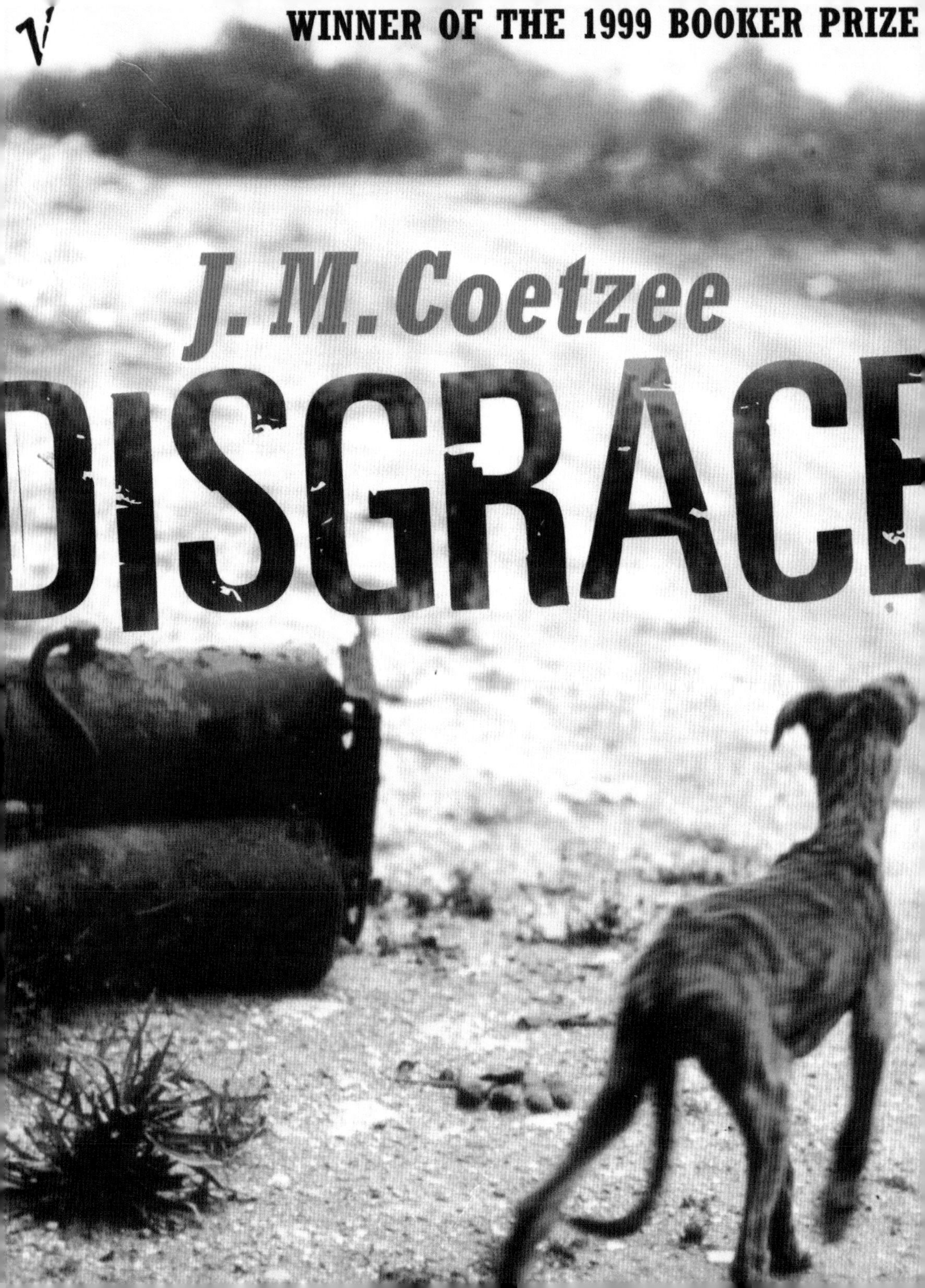
V
WINNER OF THE 1999 BOOKER PRIZE
J. M. Coetzee
DISGRACE

마치 내가 거기 없는 것처럼

As If I Am Not There

슬라벤카 드라쿨리치 Slavenka Drakulić

작가 생몰연도 | 1949(유고슬라비아)

초판 발행 | 1999

초판 발행처 | Feral Tribune(스플리트)

원제 | Kao da me nema

크로아티아 언론인인 슬라벤카 드라쿨리치는 현대 발칸 반도 역사에 대해 가장 객관적이고 가장 깊은 통찰을 보여주는 관찰자 중 하나이다. 그녀의 소설『마치 내가 거기 없는 것처럼』은 1992년과 1993년의 보스니아를 무대로 하고 있다. 내러티브는 세르비아군이 마을로 들어오면서 세르비아인과 보스니아인의 혼혈인 학교 교사 S.가 겪어야만 했던 끔찍한 경험을 이야기하고 있다. S.는 세르비아 여성 전용 강제수용소에 보내져 끊임없는 성폭력과 구타를 당한다. 소설은 가정도 없고, 수용소 내에서의 집단 강간으로 인해 임신한 태어나지도 않은 아들에 대해서도 복잡한 심경인 그녀가 난민 신분으로 스칸디나비아에 도착하면서 절정을 이룬다. 더욱 고통스러운 것은 그녀의 이야기를 편견이나 판단 없이 들어줄 사람이나 사회를 만날 수 없다는 것이다.

간결하고도 단호한 문체로 디테일까지 상세하게 묘사하였으나 문학적 요령이 없어 더욱 잊혀지지 않는다. 문체는 단순하지만 도덕적으로는 복잡한 이 작품은 전쟁과 남성성, 성폭력, 그리고 여성의 육체 사이의 강력한 연결고리들을 그리고 있으나, 손쉬운 결론을 내지는 않는다. 가장 충격적인 점은 작가가 전쟁을 묘사하면서 세르비아를 악의 화신으로 내세우지 않았다는 점이다. 등장인물들의 이름 대신 머릿글자를 사용한 것은 작가가 민족과 종교의 문제를 얼마나 세심하게 다루었는지를 보여준다. 우리는 각각의 등장인물을 수단이자 매개체로서, 유연하게 논리적이면서 때로는 경악스러울 정도로 비논리적인 하나의 인물로만 대해야 하는 것이다. **SamT**

파벨의 편지

Pavel's Letters

모니카 마론 Monika Maron

작가 생몰연도 | 1941(독일)

초판 발행 | 1999

원제 | S. Fischer Verlag(프랑크푸르트)

미국판 초판 발행 | Pawels Briefe

자신의 가족사를 재구성한 이 작품에서 모니카 마론은 바이마르 공화국, 나치 정권, 동독이라는 세 개의 서로 다른 정치 체제를 살아온 자신의 조부모와 부모의 삶을 탐험하고 있다. 가족사라는 렌즈를 통해 20세기 독일 역사를 진단하는 보다 폭넓은 장르에 속해 있는 이 작품은 마론의 할아버지인 파벨의 비극적인 이야기에 초점을 맞추고 있다. 파벨은 유태인으로, 1942년 나치의 손에 목숨을 잃었다. 할아버지에 대한 마론의 인식은 동독에서 보낸 성장기와, 딸의 이민과 과거 서독에서의 문학적 성공을 이해할 수 없는 어머니의 가치 판단이라는 영향을 받는다. 마론은 1939년 이전, 폴란드와 서베를린에 살았던 조부모에 대한 새로운 시각을 갖고자 어머니와 이야기를 나누고, 오래된 가족사진들을 찾아보고, 폴란드로 여행을 떠난다.

가족사를 다시 세우고자 하는 마론의 목표—무언가 구체적인 것을 찾고자 하는 것이 아니라, 그저 그 곳에 가서 그들의 삶이 어땠는지를 상상하고, 나의 삶과 그들의 삶을 연결하는 실낱을 찾는 것—는 직설적이고도 야심만만하다. 이 책은 베를린 장벽 붕괴 직후를 배경으로 하고 있으며, 나치 독일은 물론 옛 동독의 유산 역시 똑바로 맞서고 있다. 단순한 에피소드식 문체로 쓰여진『파벨의 편지』는 친밀한 가족사인 동시에 20세기 유럽 역사를 배경으로 하는 감동적이고 보편적인 이야기이다. **KKr**

클링조르를 찾아서

In Search of Klingsor

호르헤 볼피 Jorge Volpi

작가 생몰연도 | 1968(멕시코)
초판 발행 | 1999
초판 발행처 | Seix Barral(바르셀로나)
원제 | En busca de Klingsor

제2차 세계대전 종전 직후, 미국의 물리학자였다가 군 첩보요원이 된 프랜시스 P. 베이컨은 나치 독일에서 과학 연구의 성격과 방향을 조종했던 클링조르의 정체를 밝혀내라는 임무를 부여받는다. 베이컨은 독일인 수학자 구스타프 링스와 수수께끼의 여인 이레네—베이컨은 곧 그녀와 사랑에 빠진다—의 도움으로 명단을 만들기 시작한다. 링스가 이 소설의 화자가 되어 전쟁 전과 전쟁 도중의 베이컨의 분리된 삶을 보여준다.

볼피는 이러한 밑바탕을 가지고 독자들을 1930년대와 1940년대 과학적, 정치적 기류 속으로 초대한다. 클링조르를 추적하면서 베이컨과 링스는 당대의 가장 유명한 물리학자들—슈뢰딩거, 보어, 그리고 유력한 용의자인 베르너 하이젠베르크(1901~1976)*—을 만난다. 볼피는 상대성, 확정성, 확률 등의 보다 무거운 이슈들을 다루면서 스파이 스릴러물의 플롯을 압도적인 클라이맥스로 이끈다. 또한 등장인물들과 최초의 원자폭탄을 만들어내기 위해 애쓰는 물리학자들의 분투를 새로이 그려낸다.

이만큼 광범위한 소설치고는 드물게도 『클링조르를 찾아서』는 지나치게 심각하거나 신성한 척하지 않는다. 오히려 독자가 당시의 과학적 사고를 이해하고 미스테리 구조가 발달할 수 있도록 속도를 조절한다. 볼피는 종종 자신은 긴장을 풀기 위해 스릴러물을 쓴다고 말한 바 있다. 그러나 게임과 기회, 그리고 분노에의 탐구를 보고 있노라면 단순히 긴장을 푸는 것 이상의 야심만만한 작품임을 알 수 있다. **OR**

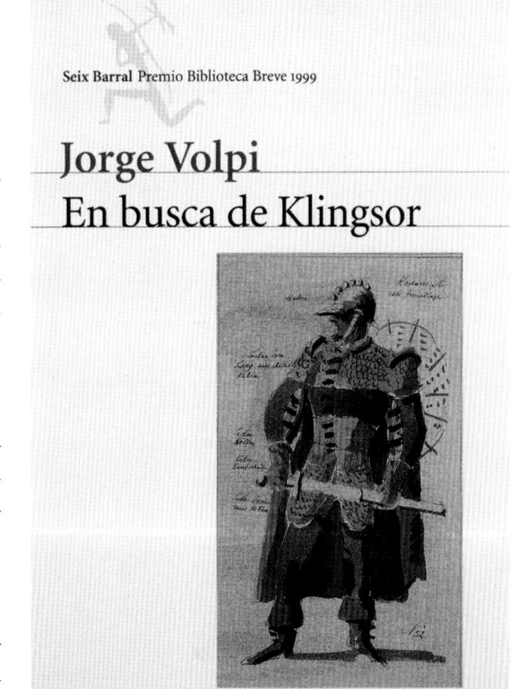

Seix Barral Premio Biblioteca Breve 1999
Jorge Volpi
En busca de Klingsor

"나는 이 자리에서 나, 구스타프 링스—당신들처럼 살과 피를 가진 한 인간—가 이 이야기의 작가라는 것을 명확히 밝혀야겠다. 하지만 나는 도대체 누구란 말인가?"

* 양자역학을 수립하는 데 공헌했으며 유명한 불확정성 원리를 확립하였다. 제2차 세계대전 이후 독일 카를스루에에 최초의 원자로를 설계하였으며 원자력을 평화적으로 이용할 것을 적극 주장했다.

▲ 볼피의 스타일리쉬하고, 과학적인 나치 추적 스릴러물은 전형적인 멕시코 소설의 영역을 탈피하고 있다.

무조건 항복 박물관 The Museum of Unconditional Surrender

두브라프카 유그레지치 Dubravka Ugresic

작가 생몰연도 | 1949(유고슬라비아)
초판 발행 | 1999
초판 발행처 | Fabrika knjiga(베오그라드)
원제 | Muzej bezuvjetne predaje

"나는 사람들의 불행을 빨아들인다."

▲ 고향인 크로아티아를 떠나 망명지에서 살고 있는 유그레지치는 세련된 문학적 기법을 사용해 깊이 느낀 개인적 경험을 탐구한다.

베를린 동물원은 1961년 8월 21일 사망한 바다코끼리 롤랜드의 위장 속에 있었던 초현실적인 내용물들을 전시하고 있다. 화자는 그 내용물의 목록을 보면서, 우리 자신처럼, 그 무질서 속에서 어떤 구성, 어떤 논리를 찾아보려 애쓴다. 이것은 망명과 유사, 그리고 상실을 다룬 이 특별한 소설의 중심적 은유가 되었다. 베를린 벼룩시장과 오래된 핸드백 속의 내용물, 사진앨범, 그리고 일련의 두서없는 사건들이 고요하게 아름답고 우울한 문장으로 나타난다.

다양한 예술가와 친구들, 서로 연결된 이야기와 만남들을 통해 유그레지치는 여러 겹의 의미와 상호 연결로 채운 콜라쥬를 완성한다. 그녀가 묘사하는 인물들—허구와 실존 인물을 막론하고—은 기억과 정체성 사이의 관계, 특히 이 둘이 모두 부재할 때를 헤쳐나가기 위한 다양한 방법들을 모색하게 해준다. 유그레지치는 1993년 갈가리 찢겨지고 있던 조국을 떠나 망명하였다. 뒤이은 전쟁과 유혈은 해묵은 증오에 불을 붙여 어제의 친구를 오늘의 적으로 만들었고, 수천 명이 망명길에 오르도록 강요했다.

『무조건 항복 박물관』은 망명으로 인한 느리고 지속적인 상실감과 박탈감, 그리고 가정이라 부를 수 있는 것의 완전한 실종을 포착하고자 하였다. 그 분열된 포스트모더니즘 방식의 이야기체는 마술적 리얼리즘, 일기장, 수필 문장, 그리고 캐러웨이(회향풀의 일종, 혹은 그 열매) 수프 사이를 오가며 작가로 하여금 그녀 자신을 일종의 박물관 전시회로 인식하게끔 하였다. 더이상 존재하지 않는 집을 뒤에 두고 온 이들이 그렇듯이 말이다. 그녀는 두 가지 종류의 망명에 대해 언급한다. 하나는 사진(과거에 묶인)이 있고 다른 하나는 없다. 그리고 이 소설은 그 (과거에 묶은)끈을 만들고, 탐구하려는 유그레지치의 시도이다. **JM**

두려움과 떨림 Fear and Trembling

아멜리 노통브 Amélie Nothomb

동서양의 간극이 평화롭게 메워지리라고 이제껏 단 한 사람도 말한 적이 없다. 캐나다의 광학섬유부터 싱가포르의 음료수까지 취급 안하는 것이 없는 일본 기업에서 일하는 벨기에인의 이야기를 다룬 이 프랑스 소설에서, 작가는 지구촌 사회에 적응하는 문제를 즐겁게 비꼬고 있다. 『두려움과 떨림』은 아멜리가 일본의 거대 기업의 말단 사원으로 1년 계약을 하면서 겪는 경험들을 그리고 있다. 어린 시절 일본에서 지낸 경험이 있는 아멜리는 현지인인 동시에 외국인이다. 그러나 그녀의 현지인적 특성은 그녀의 외국인적 특성만큼이나 그녀에게 유리하게 작용하지 않는다.(심지어 일본어를 이해한다는 이유로 제재를 받기까지 한다.) 한 직급씩 계속 강등당하면서, 아무 생각이 필요 없는 서류 복사로 시작한 그녀는 마침내 자신과 직속 상사인 후부키 모리만이 사용하는 화장실 청소부로 전락한다. 아멜리는 섬세한 미모의 소유자로 위험할 정도로 오만한 그녀를 향한 자기파멸적 사랑에 빠진다. 거대한 일본 기업의 미친 노동관계가 대표하는 것에 대한 노통브의 공격은 그러나 완전히 악의적이지는 않다. 그녀는 그들이 생각하는 명예와 전통에 순종하는 사람들에게 공감을 표시한다. 이 풍자적이면서도 사려깊은 소설에서 작가는 누구에게나 하나씩 있는 결점을 대하듯, 애정을 가지고 동양과 서양을 똑같이 조롱하고 있다. **JuS**

작가 생몰연도 | 1967(일본)
초판발행 | 1999, A. Michel(파리)
원제 | Stupeur et tremblements
언어 | 프랑스어

"내 밑으로 아무도 없다."

▲ 벨기에 대사의 딸로 성장한 노통브는 어린 시절부터 문화적 명사 지위를 누린 덕분에 언론에 자주 노출되곤 했다.

Two days later Richard Sheridan entered the little booksl

Ireland, having been alerted by a scrawled message an h

him. "My dear sir. An honour." Sheridan bowed. "We

"Where is the young man of the day?" Sherida

found it difficult to turn as William descended the stairca

"I am William Ireland, sir."

"May I shake your hand, sir? You have done u

pronounced each word as if he were addressing others u

believe, who recommended Vortigern as a great subject

in Holborn Passage. Samuel

before, was waiting to greet

immensely

all ~~very~~ proud."

as a large figure, and he

"Is it you?"

a great purpose"

~~ha great service~~.' Sheridan

en. "It was Mr Dryden, I

a drama."

▲ 피터 애크로이드, 『런던의 새끼양들』, 2004

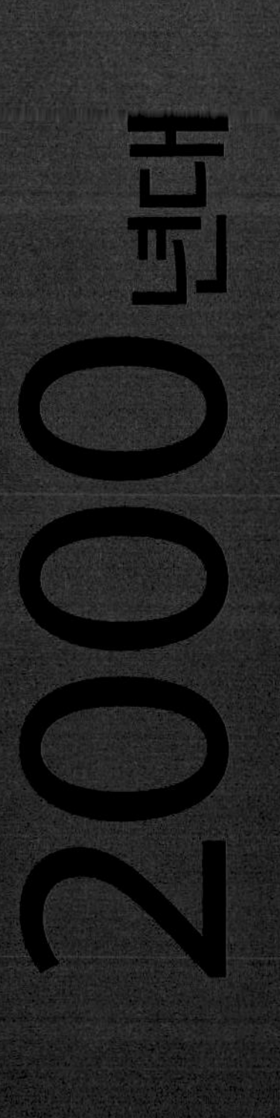

바틀비 주식회사 Bartleby and Co.

엔리케 빌라-마타스 Enrique Vila-Matas

작가 생몰연도 | 1948(스페인)
초판 발행 | 2000
초판 발행처 | Anagrama(바르셀로나)
원제 | Bartleby y compañía

『이동 문학의 간추린 역사』(1985)로 컬트 작가가 된 빌라-마타스는 프랑스에서 2000년 최고의 에세이 상을 탄 이 소설로 폭넓은 인정을 받게 되었다. 그는 허먼 멜빌이 창조해낸 필경사 바틀비를 수수께끼의 주인공으로 내세워, 한번쯤은 작품의 출간을 거부하고 "NO"라고 말하고픈 작가들의 상징적 인물로 활용했다. 이러한 "바틀비 신드롬"을 탐구하기 위해 작가는 카프카와 페소아, 그밖의 다른 작가들에게서 영감을 얻어 자신의 분신이라 할 수 있는 보잘것없는 사무원 마르첼로를 창조해냈다. 1999년 여름, 마르첼로는 "침묵의 악마에 사로잡힌 작가들"의 사건들을 "보이지 않는 텍스트에 대해 언급하고 있는 주석에으로서 기록한" 일기를 쓰기 시작한다.

이 소설은 마르첼로의 86개의 에세이에 대한 언급으로 구성되어 있다. 그 속에는 소크라테스, 랭보에서부터 후안 룰포, 샐린저, 토머스 핀천, B. 트레븐, 로버트 왈저에 이르기까지, 글을 쓰지 않거나 자신의 글을 알리려 하지 않는 사람들이 나타난다. 특히 왈저의 경우는 빌라-마타스의 후기작에 큰 영향을 미쳤다. 현실과 허구, 본문과 주석이 각자의 영역을 침범하는 것은, 전통적인 문학 장르가 사라지는 것이야말로 작가의 미적 의도 중 하나였기 때문이다. 아니, 이것이야말로 작가의 주된 의도였는지도 모른다. 이렇듯 체계를 뒤엎은 결과는 독자가 적극적으로 끼어들 수 있는 상상력과 글쓰기, 읽기의 매력적인 결합이다. **DRM**

천상의 화음 Celestial Harmonies

페터 에스테르하지 Péter Esterházy

작가 생몰연도 | 1950(헝가리)
초판 발행 | 2000
초판 발행처 | Magveto(부다페스트)
원제 | Harmonia caelestis

작가의 이름이 왠지 낯익지 않은가? 에스테르하지는 헝가리의 가장 지체 높은 귀족 가문의 귀공자이다. 게다가 맙소사, 그는 독자들에게 그 사실을 끊임없이 상기시킨다. 에스테르하지 가문을 체통 없는 환경에서 살도록 강요했던 동구의 공산주의가 무너진지도 벌써 10년, 『천상의 화음』은 가문의 역사를 다시 새기려는 거대한 시도이다. 문자 그대로 거대하다. 보급판이라고 해도 900페이지가 넘고 무게가 700그램 가까이 나간다. 그러나 이 작품은 그 일화, 판단, 그 일람의 측면에서도 거대하다. 비록 일부러 쓸데없는 소리를 늘어놓거나 자꾸만 손가락 사이로 빠져나가는 부분이 없지 않지만, 독자들은 이 책에 등장하는 명사들의 이름을 보고 충격을 받을 것임에 틀림이 없다. 하이든, 벨라 바르토크, 윈스턴 처칠은 물론 나폴레옹 3세까지 카메오로 출연하니 말이다.

『천상의 화음』은 완전히 다른 전반부와 후반부로 나뉘어져 있다. "2부"가 작가의 바로 윗대 선조들의 "에스테르하지 가의 고백"을 이야기하고 있다면, "1부"는 유쾌하고, 변덕스럽고, 약간 미친 "에스테르하지 가의 삶에서 발췌한 경구들"로, 한 사람의 주인공이 약 700년에 걸친 다수의 역사적 인물들의 역할을 맡는다. 이 책은 누가 보아도 매우 기묘한 책이다. 영미문학에서 이 책에 비견될 만한 작품을 굳이 찾는다면 『율리시즈』의 환각 장면 정도가 되겠다. 『천상의 화음』이 때때로 지나치게 남성 중심적이고, 계급사회적이고, 구세계를 묘사하고 있는 것처럼 보인다해도, 그 시대착오적인 찬란한 상상력으로 눈감아 줄 수 있을 것이다. **MS**

▶ 헝가리 최고의 귀족 가문의 후손인 페터 에스테르하지는 헝가리 소설을 완전히 뒤바꾸어 놓았다.

언더 더 스킨 Under the Skin

미헬 파버 Michel Faber

작가 생몰연도 | 1960(네덜란드)

초판 발행 | 2000, Canongate Press(에딘버러)

미국판 초판 발행 | Harcourt(뉴욕)

원제 | Under the Skin

미헬 파버의 첫 번째 소설 『언더 더 스킨』은 여주인공 이셀리의 삶과 일에 초점을 맞추고 있다. 이셀리는 낡은 코롤라를 타고 스코틀랜드 고지대를 돌며 근육질의 멋진 몸매를 가진 남자 히치하이커를 찾고 있는 중이다. 하지만 그녀의 목적을 미리 밝히진 않겠다. 교활한 속임수와 서스펜스, 소름끼치는 폭로, 그리고 아름다운 묘사의 완벽한 조화에서 나오는 이 소설의 충격력을 반감시키고 말 테니. 그냥 이 소설을 읽음으로써 인간과 동물 사이의 독단적인 구분, 그리고 산업 규모의 도살과 육류 소비 문화의 간과하기 쉬운 윤리적 측면에 직면하게 될 것이라고만 말해두는 것이 좋겠다. 이 소설은 가장 둔감하고 생각 없는 육식주의자라도 동물, 인간, 자본주의, 그리고 동물 윤리 같은 복잡하고 맛없는 이슈들을 생각해보지 않을 수 없게 만든다. 그러나 이러한 것들이 단순한 유전적 분류를 거부하는, 독자를 사로잡는 독특한 이야기의 문맥 안에서 이루어지기 때문에 이 소설은 스릴러이자 SF소설, 그리고 자신이 살고 있는 세상을 좀더 합당한 곳으로 만들고자 하는 한 개인의 투쟁이라고도 말할 수 있다.

이 소설은 마치 눈앞에 장면을 펼쳐놓는 듯한 강렬한 풍경 묘사로 가득하다. 이셀리에게 자연의 숨막히는 아름다움은 그녀의 삶과 일의 어려움에 대한 보상이다. 그러나 그녀는 이 아름다움을 만끽할 수 있는 자유를 얻기 위해 어마어마한 희생과 고통을 겪어야만 했다. 바로 여기에 자연의 즐거움과 그 안에서 사는 우리의 특권에 대한 자각을 촉구하는 파버의 비통한 열망이 담겨 있다. 도시화와 소비, 소모, 그리고 세계화된 자본주의의 파괴 앞에서 이룰 수 없고, 돌이킬 수도 없게 된 열망이다. 『언더 더 스킨』은 매우 감동적이고, 아름다울 정도로 윤리적이며, 지극히 독창적인 소설이다. 평생 머리에서 떠나지 않을 그런 책이다. **SD**

휴먼 스테인 The Human Stain

필립 로스 Philip Roth

작가 생몰연도 | 1933(미국)

초판 발행 | 2000, Houghton Mifflin(뉴욕)

원제 | The Human Stain

펜클럽 문학상, 포크너 상 수상 | 2000

『휴먼 스테인』에서 로스는 두 가지 진부하기 짝이 없는 소재—비밀을 지닌 주인공과 늙은 남자와 젊은 여자 사이의 정사—를 들고 나왔다. 패배를 모르는 복싱 선수였다가 이제는 교수가 된 콜먼 실크의 일대기가 이웃인 네이튼 주커만을 통해 펼쳐진다. 인종차별을 했다는 거짓 고발로 인해 대학 당국으로부터 비방을 들은 콜먼 실크는 은퇴하고 고향으로 돌아온다. 그를 기다리고 있는 것은 비아그라와 하녀 포니아. 문맹인 포니아는 아이들의 죽음으로 인한 슬픔이 가시지도 않았는데, 베트남전 참전 군인인 난폭한 전남편으로부터 괴롭힘을 당하고 있다.

플래시백을 통해 브롱스에서 보낸 실크의 어린시절은 어마어마한 비밀을 감추고 있음이 밝혀진다—그는 흑인과 백인 모두에게서 당한 인종차별을 거부하는 흑인인 것이다. 실크가 포니아와의 관계를 통해 얻게 되는 개인적, 성적 해방은 매우 놀랍다. 처음에는 단지 호기심 많은 관찰자였던 네이튼 주커만은 실크와 관계를 쌓아가기 시작한다.

이 책은 로스의 작품들 중에서도 강렬한 여성 캐릭터 때문에 특별히 주목할 만한 가치가 있는 작품이다. 사건에 대한 작가와 해석자의 역할 연구는 교묘하지만, 감정의 세계에서 객관성에 대한 의문을 제기하는 이 책은 더 단순하게 본다면 죄책감을 동반하는 비밀, 추측, 그리고 깨달음이다. 콜먼 실크는 불명예의 나락에 떨어진 전형적인 인간으로 보일지 모르지만, 이 작품에는 단순한 우화 그 이상의 것이 있다. 바로 판단과 수치, 위선으로 넘치는 미국 사회와 인간성 자체가 삶에 남긴 얼룩에 대한 은밀한 결눈질이다. 이 책은 비록 겉으로는 사물의 흑백에 관한 작품이지만, 실제로는 잿빛의 천 가지 그림자를 지니고 있다. **EF**

하얀 이빨 White Teeth

자디 스미스 Zadie Smith

작가 생몰연도 | 1975(런던)
초판 발행 | 2000, Hamish Hamilton(런던)
원제 | White Teeth
화이트브레드 상 수상 | 2000

『하얀 이빨』은 아치 존스의 자살미수와 부활로 시작된다. 참전 군인인 아치는 광고지 접는 게 직업이고, 기본적으로 시대에 뒤처진 인간이다. 또 동전을 던지지 않고는 결정 하나 스스로 내리지 못하는 인간이기도 하다. 그의 자살은 미수로 돌아가고, 일산화탄소에 취한 그는 새해맞이 파티의 뒤풀이라도 하듯 헤맨다. 그는 이빨 없는 천사이자 자메이카의 여신인 클라라를 만난다. 클라라는 여호와의 증인이자 아치의 새로운 시작이다. 그들은 잡종에 잘 속아넘어가고, 새로운 종류의 뼛속까지 영국인—혼혈에 뿌리도 없고, 환멸에 빠진—인 이리를 보게 된다. "이리(Irie)"는 자메이카어로 "문제없다"는 뜻이다. 물론 반어적으로 쓰인 것이다.

사마드 이크발은 인도 레스토랑에서 일하는 벵갈인 웨이터이다. 그 역시 전쟁에 참전했으며, 그곳에서 아치를 만났다. 그에겐 싱싱한 젊은 아내가 있다. 그 역시 전통주의자로 전후 영국에 익숙해지려고 애쓰는 중이다. 그의 쌍둥이 아들들 역시 쉽지가 않다. 그중 하나는 더이상 영국물이 들지 않게 하려면 방글라데시로 납치라도 해야 할 판이다. 아치와 사마드의 이야기에 바탕을 둔 『하얀 이빨』은 식민지 시대 이후 영국을 그리는 서사 투시화이다. 사건과 숙명, 실망으로 넘치는 내러티브는 이민과 동질화, 그리고 잡종성에 대해 이야기하고 있다. 또한 우리가 알다시피 종교와 전통, 정치, 그리고 세상의 종말에 관한 이야기이기도 하다. 날이 갈수록 비인격화되어가는 환경 속에서 영국적이라는 것은 무엇인가에 대한 재고이다.

작가가 약관 24세 때 발표한 데뷔작 『하얀 이빨』은 개성을 노래하는 생생한 등장인물들로 살아 움직이는 걸작이다. 스미스는 십대의 사랑이나 제2차 세계대전의 참호 속 광경을 똑같이 어렵지 않게 써내려간다. 그녀는 등장인물들의 뼛속까지 알고 있으며, 유머와 동정으로 그들을 대한다. 작가가 지닌 재능의 성숙함과 광범위함은 불가사의에 가깝다. **GT**

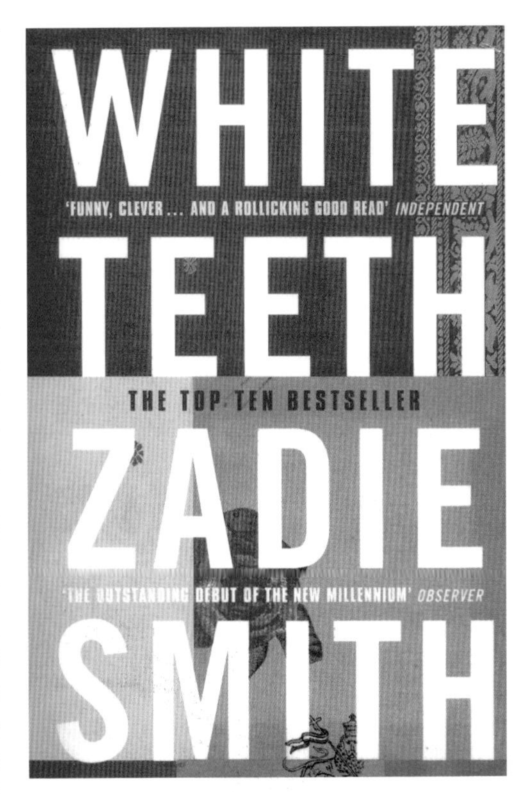

WHITE
'FUNNY, CLEVER ... AND A ROLLICKING GOOD READ' INDEPENDENT
TEETH
THE TOP TEN BESTSELLER
ZADIE
'THE OUTSTANDING DEBUT OF THE NEW MILLENNIUM' OBSERVER
SMITH

"그는 손으로 동전을 튕기고 어떤 결과가 나올지 기다렸다. 이것으로 자살이 결정되었다. 사실 그것이 새해의 결의였다."

▲ 아치 존스와 클라라가 소설에서 그랬듯, 자디 스미스의 영국인 아버지와 자메이카인 어머니가 파티에서 만났다.

봄꽃, 봄서리

Spring Flowers, Spring Frost

이스마일 카다레 Ismail Kadare

작가 생몰연도 | 1936(알바니아)

초판 발행 | 2000

초판 발행처 | Onufri (티라나)

원제 | Lulet e ftohta të marsit

『봄꽃, 봄서리』는 현대 알바니아를 배경으로 공산주의 정권이 무너진 후 살고 또 일하기 위해 몸부림치는 예술가 마르크 구라바르디의 이야기를 들려준다. 이 소설은 정(靜)과 동(動), 잠듦과 깨어있음 사이에서 균형을 이룬 양극단으로 구성되어 있다. 어디서나 재생의 표징이 보이고, 어디서나 이러한 표징들은 마술적인 죽음의 전조로 균형을 이룬다. 이러한 전조는 무엇보다 부활한 카눈, 혹은 중세 때부터 알바니아에서 의식화해온 살인을 규정한 "피의 책"에 강렬하게 나타난다. 이러한 양극단은 특히 심한 부조화를 만들어낸다. 현대 유럽의 요소들이 알바니아의 문화적 지식에 깊이 박혀 있는 이야기 및 의식들과 어깨를 나란히 한다. 이러한 양극단은 결국 파산한 신화적 역사와, 마찬가지로 파산한 현재 사이의 막다른 길을 암시한다. 마르크는 알바니아의 과거에서도 세계 자본에 지배당하는 현재에서도 편안함을 느낄 수가 없는 것이다. 이 소설은 이러한 악몽과도 같은 난국을 생생하게 묘사하고 있다. 그러나 카다레 문장의 고요하고 시적인 움직임에서 우리는 새로운 가능성을 엿볼 수 있다. 새로운 예술과 새로운 알바니아가 바로 그것이다. **PB**

◀ 이스마일 카다레는 엔버 호자의 독재 정권을 공개적으로 비난한 재능 있는 평론가로, 국제적인 명성을 얻었다.

악마와 미스 프랭

The Devil and Miss Prym

파울로 코엘료 Paulo Coelho

작가 생몰연도 | 1947(브라질)

초판 발행 | 2000

초판 발행처 | Objetiva(리우데자네이루)

원제 | O demônio e a Senhorita Prym

『악마와 미스 프랭』은 코엘료의 『그리고 일곱 번째 날』 3부작의 완결편이다. 각각의 세 작품은 평범한 사람들의 인생 중 1주일을 그리고 있다. 이들은 어느 날 갑자기 사랑, 죽음, 또는 권력과 마주치면서, 그들 자신의 내적 갈등과 직면하고 자신들의 미래에 영향을 미치게 될 선택을 내려야만 하게 된다.

『악마와 미스 프랭』에서 낯선 이방인이 프랑스의 작은 마을 베스코스를 찾아온다. 베스코스는 지상 낙원인 동시에 막다른, 활기 없는 공간이다. 이러한 대비는 삶을 대하는 태도를 스스로 선택해야 한다는 작가의 믿음을 반영하고 있다. 즉 현실을 바꿔 더 나은 삶을 얻든가, 가장 완벽한 조건에서조차 행복에 실패하든가 둘 중 하나라는 것이다. 마을을 찾아온 이방인은 바로 제목에 등장하는 악마로 1주일 안에 질문의 답을 찾아야만 한다. 인간은 근본적으로 악한가, 아니면 선한가? 그는 동네 여종업원인 샹탈 프랭 양에게서 그의 이브를 찾고, 그녀로 하여금 악을 행하도록 유혹한다. 수수께끼의 이방인을 환영하는 온 마을이 그의 정교한 계략에 공범이 되어준다. 이 소설은 어떻게 순간의 행위가 우리의 삶 전체에 영향을 미칠 수 있는지를 보여주며 우리가 이러한 되돌이킬 수 없는 순간들에 어떻게 대응하는지를 묻고 있다. 살인 정권들을 기꺼이 "악의 축"이라 이름 붙이는 세계에서, 이 책은 모든 인간은 똑같이 실수를 하게 마련이며 우리 모두 악할 수도, 선할 수도 있다는 사실을 깨우쳐 준다. **LE**

염소의 향연 The Feast of the Goat

마리오 바르가스 요사 Mario Vargas Llosa

작가 생몰연도 | 1936(페루)
초판 발행 | 2000
초판 발행처 | Alfaguara(마드리드)
원제 | La Fiesta del Chivo

▲ 마리오 바르가스 요사는 1990년 보수당 후보로 페루 대통령 선거에 출마했다. 소설가 치고는 보기 드물게 야심만만한 목표였다.

독재자 소설은 라틴 아메리카에서는 전혀 새롭지 않다. 그러나 이 장르의 인정받는 작가들—가장 대표적으로 마르케스의 『가부장의 가을』—이 신화와 우의에 의존하여 그들의 글쓰기를 형상화하였다면, 『염소의 향연』에서 마리오 바르가스 요사는 독자의 시선을 거리의 모략가들과 희생자들의 저녁 식탁, 그리고 라파엘 트루히요의 더러운 바지로 끌어내려 도미니카 공화국의 31년 독재정권 최후의 날을 탐험하게 해준다.

이 소설은 서로 얽혀 있는 세 개의 줄거리를 하나하나 풀어간다. 우라니아의 이야기는 도미니카 공화국과 냉전시대 이후 세계와의 관계를 대변하고 있지만, 또한 도미니카 시민들의 기억과 고통은 물론, 정권이 타협한 대로 따르는 정권에의 맹목적인 믿음과 연루의 기억까지도 묘사하고 있다. 두 번째 줄거리는 한때 트루히요의 충성스러운 부하였던 모략가들의 이야기이다. 그리고 마지막으로 독재자 트루히요 자신의 이야기가 등장한다. 트루히요마저 청결에 대한 강박관념과 방광 질환으로 공적인 원칙에 위협을 당하는, 언제 닥쳐올지 모르는 위험에 고통받는 인간으로 그려졌다.

요사는 한 독재자에 대한 글을 쓰는 것은 모든 독재자들에 대한 글을 쓰는 것이나 마찬가지라 말한 적이 있다. 그러나 도미니카 공화국 거리에서 시민들을 인터뷰까지 한 작가의 꼼꼼한 조사는 이 소설을 다소 읽기 어렵게 만든다. 인간 심리를 독재자 소설 장르에 끼워넣은 것이다. **JSD**

나는 무섭지 않다 I'm Not Scared

니콜로 아마니티 Niccolò Ammaniti

니콜로 아마니티의 『나는 무섭지 않다』는 역사적인 폭염이 덮쳤던 1978년 여름의 이탈리아 남부를 배경으로 하고 있다. 지금은 어른이 된 화자인 미켈레 아미트라노는, 외딴 시골 마을 아쿠아 트라베르세에서 살았던 아홉 살 때의 자신을 회상한다. 한여름, 끈적끈적하고 도저히 견디기 어려운 더위 속에서도 한 무리의 어린 소년들은 자전거를 타고 하루 종일 주위를 탐험하느라 여념이 없다. 아마니티 소설의 중심 인물인 젊은이들이 대부분 그렇듯이 미켈레는 과장된 감수성의 소유자로, 순수하면서도 성숙하고, 그로 인해 그가 속한 무리의 보잘것없고 생각 없는 다른 이들과는 차별화된다. "해골"이 자신을 무리의 대장으로 주장하며, 다른 소년들에게 돈을 뜯어내지만, 미켈레는 점차 소년 범죄의 형태를 띠어가는 이러한 일련의 행위들에 가담하지 않는다. 미켈레는 버려진 농가를 탐험하다가, 자신이 속해 있는 세계를 뒤바꾸어놓게 될 무엇인가를 발견하게 된다. 그리고 그 덕분에 비교적 순수했던 어린 시절의 세계에서 추악하고 이해할 수 없는 어른들의 세계로 강제로 끌려나오게 된다. 『나는 무섭지 않다』는 최고의 성장 소설이라 불려도 아깝지 않다. 어린이가 어른이 되는 과정에서, 어른들의 잔인함과 대비를 이루는 어린이들의 순수함을 무작정 찬양하거나 성숙해지기 위해 "어린애다운 것들을 뒤로 하는" 전형적인 방식을 따르지 않기 때문이다. 무엇보다도 아마니티는, 어린이와 어른 사이에는 대다수의 사람들이 생각하는 것보다 공통점이 훨씬 더 많다고 생각한다. 그러나 이 작품은 기본적으로 스릴러라는 형식을 빌려, 이러한 철학을 가볍게 풀어내고 있다. **FF**

작가 생몰연도 | 1966(이탈리아)
초판 발행 | 2001
초판 발행처 | Einaudi(투린)
원제 | Io non ho paura

▲ 〈나는 무섭지 않다〉는 납치된 소년의 실화를 바탕으로 하고 있으며, 감독 가브리엘레 살바토레가 연출을 맡아 2003년 영화화되었다.

속죄 Atonement

이안 맥이완 Ian McEwan

작가 생몰연도 | 1948(영국)
초판 발행 | 2001, Jonathan Cape(런던)
원제 | Atonement
전미 도서비평가 협회상 수상 | 2001

이 소설의 1부는 1935년, 열세 살 난 소녀 브라이오니 탤리스가 집으로 돌아오는 오빠 레온을 위해 자신이 직접 쓴 연극을 공연하자고 세 사촌에게 제의하는 것으로 시작된다. 양대 대전 사이, 중상류층 가정에서 자라는 이 아이들의 삶은 이상적이어야 마땅한데, 브라이오니는 곧 연극보다 실제 삶에 더 마음을 빼앗긴다. 브라이오니는 언니 세실리아와 아버지의 도움으로 의대에 다니고 있는 가정부의 아들 로비 터너 사이에서 성적으로 긴장된 순간을 목격한다. 그가 세실리아에게 뭔가 강요하고 있다고 믿게 된 브라이오니는 그를 사악한 괴물이라고 단정짓고 세실리아를 향한 열정을 고백한 그의 편지들을 중간에서 가로챈다. 그녀의 사촌 롤라가 알 수 없는 범인으로부터 공격을 당하자 브라이오니는 로비에게 화살을 돌리고, 로비는 체포되어 감옥에 갇힌다. 한 번도 그를 의심하지 않는 세실리아는 비탄에 젖어 간호사가 되기 위해 런던으로 떠나고, 더이상 브라이오니와 말을 하려 하지 않는다.

2부는 5년 후, 군에 입대한 로비에 초점을 맞춘다. 로비는 덩커크 철수작전의 공포와 고통 속에서 싸운다. 3부에서 런던의 종군 간호사가 된 브라이오니는 이제는 함께 있을 수 있게 된 로비와 세실리아에 대한 죄책감을 떨치게 된다.

에필로그에서 브라이오니는 늙은 소설가로 사실과 허구 속에서 자신의 과거를 되돌아보며 그녀의 이야기의 진실성에 의문의 그림자를 드리운다. 이는 독자의 반응을 통제하려 애쓴 작가의 노력에 물음표를 던지게 한다. 이 책은 사랑과 신뢰, 그리고 전쟁에 대한 소설만은 아니다. 글쓰기의 쾌락과 고통, 그리고 도전, 죄책감의 무게, 그리고 무엇보다 해석의 위험에 대한 이야기이다. **EF**

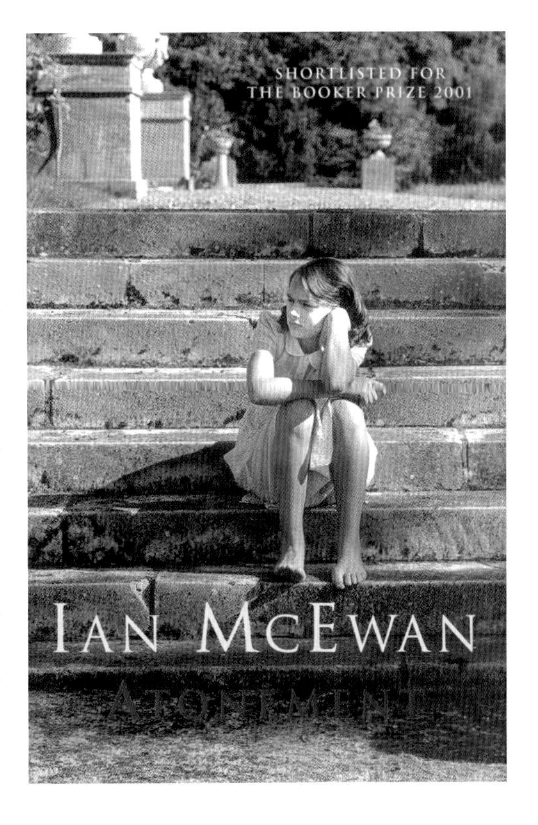

▲ 주인공 브라이오니를 등장시킨 『속죄』 표지. 크리스 프레이저 스미스가 촬영한 사진이다.

◀ 2007년 영화화된 〈어톤먼트〉에서 세실리아 역을 맡은 키라 나이틀리와 13세 소녀 브리오니 역을 맡은 시얼샤 로넌.

파이 이야기 Life of Pi

얀 마텔 Yann Martel

작가 생몰연도 | 1963(스페인)
초판 발행 | 2001
초판 발행처 | Knopf Canada(토론토)
휴 맥레넌 소설 문학상 | 2001

"내 고통이 나를 슬프게 만들어…"

▲ 얀마텔은 2002년 두 번째 소설로 맨 부커 상을 수상했고 50여 국가에서 베스트셀러가 되었다.

2002년 맨 부커 상 수상작인『파이 이야기』는 인도 폰디셰리 동물원 사육사의 열여섯 살 난 아들 파이 파텔의 이야기이다. 파이는 종교적인 광신도이지만, 자신이 어떤 종교의 광신도인지는 아직 확실히 알지 못한다. 대신 서로 다른 신앙들을 "파리들"처럼 끌어모으며 기독교와 이슬람, 힌두교를 동시에 믿는다. 파이의 아버지는 캐나다에서 새로운 삶을 시작하기로 결정하고, 파이네 가족은 동물들과 그 밖의 가진 것들을 꾸린 뒤 화물선에 오른다. 그러나 끔찍한 난파 사고가 일어나고, 눈을 떠보니 파이는 부상 당한 얼룩말과 점박이 하이에나, 배멀미를 일으킨 오랑우탄, 그리고 리처드 파커라는 이름의 벵골 호랑이와 함께 길이가 채 8미터도 안되는 구명보트 위에서 태평양을 떠다니고 있었다. 오래지 않아 리처드 파커는 다른 동물들을 모두 먹어치우고, 파이는 살아남기 위해 모든 동물학적 지식과 기지, 그리고 신앙까지 동원해야만 한다. 어쨌든 이 둘은 구명보트의 유일한 승객으로 227일 동안이나 주린 배를 움켜잡고 표류를 계속한다. 파이가 들려주는 이 비참한 여행 이야기에는 그러나 종교와 글쓰기의 힘과 약점, 그리고 진실과 허구의 차이가 숨어 있다. 파이는 호랑이를 다스리는 법을 배워야 한다는 사실을 깨닫고, 두 사람 사이의 교감은 영성과 믿음의 풍부한 은유로 작용한다. 각각의 (아마도 상상 속의) 동물들도 어느 정도까지는 환각에 빠지는 파이의 서로 다른 면모를 대변한다. 파이는 자신의 어두운 면, 즉 가족을 잃고 이러한 상황에 처하게 됨으로써 찾아온 공포, 절망, 그리고 자포자기를 이겨내야만 한다는 것이 이 책이 말하고자 하는 것이다. 리처드 파커가 사라지고 파이가 구조되는 결말의 철학적인 반전에서 파이는 자신의 생존기를 보다 믿을 만하게 고쳐서 들려줌으로써 관리들의 의심을 누그러뜨린다. 파이는 이것이 그들이 듣고 싶어하는 이야기라 확신한다. 그리하여 독자는 또다시 하나의 이야기가 진실인지 아닌지 구별하기가 얼마나 어려운지를 상기하게 되는 것이다. **EF**

오스터리츠 Austerlitz

W. G. 제발트 W. G. Sebald

『오스터리츠』는 익명의 화자와 오스터리츠가 안트베르펜의 기차역에서 우연히 마주치면서 시작된다. 그 후 몇 년 동안 두 사람이 순전히 우연으로 마주칠 때마다 건축과 역사적 시대 사이의 관계에 초점을 맞춘 토론이 수 시간 동안 이어진다. 언제나 차갑고 서로에게서 적당한 거리를 유지하던 그들이지만, 어느 날 오스터리츠는 화자에게 자신의 삶—스스로도 기억해내는 중인—에 대해서 이야기하기로 마음먹는다. 오스터리츠는 엄격한 웨일즈인 목사 부부 슬하에서 대파이드 엘리아스라는 이름으로 자랐으며, 자신의 본명과 프라하에서 친부모와 가족과 함께 지낸 유아기에 대해서는 철저하게 알지 못했다는 것이다. 제2차 세계대전이 발발하기 전 그는 전쟁을 피해 웨일즈로 보내졌으며, 그로부터 과거를 잊고 떠도는 대파이드 엘리아스의 삶이 시작된 것이다.

이 소설은 제2차 세계대전—나치즘의 이루 말할 수 없는 공포로 인해 건드릴 수 없게 된 시대—의 그림자 속에서 잃어버린 시간을 되찾기 위해, 자신의 기억의 밑바닥까지 닿으려는 오스터리츠의 노력을 따라간다. 내러티브 스타일은 억눌린 개인적, 문화적 기억의 어둠 속으로 파고들어간다. 이 소설의 기나긴 문장들은 마치 어둠 속으로 뻗어나가며 신비한 통찰을 20세기의 어둠의 심장에 던지는 섬세한 언어의 다리처럼 감추어진 역사적 소재들을 밝은 곳으로 끌어낸다. 이 소설을 읽는 것은 시간을 되찾는 경험이다. **PB**

작가 생몰연도 | 1944(독일)–2001(영국)
초판 발행 | 2001, C. Hanser(뮌헨)
원제 | Austerlitz
언어 | 독일어

"앤트워프에서 우리의 대화."

▲ 제발트는 "파괴를 향한 인류의 만족을 모르는 충동"의 음침함에 몸서리를 치곤 했다. 2001년 사망하기 얼마 전의 사진이다.

플랫폼 Platform

미셸 우엘벡 Michel Houellebecq

작가 생몰연도 | 1947(레위니옹 섬)
초판 발행 | 2001
초판 발행처 | Flammarion(파리)
원제 | Plateforme

"사실, 아무것도 마음에 걸리지 않는다."

▲ 칩 키즈가 디자인한 소장판 표지. 태국의 매춘 산업을 간접적으로 보여주고 있다.

서구의 퇴폐 문화와 그 국제적인 영향을 스위프트 풍으로 분석한 이 작품은 보드리야르와 콩테의 사상, 그리고 주인공인 미셸의 트레이드마크인 에세이 스타일을 결합하고 있다. 우엘벡은 제3세계 매춘을 시장 논리로 합리화하는 주장을 펼친다. "삶이 경멸스러울수록, 인간은 거기에 매달리게 된다"라는 발자크의 말을 인용한 서문도 그렇지만 이 책은 사랑을 통한 구원에 대한 미셸의 의문을 다루고 있다.

소설의 첫 부분에서 중년의 독신자 미셸은 그의 아버지가 살해되었다는 사실을 알게 된다. 이 사실은 플롯에 심리학적인 각도를 형성하기는 커녕, 단순히 미셸이 문화부의 따분한 일을 그만두고 해외여행을 다니며 빈둥거릴 수 있는 좋은 핑계가 된다. 이미 파리에서부터 스트립쇼와 창녀들로 입이 높아진 그는 외국에 나가자마자 태국 창녀들을 찾는다. 부유하고 보수적인 다른 관광객들에 대한 혐오만이 그런 욕구를 상쇄시킬 뿐이다. 파리로 돌아온 미셸은 여행에서 만난 발레리와 정사를 시작한다. 발레리는 큰 여행사의 임원이며, 그녀의 상사 장-이브와 발레리, 그리고 미셸은 "플랫폼"—섹스 관광 전문 여행사—을 시작하게 된다.

우엘벡의 주장에 따르면, 더 이상 유럽인들은 제국주의자 혹은 "문명화인"이 아니며, 따라서 살아남을 가치가 없다. 그들이 쓸모있는 구석이라고는 그들의 산업이 쌓아올린 부를 재분배하는 것 정도일 것이다. 보다 견고한 원칙이 존재하지 않는 가운데, 성의 거래는 논리적으로 부의 거래일 수밖에 없다. "인종도, 외모도, 나이도, 지성도, 심지어 본능조차 아무런 역할을 하지 못한다." 상스럽고, 위험하고, 권위 있는 아이러니가 엿보이는 이 소설은 그 파괴적인 결말이 증명하듯, 때에 알맞게 정통파 종교와 이슬람 도덕에 보다 자유로운 성격을 촉구하고 있다. **DH**

교정 The Corrections

조나단 프란젠 Jonathan Franzen

조나단 프란젠의 세 번째 소설 『교정』을 중요한 작품으로 만든 것은 바로 야망이다. 『교정』은 처음 시작부터 이 작품은 물론, 모든 문학 전체가 중요하다고 선언한다.

프란젠에게 이 소설이 중요한 이유는 여기서 들려주는 이야기가 아니다. 중요한 것은 이 작품이 들려주는 이야기와, 하나의 형식으로서의 이 소설이 자꾸만 옆길로 새면서 녹초가 되고 잊어버리면서 쇠약해져버린 삶 그 자체로서의 연결과 결합의 흐름을 눈에 보이게 해주며, 그로 인해 만들어지고 유지되는 것들의 십중팔구를 감춘다는 사실이다.

『교정』은 작품 자신은 물론이고 독자들에 대해서도 많은 것을 묻는다. 미국 중서부 중산층 중년 가족의 서로 맞물린 관계들, 커리어, 그리고 광기를 녹이고 융합하도록 몰아대는 야망은, 만약 취했을 때의 황홀함과 그 후에 찾아오는 숙취의 인식적인 형태를 동시에 지니고 있는 페이지들을 헤쳐나가기로 마음먹은 독자 자신이 품어야 할 야망이다.

『교정』의 진행속도는 미쳤다고 해도 과언이 아닌데, 그건 그럴 수밖에 없다. 이 작품은 눈에 들어오는 미국인의 삶의 모든 부분을 꼼꼼하게 묘사한 백과사전과도 같은 소설이다. 너무나 많고, 각각 너무나 중요해서 이 소설이 역사의 다채로운 대위법을 창조해냈다는 것을 반박할 수 없다.

9.11 테러—두 대의 비행기가 세계무역센터를 들이받아 어마어마한 인명 피해를 낸—가 일어나기 1주일 전에 출간된 이 소설은 미국이 죽음과 춤추는 데에 맛을 들였다는 견해를 뒷받침하고 있다. 세상을 향한 『교정』의 식욕의 범위와 게걸스러움은 이 소설을 묘하게 긍정적이고 심지어 신나기까지 한 작품으로 만든다. **PMcM**

작가 생몰연도 | 1959(미국)
초판 발행 | 2001, Farrar, Straus & Giroux(뉴욕)
원제 | The Corrections
전미 도서상 수상(픽션 부문) | 2001

'Jonathan Franzen has built a powerful novel out of the swarming consciousness of a marriage, a family, a whole culture.' **Don DeLillo**

JONATHAN FRANZEN

THE CORRECTIONS

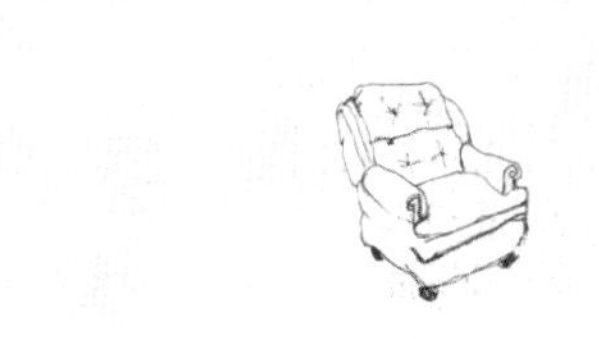

WINNER OF THE NATIONAL BOOK AWARD 2001

"쿠폰의 불안감…"

▲ 소장판 초판의 절제된 표지 디자인과 시선을 사로잡는 보급판 표지에서는 공통점이라고는 찾아 볼 수가 없다.

어디에도 없는 사람 Nowhere Man

알렉산다르 헤몬 Aleksandar Hemon

작가 생몰연도 | 1964(유고슬라비아)
초판 발행 | 2002, Nan A. Talese(뉴욕)
원제 | Nowhere Man
언어 | 영어

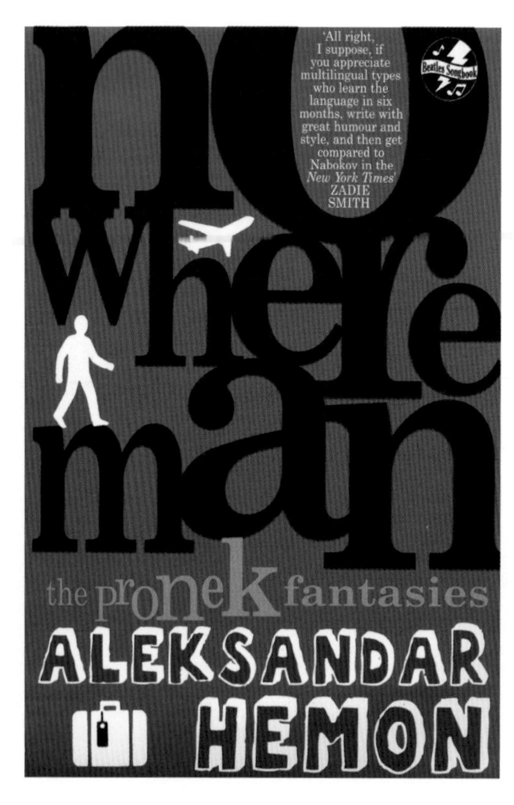

"오늘이 인터뷰 날이었다."

▲ 사라예보에서 미국까지 요세프 프로넥의 여정을 인용한 소장판 표지.

1992년 사라예보를 떠나 미국에 도착한 알렉산다르 헤몬은 3년 후, 제2의 모국어가 된 영어로 소설을 쓰기 시작한다. 그의 글쓰기에서 가장 놀라운 특징은 환상적으로 혁신적인 영어의 활용이다. 식민지 시대 이후 선배들이 그랬듯 헤몬의 작품은 영어의 한계를 확장하고 그 표준 형식의 문화적 권위에 도전한다.

헤몬의 첫 번째 소설인 『어디에도 없는 사람』은 여섯 편의 서로 연관된 내러티브로 이루어져 있다. 각각의 내러티브는 나름의 형식을 지니고 있다. 이러한 다양한 내러티브 보이스는 유고슬라비아 내전이 발발하기 전의 사라예보, 우크라이나, 그리고 시카고에서의 요제프 프로넥의 삶의 순간들을 회고한다. 이들은 셰익스피어의 인용구를 밥먹듯이 사용하는 대학원생의 우쭐내는 학문적 관용어에서부터 요세프가 그의 두 번째 모국어로 의견을 표현하려 애쓰는 과정에서 나타나는 불완전한 영어에 이르기까지 광범위하다. 살만 루시디는 "번역이란 하나의 문화적 공간에서 다른 문화적 공간으로의 물리적 이동"이라고 말하곤 했다. 헤몬은 요세프가 자기 말을 이해시키기 위해 들이는 노력을 통해 이러한 물리적 이동에 요구되는 어려움을 표현하였다. 생각들이 불완전하게 새는 것처럼 쥐어짜인 언어가 그로부터 흘러나온다. 독자는 좀처럼 사용하지 않는 문맥 속에서 영어 단어의 사전적 의미가 확장하는 것을 발견하고 영어라는 언어를 새로운 각도에서 보게 되는데, 이것이야말로 가장 충격적인 부분이다. 예를 들면 그는 "어둠 속에 달려 있는" 전등 스위치에 대해 이야기한다. 물론 "달려 있는(pending)"이라는 글자 그대로의 의미와는 일치하지만, 신선하고 흔치않은 표현이라 표준 영어를 구사하는 사람조차도 순간 모국어가 낯설어질 것이다. 그가 고르는 어휘를 음미하도록 이끔으로써 헤몬의 글은 언어 자체의 윤곽을 다시 한 번 생각해보지 않을 수 없게 한다. **LC**

눈(雪) Snow

오르한 파묵 Orhan Pamuk

작가 생몰연도 | 1952(터키)
초판 발행 | 2002, as Kar
초판 발행처 | İletişim(이스탄불)
연재 시작 | 2006

독일에서 오랜 정치적 망명을 끝내고 터키로 돌아온 시인 카는 외딴 국경 도시 카르스에 기자로 파견된다. 그는 이슬람 원리주의자들의 승리가 예상되는 지방선거를 취재하는 한편, 히잡(이슬람에서 여성들이 머리를 가리기 위해 쓰는 두건)을 쓸 권리를 위해 싸우는 젊은 여성들이 갑자기 잇달아 자살하는 사건을 조사해야 한다. 눈보라가 몰아쳐 외부와 단절되어버린 이 도시에서, 세속주의자들과 원리주의자들 사이의 갈등은 정점을 향해 치닫고, 결국 폭력이 난무하는 쿠데타가 일어난다. 카르스에 막 도착한 카는, 세속적이고 서구적인 터키 가정에서 자라나 오랜 세월 서양에서 살았던 이의 사고방식 그대로이다. 그는 모든 이의 의견을 듣고자 하지만, 이슬람 원리주의는 구시대적인 사상이라 멸시한다. 그러나 카의 주위에서 일어나는 사건들은 그를 완전히 다른 인간으로 탈바꿈시킨다. 그리고 마침내 눈보라가 그친 후, 그는 무너진 가슴을 안고 카르스를 떠나게 된다. 〈눈〉는 긴장감이 넘치는 정치 스릴러이면서, 중간중간에 블랙 코미디 풍의 풍자가 버무려 있다. 카가 원리주의자들, 세속주의자들, 작가들, 종교 지도자들, 그리고 "두건 쓴 소녀들"을 만나면서, 독자는 서로 다른 수많은 관점들을 접하게 된다. 〈눈〉은 터키의 다양한 정치, 문화 집단 간의 갈등을 들여다보는 것은 물론, 동양과 서양 사이의 기본적인 간극, 종교의 본질, 예술의 탄생 과정 등을 고찰한다. 오르한 파묵은 2006년 노벨 문학상을 수상했으며, 〈눈〉은 자신의 "처음이자 마지막 정치소설"이라 밝힌 바 있다. 2002년 터키에서 처음 출간된 〈눈〉은 격렬한 논쟁을 불러일으켰으며, 일부 터키 평론가들은 파묵이 조국을 객관적인 시각으로 보기에는 지나치게 서구편향적인 관점의 소유자라고 비판하였다. 그러나 파묵은 이 작품에서 터키의 복잡한 정치적, 문화적 상황을 정직하게 묘사함으로서 국제적인 명성을 얻었다. **CIW**

"눈의 침묵…"

▲ 2005년, 파묵은 터키 정부가 1915년 아르메니아인들을 상대로 인종청소를 자행했다고 주장했다는 이유로 형사 고발 당했으나, 이후 취하되었다.

이름 뒤에 숨은 사랑 The Namesake

줌파 라히리 Jhumpa Lahiri

작가 생몰연도 | 1967(영국)
초판 발행 | 2003, Houghton Mifflin(뉴욕)
원제 | The Namesake
퓰리처상 수상 | 1999

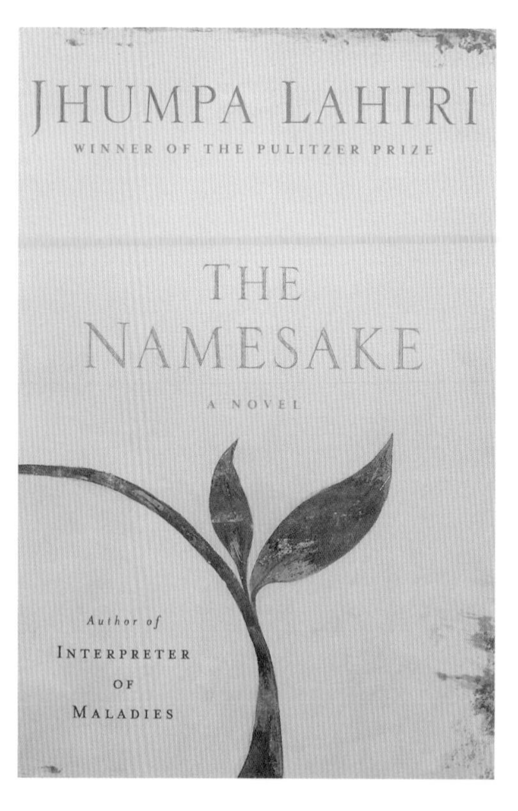

"낯선 땅에서의 어머니라는 것."

▲ 영국에서 태어나 미국에서 자란 라히리는 자신이 간직해온 벵갈인의 정체성을 작품 속에 불어넣었다.

신혼부부 아쉬마와 아쇼크 강굴리는 전통에 얽매인 캘커타를 떠나 아메리칸 드림을 품고 매사추세츠 주 보스턴 근교의 마을에 정착한다. 그들의 벵골 문화를 버리기를 원치 않는 아쉬마는 특히 서구 문화에의 동화에 저항하고, 인도와의 유대를 유지하려고 노력한다. 그러나 아들 고골리(러시아 작가 고골리의 이름을 따서 지었음)와 딸 소니아가 태어나고, 뒤에 남겨두고 온 세계의 관습을 존경하기를 바랐던 두 사람의 소망은 벵골인보다는 미국인에 더 가까운 아이들의 모습에서 산산이 부서진다. 그들이 과거에 매달릴수록 아이들은 자신들이 유일하게 아는 사회 안에서 내부인인 동시에 소외자로 살아가는 것에 대한 정신분열을 극복하려 애쓴다. 직설적이고 감동적인 문장으로 이민자의 경험을 기록한 『이름 뒤에 숨은 사랑』은 어떻게 문화의 충돌이 한 가족 내 세대 간에 일어날 수 있으며, 어떻게 가정이 궁극적으로 자아의 축소판 세계가 될 수 있는지를 그리고 있다.

출간되자마자 베스트셀러가 된 것은 물론 뉴욕 타임즈와 뉴욕 매거진의 "그 해의 책" 상을 수상한 『이름 뒤에 숨은 사랑』은 오랫동안 기다려온 줌파 라히리의 첫 번째 소설이다. 라히리의 데뷔작인 단편집 『축복받은 집(The Interpreter of Maladies)』은 2000년 퓰리처상과 PEN/헤밍웨이 문학상을 수상하였으며, 29개 국 언어로 번역 출간되었다. **BJ**

우크라이나에서 온 편지 Everything Is Illuminated

조나단 사프란 포어 Jonathan Safran Foer

조나단 사프란 포어의 『우크라이나에서 온 편지』는 상업적 성공과 비평가들의 찬사라는 흔치 않은 결합을 맛본 놀랄 만큼 야심찬 처녀작이다. 주인공인 젊은 유태계 미국인 작가 조나단은 한 장의 빛바랜 사진만 가지고 할아버지를 나치에게서 구해준 여인, 아우구스티네를 찾아 우크라이나로 떠난다. 소설의 대부분은 조나단이 가이드이자 통역자로 고용한 우크라이나의 십대 소년 알렉스에게 보낸 회고의 편지들로 이루어져 있다. 알렉스의 영어에 한계가 있고, 동의어 사전까지 잘못 사용하는 바람에 이 작품은 눈부신 언어 창조의 걸작이 되었다. 우스꽝스러운 실수를 연발하고 단어를 잘못 쓰기는 해도 알렉스는 바보가 아니며, 줄거리가 진행되면서 그 역시 통찰력과 위엄을 갖추게 된다. 이러한 편지들 사이에, 조나단의 조상들이 살았던 마을의 역사를 19세기 초의 그 시작부터 나치의 유태인 학살의 비극까지 회상하는 이상하고도 마술적 리얼리즘 스타일의 에피소드가 끼어든다.

『우크라이나에서 온 편지』는 사실과 화상의 의도적인 융합이다. 왜곡된 번역과 운명의 장난, 부분적으로밖에 기억하지 못하는 대화, 깨지기 쉬운 우정, 그리고 상충하는 내러티브의 목소리를 통해 나타나는, 홀로코스트에 대한 대담한 시각이자 그 유산이다. 기억의 정치, 즉 과거와의 관계와 현재의 필요가 어떻게 타협하는가에 대한 깊은 성찰이기도 하다. 또한 오래된 비밀, 무지와 지성, 순진함과 경험, 속죄와 죄책감에 대한 소설이다. 이 작품은 떠들썩하게 우스꽝스럽고 고요하게 파괴적이다. 현대 소설의 새로운 거장이 도착했음을 알려주는 작품이다. **SamT**

작가 생몰연도 | 1977(미국)
초판 발행 | 2002, Houghton Mifflin(보스톤)
원제 | Everything is Illuminated
가디언 소설상 수상 | 2002

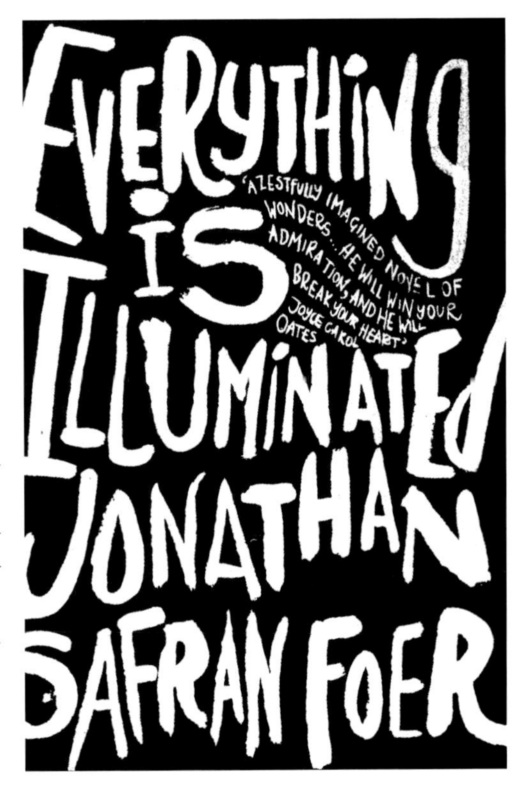

"나는 명확하게 키가 커요."

▲ 조나단 사프란 포어는 1999년 우크라이나를 방문하여 할아버지의 삶을 조사한 경험에서 영감을 받아 『우크라이나에서 온 편지』를 집필하였다.

내가 사랑했던 것들
What I Loved

시리 허스베트 Siri Hustvedt

작가 생몰연도 | 1955(미국)
초판 발행 | 2003, H. Holt & Co.(뉴욕)
원제 | What I Loved
영국판 초판 발행처 | Sceptre(런던)

"내가 사랑했던 것들"이라는 과거형의 제목에서 벌써 상실감이 스며든다. 나이들어가는 미술사학자 레오 허츠버그는 가장 친한 친구 빌 웩슬러와의 25년에 걸친 관계를 통해 그들이 만들고 또 잃어버린 가족적인 유대를 되돌아본다.

젊은 여인을 그린 빌의 초기작 『자화상』은 레오를 사로잡고, 레오는 이 그림을 그린 이름 없는 화가를 찾아나선다. 빌의 스튜디오에서 나눈 지적으로 열띤 토론은 빌이 레오에게 그의 그림에서 자신만의 그림자를 찾을 수 있도록 "허가"하면서 절정을 이룬다. 이것은 그들의 우애가 시작되게 된 친근함의 제스처였다. 그간의 세월 동안 두 남자는 전혀 그럴 것 같지 않지만 서로 닮은 삶을 살아간다. 빌과 그의 아내 루실은 레오와 그의 아내 에리카의 집 다락방으로 들어오고, 훗날에는 빌의 모델이자 두 번째 아내인 바이올렛이 머무르게 된다. 두 가족은 비슷한 시기에 각각 남자 아기를 낳았고, 모두 아들을 잃는 비극을 겪는다. 조숙했던 매트 허츠버그는 어린 시절 뱃놀이 사고로 죽고, 마크 웩슬러는 지속적인 정신 착란에 빠진다. 이 이야기가 진행되는 시점으로 돌아오면 레오는 한때는 사적이고 창조적인 교류로 떠들썩했던 세계의 유일한 유물로 남아 있다.

허스베트의 소설은 등장인물들의 가정 비극이 배경으로 펼쳐지는 실험적 에너지로 가득하다. 빌의 예술은 지성인들의 주변에서 그 정점에 도달한다. 빌의 작품을 읽는 레오의 인내는 작품을 명확하게 풀어내는 동시에 해석의 경계를 시험한다. **AF**

열세 번째 귀부인
Lady Number Thirteen

호세 카를로스 소모사 José Carlos Somoza

작가 생몰연도 | 1959(쿠바)
초판 발행 | 2003
초판 발행처 | Mondadori(마드리드)
원제 | La Dama número trece

『열세 번째 귀부인』에서 호세 카를로스 소모사는 전혀 별개의 문학 장르들—미스테리, 에로, 미래 환상물, 과학 스릴러 등등—을 언급하고 있다. 그러나 소모사에게 장르의 전통이란 철학(『아테네의 살인』)이나 예술(『살인의 기술』), 혹은 시의 힘(『열세 번째 귀부인』)과 같은 의문을 둘러싼 문학적 게임을 발전시키기 위한 도구에 지나지 않는다. 『열세 번째 귀부인』은 공포 장르의 영역에 속한다고 볼 수 있는 작품이다.

문학 교수 살로몬 룰포는 자신이 알고 있는 집에서 한 여인이 필사적으로 도움을 요청하는 가운데 삼중 살인을 목격하는 악몽에 시달리고 있다. 의사는 이러한 악몽을 의학적으로 설명해주지만, 그는 꿈속의 여인이 실제로 살해되었다고 믿는다. 룰포는 꿈의 배경인 그 집으로 몰래 들어가보기로 결심한다. 그 순간부터 그는 "인간의 언어가 무기가 될 수 있고" 인간들이 단순한 불운을 겪는 것이 아니라 "강력한 언어의 결합" 속에서 저주에 사로잡혀 사는 새로운 세계로 들어간다.

소모사는 놀라운 신념으로 글을 쓰는 작가이다. 초자연적인 힘으로 가득한 이 작품에서 그는 독자들에게 믿음을 잠시 밀쳐두라고 설득하고 호화로운 배경 속 현기증 나는 마녀들의 안식일로 끌고 들어간다. 그 결과는 또 하나의 지적이고 흥미로운 소설의 탄생이다. **SR**

버논 갓 리틀

Vernon God Little

DBC. 피에르 DBC Pierre

작가 생몰연도	1961(호주)
초판 발행	2003
초판 발행처	Faber & Faber(런던)
연재 시작	2003

2003맨부커상 수상작인 〈버논 갓 리틀〉은 그 맛을 제대로 느끼려면 숨을 죽여가며 속삭이듯 단어 하나하나를 따라 읽어야 할 정도로 느릿느릿한 텍사스 말투로 쓰여진 블랙코미디이다. 이 책의 무대는 "텍사스의 바비큐소스 주도(州都)"라는 별명으로 불리는 작은 도시 마르티리오(Martirio는 스페인어로 "순교자"라는 뜻.)이다. 마르티리오는 어디서나 볼 수 있는, 평균적이고 자기 앞가림에만 정신없는 사람들로 가득한 평범한 마을이다. 우리의 영웅 버논은 열다섯 살 고등학생이다. 가장 친한 친구 헤수스가 학교에서 총기 난사를 벌인 뒤 자살하자, 경찰과 언론의 관심은 버논에게 쏠리고, 버논은 간신히 죽음의 문턱에서 살아남은 생존자가 아닌 공범 취급을 받기 시작한다. 버논은 무력하고, 이 상황을 헤쳐나갈 만큼 성숙하지도 못한다. 그는 주변의 어른들?교사들, 어머니, 경찰?이 시키는 대로 할 수밖에 없다. 그는 어린아이답게 순진하게도 이들을 믿고, 믿고, 또 믿는다. 그리고 그들은 모두 버논을 배신한다. 작가는 버논의 중간이름(원래는 그레고리)은, "버논 곤투헬(Gone-to-hell 지옥으로 꺼진) 리틀", "버논 곤잘레스 리틀" 등 그때그때 버논이 놓인 상황을 반영하는 이름으로 계속 바꾸는 장난을 친다. 책의 끝부분에서, 교도소의 사형수 감방에서 도끼로 사람을 죽인 살인범 바살은 버논에게 "네가 신이다. 책임감을 가져라."라고 말한다. 그제서야 버논은 자신에게 일어나고 있는 일들의 대해 책임감을 느끼고, 자신의 인생 방향을 스스로 결정하고 "버논 갓(God) 리틀"이 되기로 결심한다. 이 작품은 현대 미국 사회에서 마주하고 있는 전형적인 해악들?총기, 십대의 왕따 문제, 제 기능을 상실한 가정, 사법제도, 폭식 등?을 다루는 한편, 언론이 자기 입맛에 맞게 상황을 왜곡하는 방식을 소름끼치게 묘사해 낸다. 타겟이 너무 많다 보니 간혹 그 속에서 길을 잃고 유치하고 우스꽝스러워지기도 한다. 하지만 플롯이 워낙 빠르게 움직이는 데다 당황스러울 정도의 신랄함이 배어 있어, 이 정도는 그리 눈에 띌 만한 결점이 되지 못한다. **CIW**

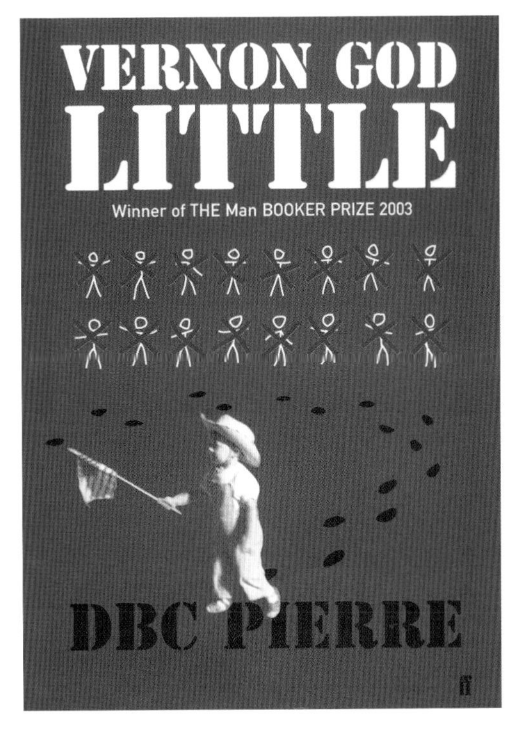

"마르티리오는 대단히 뜨거운 곳이다…"

▲ "DBC 피에르"는 피터 워런 핀레이의 필명으로 "DBC"는 "Dirty But Clean"의 약자, "피에르"는 작가의 어린시절 애칭이었다고 한다.

구름 도감 Cloud Atlas

데이비드 미첼 David Mitchell

"높은 지대 같은 곳에 아주 황량해서 영국인에게 방해 받지 않고 쉴 만한 성이 있기는 할까? 그런 건 내가 본 그 어떤 지도에도 나와 있지 않다."

▲ 칼 앤드 서니가 디자인한 환각적인 분위기의 표지는 과학과 문명이 몰락한 이후의 낯선 세상을 암시한다.

『구름 도감』은 서로 엇갈린 우화들의 반짝이는 일람이다. 작가는 수세기를 아우르는 여섯 개의 서로 다른 이야기로 나뉜 19세기 태평양 탐험가부터 지구 종말 이후의 한 목동 자카리의 회고에 이르는 기록으로 독자들을 이끈다. 각각의 장은 시공을 가로지른다. 따라서 두 번째 이야기에서 재정적으로 절망적인 상황에 놓인 음악가 로버트 프로비셔는 항해 일지를 우연히 발견하고는 그것을 애인인 루퍼스 식스스미스에게 보내는 편지에 포함시킨다. 세 번째 시대에서는 식스스미스가 핵 덩어리 감지기에 휘슬을 부는 과학 보좌관으로 등장한다. 그와 함께하는 젊은 기자의 비정한 보고서가 티모시 사채업자들에게서 도망치고 있는 파산한 출판업자 캐븐디시의 손에 들어온다. 캐븐디시가 양로원에 숨으면서 미첼은 독자들을 시간 속으로 날려보낸다. 거기에서 우리는 국가의 통제 아래 기계인간으로의 생에 착수하기에 앞서 공문서 기록을 위한 유전자 제조인간 Somni-45의 구슬픈 마지막 계약을 목격하게 된다. 마침내 유전자 제조인간은 죽은 뒤 이 소설의 핵심이자 가장 미래적인 부분에서 신의 반열에 올라선다.

미첼은 "『구름 도감』에 숨어있는 원시 수프(지구상에 생명을 발생시킨 유기물의 혼합 용액)가 열어도 열어도 똑같은 새로운 인형이 나오는 러시아 인형과도 같은 이 소설의 아이디어가 되었다"고 밝혔다. 만약 내러티브 B가 중간에서 내러티브 A를 끊었다면 어떤 내러티브 A가 인공적 산물인가? 나는 얼마나 많은 내러티브 속으로 들어갈 수 있을까? 그는 이탈로 칼비노가 어떻게 이러한 장치를 사용하여 열두 겹의 내러티브를 겹겹이 쌓을 수 있었고, 그러면서도 "결코 그 끊긴 내러티브를 다시 이으려고 '되돌아오지' 않았다"는 점에 주목한다. 미첼이 되돌아오는 여행을 수행함으로써 『구름 도감』은 시퀀스로부터 부메랑처럼 돌아온다. 미첼은 그의 전염성 강한 독창성을 이 반대되는 방언의 랩소디에 결합하였다. **DJ**

라인 오브 뷰티 The Line of Beauty

앨런 홀링허스트 Alan Hollinghurst

작가 생몰연도 | 1954(영국)
초판 발행 | 2004, Picador(런던)
원제 | The Line of Beauty
맨 부커상 수상 | 2004

맨 부커 상 수상작인 『라인 오브 뷰티』는 홀링허스트의 네 번째 소설로, 작가의 표현을 빌리자면 "내러티브 포지션의 유쾌함(영어로 gay는 남성동성애자와 유쾌함이라는 두 가지 뜻이 있다)의 가정으로부터" 태어났다. 문자 그대로는 게이 섹스의 발견, 은유적으로는 마가렛 대처의 영국 속 특권층의 윤기 흐르는 삶에 매혹당한 젊은이 닉 게스트의 도덕관념이 없는 눈을 통해 1980년대 런던 생활이 보여진다.

레바논의 백만장자 아들의 애인과 정치인 가정의 식객인 닉은 돈도, 섹스도, 어디에나 널려있는 코카인도 쉽게 손에 넣는다. 마가렛 대처 역시 이 소설의 코믹한 하이라이트 중 한 군데에 게스트로 출연한다. 헨리 제임스—자신의 성적 취향을 숨겨야만 했던 거장—에 대한 닉의 집착은 게이 섹스의 무제한적인 묘사를 강조한다. 홀링허스트는 그것을 과시할 수 있다. 에이즈의 망령이 이 소설의 후반부에 어둠을 드리우고, 플롯의 덫이 튀어나오면서 고통과 배신을 무대 중간으로 끌고 나온다. 그러나 그 분위기는 절망이나 비극과는 거리가 멀다. 홀링허스트는 닉의 "충격적으로 무조건적인 세상에 대한 사랑"에 동질감을 느끼는 듯하다.

그 성적 인식을 제외하면 『라인 오브 뷰티』는 영국의 문학적 전통—정확하고 고양된 문장, 등장인물을 향한 정확한 시선, 사교계 명사의 연설을 향한 예리한 귀—을 충실히 따르는 작품이다. 유머러스하고 정교한 플롯이 돋보이는 이 작품은 게이 섹스에 대한 작가의 무비판적인 포용을 따라올 준비가 되어 있는 독자라면 누구에게나 모든 면에서 즐거움을 선사한다. **RegG**

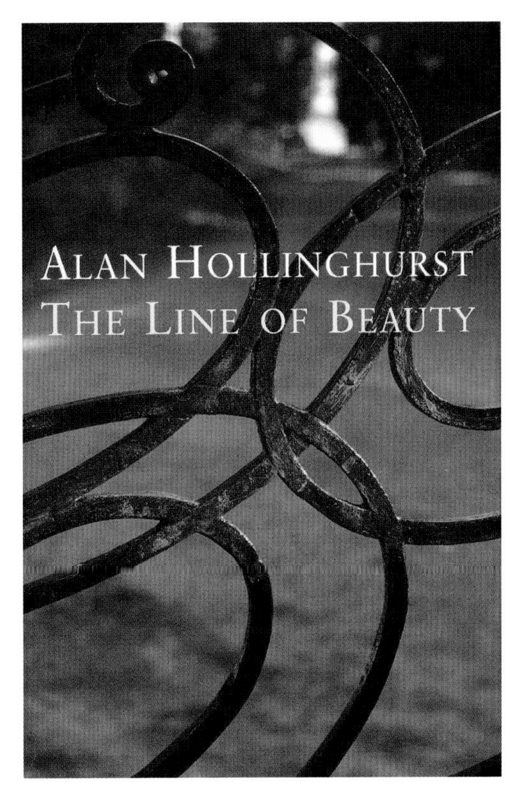

"그는 소개팅을 했다…. 그날 저녁, 그리고 8월의 무더운 그날은 욕망스러운 망상 사이 약간의 산들바람과 함께 희미하게 빛나는 긴장감으로 가득했다."

▲ 호가스에게 있어 아름다운 선(線)이란 미학적으로 완벽한 곡선을 의미했다. 홀링허스트에게 있어 그것은 코카인에서 연인의 육체에 이르기까지 그 모든 것을 의미한다.

사랑과 어둠의 이야기 A Tale of Love and Darkness

아모스 오즈 Amos Oz

작가 생몰연도 | 1939(예루살렘)
초판 발행 | 2003
초판 발행처 | Keter(예루살렘)
연재 시작 | Hebrew

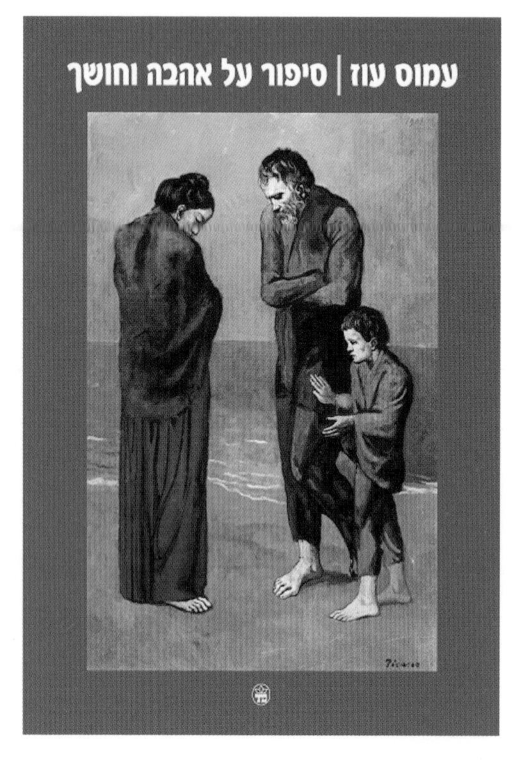

"우리 아버지는 16개인가 17개 국어를 읽을 수 있었다…"

▲ 아모스 오즈의 본명은 아모스 클라우스너로, 15살 때 키부츠(개인 소유를 부정하고 철저한 자치 조직을 기반으로 하는 이스라엘의 농업 및 생활 공동체)에 들어간 뒤 오즈(히브리어로 "강건함")로 개명했다.

『사랑과 어둠의 이야기』는 아모스 오즈 최초의 자전적 소설로, 괴테문화상을 비롯한 다수의 문학상을 수상했으며, 작가에게 노벨상 후보에 오르는 영광을 안겨준 작품이다. 오즈의 출생으로 시작하여, 바르미츠바(유대교에서 소년이 13세가 되면 치르는 성인식)를 석 달 앞두고 어머니가 세상을 떠나는 것으로 끝나는 이 소설은 오즈의 어린시절과 사춘기, 그의 부모가 살아온 삶과 가문의 뿌리를 유려한 문체로 그려내고 있다. 오즈는 자신의 집안 5대를 풀어낸 이 잔잔한 이야기를 보다 큰 역사 ―18세기부터 20세기에 이르는 동유럽 유대인들의 운명, 시오니즘 운동, 영국의 팔레스타인 통치, 예루살렘 포위, 독립 전쟁, 이스라엘 건국 등―의 일부로 솜씨 좋게 짜 넣는다. 여러 개의 서브플롯을 한데 묶는 중심 내러티브는 오즈의 어머니, 파니아의 이야기이다. 그녀의 자살은 책 전반에 걸쳐 반복해서 등장한다. 오즈는 감정에 관해 침묵할 것을 강요하는 집안 분위기와 고통스럽게 싸운다. "어머니가 세상을 떠난 그날부터, 아버지가 세상을 떠날 때까지, 20년 동안 우리는 단 한 번도 어머니 이야기를 하지 않았다. 단 한 번도, 어머니의 이름조차 입에 올린 적이 없다. 마치 어머니가 이 세상에 살았던 적이 없는 것처럼." 책의 거의 끝 부분에 가서야 오즈는 마침내 "모든 이들을 서로 떨어뜨려 놓았던 천 년 동안의 어둠"을 깨뜨리는 데 성공하고, 어머니 생애의 마지막 날들을 이야기한다. 바로 이 가슴아픈 순간, 오즈의 문학적 천재성이 그 빛을 유감없이 발휘한다. 이모와 외삼촌들의 회상을 빌려, 그는 어머니의 죽음을 "마치 오래된 달이 호수에 비친 창틀에 비친 것 같았다. 추억은 이 호수로부터 더 이상 존재하지 않는 투영된 상(象)이 아닌 새하얗게 변해버린 뼈를 끌어올린다"고 떠올리며, 감동적이고 유려하고, 감각을 깨우는 묘사를 (재)구성한다. **IW**

거장 The Master

콤 토이빈 Colm Tóibín

『거장』은 헨리 제임스의 삶을 그린 작품으로, 희곡『가이 돔빌』의 참패로 수모를 겪었던 1895년부터 형인 윌리엄과 그의 가족들이 라이에 있는 제임스의 집 램 하우스로 찾아오는 1899년까지를 그리고 있다. 이 소설에서 시간은 대체적으로 공간, 더 구체적으로는 집과 방에 속한 공간들의 하위개념이다. 이 소설은 단순한 모방작에 그치지 않으면서 "제임스식" 의식 세계를 창조해낸다.

『거장』은 생생한 디테일로 많은 정경과 사건—제임스의 아일랜드 방문, 무능한 하인들과의 괴로운 협상, 친구 콘스탄스 울슨의 자살로 인한 초현실적인 결과—들을 묘사하는 에피소드로 구성되어 있다. 토이빈은 제임스의 어린시절과 청소년기로 이야기를 되돌리는 꿈과 기억, 그리고 그의 삶에 등장한 수많은 죽음과 상실을 통해 제임스의 의식 속으로 길을 뚫는다. 또한 어떻게 경험이, 혹은 경험의 거부가 제임스의 소설 속 소재로 변신하였는지를 탐구한다. 이 소설은 은근하고도 강력하게, 작가의 비밀과 폭로, 그리고 (동성애라는 문제에서 자유로울 수는 없지만, 그렇다고 단순히 그것만으로는 설명할 수 없는) 욕망의 본질에 대한 문제를 제기한다. 전기적 소설이 유행을 타기 시작할 무렵 출간된『거장』은 전기와 픽션이 만나 서로를 변화시키는 새로운 방법을 찾아냈다. **LM**

작가 생몰연도 | 1955(아일랜드)
초판 발행 | 2004, Picador(런던)
원제 | The Master
2004년 올해의 소설 선정 | 2004

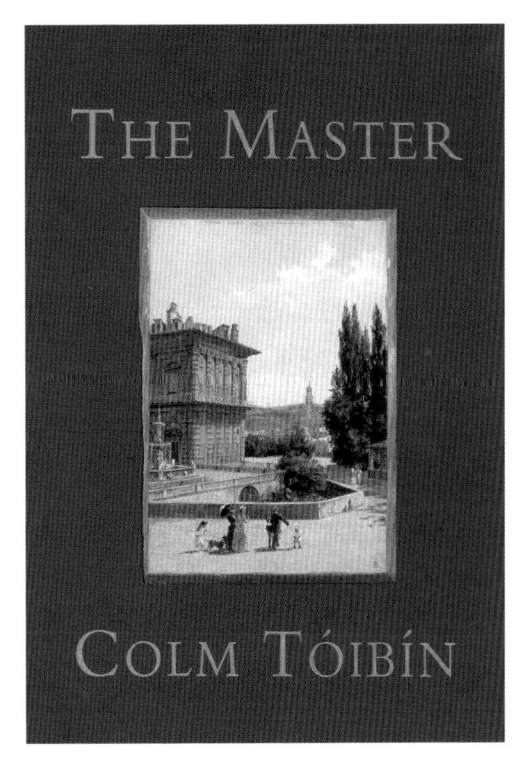

"보호받지 못하는 존재가 되는 것은 끔찍한 일이다."

▶ 토이빈은 소설을 쓸 때에는 세상 누구라도 될 수 있다고 말한다. "나는 게이도 아니고, 대머리도 아니고, 아일랜드인도 아니다. 나는 이야기꾼이다."

변종 The Swarm

프랑크 섀칭 Frank Schatzing

작가 생몰연도 | 1957(독일)

초판 발행 | 2004

원제 | Kiepenheuer & Witsch(쾰른)

미국판 초판 발행 | 2005

프랑크 섀칭의 생태 스릴러는 페루의 해안에서 시작된다. 한 어부가 세계에서 손꼽히는 어장의 씨를 말려버릴 미래의 트롤어선단을 궁리하고 있다. 잠시 뒤, 그는 바다 깊은 곳으로 사라진다. 각종 미스터리한 불길한 징조들이 그 뒤를 잇는다. 고래들의 공격, 괴상한 심해 벌레들의 발견, 그리고 끔찍한 전염병 등이 그것이다. 이는 결국 지구 생태계의 파괴를 저지하고자 인류를 대상으로 한 공격으로 밝혀진다. 엄청난 지능을 소유한 단세포 해양생물체인 이르의 지휘 아래, 자연은 마침내 거대한 쓰나미를 일으켜 유럽을 초토화시킨다. 〈변종〉의 출간은 수많은 자연 재해는 물론 미국의 테러와의 전쟁과도 맞물렸는데, 후자는 실제로 책 속에도 언급된다. 대통령의 고문인 사령관 리를 필두로, 미국은 이르와 접촉하기 위한 원정대를 보낸다. 유럽의 과학자들은 외교적인 방법을 통해 이르를 달래기를 원하지만, 리는 인류의 지구 지배를 공고히 하기 위해 이르를 없애버릴 계획을 세운다. 최후의 결전에서 미 해군 전함 인디펜던스 호는 침몰하고, 리와 다른 주요 등장인물들도 최후를 맞지만, 결국 이르와의 접촉이 성공하면서, 양측의 적대감도 가라앉는다. 에필로그에서는 이 강화조약이 인류의 파멸을 피할 수 있는 마지막 기회로 그려진다. 이 소설은 유명 과학 관련 웹사이트들을 표절했다는 비난을 받기도 했지만, 탄탄한 과학적 배경으로 찬사를 받았다. 2006년에는 헐리우드에 영화 판권이 팔리기도 했다. **FG**

프랑스풍 스위트 Suite Française

이레느 네미로프스키 Irène Némirovsky

작가 생몰연도 | 1903(우크라이나)–1942(폴란드)

초판 발행 | 2004

원제 | Editions Denoel(파리)

미국판 초판 발행 | 2004

『프랑스풍 스위트』는 모든 위대한 문학작품이 요구하는 필요충분 조건—연약함, 갈망 그리고 인간성의 승리를 풀어낸 예리함과 섬세함—을 갖추고 있다. 배경은 프랑스가 독일군에게 무참하게 짓밟힌 제 2차 세계대전 초반. 네미로프스키는 격동의 시대 속에서 매력적이지만 저마다 심각한 오점이 있는 등장인물들을 그려내며, 충격에 빠진 여러 개인과 가족들의 삶의 겉과 속을 보여준다. 공포에 질려 허둥지둥 파리를 빠져나가는 행렬 속 여기저기서, 실낱 같은 이야기들이 한데 모인다. 부르주아 계급의 우월감과 자신감은 서서히 무너져 내리고, 극도의 스트레스 속에서 인간 감정이 가장 저급한 형태로 떠오른다. 소설의 2부는 파리를 뒤로 하고 독일 점령하의 작은 시골 마을로 무대를 옮긴다. 그러나 이곳에서도 탈출의 테마는 계속된다. 사람들은 불확실로 점철된 실존 속에서 정상적인 삶을 되찾기 위해, 혹은 되찾지 못하게 하기 위해 몸부림친다. 이 책이 특히 흥미진진한 것은 작가가 자신이 경험한 실제 망명 생활을 묘사했다는 점이다. 네미로프스키는 유럽의 부유한 유대인 가문에서 태어나 아우슈비츠의 가스실에서 생을 마감했다. 풍부한 재능의 소유자였던 그녀는 사후 반세기가 지나, 『프랑스풍 스위트』의 원고가 발견되면서 재조명되기 시작했다. 언론의 대대적인 홍보가 조금 거슬릴 수도 있지만, 이 책은 단순히 흥미로운 출판업계 스토리가 아니다. 처음 종이에 쓰여졌을 때, 생생한 날 것 그대로였던 감정과 사건들을 증언하고 있는 파워풀한 작품이다. **RMa**

세계의 측량 Measuring the World

다니엘 켈만 Daniel Kehlmann

작가 생몰연도 | 1975(독일)

초판 발행 | 2005

초판 발행처 | Rowohlt(라인베크)

원제 | Die Vermessung der Welt

이 소설은 두 사람의 위대한 독일의 정신, 즉 수학자 카를 가우스(1777~1855)와 탐험가 알렉산더 폰 훔볼트(1769~1859)의 이야기이다. 그들의 삶은 그 시작부터 수많은 닮은 점과 다른 점을 지니고 있다. 가우스는 가난한 환경에서 자랐으나 그 천재성은 일찍부터 빛을 발했다. 귀족 태생인 훔볼트는 처음부터 위대한 인간이 되기 위한 교육을 받았다. 그들은 당대의 세계를 바라보는 완전히 다른 접근 방식을 대변한다. 카를 가우스는 물리적 세계에는 거의 관심을 기울이지 않았으나, 마음의 눈으로는 수많은 것을 보았다(보이지 않는 지구의 자장에 대한 연구는 거의 혼자 하는 카드놀이 수준이었다). 폰 훔볼트는 되도록 많은 물리적 세계를 보고 또 겪기 위해 세계를 돌아다녔다.

스케치에 가까운 켈만의 문체는 세심한 디테일까지 보여주면서도 많은 것을 독자의 상상에 맡긴다. 그는 천천히, 체계적으로 전기를 훑는 것이 아니라 특정 부분(그렇다고 뻔한 부분도 아닌) 위에만 머물다가 한참을 뛰어넘어, 유명세로 인해 문학적 소재에 제한을 받게 된 과정을 섬세하게 묘사한다. 두 사람 다 자신들만의 세계에서, 지식의 습득에만 정신이 팔려 살아가는 "섬"들이다.

켈만은 이 두 사람의 집념과 목표를 이루고자 하는 위대한 정신에 매료되었다. 두 사람 다 각각 나름의 방식으로 자기 세계에 틀어박혀 있었다. 가우스는 타인과의 교류를 거의 하지 않았으며 폰 훔볼트 역시 다른 사람들에게 미지의 존재나 다름없었다. 『세계의 측량』은 생생함과 보기드문 박식함, 그리고 교활한 유머 감각을 곁들여 두 역사적 인물을 가벼운 터치로 그려냈다. **LB**

사랑의 역사 The History of Love

니콜 크라우스 Nicole Krauss

작가 생몰연도 | 1974(미국)

초판발행 | 2005

초판발행처 | W.W.Norton & Co (뉴욕)

오렌지 문학상(Orange Prize for Fiction) 최종후보 | 2006

이 슬프고 아리도록 아름다운 책은 연인, 아들, 남편, 아버지, 친구를 잃은 상실감과 그 후유증에 대해 유려하게 탐색하는 소설이다. 내러티브의 주인공이 계속 바뀌면서, 최소한 세 가지의 다른 이야기들이 촘촘히 얽혀 놀라운 조우의 순간을 일궈낸다. 이 결합점은 "사라진" 원고에서 "사랑의 역사"로, 바로 60년 전 폴란드인 망명자 레오 거스키(Leo Gursky)가 사랑했던 단 한 여자 알마(Alma)에게 바친 글이었다.

이제 노인이 된 레오는 뉴욕의 한 아파트에서 고독한 삶을 이어가고 계속 과거를 회상함과 동시에 가상의 세계를 창조하며 슬픔을 조금이나마 이겨내고 있다. 집필을 통해 위안을 얻는 그가 이번에 쓰는 책의 제목은 "모든 것을 위한 단어들"로, 자신의 삶이 단어로 남겨진다는 건 그의 이야기가 전해지고 아직 그가 죽지 않았다는 의미이기 때문이다. 그가 모르는 사이 "사랑의 역사" 원고는 출판되었고, 이는 한 젊은 이스라엘 청년과 그의 아내의 러브 스토리의 일부가 되고, 이들 부부는 책에 등장하는 소녀의 이름을 따 첫 딸에게 알마라는 이름을 붙인다. 십대가 된 알마는 사랑하는 아빠의 죽음 뒤 이어진 가족의 슬픔을 이겨내기 위해 자신의 이름으로 시작된 책과 그 저자의 미스터리를 풀고자 길을 떠난다.

깊은 다정함과 예기치 않은 유머를 담아, 니콜 크라우스는 주체할 수 없는 슬픔 속에서 살아남고자 하는 인간 정신의 능력을 그려내면서, 그 과정에서 글쓰기라는 행위를 축복하고 인증한다. **CN**

블랑슈와 마리에 관한 책 The Book about Blanche and Marie

페르 올로프 엔크비스트 Per Olov Enquist

작가 생몰연도 | 1934(스웨덴)
초판 발행 | 2004
초판 발행처 | Norstedts(스톡홀름)
원제 | Boken om Blanche och Marie

"이제는 존재하지 않는 내 왼손은 더이상 고통스럽지 않다. 그러나 그 애무는 기억하고 있다. 단순한 손길이 아니라 그 손길이 닿았던 피부까지도…"

▲ 엔크비스트는 1960년대 이래 스웨덴 문화의 지배적인 존재였다. 그의 소설은 세심한 역사적 조사를 바탕으로 한다.

『블랑슈와 마리에 관한 책』은 파리 외곽 살페트리에르 병원에 입원한, J. M. 샤르코(현대 신경학의 기초를 세운 프랑스의 의학자)의 악명 높은 히스테리 환자이자 애인이었던 블랑슈 위트망과, 노벨상 수상자로 라듐의 공동 발견자인 폴란드계 과학자 마리 퀴리의 삶을 기록한 책이다. 살페트리에르에서 퇴원한 블랑슈 위트망은 마리 퀴리의 조수이자 동거인이 되었다. 라듐의 방사능 피폭으로 말년에는 한 팔과 두 다리를 절단해야만 했던 블랑슈는 세 권의 공책을 한 가지 질문으로 채웠다. 사랑은 무엇인가? 그리고 아직까지도 그 답은 미지로 남아있다.

엔크비스트는 인물들 안에서 맴도는 동시에 고집스럽게 그 바깥에 서 있는다. 인물들은 그를 통해 복화술을 하지만, 작가 역시 끈질기게 책 속에서 자신의 존재를 주장한다. 1인칭 화자인 그는 자기 일에 대한 집착과 영감, 자료의 활용 등을 토론한다. 엔크비스트는 특정한 디테일과 순간들에 무작위로 초점을 맞추고 다시 원거리로 돌아가면서 인물들의 삶의 친근하고 조각난 스냅사진들을 보여준다.

텍스트는 강제적인 동시에 모호하며, 역사와 작가의 환상 속에서 무엇을 끄집어냈는지 추측하기가 쉽지 않다. 이 섬세하고 고뇌하는 소설은 역사를 거칠고 떠들썩하게 다룬 수많은 포스트모더니즘 작가들과는 반대로 더 침착하고 더 부드러우면서도, 역사적 사실을 어떻게 소설로 풀어낼 수 있는가에 대해서는 똑같이 열려 있다. **LL**

2666 2666

로베르토 볼라뇨 Roberto Bolaño

작가 생몰연도 | 1953(칠레)–2003(스페인)
초판 발행 | 2004
초판 발행처 | Anagrama(바르셀로나)
언어 | 스페인어

만약 2666이 날짜를 의미하는 숫자였다면 당연히 작가의 사후발표작이 되었을 것이다. 볼라노가 사망 직전에 집필한 이 소설은 악의 씨앗으로 시작하며 소설을 구성하는 5개의 장은 그 씨앗을 벤노 폰 아르킴볼디라는 작가의 잡히지 않는 꿈으로 변형시킨다. 첫 번째 장, 그와 삶이 엮여어버린 네 명의 문학평론가가 자신들의 텍스트 속에서 그를 찾다가 마침내 산타 테레사(멕시코의 시우다드 구아레즈를 모델로 한 듯하다)의 거리에서 그를 찾아낸다. 두 번째 장, 이 도시는 철학자 아말피타노가 가르치고, 읽고, 그의 아내에게 그녀는 이미 그를 떠났다는 사실을 상기시켜 주고, 어떻게 사춘기 딸인 로사로부터 도망갈 것인지를 궁리하는 은둔처이다. 세 번째 장, 복싱 경기를 중계하기 위해 산타 테레사로 온 스포츠 기자 페이트는 경기장에서 일어난 여성에 대한 범죄 조사에 휘말리게 된다. 이러한 흐름은 네 번째 장에도 이어진다. 네 번째 장이야말로 이 소설에 있어 '진짜 암흑'의 심장부이다. 무자비하고, 피곤한 살인과 성과 없는 수사가 이어진다. 마지막 다섯 번째 장에서는 아르킴볼디가 다시 등장한다. 아르킴볼디는 산타 테레사에 오기 위해 20세기로 거슬러 올라온 독일 작가의 필명이다.

성미 급한 독자에게는 불가능에 가까운 이 도전적인 작품에서 볼라노는 자신이 그 어떤 작가와도 다르며, 본인이 원하는대로 글을 쓸 수 있다는 사실을 보여준다. 작가는 가장 극단적으로 추상적인 성찰과 가장 숨막히는 액션을 결합한다. **DMG**

"…컬트적 영웅이 스러지다…"

〈뉴욕 타임즈〉 부고, 2005년 8월 9일

▲ 볼라뇨가 사망할 당시 미완성이었던 『2666』은 5부로 나뉘어 있는데, 본래 이것을 각각 단행본으로 출간할 예정이었다.

바다 The Sea

존 밴빌 John Banville

작가 생몰연도 | 1945(아일랜드)
초판 발행 | 2005, Picador(런던)
원제 | The Sea
맨 부커상 수상 | 2005

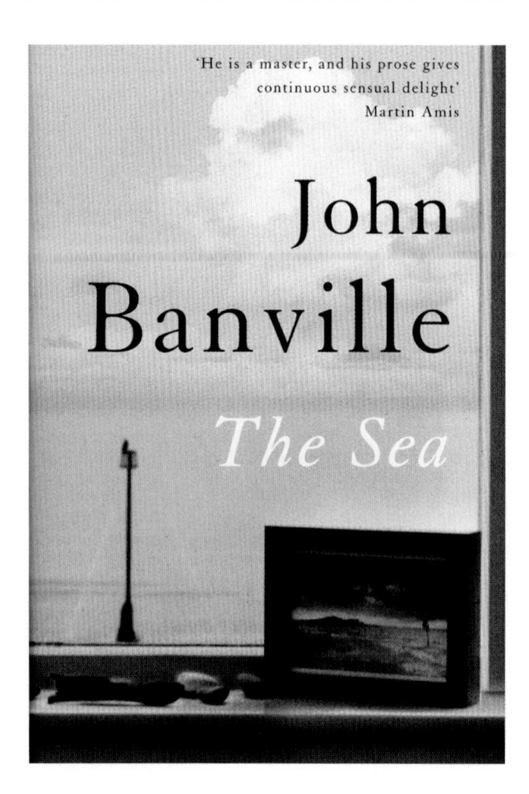

'He is a master, and his prose gives continuous sensual delight'
Martin Amis
John Banville
The Sea

"행복은 어릴 때는 다른 의미였다."

▲『바다』는 2005년에 맨 부커 상을 수상하였다. 이것은 문학적 신뢰감을 대중적인 작품에 곧잘 주어지던 종류의 상으로 돌려받는 것처럼 여겨졌다.

"기억은 움직임을 싫어한다. 언제나 사물을 고요하게 매어두려 한다." 이러한 생각이야말로 밴빌의 최신작, 『바다』의 핵심이다. 『바다』는 아내를 잃은 맥스 모던이 어린 시절의 로맨스로 여행을 떠나는 이야기이다. 이 여행은 예리한 시각적 감각을 지닌 미술사학자 모던이 과거를 하나의 예술작품으로 되찾고자 하는 시도이다. 아내를 잃은 슬픔은 그로 하여금 사랑과 상실의 어떤 독특한 정경, 모든 것을 부딪쳐 닳게 하는 파도와도 같은, 시간의 작용에 대항하는 증거라 할 수 있는 독특한 드라마를 찾게 한다.

빈빌의 문장은 종종 기적적인 구석이 있는데, 이 작품에서 그 기적은 이미지를 만들어내기 위해 단어를 사용하는 능력, 일상의 끝없는 동작 아래서 느닷없이, 마술적으로 현재를 빚어내는 시선이다. 이 소설은 상실의 경험을 오싹할 정도로 강렬하게 묘사하면서 죽음과 육체적 쇠락의 추함을 그려내고 있다. 그러나 이 소설이 죽음과 죽음이라는 행위의 수치에 대한 작품이라면, 그것은 곧 무엇보다도 기억의 힘과 예술에 관한, 죽지 않는 무엇, 순수함처럼 죽음에 면역력이 있는 무엇을 잡아내기 위한 이야기라는 말이 된다. 이 소설은 예술작품—보나르, 휘슬러, 베르메르, 셰익스피어, 프루스트, 베케트 등—에서 인용한 이미지와 문장들에 푹 잠겨 있다. 모던의 어린시절 여행은 예술에 대한 이러한 경의로써 매우 정교하게 빚어졌다. 이 소설을 읽는다는 것은 죽는다는 것은 과연 무엇인가를 느끼기 위한, 동시에 변덕스러운 시간의 움직임으로부터 고요한 이미지의 안개 속으로 옮겨진 자아를 찾기 위한 행위이다. **PB**

고슴도치의 우아함 The Elegance of the Hedgehog

뮈리엘 바르베리 Muriel Barbery

작가 생몰연도 | 1969(모로코)
초판 발행 | 2006
원제 | Gallimard(파리)
맨부커상 수상 | L'Elégance du hérisson

르네 미셸은 겉으로 보이는 것과 같은 여자가 아니다. 그르넬 가 7번지의 부유한 주민들의 눈에는 몇 년 동안 한결같이 일해온 사람 좋은 수위 아줌마로, 전형적인 건물 관리인이다. 외모로 봐도 특별한 구석이 전혀 없으며, 친절한 동시에 괄괄하다. 그러나 쉰네 살의 르네는 드세 보이는 겉모습 뒤에 놀라운 습관을 감추고 있다. 관리인 방에 들어오면 그녀는 러시아 문학(톨스토이에게 경의를 표하는 의미에서 고양이 이름을 "레오"라고 지었다), 일본 영화, 네덜란드 회화, 그리고 현상학의 신비에 빠져든다. 그녀는 만물이 완벽하면서도 위태로운 균형 속에 매달려 있는, 그 우아함의 순수한 순간들에 매료되어 있다.

팔로마 조스 역시 자신을 숨기기는 마찬가지이다. 열두 살인 그녀는, 이 빌딩에 있는 아주 멋진 아파트에서 부모님과 함께 살고 있다. 머리가 뛰어나게 좋고, 반항심도 넘치는 그녀는, 열세번째 생일날 자살하고 아파트를 불태워버리려고 궁리 중이다. 그녀는 위트와 유머를 섞어 자신의 가장 깊은 생각들을 일기장에 꼼꼼히 기록하며, "정적(靜的) 운동"의 비밀을 밝혀내려 애쓴다. 팔로마에게 어른들의 삶은 거짓 인상들이 지배하는, 금붕어 어항처럼 기묘하고 텅빈 공간이다. 건물의 다른 주민들은 주로 뿌리깊은 편견에 사로잡힌 속좁은 부르주아들이다. 그러나 부유하고 세련된 일본인 홀아비가 이사오면서, 이 기만적인 세계도 뒤집어진다. 두 주인공의 시점으로 번갈아 들여다보고 있는 이 소설은 철학적인 여행이자, 삶의 의미에 대한 고찰로, 독자에게 예상치 못한 수많은 센세이션을 선사한다. 우아하면서도 생기발랄한 문체로 쓰여진 이 책은 풍부하고, 은근하고, 유쾌한 세계로 이끈다. **SL**

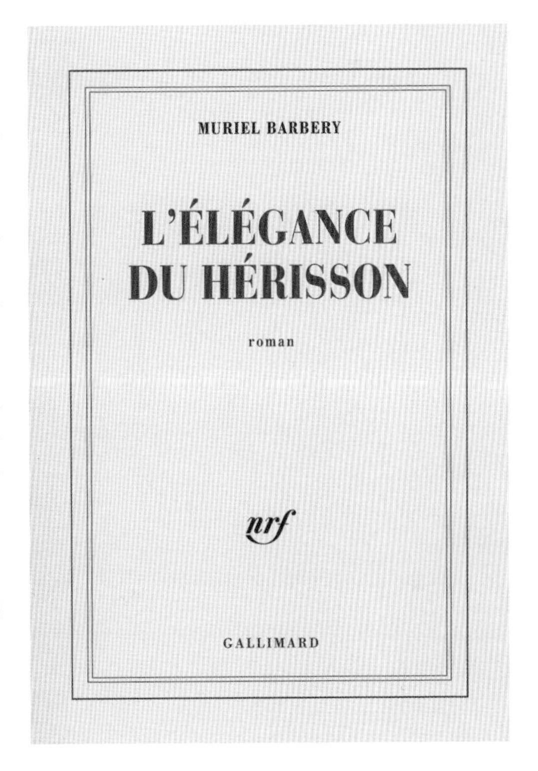

"수위가 무슨 독일 철학을 읽어…"

▲ 〈고슴도치의 우아함〉은 프랑스 독자들의 마음을 사로잡아, 출간 첫 해에만 백만 부가 넘게 팔렸다.

캐리 미 다운 Carry Me Down

M. J. 하일랜드 M.J.Hyland

작가 생몰연도 | 1968(영국)
초판 발행 | 2006
초판 발행처 | Canongate(에든버러)
연재 시작 | 2008

『캐리 미 다운』의 화자인 존 에건은 1970년대 아일랜드에 사는 열한 살 소년이다. 어린이가 1인칭 현재형으로 서술하는 트렌드는 최근 점점 인기가 높은데, M. J. 하일랜드는 한정된 어휘를 사용하여 과도한 정형화를 피하고 순수하고 명료한 문장을 만들어냈다. 하일랜드는 이 어린 소년이 해체되어가는 가정 속에서 겪는 다양한 문제들, 호기심 그리고 두려움과 사춘기를 눈앞에 두고 자아를 발견해 나가는 당혹감 등을 포착해내고 있다. 이 소설은 "진실"이라는 다소 거창한 테마를 다루고 있다. 자기 자신을 잘 드러내지 않는 독학 소년 존의 눈을 통해 굴절된 진실을 묘사한다. 존은 진실을 포착하고, 그것을 증명하기 위해 엄청난 시간과 에너지를 쏟아붓는 "재능"의 소유자이다. 이를 위하여 그는 자신의 길을 찾기 위해 끊임없이 필요로 하는 타협과 잘못된 지시들을 기록한 자신만의 "거짓말 책"을 만들어낸다. 그는 자신이 거짓말을 하고, 다른 사람들을 인내심과 선의의 한계까지 내모는—누가 봐도 그들의 정직성을 시험하기 위한—물리적 증상들을 기록한다. 그러나 존의 추상적인 시스템화 과정과 탐정놀이는 가족의 기만과 직면하자 완전히 실패하고 만다. 거짓말을 제외한 다른 감정적 배경에는 익숙하지 않은 존은 주변 사람들을 강요된 자백과 보복의무로 내몰면서, 자신의 의도와 행위 사이의 간극, 그리고 자신이 공격하는 타인들과 자기 자신 사이의 공통점에 대해서는 전혀 알아차리지 못한다. 하일랜드는 존을 틀에 갇혀 스스로를 내면화하는, 왜곡된 사춘기로 막 진입하려는 어린 소년으로 캐릭터화했지만, 존은 점차 자신도 이해하지 못하는 사이에 다양한 외부의 힘을 탐험하기 위한 도구로 이용된다. 『캐리 미 다운』의 핵심은 감정의 발달로, 순수와 기만이 서로 싸우며, 분명한 관심사들이 널려있는 진흙탕과도 같은 절충안을 찾아낸다. **DTu**

carry
me
down
"This is writing of the highest order."
—J. M. COETZEE
M. J. HYLAND
Author of How the Light Gets In

"난 이제 그녀에게 화가 난다…"

▲ 하일랜드는 원래, 존을 어린시절을 회상하는 중년남성으로 설정했다가, 아예 어린이인 쪽이 낫겠다는 것을 깨달았다고 한다.

어게인스트 더 데이 Against the Day

토마스 핀천 Thomas Pynchon

작가 생몰연도 | 1937(미국)
초판 발행 | 2006
초판 발행처 | Penguin(뉴욕)
연재 시작 | 1974

『메이슨 앤 딕슨』을 특징짓는, 섬세하게 짜인 사실과 환상의 융합을 잇는『어게인스트 더 데이』는 핀천의 "후기 스타일"이 드러나기 시작하는 작품이다. 복잡하면서도 따뜻하고 읽기 쉬운 이 책은, 『중력의 무지개』에서 보여준 형식상의 실험은 피하고, 제1차 세계대전으로 이어지는 약 20년간의 지정학적 격동을 주로 배경으로 하는 거대하고, 다양한 텍스처를 자랑하는 작품이다. "격동"은 이 소설의 중심 플롯 중 하나의 줄기를 감안할 때 적절한 메타포이다. 즉 불굴의 랜돌프 세인트 코스모가 선장을 맡은 비행선을 타고 하늘을 날아다니는, 세계 각지에서 모인 모험가들의, 무모한 쥘-베른 스타일의 "한탕주의"가 바로 그것이다. 이렇듯 헐렁한 프레임 장치 속에서, 핀천은 무성영화 시대의 헐리우드, 아이슬란드, 발칸반도, 괴팅엔, 시베리아 툰드라, 그리고 빅토리아 시대 후기 런던의 강신론자들의 비밀회합실로 독자들을 환상적인 여행을 떠나게 해준다. 여러 면에서 『어게인스트 더 데이』는 핀천 초기 작품의 모든 특징—"돼지 목에 진주"를 걸어줄 수 없는 이들에 대한 도덕적인 헌신, 기묘한 수학에 대한 흥미, 금방 사라져버릴 듯한 민속 문화와 불법 전통, 기업의 야바위질에 대한 경멸, "역사적인" 시간과 "이야기 속의" 사건 사이의 꼬인 관계, 말할 수 있는 동물과 음란한 노래에 미치는 속성 등—을 전부 보여주고 있다. 그러나 또한 몇 가지 새로운 발전도 눈에 들어온다. 특히 세기말적인 무정부주의와 정치적 폭력에의 눈뜸, 현재 우리가 살고 있는 세계와 깊이 공명하는 폭발 반경의 도덕적 소용돌이에 대한 교훈이 그것이다. 〈어게인스트 더 데이〉는 요약이 불가능한 책으로, 완전히 독특하면서도 미국의 가장 위대하고도 가장 신비한 문학 예술가의 작품임이 틀림없다. **SamT**

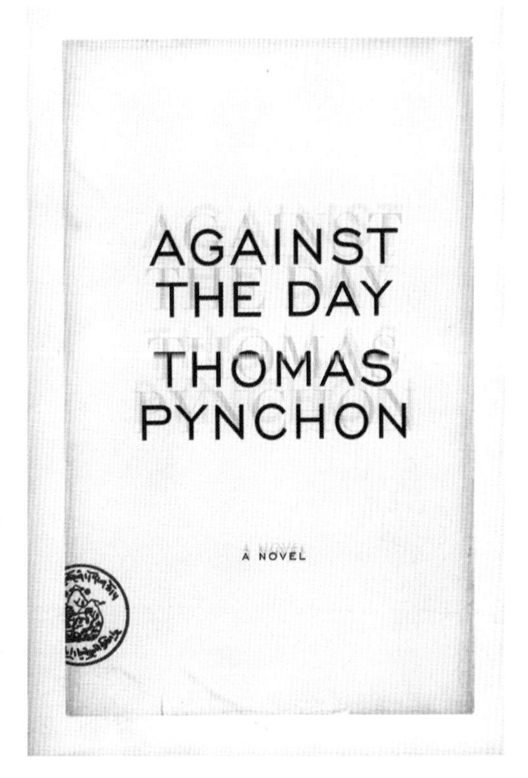

"그들은 우아함을 향해 날아간다."

▲ 핀천은『어게인스트 더 데이』를 가리켜, "어쩌면 세상은 아닐지 모르지만, 한두 가지만 적당히 고치면 세상에 가까운 모습이 될지도 모른다."

상실의 상속 The Inheritance of Loss

키란 데사이 | Kiran Desai

작가 생몰연도 | 1971(인도)
초판 발행 | 2006
초판 발행처 | Hamish Hamilton(런던)
연재 시작 | 2006

이 책의 배경은 인도와 뉴욕이지만, 영국이 식민 시대 과거의 망령으로 떠돌며 현재 위에 긴 그림자를 드리우고 있다. 칼림퐁에 살고 있는 십대 소녀 사이는 캠브리지 대학을 졸업한, 은퇴한 판사인 할아버지와 함께 살고 있다. 비록 부모를 잃고 할아버지에게는 방치 당하고 있지만, 요리사의 애정을 듬뿍 받고 있다. 요리사의 아들 비주는 뉴욕에서 이민자로 근근히 먹고 살고 있다. 내러티브는 칼림퐁과 뉴욕 사이를 오가며 부르주아 신식민주의, 세계화, 다문화주의, 테러리스트 내란과 같은 정치적 이슈들과 사람들의 이야기를 엮어 짜내고 있다. 판사와 비주는 계급, 역사, 지리적인 관점에서 서로 다른 이민자 경험에 대한 통찰을 보여준다. 그러나 두 사람 모두 서양의 내재적인 우월감에 대해서는 흔들리지 않는 견고한 믿음을 가지고 있다. 판사의 내부 망명은 식민시대에 느꼈던 수치심에서 기인한 것으로, 인도 문화에 대한 증오로 스스로를 괴롭히고 있다. 비주가 뉴욕의 하층계급으로 살면서 겪는 문화적 혼란도 못지않게 파괴적이다. 사이는 가정교사 가이언과 사랑에 빠지지만, 가이언이 네팔 반란군에 합류하면서 이들의 사랑은 비극으로 끝날 수밖에 없고, 지역의 인종갈등은 드라마틱하게 부각된다. 다양한 문화가 공존하는 미래에 대한 작가의 전망은 결코 밝지 않지만, 폐부를 찌르는 유머를 곳곳에 뿌려 놓았다. 코믹한 대화의 직접성을 통해, 데사이는 인도의 식민시대 역사와 해방 후의 갈등들을 탐험하고 있다. 모더니티의 갈대와도 같은 감수성은, 제인 오스틴을 사랑하고 CNN보다 BBC를 선호하는 계급의 유쾌한 우월성과 잼을 "여왕 폐하에게 납품을 허가받은" 대신 "스머커즈" 따위로 이름붙이는 나라에 대한 코웃음을 통해 조목조목 드러난다. 기본적으로는 열망과 소속감에 대한 소설로, 데사이는 저마다 조금씩 하자 있는 등장인물들의 뉘앙스를 상냥하고 애정어린 시선으로 포착하고 있다. **KDS**

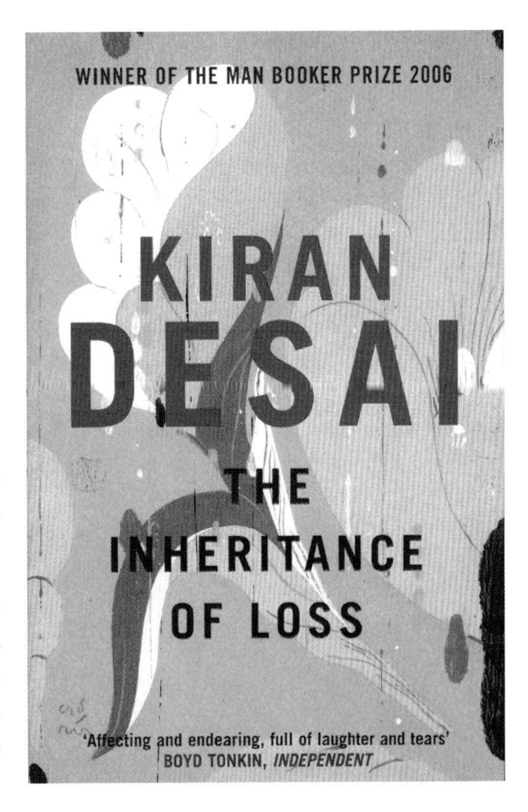

WINNER OF THE MAN BOOKER PRIZE 2006
KIRAN DESAI
THE INHERITANCE OF LOSS
'Affecting and endearing, full of laughter and tears'
BOYD TONKIN, *INDEPENDENT*

▲ 『상실의 상속』은 데사이의 두번째 소설이다. 첫 작품인 『구아바 과수원의 훌라발루』는 1998년 베티 트래스크 상을 수상했다.

◀ 데사이는 맨부커상 최종 후보에 세 번이나 올랐지만, 수상에는 실패했던 작가 아니타 데사이의 딸이기도 하다.

태양은 노랗게 타오른다

Half of a Yellow Sun

치마만다 은고지 아디치에 Chimamanda Ngozi Adichie

작가 생몰연도 | 1962(아일랜드)

초판 발행 | 2006

초판 발행처 | Jonathan Cape(런던)

맨 부커상 수상 | 2007

1967-1970년에 일어난 나이지리아-비아프라 전쟁은 나이지리아의 이그보 족이 독립 국가를 선포함으로서 시작되어 나이지리아 측의 봉쇄로 인한 대규모 기아 사태로 막을 내렸다. 오늘날에는 기억하는 사람이 많지 않을지도 모르지만, 당시에는 국제사회의 뜨거운 감자였고, 영국의 군사개입에 항의하는 의미에서 존 레논이 기사 작위를 반납하게 만든 사건이기도 하다. 아디치의 2003년 데뷔작 『보랏빛 히비스커스』는 높은 평가를 받았지만, 1인칭 화술과 주인공이 15세 소녀였다는 점에서 그 지평이 제한될 수밖에 없었다. 『태양은 노랗게 떠오른다』를 통해 아디치는 세 명의 주인공—남의 집에서 사환으로 일하는 우그우, 영국에서 교육 받은 아름다운 올란나, 그리고 올란나와 거의 연이 끊기다시피 한 쌍둥이 여동생을 사랑하는 영국인 급진주의자 리처드—의 눈을 통해 거의 10년에 가까운 시간을 바라봄으로서 시야를 넓히는 데에 성공했다. 여기에 "책 속의 책" 구조를 도입하여, 이 책에서 하고 있는 이야기를 회상하고 있어, 훌륭한 반전의 묘미를 제공한다. 누가 봐도 세계 시장을 의식하고 쓴 책으로, 나이지리아에 대해 아는 것이 없는 독자도 이해하기 쉽도록 아주 미세한 부분까지 전달하므로, 결코 읽기에 어렵지 않다. 그렇다고 독자를 가르치려 들지도 않는다. 사방이 포위된 이그보 족의 상류층 내부의 속물근성을 솔직하게 인정하고 있다. 같은 나이지리아 출신의 작가 벤 오크리와 공통된 것들로부터 영감을 얻었지만, 오크리의 마법적 사실주의 대신 보다, 그녀의 영웅인 치누아 아체베의 보다 자연주의적인 문학적 장치들을 도입했다(아체베는 짧은 시간 동안 존재했다 역사 속으로 사라진 비아프라 정부에 참여하기도 했다). **SE**

개더링

The Gathering

앤 엔라이트 Anne Enright

작가 생몰연도 | 1977(나이지리아)

초판 발행 | 2007

초판 발행처 | Fourth Estate(런던)

오렌지 문학상 수상(소설 부문) | 2007

더블린에서 태어난 앤 엔라이트는 『개더링』 이전에 세 편의 장편소설 『내 아버지가 썼던 가발』(1995), 『넌 뭐니』(1995), 『일라이자 린치의 기쁨』(2002) 등 세 편의 장편 소설을 발표했다. 『개더링』은 엔라이트에게 2007년 명망있는 맨부커 상을 안겨주었다. 헤가티 가는 대가족이다. 이 소설의 스토리는 서른 아홉 살의 베로니카 헤가티를 중심으로 펼쳐진다. 베로니카는 두 자녀의 어머니로, 오빠 리암이 죽은 뒤 줄곧 그 충격 속에서 살고 있다. 오랜 세월 동안 알코올 중독에 시달렸던 리암은 브라이튼에서 호주머니 속에 돌을 가득 넣고 바다로 걸어 들어가 스스로 목숨을 끊었다. 이 소설은 대부분 베로니카가 오빠가 왜 자살했는지 알아내기 위한 회상의 시퀀스로 구성되어 있다. 베로니카가 리암의 자살 이유를 알아내는지에 대해서는 불분명하다. 리암의 자살은 저 옛날, 베로니카와 그녀의 형제들이 할머니의 집에서 보낸 여름에 일어난 어떤 사건 때문일 수도 있고 그렇지 않을 수도 있다. 또 할머니가 관계된 사랑의 삼각관계에서 기인했을 수도 있고, 그렇지 않을 수도 있다. 자신의 문장과 재능을 통해 한 캐릭터에서 다른 캐릭터의 머릿속으로 내러티브를 이동시키며 빚어내는 모호함은 엔라이트를 거장의 반열에 올려놓았다. 이 소설이 펼쳐지는 내부의 풍경은 소설 전반을 흐르는 활기찬 기업 묘사와 강렬한 대비를 이룬다. 따라서 리암을 애도하는 베로니카의 경험은 육체적은 물론 감정적으로도 계획될 수밖에 없다. "혼란스러운 감정—설사와 섹스 사이—이 슬픔은 거의 생식적인 무엇에 가깝다." 이 작품에서는 사랑과 죽음이라는 테마가 몸 위에서 교차하며, 사랑하는 사람들이 우리를 떠났을 때, 망령처럼 떠돌며 우리를 괴롭히는, 남아 있는 사랑의 오랜 상처를 불러일으킨다. **JSD**

오스카 와오의 짧고 놀라운 삶

The Brief Wondrous Life of Oscar Wao

주노 디아스 Junot Díaz

작가 생몰연도 | 1968(도미니카 공화국)
초판 발행 | 2007
초판 발행처 | Riverhead Books(뉴욕)
퓰리처상 수상 | 2008

오랫동안 기다려온 주노 디아스의 첫번째 장편소설은 7년 전에 뉴요커 지에 게재되었다. 자신의 열정을 거들떠보지도 않는 여인과 대책없는 사랑에 빠진 고독한 SF광 오스카 와오에 대한 단편을 확장한 것이다. 이 소설에는 오스카의 누이동생, 어머니 그리고 도미니카의 악독한 독재자 라파엘 트루힐로에 저항하다가 자손들에게 끔찍한 고통을 안겨준 할아버지가 등장한다. 화자인 유니오르에 따르면, 이러한 고통은 유럽인이 처음 아메리카 대륙에 건너올 때부터 시작된 저주 "푸쿠(fuku)"의 결과로, 양키스가 게임에 지는 것부터 아들이 태어나지 않는 것까지 모든 것이 바로 이 푸쿠 때문이다. 오스카 와오("오스카 와일드"를 잘못 발음한 것)의 이야기 속에서 오스카의 할아버지 아벨라르드가 죽은 것도, 그의 아름다운 세 딸 중 둘이 죽은 것도, 그리고 그들보다 훨씬 어린 셋째(오스카의 어머니)가 겪는 고통도, 모두 푸쿠 때문이다. 오스카를 사랑에 미치게 만들고, 결국은 그의 짧고 절망적인 삶에 종지부를 찍게 만드는 것도 바로 이 푸쿠이다. 오스카의 가족 이야기의 여러 갈래 중 특히 공포스러운 트루힐로 정권 치하의 도미니카 공화국을 무대로 펼쳐지는 이야기들은 흥미롭기 이를 데 없으며, 특히 도미니카 공화국에서 사용하는 스페인어 속어를 곳곳에 끼워넣은 디아스의 발랄한 문체를 통해 생기를 얻는다. 가브리엘 가르시아 마르케스의 "마콘도(Macondo)"를 변형시킨 "매콘도(McOndo)"—대이동 세대의 마법적 리얼리즘—을 대표하는 스타일이다. **PC**

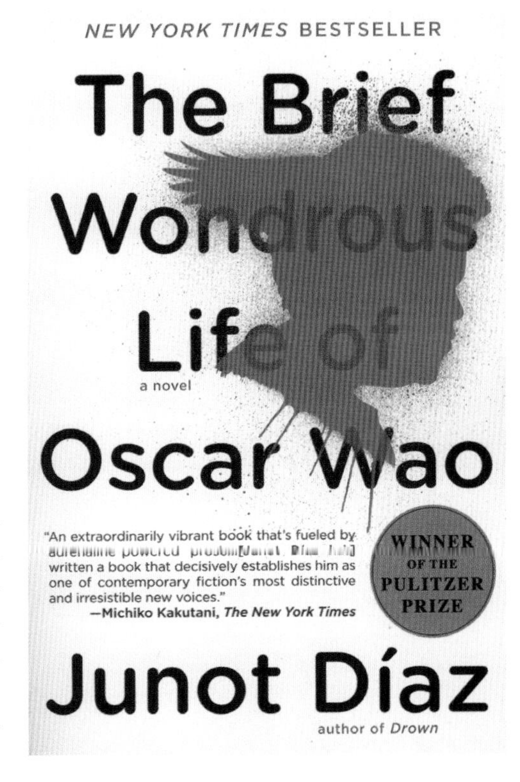

"맨 처음에는 아프리카에서, 흑인노예들의 비명소리에 실려 아메리카로 왔다고 한다. 그것은 타이노 족이 멸망한 이유이기도 했다. 그건, 악마였다…"

▲ 주노 디아스의 오랫동안 기다려온 첫번째 장편 소설은 오스카의 가망없는 사랑과 그의 가족들의 투쟁을 그리고 있다.

홈 Home

마릴린 로빈슨 Marilynne Robinson

작가 생몰연도 | 1947(미국)
초판 발행 | 2008
초판 발행처 | Farrar, Straus & Giroux(뉴욕)
오렌지 문학상 수상(소설 부문) | 2009

『홈』은 로빈슨의 두번째 소설, 『길리아드』에 일어났던 사건들을 부튼 가족의 관점에서 재구성한 작품이다. 이 작품으로 로빈슨은 인간의 연약함과 지적인 엄격함의 힘찬 결합을 보여주는, 현재 작품활동을 하고 있는 소설가 중 가장 특별한 작가 중 한 명으로 입지를 굳혔다.

플롯은 매우 간결하다. 서른 여덟 살의 글로리 부튼은 파혼 뒤 병석의 아버지, 부튼 목사의 집으로 돌아온다. 그녀가 도착한 직후 가족들의 사랑과 안타까움을 한몸에 받았던 부튼 가의 탕아, 오빠 잭이 집으로 돌아온다는 소식이 전해진다. 망나니 아들의 귀향은 죽어가던 아버지에게 큰 기쁨을 가져다주지만, 잭이 지은 죄들은 부튼 목사가 용서하기에는 너무 크고, 너무 많았다. 가장 사랑했지만 가장 멀리 가버린, "마치 상처를 사랑하듯 사랑한" 아들에게 남긴 목사의 마지막 말에는 엷은 좌절감이 서려 있다. 잭은 떠나고, 글로리는 가족의 옛 집을 상속 받아, 잭의 혼혈아 아들이 돌아와 자신의 자리를 찾을 때까지 지켜낸다.

흑인민권운동이 한창인 1950년대 미국 주서부의 작은 마을을 무대로 한 『홈』은 놀라울 정도로 믿음과 용서의 힘과 한계, 갈망과 상실, 그리고 어디를 가든—무엇보다도 고향으로 돌아왔을 때—부평초와 같은 삶을 살 수밖에 없는 운명인 영혼들의 영적 고독에 대한 놀라울 정도로 완전하고 신랄한 통찰이다. 로빈슨의 간결하면서도 시적인 문장은 신의 은총을 향한 상처입은 개개인의 투쟁을 가차없이 분석하면서도, 각각의 제스처와 만남의 신학적, 인간적 의미를 접근하는 진지함은 초월의 가능성, 혹은 그 비슷한 무엇을 창조해낸다. **JHu**

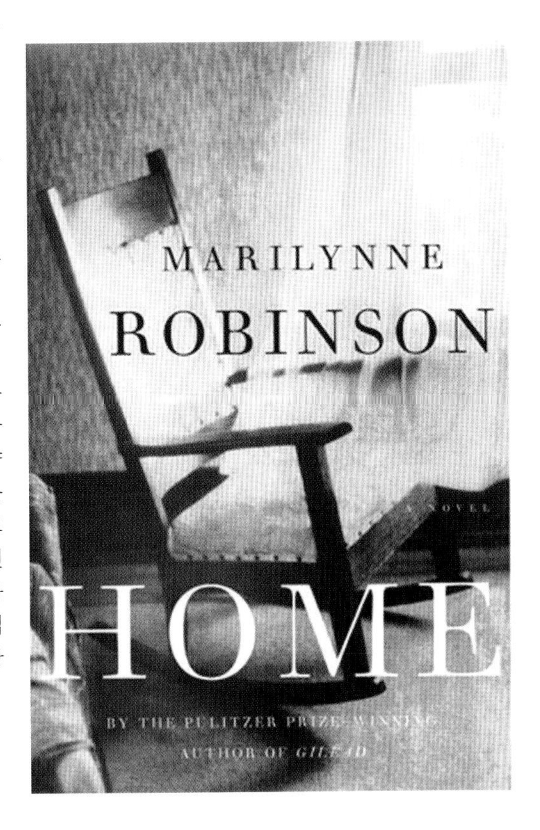

MARILYNNE
ROBINSON
A NOVEL
HOME
BY THE PULITZER PRIZE-WINNING
AUTHOR OF GILEAD

▲『홈』은 로빈슨이 28년 동안 발표한 세번째 소설이지만, 그녀를 현존하는 가장 중요한 작가 중 하나로 확실하게 자리매김한 작품이다.

화이트 타이거 The White Tiger

아라빈드 아디가 Aravind Adiga

작가 생몰연도 | 1974(인도)
초판 발행 | 2008
초판 발행처 | Atlantic Books(런던)
맨 부커상 수상 | 2008

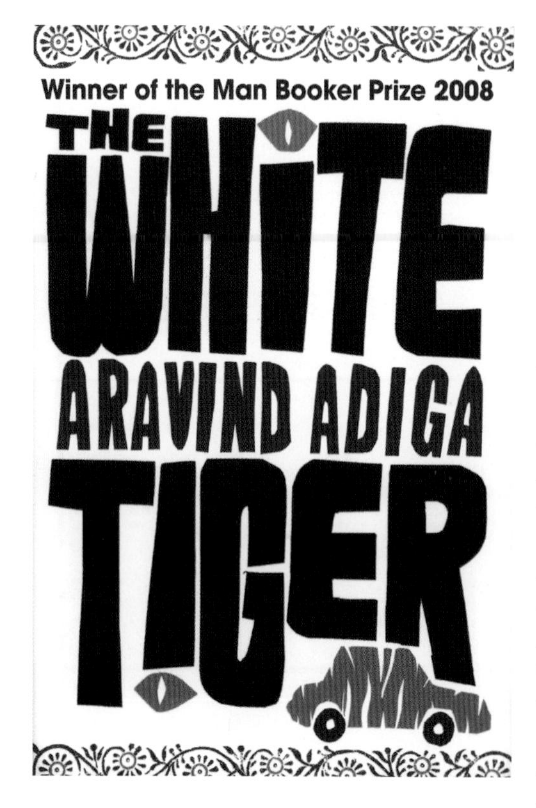

Winner of the Man Booker Prize 2008
THE
WHITE
ARAVIND ADIGA
TIGER

"나는 미래다."

▲ 아라빈드 아디가의 충격적인 데뷔작은 서방세계가 품고 있는 환상과는 완전히 동떨어진 인도를 그리고 있다.

『화이트 타이거』는 아라빈드 아디가의 데뷔작으로, 출간 즉시 엄청난 반향을 불러일으켰다. 또한 평단의 극찬을 받으며 사상 두번째로 어린 나이에 맨부커상을 수상하게 한 걸작이다.

이 책은 스토리는 물론 주인공의 캐릭터와 내러티브의 독특함으로도 찬사를 받았다. 발람 할와이는 그 이름과 카스트가 말해주듯, 그가 태어난 인도의 작은 시골 마을에서 사탕이나 만들며 살아야 했다(이 마을은 델리, 뭄바이, 방갈로르 같은 대도시의 "빛"과 대비되는 "어둠"이라 불린다). 그러나 발람에게는 전형적이지 않은 무언가가 있다. 그는 기업가 정신의 소유자로, 이야기가 전개되면서—방갈로르에 있는 발람의 작고 화려한 오피스에서 중국 총리 원자바오에게 이레 밤에 걸쳐 쓴 상상 속의 편지—우리는 인도에서 기업가라는 새로운 계급 중 하나가 된다는 것이 어떤 의미를 가지는지를 알게 된다.

이 소설에 등장하는 인도는 서양 독자들이 종종 이상화하는, 샐먼 루시디의 아름답고, 이국적이고, 마법적 사실주의에 입각한 인도가 아니다. 대신, 어둡고, 더럽고, 부패하고, 서양이 주춤거리는 사이 중국과 함께 미친 듯이 날아오르는 인도에 대한 이야기이다. 적나라하게 까발려진 인도의 이야기이자, 한 인간이 막다른 길, 발람의 표현을 빌리자면 인도 국민의 대다수가 처해 있는 상황에서 탈출하려 몸부림치는 이야기이다. 발람의 눈에 보이는 인도인들은 동족들의 속임수에 넘어가 노예로 떨어졌으며, 그들의 무자비함에 대처하는 유일한 방식은 그들보다 더 무자비해지는 것뿐이다. 발람은 말한다. "오직 가족이 파멸하는 것을 볼 각오가 되어 있는 인간만이 굴레를 깰 수 있다."

『화이트 타이거』는 인도 사회가 계속 굴러가게 만드는 구습과 뿌리깊은 불공정을 폭로하는 동시에, 그 모든 압력 아래 막 부서지려는 무엇도 보여준다. 독자를 한없이 분개하게 만들면서도, 배를 잡고 웃게 만들 수 있는, 놀라운 책이다. **PC**

비용 Cost

록사나 로빈슨 Roxana Robinson

작가 생몰연도 | 1946(미국)
초판 발행 | 2008
초판 발행처 | Sarah Crichton Books(뉴욕)
언어 | 영어

록사나 로빈슨이 『비용』을 쓰기 시작했을 때 그녀는 이미 세 편의 소설—『스위트워터』(2003), 『이 애가 내 딸이에요』(1998), 『여름 빛』(1988)—과 조지아 오키프의 전기(1989)를 쓴 발표한 작가였다. 『비용』은 가족 내의 관계와 감정의 복잡함을 환상적으로 풀어낸, 마약 중독에 대한 이야기이다. 주인공 줄리아 램버트는 뉴욕의 컬럼비아 대학교 미술 교수이다. 그녀는 성인이 된 두 아들, 스티븐과 잭이 있으며 나이든 부모 에드워드와 캐서린이 있다. 『비용』의 시작 부분에서 줄리아는 메인 주에 있는 여름 별장에서 부모과 함께 시간을 보내고 있다. 그녀는 부모에게 어린아이처럼 구는 자신의 태도에 엄청난 자괴감을 느끼고 있다. 여기에 자기 집에 가던 길에 들른 스티븐이 끼어든다. 스티븐은 막 동생 잭을 보고 오는 길인데, 잭이 헤로인에 중독되었다는 사실을 알게 되었다. 뒤따르는 가족의 개입이 책의 플롯을 형성하면서, 각 세대 별로 두 명의 캐릭터가 잭의 파멸에 직면하여 자신의 불안감을 헤쳐나가는 모습을 보게 된다. 이 소설을 이끌어나가는 것은 잭의 마약 중독이지만, 작품에 밀도와 추진력을 부여하는 것은 캐릭터이다. 로빈슨은 책을 쓰기 시작하기 전에, 각각의 캐릭터의 바이오그래피를 썼다고 했는데, 『비용』을 읽어보면 이러한 사전 계획이 명확하게 드러난다. 지극히 세심한 문장 속에 묘사된 캐릭터들의 풍경의 내면성이야말로, 『비용』이 특별한 이유이다. 로빈슨은 때때로 보수 와스프(WASP) 계급의 연대기 작가라는 꼬리표가 붙곤 하는데, 『비용』은 누가 봐도 헤로인 중독에 대한 책으로 홍보되었다. 인간의 불안에 대한 소설이라는 점에서, 둘 다 적합한 표현은 아니다. 가족을 잃는 비용을 발견한다는 것은 우리 모두의 마음을 움직이니 말이다. **JSD**

"그녀의 기억은 사라져버렸다."

▲ 록사나 로빈슨의 네번째 소설은 헤로인에 중독된 젊은이와 그 귀결을 다루고 있다.

1Q84 1Q84

무라카미 하루키 Haruki Murakami

작가 생몰연도 | 1949(일본)
초판발행 | 2009-2010
초판발행처 | 신쵸샤(Shinchosha, 新潮社)(도쿄)
원제 | chi-kew-hachi-yon

세 권으로 출간된 『1Q84』는 무라카미 하루키의 대표작으로, 러브 스토리, 평행 우주, 이야기가 가진 생산적 힘에 대한 반추, 결과보다 과정이 중시되는 소설의 본보기 등 여러 요소를 동시에 담아내고 있다. 아오마메(Aomame), 텐고(Tengo), 그리고 마지막 권의 악인 우시카와(Ushikawa) 간의 교차하는 내러티브라는 형식을 통해, 작가는 조지 오웰의 『1984년』과 평행을 이루는, 두 개의 달이 떠 있는 세계로 인물들이 차례로 진입하는 모습을 보여준다. 이 다른 세계에서는 양면적이지만 잠재적으로는 악의를 띤 힘이 종교 집단 '선구(Sakigake)'와 관련된 초자연적 인간인 리틀 피플(Little People)의 형상으로 자신을 드러낸다.

소설이 진행되면서 각 인물들에게 드리워졌던 장막이 걷히면서 그들의 감춰진 삶과, 1Q84의 세계가 부과한 위협이 점차 드러난다. 아오마메는 난잡한 성생활을 즐기면서 자선단체를 위해 일하는 암살자고, 텐고는 문학상 수상을 위해 어린 소녀와 결탁해 유령 작가 역할을 하며, 우시카와는 탐정으로서 믿기 힘든 능력을 선보인다. 각각의 내러티브가 수렴되어 가면서, 독자들은 '선구'의 미스터리한 지도자가 내린 전능한 예언에 저항하고 악몽 같은 세계로부터 탈출하려는 긴박감 속에 함께 빠져든다.

만만치 않은 분량에도 불구하고, 무라카미의 흡인력 있는 스타일 덕에 술술 읽힌다. 하지만 소설의 결말은 모호한 측면이 있다. 사실상 『1Q84』가 이룬 성취와 그 즐거움은 종착지 자체가 아니라 그 곳을 향해 밟아가는 과정에서 찾을 수 있는 것이다. 그렇게 흠이 있지만, 담대한 걸작이 탄생했다. **MPE**

카인 Cain

주제 사라마구 Jose Saramago

작가 생몰연도 | 1922-2010
초판발행 | 2009
초판발행처 | Editorial Caminho(리스본)
언어 | 포르투갈어

포르투갈의 노벨문학상 수상자 주제 사라마구의 유작인 이 소설은 형제를 살해한 카인을 주인공으로, 구약성서의 신을 악당으로 등장시킨다. 동생 아벨(Abel)을 살해한 죄로 케인은 시공간을 떠돌아야 하는 형벌을 받는데, 작가는 그를 이삭(Isaac)의 희생, 바벨탑 건설, 소돔(Sodom)의 파괴와 노아의 방주까지 일련의 성서 속 장면들을 경험하게 한다. 『카인』은 때로는 성서에서 벗어나는데, 특히 위험하고 남자를 홀리는 릴리스(Lilith)를, 권력과 욕정에 사로잡힌 이 여성을 놀랍도록 긍정적으로 그려낸다. 그러나 이 책의 대부분은 신의 잔인함, 심술, 자기만족과 부조리함에 대해 카인과 저자의 통렬한 논평을 통해 우리가 익히 알고 있는 이야기들을 재해석해내는 데 치중하고 있다.

인용 부호 없이 대화를 단락 내에서 처리하는 독특한 표현법에도 불구하고, 격언과 구어체 표현이 뒤섞인 『카인』은 쉽고 흥미롭게 읽힌다. 그러나 단순해 보이는 스토리텔링에서 드러나는 음산함은 인간에 대한 복잡하고 씁쓸한 시선을 반영하고 있다. 평생 공산주의자로 살았던 사라마구에게 있어 신이란 지구상의 생명에게 고통을 안기는 폭군과 다름없다. 신에 맞서는 카인의 저항은 세상의 모든 부당함에 맞서는 반란과도 같은 것이다. 결국 카인은 신의 비열함에 대한 분노로 다시 살인을 하게 된다. 비록 암울한 결말을 맞지만, 인간 존재를 향해 내뿜는 온기가 압제자에 대한 저자의 분노를 중화시키고 있다. **RegG**

아메리칸 러스트 American Rust

필립 메이어 Philipp Meyer

작가 생몰연도	1974(미국)
초판 발행	2009
초판 발행처	Spiegel & Grau(뉴욕)
언어	영어

이 소설은 필립 메이어의 첫번째 소설로, 죽어가는 펜실베이니아 주의 철광 마을에서의 잔인한 삶을 다양한 1인칭 시점으로 펼쳐보이고 있다. 괴짜이지만 영리한 20살 청년 아이작 잉글리시와 그의 고등학교 풋볼 스타 친구 빌리 포는 학교 졸업 이후 마을을 떠날 기회가 있었음에도 펜실베이니아 주 부엘에 남았다. 이제 그들은 장애인인 아이작의 아버지로부터 훔친 4천 달러의 돈과 철도의 힘을 빌려 아이작을 캘리포니아로 보내 천체물리학을 공부하게 하려 하고 있다. 그러나 마을을 떠나는 길에 그들은 세 명의 노숙자를 만난다. 포는 싸움을 피하지 못하는 체질이고, 부랑자 중 하나로 결국 죽고 만다. 이 사건으로 인한 추락 뒤에 아이작과 포는 물론, 포의 어머니 그레이스, 경찰서장, 그리고 그레이스의 오랜 연인 버드 해리스, 아이작의 누이동생 리의 관점으로 기술되는 이야기들을 통해, 독자는 경제난이 자유의지를 환각으로 만들어버리는 세계 속으로 깊숙이 빨려들어가게 된다.

주인공이 태어나서 살아온 20년 사이에, 몬 밸리 지역에서는 15만 개의 일자리가 사라졌다. 『아메리칸 러스트』는 생생한 플롯을 자랑하는 작품으로, 이 소설의 진정한 힘은 모든 블루컬러 중산층에게 닥친, 일하고 싶지만 할 수 없는 인간의 심각한 도덕적 손상에서 수 세대에 걸쳐 냉난방도 되지 않는 트레일러에 살며 오직 사냥에만 의존하며 살아온 가족들, 기본적인 공공업무차 할 수 없는 지역 정부, 아무도 철거할 비용이 없는 녹슬어가는 철제 구조물로 가득한 풍경까지의 시련의 묘사에 있다. 수십만 명에게 괜찮은 일자리가 있었던 시절은 사라져버렸다. 미국의 과거를 그리고 있지만, 동시에 미국의 미래를 예견하고 있는 이 소설은 죽은 자본주의에 치러야 할 인간의 대가를 아무런 감정도 없이 건조하게 고발하고 있다. **JHu**

"작고 깡마른 체구…"

▲ 메이어는 『아메리칸 러스트』를 쓰기 전에 은행가, 응급구조대원 등 다양한 직업을 경험했다.

계단의 문 A Gate at the Stairs

로리 무어 Lorrie Moore

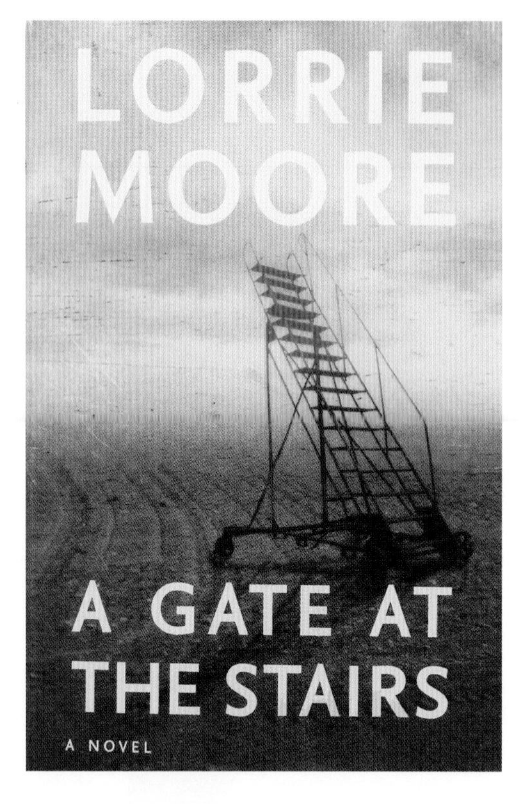

"내가 보기에 오페라와 인생의 차이는, 인생에서 한 사람이 모든 장면을 연기해야 한다는 거야."

▲ 로리 무어의 세 번째 소설은 위트와 음울한 조소와 함께, 소도시의 미국적 삶에 대한 가슴 따뜻한 시선을 담고 있다.

작가 생몰연도 | 1975(미국)
초판발행 | 2009
초판발행처 | Alfred A. Knopf(뉴욕)
오렌지문학상(Orange Prize for Fiction)최종후보 | 2010

태시(Tassie)는 아버지가 세운 야채 농장에서 자란 시골 소녀로, 대학 주변의 소도시에 살게 된 신입생이다. 미국에서 정체성을 갖는다는 것이 다만 겉보기에도 쉬운 일은 아니었지만, 특히 근래 9 · 11 사태를 겪은 뒤 훨씬 더 까다로운 일이 되었다.

테시는 조심스럽게, "후회하지 않겠다"는 정신으로 살면서, 지질학, 수피교, 와인 테이스팅, 전쟁영화의 사운드트랙을 오가며 가족과 자신의 성욕을 다스린다. 매우 예민한 요리사 사라 브링크(Sarah Brink)의 베이비시터 일을 맡게 되면서 태시는 정체성이란 것이 얼마나 위태로운 것인지 깨닫게 된다. 혼혈 아기를 입양한 엄마가 현대적인 커리어 우먼이 아니라 단지 슬프고 치유불가능한 사람일 뿐이라면? 남자친구가 사진을 배우는 브라질 학생이 아니라 테러리스트라면? 남동생이 더는 남동생이 아닌 불분명한 전쟁에 참여한 군인이라면? 비록 소설의 배경이 위스콘신(Wisconsin)의 경계를 넘어서지는 않지만 미국적인 모든 것이 표현되어 있다. 인종 간의 긴장감, 계급 문제, 기후 변화와 아이들에 문제들을 품고, 그것의 일부가 되거나 되지 못하는 과정에서 우리는 어떤 이유에서인가 그들을 제대로 이해하지 못한다.

로리 무어는 아마 미국에서 가장 뛰어난 단편 소설가일지도 모르며, 이 소설에서 많지 않은 단어를 통해 훌륭히 표현해 내는 그녀의 기술은 놀랍기까지 하다. 풍자와 조소로 가득 찬 그녀의 목소리는 진보적 우월감과 중서부의 무례함을 한 꺼풀 벗겨내지만, 정작 그다지 풍자적이지도 우스꽝스럽지도 않은 부분에서 그녀의 진정한 기교가 빛을 발한다. **GT**

깡패단의 방문 A Visit from the Goon Squad

제니퍼 이건 Jennifer Egan

작가 생몰연도 | 1962(미국)
초판발행 | 2010
초판발행처 | Alfred A. Knopf(뉴욕)
퓰리처상(Pulitzer Prize)수상 | 2011

제니퍼 이건의 퓰리처상 수상작인 이 소설은 실험적인 예술 형식과 강렬한 스토리텔링을 능숙하게 결합해낸다. 각기 독립된 에피소드들로 구성된 소설은 마치 각각 고유의 내러티브와 어조를 가진 단편소설 연작처럼 읽힐 수도 있는데, 그 기저의 연결점은 이 이야기들을 한데 모아 복합적인 내러티브의 연결성을 창조해내고, 이는 곧 이건의 상상 속 세계의 핵심부로 이어진다.

소설에서는 미국 음악계와 음악 프로듀서 베니 살라자의 삶이 대략적인 중심을 이룬다. 소설 내의 각 이야기들은 어떤 식으로든 베니와 연결되지만, 그 연결점이 대개는 간접적이다. 펑크 록 밴드의 십대 멤버들, 불만 가득한 할리우드의 여배우, 자살을 시도하는 트럭운전수, 강간 미수범, 도벽광, 이들의 삶은 인간적인 유대감의 근접성을 상징하는 복잡한 시공간의 네트워크로 얽혀 있다. 서로의 삶이 치명적으로 충돌하거나 혹은 아슬아슬하게 스쳐지나가는 이 소설의 진정한 주제는 시간(소설 제목처럼 "깡패")과 기억이다.

『깡패단의 방문』은 독자에게 세상은 생각보다도 크지만, 한편으론 더 가깝고 보다 실재적이란 느낌을 전한다. 이 복잡한 우주 속에서, 이건은 모든 것을 유예된 시간 속의 한 순간으로 집약시켜 버린다. 어린 시절의 자아를 벗어던진 소년이 아프리카의 밤의 열기 속에서 춤을 배우는 장면은 이 소설이 닿고자 하는 종착점을 아름답게 짚어내고 있다. **HJ**

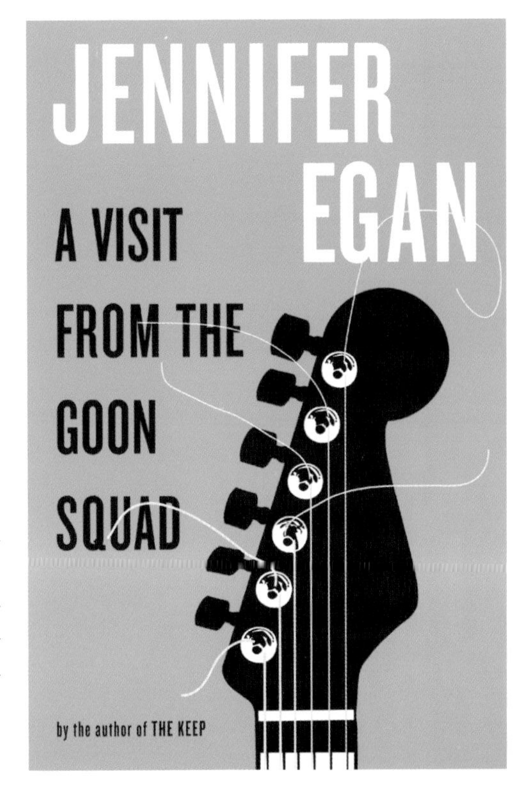

"모두가 술 취한 소리를 내는 건, 그들이 당신에게 얘기하는 내내 이메일이나 보내고 있기 때문이야..."

▲ 『깡패단의 방문』은 퓰리처상, 전미비평가협회상(National Book Critics Circle Award for Fiction)과 LA타임스문학상(LA Times Book Prize)을 수상했다.

자유 Freedom

조너선 프랜즌 Jonathan Franzen

작가 생몰년도 | 1959(미국)
초판발행 | 2010
초판발행처 | Farrar, Straus & Giroux
언어 | 영어

▲ 조너선 프랜즌이 선보이는 미국 중산층의 삶의 해체는 톨스토이(Tolstoy)의 고전 『전쟁과 평화(War and Peace)』를 암시하고 있다.

▶ 타임(Time)지는 2010년 8월 23일자 표지에 프랜즌을 소개하고 "위대한 미국의 소설가"라고 칭했다.

『인생 수정(The Corrections, 2001)』 이후 오랜 기다림 끝에 출간된 조너선 프랜즌의 이 작품은 버글런드(Berglund) 가족이 등장하는데, 월터와 패티 부부, 그들의 자녀들인 조이와 제시카, 그리고 록 뮤지션인 리처드 카츠(Richard Katz)와 그들 간의 불편한 교류가 담겨있다. 소설은 이들이 친구, 부모, 자식, 연인들로서의 애매한 신의를 쫓으면서, 새로운 즐거움에 대한 욕구와 자아의 끊임없는 재발견과 확장을 향한 충동에 대한 반작용에 의해 관계의 즐거움이 형성된다는 점을 놀랄 만큼 정확히 짚어낸다.

즉 이 소설은 자유와 그 추구를 둘러싼 모순에 대한 이야기다. 패티가 "그렇게 자유롭고자 하는 자신을 불쌍히 여긴다"라고 깨달은 것처럼, 자유는 우리의 목표이자 우리의 문명이 가진 소중한 자산이며, 일종의 고독이자 공허함이기도 하다. 자유의 갈망에 대한 날카로운 분석을 단지 한 가정을 배경으로 내놓는 듯 보이지만, 이 소설은 그 작업을 세계적인 정치적 맥락에서 해석하고 있다. 21세기 초입에 자유의 이름으로 행해진 전쟁을 통해 자유라는 경험의 가치는 항상 영향을 받고 있다.

『자유』를 읽는 건 마치 공기를 들이마시듯 수월한 일이다. 인물들에 대한 프란즌의 서술은 솔직하고 강렬해서 독자의 마음을 온통 사로잡는다. 뿐만 아니라 책장을 덮은 한참 후에도 소설은 그 역할을 계속 해낸다. 스토리텔러로서 프란즌의 뛰어난 재능은, 그가 우리 자신들의 삶에 대해 이야기하고 있는 것 같지만, 동시에 우리의 가장 개인적인 생각이 실은 공적인 네트워크와 기반 속에서 이뤄진다는 걸 알게 하는 데 있다.

『자유』는 이 새로운 세기의 국제 정치를 형성하는 힘이 우리의 가장 사적인 경험, 또 우리의 개인적 자유와 타인에 대한 헌신 또한 재구성하고 있음을 이해하게 해 준다. **PB**

네메시스 Nemesis

필립 로스 Philip Roth

작가 생몰연도 | 1933(미국)
초판발행 | 2010
초판발행처 | Houghton Mifflin Harcourt
웰컴 트러스트 문학상 최종후보 | 2011

"여름은 찌는 듯 했다…"

▲ 필립 로스는 공격 받는 인간성에 대한 해결책을 모색하는 방법으로 전쟁 중 뉴저지에서 발생한 치명적인 전염병 폴리오를 이용한다.

어떤 악도 제압해 버릴 정도로 신체적, 정신적으로 강인한 할아버지에 의해 키워진 23살의 유진 "버키" 캔터(Eugene "Bucky" Cantor)는 미국이 2차 세계대전에 참전했을 때 자원입대가 실패하자 좌절한다. 대학에서 우수한 역도 선수이자 창던지기 선수인 버키는 해병 같은 몸을 지녔지만 시력이 심각하게 나빴던 터라, 뉴저지(New Jersey)의 뉴어크(Newark)에 남아 체육 교사 교육과정을 마저 이수하기로 한다.

그러나 폴리오 전염병이 도시를 덮치자, 버키는 악과 맞서 실패를 만회할 기회를 찾는다. 그는 질병과의 개인적인 전쟁에서 서부 전선에 나가있는 친구들은 만나본 적 없는 어려움과 마주한다. 알지도 못하고 볼 수도 없는 적과 어떻게 싸워야 한다는 말인가?

타는 듯 더운 여름을 지내는 동안, 돌보던 아이들이 하나씩 폴리오에 감염되어 죽어가는 걸 지켜보면서 그가 할 수 있는 일은 오직 아이들과 부모들의 공포와 슬픔을 달래주는 것뿐이었다. 그러던 차에 여자친구가 일하는 산 속 여름 캠프에서 일자리를 제안 받은 버키는 어찌할 수 없는 선택의 기로에 놓인다. 사랑하는 이와 깨끗한 공기를 찾아 뉴어크를 떠날 것인가, 아니면 여기 남아 대적할 수 없는 질병과 싸울 것인가.

전염병의 공포를 다룬 이 폭발적인 소설에서 필립 로스는 자신의 젊은 날 위에 불가해한 야만성을 덧칠했는데, 이는 21세기에 있어서의 폭력이라고 할 수 있을 것이다. 『네메시스』에서 그는 미국인에 대해 이전 소설들보다 더 나아간 태도를 취한다. 아마도 그로서는 정치적으로 가능한 한계점까지 밀고 나간 셈이다. **MJo**

결혼 계획 The Marriage Plot

제프리 유제니디스 Jeffrey Eugenides

작가 생몰연도	1960(미국)
초판발행	2011
초판발행처	Farrar, Straus and Giroux(미국)
언어	영어

『처녀들, 자살하다(The Virgin Suicides)』(1993)와 퓰리처 수상작인 『미들섹스(Middlesex)』(2002)처럼, 유제니디스의 이 세 번째 소설 역시 성년 즈음의 이야기를 다룬다. 1982년 브라운 대학에서 졸업 학기를 맞이한 세 학생들 간의 삼각 관계가 소설의 주제다. 미첼 그라마티커스(Mitchell Grammaticus)는 매들린 한나(Madeleine Hanna)를 사랑하고, 매들린은 레너드 뱅크헤드(Leonard Leonard)를 사랑한다. 영문학을 전공하는 매들린이 씨름하는 후기 구조주의 이론에 익숙한 레너드지만, 정작 그는 사랑이라는 개념을 해체하는 데 더 관심이 있어 매들린의 가슴을 찢어놓고 정신과 진료까지 받게 된다.

이야기에는 소설적 자의식이 다분히 묻어있다. 시작 부분 매들린의 책장에는 그녀가 쓰고 있는 논문 "나는 당신이 절대 묻지 않을 거라 생각한다: 결혼 계획에 대한 생각"에 영감을 주는 오스틴, 엘리엇, 브론테의 소설들이 놓여있다. 그리고 유제니디스의 소설은 이를테면, 문학 의 선배들에게 바치는 고전 빅토리아 시대의 내러티브적 비유에 의한 포스트모던한 비틀기라고 할 수 있다. 이야기의 대부분은 두 남자 중 한 명을 선택해야만 하는 매들린의 시점에서 진행된다. 그러나 데이빗 포스터 윌러스(David Foster Wallace)나 조너선 프랜즌(Jonathan Franzen)과 같은 동시대 작가들의 작품에서처럼 유제니디스의 현대의 삶에 대한 태도는, 결혼은커녕 항상 "그리고 그들은 행복하게 살았답니다"식은 아니라는 것이 곧 분명해진다.

처음부터 유제니디스가 재능 있는 작가로 부각되었지만, 『결혼 계획』은 앞선 작품들보다 훨씬 더 중요한 성취를 이룬 소설이다. 『처녀들, 자살하다』의 몽상적인 주관화와 『미들섹스』의 다세대적이고 대륙을 넘나드는 대하소설적 성격을 넘어, 『결혼 계획』은 텍스트 간의 관계와 촘촘히 짜인 플롯에 중점을 두고 있으며, 유제니데스는 동시대 미국 현대 소설가들 중 제일가는 위치를 확고히 하고 있다. **LSc**

"나무는 멋지고 시원한 느낌을 주지."

▲ 제프리 유제니데스는 사랑의 삼각관계의 배경으로 그의 아이비리그 모교인 브라운 대학을 설정했다.

예감은 틀리지 않는다 The Sense of an Ending

줄리언 반스 Julian Barnes

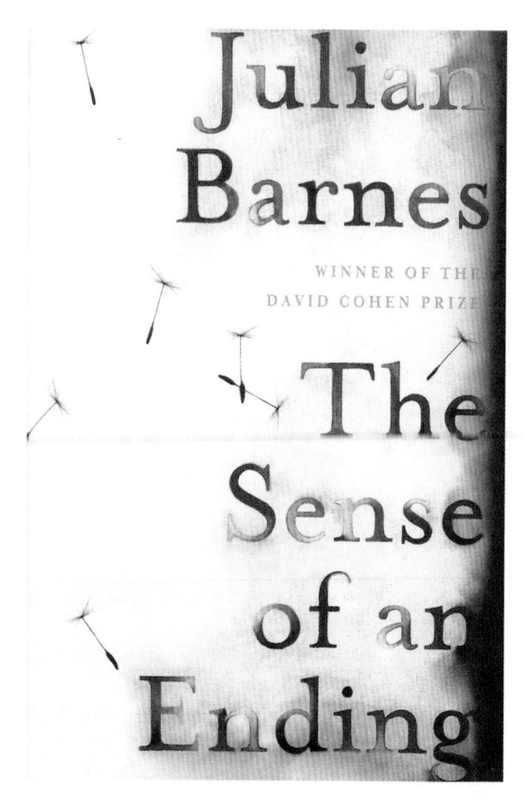

"역사는 기억의 불완전성이 문서의 불충분함을 만나는 바로 그 지점에서 만들어지는 확실성이다."

▲ 줄리언 반스는 프랑스에서 메디치상(Prix Medicis)과 페미나상(Prix Femina)을 모두 수상한 유일한 작가다.

작가 생몰연도 | 1946(영국)
초판발행 | 2011
초판발행처 | Jonathan Cape(런던)
맨부커상(Man Booker Prize)수상 | 2011

『예감은 틀리지 않는다』의 첫 장면은 소년들의 모험담처럼 보인다. 런던의 한 고등학교에 있는 잘난 체 하는 패거리들은 카뮈와 비트겐슈타인을 서로에게 인용해대면서, 자신들이 "식물성"이라 여기는 동료 학생들 위에 군림하려 든다. 새로운 소년인 에이드리언 핀(Adrian Finn)이 이 그룹에 편입하면서 유사한 상황이 반복된다. 에이드리언은 자신의 이미지는 별로 신경쓰지 않고 문학과 철학을 심각하게 여기면서 그들의 게임에서 빠져나온다. "그건 우리들 셋과 우리의 새 친구 간의 차이점 중의 하나였다"라고 이 소설의 화자인 토니(Tony)가 말한다. "우리는 진지할 때 외에는 근본적으로 장난을 치고 있었다. 그는 장난칠 때 외에는 근본적으로 진지한 녀석이었다." 최근 자살한 학생에 대해 역사 교사와 의견을 나누던 에이드리언은 "증언의 부재는 무엇으로도 보충할 수 없습니다, 선생님"이라고 주장한다. 토니는 은퇴하고 나이 든 노인으로 에이드리언에 대한 증인을 자처하면서 화자로 나서는데, 이는 더 나은 사상가이자 더 용감한 남자에 대한 기록을 남기기 위해 스스로를 제3자의 위치에 두는 것이다.

토니가 자신과 에이드리언 뿐 아니라 전기의 전체 구조에 대한 의문을 던지기 전까지, 반스는 권력 균형을 맞추기 위해 이 전통적인 시점을 유지한다. 이 작품은 우리가 시간을 다루는 법과 우리가 되고자 했던 바에 대한 소설이다. 우리가 "자신의 손으로 스스로의 삶을 일군" 사람에 대해 이야기한다는 게 어떤 의미인지에 전하고자 한다. 복잡하고 학술적인 대사들이 등장함에도 『예감은 틀리지 않는다』가 읽기에 척박하지 않은 것은, 우리 삶의 토대가 되는 시금석이 바로 그 안에 깃들어 있기 때문이다. **MJo**

수비의 기술 The Art of Fielding

채드 하바크 Chad Harbach

작가 생몰연도 | 1976(미국)
초판발행 | 2011
초판발행처 | Little, Brown(뉴욕)
언어 | 영어

사우스 다코타(scrawny)에 사는 십대 소년 헨리 스크림샌더(Henry Skrimshander)는 "극단적으로 오목한" 가슴에 왜소한 체격이지만, 한 가지 재능이 있다. 유격수를 볼 때 절대 공을 놓치는 법이 없고, 매번 1루에 빠르고 정확한 투구를 할 수 있다. 소설 초반 헨리는 고교 야구선수 경력의 막바지로 곧 잊혀질 운명이다. 대학 야구부 코치들은 오직 체격과 타격 성적에만 관심이 있기 때문이다. 헨리의 재능에 빠져든 상대팀 선수 마이크 슈워츠(Mike Schwartz)는, 헨리의 성공을 자신의 과제로 삼게 된다.

웨스티시 대학(Westish College)에 진학한 헨리의 3년은 훌쩍 지나고, 스카우트들이 거액의 계약금을 제시할 정도로 제법 뛰어난 선수가 된다. 하지만 일상적인 훈련이 잘못 되어, 헨리의 친구이자 룸메이트 오웬(Owen)이 심각한 부상을 당한 일을 계기로 다섯 명의 등장인물들의 삶이 고통스럽게 얽히는 사건들이 연이어 터진다. 헨리는 게임을 망쳐버리겠다는 위협에 고민하다 심신이 허약해지고, 마이크는 친구의 성공에 대해 느끼는 질투심에 괴로워한다. 그 사이 오웬은 훌륭한 학자이자 평생 독신으로 지낸 60살의 대학 총장 거트 아펜라이트(Guert Affenlight)와 위험한 관계에 빠진다.

뻔하고 그다지 특별나지 않은 흐름에도 불구하고, 하바크의 가슴 따뜻한 이 데뷔 소설은 유려한 문장과 긴박한 짜임새로 독자들의 마음을 사로잡았다. **PC**

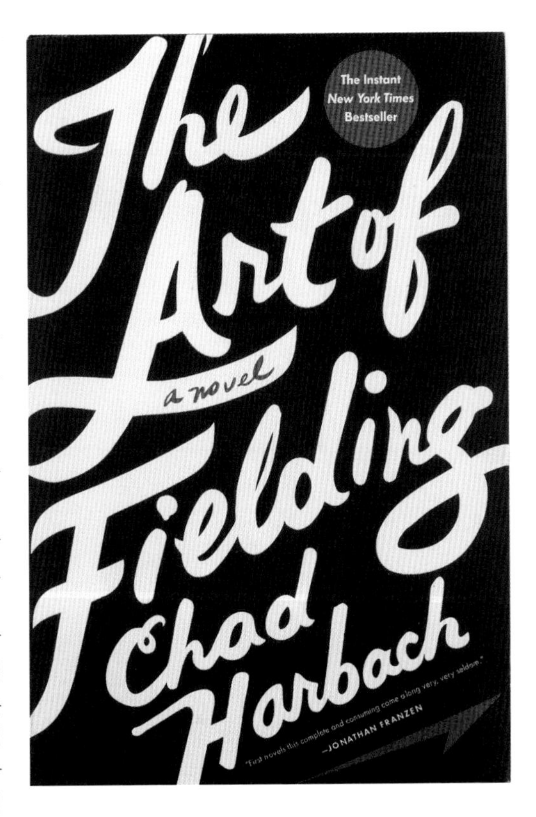

"슈워츠는 게임 중에 아이를 본 것이 아니었다. 그보다 다른 모든 사람들이 보는 걸 봤을 뿐이다. 바로 경기장에서 가장 작은 선수였다."

▲ 채드 하바크의 소설은 사랑, 욕망, 헌신이라는 변치 않는 주제를 탐색한다.

황금방울새 The Goldfinch

도나 타트 Donna Tartt

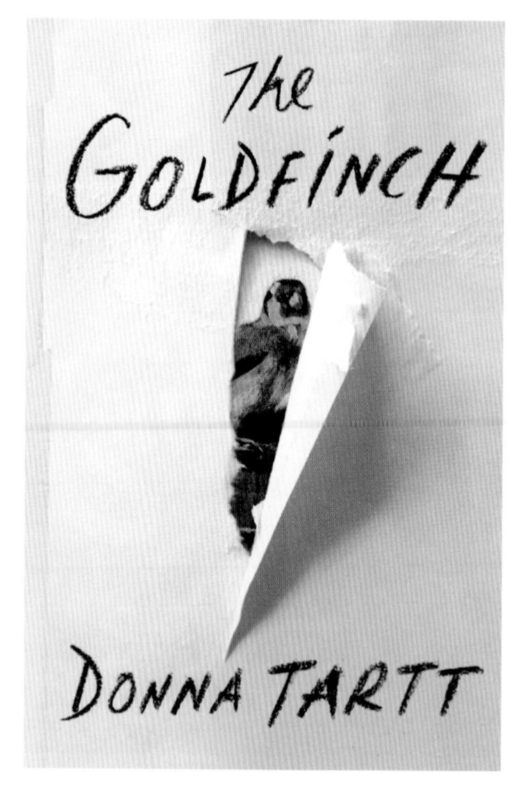

"환상적인 밤이었다. 후에 벌어진 일에도 불구하고, 실로 내 인생에서 가장 멋진 밤들 중 하나였다."

작가 생몰연도 | 1963(미국)
초판발행 | 2013
초판발행처 | Little, Brown(뉴욕)
퓰리처상(Pulitzer Prize for Fiction) 수상 | 2014

뉴욕 현대 미술관에서 벌어진 폭탄 테러의 사망자 중에는 13살 난 아들 시오(Theo)에게 자신이 좋아하는 명작들을 보여주고 있던 미혼모가 있었다. 연기와 혼돈 속에서 소년은 렘브란트(Rembrandt)의 제자인 카렐 파브리티우스(Carel Fabritius)의 작품 "황금방울새"를 쥐고 달아난다.

벽에서 그림을 떼어 냈던 순간에 소년의 생각은 죽은 부모를 기념하는 작품을 화염과 건물 잔해로부터 구하려는 의도였다. 나중에야 그림이 화재로 소실되었다고 여겨진다는 사실을 알게 되고 소년은 미술관에 작품을 돌려주지 않기로 결심한다. 그렇게 그는 도둑이 되었다.

엄마를 잃은 레오는 고아로 자라지 않기 위해 모든 노력을 다한다. 이후 그의 청소년기는 온갖 모험과 사고들로 점철되고, 특히 우크라이나인 친구 보리스(Boris)와 함께 많은 일들을 겪게 된다. 사라졌던 아버지와 재회하여 시간을 보내게 되는데, 그는 마피아에게 빚을 지고 시오의 엄마가 남긴 유산을 건드리려 한다. 그리고 시오는 또 다른 친구가 재미삼아 만든 위작을 팔아 돈을 번다.

여러 평론가들이 디킨스(Dickens)와 유사하다는 찬사를 내린 길고 복잡한 내러티브가 사랑, 상실과 죄의 복합적 상징인 네덜란드의 축소판으로 훑어내려 간다. **JPr**

▲ 도나 타트가 오랜만에 선보인 세 번째 소설은 2014년 퓰리처상을 수상했다.

서클 The Circle

데이브 에거스 Dave Eggers

작가 생몰연도 | 1970(미국)
초판발행 | 2013
초판발행처 | McSweeney(샌프란시스코)
영국판 초판발행처 | Penguin(런던)

이 소설의 제목은 10억 명 이상의 유저를 거느린 거대 온라인 소셜 미디어 기업의 회사명이다. 이 기업의 검색 엔진은 전 세계 컴퓨터 사용자들 중 90퍼센트가 사용하는데, 구글과 페이스북을 합쳐놓은 듯한 이 가상의 기업이 가진 목적은 언제 어디서 누군가에게 일어나는 모든 일을 기록하는 것이다.

서클 기업은 "비밀은 거짓말이다", "나눔은 돌봄이다", "프라이버시는 절도다"와 같은 슬로건을 즐겨 앞세운다. '세 현자'라는 이름으로 알려진 삼두정치에 의해 운영되는 회사는 매주 수백 명의 젊은 새 직원들을 고용한다. 가장 최근 채용된 직원들 중 한 명인 주인공 메이(Mae)는 이런 멋진 회사에서 취직했다는 것에 너무 도취된 나머지, 모든 일을 알고 보는 컴퓨터 기술이 악한 목적에 이용될 수 있다는 점을 점차 알게 되면서도 외면해버린다. 나중엔 기업 윤리까지 저버릴 정도로 세뇌된다. 특히 "트루유(TruYou)"라는 인터페이스에 감동하는데, 이는 모든 인터넷 작용과 구매를 수행하며 "버튼 한 번이면 여생을 온라인에서"란 태그라인으로 대표된다. 실제로 그녀는 선거의 투표율을 높이기 위해서는 모든 시민들에게 서클 계정이 의무화되어야 한다고 정부에 제안하기까지 한다.

이 시나리오가 소설『1984』의 구성과 너무도 유사한 점이 우연은 아니다. 데이브 에거스는 바로 인터넷 시대의 조지 오웰(George Orwell)인 것이다. **JPr**

"당신은 하루에 열 두 시간을 책상에 앉아서 어떠한 숫자가 존재하지 않는다거나 일주일 동안 기억되어야 한다는 것 외엔 보여준 게 없어요."

▲ 강력한 테크놀로지 기업을 다룬 데이브 에거스의 반이상향적인 소설은 조지 오웰의『1984』에 비견된다.

아메리카나 Americanah

치마만다 은고지 아디치에 Chimamanda Ngozi Adichie

작가 생몰연도 | 1977(나이지리아)
초판발행 | 2013
초판발행처 | Alfred A. Knopf(뉴욕)
전미비평가협회상(National Book Critics Circle Award) 수상 | 2013

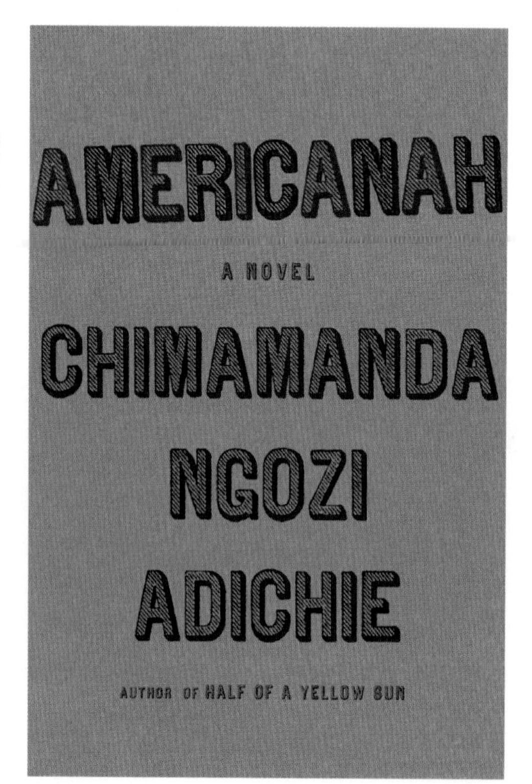

▲ 『아메리카나』의 단순하고 글자로 이뤄진 초판 표지는 국제 우편봉투의 디자인을 떠올리게 한다.

▶ 치마만다 은고지 아디치에가 뉴욕의 숌버그 흑인 자료 도서관(Schomburg Center for Research in Black Culture)에서 자신의 세 번째 소설을 낭독하고 있다.

아디치에의 세 번째 소설은 두 명의 나이지리아 이민자들의 눈을 통해 미국과 영국에서의 인종적 편견을 들여다본다. 워싱턴 포스트(The Washington Post)는 이 소설을 "로맨틱 코미디로 가장한 사회적 풍자"라고 평했다.

오빈제(Obinze)와 이페멜루(Ifemelu)는 학창 시절을 함께 한 연인 사이지만, 조국의 경제 불황 탓에 교육을 받을 수 없게 되자 외국으로 떠난다. 해외에서 돈을 번 후 귀국해 결혼할 계획을 세우지만 운명이 그들을 위해 준비한 길과는 달랐다.

런던으로 떠난 오빈제가 얻을 수 있는 최상의 직업은 고작 화장실 청소부였다. 그는 영국 시민권을 얻기 위해 필요한 위장결혼을 하기 위한 돈을 모으려고 한다. 그러면서 그는 백인 중산층의 인종차별을 충분히 경험하는데, 그들은 차별을 부정하듯이 개발도상국의 빈민들이 만든 건 뭐든 예술품처럼 치부한다.

이페멜루는 필라델피아 대학에서 부분 장학금을 받는다. 그녀 역시 일자리가 필요하지만, 가장 하찮은 일조차 얻기 힘들고 결국엔 매춘 외엔 방법이 없다. 지역 주민들은 그녀가 겨우 기초적인 영어 외엔 못할 것이라 생각하고 일부러 천천히 말한다. 그녀의 백인 여성 친구는 자신이 인종차별주의자가 아니란 것을 보이려고 만나는 모든 흑인들을 "아름답다"고 묘사한다. 미국에선 흑인이 대통령이 됐지만, 남북전쟁 이후에도 형편은 그다지 나아지지 않았다.

영국에서 추방당한 오빈제는 나이지리아로 돌아와 불법 부동산 거래로 돈을 벌고, 마음에도 없는 여자와 결혼한다. 이페멜루 또한 귀국하지만 미국에서와 마찬가지로 고국에서도 외부인처럼 취급받는 자신을 발견한다. **JPr**

화염방사기 The Flamethrowers

레이첼 커쉬너 Rachel Kushner

"예술을 한다는 건 사실 영혼의 문제, 영혼을 잃는 것에 관한 문제였어. 세상을 살아나가는 기술이지. 그것에 녹아들어가지 않기 위해서 말이야."

▲ 레이첼 커쉬너의 두 번째 소설에는 예술, 정치와 고속의 모터사이클 경주가 혼합되어 있다.

작가 생몰연도 | 1968(미국)
초판발행 | 2013
초판발행처 | Scribner(뉴욕)
영국판 초판발행처 | Vintage(런던)

리노(Reno)가 고향 네바다를 떠나 뉴욕으로 간 이유는 아이러니하게도, 그녀가 갈망하는 "서부의 예술가"로 평가받을 수 있는 유일한 곳이라고 생각했기 때문이다. 그녀는 그곳에서 연상의 아티스트인 산드로 발레라(Sandro Valera)를 만나 사랑에 빠진다. 산드로는 조국 이탈리아에 있는 거대 모터사이클 회사의 상속인이지만, 회사를 세운 자신의 부친과는 사이가 멀어진 상태다.

리노와 산드로의 관계는 예술에 대한 사랑(그리고 창조의 욕구)을 공유한다는 데 일부 기반을 두고 있고, 다른 한편으론 스피드에 대해서 그렇다. 리노는 전직 활강스키 선수이자 비포장 도로 모터사이클 레이서로, 산드로는 모터사이클 산업을 좋아하지 않지만, 타는 것만은 즐긴다. 그들은 무엇보다도 각자의 영혼을 위로하는 것에 완전히 무능력하다는 점 때문에 서로에게 끌린다. "황홀감은 당신 내부의 무언가를 원하고 어딘지 알고자 한다는 의미지... 당신이 얻지 못할 것 말이야."라고 리노는 말한다.

커쉬너의 소설은 맨해튼의 마피아 부패를 정치적 납치와 갱들 간의 살인이 난무하던 1970년대 이탈리아에 비교하고 대조한다. 또한 작가는 발레라 모터사이클의 타이어 고무 원료를 생산하는 브라질 농장의 노동자들에 대한 착취를 묘사한다.

일부 비평가들은 이 연인들에 대한 서술이 불완전하다고 지적하지만, 다른 인물들 특히 1차 세계대전 때 착취를 행해 소설 제목을 떠올리게 한 아버지에 대한 커쉬너의 묘사와 복잡한 지정학적 문제들을 다루는 기술에 대해서도 입을 모아 칭찬한다. **JPr**

여자는 반쯤 완성된 물건이다 A Girl is a Half-Formed Thing

이머 맥브라이드 Eimear McBride

작가 생몰연도 | 1976(영국)
초판발행 | 2013
초판발행처 | Galley Beggar Press(노리치)
베일리스 여성 문학상(Baileys Women' Prize for Fiction) 수상 | 2014

경건하고 폭력적인 엄마, 부재중인 아빠, 변태적인 삼촌, 참견하는 로마 카톨릭 사제, 가족 내에서의 죽음, 응답 없는 수많은 기도들, 이 소설의 시놉시스들은 가디언(The Guardian)지가 "그로테스크한 아일랜드 소설의 전형"이라고 칭한 것과는 다르게 작품을 만들려 하는 듯하다.

두 살과 열여덟 살 사이 소녀의 자연스러운 육성을 모방하려는 맥브라이드의 산문체는 제임스 조이스(James Joyce)와의 비교를 피할 수 없다. 『율리시스(Ulysses)』의 작가와 마찬가지로 맥브라이드는 신조어, 어순 도치, 박사학위 논문에서나 나올법한 용어들과 섞어놓은 유아어, 독자들만이 점차 알게 되는 사적 의미들을 광범위하게 사용한다. "너를 위해. 너는 곧. 넌 그녀에게 이름을 줄 거야. 그녀 피부의 바늘땀에서 그녀는 네 말을 입게 될 거야."라고 시작되는 첫 문단은 이런 취향의 맛보기를 제공한다.

여기서 "너"는 작중 화자의 오빠로, 유아기에 종양 제거 수술로 인해 뇌손상을 입었다. 그녀는 오빠를 사랑하고, 그가 견뎌야만 했던 고통을 자신이 피한 것에 대해 죄책감을 느낀다. 사춘기에 이른 그녀는 익명의 상대방과 굴욕적이고 의미 없는 마조히즘에 탐닉하는 섹스들을 통해 스스로에게 벌을 내린다.

맥브라이드의 문체는 읽기 어렵고, 그녀가 제시하는 주제들이 받아들이기 힘들지만, 위대한 문학은 결코 쉽게 읽힌 적이 없었다. **JPr**

WINNER OF THE BAILEYS WOMEN'S PRIZE FOR FICTION 2014
A
GIRL
IS
A
HALF-
FORMED
THING
EIMEAR
McBRIDE
"A life told from deep down inside, beautiful, harrowing, and ultimately rewarding the way only a brilliant work of literature can be." —MICHAEL CHABON

"맥브라이드의 소설에서 가장 독창적인 부분은 문장 뿐 아니라 그 문장들을 사용하는 방식이다."

▲ 이머 맥브라이드의 실험적인 데뷔작은 작은 독립 출판사인 갤러리 베거(Galley Beggar)에서 처음 출간되었다.

잃어버린 아이 이야기 The Story of the Lost Child

엘레나 페란테 Elena Ferrante

"나는 과거나 현재나 명확한 저자도 없는 이 미스터리한 소설이 너무나 좋다."

▲ 익명의 저자인 엘레나 페란테는 대중을 기피하고 자신의 정체를 밝히길 거부한다.

작가 생몰연도 | 미공개(이탈리아)
초판발행 | 2014
초판발행처 | Edizioni E/O(로마)
원제 | Storia della bambina perduta

"엘레나 페란테"는 대중과의 접촉을 꺼리는 이탈리아 소설가의 필명이고, 작가에 대해 확실히 알려진 것은 거의 없다. 그녀(작가가 여성이라는 점은 대체적으로 인정된다)는 작품이 저자의 경력과는 무관하게 그 자체로 충분하다는 입장이다. 이는 지적인 도전임과 동시에 상업적으로도 영리한 태도인 것이, 페란테의 정체를 밝히려는 것도 일종의 산업이 되었고, 이 미스터리는 책의 판매에 결코 해가 되지는 않았다.

『잃어버린 아이 이야기』는 페란테의 소위 나폴리 4부작 중 마지막 권으로, 앞선 세 권은 『나의 눈부신 친구(My Brilliant Friend)』, 『새 이름 이야기(The Story of a New Name)』, 『떠나는 자들과 남는 자들(Those Who Leave and Those Who Stay)』이다. 내러티브들은 긴밀히 연결되어 있으며, 핵심 인물들도 대체로 그대로다. 뉴요커(The New Yorker)지는 그 캐릭터들이 "동침하거나 두들겨 팰 누군가가 없이는 정말 길모퉁이도 돌지 못할" 인물들이라 평했다.

이 작품의 중심부에는 나폴리의 뒷골목에서 어린 시절부터 알고지낸 엘레나(Elena)와 릴라(Lila)의 우정과 경쟁심이 있다. 엘레나는 성공한 작가가 되어 유명한 가문과 혼인을 맺는다. 릴라도 재능이 있지만, 사람들을 멀리 한다. 어릴 때 결혼한 그녀는 고향에 그대로 남겨지고, 사업에 성공하지만 문학적 재능은 썩혀둔다.

이 마지막 권에서 엘레나는 남편을 떠나 나폴리로 돌아오고 그녀가 그토록 떠나고자 했던 릴라와 가족들과의 삶으로 되돌아간다. **JPr**

메이블 이야기 H is for Hawk

헬렌 맥도널드 Helen Macdonald

작가 생몰연도 | 1970(영국)
초판발행 | 2014
초판발행처 | Jonathan Cape(런던)
코스타상(Costa Book of the Year)수상 | 2014

소설은 전문 사진작가였던 아버지의 죽음을 애도하기 위해 캠브리지 대학에 휴가를 낸 한 교수의 자서전이다. 그녀의 부모가 남긴 자유로운 정신은 그녀가 어릴 적 관심을 가졌던 맹금류를 떠올리게 했다. 이제 슬픔 속에서 그녀는 온라인 광고에서 본 10주간 인공 사육된 참수리를 사러 스코틀랜드로 1,300킬로미터 거리의 왕복 여행을 하는 중이다.

참수리는 길들이기 힘들다는 나쁜 평이 있지만, 맥도널드는 적어도 이 종은 온순하되 포식자로서의 본성은 잃지 않았음을 보여준다. 그녀는 이 새에게 "사랑스럽다"는 뜻을 가진 라틴어 amabilis에서 딴 "메이블"이라는 이름을 붙인다.

소설이 진행되면서 맥도널드는 조류 훈련의 상세한 부분까지 생생하게 묘사하고, 독자들에게 훈련시킬 때의 신비로운 단어들도 몇몇 소개한다. 이 드라마에서 가장 극적인 부분은 그녀가 메이블을 처음 손에서 날아오르게 하는 장면, 새가 돌아올까? 아니면 영원히 떠나버릴까? 그리고 반쯤 살려 잡아온 토끼의 목을 작가가 부러뜨리는 장면이다. 맥도널드는 새가 길들여질수록 인간은 점차 야생화되어 간다고 기록한다.

『메이블 이야기』는 또한 T.H.화이트(T. H. White)의 생애에 대해서도 다룬다. 그의 작품 중에는『아서왕 이야기(The Sword in the Stone)』가 가장 유명하지만, 같은 종의 새를 길들이려는 자신의 노력을 적은『참수리(The Goshawk)』의 작가이기도 하다. 명백히 맥도날드보다는 성공적이지 못했지만 말이다. **JPr**

"가족의 사별은… 누구에게나 일어나지. 하지만 넌 그걸 홀로 겪어야 해. 충격적인 상실은 제아무리 노력한다 해도 나눠질 수 없는 거야."

▲ 헬렌 맥도날드의 자서전은 2014년 새뮤얼존슨상(Samuel Johnson Prize)과 코스타상(Costa Book of the Year award)을 수상했다.

10시 4분 10:04

벤 러너 Ben Lerner

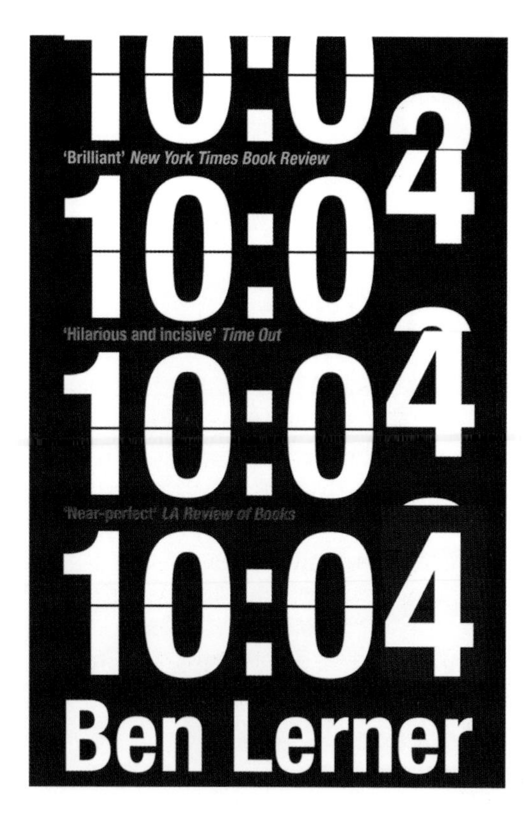

작가 생몰연도 | 1979(미국)
초판발행 | 2014
초판발행처 | Granta(런던)
폴리오 문학상(Folio Prize) 최종후보 | 2015

소설은 뉴욕의 메트로폴리탄 박물관의 잔 다르크 초상화 앞에서 시작된다. 두 명의 친구가 작품에 대해 논하는데, 각자가 상대의 비판적 반응을 통해 자신의 의견을 숙고하고 단련한다. 그러다 둘 중 한 명인 화자가 영화 〈백 투 더 퓨처(Back to the Future)〉에서 주인공 마티 맥플라이(Marty McFly)가 1985년으로 돌아가는 데 필요한 전력을 법원 건물에 떨어진 번개로부터 얻는 장면을 현재와 비교한다. 그 일이 벌어질 때 시계가 가리키는 시간은 10시 4분이었고, 소설 제목은 여기서 따온 것이다.

『10시 4분』가 다루는 주제 중 하나는 사람들이 익숙하지 않은 물건이나 사건을, 자신이 이미 잘 알고 있는 것에 비유하는 방식이다. 이 습관은 자연스런 현상이지만 사람들이 진실로 질문을 던지기보다는 자기 지시적으로 만들어버리는 경향이 있다. 그리고 사람들에게는 일반적으로 받아들여지는 것이지만, 작가로서는 어떤 부가사항 없이 서술해내야 하는 한층 더 강력한 이유가 된다. 여기서는 그 예로, 화자가 월가 점령(Occupy) 시위자에게 그의 아파트에서 샤워하도록 허락했을 때, 그게 단지 친절에서 우러난 행동이었다고는 할 수 없다. 자신이 그렇게 행동한 모든 가능한 동기들을 분석해야 하는 것이다.

모든 동기들이 뒤섞여버리고, 심지어는 행위자가 상상한 것들이 모두 정반대가 되어 버리는 이 아이러니한 거울 속에서는 대부분의 사건들이 코미디가 된다. 그럼에도 불구하고, 모든 작가들이 월트 휘트먼(Walt Whitman)처럼 언젠가는 자신에 대한 노래를 부른다 해도 그들의 유아독존은 더 큰 사회에 대한 일종의 공헌이라는 점에 이 소설의 방점이 찍혀있다. **JPr**

"내가 궁금한 건, 내 주위의 세상이 재배열되기 전에, 내가 얼마나 많이 나의 성미에 맞지 않는 일들을 해야 하나는 거야."

▲ 벤 러너의 두 번째 소설은 그 자체가 자전적인 메타 픽션으로, 스스로를 "소설의 경계선 바로 위에" 있는 것으로 소개한다.

겨울 Winter

알리 스미스 Ali Smith

작가 생몰연도 | 1962(스코틀랜드)
초판발행 | 2017
초판발행처 | Hamish Hamilton(런던)
시리즈 작품 | 『가을(Autumn)』

2016년 소설 『가을』로 시작한 순환하는 계절에 따른 연재의 두 번째 작품 『겨울』은 크리스마스 이야기이다. 이 소설은 은퇴한 여성 사업가이자 불만투성이 소피아 클리브스의 집에서 크리스마스이브에 일어난 일을 담았다. 저녁이 되자 소피아의 아들인 아트, 그의 여자 친구 럭스, 그리고 소피아와 관계가 소원해진 여동생 아이리스가 도착한다. 아이리스와 소피아를 등지게 한 정치 견해 차이가 되풀이되긴 했지만 크리스마스의 은근한 분위기 아래 두 자매는 서로의 차이를 극복하는 사랑을 발견하고, 아이리스, 소피아, 아트는 깨진 관계를 회복하기 시작한다.

구원의 이야기를 다룬 이 소설은 디킨즈의 『크리스마스 캐럴』처럼 끊임없는 대화로 이루어진다. 디킨즈와 마찬가지로 스미스는 과거, 현재, 미래의 크리스마스 유령들을 지구의 더 큰 생태적 리듬에 맞춘 새로운 주기로 모으려고 한다. 하지만 스미스가 디킨즈를 지침서로 삼았다면, 그럼에도 불구하고 이 작품은 진정한 현대 소설일 것이다. 『겨울』을 이끄는 것, 더 넓게는 스미스의 흐름을 이끄는 것은 우리가 미래와 과거와의 접촉이 단절된 시대, 트럼프 및 브렉시트 이후, 우리 자신이나 다른 사람과의 진정한 관계를 더 이상 알아볼 수 없는 시대에 살고 있다는 인식이다. 서로에 대한 사랑을 다시 찾는 이 따뜻하고 사랑스러운 가족 이야기는 우리 사회를 하나로 묶는 유대감을, 뭉클하면서 철학적으로도 강력하게 재발견하게 한다. **PB**

행복 H(a)ppy

니콜라 바커 Nicola Barker

작가 생몰연도 | 1966(영국)
초판발행 | 2017
초판발행처 | William Heinemann(런던)
골드스미스상(Goldsmiths Prize)수상 | 2017

『행복』은 완벽한 행복을 이룬 미래 공동체("청년")를 이야기한다. 이 공동체는 그들의 모든 필요를 충족하는 인공 그리드로 연결된다. 이곳은 "깨끗하고 방해 받지 않고", "역사의 엄격한 속박에서 자유로우며", "모든 것이 알려지고", "감춰진 것이 없다."

이런 체제 아래 있는 인생을 묘사하는 바커는 헉슬리의 『멋진 신세계』("우리 모두는 지금 행복하다")의 디스토피아, 역유토피아적 오랜 전통과 오웰의 『1984』 속 감시 상태, 더 최근 작품으로 마거릿 애트우드의 『인간 종말 리포트』 그리고 데이브 에거스의 『서클』을 연상시킨다.

하지만 『행복』이 이러한 전통에 속한다고 본다면, 이 소설은 강요된 행복의 악몽을 특유의 에너지와 시적 재치로 탐구하는 매우 독창적인 작품이기도 하다. 바커의 작품에 가장 가까운 화자는 오웰이나 헉슬리가 아닌, 전통의 창시자 예브게니 자마친이다. 그의 소설 『우리들』은 강요된 행복의 횡포, 정치적 희망과 가난의 불합리성 사이에 관한 가장 훌륭한 설명을 제공한다. 바커는 자마친 소설의 정신을 가장 먼저 우리의 인공적으로 설계된 시대로 확장한다. 가난, 역사, 욕망, 음악 등은 바커가 암시한 바대로 우리를 행복하게 만들지만 강제적인 행복의 상태로는 살아남지 못하는 것들이다. 바커의 소설은 "언어 사이로 자기 방식을 밀어붙이는 낯선 공간"의 탐구를 통해 엿볼 수 있는, 행복은 아직 우리 것이 아니라는 인식 그 자체에서 오는 생생한 서사에서 기인한다. **PB**

작가별 색인

주요 수상자 소개

맨부커상

1969 Something to Answer For P.H. Newby
1970 The Elected Member Bernice Rubens
1971 In a Free State V.S. Naipaul 648
1972 G John Berger 649
1973 The Siege of Krishnapur J.G. Farrell 657
1974 The Conservationist Nadine Gordimer
Holiday Stanley Middleton
1975 Heat and Dust Ruth Prawer Jhabvala
1976 Saville David Storey
1977 Staying On Paul Scott
1978 The Sea, The Sea Iris Murdoch 694
1979 Offshore Penelope Fitzgerald
1980 Rites of Passage William Golding
1981 Midnight's Children Salman Rushdie 713
1982 Schindler's Ark Thomas Keneally 722–3
1983 The Life & Times of Michael K J.M. Coetzee 731
1984 Hotel du Lac Anita Brookner
1985 The Bone People Keri Hulme
1986 The Old Devils Kingsley Amis 766
1987 Moon Tiger Penelope Lively
1988 Oscar and Lucinda Peter Carey 786
1989 The Remains of the Day Kazuo Ishiguro 798
1990 Possession A.S. Byatt
1991 The Famished Road Ben Okri
1992 The English Patient Michael Ondaatje 827
Sacred Hunger Barry Unsworth
1993 Paddy Clarke Ha Ha Ha Roddy Doyle
1994 How Late It Was, How Late James Kelman 849
1995 The Ghost Road Pat Barker
1996 Last Orders Graham Swift
1997 The God of Small Things Arundhati Roy 868
1998 Amsterdam Ian McEwan
1999 Disgrace J.M. Coetzee 882
2000 The Blind Assassin Margaret Atwood
2001 True History of the Kelly Gang Peter Carey
2002 Life of Pi Yann Martel 900
2003 Vernon God Little DBC Pierre 909
2004 The Line of Beauty Alan Hollinghurst 911
2005 The Sea John Banville 918
2006 The Inheritance of Loss Kiran Desai 923
2007 The Gathering Anne Enright 924
2008 The White Tiger Aravind Adiga 928
2009 Wolf Hall Hilary Mantel
2010 The Finkler Question Howard Jacobson
2011 The Sense of an Ending Julian Barnes 938
2012 Bring Up The Bodies Dame Hilary Mantel
2013 The Luminaries Eleanor Catton
2014 The Narrow Road to the Deep North R. Flanagan
2015 A Brief History of Seven Killings Marlon James
2016 The Sellout Paul Beatty
2017 Lincoln in the Bardo George Saunders

베일리스 우먼상 소설 부문

1996 A Spell of Winter Helen Dunmore
1997 Fugitive Pieces Anne Michaels 865
1998 Larry's Party Carol Shields
1999 A Crime in the Neighbourhood Suzanne Berne
2000 When I Lived in Modern Times Linda Grant
2001 The Idea of Perfection Kate Grenville
2002 Bel Canto Ann Patchett
2003 Property Valerie Martin
2004 Small Island Andrea Levy
2005 We Need to Talk About Kevin Lionel Shriver
2006 On Beauty Zadie Smith
2007 Half of a Yellow Sun Chimamanda Ngozi Adichie 924
2008 The Road Home Rose Tremain
2009 Home Marilynne Robinson 927
2010 The Lacuna Barbara Kingsolver
2011 The Tiger's Wife Téa Obreht
2012 The Song of Achilles Madeline Miller
2013 May We Be Forgiven A. M. Homes
2014 A Girl is A Half-Formed Thing Eimear MacBride 945
2015 How to Be Both Ali Smith
2016 The Glorious Heresies Lisa McInerney
2017 The Power Naomi Alderman

퓰리처상

1918 **His Family** Ernest Poole
1919 **The Magnificent Ambersons** Booth Tarkington
1920 No award
1921 **The Age of Innocence** Edith Wharton **286**
1922 **Alice Adams** Booth Tarkington
1923 **One of Ours** Willa Cather
1924 **The Able McLaughlins** Margaret Wilson
1925 **So Big** Edna Ferber
1926 **Arrowsmith** Sinclair Lewis
1927 **Early Autumn** Louis Bromfield
1928 **The Bridge of San Luis Rey** Thornton Wilder
1929 **Scarlet Sister Mary** Julia Peterkin
1930 **Laughing Boy** Oliver Lafarge
1931 **Years of Grace** Margaret Ayer Barnes
1932 **The Good Earth** Pearl S. Buck
1933 **The Store** T.S. Stribling
1934 **Lamb in His Bosom** Caroline Miller
1935 **Now in November** Josephine Winslow Johnson
1936 **Honey in the Horn** Harold L. Davis
1937 **Gone With the Wind** Margaret Mitchell **384–5**
1938 **The Late George Apley** John Phillips Marquand
1939 **The Yearling** Marjorie Kinnan Rawlings
1940 **The Grapes of Wrath** John Steinbeck **408–9**
1941 No award
1942 **In This Our Life** Ellen Glasgow
1943 **Dragon's Teeth** Upton Sinclair
1944 **Journey in the Dark** Martin Flavin
1945 **A Bell for Adano** John Hersey
1946 No award
1947 **All the King's Men** Robert Penn Warren
1948 **Tales of the South Pacific** James A. Michener
1949 **Guard of Honor** James Gould Cozzens
1950 **The Way West** A.B. Guthrie
1951 **The Town** Conrad Richter
1952 **The Caine Mutiny** Herman Wouk
1953 **The Old Man and the Sea** Ernest Hemingway **477**
1954 No award
1955 **A Fable** William Faulkner
1956 **Andersonville** MacKinlay Kantor
1957 No award
1958 **A Death in the Family** James Agee
1959 **The Travels of Jaimie McPheeters** R. L. Taylor
1960 **Advise and Consent** Allen Drury
1961 **To Kill a Mockingbird** Harper Lee **546**
1962 **The Edge of Sadness** Edwin O'Connor
1963 **The Reivers** William Faulkner
1964 No award
1965 **The Keepers Of The House** Shirley Ann Grau
1966 **Collected Stories** Katherine Anne Porter
1967 **The Fixer** Bernard Malamud
1968 **The Confessions of Nat Turner** William Styron
1969 **House Made of Dawn** N. Scott Momaday
1970 **Collected Stories** Jean Stafford
1971 No award
1972 **Angle of Repose** Wallace Stegner
1973 **The Optimist's Daughter** Eudora Welty **651**
1974 No award
1975 **The Killer Angels** Michael Shaara
1976 **Humboldt's Gift** Saul Bellow **667**
1977 No award
1978 **Elbow Room** James Alan McPherson
1979 **The Stories of John Cheever** John Cheever
1980 **The Executioner's Song** Norman Mailer
1981 **A Confederacy of Dunces** John Kennedy Toole **710**
1982 **Rabbit is Rich** John Updike **718**
1983 **The Color Purple** Alice Walker **726**
1984 **Ironweed** William Kennedy
1985 **Foreign Affairs** Alison Lurie
1986 **Lonesome Dove** Larry McMurtry

1987 **A Summons to Memphis** Peter Taylor
1988 **Beloved** Toni Morrison 773
1989 **Breathing Lessons** Anne Tyler
1990 **The Mambo Kings Play Songs of Love** Oscar Hijuelos
1991 **Rabbit At Rest** John Updike
1992 **A Thousand Acres** Jane Smiley
1993 **A Good Scent from a Strange Mountain** Robert Olen Butler
1994 **The Shipping News** E. Annie Proulx 844
1995 **The Stone Diaries** Carol Shields 837
1996 **Independence Day** Richard Ford
1997 **Martin Dressler: The Tale of an American Dreamer** Steven Millhauser
1998 **American Pastoral** Philip Roth
1999 **The Hours** Michael Cunningham 878
2000 **Interpreter of Maladies** Jhumpa Lahiri
2001 **The Amazing Adventures of Kavalier & Clay** Michael Chabon
2002 **Empire Falls** Richard Russo
2003 **Middlesex** Jeffrey Eugenides
2004 **The Known World** Edward P. Jones
2005 **Gilead** Marilynne Robinson
2006 **March** Geraldine Brooks
2007 **The Road** Cormac McCarthy
2008 **The Brief Wondrous Life of Oscar Wao** J. Diaz 925
2009 **Olive Kitteridge** Elizabeth Strout
2010 **Tinkers** Paul Harding
2011 **A Visit from the Goon Squad** Jennifer Egan 933
2012 No award
2013 **The Orphan Master's Son** Adam Johnson
2014 **The Goldfinch** Donna Tartt 940
2015 **All the Light We Cannot See** Anthony Doerr
2016 **The Sympathizer** Viet Thanh Nguyen
2017 **The Underground Railroad** Colson Whitehead
2018 **Less** Andrew Sean Greer

감사의 글

Quintessence Editions would like to thank the following people for their help in the preparation of this book:

Mark Abley, Bianca Jackson, and Simon Doubt for researching contributors; Martha Magor for researching quotes; Reg Grant for writing picture captions; Sonia Land at Sheil Land Associates for liaison with Peter Ackroyd; Liz Wyse, Cathy Meeus, and Siobhan O'Connor for copyediting; Victoria Wiggins and Helena Baser for editorial assistance; Elaine Shatenstein and Lisa Morris for proofreading; Ann Barrett and Kay Ollerenshaw for the index; Maria Gibbs for picture research and for compiling the picture credits; Simon Goggins, Nick Jones, and Rod Teasdale for design assistance; Phil Wilkins and Robert Gillam for additional photography; Irene Scheimberg, Marcus Deyes, Lucy Holliday, and Elisabeth de Lancey for the loan of books.

Quintessence Editions would also like to thank the following people and picture libraries:

Elbie Lebrecht at Lebrecht, Teresa Riley and Paul Jennings at Getty, Tessa Ademolu and Simon Pearson at Corbis, Jenny Page at Bridgeman, Lucy Brock at AKG, Angela Minshull at Christie's, Anna Barrett at Art Archive/Kobal, Emma Doyle at Peter Harrington Antiquarian Bookseller, and Simon Pask.

그림 출처

Every effort has been made to credit the copyright holders of the images used in this book. We apologize in advance for any unintentional omissions or errors and will be pleased to insert the appropriate acknowledgment to any companies or individuals in any subsequent edition of the work.

2 Private Collection, Lauros/Giraudon/Bridgeman **22** TopFoto.co.uk **23** Lebrecht **26** TopFoto.co.uk **27** Charles Walker/TopFoto.co.uk **29** Private Collection/Archives Charmet/Bridgeman **30** PrivateCollection, Giraudon/Bridgeman **33** Mary Evans Picture Library/Alamy **35** Archivo Iconografico/Corbis **36** Real academia de la Historia, Madrid/Bridgeman **38** Roger-Viollet/TopFoto.co.uk **39** GettyImages **40** Bodleian Library Oxford/The Art Archive **41** Getty Images **43** Getty Images **44** Getty Images **45** Lebrecht **47** TopFoto.co.uk **49** Hermitage, St Petersburg/Bridgeman **50** Lebrecht **51** Victoria and Albert Museum London/Eileen Tweedy/The Art Archive **52** Sheryl Straight/www.eroticabibliophile.com **53** Bettmann/Corbis **55** Lebrecht **56** Mary Evans Picture Library/Alamy **59** Lebrecht **60** Getty Images **61** Getty Images **63** TopFoto.co.uk **64** Museo di Goethe Rome/Dagli Orti/ The Art Archive **65** Private Collection Paris/Dagli Orti/The Art Archive **66** Getty Images **67** Lebrecht **68** Private Collection, The Stapleton Collection/Bridgeman **71** Michael Nicholson/Corbis **72** AKG Images **73** AKG Images **75** The British Library/TopFoto.co.uk **77** Lebrecht **80** Lebrecht **87** The Art Archive **88** Time Life Pictures/Getty Images **91** Lebrecht **92** FIA RA/Lebrecht **93** Getty Images **95** Mary Evans Picture Library/Alamy **96** Getty Images **97** Getty Images **98** Burstein Collection/Corbis **100** Lebrecht **101** Getty Images **102** Lebrecht **103** Victor Hugo House Paris/Dagli Orti/The Art Archive **104** Lebrecht **105** Interfoto/Lebrecht **106** Leonard de Selva/Corbis **108** Lebrecht **109** British Museum/Eileen Tweedy/The Art Archive **111** Crawford Municipal Art Gallery, Cork/Bridgeman **112** Hollandse Hoogte/Lebrecht **115** Bibliothèque de l'Institut de France, Paris/Archives Charmet/Bridgeman **116** Getty Images **117** Getty Image **118** Stefano Bianchetti/Corbis **120** Lebrecht **121** Lebrecht **122** David Lyons/Alamy **123** Getty Images **124** Hulton-Deutsch Collection/Corbis **125** Getty Images **127** Brian Seed/Lebrecht **128** Getty Images **130** Bettmann/Corbis **131** The Art Archive **133** Culver Pictures/The Art Archive **134** The Art Archive **135** Lebrecht **136** TopFoto.co.uk **137** Culver Pictures/The Art Archive **139** TopFoto.co.uk **140** Bibliothèque des Arts Décoratifs Paris/Dagli Orti/The Art Archive **141** Lebrecht **142** Sammlung Rauch Interfoto/Lebrecht **143** TopFoto.co.uk **145** Getty Images **146** Getty Images **148** Getty Images **150** Getty Images **151** Bibliothèque des Arts Décoratifs Paris/Dagli Orti/The Art Archive **152** Lebrecht **153** TopFoto.co.uk **154** Getty Images **155** Hulton-Deutsch Collection/Corbis **156** Lebrecht **157** Lebrecht **158** Time Life Pictures/Getty Images **159** Roger-Viollet/TopFoto.co.uk **160** Rex Features **162** Private Collection, Archives Charmet/Bridgeman **164** Bettmann/Corbis **167** Popperfoto/Alamy **168** Lebrecht **169** The Art Archive **171** The Art Archive **172** Getty Images **173** Lebrecht **174** Getty Images **176** The Art Archive **178** Getty Images **179** Private Collection/Bridgeman **181** Classic Image/Alamy **182** The Art Archive/Harper Collins Publishers **183** Musée Carnavalet Paris/Dagli Orti/The Art Archive **184** Rex Features **188** The Art Archive/Bibliteca Comunale Palermo/Dagli Orti **189** The Art Archive/Biblioteca Nationale do Rio de Janeiro/Dagli Orti **191** The Art Archive **192** Lebrecht **193** Roger-Viollet/TopFoto.co.uk **196** Stapleton Collection/Corbis **197** Lebrecht **198** Archivo Iconografico/Corbis **200** Getty Images **202** The Art Archive/Strindberg Museum, Stockholm/Dagli Orti **204** Lebrecht **206** Hollandse Hoogte/Lebrecht **207** Lebrecht **209** Lebrecht **210** Lebrecht **211** Corbis **213** Bettmann/Corbis **215** Chris Hellier/Corbis **216** Eileen Tweedy/The Art Archive **217** Historical Picture Archive/Corbis **218** Lebrecht **222** The Art Archive **223** RA/Lebrecht **225** Artur Hojny Forum/Lebrecht **226** Lebrecht **227** AKG Images **228** Getty Images **231** Getty Images **233** Getty Images **236** Corbis **238** Private Collection/MD/The Art Archive **239** © Elizabeth Banks/The Art Archive **240** Private Collection/Marc Charmet/The Art Archive **241** Getty Images **242** Zoetrope/United Artists/The Kobal Collection **243** Getty Images **245** Getty Images **247** Getty Images **248** Lebrecht **250** Time Life Pictures/Getty Images **252** Getty Images **253** Getty Images **255** E.O. Hoppé/Corbis **257** Domenica del Corriere/Dagli Orti (A)/The Art Archive **259** Getty Images **260** Popperfoto/Alamy **262** PVDE RA/Lebrecht **263** Archiv Friedrich Interfoto/Lebrecht **264** Private Collection, The Bloomsbury Workshop, London/Bridgeman **267** Bettmann/Corbis **270** The Art Archive **273** Asian Art & Archaeology/Corbis **274** Rex Features **276** Asian Art and Archeology, Inc/Corbis **277** E.O. Hoppé/Corbis **278** Asian Art & Archaeology/Corbis **280** Courtesy of Peter Harrington Antiquarian Bookseller. B. W. Huebsch **283** TopFoto.co.uk **284** Getty Images **287** Condé Nast Archive/Corbis **288** Getty Images **289** David Lees/Corbis **290** Lorenzo Ciniglio/Corbis **291** Courtesy of Peter Harrington Antiquarian Bookseller. Shakespeare & Co. **293** Private Collection/Archives Charmet/Bridgeman **294** Condé Nast Archive/Corbis **297** Getty Images **298** Mary Evans Picture Library/Alamy **299** Time Life Pictures/Getty Images **300** Burstein Collection/Corbis **303** Corbis **304** S. Fischer Verlag **306** Time Life Pictures/Getty Images **307** TopFoto.co.uk **308** Paris Europa/FICIT/HISA/The Kobal Collection **309** Getty Images **311** Getty Images **312** The British Library/HIP/TopFoto.co.uk **313** HIP/Ann Ronan Picture Library/TopFoto.co.uk **317** Lebrecht **319** Courtesy of Peter Harrington Antiquarian Bookseller. J. M. Dent & Sons **320** Getty Images **322** Kiepenheuer **324** Harlingue/Roger-Viollet/TopFoto.co.uk **325** Getty Images **327** Getty Images **328** Bettmann/Corbis **331** Getty Images **332** Getty Images **333** Getty Images; Penguin **334** Courtesy of Peter Harrington Antiquarian Bookseller. Hogarth Press **336** Bettmann/Corbis **337** Jean-Pierre Muller/AFP/Getty Images **338** Allianz/Capital/The Kobal Collection **339** Universal/The Kobal Collection **340** Condé Nast Archive/Corbis **342** Bettmann/Corbis **344** Bettmann/Corbis **346** Courtesy of Peter Harrington Antiquarian Bookseller. Arthur Press **347** Ferens Art Gallery, Hull City Museums and Art Galleries/Bridgeman **349** © 1961 Estate of Vanessa Bell, courtesy Henrietta Garnett/The Stapleton Collection/Bridgeman **351** John Springer Collection/Corbis **352** Biblioteca Nationale. Paris/Archives Charmet/Bridgeman **355** Hulton-Deutsch Collection/Corbis **356** Getty Images **357** Christie's Images **358** Lebrecht **359** Getty Images **362** Bettmann/Corbis **363** Andy Warhol Foundation for the Visual Arts/Corbis **366** Images.com/Corbis **367** Christie's Images **368** Getty Images **369** Content Mine International/Alamy **370** Time Life Pictures/Getty Images **372** Musée de Saint-Denis, France/Archives Charmet/Bridgeman **373** Ludwig Museum, Cologne, Giraudon/Bridgeman **375** Courtesy of Peter Harrington Antiquarian Bookseller. A. Barker **376** Bettmann/Corbis **379** Oscar White/Corbis **380** TopFoto.co.uk **381** TopFoto.co.uk **383** CSV Archiv, Everett/Rex Features **384** MGM/Album/ AKG Images **385** Getty Images **386** Time Life Pictures/Getty Images **389** Corbis **392** Corbis **393** Getty Images **394** Courtesy of Peter Harrington Antiquarian Bookseller. G. Routledge & Sons **395** Constable & Co. **396** Associated British/The Kobal Collection **397** Courtesy of Peter Harrington Antiquarian Bookseller. W. Heinemann **399** Courtesy of Peter Harrington Antiquarian Bookseller. V. Gollancz **400** Private Collection/Archives Charmet/Bridgeman **401** Condé Nast Archive/Corbis **402** Persephone Books **404** Courtesy of Peter Harrington Antiquarian Bookseller. Hamish Hamilton **405** Warner Bros/The Kobal Collection **406** Viola Roehr v. Alvensleben, München/AKG Images **407** ABC/Allied Artists/The Kobal Collection **408** AKG Images **409** Time Life Pictures/Getty Images **410** TopFoto.co.uk **413** AKG Images **415** Bettmann/Corbis **416** Simon & Schuster **417** Ediciones Ercilla, Santiago **418** Courtesy of Peter Harrington Antiquarian Bookseller. Routledge & Kegan Paul **420** Roger-Viollet **421** Collection Albert Camus/Archives Charmet/Bridgeman **423** Bettmann/Corbis **425** Condé Nast Archive/Corbis **426** Penguin/Christie's Images **427** Courtesy of Peter Harrington Antiquarian Bookseller. W. Heinemann **429** Patrik Sjöling IBL Bildbyra/Lebrecht **431** Random House/The British Library/HIP/TopFoto.co.uk **432** TopFoto.co.uk **434** Penguin/ Christie's Images **435** M. Peric/Lebrecht **437** Getty Images **440** Sophie Bassouls/Corbis **441** Harper Collins/Christie's Images **442** Getty Images **443** AGIP RA/Lebrecht **445** Random House/Lebrecht **448** Time Life Pictures/Getty Images **452** Random House/Christie's Images **453** Random House/AKG Images **454** Rex Features **456** Courtesy of Peter Harrington Antiquarian Bookseller. Hamish Hamilton**458** Random House; Christie's Images **459** Random House/Lebrecht **460** Getty Images **462** Getty Images **463** Simon & Schuster **464** Cuadernos Americanos **467** Getty Images **469** Time Life Pictures/Getty Images **470** Courtesy of Peter Harrington Antiquarian Bookseller. Little Brown & Co. **472** Private Collection/Bridgeman **474** Worldimage RA/Lebrecht **476** Harcourt/Christie's Images **477** Random House/Lebrecht **478** Time Life Pictures/Getty Images **479** Time Life Pictures/Getty Images **480** Lipnitzki/Roger-Viollet/TopFoto.co.uk **482** Courtesy of Peter Harrington Antiquarian Bookseller. Knopf **483** Courtesy of Peter Harrington Antiquarian Bookseller. Jonathan Cape **484** Time Life Pictures/Getty Images **485** Orion Publishing Group/Christie's Images **487** Underwood & Underwood/Corbis **488** Penguin/Christie's Images **492** Faber & Faber/Christie's Images **493** Two Arts/CD/The Kobal Collection **495** Time Life Pictures/Getty Images **498** Getty Images **502** The Kobal Collection **504** Hulton-Deutsch Collection/Corbis **505** MGM/The Kobal Collection **506** Random House/Christie's Images **507** Harper Collins/TopFoto.co.uk **508** Getty Images **511** Time Life Pictures/Getty Images **512** Time Life Pictures/Getty Images **514** MGM/The Kobal Collection **515** Harper Collins/ Lebrecht **517** Rex Features **520** Penguin/ Christie's Images **521** Penguin/Lebrecht **523** TopFoto.co.uk **525** Getty Images **526** Getty Images **527** Getty Images **528** Time Life Pictures/Getty Images **530** Methuen **532** Getty Images **533** Paramount/The Kobal Collection **535** Corbis **536** Getty Images **538** Seitz/Bioskop/ Hallelujah/The Kobal Collection **539** Random House/AKG Images **540** Harper Collins/Christie's Images **541** Loomis Dean/Time Life Pictures/Getty Images **542** VIC/Waterhall/The Kobal Collection **544** Darlene Hammond/Hulton Archive/Getty Images **545** Hulton Archive/Getty Images **546** Harper Collins/Christie's Images **547** Donald Uhrbrock/Time Life Pictures/Getty Images **548** Time Life Pictures/Getty Images **549** Lebrecht **552** Condé Nast Archive/Corbis **553** Christie's Images **554** Courtesy of Peter Harrington Antiquarian Bookseller. Wydawnictwo **555** Bettmann/Corbis **556** 20th Century Fox/The Kobal Collection **557** Hulton-Deutsch Collection/Corbis **558** Time Life Pictures/Getty Images **563** AGIP RA/Lebrecht **565** Time Life Pictures/Getty Images **566** Time Life Pictures/Getty Images **567** Penguin **568** Courtesy of Peter Harrington Antiquarian Bookseller. Viking Press **569** Jonathan Cape **570** Sophie Bassouls/Corbis Sygma **572** Getty Images **573** TopFoto.co.uk **576** Macmillan & Co. **577** Time Life Pictures/Getty Images **578** RENN/A2/RAI-2/The Kobal Collection **579** TopFoto.co.uk **581** Time Life Pictures/Getty Images **582** Harper Collins/Christie's Images **583** Random House/Lebrecht **584** Gallimard **585** W. Heinemann **588** Miroslav Zajic/Corbis **590** Corbis **591** Getty Images **593** Getty Images **595** Lebrecht **596** Bettmann/Corbis **597** Doubleday **598** Lebrecht **600** Margarita from Bulgakov's "Master and Margarita." Jerosimic, Gordana (Contemporary Artist)/Private Collection/Bridgeman **601** Novosti/TopFoto.co.uk **603** Lebrecht **604** Gallimard **606** Colita/Corbis **607** Christie's Images **609** Getty Images **610** Crawford Municipal Art Gallery, Cork/Bridgeman **612** Woodfall/Kestrel/ Barnett, Michael/The Kobal Collection **614** Interfoto/Lebrecht **615** Interfoto/Lebrecht **617** MGM/The Kobal Collection **618** Getty Images **620** Little Brown & Co. **621** 20th Century Fox/The Kobal Collection **624** Paramount/The Kobal Collection **625** Getty Images **628** Jonathan Cape **629** United Artists/The Kobal Collection **630** Getty Images **636** Suhrkamp **637** Barral Editores **638** Bettmann/Corbis **639** Getty Images **641** TopFoto.co.uk **643** Kiepenheuer & Witsch **644** Louis Monier/RA/Lebrecht **645** Lynn Goldsmith/Corbis **646** Pan Macmillan/Lebrecht **650** Sophie Bassouls/Corbis **652** Penguin/Christie's Images **653** Random House/Lebrecht **654** Random House/Christie's Images **655** Getty Images **656** Sophie Bassouls/Corbis **659** Bettmann/Corbis **661** Bioskop/Paramount-Orion/WDR/The Kobal Collection **665** Lebrecht **666** Bettmann/ Corbis **668** Simon & Schuster © 1975 by Wendell Minor **669** Roger Ressmeyer/Corbis **670** Micheline Pelletier/Corbis **672** TopFoto.co.uk **673** Random House **675** Getty Images **677** United Artists/The Kobal Collection **678** Warner Bros/Everett/Rex Features **679** Alfred A. Knopf **681** HB Filmes/Sugarloaf Films/The Kobal Collection **685** Rex Features **687** Christian Simonpietri/Corbis **688** Alex Gotfryd/Corbis **689** Everett Collection/Rex Features **690** Harcourt Brace Jovanovich **691** Corbis **693** Weidenfeld & Nicolson **695** Michel Clement/AFP/Getty Images **697** Getty Images **698** Getty Images **701** William Campbell/Corbis **702** Deutsch **703** W. H. Allen **704** Gallimard/Lebrecht **705** Getty Images **707** Planeta **708** Time Life Pictures/Getty Images **712** Getty Images **713** Horst Tappe/Lebrecht **717** © 1981 Alisdair Gray. Reproduced by permission of the author c/o Rogers, Coleridge & White Ltd., 20 Powis Mews, London W11 1JN/Special Collections Dept, University of Glasgow **719** Jonathan Cape **721** Getty Images **722** Reuters/Corbis **723** Amblin/Universal/The Kobal Collection **724** Sophie Bassouls/Corbis **726** Getty Images **727** Warner Bros/The Kobal Collection **731** Secker & Warburg **733** Lebrecht **734** Publicacoes D. Quixote **735** Corbis **736** Random House/Lebrecht **737** Random House/Lebrecht **738** Random House **739** L. Birnbaum/Lebrecht **742** Harper Collins **743** Time Life Pictures/Getty Images **744** Time Warner Book Group UK **745** Rex Features **747** Horst Tappe/Lebrecht **749** Penguin/ Lebrecht **750** Gallimard **754** Getty Images **754** TopFoto.co.uk **755** Virago **756** Hamish Hamilton **758** Getty Images **759** Jeff Albertson/Corbis **765** Faber & Faber **768** Knopf **771** Macduff Everton/Corbis **774** Faber & Faber/Christie's Images **775** Sophie Bassouls/Corbis **776** Lebrecht **777** Random House/Lebrecht **778** Bettmann/ Corbis **779** Random House **780** Residenz Verlag **781** Weidenfeld & Nicolson **782** Lebrecht **783** Heinemann **786** Faber & Faber **787** Random House **788** Penguin/Corbis **789** Reuters/Corbis **791** AGIP/RA/Lebrecht **792** Maartje Geels Hollandse Hoogte/Lebrecht/Lebrecht **794** Bloomsbury **795** James Leynse/Corbis **798** Faber and Faber **799** Random House/Lebrecht **800** Arnold Newman/ Getty Images **802** Faber & Faber **803** Faber & Faber **804** Time Life Pictures/Getty Images **806** Atlantic Monthly Press **807** Roger Ressmeyer/Corbis **809** MGM/Jersey Films/The Kobal Collection **811** Pan Macmillan **812** Corbino Hollandse Hoogte/Lebrecht **813** Gideon Mendel/Corbis **816** HarperCollins **817** Jonathan Cape. Jacket photograph: André Kertész, courtesy of Michael M. Senft, One Bond/Masterworks N.Y., N.Y. © Estate of André Kertész **818** Rex Features **819** Penguin/Lebrecht **821** Bettmann/Corbis **822** Picador **823** Rosinante **826** Fotos International/Rex Features **827** Bloomsbury **830** Sophie Bassouls/ Corbis **832** Penguin **833** Polfoto/Miriam Dalsgaard/TopFoto.co.uk **834** Louis Monier RA/Lebrecht **836** Robert Maass/Corbis **837** Random House **838** Times Newspapers/Rex Features **839** Orion Publishing Group **841** Hollandse Hoogte/Lebrecht **842** Secker & Warburg **843** Hutchinson **844** Scribner **846** Random House/Lebrecht **847** Macmillan **848** Random House **849** Random House **850** Getty Images **851** Sophie Bassouls/Corbis **852** Rex Features **857** McClelland & Stewart **858** Diogenes. Jacket illustration: Ernst Ludwig Kirchner, Nollendorfplatz, 1912 (Ausschnitt) Copyright © by Dr. Wolfgang & Ingeborg Henze-Ketterer, Wichtrach/Bern **859** Sophie Bassouls/Corbis **861** Random House/Lebrecht **863** Steve Liss/Time Life Pictures/Getty Images **864** Serpent's Tail **865** Bloomsbury **868** "Book Cover", copyright © 1997, from *The God of Small Things* by Arundhati Roy. Used by permission of Random House, Inc. **869** Karan Kapoor/Corbis **870** Hollandse Hoogte/Lebrecht **871** Marco Okhuizen Hollandse Hoogte/Lebrecht **872** Scribner. Jacket photograph © estate of André Kertész **873** Anagrama **874** Lebrecht **875** Faber & Faber **876** AFP/Getty Images **877** Paulo Fridman/Corbis **878** Farrar, Straus & Giroux **879** AFP/Getty Images **881** Ted Soqui/Corbis **882** Getty Images **883** Random House/Lebrecht **885** Seix Barral **886** Fabrika knjiga **887** Eric Fougère/VIP Images/Corbis **891** AFP/Getty Images **893** Penguin **894** Christopher Furlong/Getty Images **896** Alfaguara. Cover: Ambrogio Lorenzetti. Alegoría del mal gobierno (fragmento) **897** Einaudi. Elaborazione grafica da foto Amit Bar/© Olympia **898** Focus/Everett /Rex Features **899** Random House **900** David Levenson/Getty Images **901** Horst Tappe/Lebrecht **902** Random House/Lebrecht **903** Harper Collins **904** Pan Macmillan/Lebrecht **905** Iletişim **906** Houghton Mifflin. Jacket illustration © Philippe Lardy **907** Penguin **909** Faber & Faber **912** Keter **910** Hodder Headline **911** Picador **913** AFP/Getty Images **916** Sophie Bassouls/Corbis **917** © Opale/Lebrecht Music & Arts **918** Picador **919** Gallimard **920** Canongate **921** reproduced by permission of Penguin Books Ltd. **922** Nick Cunard/Rex Features **923** copyright © Kiran Desai, 2006; reproduced by permission of Penguin Books Ltd. **925** copyright © Rodrigo Corral, 2007; reproduced by permission of Penguin Books Ltd. **926** Getty Images **927** Farrar, Straus & Giroux **928** Atlantic Books **929** Jacket design by Jennifer Carrow from COST by Roxana Robinson. Jacket design copyright © 2008 by Jennifer Carrow, jacket painting copyright © Roxana Alger Geffen. Reprinted by permission of Farrar, Straus and Giroux, LLC. **931** Random House **932** Alfred A. Knopf. Front-of-jacket photograph © Kamil Vojnar **933** Alfred A. Knopf **934** Farrar, Straus & Giroux. Jacket art: ceruean warbler © Dave Maslowski; landscape ©2009 Heikki Salmi/Getty Images **935** Getty Images **936** Houghton Mifflin Harcourt. Cover design © Milton Glaser **937** Farrar, Straus and Giroux **938** Jonathan Cape **939** Little, Brown. Jacket © 2011 Hachette Book Group Inc **940** Hachette Book Group Inc **941** McSweeney's and Alfred A. Knopf **942** Alfred A. Knopf **943** Terrence Jennings/Retna Ltd/Corbis **944** Simon & Schuster, Inc **945** Coffee House Press **946** E/O Edizioni **947** Penguin Random House UK **948** Granta Books

T
Y
G